ZUM STERBEN SCHÖN

Aus dem Amerikanischen
von Rolf Erdorf

Grant Michaels

Die Stan Kraychik Trilogie

Zum Sterben schön
Tödliche Trüffel
Der mit dem Tod tanzt

ROTBUCH KRIMI

1
EIN BOY AUS DEM GOLDENEN WESTEN

Matschige Nudeln.
Das dachte ich, als ich auf den Kopf runtersah, den ich da im Haarwaschbecken ausspülte. Das hier war eine männliche Medusa mit weichgekochten Spaghetti statt Schlangen auf dem Kopf. Plötzlich sagte er scharf: »Beeil dich, Vannos! Er kann jede Minute hier sein, und ich will schließlich nicht beim Haarefärben angetroffen werden!« Seine Stimme hallte schroff in dem Porzellanbecken wider. Gelassen fuhr ich fort, die schlammfarbene Flüssigkeit von den Haarsträhnen abzuspülen, die durch die Löcher der perforierten Gummihaube heraushingen. »Nimm 'nen Tranquilizer, Baby«, murmelte ich. »Kunst braucht ihre Zeit.«
Es war ein prächtiger Nachsommernachmittag in Boston, selten für den späten Oktober, der perfekte Mittwoch für einige erlesene Einkäufe, gefolgt von einem High Tea im Copley Plaza oder einem ultratrockenen Martini in der Bar vom Ritz. Doch statt dessen arbeitete ich – im Salon Snips – und erlitt verbalen Mißbrauch seitens eines meiner Stammkunden, Calvin Redding. Calvins Lamento heute galt der Dauer der Prozedur, obwohl er zu spät zum Termin erschienen war. Er erwartete einen Freund, einen neuen Freund, die Errungenschaft der letzten Nacht, er erwartete ihn hier im Salon, und ich hoffte heimlich, der Typ würde zu früh auftauchen und ihn in der häßlichen Gummihaube sehen, in der er genauso aufgeweicht aussah wie Gertrud Ederle nach der Durchschwimmung des Ärmelkanals. Das würde Calvin auf die Palme bringen, so super gepflegt wie der immer war.
Ich studierte sein Gesicht unter dem warmen Sprühregen. Durch den Nebel hindurch erschien seine Haut kupferfarben und glatt und offenbarte die indianischen Gene seiner Mutter; etwas, womit Calvin sich oft brüstete, so als habe er sein natürliches gutes Aussehen erst durch harte Arbeit verdient. Seine Wangenknochen waren hoch, Augenbrauen und Wimpern schwarz. Unvermittelt öffnete er die Augen. Sie waren bernsteinfarben und intensiv. Es war kein Wunder, daß die Leute sofort scharf auf Calvin waren, wenn sie ihm begegneten. Außer Leuten wie mir, die ihn vorher kennengelernt hatten.

Calvin hob das Handgelenk, und der seidige Kimonoärmel seines Schutzkittels rutschte zurück, um eine hauchdünne goldene Armbanduhr mit einem Band von Goldgeflecht freizugeben. Er warf einen nervösen Blick darauf.

»Kannst du dich nicht beeilen!«

»Ruhig Blut, Calvin. Noch eine Minute und du sitzt im Sessel.«

Zwar kann ich auch die enganliegendste Färbehaube so entfernen, daß meine Kunden nicht einen einzigen Haarstengel verlieren, doch für Calvin zerrte ich brüsk an dem straff gespannten Gummi. Er zuckte zusammen, beklagte sich aber nicht. Das war Calvins Vorstellung von Männlichkeit.

»Vannos, bist du sicher, daß man es nicht sieht?«

Die feierlichen Worte »Vertraue mir« entfuhren meinen Lippen. Ich trug Shampoo auf und erarbeitete einen cremigen Schaum.

»Calvin, die honigblonden Reflexe werden sich in deinem glatten Schwarzhaar völlig natürlich ausnehmen.«

Weil manche meiner Klienten Theaterberühmtheiten und Topmodelle sind, bilden sich die Leute ein, mein Job wäre der reine Glamour. Ich würde ihnen liebend gern zustimmen, aber in der Welt, so wie sie ist, bestehen viele meiner Kunden – seien es nun Stars oder gewöhnliche Sterbliche – regelmäßig auf ihrem unveräußerlichen Menschenrecht, sich wie die Arschlöcher zu benehmen. Vielleicht glauben sie, damit etwas mehr für ihr Geld zu bekommen, oder vielleicht haben sie beim Frisör ihre sonstige »nette« Zurückhaltung vergessen. Wie auch immer, Calvin Redding führte bei mir mit Abstand die Liste der Arschlöcher an.

Ich wusch das Shampoo aus und wickelte ihm ein Handtuch um den Kopf. Dann klatschte ich einmal laut in die Hände und deutete mit dem Daumen auf meinen Haarschneideplatz. »Okay«, bellte ich in Footballcoach-Manier. »Rauf auf den Stuhl!« (Das war meine Vorstellung von Männlichkeit.) Unterwegs griff Calvin zur letzten Ausgabe von QT, einem Männermodemagazin, das ihn hoffentlich ablenken würde, während ich mich der Herausforderung stellte, wieder einmal ein Meisterwerk zu kreieren.

Ich hieß ihn platznehmen, und mit dem Schwung, der eines Toreros würdig gewesen wäre, wirbelte ich einen Nylonüberwurf über ihn. Ein Blick in den Spiegel zeigte mir Calvins Ebenbild, kantig und dunkel und gutaussehend. Hinter ihm stand ich, rothaarig, rosahäutig und haselnußäugig. Ich hatte die Neigung zur

Rundlichkeit von meiner tschechischen Mutter geerbt, und überflüssige Pfunde zu vermeiden war ein ständiger Kampf, besonders
nach Dreißig, nach der Vertreibung aus dem Boy-Club.

»Den Kopf schütteln«, kommandierte ich, und Calvin gehorchte.
Ich kämmte und scheitelte sein nasses Haar, und es freute mich zu
sehen, daß die zufälligen goldfarbenen Strähnen perfekt saßen.
Während ich arbeitete, blätterte Calvin die Magazinseiten um,
was mich von der Unterhaltung mit ihm befreite. Irgendwann verharrte er länger bei ein und derselben Seite, und ich sah ihm verstohlen über die Schulter, um zu sehen, was da so interessant war.
Hingegossen auf einem zweiseitigen Panorama aus gelangweilter
Attitüde und göttlicher Muskulatur erstreckte sich ein blonder
Mann quer über das aufgeschlagene Magazin. Er trug eine Winzigkeit von schimmerndem Mylar, um den Zensoren zu genügen,
doch seine glatten Schenkel waren weit gespreizt und seine Augen
schienen zu fragen: Mal probieren? Die Anzeige warb für diamantene Manschettenknöpfe, doch die einzigen Kleinodien an dem
Kerl lauerten unter dem Mylarschnipsel, der seinen Schritt bedeckte. Ich wußte, daß Calvin Redding sich mit Männern traf, die
so aussahen, was mich immer wieder wunderte. Nicht, daß ich
speziell auf blonde Models stünde. Man reiche mir einen guten,
altmodischen Homo sapiens, der einen Mann einem Spiegel vorzieht.

Calvin fing meinen Blick auf und blätterte weiter. »Er kommt zu
spät!«, schnauzte er.

»Wer?«

»Roger! Derjenige, der mich hier treffen will!«

»Calvin, du hattest Angst, er würde zu früh kommen.«

Er schnalzte mit der Zunge. »Vielleicht hat er sich verlaufen.«

Oder vielleicht ist er klug geworden und hat sich eines Besseren
besonnen, dachte ich. Ich arbeitete an einer besonders störrischen
Locke über Calvins rechtem Ohr und fragte ihn beiläufig: »Wo
hast du diesen denn kennengelernt, Calvin? In der Kurbelwelle?«

Calvin war gleich eingeschnappt: »In solche Kneipen gehe ich
nicht! Ich bin ihm im Caffè Gianni begegnet.«

Wie dumm von mir! Wo sonst würde Calvin einem gleichwertigen
Mann begegnen als in diesem Tempel für Designerparfüm und
Stilsicherheit?

»Wir sind in sein Hotel gegangen«, fuhr Calvin fort.

»Hotel?«

»Ja, er macht hier Urlaub oder sowas.«

»Eine Penetration mit Diskretion?« fragte ich.

»Natürlich! Ich weiß, in wem seinen Hintern ich eindringe.«

In wessen, dachte ich. Der mißbrauchte, vernachlässigte Genitiv. Ja, auch ein Frisör weiß die Regeln der Grammatik zu würdigen.

Calvin prahlte: »Er ist unheimlich drauf abgefahren! Wirklich heiß, aber safe.«

Als ob etwas Derartiges möglich wäre. Für mich war Safe Sex wie entkoffeinierter Espresso. Doch die Zeiten ließen einem nur die Wahl zwischen Tollkühnheit, Vorsicht oder Abstinenz. Ich seufzte bei der Erinnerung an das letzte Mal, als ich heißen Sex hatte. Schien lange her zu sein.

Ich wechselte zur linken Seite von Calvins Kopf, schnitt das kürzere Haar und glich es an das längere, frisch gefärbte Zeug oben an. Meine Finger und Augen wußten schon jetzt, wie großartig er am Ende aussehen würde. Calvin sprach hinter den Seiten seines Magazins hervor: »Ich habe ihm mein Büro gezeigt, bevor wir heute zusammen essen waren.«

Calvin arbeitete auf der anderen Seite des Charles River in Cambridge bei einem Haufen hochnäsiger Architekten. Sie hatten eine Menge Preise gewonnen, also vermute ich, daß sie gut sind. Vielleicht bin ich auch ein wenig eifersüchtig; Calvin und ich sind nämlich etwa im gleichen Alter, doch er hat eine respektable Karriere – einen Beruf – und alle äußeren Zeichen des Erfolgs vorzuweisen. Und ich? Ich mache bloß Leute schön, und das tue ich zufällig auch noch gern.

»War er beeindruckt?« fragte ich.

»Natürlich«, meinte Calvin abwesend.

Ich zupfte sein Haar zurecht, um zu sehen, wie es liegen würde. Genau da schlenderte Nicole Albright, die Maniküre des Geschäfts, an meinem Platz vorbei. Heute trug sie einen lose sitzenden Dress aus champignonfarbener Seide, abgesetzt gegen hellrote Pumps und Perlenkette nebst Ohrringen im dazu passenden Rot. Ich stellte einen drastischen Wechsel in ihrem Make-up fest. Die obligatorischen falschen Wimpern einmal ausgenommen, war es im Vergleich zur üblichen Kriegsbemalung heute wirklich sehr dezent. Dann fiel bei mir der Groschen: Wir waren in der vergangen Nacht in einem Kabarett gewesen, eine Prä-Halloween-Transishow, bei der Männer Playback-Imitationen weiblicher Berühmtheiten aus Vergangenheit und Gegenwart darboten, wobei diese Porträtierungen die Vorstellungskraft jeder Frau weit hinter sich ließen. Nach dem ersten Akt hatten zwei aus der Truppe sich zu uns an den Tisch gesellt. (Ich hatte ihre Perücken frisiert, und sie sahen – mit einem Wort – phantastisch aus.) Eine der Fummeltrinen hatte Nicoles Make-up als »totalen Glamour« bewundert. Das Kompliment hatte sie offenbar irritiert, denn auf dem Nachhauseweg meinte sie, es sei vielleicht Zeit für einen neuen Look. Mein Schweigen kann sie nur ermutigt haben.

Nicole beäugte meinen Klienten und sagte mit rauchiger Stimme zu mir: »Ich sehe, du hast schon wieder einen deiner Cover-Boys hier.« Beifällig plazierte sie ihre Hand auf seiner Schulter. »Und diese Wangenknochen!« Sie kniff in die feste Haut, die sein perfekt geformtes Gesicht bedeckte.

»Ich bin's, Nicole«, sagte Calvin.

Der vertraute Klang seiner Stimme verwirrte sie. »Wer ist das?« fragte sie.

»Calvin«, sagte er matt, wie von sich selbst gelangweilt.

Nicole stockte: »Calvin? Calvin Redding?«

»Selbiger.«

»Ich habe dich gar nicht erkannt. Was ist anders?«

»Seine Haarfarbe«, warf ich ein.

»Nein, Lieber, ich erkenne doch deine Handschrift. Es ist etwas anderes.«

»Ich habe mir den Bart und den Schnäuzer rasiert«, sagte Calvin.

»Genau!« Nicole kicherte so überdreht, als hätte sie gerade eine Runde in einer Fernsehspielshow gewonnen. »Wieso denn nur? Sah doch so hübsch an dir aus.«

Calvin unter dem Nyloncape zuckte mit den Achseln. »Ich hatte das hinter mir. Gesichtsbehaarung ist nützlich, wenn man irgend etwas zu kompensieren hat, dünne Lippen oder ein fliehendes Kinn oder eine große Nase. Ansonsten beleidigt es die Gesichtszüge.«

Ich zog lässig an meinem roten Schnäuzer und seufzte laut: »Ich frage mich, was ich wohl kompensiere.«

Calvin antwortete rasch: »Du solltest ihn abrasieren. Vielleicht siehst du ohne gut aus.«

»Im Gegensatz zu jetzt, meinst du?«

Nicole tätschelte mir in liebevoller Tantenmanier den Kopf. »Du wirst immer mein kleines Dickerchen sein.« Ich bezog die Anspielung auf die etwa fünf zusätzlichen Kilo, die ich immer zu- oder abzunehmen scheine – jene »Rettungsringe«, zu denen, ach, nicht allzu oft jemand greift.

Calvin fuhr fort, Magazinseiten geräuschvoll umzublättern. Nicole sagte: »Besser, ich gehe zurück zu meinem Tisch. Baroneß Kreutzlagers Nagellack dürfte inzwischen trocken sein.«

Sie wandte sich um, und Calvin stöhnte wehleidig aus dem Innern seines Magazins: »Byyye!«

Ich ahmte seine leblose Stimme nach: »Ja, byyye, Nikki. Warum gehst du nicht mit deinem Aceton spielen?« Sie antwortete, indem sie mir eine Kußhand zublies. Ich sah ihr nach, wie sie auf ihren Achtzentimeterstöckeln ihr Rückzugsmanöver durch das gefüllte Geschäft vollführte. Nicole trug ihre sechzig Kilo schweren Einmeterdreiundsechzig wie eine große, geschmeidige Katze. Ihre Tage als Revlon-Model in Paris waren vor mehr als zwanzig Jahren zu Ende gewesen, und danach hatte sie sich freimütig ihrer Liebe für Speis' und Trank ergeben. Die Jahre des Genusses zeichneten sich in ihrer verdickten Taille ab, doch diesen Laufstegschritt hatte sie beibehalten.

Ich stellte den Haartrockner auf die höchste Stufe und zog und fingerte unter dem heißen Blasewind an Calvins Haar. Leise pfiff ich einen alten Ohrwurm über Liebe, die durch den Magen geht, während Calvin sich vor Unbehagen wand. Doch er ertrug es ohne mit der Wimper zu zucken, genau wie der Mann, der er gerne sein wollte.

Wenige Augenblicke später kam uns Nicole wieder entgegen, doch diesmal begleitete sie jemanden, den ich noch nie zuvor gesehen hatte, ausgenommen vielleicht in einem meiner Jungenträume über Cowboy-Freunde fürs Leben. Er war groß, mindestens einsneunzig, hatte breite Schultern, sandbraunes Haar, ein zerklüftetes, von zuviel Sonne gegerbtes Gesicht und strahlend blaue Augen, und sein Lächeln schien geradewegs dem Magazinphoto entsprungen, das an der Deckelinnenseite meiner Aussteuertruhe klebt. Aber er war leibhaftig da, und ich war geblendet. Er hatte lediglich eine Ledertasche über eine seiner muskulösen Schultern geworfen. Nicole führte ihn durchs Geschäft wie einen preisgekrönten russischen Wolfshund.

Calvin sah aus seinem Magazin hoch: »Hier kommt ja mein Zuchthengst!«

Das Wort erschien mir unangemessen und roh angesichts der heroischen Gestalt, die sich meinem Platz näherte. »Hattest du nicht gesagt, er spielt die Matratze?« War das ein Zittern in meiner Stimme?

»Er mag den Wechsel«, sagte Calvin.

Ein Mann nach meinem Geschmack, dachte ich.

Nicole arrivierte in Glückseligkeit, sich an sämtliche Bizeps, Trizeps und Deltoidemuskeln hängend, welche die Schulternähte von des jungen Mannes blaurot kariertem Flanellhemd einer argen Belastungsprobe unterwarfen. Er lächelte mir zu, und ich hätte ihn am liebsten angefaßt.

Er stellte sich als Roger Fayerbrock vor, doch der Haartrockner lärmte, und ich verstand Faircock.

Ich nahm Rogers große, warme Hand und stimmte ein dahingehauchtes »Hi« an, indes mir das Herz hämmerte.

Er sprach in einem resonanzreichen Bariton. »Freut mich.« Doch über das Gebrumm des Haartrockners hinweg war mir, als sagte er: »Ich liebe dich auch.« Seine blauen Augen musterten mich für einen langen Augenblick. Ich kam mir fett vor wie ein Ferkel und wünschte, ich hätte mich für dieses Zwei-für-Eins-Sonderangebot im Aerobicstudio eingeschrieben. Plötzlich war meine Frisur verkehrt, und mein Mund schmeckte nach dem Chicken Burrito, das ich zu Mittag gegessen hatte. Ich war völlig aufgemischt. Doch sein Lächeln verriet mir, daß er mich trotzdem mochte. Es war Zeit, den Haartrockner abzuschalten.

Nicole muß unsere wechselseitige Anziehung gespürt haben, und als Entgegnung schauspielerte sie ihren »kultiviert-britischen« Akzent und stellte mich als Vannos vor. Der merkwürdige Name schien Roger zu verblüffen, also erklärte ich ihm, mein wirklicher Name sei Stan, aber im Geschäft ginge ich als Vannos durch. »Wie ein Künstlername?« fragte Roger.

Ich nickte. »Genau.« In Gedanken brachte ich Roger bereits das Frühstück ans Bett.

Calvin warf einen Blick auf Rogers Ledertasche und fragte: »Hast du nicht mehr dabei?«

»Alles was ich brauche, ist hier drin«, sagte Roger einfach.

»Alles?« fragte Nicole.

»Alles was ich fürs Reisen brauche, M'am.«

Nicole schnappte nach Luft. »Bitte nenn mich Nikki!«

»Meine Mutter hat mir beigebracht, zu Damen immer höflich zu sein.«

»Mag sein, Roger, ich bin aber nicht deine Mutter.«

»Und auch keine Dame«, ergänzte ich.

Nicole warf mir einen finsteren Blick zu und wandte sich dann mit einem warmen Lächeln wieder an Roger. »So höflich brauchst du mir gegenüber nicht zu sein, Roger. Sag statt dessen immer, was du willst und wann du es willst.«

»Dreistes Flittchen«, zischte ich. »Er könnte dein jüngster Sohn sein.«

»Oder dein ältester Neffe.«

»Meine Schwester ist unverheiratet.«

»Genau wie ich!«

Rogers Gesicht verriet Besorgnis, als Nicole und ich uns gegenseitig aufzogen. Calvin erschien wie immer vom Leben angewidert. Zu Roger gewandt sagte ich: »Es ist bloß ein freundliches kleines Duell. Nicole und ich mögen uns wirklich gern.«

»Wem seine Meinung ist das denn?« entgegnete Nicole scharf.

»Wessen Meinung, Liebes. Genitiv.«

»Darling, brüste dich nicht mit dem einzigen grammatikalischen Krümel, den du aus der Sexta übrigbehalten hast.«

Calvins Stimme kam trübe aus seinem Magazin hervorgeleiert und unterbrach unseren Schlagabtausch: »Roger arbeitet im Yosemite Nationalpark.«

»Ooooooh!« machte Nicole. Dann gurrte sie: »Das ist in Wyoming, nicht wahr?«

Roger entgegnete warm: »Nein, M'am.« Nicole drohte ihm mit dem Finger. Er errötete und sagte: »Oh, tut mir leid, M'am. Ich meine, Nicole.« (Dieses Gesicht! Ich konnte quasi schon die Speckstreifen riechen, die bei Morgengrauen über dem Lagerfeuer brutzelten.)

Nicole lächelte und zwinkerte Roger zu. Der lächelte zurück und sagte: »Yosemite liegt in Kalifornien.«

Nicole zuckte mit den Achseln. »Kalifornien, Wyoming ... Was macht das schon, wo du doch gerade jetzt hier bist?« Sie schmiegte sich an Roger. Währenddessen stellte ich mir vor, wie er aus unserem winzigkleinen Zweipersonenzelt in der Nähe eines abgelegenen Bergsees herauskroch. Nicole fragte ihn: »Was hältst du von einem kleinen Spaziergang draußen, während Vannos deinen Gastgeber fertigmacht?«

»Gastgeber?« fragte ich, indes brach das Zelt zusammen und das Lagerfeuer erlosch.

Calvin kam mit dünnem Stimmchen dazwischen: »Habe ich es dir nicht erzählt? Roger ist nur hier, um sich die Schlüssel abzuholen. Er bleibt bei mir für die restliche Zeit, die er in Boston ist. Nicht wahr, Roger?« Roger nickte, doch glaubte ich Ärger in seinen strahlenden Augen zu erkennen. »Weshalb sollte er sein schwer verdientes Geld für ein Hotelzimmer ausgeben, wo er doch in meinem komfortablen Innenstadt-Appartment wohnen kann?«

»Womöglich muß er etwas anderes dafür geben, um bei dir wohnen zu dürfen, Calvin.«

Calvin schnaubte: »Es sind keine Erwartungen damit verknüpft.«

Richtig, Calvin, dachte ich. Wie ich dich kenne, sind sie eher daran gefesselt.

»Roger hat sich aus freiem Willen dazu entschlossen, bei mir zu wohnen. Nicht wahr, Roger?«

Wieder nickte Roger, beinahe beunruhigt. Nicole raunte ihm zu: »Süßer, wenn du woanders parken willst, ich habe Platz genug.«

Roger trat unbehaglich von einem seiner langen Beine aufs andere. Mir war, als biete sich dem Auge mehr dar als nur der »reine Geist in einem göttlichen Körper«, obwohl es auch davon reichlich gab. Die Muskeln seiner Oberschenkel kämpften mit dem Denimstoff seiner Jeans, wenn er seine Beine bewegte. Er klang unwillig, als er sagte: »Ich muß jetzt gehen. Ich will mich ein wenig ausruhen. Die Zeitverschiebung macht mir noch zu schaffen.«

Und wohl auch der Mangel an Schlaf in der letzten Nacht, dachte ich. Ich hatte ein starkes Bedürfnis, ihn vor Calvin zu retten, ihn mit zu mir nach Hause zu nehmen und auf meine Art willkommen zu heißen. Ihm ein Bad einzulassen und den Rücken zu massieren und mich in seine starken Arme zu kuscheln. Dann am Morgen …

Er machte alle Anstalten zu gehen. Wieder streckte er mir seine Hand hin und sagte: »War nett, dich kennenzulernen, Stan.«

»Gleichfalls«, antwortete ich. Der Junge war Gene Autry, Roy Rogers und Hopalong Cassidy zusammen, vereint zu einem lebendigen, atmenden Geschöpf. Er hielt meine Hand länger als nötig gewesen wäre oder auch nur höflich, aber das machte mir nichts. Ich genoß seinen starken, warmen Griff. Dann spürte ich, wie die Tür in ihren Fugen erzitterte, und vernahm zugleich ein schweres, metallisches Krachen in der Gasse hinter dem Geschäft.

»Was war denn das?« fragte Nicole.

»Hat sich angefühlt wie ein Erdbeben«, sagte Roger.

Ich rannte zur Hintertür hinaus um nachzusehen, was geschehen war. Der Transporter des Anlieferdienstes, der gewöhnlich einmal die Woche kam, lag auf der Seite und versperrte die Gasse. Es sah aus wie eine gestellte Szene für einen Fernsehfilm. Ich wollte gerade nach dem Chauffeur sehen, als dieser aus dem Beifahrerfenster auftauchte, das er wie eine Schiffsluke benutzte.

»Mit mir ist alles in Ordnung«, sagte er.

»Ganz sicher?«

»Bloß etwas durchgeschüttelt.«

»Üben Sie eine Akrobatennummer mit dem Laster?« fragte ich.

»Ich bin neu in dem Job. Habe die Bordkante nicht gesehen«, antwortete er sauer. »Muß die Räder zu weit eingeschlagen haben.«

Ich sah die Spuren, wo er auf die Bordsteinkante geraten war und den schmalen Streifen Erde durchpflügt hatte, der die Rückseite des Salons von der gepflasterten Gasse trennte. Seit ich den Rasen in Pflege genommen und Blumen gepflanzt und einen kleinen schmiedeeisernen Tisch nebst zwei Stühlen dort aufgestellt hatte, betrachtete ich das winzige Stückchen Land als meine persönliche Domäne. Stanley Kraychik, mit neun Quadratmetern Bostoner Torfs zum dortigen Landadel gehörend. Jetzt waren sie ruiniert.

Er fragte: »Kann ich drinnen mal telefonieren?«

Ich deutete ins Geschäft, und er hastete durch die Tür. Ich wollte ihm schon folgen, als ich zwei mir vertraute Gerüche von Honigblumenshampoo und Beerenblüten-Haarkur wahrnahm. Dann bemerkte ich eine goldfarbene, cremige Flüssigkeit mit Streifen von Rot und Pink, die durch die Hecktür des gekenterten Lieferwagens aufs Pflaster tropfte. Ein Blick durch die Heckscheibe verriet mir, daß die Ladung von Fünfundzwanzigliter-Plastikfässern mit Shampoos und Haarkuren umgekippt war und sich in den Lieferwagen und von dort aus in die Gasse entleerte. Tu etwas! sagte mein Pfadfinderbewußtsein. Also schob ich die himmelwärts gewandte Seitentür des Lieferwagens auf und kletterte hinein.

Innen begann ich, die schweren Behälter wieder aufzustellen und ihre Deckel zu verschließen, doch der Lieferwagen war vollbepackt mit diesen Dingern, und ich kam nicht schnell genug voran, um den steten Strom zähflüssiger Haarpflegeprodukte zu stoppen. Glitschige Flüssigkeiten füllten den Laderaum wie Leckwasser ein undichtes Boot. Dann spürte ich jemanden über mir, und ich erblickte Rogers Gesicht, das zu der offenen Schiebetür über meinem Kopf hereinschaute.

»Kannst du eine helfende Hand gebrauchen?« fragte er.

»Zwei wären sogar noch besser, aber zuerst solltest du diese Cowboystiefel ausziehen.« Meine eigenen, kreppbesohlten Baumwollschuhe waren schon völlig durchweicht.

Roger zog sich seine Stiefel aus, dann quetschte er sich in den winzigen Raum neben mir im Wagen. Inzwischen waren die Plastikfässer schlüpfrig vom Shampoo, und sie sicher zu greifen, war nahezu unmöglich. Schließlich siegte das Gewicht der Behälter mitsamt deren Schlüpfrigkeit: Ich verlor den Halt und fiel in den See von süßem, parfümiertem Schleim. Das Zeug zog sofort ein, was mich nicht überraschte, denn Haarchemikalien sind größtenteils Netzmittel und Emulgatoren.

Unten auf dem Boden fuhr ich fort, die teilweise offenen Behälter zu verschließen, während Roger irgendwie seinen Halt bewahrte. Ich atmete laut. »Wir sollten bald zu einem Gleichgewicht gelangt sein ... sonst ertrinken wir noch.«

Roger lachte. »Keine Sorge, wir brauchen ja bloß auszusteigen.«

Ich grinste. »Versuch's doch mal«, sagte ich, während ich einen weiteren Plastikdeckel fest auf seinen halbleeren Kanister drückte. Nur um sich zu beweisen, versuchte er es tatsächlich und war eine Sekunde später wieder unten bei mir in dem See aus Shampoo und Haarkuren gelandet. Er lachte. »Ich war sowieso reif für eine Dusche«, sagte er und tat, als würde er sich mit der cremigen Mixtur einschäumen. Mit Rogers starkem, energiegeladenem Körper, der sich so kraftvoll neben mir bewegte – nun, sagen wir einfach, das anliegende Problem kam mir nicht mehr so dringlich vor. Wir saßen zusammen wie zwei Kinder in der Badewanne. Alles was uns noch fehlte, waren Spielzeugschiffe und ein Gummientchen.

Nach weiterem Glitschen und Gleiten und Fallen und Kichern hatten wir dem zähfließenden Strom schließlich Einhalt geboten. Einen Augenblick standen wir in dem Lieferwagen und waren erleichtert. Roger strahlte mich an und fragte: »Entwickelt sich hier in der Gegend alles dermaßen aufregend?«

»Das ist bloß der Waschraum. Du müßtest mich mal im OP erleben!«

Um ihm aus dem Lieferwagen zu helfen, verschränkte ich meine zehn glitschigen Finger zu einer Trittleiter für Roger. Einmal draußen, zog er mich durch die offene Schiebetür hinaus. Draußen standen einige Angestellte des Geschäfts und applaudierten der Schlußszene unseres kleinen Dramas, dann schickte Nicole sie zurück an die Arbeit.

»Alles in Ordnung mit euch beiden?« fragte sie.

»Uns geht's gut, Nikki. Aber die Gartenterrasse ist ruiniert.«

Nicole schüttelte den Kopf. »Ich habe schon viele Bezeichnungen für die rückwärtige Gasse gehört, aber ›Gartenterrasse‹ schlägt alles bisher Dagewesene.«

Ich sagte: »Besser, wir spülen dieses Zeug von uns ab, ehe wir wieder hineingehen.«

»Ich hole ein paar Handtücher«, sagte sie und verschwand ins Ladeninnere.

Roger und ich benutzten den Schlauch in der Nähe meines »Grundstücks«, um uns gegenseitig den seifigen Glibber von den Kleidern zu spülen, entdeckten jedoch schon bald, daß das nicht funktionierte. Wir mußten uns ausziehen, um uns gänzlich abzuspülen, aber da wir draußen waren und es sich nach wie vor um Boston handelte, hörten wir bei den Unterhosen auf. Die von Roger waren einfache weiße Slips. Und meine? Hätten Sie gedacht, daß ich just an diesem Tag meine zebragestreiften Boxershorts trug? Unsere Blicke kreuzten sich, und da war der mißliche Augenblick, in dem zwei Leute sich zueinander hingezogen fühlen, gleichzeitig aber noch von der plötzlichen Vertrautheit überrascht sind.

Rogers Körper war, ganz einfach, ein starker, gesunder Männerkörper mit klassisch angelegten Flächen, Kurven und Rundungen. Seine nassen Jockeyshorts offenbarten unbescheiden alles. Er sprach als erster: »Du hast schnell reagiert mit diesen Chemikalien. Jemand anderes hätte sie womöglich auslaufen und die Umwelt verschmutzen lassen.«

Ich spritzte ihn ab ohne zu antworten, ich wollte ihn nicht desillusionieren, indem ich ihm erzählte, daß alle Haarchemikalien wahrscheinlich am gleichen Ort enden, gleich ob sie auf der Straße verschüttet oder in einem Salon verwendet werden – in der Kanalisation nämlich.

Er betrachtete mich, während ich ihn abspülte. »Du hast einen hübschen Körperbau.«

Ich bin sicher, daß meine Haut in einem noch stärkeren Rosa aufleuchtete als gewöhnlich. Der Körper ist das Rüstzeug des schwulen Mannes. Meiner ist okay, aber weit davon entfernt, perfekt zu sein. »Danke«, sagte ich und studierte seine Schultern.

Dann nahm er den Schlauch und richtete ihn auf mich. »Du machst Bodybuilding?« fragte er, während er mich abspülte.

»Ich hab's einmal versucht.«

»Und was ist passiert?«

»Als das MetroPhysis eröffnete – das heißeste Sportstudio in der Stadt –, bin ich zu einem kostenlosen Einführungstraining gegangen. Aber irgendwie habe ich, obwohl dieser supertolle Trainer mir zeigte, wie man diese Maschinen benutzt, bei zweien von ihnen die Ketten zerbrochen.«

Roger lachte. »King Kong!«

Ich warf mich für ihn in die Pose des »mächtigen Gorillas« und schüttelte dann den Kopf. »Nicht ganz«, sagte ich. »Statt mich zum Mitmachen zu überreden, haben sie mir geraten, auf Yoga umzusteigen.«

»Also machst du jetzt das?«

Ich nickte. »Und Tanzen. Ich ziehe Timing und Balance und Bewegung anatomischen Meßergebnissen vor.«

Roger schenkte mir einen warmen Blick und sagte: »Ich bin ganz deiner Meinung.«

Nicole traf mit einem Arm voller Handtücher ein. Unser Zustand weitgehender Nacktheit schien sie überhaupt nicht aus der Ruhe zu bringen. Als sie Roger seine Handtücher überreichte, hielt sie gar noch inne und inspizierte das Muskelgelände seines Körpers mit offensichtlichem Beifall. »Erkältet euch nicht, Jungs«, zwitscherte sie, als sie ins Geschäft zurückging.

Wir trockneten uns in jenem Gelände ab, das einst mein friedlicher kleiner Garten gewesen war. Ganz offensichtlich war Roger im Freien zu Hause. Sein Gesicht leuchtete im herbstlichen Sonnenlicht, das diagonal zwischen den Gebäuden herabfiel.

Während er sich abtrocknete, studierte er die Überbleibsel meiner kleinformatigen Gartenbaukünste.

Roger fragte: »Hast du das alles gemacht?« Er deutete auf ein tellergroßes Stück unzerstörtes Blumenbeet und die Bodenvegetation. Ich nickte traurig und sagte: »Einst trug es das Markenzeichen einer städtischen Fee.«

»Es gefällt mir.«

»Du solltest erstmal sehen, was ich für das traute Heim und einen Angetrauten tun kann.«

Roger lächelte. »Vielleicht sollte ich das.«

Während der nachfolgenden Sekunden der Stille vernahm ich nur das schwache, von Gebäuden gedämpfte Brausen des Stadtverkehrs, dann das leise Flattern von Spatzenflügeln, die kleinen Vögel erwarteten nämlich ihre tägliche Portion von Brioche-Krümeln, dargeboten von ihrem Gassenheiligen Stanley. »Tut mir leid, Jungs«, sagte ich. »Heute nicht.«

Nicole streckte den Kopf durch die Hintertür und sagte: »Kommt ihr beiden herein oder wollt ihr euren Tee hier draußen trinken?«

»Wir kommen, Nikki.« Rasch knotete ich einige kleinere Handtücher zu ›Bunny‹-Babyschühchen für Roger und mich zusammen. Dann wickelten wir uns in größere Tücher, sammelten unsere nassen Kleidungsstücke ein und trippelten ins Geschäft zurück.

»Was ist mit meinem Haar?« hörte ich Calvin schreien.

»Kein Problem, Calvin.« Ich legte das nasse Kleiderbündel neben seinen Stuhl. Dann arrangierte ich die Infrarotlampen um ihn her und stellte sie auf die höchste Stufe. »Du bist mir immer noch zu feucht fürs Finish. Ich komme wieder, nachdem ich mich umgezogen habe.«

Roger nahm seine Tasche, ich holte einige trockene Kleidungsstücke und ein Paar weiche Treter aus meinem Schließfach, dann nahm ich ihn mit zu den Umkleidekabinen für diejenigen Kunden, die es bevorzugen, sich ihrer Hemden oder Blusen zu entledigen, ehe sie einen Kittel überziehen. Jetzt würden es unsere Ankleidezimmer sein. Wir unterhielten uns über die schulterhohe Trennwand hinweg, während wir uns trockene Sachen anzogen.

»Roger«, sagte ich, »ich verstehe nicht, daß du mit Calvin zusammen bist. Wenn es dir bloß um eine Bleibe geht –«

»Ich habe meine Gründe«, unterbrach er mich. Sein Lächeln war verschwunden, doch seine strahlenden Augen blickten in die meinen, als er fortfuhr: »Es ist nicht, was du vielleicht denkst. Ich fühle mich nicht von ihm angezogen oder irgend etwas dergleichen.«

»Du brauchst dich nicht zu erklären. Ich wollte nicht neugierig sein.« (Natürlich war ich neugierig!)

Sein Blick schweifte ab. »Calvin ist sowieso nicht mein Typ. Wenn ich auf der Suche wäre, dann nach einem wie dir.«

»Mir?« fragte ich dumm.

Roger nickte. »Ich habe ein gutes Gespür für Echtes und für Theater. Das kommt von der Natur. Und deine Flatterhaftigkeit ist bloß Theater. Ich weiß, was darunter echt ist.«

Und ich dachte, an *mir* sei der Psychologe verloren gegangen! Niemand war mir jemals psychologisch gekommen. Normalerweise trat man mittels aktiver Verben an mich heran, etwa: »Ich hätte Lust, dich zu entblättern.« Und der Knabe hier drang gleich unter die Oberfläche. Er wußte bereits mein allerinnerstes schönes Selbst zu schätzen, was zum Teufel das auch sein mochte. Und ich, die einfache Seele, die ich bin, wollte bloß Rogers großartigen Körper in den Armen halten.

»Ich muß Calvin fertigmachen«, sagte ich plötzlich, brach den Bann und leitete uns in die geschäftige Aktivität des Salons zurück. Calvin saß noch immer an meinem Platz, doch die Lampen waren abgestellt. Er wirkte ungehalten. Ich befühlte sein Haar. »Der perfekte Feuchtigkeitsgehalt fürs Finish«, sagte ich wie ein wissender Meister.

Innerhalb von Sekunden war Nicole wieder bei uns. »Na, habt ihr beiden euch da hinten doch noch aufgewärmt?«

»Hör auf, Nikki.«

Calvin bemerkte trocken: »Ich hoffe, ich bin nicht im Weg oder sonstwas!«

Roger überhörte ihn und fragte mich: »Wo sind meine nassen Sachen?«

»Ich habe sie zum Waschen und Trocknen in die Wäscherei gegeben«, antwortete Nicole.

»Ich kann sie dir später vorbeibringen, wenn du willst«, fügte ich hoffnungsvoll hinzu.

Das schien Roger zu gefallen. »Danke«, sagte er. »Vielleicht können wir dann auch etwas zusammen trinken.«

»Würde mir Spaß machen!« platzte ich heraus.

Calvin raschelte laut mit den Seiten seines Magazins.

Nicole fing meinen Blick auf und wandte sich an Calvin. Der schaute unmutig zu uns dreien hoch, um sein Gesicht anschließend wieder in das Magazin zu stecken. »Geht das in Ordnung?« fragte Roger.

»Meinetwegen schon, wenn du nicht zu müde bist.«

Sehr untypisch für Calvin, daß er sich die Bohne um das Wohlergehen eines anderen scherte. Roger sagte: »Kein Problem. Ich brauche bloß ein Nickerchen von ein paar Stunden.«

Calvin entgegnete barsch: »Schön, meinetwegen. Ich fahre jetzt zurück nach Cambridge. Vergiß deine Schlüssel nicht, Roger.« Er nickte in die Richtung seines Sportmantels, eines maßgeschneiderten Stücks aus cremefarbener Schantungseide, das unweit von meinem Platz in Sichtweite hing. Calvin glaubte, die Leute wären ständig darauf aus, seine kostbare Kleidung zu stehlen. »Sie sind in der linken Tasche meines Jacketts dort«, sagte er zu Roger.

Roger entnahm Calvins Jackett ein flaches, schlangenlederbezogenes Etui und hielt es in die Höhe. »Ist es das hier?« fragte er.

Calvin nickte. »Es verhindert, daß die Schlüssel die Silhouette meiner Kleidung ruinieren.«

Roger fuchtelte wütend mit dem Schlüsseletui: »Weißt du nicht, woher dieses Zeug kommt?« fragte er.

»Mir doch egal!« antwortete Calvin. »Nimm einfach den zweiten Satz an dem Kupferring.«

Roger nahm die Schlüssel und streckte mir nochmals die Hand entgegen: »Bis später, Stan.« Mein Herz hüpfte ein paarmal. Dann nahm er Nicoles Hand: »War nett Sie kennenzulernen, Miss Nicole.«

Nicole gab einen resignierten Seufzer von sich und sagte: »Ich bringe dich zur Tür, Roger.« Im Vorübergehen stupste sie mir mit dem Finger gegen die Schulter: »Du mußt zurück zur Arbeit!« Wie einen sanftmütigen Bullen von der Weide führte sie Roger durchs Geschäft. Nicole war kein Geschöpf, wie es in Rogers Naturvorstellung vorkam, und er war sichtlich erschlagen von der Patina ihres Glanzes. Ich dagegen war erschlagen von seinem Lächeln, unter anderem.

Als ich letzte Hand an Calvins Haar legte, versprühte ich achtlos eine große Wolke von Haarspray um sein Gesicht. Calvin schielte und wandte den Kopf, um dem Nebel auszuweichen. »Oh, ist dir etwas in die Augen geraten, Schatz? Tut mir leid.« Trotzdem war es ein Moment der Genugtuung für mich.

Ich entfernte den Nylonumhang und Calvin stand auf. Er drehte den Körper seitlich und bewunderte sich im Spiegel. Er trug leinene Bundfaltenhosen in der Farbe von kräftigem Cappucino, ein blaß malvenfarbenes Hemd aus feiner ägyptischer Baumwolle und eine schreiende Fliege mit abstrakten Mustern in Violett, Heidelbeer, Himbeer und Gold. Während er den Binder behutsam zurechtzupfte, sagte er: »Was denkst du?«

»Ich denke an Viehwirtschaft«, sagte ich.

»Ich meinte mein neues Outfit.«

»Calvin, du bist makellos wie ein schwules Magazinfoto.«

»Hmmmmm. Ja.« Er fuhr sich einige Male mit den Fingern durch die Haare und brachte meine delikate Arbeit durcheinander. Dann nahm er sein Jackett und holte seine Brieftasche hervor. Sorgfältig durchblätterte er den Packen Geld darin und überreichte mir dann eine einzelne, zerknitterte Dollarnote. »Das ist für dich.«

»Danke, Calvin«, sagte ich, während ich das schäbige Trinkgeld entgegennahm: »Bist ein feiner Kerl.«

Sorgsam drapierte er das Seidenjackett wie ein Cape über die Schultern. Er hielt den Kopf schief und hob dabei ein wenig die Nase. »Habe ich dir schon erzählt, daß ich drauf und dran bin, befördert zu werden? Das Projekt, an dem ich gerade arbeite, ist sozusagen eine Garantie dafür. Eine Juniorpartnerschaft. Ziemlich beeindruckend für jemanden unseres Alters.«

»Ich bin beeindruckt, Calvin.« Ich gab ihm die Dollarnote zurück.

»Vielleicht solltest du das hier trotzdem behalten. Womöglich brauchst du später noch ein Pfefferminz für den Atem.« Mit finsterem Gesicht packte er das Geld und stopfte es sich in die Hosentasche. Ich schnalzte mit der Zunge und sagte: »Zerknittre deine Hosen nicht.« Abrupt drehte er sich um und stürmte aus dem Geschäft.

»Und komm so bald nicht wieder«, sagte ich ihm hinterher.

Nicole kam vorüber, als ich meinen Platz für den nächsten Klienten vorbereitete. Ich brummte: »Umbringen möchte ich den Mistkerl. Er macht mich jedesmal fertig.«

»Darling«, sang sie geradezu, »wie kannst du an Trinkgelder denken, nachdem du einen wie Roger kennengelernt hast?«

Ich seufzte. »Wenn der mich fertigmacht, würde mir das nichts ausmachen.«

Später, das Geschäft war schon geschlossen und verriegelt, entspannten Nicole und ich uns bei einem Cocktail im Hinterzimmer. Obwohl Nicole die Besitzerin des Snip ist, läßt sie das die Kunden nicht wissen. Statt dessen behält sie den Deckmantel der Maniküre bei. Sie behauptet, die Leute würden ihre Herzen und Brieftaschen zwar einer sympathischen Arbeiterin öffnen, nicht aber einer gerissenen Geschäftsfrau. Sie muß recht haben, der Laden ist nämlich eine Goldgrube, und sie vernimmt tagtäglich Skandalgeschichten, die der Stoff ihres Lebens sind.

Während Nicole uns beiden einen Drink eingoß – Cognac für sie, Gin für mich –, ertappte sie mich dabei, wie ich das goldene Zigarettenetui aus ihrer Handtasche zog.

»Wenn du darauf bestehst, dir eine zu nehmen, dann versuche wenigstens, sie zu rauchen, ehe du sie ruinierst.«

Ich wählte eine mintgrüne Zigarette und steckte sie mir zwischen die Lippen. »Und wenn es das einzige ist, was ich dieses Jahr noch tue: Ich werde lernen, wie man raucht!«

»Du spinnst!«

»Ich bin ein dreißigjähriger Haareverbrenner auf der Newbury Street! Ich muß einfach rauchen.«

»Vergeude sie nur nicht. Du weißt, daß ich sie eigens bei Perrini's Tobacco Shop bestelle.«

Ich knipste mehrmals vergeblich mit ihrem Feuerzeug, einem schlanken, mit rotem Lack verschönerten Goldbarren. Sie nahm es mir aus der Hand und ließ es einmal elegant klicken. Es erwachte zum Leben, und ich zündete mir meine Zigarette an. Ich nahm einen langen Zug und versuchte, mich zu entspannen, doch meine Kehle brannte und meine Augen stachen. »Nie werde ich herausbekommen, wie ihr das alles macht und es auch noch genießt«, krächzte ich.

Nicole inhalierte den Rauch ihrer maisfarbenen Zigarette tief ein und atmete ihn langsam und genußvoll wieder aus. »Es ist etwas, das man erst genießen lernt.«

»Wie die meisten Perversionen«, sagte ich. »Was ich wissen will, ist: Wie geraten Leute wie Calvin an Leute wie Roger, während Leute wie ich noch immer auf der Suche sind?«

»Stani, in der Liebe gibt es keine einfachen Antworten.« Nicole und meine tschechische Großmutter waren die beiden einzigen, die jemals die Verkleinerungsform meines wirklichen Vornamens Stanislav benutzen durften.

»Mit der Liebe bin ich fertig«, log ich. »Ich werde mich mit Serienmonogamie begnügen.«

»Das sollte doch leicht zu organisieren sein.«

»Leicht, wenn du einen Haufen Geld hast oder eine prestigeträchtige Karriere wie Calvin.«

»Laß das Jammern! Davon hattest du genug, als du in der psychatrischen Klinik gearbeitet hast.«

»Ja. Damals hatte ich auch einen kleinen Zuchthengst.«

Nicole zuckte mit den Achseln. »Vielleicht solltest du zurückgehen.«

»Niemals. Meine Couch ist das Waschbecken, vielen Dank.« Nervös klopfte ich die Asche vom Ende meiner Zigarette.

»Stanley!« Nicole benutzte meinen vollen amerikanisierten Namen immer dann, wenn es ihr ernst war. Sie runzelte die Stirn. »Stanley, ich habe dir vorher gesagt ... du sollst die Asche abstreifen, nicht abhauen!« Dann nippte sie ruhig an ihrem Cognac und kam auf unser vorheriges Thema zurück. »Vielleicht ist es einfach das Gesetz von den Gegensätzen, die sich anziehen. Roger ist nett, Calvin nicht. Deswegen sind sie zusammen.«

Ich nahm, was ich für einen anmutigen Zug aus meiner Zigarette hielt. »Mit der Begründung müßten Calvin und ich eine äußerst hitzige Affäre haben.«

»Hattet ihr das nicht?«

Ich verschluckte mich an dem Rauch: »Nie und nimmer, vergangen, gegenwärtig oder künftig, täte, würde oder könnte etwas Derartiges geschehen!« Gewaltsam stampfte ich die Zigarette aus. Nicole zog ob des unzeitigen Ablebens der Zigarette eine Grimasse. »Ich habe etwas anderes geglaubt«, sagte sie traurig, doch galt ihre Anteilnahme dem zerquetschten Stengel im Aschenbecher.

»Du hast falsch geglaubt.«

»Jedenfalls, benimm dich heute nacht.« Sie goß sich noch etwas Cognac nach. »Calvin war äußerst ungehalten wegen der Einladung.«

»Er ist immer ungehalten.«

»Nach dem nachmittäglichen Tango d'Amore zwischen Roger und dir würde er es wohl kaum schätzen, Roger heute nacht an dich zu verlieren.«
»Nichts wird geschehen, Nicole.« Doch insgeheim hoffte ich, Roger und ich würden gemeinsam das Morgenrot begrüßen.
»Stani, hast du den letzten Sommer schon vergessen?«
Ich hielt inne, dann erinnerte ich mich an die erbärmliche Episode jenes Nachmittags. Es war der Augenblick der Wahrheit zwischen Calvin Redding und mir gewesen. Calvin hatte in betrunkenem Zustand versucht, in der Herrentoilette des Caffè Gianni mit mir Sex zu machen, und ich hatte ihn abgewiesen. Doch dann hatte er, wütend wie er war, die ganze Nacht in der Bar herumerzählt, ich hätte ihn angemacht, und ob es nicht ekelhaft sei, daß manche Leute immerzu Sex bräuchten? Die Erinnerung daran brachte mich jedesmal wieder in Rage. Calvin konnte sich natürlich an nichts mehr erinnern.
»Vielleicht werde ich heute nacht versuchen, Roger zu erobern.«
»Vielleicht bringts ja säuberlich gefaltete Wäsche«, sagte Nicole.
Ich küßte sie auf den Mund. »Wünsch mir Glück!«
»Und daß du mir safe bleibst.«

2
MORD BEI DEN OBEREN ZEHNTAUSEND

Es war gegen acht Uhr abends, als ich den Salon Snips verließ. Der warme Tag hatte sich in eine zugige, feuchte Nacht verwandelt, die mich daran erinnerte, daß in Boston die Jahreszeit der Eskimostiefel nahte. Beim Heraussuchen von Calvins Adresse entdeckte ich, daß er nur einige Blocks vom Geschäft entfernt wohnte, in der ultraschicken Gegend in der Nähe des Boston Public Garden. Also ging ich zu Fuß. Dann stand ich vor dem sechsstöckigen Bau aus rotem Sandstein, dachte hoffnungsvoll an Rogers lächelndes Gesicht und fragte mich, ob er mich wahrhaftig dort drinnen erwartete. Das alles schien zu schön und zu plötzlich, um wahr zu sein.

Wie fast jedes geschmackvolle Gebäude in Boston war auch Calvins Haus in luxuriöse Eigentumswohnungen aufgeteilt worden. Wenigstens hier jedoch hatte man bei der Renovierung die ursprüngliche Architektur erhalten. Sogar die Fenster waren doppelt eingehängte Schiebefenster, die sich auf und ab bewegen ließen. Keine Kurbeln. Keine Jalousien. Kein eloxiertes Aluminium. Nur Holz und Glas. Und Klasse.

Ich öffnete die Außentür, eine zentimeterdicke Glasscheibe. Im Foyer sah ich mich einer zweiten Tür gegenüber, diesmal dicke Eichentäfelung. Das geölte Holz schimmerte sanft unter der Laterne mit dem vorgetäuschten Gaslicht. Ich drückte einen kleinen Knopf neben Calvins Namensschild und wartete. Keine Antwort. Ich vergewisserte mich, den richtigen Knopf gedrückt zu haben, und versuchte es wieder. Nichts. War es schon wieder vorbei? fragte ich mich. Hatten sich die Pläne geändert? Hatte sich Roger zu guter Letzt doch noch mit Calvin zufriedengegeben?

Frustriert machte ich kehrt, als ein Fremder von draußen ins Foyer trat. Er hatte ungefähr meine Größe, knapp einsachtzig, hatte dunkles Haar und Bart, war sehr schlank und wahrscheinlich Ende zwanzig. Er war komplett in schwarzes Leder gehüllt: Hosen, Jacke, Mütze. Der Fummel war herbe, aber der Duft anziehend. Er starrte mich über eine braune, mit Einkäufen gefüllte Papiertüte hinweg an und nahm mich mit einem vorsichtigen Lächeln und einem stummen Nicken zur Kenntnis. Er schloß die große Eichentür auf, drehte sich zu mir um und sagte mit einer unnatürlich tiefen Stimme: »Wollen Sie reinkommen?«

Ich nickte und folgte ihm. »Ich möchte zu Calvin Redding, aber er meldet sich nicht an der Gegensprechanlage.«

»Die Türklingel ist wohl wieder defekt.« Er achtete sorgsam darauf, seine Stimme in der Baßlage zu halten. »Kommen Sie doch mit hoch.«

Er führte mich in einen schmalen Aufzug und drückte einmal zum fünften Stock und einmal PH. »Was ist das, PH?« fragte ich.

»Das Penthouse, da wohnt Cal.«

Ein Penthouse in einem sechsstöckigen Sandsteinbau? Wenn mein Haus einen Fahrstuhl hätte, würde der Knopf TF sagen – »top floor«: Dachgeschoß.

Die Fahrt hinauf ging langsam und holprig. Ich fragte mich, ob man die authentische Wiederherstellung des Gebäudes nicht vielleicht ein wenig zu weit getrieben hatte. Wir schwiegen, bedachten uns jedoch gegenseitig mit kurzen, verstohlenen Blicken. Mir schwindelte von seinem berauschenden Ledergeruch. Zuletzt kam die winzige Kammer zu einem stockenden Halt, und die Tür öffnete sich ächzend. Beim Hinausgehen sagte er: »Falls Cal nicht daheim ist: Ich wohne direkt unter ihm.«

Ich fragte mich, wie wörtlich er das meinte, dann begriff ich, daß das eine Einladung unter Artgenossen war. »Danke«, sagte ich. Da ich bald in Rogers Nähe sein würde, war die Geste an mich allerdings verschwendet.

Calvins Apartment eine Etage höher war leicht zu finden. Ich hatte richtig gerechnet, daß von den zwei Dachgeschoßwohnungen seine die mit dem Blick auf den Charles River sein würde. Seiner Tür gegenüber war eine Nische mit einem kleinen Garten aus Birkenfeigen, Miniatur-Rhododendrons in Schattierungen von weinrot bis rosa (modisch von gestern), und einer Bodenvegetation von Schafsrapunzel. Das Aroma frischer Mulche und die dunkle, durch ein Oberlicht über dem Garten hereinfallende Nacht vermittelten das Gefühl, draußen zu sein. Roger würde das mögen, dachte ich.

Ich drückte auf einen diskret verborgenen Knopf in der Holztäfelung um Calvins Tür und wartete auf seine Antwort. Eine Minute später drückte ich ihn wieder, und dann fiel mir ein, was der Ledermann über die defekte Türklingel gesagt hatte. Gerade hob ich die Faust und wollte klopfen, da schwang die Tür vor mir mit so plötzlicher Kraft nach innen, daß ich fast mit hineingesogen wurde. Calvin stand da, nur in einen leichten seidenen Bademantel gehüllt. Daraus, wie dieser sich an seinen Körper schmiegte, ersah ich, daß er darunter nackt war. Sein Haar war zerzaust und er sah überrascht und wütend aus, sagte aber nichts. Ich winkte zum Gruß; er erbleichte. Ich habe noch nie die Haut einer lebenden Person dermaßen grau werden sehen wie die von Calvin in diesem Augenblick.

»Platze ich, äh, irgendwie dazwischen?« fragte ich und hoffte, daß dem nicht so war.

Er antwortete nicht. Wir standen da und sahen uns schweigend an. Sekunden verstrichen.

»Soll ich nicht hereinkommen, Calvin?« Das Ganze war mir peinlich.

Seine Hand zuckte nervös, als er mich in die Wohnung winkte, und so trat ich durch die Tür. Er schloß sie lautlos und flüsterte: »Hat dich jemand gesehen?«

Kühn entgegnete ich: »Der Nachbar unter dir jedenfalls schien ziemlich interessiert.«

»Schscht!«

»Was ist los mit dir, Calvin?«

»Nichts!«

»Wo ist Roger?«

Calvin erstarrte. »Roger? Er … er ist nicht da.«

Die Energie in diesem Raum war merkwürdig. Ich übergab ihm die Tasche mit Rogers trockenen Sachen und sagte: »Vielleicht komme ich besser ein andermal zu diesem Drink vorbei.« Ich drehte mich um und wollte gehen, doch Calvin hielt mich fest.

»Hilf mir!« keuchte er. »Es ist etwas passiert.«

Irgendwie hatte ich das Gefühl, daß das heute nicht die Nacht der Nächte werden würde. Er fiel auf mich und schluchzte heftig. Trotz meiner Abneigung versuchte ich Calvin zu trösten. Erfahrungen in Gesprächstherapie helfen da manchmal. Ich spürte, wie sein Körper zuckte. Daß ich einen Mann in den Armen gehalten hatte, erschien mir Jahrhunderte her, und jetzt umfaßte ich den falschen! Was würde Roger denken, wenn er uns bei diesem Walzerreigen überraschte? Ich schaute über Calvins Schulter in den Wohnraum hinter ihm. Alles war still. Wieder fragte ich, wo Roger sei.

»Er ist fort«, sagte er und schluchzte in meine Schulter.

»Fort wohin?« fragte ich, immer noch hoffend, Roger wäre klug geworden und bei Calvin ausgezogen.

Er lockerte seinen Griff gerade soweit, daß er mich anschauen konnte. Sein Gesicht war nur Zentimeter von meinem entfernt. »Er ist … oh Gott!« Seine Augen waren tränennaß, und ich selbst war irgendwie fasziniert, ihn so hilflos weinen zu sehen. Es muß wohl mein perverses slawisches Blut sein, das bei menschlichen Schmerzensäußerungen in Wallung gerät.

Schließlich ließ Calvin von mir ab. »Komm mit.« Er drehte sich um und führte mich in den Wohnraum. Dann deutete er in einen Flur, der zur Flußseite des Apartments führte. »Da drinnen«, sagte er. »Geh. Sieh selber.«

»Wo?«

»Im Schlafzimmer. Hinten, links.«

Ich ging, wohin er zeigte, und trat in einen langen Korridor, dessen Wand und gesamte Decke aus enormen Glaspaneelen bestand. Es war, als wandle man des Nachts durch einen der alten europäischen Kristallpaläste. Der Parkettfußboden war mit schmalen persischen Läufern ausgelegt. Die Glaswand zur einen Seite ging auf den Charles River hinaus. Die andere Wand war mit riesigen Spiegeln verkleidet, die das Flußpanorama widerspiegelten. Licht gab es nur von draußen, nur Sterne und Straßenlaternen und Autoscheinwerfer, die sich glitzernd in den Spiegeln brachen. Hübsch, wie manche Leute wohnten.

Die Schlafzimmertür am anderen Ende des Ganges war offen. Es wirkte einladend, aus dem Innern drang ein hübscher, warmer Lichtschein. Der ganze Korridor roch nach Wollteppichen und getrocknetem Eukalyptus. Der wohlige Duft entspannte mich etwas und ließ meine Liebe-Triebe-Hoffnungen wieder aufflammen, während ich mich dem Zimmer näherte. Er bereitete mich jedenfalls keineswegs vor auf das, was der Raum enthielt.

Roger lag auf dem Bett, auf der linken Seite, mit dem Gesicht zur Tür. Hinter ihm bildeten die Fortsetzung der Glaswand und das Flußpanorama einen romantisch urbanen Hintergrund. Das Laken war über ihn gezogen und ließ den rechten Arm und die Schulter frei. Er sah aus, als schliefe er, und es wäre die Erfüllung meiner Träume gewesen, ihn so vorzufinden, wenn er nach einem harten Tag im Geschäft auf mich wartete, erpicht darauf, zusammenzuliegen und einander zu helfen, die Sorgen der Arbeitswelt zu vergessen. Doch da war so eine häßliche Stille im Zimmer: Roger atmete nicht.

Mein Magen kollabierte. Ich hätte rennen und schreien mögen, aber hysterische Anfälle waren nie mein Stil. Statt dessen schaltete ich absichtlich auf weißes Rauschen. Jede Reaktion meines Herzens war von jetzt an abgeriegelt und eingefroren. Es war eine Überlebenstechnik, die ich als Junge gelernt habe, um mit unerfreulichen Situationen zurechtzukommen. Ich würde diesem Alptraum mit objektiven, zielgerichteten Sinnen entgegentreten.

Ich ging zu Roger und berührte sein Gesicht. Es war kühl und trocken. Ich faßte das freiliegende Handgelenk, um nach seinem Puls zu forschen. Der Arm war bleischwer. Ich tastete seinen Hals nach einem Pulsschlag ab, doch alles blieb still.

Als nächstes erinnerte ich mich, daß mir die Knie wackelten und mein Mund so trocken wie Talkumpuder war. Die sanften Lichter pulsierten in Wellen unterschiedlicher Helligkeit. Ich biß mir auf die Zunge, um den Speichelfluß wieder in Gang zu bringen; ein Trick, den ich von einem befreundeten Tänzer gelernt habe. Ich suchte und fand Halt am Bett. Als ich sicher war, nicht ohnmächtig zu werden, zog ich das Laken von Rogers Körper. Der Geruch kürzlich erfolgter Muskelanstrengung wehte hoch. Seine Haut war blaß, ausgenommen entlang der Matratze, wo sie dunkler war, fast bläulich. Das stagnierende Blut hatte schon angefangen, sich zu setzen. Dann sah ich sie.

»Calvin!« brüllte ich. »Beweg deinen Arsch hierher!«

Calvin erschien innerhalb von Sekunden in der Tür. Er flennte noch immer.

Ich schrie: »Was zum Teufel haben die Schleifen an ihm zu suchen?«

»Ich ... ich weiß nicht.« Schluchz. »Er ist so gewesen.«

Rogers Körper war mit zwei teuren Seidenfliegen geziert, eine um seinen Hals und eine um seine bläulichen Genitalien.

»Was zum Teufel habt ihr beiden miteinander gemacht?« Ich bemerkte einen transparenten Umschlag mit einem weißen Pulver auf dem Nachttisch. »Verdammt, Calvin! Gibst du dich immer noch mit diesem Scheißzeug ab?«

»Nein. Ehrlich!« jammerte er. »Ich bin nach Hause gekommen, da hat er so dagelegen!«

»Und wieso springst du in diesem Bademantel herum?«

Calvin holte Luft und stammelte: »Ich ... ich bin hier hereingekommen ... und habe ihn genau so daliegen sehen ... nackt. Und habe es für eine Einladung gehalten.«

»Also hast dir was eingepfiffen und eine deiner dämlichen Vorstellungen gegeben.« Mein Körper wollte ihn schlagen und treten und verletzen – eine typisch männliche Reaktion. »Diesmal bist du zu weit gegangen, Calvin.«

»Ich bin's nicht gewesen! Alles was ich getan habe, war, mich auszuziehen und zu ihm ins Bett zu springen.«

Ich bemerkte, daß Calvins Kleidung säuberlich über einen ledernen Freischwinger in der Ecke gelegt war und nicht als zerknüllter Haufen irgendwohin gefeuert. Ich knurrte: »Gib's einfach zu, Calvin. Du hast ihn umgebracht!«

Calvin erschauerte. »Ich war's nicht! Ich … Ich habe die Arme um ihn geschlungen.« Schluchz. »Er fühlte sich kalt an, also hab ich mich an ihn geschmiegt. Dann hat er sich gar nicht bewegt.«

»Und du hast ihn in seinen toten Körper gerammelt? Ist es das, was du getan hast?«

»Nein, ich hab' überhaupt nichts getan!«

»Du lügst, Calvin. Du bist den ganzen Nachmittag über zu Hause gewesen. Du bist vor drei Uhr aus dem Geschäft gegangen.«

Seine Stimme bebte. »Aber ich bin zurück zur Arbeit gefahren. Und erst spät nach Hause gekommen.« Wieder schien er kurz vor dem Heulen zu sein. »Deshalb hatte ich es so eilig mit dem Sex. Ich wußte, daß du jede Minute hier sein würdest.«

»Na und? Du hättest ja nicht aufmachen müssen.« Ich drehte mich um und spie ihm die Worte ins Gesicht. »Hat es denn Spaß gemacht?«

Calvin stöhnte und ließ sich auf mich fallen, schlaff und schwer. Großartig! Er hatte die Besinnung verloren. Ich ließ ihn zu Boden gleiten und holte aus dem angrenzenden Badezimmer ein Glas Wasser. Ich hoffte, das würde ihn wieder zu sich bringen; alles was ich über Erste Hilfe wußte, hatte ich aus dem Kino. Doch er kam tatsächlich wieder zu Bewußtsein, als ich sein Gesicht damit besprengte. Aber dann griff er nach mir und zog mich verzweifelt zu sich hinab. Calvin war offensichtlich völlig am Ende: Sein Atem stank. »Laß mich hier nicht allein mit ihm zurück!« sagte er und rüttelte an mir. »Bring mich weg. Bring mich hier weg!«

Ich half ihm zurück ins Wohnzimmer und legte ihn auf das Ledersofa. Als ich den Telefonhörer aufhob, fragte Calvin: »Wen rufst du an?«

»Die Polizei, wen sonst?«

»Nicht! Die glauben, ich hätte es getan.« Der Ausdruck des Schreckens in seinem Gesicht bereitete mir einen Anflug von Freude.

»Du hast es getan, Calvin. Diesmal kannst du keinem anderen die Schuld zuschieben.« Ich fragte mich, wie ich in einen Schlamassel wie diesen hineingeraten konnte. Vielleicht deshalb, weil Roger Dinge gesagt hatte, die ich gerne hörte? Aber nachdem ich – knallhart – die Nummer gewählt hatte, war ich irgendwie selbstzufrieden, so als begriffe ich die ganze Situation und hätte sie völlig unter Kontrolle. Irgendwer nahm schließlich den Hörer, und ich erklärte, wer ich sei und was geschehen war. Ich mußte mich viele Male wiederholen. Zu guter Letzt brüllte ich in Verzweiflung: »Verdammt, hier liegt eine Leiche, und der Mörder ist auch hier!« Von seinem Sofa aus warf Calvin mir stumm jenes Wort zu, das mit F beginnt.

Ich hängte auf und wandte mich um. »Sie sind unterwegs«, sagte ich mit Nachdruck. Ich kam mir wirklich sehr mächtig vor, speziell in Bezug auf Calvin. Mann, was für ein Irrglaube!

Calvin erhob sich. Er zitterte. »Ich brauche einen Drink.«

»Keinen Alkohol jetzt! Es macht einen schlechten Eindruck, wenn sie deine Aussage aufnehmen.«

»Scheiß drauf! Ich trinke jetzt etwas.«

»Wenn ich es recht bedenke, Calvin, nimm einen Doppelten.« Ich ließ ihn allein. Er konnte in diesem Bademantel ja doch nirgendwohin. Ich ging zurück ins Schlafzimmer. Ich wollte genau herausfinden, was zwischen ihm und Roger geschehen war, und ich dachte, die im Raum verbliebene Energie würde mir irgendeinen Hinweis geben. Als ich in der Tür stand, bemerkte ich ein würziges Aroma, das mir vorher entgangen war. Ich bewegte mich in Richtung Bett, in der Annahme, der Duft käme womöglich von Roger, doch dem war nicht so. Ich sah eine Flasche Eau de Toilette auf der Frisierkommode. Ich öffnete sie, aber es glich in nichts dem in der Luft zurückgebliebenen Duft. Ich schnüffelte im Schlafzimmer umher, bis ich entdeckte, woher der Geruch kam. Er war am stärksten in der Nähe der Lamellentüren des begehbaren Kleiderschranks. Ich schob eine von ihnen auf und atmete tief ein. Da war er, der dunkle, würzige Geruch, etwas wie Weihrauch, fast wie Patchouli, aber letztlich doch keines von beiden. Ich atmete noch einmal ein, um den Duft in meinem Gedächtnis zu fixieren, und schloß darauf die Tür.

Ich drehte mich zu Roger um und empfand eine Woge der Trauer. Roger war schön und sah sanft aus. Die Fliegen hätten sich gut als spielerische Aufforderung gemacht, wenn er nicht tot gewesen wäre. Aber jetzt wirkten sie heimtückisch. Dann hielt etwas Eigenartiges meinen Blick gefangen. Ich konnte mich irren, aber die Knoten unterschieden sich voneinander. Der um seinen Hals war leicht und locker, während der weiter unten fester und strammer war.

Bevor ich Roger verließ, fühlte ich mich zu etwas getrieben. Es war eine eigentümliche Ahnung, und ich wußte, daß die Polizei dem nicht beipflichten würde, also mußte ich handeln, ehe sie eintrafen. Ich atmete tief durch und nahm dann Rogers Hand in die meine. Ich wollte mich verabschieden, auch ohne die Gelegenheit gehabt zu haben, ihn vorher richtig kennenzulernen. Während ich seine leblosen Hände hielt, entdeckte ich merkwürdige dicke, rauhe Schwielen an seinen Fingerspitzen. Vielleicht hatte er Gitarre gespielt? Ich seufzte schwer und legte Rogers Hände nieder. Als ich das Schlafzimmer verlassen wollte, sah ich Calvin in der Türöffnung stehen. Er hatte mich beobachtet.

»Was zum Teufel machst du da mit ihm?« fragte er abfällig.

Ich errötete, verlegen, in einem Moment sentimentaler Rührseligkeit ertappt worden zu sein. »Ich habe mich bloß verabschiedet.«

Calvin zog eine spöttische Grimasse und meinte: »Du bist krank!«

Er drehte sich um und stapfte wütend durch den Flur zurück ins Wohnzimmer, wobei sein Bademantel offen hinter ihm herflatterte. Ich erhaschte einen Blick auf die Rückseite seines Körpers und stellte fest, daß es irgendwo doch Gerechtigkeit gab: Für all die Stunden, die er eisern pumpend und stemmend beim Training verbrachte, hatte Calvin immer noch ganz mickrige Beine.

Als ich ins Wohnzimmer zurückkehrte, hatte er die Lichter angedreht und hing zwischen den Kissen des taubengrauen Ledersofas. Calvins leicht glasiger Blick verriet mir, daß er schon einige Drinks hinuntergekippt hatte. Er zappelte und schmollte wie ein Kind im Wartezimmer des Arztes. Er steckte sich eine Zigarette an. Ich beneidete ihn. Es erschien mir perfekt, in einem Moment wie diesem zu rauchen. Er warf das schwere Kristallfeuerzeug auf den rosenhölzernen Couchtisch. Es hinterließ eine Kerbe in der Oberfläche, zersprang aber überraschenderweise nicht.

»Verdammt!«, brummte er. »Und was soll ich jetzt tun?«

»Du solltest dir deine Story für die Bullen zurechtlegen. Und zwar schnell, sie werden dich nämlich aufs Glatteis führen und auseinandernehmen.« Heimlich konnte ich es kaum erwarten, mitzukriegen, wie sie ihn fertigmachen würden.

»Warum sollten sie das? Ich habe überhaupt nichts getan!«

»Richtig, Calvin. In deinem Bett liegt eine Leiche, du tänzelst in einem seidenen Morgenmantel rum, und nichts ist passiert.«

»Es ging doch nur ums Vögeln. Ich kenne ihn nicht einmal.«

»Calvin, das an seinem Körper sind deine Fliegen.«

Er erschlaffte und schien fast wieder in Ohnmacht zu fallen, fing sich jedoch rasch wieder. »Wenn du so gescheit bist, Vannos, weshalb erzählst *du* den Bullen dann nicht, was passiert ist? Du hattest doch die Nase vorn an dem verdammten Telefon.«

»Aber ich war nicht hier, Calvin.«

»Stimmt, Vannos, das warst du nicht. Also warum hältst du nicht einfach die Klappe? Sie wissen nicht, wer hier war und wer nicht. Tatsächlich steht mein Wort gegen deines. Vielleicht erzähle ich ihnen einfach, daß ich hereinkam und daß du und Roger einen Streit hattet, oder besser, daß ihr beide miteinander im Bett wart.«

»Du Arschloch! Du wirst ziemlich doof aussehen, wenn du diesen Scheiß von dir gibst, selber ganz nackt unter deinem dünnseidenen Morgenmäntelchen.«

In dem Augenblick vernahmen wir gräßliche Geräusche im Flur vor Calvins Wohnung, den schweren Tritt der Staatsgewalt, laute Stimmen, kreischende Funkgeräte, ein plötzliches Hämmern gegen die Tür.

»Hier ist die Polizei! Öffnen Sie!«

Calvin sprang vom Sofa und rannte zum Schlafzimmer. Von dort aus brüllte er: »Laß sie nicht herein! Ich bin noch nicht fertig!«

»Das hier ist keine Modenschau, Calvin!«

Ich öffnete die Tür und da stand er, volle Einmeterdreiundachtzig. Meine Sinne schalteten auf Zeitlupe, um ihn ganz aufzunehmen. Er stand da, das Gewicht auf eines seiner langen, muskulösen Beine verlagert. Seine blaugrauen Augen glitzerten. Obwohl unlängst rasiert, hinterließ sein Bart einen bläulichen Schatten auf seinem seidigen, olivfarbenen Teint. Er lächelte nicht, aber ich wußte, daß, falls er es täte, es ein brillantes Lächeln sein würde. Sein dunkles Lockenhaar war verstrubbelt. Ein balsamisches Aroma umgab ihn. Eine Sekunde war verstrichen.

»Sie haben Probleme hier?« fragte er, dabei die natürliche Kraft seiner klangvollen Stimme zügelnd. Sein sauberes, weißes Baumwollhemd war leicht angeknittert; eine gestreifte Krawatte umschloß locker dessen Kragen; die aufgerollten Ärmel gaben kräftige, stark behaarte Unterarme frei; graue Bundfaltenhosen trachteten vergebens, die nachdrückliche Kraft seiner Lenden zu verbergen; glänzende schwarze Treter umschlossen ein paar breite Füße mit hohem Spann. Mein Blick kehrte zu seinem Gesicht zurück, ich sah seine Augen, die unverwandt in die meinen blickten, und spürte, wie ein mediterraner Zephir mein Gesicht liebkoste. Zwei Sekunden.

»Wer sind Sie?« fragte er knapp.

»Stan Kraychik«, antwortete ich.

Er schob mich beiseite, und drei andere Bullen folgten ihm. Ich hörte noch, wie er im Vorbeigehen »Lieutenant Branco« sagte. Von den anderen drei Bullen war einer ein Zivilbeamter in den späten Zwanzigern. Ich vermaß seinen stämmigen Körper und sein durchgestyltes Blondhaar. Ein passender Assistent, dachte ich, nur vielleicht ein bißchen zu pfiffig und cool. Der Ehering an seiner Linken nahm ihm etwas von seinem Zauber.

Die dritte war eine Beamtin in Uniform, eine kräftige Frau, fast ebenso groß wie Branco. Ihre Arme und Schultern stellten die meinen in den Schatten. Sie hatte ein dunkles, grobes Gesicht, doch spürte ich eine Wärme in ihr.

Der letzte Bulle war der Laborexperte, ein hagerer Schwarzer, größer als ich. Sein großes, helles Gebiß nahm ein Viertel seines Gesichts ein, wenn er lächelte, was er anscheinend gerne tat. Für einen Bullen erschien er zu sanft.

Branco sah sich rasch in dem Zimmer um, doch konnte ich sehen, wie er jedes Detail computergleich registrierte. Er kritzelte Worte in ein kleines schwarzes Notizbuch, während er den Raum musterte – und mich. »In Kürze kommt mehr Personal. Also, was hat sich hier abgespielt?«

Ich versuchte, cool zu antworten. »Jemand im Schlafzimmer atmet nicht mehr. Auch kein Puls mehr.« Wieder kollabierte mein Magen, und ein Zittern lief mir die Wirbelsäule entlang. Branco nickte seinem Assistenten und dem Labormann zu, sie sollten die Leiche untersuchen. Plötzlich hörten wir heftig zuknallende Schubladen und zuschlagende Schranktüren, sogar das Rauschen einer Wasserspülung. Branco drehte sich blitzartig zu mir um: »Sonst noch jemand hier?«

Ich verdrehte die Augen und nickte, als verschaffte ich ihm Zutritt zu einem Geheimnis. »Und ob.« Ich hub zu einer Erklärung an, wurde jedoch von Calvin unterbrochen, der aus dem Flur hinzukam. Er hatte ein bauschiges lachsrosa Baumwollhemd und dazu leinene Flatterhosen angezogen. Teures Zeug, genau die richtigen Klamotten für einen Empfang in Palm Beach, doch völlig aus der Mode in Boston. Ich war überrascht, daß Calvin einen derartigen modischen Schnitzer begehen konnte. Er stand mehr unter Streß als ich dachte.

Calvin besah sich Branco von oben bis unten. »Also«, rief er, »ich dachte, der Blonde, den du ins Schlafzimmer geschickt hast, wäre ein hübsches Stück, aber der Preisbulle ist definitiv der hier!«

Branco ignorierte die Bemerkung. (War er Derartiges gewohnt?) Statt dessen sagte er schroff zu Calvin: »Wer sind Sie?«

»Ich wohne hier. Die Frage muß also lauten: Wer sind Sie?« Seine Stimme erbebte vor künstlich aufgebauter Energie.

Branco sagte gelassen: »Lieutenant Branco, Mordkommission.«

»Keine Uniform? Woher weiß ich, daß Sie ein Bulle sind?« Branco ließ seine Polizeimarke aufblitzen. Calvin sah auf die Marke und anschließend auf Branco. »Sie wirken ziemlich echt, Herr Bronco«, sagte er. Ich war sicher, Calvin hatte den Namen absichtlich falsch ausgesprochen. »Ich bin Calvin Redding, und mir gehört diese Wohnung«, fuhr er fort. »Und einige recht unerfreuliche Ereignisse scheinen sich heute abend zugetragen zu haben. Ich hoffe, Ihre Leute werden in der Lage sein, das alles zurechtzurücken.« Die Beamtin sah Calvin empört an und räusperte sich.

Ich sagte: »Etwas stimmt hier nicht, Lieutenant. So war er vorher nicht.« Es klang aggressiv.

Branco betrachtete mich kühl. »Halten Sie den Mund!« Dann, zu Calvin gewandt: »Wir wären dankbar für Ihre Mitarbeit, Herr Redding.«

»Sie wollen meine Mitarbeit? Ich wäre nur zu froh, Ihnen behilflich zu sein, aber ich glaube, Vannos ist derjenige, mit dem Sie sich zu unterhalten haben.«

Branco wandte sich mir zu. »Also wie ist Ihr Name?«

Seine plötzliche Heftigkeit erschreckte mich. »Ich, eh … heiße … Stan«, sagte ich. »Ich meine, Stanley. Also, am korrektesten ist eigentlich Stanislav. Aber im Geschäft bin ich Vannos. Nur meine Großmutter nannte mich Stani.«

Branco schüttelte den Kopf und brummte: »Herr im Himmel!«

Währenddessen kam der blonde Assistent aus dem Schlafzimmer zurück. Mit ernster Miene sagte er zu Branco: »Besser, Sie schauen Sich das selber an, Lieutenant.«

»Okay«, meinte Branco und ließ Calvin und mich mit der Beamtin im Wohnzimmer zurück, während er und der blonde Bulle wieder ins Schlafzimmer gingen.

Calvin flüsterte mir zu: »Was für ein Bulle! Keine Uniform, und er hat haarige Unterarme.« Angewidert zog er die Stirn kraus.

Die Beamtin ging zwischen uns und fuhr Calvin an: »Falls Sie was zu sagen haben, dann sagen Sie es laut!«

Nachdem Branco und der Assistent zurück waren, schickte er mich mit dem Blonden in die Küche und verhörte Calvin im Wohnzimmer. Ich erzählte dem Assistenten alles, was sich seit meiner Ankunft ereignet hatte. Es war leichter mit ihm zu reden als mit Branco, und mein patziger Tonfall verschwand für eine Weile. Branco brauchte länger mit Calvin, und so konnte ich die beiden von der Küchentür aus beobachten. Calvin sank tiefer in das Ledersofa, je mehr Branco ihn unter Druck setzte. Allmählich glich er einem Hund, der draußen warten muß, bis das Herrchen im Restaurant sein Steak verzehrt hat. Es war ein recht anderer Calvin als vor wenigen Minuten oder gar früher am Tag. Branco war zu Ende und kam in die Küche. Er schickte den blonden Bullen Calvin befragen. Dann setzte er sich, öffnete sein schwarzledernes Notizbuch und atmete einmal tief durch. »Okay«, sagte er. »Hören wir uns jetzt Ihre Version an.«

»Nochmal?«

»Legen Sie einfach los!«

Ich versuchte, ihm alles zu erzählen, was ich dem anderen Bullen erzählt hatte, aber seine physische Präsenz verwirrte mich, und ich verlor ständig den Faden. Um alles noch schlimmer zu machen, notierte Branco Dinge in sein kleines schwarzes Buch, aber immer zur falschen Zeit, wie es schien. Wenn ich etwas sagte, was ich für wichtig hielt, tat er nichts. Dann, wenn ich innehielt, um eine Einzelheit zu erinnern, schrieb er wie der Teufel. Ich wußte nicht, welches Spiel er da trieb. Als ich schließlich fertig war, fragte er mich ohne aufzusehen: »Sie haben nichts angefaßt, oder?«

»Nein.« Ich log ruhig, mußte seinem stählernen Blick jedoch ausweichen. Als ich Roger untersuchte und berührte, wußte ich, daß ich technisch gesprochen an Beweisen herumgepfuscht hatte, aber schließlich hatte das einer meiner Jugendhelden, Perry Mason, auch getan. Als ich aufblickte, waren Brancos harte Augen verengt und starrten mich voller Zweifel an.

In dem Augenblick kamen mehrere Bullen hinzu, darunter ein Fotograf, ein Arzt und noch mehr Laborpersonal. Plötzlich war die Wohnung voll von sendungsbewußten Leuten. Branco sagte:

»Eine offizielle Zeugenaussage können Sie in der Innenstadt machen.«

»Zählt diese hier denn nicht?«

»Dort sind Sie weniger abgelenkt. Sie werden klar denken können.«

»Ich denke auch jetzt ganz klar.«

Branco zog die Stirn kraus. »Vielleicht fällt Ihnen sonst noch etwas ein.«

»Sie glauben doch nicht, *daß ich es* war?«

Er antwortete nicht.

»Sie werden mich doch nicht einlochen, oder?«

»Kommt darauf an«, sagte er kalt.

»Zählt es denn gar nicht, daß ich Sie hergerufen habe?«

»Gesetz ist Gesetz.«

»Das klingt nicht sehr hoffnungsvoll.« Und ich hatte mich für unschuldig gehalten! Dann, inmitten meiner wachsenden Furcht, schoß mir das Allerunwahrscheinlichste durch den Kopf: Sugar Baby, meine Katze, eine taupefarbene Birmanin von genau dem gleichen Farbton wie die gleichnamige Süßigkeit. Urplötzlich fiel mir ein, daß ich sie nicht gefüttert hatte. »Ich muß meine Katze füttern«, sagte ich dringlich. »Sie wird sonst alles zerfetzen!«

»Das können Sie später tun.« Branco schlug sein Buch zu und erhob sich. »Gehen wir!« Und die vier Bullen nahmen Calvin und mich mit nach unten, wo zwei Streifenwagen in zweiter Reihe und mit Blaulicht parkten. Es hatte angefangen zu regnen.

3

DER JUNGE VON NEBENAN

Die Bullen brachten Calvin und mich in getrennte Fahrzeuge, wahrscheinlich um zu verhindern, daß wir auf dem Weg zur Polizeiwache miteinander sprachen. Das Witzige war, daß ich ihm bloß drei Worte zu sagen hatte, und die waren gewiß nicht: Ich liebe dich. Calvin fuhr mit Branco und dem blonden Assistenten, der den Streifenwagen lenkte. Ich war mit den beiden anderen Bullen in dem zweiten Wagen und fühlte mich entsetzlich allein, fast wie ein Verbrecher. Allerdings ist es fraglich, ob mir eine Fahrt mit Branco, dem großen Italiener, mehr Vertrauen in den Ausgang der abendlichen Ereignisse eingeflößt hätte?

Ich strengte mich an, in den Streifenwagen vor uns hinein zu sehen. Durch die verregneten Windschutzscheiben konnte ich kaum die drei Silhouetten ausmachen. Branco und Calvin schienen aufeinander einzureden, und ich fragte mich, was wohl so verdammt interessant war. Dann überfuhren sie eine rote Ampel und wir verloren sie in dem verregneten Verkehrsgewühl.

Als wir zur Wache kamen, waren Brancos Mannschaft und Calvin schon drinnen. Ich stieg aus dem Wagen, und die große Polizistin begleitete mich schnell in die Wache. Sie brachte mich in ein winziges, dunkles Zimmer mit einem Tisch und einer geschwungenen schwarzen Schreibtischlampe darauf und ließ mich bei leicht geöffneter Tür allein. Ich sah mich um. Das schmale Gelaß ähnelte mit seinen fensterlosen Bimssteinwänden einem Lagerschrank. Plötzlich schwang die Tür auf und schlug gegen die Wand. Ein dickbäuchiger, nach Rauch und verschwitzer Kleidung riechender Bulle polterte herein und warf ein schmutziges Klemmbrett vor mich auf den Tisch. Ein undichter Kugelschreiber rasselte an der Kette, die ihn mit dem verschrammten alten Klemmbrett verband. Er rülpste laut. »Sie sind hier wegen dem Mord an der Schwuchtel?«

»Ich bin hier, um mit Lieutenant Branco zu sprechen.«

Er kratzte sich am Kopf, danach beroch er seine Fingerspitzen. »Der ist für 'ne Weile beschäftigt.«

»Ich warte«, sagte ich.

Er deutete auf das leere Formular auf dem Klemmbrett. »Sie können Ihre Zeugenaussage dort machen.« Dann ging er und schlug die Tür zu. Ein saurer Geruch blieb in seinem Kielwasser. Ich fragte mich, ob die Tür wohl verriegelt war. Einen Ventilator hörte ich nicht. Die Wände rückten mit jeder Sekunde näher. Schweißtropfen liefen mir zwischen den Schulterblättern den Rücken hinunter. Tief im Hals kitzelte eine klaustrophobische Panik und hinderte mich am Atmen, ich fing an mein Mantra aufzusagen, versuchte ruhig zu werden und über das nachzudenken, was ich schreiben würde. (Sie geben einem einen Kugelschreiber, damit man nichts mehr verändern kann, wenn es einmal geschrieben ist, außer man streicht es durch. Wenn man das tut, glauben sie, man lügt und gehen erst recht in Habachtstellung.) Ich überlegte, wieviel ich in meinem Bericht in Calvins Wohnung gesagt hatte. Ich erinnerte mich nur noch daran, daß ich versucht hatte, cool zu bleiben, und es nicht geschafft hatte. Ich bin sicher, daß sie das bemerkt haben. Sie sind darauf trainiert, alles zu bemerken, was man tut oder sagt, und ebenso alles, was man unterläßt. Die besten Bullen können das schon, bevor sie überhaupt zur Polizeischule gehen.

Ich spielte den ganzen Abend noch einmal durch und hielt die wichtigen Momente fest, diejenigen, die helfen würden, Calvin zu beschuldigen. Dann schrieb ich das alles auf das offizielle Formblatt. Heraus kamen lauter kurze, in einfachen Worten gehaltene Sätze: Ich sagte dies, er tat das; ich sah dies; er sagte das. In dem Geschriebenen gab es nichts Konfuses. Als ich fertig war, wanderten meine Gedanken zurück in meine Wohnung. Was Sugar Babies Klauen wohl gerade zerfetzten?

Die Tür ging wieder auf, Branco kam herein und brachte den Duft von sauberer Baumwolle und Balsam mit sich. Ich fragte mich, ob es sein Rasierwasser war oder das Waschmittel aus seiner Wäscherei. Vielleicht war es beides.

»Na, gehts Ihnen gut?«

Seine Stimme klang etwas freundlicher, doch ich wagte nicht, dem zu vertrauen.

»Ich bin fertig«, sagte ich. »Wann kann ich gehen?«

»Woher die Eile?«

»Meine Katze –«

»Ach, richtig. Ich dachte, Sie hätten vielleicht ein wichtiges Rendezvous.« War er neugierig? Nahm er Anteil? Lachte er mich aus?

»Das Rendezvous ist praktischer Natur, Lieutenant. Es wäre einfach schön, zu Hause noch eine intakte Wohnung vorzufinden.«

»Weshalb lassen Sie der Katze nicht die Krallen ziehen?«

»Aus dem gleichen Grund, weshalb man Ihnen nicht die Fingerspitzen amputiert.«

Branco runzelte die Stirn und zog meine geschriebene Zeugenaussage zu sich heran. Er lehnte seinen Stuhl hintüber und wiegte ihn auf zwei Beinen. Er schien mich aufzuziehen. Tat er das vorsätzlich? Genoß er es? Stumm und mißmutig beobachtete ich, wie er meine Aussage las. Sogar in diesem trüben, schrankgroßen Zimmer hatte Brancos Gesicht einen gesunden Schimmer. Das lockige, dunkle Haar wies nicht ein Zeichen von Grau auf, und in seinen blaugrauen Augen tanzten Lichter. Ich sah ihn an, und ein warmes Prickeln löste die Spannung in meiner Brust. Ich wiederholte mein stilles Mantra, konnte jedoch Brancos körperliche Wirkung in diesem kleinen Zimmer nicht neutralisieren.

Als er fertig war, setzte er sich in seinem Stuhl gerade und legte den Bericht auf den Tisch zurück. Er stellte auf extraweiche Schnurrstimme: »Das ist wirklich gut geschrieben.«

»Man hat mir in der Schule richtiges Englisch beigebracht.«

»Klingt fast wie vorbereitet.«

»Ich hatte verdammtnochmal eine halbe Stunde Zeit zum Schreiben!«

»Sie klingen aufgeregt.«

»Natürlich bin ich aufgeregt! Erst bringt irgendein Affe einen Menschen um, und dann versucht ihr, mir den Mord anzuhängen.«

Branco kritzelte etwas in sein Notizbuch, ehe er sagte: »Vielleicht hatten Sie einen Grund, Fayerbrock zu töten.«

Die Worte machten mich fassungslos. Es klang wie eine Anklage. Langsam und gemessen sprach ich: »Lieutenant, ich sage Ihnen eines: Wenn ich jemanden umbringen wollte, wäre es nicht Roger Fayerbrock. Es wäre Calvin Redding.«

Kritzelkritzel, machte Branco.

»Dieser Bastard steht auf abartigen Sex«, fuhr ich fort. »Die haben alle Drogen genommen, und die Szene ist außer Kontrolle geraten.«

»Mr. Kraychik, das ist eine sehr plausible Erklärung, und ich würde Ihnen gerne glauben, doch das kann ich nicht.«

Ich spürte einen schweren Druck auf der Brust. »Wieso nicht?«

Branco starrte mich wortlos an.

»Reden Sie schon!« rief ich.

Branco nickte gelassen. »Sie wollen also die bittere Wahrheit hören?«

»Lieber als daß man mich mit wohlklingenden Lügen an der Nase herumführt. Was wird hier gespielt?«

Branco stand auf und stellte sich hinter mich. Er war so nah, daß ich schwören kann, seinen Pulsschlag an Hals und Schultern zu spüren. Ich glaube, die Kripo setzte seinen Körper ein, um mich durcheinander zu bringen, und verdammt, es funktionierte.

Seine Stimme war leise, als er fragte: »Was genau haben Sie zu Roger Fayerbrock gesagt, als Sie mit ihm allein waren?«

»Was!« Ich wandte mich um, um ihm direkt ins Gesicht zu sehen, doch er drückte mich wieder zurück.

»Haben Sie gesagt: ›Tut mir leid, daß ich das tun muß‹?«

»Wovon zum Teufel reden sie!«

»Was *haben* Sie denn gesagt? Hmm?« Branco schubste mich, jedoch nicht so sehr, daß er mich verletzte.

Ich war sprachlos, doch er ließ nicht locker.

»Wann haben Sie ihm die Fliegen abgenommen? Bevor Sie seine Hände hielten? Oder danach?«

In weniger als einer Sekunde war mir klar, daß Calvin Branco erzählt hatte, daß ich mit Roger allein gewesen war, und daß Calvin alles ausgeschmückt hatte, um mich zu beschuldigen.

»Hat es denn Spaß gemacht?«

Das waren meine Worte zu Calvin gewesen! Ob ich mich auch dermaßen harsch angehört hatte? Aber ich war wütend und eifersüchtig gewesen, als ich das zu Calvin gesagt hatte. Meine Worte waren von Gefühlen diktiert gewesen. Was trieb Branco dazu, so etwas zu mir zu sagen?

Ich bemerkte, daß ich aufgehört hatte zu atmen. Ich versuchte, meinen Atem zu hören, doch gegen meine Trommelfelle pochte lediglich das Blut. Ich konzentrierte mich einige Minuten lang, bis meine Lungen wieder Luft aufnahmen und abgaben und der Blutandrang nachließ. Dann sagte ich mit der ruhigsten Stimme, zu der ich fähig war: »Ich habe nichts Falsches getan. Ich habe nur seine Hände gehalten, um mich zu verabschieden. Das ist alles, was ich sagte, und das ist alles, was ich tat. Wenn Sie mich deswegen festnehmen und einsperren wollen, bitte sehr. Es kostet mich einen Anruf, und Sie kriegen es dermaßen mit der Bürgerrechtsbewegung zu tun, daß es Ihnen leid tun wird, jemals in Ihrem Leben einen Schwulen schikaniert zu haben.«

Branco stand für lange Zeit ruhig hinter mir, und ich spürte seine Augen im Rücken. Dann kam er wieder vor mich, um mir ins Gesicht zu sehen. »Reddings und Ihre Geschichte gehen weit auseinander.«

Ich sah ihm direkt in die Augen: »Und meine ist wahr.«

Branco nickte leicht, so als sei er meiner Meinung. Dann sagte er fast entschuldigend: »Wir haben Redding inhaftiert.«

Uff! dachte ich. Ich war aus dem Schneider!

»Aber nicht wegen Mordes«, fuhr Branco fort.

»Für was denn sonst?«

»Drogenbesitz. Er hatte Kokain genommen, kurz bevor wir ankamen.«

Blöder Calvin, zu gierig, Drogen zu verschwenden. »Wie lange wird ihn das hinter Gittern halten?« fragte ich.

»Bis jemand mit einer Kaution erscheint. Währenddessen werde ich euer beider Geschichten so lange schütteln, bis alle losen Teile herausgefallen sind.«

»Aus Calvin kann nur Kleingeld rausfallen.«

»Also bleiben Sie übrig, nicht wahr?«

»Was?«

»Also wird Ihre Geschichte diejenige sein, der wir nachrecherchieren.«

»Lieutenant, das ist der erste erfreuliche Satz, den Sie in dieser Nacht gesagt haben.«

»Werden Sie nicht übermütig.«

»Was soll ich sein?« Eigentlich wollte ich ihn fragen: Wie möchten Sie mich denn gerne haben? Dann würde ich mich daran halten und wir kämen miteinander klar. Aber ich wußte, daß das mit Lieutenant Branco so nicht zu machen war.

»Ich weiß, daß Sie irgendwie in die Sache verwickelt sind, aber ich habe nicht genug für eine Anklage gegen Sie.«

»Das ist ein großer Trost, Lieutenant. Wissen Sie, manchmal seid Ihr Burschen derart nervös in bezug auf Leute wie mich, daß es schon fast unnatürlich wird.«

Er ignorierte meine Bemerkung. »Sie können nach Hause gehen, zurück zu Ihrer Katze. Regen Sie sich ab. Nehmen Sie einen Drink.«

»Bloß einen?«

Fast hätte Branco gelächelt. »Und bleiben Sie in der Stadt.« Mit diesen Worten schickte er mich aus dem Zimmer.

Es war halb elf, als ich die Wache verließ, aber ich hatte nicht die Absicht, etwas zu trinken – nicht, ehe ich einen Besuch bei dem Nachbarn von Calvin Redding gemacht hatte. Ein reiner Höflichkeitsbesuch, versicherte ich mir selbst. Ich dachte daran, erst nach

Hause zu gehen und Sugar Baby zu füttern, aber zum jetzigen
Zeitpunkt hatte sie sich wahrscheinlich in ihrer destruktiven Raserei erschöpft, also bildete ich mir ein, daß es keinen großen Unterschied mehr machte. Zumindest was den rosafarbenen Gitterstoff
vor meinen neuen Lautsprechern anging.
Ich lief zurück zu Calvins Adresse. Der Regen hatte sich zu einem
angenehmen Nieseln ausgedünnt. Der Weg dauerte etwa zwanzig
Minuten. Das gab mir Zeit zum Nachdenken. Ich fragte mich, auf
welche Weise Calvin versucht hatte, mich zu beschuldigen. Was
hatte er in seinem Bericht gesagt? Dann überlegte ich, wie er Roger
eigentlich getötet hatte und warum. Ich mußte es herausfinden,
nicht nur, um seine Schuld zu beweisen, sondern, da die Polizei
auch mich verdächtigte, um mich selbst ganz schnell reinzuwaschen. Vielleicht wollte ich in Brancos Augen auch einen guten
Pfadfinder abgeben. Warum kümmerte mich das eigentlich?

Calvins Haus sah jetzt düster und wenig einladend aus, und mein
Neid, wie gut er lebte, war verschwunden. Zwei Polizeibusse mit
drehenden Blaulichtern parkten noch immer in zweiter Reihe davor. Ich ging hinein und drückte den Summer für das Apartment
direkt unter Calvins Wohnung. Eine kontrollierte, tiefe Stimme erklang aus der Gegensprechanlage: »Wer ist da?«
Ich wunderte mich, wie klar die Gegensprechanlage seine Stimme
übertrug. »Der Typ, dem du im Aufzug begegnet bist«, antwortete
ich.
Summend ließ er mich ein. Das war der leichtere Teil. Den
Schmutz in Calvins Leben hervorzubuddeln würde etwas kniffli-
ger sein. Das einerseits, und auch, mir bei diesem Typen ganz
buchstäblich den Rücken freizuhalten. Ich werde nie verstehen,
wieso die richtigen Lederkerle so von mir angezogen sind. Ich bin
nicht gerade das Modell eines Macho. Vielleicht sondern meine
Hormone die falschen Signalduftstoffe ab.
Als ich in seinem Stockwerk aus dem Aufzug trat, stand er schon
halb vor seiner offenen Wohnungstür. Ein weißes T-Shirt und
weiße Socken ergänzten jetzt seine schwarze Lederhose. Sein
drahtiger Körper war gut proportioniert und anziehend, ohne die
standardmäßige Bodybuilding-Statur. Sein Bart und Schnurrbart
dagegen waren auf uniforme anderthalb Zentimeter getrimmt.
Seine braunen Augen erschienen undurchsichtig und undurch-

dringlich, wiesen tief im Innern jedoch eine Spur von Wärme auf.
»Ich hatte irgendwie gehofft, du würdest wiederkommen«, sagte
er mit einer Stimme, die klang, als könne man sich leicht mit ihr
anfreunden.
»Ich dachte, du könntest mir vielleicht aus etwas heraushelfen«,
flirtete ich.
»Hoffentlich«, meinte er. Er roch noch immer wie ein ganzer Le-
derhimmel, genau wie früher am Abend im Aufzug. »Die Bullen
sind gerade fort. Vielleicht können wir uns zusammen etwas entspannen.«
Ich antwortete nicht, sondern streckte die Hand aus. »Ich bin
Stan. Stan Kraychik.« Ich sprach meinen Namen klar und einfach
aus. Oft bereitete er den Leuten einige Mühe.
»Ich bin Hal Steiner.« Seine Baßstimme kommentierte sich selbst
über die Worte hinaus, die er sprach, als sei sie eine eigene Persönlichkeit. Wir gaben uns die Hand. Sein Griff war warm und überraschend stark für seinen schmächtigen Körperbau. Er bat mich
herein.
Das Wohnzimmer war mit weichem Licht aus zahlreichen Quellen
erhellt: In Wandleuchter gesteckte Kerzen, Öllampen aus unter-
schiedlichem Buntglas auf den Tischen, dazu lauter von den Spiegeln an den Wänden ringsum zurückgeworfene weiße und regen-
bogenfarbene Flammen. Die leise spielende Cembalo- und Holz-
flötenmusik füllte auch die dunklen Ecken des Zimmers, in die das
Licht nicht vordrang.
Der Grundriß war exakt wie bei Calvin einen Stock höher, und damit war die Ähnlichkeit auch schon vorbei. Ich hatte erwartet, die
Einrichtung würde Folterbänke und Schlingen und allerlei Zaum-
zeug umfassen. Statt dessen hatte dieser lederorientierte Mann
sich mit alten, dunklen Möbeln und Teppichen, Fußschemeln, Ses-
seldecken und goldgerahmten Bildern umgeben. Jedes Teil hatte
eine lange Vergangenheit.
»Gefällt es dir?« murmelte er.
»Ja, und es überrascht mich.«
»Wieso?«
»Ich hätte was Härteres erwartet, angesichts deiner Garderobe.«
Er zog die vollen Lippen zurück wie für ein Lächeln, doch er
lächelte nicht. »Für diese Seite meines Lebens habe ich ein Zimmer
reserviert. Möchtest du es sehen?«

Mein Puls beschleunigte sich. »Vielleicht später. Ich möchte mit dir reden.«

»Nichts dagegen, wenn man sich vorher erst kennenlernt. Möchtest du etwas trinken?«

»Aber ja. Etwas Leichtes, vielleicht ein großes Glas Gin.«

Wieder versuchte er zu lächeln. »Willst du das wirklich?«

»Saft oder Wasser ist auch in Ordnung.« Ich wollte meine fünf Sinne beisammenhalten.

Er ging und holte es. Ich beobachtete, wie der Glanz schwarzen Leders die festen Backen seines Hinterns liebkoste, ehe er im Halbdunkel verschwand. Ich ließ mich in einen dunklen Samtsessel sinken. Es war der erste friedvolle Augenblick für mich in dieser Nacht. Ich bettete meine Füße auf eine mit Bargello-Petit-point-Stickerei bezogene Ottomane. Eine Jacquard-Tischdecke mit dezimeterlangen Fransen bedeckte einen Tisch in der Nähe, das Ganze gekrönt von einer Tiffanylampe. Das bunte Glas verspritzte Edelsteintöne über einen stumpf gewordenen Silberrahmen, der eine sepiafarbene Fotografie eines hübschen Militäroffiziers enthielt. Ich starrte ruhig in den sanften Lampenschein. Als mein Gastgeber zurückkam, grüßte mich genau in Augenhöhe das volle, lederverpackte Pfund zwischen seinen Beinen.

Er stellte einen Pokal perlenden Wassers auf den Tisch neben mir. Dann plazierte er etwas, das aussah wie zwei gut gefüllte, expertenhaft gedrehte Joints in die Mitte des Tisches. »Bediene dich«, sagte er.

»Danke«, entgegnete ich. »Vielleicht später.« Später, später – mein ganzes Leben schien sich um nichts anderes zu drehen.

Er nahm in dem anderen Sessel neben dem Tisch Platz und musterte mich. In der Hand hielt er eine erlesene Porzellantasse nebst filigrangoldener Untertasse. Die Tasse enthielt etwas Heißes. Er nahm einen Schluck und sagte: »Du bist wegen der Sache hier, die eine Treppe höher passiert ist, stimmt's?«

Ich nickte.

Nach kurzem Schweigen meinte er: »Ich hatte gehofft, du wärst wegen was anderem gekommen.« Er seufzte, und als er weitersprach, war seine Stimme heller. »Also gut, wie kann ich dir helfen?«

Erleichtert, daß der sexuelle Druck weg war, wenigstens für den Augenblick, fragte ich ihn: »Weißt du, was passiert ist?«

»Ich vermute, weil die verdeckte Bahre treppab getragen wurde, daß jemand gestorben ist.«

Ich kostete mein Wasser. Es hatte einen Rosenduft. »Du liegst ziemlich richtig«, sagte ich. »Jemand wurde umgebracht – ein wirklich feiner Kerl – und ich möchte herausfinden, wer es getan hat.«

»Weshalb?«

»Weil er diesen Nachmittag hier gewesen ist und jetzt nicht mehr. Und weil die Polizei glaubt, ich sei involviert, was ich nicht bin. Und weil ich glaube, daß Calvin es wahrscheinlich getan hat, und ich brauche Beweise gegen ihn, um das zu untermauern.«

»Klingt, als wärest du an seiner Stelle da hineingeraten.«

»Calvin ist einer der Leute, die Probleme verursachen und dann andern in die Schuhe schieben. Er ist zu oft ungeschoren davongekommen. Diesmal ist er zu weit gegangen, und ich will, daß er dafür zahlt.«

»Vielleicht hatte er einen Grund für das, was er getan hat.«

»Für Mord gibt es keinen akzeptablen Grund.«

Der Ledermann nippte wieder von seiner zerbrechlichen Tasse. »Könnte es Leidenschaft gewesen sein?«

»Leidenschaft! Eine Nummer geschoben haben sie. Sie haben sich erst letzte Nacht kennengelernt.«

»Leidenschaft funktioniert nicht nach Terminkalender.«

»Und Leidenschaft entschuldigt keinen Mord.«

»Die Leute leben, empfinden manchmal Leidenschaft, dann sterben sie. Alles andere ist unwesentlich.«

Seine Worte klangen wie die Argumentation mancher Leute, die ihr Schuldbewußtsein wegdiskutieren wollen.

»Empfindest du Leidenschaft?« fragte ich.

»Habe ich, einige Male. Hoffentlich bald wieder.«

Ich nahm noch einen Schluck Rosenwasser. »Eine bezaubernde Philosophie«, sagte ich, »aber ich mache mir Gedanken um einen Mord.«

»Manchmal morden die Leute sich gegenseitig.«

»Wie kannst du nur so blasiert sein?«

Hal zuckte die Achseln. »Ich bin nicht blasiert. Ich akzeptiere die Dinge, wie sie sind, und versuche, mich der Situation anzupassen. Beispielsweise, daß ich in dir einen möglichen Sexualpartner sehe und dann herausfinde, daß du in Wirklichkeit hier bist, um Informationen über Calvin zu bekommen. Also wenn du deswegen hier bist, dann lasse ich mich auch darauf ein.«

Der Typ war mir ein Rätsel: ein Ledermann, der in der Vergangenheit lebte und gleichzeitig die Hebel kosmischen Bewußtseins in Händen hielt. »Wie dicke bist du mit Calvin?« fragte ich ihn.

Er lächelte wie eine Sphinx, ohne daß sich seine Lippen teilten. »Alles, was ich von Calvin weiß, ist, daß er jede Menge gutaussehender Männer da oben empfängt.«

»Habt ihr es je miteinander getrieben?«

Er zögerte, ehe er Antwort gab. »Wer?«

»Du und Calvin.«

Hal verneinte kopfschüttelnd.

»Warst du an diesem Nachmittag zu Hause?« fragte ich.

»Und was, wenn ich es war?«

»Hast du gegen drei Uhr jemanden ins Haus kommen sehen?«

»Die einzige Person, die ich heute gesehen habe, war Aaron Harvey.«

»Wer ist das?«

»Calvins Lover. Er lebt nicht hier, sondern ist viel unterwegs, normalerweise bleibt er immer ein paar Tage.«

»Wie spät ist das gewesen?«

Er dachte einen Moment nach und sagte dann: »Gegen zwei Uhr.«

»Du hast ihn hereinkommen sehen?«

Er nickte. »Ich war im Foyer unten. He, bist du Anwalt oder sowas?«

»Nein. Wieso?«

»Das hier klingt wie ein Kreuzverhör.«

»Entschuldige«, sagte ich. »*Meine* Leidenschaft gilt nun einmal den Fakten. Das ist manchmal unhöflich.«

»Wenn du kein Anwalt bist, in Ordnung. Du bist sicher viel interessanter als die Polizei, die vorhin hier gewesen ist.« Seine Blick ruhte unterhalb meiner Gürtellinie.

Wenn er die Polizei für uninteressant hielt, war er offensichtlich Branco noch nicht begegnet. Ich war versucht, ihm von dem Lieutenant zu erzählen und wie ein Cheerleader von einem sportdekorierten Schulschwarm zu quasseln, doch ich entschloß mich, mit Fragen fortzufahren. »Wann ist Aaron gegangen?«

»Weiß ich nicht!«

»Du hast ihn nicht hinausgehen sehen?«

»Ich bin hier nicht der Pförtner«, entgegnete Hal unmutig.

»Entschuldige, ich wollte dich nicht unter Druck setzen. War dieses Mal irgend etwas an ihm ungewöhnlich?«

»Er kam an wie immer, er schleppte so eine Ledertasche mit eingeprägten Goldinitialen und Lilien mit sich.«

»Louis Vuitton.« Ich nickte. »Die sind aber nicht aus Leder.« Ich sprach, als gäbe ich damit eines der großen Geheimnisse des Lebens preis. »Sie sind aus vinyl-imprägnierter Baumwolle gemacht. Nur der Besatz ist Leder.«

Hal reagierte schulterzuckend: »Es ist eh nicht die Art Leder, die ich mir zulegen würde.«

»Kaum zu glauben, aber wie ich höre, eignen sie sich gut als Sporttaschen.« Ich nippte an meinem Rosenwasser. Wunderbar. »Hal«, fuhr ich fort, »wie sieht Aaron aus?«

»Mittlere Größe. Schlank. Leicht gebräunte Haut. Sagenhafte blaßblaue Augen. Geht auffällig gekleidet.«

»Hast du jemals mit ihm gesprochen?«

»Bloß Small Talk, wie mit dir früher am Tag.«

»Ist er jemals hier bei dir gewesen?«

Hals Augen verengten sich. »Ist dir das wichtig?«

Ich grinste. »Ich möchte nur eine Vorstellung haben, wie gut du ihn kennst. Weißt du, wo er arbeitet?«

»Zuletzt habe ich gehört, daß er bei Neiman's ist.«

»Und du hast sonst niemanden gesehen? Keinen großen, rauhen Cowboytypen mit sandfarbenem Haar und blauen Augen?« Wie konnte ich bloß so leicht von Roger reden, jetzt wo er tot war? Stanley der Herzlose Inquisitor.

»An so jemanden könnte ich mich erinnern«, antwortete Hal.

»Ja, das könntest du. Abgesehen davon, daß er jetzt tot ist.«

Er lehnte sich zurück und schloß die Augen. Ich schlürfte mein Rosenwasser, er schlürfte seinen Tee; das weiche Licht und die friedvolle Musik sorgten für eine intime Stimmung.

Ich war müde und einsam. Plötzlich dachte ich an das andere Zimmer von Hal, das, das den Genüssen gewidmet war, dann zwang ich mich rasch wieder zur gebotenen Sachlichkeit. »Nach allem was du weißt, Hal: Glaubst du, Calvin könnte jemanden umbringen?«

»Ich glaube, dazu sind wir alle fähig, unter den geeigneten Umständen.«

»Woraus könnten diese deiner Meinung nach für jemanden wie Calvin bestehen?«

Augenblicke des Schweigens verstrichen, während Hal das Goldfiligran der erlesenen Teetasse in seiner Hand studierte. »Also, das einzige, was ich von Calvin sagen kann, ist, daß er völlig ichbezogen ist. Ich glaube, jeder, der versuchen würde, ihn an etwas zu hindern, was er wirklich will, müßte mit einer mörderischen Energie rechnen – obwohl ich nicht weiß, ob er einen umbringen würde.«

»Könnte das Sex miteinschließen?«

»Ich bin nicht sicher, was du damit meinst.«

»Sagen wir mal, er hatte ein bestimmtes Leistungsniveau von einem Partner erwartet und nicht bekommen ...«

»Du meinst, ob er deswegen töten würde?«

Ich nickte.

»Ich bezweifle das. Vielleicht als zufällige Konsequenz aus seinem ichsüchtigen Verhalten. Er nimmt eine Menge Drogen. Manchmal verdunkelt das die Wahrnehmung. Wie gesagt, bei entsprechender Herausforderung halte ich jeden Menschen des Mordes für fähig.«

»Dich selbst eingeschlossen?«

Sorgsam stellte er seine Tasse auf den Tisch. »Jeden Menschen.«

Heftig stellte ich meinen Pokal ab und sagte: »Ich möchte Calvin für das, was er getan hat, schmoren sehen.«

»Du glaubst wirklich, er hat den Typen umgebracht, wie?«

Ich nickte und mir wurde klar, daß ich wollte, daß Calvin es gewesen war.

»Gib acht, daß deine Wut dich nicht auf die falsche Spur bringt«, sagte er.

»Hal, Calvin hat versucht, die Bullen davon zu überzeugen, ich sei der Mörder, und ich weiß, daß ich es nicht bin. Also ist es jetzt Auge um Auge. Ich werde sie davon überzeugen, daß es Calvin war. Selbst wenn ich falsch liege, finde ich bei dem Versuch, Calvins Schuld zu beweisen, vielleicht den wirklichen Mörder.« Ich zuckte die Schultern. »Verloren wäre dabei nichts.« Ich stand auf, um zu gehen. Ich hielt ihm die Hand hin, und er nahm sie. Dann zog er mich zu sich und umarmte mich fest – zu fest. Er versuchte, mich mit seiner Kraft zu beeindrucken.

»Das Angebot steht«, sagte er mir leise ins Ohr. »Ich würde dir

gerne einmal das andere Zimmer zeigen. Ich glaube, du könntest
es mögen.«

Ich lachte nervös. »Genau das befürchte ich.«

»Du weißt, wo du mich findest.«

»Danke«, sagte ich und verließ seine Wohnung aufgewühlter als
zuvor.

Es war nach Mitternacht, als ich schließlich nach Hause kam. Ein
Trost harrte meiner: Sugar Baby hatte weder das Apartment noch
die Lautsprecher zerstört, wie ich mir ausgemalt hatte. Statt dessen hatte sie mit mikroskopischer Genauigkeit bloß ein senkrech-
tes Stück von dem leinenen Gitterstoff eines Lautsprechers durch-
trennt. Ich nahm sie hoch und umarmte sie. Sie schnurrte kraftvoll; wie ich hoffte ein Ausdruck der Freude, mich zuletzt doch
sicher daheim zu haben, doch wie ich wußte, war es lediglich die
glückliche Vorwegnahme ihres späten Nachtmahls. Ich tanzte mit
ihr auf dem Arm durch die Küche und sang ihr etwas vor, während
ich ihr Essen bereitete (ihres vor meinem, na klar). Und während
sie aß, tat ich eine gefrorene Lasagne in den Mikrowellenherd,
mischte mir einen Martini und rief Nicole an.

Sie antwortete mit kehliger Schroffheit. »Zu so später Stunde, hoffentlich hast du einen triftigen Grund.«

Meine Stimme stockte. »N-N-Nikki?«

»Stani? Baby, was ist los?«

»Ach, Nikki ...« Dann brach ich zusammen und heulte und erzählte ihr die Geschichte der ganzen Nacht.

4

DIAMANTEN, PELZE UND RUBINRINGE

Am nächsten Morgen arbeitete ich wie gewöhnlich im Geschäft,
obwohl die Ereignisse der vergangenen Nacht in meinem Kopf
herumgingen. War das alles wirklich passiert? War ich wirklich
dem Mann aus meinen Cowboyphantasien begegnet, um ihn wenige Stunden später tot aufzufinden?

Doch die Welt dreht sich weiter, meine Klienten erwarteten technische Perfektion und emtionale Zuwendung trotz allem Schrecken und aller Trauer meines persönlichen Lebens. So stellte ich zeitweise meine eigenen Probleme hintan und versuchte zu retten, was vom Haar einer jungen Frau übriggeblieben war.

Jemand – und zufällig erkannte ich seine Arbeit – hatte sich durch fahrlässige Dauerwelltechniken an ihren Haarschäften vergangen. Das war die falsche Methode für ihren feinen Haartyp. Folglich hatte er letztes Mal nahezu ein Viertel ihrer seidigen blonden Strähnen abgelöst und durch den Ausguß gespült, was in unserem Fach als »Chemischer Schnitt« bezeichnet wird.

Die Zwanzigjährige wirkte verzweifelt. »Können Sie es nicht wieder dranmachen?« fragte sie, den Tränen nahe.

Ich stand hinter ihr. Ich hielt sie fest an beiden Schultern, brachte mein Gesicht nah an das ihre und sah ihr warm in die traurigen, vom Spiegel reflektierten Augen. »Alles wird gut«, raunte ich ihr sacht ins Ohr. »Wir machen einen asymmetrischen Schnitt, und Sie sehen göttlich aus.« Meine physische und mentale Erschöpfung aufgrund des zurückliegenden nächtlichen Aufruhrs blieb ihr verborgen, ebenso der ruhelose, noch unbeständige Schlaf. Meinen Klienten gegenüber gebe ich mich immer unbeschwert, lediglich um deren Schönheit besorgt.

»Wird mein Haar jemals wieder nachwachsen?« fragte sie.

»Aber ja. Doch bis dahin: Kein Färben, keine Dauerwellen, kein Föhnen und nichts ins Haar außer dem Shampoo und der Pflegekur, die ich Ihnen heute mitgeben werde.« Ich hatte nicht das Herz, ihr die volle Wahrheit zu sagen: Ihr Haar würde womöglich nie mehr wie früher sein. Eine chemische Schädigung kann von Dauer sein.

Vierzig Minuten später beendete ich die Notfallmaßnahmen an der jungen Frau. Sie sah ziemlich gut aus, wenn man bedenkt, womit ich zu arbeiten hatte. Ich säuberte meinen Platz und steckte die Nase durch die Eingangstür. Nicole hielt mich zurück. »Und wo zum Teufel nochmal glaubst du, kannst du jetzt hingehen?«

»Ich gehe zu Neiman's.«

»Wie kannst du bloß an Shopping denken, nach dem, was letzte Nacht passiert ist!«

»Liebes, das hier ist eine offizielle polizeiliche Angelegenheit.«

»Stanley, bitte lüg mich nicht an. Wenn du einkaufen gehen mußt, um deine Probleme loszuwerden, dann geh. Nur lüg mich nicht an.«

»Ich lüg dich nicht an!« Sie war nicht überzeugt. »Nikki, daß die Bullen mir mißtrauen, habe ich erwartet, aber nicht du!«

»Oh, ich vertraue dir, Stanley. Ich glaube dir bloß nicht. Und was ist mit deinem Fototermin heute nachmittag?« Sie meinte meinen Vertrag, die Modelle für Magazinaufnahmen anläßlich einer Hoteleröffnung am Flußufer zu frisieren.

»Es ist gerade elf Uhr jetzt, und ich muß erst um eins dort sein. Ich habe reichlich Zeit, Nikki.«

Sie grinste mißbilligend. »Dann bring mir als Entschädigung, daß du einfach so wegläufst, zwei Trüffel aus Neiman's Epicure Shop mit.«

»Klar, Liebes. Möchtest du die aus dem Perigord oder die belgischen?«

»Was?«

»Die Perigord-Trüffel sind diejenigen, die die Schweine aus dem Boden schnüffeln. Die belgischen sind aus Schokolade.«

Nicoles Augen glitzerten ungeduldig. »Die aus Schokolade natürlich! Was soll ich mit Schweinetrüffeln?«

»Für Anfänger: Man schmore sie in Cognac und hacke sich ein paar ins Omelett.«

Nicole zuckte zusammen. »Ich nehme meinen Cognac immer pur, aus dem Glas, Dankeschön.«

»Oder aus dem Styroporbecher.«

»Mach, daß du fortkommst und mir die verdammte Schokolade bringst!«

»Ich gehe ja schon. Ein Grand Marnier und ein Bitter Midnight, stimmt's?«

Nicole antwortete in ihrem besten, total hingehauchten falschen britischen Akzent: »Oh *danke*, du liebster Schatz!«

Ich ging zu Neiman-Marcus, manchem auch als Niemand-Mag-Uns bekannt, seiner unnötigen Preisaufschläge wegen. Das Kaufhaus lag nur wenige Blocks oberhalb von Snips, auf der anderen Seite des Copley Square. Die Luft war kühler als gestern, jedoch noch immer sauber und frisch. Sie fühlte sich auf dem Gesicht gut an, wie ein Augenblick auf einer ländlichen Wiese. Als ich die Boylston Street überquerte, die große west-östliche Scheidungslinie Bostons, roch ich Rubrum-Lilien. Ich sah, wie sie sich bei einem Straßenverkäufer auf der Ecke sanft in ihrer creme- und korallenfarbenen Glorie wiegten. Ihr süßes Bukett, gewöhnlich ein Zeichen für die Liebe, trug jetzt den schweren Duft der Trauer. Ich begann mit meiner kleinen Feldforschung in »Accessoires für den Herren«, wo mein Freund Eduardo arbeitet. Eduardo entstammt einer Arbeiterfamilie aus Costa Rica. Hier in den USA jedoch mimt er den entmachteten Adligen. Seine Haut ist glatt und haselnußfarben. Er hat ein eckiges Kinn, hohle Wangen und dunkle, brütende Augen, die unter tiefen Augenbrauen hervorblicken. Er sieht wie der Prototyp des südländischen Macho aus, doch im Herzen ist er eine Principessa.

Eduardo stolzierte herum, als gehöre ihm Neiman's und als beaufsichtige er hier sein privates Atelier. Tatsächlich hätte ihm sein wohlhabender älterer »Patron« das Geschäft wohl kaufen können. Statt dessen staffierte er Eduardo mit einer zweistöckigen Eigentumswohnung am South End, einem deutschen Kabrio und einem soliden Aktienbündel aus. »Alles auf meinen Namen«, hatte Eduardo mir einmal in einer feuchtfröhlichen Nacht erzählt, als ich ihn nach seinem Daddy fragte. (Wir hatten gerade unsere zweite Runde im Bett beendet.) »Aber ich könnte nie mit ihm leben. Wir würden uns gegenseitig umbringen.« Heutzutage frisiere ich Eduardos welliges Schwarzhaar, und er flirtet noch immer mit mir.

Sein poliertes, gebräuntes Gesicht schimmerte zwischen all den modebewußten Männern hervor, die zwischen den Verkaufstresen mit Krawatten, Schmuck, Parfüm und Lederaccessoires umherliefen. Er sah mich und rief: »Stan!«

»Querida!« antwortete ich mit Extraschwermut in der Stimme.

Eduardo verließ seine sonstigen Kunden und kam zu mir.

»Was tust du hier?« fragte er mit einem einladenden Lächeln. Er trug einen italienischen Anzug aus marineblauem Kammgarn, ein weißes Hemd und eine gestreifte Seidenkrawatte in Schiefer, Violett und Silber.

»Ich brauche deine Hilfe, Babe.«

Eduardo gab mir einen damenhaften Klaps auf die Schulter. »Ach du, Stan! Bist ein Schlimmer, du! Wieso liebe ich dich nur so sehr?«

»Weil wir immer dasselbe denken, immer an Sex.«

»Nein! Ich denke nie an Sex!« Jetzt brachen wir beide in Lachen
aus.
»Eduardo, ich suche ein bestimmtes Eau de Toilette. Ich kenne den
Namen nicht. Alles was ich kenne, ist der Duft.«
»Wir haben alles, was man in diesem Land kaufen kann. Wonach
riecht es?«
Ich blinzelte ihm zu und sagte: »Wie du. Geheimnisvoll und würzig.«
Er strahlte und ließ die Finger über die ausgestellten Flaschen flattern. Ein solider Goldring zierte einen Finger an jeder Hand. Der
eine faßte eine große Onyx-Marquisette und der andere einen ova-
len Lapislazuli. Zuletzt hob er mit schlanker Hand eine Flasche
hoch. »Vielleicht magst du das? Es ist das teuerste.« Er gab mir die
Flasche, ein dreieckiges Prisma aus grauem Milchglas. Das Wort
Ornyx war in kleinen römischen Lettern in das Glas geätzt. Ich
schnüffelte daran und spürte, wie seine Dünste mir direkt zu Kopf
stiegen.
»Das würde mir einen Kater besorgen.«
Eduardo rümpfte die Nase und schüttelte den Kopf. »Riecht wie
Poppers. Wie können die blöden Leute bloß so'n Zeug kaufen?«
Ich konnte mir ausrechnen, daß diese Technik, das Parfüm zu fin-
den, das ich in Calvins Apartment gerochen hatte, ernste Neben-
wirkungen auf meine Stirnhöhlen haben würde. Statt damit fort-
zufahren, lehnte ich mich also eng an den Tresen und flüsterte:
»Baby, ich brauche ein paar Informationen.«
»Was brauchst du, Schatz?« Er rollte die Schultern und bewegte
leicht die Lippen. »Du weißt, La Marquesa kann helfen.«
»Ein Typ namens Aaron arbeitet hier.«
Eduardo wich plötzlich zurück und klatschte mir auf den Arm.
»Ach, du Böser! Du betrügst mich! Diese Hure taugt nichts. Finger
weg, du!«
»Sag mir nur, wo er arbeitet.«
»Wieso willst du Aaron? Er ist gemein.«
»Querida, ich will bloß mit ihm reden. Es geht um seinen Lover. Es
ist ernst.«
»Versprochen?«
»Eduardo, ich kenne ihn nicht einmal!«
Seine Augen huschten nach links und rechts, während er ent-
schied, ob er mir glauben wollte. Dann sagte er: »Okay. Ich sag's

dir. Ich sag's dir, weil ich dich liebe, Stan. Er arbeitet oben in Herrenpelzen.« Er deutete nach oben zum Mezzanin, und beim Heben der rechten Hand lugte eine kleine goldene Uhr mit Eidechsenarmband verstohlen unter seiner monogrammbestickten Manschette hervor.

»Danke, Bambino«, sagte ich und küßte ihn auf die Wange.

»Was bist du für ein garstiger Junge, Stan.«

Ich steuerte auf den Fahrstuhl zu. In der Eile hatte ich vergessen zu fragen, wie Aaron aussah. Alles, was ich hatte, war Hals Beschreibung von der vergangenen Nacht. Doch dann war es wirklich einfach. Ich fuhr hoch zu den Herrenpelzen, und da gab es nur zwei Verkäufer. Einer war ein blondes Stück Jugend, erpicht darauf, mir zu helfen. Hübsch genug war er, aber meiner Meinung nach zu jung, um Mäntel von fünftausend Dollar an aufwärts zu verkaufen. Und der andere, der gerade einem Kunden in einen knöchellangen Blaufuchsmantel half, war Aaron.

Er war schlank, maß ungefähr einsachtundsiebzig, doch seine langen, schlanken Beine ließen ihn größer erscheinen. Das Haar auf seinem kleinen, feinmodellierten Kopf war kurzgeschnitten. Er trug einen dunkelgrauen Nadelstreifen, einen maßgeschneiderten Zweireiher, dazu weißes Hemd und Fliege. Die Fliege war marine mit hellroten Tupfern. Sie war sauber und straff geknotet. Seine Augen trafen mich, und sogar aus fünfzig Metern Entfernung hätte ich sagen können, daß sie blaßblau waren.

Da war dieser wissende Blick, dieser Moment des Erkennens, selbst wenn man sich noch nie vorher begegnet ist. Und dann passierte es. Aaron ließ den Pelzmantel, den er hielt, fallen und nahm Reißaus. Ich setzte meine slawische Lokomotive unter Dampf und rannte ihm, durch Kleiderständer mit Pelzjacken und -mänteln brechend, nach. Er stürzte durch eine mit RESERVIERT FÜR PERSONAL markierte Tür, und ich war ihm direkt auf den Fersen. Doch einmal dahinter, sah ich nur einen schmalen Korridor mit vier weiteren Türen und keinen Aaron. Er war verschwunden.

Ich schaltete schnell. Er mußte die allernächste Tür genommen haben, um dermaßen rasch zu verschwinden. Doch diese Tür führte zu einem Zimmer voll leerer Kleiderbügel und Ständer und Bürobedarf, einem Tisch, einem Stuhl und keiner Menschenseele. Ich versuchte die nächste Tür, und die war verschlossen. Die dritte war eine Treppe, die steil nach unten lief. Ich hielt mich am Geländer fest, dann roch ich es, den vertrauten, würzigen Duft aus Calvins Schlafzimmerschrank. Sofort rief ich mir das Bild des toten Roger auf Calvins Bett ins Gedächtnis. Das ist er, dachte ich.

Die Treppe führte mich zurück zum Erdgeschoß des Geschäfts, wo es für Aaron leicht war zu verschwinden, da er sich dort auskannte. Eduardo sah mich aus dem Treppenhaus kommen. Er deutete wild in die Richtung, die Aaron genommen hatte. Ich rannte auf die Straße, doch es war zu spät. Ich hatte ihn verloren.

Geschlagen kehrte ich zu Eduardo zurück. Er sagte: »Ich sehe ihn hinausrennen. Du mußt ihm ja eine Heidenangst eingejagt haben!« Er lachte und schien erfreut.

Ich atmete heftig. »Wenigstens weiß ich, daß er etwas zu verbergen hat. Und irgendwie hat er mich erkannt.«

»Und jetzt weiß ich, wonach *du* vorhin gesucht hast.« Er schob mir eine Flasche hin, deren Äußeres einem großen, braunen Phallus so nahe kam, wie der schlechte Geschmack von Werbestrategien es nur irgend erlaubte. »Heißt Adam Brun.«

Ich roch daran. »Das ist es.«

»Warte hier, Stan«, sagte Eduardo. »Ich finde was für dich.« Er drehte eine Nummer auf dem Geschäftstelephon und sprach. »Hallo, Gloria? Ich bin's, Eduardo.« Er erinnerte mich an eine Katze, die eine Maus direkt in ihre Tatzen komplimentiert. »Ich weiß«, fuhr er fort, »mach ich doch nur, um dich zu kontrollieren, Baby. Ha-ha-ha.« Eduardo blinzelte und nickte mir zu, während er in das Telefon sprach. »Hör zu, Honey, ich brauche die Adresse von jemandem im Geschäft. Kannst du das für mich tun?« Mit der Hand vor dem Hörer flüsterte er mir zu: »Gloria wird dir helfen. Sie erzählt mir alles, was in diesem Landen vorgeht.« Dann wieder in den Hörer: »Ich weiß, Honey, tut mir furchtbar leid. Ich hab schrecklich viel zu tun. Okay? Es ist Aaron, Herrenpelzwaren! Du kennst ihn.« Eduardo kritzelte rasch etwas auf einen Kassenzettel. »Danke, Schatz.« Er hing auf und gab ihn mir. »Das ist seine Adresse.«

Ich schaute auf das Blatt. Straße und Hausnummer kamen mir bekannt vor, und sofort begriff ich, daß es Calvins Adresse war. »Danke, Eduardo. Wenigstens habe ich herausgefunden, wie er aussieht.«

»Und wie er riecht.« Seine Augen blinzelten. »Sag mir, Stan, wieso haben wir niemals geheiratet?«

»Weil ich dir deinen Eva-Peron-Lifestyle nicht bezahlen kann.«

»Das ist mir egal. Du bist so ein Macho Mann.«

Daß das eine Lüge war, wußte ich. »Baby, wenn du alles auf meinen Namen überschreibst, heirate ich dich.«

Er wedelte mit dem Handgelenk: »Böser Junge, du!«

Ich verließ Neiman's mit dem Gefühl, überhaupt nicht weiterzukommen. Und als ich ins Geschäft zurückkam, fiel mir ein, daß ich Nicoles Schokolade vergessen hatte. Was ihre Antwort war?

»Ich weiß, daß du eine schwere Nacht hinter dir hast, Stanley, und daß Gott uns zur Vergebung anhält. Diesen Akt grober Fahrlässigkeit jedoch zu übersehen, würde mich für die Heiligsprechung qualifizieren.«

Sie schickte Ramon, einen der Haarwäscher, nach der vergessenen Schokolade. Mir entging auch die Zwanzigdollarnote nicht, die sie ihm wie ein Trinkgeld zusteckte. Na gut. (Ich gehörte zur Familie, und meine Aufmerksamkeiten waren umsonst.)

Es war gerade erst Mittag, und doch war ich schon frustriert und reizbar. Um dem ganzen die Krone aufzusetzen, war der nachmittägliche Aufnahmetermin bei den Piers abgesagt worden. Das bedeutete, meine Arbeit würde nicht in der Sonntagszeitung erscheinen. (Was wieder beweist, daß in meinem Beruf der Durchbruch zur Berühmtheit oder die Talfahrt in die Vergessenheit nur von einer Laune abhängt oder davon, ob ein Floh einen Furz läßt.) Die unerwartete freie Zeit war überhaupt keine Entschädigung. Es mag merkwürdig klingen, aber wenn ich es schon vorher eingeplant habe, arbeite ich lieber.

Ich spürte, wie meine Griesgrämigkeit wuchs. Ich warf mich auf meinen Friseurstuhl. Sobald Ramon zu seiner speziellen Mission aufbrach, kam Nikki herüber zu mir und sagte ruhig: »Es war Besuch für dich da, als du fort warst.«

»Wer?«

»Ein schnittiger italienischer Bulle.«

»Lieutenant Branco?«

Nicole nickte bestätigend.

»Was hat er gewollt?« fragte ich.

»Du sollst ihn sofort anrufen.«

Ich nahm den Hörer auf und wählte die Nummer, die er angegeben hatte, aber Branco war nicht da. Ich hinterließ eine Nachricht und sagte, ich würde später zurückrufen. Nicole seufzte tief und sagte: »Dieser Mann ist ein tolles Stück Mittelmeerfleisch. Gehört er dir oder mir?«

»Er ist hetero«, entgegnete ich unmutig.

»Ach, und es steht so ein langer Winter vor der Tür. Vielleicht lade ich den Lieutenant zu einem warmen Schmuseabend ein. Der offene Kamin ist schon so lange unbenutzt.«

»Nicole, er ist ein Bulle!«

»Nobody is perfect, Darling.« Sie beäugte mich voller Neugier. »Stanley, du bist doch nicht eifersüchtig?«

»Liebes, ist es nicht ein bißchen abwegig, wenn du dich nach einem Rendezvous mit einem Mann sehnst, der mich mit einer Mordanklage nageln will?«

»Ich glaube, nageln will er dich weder so noch so.«

»Hier spricht wieder dein Kleinhirn, Nicole.«

Sie wirbelte mit ihrer Perlenkette und sagte dann: »Stanley, wieso hast du mich angelogen?«

»Was angelogen?«

»Du hast gesagt, dein Ausflug zu Neiman's wäre Polizeisache.«

»War es auch, sozusagen.«

»Der Lieutenant wußte aber nichts davon.«

»Konnte er auch nicht, ich hab's ihm nämlich nicht erzählt. Nicole, ich habe eine große Entdeckung gemacht, was die Polizei angeht.«

»Wie groß denn?«

Ich sah ihr direkt ins Gesicht. »Liebes, ich sehe, daß der Besuch des Lieutenants dich in eine deiner anschwellenden Mondphasen versetzt hat.«

»Stanley, du weißt, daß das physiologisch unmöglich ist.«

»Ich rede von der Anatomie, Liebes.«

»Sei bloß nicht frech.«

»Sei bloß nicht hirntot.«

»Dann erzähl mir doch, was ist diese große Entdeckung in bezug auf die Polizei?«

»Ich habe beschlossen, die beste Art, mit ihr umzugehen, ist, daß ich die Dinge in die eigene Hand nehme.«

»Stanley, das ist völlig falsch. Du mußt mit ihnen arbeiten, nicht gegen sie.«

»Aber sie verdächtigen mich doch! Wenn ich nicht versuche, mich selbst herauszupauken, wer wird es dann tun?«

»Stanley, du übertreibst wieder einmal maßlos.«

»Nicole, du bist nicht dabeigewesen. Ich schon. Ich werde des Mordes an Roger verdächtigt. Weißt du noch? Ich habe es dir letzte Nacht erzählt. Des Mordes verdächtigt! Calvin ebenfalls, aber soweit ich weiß, halten sie ihn bloß wegen Drogenmißbrauchs fest.«

»Ich bin sicher, sie finden den Mörder, und alles wird gut.«

»Nancy Drew klärt das im Nu«, spottete ich.

Genau da kam Ramon mit Nicoles Schokolade zurück. Er war ganz außer Atem vom Laufen, aber er hatte stolz seine Mission erfüllt, wie ein treues Hündchen. Halb erwartete ich, sie würde »Mein Guter!« sagen und ihm den Kopf tätscheln.

Als er ihr die kunstvoll verpackte Schachtel darbot, sagte Nicole »Bist doch ein Guter!« und tätschelte ihm den Kopf.

Übersinnlicher Stanley.

Ramon gab ihr das Geld, das er von der Zwanzig-Dollar-Note übrigbehalten hatte. Dann verschwand er ruhig, und ich war beschämt wegen meiner früheren Eifersucht. Schließlich war Ramon trotz all meiner Zweifel und Verdächtigungen immer noch bloß Nicoles kleiner Trabant.

Nicole ertappte mich, wie ich die ganze Transaktion beäugte und fragte gerissen: »Magst du einen Trüffel?«

Ich schüttelte den Kopf.

Sie fuhr fort. »Stanley, ich glaube, du solltest diesen Do-it-yourself-Kreuzzug einstellen und mit dem Lieutenant zusammenarbeiten.«

»Tut mir leid, Nikki. Jedem das seine. Sie folgen dem Gesetz. Ich folge meiner Intuition. Je verkalkter sie sich benehmen, desto mehr will ich beweisen, daß mein Weg der richtige ist.«

»Jugendliche Unverfrorenheit.«

»So jung bin ich nicht mehr.«

»In mancher Hinsicht schon.«

Ich war sicher, daß Nikkis neue Gesetzestreue das Ergebnis von Lieutenant Brancos kürzlichem Besuch war, und sie als unsichere Kantonistin zu sehen, verschlimmerte meine schlechte Laune noch weiter. Andererseits kommen mir in einem morbiden Gemütszustand manchmal die besten Ideen. (Muß ein weiterer Aspekt meiner angeborenen slawischen Perversität sein.) Ich mußte aus dem Geschäft, und mit dem offenen Nachmittag vor mir überkam es mich, über den Charles River hinweg nach Cambridge zu gehen. Ich wollte den Büros der Choate Group, Architekturberater, einen Besuch abstatten. Dort arbeitete Calvin Redding, wenn er nicht im Knast saß.

5
PUTZ DIE PLATTE, SONST GIBT'S DRUCK

Bei so viel Zeit und derart kooperativem Wetter riskierte ich es, die T zum Harvard Square zu nehmen. (T ist die Abkürzung für MTA, was die Abkürzung für MTBA ist, was soviel heißt wie »Massachusetts Bay Transit Authority«, was für Bostons überalterte und chronisch kränkelnde öffentliche Verkehrsbetriebe steht.) Die rote Linie hat eine Station an der Charles Street, und der schnellste Weg dorthin führt durch den Boston Public Garden. Trotz des klaren Sonnenlichts zeigte alles im Park die Anzeichen bevorstehender winterlicher Düsternis. Der Regen der vergangenen Nacht war zu Rauhreif geworden, der alles, was an Herbstblumen übrgiggeblieben war, umgebracht und graue, welke Blüten an brüchigen braunen Stengeln hinterlassen hatte. (Das typische freundliche Bostoner Herbstwetter.) Obwohl der Teich noch nicht trockenlag, waren die Schwanenboote wegen des nahenden Winters bereits an Land gezogen, und der Charme der großen weißen Vögel war dahin, die ihre Passagiere gleitend übers Wasser befördert hatten. Nur die Bäume und ihr Laub in tiefen Tönen von Orange, Gelb, Rot und Grün gaben letzte Lebenszeichen.

Der Gang durch die Charles Street war erfreulicher und erinnerte daran, wie malerisch und zugleich modern Boston war: Immobilienfirmen streichen hier hohe Provisionen ein, seit die Ankunft der *Mayflower* schicke italienische Gelato-Salons nach sich gezogen hatte. Aktionshäuser stellten Chippendale- und Hepplewhite-Originale aus, Tür an Tür mit modischen französischen *Charcuteries*. Im T-Bahnhof traf die Bahn überraschend schnell ein, und die Fahrt verlief zügig und direkt und war nicht, wie sonst üblich, eine ständig unterbrochene Reise, bei der Ersatzbusse zwischen den Bahnhöfen entlang des Wegs pendelten. Am Harvard Square war es lebhaft und voller Studenten. Die warme Herbstsonne hatte viele von ihnen ermutigt, Shorts und Muskelshirts anzuziehen oder sogar barbrüstig herumzulaufen. Mir gefiel das Gewirr von Beinen und Schultern und Gesichtern der eher robusten jungen Harvard Männer. Nach einem kurzen Bummel über die Brattle Street nahm ich ein Taxi. Als ich dem Fahrer mein Ziel nannte, sagte er: »Sie wollen zur Choe-Ate Company?«

»Es wird Choate ausgesprochen«, sagte ich, »wie coat.«

»So? Der Fahrer zog den zähflüssigen Inhalt seiner Nasennebenhöhlen hoch und schluckte laut. Dann schwenkte er den Wagen in den herannahenden Verkehr, und wir sausten los. »Das is', wo der Schwulenkiller arbeitet, wissen Se?«

»Wie bitte?«

»Hamse heute Zeitung gelesen?«

»Noch nicht.« Eigentlich hatte ich die winzige Geschichte im Globe gesehen, aber ich dachte, er würde offener reden, wenn ich mich dumm stellte.

»Ganz sicher« sagte der Fahrer. »Inner *Herald* wars auf der Titelseite, die ganze Geschichte von dem Homomord. Jesses, keiner hier hats mitgekriegt. Liest wohl niemand die *Herald*?«

»Wahrscheinlich nicht am Harvard Square.« In Gedanken notierte ich mir, ein Exemplar zu besorgen.

Plötzlich bogen wir von der Brattle Street ab und steuerten auf den Charles River zu, wovon ich wußte, daß es die falsche Richtung war. Dann machten wir eine Reihe scharfer Wendungen, wie in einem Irrgarten. »Wohin fahren Sie?« fragte ich. »Es müßte direkt von der Brattle Street abgehen.«

Der Fahrer erwiderte: »Was wolln Se? Sind lauter Einbahnstraßen und Sackgassen hier. Ich hau Sie schon nich übers Ohr.« Das Lied kenn ich, dachte ich. Nach zwanzig Minuten ziellosen Herumkurvens hielten wir vor einem hohen Zaun aus soliden, zweieinhalb Meter hohen Holzplanken, gestrichen in einem geschmackvollen Grau. Der Fahrer deutete auf den Zaun und sagte: »Da drin isses. Kraftfahrzeuge verboten, also muß ich Se hier rauslassen.« Ich zahlte ihm den exakten Betrag und stieg aus dem Taxi. Er sagte: »He!«

»Fahrer, die das Taxameter mit extra Kilometern hochjubeln, bekommen von mir kein Trinkgeld!« antwortete ich. Er fegte davon, noch bevor ich die Wagentür zuknallen konnte.

Ich folgte dem Zaun und fand den Eingang zu dem Grundstück. Innen stand eine immense dreistöckige Villa aus dem späten neunzehnten Jahrhundert. Der Fahrer hatte gelogen. Es gab einen Parkplatz, und der stand voll mit deutschen und schwedischen Luxuslimousinen. (Ich persönlich ziehe den Schwung eines italienischen Fahrgestells diesen seriösen mobilen Wohnzimmern vor, aber das kann auch schlichtweg an meiner Begeisterung für alles Mediterrane liegen.)

Ich betrat einen Plattenweg, von säuberlich getrimmten Hecken gesäumt. Der würzige Geruch kürzlich erfolgter Landschaftsgestaltung erinnerte mich an den hartnäckigen Zeder- und Balsamduft, der Lieutenant Branco umgab. Dann roch es auch nach frischer Farbe, und als ich mich dem Gebäude näherte, entdeckte ich mit Verwunderung, daß die gesamte Bausubstanz brandneu war, nicht einmal wenige Jahre alt. Um von optischen Täuschungen zu sprechen!

Der Vordereingang bestand aus einer großflächigen, in hellem Rot gestrichenen Doppeltür. Kaum hatte ich gegen den rechten Flügel gedrückt, da öffnete sich dieser leise und automatisch, und ich betrat eine der Außenseite des Gebäudes völlig widersprechende Welt. Das Innere war ein gähnend großes lichtdurchflutetes Atrium, umgeben von drei Ebenen glasumschlossener Büroräume. Zwei lange, flache Rampen verbanden die drei Stockwerke an jeder Gebäudeseite, und ein gläserner Fahrstuhl am anderen Ende sorgte für Höhenflüge. Kleine Bäume und blühende Büsche waren zu sehen, und das gurgelnde Geräusch in Kaskaden aus einer angelegten Felsquelle herabfallenden Wassers vervollständigte den Eindruck eines eingeschlossenen tropischen Regenwaldes.

Der Mann an der Rezeption saß mir genau gegenüber, als ich in den offenen Eingangsbereich trat. Sein schlichter Tisch – drei Scheiben geölte Walnuß, zwei senkrecht, eine waagerecht – gestatteten mir eine gute Sicht auf seinen ganzen Körper. Er war jung, sauber rasiert und jungdynamisch angezogen: khakifarbene Chinos; blaues Oxfordhemd; Seidenrips-Krawatte; weiche, braune, italienische Slipper mit Troddeln auf dem tief ausgeschnittenen Oberleder. Lavendelfarbene Socken mit Argyle-Muster vervollständigten das Bild.

»Was darf ich für Sie tun?« fragte er mit gekünstelter Höflichkeit.

»Ich möchte Calvin Redding sprechen. Mein Name ist Harrington«, log ich. »Carlisle Harrington.«

Der junge Mann preßte seine dünnen Lippen noch fester zusammen und sagte: »Ich fürchte, Mr. Redding ist heute unabkömmlich.«

»Aber wir haben einen Termin miteinander. Er hat einige sehr wichtige Papiere zu meinem Eigentum in Dover.«

Der Empfangsmensch antwortete nicht, sondern drückte eine erleuchtete Fläche, die plan abschließend in die Tischplatte vor ihm eingebaut war. Dann sprach er lustlos in die Luft, so daß ich einen Augenblick glaubte, er spräche zu mir. »Ein Mr. Harrington ist hier und will Calvin sprechen. Glaubst du, du kannst ihm helfen?« Ich musterte ihn eingehend und sah, daß er ein fast unsichtbares Paar Kopfhörer mit Mikrophon trug. Dann sagte er direkt an mich gewandt: »Ms. Doughton wird Sie empfangen. Sie ist die Kollegin von Mr. Redding.«

Innerhalb von Sekunden hörte ich irgendwo auf einem der oberen Stockwerke eine schwere Tür schlagen. Ich sah hoch und erblickte etwas, das aussah wie eine enorme Aubergine in Rock und Maßjackett, aufgetaucht aus einem Büro im zweiten Stock. Statt die flache Rampe neben ihrem Büro hinunterzugehen, watschelte sie zu dem hydraulischen Lift am anderen Ende des Gebäudes und gelangte auf diese Weise nach unten. Dann schleppte sie ihren unförmigen Leib über die ganze Länge des lichtdurchfluteten Atriums hin zu mir. Sie schien eingeschnürt und behindert in ihrer engen, dunkelroten Geschäftskleidung.

»Mr. Harrington?« Sie sprach mit einer tiefen, rauhen Stimme, von der leichten Anstrengung des Gehens bereits außer Atem.

Ich nickte. »Ja.«

»Ich bin Jennifer Doughton. Ich arbeite mit Calvin Redding zusammen.« Durch die vielen Jahre voller filterloser Zigaretten und Bourbon klang ihre Stimme chronisch heiser. »Sie wollten ihn sprechen?«

Ich erklärte: »Ich baue ein Haus in Dover um, an der Frog Pond Lane.« (Ein wohlhabender Klient hatte mir einmal erklärt, daß die wahrhaft Reichen von ihrem Domizil nie anders als von einem Haus sprechen. Es ist immer ein Haus, gleich ob es sich dabei um ein Gut der Tudors in England handelt oder um einen ländlichen

Einzimmer-Kleinstschuppen.) »Die Bauunternehmer stehen bereit, können aber ohne die Pläne nicht anfangen«, fuhr ich fort. »Da Calvin nicht verfügbar ist, können Sie mir vielleicht sein Büro aufschließen, damit ich an die Papiere komme.«

Sie zog die Stirn kraus und sagte: »Das wird nicht nötig sein. Wir teilen das gleiche Büro miteinander. Ich kann finden, was Sie suchen.« Sie drehte sich um, und ich folgte ihr. Sofort blieb sie stehen und bemerkte: »Es besteht keine Notwendigkeit, daß Sie mich begleiten.« Ihre Stimme war wie das Kratzen einer stumpfen Feile auf Hartholz.

»Es macht überhaupt keine Umstände«, antwortete ich.

Sie hielt inne und starrte mich argwöhnisch an. Als sie schließlich ihre Massen wieder bewegte, ging ich an ihr vorbei zum Aufzug. Ärger mischte sich in ihre Stimme. »Es ist ungewöhnlich, daß ich Ihnen nicht schon früher begegnet bin. Calvin und ich bedienen oft dieselben Kunden als Team.«

Ich kicherte lässig. »Wissen Sie, Calvin tut mir einen Gefallen. Wir arbeiten schon eine ganze Weile an den Plänen zum Umbau meines Hauses, aber das meiste haben wir außerhalb des Büros erledigt.« Jennifer Doughton lächelte süffisant, und ich fragte mich, ob sie mir glaubte. Normalerweise sehe ich das an den Augen, aber alles, was ich in den ihren sehen konnte, waren Wut und Härte. Sie war nicht erfreut über ihr Leben in dieser Welt.

Ruhig glitten wir in dem hydraulisch betriebenen Aufzug eine Treppe höher. Einmal in dem Büro, das sie und Calvin sich teilten, begann sie eine planlose Suche durch einen großen Schrank voller farblich sortierter Aktenmappen. Innerhalb von Minuten war sie außer Atem. Sie schnappte heftig nach Luft und sagte: »Es gibt nur noch einen Ort, wo es sein könnte«, und sie walzte aus dem Büroraum.

Ich sah meine Chance und ergriff sie. Was scherte es mich, daß eine ganze Wand des Büros aus offenem Tafelglas bestand und den Blick auf mich freigab? Die Frage war: Wo fing ich an? Ich brauchte Namen und Daten, also erschienen Calvins Kalender und Telefonverzeichnis mir die logischen Stellen. Doch sein Schreibtisch war abgeschlossen. Vielleicht hatte er alles computerisiert? Ich sah auf den Terminal neben seinem Tisch. Er war eingeschaltet, also drückte ich eine mit ENTER gekennzeichnete Taste. Er piepste und zeigte an:

BITTE PERSÖNLICHE ID EINGEBEN:

Ich tippte Calvins Namen, doch das verursachte lediglich:

FALSCHE PERSÖNLICHE KENNZIFFER. ERNEUT VERSUCHEN.

Ich versuchte seine Initialen, dann verschiedene Kombinationen seines Namens mit seinen Initialen. Jeder Versuch schlug fehl. Ich wurde rasend und tippte irgend etwas, wie unlogisch auch immer. Doch alles, was ich bekam, war piep-piep-piep. Vertieft wie ich war, entging mir, daß ich nicht mehr allein war. Was man vom leichten Gang von dicken Leuten sagt, stimmt.

»Sie brauchen ein Paßwort«, brummte sie heiser, direkt hinter mir. Ihre Stimme erschreckte mich, doch verbarg ich meine Überraschung.

»Ich finde Computer phantastisch. Ich konnte es nicht lassen, ihn auszuprobieren.« Ich drehte mich in dem Stuhl und sah ihr ins Gesicht. »Vielleicht werde ich eines Tages lernen, wie man so etwas benutzt.«

Jenny entgegnete: »Vielleicht kommen Sie eines Tages auch mit einer besseren Geschichte. Es gibt keine Aufzeichnung ihres Kontakts mit Calvin Redding. Und außerdem existiert das Haus, das angeblich in Dover sein soll, nicht einmal. Vielleicht erzählen Sie mir einfach, wer Sie sind und was Sie hier tun? Oder soll ich die Polizei rufen?«

Ich befeuchtete meine Lippen und versuchte, gelassen zu sprechen, obwohl mein Herz hämmerte. »Ich glaube nicht, daß wir die Polizei brauchen.«

»Dann reden Sie, Mister, wer immer Sie sind!«

Nach einer schrecklich langen Stille, in der meine kühle, rosige Haut sich in ein heißes Scharlachrot verwandelte, sagte ich: »Okay. Ich habe gehört, Calvin stecke in Schwierigkeiten. Ich bin ein Freund.« Meine Stimme klang trocken und hohl, ein sicheres Zeichen dafür, daß mir die Nerven durchgingen. Zeit fürs Mantra. »Ich versuche, an seine Aufzeichnungen zu gelangen und alles belastende Material herauszunehmen, bevor die Polizei es sieht.«

Jennie reagierte mit einem freundlichen Lächeln. »Wie ritterlich!«

»Wenn ich also einfach sehen könnte –«

»Sie lügen!« schnauzte sie. »Ich arbeite seit fast zwei Jahren mit Calvin Redding zusammen, und ich kenne die Freunde, die er hat. Keiner von ihnen würde hierherkommen und versuchen, ihm aus der Patsche zu helfen.«

»Ich bin nicht wie die andern.«

Sie nahm den Telefonhörer an ihrem Tisch auf. »Patrick? Ruf die –«

»Okay, okay!« Ich drückte auf die Telefongabel und unterbrach den Anruf. »Mein Spiel ist aus. Ich bin Calvins Frisör.«

Jennie gackerte: »Und Sie wollen, daß ich Ihnen das glaube?«

»Es ist die Wahrheit!« Ich zückte eine Visitenkarte, doch die übersah sie.

»Hören Sie, was immer Sie zu beweisen versuchen, Sie sind eh zu spät. Die Polizei ist sowieso schon hier gewesen. Sie haben Calvins sämtliche Papiere mitgenommen.«

Verdammt! Das hieß, daß Branco alles hatte. »Aber ich muß herausfinden, was zwischen Calvin und dem Typen, der gestern umgebracht wurde, passiert ist.«

Jennie wieherte ein kurzes Gelächter. »Das ist mir schnurzpiepegal. Genaugenommen hoffe ich, daß Calvin schuldig ist!«

Diese Worte veränderten alles zwischen uns. Plötzlich hatten die dicke Jennie und ich mehr gemein, als ich dachte. »Sie meinen«, sagte ich ruhig und klar, »Sie sähen Calvin gern verurteilt?«

Sie senkte den Blick, und ich bemerkte traurig, daß sogar ihre Lider schwammig aussahen. Im Vergleich zu dem Problem dieser Frau erschien mir die Sorge um meine eigenen »Rettungsringe« wie eine theatralische Nichtigkeit. »Wenn Calvin aus dem Weg wäre, würde meine eigene Karriere sich vielleicht wieder vorwärtsbewegen.« Fast klang sie, als täte es ihr leid, das sagen zu müssen.

»Was meinen Sie damit?« fragte ich, gütig wie ein Beichtvater.

Sie zündete sich eine Zigarette an. Ich hatte recht – ohne Filter. Sie füllte mehrmals ihre Lungen und hinterließ einen durchweichten Lippenabdruck am Zigarettenende. (Nicole würde es mißbilligt haben.) Dann redete Jennie: »Calvin kam in die Stadt geweht, nachdem er ein paar Jahre durch Europa getourt war. Eigentlich sollte er dort eine Lehrzeit absolvieren, aber das tat er nicht im geringsten. Er machte Urlaub in der Art, wie nur Leute wie Calvin ihn sich leisten können.«

»Will heißen?«

»Jede Menge Geld, Drogen und Sex.«

»Woher wissen Sie das?«

»Ich habe meine Methoden, Dinge herauszufinden. Dann hat er hier eine Anstellung als Architekt ergattert. Und von da aus ist er hinauf in eine Gesellschafterposition gehüpft. Den Titel, den ich mir über ein Jahrzehnt verdienen mußte, bekam Calvin Redding in weniger als zwei Jahren in den Schoß geworfen.«

»Vielleicht ist er einfach talentiert.« Ich spielte den Advocatus diaboli, nur um sie am Reden zu halten.

»Calvin Reddings Talent hängt zwischen seinen Beinen. Jennys Augen waren jetzt dunkel und gemein. »Ich sage Ihnen etwas. Demnächst steht eine Juniorpartnerschaft an, und Calvin und ich sind beide dafür an der Reihe. Ich habe das höhere Dienstalter und mich in der Vergangenheit bewährt. Ich habe hier gearbeitet, als wir zu fünft hier Sechzehnstundentage einlegen mußten, einfach um zu überleben. Ich verdiene die Stellung!«

Ich schenkte ihr meinen mitfühlenden Therapeutenblick, den Blick, der besagt: Ich verstehe. Doch ich schwieg.

Sie fuhr fort. »Wie Calvin dem Chef schöntut, ist einfach ekelhaft. Und er macht es ganz offensichtlich nur, weil Brickley einen Namen hat, und Verbindungen.«

»Wer ist Brickley?«

»Roy Brickley ist der Chef. Aber ich rede zu viel.«

»Nein, das tun Sie nicht, Jennie. Ich frage mich, ob wir uns nicht gegenseitig helfen könnten.«

Sie antwortete nicht, sondern vergrub sich in einer Rauchwolke. Nach einer Weile sagte sie: »Wie könnten Sie *mir* denn helfen?«

»Ich glaube, wir hegen ähnliche Hoffnungen bezüglich Calvins Zukunft.«

»Ich dachte, Sie wollten ihm helfen!«

Ich schüttelte den Kopf so heftig, daß mein Haar in Unordnung geriet. »Nicht die Bohne. Das habe ich gesagt, damit Sie mir seine Papiere zeigen. Ich suche nach belastendem Material, das stimmt, aber schützen will ich ihn nicht. Ich will es gegen ihn verwenden. Ich habe das Gefühl, daß er den Ranger umgebracht hat, und brauche Beweise.«

»Sie ändern Ihre Geschichte jede Minute.«

»Jennie, die Polizei hält mich ebenfalls für den Mörder, aber ich

war's nicht. Ich muß mich selbst entlasten, und wenn das heißt, daß Calvin verurteilt wird, geht das für mich in Ordnung.«
Ein gemeines Lächeln kroch über Jennies Gesicht. Sie keuchte schwer und nahm einen langen Zug von ihrer Zigarette.
»Sie können ihn auch nicht besonders gut leiden, was?« bemerkte sie.
»Nein. Er nutzt Leute aus. Er hält sich für was Besseres. Er tut keinen Handschlag und noch weniger für andere. Er lügt. Er ist primitiv. Er –«
»Okay, Sie haben mich überzeugt. Vielleicht können wir uns gegenseitig helfen.«
Ein kleiner Sieg.
»Was müssen Sie wissen?« fragte sie.
»Alles über Roger Fayerbrock, den ermordeten Mann aus Yosemite.«
»Woher wissen Sie, daß er aus Yosemite kam?« fragte sie.
»Er hat es mir gesagt.«
Jennies Augen blitzten mich an. »Sie sind ihm also vorher schon begegnet?«
»Ja, gestern im Frisiersalon.«
Sie dachte nach, indem sie mich durch den beißenden Rauch hinweg anschielte. »Alles, was ich Ihnen erzählen kann, ist, daß Calvin ihn gestern früh mit hierhergebracht hat und mit der Nacht protzte, die sie zusammen verbracht hätten. Das war's.«
»Das ist alles? Sonst nichts?«
»Ich bin sicher, daß da noch viel mehr ist, aber einer der Leute, die das wissen, ist tot, und der andere sitzt im Knast.«
Ich fragte mich, wer und wo die übrigen waren. »Man weiß hier also, daß Calvin im Knast sitzt?«
»Natürlich wissen wir das, aber das teilen wir unseren Klienten nicht mit. Ein Gesellschafter, der einsitzt, ist nicht gerade eine Verdienstmedaille.«
»Jennie, glauben Sie, Calvin könnte Roger umgebracht haben?«
»Ich würde ihm alles zutrauen.«
»Was könnte ihn dazu veranlaßt haben?«
Jennie rammte ihre Zigarette in einen Aschenbecher, in dem verkohlte Stummel und staubige Asche bereits hochgehäuft lagen.
»Wahrscheinlich hat er Calvin irgendwas ehrlich ins Gesicht gesagt.«

»Aber selbst Calvin würde niemanden nur deshalb umbringen. Da muß mehr sein.«

Jennie schloß die Augen, wahrscheinlich um sie vor dem abgestandenen, dicken Rauch zu schützen. »Es sind schon Leute für weniger als das umgebracht worden.«

Ich nickte, als verstünde ich, obwohl ich das nicht tat. Wieder reichte ich ihr meine Visitenkarte. »Rufen Sie mich an, wenn Ihnen noch etwas einfällt, das hilfreich sein könnte?«

Sie nahm sie in ihre molligen Wurstfinger und sagte: »Ich dachte, Sie hießen Stan.«

»Im Geschäft bin ich Vannos.«

Sie schrieb »Stan« auf die Karte und ließ sie in die enge Brusttasche ihres Jacketts gleiten. »Wenigstens haben Sie Mumm, was mehr ist, als ich von Calvins sonstigen Schnuckels sagen kann.«

»Bilden Sie sich nur keine Schwachheiten ein! Ich hatte nie Sex mit ihm. Wollte ich nie und werde ich nie.«

»Noch ein Punkt zu Ihren Gunsten.«

»Und danke, daß Sie nicht die Polizei gerufen haben, Jennie. Wie gesagt stehe ich bereits unter Verdacht, also versuche ich, denen aus der Schußlinie zu bleiben.«

Der Ausdruck in ihren Augen war etwas weicher geworden, und ich erhaschte den Anflug einer scharfen Intelligenz in ihrem Blick. »Lassen Sie sich nicht von der Polizei terrorisieren«, sagte sie.

Ich verließ ihr Büro und blieb neben der Rezeption stehen, um ein Taxi zu rufen. Während ich das tat, ging ein gutaussehender Mann an mir vorüber. Er sah aus wie einer von J.C. Leyendeckers Arrow-Shirt-Männern, nur älter, vielleicht fünfzig. Er trug Hemdsärmel und Hosen, beide so geschnitten, daß sie seine muskulöse Gestalt unterstrichen. Ich fand ihn verdammt gutaussehend. Er bemerkte meinen Blick und nickte höflich. »Guten Tag«, sagte er im Vorbeigehen. Sein Parfum roch wie ein Zitrushain an einem kühlen, taufrischen Morgen.

Zufällig hörte ich, wie Patrick an der Rezeption zu ihm sagte: »Mr. Brickley, das ist der Mann, der Calvin sprechen wollte.«

Weil ich die einzige Person weit und breit war, wußte ich, daß er mich meinte. Ich unterbrach meinen Anruf und vollzog eine rasche Kehrtwendung, um dem Mann ins Gesicht zu sehen.

»Sind Sie Mr. Brickley?«

Er lächelte vorsichtig. »Der bin ich.«

Ich hing den Hörer auf und ging zu ihm. Aus der Nähe sah ich, daß seine hellgrauen Hosen einen dezenten Nadelstreifen in Pink und Abricot aufwiesen. Eine Seidenkrawatte von Hermès in Schieferblau und Gold ergänzte das blaß papayafarbene Baumwollhemd. »Ich bin ein Freund von Calvin Redding«, sagte ich. »Ich hätte Sie gerne gesprochen.«

Er blieb einen Moment unschlüssig. Dann sagte er herzlich: »Ich bin sicher, daß ich einige Minuten für einen Freund von Calvin erübrigen kann. Gehen wir hinauf in mein Büro.« Er legte seine Hand schwer auf meine Schulter. »Wie ist Ihr Name?«

»Stanley Kraychik.«

»Klingt tschechisch«, sagte er.

»Stimmt.«

Wir gingen in Richtung Aufzug und blieben dann stehen. »Wieso nehmen wir nicht die Rampe? Das ist besser als der Fahrstuhl. Ich halte mich gerne fit. Heutzutage sind zu viele Leute müßig und wissen die Bedeutung physischer Aktivität und eines gesunden Körpers nicht zu schätzen. Ein gesunder Geist und ein gesunder Körper hängen voneinander ab.« Blah-blah-blah, plapperte er. Ich spürte, daß seine aufpolierte Erscheinung nur der äußere Lack über einer unterdrückten Quasselstrippe war. Ich fragte mich, was dieser Körperkulturbeflissene wohl von meiner Weiterbildungsmaßnahme halten würde, das Rauchen zu lernen.

Sein Büro befand sich im obersten Stock des dreigeschossigen Gebäudes. Von hier oben konnte ich durch das Dach des Atriums den Teil einer riesigen Fläche von Solarzellen sehen, die das Dach südwärts bedeckten. Die meisten Büros in diesem Stock hatten zum Schutz der Privatsphäre senkrechte Jalousien entlang der Glaswände, im Unterschied zu den Büros im zweiten Stock, wo jegliche Aktivität nach außen hin sichtbar blieb. Mr. Brickley nahm hinter einem enormen Rosenholzschreibtisch Platz, während ich mich in einen komfortablen Lehnstuhl aus ebensolchem Rosenholz setzte, bezogen mit malvenfarbenem Leder.

»Womit kann ich Ihnen dienen, Mr. Kraychik?« fing er an.

»Ich versuche, etwas über einen jungen Mann namens Roger Fayerbrock herauszubekommen.«

In Roy Brickleys Miene blitzte Verwunderung auf, die aber sofort wieder verschwand. »Ich fürchte, ich kenne den Namen nicht.«

»Vielleicht würden Sie Gesicht und Statur wiedererkennen. Groß, hellhaarig, Schnurrbart, sanfte Stimme. Er war zu Besuch aus dem Westen.«

»Noch immer kein Zusammenhang. Was hat das mit Calvin Redding zu tun?«

»Ich weiß, daß Calvin ihn am vergangenen Tag mit hierhergebracht und hier herumgezeigt hat. Ich dachte, Sie wären ihm vielleicht begegnet.«

Mr. Brickley dachte einen Moment nach. »Vielleicht erinnere ich mich an ihn. Sie sagten, er war gut gebaut, wie?«

Ich nickte.

»Ich glaube, ich kann mich erinnern, ihn gesehen zu haben.«

»Wissen Sie, weshalb er hier war?«

Roy Brickley setzte sich in seinem Sessel zurecht und sagte: »Ich habe keine Ahnung.«

»Vielleicht wissen Sie, daß Calvin Redding des Mordes an ihm verdächtigt wird.«

Der Mann kniff die Lippen zusammen, und sprach dann, wobei jedes seiner kontrollierten Worte einen Widerhaken zu haben schien: »Das ist eine haarsträubende Anschuldigung, besonders für einen unserer Kollegen.«

»Aber es ist wahr, Mr. Brickley.«

Wieder rutschte er so hin und her, daß sein Sessel knarrte. Dann sagte er resigniert, als hätte ich ihn bei einer Lüge ertappt: »Ja, ich weiß, daß es wahr ist, doch es ist nur ein Verdacht, und ich bin sicher, die Polizei irrt sich. Die Choate Group glaubt, ebenso wie ich persönlich natürlich, daß etwas Derartiges *nicht* möglich ist.«

»Natürlich.«

»Nichtsdestotrotz bin ich erschüttert, daß einer unserer Kollegen sich in einer derart gräßlichen Situation befindet, wo wir doch wissen, daß er unschuldig ist.«

»Aber –«

»Ich kann persönlich für Calvin Reddings Charakter bürgen. Meine Frau und ich haben uns mit Calvin Redding bei zahlreichen Gelegenheiten unterhalten, und ich versichere Ihnen, daß es auf dieser Erde nicht vorstellbar ist, daß Calvin Redding einer anderen Person physischen Schaden zufügen könnte.«

Es klang wie ein vorbereiteter Kommentar für Polizei und Presse. Am liebsten hätte ich Beifall geklatscht, doch statt dessen sagte ich: »Zu dumm, daß die Polizei Ihre Überzeugung nicht teilt.«

Roy Brickley erwiderte: »Ich habe schon mit der Polizei gesprochen, und offen gesagt: Sie haben nicht einmal genug Beweise für eine saubere Anklage. Sie werden in Kürze mit Calvins Anwalt zu tun bekommen.«

»Weswegen?«

»Gesetzeswidrige Inhaftnahme.«

»Aber Mr. Brickley, sie haben Beweise.« Eine Lüge. »Ich habe die Berichte gelesen.«

Das stoppte ihn. »Wie wollen Sie das angestellt haben?«

»Die Informationen liegen jedem offen, gegen Gebühr.«

Es klopfte laut gegen die Tür. Sie brach auf und Jennifer Doughton schleppte ihre Massen ins Zimmer. Sie zuckte und blieb stehen, als sie mich sah, obwohl ihr Körper noch ein wenig nachwogte. Empört sah sie mich an, während sie mit einigen Papieren wedelte und zu Roy Brickley sagte: »Die müssen Sie noch vor zwei Uhr unterschreiben.«

»Gewiß, Jennifer«, sagte er. »Ich sehe sie mir an, sobald ich hier fertig bin.«

Sie wandte sich um und verließ das Zimmer, wobei sie die Tür mit einem gewichtigen Schlag hinter sich schloß. Mr. Brickley sagte: »Nun, wie Sie sehen, habe ich heute einen ziemlich vollen Terminkalender.«

Ich spürte, daß Jennies Hereinplatzen den Faden unserer Konversation unterbrochen hatte und daß Roger Brickley mich gern loswerden wollte, also erhob ich mich, um zu gehen. Es hat keinen Zweck, Leute unter Druck zu setzen, besonders wenn man sie womöglich noch öfter sehen – und benutzen – möchte. Ich stand auf und sagte: »Danke, daß Sie Zeit für mich hatten, Mr. Brickley.«

»Aber ich bitte Sie. Ich möchte, daß Calvin so bald wie möglich von dieser monströsen Anklage entbunden ist.«

»Ich bin ebenfalls entschlossen, die Dinge zu klären.«

Er streckte die Hand aus, und ich schüttelte sie. Sie war riesig und stark. Meine Hand haltend sagte er: »Übrigens, woher kennen Sie Calvin?«

Da es keinen Grund gab zu lügen, sagte ich: »Ich mache ihm die Haare.«

»Wirklich! Was für ein glücklicher Zufall! Meine Frau sucht ganz verzweifelt einen neuen Frisör!«

»Von uns gibt es genug«, sagte ich. »In meinem Geschäft ist man irgendwann entweder arriviert oder ausrangiert.« Der Griff um meine Hand lockerte sich nicht.

»Calvin sieht immer gut aus, und das ist alles, was ich für Ihre Arbeit an Empfehlungen brauche. Wo ist Ihr Salon?«

»Hier haben Sie meine Karte …« Ich zerrte meine Hand aus der seinen und zog eine meiner Karten hervor. Er nahm sie und untersuchte sie mit seinen mächtigen Fingern, wie venezianisches Glas in der Hand eines Boxers.

»Newbury Street. Gute Lage. Neben dem Ritz, nicht wahr?«
Ich nickte.

»Aber Ihr Name steht nicht drauf.«

»Im Geschäft bin ich Vannos.«

Roy Brickley zog die Stirn kraus. »Wieso ein anderer Name?«

»Stanley verfängt nicht in der Welt der Mode.«

»Also, in der Welt der Geschäfte wäre Stanley Kraychik ein guter Name. Ich hoffe, wir sehen uns bald wieder.«

»Das werden wir wahrscheinlich.« Ich verließ sein Büro und ging rasch die beiden Rampen hinunter zu Patrick an der Rezeption. »Können Sie mir ein Taxi rufen?« fragte ich ihn mit meiner honigsüßesten Stimme.

Patrick preßte die Lippen fest zusammen und sagte dann von oben herab: »Ist schon unterwegs, auf Kosten von Mr. Brickley.« War es Eifersucht, was ich in seiner Stimme vernahm?

6
ERST NEIN, DANN JA

Gegen drei Uhr war ich wieder im Geschäft. Ich ging an Nicoles Tisch vorbei, wo sie eine Kundin manikürte. Ohne aufzusehen oder auch nur einen einzigen Strich mit der Pappnagelfeile auszulassen, fragte sie: »Hast du Lieutenant Branco gesprochen?«

»Noch nicht.«

»Also, Stanley, er hat wieder angerufen. Du sollst dich sofort bei ihm melden.«

»Soll er doch zu mir kommen, wenn es so wichtig ist.«
Nicole lachte ihr unbändiges Lachen.
»Was ist daran so lustig?« fragte ich.
»Das Katz-und-Maus-Spiel, in das du dich verwickelst«, sie zog
eine Augenbraue hoch, »ist direkt romantisch«.
»Keine Projektionen, Liebes. Deine fleischlichen Begierden steigen
dir wieder mal zu Kopf.«
»Ach, Stani, gib's doch zu! Natürlich findest du den Lieutenant an-
ziehend.«
»Er ist ein Bulle!«
»Du machst dir was vor.«
»Und du projizierst deine Libido auf mich.«
»Ich glaube, du magst ihn ein ganz klitzekleines Bißchen.«
»Komm auf den Teppich, Nikki. Ich habe seit Monaten kein Ren-
dezvous mehr gehabt.«
»Das ist genau der Punkt, mein Freund«, sagte sie und lachte noch
lauter als vorhin. Ihre Kundin zappelte unbehaglich, so daß Nicole
die Maniküre-Utensilien hinlegte. »Stani, wenn du nur dein Ge-
sicht sehen könntest!« kreischte sie.
Ich schaute in einen benachbarten Spiegel und sah die übliche
Schnute: Rosa Haut mit den Überbleibseln von Sommersprossen,
helle grüne Augen, rötliches, burschikos geschnittenes Haar und
einen großen Mund, der leicht in ein dämliches Grinsen verfiel.
Die starken, eckigen Knochen und der Schnäuzer halfen, meinem
Hang zur Feistigkeit – oder wie ich es zu nennen pflege: meiner
Üppigkeit – entgegenzuwirken.
Nicole johlte: »Du wirst rot wie ein Zweitkläßler beim Verteilen
der Liebespost am Valentinstag!« Mittlerweile schrie sie nur noch,
während ihre Kundin sich ebenso höflich wie vergebens räusperte.
Frohgemute Tränen füllten Nicoles Augen.
»Sei vorsichtig, Liebes«, sagte ich. »Dein Mascara könnte ver-
schmieren, von deiner Kundin gar nicht zu reden.«
Zwischen den Lachkrämpfen schüttelte sie den Kopf und erklärte:
»Das neue Zeug ist wasserfest.«
»Hat sonst noch jemand für mich angerufen?«
Nicole betupfte sich die Augen. »Auf welchen Anrufer wartest du
denn?« Sie betonte das Wort Anrufer, was sie an den Rand eines
neuerlichen Lachanfalls brachte.
»Sag einfach ja oder nein, Nikki.«

»Ja, Darling. Aber er hat keine Nachricht hinterlassen. Meinte, er würde zurückrufen.« Sie nahm die Arbeit an den Händen ihrer Kundin wieder auf und applizierte einen schweren Nagellack in je drei fachkundig geführten Strichen von der Nagelhaut bis zu den Fingerspitzen: Seite, Seite, und Mitte. »Und, Darling«, sagte sie, während sie das Pinselchen in den Nagellack tauchte, »du darfst mir nicht böse sein. Als Mannequin durfte ich nicht lachen, aber jetzt sind mir die Falten egal, und es fühlt sich so gut an.«

»Besonders, wenn es auf Kosten anderer ist.«

»Ich habe nicht über dich gelacht, sondern über deinen Zustand.«

»Du hörst dich an, als wäre ich schwanger.«

Das Telefon ging. Die Rezeptionistin hob ab und winkte mir. Ich nahm an Nicoles Tisch auf und sprach, wobei ich meine Stimme um eine Oktav anhob und einen schleppenden Südstaatenjargon aufsetzte.

»Stanis Auflock- und Blondiersalon«, hauchte ich.

Die Stimme war gedämpft und die Leitung voller Geräusche, doch die Botschaft war klar: »Kümmere dich um deine Sachen, oder du endest wie der Ranger.«

»Wer ist da?« fragte ich mit meiner gewöhnlichen Stimme.

»Halt dich da raus!« Klick.

»Hmmmpff! Ihnen auch ein schönes Halloween!« Ich knallte den Hörer hin.

»Wer war das?« fragte Nicole.

»Jemand mit schlechten Telefonmanieren.«

»Was wollten sie?«

»Nichts. Bloß ein Spinner.«

Nicole manikürte weiter ihre Kundin. »Davon haben wir reichlich.«

Ich nickte. »Im Ernst. Der hier hat versucht, bedrohlich zu wirken, aber es klang irgendwie halbherzig.«

Nicole unterbrach ihre Arbeit. »Stani, ist das dein Ernst?«

»Ja«, antwortete ich beiläufig, ohne wegen des Anrufs richtig beunruhigt zu sein. Dann dachte ich einen Augenblick nach. Sie hatten »der Ranger« gesagt, also war es jemand, der wußte, daß ich in diesen Schlamassel verwickelt war. Das begrenzte die Sache auf einen sehr exklusiven Club. Ich fragte Nicole: »Haben wir den *Herald* heute bekommen?«

»Ach! Das wollte ich dir noch erzählen. Sie haben sich diesmal wirklich selbst übertroffen. Du bist der Co-Star, zusammen mit Calvin Redding.«

»Was meinst du damit?«

»Lies es selber.« Sie nickte in Richtung Zeitungsregal im Wartebereich. (Snips führt täglich alle Bostoner und New Yorker Zeitungen. Schließlich wollen die Theaterleute aus Manhattan ihre »heimische« Zeitung lesen, selbst wenn sie in der Provinz arbeiten.) Die boulevardmäßige *Herald* war zerknittert und voller Eselsohren. Die heutige Ausgabe war offenbar von allen im Geschäft gelesen worden. Die Überschrift prangte auf der Titelseite. Es war nicht die Hauptschlagzeile, aber sie stand direkt darunter. Der Text war als Sensationsstory aufgemacht und großzügig mit Mutmaßungen durchwebt, wo immer dem Schreiber Fakten gefehlt hatten. Mein Name war die ganze Zeit in einem Atemzug mit Calvins genannt. Ich wirkte wie ein Komplize. Sie hatten auch den Namen des Salons preisgegeben; das nur zum Kapitel Privatsphäre.

Ich kehrte zu Nicoles Arbeitsplatz zurück. »Diese Geschichte müßte das Geschäft eigentlich beleben«, sagte ich. »Wieso haben sie nicht gleich geschrieben: ›Gehen Sie zu Snips und lassen Sie Ihr Haar von einem Mordverdächtigen richten‹?«

Nicole war mit ihrer Kundin fertig, und die Frau ging. »Glaubst du, sie wird nach unserer kleinen Szene noch einmal wiederkommen?« fragte ich.

»Natürlich«, antwortete Nicole. »Sie würde es nie zugeben, aber wir haben sie ausgesprochen gut unterhalten.«

»Ist ja ein Teil unseres Service hier.«

Nicole bereitete ihren Platz für die nächste Kundin vor. »Stani, ich mache mir Sorgen wegen dieses Anrufs.«

»Nikki, angesichts dieser Zeitungsstory bin ich sicher, daß es einfach ein dummer Scherz war. Jemand, der ›Schwule-Aufmischen‹ gespielt hat, und zwar völlig phantasielos.« Ich hielt die Zeitung in die Höhe. »Jeder, der das hier gelesen hat, könnte der Anrufer sein.«

Nicole nickte. »Das mag stimmen, aber was genau hat der Anrufer gesagt?«

»Bloß, daß ich aufhören soll. Und wegen der schlechten Verbindung könnte ich nicht einmal sagen, ob es ein Mann oder eine Frau war.«

»Vielleicht bist du jetzt einverstanden, die kriminalistische Arbeit den Profis zu überlassen. Es empfiehlt sich aus Sicherheitsgründen.«

»Nikki, ich sagte dir schon ... es sind die Profis, die mich verdächtigen. Außerdem fühle ich mich nicht gefährdet, besonders nicht von einem Anruf wie diesem.« Ich sah mich im Geschäft um und bemerkte, daß Ramon, der Haarwäscher, abwesend war. »Liebes, ich frage mich ... Du würdest nicht zufällig jemanden beauftragt haben – ich denke da an ein bestimmtes Mitglied des Personals –, diesen Anruf zu tätigen, einfach um mich Mores zu lehren und von diesem Fall wegzulocken?«

Nicole sah gekränkt aus. »Stanley! Wie kannst du nur! Ich gestehe, daß ich gelegentlich ein Ereignis choreographiere, wenn dies sich nicht von allein zutragen will, aber ich würde mich nie zu etwas dermaßen Gewöhnlichem und Billigem wie einem anonymen Anruf herablassen!«

»Dann war es offenbar jemand mit weniger Stil.«

»Offenbar. Und es verletzt mich, daß du es auch nur denken konntest.«

»Ich entschuldige mich in aller Form. Aber ich weiß, wie gern du hättest, daß ich meine Nase nicht länger in Rogers Ermordung stecke.«

»Stimmt.«

»Aber ich brauche deine Unterstützung, Liebes, nicht eine zusätzliche Straßensperre.«

Nicole sagte: »Ich bin immer noch beleidigt.«

»Ich entschuldige mich nochmals. Aber, Nikki, ehrlich, ich komme mir so allein vor mit alledem, und ich weiß, daß es bloß noch schlimmer werden kann.«

»Dann hör jetzt mit allem auf.«

»Ich kann nicht. Wer A sagt, muß auch B sagen, koste es, was es wolle.«

»Ich zahle, was immer es kostet.«

»Danke, aber Geld wird nicht die Lösung sein. Ich glaube, ich sollte jetzt mit Lieutenant Branco reden.«

»Was für eine großartige Idee! Arbeite mit ihm zusammen.«

»Du hast recht, Liebes ... Die Polizei dein Spielgefährte!«

»Ich könnte mir schlechtere Spielkameraden vorstellen als den Lieutenant.«

»Mit ihm würde es keinen Spaß machen, Nikki.«

»Woher weißt du das?«

»Er ist so einer, der nie seine Lastautos mit rausgenommen hat.«

»Was soll das denn heißen?«

»Ich wette, der Lieutenant war ein ganz ordentliches Kerlchen, immer in Angst, seine Spielsachen schmutzig zu machen.«

Nicole neigte den Kopf und zog eine Augenbraue hoch. »Stanley, wieso bekomme ich das Gefühl, daß du noch etwas anderes damit meinst?«

Ich zwinkerte ihr zu und holte meine Jacke. »Weil ich das normalerweise immer tue, Liebes. Ich bin bald wieder da.«

»Hast du im Buch nachgesehen?«

»Brauche ich nicht. Ich habe frei, weißt du noch? Mein Fototermin ist abgeblasen.«

»Trotzdem, geh auf Nummer sicher.«

»Nikki, ich *bin* sicher!«

»Wenn das so ist, laß dir Zeit.« Ihre Stimme nahm einen munteren Klang an. »Sollte der Lieutenant dich aus irgend einem Grund inhaftieren, wird Ramon mir beim Zuschließen helfen.«

Ramon, Ramon. Wieso ärgerte ich mich über Ramon? War es, weil Nicole ihn früher am Tag wegen der vergessenen Schokolade zu Neiman's geschickt hatte? Oder weil er so ein geiler kleiner Pariser war, der behauptete, bisexuell zu sein? Oder weil ich ihn verdächtigt hatte, den Anruf getätigt zu haben? Oder weil Nicole ein spezielles Interesse an ihm zu haben schien? Hatte sie mich allmählich satt und zog einen jüngeren Vertrauten vor?

»Crabtree und Evelyn haben Ingwerkekse im Angebot«, rief Nicole mir hinterher, als ich das Geschäft verließ. »Vielleicht möchte Lieutenant Branco eine Dose?«

Da war er wieder, dieser provokative Ton in ihrer Stimme. »Unbedingt, Nikki«, antwortete ich, »ist auch viel männlicher als Blumen.«

Ich hörte ihr guturales Lachen, als sich die Tür hinter mir schloß.

Ich nahm ein Taxi und steuerte quer durch die Stadt auf Wache E der Bostoner Polizei zu.

Wache E war ein alter Bau, der unter Denkmalschutz stand und deshalb mit Extra-Steuergeldern restauriert und erhalten werden konnte. Das Bemerkenswerteste an der Renovierung waren die

Graffiti, die jetzt an den noblen dorischen Säulen und der Fassade fehlten. Sie waren weggesandstrahlt worden, und die Granitfront hatte ihre massive Autorität wiedererlangt.

Ich betrat das Gebäude und schritt auf den Schalterbeamten zu, einen lässigen Schnellfeuer-Vortrag auf den Lippen: »Ich-komme-um-Lieutenant-Branco-zu-sprechen-er-erwartet-mich.« Der Beamte antwortete solange nicht, bis ich versuchte, die Tür zum Büroflur zu öffnen. Dann knurrte er: »Kommen Sie zurück und nennen Sie den Grund Ihrer Anwesenheit.«

»Ich habe Ihnen schon gesagt, daß ich komme, um –«

»Ich habe gehört, was Sie sagten! *Ich* sagte, nennen Sie Ihren Namen und die Art Ihres Ansinnens.«

Ich erzählte ihm, was er hören wollte, und machte mir dabei klar, daß ich mich bei der Polizei nicht so reinkanten konnte wie bei Neiman's und der Choate Group. Er rief zu Branco durch und sagte ihm, daß ich da sei. Dann legte er auf und sagte: »Sie können jetzt hineingehen. Warten Sie, bis ich Ihnen die Tür öffne.«

Ohne ein weiteres Wort ging ich zur Tür.

Er fragte: »Haben Sie gehört?«

»Ich warte, bis Sie mich durchsummen.«

»Sind 'n kleiner Klugscheißer, wie?«

»Ich bin, was ich bin.«

Nach einem langen Augenblick, währenddessen ich die Blicke des Bullen im Rücken spürte, drückte er auf den Summer, aber nur kurz, als wolle er mich zur Tür hechten sehen. Als ich das nicht tat, ließ er mich schließlich ein. Ich öffnete, drehte mich um und hauchte: »Ungemein herzlichen Dank«. Dann ließ ich den rückwärtigen Saum eines imaginären Kleides aufwirbeln und trat hindurch.

Der Flur war mit naturfarbenem Mahagoni getäfelt, das man ganz abgebeizt und mit klarem Schellack neu überzogen hatte. Darüber war der neue Verputz frisch in einem grausigen, blassen Ocker gestrichen. Selbst meine gewöhnlich leisen Schritte klapperten auf dem Marmorfußboden und hallten von den glänzenden Decken und Wänden wider. Ich fand Brancos Büro und klopfte mit den Knöcheln gegen das in die schwere Eichentür eingesetzte Milchglas. Von innen vernahm ich seine starke Befehlsstimme: »Herein!«

Brancos Büro lag zur Straßenseite. Er stand neben dem Fenster

und durchforstete die obere Schublade eines hohen Akten-
schranks. Ich sah sein Profil. Seine Bundfaltenhose kniff an der
Taille und umschloß nahtlos seine Hüften. Fast konnte ich die gemeißelten Vertiefungen in seinen Flanken sehen. Statt den Kopf zu
wenden und mich zur Kenntnis nehmen, sagte er brüsk: »Setzen
Sie sich.« Ich tat es. Dann sagte er: »Haben Sie Ärger vermeiden
können?«

»Aber ja, Lieutenant, ich mische mich nie ein.«

»Ich hoffe es«, sagte Branco. Seine Stimme klang schroff. Er
wandte mir den Kopf zu, kam dann näher und setzte sich auf den
Rand seines Schreibtischs. Sein eines Bein baumelte in prekärer
Nähe zu meinem Stuhl. Im Himmel würde ich an seiner Wade ge-
knabbert haben; in der Welt der Sterblichen indes fragte ich mich
erneut, wie Branco es schaffte, wie saubere Wäsche in einem Kie-
fernwald zu riechen. Eigentümlicherweise ging mir das langsam
auf die Nerven.

Brüsk drängte er sich in meine Gedanken. »Können Sie mir
freundlicherweise den Besuch erklären, den Sie dem Nachbarn unter Calvin Redding letzte Nacht abgestattet haben?«

»Beschatten Sie mich?«

»Sollten wir das?«

»Es war nur ein Höflichkeitsbesuch.«

»Zufällig wissen wir, daß Sie Hal Steiner erst kurz vor unserer Ankunft letzte Nacht begegnet sind.«

»Na und? Wir sind zusammen im Aufzug gefahren. Ist das vielleicht verboten?«

»Ziemlich merkwürdig, jemanden spät nachts zu besuchen, dem
man gerade erst begegnet ist.«

»Zum Teufel, Lieutenant, ich konnte einfach nicht widerstehn.«
Ich fühlte, wie der künstlich schleppende Südstaatler mir wieder in
die Stimme schlich. »Ich waah in dem schnucklich klein' oll'n Aufzug mit nem Mann ganz in Ledaah. Was hätten *Sie* an meiner
Stelle gemacht?«

Branco zog eine Grimasse, schüttelte den Kopf und fuhr fort:
»Heute wollten wir Aaron Harvey zum Verhör holen, und die
Leute bei Neiman-Marcus haben uns erzählt, es sei schon jemand
seinetwegen dagewesen, jemand, dessen Beschreibung haargenau
auf Sie paßt.« Branco musterte mich streng. »Nun, man braucht
keinen höheren Abschluß in Kriminologie, um sich vorzustellen,

was Sie vorhaben, Kraychik, und ich möchte, daß Sie damit aufhören. Haben Sie verstanden?«

»Gewiß, Lieutenant. Noch jemand hat mir vor weniger als zwanzig Minuten das gleiche erzählt.«

»Wer?«

»Eine charmante, geisterhafte Stimme am Telefon.«

»Wo?«

»Im Geschäft.«

»Was genau hat er gesagt?« Seine Sorge klang geradezu echt, oder benutzte er bloß die kriminalistische Seite seines Gehirns?

»Ich bin nicht sicher, ob es ein Mann war«, antwortete ich, »aber er sagte, wenn ich nicht aufhöre herumzuschnüffeln, würde ich enden wie der Ranger.«

Branco dachte einen Augenblick nach. »Wir werden die Leitung sofort überwachen lassen.«

»Lieutenant, es könnte jeder gewesen sein, der die Zeitungen gelesen hat. So ernst muß man das nicht nehmen.«

Branco schlug mit der Hand auf den Tisch. »Sie kennen die Sorte Leute nicht, mit denen Sie es hier zu tun haben!« Nach einer kurzen Pause sprach er ruhiger weiter. »Besser, wir überwachen auch Ihr Telefon daheim.«

»Wunderbar. Heißt das, Sie können dann alle meine Anrufe mithören?«

»Herr Kraychik, Sie scheinen sich den Ernst der Lage nicht klarzumachen. Wir haben es mit einem Mörder zu tun.«

»Sie haben den Mörder am Wickel. Es ist Calvin.«

»Calvin Redding hat heute nicht einmal telefoniert.«

Da war ich erst mal platt.

»Also lassen Sie die Finger davon. Und wenn Sie irgend etwas hören oder sehen, das uns helfen könnte, lassen Sie es mich umgehend wissen.«

»Yes Sir! Bloß, wie soll ich irgend etwas hören oder sehen, wenn ich abgeschieden wie eine Nonne lebe?«

Branco stieß einen langen, leidigen Seufzer aus. »Sehen Sie, ich meine folgendes: Sie wußten von Aaron Harvey. Sie hätten uns von ihm erzählen sollen, statt selbst loszuziehen und ihn aufzuschrecken. Jetzt haben wir eine Schlüsselfigur verloren.«

»Er wird wieder auftauchen.«

»Woher wissen Sie das?«

»Ich kenne den Typ. Den hält es nirgendwo lange. Eventuell kehrt er zurück in Calvins Wohnung.«

»Woher wissen Sie das?«

»Hal Steiner hat es mir letzte Nacht erzählt.«

Branco grunzte und sagte: »Wir sind für heute fertig.« Er stand auf und ging zurück zu dem Aktenschrank, wie um mich zu entlassen.

»War das alles? Sie haben mich hierhergeholt, bloß um mir die Hand zu schütteln?«

»Ich habe zu arbeiten.«

»Okay. Ich gehe. Jesses, Sie haben aber schlechte postkoitale Manieren.«

Branco bellte: »Ist das nicht genau das, was Leute Ihrer Sorte mögen?«

Ruhig entgegnete ich: »Wenn Sie etwas über mein persönliches Leben wissen möchten, fragen Sie mich.«

»Ich werde es mir merken.«

Dann summte das Telefon auf seinem Schreibtisch. Branco nahm ab, brummte seinen Namen, zwei Jas und ein Nein, dann hing er auf. »Ich muß den Captain sprechen. Sie können jetzt gehen.«

Brancos Augen schnellten von mir zu einem Aktenpaket oben auf dem Schrank. Ich bemerkte die winzige Regung.

»Ach, Lieutenant, mir fällt gerade etwas Wichtiges ein, das ich Ihnen erzählen muß. Ich werde hier auf Sie warten.«

Er sah mir ernst und direkt ins Gesicht und sagte: »Ich bin gleich wieder da.«

»Kein Problem, ich habe Zeit.«

Branco nahm die Aktenmappe von seinem Tisch – die, welche meine Informationen enthielt – und verließ das Büro. Zwei Sekunden später lag der Stapel vom Aktenschrank offen vor mir auf dem Tisch. Ich vertiefte mich mit Lasergeschwindigkeit in die Polizeiberichte und stopfte die wichtigen Punkte in meine slawische Datenbank.

Gefunden am Tatort:

Eine Halsbinde (Fliege) im Abflußrohr der Toilette. [Ich erinnerte mich, zwei an Rogers Leiche gesehen zu haben.]
Einen zerknüllten transparenten Umschlag, Spuren von reinem Kokain enthaltend, ebenfalls in der Toilette.

Zum Opfer gehörendes Ledergepäck. Inhalt: verschiedene Kleidungsstücke, Toilettenartikel und eine Steigklemme, wie sie Bergsteiger benutzen.

Ich fragte mich, was eine Steigklemme war, dann fuhr ich fort.

Schlaglichter aus Calvin Reddings Aussage:

Redding traf Fayerbrock in einer Bar. Anschließend gingen sie in Fayerbrocks Hotel. Am nächsten Tag gab Redding ihm die Schlüssel zu seiner Eigentumswohnung. Zeuge ist Kraychik. Fayerbrock kam in Reddings Wohnung. Redding um 15.00 Uhr wieder am Arbeitsplatz. Von dort weggegangen um 19.30 Uhr. Zu Hause angekommen um 20.00 Uhr. Kraychik war bereits in der Wohnung, und Fayerbrock lag tot auf dem Bett.

»Hurensohn!« fauchte ich und las weiter.

Schlaglichter aus Harold Steiners Aussage:

Aaron Harvey kam zu Reddings Haus gegen 14.00 Uhr. Irgendwann nach 19.00 Uhr kam ein rothaariger Fremder zu Besuch zu Redding. [Das war ich.] Später wurde die zugedeckte Leiche des Opfers von der Polizei entfernt.

Es war sehr schade, daß Hal sich nicht an die genaue Zeit erinnerte, zu der ich ihm in der Lobby begegnet war. Er hätte Calvins Behauptung widerlegen können, ich sei schon um 20.00 Uhr in seiner Wohnung gewesen. Tatsächlich hatte ich zu der Zeit gerade das Geschäft verlassen.

Schlaglichter aus Jennifer Doughtons Aussage:

Redding brachte Fayerbrock gegen 10.30 Uhr mit in die Büros der Choate Group. Um 11.30 Uhr ging dieser zu Tisch, während Redding sich die Haare färben ließ. [Einsträhnen, Jen, nicht färben.] Gegen 15.00 Uhr kam er allein ins Büro zurück und ging wieder um fünf. Doughton und Redding sind befreundete Arbeitskollegen.

Zum Glück war die Polizei vor mir bei der Choate Group gewesen, so daß mein Besuch nicht in den Berichten auftauchte, das sollte auch besser so bleiben. Ich las weiter.

Schlaglichter aus Roy Brickleys Aussage:

Redding ist einer der Hauptaktivposten der Choate Group. Nervös, aber enorm talentiert. Zukunft in der Welt architektonischer und designerischer Innovation gesichert. Brickley wohnte zwischen 14.00 und 16.00 Uhr einer Zusammenkunft von Innenarchitekten in der City bei. Rückkehr zu den Büros der Choate Group gegen 18.00 Uhr.

Der Autopsiebericht:

Das Opfer Fayerbrock ist wohnhaft in Yosemite Village, Kalifornien. Angestellt als Bundesbeamter im Dienst des Nationalparks. [Der Begriff Bundesbeamter hatte etwas Bullenhaftes an sich, was mich überraschte.] Tod durch Strangulieren zwischen 17.00 und 20.00 Uhr. Keine Drogen im Blutkreislauf. Rectum enthielt Sexual-Gleitcreme, keine Samenspuren. Opfer war nicht zum Orgasmus gelangt.

Wenigstens war Calvin safe gewesen, nur fragte ich mich, ob er Roger zuerst umgebracht und dann penetriert hatte oder umgekehrt. Ich fand einige weitere Papiere, die zeigten, was die Polizei sonst noch über Calvin Redding herausgefunden hatte, einschließlich des Namens seines Anwalts: J.T. Wrorom. Der Name erinnerte mich an den Musiker und Schriftsteller Ned Rorem, ein schwules Künstler-Idol. Doch was mich interessierte, war, daß Calvin vor vier Jahren der Körperverletzung an einer Frau angeklagt und für schuldig befunden worden war. Er war dann allerdings in Berufung gegangen und irgendwie freigesprochen worden. Das mußte kurz vor seinem Europa-Aufenthalt gewesen sein, von dem Jennifer Doughton mir erzählt hatte. Kurz zuvor war er wegen Kokain- und Heroindealerei in Provincetown festgenommen worden, hatte dann jedoch auf Unzurechnungsfähigkeit wegen Drogenmißbrauchs plädiert, und die Anklage war fallengelassen worden. Eines war klar – Calvins Vergangenheit wies genügend kriminelle Aktivitäten auf, um mich davon zu überzeugen, daß Roger zu töten der logisch nächste Schritt gewesen war. Ich fragte mich, wie er sich diesmal aus der Schlinge ziehen wollte, und ich war darauf versessen, das zu verhindern.

Plötzlich hörte ich Schritte im Flur. Schnell tat ich die Papiere zurück in ihre Mappe und legte den Packen wieder oben auf den Aktenschrank. Sekunden später kam Branco in sein Büro gepoltert. Er starrte zunächst mich an, dann das Aktenpaket auf dem Schrank.

»Alles in Ordnung hier?«

Ich saß ruhig in dem knarrenden Eichenstuhl. »Klar.«

»Der Captain hat Sie hereinkommen sehen und wollte etwas überprüfen, was er gerade über Sie gehört hat.«

»Wußte gar nicht, daß ich so populär bin.«

»Scheint, als wären Sie früher am Tag an Calvins Arbeitsplatz in Cambridge gewesen.«

»Wer hat ihm das erzählt?«

Branco gab keine Antwort, sondern ging zu dem Aktenpaket, das auf dem Schrank lag. Er studierte es sorgfältig und hob den Deckel, als suche er einen Hinweis für Dummheiten meinerseits.

»Der Captain glaubt, Sie könnten Reddings Komplize sein und versuchen, dessen Spuren zu verwischen.«

»Er liest also auch die *Herald*. Nun, er irrt sich. Ich versuche, mich selbst zu entlasten, und wenn das heißt, Calvin zu überführen, umso besser.«

»Vielleicht versuchen Sie auch Calvin Redding reinzulegen?«

»Ist das Ihre Idee? Oder die Ihres Captains?«

Branco antwortete mit einem Grunzen. Dann stand er für einige Minuten schweigend vor dem Aktenschrank. Ich sah, daß ihn irgend etwas störte. Etwas war geschehen, seit er mich verlassen und mit dem Captain gesprochen hatte.

Er seufzte tief und sprach dann in die Luft, so als denke er laut: »Ich weiß nicht, ob es der rechte Augenblick ist, das zur Sprache zu bringen.« Wieder blickte er auf den Stapel auf dem Aktenschrank vor ihm.

»Spucken Sie's aus, Lieutenant!«

Nach mehreren Minuten kehrte Branco zu seinem Schreibtisch zurück und nahm mir gegenüber Platz. »Vielleicht sollte ich das nicht einmal erwähnen, aber mir bleibt wenig Zeit und kaum eine Wahl.«

»Schlagen Sie alle Bedenken in den Wind, Lieutenant. Mach ich auch immer.«

Eine weitere Minute lang spielte Branco still mit einem Bleistift und überlegte. Dann hob er an. »Ich habe das Gefühl, ganz subjektiv, daß dieser Fall womöglich ungelöst im Sande verläuft.«

»Was!«

Er nickte. »Es ist bloß ein Gefühl, aber ein starkes.«

»Wieso?« fragte ich.

Branco machte eine Pause, als habe er bereits zuviel gesagt, könne jetzt aber nicht mehr zurück. »Sagen wir einfach, daß gewissen Fällen wegen der darin verwickelten Leute mitunter nicht die volle Aufmerksamkeit gewidmet wird.«

»Wollen Sie sagen, daß irgend jemandes Immunität geschützt wird?«

»Ich will sagen: Der Captain bringt dem Lebensstil, für den manche Leute sich entschieden haben, keine allzu warmen Gefühle entgegen.«

»Will heißen?«

Die Worte kamen stockend aus Brancos Mund. »Sie ... Redding ... das Opfer, Fayerbrock ... alle haben einen gewissen, ehm, gemeinsamen Nenner, persönlichkeitsmäßig, meine ich.« Sein Blick wich dem meinen aus. »Verstehen Sie?«

»Bin nicht ganz sicher. Sie meinen, wir sind alle erfolgsorientierte junge Männer in der Blüte unserer Jahre?«

Branco zog eine Grimasse. »Es liegt tiefer als das.«

»Na springen Sie schon, Lieutenant!«

»Sie haben alle drei ein ... Sie alle mögen ...«

»Blumen?« fragte ich mit meiner Helen-Morgan-Stimme.

Branco fuhr sich mit der Hand durch die dunklen, federnden Locken. »Gott! Sie wissen genau, wie man mich zur Raserei bringt.«

»Sagen Sie es einfach!«

»Er war schwul! Fayerbrock war ein Hüter des Gesetzes, aber er war schwul!«

»Lieutenant, Berufsbezeichnungen haben keine Auswirkungen auf die sexuelle Orientierung. Aber ich dachte, Roger war ein Park-Ranger und kein Bulle.«

»Ranger in Nationalparks sind Bundesbeamte. Und der Tod eines Kollegen veranlaßt immer den gesamten Apparat, den Mörder zu suchen.«

»Wie eine große Familie.«

»Richtig. Aber irgendwie passiert das in diesem Fall nicht. Mag sein, weil der Typ schwul war, mag sein, daß was anderes im Busch ist. Das bleibt unklar. Aber soweit ich bisher sehe, wird dieser Fall wahrscheinlich ungelöst von der Bildfläche verschwinden.«

»Und das wollen Sie nicht?«

»Ich will den Mörder finden.«

»Sie haben den Mörder schon.«

Branco schüttelte den Kopf. »Nein. Wir halten Redding wegen einer Drogenanklage fest.«

»Sie sollten ihn des Mordes anklagen.«

»Das können wir nicht. Sein Anwalt schreit schon nach detaillierten Beweisen, deswegen können wir ihn ohne saubere Anklage nicht länger einbehalten. Mich stört nur, daß das den Captain überhaupt nicht aufbringt. Er scheint eher wegzusehen.«

»Und das nur, weil das Opfer schwul war?«

»So scheint es.«

»Was geschieht, wenn der Fall vor Gericht kommt?«

»Er wird nie vor Gericht kommen ohne einen Tatverdächtigen.«

»Das Justizsystem weicht also einer Anklage aus, weil das Mordopfer schwul war?«

Branco nickte ernst. »Sieht ganz so aus.«

»Aber Sie möchten den Fall weiterverfolgen, weil hier ein anderer Bulle umgebracht wurde?«

Wieder nickte Branco: »Außer, daß mir das Wort nicht gefällt.«

»Tut mir leid«, sagte ich, denn ich wußte, ich hätte mich ähnlich gefühlt, wenn er das Wort *Schwuchtel* gebraucht hätte.

Einige Sekunden Schweigen. Unsere Blicke trafen sich.

»Lieutenant, weshalb erzählen Sie mir das?«

»Ich mußte es jemandem sagen.«

»Sie vertrauen mir also?«

»Das weiß ich noch nicht.«

»Also was denn nun?«

»Ich möchte die Nachforschungen auf eigene Faust weiterführen, und das heißt auch, ohne die Unterstützung des Captains, und ich werde alle Hilfe brauchen, die ich bekommen kann.«

»Aha! Also fragen Sie sich, ob sie einen Plebejer aus Bostons Schwulenwelt – man stelle sich vor! – um Hilfe bitten sollen. Hab ich recht?«

»Ja«, sagte er und klang dabei fast, als täte es ihm jetzt schon leid.

»Dann sagen sie es doch einfach, Lieutenant. Manche von uns verstehen sogar Englisch!«

Branco seufzte tief, so als sei eine ungeheuer schwere Aufgabe vollendet. »Ihr Verhalten in jüngster Zeit, ich meine, wie Sie herumgerannt sind und mit Leuten geredet haben, könnte vielleicht Informationen aus Ihren Kreisen erbringen ... Informationen, die jemand wie ich womöglich nicht so leicht erhalten würde.«

»Haben Sie sich jemals gefragt, woran das liegen könnte?«

»Schauen Sie, auch ohne Ihre ständigen Witzeleien ist das, was wir hier bereden, schon schwer genug.«

»Lieutenant, schwule Leute bekommen nicht genau die gleiche Art von polizeilichem Schutz wie sogenannte Normalbürger hierzulande. Was ich damit sagen will, ist: Ich selbst war noch vor ein paar Stunden ein Tatverdächtiger in diesem Fall.«

»Das sind Sie immer noch, rein technisch gesehen.«

»Scheiß drauf! Wie können Sie dann von mir erwarten, daß ich Ihnen helfe – Ihnen einen Gefallen tue –, wenn Sie nicht bereit sind, sich einen Mikrometer in meine Richtung zu bewegen? Weshalb sollte ich, Lieutenant? Was springt für mich dabei heraus?«

Branco sah mir direkt in die Augen. Irgendwo in seinem frühen Leben hatte er gelernt, daß er bekam, was er wollte, wenn er seine Augen so einsetzte. Dann sagte er mit sanfter, geradezu flehender Stimme: »Vielleicht können wir beide dazu beitragen, daß Schwule von der Polizei in dieser Stadt demnächst anders behandelt werden.«

Mann! Ein gutaussehender italienischer Bulle appellierte an meinen Bürgersinn, um mich zu seinem Spion zu machen. Was sollte ich tun? Ich wandte mich ab, brauchte jedoch nicht lange für meine Entscheidung. Mit der Willenskraft einer Pusteblume im Wind sagte ich mir, wenn ich jemals mit der Polizei zusammenarbeiten sollte, wäre das jetzt sicher der geeignete Zeitpunkt, hier mit diesem Mann aus dem Mittelmeer.

»Okay, Lieutenant. Sagen wir, ich bin interessiert. Wie lautet der Handel?«

»Ganz einfach. Sie halten schlichtweg Augen und Ohren offen.

Fragen Sie alles, was Sie fragen wollen und jeden, den Sie fragen wollen. Wenn Sie etwas herausfinden, rufen Sie mich umgehend an. Aber unternehmen Sie nichts auf eigene Faust!«

»Also darf ich mich jetzt, entgegen Ihren früheren Ermahnungen, überall nach Herzenslust einmischen? Stimmt das?«

»Nein. Nicht einmischen. Stellen Sie Fragen. Sehen sie sich um.«

»Aber Sie werden nicht versuchen, mich aufzuhalten?«

»Kommt darauf an.«

»Aber ich stehe nicht mehr unter Verdacht, stimmt's?«

»Ich werde nicht nach Gründen für Ihre Festnahme suchen, aber falls genügend Beweise auftauchen, kann ich Ihnen keine Immunität garantieren.«

»Selbstverständlich ist es ein einseitiges Arrangement, Lieutenant, aber wenn es heißt, daß ich den Druck los bin, lasse ich mich darauf ein.«

»Ich bitte Sie bloß um Ihre Hilfe, nicht mehr. Sie können mich anrufen, sobald Sie Informationen haben, jederzeit, vierundzwanzig Stunden lang. Hier ist meine Privatnummer.« Er überreichte mir eine Karte, auf der stand:

LIEUTENANT VITO BRANCO
MORDKOMMISSION
BOSTON POLICE DEPARTMENT

Dazu seine private Telefonnummer. Ich nahm die Karte und bemerkte: »Kann ich davon ausgehen, daß damit der Pakt besiegelt ist, wie?«

»Davon können Sie ausgehen.« Seine Antwort klang zweifelnd, als hätte er das inbegriffene Risiko zuvor nicht völlig abgeschätzt.

»Eins muß trotzdem klar sein, Stan«. Ich bemerkte wohl, daß der Gebrauch meines Vornamens mich in Vertrauen wiegen sollte. »Das alles ist inoffiziell. Es verstößt gegen sämtliche Regeln. Der Captain hätte mich sofort am Arsch.«

Glücklicher Captain, dachte ich. Dann unternahm ich einen kühnen Schritt. Ich sagte: »Klar, Vito«, nur um gleichzuziehen, was den Gebrauch des Vornamens betraf. »Sie möchten begreiflicherweise nicht bei Geheimabsprachen mit einem schwulen Frisör ertappt werden.«

Branco zuckte zusammen.

»Lieutenant: Was, wenn Roger kein Bulle gewesen wäre? Entschuldigen Sie – kein Bevollmächtigter für den sozialen Frieden. Was, wenn er einfach ein gewöhnlicher schwuler Mensch gewesen wäre? Würden Sie diesen Fall dann immer noch gegen den Willen des Captains weiterverfolgen?«

Branco antwortete: »Mir persönlich ist es egal, wie die Leute leben, ob so oder anders, so lange das mit den anderen in der Gesellschaft harmoniert. Der Captain hat seine eigene Meinung, was richtig und was falsch ist.«

»Wie können Sie für so jemanden arbeiten?«

»Mein Job ist es, Befehlen zu gehorchen.«

Einen Moment bedachte ich, was hier geschah. Dann begriff ich, daß zwischen uns ein Gentleman's Agreement zustandegekommen war.

Ich erhob mich und ging zur Tür. »Also, dann will ich mal irgendwo einen Mata-Hari-Fummel aufgabeln.«

»Denken Sie daran: Ich werde dieses Gespräch niemals zugeben. Wenn Sie jemandem gegenüber auch nur etwas davon durchsickern lassen, werde ich es abstreiten. Keine Frage, wessen Wort dann zählen würde.«

»Ich werde daran denken.«

»Sie sind ganz auf sich allein gestellt.«

»Wie jeder gute Spion.«

Damit verließ ich sein Büro und steuerte dem Geschäft zu.

7

DIREKT AUS DER QUELLE

Es war kurz nach fünf, als ich aus der Wache trat. Erst wollte ich ein Taxi zurück zum Geschäft nehmen, da sah ich, daß der Feierabendverkehr bereits in Erstarrung geraten war. Nichts ist schöner, als in einem Taxi zu sitzen, an dem sich außer dem Zähler nichts bewegt. Es würde schneller und billiger sein, zu Fuß zu gehen, also tat ich das. Problematisch war nur: Die kurze Zeit des Tageslichts war vorbei, die Sonne längst untergegangen, und ich war auf den kalten Wind, der mich umwehte, nicht vorbereitet. Noch eine Erinnerung daran, daß Boston eine Stadt ist, in der man halbe Jahre damit verbringt, sich von einem Phänomen namens Winter entweder zu erholen, es bang zu erwarten, oder dazu verurteilt zu sein, es auszuhalten.

Unterwegs dachte ich über die Ereignisse in Brancos Büro nach. Zwei Dinge störten mich. Eines war Calvins Protokoll. Er hatte Verdacht auf mich gehäuft, einfach indem er die Polizei angelogen hatte. Das andere war Brancos anmaßende Haltung gegenüber Schwulen, zusammen mit seinem hirnlosen Respekt gegenüber dem Captain. Je mehr ich mich ärgerte, desto schneller ging ich, was mir half, die Spannung zu zerstreuen und gleichzeitig warm zu werden. Als zusätzlichen Trost überholte ich Autos zu Fuß, die mich nie wieder einholen würden.

Es war gegen halb sechs, als ich Snips betrat und Nicole gleich auf mich zusprang: »Du hast Probleme, Liebling.«

»Was denn?«

Sie zeigte auf drei glamouröse junge Frauen, die ungeduldig im Wartebereich herumsaßen. Wegen des abgesagten Fototermins früher am Tag war ich davon ausgegangen, den Nachmittag frei zu haben, und weil ich nicht im Buch nachgesehen hatte, lag die Schuld ganz allein bei mir. Ich zuckte mit den Schultern und ging zu den Frauen. »Ach, meine Damen«, winselte ich wie ein beklagenswertes Hündchen, »entschuldigen Sie. Ich war am South End, und der Verkehr ist die Hölle.« Sie lächelten höflich, wenn auch unaufrichtig. »Ich bin umgehend für Sie alle da.« Ich ging zum Empfangstresen zurück, wo Nicoles Blick nichts Gutes verhieß.

»War der Lieutenant froh, dich zu sehen?«

»Reg dich ab, Liebes.«

»Oh, ich rege mich nicht auf, Stanley. Aber du.«

»Wenn du dich auf meine stark energiegeladene Aura beziehst, die kommt allein von der kühlen Abendluft auf dem Rückmarsch hierher.«

»Ich habe es für weibliche Hysterie gehalten.«

»Das ist eine sexistische Bemerkung, Liebes. Schwule Männer neigen übrigens auch zu sowas.«

Ich schaute im Buch nach. Eine Vollfärbung, eine Dauerwelle und einmal Strähnchen. Guter Gott! Drei solcher Übungen, das bedeutete, daß wir alle bis nach sieben im Geschäft sein würden. Die einzig zivilisierte Lösung war, eine Party daraus zu machen. Ich plazierte die Frauen auf drei nebeneinanderstehende Stühle, wo ich sie der Reihe nach bearbeiten konnte, in einer Art Fließband. Dergestalt hatten meine Hände immer bei einer zu tun, während die Chemikalien ihr magisches Werk bei den anderen beiden verrichteten. Das Timing war etwas knifflig, doch ich schaffte es. Ich bin, schließlich und endlich, ein Profi. Später, als der heikelste Teil hinter uns lag, kam Nicole mit den Getränken. Der Ärger über mein spätes Erscheinen war vollständig verflogen, und als ich mit ihnen fertig war, waren wir fünf in richtiger Feierstimmung. Alle drei Frauen gaben ein großzügiges Trinkgeld.

Nachdem sie fort waren, goß Nicole uns noch einen Drink ein und fragte: »Was war denn beim Lieutenant los?«

»Alles und nichts war«, sagte ich. Ich wollte ihr noch nicht von meiner ausgesprochen speziellen Übereinkunft mit Branco erzählen. Ich langte nach ihrem Zigarettenetui, doch sie schlug mir auf die Finger.

»Nicht heute abend, Stanley. Ich habe kaum noch welche.«

»Wozu hat man denn Freunde?«

»Bestimmt nicht, daß sie einem diese einzigartigen Zigaretten ruinieren. Jetzt erzähl weiter.« Sie entzündete einen lavendelfarbenen Glimmstengel mit goldenem Mundstück.

»Ganz einfach. Calvin Redding versucht, mir die ganze Sache anzuhängen.«

Nicole blies heftig den Rauch aus. »Das ist lächerlich!«

»Ich weiß, und ich verstehe nicht, wie die Bullen bei Leuten wie ihm so blind sein können.«

»Lieber Junge, du hast den Vorteil, sein Frisör zu sein. Du weißt Dinge von ihm, auf die nicht einmal seine Mutter gekommen wäre.«

»Vielleicht hast du recht. Aber ich finde überhaupt nichts, was mich entlasten könnte. Egal mit wem ich rede, es wird immer unklarer. Es ist, als wenn mich jeder anlügt.«

»Vielleicht tun sie das.«

»Also, was soll ich als nächstes tun?«

»Wieso konfrontierst du Calvin nicht direkt mit seinen Lügen? Hol's dir direkt aus der Quelle.«

»Du meinst wohl: direkt aus der Kloake. Geht nicht. Er ist noch im Gefängnis in der Charles Street.«

Nicole dachte einen Augenblick nach. »Ich bin sicher, daß es dort Besuchszeiten gibt.«

Ich schüttelte den Kopf. »Es ist ein Gefängnis, Nikki, kein Badeort in der Schweiz.«

Anstatt einer Antwort nahm sie den nächsten Telefonhörer auf und rief, die Zigarette in der Hand behaltend, die Auskunft an. (Noch eine Albrightsche Benimmregel für Raucher: Man lege nie eine Zigarette im Aschenbecher ab; entweder man raucht sie oder man macht sie aus.) Einen Moment später sagte sie: »Haftanstalt Charles Street, bitte.« Noch einen Moment später: »Die Sammelnummer, ist gut, danke.« Dann drückte sie die Gabel, wählte eine andere Nummer und sagte mit schwüler Stimme: »Gibt es bei Ihnen Besuchszeiten?« Genausogut hätte sie »He, du ...« in irgendeinem Aufreißerschuppen sagen können. Die restliche Unterhaltung war von Pausen durchsetzt. »Tatsächlich? Es ist mein Neffe, Calvin Redding ... Ja ... Er ist inhaftiert wegen Trunkenheit am Steuer oder dergleichen ... Erwachsenenvollzug? Dankeschön.« Sie legte auf und sagte: »Du hast kein Glück, Lieber. Die Besuchszeiten sind von elf bis eins.«

»Und dieweil es jetzt schon nach sieben ist ...«

Sie inhalierte tief, lächelte verschmitzt und ließ den restlichen Rauch in Kringeln durch die Nasenlöcher entweichen. »Sie haben aber auch gesagt, Calvins Anwalt könne immer kommen.«

Wir sahen uns gegenseitig an, und ich wußte, daß wir beide dasselbe dachten. Ich sagte: »Schlag dir das aus dem Kopf, Nikki. Ich habe schon etwas vor heute abend. Mein Freund Wade hat Karten fürs Ballett –«

»Ich rufe ihn an und sage, daß es dir leid tut, Stanley.«

»Nikki, ich habe noch nie eine Vorstellung im Talar gegeben.«

»Darling, das ist leicht. Zieh einfach deinen dunklen Anzug an und mach ein gequältes Gesicht. Ich habe sogar einen Diplomatenkoffer, den ich dir borgen kann.«

»Doch nicht das rosa Ding mit den bescheuerten Schließen?«

Nicole sah mich von oben herab an. »Du redest von meiner Strandtasche, Stanley, exklusiv für mich angefertigt von einem jungen Designer in Nizza. Nein, Darling, ich habe einen richtigen Diplomatenkoffer.« Sie ging zum verschlossenen Wandschrank und kam mit einem feinen, weinroten Koffer mit weichen Griffen zurück. »Er ist von Mark Cross.«

»Wofür brauchst du den denn?«

»Wenn ich mich mit meinem Steuerberater treffe. Du bist nicht der einzige, der die Bedeutung standesgemäßer Accessoires begreift.«

»Gleichwohl, Nikki. Das klappt nie. Selbst wenn ich an den Wachen vorbeikomme, wird Calvin ihnen erzählen, daß ich nicht echt bin.«

»Darling-boy, Calvin wird so erstaunt sein, dich zu sehen, daß er kein Wort sagen wird. Laß ihn nur glauben, du wärst da, um ihm zu helfen.«

»Das wird ja eine tolle Vorstellung. Er wird mich doch bloß anlügen, wozu dann der Aufstand?«

»Du mußt positiv denken, wie ein Rechtsanwalt. Wenn du ihm hilfst, bekommst du Geld. Je mehr Hilfe, desto mehr Geld.«

»Ja, ja das lernt man in den teuren Verbessere-dein-Selbstbewußtsein-Kursen.«

»Ja, Darling. Aber in deinem Fall« – Nicole blies eine riesige heliotropfarbene Rauchwolke in meine Richtung – »ist es gratis.«

Ich nahm den Diplomatenkoffer und sagte: »Gut, wenn ich das überhaupt mache, dann am besten jetzt gleich. Drück mir die Daumen.«

»Ruf mich an, wenn du eine Kaution brauchst.«

»Für Calvin?«

»Nein, Liebster. Für dich.«

»Danke, Liebes. Eine großartige Verabschiedung. Vergiß nicht, Wade wegen des Balletts anzurufen.«

»Darling, ich habe die Absicht, ihn selbst zu begleiten.«

»Das ist ja fabelhaft, Nikki. Und was, wenn ich dich brauche?«

»Ich gebe meinem Auftragsdienst Bescheid, wo du mich erreichen kannst.«

»Also dann, viel Spaß. Und schnarch nicht zu laut.«

»Ich werde dir alles erzählen, Darling.«

Ich verließ das Geschäft und steuerte heimwärts. Ich hatte das Gefühl, Nicole versuchte absichtlich, mein Engagement für diesen Fall zu unterminieren. Sie wußte, daß ich das Ballett liebte, und ich wußte, daß es ihr schnurz war. Sie wollte mich von dem Fall weghaben, auch wenn sie mich aufgestachelt hatte, Calvin im Gefängnis zu besuchen, während sie meinen Platz im Theater einnahm. Sie hatte alles unter Kontrolle, wie üblich.

Vor meiner Wohnungstür fand ich ein Paket meiner Mutter aus

New Jersey. Es enthielt, sorgsam verpackt wie Ostereier von Fabergé, selbstgemachtes Mohngebäck; gerollt, gefüllt, geformt von meiner ureigenen Mutter Händen. Obwohl sie nicht ahnen konnte, daß ich in einen Mordfall verwickelt war, fragte ich mich, ob meine Mutter seelisch spürte, daß ich in den Mustopf gefallen war. Ein Geschenk von daheim bedeutete, daß sie mehr als üblich an mich dachte. Ich nahm mir die Süßigkeiten als Belohnung vor, wenn ich von meiner unerfreulichen Mission im Zuchthaus zurückgekehrt sein würde.

Schnell fütterte ich Sugar Baby und schlüpfte in meinen anthrazitgrauen Dreiteiler. Ich sah phantastisch aus, leider nur nicht wie ein Rechtsanwalt. Innerhalb einer Viertelstunde stand ich wieder auf der Straße und wartete auf ein Taxi zum Gefängnis in der Charles Street. Ein klappriger alter Checker hielt, und ich stieg ein. Als ich dem Fahrer mein Ziel nannte, sagte er: »Fürs Gefängnis haben Sie sich aber nicht gerade praktisch angezogen.«

»Ich besuche einen Klienten.«

»Sind sie'n Anwalt?«

»Ja.«

»Komisch, daß Sie nicht selber fahren.«

»Meine Frau hat heute abend den Jaguar.«

Am Gefängnistor setzte er mich ab. Die hellen Lampen im Innern widersprachen der kühlen Dunkelheit draußen. Ich öffnete die Tür. Es war, als würde ich aus den Kulissen auf die Bühne treten. Leider hatte ich meine Rolle vorher nicht geprobt. Mir fielen diese furchtbaren Träume ein, bei denen man etwas bewerkstelligen soll, wovon man nichts versteht, etwa einen gehirnchirurgischen Eingriff bei der eigenen Mutter.

Drinnen begrüßte mich ein feuchter, metallischer Geruch. Ich trat an den Eingangstresen mit einer Bestimmtheit, als gehöre ich dorthin, genau wie ein Anwalt. Der Bulle hinter dem Tresen ignorierte mich. Ich sagte: »Ich komme, um meinen Klienten zu sprechen, Calvin Redding.«

Der Bulle sah nicht von den Sportseiten hoch. Er brummte lediglich: »Eintragen.«

Ich sah umher und dachte: Eintragen, in was? Weit und breit war kein Stück Papier in Sicht, jedenfalls keines in meiner Reichweite. Ich spürte, wie mir die Panik die Schulterblätter hochstieg, und wäre am liebsten wie der Teufel davongejagt. Dann schob der

Bulle mir ein Klemmbrett zu. Rasch füllte ich das Formular aus, so bedeutungsschwanger, wie ich es mir von einem Anwalt vorstellte. Meine Handschrift war völlig unleserlich. Der Bulle nahm das Klemmbrett und begutachtete meine Eintragung. Er hatte mich noch immer nicht angesehen. Er schwang seinen Stuhl rum und fuhr durch eine Hängeregistratur voller Mappen und Papiere. Dann drehte er sich mit mattem Blick zu mir und sagte: »Ihr Name steht aber nirgends verzeichnet.«

»Ich bin von der Kanzlei, die ihn vertritt.«

»Wie war der Name?«

Wie war der Name, den ich in Calvins Polizeibericht gesehen hatte? Ich konnte mich nur an J-Irgendwas erinnern. Sekunden verstrichen und ich wußte, er würde mir nicht einfallen, also blieb mir als Ausweg das einzige, woran ich denken konnte. Gerade hatte ich angefangen, »Stanley Kraychik« zu sagen, da tauchte plötzlich Ned Rorems hübsches Gesicht in mir auf, und der Name Wrorom erschien auf meiner Zunge. Heraus kam alles gleichzeitig: »Sta-rorem.«

Der Bulle hinter dem Tresen sagte: »Hä?«

»Wrorom«, sagte ich in perfekter Artikulation.

»Rom?«

»J. T. Roar-rum« wiederholte ich, jetzt noch deutlicher.

Der Bulle wandte den Kopf und blickte mich mit dem mißtrauischen Auge der Bürokratie an. Dann nahm er den Hörer auf und wählte eine Nummer. »Ich hab' hier jemand, der meint, er wär'n Anwalt. Will Redding in Zelle achtundzwanzig-Beh sprechen. Jau. Bleib dran.« Er sah auf das von mir ausgefüllte Formular und schielte wieder auf meine unleserliche Handschrift. »Ich kann den Namen hier nicht lesen.«

»Wrorom!« brüllte ich in dem Versuch, sein neandertalerhaftes logisches Denkvermögen mit meiner Anwaltspersönlichkeit zu verstopfen.

»Okay, ist ja schon gut.« Er sagte den Namen ins Telefon, hing auf und wandte sich zu mir, immer noch meinem Blick ausweichend. »Scheinen irgendwie nervös zu sein, Herr Rom. Nehmen Se dort Platz.«

Was würde ein Anwalt tun? Sich setzen oder stehen bleiben? Ich entschied mich für Letzeres und begriff auch, daß meine Nervosität für mich sprach. Wer hatte je einen entspannten Anwalt erlebt? Schließlich standen das Leben meines Klienten und meine Provision auf dem Spiel.

Dann öffnete sich eine große Metalltür, und ich vernahm eine Stimme, die rief: »Rom?«

Ich ging durch die Tür und traf auf den Wärter, der meinen Namen gerufen hatte. Sein Button wies ihn als Sergeant Vadrone aus. Er war jung und dunkelhaarig, hatte eine Schlägervisage und braune Augen. Als er mich ansprach, dachte ich, er würde vielleicht lächeln und damit die ganze Härte in seinem Gesicht auslöschen, doch das tat er nicht.

»Sie wollen Calvin Redding sprechen?«

Ich nickte.

»Folgen Sie mir.« Er führte mich in einen winzigen Raum mit grellweißen Leuchtstofflampen. Es gab keine Fenster und nur die eine Tür, durch die ich gekommen war. »Warten Sie hier«, befahl er. Wenige Minuten später kam er mit Calvin zurück. Der Wärter fragte ihn: »Is`das Ihr Anwalt?« Angesichts von Calvins Miene dachte ich, er würde dem Wärter erzählen, wer ich wirklich war. Ich erwiderte seinen Blick und schüttelte kaum merklich den Kopf.

Mißmutig antwortete Calvin: »Ja, das ist mein Anwalt.« Der Wärter ließ uns allein.

»Was willst du, Vannos?« brummte Calvin.

»Ziemlich lausiger Empfang, Calvin, wenn man bedenkt, daß ich dich hier rausholen will.«

»Den Teufel auch. Woher weißt du den Namen meines Anwalts?«

»Ein kleiner Vogel hat ihn mir gezwitschert.«

»Wer?«

»Ich habe meine Quellen.«

»Du solltest deine Informationen überprüfen. Mein Anwalt ist eine Frau.«

Mit sexistischer Borniertheit hatte ich das Gegenteil unterstellt.

»Also, was willst du hier?« fragte er.

»Calvin, ich sagte schon, ich möchte helfen.«

Er sah mich bloß finster an.

Ich sagte: »Meiner Meinung nach hat die Polizei einen Fehler begangen.«

»Letzte Nacht hast du mir was anderes erzählt.«

»Ich war ziemlich mitgenommen. Ich habe Dinge gesagt, die ich so nicht meine. Außerdem habe ich mit dem Nachbarn unter dir geredet, und der erinnert sich, wann du nach Hause gekommen bist.«

»Ach?«

»Seiner Schätzung und dem Untersuchungsbericht zufolge war Roger schon tot, als du nach Hause kamst. Er hat dir ein perfektes Alibi verschafft.«

»Ich brauche kein Alibi. Ich sitze hier wegen einer unhaltbaren Drogenbeschuldigung, nicht wegen Mordes.« Er sah mich mißtrauisch an. Ich spürte direkt seine Frage, ob ich seine Aussage gesehen hatte; diejenige, die auch mich betraf. »Von allen Leuten, die mir vielleicht helfen könnten, hätte ich dich am allerwenigsten erwartet.«

Ich rief mir Jennie Doughtons gleichlautende Empfindungen von früher am Tag ins Gedächtnis. »Calvin, ich helfe dir, weil du ein Kunde bist.«

»Als einzigen Grund kauf ich dir das nicht ab.«

Ich schenkte ihm meinen Laß-Herzen-Sprechen-Blick. »Ich will herausfinden, was mit Roger passiert ist. Ich will wissen, wer es getan hat.«

»Warum?«

»Darum.« Es kam mir irgendwie unsauber vor, von Roger zu sprechen, besonders weil Calvin mein Favorit als Tatverdächtiger Nummer Eins war. »Als ich ihn tot daliegen sah, Calvin, bin ich irrational geworden und habe geglaubt, du hättest es getan. Aber jetzt weiß ich, daß ich unrecht hatte, und es tut mir leid. Aber ich weiß auch, daß du mir helfen kannst, die Wahrheit herauszufinden. Du warst mit Roger zusammen. Du hast ihn gekannt.«

Calvin schüttelte den Kopf. »Du bist zum Kotzen sentimental.«

»Wenn es hilft, dich hier herauszubekommen, was stört daran?« In Wirklichkeit dachte ich: Ich mag zwar sentimental sein, Sportsfreund, aber ich werde jetzt dir statt mir die Schlinge um den Hals legen, und dich verurteilen lassen für das, was du getan hast.

Calvin lehnte sich zurück und sagte: »Hast du eine Zigarette?«

»Äh, nein.« Verdammt! Da saß er, fast kooperationsbereit, und ich hatte keine Zigaretten. »Vielleicht kann der Wärter –«

»Schon gut.« Er beugte sich wieder vor und sprach langsam durch die Zähne, als redete er mit einem widerborstigen Kind. »Ich habe der Polizei schon die ganze Geschichte erzählt.« Dann machte er eine Pause, und irgend etwas beschäftigte ihn. »Hast du denn mit ihnen gesprochen?«

»Ja ...?«

»Was haben sie dir erzählt?«

»Die Polizei ist nicht gerade schwatzhaft, Calvin. Deswegen bin ich hier. Ich bin frei und du nicht, und mach dir klar: Die Polizei wird dir so helfen können, wie ich es vermag.« (Was für ein Satz!)

»Meine Anwältin hilft mir sehr gut.«

»Aber meine Dienste sind umsonst.«

»Umsonst ist nur der Tod.«

Meine freundliche Nummer zog nicht, und ich sah meine Chancen schwinden, irgendwelche Fakten aus ihm herauszubekommen. Direkte Fragen, darauf kam es jetzt an.

»Calvin, wer hat Schlüssel zu deiner Wohnung außer dir?«

»Niemand.«

»Und was ist mit Aaron? Ich habe gehört, er kommt und geht, wann er will.«

»Mit wem zum Teufel hast du alles geredet?«

»Ich sagte dir schon ... Hal Steiner, der Nachbar unter dir. Hat er ebenfalls Schlüssel?«

»Und was, wenn es so wäre?«

»Dann ist er neben Aaron ein möglicher Tatverdächtiger.«

Calvin brachte sein gemeißeltes Gesicht nahe an meines, zu nahe. Sein Atem roch nach künstlichem Kaffeeweißer. Er schien Wanzen in dem Raum zu befürchten und vergewisserte sich, daß wir immer noch allein waren. Er flüsterte: »Aaron hat damit nichts zu tun.«

»Woher weißt du das so sicher? Er könnte in deine Wohnung hinauf gekommen sein, Roger gefunden und ihn in einem Anfall von Eifersucht umgebracht haben.«

»Aaron ist kein eifersüchtiger Typ.«

»Dann hatte er vielleicht ein anderes Motiv. Wo kann ich ihn auftreiben, Calvin?«

»Wozu willst du ihn sehen?«

»Nur, um mit ihm zu reden. Um herauszufinden, was er an diesem Tag gemacht hat. Calvin, er könnte der Mörder sein. Wieso schützt du ihn?«

»Das tue ich nicht.« Calvin musterte mich einen Moment. Es war klar, daß wir uns gegenseitig nicht trauten. Wir hatten keinen

Grund dazu. Aber ich dachte, vielleicht war er mit irgendeinem Atom von Wahrheit herausgeplatzt; etwas, womit ich weitermachen konnte. »Okay«, sagte er, »in einem Punkt hast du recht. *Irgendwer* hat es getan. Ich war's nicht, und ich weiß auch nicht, wer es war, aber vielleicht weiß Aaron etwas. Vielleicht ist er es sogar gewesen. Aber in wem seiner Wohnung du ihn finden kannst, hängt davon ab, wen er zur Zeit ausnutzt.« – In wessen, dachte ich mit meiner Marotte. Calvin fuhr fort: »Er arbeitet bei Neiman's, und manchmal unterrichtet er Jazz Dance.«

»Und wo unterrichtet er?« Mein Ex-Lover war ein Ballerino, also war ich ganz Ohr.

»Wo immer sie ihn anheuern. In der ganzen Stadt. Bloß, erzähl es nicht der Polizei.«

»Wieso nicht?«

»Er hat schon genug Probleme mit denen.«

Diese kleinen Details kamen in meinen alten tschechischen Datenfresser. Dann sagte ich: »Calvin, gibt es jemanden, der versuchen könnte, dir irgendwas anzuhängen?«

Lange, bedeutungsschwere Pause. »Niemand. Wieso?«

»Niemanden an deinem Arbeitsplatz?«

Calvin machte ein böses Gesicht und sprach zu mir in einem langsamen Stakkato, als sei das Englische nicht meine Muttersprache: »Mit. Der. Arbeit. Hat. Das. Nichts. Zu. Tun.«
Punkt.

»Okay, dann beantworte mir eine andere Frage. Wieso hast du versucht, die Fliegen an Rogers Leiche loszuwerden?«

»Wer hat dir das erzählt?«

»Ich habe die Polizeiberichte gelesen.«

»Ich dachte, die Bullen hätten dir nichts erzählt?«

»Haben sie auch nicht. Die Berichte habe ich selber gelesen.«

»Alle?« fragte er nervös.

»Tja«, sagte ich. Calvin drehte sich in seinem Stuhl. Jetzt wußte er, daß ich die Lügen kannte, die er über mich zu Protokoll gegeben hatte. »Also, Calvin, wieso hast du denn versucht, die Fliegen mit den Drogen fortzuspülen?«

»Die Scheiß-Fliegen waren meine! Wenn die Polizei sie gefunden hätte …«

»Aber sie haben sie gefunden, Calvin. Du hast dich nur noch tiefer in die Nesseln gesetzt.«

»Ich war's nicht! Ich weiß nicht, wer es war, aber wenn ich herausfinde, wer ...«

»Krieg dich wieder ein, Calvin. Wieso erzählst du mir nicht einfach, was wirklich geschehen ist, und läßt den anderen Scheiß?«

»Du bist völlig auf dem Holzweg.«

»Der Junge ist tot, Calvin! Und ich frage mich noch immer, wie und weshalb du es getan hast.«

»Ich sage dir doch, ich habe Roger nicht umgebracht! Ich bin nach Hause gekommen, und er lag tot auf dem Bett.«

»Und zur Feier des Tages hast du ihm zufällig einen eingeschoben. War er schon tot, als du ihn reingesteckt hast?«

»Wovon redest du eigentlich?«

»Der Autopsiebericht besagt, daß man Gleitcreme in Rogers Rektum gefunden hat. Irgendjemand muß da was zu suchen gehabt haben.«

»Vielleicht hat er einen Dildo benutzt.«

»Raus mit der Sprache: Was ist passiert? Was hast du sonst noch durchs Klo gespült? Ein gebrauchtes Kondom?«

Calvin erhob sich und rief den Wärter. »Bringen Sie mich in meine Zelle zurück!«

»Am Ende kommt es doch heraus, Calvin.« Der Wärter trat ein und führte ihn ab. Ich brüllte ihm nach: »Und ich werde dafür sorgen, daß dein Teil von der Geschichte herauskommt!« Doch sie waren schon in den Eingeweiden des Gefängnisses verschwunden. Als der Wärter zurückkam, um mich hinauszubegleiten, sagte er: »Ich dachte, Sie wären sein Anwalt?«

Ich heuchelte schwere Enttäuschung: »Das war ich.«

»Was'n passiert?«

»Er hat mich angelogen.« Ich schüttelte den Kopf mit juristischer Bedeutsamkeit, genau wie Perry Mason. »Wie soll ich ihm helfen, wenn er mein Vertrauen dermaßen enttäuscht?«

Ich ging zu Fuß vom Gefängnis nach Hause. Ich brauchte die körperliche Bewegung, um die aufgestaute Spannung loszuwerden. Ich konnte nur noch denken: Was für eine vergebliche Müh. Und das Ballett hatte ich deswegen auch noch verpaßt.

Es war kalt und dunkel jetzt, fast wie mitten im Winter, dabei war es erst Ende Oktober. Als ich die letzte Kreuzung vor meinem Block in der Marlborough Street überquerte, heulte ein Motor auf. Das typische Geräusch, wenn ein verzweifelter Bostoner Fahrer versucht, sein Auto in der Kälte zu starten. Das dachte ich, bis ich das Quietschen von Gummi vernahm und das Auto auf mich zukommen sah. Ich erstarrte auf dem Überweg, von Halogenscheinwerfern geblendet. Meine Beine waren schwer und unbeweglich. Zwei Tonnen Metall rasten auf mich zu, doch alles schien sich in Zeitlupe abzuspielen. Fast konnte ich die Automarke auf der Motorhaube ausmachen, da schrie eine Stimme in mir: »Spring!« Ich stieß mich mit jedem Quentchen Kraft, das in meinen Beinen steckte, ab. Ich war in der Luft, als das Auto vorbeischoß, dann fiel ich aufs Pflaster hinunter. Vom kalten, harten Boden aus verfolgte ich, wie es in den Storrow Drive einschwenkte und außer Sichtweite geriet. Ich hatte nicht einmal daran gedacht, mir das Nummernschild zu merken. Ich war zu erleichtert, noch am Leben zu sein, und ich dankte meinen gelenkigen slavischen Gliedern für meine Rettung.

8
EIN GIRL AUS DEM GOLDENEN WESTEN

Am nächsten Morgen, es war Freitag, trug ich fürs Geschäft ein langärmliges Hemd mit Fliege. Die Ärmel sollten die häßlichen Schrammen an meinem linken Unterarm verdecken. Auf diesen war ich in der vergangenen Nacht gefallen, als ich versucht hatte, dem gewissenlosen Fahrer auszuweichen. Die Fliege war ... nun, ich hatte meine Gründe, sie zu tragen. Nicole fragte: »Ist das dein diesjähriger Halloween-Fummel?«
Ich grinste. »Nein, Liebes. Ich probiere nur einen neuen Look.« Sie war nicht überzeugt, und als ich das Terminbuch durchging, bemerkte sie die Schnitte auf meinen Händen.
»Stanley! Bist du in Händel geraten?«
»Nichts Interessantes, Nikki. Bloß ein Guerillakrieg mit einem Bostoner Autofahrer.« Ich erklärte, was sich zugetragen hatte.
»Hast du Anzeige erstattet?« fragte sie.
»Nein. Ich weiß nicht einmal die Marke oder die Autonummer.«

»Na und? Ich möchte, daß du auf der Stelle Lieutenant Branco anrufst. Stanley, das war fast sowas wie Unfall mit Fahrerflucht. Du hättest tot sein können!«

»Nikki, die Grenze zwischen Leben und Tod ist dünn.«

»Ist das der Merkspruch zum Tage?«

»Wie war das Ballett?«

»Wir sind in der Pause gegangen.«

»Und die Rubinskaja hat getanzt!«

»Es war die zweite Besetzung, Darling.«

»Wenigstens ein Trost. Ich vermute, selbst eine Assoluta ist diese weißen Federn irgendwann leid.«

Den ganzen Morgen war ich mit schwierigen Dauerwellen und komplexen Mehrfachfärbungen ausgebucht. Wenn so viel zu tun ist, kommen meistens auch noch unangemeldete Anfragen dazu, und natürlich, innerhalb einer Stunde kam eine grauhaarige Frau zum Waschen und Legen herein. Zufällig hörte ich ihr Gespräch mit Nicole am Empfangstresen. Sie war groß und füllig, ihr Rücken war ein ganz klein wenig gebeugt. Sie wirkte wie Ende fünfzig, und der faltenlose Teint und die lebhaften Augen deuteten darauf hin, daß sie ihren Lebensunterhalt nicht im Schweiß ihres Angesichts verdiente. Mit leicht trällernder Stimme sagte sie: »Ich möchte mir die Haare machen lassen, und zwar von Van ...« Sie stockte, und Nicole meinte rettend:

»Sie müssen Vannos meinen.«

Doch die Frau ignorierte Nicoles Hilfe und kramte statt dessen in ihrer Handtasche. »Warten Sie, warten Sie! Ich weiß, daß die Karte hier ist!«

Nicole sagte: »Kein Problem, ich weiß, wen Sie meinen. Sagen Sie mir nur Ihren Namen, damit ich im Buch nachsehen kann.«

Die Frau murmelte vor sich hin, während sie in ihrer Handtasche herumwühlte. »Also wo hab' ich sie hingetan? Ach, ich habe keinen Termin. Ich weiß, daß sie hier drin ist.«

Nicole meinte besorgt: »Sie haben keinen Termin? Ich fürchte, unangemeldete Kunden können nur von Montags bis Donnerstags bedient werden.«

Schließlich fand die Frau die Karte. »Hier ist Sie! Ich wußte, daß ich sie habe!« Triumphierend wedelte sie mit der Karte vor Nicoles Gesicht und las sie dann sorgsam. »Ich wollte zu Mr. Vannos. Stimmt das?«

»Das ›Mr.‹ ist bisweilen zweifelhaft«, sagte Nicole und sah auf, ob ich es zufällig gehört hatte.

Ich warf ihr einen ungehaltenen Blick zu, während ich eine lange Strähne blonden Haars locker für eine Stützwelle einrollte, an der ich arbeitete.

Nicole fuhr fort: »Es tut mir leid –«

»Ja, also mein Mann hat mir diese Karte gegeben. Also, hier bin ich, und ich möchte mir die Haare von Herrn Vannos legen lassen.«

»Ich verstehe!« Eine ungeduldige Schärfe hatte sich in Nicoles Stimme eingeschlichen. »Und von Montag bis Donnerstag würden wir uns freuen. Aber heute ist Freitag. Sie brauchen einen Termin.«

»Achhhhhh.« Die Frau seufzte, ganz plötzlich geknickt. »Sie meinen, ich muß ein andermal wiederkommen?«

Ich entschuldigte mich bei meiner Kundin, sauste zum Empfangstresen und wandte mich an die Frau: »Sind Sie Mrs. Brickley?«

»Oh!« meinte sie verdutzt. »Sie überraschen mich!«

»Bitte vielmals um Entschuldigung. Ich habe zufällig Ihr Gespräch mitangehört. Ich bin Vannos.«

Ihr Blick war einen Moment lang verwirrt. Dann bemerkte sie: »Ach, *Sie* sind also der junge Mann!« Sofort darauf lächelte sie, als komme ihr die Idee erst nachträglich. »Also, Sie sind aber nett!«

Hinter ihr bewegte Nicole stumm die Lippen: »*Sie sind aber nett!*« Dabei grinste sie wie diese. Die Frau fuhr fort: »Ich bin Vivian Brickley, und diese Dame meint, ich kann meine Haare heute nicht gemacht bekommen.«

Sie sah mir nicht direkt in die Augen. Sie schien meine Ohren anzuschauen. Vielleicht hatte sie Augenprobleme, oder vielleicht war sie schüchtern, oder vielleicht verbarg sie etwas.

Meine Stimme sank zu ihrem freundlichsten Murmeln. »Weshalb nehmen Sie nicht Platz, Mrs. Brickley, und ich sehe, was ich für Sie tun kann.«

»Also, Dankeschön! Was für ein erfreulicher junger Mann!«

Wieder imitierte Nicole mit einem Saccharinlächeln die Frau hinter deren Rücken. Mrs. Brickley nahm Platz, und Nicole raunte mir zu: »Wenn sie deinen Auftritt im Chez-Chez heute nacht gesehen hätte, hätte sie dann immer noch so eine hohe Meinung von dir?«

Ich entgegnete scharf, aber sotto voce: » Pumps und Netzstrümpfe einmal im Jahr machen aus mir noch keine Fummeltrine. Nikki, sie ist mit Calvins Boß verheiratet, und vielleicht weiß sie etwas. Ich muß sie in die Mangel nehmen.«

»Stani, du bist bereits überbucht, mit drei Leuten für die nächste Stunde.«

»Das schaffe ich schon, Nikki. Es ist bloß Waschen und Frisieren.«

»Bei dem Haar? Da sind geklippste Löckchen angesagt, wenn ich jemals welche gesehen habe.«

»Heute, Liebes, darfst du erleben, wie Vivian Brickley das Wunder der sanftgewellten Frisur entdeckt.«

»Ramon soll sie waschen.«

»Nein! Ich werde das tun. Er soll ihr lediglich in einen Umhang helfen.« Ich wollte jeden Augenblick ihrer Zeit für mich. Außerdem schätzte ich Ramons Hilfe in letzter Zeit nicht sonderlich. Als er als Haarwäscher anfing, kannte er seine Stellung gegenüber den Kunden. Aber seit Nicole ihn ins Vertrauen gezogen und er ein paar eigene Klienten hatte, überraschte ich ihn gelegentlich dabei, wie er meine reguläre Kundschaft hofierte.

Ramon begleitete Mrs. Brickley zu einer Umkleidekabine. Währenddessen rollte ich die Stützwelle, an der ich arbeitete, zuende ein. Ich setzte sie unter eine Trockenhaube und ging zu Mrs. Brickley, die im Waschbereich auf mich wartete. Sie fragte: »Wer ist die Frau dort am Tresen? Fast hätte sie verhindert, daß ich mein Haar gemacht bekomme.«

»Sie ist die Maniküre, aber manchmal vergißt sie das und glaubt, der Laden gehöre ihr.« Nicole hatte mitgehört und sah von ihrer Arbeit auf. Ich zwinkerte zurück, um ihr zu versichern, daß ihr Geheimnis noch immer gewahrt blieb.

Ich geleitete Mrs. Brickley zum Waschbecken, als sie plötzlich zurückscheute. Sie schien sich davor zu fürchten. »Ich mag diese Dinger nicht besonders. Ich bekomme immer einen steifen Nacken davon.« Ich versicherte ihr, daß sie es in diesem bequem haben werde. Ich polsterte den Beckenrand mit einem dicken, gefalteten Handtuch, und als ich ihren Kopf hineinlegte, sagte sie: »Oh, das ist ja wirklich bequem. Sie haben eine leichte Hand, junger Mann.«

»Ich weiß«, erwiderte ich aufrichtig und fuhr fort, ihr Haar naß zu machen. Seine Struktur erschien mir ein wenig trocken, also wählte ich vom Regal ein feuchtigkeitsspendendes Shampoo. Als ich ihr die Kopfhaut unter dem cremigen Schaum massierte, bemerkte sie kichernd: »Das riecht wie ein ganzes Erdbeerfeld! Erinnert mich an meine Kindheit in Kalifornien.«

»Sie sind aus Kalifornien?«

Sie kicherte. »Ich glaube, man kann sagen, ich bin überall in der Welt daheim. Ich bin viel gereist seinerzeit.«

»Urlaub ist etwas Schönes«, sagte ich und versuchte, mir meinen letzten ins Gedächtnis zu rufen.

Das Kichern hielt an. »Es war kein Urlaub. Es war beruflich. Ich war Lehrerin im Auswärtigen Dienst.«

»Ist ja beeindruckend.«

Mrs. Brickley lachte. »Ach, es war bloß ein Job. Ich war keines der hohen Tiere. Es gab immer eine Schranke zwischen dem Leben der Diplomaten und meinem.«

Ich spülte ihr Haar aus und applizierte eine nach Mandeln duftende Pflegekur. Sie bemerkte: »Wenn Sie mit mir fertig sind, werde ich riechen wie ein regelrechter Obstsalat.« Ich versicherte ihr, daß von dem Duft kaum etwas bleiben werde. Ich spülte noch einmal aus und wickelte ihr ein Handtuch um das nasse Haar. Ich stützte ihren Kopf ab, als ich ihr aus dem Becken half. Diese schlichte Höflichkeit schien sie zu überraschen. Sie kicherte wieder und sagte: »Dankeschön! Gewöhnlich muß ich mich ganz allein aus dem Becken kämpfen.« Ihre Wortwahl amüsierte mich.

Ich führte sie zu meinem Platz. Als sie sich im Spiegel sah, lachte sie in sich hinein: »Ich sehe aus wie Mata Hari im Turban.«

»Wenn ich fertig bin, werden Sie aussehen wie eine Herzogin!«

Doch ihre Worte erinnerten mich an mein Spionageabkommen mit Branco. Einen Augenblick lang fragte ich mich, ob ein so unbeschwerter Mensch wie Vivian Brickley für jemand anderen die gleiche Rolle spielen könnte.

Ich fragte sie, ob sie etwas zu lesen haben möchte, während ich mich kurz meiner anderen Klientin zuwandte. Statt einer Antwort zog sie ein Exemplar von *The New Yorker* aus ihrer Handtasche. »Die schleppe ich immer mit mir herum«, sagte sie und gickelte. Ich ließ sie allein und neutralisierte und spülte indessen die Stützwelle, vielleicht ein wenig zu schnell, erpicht wie ich war, wieder zu Mrs. Brickley zurückzukommen.

Wieder bei ihr, ging ich ans Werk, ihr Haar durchzukämmen und in Felder einzuteilen, die den Gesichtszügen sowie der Kopfform schmeichelten. Als ich den ersten Wickler nahm, fragte sie: »Ach, Sie nehmen gar keine Klipse?«

Verdammt, Nikki! Sie hatte die Frau von vornherein richtig eingeschätzt.

»Ich würde gern etwas anderes versuchen«, antwortete ich kühn, und unbekümmert ihrer Besorgnis rollte ich eine Locke ihres Haars auf einen Wickler aus eloxiertem Aluminium.

»Aber mein anderer Frisör nimmt immer Klipse.«

Ich bin nicht Ihr anderer Frisör, dachte ich, und ich habe weder Zeit noch Lust, heute Klipslöckchen zu drehen. Doch flüsterte ich ihr geheimnisvoll ins Ohr: »Für Sie, Mrs. Brickley, sehe ich etwas Gewagteres vor mir, gewissermaßen ein untertriebenes Abenteuer.«

Wieder gickelte sie. »Ich muß sagen, mein Mann hatte recht, daß er Sie mir empfohlen hat. Ich kann mich nicht erinnern, wann ich das letzte Mal so viel Spaß beim Frisör gehabt habe.«

Ich rollte ihr Haar weiter auf Wickler. »Haben Sie Ihren Mann auf einer Ihrer Reisen kennengelernt?«

»Liebe Güte, nein! Ganz und gar nicht. Er hat praktisch sein ganzes Leben in New England verbracht. Er macht sich nichts aus Reisen.«

»Das muß schwierig sein, wenn Sie so gern unterwegs sind.«

»Bisher war es noch kein Problem. Wir sind erst seit kurzem verheiratet, genauer: seit weniger als einem Jahr. Ich glaube, man könnte es als Herbstromanze bezeichnen. Wir sind immer noch dabei, uns zusammenzuraufen.« Sie lachte.

»Ich kann mir nicht vorstellen, daß es schwer ist, mit Ihnen auszukommen. Sie sind so heiter und optimistisch.«

»Nun, ich hatte meine Zweifel, ob ich so spät in meinem Leben noch einmal heiraten soll, insbesondere da es das erste Mal war, dazu einen jüngeren Mann.« Jetzt gluckste sie. »Es ist fast ein Skandal!«

Ich gab vor, in ihr Lachen einzustimmen, während Nikki mit spöttischem Grinsen Gesichter schnitt.

Mrs. Brickley fuhr ruhiger fort: »Ich scherze natürlich. Roy ist mitnichten ein junger Mann.«

»Seine Erscheinung ist in jedem Fall jugendlich.«

»Lieber Himmel, ja! Er liebt sein Training. Seine Physis ist exzellent. Ich bin sicher, er hätte eine halb so alte Frau heiraten können, statt eine, die acht Jahre älter ist ...« Ihre Stimme senkte sich, und klang zweifelnd und verwirrt: »Natürlich, wir sind sehr glücklich ... außer, daß Roy auf diesen Gedanken kam, sich in wenigen Jahren nach draußen in den Westen zur Ruhe zu setzen. Ich würde lieber hier in New England bleiben. Wir haben ein riesiges Haus in Cambridge, und es ist eine perfekte Ausgangsbasis, wenn mich das Fernweh packt.«

»Wenn man sechs oder acht Monate im Jahr auf Reisen sein kann, ist Boston eine wunderbare Stadt zum Leben.«

Ich rollte weiter ihre Haare auf Wickler, und sie schwieg und las einige Minuten lang. Dann fragte ich: »Wie lange kennen Sie Calvin Redding bereits?«

»Oh!« rief sie aus, als habe ich sie erschreckt. Dann antwortete sie ruhig: »Ich habe Calvin kennengelernt, kurz nachdem ich meinen Mann im letzten Jahr geheiratet hatte, aber ich glaube, sie kennen sich schon sehr viel länger. Und Sie?« fragte sie.

»Calvin ist hier Kunde seit etwa einem Jahr.«

Sie ließ ihre Zeitschrift sinken. »Und meinen Mann?«

»Ihren Mann, was, Mrs. Brickley?« Ich verstand nicht, was sie meinte, und als ich ihre Miene im Spiegel überprüfte, sah sie irgendwie verstimmt aus.

»Wann sind Sie ihm begegnet?« fragte sie mit einem Hauch von Verärgerung.

»Ich habe ihn erst gestern kennengelernt.«

»Und zwar über Calvin?«

Ich hielt inne und fragte mich, was sie herausbekommen wollte. Dann sagte ich: »Ja ... indirekt.«

»Ich verstehe«, sagte sie und klang unbefriedigt. »Und wo haben Sie ihn kennengelernt?«

»Calvin?«

»Nein, meinen Mann!«

»In seinem Büro.« Dann sagte ich, ihre nächste Frage vorwegnehmend: »Und Calvin ist von einem Model hierherverwiesen worden, einem langjährigen Kunden.«

»Ich verstehe.« Sie schien erleichtert, das zu hören, und alles weitere war dagegen wie Honigschlecken. »Nun, junger Mann, ich halte es für bewundernswert, daß Sie Calvin Redding helfen wollen. Es ist absurd, daß die Polizei ihn überhaupt verdächtigt.«

Ich senkte die Stimme, um anzudeuten, daß wir Insider-Informationen verhandelten. »Ich werde alles tun was nötig ist, um herauszufinden, wer Roger Fayerbrock getötet hat und weshalb.«
Vivian Brickley übernahm meinen gedämpften Ton: »Wenn es irgend etwas gibt, womit ich Ihnen helfen kann …«
»Ich werde es mir merken«, entgegnete ich flüsternd. Dann hob ich meine Stimme wieder zur normalen Lautstärke an und fragte: »Aus welchem Teil Kaliforniens stammen Sie denn?«
»Meine Familie kommt aus Sacramento, aber wir haben auch Land in anderen Teilen des Staates. Sind Sie jemals draußen im Westen gewesen?«
»Nein, aber irgendwann möchte ich einmal hin.«
»Das müssen Sie wirklich. Es ist schön. Einfach da draußen zu sein erweitert schon das Bewußtsein.«
Mir war zu der Zeit nicht klar, daß sie damit unterschwellig eine Anregung in mich eingepflanzt hatte. Ich rollte den letzten Wickler ein. »So! Sie sind fertig für die Trockenhaube.«
»Schon? Das ist aber viel schneller als mit den Nadeln.«
»Und außerdem viel wirkungsvoller, wie Sie bald sehen werden.«
Ich rief Ramon, daß er sie unter die Haube setzte, und begann meine Arbeit mit der nächsten Kundin, Färben und Schneiden. Mrs. Brickley würde in zwanzig Minuten zum Auskämmen bereit sein, was mir gerade genug Zeit ließ, Kundin A fertigzumachen und bei Kundin B die Farbe aufzutragen. Zu meinem Glück hatte Kundin C sich verspätet und war noch nicht eingetroffen.
Als Mrs. Brickley trocken war, kämmte ich sie rasch aus, während Sie im *New Yorker* Glossen zu unkorrektem Sprachgebrauch des Englischen las. Ich endete mit einer Winzwolke Haarspray für den sanften Halt und sagte: »*Voilà!*«
Sie sah von ihrer Zeitung hoch in den Spiegel. Ihr fiel die Kinnlade herunter, und einen Moment lang fürchtete ich, mit ihrer Frisur zu weit gegangen zu sein. Doch dann lächelte sie und sagte: »Ja, es ist so, wie ich mein Haar immer haben wollte, aber niemand hat es je geschafft. Sie sind vielleicht ein Schlauer! Sie verdienen eine Belobigung für Ihre Arbeit.«
Ich wußte das gewählte Wort zu schätzen, doch ich hatte nicht mehr getan, als die natürliche Sprungkraft ihres Haars auszunutzen und so die richtige Richtung für die Wellen zu finden, statt sie mit engen Wicklern in die Unterwerfung zu zwingen. Ich mußte

zugeben, daß Vivian Brickley für eine reife Frau verdammt gut aussah, zum Teil natürlich auch dank meiner Dienste.

Sie erhob sich vom Stuhl und betastete ihr Haar. »Es ist auch so weich. Ehre wem Ehre gebürt, junger Mann. Ich denke, ich lade mich jetzt selbst zum Mittagessen ein und lese den Rest meiner Zeitschrift.« Sie gab mir ein gutes Trinkgeld und sagte: »Eine schöne Fliege tragen Sie da.« Übermütig verließ sie das Geschäft.

Innerhalb von Minuten kam Nicole an meinen Platz. »Irgend etwas herausgefunden über die fröhlich-matronenhafte Hängebacke?«

Ich zählte die wesentlichen Fakten auf: Vivian Brickley sei eine Privatlehrerin im Ruhestand, sie und Roy Brickley seien gewissermaßen Neuvermählte, sie komme aus dem Westen, und sie reise gern.

»Ist das alles?« bedrängte mich Nicole.

»Also, sie schien mir sehr daran interessiert zu erfahren, wie ich Calvin und ihren Mann kennengelernt hatte. Sie verdächtigt irgend jemanden wegen irgendwas, aber wen oder was weiß ich nicht.«

»Ich sage dir, was ich denke, Stani. Ich traue der tattrigguten Alte-Dame-Vorstellung kein bißchen. Es ist bloß ein Trick, an das zu kommen, was sie will.«

»Nikki, das ist eine altenfeindliche Bemerkung!«

»Mach die Augen auf, Darling. Vivian Brickley und ich sind der gleiche Jahrgang. Jetzt stell dir uns einmal nebeneinander vor. Wem von uns würdest du im Zeugenstand glauben?«

»Liebes, mußt du mich so in Verlegenheit bringen.«

»Ach, du!« Nicole schnaubte vor Ungeduld. »*Mich* hat sie kein bißchen aufs Kreuz gelegt.«

Ich ging wieder an die Arbeit. Ein paar Stunden später, als ich meinen letzten Nachmittagstermin beendet hatte, ließ ich mir vom Empfang ein Taxi rufen. »Nach Cambridge«, schrie ich durch den Salon.

Nicole hörte mich und blickte von den Fingernägeln hoch, die sie gerade mit einem matten, pfirsichfarbenen Nagellack überzog. »Wohin gehst du denn jetzt?«

»Zurück ans Zeichenbrett.« Ich wollte etwas mehr an der Choate Group herumschnüffeln, vielleicht auch herausfinden, weshalb

Mrs. Brickley so daran interessiert war, wie ich Calvin und ihren Mann kennengelernt hatte.

»Vergiß deinen Termin um fünf mit Mr. Channel Eight nicht!«

»Wie könnte ich jemals meinen maskulinen Lieblings-Nachrichtensprecher vergessen?«

Ich nahm meine Lederjacke und sprang aus dem Geschäft. Als das Taxi anfuhr, sagte ich der stämmigen Fahrerin mein Ziel und überreichte ihr eine Zwanzigdollarnote. »Das ist Ihr Tip, Honey. Voll durchtreten!« Sie bewegte das Taxi wie einen Maserati durch den Verkehr der Newbury Street und fädelte uns in die Auffahrt zum Massachussetts Turnpike. Ruhig studierte ich ihr kurzgeschorenes Haar und die Andeutung eines Oberlippenbarts, während wir die ganze Strecke bis zur Ausfahrt Cambridge die Geschwindigkeitsbegrenzung überschritten. Von dort dirigierte ich sie zur Choate Group. Beim Aussteigen sagte ich: »Wenn Sie hier warten, gibt's noch einmal Zwanzig dafür, daß Sie mich auf demselben fliegenden Teppich zurück in die Stadt bringen.«

Auf der Tasche ihres Arbeitshemdes war das Wort Bob eingestickt.

»Wird gemacht«, sagte sie. Dann machte sie den Motor aus und zog ein Exemplar der Zeitschrift Leisure Life hervor.

Patrick von der Rezeption lächelte heute geradezu. »Wieder da, um Ms. Doughton zu sprechen?«

»Genau.« Ich fragte mich, welche Droge diesen emotionalen Aufwärtstrend hervorgerufen hatte.

Strahlend meinte er: »Wie war noch ihr Name?«

»Kraychik.« Ich sprach es klar und deutlich aus, »Stanley Kraychik.«

Patrick schien verwirrt. Vielleicht erinnerte er sich, daß ich gestern Carlisle Harrington gewesen war. »Und in welcher Sache möchten Sie Ms. Doughton sprechen?«

»In der gleichen wie gestern.«

Er drückte seine Knöpfe, um Jennie zu rufen, doch ich sagte: »Das geht in Ordnung. Sie erwartet mich.« Ich marschierte an seinem Tisch vorbei ins lichtdurchflutete Atrium und direkt die Rampe zu ihrem Büro hinauf.

Den Kopf durch die Tür ihres Büros streckend fragte ich: »Haben Sie eine Minute Zeit?« Die Luft roch nach frisch gekauten Erdnüssen.

»Was möchten Sie denn?« Ein Pfeifen war in ihrer Stimme, was vielleicht an einer Menge Erdnüsse ohne ein passendes Getränk dazu lag.

Ich sagte:»Gestern habe ich die Polizeiberichte gesehen.«

»So?«

»Die Geschichte, die Sie denen, und die Geschichte, die Sie mir erzählt haben, stimmen nicht überein.«

Schulterzucken.

Ich sagte:»Ich möchte wissen, welche Version die Wahrheit ist.«

»Von meiner Mutter habe ich gelernt, die Polizei niemals anzulügen.«

(Im Gegensatz zu meiner tschechischen Großmutter, die mich als Kind schon gewarnt hatte, ihnen jemals die Wahrheit zu sagen. Was würde sie wohl von ihrem Lieblingsenkel denken, Stanislav, benannt nach einem heldischen slawischen Krieger, doch jetzt zu einem Frisör an der Back Bay verkommen und zu einem Spitzel für die Bostoner Polizei?)

Jennie fuhr fort:»Wie ich sehe, sind Sie gestern zufällig dem Chef begegnet.«

»Hat er hinterher irgend etwas zu Ihnen gesagt?«

»Er hat uns reden sehen und gefragt, was Sie wollten.«

»Und was haben Sie ihm erzählt?«

»Das geht doch nur mich etwas an, oder?«

»Daß er überhaupt danach fragte, überrascht mich. Schließlich habe ich doch selbst mit ihm gesprochen.«

»Ich glaube, es liegt an Ihrer Art«, sagte Jennie.»Sie summen hier herum wie ein zähes Insekt. Ziemlich lästig.«

»Mr. Brickley schien es nichts auszumachen. Eigentlich wirkt er ziemlich umgänglich. Aber ich frage mich, wieso seine Frau wissen wollte, wo ich ihn kennengelernt habe.«

»Sie kennen auch seine Frau?«

»Ich habe ihr heute früh die Haare gemacht.«

»Sie kommen ja ganz schön herum.«

»Ich begegne vielen Leuten des öffentlichen Lebens, Jennie. Aber haben Sie eine Ahnung, wieso seine Frau wissen wollte, wo ich Mr. Brickley kennengelernt habe?«

»Vielleicht, weil er die ganze Zeit beim Training verbringt, statt hier am Zeichentisch oder daheim bei seinen ehelichen Pflichten.«

»Dabei müßte sie doch glücklich darüber sein, daß ihr Mann körperlich so fit ist?«

»Ich höre, in diesem Fitneß-Center passiert auch außerhalb des Kraftmaschinenraums allerhand.«

»Will sagen?«

»Wenn Sie das nicht wissen, werde ich es Ihnen bestimmt nicht erklären.«

»Nun, ich sehe nichts Falsches darin, sich fit zu halten«, sagte Stanley, der Gesundheitsfanatiker.

»Gesundheit ist eine Sache, aber diese Körperkulturbesessenen treiben es bis zur Perversion. Ich weiß, daß es schwer zu glauben ist, aber ich hatte Größe sechsunddreißig als ich hier anfing. Bei den Stunden, die ich hier arbeiten muß, sind Fitneßstudios und regelmäßige Mahlzeiten ein Luxus, für den ich keine Zeit habe.«

Traurig betrachtete ich die schwere Frau, die ganz buchstäblich den Kontakt zu ihrem Körper verloren hatte. Sie lebte am anderen Ende des gleichen Spektrums, zu dem jene Leute zählen, die ihre Lebenserfahrung ebenfalls in Pfunden und Zentimetern messen: den Fitneß-Süchtigen.

»Vielleicht arbeiten Sie zu hart, Jennie.«

»Vielleicht arbeiten manche Leute nicht hart genug. Zuletzt muß dann immer jemand anderer den Kopf hinhalten.«

Wieso fielen mir jetzt die Grille und die Ameisen ein?

Jennie fuhr fort. »Roy Brickley mag als Sportler fit sein, aber er ist Seniorpartner in seiner Firma und er kriegt nicht mehr mal eine Linie mit dem Kurvenlineal geregelt.«

Irgend etwas daran klang provokativ.

»Jennie, tut mir leid zu hören, wie hart Ihr Leben ist, aber ich glaube noch immer, daß wir uns gegenseitig helfen können.«

»Wieso geben Sie nicht einfach auf! Wieso sollte ich überhaupt noch mehr Zeit an Sie verschwenden?«

»Weil, wenn Sie mir zu Informationen verhelfen können, die Calvin belasten, werden Sie befördert und nicht er. Sie können endlich gleichziehen für alle die Male, die Sie zusätzlich arbeiten mußten, um seinen Teil der Last mitzutragen. Oder möchten Sie lieber, daß er freigelassen wird und Ihnen den Job wegnimmt?«

»Natürlich nicht! Nur, was kann ich daran ändern?«

»Hören Sie mir einfach zu.«

Sie lehnte sich zurück. Der Stuhl ächzte unter der Last ihres Gewichts. »Los. Reden Sie. Verschwenden Sie noch mehr Sauerstoff.«

Ich beugte mich vor, in der Hoffnung, dadurch ernster auszusehen. »Sie haben mit Calvin zusammengearbeitet, stimmt's? Sie haben ihn acht Stunden täglich gesehen.«

»Hah! An einem guten Tag hat er vielleicht vier Stunden investiert.
Meint, er werde für sein Wissen bezahlt, nicht für sein Tun.«

»Jennie, Sie haben freien Zugang zum Computer. Gehen Sie in
seine Datei und lesen Sie seinen Terminkalender. Finden Sie alles
heraus, was er tat, ehe Roger Fayerbrock nach Boston kam. Sie arbeiten hier. Sie wissen, wo alle wichtigen Sachen sind.«

Sie hörte zu, schien dabei aber nicht überzeugt, also fuhr ich mit
meinem Appell fort. »Gestern sagten Sie, Sie wüßten, wie man
Dinge herausbekommt. Nun, jetzt ist es Zeit, dieses Wissen zu
nutzen.«

»Ihnen entgeht auch gar nichts, was?«

»Mir entgeht jede Menge.«

»Sie wollen also, daß ich für Sie spioniere, geht's darum?«

»Manche haben Schlimmeres getan, um Antworten zu finden.«

War dieses Spionagegeschäft ansteckend? fragte ich mich.

»Ich kann das nicht tun!« rief sie aus. Ihr riesiger Körper bäumte
sich auf und fiel dann weich in sich zusammen.

Es war Zeit, alle Register zu ziehen.

»Jennie, werden Sie einfach nur dasitzen und alles mit sich geschehen lassen? Das ist Ihre Chance, Ihre große Chance, die Sache in
den Griff zu kriegen. Sie können sich ein vollständig neues Leben
aufbauen, aber Sie müssen etwas tun!« Das hörte sich an wie die
PR-Sülze eines Selbsthilfeprogramms, doch da kam mir ein Wort
aus Mrs. Brickleys *New Yorker* in den Kopf. »Jennie«, sagte ich,
»das ist Ihre Peripetie!«

Sie schwang ihren Stuhl herum. Der schwankte gefährlich auf seinem leichten Untergestell. Endlich sprach sie. »Das ist ein großes
Wort.« Sie nahm sich eine Zigarette und zündete sie an. »Und ich
weiß auch, was es bedeutet.« Sie schaukelte in einer Rauchwolke
und dachte eine Weile nach. »Okay«, sagte sie. »Sie haben einen
ziemlich guten Sermon abgelassen. Ich werde mich umsehen,
werde sehen, was ich finden kann.«

»Gut! Sie haben immer noch meine Karte?« fragte ich. Sie nickte.
»Halten Sie einfach Augen und Ohren offen. Wenn ich nicht bald
von Ihnen höre, komme ich wieder.«

»Ich kann Ihnen nichts versprechen.«

»Denken Sie einfach an Ihre Beförderung.«

Als ich ihr Büro verließ, sagte sie: »Ziemlich dreist von Ihnen, hier mit einer Fliege herumzulaufen.«

»Wieso?«

»Ist der Ranger nicht mit einer erwürgt worden?«

»So geht die Kunde.«

»Der Chef hat seit dem Mord keine mehr getragen.«

»Tat er das denn gewöhnlich?«

»Er und Calvin. Die beiden sahen meistens aus wie die Bobbsey-Zwillinge.«

»Tja, ich trage sie nur aus Spaß.« Und, dachte ich, weil sie sehr unterschiedliche Reaktionen bei Leuten hervorrufen.

Ich verließ Jennies Büro und trabte die Rampe hinunter. Die Rampe hinauf kam mir Roy Brickley entgegen. »So, wieder da?« fragte er mit einem bewundernden Blick auf meinen Binder.

»Ich, eh …«

Er lächtelte und sagte: »Meine Frau ruft mich gerade aus der Stadt an. Sie ist entzückt von ihrer neuen Frisur.«

»Schön, daß sie sich freut.«

»Das ist alles Ihnen zu verdanken.« Er grüßte und und schritt kraftvoll auf Jennies Büro zu. Nach meiner Anwesenheit dort hatte er nicht einmal gefragt. Vielleicht glaubte er wirklich, ich sei auf Calvins Seite. Eine Weile beobachtete ich Jennie und Roy Brickley durch die Glaswand ihres Büros. Sie übergab ihm einen Packen Papiere, dann deutete sie auf mich. Mr. Brickley drehte sich um und schaute, nahm aber weiter keine Notiz von mir. Die beiden sagten nicht viel, und doch wäre ich gern eine Fliege an der Wand gewesen. Als ich durch den Eingang hinaustrat, stand Bob, die Taxifahrerin, bereit, mit mir ins Geschäft zurückzubrausen.

Auf der schnellen Rückfahrt dachte ich über mein fetziges Plädoyer an Jennie nach und darüber, was ich denn tun konnte, den bisherigen Gang der Ereignisse zu beeinflussen. Ich fühlte, daß ich ins Leere lief. Alles war unklar und frustrierend. Ich mußte meine gesamte Sichtweise über den Haufen werfen und etwas tun. Ich mußte mein Bewußtsein erweitern. Diese Worte gaben meiner Erinnerung einen Schub, und da kam mir die Antwort: Junger Mann, go west. Eine extreme Vorgehensweise, aber jetzt war es an der Zeit, daß ich die Kontrolle übernahm.

Als ich ins Geschäft kam, griff ich Nicole am Ellenbogen und schleppte sie ins Hinterzimmer. »Nikki«, sagte ich atemlos, so raste mir das Herz: »Ich habe eine Idee. Vielleicht bin ich verrückt ...«

»Du bist verrückt, Darling«, unterbach sie mich. »Was ist mit dir? Deine Pupillen sind erweitert.«

»Nikki, ich möchte nach Kalifornien.«

»Gewiß, Stani«, sagte sie ruhig, als hätte sie es mit einem Psychotiker zu tun. »Nächstes Frühjahr, wenn du Urlaub hast ...«

»Nein, Nikki. Ich meine jetzt. Heute abend. Ich möchte zum Yosemite Valley, in Rogers Teil der Welt herumstöbern.«

Nicole war sprachlos.

Ich sagte: »Es ist die einzige Chance, die ich zur Zeit habe.«

»Wenn du das glaubst, Stanley, dann brauchst du wirklich eine Pause.«

»Nikki, hier finde ich keine Antworten. Nichts!«

»Stanley, du mußt diese dumme Idee sofort aufgeben. Sie ist lächerlich!«

»Aber der Killer läuft immer noch frei herum!«

»Das geht dich nichts an.«

»Doch!«

»Nein, tut es nicht.«

»Was soll ich denn sonst tun? Einfach warten, bis Calvin das nächste Mal hereinkommt, und ihm wie gewöhnlich die Haare einsträhnen? Ist das deine Lösung?«

»Selbst wenn Calvin schuldig ist, und selbst wenn er freigesprochen wird: Du kannst nichts daran ändern.«

»Aber ich bin *sicher*, daß ich das kann, Nikki. Irgendwo *muß* es eine Antwort geben. Irgendwer weiß irgend etwas. Und wenn diese Person nicht hier in Boston steckt, dann vielleicht da draußen in Kalifornien, von wo Roger gekommen ist.«

»Und komm mir nicht mehr mit deinem Roger! Ich werde nicht dastehen und zusehen, wie du dein Leben über den Haufen schmeißt wegen eines Mannes, mit dem du zwanzig Minuten herumgeplantscht hast! Mir egal, wie sehr er deine Phantasie angeregt hat.«

»Du meinst also, ich sollte so tun, als sei nichts gewesen?«

»Ich meine, du solltest wissen, wann man Dinge akzeptieren muß, die man nicht ändern kann.«

»Den Spruch habe ich doch schon mal irgendwo gehört.«

Nicole seufzte verzweifelt. »Stanley, wenn kein anderer Grund zählt: Es ist verantwortungslos, einfach nach Kalifornien abzuhauen. Was wird aus deinen Terminen?«

»Du kannst sie verschieben, und Abbey kann einspringen, wo's kritisch wird.« Abbey war ein alter Freund von Nicole aus New York, der gelegentlich im Geschäft arbeitete. »Und Ramon kann die Laufkundschaft übernehmen. Einmal von ihm geschäumt und geschoren, werden sie den Wert einer Terminabsprache mit mir zu schätzen wissen.«

»Sei da nicht so sicher. Er macht sehr gute Arbeit.« Nicole hielt inne und sah mir direkt in die Augen. »Also, wie ich sehe, hast du dich schon entschieden und alles durchgeplant. Nur, womit gedenkst du diese kleine Exkursion zu bezahlen?«

»Ach, Nikki, du nennst das Problem beim Namen. Das meiste geht mit Plastik.« Ich schenkte ihr meinen Kleiner-Bruder-in-Nöten-Blick: »Aber ich brauche auch etwas Bares aus der Kasse.«

Nicole jaulte auf. »Du willst, daß *ich* deine Phantomjagd nach Kalifornien finanziere?«

»Nur zum Teil, und es ist keine Phantomjagd. Also, wirst du mir helfen?«

Wieder ein schwerer Seufzer. Dann meinte sie schulterzuckend: »Wozu sind Freunde denn da?«

»Danke, Nikki«, sagte ich und umarmte sie. Sofort rief ich mein Reisebüro an und arrangierte alles. Wenigstens dort freute man sich, daß ich verreisen wollte! Ich mußte standby fliegen, doch wenn ein Platz frei war, würde mein Flugzeug um acht Uhr abends in Boston abheben und fünfeinhalb Stunden später in Kalifornien ankommen, das hieß um halb elf in der gleichen Nacht. Die Vorstellung von einem Ort, in dem man Zeit gewann, einfach schon dadurch, daß man dorthinflog, gefiel mir außerordentlich.

Nachdem ich einige Freunde angerufen und meine Pläne fürs Wochenende abgesagt hatte – mein jährliches Erscheinen im Chez-Chez – verbrachte ich den Rest meines Arbeitstages damit, mir meine erste Reise nach Kalifornien vorzustellen. Gewiß, es war eine Reise mit ernstem Hintergrund, und doch war ich auch erpicht, den Teil der USA kennenzulernen, wo Kerle wie Roger gezüchtet wurden.

Als ich später nach Hause kam, schnurrte Sugar Baby und räkelte sich zur Begrüßung. Ich bückte mich, um sie auf den Arm zu nehmen, und fand auf dem Teppich einen Umschlag. Er war unter der Tür durchgesteckt worden. Die Nachricht darin war aus ausgeschnittenen Zeitungsbuchstaben zusammengesetzt.

fINger WeG oDER dU fOlgST dEM rAnGeR

Erst fragte ich mich, aus welcher Zeitschrift die Buchstaben stammten, dann, wer ihn mir hinterlassen hatte, und zuletzt dachte ich: Wie melodramatisch!

9
KALIFORNIEN, ICH KOMME!

Ich erwartete für die nächsten Tage lindes kalifornisches Wetter, also packte ich meine Taschen wie für eine tropische Kreuzfahrt. Wer einmal in San Francisco gewesen ist, weiß, was für eine Illusion das war.

Während ich packte, warf ich gelegentlich einen Blick auf den Brief, den ich unter der Tür gefunden hatte. Die Wortwahl ähnelte der Telefonmitteilung von gestern so sehr, daß sie von ein und derselben Person stammen könnte. Doch genau wie der Anruf stachelte der Brief eher meine Neugier an, als daß er mich in Angst versetzte. Wer immer diese Streiche ausheckte, hatte zu viele zweitklassige *films noirs* gesehen, und anstatt mich zu schrecken, kamen die Drohungen mir ziemlich dumm vor. Ich verstand ihren Zweck nicht. Dennoch rief ich mir jede Person ins Gedächtnis, die ich seit Rogers Ermordung gesehen hatte. Zunächst Calvin; dann Hal Steiner, der Nachbar unter ihm; sein Lover Aaron Harvey; seine Kollegin Jennifer Doughton; dazu sein Chef, Roy Brickley, nebst Frau Vivian. Es gab noch andere wie Nicole, meinen Freund Eduardo, Lieutenant Branco mitsamt seinen Kohorten sowie verschiedene Kunden, doch ich war sicher, keiner von diesen hatte den Brief verfaßt oder den Anruf getätigt.

Nicole kam, um Sugar Baby abzuholen. Sie hatte zugestimmt, sie während meiner Abwesenheit zu sich zu nehmen, gegen ihre Überzeugung, Tiere gehörten nicht in menschliche Behausungen. Sugar Baby ihrerseits, gewöhnlich unnahbar und wenig tolerant, vergöttert Nicole. Sie kommen fabelhaft miteinander aus, und ich erkläre Nicole häufig, es liege an der Seelenverwandtschaft – was sie hartnäckig abstreitet. Jedenfalls würde Sugar Baby während ihres Aufenthaltes bei Nicole in deren Wohnung in den Harbour Towers mit Alaska-Krabben und Tournedos verwöhnt werden.

Als ich Nikki den Brief zeigte, sagte sie: »Stanley, das ist das zweite Mal, daß dich jemand bedroht.«

»Vielleicht auch das dritte, Liebes. Weißt du noch, der ruchlose Bostoner Autofahrer letzte Nacht?«

»Du glaubst doch nicht …?«

»Ich weiß nur, daß jemand mich abzuschrecken versucht, aber ihre Methoden sind so billig, ich kann sie nicht ernst nehmen.«

»Das Auto war nicht billig, Stanley.«

»Die Idee wohl.«

»Du hast doch den Lieutenant deswegen angerufen, oder?«

»Ich werde ihn zu gegebener Zeit anrufen.«

»Und wann, bitte sehr, wird das sein?«

»Wenn ich meine eigenen Schlüsse aus dem Brief gezogen habe.«

Nicole meinte sarkastisch: »Dann solltest du vielleicht die Buchstaben vom Papier pellen und nachsehen, ob es keine Hinweise auf deren Rückseite gibt.«

Sofort mußte ich grinsen. »O nein!« rief sie und verdrehte die Augen, hatte sie mich doch unwissentlich auf einen Gedanken gebracht.

Ich ging in die Küche, und sie folgte. Ich machte Platz auf dem Küchentisch und traf Vorbereitungen, als stünde ich vor der Durchführung eines mikrochirurgischen Eingriffs. »Besser, du hältst die Katze fest«, sagte ich, »sonst springt sie noch auf den Tisch und hilft mir.« Nicole nahm Sugar Baby hoch und streichelte sie am Kinn, während ich an die Arbeit ging. Innerhalb von Minuten hatte ich mit Hilfe meiner Schweizer Pinzette sorgfältig jeden Buchstaben von dem Blatt gelöst. Es war fast genauso spannend wie Rubbellose abkratzen. Es kam aber nicht viel dabei heraus. Die meisten Buchstaben hatten bloß andere Druckschriften auf der Rückseite. Manche waren völlig weiß, einer hatte ein farbiges Stückchen, das wie geöltes Holz aussah, ein anderes zeigte einen Chromknauf vor ziegelrotem Hintergrund.

»Nicht viel, das mich weiterbrächte«, sagte ich. »Aber wenn ich den Brief verfaßt hätte, hätte ich eine Fotokopie davon verschickt. So könnte der Empfänger nicht tun, was ich gerade getan habe.«

»Ich habe schon immer gesagt, du hast ein kriminelles Hirn.«

»Hätte ich Branco was davon erzählt, so wie du dir das vorstellst, dann hätten wir die Nachricht nicht auf diese Weise untersuchen können.«

Nicole schnauzte: »Wieso sagst du die ganze Zeit ›wir‹ und ›uns‹? Ich habe das Papier nicht einmal angefaßt!«

»Aber du hast die Idee geliefert. Du solltest die Komplimente nehmen, wie Sie fallen.«

Sie zog eine Grimasse: »Und was ist mit Fingerabdrücken?«

»Selbst wenn der Absender ohne Gummihandschuhe gearbeitet hat, würde dieses Druckpapier keine Abdrücke annehmen. Das Zeitungspapier dagegen könnte glatt genug sein.« (Daß sich mit der Jodbedampfungstechnik verborgene Fingerabdrücke auf *jedweder* Oberfläche auffinden ließen, hatte ich noch nicht gelernt.)

»Können die Bullen sagen, wann es zusammengeklebt wurde?«

»Mann, Nikki! Woher zum Teufel soll ich das wissen? Ich werde alles zu Branco schicken, bevor ich abreise. Wenn er es bekommt, bin ich in Kalifornien. Vielleicht habe ich bis dahin ja irgend einen nützlichen Hinweis entdeckt.«

Nicole wurde auf einmal ernst. »Stanley, ich möchte nicht, daß du fährst.«

»Nikki, das haben wir bereits besprochen.«

»Ich weiß, aber jetzt, wo es bevorsteht, möchte ich wirklich nicht, daß du es tust.«

»Es ist zu spät.«

»Nein, ist es nicht. Ich habe dein Reisegeld in meiner Brieftasche, und ohne das wird deine kleine Eskapade schwierig, wenn nicht gar unmöglich werden.«

»Du wirst doch jetzt nicht den Boß rauskehren?«

»Stanley, es ist Zeit zuzugeben, daß du im Netz deines männlichen Ego gefangen bist. Du bist irrational geworden, und was du vorhast, ist gefährlich.«

»Nikki, ich muß das tun. Sonst bin ich einer von den Leuten, die bloß herumsitzen und reden und darüber nachdenken, was sie tun sollten, statt es in Wirklichkeit zu tun. Ich will nicht mehr nur anderen beim Leben zusehen. Ich will reisen und ich werde reisen.«

»Du verfällst schon wieder in diesen Selbstverstärkungsjargon.«

»Das ist mein Leben!«

»Bedeutet Leben für dich gefährliche Spiele?«

»Was sollte ich sonst tun? Daheim sitzen und hinter verschlossenen Türen Versandhauskataloge lesen? Das ist natürlich sehr sicher!«

Unsere Blicke begegneten sich für einen langen, stummen Moment. Nur Sugar Babys Schnurren bewegte die Luft zwischen uns. Sie reagiert immer, wenn die Emotionen um sie herum auf dem Siedepunkt sind. Nicole setzte sie sacht auf dem Küchenboden ab.

»Gut, Stanley. Du hast gewonnen.« Nicole griff in ihre Handtasche und nahm mehrere mit Banderolen versehene Packen von Fünzigdollarnoten heraus. »Hier! Sei ein echter Mann und laß dich umbringen. Ich behalte die Katze.« Sie drückte mir das Geld in die Hände.

Ich nahm es und überschlug es rasch. »Nikki, das sind zweitausend Dollar!«

Sie nickte. »Es ist geliehen, nicht geschenkt. Wenn du schon in den Schlund der Hölle springst, solltest du auch genug Geld haben, dir selbst wieder rauszuhelfen.«

Ich hielt und umarmte sie lange. »Danke, Nikki. Ich hab schon Angst gehabt, du liebst mich nicht mehr.«

»Ich mache mir bloß Sorgen über deine neue John-Wayne-Attitüde.«

»Keine Bange. Du weißt, Frauen werden immer meine Rollenvorbilder bleiben.«

»Ich will, daß du mich nach deiner Ankunft anrufst, egal wie spät es ist. Und außerdem meldest du dich jeden Tag bei mir, verstanden? Wenn du zurückkommst, hole ich dich am Flughafen ab.«

»Ja, Mammi.«

Dann wühlte sie wieder in ihrer Handtasche und zog einen kleinen, lavendelfarbenen Vinylkasten mit Ringsum-Reißverschluß hervor. »Was ist das?« fragte ich. »Ein Dusch-Set?«

»Es ist meine Kamera.« Sie übergab sie mir. »Vielleicht mußt du Fotos machen.«

Ich nahm den Kasten und zog den Reißverschluß auf. Die kleine Kunststoffkamera im Innern war stromlinienförmig und glatt und lavendelfarben, genau wie der Behälter. »Sie ist so, äh, feminin«, bemerkte ich.

Nicole lächelte. »Soll sie auch sein. Der Bestellzettel war auf der Rückseite einer Tamponpackung.«

Wir sagten gute Nacht, und sie ging mit Sugar Baby davon. Innerhalb von Sekunden fühlte ich mich wirklich allein. Ich fragte mich, wieso ich die Stadt überhaupt verließ. Unter normalen Umständen ging es mir doch eigentlich großartig. Ich hatte meine Arbeit, meine Freunde, meine Katze, meine Wohnung und mein großes, leeres Bett. Was konnte ich gewinnen, wenn ich, einer Laune folgend, in den Westen flog? Ich würde höchstens die Polizei gegen mich aufbringen, wenn ich die Stadt verließ, und es gab keinerlei Garantie, daß ich dort draußen nützliche Informationen fand. Doch das alles sagte meine rationale, geradlinige Seite, die mich überzeugen wollte, gut, ehrlich, aufrecht, moralisch und safe zu sein. Meine andere Seite, die emotionale, raumgreifende Bestie in mir, sagte einfach: »Tu's!«

Ich setzte den Drohbrief, so gut es ging, zusammen und schrieb eine kurze Erklärung, was ich damit getan hatte. Am Ende fügte ich Grüße und Küsse hinzu, um dem Ganzen etwas Luftig-Leichtes zu geben, und adressierte alles an Lieutenant Branco. Wenn er es las, würde ich schon in Kalifornien sein. Er müßte schon persönlich hinaus in den Westen kommen und mich leibhaftig entführen, um mich wieder nach Boston zu kriegen. Mit diesem frohgemuten Gedanken rief ich ein Taxi und ließ mich zum Flughafen steuern.

Zum Glück bekam ich die Maschine, jedoch verspätete sich der Abflug um mehr als eine Stunde. Als das Flugzeug sich schießlich in der Luft befand, überdachte ich noch einmal, was ich hier tat, und es bedrückte mich die Erkenntnis, daß es zu spät war, meine Meinung zu ändern. Ich sagte mein Mantra her, indem ich das Wort *Ergebenheit* verwandte. Eine gute Vorbereitung auf einen Transkontinentalflug, der einen zwingt, in einen kollektiven Gemütszustand einzutreten: Man ißt erst, nachdem das Essen kalt ist, man bewegt sich in der Kabine nur nach Laune des Piloten, und man sieht erst dann einen Film, wenn die Passagiere der Ersten Klasse soweit sind. Also ergab ich mich: Ich betrank mich und döste ein.

Nach Mitternacht landete das Flugzeug wohlbehalten in San Francisco. Ich war gespannt und ängstlich zugleich, doch als ich aus dem Flugzeug hinaus auf die Gangway trat, erregte mich die kühle, süße Nachtluft. Ich wußte, ich war in einer fremden, neuen Stadt. Alles um mich her war neu – Gesten, Geräusche, Gerüche. Die Leute erschienen mir freundlicher, entspannter, obwohl es so spät war.

Ich nahm ein Taxi und steuerte stadteinwärts. Der Fahrer hatte ein sonnengegerbtes Gesicht und einen prachtvollen Schnauzbart. Ein Cowboyhut lag auf dem Sitz neben ihm. Er brachte uns schnell auf die Autobahn, doch als wir uns der Stadt näherten, fuhren wir direkt in ein Gewitter. Innerhalb von Sekunden regnete es stark und heftig, und die Sicht war gleich Null. Andere Autos zogen zum Straßenrand, bis die Flut nachließ, und mein Fahrer entschloß sich auch dazu. Er stellte die Uhr ab, ließ jedoch den Motor laufen, damit uns warm blieb. Beides waren Gesten des Entgegenkommens, was ich als gutes Omen für die Gastfreundschaft an der Westküste betrachtete.

Wir unterhielten uns übers Wetter und welches Glück ich gehabt hätte, daß das Flugzeug noch vor dem Regen gelandet sei. Dann, als er sein Fahrtenbuch durchsah und der Regen auf das Wagendach prasselte und schlug, sagte er leise wie zu sich selbst: »Eine gute Nacht, jemandem die Eier zu lutschen.«

Die Worte schockierten mich. War das eine kühne Einladung? Ein Halloween-Ritual? Oder bloß eine herzlos-lässige Bemerkung? Ich wußte nicht, was ich tun oder sagen sollte. Da saß ich mit meinen Vorstellungen über San Francisco als dem Mekka der romantischen Liebe, und anstelle einer Brautwerbung erörterte ein völlig Fremder Sex in einem Atemzug mit dem Wetter. (Ich muß gestehen, daß eine andere Seite in mir anschlug, weil ein gutaussehender Mann seine sexuellen Gedanken so unverblümt äußerte.) Die Autoscheiben beschlugen und unser beidseitiges Schweigen wurde peinlich. Schließlich ließ der Regen nach, und wir befanden uns wieder auf der Schnellstraße in die Stadt.

Mein Hotel war mir von einem Kunden empfohlen worden, der sagte, es erinnere ihn an eine Bleibe in Berlin. Ich erinnerte die Adresse leicht, weil die Querstraße fast genauso hieß wie Ellis Larkins, der große Jazzpianist. Ich drückte gegen die schwere Messingtür und betrat das Foyer. Sogar in meiner Reisebenommenheit bemerkte ich den riesigen goldgerahmten Spiegel, der über einem gehauenen Marmorkamin am anderen Ende des Foyers hing.

Topfpalmen waren auf die beiden mammutgroßen Perserteppiche plaziert, und ein elektrifizierter Kristallüster breitete sein weiches Licht über die ganze Szenerie.

Ich schrieb mich vorn am Tresen ein. Der Hotelbedienstete händigte mir meinen Zimmerschlüssel aus und ließ ein breites Lächeln aufblitzen; seine Zähne waren zu weiß und zu gerade, um natürlich zu sein. Er führte mich zu einem kleinen, käfiggleichen Fahrstuhl und schob die Tür für mich auf. Sein Körper war mir so nah, daß ich einen moschusartigen Lederduft wahrnahm und mich fragte, woher dieser wohl stammte. (Obwohl Leder mich immer fasziniert, hängt mein Herz doch eher an Häuslichem, etwa dem Duft frisch von der Leine genommener Wäsche.) Der Bedienstete schob die Tür wieder zu und winkte mir nach, als der Aufzug mich hinauf in mein Stockwerk brachte.

Im Zimmer stellte ich meine Taschen ab und ließ mich aufs Bett fallen. Ich sah nach der Zeit. Es war ein Uhr nachts, was vier Uhr morgens in Boston bedeutete. Ich nahm das Telefon und bestellte ein Ferngespräch mit Nicole. Das Telefon klingelte einmal, und Nicole antwortete, ohne Hallo zu sagen.

»Alles in Ordnung mit dir?«

»Ja, Nikki.« Was für eine Erleichterung, ihre Stimme zu hören!

»Wie ist das Hotel?«

»Clean und *simpatico*.«

»Room-Service?«

»Keine Zeit gehabt, das herauszufinden.«

»Ruf mich morgen an.« Und sie hing auf.

Ich lag auf dem Bett und überlegte, ob ich ausgehen und San Francisco bei Nacht erleben sollte. Dann fiel mir die lange Autofahrt ein, die mich am nächsten Morgen erwartete. So ergab ich mich, anstatt die Stadt zu durchstreifen, der Erschöpfung von der Reise. Ich zog mich aus und kroch unter die kühlen, sauberen Baumwollaken. Da lag ich, in der allerersten Nacht in San Francisco, der schwulen Hauptstadt Nordamerikas, wo Halloween als Nationalfeiertag gilt, und ich war allein.

10
EIN SÜSSES KLEINES NEST IM WESTEN

Samstag früh war ich zeitig auf und räumte mein Hotelzimmer. Derselbe Bedienstete wie letzte Nacht saß immer noch am Tresen und war auch immer noch voller nervöser, eifriger Energie. Ich fragte mich, welche Drogen er genommen hatte, um die Mary-Sunshine-Nummer so lange durchzuhalten. Als ich ihm sagte, ich würde auf dem Rückweg womöglich wieder hier einkehren, lächelte er begeistert und meinte augenzwinkernd: »Hoffentlich.« In einem nahegelegenen Café nahm ich ein schnelles Frühstück, dann zog ich los, ein Auto besorgen.

Um acht Uhr früh war der Himmel über San Francisco bewölkt; es waren nicht ganz die linden Lüfte, die ich erwartet hatte. Ich lief einige Blocks weit zur Autovermietungsgesellschaft. Auf dem Weg begegnete ich drei sehr sexy wirkenden Männern, die von ihren nächtlichen Ausschweifungen zurückkehrten. Als ich näher kam, sah ich, daß zwei ein Paar bildeten, und wie sie daherstolperten, mußten sie sich gegenseitig körperlich unterstützen. Sie gingen vorbei, und in ihrem Kielwasser waberte ein schwerer Geruch von Alkohol und Zigarettenrauch. Der dritte Mann trippelte hinter ihnen her. Er war in eine angeregte Konversation mit sich selber verwickelt. Alle drei waren gutaussehende Exemplare, aber irgendwie wirkten sie aus der Nähe nicht mehr so ansehnlich. Meine romantischen Vorstellungen von San Francisco waren in etwa so zutreffend wie mein Gefühl für das dortige Wetter.

Beim Autovermieter gab es zwei Gebrauchtwagen in meiner Preisklasse: Ein winzigkleines, weißes Coupé und ein rotes Schiff von Limousine. Ich nahm das Limousinenschiff. Nicole wäre zu einer erstklassigen Agentur gegangen und hätte sich ein schniekes Kabrio gemietet, doch meine New Jerseyer Arbeiterklassenmentalität hätte solch sträflichen Luxus nicht zugelassen.

Vor neun Uhr war ich schon unterwegs, doch zu meiner Enttäuschung entdeckte ich, daß der Weg zum Yosemite Valley nicht über die Golden Gate Bridge führte. Ich hatte mich danach gesehnt, das Mysterium dieses großartigen Symbols der Stadt zu erleben. Ich nahm mir fest vor, mir auf dem Rückweg durch San

Francisco den Teil der Stadt anzusehen, der mich wirklich interessierte: den mit dem altmodischen viktorianischen Charme und der entspannten Lebenseinstellung, die es gleichgesinnten Männern erlaubte, als zufriedene Paare zusammenzuleben. Noch immer war ich überzeugt, daß, falls es überhaupt so einen Ort gab, dies San Francisco sein müßte.

Nach drei Stunden Fahrt befand ich mich auf der letzten, ansteigenden Zufahrt zum Yosemite Valley. (Das »Tal« liegt eigentlich mehr als sechshundert Meter über dem Meeresspiegel.) Die enge Straße schlängelte sich die Berghänge hinauf, und ich erlaubte mir kurze Blicke in die Schluchten und die steilen Klippen hinab, die kaum einen Meter vom Straßenrand senkrecht nach unten gingen. Dann fiel mir ein, daß es gar keine Leitplanken gab, und mir wurde klar, daß bloß zentimeterweit entfernt die Katastrophe drohte. In meiner Nervosität muß ich unbewußt schneller gefahren sein. Plötzlich kam mir auf dem schmalen Asphaltband ein großer Camper entgegen. Das massive Gefährt rollte wie ein Faß bergab und mit einem ziemlichen Zahn auf mich zu. Es war drauf und dran, mich zu rammen. Ich konnte sehen, wie der Fahrer mit dem Beifahrer plauderte, statt auf den Weg zu achten. Ich drückte die Hupe, doch das erschreckte ihn nur, und er fuhrwerkte am Steuer herum. Jetzt lenkte er den gottverdammten Camper direkt auf mich zu! Es blieb nur noch eine Sekunde. Ich sah die Panik in seinem Gesicht. Ich spürte meinen Magen leicht werden. Ich schwenkte vom Asphalt fort auf die Schotter-Seitenstreifen am Rand des schieren Abgrunds, stieg in die Bremse und brachte den Wagen zum Stehen.

Augenblicke vergingen, ehe mir klar wurde, daß ich nicht über den Rand gefahren war. Ich atmete einige Male langsam, um ruhig zu werden und meinen Herzschlag wieder zu normalisieren. Ich wandte mich um, schaute durch die Heckscheibe und vergewisserte mich, daß auch dem Camper nichts zugestoßen war. Doch der fuhr quietschfidel weiter die Bergstraße runter, völlig unberührt davon, daß er mich in Todesnähe gebracht hatte. Ich setzte auf den Asphalt zurück und fuhr vorsichtiger weiter. Sie war nicht tröstlich, die Vision meines letzten Atemzugs, wie ich über die Kante in eine gähnende Schlucht raste, in einem gemieteten Gebrauchtwagen, unrasiert und in alten Jeans.

Der erste Blick auf das Yosemite Valley ist ein ausgedehntes Panorama aus grünen Bergen und grauem Granitgestein, die dem Tal seine V-Form verleihen. Ein schmaler Wasserlauf fiel von einer über 1800 Meter hohen Felsklippe herab. Selbst in seiner schwindenden herbstlichen Kraft war der Wasserfall ehrfurchtgebietend. Das war also der Ort, an dem Roger gelebt hatte! Als ich an den granitsteinernen Monolithen vorüberfuhr, die die Wände des Tals säumten, spürte ich, daß ich in einen von Zeit und Geschichte unbehelligten Ort gedrungen war, einen heiligen Ort geradezu. Dieses Gefühl sollte jedoch nicht lange anhalten.

Es war bereits ein Uhr mittags; Zeit, eine Bleibe zu suchen. Ich versuchte zunächst das erste Haus am Platze, doch ohne Erfolg. Vielleicht auch besser so, dachte ich, der Ort war nämlich voll lärmender Touristen, sogar außerhalb der Saison. Ich steuerte zum Campingplatz an der Ostseite des Tals. Dort konnte ich eine kleine Blockhütte ergattern. Die war wirklich ruhig gelegen, was ich als ein weiteres gutes Omen auffaßte. Drinnen tauschte ich meine Autofahrerjeans gegen gebügelte schwarze Chinos. Da ich herumschnüffeln und Fragen stellen wollte, achtete ich auf ein respektables Aussehen.

Dann kam die Frage: Wo fange ich an? Für einen wie mich war das ganz klar. Der erste Gang würde der zum örtlichen Frisör sein. In einer Kleinstadt wie dieser war das eine gute Tratsch- und Informationsquelle in bezug auf die Einwohner und vielleicht auch auf die Touristen. Außerdem war es leichter, meine Suche bei einem Berufsgenossen zu beginnen, meinem persönlichen Netzwerk. Direkt außerhalb des Dorfes gab es einen bescheidenen kleinen Laden, der mich an Geschäfte erinnerte, wie sie manchmal von unternehmerischen Frauen in ihren Vorstadtgaragen betrieben werden. Auf der bemalten Ladentürscheibe klebten schief schwarze Vinylbuchstaben, die ankündigten:

BEAS SCHÖNHEITSSALON

GEÖFFNET MO – MI – FR

BIS 17.00 UHR

Es war halb zwei Uhr am Samstag. Soviel dazu. Dann fiel mir das große Hotel ein, und ich dachte, vielleicht könnte auch das eine ergiebige Quelle für Kleinstadttratsch sein. Ich fragte nach der Richtung und befand mich kurz darauf auf einem Privatweg, der vom Dorfkern wegführte. Der Eingang zum Hotelgelände war von einem gigantischen schmiedeeisernen Bogen überspannt, der auf zwei große Steinpfeiler gesetzt war, die sich beidseitig des Wegs erhoben. Halbierte Baumstämme waren sichelförmig auf dem Bogen aus Schmiedeeisen zusammengefügt und bildeten den Namen:

OHLONE

Ich bin sicher, das Zeichen beabsichtigte, den Geist der amerikanischen Ureinwohner heraufzubeschwören, doch einmal im Innern bemerkte ich, daß die Seele des Ohlone-Hotels aus uramerikanischen WASPS bestand. Glücklicherweise hatte ich mich umgezogen, dieweil die Gäste des Ohlone nicht in Denim reisten. Ich würde für eine Weile »Stan der Hetero« sein müssen. Ich umging den Mann an der Rezeption und steuerte direkt in die Cocktail Lounge. Um zwei Uhr nachmittags war sie bereis voller wohlhabender Weißer, die herumsaßen, tranken, lachten und rauchten. Ein Klavierspieler mit säuberlichem Haarschnitt vergnügte sich selbst mit geistvollen Musical-Songs. Ich setzte mich an die Bar. Eine der beiden weiblichen Barkeeper sah mich und kam herübergeeilt.

»Was darf's sein?« fragte sie grob. Sie hatte langes, naturgewelltes blondes Haar. Nicht so direkt eine Indianerin, dachte ich, aber sie erschien aufgeweckt und interessant, vielleicht sogar kooperativ.

»Ein knochentrockener Beefeater Martini mit Twist«, sagte ich kurz.

Sie zwinkerte, wandte sich um und suchte die Zutaten für meinen Cocktail zusammen. Dann bereitete sie den Drink wie die besten Barkeeper direkt vor meinen Augen. Sie schüttelte oder rührte den Gin nicht. Sie schwenkte ihn lediglich in viel Eis und goß ihn dann behutsam in ein Martiniglas. Zuletzt drehte sie die Zitronenschale über das Glas, so daß der eiskalte Gin einen Dunst des durchdringenden Zitrusöls auffing.

Ich nahm einen kleinen Schluck, nickte beifällig und fragte dann:

»Gibt es hier im Hotel einen Frisiersalon?«

»Es gibt jemanden namens Leonard, aber ob er etwas für Sie ist, bezweifle ich.«

»Wieso?«

Sie stellte die Sachen für meinen Drink weg. Dann legte sie den Kopf schräg. »Er redet 'ne Menge.«

»Kein Problem.« Genau das, wonach ich suche, dachte ich.

Sie spülte die Utensilien, die sie für meinen Cocktail benutzt hatte.

»Die meisten Männer können ihn nicht leiden.«

Schulterzuckend entgegnete ich: »Ich bin anders als die meisten Männer.«

»Wirklich?« fragte sie, und ich überlegte, ob sie noch auf etwas anderes anspielte.

»Wo kann ich ihn finden?«

»Sein Geschäft ist oben im Mezzanin, und er wohnt hier im Hotel, in einer der Penthouse-Suiten.«

»Muß hübsch sein.«

»Also, wissen Sie«, meinte sie beim Gläserabtrocknen, »Sie sehen gar nicht aus, als bräuchten Sie einen Haarschnitt.«

Ich fuhr mir mit der Hand durch mein kupferfarbenes, frisch gestutztes Haar: »Brauche ich, glaube ich, auch nicht.«

»Sind Sie hier in Flitterwochen oder sowas?«

Glaubte sie das tatsächlich? »Eigentlich«, antwortete ich ernst, »bin ich hier, um etwas über meinen Freund Roger Fayerbrock herauszufinden. Vielleicht haben Sie ihn gekannt. Er war ein Ranger im Park hier oben.«

Die Munterkeit war plötzlich aus ihrem Gesicht gewichen. »Klar kenne ich Roger. Wieso? Stimmt etwas nicht?«

»Also ...« Wie sollte ich es ihr sagen?

»Sie reden von ihm, als wäre er schon im Jenseits. Geht's ihm gut?«

»Es tut mir leid: nein.«

Sie erbleichte. »Was ist passiert?«

»Man hat ihn in Boston umgebracht.«

Sie wandte sich abrupt ab und fing an, sehr lautstark Gläser im Becken unter der Bar zu spülen. Nach ein paar Minuten drehte sie sich um, und ich sah, daß ihre Augen tränennaß waren.

»Ich wußte, daß ihm etwas zugestoßen ist«, sagte sie, »bei den vielen Bullen, die bei seiner Wohnung aufgetaucht sind.« Ihre Stimme zitterte jetzt.

»Alles, was Sie mir erzählen können, kann hilfreich sein.«

»Da gibt's nicht viel zu erzählen. Er war nicht mehr derselbe, seit dem großen Steinschlag vor ungefähr einem Monat.«

»Steinschlag?«

»Wir haben hier fast jedes Jahr Erdrutsche und Steinschlag im Fels. Aber dieser besondere machte ihm große Sorgen. Er sagte, es wäre irgendwie seltsam, wie die Felsen gefallen seien.«

»War das so?«

»Wer weiß? Er glaubte schon. Dann hatte er sich in den Kopf gesetzt, nach Boston zu fliegen.« Sie hängte Weingläser in ein Regal
über ihr. »Woher kannten Sie ihn?«

»Kommilitonen«, log ich.

»War er damals denn auch schon schwul?«

»Ich, äh, denke schon.« Sie wußte es also!

Sie hielt inne und sah mir direkt ins Gesicht. »War er Ihr Liebhaber?«

»Nein.« Ach, daß ich diese Frage anders hätte beantworten können!

Ich schickte mich an, meinen Drink zu zahlen, doch sie sagte:
»Geht auf Kosten des Hauses.«

»Danke«, erwiderte ich und hinterließ ihr ein Trinkgeld, das zweimal den Drink wert war.

Sie lehnte sich ganz nah hinüber und sprach leise: »Sind Sie'n
Bulle?« Ich schüttelte den Kopf. Dann senkte sie ihre Stimme sogar noch mehr: »Ein Detektiv?«

»Sowas ähnliches.«

»Roger wurde umgebracht, hm?«

Ich nickte.

Sie fragte: »Sie wissen, wer's war?«

Ich nickte wieder, noch überzeugender. »Ich denke schon.«

»Und werden Sie ihn kriegen?«

»In jedem Fall.«

»Gut«, flüsterte sie.

Ich verließ die Lounge und schlenderte durchs Foyer. Dann rannte
ich die Stufen zum Mezzanin hinauf. Ich lief einen Balkon, der das
Hauptfoyer übersah, entlang und außerdem an den kleinen, dem
Hotelgelände zugewandten Fenstern. Am Ende des Balkons befand sich eine Tür mit gravierter Messingplatte:

MR. LEONARD
NUR NACH VEREINBARUNG

Ich drückte einen türkisen, silbergerahmten Knopf, der auf das
Holz montiert war. Im gleichen Moment flog die Tür auf und gab
einen großen, fleischigen Mann frei, dessen Kopf voller roter
Haare in einer ärmlichen Imitation der kraftvollen Mähne der jungen Lucille Ball frisiert war. Er trug einen gefältelten Kaftan aus
lila und weißer Rohseide. In den nächsten Sekunden spürte ich,
daß er mich ebenso abschätzte wie ich ihn. Er rümpfte hochmütig

die Nase und sprach mit ungastlicher Stimme: »Was kann ich für Sie tun?«

»Ich würde gern Mr. Leonard sprechen.«

»Haben Sie einen Termin?«

»Ich möchte bloß mit ihm reden.«

»Sie *reden* gerade mit ihm.«

»Hallo«, sagte ich und streckte die Hand aus, was er ignorierte. »Ich bin ein Freund von Roger Fayerbrock.«

Die Augen des Mannes traten hervor, und er sagte: »Ich habe gerade einen Kunden.«

»Kein Problem. Ich werde warten, bis Sie frei sind.«

»Das käme womöglich ungelegen.«

»Ich habe Zeit.«

»Mir ungelegen!«

Sprach's und warf mir die Tür ins Gesicht.

Ich lernte eine Menge über die Gastfreundschaft an der Westküste. Ich dachte mir, früher oder später müsse er doch herauskommen, also pflanzte ich mich auf eine gepolsterte Bank vor seiner Tür und beobachtete den Fußgängerverkehr im Hauptfoyer. Zwanzig Minuten später tauchte ein Mann mittleren Alters in der Tür auf. Sein lockiges blondes Haar hatte den ganz eigenen Grünstich, den ich sofort als ein Aschgrau auf blondiertem Haar erkannte. Jeder fähige Colorateur weiß, daß man nach dem Blondieren neutrale Tönungen verwenden muß.

Sekunden später streckte Mr. Leonard den Kopf durch die teilweise offene Tür. »Sind Sie immer noch hier?«

»Ich will bloß ein paar Minuten Ihrer kostbaren Zeit.«

»Na ja, in Ordnung! Kommen Sie herein! Ich langweile mich sowieso.«

Ich stand auf und trat ein. Die Nachmittagssonne schien durch zwei wandgroße Fenster in seinen Warteraum. Ein riesiger, strohumflochtener Wasserkrug ruhte auf einem handgewebten Teppich. Teure, auserlesene Kunstgegenstände waren über das ganze Zimmer verteilt. Der Typ wußte, wie man sein Geld zur Schau stellt. Er legte sich auf eine Chaiselongue und rauchte eine streng riechende, schwarze Zigarette. Halb erwartete ich, er würde jetzt wie eine Schlange zischen, die gerade ihr monatliches Mahl verschlungen hat.

Doch statt dessen sagte er: »Was ich wissen möchte …« Er schuf eine Rauchwolke um sich her, ehe er endete: »… ist, wie Sie mich gefunden haben.«

»Ich sagte Ihnen schon, ich bin ein Freund von Roger.«

»Ja, das sagten Sie. Bloß merkwürdig, daß ich Sie nie zuvor kennengelernt habe.«

»Ich komme aus Boston.«

Er verschluckte versehentlich etwas Rauch und versuchte, ein Husten zu unterdrücken, das ihn in der Kehle plagte. Schließlich krächzte er: »Ich verstehe.«

»Ich bin hierher gekommen, um herauszufinden, weshalb Roger zu uns in den Osten gekommen ist.«

»Wenn er doch Ihr Freund ist, müßten Sie das doch wissen?«

»Ich hatte nicht die Gelegenheit, das vor dem, äh, Unfall herauszufinden.«

Mr. Leonard setzte sich plötzlich auf und drückte nervös seine Zigarette in dem irdenen Aschenbecher aus, offensichtlich jedoch nicht völlig, denn das mißhandelte Genußmittel qualmte weiter. Nicole wäre entsetzt gewesen. »Was Roger zugestoßen ist, war kein Unfall!« rief er aus.

»Sie wissen also davon?«

»Ich kann lesen! Und ich habe mit der Polizei gesprochen. Sie behaupten, unser lieber Roger habe sich in Boston auf einen Drogentrip mit Crack und Heroin gemacht, was völliger Unsinn ist!«

»Woher wissen Sie das?«

Er stand auf, ging zu einem Spiegel und machte in seinem Haar herum. »Wenn Sie Roger überhaupt gekannt haben, müßten Sie wissen, daß er von zwei Dingen besessen war: Gesundheit und Naturschutz.« Er untersuchte einen nichtexistenten Makel auf seinen Hängebacken. »Es kann überhaupt nicht sein, daß er mit Drogen zu tun hatte.«

»Vielleicht war er ein Lockspitzel.«

Mr. Leonard drehte sich dramatisch zu mir um und entzündete eine weitere Zigarette. Ich mußte an Bette Davis denken. Er sagte: »Ich würde meinen, ihr Klugscheißer von der Ostküste wüßtet bessere Wege, ein Drogensyndikat zu knacken, als Park Rangers aus dem Yosemite Valley zu importieren.«

»Weshalb glauben *Sie* denn, daß Roger nach Osten fuhr?«

»Darling«, sagte er. (Dieses auf Nikkis Lippen so charmante Wort klang kriecherisch auf den seinen.) »Ich *weiß* weshalb.« Mit spöttischem Grinsen meinte er: »Weißt du, Darling, du bist ein grauenhafter Lügner. Sie kennen Roger einen Scheißdreck. Aber du bist dreist, und das ist mir immer sympathisch. Ich mache dir ein kleines Angebot.«

Aufgepaßt, dachte ich.

»Ich sage dir, weshalb Roger nach New England geflogen ist, wenn du mir sagst, weshalb du hier bist.«

Ein Handel mit diesem Typen versprach Ärger, doch ich war schon so weit gegangen, daß es kein Zurück mehr gab. »Okay«, sagte ich. »Ich sagte bereits und ich wiederhole: Ich wußte, daß Roger in Boston war, aber es gelang uns nicht mehr, uns zu treffen, bevor er starb, also habe ich nie erfahren, weshalb er gekommen war. Aber ich denke, wenn ich das herausfinden kann, dann vielleicht auch, was ihm genau zugestoßen ist. In Boston hat sich nichts ergeben, also dachte ich, ich könnte vielleicht hier draußen ein paar Antworten finden. So einfach ist das.«

»Liebe Güte! Es gibt noch wahre Ritter!« sagte er und schnalzte mit der Zunge. »Nun, es stimmt, daß der liebste Roger eine Schwäche für rothaarige Männer hatte. Und deines ist Natur, was dir mir gegenüber einen Vorteil verschafft. Nie wollte er mich so ansehen, wie ich es gern von ihm gehabt hätte. Und du bist auf eine merkwürdige Art ziemlich attraktiv.«

»Dafür sollte ich mich wohl bedanken.«

»Ja, die Augen und das Lächeln.« Mr. Leonard hielt inne, um meinen kostbaren Allerwertesten zu taxieren. »Und dieser Teil von dir hätte ihn gewiß angesprochen. Ich kann mir vorstellen, daß Roger und du wunderbare Zeiten miteinander hattet.«

»Mir etwas vorzustellen ist alles, was ich konnte.«

»Ich bezweifle das ernsthaft, aber was auch immer ...«

»Bezweifle, was du willst, doch jetzt bist du dran. Du erzählst mir, was ihn nach Osten gezogen hat.«

Mr. Leonard nahm einen enormen Zug an seiner Zigarette. Und während er den Rauch langsam aus dem Mund entweichen ließ, inhalierte er etwas davon erneut durch die Nase. Er war ein solches Klischee, daß ich mir gewünscht hätte, eine Holographie von ihm mit zu Nicole zu nehmen. Vielleicht würde sie mich dann mehr zu schätzen wissen. »Darling«, sagte er, »Roger war ein Bergsteiger, einer dieser Verrückten, die Klippen rauf und runterhechten, um ihre Adrenalindrüsen in Schwung zu halten.«

Das erklärte die Steigklemme, welche die Polizei in seiner Tasche in Calvins Wohnung gefunden hatte, nach den Berichten, die ich in Brancos Büro gelesen hatte.

Mr. Leonard fuhr fort: »Die einzige Droge, nach der der liebste Roger süchtig war, war sein eigenes gottverdammtes lilienreines Adrenalin.«

»Also, was wollte er im Osten?«

»Darling, ich komme gleich darauf.« Er paffte jetzt nervös, sog den Rauch kaum mehr in die Lungen, sondern schuf eine riesige Rauchwolke um sich her. »Roger wollte irgendeinen Berg oder sowas dort hinten besteigen, irgendwas, was Old Mountain Man heißt.«

»Ol'Man o'the Mountain: der alte Mann auf dem Berg. Das ist in New Hampshire.«

»Ja. Den meine ich. Deshalb ist er im Osten gewesen. Er hatte ein Bild von dem Berg gesehen und wollte ihn besteigen. Genau wie deine Geschichte … ganz einfach.«

Wenn ich hätte singen können, hätte Mr. Leonard jetzt eine *aria di sorbetto* zu hören bekommen, so sehr glaubte ich seinem Seemannsgarn. Ich sagte: »Du weißt, wo er gewohnt hat?«

Mr. Leonard nickte.

»Ich würde mich gern dort umsehen«, sagte ich.

Er stand auf, ging zum Fenster und blickte wehmütig hinaus. »Die Polizei ist schon alles durchgegangen, und zwar gründlich. Das ganze wohlbehütete geheime Leben des armen Roger ist in den grellen Lampenschein des Gesetzes gezogen worden.« Er versuchte, traurig auszusehen, wirkte aber eher angeregt.

Ich sagte: »Erzähl mir einfach, wo es ist.«

»Natürlich, Darling.« Er drehte sich, um mir ins Gesicht zu sehen. »Doch muß ich einen kleinen Gefallen von dir einfordern.«

Ich grinste. »Wir haben doch erst eine Runde gespielt.«

»Eins sollte dir klar sein«, sagte er: »Ich habe, was du willst.«

Ich konnte sehen, daß dieser Typ seine wenige Macht bis zum Anschlag ausnützen würde. »In Ordnung«, sagte ich. »Auf ein Neues. Was also?«

»Du mußt heute abend mit mir zusammen in meinem Penthouse essen.«

»Ich esse nicht mit Fremden zu abend.«

»Aber ich habe so wenig Erregendes hier in dieser Wildnis.«

»Ich bin sicher, an einem Ort wie diesem gibt es genügend Gelegenheit.«

»Ja, aber du hast etwas, das ich mag.«

Ich dachte einen Moment nach und meinte dann: »Okay, du sagst mir, wo Roger wohnt. Wenn es stimmt, esse ich mit dir zu Mittag, im Restaurant des Hotels, und zwar morgen.«

Er zerdrückte seine zweite Zigarette. »Du bist ein harter Mann!«

»Sag mir einfach, wo er wohnt.«

»Gewohnt hat, Darling, gewohnt hat. Er ist tot. Wir leben noch.«

Ich hätte das schwammige, bräunungsgecremte Gesicht zerstampfen mögen. Ich ging auf ihn zu, ballte die linke Faust und brüllte: »Los erzähl, verdammt!« Es war eine Macho-Travestie, aber es funktionierte.

Erleichterung erschien auf Mr. Leonards Gesicht, so als habe er auf die Drohung mit Gewalt gewartet. Er antwortete gelassen: »Es ist eine kleine Hütte am Mirror Lake. Aber es ist alles umsonst, Darling. Ich sagte dir, die Polizei ist schon dagewesen.«

»Vielleicht haben sie etwas übersehen.«

Nervös steckte er sich noch eine Zigarette zwischen die Lippen. Als er sprach, wippte sie auf und ab, darauf wartend, angezündet zu werden. »Hüte dich bloß vor dem kleinen Hund. Er beißt.«

»Sein Hund ist immer noch da?«

»Du wirst schon sehen, was ich meine.«

Ich verließ den Salon und das Hotel und kam mir schmutzig vor nach meiner Plauderei mit Mr. Leonard. Armer Roger, von sowas glühend verfolgt worden zu sein! Eine heiße Dusche hätte jetzt gutgetan, jedoch war es schon nach vier Uhr, und Rogers Hütte zu suchen war dringlicher. Ich steuerte ins Dorf, um mich nach dem Weg zum Mirror Lake zu erkundigen.

11
EIN KLEINER HUND, DER BEISST

Als ich im Yosemite Village anhielt, um mich nach dem Weg zum Mirror Lake zu erkundigen, erfuhr ich, daß es keine Straße dorthin gab, sondern nur Wander- und Radwege. Zwar bin ich nicht genau der Typ für den Sierra Club, aber mir blieb keine Wahl, also mietete ich ein Fahrrad und strampelte drauflos. So ergab sich, daß ich durch das Radfahren in die stille Kraft des Tales eintauchte, was mir in dem gemieteten roten Freudenhaus entgangen wäre. Jetzt spürte ich die kühle, saubere Luft, die mir ins Gesicht schlug, roch die Bäume und vernahm friedvolle Waldgeräusche.

Nach fünf fand ich endlich Rogers Bleibe. Es war die einzige menschliche Behausung am See, eine kleine Blockhütte, perfekt zwischen Bäumen versteckt wie das Knusperhäuschen aus dem Märchen. Eine dichtbewachsene überdachte Veranda zog sich um die ganze Blockhütte herum. Jede Seite hatte einen eigenen, spektakulären Blick. Die Namen der Berge lernte ich später: östlich der Half Dome; der Mount Watkins nördlich, zur Vorderseite der Hütte; nach Westen die Washington Column. Es gab keine polizeilichen Absperrungen rund um die Hütte, was mich überraschte. Vielleicht war die natürliche Schönheit des Tals den ortsansässigen Beamten wichtiger gewesen als das Reglement bezüglich polizeilicher Absperrungen.

Ich weiß nicht genau, was ich vorzufinden erwartete, aber eines war sicher: Ich mußte hinein. Ich hoffte, aus erster Hand, mit meinen eigenen Sinnen zu erfahren, wer Roger gewesen und weshalb er nach Boston gekommen war. Ich betrat die Veranda, versuchte jedoch gar nicht erst, die Haustür zu öffnen. Statt dessen ging ich außen herum zur Rückseite der Hütte und wollte ein Fenster versuchen, sah dies jedoch rasch durch ein riesiges Panoramafenster vereitelt, welches den größten Teil der rückseitigen Hüttenwand ausmachte. Da ich nicht das ganze Ding einschlagen wollte, würde ich auf diesem Weg sicher nicht in die Hütte gelangen. Ich schielte durch das Glas, doch ein schwerer, undurchsichtiger Stoff verhinderte jeden Einblick.

Ich wanderte herum bis zum östlichen Vordach, das im Schatten der untergehenden Sonne lag. Beide Fenster dort waren ebenfalls mit schwerem Tuch verhängt, doch bei einem konnte ich durch einen Spalt ein wenig von dem dunklen Interieur der Hütte erhaschen. Alles, was ich ausmachen konnte, war das Bett. Die Decken und Laken waren zurückgeworfen, so als habe jemand dort kürzlich noch geschlafen. Ich fragte mich, ob Roger, genau wie ich, einen ganzen Kontinent überquert hatte, ohne vorher sein Bett zu machen.

Die Westseite der Hütte glühte im bernsteingelben Licht des Sonnenuntergangs. Hier hatte ich Glück und fand ein unverschlossenes Fenster. Vielleicht hatten die Bullen vergessen, es zu sichern, oder sie hatten es gar nicht bemerkt. Was auch immer, ich war dankbar, und obwohl eine kleine Stimme in mir mich davor warnte, kletterte ich durch das Fenster.

Einmal im Innern, stand ich für ein paar Minuten ruhig da, während meine Augen sich an das Dämmerlicht gewöhnten. Das Mobiliar war einfach: Ein Bett, ein kleiner Nachttisch, ein quadratischer Küchentisch aus Kiefer mit drei geradlehnigen Kiefernstühlen, und ein Schreibtisch mit dem vierten der Kiefernstühle davor. Ich durchsuchte die Schreibtischschubladen und fand nichts: keine Briefe, keine Rechnungen, kein Scheckbuch, nichts außer unbenutztem Briefpapier, einer Schere und einer ungeöffneten Packung importierter Lakritzbonbons. Statt Wandschränken gab es ein enormes altes Schrankmöbel aus nachgedunkelter Eiche. Ich öffnete die Tür, und ein durchdringender Zedergeruch schlug mir ins Gesicht. Der Schrank war komplett mit Zedernholzstreifen ausgelegt, einem natürlichen Mittel zur Abwehr von Motten. Der Duft erinnerte mich an Lieutenant Branco, und ich fragte mich, was er wohl in diesem Augenblick in Boston tat. Vielleicht las er gerade den übel zugerichteten Drohbrief, den ich ihm hatte zukommen lassen.

Im Schrank hingen zwölf identische khakifarbene Uniformen. Jedes Hemd hatte einen aufgenähten Flicken mit den Insignien des Yosemite-Nationalparks: einen Berg, von einem prähistorischen Gletscher senkrecht in zwei Hälften geteilt. Weiter fünf graue Krawatten, alle von dem Typ, den man über dem obersten Kragenknopf ans Hemd klemmt. Ich sinnierte einen Moment über die Krawatten und vermutete, daß eine Krawatte mit Clip sich lösen würde, wenn ein Angreifer daran zog, im Gegensatz zu einer regulären Krawatte, die einen guten Würgegriff ermöglichte.

Rogers Schallplattensammlung verriet eine Neigung zu Jazz und Country-Western-Musik. Zu seinen Büchern zählten Biographien, Essaysammlungen, ökologische Studien, dazu einige neuere Thriller und Romane. Roger Fayerbrock war sicherlich mehr gewesen als der gutaussehende Lümmel, der vor ein paar Tagen im Geschäft aufgetaucht war, doch noch immer gab es keinen Hinweis, weshalb es ihn nach Boston gezogen hatte.

Mein Blick lag auf einem ordentlichen Stapel säuberlich aufgerollter Seile, die unter einem Fenster neben dem kleinen Küchenherd lagen, da spürte ich, wie sich der Fußboden bewegte. Reflexartig sträubten sich mir die Haare, und ich wandte mich um, doch ein monströses Gewicht hing mir schon auf Rücken und Schultern, umfaßte mich und drückte mich zu Boden. Ein starker Arm umschloß meinen Hals. Ein Bär, dachte ich. Ein Bär! Doch dann merkte ich, daß es bloß der kratzige Ärmel einer Wolljacke war. Dann kam es zu einem starken, häßlichen Druck in meinem Nacken, direkt unter dem Schädel, der mich lähmte. Er intensivierte sich, bis die untergehende Sonne grell wie Magnesium aufleuchtete, ehe sie erlosch und meine Beine einknickten.

Ich spürte einen schweren Stupser gegen meine Schulter und vernahm ein Knurren. »He! Aufwachen!« Ich öffnete die Augen und sah ihn über mich gebeugt, das Gesicht nur Zentimeter von meinem entfernt. Seine asiatischen Augen und Gesichtszüge zeichneten sich dunkel gegen einen gelblichen, jugendlichen Teint ab. Er starrte mich unsicher an und sagte: »Wer sind Sie?«

Ich schüttelte den Kopf, um ihn klarzubekommen. »Was ist passiert?«

»Ich habe Sie für eine Weile ausgeschaltet.« Ein leiser Anisgeruch lag in seinem Atem. »Jetzt sagen Sie mir, wer Sie sind.« Er war so nahe, daß ich ihn hätte küssen können. Statt dessen wollte ich aufspringen und davonrennen, aber ich war an Händen und Füßen gefesselt. Jedoch empfand ich keine Schmerzen, also hatte er mich vermutlich nicht geschlagen.

Er lächelte zufrieden und sagte: »Sie gehen nirgends hin, also können Sie mir genausogut sagen, was Sie hier wollen.«

Seine Rede hatte die künstliche Zwanglosigkeit der Leute, die ihr Englisch von den Briten lernen, ihren Jargon aber in den Staaten aufschnappen.

»Ich habe mich bloß umgesehen«, erklärte ich unschuldig.

»Weswegen?«

»Nichts. Bin bloß ein neugieriger Tourist.«

Er rückte von mir ab und setzte sich neben mich auf den Boden. Er war jung, etwa einundzwanzig, hatte einen kompakten, kraftvollen Körper wie ein Sumo-Ringkämpfer in Miniatur, doch ohne dessen Fett. Sein Gesicht war das eines jungen Kriegers, und sein kurzes, schwarzes Haar schimmerte bläulich. Die exotischen, dunklen Augen hielt er starr auf mich gerichtet.

»Sie lügen«, sagte er. »Ich habe Ihre Taschen schon untersucht.«

»Irgendwas gefunden, was Ihnen gefällt?« fragte ich.

Seine Augen leuchteten ein wenig auf und enthüllten eine gewisse Sympathie. Er sagte: »Ihr Name ist Stan, und Sie kommen aus Boston. Was ist mit Roger passiert?«

»Wer ist Roger?« fragte ich naiv.

Innerhalb einer Sekunde sprang er wieder auf mich, wobei er sich diesmal rittlings auf meine Brust setzte und mich am Kragen faßte. Mit zusammengebissenen Zähnen knurrte er: »Wo ist er! Was habt ihr mit ihm gemacht?«

Obgleich er versuchte, mich mit physischer Gewalt zu ängstigen, spürte ich, daß es sich in Wirklichkeit nur um leere Drohungen handelte. Dummerweise unterstellte ich, er sei zu hübsch, um gefährlich zu sein, und womöglich habe er Angst, vielleicht auch vor mir.

Ich sprach so ruhig ich konnte: »Kennen Sie Roger denn?«

»Ich stelle hier die Fragen!« Mit starker Hand zog er meinen Kragen straff, und ich spürte, wie das abgeklemmte Blut sich in meiner Kopfhaut sammelte. Das nur zu meiner Theorie bezüglich leerer Drohungen.

»Okay, okay«, stöhnte ich, und er ließ los. »Ich habe Roger letzten Mittwoch kennengelernt, in Boston bei meiner Arbeit.«

»Das ist eine Lüge! Sie haben Ihn gekidnappt!« Wieder faßte er mich im Nacken. »Und Sie sind auch hinter mir her!« Er drückte fest zu. Ein dumpfer Schmerz in meiner Kehle hinderte die Luft am Durchkommen, und meine Augäpfel pulsierten kräftig. Wild schüttelte ich den Kopf. Er drückte fester und lockerte dann seinen Griff, so daß ich gerade eben Luft bekam.

Ich krächzte: »Roger wurde nicht gekidnappt.«

»Geht es ihm gut?«

Ich schüttelte den Kopf.

»Was ist passiert?«

»Er ist tot.«

»Sie lügen!« schrie er und warf mich wieder zu Boden. Dann stand er auf und lief neben mir auf und ab. Ich hatte jetzt zwar Schmerzen, aber ohne sein Gewicht auf meiner Brust konnte ich wenigstens wieder atmen. Das mit den Samthandschuhen hatte er noch nicht ganz im Griff.

Als ich wieder Luft bekam, sagte ich: »Ich lüge nicht. Deswegen bin ich hier.« Meine Stimme klang reizvoll tief und rauh, weil ich gewürgt worden war. Irgendwie hoffte ich, das würde so bleiben.

Er fragte: »Wie haben Sie die Hütte gefunden?«

»Kennen Sie jemanden namens Leonard?«

»Ach, der! Miss Leona«, sagte er und schwang die Hüften und spreizte das Handgelenk ab.

Ich nickte. »Leute wie er verderben den Ruf des Frisörhandwerks.« (Und zu solchen Leuten entwickle ich mich in meinen Alpträumen.)

Der junge Mann schien erstaunt: »Sie sind ein Frisör?«

Wieder nickte ich.

Er sagte: »Sie benehmen sich nicht wie einer, so wie Sie hier eingebrochen sind.«

»Ich gehöre zu der neuen Art.« Ich zappelte in den Seilen, die meine Hände und Füße umschlossen hielten. »Können Sie mich jetzt losbinden?«

»Nicht bevor Sie mir gesagt haben, weshalb Sie hier sind.«

»Ich sagte schon: Ich will herausfinden, weshalb Roger nach Boston gekommen ist.«

»Wieso?«

»Ich glaube, ich weiß, wer ihn umgebracht hat.« Ich zog mich in eine sitzende Stellung hoch. Die paar Streckübungen morgens kamen mir jetzt gut vonstatten. »Und wenn ich weiß, weshalb Roger nach Boston gekommen ist, kann ich vielleicht das Motiv des Mörders herausfinden. Dann kann ich ihn festnageln.« Irgendwie schien mir, als gäbe ich jedem, dem ich begegnete, die gleiche blödsinnige Erklärung.

Er erwog meine Worte. »Ich möchte Ihnen glauben, doch ich traue mich nicht.« Er beschnupperte mich, wie ein kluger Hund, und testete seine Sinne, um herauszufinden, ob ich vertrauenswürdig war. Etwas später wurden seine Augen dunkel und glänzend. Er sah weg und sprach dann wie zu sich selbst: »Es klingt so schmutzig, wie sie alle reden.« Dann ging er davon.

»Wovon sprechen Sie?« fragte ich.

Er stand am Fenster und blickte in das fast erloschene Sonnenlicht. »Es gibt keine Geheimnisse, nicht an einem Ort wie diesem. Yosemite ist klein, und alle hier denken dasselbe. Sie denken, Roger und ich wären ein Liebespaar gewesen.«

»Wart ihr das?«

»Wir waren Freunde«, antwortete er schnell. »Wir haben es getrieben – oft –, aber das hatte nichts zu bedeuten.«

Ich fragte mich, wie Menschen sich gegenseitig Körperteile einführen oder einführen lassen und zugleich beiläufig behaupten konnten, daß es nichts bedeutete. Er fuhr fort zu erklären, als habe er meine Gedanken gelesen: »Wir haben es bloß getan, das ist alles.«

»Wie lange seid ihr zusammengewesen?«

»Ungefähr ein Jahr.«

»Also, weshalb ist Roger nach Boston gefahren?«

»Ich weiß nicht.«

»Du mußt es wissen, wenn ihr Liebhaber wart.«

»Wir waren Freunde.«

»Na gut, dann eben Freunde!«

Langsam bewegte er sich auf den Seilstapel unter dem anderen Fenster zu. Er trat gegen die Seile und sagte ruhig: »Nach dem Steinschlag hat alles angefangen.«

»Nach welchem Steinschlag?«

»Da drüben« sagte er und sah aus dem Fenster. Er kam zu mir herüber und half mir aufzustehen. »Ich zeige es dir.« Er ließ mich zum westlichen Fenster hüpfen. Er deutete auf eine hohe Klippe. »Das ist die Washington Column. Siehst du das neue, saubere Stück Felsen an der Spitze? Ich blickte sorgsam in die Richtung seines Zeigefingers und nickte. Er sagte: »Da ist der Steinschlag gewesen, letzten Monat.«

»Donnerwetter!« sagte ich, als mir klar wurde, wieviel von der Granitsäule herabgestürzt war.

»Steinschlag gibt es hier immer wieder, aber nach diesem ist Roger durchgedreht. Vielleicht, weil seine Aussicht ruiniert war.«

»Vielleicht war es auch etwas anderes«, sagte ich.

Der junge Mann schwieg. »Vielleicht«, sagte er dann. »Gewöhnlich war Roger ruhig, aber danach war er ständig angespannt. Er hat die ganze Zeit telefoniert und Briefe geschrieben. Wir hatten auch nur noch wenig Sex, und wenn er es tat, war es schnell und grob. Ich wußte, daß ihn irgend etwas verrückt machte, aber er wollte nicht darüber reden. Er sagte, er wolle mich in nichts hineinziehen.«

»Und ist das alles nach dem Steinschlag passiert?«

Er nickte. »Dann ist er letzten Dienstag nach Boston geflogen. Das nächste war, daß die Ranger hier überall gewesen sind, dann ist die Staatspolizei aus Sacramento gekommen, und jetzt du.« Plötzlich hielt er erschreckt inne. »Ich rede zu viel.« Schnell ging er zur Tür der Hütte und öffnete sie. »Ich komme wieder«, sagte er.

»Du wirst mich hier doch nicht gefesselt zurücklassen?«

Aber er war schon draußen. Ich hörte, wie er die Tür hinter sich abschloß. Er beabsichtigte eindeutig, mich gefangenzuhalten, vergaß dabei aber eines: Ich stand noch immer und konnte herumhüpfen. Ich brauchte bloß die Seile loszubekommen, und ich würde frei sein.

Als erstes versuchte ich, mit den Händen meinen Rumpf entlang zu rutschen, um sie so auf die Vorderseite meiner Beine zu bekommen und dort mit den Fingern das Seil zu lösen, mit dem meine Füße gebunden waren. Aber ich bekam die Handgelenke nicht über meinen Hintern. Längere, affenartige Arme wären hilfreich gewesen. Dann fiel mir ein, daß auch ohne Seil an den Füßen meine Hände immer noch gebunden wären. Also konzentrierte ich mich darauf, die Hände freizubekommen.

Ich sah mich in der Hütte nach einem Helfer um, vielleicht etwas Gängiges und Nützliches wie ein scharfes, aufrecht in einen Schraubstock geklemmtes Messer. Doch ich sah nur den Herd. Würde ich es wagen, meine gebundenen Hände – die einzige Quelle meines weltlichen Einkommens – einer offenen Flamme auszusetzen? Unmöglich.

Dann fiel sie mir ein: die Schere. In der oberen Schreibtischschublade war eine einfache Papierschere. Und wenn es ein Gerät gibt, das ich jeder Situation anzupassen weiß, dann eine Schere. Diese würde zwar nie das dicke Nylonseil durchschneiden, das mich band, jedoch genau richtig sein, den großen Knoten um meine Handgelenke zu lösen. Ich benutzte meine zehn freien Finger, um die Schere aus der Schublade zu holen. Dann ließ ich sie mit den Griffen nach unten in eine meiner rückwärtigen Hosentaschen gleiten. Es war nicht leicht. Die Hände waren mir immerhin auf dem Rücken zusammengebunden. Ich mußte alles irgendwie im Damensitz vollziehen. Als ich die Schere zuletzt in der Tasche hatte, wackelte sie zu sehr, so daß ich sie wieder herausnehmen und mir etwas anderes ausdenken mußte. Genau da sprang sie mir aus der Hand auf den Boden. (Nie würde ich eine Schere fallenlassen.) Sie fiel dennoch nicht sehr weit. Ich ließ mich behutsam auf die Knie herab und kroch dorthin, wo die Schere lag. Ich bekam sie wieder in die Finger, aber diesmal klemmte ich die Schneiden zuerst unter meinen Gürtel, um sie in ihrer aufrechten Position zu stabilisieren. Dann ließ ich die Griffe wieder in meine Gesäßtasche gleiten. Jetzt saß die Schere fest, und ich ruhte mich ein paar Sekunden aus. So viele Rumpfdrehungen hatte ich nur einmal im Leben gemacht als ich ein Jane Fonda Aerobics Video nachgeturnt hatte.

Ich studierte die Knoten, die der Junge an meinen Füßen verwendet hatte; vermutlich waren es um meine Handgelenke die gleichen. Dann manövrierte ich meine gebundenen Hände über die Schere, bis die Schneidenspitzen in den dicken, knubbeligen Knoten stachen. Nach zehn Minuten sorgsamen Hineinstechens löste sich eine der Schlaufen ein wenig. Ich wand meine Fäuste und schaffte es, die Finger meiner cleveren linken Hand in den Knoten zu bekommen. Danach war es nur noch eine Kleinigkeit. Zwei Minuten später war ich frei – und wundgescheuert.

Ich verließ die Hütte und strampelte rasch zum Dorfzentrum zurück. Es war schon nach acht und sehr dunkel. Ich wußte, daß es in meiner Hütte kein Telefon gab, also rief ich Nicole aus einer Telefonzelle an. Ich erzählte ihr von Leonard und davon, was sich gerade in Rogers Hütte zugetragen hatte.

»Du nimmst das nächste Flugzeug und kommst sofort zurück!«

»Aber Nikki …«

»Kein ›Aber Nikki‹. Das ist das zweite Mal, daß man dich tätlich angreift. Hör jetzt mit dem Unsinn auf und komm nach Hause!«

»Nikki, ich bin dort unbefugt eingebrochen.«

»Ist mir gleich. Du bist in Gefahr. Ich rufe Lieutenant Branco an. Lächerlich, sowas!« Dann war sie ruhig. Ich konnte hören, wie sie sich eine Zigarette anzündete.

Ungeduldig atmete ich in den Hörer, wartete einige Sekunden und fragte: »Bist du fertig?«

»Ich bin nie fertig. Ich pausiere bloß.« Sie atmete aus, und ich konnte geradezu sehen, wie der Rauch sich um sie her kräuselte.

»Nikki, die Leute hier kannten Roger. Irgendwer wird wissen, weshalb er nach Boston gegangen ist.«

»Dann sieh zu, daß man es dir erzählt, und komm danach sofort nach Hause.«

»Aber man erzählt es mir nicht. Das ist ja gerade der Punkt. Die beiden Leute, denen ich heute begegnet bin, verbergen beide etwas.«

»Stanley, ist dir jemals der Gedanke gekommen, daß die Leute vielleicht gar nichts verbergen, daß sie vielleicht wirklich nichts von deinen großen, von dir selbst zurechtgelegten Geheimnissen wissen, sondern dir die Wahrheit sagen?«

Nach einer glaubhaft dramatischen Pause sagte ich: »Niemals.«

»Ich rufe jetzt sofort Lieutenant Branco an.«

Ich sagte: »Nein, Nikkie, noch nicht.«

»Wann sonst soll ich ihn anrufen? Erst wenn deine Leiche in einer Schneewehe gefunden wird?«

»Das könnte mir auch in Boston passieren.«

»Also komm zurück und befriedige deine Todessehnsüchte *hier!*«

»Nicht ehe ich etwas gefunden habe, das ich mitbringen kann.«

Beleidigt meinte Nicole: »Dann finde es schnell! Ruf mich morgen an.« Sie hängte auf. Eine Unterhaltung mit Nikki war manchmal wirklich erfüllend.

Ich fuhr zurück zu meinem Zimmer auf dem Campingplatz. Als ich eintrat, drehte ich die Dusche auf, damit sie warm wurde. Ich war gerade ausgezogen, da klopfte es. »Wer ist da?« rief ich durch die Tür.

»Ich bin's«, sagte eine türgedämpfte Stimme.

»Wer?«

»Der aus Rogers Haus.«

Ich zog den Fenstervorhang zurück und sah hinaus. Es war der junge Mann, der mich draußen in Rogers Hütte knockout geschlagen hatte. Er hatte eine große, weiße Papiertüte bei sich.

»Was willst du?« brüllte ich.

»Ich bringe dein Abendessen.«

Großzügig hielt er mir die Tüte hin. Sie kam mir vor wie das Trojanische Pferd. Es wäre verrückt, die Tür zu öffnen und ihn hereinzulassen. Andererseits wußte der Junge wahrscheinlich mehr von Roger als irgendwer sonst im Yosemite Valley, und es wäre verrückt, ihn nicht nach Fakten auszuquetschen. Außerdem konnte ich mich ohne den Nachteil des Überraschtwerdens vielleicht gegen ihn behaupten. Außerdem war ich völlig ausgehungert. Und überhaupt war er recht hübsch.

Ich drehte die Dusche ab und zog meinen leichten Bademantel an, den ich mir für das tropische kalifornische Wetter eingepackt hatte, wo immer dieses auch sein mochte. Ich öffnete die Tür und streckte den Kopf hinaus, hielt jedoch den Körper hinter ihr verborgen.

Er sagte: »Ich bin zurück zur Hütte gekommen, du warst fort.«

»Ich war verabredet. Und Fesseln sind nicht meine Spezialdisziplin.«

Aus irgendeinem Grund sahen seine Augen erwartungsvoll und froh aus. »Ich wollte sicher sein, daß du noch da bist, wenn ich wiederkomme. Deshalb habe ich dich gebunden zurückgelassen. Jetzt ist alles kalt.«

»Es gibt einfachere Wege, mich zum Essen einzuladen.«

»Ich dachte, du trautest mir nicht mehr, nachdem ich dich so kaltgestellt habe.«

»Wer sagt, daß ich dir jetzt traue?«

»Du hast doch die Tür aufgemacht, oder?«

Er hatte recht. »Du kannst genausogut hereinkommen«, sagte ich. Er trat in die kleine Hütte und drehte sich nach mir um, während ich die Tür zumachte und verschloß.

»Hübsche Beine«, sagte er nach einem prüfenden Blick an meinem Bademantel herunter.

»Danke. Wenn wir schon bei den Höflichkeiten sind, könntest du mir vielleicht auch deinen Namen sagen.«

Er lächelte, als habe er auf diese Frage gewartet. »Yudi.«

»Judy?«

»Yudi!«

»Was für ein Name ist das denn?«

»Ich bin von Bali.«

»Ich bin Stan.«

»Ich weiß. Du erinnerst dich? Ich bin deine Taschen durchgegangen.«

»Ja, richtig. Wie hast du meine Hütte gefunden?«

»Ich habe dich aus dem Dorfzentrum fahren sehen. So ein Auto wie deines gibt es nur einmal im Tal. Wie hast du dich übrigens losgebunden?«

»Pfadfindertraining.«

Dann fragte er ernsthaft: »Hast du wirklich eine Verabredung?« Ich schüttelte den Kopf. »Nein, wieso?«

»Nur so …« Dann zog er zwei Schnellimbiß-Pappkartons aus der Tasche und stellte sie auf den Schreibtisch. »Das soll Grillhähnchen mit Reis und Salat sein«, sagte er, »aber alles ist jetzt ineinander verlaufen und kalt.«

»Macht nichts. Es ist wenigstens was zu essen.«

Die Tasche enthielt auch zwei eiskalte Flaschen Bier, die ich für uns aufmachte. Ich saß auf dem Bett, während wir aßen, meine tschechischen Kronjuwelen sorgsam mit dem Bademantel verdeckend. Yudi saß auf einem Stuhl mir gegenüber. Auf seinem Gesicht lag ein neugieriges Grinsen. Meine Intuition sagte mir, was das Grinsen meinte, aber nachgehen wollte ich dem nicht, wenigstens noch nicht jetzt.

Er fragte: »Ist das Essen in Ordnung?«

»Klar«, antwortete ich. »Nicht ganz die einzig-wahre natürliche Wildniskost, die ich hier oben erwartet hätte, aber es schmeckt.«

Ich sah, wie Yudi meine Worte aufnahm. »Roger mochte Naturkost ebenfalls«, meinte er.

Ich fragte: »Wie hast du Roger kennengelernt?«

Er aß eifrig weiter, während er sprach: »Er hat letzten Sommer Urlaub auf Bali gemacht.«

Ich kaute und schluckte an dem lauwarmen Hähnchen herum und dachte, daß doch nichts über Essen geht, wenn man hungrig ist.

»Euren Sommer oder unseren Sommer?« fragte ich. Mir war nämlich eingefallen, daß Bali südlich des Äquators liegt.

Yudi dachte einen Moment nach und nickte dann. »Du hast recht … unseren Sommer, euren Winter. Wir sind uns in der Sanur-Region am Strand begegnet.« Yudi zuckte die Schultern. »Ich habe Roger gefallen, und er fragte mich, ob ich nicht mitkommen wollte. Er dachte, ich hätte ein besseres Leben hier, könnte vielleicht zur Schule gehen, also habe ich ja gesagt. Es gab nichts, was mich da gehalten hätte. Von meiner Familie sind alle fort. Jedenfalls war ich es leid, Holzfische zu schnitzen und Frösche auf die

Treter der Touristen zu malen. Und Roger war mein erster Amerikaner.« Yudis Augen wurden glasig und ich spürte, daß er sich voller Zuneigung an den ganzen bedeutungslosen Sex erinnerte, den er mit Roger genossen hatte. Ich stellte mir seinen starken, braunen Körper vor, auf dem warmen Sandstrand liegend, und allmählich verstand ich Rogers Reaktion auf ihn.

»Yudi, auf welche Felsen im Tal ist Roger meistens geklettert?«

»Gewöhnlich geht er, ich meine: ging er mit Jack. Jack betreibt die Bergsteigerschule.«

»Ist das hier in der Nähe?«

»Sozusagen, aber geh nicht hin.«

»Wieso nicht?«

»Jack ist verrückt.«

Wir sagten nichts mehr, sondern beobachteten uns gegenseitig beim Essen, bis alles verzehrt war. Plötzlich stand Yudi auf. »Besser, ich gehe jetzt.« Er beugte sich zu mir und küßte mich auf die Wange.

»Wozu soll das gut sein?« fragte ich.

»Ich glaube, du bist nett.« Sein Blick war warm und einladend. »Und vorher, als ich dich gefesselt habe, habe ich etwas in deinen Taschen gefunden, was ich mochte.«

Ich spürte eine Regung inmitten meiner Kronjuwelen. »Keine Sorge«, sagte ich, die Aufrichtigkeit seiner plötzlichen Begeisterung überprüfend, »es hat nichts zu bedeuten.« Zu meiner Verwunderung schien er enttäuscht und lief rasch hinaus.

Als ich aus der Dusche kam, war es nach zehn Uhr nachts. Ich legte mich zur Ruhe und wollte noch meinen nächsten Schritt planen, doch erschöpft von Reise und Abenteuer fiel ich statt dessen in Schlaf.

12
WENN HOCH DAS MONDLICHT ...

Sonntag früh weckte mich ein sanftes Klopfen gegen die Tür meiner Hütte. Ich stand auf, schob die karierten Vorhänge ein wenig zur Seite und sah hinaus. Yudi hatte sein Gesicht fest gegen die Scheibe gepreßt. Mit Lippen, Nase und Zunge machte er gewundene rosa Figuren gegen das milchige Glas. Es sah aus wie ein geschmackloses »künstlerisches« Moment in einem Pornofilm. Ich öffnete die Tür und versetzte scharf: »Was willst du?«

»Ich dachte, ich bringe dich zu Jacks Kletterschule.«

»Wer sagt, daß ich dahin will?«

»Jedenfalls hast du das letzte Nacht gewollt«, meinte er, und seine braunen Augen glänzten lebhaft sogar zu dieser Stunde.

»Yudi, ich finde allein, was ich brauche, danke.«

»Dann fahre ich wenigstens mit.«

Yudis hellbraune Haut leuchtete, und sein schwarzes Haar schimmerte in der frühen Morgensonne. Ich wußte, daß er flirtete, und war leise irritiert, daß ich so leicht darauf ansprang.

Ich sagte: »Hast du sonst nichts zu tun?«

»Jetzt, wo Roger fort ist, habe ich keinen Job mehr.«

»Wieso nicht?«

»Ich habe ihm immer geholfen.«

»Womit?«

»Einfach ... Sachen machen.«

Das klang mir ganz nach den Pflichten eines Hausboys.

Yudi fuhr fort: »Und die Schule fängt erst im Januar an.«

Ich ergab mich. »Komm in einer halben Stunde zurück«, sagte ich.

»Ich muß duschen und mich anziehen.«

»Soll ich dir helfen?«

Ich lächelte: »Vielleicht ein andermal.«

»Du traust mir immer noch nicht, was?«

»Du schnürst einen gemeinen Knoten, Yudi.«

»Ich sagte schon, es tut mir leid. Ich wußte nicht, was ich sonst hätte tun sollen.« Sein Blick war einen Moment lang traurig, erhellte sich aber rasch wieder. »Ich bin in einer halben Stunde zurück.«

Als er ging, war es halb acht, und als der große Zeiger seine dreißigste Runde auf dem Zifferblatt meiner zuverlässigen Timex vollendet hatte, stand Yudi getreu seinem Wort wieder vor meiner Tür. Diesmal hatte er eine Tüte Lebensmittel bei sich. »Laß uns in deinem Auto frühstücken«, sagte er. »Ich kenne eine gute Stelle unterwegs.«

Die Stelle, von der Yudi wußte, bot einen spektakulären Ausblick auf den berühmten El Capitan. Ich fuhr den Wagen von der Straße zum Fuß des ehrfurchtgebietenden, blassen Granit-Monoliths. Yudi hatte zwei völlig unterschiedliche Frühstücksmahlzeiten mitgebracht: für sich selbst ein sagenhaftes, glasiertes Gebäck, butterzart und flockig, gefüllt mit Aprikosen und Himbeeren und Mandeln; und für mich einen sehr beigefarbenen, faden Müsliriegel.

»Wieso?« fragte ich beleidigt. »Wieso hast du nicht einfach zwei Stückchen gebracht?«

Yudi antwortete: »Nach gestern abend dachte ich, du möchtest Gesundheitskost wie Roger.«

»Nein!« jammerte ich. »Ich dachte, du hättest Naturkost mit ihm gegessen!«

»Stimmt, war aber ekelhaft. Ich habe mich immer davongestohlen und mir das zu essen besorgt, was ich mochte. Jetzt brauche ich das nicht mehr.«

Für mich also Haferschrot. Ich versuchte, es zu genießen; war es zuletzt doch Roger zuliebe.

Wir hielten vor der Bergsteigerschule, die Rogers Freund Jack gehörte und von diesem betrieben wurde. Yudi kannte den Weg und führte mich. Ab und an redeten wir über das Leben auf Bali und das in Boston. Nach Yudis Ausführungen schienen die Leute auf Bali die Natur anzunehmen, sie zu lieben und mit ihr zusammenzuarbeiten. Bedrückt dachte ich an das Leben in Boston, wo wir in dauerndem Kampf mit ihr zu stehen schienen.

Als wir uns der Schule näherten, brüllte Yudi: »Hier anhalten!« Dann öffnete er die Tür und sprang plötzlich aus dem Wagen. »Geh ohne mich. Wir treffen uns, wenn du mit Jack fertig bist.« Er schloß die Tür und winkte zum Abschied. Ich wollte noch fragen, wo wir uns treffen sollten, doch da war er schon wie durch Zauber zwischen den Bäumen verschwunden, ganz wie ein Naturkind.

Ich fuhr weiter zu der Bergsteigerschule und ließ das Auto auf dem kiesbedeckten Parkplatz zurück. Nur noch ein weiteres Auto stand dort, ein alter Chevrolet Coupé aus der Mitte der Fünfziger, intakt, aber schlecht gepflegt. In der grellen Sonne erschien der einst glänzende schwarze Lack stumpf und matt und hatte bläuliche Streifen, und das schwere Chrom war mit abblätterndem Rost übersät.

Die Schule war ein kleiner Holzschuppen. Durch die offene Tür vernahm ich Country-Western-Klänge, die aus einem Radio im Innern kamen. Ich klopfte gegen den Türrahmen, doch niemand antwortete. Ich rief: »Hallo?« und eine Stimme antwortete: »Hinten!«

Ich umrundete den Schuppen und sah knapp fünfzig Meter über dem Boden einen Mann, der sich an der Unterseite eines horizontal überhängenden Felsvorsprungs festkrallte. Er sah aus wie eine gigantische Fliege, die der Schwerkraft spottend eine Zimmerdecke entlangkriecht. »Mach' grad meine Felsübungen«, sagte er. »Komm' kaum dazu inner Urlaubszeit.«

Fasziniert beobachtete ich ihn.

»Was kann ich für Sie tun?« fragte er, während er sich vorsichtig kriechend umdrehte, um mir kopfüber ins Gesicht zu sehen.

»Ich ... ich versuche herauszufinden, was meinem Freund Roger zugestoßen ist ... Roger Fayerbrock.«

Der Mann unterbrach sein Gerangel mit dem Felsen und besah mich mit würdig nach unten geneigtem Kopf, gleich einer Gottesanbeterin. Er hatte kurzgeschorenes, graues Haar und einen etwa einwöchigen graumelierten Bart. »Wer hat Se 'nn geschickt?«

»Sein Freund.«

»Der kleine Filipino?«

»Er kommt eigentlich von Bali.«

»Doch egal, wo er herkommt. Weiß sowieso nicht, warum Roger sich je auf ihn eingelassen hat.«

»Er hat einen gewissen Charme.«

»So nennen Se das? Charme?« Sein kopfüberstehendes Gesicht feixte hämisch. »Für mich 'n klarer Fall von Schwuchtel.« Und als wolle er seinen Worten einen dramatischen Schwung verleihen, ließ er sich fallen.

»Nein!« hörte ich mich schreien, als er durch die Luft sauste.

Doch er landete leicht und aufrecht auf seinen starken Beinen.

»Schon in Ordnung«, sagte er und grinste. »Mach' ich immer so.«

Mit ausgestreckter Hand kam er auf mich zu. »Heiße Jack. Jack

Werdegar. Leute nennen mich Wacky-Jacky.« Sein starker, drahtiger Körper war der eines Mittvierzigers, doch seine Haut war schon so witterungsgegerbt, daß ich mir ausmalte, er werde in zwanzig Jahren kaum anders aussehen.

Ich schüttelte ihm die Hand. Sein Griff hätte alles mit Leichtigkeit zerquetschen können. Meine Hand war danach mit weißem Puder bedeckt. »Kreide«, sagte er. »Brauche 'nen trockenen Griff für die Felsen. Man kommt ganz schön ins Schwitzen da oben.«

»Hätte ich nicht gedacht.«

»Nie geklettert?«

Ich schüttelte entschieden den Kopf.

»Woher kannten Se dann Roger?«

»Collegefreunde«, sagte ich und bemerkte, wie seine verkürzte Syntax bereits mein Reden beeinflußte.

»Ach!« sagte er, und seine kleinen, unsteten Augen standen voller Zweifel. »Nie gewußt, daß er auf'm College war.« Er fing an, systematisch sein Gerät einzupacken.

Ich sagte: »Haben Sie eine Ahnung, weshalb Roger kürzlich nach Boston geflogen ist?«

Mißtrauisch sah er zu mir hoch. »Soweit ich weiß, wollt er den Ol'Man o'the Mountain besteigen.«

»Das habe ich gehört, aber er hat überhaupt kein Klettergerät mitgenommen. Ist das nicht seltsam?«

»Nee. Holt sich was er braucht vor Ort.« Er hörte auf, sein Gerät zu ordnen und sah mir ins Gesicht. Seine unsteten Augen begegneten meinem festen Blick. »Geht'n Gerücht, Roger wär' da hinten umgebracht worden.«

Ich nickte. »Das stimmt. Deswegen bin ich hier.«

Er grunzte. »Sind wohl'n Bulle?«

Ich schüttelte den Kopf.

Er fragte: »Roger hat den Berg nie bestiegen?«

»Nein.«

»Übel. War'n guter Mann am Felsen.«

Und ein guter Mann zum Träumen, dachte ich düster. »Jack, ich habe gehört, dieser Steinschlag von der Washington-Säule hätte ihn sehr irritiert.«

Der Mann fuhr auf. »Hat der kleine Schwuli Ihn'n das erzählt? Ist nicht zu trauen, wissen Se. Hat 'ne blühende Phantasie.«

»Hat man mir auch oft nachgesagt.«

»Sind doch nicht wie er, oder?«

»Ist das wichtig?«

»Denke nicht. Se *leben* ja nicht hier.«

Eine nette Art des Willkommens war das. Ich ließ dennoch nicht ab: »Wieso hat der Steinschlag Roger so aufgeregt?«

»Kenn mich nich' aus mit Felsen. Sie vielleicht?«

»Ich hatte eine Steinesammlung, als ich klein war.«

Wacky-Jacky lachte. »Lernt am meisten, wenn man 'raufsteigt.«

»Nicht mein Ding.« Schon wieder dieses ansteckende Sprechmuster.

»Nehme Se mit auf 'ne leichte Platte. Mögen es vielleicht. Meisten fahren am Schluß auf den Kick ab. Kommen Se schon. Treter ham Se ja an. Nehm Se mit auf 'nen leichten Hang.«

»Nein«, sagte ich, ein wenig zurückweichend. »Ich fühle mich hier unten sehr wohl.«

Er warf sich die Seilrollen über die Schulter. »Wie Se woll'n. Woll'n Se reden, müssen Se mit zu mir, und ich« – er streckte den Daumen in Richtung der Felsen über ihm – »bin da oben.« Sie erschienen extrem hoch und weit entfernt.

»Danke, aber ich bin sicher, wir können hier viel besser reden.«

»Wie Se woll'n«, sagte er und steuerte auf den Schuppen zu.

Ich sah, wie mir die Gelegenheit davonlief. »Warten Sie!« schrie ich auf.

»Ja?« fragte er, sich umdrehend.

»Sie sagten ein leichter Hang, richtig?« fragte ich zögerlich. Welche Wahl blieb mir?

Er strahlte. »Klar! Wird Ihnen gefallen!«

Er trat in den Schuppen und kam mit einem Gürtel aus Nylongewebe zurück.

»Zieh'n Se das an.« Er stieß damit gegen meinen Bauch. Der Gürtel war überall behangen mit Metallringen und Stiften und Klammern und dazu Nylonseilen.

Ich schnürte den Gürtel um meine Taille und kam mir vor wie ein Arbeiter am Telegrafenmast. »Ich dachte, Sie sagten, es wäre ein leichter Hang?«

»Klar. Bloß zwei Längen.«

»Hänge?«

»Längen, Mann! Seillängen! Das ist die Tour zwischen zwei flachen Stellen.«

»Weshalb sagen Sie nicht einfach Hang?«

»Nee! Hang is was anderes. Hang ist ... Hang ist ... Hang ist das Ganze.«

»Also, viele Längen ergeben einen Hang?«

»Se ham's kapiert. Hey, sind'n Schlauer!«

»Danke, aber wenn es so leicht wird, weshalb muß ich dann dieses ganze Zeug tragen?«

»Man soll immer 'n paar Freunde dabei haben, auch bei 'ner leichten Tour.«

»Freunde?«

»So nennen wir das ganze Sicherheitsgerät, weil wenn's dein Leben rettet, isses 'n Freund.« Der Bursche namens Wacky-Jacky musterte mich und zwinkerte mir zu: »Außerdem gefällt mir, wie es an dir aussieht.«

Er gackerte. »Rollst besser auch die Hosen auf.«

»Wieso?«

»Bewegt sich leichter.«

Ich befolgte seinen Vorschlag und rollte sorgfältig die Beine meiner weiten Khakis auf. Er war ganz herzliche Zustimmung. »Noch höher. Ja, so. Hey, gute Beine!«

»So sagt man.«

Trotzdem bemerkte ich, daß er nicht die gleiche Ausrüstung trug, die er mir angedreht hatte. Als ich ihn danach fragte, sagte er: »Ich hab' die Klammern hier am Hosengürtel.« Stolz zeigte er mir die Metall-Hardware auf dem schweren Lederriemen um seine Jeans. »Für die Art Tour, die wir machen, wird das im Notfall gut halten.«

»Notfall, Jack?«

»Keine Sorge, Junge. Wird schon keiner fallen.«

»Hoffen wir's«, sagte ich zweifelnd in seinem Jargon.

»Gehn wir!«

Mir war seine Begeisterung zuwider, doch ich wollte, daß er redete, also ließ ich ihm seinen Willen. Ich hoffte alles zu erfahren, ehe die eigentliche Kletterpartie begann. Dann könnte ich in letzter Minute aussteigen. Nebenbei hatte ich nicht die Absicht, mir meine neuen Stoff-Leder-Treter dadurch zu ruinieren, daß ich auf irgendwelchen Felsen herumturnte.

Ich versuchte, ihn beim Gehen zu befragen, aber er sagte bloß: »Mußt jetzt ruhig sein. Ist wie 'n Kirchgang. Felsen sind wie 'ne

Kirche.« Mein Plan, erst zu reden und dann auszusteigen, schien nicht aufzugehen.

Wir gelangten zum Fuß eines steilen Hügels aus weichem Granit. Aus der Nähe wirkte er nicht bedrohlich, jedoch auch nicht so, als wäre er leicht zu besteigen. Jack nahm ein Seil und zog es durch einen der Metallringe um seinen Gürtel. Das andere Seilende befestigte er an einem der Ringe an meinem Gürtel. »Jetzt sind wir safe«, sagte er, zwinkerte und lachte.

Er wandte sich um, und begann die Felswand hochzuklettern. Er sagte: »Sieh zu, wie ich raufgehe. Wenn ich da oben auf dem Vorsprung bin, geb' ich dir dein Startsignal. Mach's einfach genau wie ich. Halt Hände und Füße flach am Felsen und den Hintern in die Luft. Und kuck nich' runter!«

Klang alles sehr einfach. Ich war bloß nicht darauf vorbereitet, wie geschmeidig und wohlüberlegt er sich bewegte und auf allen Vieren den Hang hinaufkroch. Als er auf halbem Wege war, in etwa zehn Meter Höhe, rief er mir zu: »Haste gesehen?«

»Ja, Jack. Aber ich glaube, ich hab's mir anders überlegt.«

»Nicht doch! Willst doch nich', daß ich dich am Seil hier hochziehe, oder?«

»Äh, nein.«

Er kletterte weiter den Felsen bis zum ersten Vorsprung hinauf. Dann befestigte er die Sicherheitsleine an einem Felsen dort oben und zog das Seil so an, daß es straff war. »Okay«, rief er herunter. »Du kletterst jetzt rauf. Keine Angst, hab' das Seil gesichert.«

Mein Augenblick war gekommen, also schwang ich mich auf den Felsen. Wenn schon sonst nichts, so hatte ich wenigstens gute Beine und Füße, also nutzte ich sie, um nach Jacks Art den Granit hinaufzukraxeln. Es war einfacher als erwartet, besonders mit dem zusätzlichen Halt, den mir meine Treter gaben. Ich zog mich zu dem schmalen Vorsprung hoch, stellte mich neben Jack und überblickte die Landschaft. Wir waren vielleicht zwanzig Meter über dem Boden, und selbst von der Höhe aus war der Blick auf das Tal schon ein anderer. Der Granit fühlte sich warm und stark an, richtiggehend freundlich.

»Wirklich schön«, sagte ich. »Unverdorben. Ich hoffe, es bleibt immer so.«

Wacky-Jacky sagte: »Immer noch einiges an Holdings da unten.«

»Holdens? Womöglich Verwandte von William Holden?«

Zum Teufel, das hier *war* Kalifornien.

Wacky-Jacky zog ein Gesicht. »Holdings! Besitz! Grundbesitz!«
Ich schüttelte den Kopf. »Ich verstehe nicht. Worum geht's?«
»Privater Grund und Boden«, sagte Wacky-Jacky. »Die Eigentümer haben es bis heute *behalten*.«
Holding, dachte ich. Besitztümer. Für mich machte es immer noch keinen Sinn. »Du meinst, es gibt privaten Grund und Boden hier? In einem Nationalpark?«
Er nickte. »Klar.«
»Aber es ist geschützt, nicht? Ich meine, sie können da nicht irgendwas draufbauen, oder?«
»Gibt alle möglichen Schutzregeln, bloß, man weiß ja nie.«
Ich malte mir irgendeine grauenvolle Apartmentanlage aus, mit Swimmingpools und Tennisplätzen und Maschendrahtzäunen.
»Das wäre eine Tragödie«, sagte ich, die violette Majestät der Berge überblickend.
»Alter, alter Kampf. Noch immer in der Luft.« Wieder zwinkerte Wacky-Jacky mir zu. Ich hoffte, daß es eine nervöse Angewohnheit war und kein Balzritual. »Geh'n wir«, sagte er. »Noch 'ne Länge. Aber du bist der Anker jetzt. Er positionierte mich wie einen Keil zwischen die Felsen. »Jetzt nicht bewegen, bis ich sage.«
»Wieso nicht?«
»Wenn ich falle, Mann, dann nicht weiter als bis hier, wo du stehst.«
»Ach«, sagte ich. Großartig! Jetzt konnte ich mich um mein und sein Leben sorgen.
Er fing an, das zweite Teilstück zurückzulegen, das viel steiler aussah als das erste. Die bisher ausreichende einfache Technik der flachen Hände und Füße genügte nicht mehr. Jack brüllte zurück, während er kletterte: »Paß auf! Kuck, wo ich meine Hände und Füße hintu'! Mußt es nachmachen!«
»Schön«, sagte ich, hatte in seiner Stimme jedoch einen ernsten Unterton entdeckt. Als er schließlich den Überhang oben erreichte, sicherte er wieder das Seil und brüllte zu mir herunter: »Okay, du bist dran! Tu die Hände und Füße dahin, wo ich war. Sei entspannt und bei der Sache!«
Klar, dachte ich, aber meine Hände waren schon allein vom Zusehen schweißnaß geworden. Ich atmete tief durch und steuerte auf die Granittafel zu. Ich versuchte, Jacks Methode für das zweite

Teilstück nachzuahmen, und die meiste Zeit ging es gut. Einmal verlor mein Fuß den Halt und rutschte ein paar Meter zurück. Ich krallte mich wie verrückt an den Felsen, doch dann stoppte das Sicherheitsseil meine Abwärtsbewegung.

»Alles in Ordnung?« brüllte Jacky.

»Teste nur die Leine!« brüllte ich zurück, doch mir war, als wäre ich in diesen Sekunden gestorben und wiedergeboren. Jetzt wußte ich, hinter was diese Bergsteiger her waren: diesem energetischen Kick vom Leben nach dem Tod, den sie bekamen, wenn sie *nicht* starben. Dabei nennt man die Sachen, die *ich* mache, unnatürlich! Doch der richtige Augenblick der Wahrheit kam am oberen Ende des Abschnitts, wo ich mich auf den Felsüberhang hinaufziehen mußte. Der Fels wurde für ein, zwei Meter zu einer senkrechten Wand, die anschließend nach außen vorsprang. Ich wußte nicht recht, wo ich meinen nächsten Griff setzen sollte, und faßte den idiotischen Entschluß, nach unten zu blicken. Ich sah, daß ich mehr als dreißig Meter über dem Boden war. Ganz plötzlich drehte sich mir der Magen um, und ein unangenehmes Kribbeln verbreitete sich über meine Schultern. Ich schloß die Augen. Zeit für's Mantra. Dann hörte ich Jack brüllen: »Was is' los? He! Keine Zeit für'n Nickerchen!« Ich öffnete die Augen, aber keine drei Teufel würden mich dazu bringen, daß ich mich bewegte.

Er schrie Instruktionen von dem Felsvorsprung direkt über mir, auf dem er sicher kniete. »Eine Hand hier 'rauf. Los Junge! Mach!«

»Ich glaube, ich bleibe noch 'ne Weile hier.«

»Geht nicht! Machst dich total fertig, wenn du den Felsen so ausquetschst.«

Das stimmte. Ich krampfte mich dermaßen fest, daß die Finger an meinen beiden Händen schon weiß und zittrig waren. Er sagte: »Los, Kumpel. Hab' dich an der Sicherheitsleine. Tu einfach zusammen mit mir eine Hand hierher.«

»Hilf mir!«

»Besser, du machst es selber.«

Zur Hölle mit dir, dachte ich. Auf diese Art brauche ich nicht zu beweisen, daß ich ein Mann bin. Vielleicht sollte das hier eine Art Bergsteiger-Einführungsritual sein, aber ich wußte nur, daß ich nichts über Roger erfahren hatte, und jetzt war ich kurz davor, die fünfzehn Meter zum ersten Vorsprung abzustürzen und dann noch einmal zwanzig Meter tiefer aufzuschlagen, Sicherheitsseil hin oder her. Das Tal kam mir jetzt viel weniger schön vor.

Wacky-Jacky redete mir noch immer gut zu: »Eine Hand hier 'rauf, die Handfläche nach unten.« Er tätschelte den Überhang oberhalb von mir. »Gut«, sagte er, mich mit seinen Fingern dirigierend. »Jetzt die andere. Los, Kamerad.«

Meine andere Hand zu bewegen würde schlimmer sein, denn selbst wenn ich sie zu rühren wagte, müßte ich auch beide Beine gleichzeitig wechseln. In diesem einen Augenblick würde mein gesamtes Gewicht nur von einer Hand gehalten werden, die sich bereits um ihr liebes Leben oben an den Überhang krallte. Jack redete mir zu. Ich holte tief Atem … dann *faßte ich zu* und krallte mich mit allem fest, was ich in mir hatte. Zuletzt hatte ich beide Handflächen auf dem Überhang, zitternd vor Grauen. »Jetzt einfach auf den Felsen laufen«, sagte er.

»Ausgeschlossen, Kumpel!«

»Ein Baby könnte das, sag' ich dir! Einen Fuß vor den andern.«

Zentimeter um Zentimeter versuchte ich, zu tun, was er sagte. Er gurrte leise: »Jaa so, Junge. So einfach geht das. Komm zu Papi.«

»Pappi-Schlappi! Und was jetzt?« Mein Hintern hing in der Luft und meine Beine waren so gebogen, daß die Knie neben meiner Brust lagen.

»Hilfe!« keuchte ich.

»*Mensch!*« brüllte er. »Sieh mal die Riesen-Klapperschlange, die zwickt dich gleich in'n Arsch!«

Es hieß friß oder stirb, also fraß ich. Ich stieß mich mit allem, was in mir war, ab und kraxelte mit den Beinen auf den Felsen. Auf dem engen Überhang brach ich zusammen, atem- und sprachlos. Ich war gerettet!

Er lachte. »Hast dich schön leergepumpt dort. Gut, daß du nicht gefallen bist beim ersten Mal. Hätt' dich fürs Klettern ruinieren könn'.«

»Vom Leben mal ganz zu schweigen.«

»Wie fühlste dich?« fragte er.

»Lebendig!« keuchte ich.

»Das ist der Kick. Erst gefällt's dir, dann willste mehr.«

»Wo ist die Schlange?«

Wacky-Jacky lachte laut und lange. »Gibt keine Schlange! Gefoppt hab' ich dich!«

Dann kniete er sich neben mich und sagte leise: »Weißte, was jetzt wirklich schön wär'?«

»Ein doppelter Martini.«

»Ich mein' was, was dir zeigt, wie lebendig du wirklich bist?«

»Ich fühle mich schon recht lebendig, danke.«

Er brummte: »Wir holen uns einen runter.«

»Wie!?«

»Ist super.«

»Hier? Auf dem Berg?«

»Klar. Los.«

»Danke, nein. Ich ruhe mich lieber aus.«

»Wie de willst. Ich mach's.«

Er stand auf und kehrte sich von mir ab, der gewaltigen Wildnis zu. Hinter mir spürte ich, wie er seine Jeans losgürtete und aufknöpfte. Mir brummte er zu: »Hey, versteh mich nich' falsch. Ich mach' mir nur 'ne kleine Freude.«

»Schon gut, Jack. Tu, was du tun mußt.«

»Denk dir bloß nichts Falsches.«

»Überhaupt nicht, Jack. Die Leute um mich herum verspritzen ständig ihre Fortpflanzungssäfte.«

Ich konnte spüren, wie er sich die weißen Jockeyshorts herunterzog. Ich versuchte, ihn zu ignorieren und mich auf das Tal unten zu konzentrieren, doch ich konnte nicht anders, als ihn nah bei mir spüren, am Rand des Felsens schwankend, während sein Körper sich in der bevorstehenden Entladung wiegte. Es war grotesk. Ich meine, *meine* Vorstellung von heißem Sex ist Satinbettwäsche im Ritz.

In diesem Augenblick bemerkte ich, wie der Kampf, auf den Überhang zu gelangen, meine neuen Treter zerschrammt hatte. Verdammt, dachte ich. Ich beugte mich vor und wollte das beschädigte Leder untersuchen, da bewegte ich zufällig das Sicherheitsseil, das am Gürtel von Jacks Hosen hing, welche bereits seine Hüften herunterrutschten. Ich weiß nicht, wie es geschah, aber der winzige Zug an dem Seil muß gerade gereicht haben, ihn aus dem prekären Gleichgewicht zu kippen. Es war so einfach wie das Spiel: Ich seh' dich – ich seh' dich nicht.

Ich hörte ihn brüllen in genau demselben Moment, in dem sich das Seil neben mir straffte. Zum Glück hatte er es gesichert, also fiel er nicht weit. Ich sah über den Rand und erblickte ihn kopfüber in

halb entkleidetem Zustand. Sein Hemd war ihm übers Gesicht ge-
fallen, also sah ich von ihm nur den Rumpf, die weißen Jockey
Shorts, die Beine und seine Jeans, die sich jetzt um seine Knöchel
wanden. Er bewegte sich nicht.
»Jack?« fragte ich. »Alles in Ordnung?«
Seine Stimme unter dem Hemd klang ängstlich, aber kontrolliert.
»Ist das Sicherheitsseil fest?«
Ich überprüfte es an dem Felsen hinter mir. »Ja, ist fest.«
Er sprach bedachtsam. »Hör zu. Mein Gürtel rutscht mir von der
Hose. Wenn ich mich bewege, verliere ich das Sicherheitsseil. Ich
fall' auf den Kopf und aus. Du mußt mir helfen.«
Er hatte recht. Die Stelle, wo das Sicherheitsseil an seinem Gürtel
befestigt war, bewegte sich in kleinen, fast unsichtbaren Etappen.
Ich schluckte. »Äh, okay, Jack. Sag mir, was ich tun soll.«
Jack wägte seine Worte. »Ich kann nix sehen, Blödmann, kann
mich nich' bewegen. *Du* mußt es machen. Bist auf dich gestellt.
Pack meine Knöchel. Den Rest mach' ich.«
»Klar, Jack. Kommt alles in Ordnung.« Nie zuvor hatte das Leben
eines Menschen in meiner Hand gelegen – ihr Ruf in bezug auf
Mode und Stil vielleicht, aber nie ihr Leben. Doch in jenem Au-
genblick kam mir ein perverser Gedanke: Jack hatte seinen Teil
der früher getroffenen Verabredung noch nicht eingelöst. Er hatte
mir nicht von Roger und dem Steinschlag erzählt. Wann, wenn
nicht jetzt, dachte ich.
»Äh, Jack?« hob ich unschuldig an.
»Was! Worauf warteste noch?«
»Jack, wir haben noch nicht über Roger gesprochen.«
»Was!« Das Seil rutschte einen Zentimeter. »Scheiße!« brummte
Jack.
»Also, ich habe mich gefragt –«
»Zum Teufel mit dir! Was schwafelste da?«
»Jack, sag doch was Nettes«, sagte ich mit der sanften Überzeu-
gungskraft eines Fernseh-Kinderonkels. »Erzähl mir, weshalb der
Steinschlag Roger so gefuchst hat.«
»Was! Pack jetzt meine Fußgelenke!«
Das Seil machte einen Minirutscher.
»Jack, ich helfe dir, aber erst mußt du mir helfen.«
»Grrrrraaaagh!« machte Jack.
Rutsch, rutsch, machte das Seil an seinem Gürtel.

»Wieso ist Roger nach Boston gekommen?«

»Zum Teufel mit dir! Zum Teufel! Mit dir!«

»Jack?«

Rutsch.

»Okay! Okay!« sagte er. »Du hast mich am Arsch.«

»Nicht ganz, Jack.«

»Faß meine Beine und ich sag's dir.«

»Erst sagen.«

Rutsch, rutsch.

»Ich *hasse* dich!« schrie er. Dann, einen Augenblick später, meinte er mit einem wilden Grollen: »Roger hat geglaubt, irgendwer hätte die Felsen absichtlich gesprengt!«

»Ach! Es war kein natürlicher Steinschlag?«

»Nein!«

»Und deshalb ist Roger nach Boston gekommen?«

»Zum Teufel, ja! Deshalb!«

»Was ist in Boston?«

»Weiß ich nicht, verdammter Wichser! *Faß meine Beine!*«

»Okay, Jack.«

Ich umfaßte seine Knöchel, und in demselben Augenblick rollte er sich hoch und faßte selbst das Sicherheitsseil. Dann zog er sich auf den Überhang hinauf. Er war aufrichtig empört. »Das war nich' fair«, meinte er.

»Ich mußte es wissen, Jack.«

Er stand auf und gürtete seine Jeans zu.

Ich fragte: »Hast du nicht wenigstens den Kick genossen, ich meine den unerwarteten?«

Er atmete eine Zeitlang schwer, während er das Sicherheitsseil wieder festmachte und die gute alte Erde unter sich spürte. Nach ein paar Minuten schweigender Wut sah er mich an und lächelte zu meiner Überraschung. »Weißte, Kumpel, hast vielleicht recht.« Dann legte er den Arm um meinen Hals und zog mich an sich. »Ich hab' bestimmt nicht *die* Art von Kick erwartet. Und jetzt, wo ich sicher und gesund mit dir hier stehe, geb ich zu, es *war* wirklich nett.«

»Jack, ich hätte dich nicht wirklich fallenlassen.« Doch ich fragte mich, wie ein Mensch in dem einen Augenblick am Rand des Todes sein und sich im nächsten noch dafür bedanken konnte. War ich, ohne es zu merken, in schweres S/M geraten?

Von dem Berg herunterzukommen war extrem einfach, weil es auf der Rückseite einen alternativen Wanderweg gab. Wieder bei der Bergsteigerschule angelangt, schüttelte Jack mir die Hand und sagte: »Nochmal danke für den Kick, Kumpel. Müßtest mehr klettern. Bist'n Naturtalent.«

»Mir wird immer noch schwindelig.«

»Ach was, daran gewöhnst du dich. Komm jederzeit vorbei, ich nehm' dich wieder mit 'rauf.«

Natürlich würdest du das, dachte ich.

Es war schon nach zwei, als ich zum Auto kam. Ich fuhr zurück zur Hauptstraße und spürte beim Steuern einen brennenden Schmerz in den Fingerspitzen. Dann machte es klick und ich wußte, was diese seltsamen Schrunden auf Rogers Fingerspitzen verursacht hatte: der Fels.

Als ich von der Schule losfuhr, hatte ich Ausschau nach Yudi gehalten. Ob er Jack und mich wohl in der Folies-Bergère-Nummer auf dem Felsüberhang gesehen hatte? Ich ging davon aus, daß er irgendwo am Straßenrand nach mir Ausschau hielt. Es war unmöglich, die große rote Klapperkiste in dieser natürlichen Umgebung zu übersehen. Ich erreichte die Hauptstraße des Tals, ohne ihn gefunden zu haben, also fuhr ich die ganze Strecke zur Bergsteigerschule zurück, doch ohne Erfolg. Ich gab auf und fuhr ins Dorf, in der Hoffnung, ihn am Wegesrand zu finden, was nicht geschah.

Statt weiter zu suchen fuhr ich zum Ohlone Hotel zu meinem Lunch-Verhör mit Mr. Leonard. Inzwischen mit mehr Informationen bewaffnet, wollte ich einfach herausfinden, wieviel er wußte. Yudi würde schon begreifen, daß mir für Versteckspiele die Zeit fehlte.

13
LUNCH MIT FEINEN LEUTEN

Zum Ohlone zurückgekehrt, ging ich sofort zu Mr. Leonards Salon im Mezzanin. Statt jedoch höflich die Klingel zu benutzen, benahm ich mich wie ein Bulle und hämmerte laut gegen die Tür. Dann versuchte ich, sie ohne weiteres Abwarten zu öffnen. Ich hatte vorgehabt, wie ein richtiger Kerl dort hereinzuplatzen, aber natürlich war die Tür zu und mein Auftritt damit ruiniert.

Also drückte ich wiederholt die Klingel, bis ich an der anderen Seite der Tür Schritte vernahm. Einige Augenblicke später summte das Türschloß und ich trat ein. Mr. Leonard lümmelte am Fenster, gehüllt in einen bauschigen Kaftan aus türkis- und kobaltfarbener Rohseide. Der Stoff war in Brusthöhe eigenartig gerafft und sollte die Illusion schaffen, der Umfang seines Brustkorbs überträfe den seiner Hüfte. Im Sonnenlicht glühte sein gefärbtes Haar wie ein oranger Flokati. Seine enormen rosagetönten Brillengläser mit ihren schräggeschliffenen Rändern hatten die Form von Lotosblütenblättern. Er manikürte sich gerade, und das mit einer grauenerregenden Technik. Er sägte mit der Feile an seinen Nägeln herum, statt diese sanft und nur in einer Richtung über den Rand jedes Nagels zu ziehen. Nonchalant sah er hoch und sagte: »Du bist zurückgekommen.«

Ich starrte ihn bloß an.

»Hast du Rogers Hütte gefunden?«

Ich nickte.

»War es nicht genau so, wie ich dir gesagt habe?«

Wieder nickte ich.

Er schob sich die Brille zurecht und meinte selbstgefällig: »Du schuldest mir also einen Gefallen.«

Ich starrte wortlos vor mich hin.

»Und wann kann ich meine Forderung eintreiben?«

»Jetzt«, sagte ich schließlich. »Lunch.«

»Gut! Ich mag Männer, die ihre Schulden begleichen.« Mr. Leonard nahm den Hörer auf und tippte drei Nummern ein. »Donald? Leonard. Ich hätte meinen Tisch gern für jetzt bestellt. Ja, ich weiß, das Restaurant ist geschlossen, aber ich habe einen Gast, dessen Terminkalender etwas, äh, unflexibel ist. Ja, Donald, ich verstehe. Dank' dir, Donald.« Er legte auf, neigte dann den Kopf in meine Richtung und zog eine Augenbraue hoch. Ich glaube, er versuchte, sexy zu sein. »Wieso gehst du nicht hinunter ins Restaurant und wartest dort auf mich? Donald, der Maître d'Hôtel, wird dir deinen Platz zeigen und den Wein aussuchen. Ich bin gleich bei dir.«

Ich verließ ihn und begab mich hinunter ins Hauptfoyer, jedoch hatte ich nicht die Absicht, mich hinzusetzen und auf ihn zu warten. Statt dessen ging ich zurück zur Cocktail Lounge, wo ich gestern die Spur von Mr. Leonard aufgenommen hatte. Ich wollte der Frau hinter der Bar nochmals für ihre Hilfe danken, doch sie war nicht im Dienst. Also wanderte ich statt dessen durch die Lobby des Ohlone. Ich fand den Großen Salon, eine gigantische Halle, entworfen für die seriöse Muße. An jedem Ende des Raumes war ein kolossaler steinerner Kamin, groß genug zum Hineingehen. Die aus Naturstein gemauerte Wand reichte bis zur Decke, ebenso die hohen Fenster entlang jeder Seite des riesenhaften rechteckigen Raumes. Die oberen anderthalb Meter der Fenster bestanden aus geometrischen Buntglasfeldern in den Farben Rot, Orange, Gold, Blau und Grün. Das vielfarbige Glas filterte das Sonnenlicht und streute es in blendenden Regenbögen umher. Als ich sicher war, daß ich zu spät sein und Mr. Leonard auf mich warten würde, kam ich lässig in den gähnend großen Speisesaal spaziert. Der Ort war leer bis auf ihn, der mutterseelenallein am anderen Ende des Speisesaals am Tisch saß, versteckt in einer von Erkerfenstern gebildeten Nische. Ich sagte dem Ober, der dieser Donald sein mußte, ich sei Mr. Leonards Gast. Er nickte entgegenkommend und führte mich zu dem Tisch. Die Speisesaalfenster reichten ebenfalls vom Boden zehn Meter hinauf bis zur Decke. Statt des Buntglases oben boten sie jedoch ein gewaltiges Panorama der Talwände draußen. Unterhalb dieser Grandeur saß mein Gastgeber. Er hatte seinen brustbetonten Kaftan gegen braune Hosen und ein Blousonhemd aus jagdgrünem Leinen eingetauscht. Er schien nicht erfreut, mich zu sehen.

»Ich hatte erwartet, du würdest vor mir hier sein!« Er hatte sich frisch mit einem süßen Blütenparfüm begossen, was sofort meine Nebenhöhlen reizte.

»Ich habe mich im Hotel umgesehen«, antwortete ich kühl. »Habe dabei wohl die Zeit aus den Augen verloren. Tut mir leid.«

Er flatterte kokett mit den Augenlidern: »Es sei dir vergeben.«
Donald schenkte mir Rotwein ins Glas, und ich fragte ihn nach
der Karte.
Mr. Leonard unterbrach mich: »Ich habe schon für uns bestellt.«
»Woher wissen Sie, was mir schmeckt?«
»Mein lieber Junge, du mußt mir vertrauen. Ich erlaube keiner
Speisekarte, mich einzuschränken. Das Küchenpersonal kennt
meinen Geschmack.«
Das will ich wetten, dachte ich. »Ich bin kein Junge mehr«, sagte
ich.
»Darling, das war ein Kompliment an deine Jugendlichkeit.«
Ich nippte an dem Wein und fand ihn angenehm trocken und
fruchtig. Punkte für Donald und den kalifornischen Winzer.
Mr. Leonard plapperte eine Weile von seiner Vergangenheit, wie
sein Talent in New York oder Los Angeles nie entsprechend ge-
würdigt worden sei, also habe er sich im Ohlone niedergelassen
und bediene hier reiche Touristen. Als ich ihn fragte, wo er seine
Färbens-Techniken gelernt habe, knurrte er: »Mit den Augen! Sie
sind die einzig wahren Instrumente meiner Kunst.« Ich fragte
mich, wann er sie zum letzten Mal hatte untersuchen lassen.
Dann sagte er: »Du hast Rogers Haus demnach genauso vorgefunden, wie ich es gesagt hatte?«
Ich nickte. »Das habe ich Ihnen schon erzählt.«
»Und nichts war da, genau wie ich gesagt hatte, stimmt's?«
Eine dramatische Pause lang schwenkte ich behutsam mein Wein-
glas. »Falsch«, sagte ich. Jetzt blickte ich ihm geradewegs ins Gesicht. »Viele Dinge waren da.«
Mr. Leonard trank etwas Wein. »Wirklich?« Er versuchte, unbe-
teiligt zu klingen, doch ich wußte, daß er vor Neugier danach verging, was ich in Rogers Hütte gefunden hatte. »Erzähl«, sagte er.
»Roger war ein passionierter Bergsteiger.«
Er zuckte leicht. »Ach, der Unsinn! Ich sagte dir schon, daß er immer hier herumgekraxelt ist, um seine Männlichkeit zu beweisen.« Mr. Leonards Worte riefen mir meine eigene, ähnliche Meinung bezüglich dieses Sports ins Gedächtnis, und ich entschied,
meine Haltung unverzüglich zu ändern.
Ich fuhr fort: »Außerdem habe ich herausgefunden, daß Roger
wirklich außer sich war wegen des jüngsten Steinschlags an der
Washington Column.«

Mr. Leonards Augen verengten sich. »Wer hat dir das erzählt?«
»Einer, über den ich dort gestolpert bin.«
»Ach ja«, sagte er erleichtert. »Yudi.« Seine Augenlider entspannten sich. »Rogers kleiner Hund. Ich habe dich vor ihm gewarnt.«
»Eigentlich ist er eher ein Hundebaby.«
»Dann hat er dich noch nicht gebissen.«
»Zügeln Sie Ihre Phantasie«, sagte ich.
Mr. Leonard zog eine Augenbraue hoch. »Willst du nicht ein bißchen deutlicher werden?«
Ich schüttelte den Kopf. »Offensichtlich scheinen Sie ihn nicht zu mögen.«
»Darling, ich kann keinen Rivalen leiden. Er ist genau wie du in den Genuß von Rogers Fleisch gekommen, ein Privileg, das mir nie zuteil wurde.«
»Begierde kennt keine Regeln.« Nikkis Philosophie schien im Augenblick ganz passend.
»Schließt das dich und mich mit ein?« fragte er. Mit einer schlaffen Geste seiner Hand deutete er auf uns, während die Diamanten an seiner Uhr im Sonnenlicht glitzerten.
»Nein«, sagte ich. »Um Begierde handelt es sich bei uns nicht.«
Mr. Leonard fuhr auf. »Nun, dieser Yudi ist jedenfalls ein schlimmer kleiner Lügner. Glaub ihm kein Wort.«
Unser Lunch wurde serviert. Er bestand aus frischen Lachswürfeln, mariniert, am Spieß gegrillt und anschließend mit einer leicht mit Estragon und Balsamessig aromatisierten Sauce übergossen. Zwei Gemüse kamen mit dem Fisch: mit Olivenöl besprenkelte Broccoliröschen und ein mit Kardamom abgerundetes Kürbisgratin.
Donald entfernte Mr. Leonards halbvolles Rotweinglas und ersetzte es durch ein sauberes, kleineres, in das er einen frischen, kühlen Weißwein einschenkte. Gerade wollte er das gleiche bei mir tun, doch ich berührte diskret den Fuß meines Glases.
»Danke, ich bleibe bei dem Roten.«
Mr. Leonard schrie: »Doch nicht zu dem Fisch!«
Ruhig entgegnete ich: »Wo ich herkomme, geht alles.«
Er starrte mich wütend an, schüttelte den Kopf und stopfte sich einen großen Brocken Lachs in den Rachen. Er kaute schlampig und mit offenem Mund, während er das Essen im Innern herumschob.
»Mmmmm«, sagte er. »Superb, wie gewöhnlich.«

Ich begann mit einer Broccoliknospe. Das Öl war hervorragend, aus feinen grünen Oliven und eindeutig kaltgepreßt. Trotz meiner Gefühle für Mr. Leonard hatte er in einem recht: Das Essen war einfach und exzellent.

Ich warf beiläufig ein: »Roger glaubte, daß die Felsen gesprengt worden sind.«

Mr. Leonard riß die Augen auf. »Wer hat dir das erzählt?«

Ich lächelte rätselhaft.

»Ich wette, der verdammte kleine Filipino«, schnauzte er.

»Wieso denkt das jeder? Yudi kommt von Bali.«

Mr. Leonard zuckte mit den Schultern. »Alles dasselbe. Also er hat es dir erzählt?«

Ich schüttelte den Kopf. »Nein. Da war ein Typ namens Jack.«

»Jack wer!« Mr. Leonards Gabel platschte leise in sein Kürbisgratin.

»Betreibt eine Bergsteigerschule in der Gegend.«

Er fing sich rasch. »Du kommst ja ziemlich rum, Darling.« Er nahm die Gabel hoch und aß den Kürbis, der daran klebte, so als hätte er ihn schon gleich so aufgabeln wollen.

Ich nahm mein erstes Stück Lachs. Es war delikat glasiert und kross gegrillt, doch innen war das Fleisch feucht von der würzigen Marinade. Irgendwer in der Küche wußte, was er tat, und ich genoß das Ergebnis.

Ich fragte: »Hat Roger jemals davon gesprochen, daß der Steinschlag kein Zufall war, sondern daß jemand ihn absichtlich verursacht hat?«

Mr. Leonard strengte sich sehr an, blasiert zu erscheinen. »Alles, was Rogers heiliges Tal anging, brachte ihn in Rage, aber der Gedanke, daß jemand die Washington Column absichtlich gesprengt haben könnte, ist natürlich Unsinn.«

Er nahm einen Schluck Wein in den Mund und schlabberte eine Weile darauf herum. Ich fürchtete, er würde auch noch damit gurgeln. Nachdem er ihn endlich verschluckt hatte, sagte er: »Es stimmt, daß der allerliebste Roger ziemlich viel in Bewegung gesetzt hat: Briefe geschrieben, Telefonate geführt, versucht hat den Helden der Wildnis zu spielen und so weiter.«

»Briefe an wen?«

»Hä?« Ein böses Auge starrte mich über den Rand seines Weinglases hinweg an, und der Rubin an seinem kleinen Finger glühte.

»Wem hat er geschrieben?«

»Nun, *ich* weiß es nicht. Das war allein seine kleine Obsession.«

»Aber wenn er so viele Briefe geschrieben hat, wo sind die jetzt?«

Mr. Leonard starrte mich an, versuchte, eine Pokermiene beizube-halten, doch die Anstrengung verriet ihn. »Ich denke, die Polizei hat alles beschlagnahmt«, sagte er.

»Weshalb sollte sie? Roger war ein Opfer, kein Tatverdächtiger.«

Als Erwiderung neigte Mr. Leonard den Kopf kokett zur Seite und zuckte mit einer Schulter. »Darling, ich weiß es wirklich nicht.«

Wir aßen eine Zeitlang in Stille, doch ich fühlte, daß er mich dabei musterte und über etwas brütete. Alles, was ich tun konnte, war, cool zu bleiben, während seine Augen sich durch meine Kleidung und in mich hineinbohrten. Zuletzt schmiß er seine Gabel hin und fragte: »Was machst du wirklich hier? Was willst du? Du mußt hinter etwas her sein. Alle sind das.«

Ich aß weiter und antwortete schnoddrig: »Wie gesagt, ich will herausfinden, was Roger nach Boston gezogen hat.«

»Und wozu soll das gut sein?«

»Sagen wir mal, ich bringe eine persönliche Sache ins Reine.« Ich unterbrach mich, um einen Bissen Fisch zu kosten, und fuhr fort: »Ich weiß sowieso, wer ihn umgebracht hat.«

»Ach, wirklich?« Sein Mund fiel auf, und ich war Zeuge einer recht unattraktiven Mischung aus Broccoli, Kürbis, Lachs und Wein in dessen Innern.

Ich nickte. »Ich brauche bloß einige Beweise, um die Polizei zu überzeugen.«

Mr. Leonard widmete sich wieder seinem Essen, doch dann sah er plötzlich auf die Uhr: »Du wirst mich entschuldigen müssen«, sagte er und winkte Donald. »Mir ist gerade eingefallen, daß ich jetzt einen Termin habe. Bitte iß ohne mich weiter.«

»Ich bin satt, danke.« Eigentlich war mir während des Essens klar geworden, was ich als Nächstes zu tun hatte, und ich brauchte mit diesem Typen keine Zeit mehr zu verlieren. Ich hatte sowieso schon herausgefunden, was ich wissen wollte. Durch seine Ant-worten wußte ich, daß Mr. Leonard irgendwie in Rogers Fahrt nach Boston verwickelt war und daß er außerdem schlecht log.

Donald erschien an unserem Tisch und erkundigte sich höflich nach Kaffee und Dessert. Ich sagte: »Einfach nur die Rechnung, bitte.«

Donald antwortete mit einem liebenswürdigen Lächeln. »Ist bereits erledigt.«

Mr. Leonard warf dazwischen: »Ein Friedensangebot dafür, daß ich so unwirsch gewesen bin, Stan. Es macht dir doch nichts aus, wenn ich Stan zu dir sage?« fragte er mit einem anzüglichen Grinsen.

Würde er je begreifen, wieviel mir das ausmachte?

»Danke«, sagte ich, »aber ich möchte Ihnen keine Gefälligkeiten schulden.«

Er fuhr fort: »Aber Stan, ich sagte dir schon, es gibt so wenig stimulierende Gesellschaft hier oben. Ich fürchte, meine Umgangsformen haben nicht mehr den rechten Schliff. Bitte nimm dieses Essen als meinen persönlichen Dank für deine schiere Gegenwart.«

Ich erhob mich. »Schön. Danke, Lenny«, zwitscherte ich.

Er versuchte, einen Rülpser zu unterdrücken.

Ich sagte: »Ich muß jetzt auch los … viel zu erledigen.« Widerwillig streckte ich die Hand aus. Es schien das Geringste, was ich tun konnte, hatte er doch womöglich mehr als siebzig Dollar für den Lunch springen lassen. Doch als Mr. Leonard meine Hand ergriff, tat es mir leid. Seine Pfote war feuchtkalt. Er umklammerte meine Hand fest und zerrte sie an sich, wobei er mein Gesicht nah an das seine brachte.

»Komm heut abend in mein Penthouse«, sagte er in atemloser Verzweiflung. »Bitte!«

Alles, was ich tun konnte, war, meine Stimme ruhig zu halten, während er meine Hand so unangenehm umklammert hielt. Ich sprach entschieden, in einem kühlen, gleichmäßigen Ton. »Danke für den Lunch, ich habe noch viel zu erledigen.« Ich versuchte, mich ihm zu entwinden, doch er zog mich nur noch näher an sich. Sein süßes Parfüm vermischte sich mit dem Geruch von gegrilltem Fisch aus seinem Mund – nicht eben ein Aphrodisiakum. Ich legte meine freie Hand auf seinen nackten Unterarm, als wollte ich den Handschlag bestätigen. Dann schlug ich in einer gezielten Bewegung meine Fingernägel in seine Haut und riß mich los.

Als ich davonlief, hörte ich ihn zischen: »Miststück!«

14
BÄUME, DIE FRÜCHTE BRINGEN

Um vier Uhr Nachmittags warf die Sonne Streifen von Mauve, Pink und Gelb über einen blaßblauen Himmel. Die Natur im Yosemite Valley erschien schön und heiter, doch die Menschen, die ich dort traf, kamen mir unausgeglichen und exzentrisch vor. (Dabei meint das Landvolk, die Leute in der *Stadt* wären seltsam!) Ich fuhr die gemietete rote Arche vom Parkplatz des Ohlone Hotel herunter und die Hauptstraße in Richtung meiner Hütte hinauf. Dabei fragte ich mich, wo Yudi sich versteckt hielt und wo er demnächst wohl auftauchen würde. Kaum hatte ich das gedacht, sah ich ihn direkt neben der Straße auf einem Felsen zwischen den Bäumen sitzen. Vielleicht *war* er ja ein Waldgeist und reagierte auf Gedanken.

Er winkte mir zu und ich lenkte den Wagen an den Straßenrand. Statt zum Auto zu kommen, signalisierte er mir jedoch, ich solle aussteigen und zu ihm hingehen, was ich auch tat. Wie ich nähertrat, hob er die Hand und hielt einen Finger vor die Lippen: Ich sollte stehenbleiben und schweigen. Im nächsten Augenblick sah ich, weshalb. Ein kleiner, grellgelber Vogel mit schwarzen Flügeln kam auf ihn zugeflattert. Yudi streckte den Zeigefinger wie einen Ast vor sich aus, und genau wie im Zeichentrickfilm tschilpte der kleine Vogel und strich auf dem ausgestreckten Finger nieder. Yudi testete die Langmut des kleinen Geschöpfs, indem er die Hand langsam und in einem immer größer werdenden Bogen hin- und herschwang. Der Vogel flatterte, um das Gleichgewicht zu behalten, und flog ihm schließlich von der Hand. Aus einer zerknitterten Papiertüte zu seinen Füßen nahm Yudi einen neuen Krümel und legte ihn sich auf den Finger. Innerhalb von Sekunden kam der Vogel zurück, doch diesmal pickte er bloß den Krümel auf und flog davon.

Yudi meinte: »Er muß dich gesehen haben.«

»Alle Uhren stehen still, wenn mein finstrer Blick es will.«

»Das habe ich damit nicht gemeint.«

»Fütterst du die Tiere immer so?«

»Manchmal.«

»Wie bekommst du einen wilden Vogel so zahm?«

»Er weiß, daß ich ihm nichts tue, also verhält er sich einfach natürlich.« Yudi hob die Papiertüte auf, drehte sie zu einem festen Krapfen zusammen und fragte: »Bist du mit Jack geklettert?«

»Äh, ja …« Wieder fragte ich mich, ob er uns früher am Tag zusammen auf diesem Felsvorsprung gesehen hatte, mich und Jack, wie er seinem akrobatischen Exhibitionismus frönte.

»Ich habe es mir gedacht. Als du nicht sofort wiederkamst, wußte ich, daß er dich mit hinaufgenommen hatte. Roger und er waren immer da droben.«

Ich fragte, wo er so gut Englisch gelernt hatte. »Von einem Engländer auf Bali«, antwortete er. »Aber Roger hat mir mit der amerikanischen Aussprache geholfen.« (Genau wie ich vermutet hatte.)

»Yudi, wieso kann Jack dich nicht leiden?«

Er stand auf und streckte seinen geschmeidigen Körper. Sein brauner Bauch lugte zwischen Hemd und Jeans hervor. Er bemerkte mein Starren und lächelte verschmitzt. »Jack meint, ich hätte Roger zum Sex verleitet, aber es war wirklich umgekehrt. Roger hat die ganze Sache angefangen. Ich habe es nur aus Dank dafür getan, daß er mich von Bali mit hierher genommen hat.«

Das war schon ein ganz anderes Lied als »es hatte nichts zu bedeuten«, was Yudi gestern noch so beteuert hatte.

Ich sagte: »Jack zufolge ist Roger nach Boston gekommen, weil er geglaubt hat, der Steinschlag sei nicht natürlich gewesen, sondern jemand hätte den Felsen absichtlich in die Luft gesprengt.«

»Das stimmt«, meinte Yudi.

»Du hast es also auch gewußt?«

»Ich wußte, daß Roger das *geglaubt* hat.« Seine tanzenden Augen verrieten, daß es ihm Spaß machte, mich aufzuziehen und in die Irre zu führen.

»Wieso hast du mir das nicht früher gesagt?«

Er zuckte mit den Achseln. »Hab' nicht daran gedacht.« Dann sagte er: »Ich kann Ms. Leonas Parfüm an dir riechen.«

»Ich habe mit ihm zu Mittag gegessen.«

»Ist das alles?«

»Wieso?«

»Ist auch egal. Du kannst tun, was du willst. Du schuldest mir nichts, nicht nach dem, wie ich dich gestern behandelt habe.«

Trotz seiner Worte jedoch wirkte er verletzt, als hätte ich ein Versprechen gebrochen und mich Mr. Leonard hingegeben.

»Ich sage dir, Yudi, nichts ist passiert. Wir haben bloß gegessen und geredet.«

»Wo?«

»Im Speisesaal des Ohlone.«

»Worüber habt ihr geredet?«

»Über Roger natürlich.«

»Und mich?«

»Und dich, und Jack, und den Steinschlag.«

»Glaub nichts von dem, was er sagt.«

»Wieso nicht?«

»Leona ist die schlimmste Lügnerin im Tal.«

»Das gleiche hat er von dir gesagt.«

»Aber *er* ist der Lügner.«

Ich rief mir einen ähnlichen Wortwechsel zwischen mir und Branco ins Gedächtnis, als meine Geschichte gegen Calvins gestanden und ich eine ähnliche Schlußfolgerung gezogen hatte. Es war an der Zeit, die Idee umzusetzen, die mir während des Essens mit Mr. Leonard gekommen war. »Yudi, kannst du mich zu dem Steinschlag bringen?«

»Du möchtest wirklich *dorthin*?«

Ich nickte. »Ich will wissen, wie es dort aussieht.«

»Du kannst da nicht hin.« Er wirkte verängstigt. »Ist alles abgesperrt.«

»Ich wette, du weißt einen Weg.«

»Nein. Die Ranger sind überall.«

»Auch in der Nacht? Außerhalb der Saison?«

Er dachte eine Weile nach und fragte dann: »Was bekomme ich, wenn ich dich hinbringe?«

Keine Freifahrten. »Ich lade dich zum Abendessen ein.«

»Und dann?« Sein Blick war aufreizend und verlockend.

»Immer eins nach dem andern, Kamerad.« Was war denn nur los? Plötzlich war ich der Star des Tages, und die drei Männer, denen ich im Tal begegnet war, hatten alle bloß Sex im Kopf.

»Gut«, sagte Yudi beflissen. »Ich bringe dich hin, aber zuerst sollten wir uns dunkle Sachen anziehen. Ich gehe mich umziehen und treffe dich später im Dorf.«

»Ich kann dich nach Hause fahren.«

»Nein.«

»Es liegt auf dem Weg.«

»Nein, tut es nicht.«

»Es macht keine Umstände.«

»Nein!« Erst schien es, als wolle er mich umarmen, doch er hielt sich zurück. »Ich gehe und miete die Fahrräder, ehe sie zumachen. Wir treffen uns am Fahrradladen gegen acht. Dann wird es dunkel genug sein.« Sprach's und ließ mich zwischen den Bäumen stehen.

Auf dem Weg zu meiner Hütte zurück rief ich von einem Münzfernsprecher aus Nicole an. Es war fast sechs Uhr, und mit der Zeitverschiebung müßte sie jetzt eigentlich zu Hause sein und einen entspannenden Sonntagabend verbringen. Sie war auch richtig daheim, aber entspannt war sie nicht. Sie nahm den Hörer schon beim ersten Läuten auf.

»Nikki?« fragte ich.

Ihre Stimme klang besorgt. »Gottseidank, daß du anrufst!«

»Wieso? Was ist los?«

»Lieutenant Branco hat mir heute einen richtigen Hausbesuch abgestattet.«

»*Chez toi?* Was hat er gewollt?«

»Er suchte nacch dir und war unheimlich sauer.«

»Muß an dem Paket süßer Nichtigkeiten liegen, das ich ihm geschickt habe.« Ich meinte den malträtierten Drohbrief.

»Das war das eine, und außerdem hat er herausgefunden, daß du Calvin im Knast besucht hast, und er weiß, daß du aus der Stadt getürmt bist.«

»Wer hat ihm das erzählt?«

»Darling, woher soll ich das wissen?«

»Gut, er kann daran zur Zeit wenig ändern.«

»Falsch, Stanley. Er hat mir eine Nachricht für dich hinterlassen.«

»Ja?«

»Er sagte, wenn du dich nicht in Boston bei ihm meldest, und zwar *persönlich*, dann wird er morgen früh um neun einen Haftbefehl für dich ausstellen.«

»Was du nicht sagst!«

»Das waren genau seine Worte. Stanley, er meint es ernst.«

»Du hast ihm doch nicht gesagt, wo ich bin?«

»Natürlich nicht! Ich sagte, ich hätte keine Ahnung, wo du stecktest, und wie verärgert ich über dich wäre, daß du mich einfach so sitzenläßt ... was ich auch *bin*, Stanley. Ich glaube, du solltest zurücksein, bevor du eine Polizei-Eskorte bekommst.«

»Ich kann jetzt nicht fort, Nikki. Ich bin noch hinter was her. Es hat einen großen Steinschlag gegeben hier oben ...«

»Stanley, komm jetzt nach Hause!«

»Ich brauche bloß noch eine Nacht, Nikki. Ich bin schon auf dem Weg, mir diesen Felsrutsch anzusehen.«

»Wovon sprichst du eigentlich?«

»Es hat einen großen Felsrutsch hier oben gegeben, und nach dem, was ich gehört habe, glaubte Roger, jemand hätte ihn absichtlich verursacht. Er war nicht natürlich.«

»Und deine gewaltige Erfahrung mit unnatürlichen Akten wird dir heute nacht die erforderlichen Erklärungen liefern.«

»Alles, was erklären hilft, *weshalb* er nach Boston kam, ist womöglich ein Hinweis auf das Mordmotiv.«

»Stanley, das ist ja schon eine Obsession.«

»Nein, Liebes, ich bin ganz Konzentration. Das ist der neue Ausdruck dafür.« Am anderen Ende hörte ich sie ärgerlich seufzen.

»Was macht Sugar Baby?« fragte ich in der Hoffnung, so die wachsende Spannung zwischen uns abzubauen.

»Sie führt gerade Krieg gegen einen Champagnerkorken.«

Ich stellte mir meine Lieblingskatze vor, wie sie den Korken hoch in die Luft warf und dann hinterhersprang, um ihn auf halbem Weg abzufangen. »Glaubst du, sie vermißt mich?«

»Wechsle jetzt nicht das Thema. Du wirst sie heute nacht sehen.«

»Tatsächlich?«

»Ja, Stanley, wenn du nach Hause kommst. Oder hast du die Warnung des Lieutenants schon vergessen?«

»Wenn ich hier fertig bin, Mutter, komme ich wieder.«

»Heute nacht, Stanley. Er möchte, daß du morgen früh in der Stadt bist.«

»Ich kann nicht, Nikki.«

»Dann ruf ihn an und erkläre es ihm.«

»Na gut. Aber ich komme morgen ja sowieso zurück. Ich sehe nicht, was ein paar Stunden für einen Unterschied machen sollen.«

»Ruf ihn einfach an und rufe *mich* zurück, sobald du deinen Flug weißt.« Sie hängte auf wie gewöhnlich, ohne auf Wiedersehen zu sagen.

Ich nahm mir vor, Branco später anzurufen, nach meinem Abenteuer mit Yudi. Ich würde ihm mehr zu berichten haben, und vielleicht hätte er dann mehr Verständnis. Dann dachte ich: Wieso sich überhaupt mit Telefonaten aufhalten? Ich wäre morgen in Boston, auch wenn es nicht genau frühmorgens sein würde. Diese Logik jedoch sollte sich als wenig tragfähig erweisen.

Als ich später zu dem Fahrradladen kam, wartete Yudi schon auf mich. Er hatte schwarze Jeans und ein schwarzes Sweatshirt angezogen, dazu schwarze Treter und eine Bomberjacke aus schwarzem Leder. Vielleicht waren es meine Nerven, vielleicht war es auch das Mondlicht, doch Yudi sah begehrenswerter aus, als ich zugeben mochte. Die Fahrräder lehnten gegen einen Baum in der Nähe.

»Gehen wir«, murmelte er unwirsch.

»Was ist los? Du hörst dich ärgerlich an.«

»Ich hab's mir überlegt. Ich halte das für eine schlechte Idee.«

»Wird schon alles gutgehen«, sagte ich und wünschte, ich könnte meinen eigenen Worten glauben.

Yudi schaute zu Boden und trat mit der Spitze seines Treters in den Schmutz. »Roger ist sehr viel zu dem Steinschlag gegangen, und du weißt, was mit ihm passiert ist.«

Ich versuchte, couragiert und meiner Sache sicher zu klingen. »Yudi, *irgendwer* muß doch herausfinden, was wirklich passiert ist. Und wer, wenn nicht wir?«

Er wirkte nicht überzeugt, ging aber trotzdem zu seinem Rad. Wir fuhren den Fahrradweg entlang, vorbei am Ohlone Hotel und hinein in die Wälder. Wir radelten die ganze Strecke bis zum Ende des Wegs, dann gingen wir zu Fuß weiter. Es war völlig dunkel jetzt, und wir hatten nur das Licht des fast vollen Mondes und dazu unsere Taschenlampen. Yudi führte uns.

»Benutze die Taschenlampe höchstens für eine Sekunde«, sagte er. »Ihr Licht ist hier weit und breit zu sehen.«

Vorsichtig gingen wir durch die Dunkelheit. Außer dem gelegentlichen weichen Knacksen der Redwood-Nadeln unter unseren Füßen war die Ruhe im Wald geradezu störend. Gewöhnt an den urbanen Lärm von Automobilen, lauten Nachbarn und Musik aus der Konserve, hatte ich das höhere Bewußtsein vergessen, das der absoluten Ruhe bisweilen entspringt.

In der Dunkelheit vor uns entdeckte ich etwas, was sich wie ein Zaun aus einem hellen Stoff ausnahm, der sich schwach im Mondlicht abzeichnete. Dort angelangt zeigte sich, daß es sich um einen weiten Gürtel aus gelbem Plastik handelte, der nach jedem Meter die aufgedruckte Warnung trug:

GEFAHRENZONE – ZUTRITT VERBOTEN

Die sechzig Zentimeter breite Kunststoffbahn war um die Baumstämme gewickelt und zog sich durch den ganzen Wald. Sie leuchtete unheimlich im Mondlicht.

»Keine besonders gute Abschreckung«, bemerkte ich.

Yudi fragte: »Was ist eine Abschreckung?«

»Etwas, das irgend etwas anderes verhindert, wie Zäune, die die Straße versperren.«

Er durchdachte meine Worte für einen Moment und fragte dann: »Oder Kondome, die Krankheit verhüten?«

»Ja, oder sogar Empfängnis.«

»Abschreckung«, sagte er wieder, als wir uns unter die gelbe Kunststoffbahn duckten. Wir gingen eine weitere Viertelstunde und ich fragte mich, ob wir jemals unser Ziel erreichen würden. Dann standen wir plötzlich direkt davor, und meine Besorgnis verschwand in der wundersamen Vision vor uns. Massive Stücke gezackten schwarzen Granits erhoben sich im bläulichen Mondlicht, manche halb so groß wie ein Sandsteinhaus an Bostons Back Bay. Ich sah hoch und erblickte im Mondlicht die Spitze der Washington Column. Wie solche enormen, furchterregenden Felsbrocken überhaupt stehengeblieben waren?

»Ungeheuer, was?« meinte Yudi.

»Ganz schön beeindruckend.«

»Was willst du jetzt tun?«

»Mich umsehen, ein Gefühl dafür bekommen. Die Ausmaße sind überwältigend. So etwas habe ich noch nie gesehen.«

»Alle sind schon hier gewesen, die Ranger und Geologen. Sie alle haben gesagt, es wäre ein natürlicher Steinschlag.«

»Aber Roger hat ihnen nicht geglaubt, stimmt's?«

»Nein. Aber sie haben überall nach Hinweisen gesucht. Wenn etwas zurückgeblieben ist, liegt es unter den Steinen, und nichts wird sie je wieder bewegen.«

Vorsichtig stieg ich über die Steine, studierte sie, berührte sie, roch die Luft, lauschte. Alles atmete die ruhige, vergangene Energie einer monströsen, bereits vollendeten und irreversiblen Tat. Die ersten Zweifel kamen mir, ob meine Reise mich überhaupt zu irgendwelchen Antworten führen würde. Aus Gründen des Perspektivwechsels drehte ich mich um und schaute zurück zu dem Wald, durch den wir gegangen waren. Als mein Blick zum Himmel wanderte, sah ich einen Augenblick lang etwas in einem der Bäume aufleuchten. Ich packte Yudi und zischte: »Runter!« Ich zog ihn mit mir zu Boden und zerrte ihn weiter, während ich hinter einen nahen Felsbrocken kroch.

Mein plötzliches Handeln hatte ihn verwirrt. »Was ist los?« fragte er.

»Jemand mit einem Gewehr sitzt oben in einem der Bäume«, sagte ich. »Ich hab's gesehen.«

»Bist du sicher?«

»Ich bin sicher.«

Er streckte den Kopf über den Felsen: »Welcher Baum?«

»Runter mit dir!« Ich zerrte an seiner Lederjacke und zog ihn neben mich.

»Ich glaube, das bildest du dir ein.«

»Ich sage dir, irgendwas Metallisches ist da oben.«

»Heißt das, wir sollen jetzt hier sitzenbleiben?«

Ich hielt das für gar keine so schlechte Idee, wenn man bedachte, wie gut seine Lederjacke roch.

»Ich möchte nicht erschossen werden«, sagte ich.

»Vielleicht ist es etwas anderes.«

Ich dachte nach. Vielleicht hatte er recht.

Er schielte über den Felsen und sagte: »Welcher Baum?«

Ich lugte mit ihm über den Rand des Felsbrockens und suchte die Bäume ab. Bei den Zweigen, in denen ich das metallische Blinken wahrgenommen hatte, sah ich genau hin und entdeckte nicht den Schatten eines menschlichen Körpers. »In Ordnung, glaube ich. Zur Zeit ist keiner oben.«

Wir standen auf und näherten uns vorsichtig dem Baum. Ich starrte hinauf in die Zweige. Eindeutig, daß da noch etwas im Mondlicht glänzte. Ich bedeutete Yudi, zu kommen und sich das anzusehen. Er kam und sagte: »Ich glaube, ich weiß, was es ist.« Eine Sekunde später kletterte er behende wie ein Affe den Stamm hinauf.

»Warte!« sagte ich.

»Ich hab's gleich!«

Er verschwand in den Zweigen, in denen er einige Minuten lang herumraschelte. Dann rief er: »Ich sehe es!«

»Was ist es?«

»Ich hole es runter!«

»Nicht anfassen!« brüllte ich.

»Schscht! Wie soll ich sie dann bekommen?«

»Benutze irgendwas, womit du es anfaßt. Vielleicht sind Fingerabdrücke drauf.«

Die Luft war für viele Minuten still. Ich fragte: »Was machst du jetzt?«

»Einen Schnürsenkel aus meinen Tretern ziehen.«

»Wieso?«

»Ich fange es mit dem Lasso.«

»In Ordnung. Bleib bloß mit den Fingern davon.«

»Okay, okay! Hab' schon verstanden!« flüsterte er laut.

Mehrere stille Minuten verstrichen. Dann knurrte er vom Baum herunter: »Scheißpißkack!«

»Was ist passiert?«

»Wieder daneben. Ich muß näher ran.«

Ich hörte den Ast über mir ächzen. »Sei vorsichtig, Yudi!«

Geraschel, noch ein klägliches Knarren, und dann: »Hier! Ich hab's!«

»Was ist es?«

»Eine Steigklemme.« Das Wort brachte mein Gedächtnis zum Klingeln. »Irgendwas Merkwürdiges klebt daran«, sagte er.

»Nicht anfassen!«

»Ich fasse sie nicht an!«

Er raschelte den Weg zurück zum Stamm und krabbelte an diesem herunter, bis er drei Meter über dem Boden war. Er ließ los und landete mit einem leisen Plumpser auf seinen kräftigen Beinen. Die Klemme baumelte an dem Schnürsenkel, den er zwischen den Zähnen hielt. Er kroch auf allen Vieren zu mir, dann setzte er sich auf wie ein Hund, der seinem Herrchen ein Geschenk vor die Füße legt. Ich tätschelte ihm den Kopf und nahm ihm den Preis aus dem Mund. Ich untersuchte ihn sorgfältig. Die Klemme glich einer großen, hohlen Metallnuß mit in die Wände gebohrten Löchern. Eine graue, kittähnliche Substanz war in eines der Löcher gepreßt. Ich ließ es vor meiner Nase baumeln. Es roch modrig.

Yudi stand auf und besah sich das Ding. »Was meinst du, was das für'n Zeug ist?«

»Weiß nicht, aber ich kenne einen, der's weiß.«

»Wer?«

»Das ist ein kleines Souvenir für einen Bullen daheim in Boston. Er wird wissen, was damit zu tun ist.«

»Wieso bringst du es nicht einfach hier zur Polizei?«

»Weil ich das hier als Lösegeld brauche, um meinen Namen reinzuwaschen.«

»Aber dann mußt du warten, bis du wieder nach Hause kommst.« Nach dieser Bemerkung wußte ich, was ich zu tun hatte. »Yudi, ich muß schon morgen zurück.«

»Aber du bist gerade erst angekommen!«

»Ich weiß, aber das ist genau, wonach ich gesucht habe.« Ich ließ die Klemme vor uns hin und her baumeln. »*Das hier* ist ein klarer Beweis.«

»Und was wird aus unserer Verabredung?«

»Verabredung?«

»Das Abendessen. Du hast es versprochen!«

Ich leuchtete mit der Taschenlampe auf meine Uhr. Es war unmöglich, zurückzukehren und uns zu waschen und umzuziehen, ehe das Hotelrestaurant schloß. In der Dunkelheit konnte Yudi meine Verlegenheitsröte nicht sehen. »Wollen wir die Sache auf ein andermal verschieben?« fragte ich kleinlaut.

Er seufzte irritiert. Uns beiden war klar, daß ich ihn – wenn überhaupt – nicht so bald zum Abendessen einladen würde.

Wir machten uns wieder auf den Weg zu unseren Fahrrädern und fuhren dann mit brennenden Taschenlampen zum Dorf. Ich bot Yudi an, ihn nach Hause zu fahren, doch er sagte mißmutig: »Ich kann laufen.«

Verlegen streckte ich ihm meine Hand hin. »Ich glaube, vorläufig heißt es auf Wiedersehen«, sagte ich.

»Kannst du nicht einen Tag länger bleiben?«

»Nein, wenn ich nicht von der Polizei fortgeschleppt werden will.«

»Was meinst du damit?«

Ich bekannte: »Technisch gesehen bin ich ein Tatverdächtiger an Rogers Tod. Ich bin aus der Stadt getürmt, um mich hier umzusehen. Wenn ich morgen nicht wieder in Boston bin, werde ich vielleicht verhaftet.«

»Du bist also in die Sache verwickelt!« Das Weiße seiner Augen blitzte im Mondlicht.

Ich nickte ernsthaft. »Bin ich, Yudi. Aber ich bin unschuldig, glaub mir.«

»Ich hatte von Anfang an recht.« Tränen rollten ihm über die Wangen.

»Yudi, es ist in Ordnung. Ich mochte Roger. Deswegen bin ich hier.«

»Du bist ein Lügner, genau wie alle andern!« Er wandte sich um und rannte mir in den Wald davon. Ich kam mir wie ein Schuft vor.

15
ZEIG MIR DEN WEG NACH HAUS

Am nächsten Morgen war ich um sechs mit der Sonne auf. Ich rief Nicole an, um ihr von den drastisch veränderten Plänen zu erzählen. An der Ostküste war es neun; sie würde also gerade das Geschäft aufmachen. »Ich komme«, sagte ich. »Und ich bringe etwas für Branco mit.«

»Hast du angerufen und ihm erklärt, daß du aufgehalten wurdest?«

»Nicht nötig, Liebes. Ich bin gegen acht heute abend zurück.«

»Ich werde da sein.«

Der nächste Flug von San Francisco ging um Mittag. Es blieben mir also nur sechs Stunden, um vom Yosemite Valley in die Stadt zu kommen, das Auto zurückzubringen und zum Flughafen zu gelangen. Das nur zu meiner Tour durch das romantische San Francisco.

Ich schleppte mein Gepäck hinaus zum Wagen, wo mich gleich das erste böse Vorzeichen einer Heimreise mit Tücken erwartete: Es hatte in der Nacht geschneit. Als ich mich meiner gemieteten Schrottkarre näherte, stellte ich fest, daß sie wie durch ein Wunder schneefrei war. Der Wohltäter hockte auf der Heckklappe, je ein Koffer links und rechts neben sich.

»Hallo!« sagte Yudi. Er winkte freudig, als hätten wir uns dergestalt verabredet. Von der bitteren Enttäuschung des Vorabends hatte er sich offenkundig erholt. Yudi zählte zu den Stehaufmännchen-Naturen.

»Sieht ganz so aus, als wolltest du verreisen«, meinte ich.

Er nickte eilends. »San Francisco, Flughafen.«

»Komisch, genau da will ich auch hin.«

»Ich weiß. Deswegen habe ich den Wagen freigemacht.«

»Woher wußtest du ...?«

»Kinderspiel. Ich hab' die Fluggesellschaft angerufen. Ich wußte, du würdest den ersten Flug von San Francisco nach Boston nehmen, also bin ich früh aufgestanden und habe hier auf dich gewartet.«

»Aber wieso die Koffer?«

Er hüpfte von der Heckklappe und sah mir direkt ins Gesicht. »Ich war noch nie in Boston.«

»Moment mal, Freundchen. Du willst nach Boston?«

»Wieso nicht? Ich brauche dazu doch weder Visum noch irgendwas, oder?«

Ich schüttelte den Kopf, eher aus Irritation denn als Antwort auf seine Frage.

Yudi fragte: »Was ist los?«

»Ich habe viel zu viel zu tun, wenn ich zurück bin. Ich kann nicht den Gastgeber spielen.«

»Ich finde schon was.«

»Hast du denn Geld?«

Yudi nickte. »Roger hatte immer Geld für Notfälle – auch für mich. Ich will nichts von dir, bis auf ein Essen. Das bist du mir für die Tour zum Steinschlag gestern abend schuldig.«

Da hatte er recht. Außerdem konnte ihm keiner verbieten, Boston zu besuchen, also ergab ich mich einmal mehr und forderte ihn auf, einzusteigen. Und stellte fest, daß mich der Gedanke, ihn dabei zu haben, seltsam freute.

Als ich im Campingplatzbüro meine Schlüssel abgab, sagte mir die Frau hinterm Tresen, im Tal seien Schneeketten erforderlich. Ich erklärte ihr, ich verließe den Yosemite Park noch heute.

»Trotzdem müssen Sie Schneeketten montieren«, sagte sie. »Vorschrift.«

Ich willigte ein, hatte aber nicht die Absicht, es zu tun. Ich hatte so viele Bostoner Winter überstanden, ohne jemals Schneeketten gebraucht zu haben! Da würde ich jetzt nicht damit anfangen.

Yudi und ich machten uns auf den langen Weg aus dem Tal. Hier und da bildeten sich schon kleine Schneewehen, doch nichts Besorgniserregendes. Etwa zehn Minuten später, als Wind und Schnee zulegten, meinte Yudi: »Ich denke, du solltest besser die Ketten aufziehen.«

Scharf entgegnete ich: »Mit Schnee kenne ich mich aus, und für das bißchen hier braucht es keine Ketten.« Kurz hinter dem Aufstieg zum Taleinschnitt aber erreichten wir die Schneegrenze, und die Straßen verwandelten sich in ungeräumte Rutschbahnen. Der Wagen reagierte nur noch unwillig auf meine Lenkvorgaben, dann ignorierte er sie allesamt. Zuletzt trieb er seitwärts auf die Gegenfahrbahn und verweigerte jeden weiteren Schritt aufwärts. Ich stoppte das so wenig straßentaugliche Schiff, ehe es zum totalen Verkehrshindernis auflief.

Yudi meinte: »Und ich sagte noch vorhin, wir sollten die Ketten aufziehen.«

»Danke, Yudi. Du hattest recht. Ich hatte unrecht.«

Ich öffnete den Kofferraum. Hoffentlich gab es darin Schneeketten. In einem Plastikeimer fand ich einen verrosteten Gliederklumpen. Den zeigte ich Yudi. »Sind das Schneeketten?«

Er nickte mutlos. Der Wind klatschte uns kalte, nasse Schneeböen um die Ohren. Fünfundvierzig kostbare Minuten später waren wir beide schwarz und rostrot verschmiert und dazu schweiß- und schneegebadet. Nicht ein einziges Auto war vorbeigekommen, weder in der einen noch in der anderen Richtung, aber immerhin saßen die Ketten korrekt auf den Hinterreifen. Wir wollten gerade wieder einsteigen, als Yudi meinte: »Wir sollten uns vielleicht umziehen.«

»Wo?«

»Hier, denke ich.«

Er hatte recht. Vier Stunden Fahrt in den kalten, klammen, dreckigen Klamotten, und wir wären bedient, wenn nicht krank gewesen. Also zogen wir uns dort oben am Berg, zwischen verschneiten Bäumen und Felsen aus. Sein glatter, brauner Körper bildete einen reizenden Kontrast zu dem Schnee und dem roten Auto. Er drehte mir den Rücken zu, wie um seine Intimsphäre vor mir zu verbergen; er konnte ja nicht ahnen, daß er mir die Ansicht bot, welche ich vorziehe. Wir zogen trockene Sachen an und setzten die Fahrt fort. Kaum hatten wir den Paß überwunden, war die Straße wie durch ein Wunder wieder frei und trocken, doch Yudi versicherte mir, das sei nicht ungewöhnlich. Ich hielt an der ersten Tankstelle und ließ die Ketten wieder abmontieren. Während der Mechaniker schuftete, tranken Yudi und ich Kaffee und kauten an altbackenen Teilchen, beides aus Automaten. Irgendwie störte mich das wenig, solange wir nur zusammen das bittere Gebräu schlürften.

Wir erreichten die Stadt, und ich gab den Mietwagen zurück. Wir nahmen den Zubringerbus zum Flughafen und trafen gerade zwanzig Minuten vor Abflug ein. Ich hatte gehofft, der Flug hätte wie gewöhnlich Verspätung. Hatte er nicht.

Am Flugschalter standen wir in unterschiedlichen Schlangen; ich hatte ja schon mein Ticket. Bei mir lief alles wie am Schnürchen: Ich bekam sogar einen Sitz am Gang und konnte den Bodensteward bezirzen, den Platz neben mir für Yudi zu reservieren, der gerade sein Ticket beim Kollegen erstand. Alles schien klar zu gehen. Wir würden den Flug noch bekommen!

Da drängten sich plötzlich zwei große Kerle in schlecht sitzenden dunklen Anzügen hinter mich an den Schalter.

»Mr. Kraycher?« fragte der eine laut vernehmlich.

»Kann schon sein«, antwortete ich. »Wen suchen Sie denn?«

»Folgen Sie uns.«

»Bitte? Und wer sind Sie?«

Beide ließen ihre Dienstmarken aufblitzen. Anders als die Helden im Film studierte ich die Marken genau. Die beiden waren von der Flughafenpolizei. Verdammt! »Was ist mit meinem Flug?« fragte ich.

»Wir bringen Sie schon nach Boston.«

Sie packten mich, jeder an einem Arm. Einer hatte in der anderen Hand schon mein Handgepäck. In der Tasche war die Steigklemme, das Souvenir für Branco. Der Mann zog mich vom Schalter weg. Jetzt kam Yudi auf mich zu. Ich schüttelte zur Warnung den Kopf. Er kapierte und ging an mir vorbei, als kannten wir uns nicht. Ich sagte überlaut, damit er es hörte: »Aber was wird aus Nicole? Nicole wollte mich in Boston abholen. Nicole! Sie wird ja nicht wissen, wo ich bleibe!«

Die beiden Kerle zerrten mich unsanft aus der Menge schlangestehender Passagiere fort. Ich drehte mich um und sah Yudi verwirrt und verloren zwischen seinen beiden Koffern stehen. »Salon

Snips!« rief ich. »Snips in der Newbury Street!« Was scherte mich in meiner Not, ob der Laden zu einem fragwürdigen Ruf kam? Einer der beiden Kerle riß mich am Arm und zischte: »Halt's Maul!«

Sie schoben mich durch eine ungekennzeichnete Tür in einen kleinen Raum, in dem ein blaßgrünes Plastiksofa, zwei verfluste orangefarbene Polsterstühle und ein Resopaltisch mit Kaffeemaschine standen. Der Kaffee roch verbrannt.

Ich schlug einen forschen Ton an: »Wollen Sie mir vielleicht erklären, was das alles soll?« Aber meine Stimme war wacklig und verängstigt.

»Wir haben Order, Sie nach Boston zurückzuschaffen.«

Mir schwante, was passiert sein mußte, und ich wollte erklären, vielleicht ein wenig zu lässig: »Ach, von Lieutenant Branco, vermutlich. Ein Freund. Er hat mich heute früh zurück erwartet, aber ich wurde aufgehalten. Wie Sie jedoch leicht sehen ...«

»Spar dir die Luft, Kumpel. Wir wissen von nichts und es interessiert uns auch nicht.«

Ehe ich mich versah, hatte der eine Typ mein rechtes und sein linkes Handgelenk mit Handschellen verbunden. Erster Gedanke: Was ist, wenn ich pinkeln muß? Zum Glück bin ich Linkshänder, so daß wenigstens der Bulle mir nicht zwischen die Beine greifen müßte. Von beiden roch der, an den ich gekettet war, schlimmer – nach Zigarrenrauch und Bratfett.

»Normalerweise darf man doch telefonieren oder so?« meinte ich.

»Hat alles Zeit bis Boston.«

»Aber –«

»Jetzt hören Sie mal gut zu, Freundchen. Keine Ahnung, was Sie verbrochen haben. Ich kenne nur meinen Auftrag, und die Ware, die ich in Boston abliefern muß, sind Sie.«

Währenddessen durchwühlte der Kollege gerade mein Handgepäck. Er entdeckte die Steigklemme, in Folie eingeschlagen und sorgfältig in ein fast durchsichtiges Baumwollhemd gewickelt, das ich an einem der weißen kalifornischen Sandstränden zu tragen gedacht hatte. Er studierte die Klemme unter ihrer Klarsichtfolie.

»Nicht anfassen!« schrie ich, denn er war im Begriff, die Folie abzuwickeln, und ich verlor die Nerven. »Das ist ein Beweisstück! Es könnten Fingerabdrücke darauf sein, also Pfoten weg, verdammtnochmal!«

Vermutlich hatte ich mich im Ton vergriffen, er schaute nämlich, als hätte ich ihn in seiner Männlichkeit beleidigt. Er legte die Klemme in die Tasche zurück und kam schweren Schrittes über das stumpfe Linoleum zu mir herübergestampft.

»Du schwule Sau!« sagte er. Er packte mich an der Jacke und spuckte mir ins Gesicht. Der Sabber landete mir genau auf den Lippen. Mein linkes Bein zuckte instinktiv. Die Muskeln spannten sich, bereit zum Einsatz. Es war eine meiner schwersten Prüfungen – ihm nicht einen wohlgezielten Tritt in die Eier zu versetzen.

Ich sagte: »Wenn Sie glauben, ich würde jetzt nach Ihnen treten, damit Sie mir eine reinhauen können, dann irren Sie sich.« Ich spürte, daß er mir gern eine verpassen wollte, glaubte aber, er würde es nicht wagen, weil ich doch Handschellen umhatte und an den Kollegen gefesselt war und praktisch wehrlos. Dachte ich. Denkste!

In Hüfthöhe holte er mit der Rechten aus. Ich spannte die Bauchmuskeln an, aber sie waren der Wucht des Schlags nicht gewachsen.

»Nicht!« brüllte der Bulle, der an mich gefesselt war.

Doch der andere rammte mir seine Faust in den Magen.

»Klugscheißer! Schwuchtel!« zischte er.

Ich ging in die Knie, an den Handschellen hängend. Mein Körper krümmte und bäumte sich minutenlang vor Schmerz.

»Hätte ich doch bloß zugetreten, als ich die Chance hatte!« stöhnte ich. Ich spuckte Blut auf den harten, dreckigen Fußboden. Der Bulle, der mich geschlagen hatte, ging hinaus und knallte die Tür ins Schloß. Benommen vor Schmerz fragte ich mich, womit ich das eigentlich verdient hatte.

Als das Schlimmste überstanden war, überlegte ich, was ich jetzt tun sollte. Die Antwort lag auf der Hand, weil ich immer noch an diesen stinkenden Gorilla gekettet war: Gar nichts.

Der Flug nach Boston war ein Horror. Wir saßen in der letzten Reihe ganz hinten in der Kabine unter den hartgesottensten Rauchern, ich eingekeilt am Fenster. Es war demütigend, neben einem Vieh zu sitzen, das Bier trank und rülpste und sein Essen hinunterschlang ohne zu kauen. Dabei weiß jedes wohlerzogene Mädchen, daß das Blähungen verursacht.

Während des Films hatte ich reichlich Zeit zum Nachdenken. Was hatte ich denn getan, außer seit Rogers Tod versucht zu klären, was wirklich passiert war, und meine eigene Unschuld zu beweisen? Branco hatte mich doch noch ermutigt, und ich war der Meinung gewesen, wir hätten ein stillschweigendes Abkommen. Und jetzt, bloß weil ich nicht auf die Minute pünktlich bei ihm auf der Matte stand, hatte er zu roher Gewalt gegriffen. Der Lone Ranger hatte sich gegen seinen getreuen Tonto gewandt.

Wo Yudi wohl steckte? Saß er überhaupt im Flugzeug? Wenn ja, warum sah er nicht wenigstens nach mir? Hatte er vielleicht Angst, sie würden ihn auch schnappen?

Der Flieger setzte zwanzig Minuten zu früh auf der Rollbahn des Logan Flughafens auf, dank ungewöhnlich starker Rückenwinde. Offenbar hatte es selbst Mutter Natur mit meiner Heimkehr eilig. Mein Trampel von Reisebegleiter teilte mir mit, wir müßten warten, bis alle anderen Passagiere ausgestiegen seien. Als wir endlich von Bord gingen, sah ich sowohl Branco als auch Nicole am Ausgang stehen, nah beieinander, wie Raubtiere, die auf dieselbe Beute lauern. Branco trat vor und fing meinen Begleiter, den Schweinigel, ab – und mich mit. Ich bin überzeugt, die Enttäuschung und die Wut standen mir ins Gesicht geschrieben. In meinen Augen war Branco in diesem Augenblick auch bloß ein Bulle.

Man nahm mir die Handschellen ab. Der übelriechende Bulle sagte zu Branco: »Dann will ich mal meinen Bericht abfassen«, und verschwand in der Menge.

Nicole kam herbeigeeilt und umarmte mich. »Stani! Was ist passiert? Du siehst scheußlich aus!«

Ich klammerte mich an sie und drückte das Gesicht schluchzend an ihren ausladenden Busen. »Einer von diesen Arschlöchern hat mich verprügelt.«

»Was! Lieutenant, haben Sie das gehört?«

Ich fixierte Branco böse und fragte: »Warum haben Sie das getan?«

Branco sagte gleichmütig: »Wir wollten Sie rasch wieder hier haben, also hat man Sie in vorsorglichen Gewahrsam genommen.«

»Gewahrsam! Ich hätte Gewahrsam vor den zwei Gorillas gebraucht, die Sie mir auf den Hals gehetzt haben!«

»Ihre Rückkehr war nur dadurch sicherzustellen, daß wir Kollegen von der kalifornischen Sonderpolizei einsetzten.«

»Besonders waren sie, zweifelsohne. Wie haben Sie mich da draußen aufgespürt?«

Branco senkte den Blick. »Ich ahnte, wo Sie steckten, und als Sie heute früh im Laden anriefen, war es ein Leichtes, Sie in San Francisco zu finden. Das Telefon im Laden wurde abgehört, das wußten Sie doch.«

»Zu dumm, daß ich das vergessen habe«, sagte ich.

»Dann wollen wir mal«, befahl Branco.

Ich hielt Nicoles Arm umklammert, als wir drei miteinander den Flugsteig verließen. Dann fiel mir Yudi wieder ein. Ich wußte immer noch nicht, ob er überhaupt mitgeflogen war.

»Moment mal«, sagte ich. »Es hätte noch jemand im Flugzeug sein müssen.« Eben wollte ich bei der Fluggesellschaft nach der Passagierliste fragen, als Yudi aus der nächsten Herrentoilette schlüpfte. Er sah völlig verängstigt aus.

»Alles in Ordnung, Yudi!« rief ich ihm zu.

Ich sah, wie er Nicole und Branco taxierte.

»Freunde«, sagte ich. »Oder zumindest doch eine Freundin.«

Branco sah mich mit steinerner Miene an.

Yudi kam auf uns zu. Als er nahe genug war, fragte er mich leise: »Hast du ihn gesehen?«

»Wen?«

Er schielte ängstlich zu Branco hinüber und schüttelte den Kopf. »Sag ich dir später. Was wollten diese Männer von dir?«

»Das ist eine lange Geschichte, Yudi. Erzähl ich dir später.« Dann stellte ich ihm Nicole vor. Branco überging ich.

Yudi fragte Nicole: »Sind Sie seine Schwester?«

»Wahrscheinlich«, meinte sie.

Endlich draußen, sagte Branco zu mir: »Ich nehme Sie in meinem Wagen mit, Stan.«

Nicole bemerkte frostig: »Haben Sie sich nicht genug um ihn bemüht, Lieutenant?«

Branco sagte: »Ich muß mit ihm reden, unter vier Augen.«

»Schon gut, Nikki«, meinte ich.

Sie zog eine Grimasse und ging mit mir und Yudi voraus. Vor einem brandneuen, chromblitzenden, falsch geparkten Kabrio blieb sie stehen und fischte einen Schlüsselbund aus ihrer Handtasche.

»Was ist denn das?« fragte ich.

Sie schloß den Kofferraum auf, und Yudi und ich warfen unser Gepäck hinein.

»Den wirst du eine Zeitlang fahren«, sagte sie.

»Wie das?«

»Du hast den Fall doch noch nicht aufgeklärt, oder?«

»Nein.«

»Also wirst du einen Wagen brauchen.«

»Und wer bezahlt das?«

»Er läuft auf Firmenspesen.«

Klarer Fall. Wenigstens Nicole hielt zu mir.

Zu meiner großen Freude sah ich, daß Sugar Baby mit den Hinterbeinen auf dem Fahrersitz stand und den Kopf zum Seitenfenster hinaussteckte. »Du hast sie mitgebracht!« Welch eine Wiedersehensfreude! Sugar schnurrte wie verrückt und leckte mir die Wange. Yudi besah sich das Ganze mit verhaltener Belustigung, doch anscheinend beunruhigte ihn irgend etwas.

Ich stieg zu Branco in den Streifenwagen; Yudi, Nicole und Sugar fuhren im Kabrio. Sobald sich Branco in den Verkehr eingefädelt hatte, fragte er: »Stimmt das, was Sie von den Beamten erzählt haben?«

»Lieutenant, Sie haben mich mit einem homophoben Bullen zusammengeworfen, dem es Spaß macht, Schwule zu ficken.«

»Stan, ich hoffe, Sie lassen Ihrer Phantasie nicht wieder die Zügel schießen. Das ist eine schwere Anschuldigung.«

»Das will ich meinen, zum Teufel! Ich wurde zusammengeschlagen, und das ohne jede Provokation.«

»Beschreiben Sie mir genau, was vorgefallen ist.«

Ich beschrieb ihm also den ganzen häßlichen Vorfall. Anschließend sagte Branco: »Ich werde heute abend noch einen Bericht schreiben und zusehen, daß er eine Bewährungsstrafe bekommt. Wenn Sie Anzeige erstatten wollen –«

»Verlassen Sie sich drauf! Mensch, es waren die beiden gegen mich, und ich war in Handschellen! Ich hätte dem Schwein einen ordentlichen Tritt versetzten sollen! Vito, warum? Warum haben Sie mir die Arschlöcher auf den Hals gehetzt?«

Branco fuhr weiter und schwieg. War es, weil ich mir angemaßt hatte, ihn beim Vornamen zu nennen? Oder tat es ihm ein bißchen leid? War er zu einem solchen Gefühl denn fähig? Ich sah, wie sich seine Kinnpartie spannte und wieder löste. Schließlich sagte er: »Der Captain hat von Ihrer kleinen Exkursion in den Westen Wind gekriegt. Er wollte Sie zurück haben, und zwar rasch.«

»Also haben Sie das eingetütet und fertig.«

»So ist es nicht gelaufen. Außerdem hatte ich mich zu weit aus dem Fenster gelehnt.«

»Ich war doch auf dem Weg nach Hause!«

»Ich weiß, aber Vorschrift ist Vorschrift.«

»Mann, Sie würden wahrscheinlich die Scheidung einreichen, wenn Ihre Frau Ihre Unterwäsche falsch zusammenlegt.«

»Ich bin nicht verheiratet.«

»Dann eben Ihre Freundin.«

»Mein Privatleben geht Sie nichts an, kapiert?«

»Aber daß Sie mir meines kaputtmachen, ist völlig in Ordnung!«

»Dadurch, daß Sie die Stadt verlassen haben, haben Sie sich wieder verdächtig gemacht.«

»Einer Sache, deren ich unschuldig bin! Ich unterstelle mal, Ihre Vergangenheit ist blütenrein, ohne jedes bißchen Dreck am Stecken, was!«

Brancos Kinnpartie wurde wieder hart. Er sagte nichts, bis wir aus dem Flughafentunnel wieder aufgetaucht waren. Endlich sagte er: »Stan, als der Captain erfahren hat, daß Sie verduftet sind, hat er Ihre Überstellung angeordnet.«

»Und wer hat ihm gesagt, daß ich fort bin? Sie?«

»Nein, und wer es war, weiß ich nicht. Ich habe versucht, die Anordnung zurückzuhalten, aber es war zu spät. Genau gesagt findet der Captain, daß ich viel zu nachgiebig mit Ihnen gewesen bin, und er denkt daran, mich von dem Fall abzuziehen.«

»Und das werfen Sie jetzt mir vor?«

»Nein, aber im Interesse Ihrer eigenen Sicherheit hätten Sie nicht fahren dürfen. Sie machen sich wohl nicht klar, wie gefährlich es werden kann, wenn man so herumschnüffelt, wie Sie es tun. Es stimmt, daß ich Sie um Mithilfe gebeten habe, aber ich dachte, daß Sie sich bloß mit Leuten unterhalten und nicht quer durchs ganze Land fliegen.«

»Aber ich war doch zu keiner Zeit in Gefahr dort.«

»Sie hätten in Gefahr sein können, ohne es überhaupt zu merken.«

Lag ihm wirklich daran? fragte ich mich. Oder versuchte er bloß, mich zu beschwichtigen und sich selbst einzureden, er würde nicht vor seiner heiligen Kuh von Chef kuschen? Den restlichen Weg über schmollte ich.

Als wir bei mir daheim vorfuhren, hatte Nicole das Kabrio gerade in der Ladezone vor dem Gebäude geparkt. Branco sagte: »Ich lasse Sie jetzt allein, aber Sie haben gleich morgen früh bei mir zu erscheinen, ist das klar?«

»Jawoll!«

»Und sagen Sie Ms. Albright lieber, sie soll den Wagen wegfahren. Ich will ihr keinen Strafzettel wegen Falschparkens geben müssen.«

»Lieutenant,« sagte ich. »Sie steht in der Ladezone; wir entladen Gepäck. Können Sie das Recht nicht dieses eine Mal ein klein wenig beugen?«

Branco preßte die Lippen zusammen.

Ich sagte: »Sie müssen sowieso noch mit raufkommen. Ich habe etwas für Sie. Etwas Wichtiges.«

»Ich habe nicht viel Zeit.« Es klang ungeduldig.

»Lieutenant, ich verspreche Ihnen, es wird ein Quickie.«

Nicole trug Sugar Baby, Yudi und ich schleppten das Gepäck. Branco folgte hinterdrein. Als wir uns der Tür zu meiner Wohnung näherten, begann Sugar wild an Nicoles Jacke herumzuklauben und wollte hinunter.

»Irgend etwas beunruhigt sie«, meinte Nicole und warf Lieutenant Branco einen eisigen Blick zu.

Ich versuchte, das Sicherheitsschloß aufzukriegen. Irgend etwas war faul. »Nikki, warst du in der Wohnung, während ich weg war?«

»Nein. Wieso?«

»Der Sicherheitsriegel ist nicht vor wie sonst immer.«

»Du bist auch wirklich sehr überstürzt abgereist, Stani. Vielleicht hast du es vergessen?«

»Nein. Ich erinnere mich deutlich, daß ich verriegelt habe.« Kaum hatte ich die Tür auf, da wußte ich, daß jemand in der Wohnung gewesen war – die Luft war anders.

»Nanu!« meinte Yudi, als Sugar Baby mit einem Satz aufs Sofa sprang, und sich ihr kurzes Fell aufrichtete wie bei einem Stachelschwein die Stachel. »Irgend etwas macht ihr Angst.«

Rasch durchschritt ich die Wohnung. Auf den ersten Blick schien alles an seinem Platz, doch beim genauen Hinsehen, merkte ich, daß jeder einzelne Gegenstand in meiner Wohnung verrückt oder berührt worden war. Die Schuhe im begehbaren Schrank waren nach Farbe statt Modell geordnet, die Handtücher im Bad einmal gefaltet statt dreimal, die Topfdeckel fest geschlossen statt lose aufgelegt, normalerweise herumfliegende Zeitschriften waren ordentlich gestapelt, Bücherrücken auf Kante gerichtet statt ein wenig nach hinten verschoben.

»Ich hatte Besucher. Schade, daß ich nicht hier war, um sie gebührend zu empfangen.«

Branco hatte mich bei meiner Überprüfung beobachtet. »Sie haben ein Auge fürs Detail, Stan. Diese Art Arbeit scheint Ihnen wirklich zu liegen.«

»Müssen die slawischen Vorfahren sein. Haben Sie schon einmal die kleinen Häkeldeckchen und Scherenschnitte gesehen, die die alten Tschechinnen auf Kirchenbazaren verkaufen?«

»Nein«, erwiderte er unsicher, verschränkte die Arme vor der Brust und verlagerte sein Gewicht auf eines seiner muskulösen Beine.

»Knifflige Arbeit«, sagte ich.

»Fehlt etwas?« fragte Nicole.

»Sieht nicht so aus. Aber alles wurde befingert.«

Nicole sagte: »Ich weiß ja nicht, wie es euch geht, aber ich könnte jetzt einen Drink vertragen. Möchte sonst noch jemand einen heißen Toddy?« Yudi und ich nickten. Branco lehnte ab, und Nicole verschwand in der Küche.

Yudi saß auf dem Sofa, streichelte Sugar Baby und flüsterte ihr ins Ohr, bis es zuckte. »Ist ja gut, Mieze, ist ja gut.« Es schien, als müsse er sich selbst ebenso trösten.

Ich für meinen Teil hätte am liebsten die Wohnung komplett in einen gewaltigen Topf voller Desinfektionsmittel von Industriestärke getunkt. Sie kam mir beschmutzt vor durch das Eindringen eines abartigen Fremden, der zwar nichts entwendet, wohl aber meine Intimsphäre verletzt hatte.

Branco hielt fest, was geschehen war. Dann sagte er zu mir: »Übrigens sollten Sie vielleicht wissen, daß wir Calvin Redding gestern auf freien Fuß gesetzt haben.«

»Was! Mich legen Sie in Eisen und einen Mörder lassen Sie laufen?«

»Immer mit der Ruhe, Stan.«

»Da ist doch was oberfaul, Lieutenant, wenn ein Besucher in Boston tot im Bett seines Gastgebers endet, und der Gastgeber über jeden Mordverdacht erhaben ist.«

»Stan, ich habe es Ihnen schon gesagt, ehe Sie losfuhren: Wir haben Redding wegen Drogenbesitzes festgenommen, und da nun einmal die Kaution gestellt wurde, gab es keine Handhabe gegen seine Freilassung.«

»Lieutenant, diese ganze Drogengeschichte ist doch bloß Tarnung. Nach allem, was ich von Roger weiß, stand er überhaupt nicht auf das abartige Zeug, worauf Calvin abfährt.«

Vom Sofa tönte Yudi: »Roger war altmodisch.«

Branco stupste mich an und lotste mich ans vordere Fenster. Er drehte uns so hin, daß wir dem Raum den Rücken zuwandten, und sagte dann so leise, daß weder Nicole oder Yudi uns hören konnten: »Das spielt alles gar keine Rolle mehr, Stan. Sie haben einen anderen Verdächtigen im Auge.«

»Wen?«

»Aaron Harvey.«

»Wieso denn den?«

»Calvin Redding hat zugegeben, daß Aaron ihn erpreßte.«

»Und?«

»Redding hat sich geweigert zu zahlen.«

Ich überlegte einen Augenblick, doch es ergab keinen Sinn. »Wie, Aaron Harvey soll Roger umgebracht haben, um sich an Calvin zu rächen, weil Calvin ihm das Erpressergeld nicht zahlen wollte? Ein ziemlich weit hergeholtes Motiv, Lieutenant; das glauben Sie doch nicht im Ernst!«

»Ich glaube gar nichts. War auch nicht meine Idee. Wie gesagt, vielleicht habe ich schon gar nichts mehr mit dem Fall zu schaffen.«

»Hat man Aaron festgenommen?«

»Noch nicht.«

»Und in der Zwischenzeit läßt unsere überlegene Rechtsprechung Calvin Redding unbehelligt durch die Straßen streifen, nur weil jemand die Kaution geleistet hat. Wer denn eigentlich?«

»Das ist streng vertraulich.«

Ich schüttelte den Kopf. Enttäuschende Neuigkeiten, doch ich ergab mich (schon wieder!) der Tatsache, daß die Polizei so lange weiterfuhrwerken würde, bis irgend so ein Amateurschnüffler wie ich sie aus dem Tunnel ihrer Ermittlung ins Licht führen würde.

Nicole brachte die heißen Toddys aus der Küche, und mir fiel auf einmal das Souvenir ein, das ich für Branco aus dem Yosemite mitgebracht hatte.

»Lieutenant, ich habe da etwas gefunden, das vielleicht erklären hilft, weshalb es Roger überhaupt nach Boston verschlagen hatte.« Ich wühlte in meiner Bordtasche herum, bekam das Ding zu fassen und überreichte ihm stolz die folienverpackte Steigklemme.

Branco nahm sie entgegen und bestaunte sie wie einen kapitalen Fang. »Wo haben Sie das her?«

»Ich habe es in einem Baum versteckt gefunden, oben im Yosemite Park. Das heißt, Yudi hat es sichergestellt, nachdem ich es entdeckt hatte. Ich hab's eigens für Sie aufgehoben.«

Jetzt lächelte Branco tatsächlich. »Danke«, sagte er mit einem Kopfnicken zu Yudi. »Könnte wichtiges Beweismaterial sein, Stan. Ich will es gleich heute abend noch ins Labor bringen.«

Ich fragte: »Ist es die gleiche wie die in Rogers Tasche?«

Brancos Augen weiteten sich. »Woher wußten Sie davon?«

»Ich … äh …« Ich mußte seinem prüfenden Blick ausweichen. »Ach, verdammt, Lieutenant, ich habe es in dem Bericht in Ihrem Dienstzimmer gelesen.«

Als ich wieder hochblickte, hatten seine Augen sich zu bösen Schlitzen verengt. Er sagte: »Wußte ich doch, daß Sie das damals getan haben!« Er wandte sich zum Gehen, fügte aber noch hinzu: »Ich werde dem Captain erklären, Sie hätten nicht gewußt, mit welchen Dienststellen Sie sich an der Westküste hätten in Verbindung setzen müssen, und daß Sie inzwischen wieder zurück sind und sich bei mir gemeldet haben. Er dürfte Ihnen keine Schwierigkeiten machen.«

Ich folgte ihm an die Wohnungstür und senkte die Stimme so weit, daß die anderen nicht verstehen konnten: »Wenn Sie doch von dem Fall abgezogen werden sollten, Lieutenant, wie steht's dann mit unserem … Abkommen?«

Lieutenant Branco nagte an seiner Unterlippe und starrte mich an. Schließlich sagte er im Verschwörerton: »Dann rufen Sie mich trotzdem an.«

Er wünschte Nicole und Yudi gute Nacht, dann war er weg. Mir fiel auf, daß er es nicht für nötig befunden hatte, sich für den Streß und die Schmerzen, die mir die Auslieferung beschert hatten, auch nur im Geringsten zu entschuldigen.

Nicole trank ihren Toddy aus und fragte mich dann, ob ich den Wagen an diesem Abend noch brauchte. Ich schüttelte den Kopf.

Sie meinte: »Dann fahre ich damit nach Hause, wenn es dir recht ist. Du kannst ihn dir morgen vorm Geschäft abholen.«

Yudi sagte: »Dann sollte ich jetzt aufbrechen.« Und an Nicole gewandt: »Können Sie mich an einem billigen Hotel absetzen?«

Statt zu antworten, warf Nicole mir einen fragenden Blick zu. Ich verstand den Wink und sagte: »Du kannst auch hier übernachten, Yudi. Es ist Platz genug.«

Yudi versicherte erleichtert: »Morgen suche ich mir was, das verspreche ich.«

Nicole gab mir einen Kuß und Yudi auch. »Gute Nacht, Jungs«, sagte sie. Als sie zur Tür hinaustrat, fegte Sugar Baby mit hinaus.

»Ach, Stani! Die Katze!«

»Schon gut, Nikki. Sieht ganz so aus, als würde sie lieber mit dir gehen. Schön zu wissen, daß man so vermißt wurde.«

»Ich nehme sie mit zu mir, wenn du willst.«

»Ich habe den Eindruck, das liegt weniger in meiner Hand als in ihren Pfoten.«

Nicole hob Sugar auf und ging zum Aufzug. »Gute Nacht, Darling.«

»Nacht, Liebes.«

Ich schloß die Tür. Jetzt waren Yudi und ich allein. Ich lächelte ihn müde an. »Ich bin alle. Ich gehe ins Bett.«

»Ich auch«, meinte er, machte aber immer noch dieses zögerliche, ängstliche Gesicht.

»Yudi, stimmt etwas nicht?«

Er wollte sprechen, schüttelte dann aber den Kopf.

»Na, dann … Zum Schlafen hast du die Wahl zwischen meinem Bett und diesem Sofa.«

Er sah mir in die Augen, sein Blick drückte flüchtig eine Einladung, eine Aufforderung aus, irrte dann nervös durchs Wohnzimmer, kehrte zu mir zurück und wurde weich und empfänglich.

»Ich schlafe lieber auf dem Sofa.«

»Aha«, meinte ich nur, eher überrascht. Ich hatte damit gerechnet, daß er sich fürs Bett entscheiden würde, und nach dem häßlichen Tag hätte ich wirklich die tröstliche Nähe eines warmen, freundlichen Körpers neben mir brauchen können. Selbst Sugar hatte mich verlassen. Aber ich zog ihm das Sofa aus, und wir gingen unserer jeweiligen Wege.

In der Nacht kam er doch noch zu mir ins Schlafzimmer geschlüpft und setzte sich auf die Bettkante. Ich wurde wach und fragte: »Was ist los?«

Lange Minuten des Schweigens verstrichen im dämmrigen Widerschein der Lichter der Stadt draußen vor meinem Schlafzimmerfenster. Yudi seufzte schwer und sagte: »Weißt du was?«

»Was denn?« erwiderte ich, auf ein erotisches Bekenntnis hoffend.

»Ich habe Jack heute im Flugzeug gesehen.«

»Was? Bist du sicher?«

»Ich glaube, er war es. Ich kam an ihm vorbei, als ich dich suchte.«

»Hat er dich gesehen?«

»Nein. Er schlief. Deshalb bin ich mir nicht hundertprozentig sicher, aber der Typ sah genauso aus wie er.«

»Hast du ihn in Boston aussteigen sehen?«

»Nein. Er hatte einen Sitz weiter hinten, und ich bin gleich von Bord gerannt und habe mich auf dem Männerklo versteckt. Ich wollte nicht, daß er mich sieht.«

»Was kann er bloß hier wollen?«

»Vielleicht war er's ja doch nicht. Vielleicht hat mich das heute alles nur durcheinander gebracht, das mit dir und diesen zwei Kerlen.« Er rückte näher an mich heran.

»Stan«, meinte er mit etwas unsicherer Stimme, »es gibt da noch etwas anderes, was ich dir zeigen möchte …«

»Ich weiß«, sagte ich, schob die Decke weiter runter, um Brust und malträtierten Bauch freizulegen, und auch, um ihn einzuladen, noch näher zu rücken.

»Aber ich weiß nicht, ob es der geeignete Moment ist.«

»Ist es, wenn wir uns einig sind, Yudi.«

»Es geht um Roger.«

Ah ja. Roger. Plötzlich war mir mein nackter Oberkörper unangenehm. Ich zog die Decke verschämt wieder hoch und fragte: »Was ist mit Roger?«

Yudi antwortete nicht. Dann schüttelte er den Kopf und sagte: »Ich erzähl's dir später.«

»Und bis dahin?«

»Wie: bis dahin?«

Ich legte ihm die Hand auf den Schenkel und sagte: »Willst du nicht hier bei mir bleiben?«

Er stand abrupt auf und trat vom Bett weg. »Ich sollte lieber wieder aufs Sofa gehen.«

»Du brauchst doch keine Angst haben, Yudi.«

»Vor dir habe ich keine Angst.« Es klang flehentlich. »Ich habe Angst vor mir selber.«

Er ließ mich allein im Dunkel meines Schlafzimmers. Da hatte er die ganze Zeit mit mir geflirtet, hatte verbal wie nonverbal lauter versteckte Signale gesetzt, nur um jetzt, wo ich ihm zuletzt einen Schritt entgegenkam, einen Rückzieher zu machen!

Ein schöner Empfang daheim! Mein letzter Gedanke vorm Einschlafen war, daß ich in San Francisco hätte bleiben sollen, einen anderen Namen annehmen und den erstbesten Mann heiraten, der mir über den Weg gelaufen wäre, meinetwegen sogar einen fellatiofreudigen Taxifahrer mit Cowboyhut.

16
WAS IMMER DU DENKST: ES IST FALSCH

Früh am nächsten Morgen schreckte ich vom Geräusch der ins Schloß fallenden Wohnungstür hoch. Im ersten Augenblick wußte ich nicht, wo ich war. Dann kehrten die Fakten wieder – die Uhr zeigte sieben, es war Dienstag, ich war in Boston. Ich wickelte mich ins Laken und tappte ins Wohnzimmer. Yudi war fort, das Sofa in seine normale Lümmellage zurückgebracht, und auf einem der Kissen lag eine Nachricht:

Was immer du denkst: Es ist falsch.

Hatte meine ungeschickte Anmache letzte Nacht ihn verscheucht? Ich hatte doch bloß etwas Nähe gesucht, war doch kein Heiratsantrag gewesen. Die Folgen dieser Tändelei standen mir schon klar vor Augen: Yudi war jung, er stammte aus einer anderen Kultur, und er war Rogers Liebhaber gewesen. Andererseits war Roger tot und Yudi lebte; ich ebenfalls. Unglücklicherweise rief mir dieser Gedanke wieder Mr. Leonards Worte in Erinnerung. Doch im Augenblick wog schwerer, daß Yudi fort war und keinen Schlüssel zu meiner Wohnung hatte. Hoffentlich hatte er Namen und Adresse vom Geschäft behalten. Dann konnte er immer dorthin.

Ich rief Nicole an. Sie hob ab und maulte: »Es ist zu früh.«

Ich erzählte ihr rasch, was passiert war.

Sie fragte: »Wart ihr nicht zusammen?«

»Nein. Er hat auf dem Sofa geschlafen.«

»Schade. Und wo ist er hin?«

»Ich weiß nicht.«

»Du warst doch nicht zu aufdringlich, nein? Er wirkt etwas scheu und ungezähmt, weißt du.«

»Nein, Nikki. Ich habe ihm einen Wink gegeben, aber nicht gedrängt.«

»Gut Lieber, dann mach dich nicht verrückt. Er ist schließlich erwachsen.«

»Da bin ich mir gar nicht so sicher. Und bestimmt kennt er sich in Boston nicht aus.«

»Er spricht aber Englisch.« Ihr Ton wurde geschäftsmäßiger. »Wann fängst du heute an?«

»Nikki, wir haben Dienstag. Dienstags habe ich frei, oder?«

»Sonst ja. Aber du warst Samstag weg und gestern auch. Die anderen mußten für dich einspringen.«

»Aber ich brauche mehr Zeit, um den Fall aufzuklären.«

»Und der Laden braucht den Umsatz, Stanley.«

Es war selten, daß Nicole ihre Interessen als Geschäftsinhaberin von Snips geltend machte; ich hielt es also für angebracht, nachzugeben. »Na gut, ich komme. Sollte Yudi vor mir auftauchen, sage ihm bitte, er möchte auf mich warten.«

»Ist gut, Lieber. Sag mir nur noch, für wann ich dich einteilen kann.«

Ich sah nochmals auf die Uhr. Kurz nach sieben. »Sagen wir sicherheitshalber elf.«

»Warum so spät?«

»Ich möchte Calvin Redding besuchen.«

»Bist du immer noch hinter ihm her? Stanley, sie haben ihn laufenlassen!«

»Ich weiß, Nikki, und jetzt werde ich dafür sorgen, daß er sich um seinen verlogenen Hals redet.«

»Stanley ... Ach, vergiß es! Wir sehen uns um elf«, sagte sie und legte unvermittelt auf.

Während ich mich meinen morgendlichen Waschungen hingab, wurde ich das Gefühl nicht los, daß irgend etwas spürbar fehlte in der Wohnung. Yudi war es nicht, waren wir doch kaum zusammen gewesen. Dann wurde mir klar, daß Sugar Baby nicht wie sonst nach ihrem Frühstück maunzte, und mir fiel wieder ein, daß sie die Nacht bei Nicole verbracht hatte. Hoffentlich genoß sie wenigstens das Leben.

Ich duschte, trank rasch einen Kaffee und machte mich auf den Weg zu Calvin Reddings Wohnung. Gegen neun war ich dort. Ich wußte, daß er erst um elf zu arbeiten anfing, weshalb er jetzt eigentlich noch zu Hause sein mußte. Ich wollte ihn nicht vorwarnen, statt also zu klingeln, wartete ich unten vor der Haustür, bis jemand auf dem Weg zur Arbeit herauskam, und schlüpfte freundlich grinsend hinein, ehe die Tür wieder zufiel.

Ich klopfte energisch gegen seine Wohnungstür. Nichts. Ich klopfte noch lauter. Immer noch nichts. Was tun? Ich beschloß, ein Stockwerk tiefer bei Calvins Wohnungsnachbarn Hal Steiner vorbeizuschauen. Vielleicht hatte der Calvin gesehen. Vielleicht würde er mich auf einen Kaffee hereinbitten. Vielleicht auf etwas anderes.

Ich mußte zweimal auf die Klingel drücken, bis ich drinnen etwas hörte. Eine Stimme fragte: »Wer ist da?« Es war nicht Hals volltönender Baß. Wer es war, wollte ich gern wissen, also mußte ich mir etwas einfallen lassen.

»Bote von Shreve's«, sagte ich. »Lieferung für Mr. Steiner.«

Ich hörte, wie drinnen entriegelt wurde. Die Tür wurde ein Spaltbreit aufgezogen.

»Was ist es denn?« fragte der Unbekannte.

Ich blieb außer Sicht. »Ich bringe das viktorianische Kaleidoskop, das Sie letzte Woche gekauft haben. Ich brauche eine Unterschrift.«

Der Unbekannte zog die Tür zu und löste die Sicherheitskette. In dem Moment, wo er die Tür aufmachte, um das nichtvorhandene Päckchen entgegenzunehmen, katapultierte ich mich an ihm vorbei in Hals Wohnung. Alles nur eine Frage mikrosekundenschnellen Timings.

Der Fremde entpuppte sich als Calvins Liebhaber Aaron Harvey, der dunkelhäutige Jazztänzer, der mir bei Neiman-Marcus schon über den Weg gelaufen war. Er trug den seidenen Morgenmantel, den Calvin am Abend von Rogers Ermordung angehabt hatte.

»Was machst du denn hier?« fragte ich.

»Das gleiche könnte ich dich fragen.«

Seine Augen blitzten feindselig, vielleicht auch furchtsam. Wie auch immer, jetzt konnte er mir nicht entkommen; nicht in dem Aufzug. Sein herbes Aftershave hing in der Luft, dazu ein anderer, vertrauter Geruch – Leder. In diesem Moment erkannte ich, daß unter dem Saum des seidenen Morgenmantels Hosenbeine aus Leder vorschauten. Ich überlegte, ob es Chaps waren, und was Aaron – wenn überhaupt – sonst noch darunter trug.

»Was willst du?« fragte er schroff. Er wirkte jetzt eher alarmiert als wütend.

»Ich suche Calvin. Wo steckt er?«

»Weiß ich nicht.«

»Warum bist du bei Neiman's vor mir weggelaufen?«

»Weil du Ärger bringst, Mann.«

»Du kennst mich doch überhaupt nicht.«

Er zögerte. »Ich kenne dich. Du bist einer von Calvins Schnuckels.«

»Da irrst du dich, aber ist dir nicht mulmig, daß du mit einem Killer herummachst?«

Er grinste unbeeindruckt. »Mir wird er nichts tun.«

»Meinst du nicht, daß –«

»He, Mister Stan, wie kommst du überhaupt dazu, hier reinzuplatzen und mir Fragen zu stellen?«

»Du weißt, wie ich heiße?«

»Ich sagte doch, ich kenne dich. Und ich habe keine Lust, mit dir zu reden. Ich rufe die Polizei.«

Ich deutete aufs Telefon. »Bitte. Nur zu. Am besten verlangst du Lieutenant Branco. Schönen Gruß. Er wird entzückt sein zu hören, wo du steckst.«

Aaron machte eine Bewegung aufs Telefon zu und blieb dann stehen. Er grinste bravourös, aber ohne rechte Überzeugung. »Okay, Mann«, sagte er, »zugegeben, wäre nicht cool, die Bullen herzubitten. Wieso verschwindest du nicht einfach.«

»Ich verschwinde, sobald du mir sagst, wo Calvin ist.«

»Wozu brauchst du den?«

»Er soll mir verraten, warum er den Ranger umgebracht hat.«

Aaron feixte, dann prustete, dann grölte er. »Das wird er bestimmt nicht, Mann!«

»Sei dir da nicht so sicher.«

Er lachte schallend und schüttelte den Kopf. »War doch nicht Calvin, der den Naturburschen umgebracht hat!«

»Bitte?«

»Du bist hinter dem Falschen her!« Er konnte sich kaum halten vor Lachen.

»Woher weißt du?«

Aaron wurde mit einem Schlag wieder ernst. In seinen Augen glomm heillose Wut. »Ich weiß es eben, und Calvin war's nicht.«

»Wer dann?«

Jetzt verzerrte sich Aarons Miene zu einem breiten, bösartigen Grinsen, und mich befiel die ungute Ahnung, daß dieser Mann emotional vielleicht etwas instabil war. Könnte er vielleicht Roger im Eifersuchtsrausch getötet haben? Branco schien es für möglich zu halten.

»Ich weiß, was du denkst«, sagte er, »aber es stimmt nicht. Stimmt zwar, daß ich Calvin leid bin, aber ich bin kein Idiot. Ich würde niemanden umbringen, um Calvin beiseite zu räumen. Ich weiß, was ein guter Deal ist, wenn ich einen sehe, und du weißt auch …« – er unterbrach sich und umschrieb mit einer balletthaft ausladenden Armbewegung die Suite Calvins unmittelbar über uns – »… daß Calvin ein guter Deal ist. Also verhalte ich mich hübsch artig und rühre keinen Finger geschweige denn die Hand gegen irgendwen. Das Leben ist viel zu schön.«

»Aber du weißt, wer es war?«

»Ich weiß, was ich weiß.«

»Klingt, als erpreßt du jemanden, Aaron.«

»Du führst unflätige Reden und bist hier nicht gern gesehen, wieso gehst du jetzt nicht?«

»Ich werde das Gefühl nicht los, daß noch jemand in der Nähe ist.«

Aaron pflanzte seine kräftigen, nackten Füße fest auf dem Teppich auf. »Hier ist keiner außer mir.«

»Ich schau mal eben nach«, sagte ich und ging an ihm vorbei.

Er versuchte mich aufzuhalten, und ich muß sagen, der Kerl war verflixt wendig. Aber auch ich halte mir eine gewisse Behendigkeit zugute, besonders wenn man die fünf, sechs Kilo, die ich immer abnehmen will, in Rechnung stellt. Dies alles erwies sich jetzt als nützlich. Er hatte sich direkt vor mir aufgebaut, was mir die Sache ungemein erleichterte. Ich duckte mich seitlich an ihm vorbei und haute ihm den Arm in die Kniekehlen. Gefällt sank er mir in die Arme. Er war erstaunlich leicht – na ja, er war nicht umsonst Tänzer. Mit der Kraft meiner Beine und meines ganzes Körpers stemmte ich ihn hoch und ließ ihn hart auf den Boden fallen. An seinem stoßweisen Keuchen beim Aufprall erkannte ich, daß ihm erstmal die Luft weggeblieben war.

Rasch huschte ich durch Hals Wohnung, auf der Suche nach dem berüchtigten »anderen« Zimmer, das er am Abend unserer ersten Unterhaltung erwähnt hatte. Schließlich fand ich es und machte eine atemberaubende Entdeckung. Ich meine, jetzt blieb mir die Luft weg.

Er schwebte in der Luft, an vier langen, in den Deckenbalken verankerten, blanken Chromketten aufgehängt. Die Ketten endeten in einem Geflecht von Ledergurten, das seinen nackten Körper umspannte. Seine Handgelenke waren über seinem Kopf gefesselt, sein Mund mit einem breiten Ledergurt geknebelt.

»So sieht man sich wieder«, meinte ich.

Es war Hal. In seinen Augen lag milde Belustigung. Ich befreite ihn rasch von dem Knebel, damit er sprechen konnte, und war verblüfft, als sich mit dem Ledergurt ein langer Lederphallus löste und ihm aus dem Mund glitt. Wie hatte er bloß Luft gekriegt? Ach, des Lebens Rätsel!

»Freut mich«, sagte er so beiläufig, als stünden wir gerade zwischen Supermarktregalen und tauschten Artigkeiten aus.

»Was zum Teufel geht hier vor, Hal?«

»Sieht man das nicht? Willst du mitmachen?«

»Vielen Dank, das ist nicht unbedingt meine Vorstellung von gemütlichem Beisammensein. Weißt du, wo Calvin steckt?«

»Offensichtlich nicht hier.«

»Ich dachte, du treibst es nicht mit den beiden.«

»Nicht mit Calvin. Doch wie du siehst: Aaron und ich …« – er lächelte – »… sind uns nähergekommen.« Er wirkte entspannt und genoß das Ganze. »Willst du nicht bleiben?« fragte er. »Im Schrank sind noch 'n paar Häute. Du findest sicher was Passendes.« Sein Blick war auffordernd und sein Gerät verlockend. Der Kerl war einfach für Sex gebaut, für viel Sex. Und da hing er nun schon mal, hübsch angerichtet und willens, einen interessierten Abnehmer zu bedienen. Mich vielleicht? Wollte ich das?

Zwischen meinen Beinen regte sich etwas. »Ich habe zu tun, Hal.

Aber ich komme darauf zurück.« Wahrscheinlich war es einer der größten Fehler, die ich je gemacht habe, aber ich ließ ihn hängen, unbenutzt.

Im Wohnzimmer saß Aaron inzwischen kraftlos gegen das Sofa gelehnt. Ich zog die Wohnungstür auf. »Bis die Tage, Aaron«, sagte ich. »Vielleicht solltest du dir einen neuen Unterschlupf suchen, jetzt, wo ich weiß, wo du steckst.«

Er stöhnte. »Das zahl ich dir heim.«

Gegen zehn war ich im Laden. Nicole schien angenehm überrascht, daß ich früher kam als versprochen. Sie drückte mir zur Begrüßung einen Kuß auf die Wange und eine weiße Papiertüte in die Hand. »Was ist das?« fragte ich.

»Tut mir leid, daß ich dich vorher angepflaumt habe, Stani. Du bist ausgebucht, und ich dachte, da brauchst du eine kleine Stärkung.«

Es war ein Croissant mit Mandelfüllung.

»Danke, Nikki.«

»Irgendwas von Yudi gehört?«

»Menschenskind! Den habe ich ganz vergessen! Hier ist er nicht aufgekreuzt?«

»Nein, Lieber. Wie ist dein Besuch bei Calvin verlaufen?«

»Er war nicht zu Hause.« Was ich sonst zu sehen bekommen hatte, brauchte sie ja nicht unbedingt zu wissen. »Nikki, hast du das Kabrio hergefahren?«

»Ja, Lieber, aber wechsle nicht einfach das Thema.«

»Ich will noch mal nach Cambridge und nachsehen, ob Calvin zur Arbeit gegangen ist.«

Ihre Miene verfinsterte sich. »Nicht jetzt, Stanley. Du hast um elf einen Kunden.«

»Nikki, es muß sein. Mit dem Wagen bin ich bis elf wieder da.«

»Den Wagen habe ich gemietet, um dich zu unterstützen, und nicht, damit du dich davonstiehlst.«

»Ich verspreche, ich bin rechtzeitig zurück.«

»Wie ich dich kenne ...«

»Liebes, wenn ich zu spät komme, legst du die Termine einfach um.« Ich griff die Papiertüte und peilte den Hintereingang an. »Und danke für die Stärkung!« Tatsächlich, der weiße Kabrio war in der Nebenstraße abgestellt. Ich stieg ein, ließ das Verdeck herunter und fuhr Richtung Storrow Drive, der dem Charles River folgt. Der Morgenverkehr hatte nachgelassen, und es ging recht flott Richtung Cambridge. Im starken Sonnenlicht flammten die Bäume am Flußufer in Orange, Gelb und Rot. Wenn schon sonst nichts, so war wenigstens der Herbst in Boston farbig.

Ich bog auf den Parkplatz der Choate Group ein und joggte zum Eingang. Ich fürchtete, es könnte doch noch zu früh sein, weil alles vor elf Uhr früh nach der inneren Uhr der Cambridge-Architekten noch zum Morgengrauen zählt. Patrick von der Rezeption saß hinter seinem Schreibtisch und las ein teures europäisches Modemagazin. Er würdigte mich kaum eines Blickes. Ich beugte mich über den Tisch und drückte das Heft herunter. »Sagen Sie Calvin Redding, Vannos möchte ihn sprechen.«

Müde schaute er auf und durch seine überdimensionale Hornbrille hindurch. »Ach, heute also Vannos?«

»Der bin ich jeden Tag.«

»Wer immer Sie sind: Mr. Redding ist nicht da.«

»Das Spielchen hatten wir doch schon einmal, Herzblatt. Ich weiß, daß Calvin hier ist, also suche ich ihn selber.« Ich bewegte mich Richtung Büroetagen.

»Das würde ich Ihnen nicht raten«, meinte er.

Ich drehte mich um. »Wie bitte?«

»Wenn Sie ohne meine Zustimmung hineingehen, muß ich das als Hausfriedensbruch betrachten.«

»Warum machen Sie dann nicht mir und sich das Leben leichter und geben mir einfach Ihre Zustimmung?«

Im selben Moment tönte eine rauhe Stimme vom Atrium herüber. »Patrick, lassen Sie's gut sein. Er soll nur kommen.«

Ich blickte durch den offenen Raum der Halle und sah Jennifer Doughton, die ihre formlose Masse über das Geländer im zweiten Stock gebeugt hatte. Sie winkte. Ich winkte diskret zurück. »Hallo, Jennie.«

Patrick sagte: »Sie können eintreten.«

»Dankeschön, Patty-Herzchen«, sagte ich und trabte durchs Atrium und die Rampe hinauf zu Jennifer.

Sie trug einen schwarzen Rock voller Flusen und ein dunkles, abgetragenes Strickoberteil. An ihrem Kinn klebte ein feuchter Krümel Kartoffelchips. Sie sprach gedämpft, ihr Blick flackerte unruhig. »Gut, daß Sie kommen. Ich habe versucht, Sie zu erreichen, aber es hieß, Sie seien verreist.«

»Macht ja nichts. Jetzt bin ich wieder da. Wo steckt Calvin?«

»Er ist nicht da.«

»Wo ist er denn?«

»Kaum war er draußen, hat ihm der Chef frei gegeben, damit er sich erholt.« Sie schnaubte verächtlich. »Als hätte der das nötig, bei seinem Arbeitsstil.«

»Wissen Sie, wo er hin ist?«

»Wahrscheinlich in die Karibik.«

Jennies Worte beschworen ein irritierendes Bild von Calvin herauf: am sonnigen Strand liegend, lässig eine Pina Colada nippend, dick mit Kakaobutter eingerieben – während ich in der Gegend herumhetzte und vergebens versuchte, ihn des Mordes zu überführen.

Nervös fuhr Jennie fort, die Stimme noch weiter gesenkt: »Aber ich habe gute Nachrichten für Sie. Ich habe ein paar unglaubliche Dinge über den Besuch dieses Rangers in Boston herausgebracht.«

Das war Musik in meinen Ohren. »Erzählen Sie!« drängte ich.

»Ich kann jetzt nicht. Ich habe gleich eine Besprechung mit einem wichtigen Kunden. Können wir uns später treffen, nach der Arbeit?«

In meinem Kopf schrillte eine kleine Alarmglocke, doch ich antwortete: »Klar. Wann und wo?«

»In der Harvest Lounge am Harvard Square, sagen wir gegen sieben.«

»Ich werde da sein.«

»Gut. Ich bin wirklich erleichtert, daß Sie gekommen sind. Sie werden kaum glauben, was sich herausgestellt hat.« Sie watschelte schnell zu ihrem Büro zurück und ließ mich mit einem unguten Gefühl zurück. Selbst wenn sie etwas herausgefunden hatte, traute ich ihr immer noch nicht.

Ich war auf dem Weg zur Rampe, als eine vertraute Stimme hinter mir fragte: »Nun, wie war Ihr Urlaub?«

Ich wandte mich um. Roy Brickley kam auf mich zu.

»Prima«, antwortete ich, vielleicht etwas zu schnell.

Seine dunkelgraue Bundfaltenhose betonte eine schlanke Taille, um die ich Brickley beneidete. Immerhin war er ungefähr zwanzig Jahre älter als ich, aber sein Bauch war flach. Er schüttelte mir lächelnd die Hand, doch es war so ein Designerlächeln.

Ich fragte: »Woher wußten Sie, daß ich verreist war?«

»Meine Frau hatte im Salon angerufen, und da sagte man ihr, Sie wären für eine Weile aus der Stadt. Wir nahmen an, Sie hätten Urlaub.«

»Brauchte sie irgend etwas?« fragte ich und überlegte, ob Mrs. Brickley wirklich im Geschäft angerufen hatte.

»Nichts Dringendes. Sie war nur wieder voll des Lobes, aber das sind Sie vermutlich gewohnt.«

In letzter Zeit weniger, dachte ich im stillen.

»Wo waren Sie denn?« fragte er.

»Ich war in New York. Zu einer Haarstylisten-Konferenz.«

»Ach ja?« Brickleys linkes Augenlid zuckte.

Ich sagte: »Ich hatte gehofft, Calvin Redding hier heute anzutreffen.«

»Ach, das ist dumm. Er ist nicht da. Er hat sich ein paar Tage frei genommen, um sich von dem Streß der vergangenen Woche zu erholen. Demnächst stehen drei große Vertragsverhandlungen an, und da möchte ich ihn in Hochform haben.«

»Wissen Sie, wo er sich aufhält?«

»Keine Ahnung. Vielleicht New York … genau wie Sie.«

»New York ist immer eine Reise wert«, sagte ich und registrierte sehr wohl die Betonung seiner letzten Worte. Er wußte, daß ich log.

Er nickte und lächelte wiederum: »Ich muß wieder an die Arbeit. Nett, Sie zu sehen, und vielen Dank nochmal für das, was Sie mit dem Haar meiner Frau vollbracht haben. Wir sind beide entzückt von ihrem neuen Look.« Er wandte sich ab und steuerte die Rampe hinauf zu seinem Büro.

Meine Güte, dachte ich, war doch bloß Waschen und Legen!

Ich durchquerte wieder das lichte, offene Atrium zum Haupteingang. Im Vorbeigehen warf ich dem Empfangschef eine Kußhand zu und sagte: »Bis später, Herzblatt.« Er machte ein finsteres Gesicht.

Ich raste zurück nach Boston und überschritt die ganze Strecke über die Geschwindigkeitsbegrenzung. Eines mußte ich noch erledigen, selbst wenn ich dann zu meinem Salontermin um elf zu spät kam. Es war mir auch egal, ob mich die dämliche Polizei wegen Raserei festnahm; ich mußte sowieso zu Branco, ihm berichten, was ich über Aaron Harvey und Calvin Redding herausgefunden hatte.

In der Nähe der Wache gab es keine freien Parkplätze, also stellte ich den Wagen auf einem der Stellplätze für die Streifenwagen ab. Wie zum Teufel sollte ein verantwortungsbewußter Bürger die Bullen unterstützen, wenn er nirgendwo im Umkreis des Reviers einen Parkplatz fand? Ich winkte wild, als ich am diensthabenden Beamten vorbeistürzte. »Branco!« warf ich ihm in einem Ton hin, der keine Widerworte duldete. »Er erwartet mich.« Heute schien die dreiste Masche zu ziehen, der Beamte summte mich durch die verschlossene Tür ins Innere der Wache. Ich ahnte ja nicht, daß mich Lieutenant Branco in der Tat erwartete.

Er saß hinter seinem Schreibtisch: Stuhl zurückgekippt, Hände im Nacken verschränkt, Füße auf dem Tisch, die Knie dabei leicht angewinkelt. Für einen souveränen Überblick über seinen Arbeitsbereich machte sich diese Haltung großartig.

»Gut, daß Sie erscheinen, Stan. Erspart mir die Mühe, Sie zu holen.«

»Was, Sie wollten mich sehen?«

Er nickte. »Sie hatten doch Anweisung, heute früh hier zu erscheinen, wissen Sie noch?«

Ich hatte es vergessen. »Nach unserer Unterhaltung gestern abend dachte ich –«

Branco unterbrach mich. »Wo haben Sie die Steigklemme her, die Sie mir gegeben haben?«

»Ich sagte doch schon: Ich habe sie in einem Baum in der Nähe des Steinschlags im Yosemite Park gefunden.«

Er musterte mich mit Röntgenblick, forschte nach der leisesten Spur einer Lüge in meinem Gesicht. Dann setzte er sich aufrecht und sah mir direkt ins Gesicht; eine äußerst geschäftsmäßige Positur. »Das Zeug auf dem Metallteil heißt Rezon. Es ist ein Plastiksprengstoff, der durch Resonanz gezündet wird. Das Zeug wird bei M.I.T. unter höchster Geheimhaltungsstufe entwickelt.« Ich wußte, daß Branco das renommierte Massachusetts Institute of Technology in Cambridge meinte.

Ich fragte: »Und wie kam es auf eine Steigklemme im Yosemite Valley?«

»Gute Frage. Vielleicht haben Sie Freunde, oder womöglich einen Kunden, die dort in einem der Labors arbeiten?«

»Machen Sie's mal halblang, Lieutenant. Ich habe den Mist nicht auf die Klemme geschmiert.«

»Irgendwer aber schon. Und es ist doch sehr unwahrscheinlich, daß das Rezon ganz bis in den Westen gelangt ist, nur um dann in Ihrem Gepäck den Weg zurückzufinden. Vielleicht haben Sie die Klemme damit präpariert, kurz bevor Sie sie mir überreichten.«

»Das ist absurd! Wozu sollte ich Ihnen einen solchen Streich spielen?«

Branco fixierte mich. »Weiß ich, wie weit Sie gehen würden, um Calvin Redding zu belasten?«

»Wozu denn noch, wo er ohnehin getürmt ist?«

»Wann?«

»Ich komme gerade aus Cambridge. Im Büro war er nicht.«

»Das muß doch nicht heißen, daß er sich abgesetzt hat.«

»Sie beschatten ihn nicht einmal, wie?«

»Was erwarten Sie denn, Stan? Daß ich eine Großfahndung auslöse, nur weil der Kerl nicht zur Arbeit erscheint?«

»Bei mir haben Sie's immerhin getan.«

»Das war etwas anderes.«

»Klar. Er ist ein Mörder, ich bin bloß ein hergelaufener Dussel.«

»Jedem seine Sicht der Dinge.«

»Haben Sie Aaron Harvey gefunden?«

Branco fuhr in seinem Stuhl herum.

»Tja, Lieutenant, wenn Sie sich beeilen, können Sie ihn bei Calvin Reddings Nachbarn finden, Hal Steiner.«

»Woher wissen Sie das denn?«

»Ich habe ihn heute früh dort angetroffen, bei einer meiner verdeckten ›schwulen Ermittlungen‹ für Sie.«

Branco griff zum Telefonhörer und erteilte Anweisungen für einen Trupp, der Aaron aus Hals Wohnung abholen sollte. Während er sprach, fiel mein Blick auf einen kleinen Bilderrahmen auf seinem Schreibtisch. Er enthielt ein altes Schwarzweißfoto von einem Mann, einer Frau und einem kleinen Jungen. Der Mann war blond, die Frau dunkel, mit Brancos Augen, und der Junge war eine Miniaturausgabe des Bullen mir gegenüber. Ein Urlaubsfoto, in einer warmen, sonnigen, bergigen Gegend aufgenommen. Italien vielleicht, vor langer Zeit.

Branco beendete das Gespräch und sagte: »Danke für den Tip. Es gibt noch etwas, was ich Ihnen sagen wollte.«

»Ich bin ganz Ohr.«

»Haben Sie den Namen Jack Werdegar schon einmal gehört?«

Ich wog ab, welche Absichten Branco mit seiner Frage verfolgen könnte. »Der Name kommt mir bekannt vor.«

»Sollte er auch. Er behauptet, er kennt Sie.«

»Ach ja, stimmt«, sagte ich aufgeräumt. »Aus dem Yosemite Park.«

»Genau der. Er ist in Boston.«

»Tatsächlich?« Yudi hatte also recht gehabt: Jack war mit im Flugzeug gewesen. »Haben Sie mit ihm gesprochen, Lieutenant?«

»Er muß sich regelmäßig bei uns melden, wenn er in Boston ist.«

»Wieso?«

»Er hat hier mal gelebt, hatte aber vor ein paar Jahren Ärger. Er war in eine Kneipenschlägerei verwickelt, bei der er einen Mann getötet hat. Er wurde wegen Totschlags angeklagt, kam aber mit Notwehr davon. Ist nach Westen gezogen, um einen neuen Anfang zu machen. Ich dachte, es interessiert Sie vielleicht zu hören, was Sie für Freunde haben.«

»Äh, danke, Lieutenant.« Was Branco wohl von meinem jüngsten Wildnis-Abenteuer mit dem Kerl gehalten hätte, unserer munteren Kletterpartie in den Felsen des Yosemite Parks?

»Ach, übrigens: Wie kommen Sie und Ihr anderer Freund denn zurecht?«

»Welcher andere Freund?«

»Der Kleine, den Sie mit zurückgebracht haben.«

»Verdammt! Ich vergesse ihn ständig! Er ist heute früh verschwunden. Hier ist er nicht aufgekreuzt, oder?«

»Nein. Was ist denn in der Nacht vorgefallen?«

»Nichts!« fuhr ich ihn an. Oho! Totale Abwehr, für jeden erkennbar. Ich atmete tief durch und fuhr fort: »Er ist heute früh aus meiner Wohnung gegangen, und ich habe keine Ahnung, wo er ist.«

»Vielleicht sollten Sie ihm mehr Beachtung schenken, und weniger Calvin Redding.«

Ich spürte, wie ich rot wurde. »Vielleicht könnte ich das, wenn Calvin noch in Haft wäre.«

»Stan, wie oft muß ich es Ihnen denn noch sagen: Wir haben kein Beweismaterial für eine Mordanklage.« Der scharfe Ton und das böse Glitzern in seinen Augen zeigten mir, daß er allmählich die Geduld mit mir verlor.

»Die Beweise sind doch nicht zu übersehen, Lieutenant! Calvin war da, Roger lag tot auf seinem Bett. Sie waren beide nackt ... die Drogen ... die Fesseln.«

»Alles nur Indizienbeweise.«

»Ich dachte, ihr Typen lebt von sowas.«

Branco grunzte lediglich.

»Lieutenant, was wäre denn nötig, um Anklage zu erheben?«

»In diesem Fall ein Tatverdächtiger mit einem miserablen Anwalt und Null Beziehungen.«

»Aber es ist doch offensichtlich, daß Calvin es war. Ich verstehe nicht, wieso Sie ihn nicht einfach anklagen.«

»Ich habe Ihnen die Situation schon erklärt. Wenn ich Redding jetzt wegen Mordverdachts festnähme, würde ich direkt gegen meine Order verstoßen. Das reicht für die Suspendierung vom Dienst.«

»Und was ist mit dem Mörder? Ich dachte, Ihnen läge daran, den zu finden.«

»Tut es auch, aber ehrlich gesagt bin ich nicht recht überzeugt, daß es Redding war. Sonst würde ich handeln.«

»Das sagt sich so leicht, Lieutenant. Kostet ja auch nichts. Ihren Job auch nicht.« Ich stürmte aus seinem Büro und warf die Tür ins Schloß. Mit quietschenden Reifen brauste ich davon. Es war wie eine Szene aus einer TV-Seifenoper zur besten Sendezeit, und ich war stolz darauf.

17
LIEBER SANDMANN, WO GEHT'S LANG?

Da ich für den Termin um elf sowieso schon zu spät dran war, dachte ich mir, es käme auch nicht mehr drauf an, wenn ich schnell zu Hause vorbeiführe, für den Fall, daß Yudi dort auf mich wartete oder mir zumindest eine Nachricht hinterlassen hätte. Vergebliche Liebesmühe – kein Lebenszeichen von ihm.

Als ich im Salon ankam, war ich noch ganz aufgedreht von der Raserei, die wiederum auf den Auftritt bei Branco zurückzuführen war. Ich schoß zum Hintereingang herein und gleich an den Empfangstisch, wo Nicole in aller Ruhe ihren Terminkalender studierte. Sogar mir klang meine Stimme etwas schrill in den Ohren, als ich sie fragte, ob Yudi sich während meiner Abwesenheit im Laden hatte blicken lassen. Einzige Antwort: ein plattes Nein.

»Ach Nikki, kannst du dich entsinnen, ob Vivian Brickley hier angerufen hat, als ich in Kalifornien war?«

»Nein, Stanley, ich entsinne mich nicht. Weißt du, wenn du nämlich weg bist, habe ich hier im Laden alle Hände voll zu tun, da kann ich nicht auch noch deine Privatgespräche protokollieren. Mag sein, daß sie angerufen hat; ich habe nicht mit ihr gesprochen.«

»Ich glaube nämlich, sie hat gar nicht angerufen, Nikki. Ich versuche nur zu klären ...« In dem Moment fiel mir auf, daß Nicole ziemlich ungehalten aussah. »Schon gut, vergiß es«, sagte ich rasch. »Aber ich muß heute abend früher weg. Das wollte ich dir sagen.«

»In Ordnung, Stanley«, meinte sie kühl. Mich überraschte, daß sie es so ruhig hinnahm, hieß es doch, daß sie das Geschäft wieder allein schließen mußte.

»Interessiert es dich denn gar nicht, wo ich hin will?« fragte ich.

»Nur wenn du es mir erzählen magst, Lieber«, erwiderte sie leichthin. Im gleichen Moment sah ich etwas, was mir einen Schock versetzte und den Magen fast umdrehte. Ramon, unser Haarwäscher, hatte meinen Platz eingenommen und bediente einen meiner Stammkunden. Sie lachten und scherzten miteinander wie heimliche Liebhaber, während ich, der gehörnte Gatte, hilflos zusah. Ich hatte mein Haus vernachlässigt, und jetzt brach alles vor meinen Augen zusammen.

Nicole sagte: »Ramon wird mir schon zuschließen helfen.«

»Oder auch beim Aufschließen«, gab ich patzig zurück und hätte mir ob der Zweideutigkeit die Zunge abbeißen mögen, denn die Vorstellung, Ramon könnte mich eines Tages als Nicoles Starfrisör und Vertrauten verdrängen, gehörte zu meinen schlimmsten Alpträumen. Jetzt schien er Wirklichkeit zu werden.

Sie setzte die Lesebrille ab, sah mir geradewegs in die Augen und sagte: »Stanley, ich weiß wohl, daß du unter ungeheurem Druck stehst, schlimmer, als ich es bei dir je erlebt habe. Und ich will mal annehmen, daß dies auch deine Bemerkung eben erklärt ebenso wie in der letzten Zeit deine Primadonna-Allüren. Also, ich bin gerne bereit, dich weiterhin, wo ich kann, zu unterstützen, aber ich finde ehrlich gesagt nicht gut, was du machst, und auch nicht, wie es deine Arbeit beeinträchtigt. Ich muß hier einen Laden schmeißen, und im Moment bist du eher eine Last als eine Hilfe.« Ich sagte nichts. Mir war klar, daß alle Erklärungsversuche nutzlos wären.

Nicole fuhr fort: »Ramon ist gleich fertig, dann kannst du wieder an deinen Platz und deine nächste Kundin bedienen.«

Mit gebeugtem Nacken und schwer getroffen schlich ich von dannen. Nicole hatte ja recht. Wie lange konnte ich mich noch als Perry Mason gerieren, ohne meinen Job und unsere Freundschaft ernstlich zu gefährden?

Wenig später nahm ich meinen Platz wieder ein, und Ramon kehrte zu seinem Waschbecken zurück, aber wann immer sich unsere Blicke trafen, sah ich sein selbstzufriedenes Grinsen. Den Kunden gegenüber war ich ganz Plaudertasche, flinke Finger, Hallo Süße!, Küßchen hier und Küßchen da.

Ach, und was für eine Freude, als einer meiner liebsten Menschen zu seinem wöchentlichen Termin eintrudelte. Mallory Framson, ganze ein Meter zweiundfünfzig groß, dreiundvierzig Kilo und kein Gramm mehr. Ihre vogelhafte Gebrechlichkeit tat ihrer stolzen, königlichen Haltung keinen Abbruch – wie altes Silber geadelt von achtzig Jahren voll ausgeschöpften Lebens, als Konzertpianistin und Lehrerin vor allem. Mallory bestand auf dem immer gleichen Schnitt für ihr dichtes, weißes Haar: einen kurzen, aus dem Gesicht zurückgekämmten Bob. Bei anderen Frauen hätte die Wirkung leicht zu herb oder burschikos sein können, bei Mallory unterstrich die Frisur ihre unaufhaltsam durch Zeit und Raum strömende Energie.

Der Rest des Tages verging rasch. Gegen sechs Uhr verabschiedete ich mich von Nicole und strebte dem Hintereingang zu. Sie kam mir nach, packte mich und drückte mich ganz fest. »Stani, ich hab' vorhin dummes Zeug geredet, verzeih.«

»Ich habe mich dumm angestellt, Nikki. Ich bin selber schuld.«

»Dann laß dir doch helfen.«

»Ich wünschte, es gäbe etwas, was du tun könntest, aber inzwischen ist es zur Ehrensache geworden. Du hattest recht … meine zwanghafte Art. Bis ich herausgefunden habe, wie und warum

Calvin Roger umgebracht hat, und das Branco beweisen kann, werde ich keine Ruhe geben.«

»Stani, paß auf dich auf, hörst du?«

»Ich versuch's.« Ich stieg in den Wagen und fuhr erst einmal wieder zu mir, wegen Yudi. Immer noch keine Spur von ihm, also machte ich mich bedrückt auf den Weg nach Cambridge zur Verabredung mit Jennifer Doughton. Während der Fahrt dachte ich daran, daß Yudi auch im Yosemite Valley ständig erschienen und wieder verschwunden war, und sagte mir, das sei vielleicht einfach seine Art, mit den Dingen umzugehen. Schließlich war er erst zwölf Stunden fort. Ich hoffte nur, daß alles in Ordnung war, wo immer er stecken mochte.

Der Verkehr und die Parkplatzsuche hielten mich länger auf, als ich erwartet hatte, und ich traf ein paar Minuten nach der Zeit in der Harvest Lounge ein. Ich sah mich schnell um und fragte dann die Bedienung. Zum Glück war Jennie noch nicht da. Ich hockte mich in eine entlegene, abgetrennte Sitzecke und bestellte mir etwas zu trinken. Mir schwirrte der Kopf vor unsortierten Gedanken an Roger, Calvin, Aaron und Hal; an den Yosemite Park, Yudi, Wacky-Jacky und Mr. Leonard; schließlich an Branco und Nicole. Schöner Schlamassel. Mir wurde klar, daß ich alle Hoffnung in Jennifer Doughton und ihre wichtigen Eröffnungen setzte, um Ordnung in das Ganze zu bringen.

Zehn Minuten später trat ein gutaussehender Kellner – nicht der, der meine Bestellung entgegengenommen hatte – an meinen Tisch. Ich dachte, er wolle sich um meinen Drink kümmern (vielleicht auch in anderer Weise um mein Wohlbefinden), doch er fragte: »Mr. Kraychik?« Ich nickte, und er reichte mir einen Zettel, auf dem stand:

Tut mir leid.
Fehlalarm.
J.D.

Fehlalarm? Was war mit den »erstaunlichen Dingen«, die Jennie in Erfahrung gebracht haben wollte? Was war mit der ganzen Aufregung von heute vormittag? Ich fragte den Kellner, wer ihm den Zettel gegeben hätte.

»Ein Anruf. Ich hab's mir notiert.«

»Und das war alles?«

»Ja, mit der Bitte, Ihnen Bescheid zu geben.«

»Gar nichts weiter?«

Er schüttelte den Kopf.

»War es ein Mann oder eine Frau?« fragte ich.

»Eine Frau.«

»Danke.« Ich gab ihm ein Trinkgeld, trank aus und ging.

Dann fuhr ich zum Bürohaus der Choate Group, doch da war alles dicht. Ich fuhr wieder in die Stadt, sah noch einmal daheim vorbei, aber von Yudi keine Nachricht, auch nicht auf dem Anrufbeantworter. Ich rief Nicole an, doch auch sie hatte nichts von ihm gehört. Ich stieg wieder in den Wagen und suchte die Back Bay nach ihm ab. Ich wußte, das war zwecklos, aber irgend etwas mußte ich doch tun. Wie konnte jemand einfach spurlos verschwinden?

Zwei Stunden lang kurvte ich ziellos herum, dann gab ich auf und fuhr nach Hause. Welch schöne Überraschung, in der Wohnung von Sugar Baby begrüßt zu werden! Nikki hatte sie zurückgebracht und auch eine Nachricht dagelassen: Sie stünde hinter mir, egal was käme. Ich schenkte mir einen Pernod ein und spielte mit Sugar Baby Mausen. Dann guckte ich Fernsehen. Dann schenkte ich mir Pernod nach. Dann schmollte und brütete ich. Dann trank ich noch mehr Pernod. Ich wußte ganz genau, daß ich nur Zeit totschlug, während ich darauf wartete, daß Yudi wie durch Zauberei vor mir stünde, wie im Yosemite Valley. Schließlich fiel ich gegen Mitternacht ins Bett.

Und kehrte in den schattigen Redwoodhain im Yosemite Park zurück. Es war so friedlich, so herrlich unter diesen Baumriesen. Vögel tschilpten, Blüten wogten. Ich blickte hoch und sah Yudi weit oben auf einem Ast hocken, einen Koffer fest gegen die Brust gepreßt. Ich winkte, aber er sah mich nicht. Dann trat Lieutenant Branco hinter einem Baum hervor und kam auf mich zu. Er breitete die Arme aus und zog mich an sich. Ich spürte die Kraft und die Hitze seines Körpers. Endlich in Sicherheit! Er war im Begriff, mir den Hals zu küssen, als laute Explosionen alles verdarben.

Sugar Baby hing schwer auf meinem Brustkorb und schleckte mir mit ihrer rauhen Zunge den Hals ab. Irgend jemand hämmerte an meine Wohnungstür.

»Stan! Sind Sie da?«

Brancos Stimme drang durch Anisettenebel zu mir durch. Der Wecker am Bett zeigte zwanzig vor sieben. Was zum Teufel will er bloß um diese Zeit? dachte ich, wickelte meine Blöße in eine Wolldecke und stolperte an die Tür. Draußen stand ein müder, verschlafener Branco. Er trug alte Jeans und ein verschossenes Karohemd, darüber einen schwarzen Nylonparka. Zur Abwechslung sah er aus wie ein Normalsterblicher.

»Tut mir leid, Sie zu wecken, Stan, aber es geht um was Ernstes.«

Lieber Gott, dachte ich: Yudi! Mein Magen krampfte sich schmerzhaft zusammen. Mir wurde übel.

»Raus damit, Lieutenant.«

»Es geht um Calvin Redding. Wir haben ihn vor ungefähr einer Stunde im Swand Pond im Public Garden gefunden. Mit einer Nylonschnur erdrosselt.«

»Herr im Himmel!« Das eingeschnürte Gefühl in der Brust ließ nach. »Ich dachte, es wäre Yudi.«

Er musterte mich scharf und sagte: »Darf ich hereinkommen?«

»Klar. Ich ziehe mir nur rasch etwas an.«

»Nicht nötig. Ich bleibe nicht lange.«

Schade, dachte ich.

Sugar Baby tauchte in der Schlafzimmertür auf und räkelte sich genüßlich. Lautlos stolzierte sie auf Zehenspitzen näher, um meinen morgendlichen Besucher zu begutachten. »Möchten Sie Kaffee?« fragte ich Branco.

»Ich bin dienstlich hier.« »Trinken Bullen keinen Kaffee, wenn sie auf Streife sind?«

»*Lieutenants* gehen nicht auf Streife!«

Genau genommen sah Branco eher aus, als bräuchte er einen tüchtigen Schluck – und vielleicht eine kleine kameradschaftliche Rangelei auf dem weichen Wollteppich im Wohnzimmer. Doch das waren Träume, nicht Wirklichkeit. Oder doch? Stand er wirklich zu dieser unchristlichen Zeit hier in meiner Wohnung, während ich togamäßig in eine Decke und sonst gar nichts gehüllt war?

»Ich setze genug für uns beide auf«, sagte ich, »falls Sie es sich anderes überlegen.« Ich hob den Saum meiner Decke und ging zum Kaffeekochen in die Küche. Branco folgte mir, Sugar Baby ihm.

»Ist Ihr kleiner Freund wieder aufgetaucht?«

»Sie meinen Yudi?«

Er nickte.

»Nein«, antwortete ich. »Ich hatte irgendwie gehofft, Sie hätten ihn vielleicht inzwischen aufgetrieben.«

»Wir suchen verstärkt, besonders jetzt, wo Redding tot ist.«

»Sie verdächtigen doch nicht Yudi?«

»Ihn ... Sie ...«

Plötzlich flog der Becher, den ich in den Händen hielt, durch die Luft an die gegenüberliegende Küchenwand. »Verdammte Scheiße« brüllte ich, als der Becher aufschlug und in drei große Scherben zerknallte. Sugar Baby verschwand wie ein geölter Blitz. Fast wäre mir die Decke von den Schultern gerutscht.

»Ein Glück, daß er leer war«, bemerkte Branco ruhig.

»Wieso mich!«

»Weil Sie seit dem ersten Mord unerbittlich auf Calvin Redding Jagd gemacht haben.«

»Allerdings! Und wenn Sie nur auf mich gehört hätten, wäre Calvin jetzt noch am Leben. Scheiße! Wir hätten die Wahrheit schon aus ihm herausgequetscht. Jetzt werden wir nie erfahren, was passiert ist.«

Branco blieb die Ruhe selbst. »Haben Sie für die gestrige Nacht ein Alibi?«

»Ich war die ganze Nacht hier.«

»Hatten Sie vielleicht einen Gast, der das bestätigen könnte?«

Ich schleuderte ihm entgegen: »Ich war hier die ganze Nacht allein! Schauen Sie doch im Schlafzimmer nach, wenn Sie sich trauen.«

Und der mißtrauische Hund ging wirklich aus der Küche sich im Schlafzimmer umsehen. »Keiner da. Wem gehören die Sachen im Wohnzimmer?«

»Yudi. Er hat bei mir gewohnt, bis er verschwand.«

Branco knöpfte sich die beiden Koffer vor und filzte sie flüchtig.

»Ich hoffe, Sie haben einen Durchsuchungsbefehl, Lieutenant.«

Branco sah mich feindselig an. »Habe ich, zu Ihrer Information.«

Er stand auf und kam in die Küche zurück.

Ich sagte: »Ich dachte, Sie hätten Aaron Harvey zum neuen Hauptverdächtigen erkoren.«

»Dort, wo Sie sagten, hielt er sich nicht auf.«

»Da war er gestern früh aber noch gewesen. Ich habe ihn dort getroffen und mich mit ihm unterhalten; gleich zwei Leistungen, zu denen Sie offenbar nicht imstande sind. Aber hören Sie mal, Lieutenant, verfolgen Sie die Erpressungsgeschichte denn nicht weiter?«

Brancos Augen verengten sich zu Schlitzen. »Wenn Aaron Redding erpreßt hat, warum sollte er ihn dann umbringen?«

»Genau mein Reden neulich abends! Würde er nicht, es sei denn, Calvin hätte Aaron in seinem Testament berücksichtigt, ihm die Eigentumswohnung überschrieben oder dergleichen. Ich weiß es nicht. Sie sind doch der Bulle! Sie sind doch der mit dem Recht-und-Ordnungs-Scheiß! Ziehen Sie doch los und klären Sie es auf, statt mir immer mit dem erhobenen Zeigefinger zu drohen und mir dann noch einen Mord anhängen zu wollen. Ich habe gestern abend nichts weiter getan als schlafen zu gehen! Allein!«

Auf dem Herd röchelte die kleine italienische Espressokanne: der Kaffee war durchgelaufen. Ich schenkte zwei Becher voll und schob einen Branco hin. »Da, nehmen Sie Ihren Scheißkaffee.« Ich konnte ihm nicht in die Augen sehen, nicht nach meinem Traum von vorhin, also nippte ich eine Zeitlang schweigend an meinem Kaffee. Guter Celebes-Kaffee. Schließlich brach ich das Schweigen. »Warum müssen wir uns eigentlich immer streiten? Können wir nicht mal über etwas Unverfängliches reden?«

»Was denn zum Beispiel?«

»Das Wetter.«

»Schießen Sie los.«

»Mal heiß, mal kalt, mal Regen, mal Schnee.«

Brancos Mundwinkel zuckte flüchtig. Wir tranken wortlos unseren Kaffee. Ich riskierte einen Blick und sah ein erschöpftes Gesicht. Die blaugrauen Augen, sonst leuchtend, wirkten verschleiert vor Resignation. Vielleicht arbeitete er wirklich zuviel, selbst für einen Bullen.

Ich sagte: »Es ist demnach immer noch Ihr Fall?«

Branco nickte. »Aber ich versuche, unauffällig zu arbeiten. Ich werde einen Teufel tun, Anordnungen zu übergehen, aber den Mörder kriege ich.«

Ich fragte mich nur, wie lange sein wiedererwachtes Engagement vorhalten würde.

Plötzlich knallte Branco seinen Becher wie einen Hammer auf den Tisch. »Wenn Ihr Freund aufkreuzt, soll er sich umgehend bei mir melden.« Er ging zur Tür.

»Klar doch, Lieutenant. Sie könnten sogar versuchen, ihn selbst zu finden, wenn Sie schon nach Aaron Harvey Ausschau halten.« Ich folgte ihm zur Tür, öffnete sie und bemerkte kurz: »Auf geht's.«

Er fuhr herum und musterte mich. »Auf geht's wohin?«

»Wohin auch immer ...« Dann erklärte ich: » Das sagt man so an der Westküste.

»Wir sind aber hier an der Ostküste«, murmelte er verärgert und trat aus der Tür.

So endete, was im Reich erotischer Träume begonnen hatte.

Um neun öffnete ich den Laden und brachte eine Formwelle und eine Färbung mit Schnitt hinter mich. Nicole kam mir gerade entgegen, als ich um halb elf auf dem Weg hinaus war.

Sie seufzte: »Und wohin jetzt?«

»Cambridge«, sagte ich.

»Da warst du doch gestern erst! Ist Yudi schon aufgekreuzt?«

»Nein, aber hör zu, Nikki, etwas Aberwitziges ist passiert. Calvin Redding ist tot. Sie haben seine Leiche heute früh entdeckt. Erdrosselt.«

»Noch einer!«

»Ja, und zwar mein Hauptkandidat als Rogers Mörder.«

»Tja, und wen verdächtigst du jetzt am Mord?«

»Des Mordes, Liebes. Um ehrlich zu sein: Ich verdächtige alle und jeden, dich und mich ausgeschlossen natürlich.«

»Natürlich. Was willst du diesmal in Cambridge?«

»Ich muß mit Jennie Doughton von der Choate Group sprechen. Sie hat mich gestern abend versetzt.«

»Aha! Da warst du also gestern?«

»Unter anderem. Und jetzt möchte ich gerne wissen, wieso sie es sich anders überlegt hat.«

»Wann bist du zurück?«

»Gegen eins.«

Nicole räusperte sich mißbilligend und schüttelte den Kopf. »Geh schon«, befahl sie.

Heute ließ der bedeckte Himmel auf der Fahrt nach Cambridge die bunten Bäume, die gestern in Flammen gestanden hatten, stumpf und schmutzig erscheinen. Ich fuhr auf den Choate-Parkplatz und stellte den Wagen gleich am Eingang auf einem in großen Lettern als RESERVIERT ausgewiesenen Platz ab. Der Empfangschef, mein derzeit bevorzugtes Folteropfer, lauerte mir schon an der Eingangstür auf, wild mit den Armen fuchtelnd.

»Da können Sie nicht stehenbleiben!«

»Wieso nicht?«

»Der Platz ist reserviert.«

»Ach!« Mit meinem treuesten Hundeblick reichte ich ihm die Schlüssel. »Bestimmt sind Sie so freundlich und fahren ihn weg, was, Schnuckelchen?«

Ich trat ein und joggte die Rampe hinauf zu Jennifer Doughtons Büro. Schon durch die Glaswand sah ich, daß sie nicht da war. Die Tür war abgesperrt, und noch etwas stimmte nicht. Aus dem Zimmer, das sie einst mit Calvin Redding teilte, war bis auf die Schreibtische und Stühle alles entfernt worden. Sämtliche Schubladen waren halboffen und leer. Ich spähte durch das dicke Glas, als hinter mir eine vertraute Stimme erklang. »Ich fürchte, sie ist fort.«

Ich drehte mich um und sah Roy Brickley näherkommen. »Es war völlig unerwartet«, fuhr er fort. »Ich kann es mir nur so erklären, daß sie unter großem Streß gestanden und sich anders nicht zu helfen gewußt hat. Ich wünschte, sie wäre vorher zu mir gekommen.«

»Wovon sprechen Sie?«

»Jennifer Doughton hat die Choate Group verlassen.«

»Wie kann das sein? Ich habe sie gestern doch noch gesprochen.«

»Ich weiß, und abends hat sie sich verabschiedet, als käme sie wie gewohnt am Morgen wieder. Nur habe ich heute früh ihr Büro vollständig ausgeräumt vorgefunden. Sie hat uns einfach sitzenlassen, und glauben Sie mir, das schockiert mich. Selbstverständlich wird es bei der Art ihres Ausscheidens schwer sein, sie guten Gewissens weiterzuempfehlen.«

»Hat sie denn keinen Kündigungsbrief oder dergleichen hinterlassen, worin sie ihr plötzliches Verschwinden erklärt?«

»Nichts«, sagte Brickley.

»Kaum zu glauben«, meinte ich, »nach zehn Jahren in dieser Firma.«

Um Brickleys Augen zuckte es flüchtig. »Sie scheinen viel über Ms. Doughton zu wissen«, sagte er und lächelte mild. Ich wurde das unangenehme Gefühl nicht los, Jennifer Doughton könnte beim Schnüffeln erwischt und ohne viel Federlesens gefeuert worden sein. Das Üble war, daß ich sie dazu angestiftet hatte. Brickley fuhr fort: »Gibt es sonst irgend etwas, was ich für Sie tun könnte?«

»Haben Sie schon die Neuigkeit über Calvin Redding gehört?«

»Welche Neuigkeit?«

»Wie sich zeigt, Mr. Brickley, hat er die Stadt wohl doch nicht verlassen.«

»Sie haben ihn also gesprochen?«

»Die Polizei hat ihn heute morgen kopfüber im Swan Pond gefunden. Erdrosselt.«

Brickley schwankte leicht auf den Beinen und hielt sich am Emporengeländer fest. »Nein! Mein armer Junge!«

»Junge wohl kaum.«

»Calvin war für mich wie ein Sohn. Eine ungeheure Begabung. Weiß man, wer es war?«

»Man fahndet nach Aaron Harvey.«

Brickley erschauerte. »Ich habe Calvin vor dem Kerl gewarnt. Ach, ach, ach! Ich muß Vivian anrufen. Was für schreckliche, schreckliche Nachrichten! Sie wird ganz niedergeschmettert sein, das weiß ich. Erst Jennifer, und jetzt das!« Roy Brickley hastete die Rampe zur nächsten Ebene hinauf, verschwand in seinem Büro und zog die Tür hinter sich zu. Seine Erschütterung wirkte glaubwürdig, doch ob sie Calvins jähem Tod galt oder irgend etwas anderem, konnte ich nicht sagen.

Dann fragte ich mich, ob Jennifer Doughtons Verschwinden irgendwie mit Calvins Tod zusammenhing. Gewiß hatte sie Calvin Redding hinreichend verabscheut, daß es für einen Mord reichte. Und soweit ich das beurteilen konnte, besaß sie auch die körperliche Kraft dazu. Aber würde sie ihn tatsächlich umgebracht haben? Hatte sie vielleicht irgend etwas herausbekommen, was sie dazu getrieben hatte? Hatte sie ihn umgebracht, aber die Sache verpatzt, so daß jetzt sie vor der Polizei davonlief? Vielleicht hatte Jennifer Doughton gute Gründe, so plötzlich zu verschwinden. Schon jetzt wußte ich, daß weder die Polizei noch ich in ihrer Wohnung irgendwelche Spuren finden würden.

Ich war gerade auf dem Weg hinaus, da hörte ich den Empfangschef sich mit einem der Firmenpartner herumstreiten, der meinen Parkplatz beanspruchte. Während sie sich zankten, riß ich ihm meinen Autoschlüssel aus der Hand, stieg ein und brauste los. Auf der Rückfahrt in die Stadt fiel mir plötzlich wieder etwas ein, was mir Yudi am Abend unserer Ankunft in Boston gesagt hatte. Ich parkte in der zweiten Reihe vor meinem Haus und sauste die Treppen hoch. Vielleicht befand sich das gewisse »etwas«, das er mir hatte zeigen wollen, noch in seinem Gepäck.

18
DAS CONCIERGE-SYNDROM

Das hatte ich noch nie zuvor getan, obwohl es mir oft genug durch den Kopf gegangen war. Dabei war solches Verhalten bei einigen Mitgliedern meiner altmodischen tschechischen Familie gang und gäbe und wurde sogar gefördert. Trotzdem drehte sich mir vor Abscheu der Magen um, als ich zur Aktion schritt, und ich versuchte mir weiszumachen, daß das, was ich tat, getan werden mußte.

Ich ließ die Schlösser von Yudis Koffer aufschnappen.

Aus dem geöffneten Koffer stieg der frische Geruch sauberer Kleidung, was ich als Zeichen der Vergebung für mein Eindringen in seine Privatsphäre nahm. Ich war jetzt auf dasselbe Niveau herabgesunken wie meine Tante Letta, eine neugierige Vermieterin, deren Spezialität das unauffällige Kontrollieren der Post und anderer Habseligkeiten ihrer Mieter war. Von ihr hätte selbst eine französische Concierge noch so einiges lernen können.

Im Koffer war alles feinsäuberlich verstaut und fast schon zwanghaft zu Päckchen aus verwandten Artikeln gerollt oder gefaltet. Mir war nicht ganz klar, wonach ich suchte, aber ich wußte, daß es nicht um Kleidung ging. Ich durchstöberte seinen Kulturbeutel. Alles völlig normal. Keine versteckten Fächer, keine Drogen. Als ich auf den Kofferboden stieß, war ich kurz davor aufzugeben. Da bemerkte ich ein knittriges Stück Innenfutter, das sich in einer Ecke ein wenig gelöst hatte. Als ich es wieder an seinen Platz drückte, spürte ich darunter einen Widerstand fast wie von einer dünnen Wattierung. Dann jedoch tastete ich mit meinen geschickten Fingern das Innenfutter entlang und bemerkte, daß jemand etwas zwischen Futter und Außenhaut des Koffers geschoben hatte. Ich zog vorsichtig am Futterstoff, bis er sich vom Kofferboden löste. In diesem Versteck lag ein großer, flacher Briefumschlag aus

Luftpostpapier. Ich machte ihn auf und zog zwei fotokopierte
Briefe heraus.
Einen hatte Roger Fayerback an einen kalifornischen Abgeordneten in Sacramento geschrieben. Roger brachte darin seine
Empörung über eine Gruppe von Landvermessern zum Ausdruck,
die das Gelände rund um die Washington Column im Yosemite
Valley erfaßten. Obwohl Roger sich überall erkundigt hatte, war
um die Arbeiten ein Nimbus des Geheimnisvollen geblieben. Als
engagierter Umweltschützer verlangte Roger von dem Abgeordneten, den Namen der Firma herausfinden, die die Landvermesser
beauftragt hatte.
Der zweite Brief war die Antwort des Abgeordneten, und ein Satz
daraus wirkte sich direkt auf meinen Solarplexus aus:

... Die fragliche Vermessungsfirma steht bei der Bauberatungs-
firma Choate Group aus Cambridge, Massachusetts, unter Vertrag, und zwar im Auftrag ihrer Kundin Vivian Brickley, die innerhalb des Nationalparks im Yosemite Valley über privaten Landbe-
sitz verfügt ...

Da hatte ich ihn Schwarz auf Weiß, den Grund für Rogers Aufent-
halt in Boston. Es war klar, wo ich als nächstes vorbeischauen
würde. Die Anstandsregeln hätten verlangt, bei Mrs. Brickley an-
zurufen, ehe ich zu ihr fuhr, aber Etikette war hier fehl am Platz.
Ich wollte sie völlig unvorbereitet erwischen. Ich schaute unter
Roy Brickley im Telefonbuch nach, doch seine Adresse war nicht
mit angegeben. Also war es an der Zeit, einen besonderen Freund
um einen Gefallen zu bitten – meine persönliche Ausgabe von Paul
Drake, dem Privatdetektiv. Ich griff zum Hörer und wählte die
Vermittlung.
Ich sagte: »Geben Sie mir den Operator zwei eins sieben.«
Die Frau teilte mir ruppig mit, ich solle warten. Das tat ich auch,
bis ich eine vertraute Männerstimme sagen hörte: »Operator zwei
eins sieben.«
»Darrell, ich bin's, Stan.«
»Stan!« Sein sachlicher Ton war für einen Augenblick verschwun-
den. »Wie geht es dir?«
»Ich würde schrecklich gern mit dir plaudern, Liebes, aber ich
stecke in der Klemme. Ich brauche eine Adresse.«

Augenblicklich wurde er wieder geschäftsmäßig, um bei sich im Büro keinen Argwohn zu erregen:»Bitte fahren Sie fort.«

»Ich brauche die Adresse von Roy oder Vivian Brickley in Cambridge.«

»Einen Moment, bitte.« Nach einer Pause sagte er:»Ist das vielleicht der Teilnehmer vom Lakeshore Drive einhundertachtzig?«

»Danke«, sagte ich und schrieb die Adresse auf.»Ich schulde dir was.«

»Nein, diese Auskunft ist gratis.«

»Schau mal vorbei, Darrell. Ich lade dich ein, wozu du Lust hast.«

»Vielen Dank.« Ich machte einen leisen Kuß aus, der durch die Leitung kam.

Ich steckte die fotokopierten Briefe wieder in den Umschlag und nahm sie mit. Die Treppe hinunter zum Auto nahm ich immer gleich zwei Stufen auf einmal. Verdammt! Ich hatte einen Strafzettel für das Parken in zweiter Reihe gekriegt. Ich würde ihn später Branco geben, damit er sich darum kümmerte. Schließlich war ich für ihn unterwegs. Wie der Herbstwind stob ich dann nach Cambridge zurück.

Die Brickleys wohnten an einer breiten und makellos geteerten Allee, die direkt von der Brattle Street abging. (Die Brattle Street hieß vor der Revolution Tory Row – da kann man sich das Viertel ja gut vorstellen.) Sogar die Art, wie die Bäume in dieser Straße die Farbe gewechselt hatten, deutete auf Wohlstand hin. Die Farben wirkten hier sauberer und üppiger. Das Haus war ein weitläufiger, dreigeschossiger weißer Bau aus der Kolonialzeit und mit allerlei Giebeln und Gauben und Erkerfenstern verziert. Es stand von der Straße abgerückt auf einem riesigen, üppig grünen Rasenhügel. Um im Oktober in Boston dermaßen grünes Gras zu haben, mußten die Brickleys sich einen eigenen Gärtner und eine astronomische Wasserrechnung leisten.

Ich parkte auf der Straße, obwohl auf den Schildern PARKEN NUR MIT PARKAUSWEIS stand. Ich ging entschlossen auf die Eingangstür zu und klingelte. Schon bald kam ein junger Mann mit glatter olivfarbener Haut und schwarzen Locken an die Tür. Er hätte Brancos kleiner Bruder sein können. Über seinem gestärkten weißen Hemd trug er eine weiße Küchenschürze.

Ich sagte:»Ich möchte zu Mrs. Brickley.«

Er antwortete mit schwerem Akzent: »Sie nicht daheim.«

»Wann wird sie zurückkommen?«

»Äh?«

»Wann? Daheim?« Ich tippte auf das Ziffernblatt meiner Uhr.

Er nickte heftig und zeigte beim Lächeln große weiße Zähne. »Ah, si! Einn Ur«, sagte er voller Stolz auf sein Englisch.

Ich schaute auf die Uhr. Es war halb eins.

»Danke. Ich komme wieder.«

»Sie Name?«

Ich winkte und schüttelte den Kopf. »Es ist eine Überraschung.«

Er schien verwirrt.

Ich wiederholte: »Überraschung«, und hob den Finger vor den Mund, um ihn zu bedeuten, daß er nichts sagen sollte.

»Ah, si«, sagte er. »Sürpriiise!«

»Genau.« Ich ging zum Auto zurück und schaltete das Radio an, während ich auf Mrs. Brickleys Rückkehr wartete.

Nach nicht einmal einer halben Stunde glitt eine elegante blaue Lincoln-Limousine die Straße entlang und bog in die Auffahrt der Brickleys ein. Der Lack glänzte wie ein polierter Saphir. Ich erkannte Mrs. Brickley an den Umrissen ihrer Frisur. Ich sprang aus dem Auto und begrüßte sie in der Auffahrt.

»Hallo, Mrs. Brickley!«

Sie fragte verschreckt: »Wer sind Sie?«

»Ich bin's, Vannos, aus dem Frisiersalon.«

»Oh«, sagte sie mit einem höflichen Lächeln. »Was machen Sie hier?«

»Ich wollte nach Ihrer Frisur sehen. Ihr Mann hat gemeint, Sie hätten das Gefühl, daß damit etwas nicht in Ordnung ist.«

»Wer hat das gesagt?« Sie wirkte nervös und verwirrt, und ich fragte mich, ob Vivian Brickleys Auftreten wirklich nur gespielt war, wie Nicole steif und fest behauptet hatte.

»Ihr Mann hat mir das gesagt, Mrs. Brickley. Er hat gemeint, Sie hätten deswegen im Salon angerufen.«

»Das hat er gesagt?« Sie gluckste nervös. »Junger Mann, ich bin begeistert von Ihrer Arbeit. Wenn ich überhaupt angerufen hätte, dann nur, um Ihnen noch einmal zu danken.«

Bei meinen nächsten Worten durchzuckten mich Schuldgefühle, doch durch das Herumwühlen in Yudis Sachen war ich auf Betrügereien eingestellt. (Tante Letta würde stolz sein.) »Mrs. Brickley, ich möchte Ihnen mein Mitgefühl für Calvins Unfall zum Ausdruck bringen. Es muß ein furchtbarer Schlag für Sie gewesen sein.«

Ruckartig wandte sie sich in meine Richtung und sprach mit verhärteter Stimme: »Es war mit Sicherheit kein Unfall. Ich bin überzeugt, sein Tänzerfreund hat irgend etwas damit zu tun. Ich hoffe nur, er wird gefaßt und zur Rechenschaft gezogen. Wenn Sie mich entschuldigen wollen, hole ich jetzt Dario, damit er mir beim Ausladen hilft.«

Ich trat direkt ans Auto und griff nach den Sachen im Wageninneren. »Kommen Sie, ich trag Ihnen die Sachen hinein«, sagte ich und lud mir alles auf die Arme.

»Nicht nötig«, sagte sie barsch und versuchte, mir die Tüten wegzunehmen. »Dario holt sie schon.«

»Kein Problem, Mrs. Brickley. Ich kann das auch machen.« Ich hielt die Tüten fest umklammert. Wir standen kurz vor einem Tauziehen mit ihren Einkäufen.

Ihre Augen flackerten nervös, und ihr Mund wurde immer schmaler. »Na, von mir aus!« meinte sie knapp. »Wenn Sie darauf bestehen!« Und damit ließ sie die Tüten los.

Sie schellte, Dario öffnete die Tür und ließ uns ein. Er nickte mir freundlich zu. Mrs. Brickley begrüßte er strahlend auf italienisch: »Ciao, Zia!«

»Ciao, caro«, trällerte sie zurück.

Dann sagte sie zu mir: »Sie haben mich ganz schön überrascht da draußen in der Auffahrt.«

»Tut mir leid, wenn ich Sie erschreckt habe. Ich war ohnehin in Cambridge, um mit Ihrem Mann zu sprechen. Als er dann Ihre Frisur erwähnt hat, habe ich gedacht, ich schau mal vorbei, statt mich am Telefon zu melden. Ich hoffe, Sie sehen mich nicht als Eindringling.«

»Ganz und gar nicht«, erwiderte sie kühl. »Wenn ich Ihnen aufgeschreckt vorkomme, dann nur deshalb, weil wir hier im Viertel in letzter Zeit Probleme mit fremden Männern hatten. Ihr liebstes Jagdopfer sind ältere Frauen beim Ein- oder beim Aussteigen ins Auto. Ich fürchte, Sie haben mich da gerade im schlechtesten Moment erwischt.«

Ich fragte mich, ob ich eine stärkere kriminelle Ader hatte, als mir klar war.

Mrs. Brickley atmete tief ein und in einem mächtigen Atemzug wieder aus, als wollte sie sich von ihrer Nervosität befreien. »Und jetzt«, sagte sie, »werde ich zu Mittag essen. Wenn Sie mich also entschuldigen würden ...« Sie wandte sich zu Dario und half ihm beim Auspacken der Tüten. Dann verspannte sich ihr Gesicht erneut vor Ärger, vielleicht über mich, vielleicht über sich selbst. Sie wandte sich mir wieder zu. »Ich fürchte, ich bin etwas ungehobelt«, sagte sie. »Da rede ich vom Mittagessen und komme nicht auf die Idee, Sie einzuladen. Ich bin sicher, daß Dario genug gekocht hat.« Es war eine Feststellung, keine von Herzen kommende Einladung.

»Danke, aber ich werde im Salon erwartet.« Hatte ich ein Aufflackern der Erleichterung in ihren Augen wahrgenommen? »Aber könnten Sie mir noch eines sagen, bevor ich gehe?«

»Und zwar?« fragte sie, während sie sich wieder an den Tüten zu schaffen machte.

»Wieso haben Sie Ihr Land im Yosemite Valley vermessen lassen?«

»Oh!« kreischte Vivian Brickley und ließ ein Glas mit importierten Kapern fallen. Es fiel auf den Küchenboden und sprang von dessen dickem Gummibelag in die Höhe.

»*Capperi!*« japste Dario, als er dazusprang, um das Glas aufzuheben. Angesichts des intakten Glases grinste er vor Glück. »*Non si preoccupi, Zia.*«

Mrs. Brickley holte tief Luft und sagte zu mir: »Tja, junger Mann, ich habe gar nicht bemerkt, wie müde ich vom Einkaufen bin. Wahrscheinlich hätte ich doch besser Dario schicken sollen wegen der paar Sachen. Bitte verzeihen Sie mir, aber ich muß mich jetzt hinlegen.«

»Klar doch. Tut mir leid, daß ich Sie so überfallen habe.«

»Das macht gar nichts.« Ihre Worte waren höflich, doch ihr Ton klang jetzt richtig verärgert. Ihre letzten Worte klangen so barsch wie ein Befehl: »*Dario, accompagnarlo alla porta!*«

Dario stellte sich neben mich und sagte: »Bitte, kommen.« Er lächelte, drängte mich aber entschieden in Richtung Tür. Ich machte kehrt, um mich zu verabschieden, doch Vivian Brickley war bereits in die Tiefen des riesigen Hauses entschwunden.

Ich setzte mich ins Auto und ließ den Motor an. Einen Moment lang saß ich mit laut gedrehtem Radio da und überlegte, was ich als nächstes tun sollte. Die Frage war, ob ich Roy Brickley direkt auf die Landvermesser ansprechen oder Branco dazu kriegen sollte, mir zu helfen. Meine Intuition riet mir, Branco anzurufen und anschließend Brickley persönlich zur Rede zu stellen, doch statt dessen ging ich zu Branco persönlich aufs Revier. Das war ein weiterer Fehler.

Ich stürmte in Brancos Büro und rief: »Ich weiß, warum Roger nach Boston gekommen ist!« Er saß mit dem Rücken zu mir und blickte zum Fenster hinaus. Als er nicht reagierte, fragte ich: »Haben Sie nicht gehört, Lieutenant?«

Er antwortete: »Schön, dann sehen wir uns morgen vor Gericht.« Ich schluckte. Wofür wollte er mich denn jetzt festnageln? Als er sich aber mit seinem Stuhl herumdrehte und mich ansah, stellte ich fest, daß er telefonierte. Er legte auf und fragte: »Was soll das Geschrei?«

»Lesen Sie das!« Ich warf den Umschlag mit den fotokopierten Briefen quer über seinen Schreibtisch.

Er machte den Umschlag auf und zog die Briefe heraus. Ich setzte mich. Branco las Rogers Brief mit einer Art verdrossener Gleichgültigkeit, doch als er die Antwort des Abgeordneten las, verzog er mißbilligened den Mund. »Wo haben Sie die her?«

»Sie waren in Yudis Gepäck.«

»Als ich nachgesehen habe, waren sie nicht da.«

»Sie haben nicht genau genug nachgesehen.«

Brancos Augen wurden schmal. »Ist er schon aufgetaucht?«

»Nein.«

Ich wußte, daß er mir nicht glaubte.

»Stan, wenn er diese Briefe mithatte, dann aus einem bestimmten Grund. Vielleicht hat er Redding ja als Vergeltung für Fayerbrocks Tod umgebracht.«

»Lieutenant, so etwas macht Yudi nicht.«

Branco atmete schwer aus. Er schien mich über zu haben.

Ich fuhr fort. »Ich war gerade in Cambridge bei Mrs. Brickley zu Hause, und als ich sie auf die Landvermesser angesprochen habe, ist sie fast zusammengebrochen.«

»Und?«

»Und deswegen glaube ich, daß sie die Akten aus den Büros der Choate Group konfiszieren sollten.«

»Was! Da haben Sie sich aber verrannt, Stan!« Er schüttelte den Kopf. »Wir können denen nicht ihre Akten wegnehmen.«

»Wieso nicht?«

»Wir können nicht hingehen und deren privates Eigentum beschlagnahmen, nur weil ihr Name in einem Brief auftaucht.«

»Eins sage ich Ihnen: Der Schlüssel zu Rogers Tod – und wahrscheinlich sogar zu dem von Calvin – liegt bei der Choate Group! Die haben die Landvermesser beauftragt, und Mrs. Brickley besitzt Land da draußen.«

»Und ich sage Ihnen, daß Sie zu so einer Aktion verdammt noch mal stärkere Beweise brauchen als zwei fotokopierte Briefe. Ist Ihnen klar, was diese Firma uns für einen Prozeß anhängen kann, wenn wir danebenliegen?«

»Mir doch egal. Sie haben aus lauter Mangel an Beweisen den Arsch nicht hochgekriegt, und der Hauptverdächtige ist als Toter wieder aufgetaucht.«

»Er war nicht *unser* Hauptverdächtiger«, entgegnete er zornig. »Ich beschlagnahme diese Akten auf gar keinen Fall.«

»Können Sie nicht wenigstens einen Blick hineinwerfen?«

»Nicht ohne Durchsuchungsbefehl.«

»Dann holen Sie sich einen.«

Sein Blick war kalt und unnachgiebig. Er schwieg.

Ich fragte: »Haben Sie Aaron Harvey schon gefunden?«

»Nein.«

»Mensch, Sie hatten zwei Tage Zeit! Haben Sie die Jazzstudios überprüft?«

Branco fragte finster: »Warum sollten wir das?«

»Weil Aaron Harvey Jazztanz unterrichtet, darum. Und vielleicht gibt es in einem von den Studios ein gemütliches Kämmerchen, in dem er sich verkriechen kann. Darum!«

Branco nahm den Hörer auf, drückte ein paar Tasten und sagte: »Branco hier. Wegen der Fahndung nach Aaron Harvey. Sorgen Sie dafür, daß alle Jazztanzschulen in der Stadt überprüft werden. Genau. Anscheinend verkehrt der Verdächtige an den Orten.« Er legte auf. »Danke für den Tip, Stan.«

»Sie können mir auch einen Gefallen tun und das hier regeln.« Ich gab ihm den Strafzettel, den ich vorhin für das Parken in zweiter Reihe bekommen hatte.

»Sowas mache ich nicht.«

»Los, Lieutenant. Ich habe ihn bekommen, als ich für Sie an dem Fall gearbeitet habe. Ich dachte, wir hätten eine Abmachung?«

»Sie wissen, daß es zwischen uns nichts Offizielles gibt.«

»Mir klar, aber ich habe gedacht, es geht nach dem Motto: eine Hand wäscht die andere.«

»Ich hab Ihnen gesagt, daß ich mich mit Strafzetteln nicht abgebe!« Er war sichtlich verärgert. Vielleicht wegen der Vorstellung, sich um einen Strafzettel zu kümmern, vielleicht aber auch wegen seiner eigenen Schuldgefühle, weil er seinen Beitrag zu unserem Deal nicht leistete. Ich fragte mich: Was ist schlimmer, Mr. Vito Branco? Das Gesetz umgehen? Oder ein Gentlemen's Agreement brechen?

»Was sind Sie doch für ein mieser Kumpel«, sagte ich im gleichen Stil wie Ingrid Bergman zu Cary Grant. »Wenn Sie sich schon nicht um den Strafzettel kümmern wollen, warum holen Sie dann nicht wenigstens diese Akten von der Choate Group?«

Branco schlug auf den Schreibtisch und stand auf. »Ich sehe schon, an Sie ist heute jedes Wort verschwendet.« Er beugte sich zu mir vor und hielt sein Gesicht ganz knapp vor meines. »Die Angelegenheit ist erledigt!«

»Für Sie vielleicht.« Ich stand auf und ging zur Tür, drehte mich aber noch einmal zu ihm um. »Wissen Sie, Lieutenant, am Anfang habe ich noch gehofft, Sie würden anders sein. Aber jetzt ist mir klar, warum wir nicht miteinander auskommen. Sie sind eben bloß ein Bulle, der den Arsch zusammenkneift.«

»Und Sie bloß ein verdammter Friseur! Gehen Sie dahin, wo Sie hingehören!«

Beim Verlassen der Wache stampfte ich wütend auf und schlug jede Tür zu, durch die ich ging. Ich lechzte nach einem Drink, und ich kannte eine Kneipe in der Nähe der Wache, einen schicken Club, der Denial hieß und direkt an der Berkeley Street lag. Zu dieser Zeit war sie fast leer. Ich setzte mich an die Bar und bestellte einen doppelten Beefeater mit Limone obendrauf. Der hübsche Barmann brachte meinen Drink, und ich stürzte rasch einen großen Schluck hinunter.

»Den hatten Sie anscheinend nötig«, sagte er.

Ich nickte. »Ich hätte noch ganz was anderes nötig.« Der Barmann zwinkerte mir zu, als hätte er Verständnis für meine Misere. Wie gern hätte ich jetzt geraucht. Das war wieder einmal so ein Moment, wo eine Zigarette perfekt gepaßt hätte.

Ein paar Minuten und ein paar Schluck später machte sich der Gin bemerkbar. Gerade da tauchte in der Tür der Kneipe ein Fremder auf. Er spähte in den dunklen Raum, kniff die Augen zusammen und versuchte, klar zu sehen. »Hallo, Boschton!« schrie er.

Der Barmann und ich sahen uns an. Er zwinkerte mir wissend zu und sagte dann so leise, daß nur ich es hören konnte: »Ein Besoffener aus dem South End.«

Der Fremde lehnte sich unsicher an den Türrahmen und schrie wieder: »Boschton! Bist du's?« Er stakste in die Kneipe und kam auf mich zu. So ein Pech! »Hätt dich nie für 'nen Tageschschäufer gehalten, Boschton.« Seine Stimme klang irritierend vertraut und irritierend nuschelig, doch die verkürzte Satzstruktur erkannte ich wieder. Als er näherkam, sah ich, daß ich richtig lag: Wacky-Jacky.

»Was zum Teufel machst du denn hier?« fragte ich.

»Was Geschäftlichesch.«

»In Boston?«

»Was? Darf ich in Boschton keine Geschäfte machen? Gibt's da 'n Gesetz gegen?«

»Nein«, sagte ich. »Aber du hast im Westen deine Schule, und deine Felsen stehen auch da drüben. Was für Geschäfte sollten dich quer durchs ganze Land nach Boston führen?«

»Ne Menge Schachen«, sagte er und machte es sich auf dem Barhocker neben mir bequem.

Ich gab dem Barmann ein Zeichen und bestellte ein Bier für Jack und noch einen Drink für mich. Er servierte schnell.

»Danke«, sagte Wacky-Jacky zu mir.

»Ist mir ein Vergnügen, Jack.«

Er trank fast die halbe Flasche in einem Schluck aus und gab dann einen donnernden Rülpser von sich. Ich sagte: »Habe gehört, daß du hier in der Stadt bist.«

»Wer hatsch dir erzählt?«

»Was glaubst du?«

»Gennnau, diese dämliche kleine Schwuchtel! Ich hab' ihn im Flugzeug geschehn.«

Der Barmann hörte das Wort und schaute zu uns herüber, auf Stunk vorbereitet. Ich winkte und lächelte, als wollte ich sagen: Alles in Ordnung hier.

Jack sagte: »Er hat's dir also geschteckt, hm?«

Ich nickte. »Er, und die Polizei auch.«

Selbst in seiner Alkoholvernebeltheit begriff Jack, was Polizei bedeutete und daß ich wahrscheinlich über seine fragwürdige Vergangenheit Bescheid wußte. »He, kein Problem, Boschton. Keine Angscht. Ehrlich.«

»Wie hast du mich hier gefunden?«

»Aaaachhh … ich hab' hier vor der Wache rumgehangen. Wußte, du redest früher oder später mit der Polizei.«

»Jack, bist du mir gefolgt?«

Wacky-Jackys Augen kreisten in ihren Höhlen. Nur zwinkerte er mir heute nicht zu. »Ja, so 'n bisschen, Boschton. Nix Wildes, ehrlich.«

»Und wieso?«

»Dachte, ich kann dir helfen.«

»Mir helfen? Womit?«

»Den Mörder finden helfen.«

»Du und mir helfen?« Ich brach in Lachen aus, doch das waren meine Nerven und der Schnaps, nicht irgendwas Lustiges.

»Ach, Scheiße!« sagte er. Dann beobachtete ich ihn dabei, wie er versuchte, seine Gedanken zu ordnen, als wolle er etwas erklären. Vielleicht machte ihn das Bier wieder nüchterner. Nach ein paar mißlungenen Ansätzen sagte er: »Ich hab drüber nachgedacht, was du machst. Da fliegste dreitausend Meilen und erkundigst dich nach Roger. Dabei haste den Kerl kaum gekannt.«

»Ich hab' dir gesagt, wir waren zusammen auf dem College.«

Wacky-Jacky wägte meine Worte und zuckte mit den Achseln. »Stimmt. Na ja, ich bin rüber gekommen und wollte für mein'n alten Kletterkumpel auch was machen. Rausfinden wer ihn umgebracht hat, und den Kerl dann hops nehmen.«

»Du kommst zu spät, Jack.«

»Hmh?«

»Der Kerl, der Roger umgebracht hat, ist tot. Die Bullen haben ihn heute früh gefunden.«

»Meeenschenskind! Is nich wahr!« Wacky-Jacky zog noch einmal lange an der Flasche und knallte sie dann auf den Tresen. »Verflucht! Und was jetzt?«

Ich trank noch mehr Gin, und der Barmann brachte noch ein Bier für Wacky-Jacky. Er zwitscherte sich welches rein und meinte: »Möchte wissen, ob Rog noch wegen was anderm hergekommen ist. Ich meine, außer dem Klettern in New Hampshire. Und ob das

was zu tun hat mit dem ganzen Aufstand wegen diesen Landvermessern.«

»Du weißt von den Landvermessern, Jack?«

Seine trüben Augen wirkten glasig, sein Blick war aber immer
noch pfiffig. »Na klar. Rog hat mir alles erzählt.«

»Wieso hast du mir das nicht erzählt, als ich im Yosemite Valley
war?«

»Hab nicht dran gedacht«, sagte er, und wie um seinen Worten
Glaubwürdigkeit zu verleihen, rülpste er erneut. »Kann nicht an
alles denken, verstehste!«

Der Gin verscheuchte mein nervöses Herzklopfen, für das Branco
vorhin gesorgt hatte. Er löste mir auch die Zunge und schwächte
meine Abwehr. »Jack«, sagte ich leise, »weißt du, wer die Landvermesser beauftragt hat?«

Er schüttelte benommen den Kopf.

»Tja, ich weiß es.«

»Wirklich?« Er versuchte, mich direkt anzusehen, doch sein Blick
wanderte haltlos über mein Gesicht und sogar hinter mich in den
großen Raum.

Ich nickte wie ein weiser Richter. »Ich will ihre Akten sehen. Ich
war schon bei der Polizei, aber mit denen ist nicht zu rechnen.«

»Ach, Boschton. Für sowas geht man doch nicht zur Polizei. Wieso
holste dir das Zeug nicht selber?«

»Wie soll ich das machen, ohne dort einzubrechen?«

Wacky-Jacky atmete in einem langen Zug aus. Vielleicht über-
spielte er damit einen weiteren Rülpser. Dann dämpfte er seine
Stimme und sagte: »Möglich, daß ich dir da weiterhelfen kann.«

»Was soll das heißen?«

»Hab'n bißchen Erfahrung auf dem Gebiet. Weißt schon, mit
Klettern und so.« Sein Körper schwankte auf dem Hocker hin und
her, und sein Gerede hörte sich noch nuscheliger an als vorher,
aber irgendwo in diesem besoffenen, schnapsgequälten Schädel
arbeitete sein Hirn weiter. »Ich komme in Häuser rein, wo normale Leute keine Chance haben.«

Ich nahm einen Mundvoll kalten Gin und schluckte ihn hinunter.

»Woran hast du denn gedacht?« Ich versuchte, einen auf cool zu
machen, aber in meinem Kopf ging es drunter und drüber.

Wacky-Jacky grinste verschlagen. »Daß wir uns das Zeug selber
holen heut nacht.«

Binnen fünf Minuten hatten wir auf einer Handvoll Papierservietten einen Plan für unsere Eskapade ausgearbeitet. Und für eine Eskapade hielt ich das ganze auch wirklich – für eine Laune, eine aus dem Suff geborene Idee, der man keine ernsthafte Beachtung schenkt. Wir stellten uns vor, wie wir auf das Dach des Firmensitzes der Choate Group klettern und durch eines der Oberlichter hineinkommen würden. Unser fantastisches Vorhaben kam praktischerweise ohne Berücksichtigung des Alarmsystems aus. Als Entwurf auf Papierservietten gekritzelt, wirkte der ganze Plan recht gut, aber ich hatte nicht die Absicht, ihn auszuführen. Bis Wacky-Jacky seine Riesenpranke von Hand ausstreckte und sagte: »Abgemacht, Partner?«

Es verging ein längerer Moment, in dem wir uns gegenseitig in die verschwommenen Augen schauten. War er verrückt? Meinte er es ernst? Konnte ich diesem Mann vertrauen? Natürlich nicht! Ich kannte ihn kaum. Ich war nur einmal mit ihm geklettert, und das war bizarr genug gewesen. Andererseits schien Branco darauf zu warten, daß so eine Art Deus ex machina herabstieg und den Fall löste, ohne daß er sich auch nur einen Fingernagel einzureißen brauchte. Ausgerechnet ich mußte an einen Bullen geraten, der sich an die Vorschriften hielt. Was blieb mir demnach anderes übrig?

»In der Not frißt der Teufel Fliegen«, flüsterte ich vor mich hin.

»Hmh?« sagte Wacky-Jacky. Er hielt mir immer noch die Hand hin. Sie ruckelte leicht hin und her.

Was machte es schon, wenn man den Kerl wegen Totschlags angeklagt hatte? Die meisten Leute haben in ihrer Vergangenheit einen dunklen Fleck. Ich griff zu, und wir schüttelten uns die Hand.

»Abgemacht!« sagte ich.

Wir verabredeten uns für denselben Abend am Harvard Square. Dann stand ich auf und wackelte voller Stolz aus dem Denial hinaus. Ich kam mir vor wie ein richtiger Mann und war voller Euphorie, weil ich mein Leben endlich selbst in die Hand nahm – selbst wenn es das eines Kriminellen war.

Die Welt sieht strahlender aus, das Denken wirkt klarer, und die eigenen Taten kommen einem tapferer vor, wenn man Gin im Blut hat.

19
DER SPRUNG INS UNGEWISSE

Für die kurze Rückfahrt in den Laden machte ich mich im Blitz-
verfahren nüchtern. Ich wollte nicht wegen Trunkenheit am
Steuer festgenommen werden; besonders nicht nach meiner netten
Unterredung mit Branco von vorhin.
Nicole fiel über mich her, sobald ich zur Tür hereinkam.
»Es ist nach vier! Wo warst du, verdammt noch mal?«
»Nettigkeiten austauschen mit Lieutenant Branco.«
»Du riechst nach Schnaps und Zigaretten.«
»Es war was Geschäftliches, ehrlich.« (Hatte ich Geschäftli-
schesch gesagt?)
»Du warst saufen, während hier alle gearbeitet haben!« Sie schüt-
telte unduldsam den Kopf. »Wenigstens war Ramon da und hat
ausgeholfen. Er hat den Großteil deiner Nachmittagstermine
übernommen. Nur nicht die von den Kundinnen, die gleich wieder
hinausmarschiert sind, weil nur *du* weißt, wie man mit ihren Haa-
ren richtig umgeht.«
»Gesegnet diejenigen, die meine Finger auf ihrer Kopfhaut spüren
dürfen.«
Nicole lächelte noch nicht einmal. »Du hast ihnen wirklich das
Hirn durchgequirlt, wenn sie so was glauben.«
»*Manche* Menschen haben eben noch einen Sinn für Treue.«
»Hör auf deine eigenen Worte, Stanley.«
»Nikki, sei nicht sauer. Ich hab endlich was herausbekommen. Ich
weiß, warum Roger Fayerbrock nach Boston gekommen ist.« Ich
legte eine dramaturgische Pause ein, doch das ließ Nicole kalt.
»Stanley, dafür habe ich keine Zeit.« Sie wollte weggehen, aber ich
hielt sie zurück.
»Hör zu, Nikki, ich hab's! Roger Fayerbrock war extra deswegen
in Boston, um sich mit jemand von der Choate Group zu treffen.
Daß er Calvin kennengelernt hat, war keineswegs ein glücklicher
Zufall, wie Calvin geglaubt hat.«
»Stanley«, sagte sie, und in ihren strahlend hellen Augen blitzte
Verärgerung auf, »es wartet Kundschaft auf dich. Wir reden spä-
ter darüber.«
Kundschaft! Ich stand vor der Auflösung eines Mords und war

kurz davor, deswegen selber ein Verbrechen zu begehen, und Nicole sorgte sich um die Kundschaft. Mir war klar, daß sie mich im Moment nicht anhören würde, und so unterwarf ich mich der prosaischen Welt der Arbeit. Um sie ein bißchen zu reizen, reagierte ich allerdings wie ein Lakai: »Wie Madame wünschen!«

Ich stellte fest, daß Ramon an meinem Platz arbeitete, so daß ich an einen anderen freien ganz hinten im Laden gehen mußte. Er ist am weitesten weg von den Schaufenstern zur Newbury Street, und man hat schlechtes Licht in der tristen Ecke. Ich kam mir vor wie ein Schuljunge, den man wegen schlechten Benehmens in die Ecke gestellt hatte. Trotzdem gelang es mir, zwei Kundinnen zu versorgen, doch meine Leistung blieb weit hinter meiner üblichen Brillanz zurück. Das Abenteuer, das mir in dieser Nacht mit Wacky-Jacky bevorstand, beschäftigte mich dermaßen, daß ich mich mit Chemikalien verschätzte – ganz zu schweigen von der speziellen »trockenen« englischen Chemikalie, die immer noch durch meine Venen floß. Das Ergebnis war, daß die gefärbten Haare ein bißchen schreiend aussahen und die Dauerwelle zu schwach wurde. Ich versprach beiden Kundinnen, meine Arbeit innerhalb einer Woche nachzubessern; gratis natürlich.

Als der Laden geschlossen war, ging ich zu Nicole nach hinten. Alkohol vertrug ich keinen Tropfen mehr, aber zu einer neuerlichen Sitzung an der Albrightschen Raucherakademie war ich noch bereit. An diesem Abend hielt Nicole mir eine hellblaue Schachtel englische Zigaretten hin.

»Hast du die Marke gewechselt?« fragte ich.

»Nein, Stanley. Die sind für dich. Ein Päckchen ganz für dich allein. Betrachte es als Übergangsritual.«

»Warum? Ich rauch doch so wenig?«

»Ja, mein Schatz, aber du verschwendest so viele von meinen. Und das tut weh.« Sie zog eine rosenfarbene Zigarette aus ihrem goldenen Etui und zündete sie an. Ich beobachtete sie und neidete ihr das Vergnügen, das sie aus diesem Augenblick zog. Rauchen war bei Nicole keine Sache für nebenbei. Ein weiterer ihrer Raucherinnengrundsätze lautete: Rauche nie im Stehen oder im Gehen, gleich ob drinnen oder draußen.

»Und jetzt, Stanley«, sagte sie, »darfst du uns beiden was zu trinken einschenken und danach kurz erklären, wieso du heute nachmittag so spät gekommen bist.«

Ich hatte das beunruhigende Gefühl, im Zeugenstand zu stehen. Ich schenkte ein und setzte mich dann an den Tisch.

Nicole warf einen Blick auf das reine Mineralwasser, das in meinem Plastikbecher sprudelte, und sagte: »Heute abend keinen Gin?«

Ich schüttelte den Kopf.

»Tja, Stanley, wie ich sehe, hast du dir noch einen Rest Verstand bewahrt.«

Aber nicht mehr für lange, dachte ich.

Sie trank einen Schluck Cognac und sagte: »So, jetzt erzähl Mama, was passiert ist.«

Ich fing an zu reden, stellte dann aber fest, daß ich zu müde war, um alles zu erklären. Ich hatte schlicht weder die Energie noch das Bedürfnis, weiter über den Fall zu reden. Ich schüttelte bloß den Kopf. »Laß es gut sein. Es ist die Mühe nicht wert.«

Nicole sagte: »Stanley, bitte erzähl es mir. Es ist doch klar, daß du etwas mit dir herumschleppst. Weißt du, es ist besser, über solche Sachen zu reden, als sie für sich zu behalten.«

Ich wußte, daß sie recht hatte, aber ich war müde. Die plötzliche Mattigkeit war wohl eine Folge der Cocktailsession mit Jack am Nachmittag und auch der emotionalen Szene mit Branco. Ich nippte an meinem Sprudel, zuckte mit den Achseln und legte los.

»Angefangen hat es mit ein paar Briefen, die Yudi mitgebracht hat.«

»Dann ist er also doch wieder aufgetaucht? Was für eine Erleichterung!«

»Nein, ist er nicht, Nikki. Ich habe sein Gepäck durchsucht und dabei die Briefe gefunden.« Ich lief vor Scham rot an, doch Nicole rauchte mit Vergnügen weiter und war ganz Ohr. Was für mich ein abscheuliches Vergehen gewesen war, ließ sie anscheinend völlig kalt. »Die Briefe gehörten Roger, und ich hab sie gelesen. Die Choate Group und Vivian Brickley werden darin als die Auftraggeber für eine Gruppe von Landvermessern drüben im Yosemite Valley genannt.«

»Stanley, was hat das denn mit der ganzen Sache zu tun?«

»Das heißt, daß die Lösung bei der Choate Group zu suchen ist.«

»Aber dort warst du doch schon x-mal.«

»Schon, aber jetzt weiß ich, wonach ich suchen muß. Jetzt habe ich einen Plan.« Ich senkte den Blick, weil ich nicht recht wußte, wie ich ihr von dem Plan, in die Büros der Choate Group einzubrechen, erzählen sollte. »Nur wirst du vielleicht nicht einverstanden sein damit.«

»Mein Einverständnis war dir in letzter Zeit sowieso meistens egal. Warum sollte es jetzt anders sein? Mach, was immer du willst. Wahrscheinlich solltest du dir sogar überlegen, ob du nicht den Beruf wechselst und Privat-Detektiv wirst.«

»Nikki! Wie könnte ich je aus diesem Laden fortgehen?«

»Das ist dir doch in der letzten Woche sehr gut gelungen.«

Mir wurde schlagartig klar, daß sie es ernst meinte.

Sie fuhr fort: »Du scheinst vergessen zu haben, Stanley, daß Snips ein Full-time-job ist. Vielleicht solltest du dir überlegen, ob du nicht mal Pause machen willst.«

»Ach, Nicole!« jammerte ich. »Nicht du auch noch! Es ist schon schlimm genug, daß Branco bockig ist, aber wenn du dich gegen mich stellst, stehe ich das heute nacht garantiert nicht durch.«

Nicole seufzte und klopfte mit den Fingernägeln auf den Tisch. »Stanley, ich kann nicht ... Ach, schon gut! Erzähl mir einfach, was du vorhast.«

»Ich fürchte, es ist ein bißchen heftig.« Ich mühte mich mit dem Anzünden einer der neuen Zigaretten ab. Zu meiner Überraschung war sie leichter zu rauchen als ihre eigene Marke. »Heute nacht«, sagte ich und umhüllte mich mit einer Wolke aus nicht inhaliertem Rauch, »werde ich in die Büros der Choate Group einbrechen.«

Nicole sagte nichts, sondern lauschte angestrengt – so, als hätte ich die Pointe noch gar nicht gesetzt.

Ich fuhr fort: »Ich weiß, daß die Lösung irgendwo dort zu finden ist, aber Branco will mir nicht helfen, an ihre Akten zu kommen.«

Sie reagierte noch immer nicht.

»Nikki, hast du mich verstanden?«

Sie inhalierte tief und entließ den Rauch dann in einer langsam durch die Nase austretenden, sich kringelnden Wolke. »Natürlich hab ich dich verstanden, Stanley, und mir ist auch klar, daß du aufgewühlt und erschöpft bist. Aber genausogut weiß ich, daß das nicht dein Ernst sein kann.«

»Es ist mein Ernst.«

»Dann hast du den Verstand verloren.«

»Das stimmt wahrscheinlich.«

Sie trank noch etwas Cognac. »Stanley, bisher warst du ein bißchen verrückt. Mit Leidenschaft dabei, aber verrückt. Nur, Stanley, wirklich, jetzt wird's kriminell!«

»Das ist der einzige Weg, Nikki. Ich weiß, daß Branco mitziehen wird, sobald ich den Beweis habe, den ich brauche. Wenn ich beweisen kann, daß es bei der Choate Group etwas gibt ... wenn ich es ihm zeigen kann ... dann ist klar, daß er die Typen in die Zange nimmt.«

»Nein, Stanley.«

»Ich hab keine Wahl.«

»Du hast eine Wahl. Du kannst dich wieder an deine eigene Arbeit machen und die Verbrechensbekämpfung der Polizei überlassen.«

»Nicole, zwei Leute sind ermordet worden, und zwei andere sind verschwunden. Die Bullen haben fast gar nichts unternommen. Sie haben gesagt, daß sie mich verdächtigen, aber sie haben mich nicht vorgeladen. Sie haben Calvin wegen einer völlig überspannten Drogengeschichte in Haft genommen und ihn dann gegen Kaution wieder entlassen. Er ist tot, und jetzt sind sie hinter Aaron Harvey und Yudi her. Siehst du denn nicht, was da läuft? Sie lassen bloß ihre Maschinerie laufen und halten sich genau an die Vorschriften, während der Fall langsam und ohne Klärung in Vergessenheit gerät ... und das alles nur, weil Roger Fayerbrock, das ursprüngliche Opfer, schwul war. Wenn ich nicht sofort etwas unternehme, kommt ein Mörder ungeschoren davon.«

Nicole lehnte sich zurück. Sie blickte mich lange an, als wollte sie versuchen, den Grad meiner Zurechnungsfähigkeit zu bestimmen. Dann sagte sie: »Stani, du weißt schon seit dem Anfang unserer Freundschaft, daß ich dich wirklich mag. Manchmal bilde ich mir auch ein, daß ich dich sogar verstehe. Aber ich glaube, daß sich etwas in dir verändert hat, und zwar etwas, das ich ehrlich nicht verstehe. Und ich habe offen gesagt Angst, daß uns das auseinanderbringt.«

»Nikki, in mir hat sich gar nichts verändert. Ich habe bloß endlich eine Chance, etwas zu tun ... etwas, das ich vorher noch nie gemacht und woran ich noch nicht einmal gedacht habe. Ich kann etwas verändern, wenn ich handle. Aber innen drin bin ich immer noch derselbe Mensch.«

Nicole schloß die Augen. In den folgenden Minuten war es dermaßen still, daß ich hören konnte, wie die Blasen in meinem Mineralwasser fröhlich vor sich hin sprudelten. Als sie die Augen öffnete, war ihr Blick strahlend und klar. »In Ordnung, Stanley«, sagte sie. »Nehmen wir mal an, du ziehst diesen lächerlichen Geheimagentenquatsch wirklich durch. Wie willst du das anstellen?«

»Ich habe schon alles geplant.« (Ich war dabei, sie zurückzugewinnen!)

»Das dachte ich mir. Allein?«

»Nein. Ich hab einen Partner.«

»Du meinst einen Komplizen. Wer ist es?«

»Jemand, den ich drüben im Yosemite Valley kennengelernt habe. Ein Kletterer, der Roger sehr nahegestanden hat.«

»Kannst du ihm vertrauen?«

»In der augenblicklichen Situation habe ich keine Wahl.«

»Du sagst das andauernd, Stanley. Aber du *hast* eine Wahl.«

»Nein, hab ich nicht, Nicole. Das ist es. *Das* ist mein Initiationsritus.«

Nicole runzelte die Stirn und schüttelte den Kopf. »Oder dein Waterloo.«

»Gib mir wenigstens deinen Segen.«

»Du bist ein alberner, störrischer und egozentrischer Kerl.«

»Sonst noch was?«

»Schon gut, schon gut! Geh und mach dich mit meinem Segen zum Narren! Wann soll dieses Medienereignis denn stattfinden?«

»Um Mitternacht«, sagte ich und dachte: Was für eine Erleichterung! Wenn Nikki sarkastisch sein konnte, hatte sie mich immer noch gern.

Sie sagte: »Sobald du in dem Ding drin bist, rufst du mich zu Hause an. Wenn ich bis halb eins nichts von dir gehört habe, schicke ich die Polizei.«

»Nikki, ich bin nicht sicher, ob ich dich anrufen kann. Das wird ein Einbruch und keine Vernissage.«

»Du rufst mich an!«

»Okay, okay. Betrachte es doch mal von der guten Seite … wenn mir was zustößt, gehört der Aubusson-Teppich dir.«

»Danke«, sagte sie und drückte ihre Zigarette mit der gewohnten neurochirurgischen Präzision aus, »aber der beißt sich mit meinen Farben.«

Wir umarmten uns lange. Nicole murmelte: »Sei vorsichtig.«

Es war gegen halb neun, als ich nach Hause fuhr, um mich für meinen großen nächtlichen Auftritt vorzubereiten. Als ich die kurze gemauerte Treppe hochstieg, die zur Eingangstür meines Hauses hinaufführt, spürte ich, daß etwas nicht stimmte. Dann bemerkte ich, daß die Lampe in dem kleinen Vorbau nicht wie gewöhnlich brannte. Ich holte meine Schlüssel hervor, da passierte es. Jemand sprang mich von hinten an und hielt meine Arme fest. Jemand zweites war vor mir und schlug mir mit der Faust heftig in den Magen. Ich spannte meine Muskeln an, aber das reichte nicht. Ich roch den Gestank von Bier und Zigarettenrauch, der mich umgab. Ich trat wild um mich, aber wer da auch war, ich kam nur einmal mit ihm in Berührung. Meine Arme wurden noch heftiger nach hinten gezerrt. Schmerzen durchzuckten meine Schulter, als Muskelfasern rissen. Obwohl mir schrecklich schwindlig und übel war, hörte ich jemand murmeln: »Genug.« Ich wurde zwar nicht ohnmächtig, aber es wäre mir lieber gewesen. Der Geruch nach Zitrus ist das letzte, an das ich mich erinnere, bevor ich dann auf meine italienische Lederjacke kotzte.

Mit benebelten Sinnen kroch ich die vier Treppen zu meiner Wohnung hoch. Ich kam mir vor wie ein Lourdes-Pilger: Wenn ich es bis oben schaffte, würde ich geheilt sein. Ich schleppte mich auf allen vieren in meine Wohnung. Sugar Baby war an der Tür und wickelte sich um meine Ellbogen. Ich schloß die Tür und plumpste auf den Boden. Sie schnupperte an meinem Gesicht und leckte mir dann sanft die Wange. Meine Krankenschwester und Lebensgefährtin – eine Birmakatze.

Nach vielleicht einer Stunde stand ich auf. Ich wankte in die Küche und goß mir einen Drink ein. Dann ließ ich heißes Wasser in die Badewanne laufen und mich von heilkräftigen Badesalzen umspülen, um so die Schwellungen abklingen zu lassen und die Schmerzen zu lindern, die durch meinen ganzen Körper jagten. Nach dem Abtrocknen wollte ich mir schon einen zweiten Drink eingießen, doch dann nahm ich statt dessen ein paar Schmerztabletten mit Leitungswasser. In ein paar Stunden mußte ich wieder voll dasein, da konnte mein Adrenalinspiegel jede noch so kleine Beruhigung gut gebrauchen.

Ich warf ein bißchen übriggebliebene Pizza in die Mikrowelle, aber nach ein paar Bissen war die Übelkeit wieder da. Ich ließ es sein und ging ins Schlafzimmer, mich umziehen. Während ich mir dunkle Sachen überzog, fiel mir der Abend wieder ein, an dem Yudi und ich uns den Steinschlag im Yosemite Valley angesehen hatten. Es kam mir vor wie vor langer Zeit. In der Nacht hatte ich bloß Angst gehabt. Heute fürchtete ich mich zu Tode. Ich schaute zu Yudis Gepäck hinüber. Hoffentlich war er am Leben und unversehrt, denn inzwischen wußte ich bestimmt, daß er in Schwierigkeiten steckte.

Zur Entspannung spielte ich mit Sugar Baby. Vielleicht würde eine Runde Fang-die-Maus meine zunehmende Panik auf eine beherrschbare nervöse Erregung reduzieren. Irgendwann wurde mir klar, daß ich womöglich überhaupt zum letzten Mal mit meiner Lieblingskatze spielte. Tief im Innern wußte ich, daß Branco recht hatte. Ich hatte es mit einem Mörder zu tun.

Um elf Uhr verließ ich meine Wohnung und fuhr nach Cambridge. Ich war dankbar, daß das Cabrio Servolenkung hatte; meine Schultern taten nämlich ganz schön weh. Ich fragte mich, wie ich am nächsten Tag arbeiten sollte – einmal angenommen, daß in dieser Nacht nichts Schreckliches geschah.

Wie geplant holte ich Wacky-Jacky um halb zwölf am Harvard Square ab. Als er ins Auto stieg, klopfte er mir auf die Schulter und sagte heiser: »Hey, Kumpel! Überrascht mich, daß de da bist! Dachte, du hast dir's vielleicht überlegt.« Er hatte getrunken. Wahrscheinlich hatte er damit nicht aufgehört seit unserem gemeinsam im Denial verbrachten Nachmittag. Er jauchzte laut: »Mensch, das wird vielleicht'n Heuler heut' nacht!« Währenddessen brannte meine Schulter von dem männlichen Schlag, den er mir eben versetzt hatte.

Als wir zum Bürohaus der Choate Group kamen, war das hölzerne Außentor verschlossen. Folglich bestand das Vorspiel im Überklettern eines zweieinhalb Meter hohen Zauns. Wacky-Jacky ging in die Hocke, sprang dann hoch und klammerte sich oben fest. Er krabbelte wie ein großer Käfer über den Zaun. Diese Technik war für mich zweifellos ungeeignet, stöhnten meine Schultern doch unter der Jacke vor Schmerzen. Statt dessen ging ich ein gutes Stück zurück und nahm Anlauf. Dann stellte ich mir vor, wie Donald O'Connor in *Singin' in the Rain* die Wände hochtanzte. Wenn der sich über die Schwerkraft hinwegsetzen konnte, konnte ich das auch. Ich stürmte auf den Zaun zu und ließ mich von meinen kräftigen Beinen in hohem Bogen gegen die Planken katapultieren. Auf dem höchsten Punkt meiner wilden Kraxelei klammerte ich mich fest. Der Schwung meines Körpers entlastete meine Arme und Schultern, aber sie schmerzten immer noch höllisch. Und das war erst der Anfang.

Auf der anderen Seite des Zauns lag der Firmenrasen der Choate Group, der dankenswerterweise selbst Anfang November dicht und weich war. Ich sprang vom Zaun und landete mit den Füßen voran auf dem Nobelgras. Ich stand auf und stellte mich neben Wacky-Jacky. Die Luft kribbelte vor Spannung. Wahrscheinlich strahlten wir die selber ab mit unserer Erregung anläßlich des bevorstehenden Höhepunkts am heutigen Abend: Bruch und Eindringen.

»Die Kletterei wird sicher erste Sahne«, sagte er zuversichtlich. Ja, dachte ich, saure Sahne.

Die einzigen Lichtquellen waren der Mond und die Straßenlampen auf der anderen Seite des Zauns, doch das dreigeschossige Gebäude, das vor dem dunklen Hintergrund des Himmels aufragte, konnte ich immer noch erkennen.

»Vielleicht ist es zu dunkel«, sagte ich.

»Ach. Bei Vollmond is' leicht klettern. Geht sowieso nix nichts nach Vorschrift heute nacht.«

»Würde ich auch sagen, wenn ich dran denke, was wir vorhaben.«

»Ich hab' die Klettervorschriften gemeint.« Er klinkte ein aufgerolltes Nylonseil von seinem Gürtel ab und befestigte einen großen dreifüßigen Metallhaken an einem Ende. Dann trat er ein Stück vom Gebäude zurück und warf das Seil hoch in die Luft. Der große Haken verfing sich an einem Rohr, das über das Dach hinausragte. Ich war beeindruckt, daß schon sein erster Versuch erfolgreich war.

Wacky-Jacky sagte: »Wollten doch nur hoch, rein und raus, stimmt's?«

Ich nickte. »Stimmt.«

»Also ham wir keine Zeit für Moral und anständige Technik. Deswegen hab ich die da mitgebracht.« Er warf mir ein paar komische Metalldinger zu. »Für die Schuhe. Klammern sich dann ans Seil. Ist, wie wenn de 'ne Leiter hochgehst.« Rasch spannte er sich die Klammern über die Schuhe und kletterte das Seil hoch. In nicht einmal einer Minute war er auf dem Dach.

Ach, wenn es für mich doch auch so einfach gewesen wäre! Als ich die Klammern endlich anhatte, funktionierten sie nicht richtig. An dem einen Fuß gab die Klammer das Seil nicht frei, damit ich den Fuß auch hochziehen konnte, während die andere Klammer gerade fest schloß. Schließlich hatte ich die Klammern soweit, daß sie zur rechten Zeit losließen, aber dann schlossen sie sich nicht mehr fest genug um das Seil, so daß der eine Fuß nach unten wegrutschte, wenn ich den anderen hochzog. Es war das gleiche Gefühl, wie wenn man heftig die Beine bewegt und dabei nicht vom Fleck kommt – wie beim Wassertreten oder in einem Alptraum.

»Nicht so hektisch, da unten!« zischte Jack durch die Dunkelheit. »Machst dich bloß kaputt.«

Am Ende zog ich mich hauptsächlich mit den Armen hoch. Ich war schweißgebadet, als ich die Fenster im Erdgeschoß hinter mir hatte. Das lag allerdings mehr an den höllischen Schmerzen in meinen Schultern als an der reinen Anstrengung. Dann entschlossen sich die Klammern Gott sei Dank, für den Rest der Kletterpartie mitzumachen. Als ich oben ankam, zog Wacky-Jacky mich aufs Dach.

»Ahhhhh.« Ich stöhnte vor Schmerzen.

Das Dach ging steil nach oben. Wacky-Jacky sagte: »Is jetzt genau wie die Felsen, die wir raufgeklettert sind. Setz Hände und Füße flach auf und komm hinter mir her.« Unser Ziel war eines der Oberlichter. Wacky-Jacky musterte sie alle genau, bevor er dasjenige auswählte, zu dem wir hochkrabbeln würden. Als wir oben waren, fing er an, die Metallschienen rund um das Oberlicht abzumontieren. Es ging ihm alles so leicht von der Hand, daß ich mich fragte, wie oft er solche Arbeiten schon gemacht hatte. Aber wahrscheinlich wollte ich das gar nicht wissen. Ich wollte bloß die Akten in diesem Gebäude durchgehen und herausfinden, was Roger vorgehabt hatte, bevor man ihn umbrachte.

Ich half Wacky-Jacky, das Oberlicht hochzuheben und es oberhalb des Rahmens, der über die Dachfläche hinausragte, sicher abzulegen. (Wir wollten nicht, daß die Glasscheibe herunterrutschte, während wir noch im Gebäude waren.) Ich schaute durch die Öffnung im Dach ins Innere. Es war ein einziges schwarzes Loch. Ich fand es merkwürdig, daß es hier keine Nachtbeleuchtung gab.

»Wie kommen wir hinunter?« fragte ich. Innerlich machte ich mich bereits auf noch mehr Schmerzen in den Schultern gefaßt.

»Paß auf.« Wacky-Jacky zauberte ein Seil hervor, an dem sich etli-

che Schlaufen aus Nylongewebe befanden. »Gefällt dir sicher. Is'
französisch.«

»Und was ist es?«

»Ne Seilleiter. Heißt Eh-trie-Eeh. Ganz gut, hm?« Er sicherte ein
Ende des *étrier* am Rahmen des Oberlichts und ließ das andere
Ende in das schwarze Loch fallen. »Du erst.«

Ich schüttelte den Kopf. »Besser, ich sehe dir zu und mache es
nach, wie man so schön sagt.«

»Ach. Is' nich' wie klettern. Muß es für dich festhalten. Rutschen
manchmal ab, und da is' man grade lieber nich' drauf.«

Mehr brauchte ich nicht zu hören. Ich drückte mich durch das
Oberlicht und nahm die Schlaufen des *étrier* fest in die Hand. Jack
grummelte: »Die Füße, du Trottel! Die Füße reinstecken, nich' die
Hände!«

»Es reicht, Kumpel! Ich mach das, wie's mir paßt.« Ich ließ mich
hinab, aber der scharfe Schmerz in meinen Schultern war zuviel.
Ich rutschte einfach hinunter bis ans Ende des Seils. Jetzt hatte ich
neben einem lädierten Körper auch noch Abschürfungen an den
Händen.

Ich hatte keine Ahnung, wie weit es noch bis zum Fußboden war.
Das macht vielleicht Angst, wenn man in die totale Dunkelheit
springt! Bevor ich losließ, ermahnte ich mich, tief Luft zu holen
und den Fall mit einem Ballettplié abzufedern: Eins, zwei, drei,
und loslassen.

Meine Beine dämpften den Aufprall, und ich rollte auf dem Teppichboden weich ab, um den Rest der Kraft wirkungslos zu machen. Selbst dabei empfand ich schreiende Schmerzen, doch das
war mir egal. Ich war drin!

Wacky-Jacky kletterte rasch den *étrier* herunter und landete weich
neben mir. In voller Lautstärke sagte er in die Dunkelheit: »Da
wären wir!«

»Ssssch! Wieso redest du so laut?« flüsterte ich.

»Doch keiner da, der uns hört, oder?« fragte er, ohne seine Stimme
zu senken.

»Wahrscheinlich nicht.«

»Und was kommt jetzt?«

Ich kannte die einzige Stelle, wo ich finden konnte, was ich wollte.
»Gib mir die Taschenlampe, Jack. Ich weiß den Weg.«

Die Tür zu Roy Brickleys Büro war abgeschlossen, doch Jack erwies sich auch im Öffnen von Schlössern als sehr geschickt. Er bekam es mühelos auf; allzu mühelos.

In Brickleys dunklem Büro hing immer noch der Bergamotteduft seines teuren Parfüms. Ich ging zu seinem Schreibtisch und zog an einer der Schubladen. Zu meiner großen Überraschung ging sie auf. Es waren sogar alle Schubladen unverschlossen. Ich durchstöberte sie rasch.

Jack fragte: »Findeste, was de suchst?«

»Keine Ahnung.« Ich schlug eine Mappe auf. In ihr lag etwas, das wie eine offizielle Erklärung von Roy Brickley aussah. Es war darin von Jennifer Doughtons geistiger Labilität die Rede und davon, wie sie sich Roy Brickley gegenüber kürzlich dazu bekannt habe, Menschen wie Calvin Redding verdienten es nicht zu leben. Das Schriftstück trug die notarielle Beglaubigung durch Roy Brickleys Anwältin, J. T. Wrorom. Ich mußte nur einen Moment lang in meinem geistigen Mülleimer herumwühlen, bis ich mich erinnerte, daß dieselbe Person auch Calvins Anwältin gewesen war. Merkwürdig, dachte ich.

»Was haste gefunden?« fragte Jack.

»Ich weiß nicht recht.« Ich fand es außerdem seltsam, daß ein Schriftstück wie dieses nicht sorgfältiger aufbewahrt und weggeschlossen worden war – oder daß es überhaupt verfaßt worden war. Ich leuchtete mit der Taschenlampe im Büro herum und hielt den Lichtstrahl dann auf einen großen Schrank aus Rosenholz. Darin bewahrt er wahrscheinlich die wichtigen Sachen auf, dachte ich. Als ich feststellte, daß alle Türen und Schubladen dieses massiven Möbels abgeschlossen waren, wußte ich, daß ich ins Schwarze getroffen hatte. Die Taschenlampe half mir bei der genauen Inspektion aller Riegel des Schranks. Mit dem richtigen Werkzeug würde ich sie wahrscheinlich aufbrechen können. Ich brauchte ein flaches, schmales und biegsames Stück Metall. Ein Stück Metall, das große Ähnlichkeit hatte mit der spitz zulaufenden Nagelfeile, die ich immer in der hinteren Hosentasche hatte, sogar in dieser Nacht.

Ich manövrierte die Feile in den Spalt zwischen einer Schublade und dem Rahmen des Schranks. Nach ein paar Minuten des fachmännischen Rüttelns war ich drin.

»War's das jetzt?« fragte Wacky-Jacky nervös.

»Keine Ahnung!« Mein Gott, der Kerl war vielleicht aufdringlich!

Vielleicht war er nervöser, als ich dachte. Da die Schublade sich als leer erwies, versuchte ich es mit den beiden anderen. In der ersten lagen Blaupausen. Ich leuchtete mit der Taschenlampe auf das oberste Blatt des Stapels. Die Zeichnung sah wie die Luftansicht eines ausgedehnten Erholungsorts aus. Die Titelei in einer der unteren Ecken der Blaupause jagte mir einen kalten Schauer über den Rücken:

YOSEMITE VALLEY
LUXURIÖSE EIGENTUMSWOHNUNGEN

Die restlichen Blaupausen trugen alle dieselbe Titelei, zeigten allerdings unterschiedliche »Baueinheiten«.

»Gefunden?« fragte Wacky-Jacky.

»Zumindest irgendwas«, antwortete ich. Es würde mir ein Vergnügen sein, Branco von diesen Blaupausen zu erzählen.

In der dritten Lade des Schranks fand ich stapelweise Korrespondenz zwischen Roy Brickley und einem Leonard Smuckbaum, dessen Adresse ein Postfach in Yosemite Village war. Bei einem solchen Namen, dachte ich, war es kein Wunder, daß er als Mr. Leonard durchging.

Ich hatte gerade angefangen, den ersten Brief zu lesen, als im Büro plötzlich das Licht anging. Ich linste durch die strahlende Helligkeit und entdeckte die nicht zu verkennenden Gesichter von Roy Brickley und Mr. Leonard.

Wacky-Jacky grinste breit und sagte zu Brickley: »Hab' ihn hergebracht wie versprochen, nich?«

Brickley sagte: »Ja. Sie haben gut gearbeitet. Aber halten Sie jetzt den Mund.« Er blickte mich voller Verachtung an. »Eigentlich überrascht es mich nicht, Sie hier vorzufinden, Mr. Kraychik, und dennoch bin ich von Ihrer Ausdauer beeindruckt.«

»Für einen Punchingball erhole ich mich rasch, Mr. Brickley.«

»Ich bedaure, daß ich das tun mußte, aber ich wußte nicht, wie ich Sie sonst stoppen sollte.«

»Ich verstehe. Wo doch der Anruf und der Brief und die Geschichte mit dem Auto nichts gefruchtet haben und auch der Einbruch in meine Wohnung Sie nicht weitergebracht hat. Da blieb Ihnen schließlich gar keine Wahl, als sich an die gute, alte Zusammenschlagtechnik zu erinnern.«

Roy Brickleys Gesicht zuckte. »Mr. Kraychik, ich bin noch nie einem dermaßen hartnäckigen und halsstarrigen Menschen wie Ihnen begegnet. Sie haben mir großen Kummer gemacht, aber ich bin überzeugt, daß das jetzt alles hinter uns liegt.« Er grinste selbstzufrieden. »Wir können jetzt offen reden, von Angesicht zu Angesicht.«

Wacky-Jacky unterbrach: »Was is' mit meinem Geld? Sie schulden mir Geld!« Er bewegte sich auf Brickley zu, doch Brickley hielt jetzt einen kleinen dunklen Metallgegenstand in der Hand. Ja, er hatte eine Pistole. Wacky-Jacky wich zurück.

Brickley sagte zu mir gewandt: »Sehen Sie, wie Sie auf andere wirken? Die Leute werden unvernünftig. Mit Ihrem vielen Herumgefuhrwerke im Tod eines Nationalparkrangers haben Sie meinem Partner Leonard und mir in der letzten Woche größere Schwierigkeiten gemacht, als wir in den ganzen zwei Jahren davor hatten. Eines können Sie mir glauben: Sie waren der letzte Mensch, von dem ich angenommen hätte, daß ich mit ihm kämpfen muß.«

»Ich gebe stets mein Bestes. Wer hat Roger umgebracht?« fragte ich.

»Ist das alles, was Ihnen in einem solchen Augenblick einfällt?«

»Sie haben ihn umgebracht!«

»Unsinn!« brauste Brickley auf. »Calvin Redding hat das getan. Haben Sie das nicht ohnehin die ganze Zeit eisern geglaubt?« Er grinste höhnisch: »Dann muß es doch stimmen, richtig? Diese jungen Draufgänger haben ein unanständiges Spiel gespielt und dabei einen Unfall gehabt. Ganz einfach.«

»Nein, Mr. Brickley. Calvin hat Roger nicht umgebracht. Und Sie wußten das. Sie haben sogar Ihre eigene Staranwältin damit beauftragt, ihn zu vertreten und dafür zu sorgen, daß die Anklage fallengelassen wurde. Wieviel Sie das wohl gekostet hat?«

»Das war vielleicht ein Fehler.«

»Aber kein so großer Fehler wie der, Calvin umzubringen.«

»Unsinn! Das hat Aaron Harvey getan. Aus Eifersucht.« Brickley schüttelte den Kopf und schnalzte zweimal mit der Zunge, als wollte er sagen: Du böser Junge, du!

»Sie lügen.«

»Das ist Ihre Meinung, Mr. Kraychik. Doch ich würde lieber direkt zum Geschäftlichen kommen, statt mich in müßigen und makaberen Spekulationen zu verlieren.«

Ich funkelte ihn an. »Mit Ihnen habe ich nichts Geschäftliches zu regeln.«

Allerdings veränderte die Pistole, die jetzt in meine Richtung zeigte, diese Aussage.

Mr. Leonard warf ein: »Wenn ich Sie wäre, würde ich mir anhören, was er Ihnen zu sagen hat.«

Brickley sagte: »Danke, Leonard.« Etwas sanfter fuhr er fort: »Ich möchte Ihnen ein Angebot machen, das Ihr Leben verändern wird und bei dem Sie nur wenig investieren müssen.«

»Ich habe kein Geld.«

Brickley lachte. »Wir wollen kein Geld! Zumindest nicht von Ihnen. Das ganze ist viel einfacher.« Er lächelte wie ein gütiger Schulmeister, aber das war gespielt. »Es geht um Ihre Kooperation«, sagte er. »Sie müssen nur damit aufhören, sich in die ganze Sache um den Tod des Rangers einzumischen.«

Es waren die üblichen Forderungen – zuerst von Branco und jetzt von Brickley. Wie sollte alles zu einer Lösung kommen, wenn die Guten und die Bösen mir dasselbe sagten?

»Was ist, wenn ich nicht zustimme?« fragte ich.

Mr. Leonard sagte: »Wenn Sie sein Angebot hören, werden Sie zustimmen. Sie sind nur einer aus einer langen Reihe von Leuten, die schließlich doch ja gesagt haben.«

»Hört sich an wie ein exklusiver Club«, sagte ich.

»So könnte man es nennen.« Brickley und Mr. Leonard lächelten sich vertraulich zu. Brickley sagte zu mir: »Wissen Sie, Sie bringen unbeabsichtigt einen Plan durcheinander, dessen Ausarbeitung Jahre gedauert hat.«

»Ich tue nichts unbeabsichtigt.«

Brickleys Gesicht zuckte erneut, ehe er fortfuhr: »Durch diesen Plan werden alle Beteiligten zu extrem wohlhabenden Leuten. Ich bin bereit, Ihnen eine prozentuale Beteiligung am Gewinn aus unserem Projekt anzubieten.« Seine Stimme hatte jetzt einen ungeduldigen Beiklang. »Sie werden für den Rest Ihres Lebens reich und abgesichert sein. Ich kann mir nicht vorstellen, was sich jemand wie Sie sonst wünschen könnte.«

»Wo ist Jennifer Doughton?« fragte ich forsch.

Brickley wirkte verärgert. »Sie hat sich intelligenterweise auf die gleichen Bedingungen eingelassen, die ich Ihnen gerade anbiete.«

»Ich dachte, sie hätte gekündigt.«

»Sie hat uns aus freien Stücken verlassen, nachdem sie zuletzt noch ihrer Vernunft gefolgt ist.«

»Das ist eine Lüge!« kreischte Wacky-Jacky, immer noch mit teutonischer Unerschrockenheit gewappnet.

»Seien Sie still!« schrie Brickley und zielte mit der Pistole auf ihn.

Trotz der auf ihn gerichteten Pistole ging Wacky-Jacky auf Brickley zu. »Geld her, und ich bin still!« Dann wandte sich Wacky-Jacky zu mir und sagte: »Glaub ihm nicht.«

Ich sagte zu Brickley: »Hat das alles mit dem Land Ihrer Frau im Yosemite Valley zu tun, das gerade vermessen wird? Für die Eigentumswohnungen?«

Brickley runzelte die Stirn. »Meine Güte. Sie wissen mehr, als ich dachte. Das verdirbt alles. Wie schade.« Er schaute aufrichtig bekümmert drein, und ich hatte das Gefühl, seine Bekümmerung galt mir. »Wie haben Sie das herausgefunden?« fragte er.

»Durch unerschütterliche Zielstrebigkeit«, sagte ich.

Brickley schien verunsichert. »Das hatte ich nicht vorausgesehen.«

Im gleichen Moment vernahmen wir alle ein Geräusch aus dem Foyer des Gebäudes. Brickley wandte den Kopf, hielt die Pistole aber weiter auf mich gerichtet. Plötzlich hörten wir, wie jemand aus dem riesigen Atrium des Gebäudes hinaufrief.

»Raymond? Raymond, bist du da?« Es war Vivian Brickley.

Mr. Leonard fragte nervös: »Was macht *sie* denn hier? Ich dachte, wir bringen die Sache ohne sie zu Ende.«

Brickley nickte und antwortete rasch: »Still! Vielleicht hat sie uns nicht gehört. Aber ich weiß, was zu tun ist, Leonard. Wenn sie heraufkommt, nehme ich die Sache in die Hand. Auf mich hört sie.« Doch Roy Brickley wirkte besorgt.

Wieder rief Vivian Brickley, und diesmal sogar noch lauter: »Raymond! Ich weiß, daß du da bist. Ich sehe das Licht in deinem Büro, und dein Wagen steht draußen auf dem Parkplatz.«

Brickley zog die Stirn kraus und rief hinunter: »Ich bin hier oben, Vivian, in meinem Büro!« Voller Ärger murmelte er etwas vor sich hin, dann wandte er sich wieder mir zu. »Es ist wirklich zu dumm, daß Sie von dem Land wissen, Mr. Kraychik. Das führt uns wieder ganz an den Anfang unserer Schwierigkeiten zurück. Wissen Sie, Sie kennen die gleichen Details wie Roger Fayerbrock, als er nach Boston kam, um mich aufzuhalten.«

Wir konnten hören, wie sich der hydraulische Lift am Ende des

Flurs öffnete. Vivian Brickley sprach laut und nachdrücklich, während sie auf das Büro zukam. »Raymond! Die Polizei war gerade zu Hause, und ich dachte, du würdest gerne wissen, daß sie …« Sie blieb wie angewurzelt an der Tür zu Brickleys Büro stehen. Vor Aufregung war sie ganz rot im Gesicht. Sie schaute von einem zum anderen. »Was geht hier vor? Und was macht mein Friseur hier?«

Mr. Leonard gaffte mich dumm an. »Du bist Friseur?«

Ich nickte und stellte gleichzeitig fest, daß Vivian Brickleys Haar noch immer verdammt gut aussah. Doch sie war inzwischen wieder in ihre andere, vertrautere Rolle zurückgeschlüpft – die der verwirrten Matrone. Ich konnte wirklich nicht sagen, ob sie wußte, was in diesem Büro vor sich ging, oder nicht.

Sie sagte: »Raymond, weshalb sind alle diese Leute hier? Du solltest doch eigentlich schon seit Stunden mit der Arbeit fertig sein.«

Brickley antwortete ihr: »Ich habe alles unter Kontrolle, Vivian. Du hättest nicht zu kommen brauchen.«

»Aber, weshalb …? Raymond! Ist das eine Pistole?«

Brickley sagte: »Ja, Vivian. Ich habe vorhin zu dieser Vorsichtsmaßnahme greifen müssen.«

»Raymond, weshalb sucht die Polizei nach dir?«

»Genug jetzt, Vivian. Ich werde es dir später erklären. Wichtiger ist, daß dein Friseur anscheinend über dein Land im Yosemite Valley Bescheid weiß. Du hast ihm doch nichts von dem Land erzählt, oder? Ich habe gehört, daß Frauen ihren Friseuren oft alles erzählen.«

Vivian Brickleys Blick durchbohrte mich. Ich spürte plötzlich mehr Kraft in ihrem Blick, als die tattrige Bibliothekarin, die sie so perfekt spielte, haben konnte. Ihr Blick sprang wiederholt zwischen mir und ihrem Mann hin und her. Zuletzt antwortete sie: »Nein, Raymond. Ich habe das Land ihm gegenüber nie erwähnt.«

Den Göttern sei Dank, dachte ich. Wenigstens blieb das Vertrauensverhältnis zwischen Friseur und Kundin unangetastet.

Plötzlich platzte Wacky-Jacky heraus: »Gehmse mir jetz' mein Geld oder soll ich ihm alles verklickern?«

»Seien Sie still!« befahl Brickley und richtete die Pistole wieder auf ihn.

Doch Wacky-Jacky ließ nicht locker. »Er lügt!« Er sah mich an. »Er wollte, daß ich den kleinen Filipino umbring'!« Er deutete mit zitternder Hand auf Brickley. »Er hat's gewollt, aber ich hab's nich' getan, obwohl ich die kleine Schwuchtel nich' ausstehen kann.«

»Er ist Balinese!« sagte ich.

Brickley schrie: »Halten Sie den Mund!«

»Die fette Tussi is auch nich' tot, wie er gewollt hat. Hab' sie auch bloß geknebelt und weggesperrt.« Dann spuckte Wacky-Jacky auf Brickleys Kalbslederschuhe. »Sie wollen nich noch mehr hören? Dann sofort das Geld her!«

Roy Brickley brach auf einmal in heiseres Gelächter aus, das ungemütlich lange dauerte. »Weshalb soll ich jetzt noch irgendwem Geld bezahlen? Wer außer uns weiß überhaupt, daß wir hier sind?«

Mr. Leonard scharrte nervös mit den Füßen. »Also, Roy, immer mit der Ruhe. Ich bin sicher, es gibt eine Lösung, die nicht noch mehr Gewalt verlangt.«

Mrs. Brickley stampfte mit dem Fuß auf den Teppichboden, aber das erbrachte nur ein dumpfes Geräusch. »Raymond? Wovon redet der Mann? Begehst du etwa irgendwelche Schandtaten? Wer sind diese beiden Männer?« Sie deutete auf Wacky-Jacky und Mr. Leonard.

Brickley versuchte, ruhig zu antworten, doch er war jetzt völlig nervös. »Vivian, ich habe dir bisher nichts davon erzählt. Ich wollte dich überraschen, aber wo wir jetzt schon alle hier sind ... Vivian, ich habe ein Projekt ausgearbeitet, das dich ganz stolz auf mich machen wird. Es hat dazu der Unterstützung vieler Leute bedurft, und den Großteil von ihnen hast du noch nicht einmal zu Gesicht bekommen.«

Mr. Leonard drängte es anscheinend, die Bedeutung seiner eigenen Rolle zu erläutern. »Madam, ich habe Ihren Besitz im Yosemite Valley gesichert. Ohne mich wäre das gesamte Projekt gescheitert.«

Jack sagte: »Aber hallo! Die Felsen hab' ich hochgehen lassen. Ohne mich wär' keiner von euch jetzt irgendwo.«

Mrs. Brickley fragte: »Wovon redet er? Raymond! Erkläre dich!«

Einen Moment lang schaute Roy Brickley verschüchtert und schwach drein, und ich spürte, daß ich Zeuge eines Ehestreits war. Ich tat, was ich in solchen Situationen immer tue – schweigend zusehen und den günstigsten Moment abwarten, um einzugreifen oder zu reden. Brickley gewann sein prahlerisches Auftreten bald wieder zurück. »Wo es jetzt ohnehin herausgekommen ist, Vivian, *werde* ich auch alles erklären.« Obwohl er die Pistole noch immer auf uns gerichtet hielt, trat Brickley einen Schritt zurück, als wollte er uns eine offizielle Mitteilung machen. »Was ich ersonnen habe, ist in der Geschichte der Architektur bisher unerreicht. Selbst Ayn Rands *Fountainhead* verblaßt neben meinem Gesamtplan. Dieser wird die endgültige Bestätigung für die Unterwerfung der Natur durch den Menschen sein, und er wird uns reich machen, Vivian.«

Mrs. Brickley war jetzt sogar noch aufgebrachter. »Reich? Raymond, Geld war doch noch nie ein Problem.«

»Für dich nicht, Vivian. Dir stecken die Gründerväter von Sacramento im Blut ... und in den Bankkonten und Besitzungen. Aber bei mir ist das anders. Meine Familie hat mich schon vor langer Zeit enterbt. Ich habe selber für mein Einkommen sorgen müssen. Ich habe arbeiten müssen!«

»Raymond, alle Menschen müssen arbeiten. Du plapperst daher wie ein ungezogener kleiner Junge.«

»Jetzt nicht mehr, Vivian. Heute bin ich ein Mann. Dieses Projekt wird den Beweis liefern.«

Vivian Brickley sah Roy Brickley an wie eine Mutter ein unartiges Kind, das schließlich doch der Kriminalität anheimgefallen ist. Als sie wieder sprach, klang ihre Stimme kontrolliert und konzentriert, doch lag sie wie gewohnt ein paar Fakten hinter dem eigentlichen Stand des Gesprächs zurück. »Ray, ich hoffe, du hast mit dem Land nichts vor.«

»Aber natürlich habe ich das, Vivian! Das Land liegt einfach da und tut nichts. Es hat auf den richtigen Augenblick gewartet ... auf meinen Plan!«

»Der wird nicht aufgehen, Raymond. Ich habe dir gesagt, daß ich die Absicht habe, dieses Land zu erhalten. Es soll unverändert und in seinem natürlichen Zustand bewahrt bleiben, und zwar auf ewig.«

»Vivian, das ist zu lang! Während wir hier reden, gehen wir dem Tod entgegen. Ich muß dieser Welt meinen Stempel aufdrücken!«

Vivian schüttelte den Kopf. »Raymond, das sind bedrückende Neuigkeiten.«

Ich sah meinen Moment gekommen und griff ein. »Passen Sie auf, was ich jetzt mache.« Ich führte einen exzellenten Sprungschlag exakt gegen Brickleys Hand, welche die Pistole hielt. Die Pistole flog durch die Tür zum Büro hinaus und über die Brüstung ins Atrium hinunter. (Alles nur eine Frage der Vektoren und des Timings.) Wacky-Jacky sprang Brickley sofort an und warf ihn zu Boden. Während die beiden miteinander rangen, stürzte ich mich auf Mr. Leonard, aber in meiner Schulter war dieser brüllende Schmerz und unser Kampf von Mann zu Mann ähnelte einem schwulen Tango.

Dann hörten wir alle den Schuß. Mr. Leonard kreischte, und niemand bewegte sich mehr. Vivian Brickley hielt eine kleine silberne Pistole in ihrer absolut ruhigen Hand. »Alle aufhören! Auf der Stelle aufhören!«

Roy Brickley hielt sich die Schulter. Sie war dunkel und feucht von Blut. Er schluchzte: »Ich bin angeschossen! Du hast mich angeschossen, Vivian! Da bleibt eine Narbe! Ich werde dich verklagen!«

»Hör auf zu jammern, Raymond! Das ist nur eine Fleischwunde. Es tut mir leid, daß ich das tun mußte, aber du hast mir den letzten Nerv geraubt. Ich habe deine unersättliche Habgier satt, und ich bin deine sexuellen Probleme leid. Dieses schmutzige Geschäft ist der letzte Tropfen. Deine Dumme-Jungen-Mätzchen hängen mir zum Hals heraus! Ich rufe jetzt die Polizei!«

Obwohl ich mich noch immer in ungeschickter Umarmung mit Mr. Leonard befand, sagte ich: »Darf ich sie anrufen, Mrs. Brickley? Es gibt da einen bestimmten Bullen, den ich bei der Sache gern dabeihätte.«

Doch sie hatte gar keine Gelegenheit mehr, mir zu antworten. In Reaktion auf den Schuß kam schon Lieutenant Branco mit der halben Bostoner Polizei zum Eingang herein und über die Rampen zu uns nach oben gerannt.

»Woher wußten Sie davon?« fragte ich ihn.

»Ihre Freundin Ms. Albright hat mich angerufen.«

Verdammt! Ich hatte vergessen, mit Nicole zu telefonieren.

Branco sagte: »Sieht ganz so aus, als wären wir gerade zur rechten Zeit gekommen.«

»Wenigstens erspart es mir einen Anruf«, erwiderte ich.

Vivian Brickley sagte: »Herr Wachtmeister, verhaften Sie diese Männer!«

Branco sagte: »M'am, Sie werden alle mit uns in die Stadt kommen müssen.«

Vivian sah mich besorgt an. »Heißt das etwa, daß ich auch verhaftet bin?«

»Nur zur Vernehmung«, antwortete Branco. Mit einem Blick auf Mrs. Brickleys Pistole fügte er hinzu: »Ich hoffe, Sie haben eine Zulassung für diese Waffe.«

Mrs. Brickley antwortete knapp: »Aber natürlich! Ich bin eine Meisterschützin. Eine Waffe trage ich schon seit meiner Zeit im diplomatischen Dienst. Und das ist über dreißig Jahre her.« Dann bemerkte sie mir gegenüber: »Festgenommen worden bin ich aber noch nie.« Sie kicherte leise.

»Halten Sie sich nur an mich, Mrs. Brickley«, sagte ich. »Sie werden eine Menge Dinge mitkriegen, die Sie nie zuvor erlebt haben.«

20
LETZTE DETAILS

Donnerstagabend nach Ladenschluß saßen Nicole und ich bei unserem gewohnten Drink im Hinterzimmer. Eine meisterhafte Massage am Vormittag sowie starke Schmerztabletten hatten es mir ermöglicht, trotz meiner Schulterverletzung den halben Tag zu arbeiten.

»War es zuviel für dich heute, Stani?«

»Nikki, im Vergleich zu dem Abenteuer von letzter Nacht war es geradezu ein Vergnügen, heute nachmittag Ramon zu beaufsichtigen.«

Als sie ihr goldenes Zigarettenetui hervorzog, bemerkte sie, daß ich es ansah. »Wo sind die Zigaretten, die ich dir gestern abend gegeben habe?«

»Die habe ich verloren.«

»Na, von mir wirst du jedenfalls keine schnorren, nur um sie wieder zu ruinieren.«

»Schon gut, Nikki. Ich habe mich sowieso entschlossen, mit dem Rauchen aufzuhören.«

Sie lachte. »Du hast doch nie damit angefangen!«

»Aber das Verlangen war da«, sagte ich durchtrieben.

Ein plötzliches lautes Getrommel gegen die Hintertür ließ uns hochschrecken. Ich ging zur Tür und brüllte hindurch: »Wer ist da?«

»Branco!«

Ich ließ ihn herein. Er trug einen dunkelblauen Dreiteiler mit ganz, ganz hellblauen Nadelstreifen.

Nicole sagte: »Aufgetakelt und kein Rendezvous, Lieutenant?«

»Ich war den ganzen Tag bei Gericht«, antwortete Branco.

Wäre ich einer der Geschworenen gewesen, ich hätte Branco alles geglaubt, einfach weil er so verdammt gut aussah.

Branco sagte: »Wir haben heute die Zeugenaussagen von Brickley, Smuckbaum und Werdegar gehört.«

Die drei Namen klangen ganz nach Anwaltsfirma.

»Habe ich recht gehabt mit Rogers Mörder?« fragte ich.

Branco nickte.

»Ich hab's gewußt!« sagte ich triumphierend. »Roy Brickley!«

»Stani!« fuhr Nicole mich an. »Du hast die ganze Zeit gesagt, es wäre Calvin gewesen.«

»Ich weiß, Liebes. Aber ich hatte unrecht.«

»Wieso Brickley?«

Branco setzte zu einer Erklärung an, aber ich unterbrach ihn. »Lassen Sie mir die Ehre, Lieutenant? Ich möchte sehen, wie weit ich recht hatte.«

Sein Mund wurde schmal, doch dann nickte er.

»Sie sagen mir, wenn ich danebenliege, okay?«

Branco sagte scharf: »Legen Sie schon los.«

»Weißt du, Nikki, Roger hat rausgefunden, daß Brickley im Yosemite Valley einen riesigen Komplex mit Eigentumswohnungen hochziehen wollte. Deswegen ist er nach Boston gekommen. Er wollte der Choate Group die Daumenschrauben ansetzen, weil die ursprünglich die Landvermessung durchgeführt hat. Roger drohte, das ganze Projekt aufzuhalten, weil es Nationalpark-gelände verunstalten würde.«

»Und wie hat es dann zu all den anderen Katastrophen kommen können?« fragte sie.

Branco antwortete: »Vivian Brickley besitzt ein Grundstück im Yosemite Valley. Weil die Durchführungsbestimmungen in den

Nationalparkgesetzen recht vage gehalten sind, kann das in privater Hand befindliche Land trotzdem bebaut werden, solange das keine Auswirkungen auf natürliche Formationen hat.«

»Zu denen die Washington Column gehörte«, fügte ich hinzu.

»Und sobald diese Felsformation verschwunden war, konnte die Arbeit an den Eigentumswohnungen weitergehen?« mutmaßte Nicole.

»Technisch gesehen, ja«, sagte Branco in seinem feierlichen Gesetzesdiener-Ton.

Ich fügte hinzu: »Doch Roger versuchte weiterhin, das Projekt aufzuhalten, und zwar aus Gründen des Naturschutzes. Und da Vivian Brickley als Besitzerin ähnlich dachte, mußte Roy Brickley Roger aufhalten, ehe Vivian etwas herausfand.«

Nicole bemerkte: »Ich kann gar nicht glauben, daß sie nicht wußte, was ihr Mann vorhatte.«

Branco sorgte für die Erklärung. »Ihr Mann ließ sie in dem Glauben, die Landvermesser wären nötig, um *neuen* Gesetzen zu genügen, die für allen Grundbesitz unter der Obhut des National Park and Wildlife Service einen noch weitreichenderen Schutz bieten sollten.«

Ich ergänzte: »Aber das war gelogen.«

Branco nickte und fuhr fort. »Die Landvermesser markierten in Wirklichkeit das Gelände, um sicherzustellen, daß Brickleys eigene Pläne erfolgreich durch die Schlupflöcher in den alten Gesetzen rutschen würden.«

»Meine Güte!« rief Nicole. »Ist das Land immer noch in Gefahr?«

»Nein«, sagte Branco. »In Wirklichkeit muß Vivian Brickley den Absichten ihres Mannes in bezug auf das Land schon von Anfang an mißtraut haben, denn sie hatte mit ihren Anwälten bereits neue Treuhandverträge ausgearbeitet.«

»Das heißt, Roy Brickleys Gesamtplan ist völlig umsonst gewesen?« fragte Nicole.

Branco nickte sachlich. »Ich fürchte ja.«

Ich fügte freudlos hinzu: »Zwei Tote und eine zerstörte natürliche Felsformation, und das alles nur wegen Habgier.« Armer Roger, dachte ich.

»Wenigstens war die Frau unschuldig«, sagte Nicole.

»Völlig«, sagte Branco. »Und das Land ist außer Gefahr. Etwas Vergleichbares kann nie wieder passieren.«

Nicole fragte: »Aber woher wußte Brickley, daß er Roger in Calvins Wohnung finden und dort umbringen konnte?« Dann setzte sie rasch nach: »Ach so, die ganze Geschichte war wahrscheinlich arrangiert.«

»Genau«, sagte ich. »Calvin war in diesen Teil des Plans eingeweiht. Als Roger hier ankam, überredete Roy Brickley Calvin, Roger schönzutun und ihm einen Schlafplatz anzubieten. Das erklärt, weshalb Calvin an dem Abend so zögerlich war, mich auf einen Drink einzuladen. Er wußte nicht, wie viele Leute an dem Abend bei ihm in der Wohnung sein würden.«

Nicole sagte: »Glaubst du, Calvin hat gewußt, daß Roger sterben würde?«

Ich zuckte mit den Achseln. »Da kann ich nur raten, Nikki.« Ich fragte Branco: »Haben die Zeugenaussagen da Aufklärung gebracht?«

Branco sagte: »Sie haben's ziemlich genau getroffen, Stan, außer daß Mord gar nicht zum Plan gehörte. Brickley ist an dem Nachmittag in Calvins Wohnung gekommen, weil er versuchen wollte, Roger Fayerbrock zu kaufen. Aber das lief nicht so wie geplant. Die beiden wurden gewalttätig, und das endete damit, daß Brickley Fayerbrock erwürgte. Das einzige, was sie nicht vorausgesehen hatten, war, daß Aaron Harvey, der eigentlich in New York sein sollte, die Stadt gar nicht verlassen hatte. Er war in der Wohnung, als Roger unerwartet auftauchte, und deshalb versteckte er sich im Wandschrank des Schlafzimmers. Als Brickley dazukam, wurde Harvey zum Mordzeugen. Er hat alles durch die Jalousien der Tür beobachtet.«

»Deswegen habe ich an dem Abend Aarons Parfüm im Zimmer gerochen! O Gott, Brickley muß ihn um ein Haar entdeckt haben, als er im Schrank nach einer Seidenfliege gesucht hat.«

»Ja, er war knapp davor«, sagte Branco.

Ich fragte weiter: »Wer hat Roger die Fliegen umgelegt? Es waren unterschiedliche Knoten, so daß ich vermute, daß es zwei verschiedene Leute gewesen sind.«

»Wir haben nur eine gefunden, aber nach dem, was wir heute gehört haben, sind wirklich zwei vorhanden gewesen. Brickley hat ihm eine umgelegt, und Aaron Harvey hat sich zur zweiten bekannt.«

»Brickley muß das getan haben, um Calvin zu belasten.« Ich

machte eine kurze Pause. »Vermutlich, denn ich habe es auch geglaubt. Aber warum sollte Aaron Harvey das tun? Nur, um Calvin zu zeigen, daß er dagewesen war? Solche Subtilitäten würden Calvin garantiert entgehen.« Ich seufzte und schüttelte den Kopf. »Was manche Leute im Namen der Liebe machen!«

Nicole fragte: »Hat Aaron noch im Schrank gesessen, als Stani in die Wohnung kam?«

Branco antwortete: »Aaron hat die Wohnung schon verlassen, bevor Calvin Redding nach Hause kam, aber er beobachtete das Haus von draußen, um zu sehen, was nach der Entdeckung der Leiche passieren würde.«

»Also deshalb hat er gewußt, wie ich aussehe, und mich mit Roger in Verbindung gebracht! Aber eins möchte ich immer noch wissen, Lieutenant.«

»Ja?«

»Wer hatte mit Roger Sex gehabt?« fragte ich frei heraus.

Branco zuckte mit den Achseln. »Darauf haben wir keine Antwort gefunden.«

»Hat Aaron nichts gesehen?«

Branco schüttelte den Kopf. »Wenn, dann sagt er es nicht.«

Nicole hielt Branco zwei Flaschen hin. »Einen Drink, Lieutenant?«

Branco deutete auf den Scotch und zeigte dann mit Daumen und Zeigefinger knappe drei Zentimeter an. »Prima«, sagte er zu ihr. Ich war überrascht, daß er das Angebot annahm.

»Wo haben Sie Aaron schließlich gefunden?« fragte ich.

»Dort, wo Sie gesagt haben, Stan. Er hatte sich im Lagerraum eines Jazzstudios verkrochen.«

Ich strahlte. Dieses Zugeständnis war das Höchste an Kompliment, was Branco mir jemals machen würde.

Er fuhr fort: »Und mit dem Erpressungsaspekt hatten Sie auch recht. Aaron Harvey erpreßte Brickley und wollte einen Gewinnanteil aus dem Yosemite-Projekt haben. Er versprach dafür, der Polizei nicht zu verraten, daß er Zeuge geworden war, wie Brickley Roger umbrachte.«

Ich fügte hinzu: »Aber er hat auch noch Calvin erpreßt. Nur hat er Calvin das Gegenteil versprochen, nämlich der Polizei alles zu verraten, was er wußte, sobald Calvin ihm das Penthouse überschrieb. Naiv wie Calvin war, hat er darin eine einfache Möglichkeit gesehen, sich von jedem Verdacht in bezug auf Rogers Tod zu befreien.«

»Das ist richtig«, sagte Branco.

Nicole fragte: »Aber, wenn Aaron soviel gewußt hat, warum hat er dann Calvin umgebracht? Hätte es nicht andersherum sein sollen?«

Branco und ich antworteten im Chor: »Brickley hat Calvin umgebracht!«

»Brickley!« Nicole war wirklich verblüfft. »Aber wieso denn?« fragte sie und reichte Branco seinen Drink.

Ich antwortete: »Nachdem Calvin aus dem Gefängnis entlassen war, hat er Brickley wahrscheinlich killen wollen, um für sich ein größeres Stück aus dem Yosemite-Kuchen zu ergattern. Brickley hat dieses Ultimatum dann auf seine Art beantwortet.«

»Schon wieder richtig«, sagte Branco. Dann prostete er mir und Nicole zu. »Auf die Gesundheit!« sagte er.

»Auf die Liebe!« sagte ich.

»Auf das Geld!« sagte Nicole.

Wir tranken alle.

Nicole fragte: »Was ist mit Leonard und Jack, den beiden aus dem Yosemite Valley?«

Branco erklärte es: »Roy Brickley und Leonard Smuckbaum waren Partner.«

Ich unterbrach. »Hatten die beiden ein Verhältnis miteinander?«

Branco runzelte die Stirn und fuhr fort, ohne mir eine Antwort zu geben. »Roy Brickley heiratete seine Frau wegen ihres Geldes und wegen des Landes, das sie im Yosemite Valley besaß.«

»Sprechen Sie ruhig von einer Tarnehe«, sagte ich.

»Die arme betrogene Frau«, sagte Nicole. »Ich denke, ich muß mal mit ihr reden.«

Branco fuhr fort. »Zu Jack Werdegar ist zu sagen, daß Brickley ihn angeheuert hat, damit er den Steinschlag auslöste. Daher auch die mit Rezon gefüllte Steigklemme. Stan fand eine, die nicht detoniert war.«

Nicole fragte: »Aber hat denn niemand im Tal die Explosion gehört und schon gleich zu Anfang auf ein faules Spiel geschlossen?«

»Das Rezon explodiert nicht«, erklärte er. »Es versetzt Gegenstände in Vibration, bis sie ihre Eigenfrequenz erreichen. Dann brechen sie einfach in sich zusammen. Werdegar hatte ungefähr hundert von den Dingern in die Felsen gesteckt. Sobald der Felsen erst einmal brach, erschien der Steinschlag als etwas vollkommen Natürliches.«

»Bloß, was hat er in Boston gewollt?« fragte sie.

Branco sagte: »Werdegar war mehrmals hier. Das erste Mal letzten Sommer, als er das Rezon aus den Labors des M.I.T. gestohlen hat. Roy Brickley hatte durch seine alten Unibeziehungen zum M.I.T. von dem Zeug erfahren, als er sich dort wegen eines Sonderprojekts Rat holte. Er heuerte Werdegar an, damit der für seine Zwecke von dem Zeug stahl.«

»Jacks zweiten Besuch in Boston verdanken wir teilweise Stan.« Branco prostete mir zu, und ich nahm diese lobende Geste freudig an. »Als Stan im Yosemite Valley Fragen über den Mord stellte und Jack ihn dabei kennenlernte, wurde ihm klar, daß er in etwas viel Ernsteres verwickelt war, als er gedacht hatte. Er wollte aussteigen, doch vorher wollte er sich noch auszahlen lassen. Also flog er zum Abkassieren nach Boston, doch statt dessen zwang ihn Brickley, ihm erneut zu helfen.«

»Und Leonard?«

»Leonard Smuckbaum flog nach Boston, um Brickley zur Seite zu stehen. Brickley hatte nicht mit den Komplikationen gerechnet, die durch Aaron Harvey, Jennie Doughton und unseren Stan hier entstanden waren.« Branco trank einen Schluck Scotch und nickte anerkennend. (Das war auch gut so. Nicole hatte dreißig Dollar die Flasche bezahlt.)

Ich sagte: »Also hat meine Einmischung dazu beigetragen, daß die Sache zu ihrem Höhepunkt gekommen ist, hm?«

Branco nickte kaum wahrnehmbar.

Ich sagte: »Und Brickley hat Jennie Doughton wahrscheinlich dabei erwischt, wie sie gerade die Computerdaten der Choate Group durchgegangen ist. Das hatte ich ihr nämlich vorgeschlagen.«

»Ganz richtig«, sagte Branco. »Sie hatte zuviel herausgefunden, und deshalb befahl Brickley Werdegar, sie umzubringen.«

»Ich frage mich, wen er dazu gebracht hat, neulich abend im Harvest anzurufen und diese Nachricht für mich zu hinterlassen.«

»Wahrscheinlich eine nichtsahnende Mitarbeiterin«, meinte Nicole.

»Hoffentlich hat er ihr die Überstunden bezahlt«, sagte ich.

»Haha!« machte Nicole. »Ich möchte wissen, wer den Zettel mit der Drohung hinterlassen hat. Und wer in Stanis Wohnung eingebrochen ist.«

»Und versucht hat, mich zu überfahren? Brickley natürlich. Er hat mich gestern abend sogar verprügelt, während Jack mir die Arme festhielt. Ich habe den Zitrusduft von seinem Parfüm gerochen.« Nicole zündete sich eine Zigarette an und sog den Rauch tief in sich hinein. »Und als Letztes: Wie paßt Yudi in die ganze Geschichte hinein?«

»Ach ja, Yudi«, sagte ich. Branco schaute mich frotzelnd an, während ich redete. »Er hat mir heute alles erzählt. Nachdem er bei Ihnen seine Aussage gemacht hat, Lieutenant. Ich hatte angenommen, sein Motiv, nach Boston zu kommen, wäre die Rache für Roger gewesen.«

»Und, hatten Sie recht?« fragte Branco mit spöttischem Blick. Nicole warf ein: »Offensichtlich hatte er noch einen anderen persönlichen Grund, Lieutenant.« Dabei deutete sie mit den Augen in meine Richtung.

Ich überging ihre Bemerkung und fuhr fort. »Am Morgen seines Verschwindens ist er zur Choate Group gefahren. Unglücklicherweise ist er direkt in Brickleys Spinnennetz geflogen, und Wacky-Jacky kassierte ihn auf dem Rückweg in die Stadt. Brickleys Plan ging allerdings nach hinten los, denn Jack hatte nicht den Mut, ihn umzubringen. Ebensowenig wie Jennie, wenn wir schon dabei sind.«

»Was passiert jetzt mit den anderen?« fragte Nicole.

Branco sagte: »Brickley steht für die Tötung von Roger Fayerbrock und Calvin Redding eine Mordanklage ins Haus. Smuckbaum ist sein Komplize. Aaron Harvey erwarten zwei Anklagen wegen Erpressung und eine wegen Unterdrückung von Beweisen. Jack Werdegar hat staatliches Eigentum zerstört und zwei Menschen entführt. Sein Strafmaß wird möglicherweise reduziert, weil er Yudi und Jennie gut behandelt und sie praktisch vor Brickley beschützt hat.«

»Jack braucht eher psychologische Hilfe als Strafe«, wandte ich ein.

Branco setzte eine strenge Miene auf. »Ein gerüttelt Maß von beidem, würd ich sagen.« Er trank aus und ging zur Tür. Er sagte Nicole gute Nacht, drehte sich dann zu mir um und sah mir direkt ins

Gesicht. »Und was ist mit Ihnen? Wo ist Ihr kleiner Freund denn jetzt geblieben?«

»Bei mir zu Hause. Er ruht sich aus.«

Nicole sagte: »Ich hoffe, das Nickerchen raubt ihm nicht den Schlaf für später.«

»Ich habe andere Pläne, wie ich ihm später den Schlaf rauben werde«, sagte ich.

Ein kleines verschlagenes Grinsen setzte sich in Brancos Mundwinkeln fest. »Tun Sie nichts, was ich nicht auch tun würde«, sagte er und verschwand rasch durch die Hintertür.

Nicole sagte: »Es ist hübsch, daß ihr beide auf freundschaftlichem Fuß steht. Ich habe immer gesagt, daß du eigentlich einen starken Mann brauchst.«

»Nikki, werd wieder normal! Er ist ein Heterobulle! Der Pfad zur Liebe ist für mich entschieden realistischer und führt heute abend direkt nach Hause.«

Sie seufzte. »Vielleicht hast du recht, Stani. Warum solltest du auch einer wiederstrebenden Liebschaft hinterherlaufen, wenn du eine willige haben kannst.«

»Vor allem, wo die wiederstrebenden Liebhaber immer da sein werden, um mir zu wiederstreben.«

Nicole zog ihre Jacke an. »Mir tut immer noch Vivian Brickley leid. Ihr Mann hat sie mit der Ehe einfach ausgetrickst.«

»Sie kann eigentlich fast nichts dafür. Roy Brickley ist ein klassisches Beispiel für den puer aeternus, den ewigen Jungen, der sich den Verantwortlichkeiten des Erwachsenseins entzieht. Leute wie er saugen andere aus, damit sie sich um sie kümmern. Mit ihrem starken mütterlichen Instinkt war Vivian Brickley ein leichtes Opfer.«

Draußen vor der Tür hupte ein Taxi. »Gute Nacht, Schatz«, sagte Nicole und umarmte mich fest. »Bis morgen früh.«

»Nacht, Liebes.« Und schon hatte das Taxi sie entführt. Ich schloß den Laden ab und ging nach Hause, wobei ich überlegte, welche köstliche Methode ich anwenden würde, um Yudi aufzuwecken.

Ich schleppte mich die lange Treppe hoch. Es war eine anstrengende Woche gewesen, in der ich mehr erlebt hatte als je zuvor. Doch eines war nach all dem Herumgerenne und Gefliege und Fragengestelle und Gestreite und nach all den Schmerzen klar –

ich wußte, daß ich lebte. Und jetzt freute ich mich auf eine Nacht voller Frieden und Vergnügen mit meinem jungen Gast.

Ich schloß die Tür auf und öffnete. Es überraschte mich, daß Sugar Baby mich nicht wie gewohnt begrüßte. Dann nahm ich einen merkwürdigen exotischen Duft wahr, der die Luft erfüllte. Es war ein stechender Geruch aus uralten Zeiten. Ich rief: »Yudi?« Keine Antwort. »Ist jemand zu Hause?« Dann hörte ich aus dem Schlafzimmer leise Musik. Als ich näherkam, sah ich flackernden Kerzenschein, und der Weihrauchduft wurde stärker. Ich kam zur Tür und war völlig verblüfft.

Aus meinem Schlafzimmer war das feudale Innere eines Sultanzelts geworden, in dem von einem Punkt an der Decke aus schwerer roter Damast in großzügig wogenden Wellen herabhing. An verschiedenen Stellen des Zelts waren kleine gläserne Öllämpchen aufgestellt, die mich mit ihrem warmen Schein begrüßten. Auf dem Bett lag Yudi, inmitten von Kissen mit Quasten, gehüllt lediglich in lockere Pluderhosen aus zartester Gaze. Sugar Baby schnurrte zufrieden an seine Hüfte geschmiegt.

Ich dachte: Alles, was ich will, sind Ruhe und Frieden, und kein Halligalli im Schlafzimmer. Doch dann wurde mir klar, daß Yudi eine kleine Traumwelt geschaffen hatte, die mehr interessante Erholungsmöglichkeiten bot als eine traditionelle Schlafzimmerumgebung.

Er sprach leise zu mir, die besänftigenden Klänge der Lautenmusik aus dem Mittleren Osten nachahmend, die durch den dichten Stoff drangen. »Sei willkommen, o Pascha, in deinem Harem.« Sanft ließ er die winzigen Messingzimbeln aneinanderschlagen, die an Daumen und Mittelfinger seiner beiden Hände befestigt waren. Ihr klarer hoher Klang jagte mir einen Freudenschauer über den Rücken. »Komm«, sagte er, »und ich erzähle dir eine lange, lange Geschichte.«

Ich ließ mich auf das Bett plumpsen und schmiegte meinen Kopf an seinen Hals. »Fang an, Scheherazade. Und zwar mit Kapitel eins.«

TÖDLICHE TRÜFFEL

Aus dem Amerikanischen von
Nora Matocza und
Gerhard Falkner

1.

Die Fete ist vorbei

Haben Sie schon mal abzuspecken versucht?

Nicht mit solchem Iß-dich-schlank-Zeug aus der Dose oder Bofrost Schlanke Linie und diesen ganzen Tiefkühl-Fertigmenüs, so etwas meine ich nicht, sondern eine richtig ausgewogene Diät mit knusperfeinen Gemüsestäbchen und ballaststoffreichen Crackern und Wasser. Wasser, Wasser, Wasser – die gnadenlosen zehn Gläser zu achtzig Milliliter (oder sind es acht Gläser zu hundert Milliliter?) *agua* tagtäglich. Trinken und knabbern. Knabbern und trinken. Und ist man damit gerade nicht beschäftigt, ist man am pissen. Und während der ganzen Zeit bleibt immer noch das Verlangen nach etwas Richtigem zum Essen. Man träumt sogar davon – immer wieder kommen einem Visionen von dickbelegten Sandwiches, Pommes frites (mit einem Schälchen Roquefortsauce zum Stippen), oder auch Leichterem, zum Beispiel einem Stückchen Schokokäsesahne mit Amaretto, und dazu einem Schlückchen Brandy. Im Schlafen wie im Wachen schmeckt man regelrecht die fetten gefüllten Feinkostvorspiegelungen, um sich dann doch wieder nur Karottenstäbchen, Vollkornkekse und das verdammte Wasser einzuverleiben.

Und dann? Dann kommt doch tatsächlich die äußerste Bewährungsprobe: man wird zum Essen eingeladen. Genau. Nachdem man sich schon mit den diätischen Entbehrungen abgefunden hatte, nachdem man ganze Abende allein vor dem Fernseher am Knuspern war, nachdem man vom Drücken der Fernbedienung einen ganz schwieligen Daumen und von dem heißluftgerösteten butterfreien Popcorn einen wunden Gaumen bekommen hat – nach all dem soll man jetzt bei jemandem so ein todchices Diner zu sich nehmen oder eines dieser vom allerbesten Partyservice belieferten Feste mitmachen. Plötzlich ist man Der Begehrteste Knabe Der Stadt.

Und was macht man da?

Ich will's Ihnen verraten. Zunächst einmal sucht man sich die dunkelste Kluft im ganzen Kleiderschrank raus, die man noch über die Hüften bringt, ohne den Stoff aufzuschlitzen, oder aber man geht lieber gleich los und besorgt sich ein neues Outfit – etwas Blusiges mit vielen Fältchen, um den Speck zu kaschieren. Dann läßt man sich einen Haarschnitt verpassen, der die Ecken und Kanten des Gesichts besonders hervorhebt, wo immer sie sich auch verbergen mögen. Und dann GEHT MAN LOS.

Man nimmt sich fest vor, auf der Party anständig zu bleiben. Man murmelt diese absurden Beschwichtigungsformeln vor sich hin – du *bist* ein schlanker Mensch, ein *Leichtgewicht*, du brauchst *nichts anderes* als ein wenig blanchierten Brokkoli und natriumfreies Mineralwasser. Aber die Versuchung siegt, wie immer, und am Ende frißt man sich ins Koma, grabscht immer wieder in diesen herumwandernden Teller mit den Blätterteigpastetchen, schnappt sich gleich zwei oder drei mit einer einzigen graziösen Drehung des Handgelenks, und kaum ein buttertriefender Krümel fällt davon auf den dicken Plüschteppich, in dem man mit seinen Ziegenlederschuhen fast versinkt.

Können Sie sich's vorstellen?

Der Galaempfang wurde ausgerichtet von *Le Jardin Chocolatier*, einem exklusiven Süßwarenladen, der in Kürze am Copley Place in Boston seine Pforten öffnen wollte. Das konnte man perfektes Timing nennen, denn bis zum Valentinstag waren es noch knapp zwei Wochen. Da blieb also gerade noch genug Zeit für einen wahnsinnigen Süßigkeiten-Einkaufsrausch in dem neuen Laden, und damit wäre dann wieder mal ein Geschäft eingeführt. Die große Party stieg am Sonntagabend, nicht gerade der beste Zeitpunkt für die arbeitende Klasse, aber mein Gott, es kam ja auch nicht gerade die Arbeiterklasse. Ich konnte außerdem so tun, als gehörte ich mit dazu, da ich am nächsten Morgen auch keinerlei Verpflichtungen hatte. Für mich als Haar-Designer ist Montag mein freier Tag.

Dreihundert vornehme Geladene strichen geschmackvoll durch einen großen Festsaal im Hotel Copley Plaza, wo sie sich von einem Tanzorchester, vorzüglichem Essen und ihren gegenseitigen abgedroschenen Witzen unterhalten ließen. Ich fühlte mich wie ein stolzer Kuppler bei einer Hochzeitsfeier, denn ich hatte die beiden jungen Leute miteinander bekanntgemacht, die den neuen Laden schmissen. Beide waren sie Kunden im «Salon Snips», wo ich meine großartigen Haarschöpfungen tätige, in der Newbury Street in Boston, gleich neben dem Ritz Carlton Hotel.

Liz Carlini, deren wildes Rabenhaar ich stets so elaboriert trimme, war der geschäftliche Kopf hinter dem Unternehmen, und Dan Doherty, an dessen dunkle, elastische Locken ich einfach gern Hand anlege, der überragende Designer, der mit der Produktgestaltung und dem Firmenimage alles in der Branche weit hinter sich ließ. *Le Jardins* Thema waren Blumen, und Danny hatte es bis zur Größenordnung der Grand Opera gebracht. Eine Spezialität waren likörgetränkte, schokoladenüberzogene Rosenblätter, arrangiert in einer wunderschönen Blüte auf einem schlanken Zuckerstengel, der von Dornen aus Kristallzucker und Blättchen aus Marzipan vervollständigt wurde. Sie sind einfach göttlich, kosten allerdings auch ein Vermögen. Aber das tägliche Brot fürs Geschäft ist eine *truffe au chocolat*, uns Plebejern als Schokoladetrüffel bekannt – eine Kreation aus einem Tropfen dunkler Schokolade, Süßrahmbutter, Schlagrahm und Naturaroma, mit Kakao bestäubt oder nochmals in Schokolade getunkt. Das Zeug also, das dafür sorgt, daß die Herzspezialisten ausgebucht sind.

Für mich jedenfalls war die Fete eine großartige Möglichkeit, mich nach einer hektischen Woche im Laden zu entspannen. Hier gab es keine Termine in letzter Minute, keine jammernden Kunden, keine Überraschungen mit der Chemie: Ich brauchte nichts anderes zu tun, als mit einem Glas gutem Bourbon und einer Serviette voll dickmachender Snacks dazustehen und die illustre Gesellschaft zu beobachten – die Frisuren der Damen unter die Lupe zu nehmen und die gutaussehenden Männer ins Auge zu fassen. Doch leider, diese angenehmen Minuten wurden von einer vertrauten Stimme unterbrochen, die mich eines schändlichen Verbrechens bezichtigte.

« Stanley, das steht aber *nicht* auf der Liste deiner erlaubten Lebensmittel. »

Die Stimme gehörte Nicole Albright. Nikki ist die Besitzerin des Salon Snips, aber sie tut so, als wäre sie dort lediglich die Maniküre. Auf diese Weise kann sie nämlich ihre Klatschsucht am besten befriedigen.

Ich stopfte schnell die letzte von drei krabbengefüllten Bouchées in den Mund, kaute den köstlichen Leckerbissen und schluckte hinunter. Ein wenig hundertprozentiger Bourbon ließ das Ganze besser rutschen.

« Nikki », antwortete ich, « ich habe meine Liste der erlaubten Lebensmittel an der Eingangstür abgegeben, zusammen mit deiner. Beim Gehen können wir sie ja beide wieder mitnehmen. »

Nicole blickte mich kühl an. Ihr kastanienbraun gefärbtes Haar war heute abend glatt zurückgekämmt zu einem klassischen Chignon. « Versuch mich gar nicht erst in deine sinnlosen Schlankheitsexperimente mit einzubeziehen », murrte sie. « Ich esse, was ich will. »

Ich warf einen Blick auf ihre breitgewordene Taille, um die höchst luxuriös ein rubinrotes Cocktailkleid drapiert war. « Das sieht man, Herzchen. »

Eine gehobene Augenbraue – mehr vom Stift als von Haar geschaffen – war ihre Antwort, obwohl die Zeit von Nicoles Schlankheit tatsächlich schon lange vorbei war, sie hatte sie vor Jahren in Paris zurückgelassen, zusammen mit ihrer Karriere als Modell, lange bevor ich sie kennenlernte.

In dem Moment blieb ein gutaussehender junger Kellner mit einem Tablett voller Drinks vor uns stehen. Nicole ersetzte ihr leeres Champagnerglas durch ein volles, und ich verlangte noch einen doppelten Bourbon. Der Kellner zeigte ein devotes Lächeln und verschwand.

Nicole nippte an ihrem Champagner und suchte die Schar der Gäste nach attraktiven Männern ab. Ihre Augen blieben an einem distinguierten, tadellos gepflegten Herrn Mitte Fünfzig mit vollem, graumeliertem Haar hängen. Diese silbrige Haarkrone paßte perfekt zu seinem Anzug, einem zweireihigen Jackett und einer Hose mit Bügelfalten in wundervollem preußischblauem Wollstoff. Er sprach angeregt mit Liz Carlini und Dan Doherty, und mir entging nicht, wie angetan Nikki von seiner Erscheinung war.

«Ich möchte doch gerne wissen, wer das ist», sagte sie, bereits erkennbar am Ränkeschmieden.

«Erkennst du ihn denn nicht? Er ist schon ein-, zweimal bei uns im Laden gewesen.»

«Das wäre mir bestimmt nicht entgangen.»

«Offenbar doch. Das ist Prentiss Kingsley.»

«DER Prentiss Kingsley? Von der Gladys Gardner Schokoladenfirma?»

Ich nickte. «Steinreich, Herzchen.»

«Hat er ein Haus auf Martha's Vineyard?»

«Sogar 'ne Menge. Außerdem ist er mit Liz Carlini verheiratet.»

«Verheiratet?» fragte sie enttäuscht und ungläubig.

Ich nickte.

Nicole fuhr fort: «Aber sie ist höchstens halb so alt wie er.»

«Nicht mal. Aber wer selbst im Glashaus sitzt … schau dich doch an mit deinem Milchbart von der Harvard Business School. Wie heißt er noch gleich? Rod Love?»

«Er hat Jura studiert, Stanley, und er heißt nicht Rod Love.»

«Könnte er aber, nach allem, was du aus ihm herausholst.»

Nicole blickte finster. «Man weiß nie, ob man nicht mal 'nen cleveren jungen Anwalt braucht, und das ist Chaz in jedem Fall. Außerdem bin ich ja nicht mit ihm verheiratet.»

«Solltest du auch nicht sein, wenn du auch nur den geringsten Anstand wahren willst, Herzchen. Du könntest seine Mutter sein.»

«Das ist aber *nicht* der Grund, warum ich nicht verheiratet bin. Aber ich versteh' nicht, warum Liz Carlini nicht den Namen ihres Mannes angenommen hat. Hat man nicht mit ‹Kingsley› auf dem Namensschildchen freien Zugang zur Bostoner Society?»

«Vielleicht, wenn man sich viel im Athenaeum aufhält.

Ich denk' mir, daß Liz einfach nicht den Nerv hat, ihre ganzen Dividende-Schecks immer mit Elizabeth Anne Carlini-Kingsley zu unterschreiben.»

«Is' ja auch happig!» sagte Nicole.

Ich dachte noch darüber nach, als ein Tablett mit geräucherten Meeresfrüchten vorbeischwebte, und zwar auf den langen dunklen Armen einer schönen Jamaikanerin. Das war Laurett Cole, die ehemalige Empfangsdame im Salon Snips, die jetzt als Geschäftsführerin im neuen Laden von *Le Jardin* arbeitete. Für sie war dieser neue Job mit mehr Verantwortung und besserer Bezahlung ein Schritt nach oben, obwohl wir sie im Laden bereits ziemlich vermißten. Für den festlichen Abend heute hatte ich ihre üppigen, langen schwarzen Locken in einen glänzenden Wasserfall von Fingerwellen gelegt. Nicole zeichnete verantwortlich für die lackierten Fingernägel, die einen aufsteigenden Halbmond am Nagelansatz freiließen. Lauretts schimmerndes Make-up schließlich verdankte sie Ramon, dem knackigen Shamponierboy vom Salon Snips, der seine wenig vielversprechende Karriere in der Kunst des Toupierens aufgegeben hatte, um sich ganz der Ästhetik zu widmen.

Mit breitem Lächeln rief Laurett erfreut: «Genau euch zwei ich hab' gesucht!» Laurett hatte zwei Sprechgewohnheiten. Die eine war eine anziehende Kombination aus perfekter britischer Aussprache und fehlerhafter, etwas ungereimter Grammatik, und die benutzte sie, wenn sie sich entspannt fühlte und mit Leuten zusammen war, denen sie vertraute. Die andere Version war ihre, wie sie es nannte, «gute Sprache», die sie im Geschäft und Fremden gegenüber benutzte. Laurett hatte bernsteinfarbene Katzenaugen, die mit ihrem direkten und eindringlichen Blick entwaffnen konnten. Sie schob ihr riesiges Tablett auf den einen Arm und fuhr mit der freien Hand durch meine frisch geschnittenen roten Haare. «Die sind ja kurz wie Bürste.»

«Das ist das Neueste für tolle Typen», sagte ich. «Ein Bürstenhaarschnitt mitten im Winter in Boston.»

Nicole fragte: «Aber warum mußt denn *du* hier bedienen, Laurett?»

Laurett lächelte höflich – übertrieben höflich, so als würde sie sich über ihre untergeordnete Rolle lustig machen – und erklärte: «Miss Lisa möchte, daß ich bediene heute abend, damit sie mich schon kennen morgen im Laden, wenn ich wieder bediene.»

Ich sagte: «Laurett, sie heißt Liz, nicht Lisa.»

«Ich weiß, Vannos,» antwortete sie, breit lächelnd, wobei sie mich mit dem Namen ansprach, den ich im Frisiersalon trage. «Aber habe ich nicht schon dir erklärt, wer Miss Lisa ist? Ich meine, für mich?»

Doch, das hatte sie. Miss Lisa war Lauretts Spitzname für ihre ... na, sagen wir mal, für ihre weiblichen Teile. Haben Ihre unteren Körperregionen denn keinen Spitznamen?

Laurett fuhr fort: «Deshalb sage ich immer zu ihr Miss-Lisa-dies und Miss-Lisa-das.» Sie sprudelte nach diesen Worten ein kleines Lachen hervor, dann hielt sie mir die Platte mit den geräucherten Meeresfrüchten hin, als bediene sie einen der hochnäsigen Gäste. «Wünschen der Herr etwas Fisch?» Darauf lachte sie noch herzlicher, weil sie wußte, daß meine intimeren Vorlieben woanders lagen. Aber was das Essen betrifft, bin ich nicht so wählerisch, und ich nahm eifrig ein paar ziemliche Happen von allem Dargebotenen: Lachs, Auster, Aal.

Nicole gluckste: «Und die Diät?»

«Das reine Protein», antwortete ich, während ich die Auster verschlang.

Laurett bot Nicole die Meeresfrüchte etwas höflicher an, aber die schüttelte den Kopf und sagte, sie werde auf die Pâté warten. Laurett sagte: «Ich lasse etwas davon hier schicken», dann ging sie weiter und bahnte sich ihren Weg durch die Gäste.

«Das ist ja ein blöder Job, daß sie auf der Party servieren muß», sagte Nicole.

«Nicht aus Liz Carlinis geschäftsorientiertem Blickwinkel», antwortete ich.

Nicole richtete ihre Blicke jetzt wieder auf die drei Ehrengäste – Prentiss Kingsley, seine Frau Liz Carlini, und den Freund der beiden, Dan Doherty. Liz sprach inzwischen sehr ernst mit einem anderen Gast, der sich zu ihnen gesellt hatte, einem mürrischen alten Herrn, der aussah, als hätte man ihn extra für diese Gelegenheit aus einem Speicher am Beacon Hill herausgerollt und abgestaubt. «Schau bloß mal, wie die rangeht», bemerkte Nicole. «Sie wird fast handgreiflich mit dem armen Alten.»

«So was nennt man Beziehungen aufbauen, Herzchen, und Liz macht's mit geradezu religiöser Inbrunst.»

Nicole beobachtete, wie Liz Carlini sich an den älteren Herrn 'ranwarf, der unter diesem gesellschaftlichen Überfall immer kleiner wurde. Eine Braue leicht hochgezogen, sagte sie: «Das wäre jetzt vielleicht genau der richtige Zeitpunkt, mich dem distinguierten, reichen und gutaussehenden Mr. Kingsley vorzustellen.»

«Also, *das* nennt man ja wohl anschmeißen, das kommt natürlich deinem Geschmack mehr entgegen, mit allen brünstigen Nebenbedeutungen. Aber denk dran, daß sie verheiratet sind.»

«Stanley, versuch bloß nicht, deine Dorfschulmoral auf mich zu projizieren. Ich werd' mich ganz einfach nur dem Mann vorstellen und ihm zum Erfolg seiner Ehefrau gratulieren.»

«Ganz einfach tust du doch nie etwas, Nikki.»

Sie marschierte auf das Trio der Ehrengäste los, und meine Augen folgten ihrem charakteristischen Gang quer durch den Saal. Nicoles Haltung und Schritt waren wie die eines feinnervigen Dressurpferdes, das an den Preisrichtern vorbeiparadiert, eine alte Gewohnheit von ihr, noch vom Laufsteg in Paris.

In diesem Augenblick jedoch wurde sie, zumindest in meinen Augen, von jemand anderem ausgestochen – einem dunkelhaarigen und dunkeläugigen Fremden, der aus der Küche kam. Von seiner Nase abgesehen war er ganz aus dem Stoff der Filmstars aus romantischeren und zauberhafteren Tagen, als ein glühender Blick die Herzen mehr bewegte, als gespreizte Beine das je vermöchten. Er trug das Haar glatt zurückgestrichen, dennoch entdeckte ich unter dem Gel eine Tendenz zu natürlichem, barbarischem Gelock. Und auch seine Nase wirkte keineswegs scheu, sondern erinnerte im Profil an einen Adler. Er hatte eben die Schwingtür losgelassen, als er in meine Richtung schaute und meine bewundernden Blicke bemerkte. Er lächelte offen und winkte mir dann zu, als erkenne er mich wieder. Dann gab er mir ein Zeichen, ich solle zu ihm hinüberkommen, während er auf Danny und Prentiss und die anderen zuging. Ich machte mich also auch in diese Richtung auf und sah, daß er genau gleichzeitig mit Nicole dort eintraf, die immer noch hinter Prentiss Kingsley her war. Der schöne Fremde und Nicole stießen sogar regelrecht zusammen, aber er lächelte und nickte ihr höflich zu. Dann packte er Danny fest an den Schultern und zog ihn von der kleinen Gruppe weg in eine andere Ecke des Saals. Nicole ihrerseits schlängelte sich an Prentiss Kingsley heran, während Liz Carlini durch all die plötzlichen Eindringlinge etwas abgelenkt wirkte. Liz ältliches Opfer erkannte seine Chance, nutzte das momentane Nachlassen ihrer Aufmerksamkeit und verschwand in aller Stille. Da Danny und der schöne Unbekannte im Augenblick außer Reichweite waren, beschloß ich, mich eine Weile mit Liz zu unterhalten und ihre Aufmerksamkeit von Nicole abzulenken, die, wie ich genau wußte, schamlos mit Prentiss Kingsley flirten würde. Sie bezweckte damit gar nichts, außer vielleicht, Liz zu ärgern, die typisch coole, ambitionierte, asexuelle Karrierefrau, wie Nicole sie verabscheute.

Liz schien fast erleichtert zu sein, als sie mich sah. Wahrscheinlich tröstete es sie, daß sie wieder jemand neuen hatte, auf den sie sich stürzen und den sie überwältigen konnte. Sie warf einen kühlen Blick auf Nicole, die Prentiss Kingsley bereits auf einen großen Tisch zumanövrierte, auf dem die gesamte Produktpalette von *Le Jardin* üppig präsentiert war.

Liz sagte zu mir: «Ich bin überrascht, daß die Maniküre aus Ihrem Salon heute abend auch da ist.»

Ich antwortete geradeheraus: «Als Sie und Danny mich einluden, sagten Sie, ich könne einen Gast mitbringen. Ich dachte nicht, daß daran Bedingungen geknüpft wären.»

Sie blinzelte nervös hinter Nicole und Prentiss her, die in der Menge verschwanden. Es sah aus, als befürchte sie, Nicole werde ihren Mann in eine Ecke drängen und sich vor ihm entblößen, oder etwas ähnlich Ungeheuerliches. Allerdings, wenn man Nikki kannte …

Ich sagte rasch: «Nicole lernt zu gerne neue Leute kennen.» Ehrlicherweise hätte ich hinzufügen sollen «vor allem Männer», doch merkte ich bereits, daß sich ein leicht gereizter Ton in meine Stimme einschlich.

Liz nippte nervös an ihrem Getränk – ohne Zweifel reines, importiertes Mineralwasser – und fing zu reden an, bevor sie alles hinuntergestürzt hatte, was sie kurz husten und spucken ließ. Das schien sie in Verlegenheit zu bringen, so als hätten echte Businessprofis nicht dieselben Körperfunktionen wie normale Sterbliche. Selbst so natürliche Dinge wie Husten und Niesen waren unerwünscht. Sie blickte über die Leute hin, während sie ihr Husten wegerklären wollte. «Entschuldigen Sie bitte. Mich hat diese ganze Feier anscheinend doch ziemlich aufgeregt, ich fürchte fast, ich vergesse mich.»

«Wer immer das sein mag», dachte ich.

Die verirrten Tröpfchen trieben sich noch immer in ihrer Kehle herum, hin- und hergerissen zwischen Luftröhre und Speiseröhre, während Liz ungeduldig auf ihre Entscheidung wartete. Ich wollte ihr sagen, sie solle ihre Kehle sich erst mal beruhigen lassen, damit das Mineralwasser dorthin gelangen könne, wo es hingehörte. Stattdessen schwieg ich und sah mit an, wie ihr der Widerstand gegen den Hustenreiz die Tränen in die Augen trieb. Nach einem sehr beherrschten Räuspern begann sie schließlich wieder zu sprechen.

«Vannos, während dieses letzten Jahres gab es Momente, wo ich mich fragte, ob sich dieses Geschäft jemals in die Höhe bringen ließe. Sie machen sich keine Vorstellungen, was es da für Schwierigkeiten gegeben hat.» Sie nippte wieder an ihrem Wasser, wie um zu beweisen, daß sie nicht befürchte, nochmal einen Hustenanfall zu bekommen. Währenddessen machte ich mich bereit, an ihr den Dr. Heimlich-Rettungsgriff anzuwenden, falls ihr Schluckreflex noch nicht wieder in Ordnung sein sollte. Aber sie lächelte nur und sprach weiter. «Jetzt haben wir wenigstens die Investitionen wieder herein und können ans Geldverdienen denken.»

«Ich wußte nicht mal, daß Sie überhaupt Probleme hatten», sagte ich, da ich der Meinung war, ein neues Geschäft lasse sich leicht lancieren, wenn Geld überhaupt keine Rolle spielte. «Gab's Schwierigkeiten mit den Angestellten?» fragte ich.

Liz wandte mir abrupt das Gesicht zu. «Hat Danny etwas davon erwähnt?»

«Nein, ich frage nur so.»

Sie sah mich mißtrauisch an.

Ich fuhr fort: «Ich wollte Sie aber nicht ausquetschen.»

Liz Carlinis Überheblichkeit verletzte mich immer ein bißchen. Die meisten Kunden wollen doch mit ihrem Friseur wenigstens ein tiefes, dunkles, ernstzunehmendes Geheimnis teilen, vor allem, wenn man sich schon eine Weile kennt. Liz aber war in diesem Punkt komisch. Ich frisierte sie doch nun bereits seit zwei Jahren, und noch immer wußte ich so gut wie nichts von der Frau unter diesem Haupt voller glänzender, dichter schwarzer Haare.

Liz schüttelte heftig den Kopf, als versuche sie, unser Gespräch rückgängig zu machen, als stünden unsere Worte auf einem Computerbildschirm und sie müsse nur die Löschtaste drücken, um es verschwinden zu lassen, als habe das alles eben überhaupt nicht stattgefunden.

Aus dem Gewühl tauchte nun Laurett wieder vor uns auf, mit ihrem Meeresfrüchtetablett, das schon beinahe halb leer war. Liz sagte in scharfem Ton zu ihr: «Lassen Sie das jetzt, Laurett, und sorgen Sie in der Küche dafür, daß alles für die Abschlußpräsentation bereit ist.»

«Schon?» sagte Laurett. «Miss Lisa, es ist aber doch noch so viel Essen zu servieren.» Sie hatte ihre gute Sprechweise aktiviert.

«Keine Widerrede», sagte Liz. «Sie lassen jetzt nur noch diese Platte leeren, und dann gehen Sie in die Küche.»

Ich sprang hinzu und rettete die Platte aus Lauretts Armen. «Ich kann ein bißchen mithelfen», sagte ich und gab ihr heimlich einen Stoß mit der Schulter, um sie wieder in die Menge zu lotsen, in der auch ich jetzt gern untertauchen wollte, bloß weg von Liz Carlini. Ich drehte mich noch einmal zu Liz um und rief: «Also bis später!» Überrascht stellte ich fest, wie verloren sie auf einmal aussah. Kam das etwa von meinem plötzlichen Abgang?

Während ich Laurett durch die Menge bugsierte, fragte sie: «Was machst du denn? Willst du denn auch diese hungrige Ratten füttern?»

«Dieses Tablett ist für mich ein prima Vorwand, herumzulaufen und Leute anzusprechen.» Ich deutete mit dem Kopf auf Danny und seinen schönen Freund. «Vor allem den da», sagte ich.

Laurett schüttelte den Kopf und drohte mir mit dem Finger. «Vannos, du Schlimmer», sagte sie und ging zurück in die Küche.

Ich schob mich allmählich auf Dan Doherty und den exotischen jungen Mann zu, der mir vorhin zugewinkt hatte. Die beiden standen in einem ruhigeren Winkel und schienen sich zu streiten. Es geht nichts über einen kleinen Kampf, um herauszufinden, ob jemand was taugt, sage ich immer; also schlenderte ich mit meiner Platte geräucherter Meeresfrüchte zu ihnen hinüber, als stünden sie ganz zufällig an meiner Bahn. Beide sahen auf, als ich näher kam. Dan runzelte die Stirn, aber der andere Mann, mein obskures Objekt der Begierde, lächelte wieder sein bezauberndes Lächeln.

«Hallo, Christian!» rief er mir zu – er hatte einen starken Akzent. Franzose, dachte ich, und kein Wunder, daß er so freundlich ist, er verwechselt mich mit jemandem, vermutlich jemand Einflußreichem. Ich bemerkte, daß Danny etwas zu ihm sagte, aber der Fremde achtete nicht darauf. Er war ja zu sehr damit beschäftigt, mich anzulächeln.

Als ich vor ihnen stand, bot ich ihnen die Platte an. «Die letzten Meeresfrüchte.»

Danny schien überrascht: «Alles schon aufgegessen?»

«Nein, aber Liz will jetzt mit dem Anbieten aufhören und bald zum Dessert übergehen.»

Danny sagte: «Dafür ist es doch noch zu früh. Ich werde mit ihr reden.» Er wandte sich zum Gehen, sagte dann aber noch barsch zu seinem Freund: «Wir bringen das später zu Ende.» Dann ging er brüsk davon, verschwand unter den

Leuten, um Liz Carlini zu suchen, und ließ mich mit dem hübschen Unbekannten allein. Ich selbst hätte es nicht besser inszenieren können.

«Wie geht, Christian?» fragte er in reizendem gebrochenen Englisch.

«Ich heiße Stanley», antwortete ich. «Ich glaube, du hast mich mit jemand verwechselt.»

«Vielleischt. Abär ich sehe dein Haar. Ist kurz und wie Kupfer, wie bei Christian.» Er sprach das Wort «Kupfhäär».

«Ich hab' es gestern schneiden lassen.»

Er zuckte gleichmütig die Schultern. «So du bist nischt Christian, abär du bist nett.» Seine dunklen Augen tanzten und flirteten und verschlangen alles auf einmal – mich, die Party und die ganze Welt.

«Also, du scheinst auch sehr nett zu sein», sagte ich.

«Isch heiße Rafik», sagte er und streckte mir die Hand hin. Sein Name klang wie Rafique.

Ich jonglierte die Platte auf meinem linken Arm und schüttelte ihm die Hand. Er hielt sie fest, auch nachdem ich den Händedruck gelockert hatte, und drückte sie ein paarmal kräftig. Dann, als er losließ, preßte er seine Finger in meine Handfläche. Ich spürte einen leichten Freudenschauer, denn seine Botschaft war klar. Teufel nochmal, in zwei Wochen kam der Valentinstag, und ich war, wie üblich, single. Meine letzte Romanze mit einem Balinesen hatte sehr plötzlich geendet, als er nach Kalifornien zurückkehrte, um sein Abschlußexamen fürs Modemanagement zu machen. Und da fast alle meine Freunde beliebig auswechselbare Hochzeitsklamotten haben, frage ich mich oft, wann ich wieder mal an der Reihe bin für eine Romanze mit all den Blumen und Süßigkeiten und Küssen und am Ende der wer weiß wie gearteten Körpergymnastik, die vielleicht der süßen, rührseligen, sentimentalen Zeit des Hofmachens folgt. Um die Wahrheit zu sagen, ich war genau in der Verfassung für eine totale und schmutzige Liebe.

«Bist du Franzose?» fragte ich.

«Ja, *non*», sagte er mit diesem Killerlächeln. «Isch bin gebohren in Paris, abär wachse auf in Montreal. Meinä Eltern … ist sähr kompliziert.»

« Aber du wohnst jetzt hier? »

« Oh ja », sagte er mit einem Nicken – einem anziehenden und einladenden Nicken.

Es folgte ein kurzes Schweigen, und ich wurde etwas nervös, wie oft, wenn mich ein begehrenswerter Mann berührt hat. Er fragte: « Wieso du kännst Danny? » Er sprach es aus wie Dahnie.

« Ich schneide ihm die Haare. »

« Du bist Friseur? »

« Ja. »

« Abär du bist so *masculin*! »

Warum klang eigentlich dieses Wort mit französischem Akzent gleich viel überzeugender? Und was konnte der Grund sein für diese unerwartete Anhimmelung? War es mein kupferrotes Haar mit dem frisch verpaßten transsexuellen Haarschnitt? Vielleicht war es der rötliche Schnurrbart über meinen vollen Lippen, die gerne grinsen. Oder meine grünen Augen? Ich glaube, es lag an meinem großen kantigen Unterkiefer, auf den die Leute oft stehen. Obwohl mein Gesicht ja ein bißchen fleischig ist, besitzt es doch glücklicherweise eine Art Grobknochigkeit, wie sie normalerweise nur die Sportreporter im Fernsehen oder die Holzfäller haben, obwohl man ja sagt, daß auch solche Mann-Männer ganz leicht mal ausrutschen. Wie dem auch sei, mein Kiefer wirkt groß und männlich. Wenn man mich allerdings besser kennt, merkt man, daß er nichts weiter ist als eine Behausung für Zunge, Zähne und Spucke.

« Ich bin einer von der neuen Sorte », antwortete ich. « Keine schwächlichen Handgelenke mehr. Wir sind jetzt alles so stramme Kerle, die die Haare mit den Wurzeln ausreißen. »

Er gluckste und sagte: « Du bist sähr komisch. »

Ich ließ die Bemerkung durchgehen und fragte: « Woher kennst *du* Danny? », indem ich den Spieß umdrehte.

Er blickte einen Augenblick zu Boden, als müsse er sich eine schmerzliche Erinnerung erst wieder ins Gedächtnis rufen. Dann sagte er: « Wir uns träffen im Café. »

« Hier in Boston? »

« *En Montreal.* »

« Ihr seid also zusammen? »

Rafik schob sich auf seinen langen Beinen ein wenig hin und her. « Wir sind Freundä. Isch helfe mit Geschäft. »

« Du hast also einen Job? » So etwas zu wissen ist immer sinnvoll, besonders aber bei zauberhaften, gutaussehenden Männern.

Er zögerte. « Ja ... » Dann setzte er den Schlafzimmerblick auf. « Isch möchte disch sehen. »

« So schnell? Du brauchst wohl 'ne green card. »

« Was? » erwiderte er verdutzt.

« Bist du amerikanischer Staatsbürger? »

« Nein ... », antwortete er vorsichtig.

« Dann wirst du dich wahrscheinlich verheiraten wollen. »

« In Bett gehen? »

« Das vermutlich auch », sagte ich achselzuckend.

« Das mag isch », sagte er und zeigte alle seine weißen Zähne.

« Danny möglicherweise aber nicht so sehr. »

Hinter mir hörte ich: « Was mag ich nicht so sehr? »

Es war Danny. Das hatte er natürlich mitkriegen müssen. Soviel zu meinem Timing, wenn wir schon davon sprechen. Ich erklärte ihm mit etwas dämlichem Gesichtsausdruck, daß Rafik und ich nur herumblödelten.

« Sie können ihn gern übernehmen, Vannos. Ich hab genug von ihm. Kein Pfand, keine Rücknahme. Er gehört ganz Ihnen. »

« Danny, ich wollte nicht – »

« Wir waren sowieso gerade dabei, Schluß zu machen, als Sie mit Ihrem Tablett daherkamen, Ihr Timing war also perfekt. »

Ich stieß einen tiefen Seufzer aus. Meine Witzelei war mißverstanden worden, und jetzt bekam Danny einen Schwuchtelanfall. Warum sagte Rafik denn nichts, um die Sache zu bereinigen, um Danny zu beruhigen?

Ich seufzte resigniert und blickte auf mein Tablett hinab. « Ich denke, ich werd mal das Zeug hier noch rumreichen. » Aber als ich mich umdrehte, hielt Rafik mich am Arm fest.

«Entschuldigä?» sagte er und betonte es wie eine Frage. Ich schaute ihm über meine Schulter hinweg in die Augen.

Er sagte: «Heißt du Stan oder Vannos?»

«Im Laden Vannos, im echten Leben Stan.»

«Also», sagte er mit diesem stets einladenden Schimmer in den Augen, «isch gehöre zum echten Leben für disch.»

Danny unterbrach unseren Verzögerungstango. «Mit dem Fischzeug da sollten Sie sich aber jetzt beeilen. Liz läuft in der Küche schon auf Hochtouren, damit gleich das Dessert serviert wird. Ich konnte es ihr nicht mehr ausreden.»

Auf dem Weg zur Küche bemerkte ich, daß Prentiss Kingsley jetzt einem anderen Mann in die Fänge geraten war – einem untersetzten, breitschultrigen Typ Mitte Vierzig, der einen einfachen braunen Anzug trug. Er sah aus wie eine ehemalige Eliteschul-Sportskanone, die etwas Fett angesetzt hatte. Der Mann schien über irgendetwas verärgert, als hätte ihm der feine Prentiss Kingsley gerade seinen Parkplatz für die Nacht weggeschnappt. Weder Liz noch Nicole waren in der Nähe zu sehen. Der Typ drängte Prentiss Kingsley in eine schmale, leere Besenkammer etwas abseits vom Hauptgeschehen. Schnell umrundete ich die Menschentrauben und stellte mich an den Eingang zu der Kammer. Ich spitzte die Ohren und bekam eine ganze Menge von der Unterhaltung mit.

«Prentiss, diese Party ist völlig dekadent. Du hast kein Recht –»

«Ich habe jedes Recht, John. Immer.»

«Du hast das Geld deiner Mutter nur aus Dusel gekriegt, nicht rechtmäßig.»

«Aber ich hab's gekriegt, John.»

«Und jetzt verschleuderst du es für Nichtigkeiten.»

«Dieses neue Unternehmen ist alles andere als eine Nichtigkeit. Tatsächlich hat bereits Van Gumpfe aus der Schweiz ein großzügiges Angebot für *Le Jardin* gemacht. Ich mische mich schließlich auch nicht in deine undurchsichtigen Geschäfte ein, *lieber Bruder*, halt also auch du bitte deine kleinlichen Vorwürfe und deinen ermüdenden Neid in Zaum.»

«Halbbruder, Prentiss. Wir sind Halbbrüder.»

«Stimmt genau, John. Hast du also endlich begriffen, daß der Name und das Vermögen der Kingsleys mir gehören, mir ganz allein. Dafür kannst du den Familiennamen Lough ganz allein für dich behalten, und dazu alles und jeden, der damit verbunden ist.»

Der Name reimte sich auf «raff» … oder «baff».

«Du und der Name deiner toten Mutter», sagte John Lough. «Aber vergiß deine junge Frau und ihre jungen Freunde nicht, Prentiss. Sie scheinen das Kingsley-Geld auch zu genießen.»

«Ich werde nicht dulden, daß du Elizabeth und Daniel beleidigst.»

Ihr Streit schien außer Kontrolle zu geraten, und plötzlich waren Prentiss Kingsley und John Lough aus der Besenkammer herausgekommen und standen mir Auge in Auge gegenüber. Sie hatten mich beim Lauschen erwischt. Ich blickte auf das Tablett hinunter. Die Meerestiere wirkten zwar schon ein bißchen schlapp, aber immerhin noch so, daß man sie Prentiss Kingsley und seinem Sparringpartner anbieten konnte. Ich versuchte so kellnermäßig wie möglich aufzutreten und fragte: «Hätte einer der Herren gerne noch Meeresfrüchte?»

Mr. Lough kniff vor Wut die Augen zusammen. «Machen Sie, daß Sie weiterkommen.»

Mr. Kingsley sagte: «Ich muß jetzt mal nach meiner Frau sehen» und ging davon, ohne von mir überhaupt Notiz zu nehmen.

John Lough dagegen sagte: «Gehen Sie wieder an Ihre Arbeit.»

Zutiefst gedemütigt durch die herrschende Klasse mischte ich mich wieder unter die Menschenmenge, wo Nicole mich abfing.

«Was war denn da los?»

«Hast du's mitgekriegt?»

Sie nickte. «Alles.»

«Der ehrenwerte Mr. Kingsley scheint Probleme in der Familie zu haben. Er hat sich mit seinem Bruder über Geld und Eigentum gestritten – die üblichen Partyscherze eben.»

«Aber du bist ja auch fündig geworden, Stanley. Wer war denn dieser dunkeläugige Schönling da bei Danny?»

«Dir entgeht aber auch gar nichts, Nikki.»

«Solche Männer jedenfalls nicht.»

«Der Dunkeläugige ist Dannys Liebhaber, und außerdem hat er ein paar knackige Arschbacken.»

«Willst du ihn aufreißen?»

«Nikki, wenn mir das nächste Mal die Eier wegen eines schönen Mannes zu klickern anfangen, dann fessel' mich einfach an Händen und Füßen und wirf mich in den Eiskübel.»

«Mit Vergnügen, Schätzchen. Aber ich muß darauf bestehen, daß man dich zuvor knebelt.»

«Na sicher, ganz wie es dir beliebt. Für einen Kumpel tut man doch alles.»

Sie legte den Arm um mich und drückte mich an sich, wobei sie die Servierplatte etwas ins Rutschen brachte.

«Stani», sagte sie – das war der Kosename, den meine tschechische Großmutter gern gebrauchte – «wirf doch das Zeug da in der Küche in den Mülleimer. Du bist der einzige weit und breit, der noch Essen rumträgt.»

Das stimmte. Seit ich Laurett die Platte abgenommen hatte, waren alle anderen Bedienungen längst vom Parkett verschwunden. Ich schlängelte mich durch die Leute zurück zur Küche. Auf meinem Weg aber tauchten immer wieder Hände von irgendwoher auf und grabschten sich die letzten geräucherten Meeresfrüchte vom Tablett. Als ich die Küchentür erreichte, war die Platte von den halbverhungerten Reichen abgeräumt.

Während ich eintrat, kam Liz Carlini heraus. «Servieren Sie denn immer noch Essen?» fragte sie barsch.

«Ich bringe nur das leere Tablett zurück, Liz. Sie sind wohl heute ein bißchen gereizt, nicht wahr?» Ich dachte, ein Schuß Ironie würde sie vielleicht etwas auftauen. Ganz im Gegenteil.

«Die Gäste brauchen vor dem Dessert etwas Zeit», antwortete sie trocken. «Im Saal darf mindestens eine halbe Stunde vorher nichts mehr gereicht werden.»

«Das klingt ja nicht gerade sehr gastfreundlich.»

« Wir sind nicht hier, um gastfreundlich zu sein. Wir machen eine Promotion für ein neues Unternehmen. »

Es war interessant, eine meiner Kundinnen draußen in der harten Realität außerhalb des Salons agieren zu sehen. Ich hatte mir schon gedacht, daß Liz Carlini ehrgeizig war, jetzt aber erkannte ich, daß sie unter Streß schnell die Haltung verlor. Das schien mir ein wenig günstiger Charakterzug für Öffentlichkeitsarbeit zu sein, noch dazu in einer Firma, die feinste Schokolade herstellte.

In der Küche setzte ich mein Tablett ab und wollte gerade wieder auf das Fest zurückkehren, als ich die Stimme von Laurett hörte, die sich mit jemand stritt. Der Abend schien wirklich voller zwischenmenschlicher Konflikte zu sein. Ich folgte dem Klang der Stimme, bis ich Laurett gefunden hatte. Sie versuchte die Vorbereitungen für den Nachtisch zu beaufsichtigen – und zwar gab es Schokoladetrüffel und nochmals Champagner, dazu Kaffee oder Tee für diejenigen unter uns, die lieber zu Fuß nach Hause gehen wollten. Aber neben ihr stand eine andere Frau, keifte sie an und hinderte sie an der Arbeit. Sie war Anfang Sechzig und klein und runzlig wie ein nervöser alter Terrier. Und sie trug eine Henna-Tönung im Haar, die nur im eigenen Badezimmer gemacht worden sein konnte … oder in einer Autowerkstatt.

« Lassen Sie die Finger davon », schrie sie Laurett an, die eine große Platte Trüffel zu ordnen versuchte, die offenbar durcheinandergebracht worden waren.

« Sie brauchen mir nicht zu sagen, was ich machen soll. Ich arbeite nicht für Sie. »

« Sie verdienen es ohnehin nicht, hier überhaupt für irgendjemand zu arbeiten. Ihr Ausländer gehört dorthin zurückgeschickt, wo ihr herkommt. »

« Lassen Sie mich doch in Ruhe », schluchzte Laurett. Ich sah Tränen in ihren Augen.

« Und *den da* schicken Sie auch raus hier », kreischte die ältere Frau und zeigte auf einen Fremden, der halb verborgen in einer dunklen Ecke ein bis zwei Meter hinter dem Arbeitstisch stand. Dann wandte sie sich ab und stürmte an mir vorbei auf die Küchentür zu. Ihr wütendes Stampfen klang für eine so kleine Person viel zu gewichtig.

Als sie raus war, fragte ich Laurett: «Alles in Ordnung?» Laurett nickte still.

«Wer war denn das?», fragte ich.

«Das ist Mary Phinney», sagte sie und versuchte ein Schluchzen zu unterdrücken. «Sie haßt mich, weil ich bin Geschäftsführerin von neuem Laden, und das will sie sein.» Dann begann Laurett, nachdem sie noch einen Augenblick um Fassung gerungen hatte, wieder an den Pralinen zu hantieren. Ich sah, wie sie eine winzige Zuckergußblüte sorgsam auf eine glatte Trüffel setzte. Daneben erblickte ich zwei weitere Trüffel, die bereits mit Blüten verziert waren und jede einzeln auf einem kleinen Tablett aus Sterlingsilber lagen.

«Sind die für die Ehrengäste?», fragte ich.

«Da-hast-du-recht», antwortete Laurett, wobei sie den Satz wie ein einziges Wort aussprach. Sie vollendete ihr Werk mit einer letzten winzigen Verzierung. «So», sagte sie mit einem kleinen Schniefer. Sie sprach mit der Praline, während sie sie auf das dritte Silbertablett setzte. «Jetzt bist du auch hübsch.»

In dem Moment kam der Fremde, der die ganze Zeit in der Ecke gelauert hatte, ans Licht und lehnte sich lässig an die Wand. Er stierte Laurett und mich an. Er war jung, Mitte der Zwanzig, sah gut aus und wirkte muskulös, sah aus wie ein verwöhnter hübscher Junge aus den Vororten. Aber er hatte auch den kalten, abschätzenden Blick eines Opportunisten. Er sprach mit einer schwachen, kratzenden Stimme, als habe er dringend ein Glas Wasser nötig. «Is' da keine für mich dabei, Süße?» sagte er und kicherte dann dümmlich über seine eigenen Worte, als sei er betrunken oder auf Drogen.

«Jetzt nicht», antwortete Laurett.

«Wer ist denn das?» fragte ich leise.

Laurett zog nur die Stirn in Falten und gab keine Antwort. Offensichtlich kannte sie den Mann, wollte ihn mir aber nicht vorstellen. Ich hatte das Gefühl, daß der nahende Valentinstag mehr Krieg als Liebe bei den Liebespaaren erzeugte, die mir an diesem Abend unterkamen.

Da ich Ärger kommen sah, fragte ich: «Soll ich in der Nähe bleiben?»

Sie schüttelte den Kopf. «Du gehst raus und amüsierst dich.» Aber ich merkte, daß sie sich dazu zwingen mußte, ruhig und beherrscht zu klingen.

«Wo's nichts mehr zu essen gibt, gibt's auch nichts zum Amüsieren.»

«Vannos, da gab's doch ein paar recht hübsche Männer draußen. Denk doch nicht nur ans Essen.»

Eigentlich hätte ich mich dagegen verwahren sollen, zu den Leuten gezählt zu werden, die ihren sexuellen Frust durch Essen kompensieren, aber das wäre vergeblich gewesen. Ich sah selber ein, daß die einzige Zeit, zu der ich heute abend nicht an Nahrungsaufnahme gedacht hatte, die des kurzen und vergeblichen Anbandelns mit Rafik gewesen war.

Der kernige Fremde in der Küchenecke ließ sich jetzt wieder hören: «Ey, Baby, wer iss'n die Trantüte, kannste den nicht abschieben?»

Als ich mir den Mann genauer ansah, kam er mir bekannt vor, aber ich wußte nicht woher. War er nicht mal im Laden gewesen?

Laurett funkelte ihn wieder böse an, dann sagte sie leise zu mir: «Vannos, bitte geh jetzt. Ich muß arbeiten.»

Etwas beklommen verließ ich die Küche und ging zurück in den Saal. Als ich aber eintrat, wandten sich mir jede Menge Blicke entgegen, als brächte ich eventuell doch noch eine neue Runde Snacks herein. Ganz gegen Liz Carlinis Vermutung wollten die Leute noch Futter. Und da viele davon Paare zu sein schienen und also vermutlich sexuell befriedigt waren, fragte ich mich, was ihre Gier nach unnötigem Essen wohl zu bedeuten hatte.

Ich sah, daß Nicole mit Liz Carlini sprach, oder genauer gesagt stritt. Als ich aber auf die beiden zuging, sah mich Liz, drehte sich auf dem Absatz um und ging davon.

«Liz scheint heute aber wirklich ganz schön gereizt zu sein», sagte ich.

«Stanley, diese Frau ist einfach unverschämt.»

«Was war denn nun wieder?»

«Sie bringt doch glatt Anschuldigungen gegen mich vor.»

«Doch nicht etwa solche, wie sie allgemein von Frauen kommen, deren Ehemann du kennengelernt hast?»

«Stanley, diese Bemerkung ist unangebracht.»

«Och, Nikki, auch wenn du blutjunge Studenten und verheiratete Männer bevorzugst, ich liebe dich trotzdem. Nebenbei gesagt hat Prentiss Kingsley seine eigenen Probleme, auch ohne daß du seine Ehe gefährdest.»

Nicole antwortete: «Soweit ich heute abend gesehen habe, ist sowieso keiner besonders gerne hier, als wäre das Ganze eher eine Verpflichtung als eine Fete.»

«Amen, Herzchen.»

In dem Moment flogen die Küchentüren auf, und eine lange Reihe von Kellnern kam im Gänsemarsch auf die Gäste zu.

«Wow», sagte ich. «Das große Finale. Das Dessert ist dran.»

Jeder Kellner trug ein Tablett, einige mit pyramidenförmig gestapelten Schokotrüffeln, einige mit Champagnerflöten voll schäumenden Inhalts, einige mit heißem Kaffee oder kompletten Teegedecken. Unter ihnen war auch Laurett Cole, aber sie ging geradewegs zu Dan Doherty, Liz Carlini und Prentiss Kingsley und reichte jedem von ihnen eine der besonders reich dekorierten Trüffel auf einem kleinen Silbertablett. Sie achtete sehr sorgfältig darauf, wer welches Tablett bekam. Nach ein paar Minuten hielt bereits jeder Gast im Saal eine Schokoladentrüffel in der einen Hand und ein Glas Champagner oder ein heißes Getränk in der anderen. Die Beleuchtung wurde gedimmt, hell blieb es nur rund um die drei Ehrengäste, die jetzt etwas abseits standen, als würden ihnen gleich Olympiamedaillen verliehen. Das Salonorchester spielte einen kleinen Tusch, und dann hielt jeder der drei eine kleine Rede. Prentiss Kingsley machte den Anfang.

«Dadurch, daß ich meine junge Gattin Elizabeth unterstützt habe, *Le Jardin* aufzubauen, knüpfen wir an die vornehme Tradition unserer Familie in Bezug auf Qualität und

Leistung an, die meine Urgroßmutter Gladys Kingsley begonnen hat und die in der Familie fortgeführt wurde bis hin
zu meiner geliebten verstorbenen Mutter Helen Kingsley.
Wir sind stolz auf diesen Augenblick ...» In diesem Ton fuhr
er fort, eher sogar etwas zu königlich, und ich fand seine
Rede insofern geschmacklos, als sie sich ständig auf lauter
tote alte Kingsley-Damen bezog. Im Gegensatz dazu fand ich
das stille Auftauchen Rafiks in meinem Rücken, der mir
während der ganzen Chose heimlich in meine Hinterbacken
kniff, ganz und gar nicht geschmacklos.

Als Liz Carlini an der Reihe war, sagte sie – und man muß
der Frau wirklich schamlose Prahlerei in aller Öffentlichkeit
konstatieren – « Le Jardin bedeutet eine neue Ära der Schokolade. Wir haben alle Traditionen weit hinter uns gelassen,
um in der Kunst der Schokoladengestaltung neue Wege zu
beschreiten. Die Tage der altmodischen Pralinen in der
Schachtel sind gezählt.» Wie gesagt leeres Gerede, aber ge-
schmacklich passend zu den Worten ihres Mannes. In der
Zwischenzeit stellte Rafik seinen guten Geschmack in Hinblick auf Verführungstaktik weiter unter Beweis, indem er
mir ins Ohr flüsterte und dabei sanft mit den Lippen über das
Ohrläppchen strich.

« Vielleischt möchtest du meinen Laster fahrän? »

Das klang wie ein anzüglicher Witz, bis ich erfuhr, daß er
tatsächlich der Fahrer des chicen neuen Lieferwagens von Le
Jardin war.

Dann kam Danny dran, und nachdem er zu Rafik und mir
herübergeäugt hatte, sagte er: « Ich bin dankbar für diese Gelegenheit, meine Ideen vor aller Welt zur präsentieren. Ich
schulde Prentiss und Liz sehr viel. Genießt eure Schokolade,
Leute.» Habe ich schon erwähnt, daß Danny jung und idea-
listisch war? Seine Worte mochten banal sein, aber wenigstens waren sie knapp und aufrichtig. Während Danny
sprach, verdrückte sich Rafik, dieser Feigling.

Nun bissen alle drei Redner gleichzeitig in ihre Trüffel. Liz
Carlini biß auch in ihre, beobachtete dabei aber Danny und
ihren Gatten, gespannt auf deren Reaktion. Was Danny betrifft, so konnte man von Reaktion kaum sprechen. Ich

glaube, für ihn war das einfach irgend so ein Brocken Schokolade. Prentiss Kingsley reagierte intensiver. Er war ja ein sehr gepflegter Herr, wobei seine Vornehmheit manchmal einen Zug von Herablassung hatte, allerdings nicht in diesem Moment. Er beugte den Kopf über das Silbertablettchen in seiner Hand und spie seinen Bissen Trüffel aus. Dabei wirkte er wie ein unartiges Kind, das den Geschmack von gegrillter Avocado einfach nicht ausstehen kann. Den Zuschauern stockte der Atem bei dieser eklatanten Verletzung des Benimms.

In dem Moment hörten wir alle einen langen, lauten Schrei aus der Küche.

Ich erkannte sofort Laurett Coles Stimme und rannte los, um ihr zu Hilfe zu eilen. Sie stand an einem der langen Edelstahltische und kreischte und schaute dabei auf einen Mann am Boden, der sich vor Schmerzen wand und laute, trockene, keuchende Töne von sich gab. Es war der Kerl von vorhin hier in der Küche, derjenige, der sie belästigt und mich beleidigt hatte. Ich näherte mich ihm, um zu helfen. Im Geiste drückte ich « Play », um in meinem Gehirn den Erste-Hilfe-Kurs ablaufen zu lassen, den ich vor ein paar Monaten besucht hatte. Der Hemdkragen des Mannes war bereits offen, aber ich hielt mich an die damals gelernte Reihenfolge und lockerte ihn noch weiter. Im Mund und um den Mund herum war geschmolzene Schokolade. Ich schob meine Finger hinein und untersuchte, ob etwas im Hals steckte, brachte allerdings nichts zum Vorschein. Außerdem hörte ich bei all dem Keuchen und Grunzen, wie die Luft rein und raus ging, und daraus schloß ich, daß die Luftröhre nicht behindert sei.

« Wo tut es weh? » Das schrie ich blödsinnigerweise, als könne er mich nicht hören.

Aber der Mann antwortete nicht. Stattdessen erbrach er heftig auf den Boden und fiel dann in Krämpfe. Ich räumte alles um ihn herum beiseite, damit er sich nicht verletzte. Vielleicht ein Epileptiker. Aber in Minutenschnelle war er krebsrot geworden, und dann regte er sich nicht mehr. Alles stand still – Arme, Beine, Kopf, Atem. Ich fühlte ihm den Puls, erst am Handgelenk, dann am Hals. Nichts.

Rasch bog ich seinen Kopf zurück, hielt seine Nase zu und begann Mund-zu-Mund-Beatmung. Den Lebensatem einzuhauchen war mir im Erste-Hilfe-Kurs so simpel erschienen wie ein Küssen durchs Diaphragma. Aber ich kann Ihnen versichern, im Ernstfall ist es eher unangenehm, wenn man versucht, durch einen schmierigen Mund etwas wiederzubeleben, von dem man fühlt und weiß, daß es eine Leiche ist.

Ich fuhr noch etwa fünf Minuten lang fort, ihn aufzublasen, und fügte mich dann in die Tatsache des Lebens. Der Bursche war tot.

Ich schaute auf, während ich da am Boden kniete. Nicole stand über mir, mit zwei von den Sicherheitsleuten des Festes. Hinter ihnen drängelten sich die Gäste und reckten die Hälse vor morbider Neugier. Ich sagte zu den Wachmännern: «Am besten, Sie sperren die Türen zu, bis die Polizei da ist.» Einer von ihnen funkte an die übrige Mannschaft, sie sollten den Saal und die Ausgänge des Gebäudes sofort abriegeln. Währenddessen stand ich auf, ging ans Telefon und rief die Bostoner Polizei an, um einen Toten zu melden.

2.

Eine alte Flamme

Während wir im Hauptsaal auf das Eintreffen der Polizei warteten, konnte ich beobachten, wie einzelne der Festgäste auf das unerwartete Eintreten des Todes reagierten. Prentiss Kingsley hielt seine Frau Liz Carlini fast zärtlich an sich gedrückt. Ich hätte nicht gedacht, daß so ein hochgestochener Typ zu so viel Wärme fähig ist, noch dazu vor allen Leuten. Andererseits trieben sie dieses Geturtel vielleicht auch nur, *weil* sie unter Leuten waren. Liz Carlini ihrerseits war bleich und zitterte. Ich fürchte, bei all ihrer detailgenauen Planung für den großartigen Rahmen des Abends hatte sie nicht damit gerechnet, daß der Tod als ungeladener Gast auf ihrem Fest erschien.

In ihrer Nähe und ebenfalls dicht nebeneinander standen Dan Doherty und Rafik. Sie wirkten verwirrt und verloren, als ob der plötzliche Tod ihnen das Drama ihrer scheiternden Romanze roh unterbrochen hätte. Der Vorhang war mitten im Auftritt gefallen.

Weiter hinten sah ich John Lough und Mary Phinney. Ich erinnerte mich, wie er vorhin noch mit Prentiss Kingsley gestritten und wie sie in der Küche Laurett angeschrien hatte. Diese ungleichen Zwei – ein brummiger Braunbär und ein kläffender gelblicher Schoßhund – schauten sich mißtrauisch unter den Gästen um, während sie sich mit zusammengekniffenen Lippen unterhielten. Ich konnte mir nicht vorstellen, welche Art von Verhältnis sie hatten. Waren sie Eheleute, Bruder und Schwester oder einfach nur Arbeitskollegen? Was immer auch zutreffen mochte, sie wirkten jedenfalls, als fühlten sie sich durch die Vorgänge persönlich belästigt, als hätten jetzt nur sie die Unannehmlichkeiten.

Nicole, Laurett und ich standen auch zusammen. Nicole tröstete Laurett, die leise weinte.

Währenddessen hatten die Sicherheitskräfte alle Hände voll zu tun, um den Rest der Gesellschaft einigermaßen ruhig zu halten. Ein paar blutrünstige Seelen wollten in die Küche, um den Toten mit eigenen Augen zu sehen, aber die meisten Gäste wünschten das Gebäude schnellstens zu verlassen. In ihrem sauberen, abgeschirmten Leben hatten sie selten so direkt mit dem Tod zu tun, und sie wollten daran auch in keiner Weise teilhaben. Für sie war der Tod wohl eher so eine keimfreie Erfahrung aus zweiter Hand per Telegramm oder Telefon, ein paar Beileidsworte zum stillen Verscheiden der Lieblingstante, verbunden mit der bitteren Nachricht, daß man nun Erbe der Liegenschaften in Martha's Vineyard oder Belvedere war. «Das ist aber traurig», murmeln sie dann kummervoll, innerlich aber hüpft ihnen das Herz vor Freude, und sie denken: «Super!»

Das geräuschvolle Eintreffen der Polizei erregte dann ein solch allgemeines Gefühlschaos, wie es sonst eigentlich nur einem Kurssturz an der Börse vorbehalten ist. Die Polizisten ihrerseits zelebrierten unnachahmlichen Stil – nichts als schwere Schritte, laute Stimmen und quäkende Funkgeräte. Ein solcher Auftritt kann einen Menschen, der zu Hysterie neigt, zu einem Anfall treiben. Aber vielleicht ist das Absicht.

Der Anführer der heutigen Truppe entpuppte sich als ein Bekannter, ein gewisser Detective Lieutenant Vito Branco. Ich war ihm früher schon begegnet, und wir … na ja, sagen wir mal, wir haben viel Energie darauf verwendet, miteinander zurechtzukommen.

Was seine Vorzüge betrifft: Branco ist ein mediterranes Traumschiff – groß, gut gebaut und mit Muskeln wie ein Athlet, olivfarbener Haut, schwarzen Locken und glitzernden graublauen Augen. Außerdem ist er hetero, was ihn zum idealen Objekt für die Phantasie macht. Wie er mich begrüßte?

«Christus, nicht schon wieder Sie.» Also sprach der liebende Held zu sîner Frouwe.

«Hallo, Lieutenant», sagte ich und winkte melancholisch mit der linken Hand. «Is' schon 'ne Weile her.»

Branco reagierte mit einem Grunzen, das war seine Art, schnell zu antworten. «Nicht lange genug», murrte er. Dann fragte er: «Was war hier los?»

Ich beschrieb die Vorgänge so klar und ruhig wie möglich.

«Ich war mit den anderen Gästen hier draußen im Saal. Da hörten wir alle einen Schrei, und ich erkannte Lauretts Stimme, deshalb rannte ich in die Küche, um nachzusehen, was los war.»

«Wo liegt die Küche?»

Ich zeigte in die Richtung, und Branco schickte ein paar Bullen hin. Dann wandte er sich wieder mir zu. «Wer ist Laurett?»

«Eine Freundin von mir.» Aber als ich auf sie zeigen wollte, war sie von Nicoles Seite verschwunden. «Sie war eben noch hier», versuchte ich zu erklären, aber Branco wandte sich zu einem seiner Assistenten und raunzte einen Befehl.

«Sucht sie!»

Und als wollte er die nächste Runde in einem fortwährenden uneingestandenen Wettkampf zwischen uns gewinnen, sagte er zu mir: «Das ganze Haus ist umstellt. Sie wird kaum entwischen.»

«Lieutenant, sie versucht ja gar nicht zu fliehen. Sie hat nichts damit zu tun.»

«Das müssen wir entscheiden. Fahren Sie fort.»

«Selbstverständlich», sagte ich und sah ihm direkt ins Gesicht – ein kurzer Blick, der mich aber doch wieder nötigte, zuzugeben, daß dieses herrliche Geschöpf, das einen betäubenden Duft nach Sandelholz zu verströmen schien, rein technisch gesehen der Feind war. Nach einem Moment des visuellen und balsamischen Entzückens fuhr ich fort: «Laurett versuchte dem Mann zu helfen, aber er reagierte nicht.» Das stimmte nun zwar nicht so ganz mit dem überein, was ich tatsächlich beobachtet hatte – sie hatte ihm ja gar nicht zu helfen versucht. Aber ich wollte, daß sie schuldlos dastand, also bog ich die Fakten ein wenig zurecht.

«Und dann?» fragte Branco.

«Dann hab' ich mich hingekniet, um ihm zu helfen. Ich dachte, er würde vielleicht ersticken, und ich hab Erste Hilfe gelernt, aber ich konnte nichts mehr für ihn tun. Er war in wenigen Minuten hinüber.»

Branco drehte sich um und sprach zu den übrigen Festgästen. « Am besten, Sie machen sich's ein bißchen bequem, meine Herrschaften. Das hier wird noch 'ne Weile dauern. »

Einer aus der Runde erhob Widerspruch. Es war John Lough. « Kann man das denn nicht irgendwann anders erledigen? » sagte er. « Einige von uns können es sich nicht leisten, so lange hier herumzutrödeln, wie es Ihnen beliebt. »

Belieben wäre kaum das Wort, daß ich im Zusammenhang mit Branco benützen würde. Er antwortete kalt, als zitiere er aus einem Leitfaden für Polizeibeamte: « Wir werden Sie alle hier und jetzt verhören, einen nach dem anderen. »

Mit so etwas durfte man den Anwesenden natürlich nicht kommen. Tödliche Zwischenfälle spielten in so einem pastellzarten Leben keine Rolle. Als es ihnen aber endlich dämmerte, daß sie diese unangenehme Angelegenheit nicht an einen Subordinierten delegieren konnten, begann ein Murren und Grollen. Branco hob seine rechte Hand, um sie zum Schweigen zu bringen, und verdammt nochmal – es wirkte, sie alle hielten den Schnabel. Dann gab er seinem Wachtmeister Anweisung, das Verhör vorzubereiten. Er drehte sich wieder zu mir herum und sagte: « Sie bleiben hier. Ihre Geschichte möchte ich zuerst. »

« Oh, ich bin also Klassenbester? »

Branco verzog spöttisch den Mund und hielt mir seinen Finger anklagend ins Gesicht. « Kraychik, fangen Sie bloß nicht wieder mit Ihrer Klugscheißerei an. Davon hab ich das letzte Mal schon genügend runterzuschlucken gehabt. »

« Mea culpa, Lieutenant », antwortete ich, aber ich hörte seine barschen Worte kaum. Nein, ich war selig – denn Branco hatte sich meinen Namen gemerkt. Es war wie damals auf dem Gymnasium mit meinem Sportlehrer, einem etwas verkommenen, aber muskulösen ehemaligen Elitesoldaten mit einem militärischen Haarschnitt, der fast wie meine eigene derzeitige Kurzhaarfrisur aussah. Er würdigte nur die besten Sportler der Klasse und mich, die Klassenmemme, indem er sich unsere Namen merkte. Und wieso das? Hatte ich doch bei jedem einzelnen Sportabzeichen, das das Gesundheitsministerium vorschrieb, glorios versagt. Aber das machte ich wieder wett, als die Turnhalle für den alljährlichen Frühlingsball ausgeschmückt werden sollte. Ich begnügte mich nicht mit lausigen Dekos aus Kreppapier, um meine großartigen Vorstellungen zu verwirklichen. Unter meinen Händen verwandelte sich das Basketballfeld in eine richtige Bühne.

« Lieutenant », fuhr ich fort, « ich habe dem Mann einfach nur zu helfen versucht. Viel mehr kann ich Ihnen dazu nicht sagen. »

« Ich werd' Ihnen schon noch auf die Sprünge helfen. Und wenn Ihre Freundin auftaucht, dann sagen Sie ihr bitte, sie soll sich gefälligst nicht von der Stelle rühren. » Dann ging Branco los, um sich um einen Raum für die Verhöre zu kümmern, wo er dann nachhaken und Druck ausüben und sehr persönlich werden konnte, aber nur, um Fakten zu sammeln, Fakten, Fakten.

Nicole, die Branco und mich beobachtet hatte, schlenderte hinter der Menge herum. Ich fragte sie verstohlen: « Wo zum Teufel steckt denn Laurett? »

« Auf der Toilette. »

Ich schüttelte den Kopf. « Nicht gerade der beste Zeitpunkt. »

« Die Nerven, Schätzchen. »

« Es wirkt aber verdächtig. »

Da fragte Nicole mit einem plötzlichen Gurren in der Stimme: « Die Hoffnung währet ewiglich, stimmt's? »

« Wie bitte? »

« Hast du dich gefreut, den Lieutenant wiederzusehen? »

« Nikki, du weißt so gut wie ich, daß der Mann straight ist. Krankhaft straight. »

« Spaghetti sind auch straight, jedenfalls, bis sie naß werden. »

« Herzchen, der würde eher sterben, als sich einem Mann erotisch zu nähern. »

« Ach, Stani … » Da war er wieder, dieser Diminutiv von meinem richtigen Namen, Stanislav. Nikki wollte wohl unbedingt diese Runde in unserem Große-Schwester-kleines-Brüderchen-Spiel gewinnen. « Mir kannst du's doch verraten, Schätzchen. Hegst du nicht insgeheim den Traum, dem

Lieutenant auf einer hübschen, völkerverbindenden Hochzeit das Jawort zu geben, während beide Familien euch mit Geld und Geschenken überschütten?»

«Und dazu eine weinumrankte Laube? Nicole, deine Phantasie hat überhaupt keinen Bezug zur Realität.»

«Aber auf die Weise träumt es sich am schönsten.»

Ein weiterer Polizeibeamter erschien, um mich in den Untersuchungsraum zu führen, der sich als winzige Vorratskammer direkt neben der Küche erwies. Sobald Branco und ich allein da drin waren, mitten zwischen Stahlregalen und Großpackungen für das Gaststättengewerbe, fing der Spaß erst richtig an ... für mich war es jedenfalls ein Spaß. Ich genieße ja absurde Situationen, wie etwa, die Stimme der eigenen Mutter auf dem Anrufbeantworter zu hören, während man sich in wüstem Tantra-Sex mit dem UPS-Paketboten auf dem Wohnzimmerteppich wälzt, oder aber seine Katze zu erwischen, nachdem sie sich heikel alle frischen Krabben, und zwar nur die Krabben, aus der Platte mit Appetithappen herausgefischt hat, die man gerade abgestellt hatte, weil eben die ersten Gäste zum Cocktail erscheinen, oder einen zwei Quadratmeter großen Raum mit einem Polizei-Macho der verschärften Sorte zu teilen. Wie auch immer die Absurdität geartet sein mag, ich versuche etwas draus zu machen und mich dabei zu amüsieren. Aber leider war Branco an diesem Abend nicht sehr kooperativ. Hier einige Beispiele für seine phantasievolle Befragung: «Kannten Sie das Opfer? Warum waren Sie in der Küche? Berichten Sie noch einmal ganz genau, was geschah. Kennen Sie irgend jemanden, der Grund gehabt hätte, das Opfer zu verletzen oder zu töten?»

Da saß er also vor mir und ritt auf seinen albernen Fragen herum, auf der Suche nach einer Antwort, die ganz gewiß nicht von mir kommen konnte. Er erinnerte mich an die lästigen Fragen eines eifersüchtigen Lovers, wenn man nur eben mal zum Einkaufen aus dem Haus war. Man hat die ganzen Arme voll mit Tüten, lauter Sachen, die man für *ihn* gekauft hat. Man taumelt und strauchelt und balanciert alles hinein, während er gemütlich am Küchentisch sitzt und eine Tasse frischen Kaffee und ein leckeres Hörnchen zu sich nimmt. Und da hat er doch glatt den Nerv, einen zu fragen: «Wo warst du denn so lange?» oder «Bei wem hast du dich denn wieder herumgetrieben?» und «Es gab wohl viel Anmache auf dem Markt?» Schon eigenartig, wie sehr sich ein Polizeiverhör und die Vorwürfe von einem Liebhaber ähneln ... und der Krach mit ihm.

Als Branco schließlich einsah, daß das Ausquetschen von dieser Fee für den Augenblick keine weiteren Tatsachen mehr zutage fördern würde, hatte er endlich Erbarmen und sagte: «Sie können jetzt gehen, aber ich möchte, daß Sie die Stadt nicht verlassen.»

«Jawohl, Sir», sagte ich salutierend. «Tja, dann muß ich wohl das Wochenende in Sitges streichen. Aber, Lieutenant», sagte ich, als ich aufstand, um zu gehen, «wenn Sie als nächstes Nicole verhören würden, könnte ich auf sie warten, und wir könnten gemeinsam gehen.»

Ohne aufzuschauen schlug Branco in seinem Notizblock eine neue Seite auf und sagte: «Ich mach das in meiner Reihenfolge.» Dann rief er seinen Wachtmeister, der mich hinausbringen sollte. Das alles geschah mit geradezu faschistischer Ungerührtheit. Als ich aus dem Verhörzimmer hinausgeführt wurde, wurde Laurett hineingeführt. Sie versuchte sich loszureißen, und mir war es für sie äußerst peinlich, vor allem, da sie auf der einen Seite von einer Polizeibeamtin festgehalten wurde. Ich trat ganz nahe an Laurett heran und sagte leise: «Nicht wehren. Einfach nachgeben.»

«Wieso nachgeben, Vannos? Ich hab' doch nichts getan!»

«So hab' ich's auch nicht gemeint. Aber du mußt verhört werden, wie alle anderen auch.»

«Ich hab' ihm keine Schokolade gegeben. Er hat sie sich selber genommen!»

«Sprich jetzt nicht, Laurett. Warte, bis sie dich fragen. Du machst die Sache nur schlimmer.»

«Vannos, sie werden mich ausweisen. Und meinen Jungen auch. Was soll bloß aus meinem Sohn werden?»

«Laurett, hör mir zu.» Es lag auf der Hand, daß sie sich unbedingt beruhigen mußte, deshalb versuchte ich sie dazu zu bringen, tief zu atmen. Sie widerstrebte, aber ich gab nicht nach. Während ich sie an mich drückte, die Lippen dicht an ihrem Ohr, murmelte ich ein beruhigendes Mantra – natürlich nicht mein eigenes, persönliches Mantra, sondern etwas Einfaches und Beruhigendes. Aber es war hoffnungslos. Meine Polizeieskorte zerrte mich von Laurett weg, während die Beamten auf ihrer anderen Seite ebenfalls zerrten, allerdings heftiger. Mittlerweile kam Branco aus dem Abstellraum und hörte gerade noch, wie einer der Polizisten zu mir sagte: «Bleiben Sie weg da, Mister. Jetzt gibt's keine Geheimnisse.»

«Ich versuche sie ja nur zu beruhigen.»

«Sie wird 'ne Menge Zeit haben. Da wird sie schon Gelegenheit dazu finden.»

Branco trat zu dem Beamten und der Beamtin, die Laurett festhielten. «Da habt ihr sie ja», sagte er zu dem Wachtmeister. «Gut. Ich werde mich später um sie kümmern, wenn wir hier so weit fertig sind.»

«Lieutenant», sagte ich, «sie ist ganz verstört.»

Er starrte mich kalt und unbewegt an.

Ich fuhr fort: «Sie wird Sachen sagen, die sie gar nicht so meint. Wer weiß, in was sie da hineinrasselt.»

Branco ignorierte mich und befahl den Beamten, Laurett hinaus in einen Streifenwagen zu bringen. «Wir machen das schon, Kraychik.» Seine Stimme war völlig gefühllos, es lag nichts als Machtkalkül darin.

Laurett schaute sich nach mir um, als sie von der Polizei weggeschleppt wurde. «Vannos, sag meinem Jungen Bescheid! Bleib' bei ihm. Er wartet auf mich.»

Ich nickte ihr zu. «Ich werd' mich um ihn kümmern, Laurett.»

Lauretts Sohn war ein aufgeweckter Vierjähriger namens Tobias. Als Laurett noch im Salon Snips arbeitete, hatte ich Tobias oft bei mir, manchmal sogar zu oft. Vermutlich war ich so etwas wie sein Taufpate – oder sagen wir mal, seine Taufpatin – wenn Sie an so etwas glauben. Den ganzen Abend bei Tobias auszuharren, war eigentlich nicht so ganz das, was ich mir für heute nacht vorgestellt hatte, aber wozu hat man schließlich Freunde? Ich wollte Nicole wissen lassen, was geschehen war und wo sie mich finden würde, aber die Festgesellschaft war im großen Saal eingesperrt und die Türe bewacht. Ich würde sie später anrufen müssen, von Lauretts Wohnung aus, denn meine Polizeieskorte bugsierte mich rücksichtslos auf den nächsten Ausgang zu.

Da draußen in der schmerzhaft kalten Februarabendluft war die ganze Straße voller Menschen und Streifenwagen. Überall Blaulicht und krächzende Funkgeräte – die Miniaturausgabe des geordneten Chaos, das die Polizei so geschickt zu schaffen versteht. Ich trödelte noch ein paar Minuten herum, in der Hoffnung, doch noch zu Nicole hineinschlüpfen zu können, aber die Polizisten hier draußen machten mir klar, daß ich in der Umgebung des Tatorts nichts verloren habe. Da hatte ich mich nun als guter Staatsbürger erwiesen, hatte sie gerufen und sie zu unterstützen versucht, und was war der Lohn? Ich wurde rausgeschmissen und wie ein Penner fortgejagt.

3.

Ganz plötzlich kam der Storch zu mir

Zu Lauretts Wohnung hätte ich ja ein Taxi nehmen können, aber ich entschloß mich, zu laufen. Ich spürte, daß sich in meinem Körper Spannung aufgebaut hatte, und mir ist seit langem klar, daß sich die am besten abbauen läßt, wenn ich meine langen Beine etwas in Bewegung bringe und meinen Skalp etwas Frischluft spüren lasse. So empfand ich heute abend die eiskalte Luft als erfrischend, obwohl ich sonst immer über den Winter in New England klage, der in Boston gute fünf Monate währt. Mein Gesicht und der frisch geschorene Kopf prickelten in den trockenen, kalten Windböen; und das Knirschen meiner Schuhe auf dem schneebedeckten schmutzigen Gehsteig brachte mich wieder zu körperlicher und geistiger Beweglichkeit.

Eine Viertelstunde später kam ich zu Lauretts Wohnung im nicht sanierten Bereich von Bostons South End – einer Gegend, die ich die Gürtellinie von Bostons Innenstadt nennen würde, weil sie die Grenze zwischen den oberen, sogenannten sauberen und den unteren, unanständigen Stadtvierteln bildet. Mein Marsch endete vor einem großen, blockartigen Backsteinbau, der zu einem Sozialwohnungsprogramm für Minderverdienende gehört, wo die Mieten euphemistisch als «erschwinglich» bezeichnet werden. Am Sonntagabend gegen zehn Uhr war die Straße dunkel und verlassen, erhellt nur von etwas Licht, das hier und dort aus den Fenstern fiel. Ich läutete bei Laurett, in der Hoffnung, die Babysitterin ihres Sohnes werde mir öffnen, aber das funktionierte nicht. Also läutete ich an allen anderen Wohnungen des ganzen Gebäudes. Da in dieser Gegend jedes Streben nach Sicherheit längst erloschen ist, drückte jemand den Türöffner, ohne mich zu kennen und ohne zu fragen, wer ich sei. Zum Glück kam ich in ehrenwerter Mission.

Drinnen stieg ich die vier Stockwerke bis zu Lauretts Wohnung hinauf. Genau wie ich wohnte Laurett in der obersten

Etage eines fünfstöckigen Hauses. Ironischerweise gab es bei
ihr sogar einen Lift, aber er funktionierte nie.

Ich klopfte an ihre Wohnungstür, und nach ein paar Minuten hörte ich dahinter die Stimme eines Mädchens.

«Hallo?» sagte sie, und sie klang wie ein scheues, verletztes Lämmchen.

Ich sagte ihr, wer ich sei, und daß ich zu Tobias wolle.

Das Mädchen antwortete: «Missus Cole sagte, ich soll niemand die Tür aufmachen außer ihr selbst und meinem Papa.»

«Das ist ganz richtig, aber mir kannst du schon trauen.
Tobias kennt mich ja.»

Ich hörte Geflüster hinter der Tür. Dann die wohlbekannte
Stimme eines Jungen «Onkel Stan?»

«Tobias, mach' die Türe auf.»

«Warum bist du denn da?»

«Deine Mama hat mich gebeten, bei dir zu bleiben, bis sie
nach Hause kommt. Laß mich bitte rein.»

Wieder flüsterten die beiden leise, dann wurde die Stimme
des Mädchens etwas lauter. «Nein, Toby, nicht!»

Der Türknopf drehte sich, aber die Tür ging nicht auf. Ich
hörte, wie Tobias sagte: «Aber das ist doch Onkel Stan. Er
darf schon rein.»

Wieder gab es ein Hin und Her hinter der verschlossenen
Türe, dann hörte ich schließlich, wie das Sicherheitsschloß
entriegelt wurde. Die Tür öffnete sich einen Spalt breit, soweit die Sicherheitskette es gestattete. Tobias' braunes Gesicht tauchte auf.

«Onkel Stan?» sagte er und blinzelte verschlafen.

«Hallo, Tobias.»

Das noch dunklere Gesicht der Babysitterin erschien über
seinem. Sie war noch kaum ein Teenager, und sie traute mir
ganz und gar nicht. Aus großen Augen blickte sie mich
mißtrauisch an.

Tobias sagte: «Is' okay. Das ist schon er.»

Die Sicherheitskette wurde ausgehängt. Ich hatte mir meinen Eintritt erkämpft. Zu allererst rannte das Mädchen jetzt
ans Telefon. «Wen rufst du an?» fragte ich.

«Meinen Papa.»

Ich spürte, daß ich am Hosenbein gezogen wurde, sah hinunter und erblickte Tobias. Obwohl er erst vier Jahre alt war, wußte ich, daß er mit seinem kaffeebraunen Gesicht, den blonden Locken und strahlenden grünen Augen den Leuten schon den Kopf verdrehte. Wenn er mal groß ist, wird er sicher ein umwerfender Typ und ein fürchterlicher Herzensbrecher.

Er hatte einen Flanellschlafanzug an, und ich sah, daß auf dem Sofa sein Bett hergerichtet war. Tobias hatte schon geschlafen, und ich nahm mir vor, ihm die Lage, in der sich seine Mutter befand, nur sehr behutsam beizubringen. Ich wollte nicht, daß mein nächtlicher Bericht seine kindliche Psyche durcheinanderbrachte.

«Wo is'n meine Mami?» fragte er, als habe er meine Gedanken gelesen.

«Sie wird erst etwas später kommen, Tobias.»

«Ist sie auf der Polizei?»

Wie kann ein Vierjähriger bloß so gescheit sein?

Ich nickte. «Es gab ein bißchen Ärger. Deine Mama ist jetzt auf der Polizei.» Ich vermied es absichtlich, ihm vom Tod des Unbekannten zu erzählen. «Sie hat mich gebeten, bei dir zu bleiben, bis sie kommt.»

«Okay», sagte er, kletterte verschlafen auf das Sofa zurück und kroch unter die Bettdecke. Er war fast sofort wieder eingeschlafen. Morgen früh würde ihm unser langes Gespräch vielleicht wie ein harmloser Traum vorkommen.

Inzwischen hatte die kleine Babysitterin ihren Mantel angezogen, und noch immer schaute sie mich angstvoll an. Sie kam mir viel zu sanft und zu unschuldig vor, um in so einer brenzligen Gegend auf einen kleinen Jungen aufzupassen, aber wahrscheinlich hatte Laurett Cole keine große Auswahl an vertrauenswürdigen Babysittern.

«Schon in Ordnung», sagte ich zu dem ängstlichen Mädchen. «Du kannst dann gleich heimgehen.»

«Tu ich auch», sagte sie «sobald mein Papa da ist.» Dann fragte sie vorsichtig, während ihr Kinn immer noch zitterte: «Ist sie tot?»

«Wer?»

«Missus Cole.»

«Nein», sagte ich scharf. Mir tat es aber sofort leid. Ich hatte ja absichtlich bisher keinerlei Einzelheiten erzählt und sie so sehr im Unklaren gelassen, daß das Mädchen das Schlimmste annehmen mußte. «Nein», wiederholte ich, diesmal sanfter. «Laurett geht es gut. Es hat nur heute abend auf dem Fest einen Zwischenfall gegeben, und sie mußte mit auf die Polizei.»

Draußen hörten wir ein Auto laut und anhaltend hupen. Ich schaute zum Fenster hinaus und sah es neben den an der Straßenseite aufgepflügten Schneehügeln in zweiter Reihe parken. «Ist das für dich?» fragte ich die Babysitterin.

Sie kam ans Fenster und spähte hinunter. «Ja», sagte sie, dann knöpfte sie nervös ihren Mantel zu und rannte aus der Wohnung.

«Warte mal», rief ich ihr nach. «Du kriegst doch noch Geld.»

Das Mädchen hielt mitten auf der ersten Treppe inne und kam zurück. «Hab' ich ganz vergessen», sagte sie. «Missus Cole zahlt immer, wenn sie zurückkommt.»

«Wieviel kriegst du denn?»

Sie sagte es mir, und ich gab ihr doppelt so viel.

«Das ist dafür, daß es etwas länger gedauert hat, und dafür, daß du die Ruhe bewahrt und mir getraut hast.»

Sie nahm das Geld. «Danke», sagte sie, und es klang, als fielen Schneeflocken auf weiche Wolle.

«Dank *dir*», antwortete ich.

Sie ging und ließ mich und den schlafenden Tobias in der Wohnung zurück. Ich war schon ein paarmal hier gewesen, um Laurett zu besuchen, oder um Tobias mal für einen Nachmittag abzuholen. Aber das heute war etwas anderes. Ich hatte das ziemlich beklemmende Gefühl, daß Tobias und ich mehr Zeit miteinander verbringen würden, als wir uns vorstellten, oder sogar, als uns lieb sein würde.

Ich rief Nicole an, um zu sehen, ob sie schon zuhause war. Den Anruf nahm ihr Auftragsdienst entgegen – Nicole war nicht die Frau für anonyme Maschinen. Ich hinterließ eine Nachricht, daß ich in Lauretts Wohnung sei, und die Telefonnummer. Dann setzte ich mich bequem hin, begann meine

Nachtwache und wartete, daß Laurett heimkäme. Da es zu spät war, um noch einen meiner Freunde für einen kleinen Plausch anzurufen, hielt ich mich an das Fernsehen, das elektronische Betäubungsmittel.

Das Telefon schreckte mich auf. Ich tastete nach dem Hörer und erwartete Nicole in der Leitung, aber es war Laurett. Sie klang aufgeregt und wütend.

«Vannos?» fragte sie besorgt, wobei sie wieder meinen ‹Geschäftsnamen› verwendete. Es ging ihr einfach nicht ein, daß mein richtiger Name Stan war. «Vannos, wie geht es Tobias?»

«Der ist völlig in Ordnung, Laurett. Er schläft.» Wie mein Hirn.

«Vannos, ich hab' totale Schwierigkeiten. Sie wollen mich hierbehalten.»

«Warum denn?»

«Sie sagen, ich lüge.»

«Laurett, sie können dich ohne Haftbefehl nicht dortbehalten.»

«Oh, sie haben ja einen Haftbefehl. Und dann sie sagen, ich kann einen Menschen anrufen, also rufe ich dich an. Vannos, ich brauche einen Anwalt.»

«Jetzt?»

«Natürlich jetzt! Deshalb rufe ich dich an. Ich brauche Hilfe.»

Ich versuchte, mich dieser Verantwortung zu entziehen. «Naja, ich probier's, Laurett. Ich weiß aber nicht, ob ich um die Zeit jemanden auftreiben kann. Es ist ja schon ziemlich spät.»

«Ich bleib' jedenfalls, wo ich bin.»

Während jetzt mein Hirn langsam wieder zu etwas mehr Klarheit erwachte, erkannte ich, daß es gar keine andere Möglichkeit gab, als ihr zu helfen. «Ich mach' ein paar Telefonate, Laurett, dann ruf ich dich wieder an und sag' dir Bescheid.»

«Vannos, du kannst mich hier nicht anrufen. Du mußt schon persönlich herkommen. Die stellen mir hier keine Sekretärin.»

Wie dumm von mir. Seit wann gibt's auf der Polizei private Telefone für die Häftlinge?

Ich sagte: «Ja, dann glaube ich, daß später jemand auf dem Präsidium vorbeikommen wird.»

«Vannos, du mußt noch etwas machen, und zwar sofort. Du mußt meinen Jungen von dort wegbringen.»

«Warum?»

«Weil sie vielleicht hinkommen und ihn mitnehmen werden. Bei dir zuhause, er ist in Sicherheit.»

«Aber Laurett –»

«Willst du, daß sie ihn in ein Heim stecken?»

«Nein, natürlich nicht.»

«Dann versprich mir.»

Ich zögerte. Worauf ließ ich mich da bloß wieder ein?

«Okay», sagte ich widerstrebend. «Ich nehm' ihn mit zu mir nach Hause.»

«Und Vannos», fügte sie hinzu. «Nimm ein paar Klamotten mit für ihn, und nimm mein Geld. Es ist unter der Spüle in so einer Drano-Dose.

«Ich glaube nicht, daß ich Geld brauchen werde.»

«Wenn du's nicht nimmst, nimmt's die Polizei.»

«Okay, Laurett, okay, aber ich denke, wir kriegen das alles heute nacht noch hin.» Große Worte, leicht gesagt, aber würde ich ihnen auch gerecht werden können? In was für einen Schlamassel brachte mich meine Vorstellung von Pflicht und Schuldigkeit da bloß wieder?

Plötzlich sprach Laurett verstohlen und ganz leise. «Hörst du mich noch?»

«Ja», antwortete ich ebenso leise.

«Da sein noch Schokolade, beim Telefon versteckt. Nimm sie mit.»

«Schokolade?»

«Trüffel. Nimm alles mit.»

«Natürlich, Laurett, aber –»

«Mach das einfach. Und gib *auf keinen Fall* meinem Jungen welche.»

«Aber –»

«Beeile dich, Vannos, bevor die Polizei kommt hin.»

«Okay, Laurett, ich werd's erledigen.»

Dann legten wir auf.

So viel jedenfalls zu der weitverbreiteten irrigen Vorstellung, Haardesigner würden nur Glamour und High Life zu sehen bekommen.

Nach ein paar Sekunden schellte das Telefon erneut. Als ich abhob, schimpfte eine ärgerliche Stimme aus dem Hörer.

«Mit wem quasselst du denn so lange, verdammt? Kannst du nichts anderes machen wie telefonieren?»

Das war Nicole, die mich da anschrie und auch noch «wie» statt «als» benutzte.

«Das war gerade Laurett. Im übrigen wollte ich dich im Moment nochmal anrufen.»

«Also ich bin jetzt endlich zuhause, und eines kann ich dir sagen, das war wirklich kein Honigschlecken.»

«Hier auch nicht.»

«Stanley, nachdem du weg warst, entpuppte sich dieser Lieutenant Branco als sowas von stumpfsinnig und ungehobelt, wie so ein richtiger Schreibstubenhengst.»

«Nikki, das ist er ja auch.»

«Ich glaube, er braucht dich als Herausforderung. Es scheint, du holst noch das Beste aus ihm heraus.»

Ich ignorierte ihren Spott. «Liebes, hör' mit bitte zu. Laurett hat echt Schwierigkeiten. Die halten sie in U-Haft, und sich braucht einen Anwalt. Kann Charles da nicht weiterhelfen?»

Ich hörte, wie Nicole sich eine Zigarette anzündete, und beneidete sie. Irgendwie erwischt sie immer genau den richtigen Moment zum Rauchen, zündet sich eine an und genießt es wohl wirklich.

«Schätzchen», sagte sie, und ich sah ihr förmlich den Rauch über die Lippen strömen, «Chaz macht Wirtschaftsrecht, keine Kriminalfälle».

«Ich glaube, so groß ist der Unterschied nicht.»

Schweigen. Rauch ausatmen.

«Er ist mir allerdings noch einen großen Gefallen schuldig», sagte sie.

«Gut. Zieh doch mal ein bißchen Nutzen aus diesem edlen Juradiplom. Kannst du ihn anrufen?»

« Jetzt? »

« Perry Mason würde auch nicht zögern. »

« Ich bin mir noch nicht ganz sicher, ob ich seinen großen Gefallen dafür verwenden möchte, Stanley. »

« Nikki, es gibt bestimmt noch andere Gelegenheiten, wo du deinen Lustknaben zu deinem eigenen Nutzen einspannen kannst. Aber jetzt im Moment braucht Laurett Hilfe. »

« Und welche Rolle spielst du in diesem häuslichen Drama? »

« Ich hab' ihr versprochen, daß ich mich um Tobias kümmere, bis sie wieder raus ist, was, wie ich hoffe, noch heute abend der Fall sein wird. Ich nehm' ihn jetzt mit zu mir. »

« Warum wartet ihr nicht lieber alle beide hier bei mir? Dann kann Chaz, wenn er Laurett rausgekriegt hat, gleich mit ihr hier vorbeifahren und Tobias mitnehmen. Und wir sind wenigstens alle beisammen. »

« Du rufst ihn also an? »

« Dir zuliebe, ja. »

« Und du meinst, er wird sie da heute abend noch loseisen? »

« Schätzchen, ich habe vollstes Vertrauen zu ihm. »

« Danke, Liebes. »

Darauf hängte Nicole grußlos ein, wie das so ihre Art war. Ich rief ein Taxi, ein Unterfangen, für das die Chancen in Lauretts Stadtviertel fünfzig zu fünfzig stehen: fünfzig, daß der Fahrer nicht hält, wenn er entdeckt, in welchem Viertel er ist, und fünfzig, daß er gar nicht erst hinfährt.

Ich weckte Tobias und erklärte ihm ganz ruhig, daß wir lieber in Nicoles Wohnung warten wollten, bis ihn seine Mutter abholen käme, wobei ich ihm das Ganze so ein bißchen als nächtliches Abenteuer zu verklickern versuchte. Während er sich dann allein anzog – so selbständig ist er schon – ging ich in die Küche, um das Geld zu suchen, von dem Laurett gesprochen hatte. Natürlich hatte ich nicht vor, es anzurühren, aber meiner Ansicht nach war es doch besser, alles Wertvolle – oder Verdächtige – aus Lauretts Wohnung zu entfernen, bevor die Polizei kam und sie durchsuchte.

Mit den Zwillingen als Tierkreiszeichen habe ich ja ziemlich geschickte Hände, aber ich konnte trotzdem auf den Tod nicht rausfinden, wie sich die Tür des Schränkchens öffnen ließ. Nach einem kurzen, aber geräuschvollen Kampf mit der Kindersicherung des Schlosses hörte ich Tobias hinter mir sagen: «Willst du an Mamas Gelddose?»

«Ähm, ja, Tobias.»

«Mach ich schon.» Mit einer einfachen Druck- und Drehbewegung, wie sie angeblich nur die Hand eines Erwachsenen auszuführen vermag, entsiegelte Tobias das Schloß und öffnete die Tür des Schränkchens. Er kroch hinein und holte die Drano-Dose heraus.

«Vorsicht, Tobias. Das ist giftig.»

«Das da nicht.» Er machte die Dose auf – auch hier wieder die berühmte kindersichere Verschlußkappe – und holte ein dickes Bündel Geldscheine heraus. «Hier – Mamas Geld», sagte er mit selbstzufriedenem Grinsen.

Ich nahm das Geld und stopfte es mir in die Hosentasche. Dann ging ich zum Telefontischchen und suchte die Schokolade, die da irgendwo versteckt sein sollte, wie Laurett gesagt hatte. Nach einigen Minuten fruchtloser Suche fragte mich Tobias, was ich da suche. Als ich mit der Antwort zögerte, rief er: «Ich weiß schon was! Wetten, daß ich's weiß!» Dann zeigte er mir ein kleines verborgenes Fach im Fußboden unter dem Telefontischchen. Allein hätte ich das nie so schnell gefunden. Während er zwei Schachteln Schokoladentrüffel aus dem Versteck da unten herauszog, erklärte er: «Mama hat Angst, daß man rauskriegt, daß sie die mitgenommenen hat, ohne zu bezahlen. Sie meint, ich weiß das nicht.»

Ich fragte ihn: «Hast du davon welche gegessen?»

«Nein. Mama zählt immer nach.»

Ich spürte, wie sich diese Fakten ihren Weg in meine slawische Datenbank suchten und einklinkten.

Anschließend mußte ich noch ein paar Sachen für ihn zusammenpacken. Wenn Charles so gut war, wie Nicole behauptete, wären diese ganzen Vorbereitungen zwar überflüssig, weil er Laurett noch heute abend herausgeboxt hätte. Aber ich hielt mich an meine Devise, nichts zu erwarten und mich überraschen zu lassen.

Ich packte Tobias warm ein, und wir warteten darauf, daß das Taxi für uns hupte. Gnädigerweise kam es bald.

Nicoles Penthaus-Suite in den Harbor Towers bietet eine phantastische Aussicht auf den Hafen der Stadt und den besten Blickwinkel auf die Skyline des Zentrums. Wie sie sich so eine Wohnung leisten kann, ist eins der Geheimnisse, die sie sogar mir gegenüber wahrt. Vielleicht wird sie mich eines Tages für würdig erachten, mich einzuweihen.

Es war bereits elf Uhr vorbei, als ich bei ihr eintraf. Sie machte die Türe auf, um mich zu begrüßen, war aber total baff, als sie mich so bepackt sah, denn ich war beladen mit dem schlafenden Tobias und den zwei Pralinenschachteln und einem kleinen Koffer mit Tobias' Kleidung. Als ich mich durch den Eingang quetschte, stellte sie ein Glas Champagner auf einem Hepplewhite-Tischchen in der Diele ab.

«Was hast du denn da alles dabei!» rief sie. «Gib ihn mir, Stani.»

Als sie mir den schlafenden Vierjährigen aus den Armen zu nehmen versuchte, bewegte sich Tobias ein wenig und sagte: «Mami?»

Nicole verzog bei dieser Anrede das Gesicht. «Nein, mein Liebling. Ich bin's, Nicole. Erinnerst du dich nicht an mich? Aus dem Laden.»

«Mami?» wiederholte Tobias.

Nicole ließ von ihm ab und nahm stattdessen die Schokolade. «Damit bin ich wahrscheinlich besser bedient», sagte sie und öffnete eine Schachtel.

«Nein!» kreischte ich. «Rühr sie ja nicht an.»

Auf mein Geschrei hin begann sich Tobias in meinen Armen zu rühren. Mit übertriebener Vorsicht schloß Nicole die Pralinenschachtel, die sie aufgemacht hatte, und schichtete dann beide wieder oben auf Tobias in meine vollen Arme.

«Schon gut, Schätzchen», sagte sie gallig. «Mach' du nur lieber alles selber.» Sie nahm das Champagnerglas und schlenderte zurück zu ihrem Platz auf der riesigen Couch, die auf achteckigen Grundriß maßgearbeitet, mit rosa Shantungseide bezogen und so groß war, daß sie fast den ganzen tiefer gelegenen Wohnbereich ausfüllte. Nach einem raschen Schluck fügte sie hinzu: «Falls du Kaffee willst, oder was Alkoholisches: du weißt ja, wo alles ist.»

« Ach Nikki, werd' jetzt bloß nicht eigensinnig. Ich erklär' dir gleich alles. Nimmst du bitte mal die Pralinen, damit ich den Jungen ins Bett bringen kann? »

Widerwillig stand sie nochmal auf und tat, worum ich sie gebeten hatte.

« Und während ich das Kind unterbringe, kannst du mir ein wenig irischen Whiskey in einer Tasse unterbringen mit einem Schuß von dem frischgemachten Kaffee, den ich aus der Küche rieche? »

Nicole nickte.

Ich brachte Tobias ins Gästezimmer und packte ihn ins Bett. Ausziehen mochte ich ihn gar nicht erst, da ich ja immer noch annahm, daß Laurett ihn später abholen würde. Ich ging in die Küche, wo Nicole mir einen starken Irish Coffee zubereitet hatte.

Sie reichte mir die heiße Tasse und sagte: «Ich hab' Chaz gleich angerufen, nachdem wir miteinander gesprochen hatten. Er sagte, er werde zur Polizeiwache gehen und eruieren, was Laurett braucht. »

« Sie braucht nur eines: rauskommen », sagte ich, nahm einen großen Schluck Irish Coffee und verbrannte mir den Mund: « Aua! »

« Zu heiß, Schätzchen? »

« Ja – im Gegensatz zu meinem letzten Rendezvous vor sechs Monaten. »

« Schätzchen, kannst du nicht mal für einen Moment dein dürftiges Liebesleben aus dem Spiel lassen? Ich glaube, Laurett denkt heute abend auch nicht an ihres. »

« Vielleicht doch, Nikki. Ich vermute nämlich, daß das ihr Liebhaber war, der da vergiftet wurde. Ich bin beinahe sicher, daß das derselbe Kerl war, der sie dauernd belästigt hat in den zwei Jahren, die sie bei uns im Laden gearbeitet hat. »

Nicole dachte einen Augenblick nach und zog dann die Brauen zusammen. « Ich kann mich erinnern, wen du meinst, er war wirklich eine Pest. Sie bekamen immer größere Schwierigkeiten miteinander. »

« Schwierigkeiten ja, aber hätte Laurett den Typen deswegen umgebracht? »

«Unterschätze den Überlebensinstinkt einer Frau nur nicht.»

«Ich kann mir nicht vorstellen, daß sie jemanden töten würde. Obwohl, wenn ich so an meine große Liebe denke, und wie dann alles schiefging, und wie ich mir immer neue Wege ausdachte, ihn aus der Welt zu schaffen ...»

«Stani, an sowas denkt jeder mal.»

«Ich weiß, und manche führen's dann auch aus. Da fällt mir ein – die Pralinen!»

«Jene geweihten, die ich nicht mal anrühren durfte?»

«Genau. Die waren nämlich in Lauretts Wohnung versteckt. Sie bat mich, sie verschwinden zu lassen, da sie ja wußte, daß die Polizei ihre Wohnung durchsuchen würde.»

«Und – was ist damit?»

«Sie sehen doch aus wie Trüffel von Le Jardin. Tobias meint, sie hat sie mitgenommen, ohne sie zu bezahlen.»

«Na und? Man sollte doch meinen, jede Schokoladenfabrik würde es ihren Angestellten erlauben, wenigstens die eigenen Produkte zu essen.»

«Denk ich auch, und deshalb kommt es mir irgendwie verdächtig vor, daß sie sie verstecken wollte.»

«Stanley, du hörst dich ja an, als könnte Laurett wirklich was getan haben.»

«Nikki, schließlich war der Typ ja tot», sagte ich und trank noch etwas Kaffee. Mein verbrühter Mund tat jetzt nicht mehr weh. «Wie denkt Charles darüber?»

Nicole schwieg einen Augenblick. Dann gab sie eine Erklärung ab: «Schätzchen, er zieht es vor, Chaz genannt zu werden.»

«Ich weiß schon, was er vorzieht, aber er ist nun mal kein Chaz. Er ist ein Charles.»

Nikki ignorierte meinen Standpunkt wieder einmal. «Wie ich bereits vermutete, glaubt Chaz nicht, daß es schwierig sein wird, Laurett heute noch freizukriegen. Er ist sich sogar ganz sicher.»

«Ist er ja immer.»

«Also, er war immerhin in Harvard.»

«Dort wird man offenbar drauf programmiert, sich immer sicher zu sein.»

« Nimm doch die Hilfe einfach mal an, wenn sie dir geboten wird. Ich hab ihm gesagt, er solle sie von der Wache direkt hierher bringen. »

« Hoffen wir, daß er halten kann, was er verspricht, und daß ich die Klamotten für Tobias umsonst gepackt habe. »

« Du wirst schon noch Abbitte tun, wenn Chaz nachher mit Laurett ankommt. Ich garantiere dir, daß sie mit ihrem Kleinen heute noch zuhause sein wird. »

Wie aufs Stichwort klingelte es an der Tür. Nicole ging öffnen, und ich folgte. Es war Charles. Ohne Laurett.

Nicole blieb mit ihm in der Diele stehen, während ich still ins Zimmer zurück und außer Sicht ging. Charles mag mich nicht besonders, was auf Gegenseitigkeit beruht, aber ich wollte die Hilfe, die er für Laurett sein mochte, nicht aufs Spiel setzen. Charles war im Moment eben Lauretts Retter, deshalb machte ich mich unsichtbar und lauschte nur vom Wohnzimmer her. Nach ein wenig erotischem Geplänkel, bei dem auch davon die Rede war, daß er Nicoles Bitte gleich erfüllt habe und ob er nicht ein guter Junge sei, erläuterte Charles, jetzt ganz kaltblütig, daß Laurett der vorsätzlichen Tötung angeklagt sei, daß sie dem Fremden absichtlich vergiftete Schokolade gegeben haben solle und ihm offenbar, auch wenn sie ihn nicht habe töten wollen, zumindest eine schwere Erkrankung habe zufügen wollen. Sie saß im Frauengefängnis. Eine Kaution von zweihundertfünfzigtausend Dollar war ausgesetzt worden.

« Was! » sagte ich.

Als Charles mich hörte, flüsterte er Nicole etwas zu, was ich nicht verstand, was sie aber zum Kichern brachte. Dann hörte ich das Geräusch von Küssen aus der Diele. Dann nochmal Geflüster und Gekicher, diesmal von beiden. Schließlich traten sie ins Wohnzimmer, Vorspielus interruptus.

Charles hatte sandfarbenes Haar, blaue Augen und ein glattrasiertes Gesicht, er war groß, braungebrannt, elastisch und gepflegt. Ich haßte ihn dafür, daß er so gut aussah und so selbstsicher wirkte. Gab es denn in diesem ganzen arroganten Körper nicht ein einziges Molekül des Zweifels? Und was sah Nikki in ihm? War das was rein Körperliches?

Er nickte mir zu, sagte aber keinen Gruß. Wahrscheinlich verdiente ich in seinen Augen keinen, weil ich schwul war. Wir hatten uns schon mal im Laden gesehen, als er zur Maniküre kam. Dabei hatte er auch Nicole kennengelernt. Der Rest ist jüngste Geschichte.

Nicole fragte ihn: «Chaz, Liebling, was muß nun als nächstes geschehen?»

Er antwortete brüsk: «Untersuchung des Falls, Anklage, Verhandlung, Verurteilung.» Wie simpel sich doch das Leben für einen smarten jungen Anwalt darstellte, wo alles mit vier Worten auf die Reihe zu bringen war. Nicht zu vergleichen etwa mit der Welt eines Haardesigners, der mit Variablen wie Farbe, Konsistenz, Feuchtigkeitsgrad, Wuchs und Lockenbildung zu tun hatte, und außerdem noch mit den beiden allerunberechenbarsten: dem verborgenen Selbstbild des Kunden und den Launen der Mode.

Nicole erzählte Charles, daß Tobias hier sei, daß es ihm soweit gut gehe und daß ich mich um ihn kümmern wolle, bis Laurett wieder raus wäre.

«Das würde ich nicht raten», sagte Charles. «Er sollte lieber unter gerichtlichen Gewahrsam gestellt werden, bis ein gesetzlicher Vormund für ihn ernannt ist.»

«Laurett ist eine Freundin», sagte ich.

«Und Gesetz ist Gesetz», antwortete er, was mich an Brancos Logik erinnerte und außerdem bewies, daß Bullen und Advokaten aus demselben Stall kommen, wobei die Anwälte das Oberhaus darstellen und die Bullen das Unterhaus.

Charles sagte zu Nicole: «Ich wollte ja eigentlich ein bißchen bleiben, aber wo du bereits Besuch hast ...»

Hatte er da ein abfälliges Grinsen im Gesicht?

Nicole begleitete ihn zur Tür und erklärte, vielmehr *entschuldigte sich*, daß sie mit mir einiges zu besprechen habe und ihn später anrufen wolle. Wann denn später? fragte ich mich.

Endlich ging er, und ich spürte, daß irgendwas falsch lief. Laurett konnte keinen Menschen getötet haben. Es war einfach so, trotz Nicoles Theorie über den weiblichen Überlebensinstinkt. Allerdings schien mir jetzt das Dringendste, daß Tobias einen Menschen hatte und einen Platz, wo er bleiben konnte, bis seine Mutter von dieser absurden Anklage befreit sein würde.

« Ich glaube, da lag er falsch, was, Liebes? »

« Erklär' dich näher, Stanley. »

« Bis vorhin ward ihr beide, du und er, noch fest überzeugt, daß Laurett freigelassen würde. Jetzt haben sie sie eingelocht. Und was soll jetzt mit Tobias passieren, bis sie wieder freikommt? »

« Du hast ihn ja gehört. Chaz glaubt, daß er von den Behörden in Obhut genommen werden sollte. »

« Und ich glaube, daß das Verrat an einer Freundin wäre. Nikki, es ist doch für Laurett. Sie ist in Schwierigkeiten. Schließlich hat sie über zwei Jahre lang bei uns gearbeitet. Bedeutet das denn gar nichts? »

« Das bedeutet nur, daß sie ihren Job gut gemacht hat und von mir dafür bezahlt wurde. Rein technisch gehen die Verpflichtungen darüber nicht hinaus. Ich führe schließlich diesen Salon nicht, um die Bedrängten und die Bedürftigen mit milden Gaben zu versorgen. »

« Aber zählt diese ganze Zeit, die wir gemeinsam verbracht haben – »

« Alles vorbei und vergessen, Stanley. Außerdem handelte es sich ja immer nur um Arbeitszeit. Im Gegensatz zu dir lasse ich mich nie auf persönliche Beziehungen ein bei Leuten, mit denen ich arbeite. Gefühl und Geschäft muß man trennen. »

« Aber mit mir bist du doch befreundet. »

« Du bist die berühmte Ausnahme von der Regel. »

« Und – tut es dir leid? »

« Jeden Tag. »

« Freundschaften können auch zu Ende gehen. »

« Unsere nicht, Stanley. Uns verbinden die Sternzeichen. Wenn du nicht schwul wärst oder ich ein Mann wäre – »

« Dann hätten wir wahrscheinlich so ein Haus im Maisonette-Stil und einen Kosmetiksalon mit drin, und außerdem zwei Hunde, eine Katze, einen Kombi, zwei Videogeräte, eine Satellitenschüssel – »

«Wahrscheinlich wären wir schon geschieden.»

«Ich hätte mir jedenfalls Mühe gegeben», sagte ich. Dann hob ich meine Tasse und brachte einen Toast aus. «Auf alle Tunten und andere Damen im Schwulentroß», sagte ich, «und möge ihre Freundschaft dauern».

Nicole erwiderte: «Ich hätte es anders ausgedrückt, aber ich trinke auf das Konzept.»

Wir saßen einen Augenblick still da und ließen den Alkohol wirken.

Ich dachte an Nicole und Charles und ihre Affäre, an mein verödetes Liebesleben und daß ich so viel allein war. Ich sagte: «Vielleicht sollten Tobias und ich heute nacht hier bleiben. Er mußte heute schon ganz schön was durchmachen, und du hast ja wirklich genug Platz.

Nicole schob das Kinn vor. «Allerdings, Stanley.» Sie gebrauchte normalerweise meinen vollen Namen nur, um anzudeuten, daß sie es ernst meine. «Aber das heißt noch lange nicht, daß ich ihn als Schlafplatz zur Verfügung stellen muß.»

«Aber sind wir nicht irgendwie verpflichtet, uns um ihn zu kümmern? Denk doch nur, wie er immer im Laden ankam und die Lockenwickler und Kämme aufhob, die an meinem Platz runterfielen.»

» An *deinem* Platz, mein Lieber. Mir war er nur immer im Weg.»

«Aber das ist doch jetzt was anderes. Seine Mutter sitzt im Gefängnis.»

«Stanley, ich fürchte, das ist deine höchsteigene Angelegenheit.»

«Aber allein krieg' ich das nie hin. Könnten wir nicht einen Zeitplan aufstellen, daß du ihn auch manchmal nimmst?»

«Ich wünsche mir kein Kind.»

«Aber es ist doch nur vorübergehend, und du könntest mal für kurze Zeit das Vergnügen der Elternschaft auskosten.»

«Aber, aber, aber, Stanley. Was ist denn mit dem Wort ‹nein›, das du nicht zu verstehen scheinst? Ich habe kein Interesse.»

«Aber denk' doch bloß mal dran, wie das bei deiner Kundschaft ankommen würde.»

Diese Bemerkung erregte nun doch ihre Aufmerksamkeit. Bei der Erwähnung des Geschäfts fühlte ich ihre Abwehr ein kleines bißchen nachlassen, also verfolgte ich das weiter.

« Nikki, wenn die über *ihre* Kinder reden, kannst du dann doch Erfahrungen aus erster Hand beisteuern. »

« Da liegst du aber falsch. Der Wettbewerb von Profieltern, was ihre Kinder angeht, ist absolut gnadenlos, Amateure sind da nicht wettbewerbsfähig. »

« Liebes, der einzige gnadenlose Wettbewerb, den es hier in der Stadt noch gibt, ist die Orchideen-Schau im Gartenbaucenter. »

« Ich bleibe dabei, der Junge gehört dir, und zwar dir ganz alleine. »

« Bitte ...? » winselte ich.

« Hör auf zu winseln. Du weißt, daß ich das nicht ausstehen kann. »

« Okay, okay. Ich winsle ja nicht », also schmollte ich.

« Und hör auf zu schmollen. »

« Nikki, ich probier' einfach alles durch. Ich bin am Verzweifeln. »

« Bist du nicht. Du bist am Manipulieren. »

« Aber dennoch bezaubernd. »

« Wenn ich's mir so ansehe, bis du vielleicht wirklich am Verzweifeln. »

« Nikki, wie wär's, wenn du Tobias wenigstens hie und da nähmst? Sagen wir mal, jeden zweiten Tag? »

Sie seufzte erschöpft. Dann trank sie ihren Champagner aus und sagte: « Also gut. Ich sag dir, womit ich einverstanden wäre. » Sie hielt inne, um sich eine neue Zigarette anzuzünden, ehe sie ihre Bedingungen diktierte. Großer Augenblick. Leichte Zigarette. « An den Tagen, wo du im Laden arbeitest, kann Tobias auch da sein, und wir kümmern uns beide um ihn. Zwei Abende pro Woche nehme ich ihn, aber nicht über Nacht. Die restliche Zeit bist du zuständig. »

« Aber dann hab' ich ja keine Nacht ohne ihn. »

« Stimmt, aber was würdest du auch schon groß damit anstellen? »

« Das war ein Tiefschlag, Liebes. Nur weil du einen heißen

jungen Liebhaber hast, heißt das noch lange nicht, daß der Rest der Menschheit rumsitzt und sich mit Schattenboxen verlustiert.»

«Es war ja schließlich nicht meine Idee, für Tobias zu sorgen, Stanley. Mein Angebot steht. Du kannst es annehmen oder ablehnen.»

Ich stöhnte. «Das ist natürlich so unverbindlich wie eine beschränkte Haftung, aber naja, ich denke, ich kann damit leben. Du bist nicht gerade verrückt nach Kindern, stimmt's?»

«Und du wirst garantiert bald rauskriegen, warum.» Darauf drückte sie ihre Zigarette mit peinlicher Sorgfalt aus und stand auf. «Ich glaube, für heute haben wir so ziemlich alles getan, was wir konnten.»

«Ist das jetzt ein Wink für mich, daß ich Tobias nehmen und mich verziehen soll?»

«Wenn's recht ist. Chaz wollte noch kurz vorbeikommen. Ich zahl' dir das Taxi nach Hause.»

«Diese Bestechung nehme ich an. Es liegt mir fern, das Sexualleben einer Freundin zu beeinträchtigen.»

Nikki rief ein Taxi, während ich wieder in meine Wintersachen schlüpfte und den schlafenden Tobias warm einpackte. Die Arme wieder so voll wie zuvor, verließ ich ihre Wohnung. An einem einzigen Abend, der wie eine ganz normale Party angefangen hatte, war ich ohne Vorwarnung zu einem alleinerziehenden Elternteil geworden. Und ich ahnte, daß ein Zerwürfnis mit meiner besten Freundin bevorstand.

Ich wohne im fünften Stock eines Hauses ohne Lift in der Marlborough Street an der hinteren Hafenbucht, in einem geräumigen 2-Zimmer-Apartment mit einem Fenstererker zur Straße hin, einem Kamin, der funktioniert, einem riesigen Badezimmer mit den originalen, noch unbeschädigten Marmorfliesen, einem Silberstreifen vom Charles River in meinem Schlafzimmerfenster und Mietpreisbindung. Jahrelang war für das Gebäude eine Umwandlung in Eigentumswohnungen im Gespräch, aber wir Mieter sind ja nicht blöd. Wir haben unsere Rechte ausgeschöpft und unsere Wohnungen behalten. Und was macht das schon, daß ich jeden

Abend vier Stockwerke hochsteigen muß? Schließlich habe ich ja gute Beine. Und die brauchte ich heute auch, mit allem, was ich zu schleppen hatte.

Als ich die Türe öffnete, erwartete ich die übliche Begrüßung meiner Mitbewohnerin, Sugar Baby, einer graubraunen Birmakatze von fast derselben Karamellfarbe wie die gleichnamige Süßigkeit. Statt eines Mauzens und Miauens aber sträubte sie das Fell und sauste davon, als sie Tobias in meinen Armen sah.

«Entschuldige, Baby», sagte ich. Das war ein langer Abend gewesen, und wahrscheinlich fühlte sich meine Katze vernachlässigt. Und anstatt heimzukommen und ihr meine ganze Aufmerksamkeit zu widmen, erschien ich spät und brachte jemand sehr seltsamen mit. Begriff sie wenigstens, daß Tobias keine erotische Eroberung war?

Ich steckte ihn in mein Bett, dann richtete ich für Sugar Baby das Abendessen her. Und danach mußte ich nur noch eines tun, bevor ich das Sofa richten und darauf zusammenbrechen konnte. Ich trug die beiden Schokoladentrüffelschachteln zum Küchentisch und öffnete sie. Ohne die Süßigkeiten zu berühren, inspizierte ich jedes einzelne Stückchen, wie es da in seinem gerüschten Papierkörbchen lag. Ich suchte nach einem Hinweis, ob mit den Dingern irgendetwas angestellt worden war, aber auf keinem waren Fingerabdrücke zu sehen – was mich letztlich nicht überraschte, da ja Schokoladenhersteller gewöhnlich mit Plastikhandschuhen arbeiten. Jedoch trugen etliche Trüffel Verzierungen, die entweder ungeschickt angebracht oder ungeschickt verändert worden waren. Ich fragte mich, warum Laurett wohl wollte, daß ich sie mitnehme. Hatte sie irgendetwas mit ihnen angestellt? Konnte es sein, daß einige der Trüffel mit Zyanid gefüllt waren? War das der Grund, warum sie sie vor Tobias verstecken wollte? Und die schlimmste Frage war für mich: Sollte ich das Zeug, das eventuell Beweismaterial gegen meine Freundin enthielt, der Polizei übergeben, um diesem schönen, attraktiven, muskulösen Typ zu helfen, dem Lieutenant Vito Branco?

4.

Süßes fürs Kindchen

Ich erwachte aus tiefstem Schlaf, weil ich Sugar Baby in der Küche kläglich mauzen hörte. Ich erkannte gleich, daß da etwas nicht stimmte, denn die Dame schläft gewöhnlich unter der Bettdecke vergraben und erwacht erst fünf Minuten bevor ich in den Laden muß. Dann geruht sie mein ungemachtes Bett zu verlassen, mir um die Beine zu gehen – um sowohl ihren Duft als auch ganze Büschel ihrer graugelben Haare auf meinen schwarzen Hosen zu hinterlassen – und mich mit großen traurigen Augen anzublicken, um mir zu verstehen zu geben, daß die Portion feinsten Qualitätskatzenfutters, die ich ihr gerade auf ihrer Meißener Porzellanschale angerichtet habe, heute eventuell nicht so ganz nach ihrem Geschmack sein mochte, und ob ich nicht bitte in der Nähe bleiben könne, im Falle sie doch etwas anderes wünsche? Ach ja, meine Katze ist verwöhnt und lebt in höheren sozialen Sphären als ich. Warum auch würde ich sonst so hart arbeiten?

Als ich sie also, offenbar noch mitten in der Nacht, in der Küche diese unfeinen Töne von sich geben hörte, war mir klar, daß da etwas nicht stimmte. Ich sprang aus dem Bett, wie gewöhnlich nackt, aber das war ja gar nicht mein Bett, es war die Couch. Warum es die Couch war, darüber hatte ich jetzt keine Zeit nachzudenken. Ich stolperte in Richtung Küche, wo Licht brannte. Ein Einbrecher? dachte ich schlaftrunken. Aber statt eines dunkelgekleideten Fremden in der Küche sah ich zusammengekniffenen Auges einen kleinen Jungen auf allen Vieren. Es war Tobias. Was machte denn *der* in meiner Küche? Träumte ich? Da brachen die Vorfälle des vergangenen Abends alle gleichzeitig über mich herein, und ich erinnerte mich an alles.

Tobias hatte Sugar Baby in die Enge getrieben und knotete gerade ein Baumwollbändchen um ihre eine Hinterpfote. Obwohl sein *modus tormenti* für die Katze keine Gefahr bedeutete, fühlte ich mich ganz zerschmettert über seinen Spaß daran, der Katze das Leben zur Hölle zu machen.

« Hör auf! »

Er drehte sich um und sah mich ruhig an, was Sugar Baby die Gelegenheit gab, sich davonzumachen, wobei sie das lange Band hinter sich herzog.

« Laß ja die Katze in Ruhe. »

« Sie hat mich aufgeweckt. Hat an meinem Gesicht geschnuppert. »

« Du lagst ja auch in ihrem Bett. »

« Wo ist meine Mama? » fragte er.

Gestern abend hatte ich mir vorgenommen, Tobias die schlimme Nachricht am Morgen bei einem netten familienmäßigen Frühstück mitzuteilen – wollte ihm erst mal ein Gefühl der Wärme und Geborgenheit und Sicherheit vermitteln, um ihm dann ganz ruhig die Tatsache klarzumachen, daß seine Mutter gestern abend wegen eines Mordes eingelocht worden war.

« Sie ist immer noch auf der Polizei », erklärte ich schnell.

« Ist es wegen Trek? »

« Trek? » War da eine neue Droge im Umlauf? « Was ist Trek, Tobias? »

« Mein Papa. »

« Trek ist ein Mann? »

« Na, ein Vater muß doch ein Mann sein, oder? »

« Stimmt », sagte ich und wunderte mich wieder, wie Tobias in vier kurzen Jahren so viel aufgeschnappt haben konnte. Aber mit einem leisen Frösteln kam mir dann der Gedanke, bei diesem weißen Fremden, der gestern abend vergiftet worden war, könne es sich um Tobias' Vater handeln. Der schlimmen Nachricht war eine noch schlimmere gefolgt.

Tobias starrte mich an: « Hat er Mama was getan? »

« Nein, Tobias. » Wie konnte ich ihm sagen, daß wohl eher das Gegenteil zutraf?

« Wo ist sie dann? »

« Hab' ich dir doch schon gesagt, auf der Polizei. »

« Im Gefängnis? »

« Tobias, soll ich uns nicht erst mal Frühstück machen, und wir besprechen es dann, ja? »

Er hing mit den Blicken an mir, still, aber trotzig. Dann bemerkte er aus heiterem Himmel: «Onkel Stan, du hast aber einen goldigen Pimmel.»

Zu spät bemerkte ich, daß ich vergessen hatte, mir was drüberzuziehen. Verflixt nochmal, schließlich war ich ja zuhause, oder? Warum sollte ich mich ausgerechnet in meinen eigenen vier Wänden sittsam und keusch aufführen? Na warum wohl! Weil ich einen vierjährigen Gast im Hause hatte, der bestimmt nicht ahnte, daß so eine Sache wahnsinnigen Ärger bringen konnte, wenn sie publik wurde. Ärger für mich natürlich. Und bei Tobias' Mundwerk konnte ich sicher sein, daß jeder, der heute in Hörweite kam, erfahren würde, daß sein Onkel Stan heute früh in die Küche gerannt kam und mit seinem Glied dem unschuldigen Knaben vor dem Gesicht herumgeschlenkert habe. Ich griff schnell nach einem Küchenhandtuch und hielt es mir über die glückliche Handvoll Leben zwischen meinen Lenden. «Hör zu, Tobias, ich hab' nur gerade vergessen, mir was überzuziehen. Das hat aber gar nichts zu bedeuten. Es war nur ein blöder Zufall. Ich wollte nicht, daß du mich so siehst.»

Tobias sah mich an und zuckte gleichmütig mit den Schultern. «Trek ist auch immer nackig.» Er sprach es ‹nack-kick› aus. «Er zeigt gerne sein Glied, genau wie du, Onkel Stan.»

Am liebsten hätte ich die kleine Ratte mit einem Keuschheitsgürtel geknebelt. Es war unerträglich, ihn ausgerechnet über die Dinge so locker plappern zu hören, auf denen meine römisch-katholische Erziehung ihre heiligen Narben hinterlassen hatte. An Tobias war noch keine Gehirnwäsche hinsichtlich der Sünde Sexualität vorgenommen worden; der Glückliche! Dann kam in mir eine andere quälende Frage auf: Und wenn jetzt dieser Trek, der ja offensichtlich Tobias' Vater war, ein bißchen zu weit gegangen war, immer unter dem Deckmäntelchen der Sexualerziehung? Wo zogen Eltern da die Grenze? Biologisch gesehen sollte das eigentlich egal sein. Aber wir armen Menschenwesen müssen uns mit dem Ballast der Psychologie und Theologie – oder einfach dem guten alten Gewissen herumplagen.

Ich holte mir meinen Morgenmantel aus dem Schlafzimmer, wo sich Sugar Baby von dem teuflischen Band an ihrer Hinterpfote befreit und nach alter Gewohnheit wieder unter die Decke begeben hatte. Darauf kehrte ich in die Küche zurück, um Frühstück zu machen. Es war halb sieben, aber im Winter denkt die Sonne in Boston um diese Stunde noch gar nicht daran, aufzugehen. Ich setzte Kaffee auf, wärmte Milch für Kakao, steckte Toastbrot in den Toaster und deckte den kleinen Tisch in der Eßecke. Als ich nach Tobias rief, gab er keine Antwort. Ich ging ins Wohnzimmer und rief ihn noch einmal. Als Antwort vernahm ich ein Schnarchen vom Sofa her. Das kleine Monster war da unter die Decke geschlüpft und wieder eingeschlafen. Das war's dann wohl gewesen mit seinem Frühstück und unserem aufrichtigen Gespräch von Mann zu Mann. Aber was mich betrifft: wenn ich erst mal wach bin, ist es hoffnungslos, daß ich nochmal einschlafen könnte. Also nahm ich den Toast wieder raus, duschte rasch und ging dann zurück in die Küche, um allein zu frühstücken. Das Radio war auf einen Sender am unteren Ende der Skala eingestellt, und zwar auf einen, der den Sendetag mit sanften Tönen von zwitschernden Vögeln im Wald beginnt, Tönen aus der Natur, wie man sie sonst in der Innenstadt von Boston selten hört. Danach spricht dann eine höchst distinguierte aber irgendwie schwächliche Stimme die Nachrichten. Obwohl man bei diesem Sender peinlich darauf achtet, Sensationsmeldungen zu vermeiden, war das Hauptthema heute morgen der gestrige Mord an dem Mann, der den glanzvollen Empfang von *Le Jardin Chocolatier* verdorben hatte. Namen wurden genannt, und daß Laurett Cole für diesen Mord an Trek Delorean verhaftet worden sei. Der Name klang wie ein Straßenrennen in Europa.

Ich war froh, daß Tobias wieder schlief. Ich hatte gehofft, ihm weniger unverblümt sagen zu können, was wirklich zwischen seiner Mutter und seinem Vater vorgefallen war. Aber wußte ich es denn? Doch wie sich herausstellte, stand Tobias in der Tür und hatte die Nachrichten gehört.

«Hat Mama Papa umgebracht?»

«Nein, Tobias.» War es etwa eine Lüge, solange man den genauen Hergang ja noch nicht kannte?

«Das Radio hat gesagt, er ist tot.»

«Ist er auch.»

Er starrte eine Weile brütend zu Boden, dann irrte sein Blick ziellos umher, als suche er Sugar Baby. «Wie lange muß ich denn hierbleiben, Onkel Stan?»

«Bis die Polizei deine Mutter freiläßt.»

«Und wann?»

«Tobias ...» ich seufzte schwer. «Das kann eine Weile dauern.»

«Werden sie mich wieder in ein Heim stecken?»

«Das laß ich nicht zu. Du kannst hier bei mir bleiben.»

«Aber Mama sagt, du kannst keine Kinder haben.»

«Rein hydraulisch gesehen stimmt das nicht, Tobias. Allerdings ist mein Drang zur Fortpflanzung auch nicht besonders stark.»

«Was soll'n das heißen?»

«Das heißt, wenn ich je Kinder will, adoptiere ich vielleicht welche.»

«Adoptierst du dann mich?»

Seine Direktheit überraschte mich. «Du wärst jedenfalls ganz oben auf der Liste.»

Mit dieser Antwort schien er zufrieden zu sein und kletterte hoch, um mit mir am Tisch zu sitzen. Er nahm eine Scheibe Toast von der Warmhalteplatte und verteilte ungeschickt Butter darauf. Dann biß er ein riesiges Stück ab und kaute mit weit offenem Mund. Ich sah zu, wie das gebräunte Brot sich drinnen in seiner kleinen rosigen Mundhöhle zu einem grauen Brei verwandelte.

«Mach den Mund zu, wenn du kaust, Tobias.»

«Warum?»

«Weil es unhöflich und unschön ist.»

«Mama verlangt das aber nicht von mir.»

«Das liegt daran, weil sie alle deine Körperfunktionen in- und auswendig kennt, das macht sie toleranter. Wenn du bei mir ißt, bleibt der Mund zu.»

Da preßte er die Lippen zusammen und rammte die Scheibe Toast dagegen, wodurch er sie auf seinem ganzen Gesicht zerdrückte.

« Was machst du denn da? »

Er tat so, als würde er sprechen, und dann stieß er sich den Toast wieder ins Gesicht, wobei er noch mehr über den Tisch und auf den Fußboden bröselte.

« Tobias, hör auf damit! »

Er öffnete die Lippen einen winzigen Spalt und sprach durch die gebutterten, fettigen Krümel um seinen Mund herum: « Mch dhn Mnd zhu. »

« Beim Kauen. »

Er fing an zu lachen, nahm dann einen Bissen vom restlichen Toast und ließ ihn auf der Zunge liegen, den Mund weit offen, den Kiefer herunterhängend. Ich starrte ihn an, und er sagte: « Ich kaue nicht, also kann ich den Mund offen lassen. »

Ich wollte ihn fast noch einmal zurechtweisen, aber da begriff ich, daß ohne Zweifel seine Terror-Taktik beim Frühstück nichts anderes ausdrückte als seine Angst, was aus ihm ohne Mutter und Vater nun werden solle. Statt ihn also weiter in Tischsitten zu unterweisen, fragte ich, ob er noch Hunger auf einen weiteren Toast habe. Er sagte nichts, sondern schüttelte nur den Kopf. Ich kniete mich neben seinen Stuhl und sah ihm direkt ins Gesicht.

« Tobias, das mit deiner Mama kommt ganz bestimmt bald in Ordnung. Sie würde sicher wollen, daß du stark bist, solange sie weg ist. » Dann umarmte ich ihn. Ein wenig Gehirnwäsche und Pawlow'sche Konditionierung bringen manchmal mehr als eine Runde Katz und Maus. Manchmal. Immerhin fühlte ich mich im Augenblick als Sieger, da ich der Versuchung widerstanden hatte, ihm den Rest des Toasts auf dem Kopf zu zermantschen à la Clifton Webb mit seinem Wurfgeschoß aus Teig in *Sitting Pretty*.

Nachdem das Frühstück beendet war, bereitete ich Tobias auf ein rasches Schaumbad vor, wogegen er heftig protestierte. « Meine Mama macht das doch auch nicht », japste er.

« Ich weiß, Tobias », sagte ich und schnupperte in die Luft. « Und meine Nase weiß es auch. Aber wenn du hier bei mir bleibst, wirst du jeden Tag gewaschen. Und es wäre ganz toll, wenn du lernen könntest, das selber zu machen. »

«Ich wasch' mich aber nicht.»

«Dann wird's wohl so aussehen: ich bin größer, ich bin stärker, und ich mach's.» Eventuell waren die sanfte Tour und das ewige Verhandeln über alles in der Erziehung tatsächlich weniger effektiv als der Ansatz, der auf blanke Machtausübung baute. Ich überlegte mir, ob das vielleicht auch Brancos Denkart sei. Dann wiederum überlegte ich entsetzt, ob mir das Baden eines kreischenden Kindes als unsittliche Belästigung ausgelegt werden könnte.

Bei all den Possen dieses Morgens plante ich doch den Tagesverlauf. Das ist auch so ein Vorteil, wenn man ein Zwilling ist: der eine Teil kann sich einer Sache widmen, während der andere ganz woanders ist. Als erstes würde ich heute morgen im Salon Snips vorbeischauen, obwohl ich frei hatte. Ich wollte Tobias dortlassen, während ich meine Beine ein bißchen rührte. Nicole ahnte noch nicht, daß sie und der Salon heute eine Nebenbeschäftigung als Kindertagesstätte hatten.

Tobias und ich gingen also zusammen zum Laden, der nur ungefähr sechs Blocks von meiner Wohnung entfernt liegt. Sobald wir draußen in der Öffentlichkeit waren, wurde Tobias wieder zu der kleinen Persönlichkeit, die ihn so liebenswert machte. Er war ja ein fricher, aufgeweckter, fröhlicher kleiner Junge mit blonden Locken, glatter bronzefarbener Haut und einem angeborenen Schauspieltalent, das die ganze Welt zu seiner Bühne und die erwachsene Bevölkerung zu seinem Publikum machte. Nur leider mußten einige auch seine Launen hinter der Bühne erdulden. Andererseits aber, wer würde glauben, daß die Mutter dieses Jungen im Gefängnis saß, weil sie im Verdacht stand, seinen Vater ermordet zu haben?

Wir kamen ungefähr um halb neun im Geschäft an. Nicole hatte schon geöffnet und bewies damit, daß sie notfalls durchaus neben dem Rest der weckerabhängigen Welt bestehen konnte.

Sie begrüßte uns so herzlich, als wären wir ihre Lieben, die nach langer Abwesenheit endlich zurückkehrten, was zu ihrem nüchternen und kühlen Verhalten gestern nacht in krassem Widerspruch stand. Sie hob Tobias hoch, drückte ihn fest an sich, knabberte an seinem Ohr und sagte: «Mmm, du riechst ja zum Reinbeißen gut, junger Mann.»

«Onkel Stan hat mich gebadet», war seine Antwort.

Nicole hob eine Augenbraue und sah mich an.

Ich erwiderte: «Er hat gestunken, also hab' ich ihn gewaschen.»

«Onkel Stan hat einen hübschen Pimmel.»

«Tobias!» kreischte ich.

«Pimmel, pammel», sang er und kicherte gehässig.

Nicole hielt ihn an sich gedrückt und sagte zu mir, meiner Ansicht nach zu kühl angesichts des Gerüchts, das da lautstark über mich verbreitet wurde: «Vielleicht sollte ich mich lieber *doch* um den Jungen kümmern, Stanley. Die beruhigende Gegenwart einer Frau ist möglicherweise weniger traumatisch für ihn.»

«Nikki, die Sache ist ganz anders, als sie sich anhört.»

«Spar dir die Mühe», sagte sie und setzte Tobias ab. «Sag' mir nur, warum du schon da bist, wo du doch heute frei hast.»

«Ich hab' heute 'ne Menge zu tun, und ich kann niemanden dabei brauchen.» Ich warf einen Seitenblick auf Tobias.

«Und du nimmst an, daß ich dir helfe?»

«Mhm, da du ja sowieso hier sein mußt.»

«Wohin mußte du denn so dringend?»

«In die Frauen-JVA, wo ein gewisser Jemand wie Charles sagte, die letzte Nacht verbringen mußte.»

Nicole warf mir einen Blick zu, der sagte, sie habe verstanden, daß es sich um Laurett handelte und daß ich Tobias von meinem Besuch bei seiner Mutter nichts wissen lassen wollte.

Ich fuhr fort: «Und ich glaube, das anwesende junge Gemüse würde nicht viel Spaß an diesem häßlichen Unternehmen haben.»

Nun wieder etwas friedlicher, legte Nicole Tobias die Hand auf den Kopf. «Eigentlich hätte ich diesen jungen Mann hier ganz gern ein wenig bei mir. Was sagst du dazu, Tobias?»

Der kleine Junge schaute zu uns beiden hoch. «Wenn Onkel Stan allein sein will, ist das schon okay.»

Ich rollte die Augen und schüttelte den Kopf. Das Einfühlungsvermögen dieses kleinen Bengels war wirklich beunruhigend.

Nicole bemerkte: «Ich bin sicher, daß er rechtzeitig zurück ist, um dich zum Essen auszuführen, Tobias. Stimmt's, Onkel Stan?»

Ich seufzte schwer und nickte. «Ja, Tante Nik.» Dann suchte ich die Adresse der Justizvollzugsanstalt für Frauen heraus und macht mich auf, Laurett im Gefängnis zu besuchen.

5.
Wer narrt hier eigentlich wen?

Ich nahm ein Taxi zur Justizvollzugsanstalt für Frauen, die in der Asylstraße liegt, was ein etwas wunderlicher Name ist, im tiefsten South End, in dem das Elend des Bostoner Industriezeitalters noch fortlebt. Sogar im Gefängnis herrscht Sexismus. Irgendwann war ich mal in dem Zuchthaus in der Charles Street, wo die männlichen Häftlinge einsitzen. Das ist ein kaltes und brutales Haus. Im Gegensatz dazu wirkte das Frauengefängnis, wenn auch nicht direkt heimelig, so doch eher wie ein etwas ödes Verwaltungsgebäude als wie eine Haftanstalt. Und anders als im Männergefängnis mit seinem muffigen, beißenden, metallischen Geruch strömten die Wände der JVA für Frauen eindeutig den Geruch von langem Haar aus, das seine zweihundert Bürstenstriche täglich bekommt.

Ich wurde problemlos in den Besucherraum vorgelassen. Laurett war immerhin nur in Untersuchungshaft und nicht etwa eine verurteilte Schwerverbrecherin, deshalb hatte sie auch alle Besuchsrechte. Der lange, rechteckige Besucherraum besaß sechs Kabinen in einer Reihe, fast wie in so einem altmodischen Sprachlabor. Jede Kabine zeigte zur Seite der Gefangenen hin eine Glasscheibe in der Größe einer LP von etwa drei Zentimeter Dicke.

Lauretts schönes Gesicht erschien in diesem Fensterchen, und ohne die mildernde Wirkung des Make-up erschienen ihre kräftigen Gesichtszüge fast abweisend. Das erste, was sie sagte, war: «Wie geht's meinem Jungen?» Ihre Stimme kam über einen kleinen Lautsprecher, der in die hölzerne Tischplatte unter dem Fenster montiert war.

Ich schrie zurück: «Gut!»

Sie legte den Zeigefinger auf die Lippen, um mir zu verstehen zu geben, daß ich leiser sprechen solle. Dann zeigte sie auf einen abgewetzten schwarzen Knopf neben dem Lautsprecher, aus dem ich jetzt wieder ihre Stimme hörte. «Drück auf den Knopf, Vannos.» Ich drückte darauf und hörte ein leises Knacken über den Lautsprecher. «Besser jetzt?» fragte ich.

Laurett nickte. Ich hätte ja gerne gewußt, wieso sie sich mit der Sprechanlage so gut auskannte. Wer hatte sie sonst noch besucht? Oder war sie schon mal hier gewesen? Mit Bedauern stellte ich fest, daß ich selbst bereits an meiner Freundin zweifelte.

«Wo ist er jetzt?» fragte sie.

«Im Geschäft bei Nicole.»

«Warum hast du ihn nicht mitgebracht?»

«Ich dachte, er sollte dich vielleicht lieber nicht so sehen.»

«So – wie? Vannos, mein Junge wird lernen müssen, wie es zugeht in der Welt. Nächstesmal bringst du ihn mit, er soll sehen, was sie mit seiner Mutter machen. Versprochen?»

Ich nickte widerstrebend.

Nachdem die obligatorischen Floskeln ausgetauscht waren, kam ich sofort auf das zu sprechen, weswegen ich hier war. «Laurett, der Mann, der gestern abend gestorben ist – war das derselbe, der dich immer im Salon besuchen kam?»

Laurett nahm gleich eine abwehrende Haltung ein. «Wer?»

«Trek Delorean.»

«Wer?» sagte sie wieder, und ich merkte schon, daß sie sich dumm stellen wollte.

«Ich kann mich erinnern, daß du einen Freund hattest –»

«Na und? Ist das verboten?»

«War Trek Delorean der Vater von Tobias?»

«Hat das mein Junge gesagt?»

Ich nickte.

Lauretts Augen wurden schmal und hart. «Für so ein kleine Mann er hat verrückte Vorstellungen und große Klappe.»

«Er erwähnte einen Typen namens Trek, und so hieß ja auch der Tote, deshalb dachte ich, es sei derselbe. Er sagte, Trek sei oft bei euch gewesen.»

Laurett forschte argwöhnisch in meinem Gesicht. «Was noch hat Tobias gesagt?»

Ich fühlte, daß ich errötete. «Daß Trek gerne nackt herumgelaufen ist.»

Laurett brach in wildes Gelächter aus, in das sie immer aufs Neue verfiel, auch als der Witz längst vorbei war, was immer er gewesen sein mochte. Schließlich sagte sie: «Du erwachsener Mann glaubst was vier Jahre alte Bengel dir erzählt?»

«Leugnest du es?»

«Der Vater dieses Jungen ist in Jamaica, wo ich ihn habe verlassen.»

«Aber –»

«Ich muß doch wohl kennen den Vater von meine eigenen Jungen, oder?»

«Ja, Laurett», gab ich etwas belämmert zu, «aber Tobias hat ganz offensichtlich Blut von einem Weißen in sich, und Trek war ein Weißer ...».

Laurett grinste. «Mr. Vannos, es gibt viele weiße Männer in Jamaica.» Sie war auf der Kippe zu einem neuen Lachanfall, aber diesmal war ich das Opfer des Witzes; da ich mich ganz unbeabsichtigt aufgrund der Umstände zu einer dummen rassistischen Bemerkung hatte hinreißen lassen.

«Aber Laurett, die Praline, die du dem Typ gegeben hast, war mit Zyanid gefüllt.»

Ihr Gesicht spannte sich sofort. «Vannos, ich habe ihm nicht gegeben. Er hat genommen.»

«Aber ich hab' gesehen, wie du sie hergerichtet hast.»

«Ja, klar, aber ich habe ihm die nicht gegeben, und ich habe ganz bestimmt nicht Gift hineingetan.»

«Aber wie ist das Gift dann hineingekommen?»

«Ich weiß nicht. Jemand hat hineingetan, bevor ich die Blüte heruntergenommen. Dann hat Trek gegessen, als ich die Küche verlasse.»

«Moment mal», sagte ich. «Du hast die Dekoration von der Blüte *heruntergenommen*?»

«Natürlich. Die Praline war ganz voll Fingertapser. Die kann ich nicht auf Silbertablett tun. Also habe ich die Blüte auf eine neue gesteckt.»

«Also war die Trüffel, durch die Trek umkam, für jemand ganz anderen bestimmt, für einen der Ehrengäste?»

«Da-hast-du-recht.»

«Und zwar für wen?»

Laurett sah mich völlig ausdruckslos an.

Ich drang in sie: «Also?»

Sie behielt ihren steinernen Blick bei.

«Laurett», drängte ich, so ruhig ich konnte, über das Mikrophon, «wer sollte diese Trüffel kriegen?»

Endlich, nach einem langen Schweigen, wurde ihr Gesicht weich und zeigte Trauer, und sie sagte: «Sie war für Mr. Kingsley.»

Das war also der Schlüssel. Jemand hatte Prentiss Kingsley töten wollen.

Laurett erzählte weiter. «Diese Trüffel, Mandeltrüffel, war für Mr. Kingsley, aber sie sah ganz ramponiert aus, also ich habe ausgetauscht gegen eine andere. Das ich machte gerade in der Küche als du bist hereingekommen. Wie ich trage alle anderen hinaus zum Fest, Trek hat diese gegessen. Aber es war ein Unfall.»

«Nein, Laurett. Das war kein Unfall. Das war ein Fehler. Die tödliche Trüffel erreichte einfach nur den Falschen.»

«Aber ich habe nicht gemacht, Vannos.»

Ich mußte ihr glauben, nicht wahr? Was sollte ich denn sonst tun? Lauretts natürliche dunkle Schönheit verschaffte ihr den Vorteil, daß man ihr einfach glauben mußte. Genau das Gleiche ist es mit gutaussehenden Männern. Schöne Menschen können einem glattweg ins Gesicht lügen, aber ihr eigenes Gesicht ist eben ein solches Wunder an Textur und Schattierung, daß man dazu neigt, alles zu glauben, was über diese Lippen kommt, selbst die bezauberndsten Lügen.

«Laurett, wessen Aufgabe ist es, diese Trüffel zu machen?»

«Die alte Kratzbürste selber, Mary Phinney. Sie ist die Chefin in der Fabrik.»

Ich überlegte einen Augenblick und erinnerte mich, diesen Namen schon gehört zu haben. «War das nicht die ältere Frau, mit der du gestern abend in der Küche gestritten hast?»

Ihr Gesicht verhärtete sich wieder. «Bevor Sie weiter fragen, Herr Staatsanwalt, ich werde es erklären. Mary Phinney ist schon seit über hundert Jahre bei Gladys Gardner be-

schäftigt.» Laurett kicherte leicht über ihren eigenen Witz.
«Sie war nicht sehr glücklich über den neue Laden.»

«Aber wieso sollte sie deshalb auf dir herumhacken?»

«Weil Mr. Kingsley und Miss Lisa und der junge Herr
Danny alle wollen *mich* haben, und Mary Phinney will diesen Job selber.»

«Geschäftsführerin von *de Jardin* zu sein?»

«Mm-hmm», antwortete Laurett mit einem buddha-
artigen Grinsen und einem geziertem Ton, wodurch sie per-
siflierend darstellen wollte, wie so eine hennagefärbte alte
Scharteke einen solchen Nobelladen wohl führen würde.

«Laurett, da es ja deine Aufgabe war, diese Extra-Trüffel
zu servieren, mußt du doch noch wissen, welcher Geschmack
den beiden anderen Ehrengästen zugedacht war, oder?»

Laurett nickte mit einem hinterhältigen Grinsen. «Nicht
einmal die Polizei hat mich danach gefragt, Vannos. Der
junge Herr Danny hat Orange – Grand Marnier, genau gesagt – und Miss Lisa …» Laurett lächelte über ihren absichtlichen Versprecher. «Miss Lisa hat ohne Geschmack,
das paßt gut zu ihr selber. Heh-heh.»

«Was hast du der Polizei sonst noch erzählt?»

«Nur was sie mich fragen. Aber haben sie vielleicht geglaubt ein Wort? Nein, sie denken, ich will einfach die Schuld
auf jemand anderes schieben. Also, warum sollte ich? Sag du
mir das.»

Da ich in dieser Richtung keine anständige Fortsetzung
der Unterhaltung sah, wechselte ich das Thema. «Nicoles
Freund, dieser Rechtsanwalt, hat gesagt, er werde bei der gerichtlichen Voruntersuchung dein Verteidiger sein.»

Laurett grinste breit. «Seine Augen zeigten große Überraschung, als er gesehen hat, daß eine schöne dunkelhäutige
Frau hier auf ihn wartet.»

«Einem geschenkten Gaul schaut man nicht ins Maul,
Laurett», sagte ich. Aber ich dachte, daß ‹nicht in den
Arsch› für Charles der passendere Spruch gewesen wäre. Ich
schlüpfte in meinen Mantel. «Ich gehe jetzt, Laurett. Ich ver-
dank' dir ein paar neue Anhaltspunkte.»

«Und ich danke dir, Vannos, daß du sorgst für Tobias. Ich

werde mich revanchieren, wenn ich hier raus bin, das verspreche ich.»

«Mach dir darüber keine Gedanken.»

Ich stand auf und verließ den Besucherraum. Auf dem Weg nach draußen überdachte ich die neuen Tatsachen, die ich von Laurett erfahren hatte. Branco mußte sie auch kennen. Ich fragte mich, ob er wohl über die eine oder andere selber Nachforschungen anstellte, insbesondere über die, daß eigentlich Prentiss Kingsley das Opfer hätte sein sollen. Oder gab sich der großmächtige Branco damit zufrieden, den Fall abrollen zu lassen bis zum Prozeß, der das beweisen würde, was er sowieso von vornherein gewußt hatte? – nämlich eine häusliche Auseinandersetzung in einer ethnisch gemischten Partnerschaft mit tödlichem Ausgang.

Ich rief Nicole aus dem Gefängnis an, um ihr zu sagen, ich würde Tobias nach meinem nächsten Zwischenstop abholen, nämlich einem Besuch in den Gladys Gardner Schokoladenwerken, wo ich mit Prentiss Kingsley sprechen und ihn warnen wollte, daß jemand es eventuell auf ihn abgesehen habe. Es könnte auch nicht schaden, wenn ich Mary Phinney dort ebenfalls treffen würde, da sie ja höchstwahrscheinlich für die Herstellung der Pralinen verantwortlich gewesen war. Als aber Nicole von meinem Vorhaben hörte, sagte sie: «Ich glaube, eine Führung durch eine Schokoladenfabrik wäre für einen kleinen Jungen eine ganz tolle Gelegenheit, ein bißchen Zeit mit seinem Onkel Stan zu verbringen.»

«Aber Nikki, ich muß mit Leuten reden. Wie soll ich das denn machen mit einem Kind im Schlepptau?»

«Darüber hättest du eher nachdenken sollen.»

«Und was ist, wenn ihm etwas passiert? Das fällt dann auf dich zurück, weil du nicht auf ihn aufgepaßt hast.»

«Was sollte ihm denn passieren, Stanley?»

«Ich glaube nicht, daß es in seiner Größe kugelsichere Westen gibt.»

«Deine Einwände sind zwecklos. Ich führe einen Haarsalon, keine Kinderkrippe.»

«Ich sehe den Kleinen förmlich vor mir, wie ihn eine verirrte Kugel trifft ...»

«Stanley, hör auf mit diesem Räuber-und-Gendarm-Quatsch. Du kommst jetzt her und nimmst den Jungen mit.»

« Jawohl, Ma'am », sagte ich.

Sie legte auf.

Draußen versuchte die strahlende Morgensonne den gefrorenen, verschneiten Boden zu erwärmen, aber ohne Erfolg. Der Februar bedeutet in Boston Kälte, und zwar durchweg. Ich marschierte zum Laden zurück, verwirrt von meinen wachsenden Zweifeln an Lauretts Unschuld. Vielleicht stimmte ja ihre Geschichte über Prentiss Kingsley, aber die Trüffel, die ich aus ihrer Wohnung entfernt hatte, machten mir noch zu schaffen. Hatte sie sie mit nach Hause genommen, um daran auszuprobieren, wie man sie am geschicktesten vergiftet? Dann wiederum, wen hätte sie töten wollen, und warum?

6.

Auf verschlungenen Pfaden

Etwa um halb elf war ich wieder im Geschäft. Tobias wollte bereits zum Mittagessen. Zugegeben, er hatte bei mir nicht gerade viel gefrühstückt, aber ich selber hatte noch keinen Appetit, zumindest nicht auf Essen. Mir saß noch das üppige Mahl von gestern auf den Rippen und den Hüften. Worauf ich aber Appetit *hatte*, das waren weitere Hinweise zu dem Mord. Und ich wollte Prentiss Kingsley warnen, daß die tödliche Trüffel von gestern abend eigentlich für ihn bestimmt gewesen sei. Wenn Laurett die Wahrheit gesagt hatte, schwebte er jetzt in Lebensgefahr, und wenn nicht, na ja, dann wollte ich das auch herausfinden. So vertröstete ich Tobias für den Augenblick, daß wir irgendwo auf dem Weg zu den Gladys Gardner Werken etwas essen würden. Insgeheim hatte ich aber bereits entschieden, daß wir erst auf dem Rückweg von Leckerland essen gehen würden, wenn ich meinen Teil der Aufgabe erfüllt hatte.

Wir nahmen ein Taxi zur Fabrik. Aus irgendeinem Grund hielt der Fahrer Tobias und mich für Touristen und empfahl uns, an dem Kiosk für Fabrikverkauf zu halten, wo man die berühmten Gladys Gardner Schokoladenprodukte zum halben Preis erstehen konnte. Mein Herz und mein Wanst erbebten ob dieser Möglichkeit, aber meine neuen Diätvorschriften verboten solche Gelüste. Tobias jedoch hüpfte auf dem Sitz auf und ab und bestand darauf, daß wir da hingingen. So opferte ich denn meine ernährungstechnische Selbstdisziplin einzig und allein, um ihn zufriedenzustellen. Außerdem würde ihn ein Stückchen Schokolade noch eine Weile durchhalten lassen. Schließlich wirkt das ja sogar bei abgehärteten Hochgebirgsskifahrern.

Das Taxi ließ uns an dem kleinen Laden aussteigen, der etwa hundert Meter vom Haupteingang der Fabrik entfernt lag. Das Ladeninnere erwies sich als ein halbwegs mißglückter Versuch, das romantische Idealbild einer alten Küche von Neuengland herbeizuzaubern, so einer Küche, wie Großmut-

ւer sie einst in der Kolonialzeit in Vermont benutzt haben
mochte. Aber die resopalbeschichtete Ladentheke und der
Kamin aus Plastikklinken – in dem statt eines anheimelnden
Kaminfeuers ein Haufen leerer Verpackungen zu sehen war
– schufen nicht genügend Stimmung, um gegen die mit an-
gegilbten Isoplatten beklebte Decke, die flackernden Neon-
röhren und den staubigen gestrichenen Estrich anzukom-
men. Lediglich das Glas der Vitrinen glänzte inmitten all
dieser Schäbigkeit. Und die Luft war geschwängert von
Schokoladenduft, was um diese Stunde eher unangenehm
wirkte. Das war nämlich nicht so ein köstlicher Duft, der
einem den Tagesanfang erleichtert, wie etwa der nach Kaffee
mit Toast oder frischen Brötchen. Vielmehr wirkte dieser
konzentrierte Geruch nach Schokolade hier geradezu sexuell
beunruhigend. Der Einkauf in diesem Laden würde Tobias
vielleicht eher wieder umtriebig machen als ihn beruhigen,
wie ich gehofft hatte.

Die Frau hinter dem Ladentisch sah aus wie das Modell
für das unechte Ölgemälde der alten Lady Gardner, oder wer
auch immer es sein sollte, das hoch oben hinter dem Ladentisch hing, strategisch so plaziert, daß es den Blickpunkt des
Ladens abgab. Was man hier verkaufte, waren nicht so sehr
Süßigkeiten als vielmehr ein bestimmter Geist, und zwar das
zärtliche Gedenken an eine tattrige, liebevolle, fürsorgliche
Großmutter, wie es sie in jedermanns Erinnerung gab. Und
selbst wenn es sie nicht gab, konnte man sich nun doch ein-
bilden, es habe sie gegeben. Ich überlegte kurz, ob sich das
Image der Lady Gladys wohl je so aufpeppen lassen würde
wie das von Betty Crocker, aus der man eine großstädtische
Superfrau gemacht hatte, so eine, die mit zartgetönten Li-
dern und wahnsinnig hohen Stöckelschuhen staubsaugt oder
vielmehr staubsaugen *läßt*.

Gladys' lebensechte Kopie lächelte uns wohlwollend zu,
aber ich konnte mir denken, daß ihre zurückhaltende Höflichkeit an der Ladenschwelle begann und endete, nur für Kunden
und nur zur Geschäftszeit. Sie erwartete, daß wie etwas kauf-
ten, und zwar schleunigst. So starrte sie uns eine Weile hoffnungsvoll an, und als wir nicht sofort bestellten, wandte sie

uns den Rücken zu und kniete sich hinter dem Ladentisch hin. Ich schielte sehnsüchtig auf den Inhalt der Vitrine. Eine innere Stimme sagte: ‹Na los, du hast es dir verdient›, während eine zweite konterte: ‹Setzt alles sofort an, du Fettarsch.› Hinter dem Ladentisch hörte ich, wie schwere Kartons knirschend über den sandigen Zementboden gestoßen und gezerrt wurden. Nach ein paar Minuten tauchte die Frau mit vor Anstrengung etwas gerötetem Gesicht wieder auf.

«Wollen Sie irgendwas?» fragte sie pampig. Ihr Blick war kühl und gleichgültig, schlug aber plötzlich um in blankes Entsetzen beim Anblick von etwas, was hinter meinem Rücken geschah. Ich drehte mich um und sah, wie Tobias sich nach einer riesigen rotsamtenen, herzförmigen Pralinenschachtel streckte. Das Ding hatte bestimmt einen halben Meter im Durchmesser und fünf Pfund Gewicht. Er zog von unten daran, wo es, auf einen Ständer aufgebaut, im Regal stand.

Die Frau kreischte: «Finger weg!»

Aber die Riesenbox rutschte bereits aus ihrem Plexiglasständer. Alles schien in Zeitlupe abzulaufen und erinnerte mich sofort an diese entsetzliche Zeit in der Schule, wenn ich während des Sportunterrichts beim Softball mitmachen mußte und immer ins Außenfeld kam. Immer wenn ein Spieler ausholte und den Ball schlug, folgte ich mit den Blicken der Flugbahn und bewegte mich wie zufällig, aber mit voller Absicht *aus* der Schußlinie. Die Sportfreaks aus meiner Klasse brauchten nicht lange, um meine Taktik zu durchschauen, und dann schlugen sie den Ball immer absichtlich in meine Richtung. Verflucht, das wurde garantiert ein base hit, wenn nicht sogar ein home run. Ich glaube, in gewisser Weise habe ich sogar das Meine dazu beigetragen, ihre Großmut gegenüber Schwächlingen zu kultivieren.

Aber die drohende Gefahr, für fünf Pfund Valentinstags-Pralinen wenn auch vielleicht nur den halben Preis zahlen zu müssen, spornte mich zu geradezu heldenhaftem Einsatz an. Sekundenlang stellte ich mir vor, ich sei ein Baseball-Profi, dessen Leben davon abhing, ob er diesen einen Ball fing oder nicht. Kreative Visualisierung nennt man sowas. Und ich, der ich noch nie im Leben einen Ball erwischt hatte, ich tauchte ab und stieß vor und schlitterte und ... ja! ... fing das Prachtstück fast ohne Beschädigung seines Kunstsamtüberzugs.

Noch dort auf dem harten Boden, das große Herz sicher im Griff, nahm der Film meines Lebens wieder seine Normalgeschwindigkeit an. Ich erhob mich und stellte die Schachtel zurück in ihren Ständer, wobei ich sie aber weit von der Kante des Regals zurückschob. Mit allen anderen Schachteln in Tobias' Reichweite machte ich das Gleiche.

«Neugier kann Kopf und Kragen kosten», sagte die Frau in warnendem Ton.

«Und beinahe auch noch sämtliche Trinkgelder von einem halben Tag», fügte ich hinzu.

Ohne die mittlere Krise, die er gerade hervorgerufen hatte, überhaupt zur Kenntnis zu nehmen, bemerkte Tobias: «Ich möchte was Süßes, Onkel Stan.»

Die Frau fragte mit plötzlichem Interesse: «Ist das Ihr Neffe?»

Ich nickte vorsichtig. «So was Ähnliches.»

«In diesem Fall», sagte sie, «finden wir doch bestimmt was für den kleinen Mann». Sie hatte wieder von der griesgrämigen Verkäuferin auf die freigiebige Omi umgeschaltet, was ihren begrenzten schauspielerischen Talenten bereits das Äußerste abverlangte. Jetzt reichte sie Tobias ein einzelnes Stück Schokolade über den Ladentisch. Er nahm es wortlos, also drängte ich ihn:

«Wie sagt man denn, Tobias?»

Er begutachtete die Schokolade schweigend. Ich knuffte ihn leicht: «Sag danke, Tobias.»

Stattdessen bohrte er seinen Finger in die Unterseite des Schokoladenstückchens. Als eine blasse, orangefarbene Creme herausquoll, sagte Tobias «Das mag ich nicht», und gab der Frau das Geschmiere zurück. «Ich will die da» verlangte er, preßte seine nunmehr verschmierten Finger an das fleckenlose Glas der Vitrine und zeigte auf ein Arrangement von dunklen Schokokaramellen und dann auf eine Pyramide aus Schokoladenwürfeln.

Demütig sagte ich: «Ich denke, ich werde ein Viertelpfund dunkle Karamellen nehmen.»

Hinter dem Ladentisch klaubte die Frau eine Handvoll Pralinen aus einer Schachtel zusammen, um die Dekoration in der Vitrine nicht zerstören zu müssen. «Wir wollen doch nicht, daß der Junge enttäuscht von hier weggeht, nicht wahr?» sagte sie. Aber ihr Gesichtsausdruck sagte viel eher: Hier haben Sie Ihren Hut, müssen Sie denn schon gehen?

Ich griff nach meinem Geldbeutel, aber die Frau schüttelte den Kopf. «Sie haben Ihre Schokolade, und nun Guten Tag», sagte sie brüsk und faltete die Hände auf dem Ladentisch. Die gütige Omi hatte sich zurückverwandelt in die böse Gouvernante, deren Geduld über Gebühr strapaziert worden war. Tobias und ich verließen den Laden. In Sekundenschnelle hatte er die Tüte offen und sich vier Pralinen in den Mund gestopft. Seine Backen schwollen an wie die eines gierigen kleinen Hamsters. Ich schnappte ihm die Tüte weg und sagte: «Das reicht einstweilen.» Schokolade war für seinen leeren Magen nicht so ganz das Richtige.

Ich führte ihn an der Hand auf das Hauptportal der Fabrik zu, das nicht weit von uns entfernt lag und aus zwei massiven eichenen Türflügeln unter einem riesigen Granitbogen bestand. Während wir darauf zugingen, tauchte aus dem Nichts ein leuchtend lavendelblauer Lieferwagen auf und hielt mit quietschenden Bremsen neben uns am Randstein. Auf der Seitenwand des Wagens legten sich von Hand gemalte Irisblüten in kräftigem Violett rings um einen höchst kunstvoll in Kursivschrift ausgeführten Schriftzug ‹Le Jardin Chocolatier›. Selbst mitten im Winter schien diese strahlende Farbe gegen jeden Straßenschmutz gefeit. Das Fenster auf der Fahrerseite ging herunter, und ein bekanntes Gesicht erschien. Es war Rafik, dieser aparte Franko-Kanadier von dem Fest gestern abend.

«Stani!» rief er mit breitem Lächeln. Woher kannte er die Koseform meines Namens? Nur Nikki und meine Großmutter mütterlicherseits durften sie ungestraft verwenden. Naja, und jetzt vielleicht auch noch Rafik.

«Was machst du denn hier?» fragte ich, und meine untere Region regte sich freudig.

«Isch arbeite.»

« Aber arbeitest du nicht für *Le Jardin*? »

« Alles die gleiche Firma.» Er deutete auf die Gladys Gardner Werke.

« Ach, tatsächlich? »

« Ja, klar. Aber vielleischt *Le Jardin* wird schließen.»

« Du meinst, nach der Geschichte von gestern abend? »

« Ist große Skandal, nein? » Dann zeigte Rafik auf Tobias und fragte: «Ist das deine Junge? »

Ich schüttelte den Kopf. «Ich mag nur Männer. Weißt du das nicht mehr? »

Rafik zuckte die Schultern. «Viele Schwule haben Kinder. »

Ein Beweis dafür, daß Sexualität und Logik getrennte Wege gehen.

« Warum du kommst hier? » fragte er.

Ich erklärte, daß ich Prentiss Kingsley sehen wolle. Als Antwort hob Rafik eine Augenbraue, ganz so, wie es Nikki oft tat. War das am Ende ein Pariser Erkennungszeichen?

Rafik sagte: «Leider nischt möglich. Mr. Kingsley – er ist nischt hier heute. »

Verflixt! Der ganze Weg umsonst. «Weißt du, wo er ist? »

« Isch denke, vielleischt in seine Sommerhaus. »

« Mitten im Winter? »

« Ist wirklich sehr schön dort. »

« Wo? »

« Heißt Abbey-gail, isch glaube. »

« Abigail », sagte ich. «Abigail-by-the-Sea. »

Rafik nickte, und recht hatte er auch. Es war sehr schön dort.

Da zwinkerte Rafik boshaft. «Vielleischt willst du sehen wie sie machen Schokolade heutzutage? »

Ich zuckte die Achseln: «Warum nicht? Wo wir schon mal hier sind. »

« Isch bringe euch hin. »

« Aber es ist doch gleich da vorn. »

« Einsteigen », befahl er.

Ich öffnete die Beifahrertür und schob Tobias auf den Sitz hinauf, dann quetschte ich mich neben ihn. Rafik trat das

Gaspedal durch, und wir brausten im besten Gangsterstil los, mit quietschenden Reifen.

« Wo brennt's denn? » fragte ich.

« Brennt nischt », sagte er grinsend. « Isch fahre gern. »

Rafik raste zur Rückseite des Gebäudes und bog scharf in die Lieferanteneinfahrt ein. Das plötzliche Einschlagen brachte Tobias und mich aus dem Gleichgewicht und warf uns auf seine Seite. An der Laderampe parkte er den Lieferwagen mit quietschenden Reifen ein und schrammte dabei gegen die Gummischutzplanken der Rampe. Es geht doch nichts über einen rasanten Autofahrer. Er hieß uns warten, während er hineinging, um die Firmenbesichtigung zu organisieren. Ein paar Minuten später kam er wieder aus dem Gebäude und rannte zum Wagen zurück. « Alles klar », sagte er voller Elan und öffnete die Wagentür. « Geht dort hinein. » Er zeigte auf einen Eingang an der Rampe. « Fragt nach Mary. » Dann fügte er hinzu: « Ist gut, daß du hast den Jungen dabei. Dann wundert sich der Chef auch nischt. »

Diese hintergründige Logik war mir bisher entgangen, aber nun erkannte ich ihren Wert, vor allem bei Nachforschungen in einer Schokoladenfabrik. Im Stillen dankte ich Nicole, daß sie darauf bestanden hatte, mir Tobias mitzugeben.

« Kommst du nicht auch mit? » fragte ich.

« Isch muß jetzt arbeiten. Kannst du allein zurück? »

Ich nickte. « Ich bin schon ein großer Junge, Rafik. »

Er antwortete mit einem Zwinkern. « Isch hoffe. »

Ich nahm Tobias bei der Hand und führte ihn in die Fabrik. Rafik winkte zum Abschied und verschwand durch ein anderes Tor.

Drinnen war ich völlig verblüfft, wie absolut industriemäßig alles aussah. Hier wurde ein Produkt hergestellt und Arbeit verrichtet – ganz im Gegensatz zu dem Laden für Fabrikverkauf, wo nur Geld und Waren und Lügen ausgetauscht wurden. Die Luft hier drinnen war kühl und führte einen bitteren, wenn auch nicht unangenehmen Geruch mit. Ich hatte einen viel süßeren erwartet, ließ mich aber später belehren, daß ich offenbar den Geruch von gekochtem

Zucker erwartet hatte und nicht das etwas stechende Aroma von Schokolade, während sie verarbeitet wird.

Mit Tobias stand ich ein paar Minuten an der Tür und versuchte, mich wieder etwas zu fassen. Ich fühlte mich ein wenig verloren, und bestimmt war ganz deutlich zu sehen, daß wir nicht hierher gehörten. Ein kleiner elektrischer Gabelstapler, dessen abgeplatzter gelber Lack mit Schokolade bespritzt und verschmiert war, hupte und surrte viel zu nah an uns vorbei. Ich sprang zurück und zog Tobias mit mir, und dann sah ich, wie der junge Fahrer über diesen Erfolg seiner angeberischen Einschüchterungstaktik selbstzufrieden grinste. Vielleicht war das eben seine Art, ein bißchen Schwung in sein ödes Leben zu bringen, indem er so tat, als sei der Gabelstapler ein Sportwagen oder ein Skateboard.

Während wir auf eine Frau namens Mary warteten, die uns bei unserer Tour durch die Anlage führen sollte, schaute ich mich um und versuchte zu erraten, was hier vorging. Von dort, wo ich stand, sah ich durch ein großes Fenster fünf Frauen unterschiedlichster Herkunft (allerdings keine Weiße) Pralinen in Schachteln packen. Sie taten die Arbeit im Stehen, und ich war fasziniert von den weich gleitenden, flinken Bewegungen ihrer Hände, die von derselben magischen Kraft gelenkt schienen, die auch die besten Coiffeure bei ihrer flinken, aber gleichzeitig äußerst präzisen Arbeit leitet. Ein Fließband führte pausenlos unendliche Reihen von leeren Schachteln an den Frauen vorbei, während jede einzelne eiligst ihr Sortiment Pralinen in einzelne Schachteln füllte. Das war das glatte Gegenteil von dem bekannten Sketch, in dem Lucille Ball die Pralinen von einem mehr und mehr ins Rasen kommenden Fließband klaubt. Im echten Leben werden die leeren Schachteln vom Fließband befördert und nicht die Pralinen. Mir schien, daß die Frau, die am Schluß der Reihe stand, den schwierigsten Job hatte, weil sie mit den letzten Stücken genau in die wo immer noch verbliebenen Lücken treffen mußte, und das exakt in der vorgegebenen Zeit. Vielleicht gab's ja eine merkwürdige Berufsbezeichnung, die ihren besonderen Talenten Rechnung trug, wie etwa Oberendverpackerin.

Als unsere Führerin schließlich erschien, erkannte ich sie sofort. Es war Mary Phinney, die ich gestern abend auf dem Empfang gesehen hatte. Klein und drahtig, mit einem Schritt wie ein gereiztes Tier, näherte sie sich uns argwöhnisch, als wären wir unberechtigt in einen Hochsicherheitstrakt eingedrungen.

«Sind Sie das, die eine Betriebsbesichtigung machen wollen?» fragte sie. Ich nickte und bemerkte, daß sie ein folienbeschichtetes Namensschildchen mit einem Foto angesteckt hatte – einem Foto, das offensichtlich aus einer Zeit stammte, als die krepparartige Haut und der runzlige Hals noch nicht aufgetreten waren – gefolgt von einer Zahl, einer sehr niedrigen Zahl, die auf eine lange Betriebszugehörigkeit im Dienste der Firma hindeutete und somit eine Art Statussymbol war. Mary Phinney trug dieses Ausweisschildchen mit Stolz.

«Sind Sie nicht mehr?» fragte sie mit hoher, kratziger Stimme.

Ich fühlte mich versucht, ihre Grammatik zu korrigieren, widerstand aber. Sie stellte sich vor mich hin, die Hände auf den Hüften, mürrisch.

«Nein, nur wir zwei», antwortete ich.

«Es sollte aber doch eine Gruppe hier sein.»

«Wir sind die Gruppe», sagte ich.

Sie warf Tobias einen mißbilligenden Blick zu und sagte: «Ist das Ihrer?»

Tobias warf stolz ein: «Das ist mein Onkel Stan.»

Aus Mary Phinneys Augen sprang die Genervtheit einen Augenblick förmlich hervor. «Daß ihr Leute euch heutzutage immer mit anderen Rassen rumtreibt – ich begreif' das nicht.»

«Ich bin sein Taufpate.»

Mary Phinney sagte nichts. Vielleicht hatte das Wort Taufe sie zum Schweigen gebracht. Ich sah voraus, daß es nicht einfach sein würde, dieser Frau gegenüber die Ruhe zu bewahren, aber ich sagte mir, daß ich schließlich herausfinden wollte, wer die Trüffel für die Feier gestern abend gemacht hatte. Insbesondere wollte ich wissen, wer die drei speziell dekorierten gemacht hatte. Allerdings war mir auch schon klar, daß ich mit ihr nicht allzu weit kommen würde. Mein erster Eindruck erwies sich als falsch: Mary Phinney war kein kläffender Terrier, sie war ein regelrechter Kampfhund.

Sie lief schon fünf Meter voraus, bevor sie Tobias und mir ein Zeichen gab, daß wir ihr folgen sollten. «Kommen Sie», rief sie uns über die Schulter zu. «Und sagen Sie Ihrem Jungen, er soll die Hände in den Hosentaschen lassen. Hier gibt's keine freien Kostproben.»

Ich schwenkte die kleine Schokoladentüte, die wir uns vorhin im Fabrikverkauf erobert hatten. «Die hatten wir schon dabei», sagte ich und hielt die Tüte hoch, «also sagen Sie später nicht, wir hätten sie gemopst».

«Hmpf!» machte Mary Phinney, während sie uns durch eine Reihe luftdichter Türen in die Fabrikhalle führte. Die Innentemperatur war kühl, etwa bei 10° Celsius, für uns jedoch immer noch relativ warm, da wir von draußen kamen. Wir gingen an Regalen voller Plastikbehälter entlang, die genau wie 10-Liter-Kanister mit Frostschutzmittel aussahen. Auf den Etiketten standen zwar Sachen wie ‹Natürliches Rumaroma› oder ‹Himbeerkonzentrat›, aber die Aufzählung der Chemikalien, die dem folgte, klang auch sehr nach Frostschutzmittel.

Wir gingen weiter zu einem großen offenen Areal. Unterwegs kamen wir an langen Reihen von Metallgestellen auf Rädern vorbei. Alle Fächer darin waren leer, und ich fragte unsere verdrießliche Führerin, warum.

«Das waren alles Bestände für den Valentinstag, die wurden schon vor Monaten ausgeliefert. Wir sind gerade dabei, die Osterproduktion fertig zu machen.»

Das war offenbar das Gleiche wie in der Modebranche, wo auch alles, was hinter den Kulissen produziert wird, dem, was die Leute gerade kaufen, um viele Monate voraus ist. Und auf der großen freien Arbeitsfläche, der wir uns jetzt näherten, wurde mir völlig klar, was im Schokoladengeschäft ‹hinter den Kulissen› bedeutete. Die erste Veränderung, die man wahrnahm, war, daß es da drin eine Spur wärmer war, wenn auch trotzdem nicht warm. Vielleicht kam der Temperaturanstieg von all den Maschinen und dem ganzen Hin und Her in diesem Areal, das einem im Maßstab verkleinerten Rummelplatz glich, mit seinen Treibriemen und Rädern und Drehscheiben und Plattformen, die allesamt Tausende von Schokoladeprodukten herumwirbelten, schwenkten, drehten oder kippten.

Eine ganz besonders gemeine Maschine erregte die Aufmerksamkeit von Tobias. Sie ähnelte der Schallplattentrommel einer gigantischen Musikbox, aber anstelle von feinen Nadeln, die süße Töne aus diesem metallenen Instrument hervorlockten, gehörte zu dieser Trommel ein Sortiment von Plastikgußformen – Häschen und Entchen und Hühnchen –, die alle hilflos auf ihrer Oberfläche festsaßen. Das Drehen und Schleudern und Schütteln, dem diese armen Schokoladentiere ausgesetzt waren, erinnerte mich an die Torturen, die Astronauten im Training ertragen müssen, um ihr Gefühl für Schwerkraft zu überwinden.

«Wozu ist das?» fragte ich Mary Phinney.

«Ein Rüttelwerk», bellte sie zurück. «Das paßt die Schokolade genau in die Gußformen ein. Alles automatisch. Jedes spuckt zweihundert Stück pro Stunde aus.»

Das klang beeindruckend. Nun kamen wir an ein Fließband, das gebleichte, weiße Kokosnußcremehäufchen Reihe um Reihe auf ihrem schicksalhaften Weg zu einer geheimnisvollen Maschine dahintrug. Jedoch unmittelbar bevor die Cremehäufchen in der dunklen Kammer verschwanden, wurde eine Reihe nach der anderen auf ein zweites Fließband aus großmaschigem Drahtgitter übergewechselt. Als ich in die Maschine hineinspähte, um zu sehen, was passiert, spürte ich, wie Tobias mich am Hosenbein zog.

«Möcht' ich auch sehen.»

Ich hob ihn hoch, und wir schauten zusammen in die Maschine. Zunächst tauchte das Gitterfließband leicht in einen flachen Trog mit geschmolzener Schokolade, die die Unterseite der reihenweise eingefahrenen Kokosnußcremehäufchen mit Schokolade überzog. Danach wurden die Opfer voll durch einen Vorhang aus geschmolzener Schokolade gezogen, der den Rest umhüllte. Die überschüssige Schokolade

rann durch das großmaschige Band ab, während die scho-
koüberzogenen Cremehütchen auf ein anderes Band umge-
wechselt und in einen Kühltunnel befördert wurden. Ich erwischte gerade noch Tobias' Ärmchen, als es sich in die
dunkle Kammer stehlen wollte, um so ein frisch überzogenes
Kokosei zu stibitzen.

Mary Phinney kriegte das spitz und schnappte: «Ich sag'
Ihnen doch, er soll die Hände in den Taschen lassen.»

Als nächstes sahen wir eine Sonderanfertigung für ein ka-
tholisches Mädchenpensionat am Ort, und zwar für die
Spendensammlung im Frühjahr, wie den Papierhüllen zu ent-
nehmen war. Es handelte sich um Kreuze aus Vollmilch-
schokolade mit einem Jesus aus weißer Schokolade. Ich
fragte Mary Phinney: «Gibt's die auch als weißes Kreuz mit
einem dunklen Jesus?»

Sie antwortete mir nicht.

Vor einer Wand bemerkte ich eine Reihe von großen
Metallfässern, wie die, in denen man Rohöl liefert, worauf
in großen Schablonenbuchstaben REINES KERZEN-
WACHS stand.

«Was ist das?» fragte ich.

Mary Phinney antwortete: «Wachs.»

«Für den Fußboden?»

«Für die Schokolade.»

«Sie geben Wachs in die Schokolade?»

«Das muß sein», sagte sie und schüttelte ärgerlich den
Kopf. Es war deutlich zu sehen, daß sie Betriebsführungen
nicht mochte, und ich fragte mich, warum sie's überhaupt
tat. Sie erklärte uns das mit dem Wachs. «Können Sie sich
vorstellen, wie schwierig es ist, so ein Qualitätsprodukt her-
zustellen? Ein oder zwei Grad zu wenig, und es wird fad und
griesig, es fehlen Glanz und Glätte. Man müßte ein chemi-
sches Labor haben, um es immer exakt hinzukriegen. Können Sie sich vorstellen, was das kosten würde? Mit ein
bißchen Wachs aber kommt es nicht mehr so genau drauf an,
und man erzielt immer noch ein gutes Produkt.»

«Aber das läuft ja darauf hinaus, daß man Wachs ißt.»

«Das schmeckt man aber gar nicht.»

«Und ich wette, daß es viel billiger als Kakaobutter ist.»

Mary Phinney wollte dem gerade zustimmen, hielt sich dann aber doch zurück. Inzwischen überlegte ich mir, wieviel Wachs man wohl brauchen würde, um Champagnertrüffel am häuslichen Herd zusammenzubrauen. Ich kapierte hier schnell, daß Schokoladenherstellung nichts weiter als eine andere Sparte der Schwerindustrie war, die gelegentlich ein eßbares Produkt auswarf.

«Entschuldigen Sie, Miß Phinney, aber ich wüßte gerne – »

«Mrs. Phinney. Mein Mann ist verstorben.»

«Das tut mir aber leid», sagte ich und kam wieder auf meine Frage zurück. «Ich würde gern sehen, wo die Trüffel hergestellt werden.»

Sie stellte sich stramm auf ihre Beinchen und sagte: «Die sind nicht von uns.»

«Ich dachte, die von *Le Jardin* werden hier gemacht.»

«Sie haben nur die Räumlichkeiten und die Einrichtungen gemietet, das ist alles.»

«Ich kenn' die Leute, denen das Geschäft gehört.»

«Dann lassen Sie sich doch von denen führen.»

«Ich will ja nur wissen, wer die Trüffel für den Empfang gestern abend gemacht hat.»

Sie richtete ihre boshaften kleinen Augen auf mich. «Warum?»

«Weil in einer Gift war, und das könnte hier gemacht worden sein.»

«Davon weiß ich nichts», sagte sie.

«Beaufsichtigen Sie nicht die ganze Arbeit in diesem Betrieb?»

«Wer hat Ihnen das gesagt?»

«Laurett Cole.»

Sie fletschte die Zähne. «Dann fragen Sie doch die danach!» sagte sie. «Sie hat sie nämlich gemacht.»

«Nein, sie hat sie nur arrangiert. Ich möchte wissen, wer sie gemacht hat.»

Mary Phinney drehte sich plötzlich um und blickte mich an: «Was wollen Sie eigentlich hier? Wenn Sie ihr damit helfen wollen, ist es jetzt dafür zu spät. Sie hat ihr Kontingent an Sonderbehandlung in dieser Firma ausgeschöpft.»

«Wer hat die Trüffel vergiftet?»

Die Frau zuckte zurück. «Ich sag Ihnen doch, es war Laurett Cole. Die Sorte kennt doch keine andere Möglichkeit, Probleme aus der Welt zu schaffen, wenn sie welche haben. War ja klar, daß man sie dabei erwischt, das dumme Weibsstück.»

«Das ist aber meine Mama», rief Tobias aus, und blitzschnell war er bei ihr und stieß und trat sie mit der ganzen Kraft seines kleinen Körpers.

Mary Phinney schrie laut um Hilfe und kreischte mich dann an: «Halten Sie diesen kleinen Bastard zurück!»

Ich hätte ja nie gedacht, daß gute irische Katholikinnen so etwas sagen würden, allerdings bin ich auch sehr behütet aufgewachsen. Ich zog Tobias von ihr weg, strengte mich dabei allerdings nicht besonders an. Ich wollte, daß er noch ein paar tüchtige Hiebe und Tritte plazieren konnte, ehe ich ihn davon abhielt. Inzwischen hatten sich ein paar Arbeiter um uns versammelt, die neugierig waren, was diese plötzliche Attacke wohl zu bedeuten habe. Ich bemerkte, daß keiner von ihnen Mary Phinney zu Hilfe kam. Sie standen nur einfach dabei und schauten zu, wie ich Tobias von der alten Frau wegzerrte.

In dem Moment trat aus einem verglasten Büro, von dem aus man die ganze Fabrikhalle überblicken konnte, ein Mann heraus. Ich erkannte sofort John Lough, den ich gestern abend bei dem Empfang auch gesehen hatte. Wieder hatte ich den Eindruck, daß sich Bärenkräfte unter seinem von der Stange gekauften Geschäftsanzug verbargen, und keineswegs schwabbeliges Fett. Er kam zu uns herüber, zu der Arena, in der die alte Hexe von dem wilden kleinen Jungen malträtiert worden war.

«John!» keuchte Mary Phinney. «Ruf die Polizei! Der Junge hat mich angefallen!»

Der Mann sprach einen Augenblick lang nicht, sondern überschaute die Situation wortlos und mit scharfem Blick. «Das ist bestimmt nicht nötig, Mary», sagte er mit der Unparteilichkeit eines Richters. Er ließ seinen Blick eine Weile auf Tobias ruhen, dann wandte er sich mir zu. «Darf ich fragen, wo das Problem liegt?» fragte er ruhig.

Auf seinem Namensschild stand, daß er Erster Vizepräsident der Produktionsabteilung war, und ich hätte gern gewußt, wer er war, wenn er das Schildchen nicht trug.

«Ich heiße Stan Kraychik», sagte ich. «Und das hier ist Tobias Cole, mein, äh, mein Neffe. Wir waren gerade hier bei der Betriebsbesichtigung, als diese Frau Tobias' Mutter beleidigte. Sie provozierte ihn, und da reagierte er natürlich.»

«Alles Lüge!» schrie Mary Phinney. «Er hat mich einfach angefallen!»

John Lough wandte sich der Gruppe Arbeiter zu, die sich um uns angesammelt hatte. «Hier ist schon alles in Ordnung. Geht wieder an eure Plätze und arbeitet weiter.» Er gab seine Anweisungen gutmütig, viel lockerer als Branco und ohne diese scharfe Betonung. Vielleicht war John Lough von Natur aus eine bessere Führungskraft. Vielleicht brauchte man als Polyp aber einfach ein gleichbleibendes Quantum unterdrückter Wut, was Branco ja auch im Überfluß besaß.

John sah uns drei an – Mary Phinney, Tobias und mich –, dann führte er Tobias und mich sanft, aber bestimmt auf sein verglastes Büro zu. «Warten Sie bitte kurz hier», sagte er und ließ uns in dem Glaskasten allein.

Er selber ging wieder hinaus, um mit Mary Phinney zu reden. Durch die Glaswände sah ich, wie sie sprachen und gestikulierten, aber ich hörte kein Wort. Mary Phinneys Mund bewegte sich ununterbrochen, und manchmal schlugen dabei ihre Kiefer so hart aufeinander, daß der ganze Kopf hüpfte und erschüttert wurde. John Lough stand still da, während sie vor ihm tobte. Dann sagte er etwas zu ihr, was sie mitten im Satz verstummen ließ. Einfach so. Sie preßte die Lippen zusammen, drehte sich um und ging. Ich hätte gern gewußt, welchen Zauberspruch er wohl zu ihr gesagt hatte, welches Psycho-Knöpfchen er gedrückt hatte, daß er sie so mühelos verstummen lassen konnte.

Er kehrte zurück zu seinem Büro, wo Tobias und ich warteten. Als er eintrat, lächelte er kurz und etwas gequält. «Alles in Ordnung. Und als kleine Entschuldigung möchte ich Ihnen jetzt gern etwas zeigen, was nur wenige Leute zu sehen kriegen.»

Er führte uns aus seinem Büro und durch die Fabrikhalle in einen anderen Teil des Gebäudes; durch Türen hindurch, Aufzüge hinauf, abknickende Korridore entlang, weit weg von der Schokoladeproduktionsmaschinerie, die wir eben gesehen hatten. Wir gingen durch mehrere Stahltüren, und ich hörte ein seltsames, rauh knatterndes Geräusch von irgendwo weiter drinnen. Nachdem wir noch einige Stahltüren aufgestoßen hatten, befanden wir uns plötzlich an der Quelle dieses Geräusches, und zwar in einer langen, engen Höhle, die an den Heizraum eines Dampfschiffs erinnerte. Aber konnte man das, was hier auf unsere Ohren traf, überhaupt noch Geräusch nennen? An den Wänden des ziemlich dunklen Raums standen zwanzig Maschinen nebeneinander, die wie überdimensionierte Trommelwaschmaschinen aussahen. Alle zwanzig Kupfertrommeln drehten sich langsam, und sie ratterten, als wären sie mit Kies gefüllt, mit ganzen Tonnen von Kies. Der Lärm war furchtbar und geradezu schmerzhaft. John Lough reichte Tobias und mir zwei Paar gepolsterte Ohrenschützer, um den Lärm zu dämpfen. Wir legten sie an und fühlten uns sofort erleichtert. So konnten wir an den zwei Reihen der Maschinen entlanggehen. Ich hob Tobias hoch, damit er hineinschauen konnte, und was wir beide sahen, waren ... Smarties. Es müssen Tausende, nein, Millionen gewesen sein. Jede dieser Riesenmaschinen überzog und glasierte die Dragees nur in einer Farbe. Eine Kupfertrommel enthielt rote, eine andere rosane, dann gelbe, weiße, orange, grüne, lilane – zwanzig Farben alles in allem, wie bei einer großen Packung von Wachsmalstiften. Oh Gott, dachte ich, schon wieder Wachs.

Wir verließen den Raum auf der gegenüberliegenden Seite, stiegen endlose Treppen hinunter und gelangten schließlich wieder in einen kühleren Bereich, wo weitere Osterartikel verpackt und zum Versand bereit gemacht wurden. Ich sagte zu John Lough: «Ich hatte eigentlich gehofft, Sie würden mir zeigen, wo die Trüffel für *Le Jardin* hergestellt wurden.»

Er antwortete rasch, aber höflich: «Ich fürchte, für heute habe ich keine Zeit mehr, aber ich kann es einrichten, daß Sie ein paar Kostproben mitnehmen.»

Tobias sagte: «Sie hat gesagt, keine Kostproben.»

«Ich kann da schon 'ne Ausnahme machen», sagte John Lough im Vertrauen auf seine Autorität. Aus den Regalen mit den Osterartikeln nahm er einen riesigen Schokoladehasen und einen großen Korb voller kleinerer Sachen – Häschen, Küken und Eier. «Ich fürchte, das war alles ein unglückliches Mißverständnis», sagte er. «Bitte nehmen Sie meine Entschuldigung an.»

Tobias griff nach den Schokoladenwaren und bedankte sich bei Mr. Lough, aber ich fügte hinzu: «Wir verzichten damit aber nicht auf unsere Rechte, in aller Form gegen diese Dame Beschwerde einzulegen. Sie hat den Jungen gequält. Wer weiß, was für ein Trauma sie bei ihm ausgelöst hat? Ich bezweifle, daß ein bißchen Schokolade das alles wieder in Ordnung bringen kann. So einfach ist das nicht.»

Tobias stupste mich und sagte: «Sei still, Onkel Stan.»

«Jawohl», sagte John Lough, «der Junge ist intelligent. Ich hoffe, Sie sind es auch». Dann brachte er uns noch zu einem Ausgang in der Nähe, und plötzlich standen wir wieder draußen, mit Blick auf den Parkplatz der Gladys Gardner Schokoladenwerke.

«Komm, Tobias», sagte ich und schleppte ihn über den feuchten Asphalt zur U-Bahn-Station, wo wir einen Zug zurück in die Stadt nehmen wollten. Er bohrte bereits in seinem Osterkörbchen. Da hatten wir's, es war noch nicht mal Valentinstag, und der Knabe wickelte bereits die Alufolie von den Schokoladeostereiern. Ich nahm eins, biß hinein, spuckte es aber sofort wieder aus. Bohnerwachs, schoß es mir durch den Kopf.

Während wir am Bahnsteig auf den Zug warteten, fragte mich Tobias: «Ist meine Mami auch tot?»

Es geht doch nichts über ein direktes Verhör. «Nein, Tobias», entgegnete ich. «Wie kommst du denn darauf?»

«So wie die alle über sie reden.»

«Mein Ehrenwort, daß es ihr gut geht, Tobias.»

«Kann ich zu ihr?»

«Wir gehen ganz bald mal hin.»

Meine Antwort mußte ihn wohl für den Augenblick zu-
friedengestellt haben, denn er fragte nicht weiter, sondern
konzentrierte sich auf seine Beute. Er wickelte das Zellophan
von dem Schokoladehasen ein Stück auf und knabberte
genüßlich an den Ohren. Was mich betrifft, begann mein
Geist durch diesen Wirrwarr von Fragen und neuen Beob-
achtungen langsam abzuschlaffen. Mein Kopf fühlte sich
schon fast wie die rotierenden Dragee-Glasiermaschinen an,
die wir gerade besichtigt hatten.

Als wir zu meiner Wohnung kamen, fand ich vor der Tür
eine große, flache, schmucklose Pappschachtel, aus der ich
nicht schlau wurde. Kein Wort drauf, kein Aufkleber, nichts.
Nichts außer einem schwachen Schokoladenduft aus ihrem
Inneren. Ich nahm sie mit in die Wohnung. Sugar Baby wartete schon, um mich zu begrüßen, jagte aber sofort davon,
als sie Tobias sah. Kluges Mädel, sie hatte seinen Anschlag
von heute morgen nicht vergessen. Ich schüttelte die myste-
riöse Schachtel, aber der schwere Inhalt machte keine Bewegung und gab keinen Laut. Ich schüttelte nochmals daran. Es
war Schokolade, soviel stand fest, vielleicht auch mit Alkohol. Keine Bombe also, dachte ich, es sei denn, die werden
neuerdings auf Lebensmittelbasis hergestellt. Ich öffnete die
Schachtel und fand darin ein großes samtbezogenes Herz. Es
war echter Samt, mit feinem Flor, vielleicht sogar echte Seide,
nicht so etwas wie der verstaubte Kunstsamt auf der Schachtel, die Tobias heute vormittag in dem Laden für verbilligten
Fabrikverkauf fast kaputtgemacht hätte. Ich lüftete den
Deckel des Herzens und sah darin eingebettet zwei Dutzend
große Schokoladentrüffel von *Le Jardin*. Wer hatte mir die
wohl geschickt? Hatte ich vielleicht endlich einen geheimen
Verehrer? Oder warb etwa jemand um mich mit vergifteten
Delikatessen?

Ich rief Nicole im Snips an und versuchte ihr klarzumachen, daß sie auf Tobias aufpassen müsse, während ich Lieutenant Branco zu erreichen versuchte. Ich wollte ihm nämlich berichten, was für Neuigkeiten ich erfahren und was ich

auf meiner Schwelle vorgefunden hatte. Aber Nicole weigerte sich, mir zu helfen. Also machte ich, bevor ich Tobias wieder einpackte, damit er mit mir zusammen der abenteuerlichen Außenwelt entgegentreten konnte, etwas Tee für mich – und Kaba für Tobias –, um uns auf unseren nächsten winterlichen Streifzug vorzubereiten. Da hörte ich plötzlich seltsame Geräusche aus dem Wohnzimmer. Ich schaute nach und sah Tobias auf dem Sofa würgen und husten, den ganzen Mund ringsherum mit Schokolade verschmiert. Er begann zu weinen, als sein kleiner Körper von schnellen zuckenden Krämpfen geschüttelt wurde. Mein erster panischer Gedanke war, daß er eine Trüffel aus der mysteriösen Schachtel gegessen hatte, die gerade angekommen war. Hatte er sich versehentlich vergiftet? Aber genauso schnell wurde mir klar, daß das, was er tatsächlich gegessen hatte, fast ein ganzer, zwei Pfund schwerer Schokoladenhase auf nüchternen Magen gewesen war und daß er jetzt im Begriff war, dieses für ihn auch beinahe giftige Produkt zu erbrechen. Ich riß ihn hoch und rannte mit ihm zur Toilette, wobei ich auf dem ganzen Weg versuchte, seinen Mund zuzuhalten und den warmen, geschmolzenen, wachsdurchsetzten braunen Schleim daran zu hindern, auf den frisch gereinigten Perserteppich zu tropfen.

7.

Süßes für den lieben Papa

Nachdem er fast den ganzen Schokoladenhasen wieder erbrochen hatte, ließ sich Tobias mit schläfrigen Augen auf das Sofa plumpsen und bereitete sich auf ein verfrühtes Nachmittagsschläfchen vor. Ich rief rasch bei der zuständigen Beratungsstelle für Vergiftungen an und schilderte seine Symptome, falls er doch Gift zu sich genommen haben sollte. Auch gab es ja, bei der haarsträubenden Menge von Zucker, die Tobias zu sich genommen hatte, die Möglichkeit, daß eine noch unerkannte Diabetes vorlag. Aber die Zuständigen vom Krankenhaus versicherten mir, daß es an den mit Süßigkeiten überladenen Feiertagen wie Valentinstag und Ostern ein durchaus übliches Syndrom sei. Das beste Mittel dagegen sei, auf Zucker erst mal völlig zu verzichten und den Körper in Bewegung zu halten. Das war genau, was ich hatte hören wollen, da ich plante, sofort zur Station E des Bostoner Polizeihauptquartiers aufzubrechen und dem Detective Lieutenant Vito Branco gegenüberzutreten, diesem stattlichen Polizeimann, dessen Pfad wieder einmal den meinen kreuzte ... oder kreuzte meiner den seinen?

Ich schüttelte Tobias sachte.

«Tobias, wach auf. Wir müssen nochmal los.»

«Nö-ö», stöhnte er. «Ich bin jetzt müde.»

«Wir müssen gehen, und ich kann dich hier ja nicht einfach allein lassen.»

«Dann bleib' halt mit hier.»

«Das geht leider nicht.» Ich zog ein bißchen an ihm, und er wehrte sich zäh mit dem ganzen kleinen Körper. Es wurde eine Art Spiel daraus, bei dem er sich schlafend stellte und ich ihn sanft aber nachdrücklich wachzukriegen versuchte. Schließlich war er durch die bloße Konzentration auf die Gegenwehr wieder so weit wach, daß wir aufbrechen konnten. Zum, wie mir schien, tausendsten Mal in diesem Winter legte ich die ganzen schweren Klamotten an, um einen Ausflug ins Polizeiquartier zu machen. Auf dem einen Arm trug ich ein schläfriges Kind, auf dem anderen jonglierte ich die eben eingetroffene Packung mit Valentinstagstrüffeln. Wieder überlegte ich, ob ich Branco nicht auch die Pralinen bringen sollte, die ich gestern abend in Lauretts Wohnung mitgenommen hatte. Einerseits wollte etwas in mir wissen, ob das Zeug vergiftet war oder nicht, aber andererseits wäre ich mir wie ein Judas vorgekommen, wenn ich eine Freundin verraten hätte, der ich Hilfe versprochen hatte. Also entschloß ich mich, dieses Indiz noch ein wenig zurückzuhalten. Ich rief ein Taxi und fuhr zur Polizeistation E. Kaum waren wir im Taxi, schlief Tobias auf der Stelle wieder ein. Er hatte den Tiefpunkt seines Zuckerzusammenbruchs erreicht.

Die Station E des Bostoner Polizeihauptquartiers ist ein Kronjuwel unter den restaurierten Gebäuden der Altstadt. Pfeiler und Portikus aus Granit erwecken den Eindruck von staatlicher Autorität und von Schutz und Treu und Glauben, wie in längst vergangenen Zeiten, den sogenannten besseren Zeiten. Sie liegt im selben Viertel wie das neuentstandene Bostoner Kulturzentrum, beinahe wie eine Ermahnung an Schauspieler, Musiker und Publikum, zu viel Vergnügen zu meiden. Und da das Gebäude der Station E offiziell unter Denkmalschutz steht, müssen alle Arbeiten zu seiner Unterhaltung und Renovierung im Einklang mit seiner originalen Ausstattung stehen: keine Dachverglasung, keine getönten Scheiben, keine Neonbeleuchtung in den öffentlich zugänglichen Bereichen; und es droht keine Gefahr, daß das Ganze in Eigentumswohnungen umgewandelt werden könnte.

Ich bezahlte den Taxifahrer und trug Tobias hinein. Er lag in tiefem Schlaf, sah aber fast wie bewußtlos aus. Jetzt hätte ich den AN/AUS-Schalter betätigen sollen, aber ich fand ihn nicht. Der diensttuende Wachtmeister fragte besorgt, ob der Knabe Hilfe brauche. Ich versicherte ihm, daß Tobias nur müde sei, daß aber die Dringlichkeit meines Besuchs bei Lieutenant Branco es erfordert habe, das Kind mitzuschleppen. Der Wachtmeister antwortete freundlich, ohne die übliche Schroffheit, die ich gewöhnlich von hart arbeitenden Hetero-Männern erfahre. Vielleicht umgab mich allein die Tatsache, daß ich einen kleinen Jungen in den Armen hielt, mit einer Aura von Zeugungsfähigkeit, also jener Art von Fähigkeit, die das zuchtfähige Männchen für seine alleinige Domäne hält. Ein männliches Kind zu haben, das besitzt vermutlich so seine Vorteile.

Der Wachtmeister rief Branco an, um mich zu melden, und zu meiner Überraschung ließ Branco sagen, ich solle sofort zu ihm kommen. Ich hatte vermutet, daß er einen Vorwand finden würde, mich nicht sehen zu müssen, denn wenn sich jemand wie Branco mit jemandem wie mir einläßt, wird aus jeder Maus ein Elefant.

Der Wachtmeister bot mir an, Tobias in der Kindertagesstätte der Station E zu lassen, während ich mit dem Lieutenant sprach. Die Tagesstätte entpuppte sich als fensterloser Raum – ehedem vielleicht ein Verhörraum –, in dem es ein Kinderbett, einen Wickeltisch, einen Laufstall und ein Plastik-Dreirad gab. Das also war der offizielle Versuch der Stadt Boston, fortschrittliche Einrichtungen für werktätige Eltern zu schaffen. Positiv zu Buche schlug allerdings, daß Tobias, da heute keine anderen Kinder da waren, den ganzen Raum für sein kleines stilles Ich mit Beschlag belegen konnte. Er war so verschlafen, daß er es nicht einmal bemerkte, als ich ihn verließ. Was für ein friedlicher Anblick.

Ganz im Gegensatz zu meinem Besuch – vielleicht wäre auch Konfrontation der bessere Ausdruck – bei Branco. Als ich sein Büro betrat, saß er am Schreibtisch, in seinen eichenen Drehstuhl zurückgelehnt, und telefonierte. Ich fragte mich, warum er immer telefonierte, wenn ich zu ihm kam. War er wirklich so beschäftigt? Oder lag ihm lediglich daran, der Begegnung von vornherein die richtige Note zu verpassen, nämlich daß er hier das Sagen hatte? Ich erkannte, daß es Ärger geben würde, als er seine langen Beine hob und seine Füße auf die Schreibtischkante legte. Diese Pose zeichnete deutlich die langen Linien seiner muskulösen Schenkel und die straffen, kräftigen Hinterbacken unter dem Stoff seiner feinen Kammgarnhosen ab. Allerdings zeigte diese Pose auch einen seltsamen Widerspruch: Trotz seines ganzen Macho-Gehabes und -Getues bevorzugte Branco an den Füßen nicht den stumpfen Schaftstiefel, den Polizisten sonst am liebsten tragen, sondern einen schmiegsamen, hochglanzpolierten schwarzen Halbschuh. Und er hatte den rustikalen Mokassin-Stil gewählt, wie er in Maine hergestellt wird, und nicht diese geschmäcklerischen italienischen Slipper.

Er beendete das Gespräch mit einem schiefen Lächeln und lebhaften Augen, und ich war ein bißchen neidisch auf den glücklichen Jemand, dem er so ungewöhnlich viel Wärme entgegenbrachte. Dann warf er den Hörer auf, setzte seine Füße auf den Boden und starrte mich kalt an. «Was wollen Sie hier?»

«Also, Sie verstehen es wirklich, einem das Gefühl zu vermitteln, daß man gern gesehen ist, Lieutenant.»

«Ich leite hier kein Mädchenpensionat. Wenn Sie mir was zu sagen haben, dann schießen Sie los.»

«Gut. Aufgrund welcher Indizien wird Laurett Cole wegen Totschlags festgehalten?»

«Sind Sie ihr Anwalt?»

«Gewiß nicht.»

«Wie kommen Sie dann dazu, hier herumzuschnüffeln?»

Die einzige Stelle im Raum, an der ich gern herumgeschnüffelt hätte, hätte mich ins Gefängnis gebracht.

«Sie ist meine Freundin, Lieutenant. Haben Sie sowas schon mal gehabt?»

«Ich habe Freunde», sagte er. Dann lehnte er sich mit selbstzufriedenem Lächeln in seinem Stuhl zurück. «Aber sie bringen niemanden um. Laurett Cole hat den Typen ja vielleicht nur erschrecken wollen, aber der Schuß ging ihr nach hinten los, und jetzt ist er tot.»

«Aber das war nicht ihre Absicht.»

«Daß sie ihm Gift gab, schon.»

«Das können Sie nicht beweisen.»

Branco beugte sich vor und preßte seine phantastisch starken Hände auf die unglückliche Platte des alten Eichentischs. «Kraychik, sie hat zugegeben, daß sie ihm die Schokolade gab. Was das Labor in seinem Mund und Magen an Zyanid gefunden hat, hätte genügt, um fünf gesunde, ausgewachsene Menschen zu töten. Sie kann froh sein, daß die Anklage nicht auf vorsätzlichen Mord lautet.»

Mir hatte Laurett etwas ganz anderes erzählt. Wieder einmal fragte ich mich, hatte sie es etwa wirklich geplant, ihren Freund oder Ehemann oder was er auch war zu vergiften? Das Einzige, was sie zu so einer verzweifelten Tat hätte treiben können, wäre eine Bedrohung für Tobias gewesen, und nach allem, was der mir von dem Toten erzählt hatte, schien mir sexueller Mißbrauch sehr wohl möglich.

«Lieutenant, Laurett hat mir erzählt, wie das mit den Pralinen gestern abend alles abgelaufen ist. Eine der Trüffel, die sie überreichen sollte, war etwas verunstaltet worden, offensichtlich von dem, der das Gift hineingetan hat, deshalb ersetzte sie diese Trüffel durch eine neue. Sie hatte nicht die Absicht, damit irgend jemand etwas anzutun. Dieser Typ nun nahm die Trüffel und aß sie, als Laurett die Küche verlassen hatte. So hat er die Dosis Zyanid abgekriegt, aber in Wirklichkeit sollte Prentiss Kingsley diese Trüffel bekommen. Ich bin extra hergekommen, um Ihnen das zu sagen, unter anderem.»

Branco lehnte sich wieder in seinem Stuhl zurück und betrachtete mich mit zusammengekniffenen Augen. Er schürzte die Lippen und schüttelte langsam den Kopf, als wolle er sagen: «Davon müssen Sie mich erst überzeugen.» Ich spürte förmlich, was er über mich dachte. Vermutlich konnte es gar nicht anders sein, als daß jemand mit meinem genetischen Make-up jemandem wie ihm das Blut in Wallung brachte: ich war Coiffeur, er Polizist, ich konnte mich jeder Situation anpassen, er war unbeugsam, und ich bevorzugte Männer, während Branco keine erkennbaren sexuellen Vorlieben hatte. Noch seinen Begriffen konnte er mich nicht als vollwertigen Mann nehmen, aber genausowenig konnte er mich der hilflosen Hälfte der Menschheit zurechnen, die seinen Schutz brauchte, der Hälfte, die Frauen, Kinder und alte Menschen umfaßte.

Er atmete tief ein und hielt einen Augenblick die Luft an. Ich sah seine Backenmuskeln hervortreten. «Kraychik», sagte er und stieß die Luft ganz langsam aus, als wolle er einen quälenden inneren Druck lösen, ohne zu explodieren, «ich möchte, daß Sie auf der Stelle mein Büro verlassen, und ich will Sie hier nicht mehr sehen, bis ich Sie rufen lasse. Ist das klar?»

«Jawoll, Herr Lieutenant, dabei versuche ich aber doch nur, ein braver Pfadpfinder zu sein und für Wahrheit, Gerechtigkeit und den American Way of Life zu kämpfen.»

«Raus!»

«Aber ich hab Ihnen was mitgebracht.» Ich hielt ihm die Schachtel Trüffel hin.

Der schöne Polizist schüttelte den Kopf und murmelte: «Christus!» Dann verfinsterte sich sein Gesicht. «Was ist das?» fragte er kühl.

«Schokolade. Ich dachte, Sie wären froh darüber.»

«Soll das ein Witz sein?»

«Nein, Lieutenant. Es ist ganz ernst. Nehmen Sie's.»

Er setzte sich in seinem Stuhl auf und verschränkte die Arme über seinem großen Brustkasten – die klassische Abwehrhaltung in der Körpersprache.

Er sagte: «Ich habe nie etwas getan, Sie zu einem solchen Verhalten zu ermutigen.»

«Ich tue nur, was ich tun muß, Lieutenant.»

Er schüttelte den Kopf. «Aber ich will es nicht.»

«Was soll ich dann damit machen?»

«Geben Sie's jemandem, der die gleichen Neigungen hat wie Sie.»

«Aber es könnte für Sie ein Beweisstück sein.»

Brancos Augen mit ihrem wunderbaren Leuchten weiteten sich. «Was soll das heißen?» fragte er.

«Das lag heute vor meiner Wohnungstür. Ich weiß nicht, wer es geschickt hat, aber es ist ganz sicher Ware vom *Le Jardin*. Deshalb dachte ich, da könnten einige Hinweise für Sie dran sein.»

Branco ließ das einige Augenblicke auf sich wirken, dann gluckste er nervös. «Ich dachte, daß vielleicht ...» Er lächelte vage. «Ich dachte, weil ja Valentinstag ... und weil Sie doch ... ich dachte ...» Dann lachte er tatsächlich. Es war das erste Mal, daß ich Branco je hatte lachen hören, und diese neue Situation weckte in mir den Wunsch, daß er noch mehr lachte, und daß ich mit ihm lachen konnte. Aber er mußte meine Gedanken erraten haben, denn er beherrschte sich sofort und war gleich wieder ganz Bulle.

«Das ist also kein Geschenk?» fragte er.

«Warum sollte ich Ihnen ein Geschenk machen?»

Er nahm die Schachtel steif entgegen. «Danke», sagte er. «Ich werd' sie ins Labor runterschicken.» Dann erhob er sich plötzlich und zog seinen Mantel an. Das war ein langer Überzieher aus schwerem anthrazitgrauem Loden. An jedem anderen hätte er einfach nur wie eine schicke Kluft ausgesehen, aber an Branco hatte er die Aura eines heiligen Gewandes. Er öffnete die Tür und gab mir mit der Rechten ein Zeichen, daß ich gehen solle. «Jetzt ist Schluß hier.»

«Spätes Mittagessen?»

Branco blickte finster. «Ich hab' für heute frei.»

«So zeitig? Es ist doch erst 3 Uhr.»

«Kraychik, wenn Sie hier den Aufpasser spielen wollen, dann notieren Sie doch auch, daß ich seit gestern morgen um 8 Uhr früh im Dienst bin.»

«Morgens um 8 Uhr früh ist ein Pleonasmus, Lieutenant.»

Branco grunzte.

Ich wollte ihm gegenüber ja eigentlich nie sarkastisch sein, aber es passierte mir einfach immer wieder. Manchmal wünschte ich mir, wir könnten Freunde sein, verschworene Kumpel, die sich zwanglos anfassen und zusammen ein Bier trinken gehen und sich ihre kleinen Siege und Niederlagen erzählen. Aber wenn Branco mich je berühren würde, oder ich ihn, würden, fürchte ich, die Charakteristika *meiner* Art und Weise, mich mit Männern zu verbrüdern, zu offenkundig werden.

Auf seinem Weg aus der Polizeistation durchquerte er einen überfüllten Korridor, und ich versuchte, mit ihm Schritt zu halten. Mit seinen langen Beinen bewegte sich Branco leicht, aber sein Schritt war auf dem Marmorboden fast unhörbar, gar nicht der typische autoritäre Tritt. Sein offener Mantel umwehte ihn wie ein großes dunkles Cape.

«Lieutenant, ich war heute morgen in den Gladys Gardner Werken, und ich glaube, die haben da was zu verbergen.»

«Mir egal, Kraychik. Ich bin außer Dienst.»

«Aber sie wollten mir nicht zeigen, wo die Trüffel für *Le Jardin* gemacht werden.»

«Auch wenn Sie's nicht glauben wollen: das ist deren gutes Recht, daß sie ihre Privatangelegenheiten für sich behalten, besonders solchen Leuten wie Ihnen gegenüber.»

«Aber ich glaube, die vergiftete Trüffel kam dort aus der Firma. Irgend jemand da drin hat die Trüffel mit Zyanid gefüllt.»

«Das hätte auch überall sonst gemacht werden können. Tatsächlich ist da manches recht seltsam – wir haben Laurett Coles Wohnung durchsucht und dort nicht ein Stück Schokolade entdeckt. Finden Sie das nicht auch komisch, bei einer Frau, die ein Süßwarengeschäft führen sollte?»

«Naja …» antwortete ich zögernd, da ich selbst ihm schließlich dieses spezielle Beweisstück vorenthielt. «Vielleicht hat sie das Zeug schon so über, daß sie's einfach nicht auch noch in der Wohnung haben will. Bei mir liegen zu Hause ja auch keine Lockenwickler und Trockenhauben herum.»

«Aber für den Jungen hätte doch ein bißchen was da sein müssen.»

«Nein, nein, Lieutenant. Seine gesunde Ernährung geht ihr immer vor», log ich. «Ich glaube eher, es war so: Sie haben in Lauretts Wohnung nach belastenden Hinweisen gesucht und nichts gefunden. Und statt dieser Tatsache Rechnung zu tragen, ziehen Sie es vor, anzunehmen, daß an der Sache etwas faul ist.»

«Das sagen Sie.»

«Könnte es nicht sein, daß Sie auf der falschen Spur sind?»

Branco blieb stehen und sah mir ins Gesicht.

«*Sie* sind auf der falschen Spur, Kraychik. Wir haben eine Leiche, eine Verdächtige und ein Motiv. Und Sie haben nichts als ein paar verrückte Ideen.»

«Aber –»

«Ich sag' Ihnen doch, ich bin außer Dienst.» Er wandte sich verärgert von mir ab und ging auf eine Tür mit der Aufschrift MÄNNER zu. Was blieb mir übrig, als ihm zu folgen?

Drinnen waren die Wände dreiviertelhoch mit grauem Marmor gefliest und auf der restlichen Fläche mit glänzender, zart kornblumenblauer Emailfarbe getönt. Den Fußboden bildete ein makelloses Mosaik winziger fünfeckiger weißer Fliesen. Alles wirkte nüchtern und funktionell. Sogar in der kühlen Luft lag ein leichter Geruch von Kiefernadel-Desinfektionsmittel. Branco postierte sich vor eines der beiden Pissoirs, während ich mir die Hände wusch. Ich wasche mir immer vorher die Hände. Und wenn Sie die Hände den ganzen Tag in den Haaren anderer Leute hätten, würden Sie das auch. Aber keine Angst – im Laden wasche ich mich auch hinterher.

Branco schaute kurz zu mir herüber und heftete dann seinen Blick auf die Marmorwand direkt vor sich. Ich stellte mich an das Urinoir neben ihm. Komischerweise schien dieses gemeinsame Tun uns beide, Branco und mich, irgendwie freundschaftlich zu verbinden, als würden wir damit einem archaischen Ritual folgen: gleichgültig, was wir tun oder wen wir mögen oder wie es uns geht, so pinkeln Männer nun mal eben. Ich stehe also da und schlage mein Wasser ab mit meinem üblichen lauten Plätschern und grüble über alle möglichen Arten menschlicher Entwicklung nach, und daß sich gerade dieser Akt durch die Jahrtausende hindurch kaum geändert hat, daß Billionen von Männern so gepinkelt haben und daß, wenn es gut geht, noch Billionen so pinkeln werden. Das heißt, ich dachte eigentlich nicht direkt an Sex. Aber was passiert? Branco wendet sich plötzlich ab und geht in eine der leeren Kabinen. Drinnen schließt er die Tür und verriegelt sie, als habe er Angst, er könne sich in meiner Gegenwart was holen. Ich brach schier zusammen. Aber dann, als ich ihn zögernd pinkeln hörte, begriff ich sofort, was dahinter steckte. Lieutenant Vito Branco, dieses männliche Tier ohne Nerven mit dem phantastischen Körper und dem starken Willen, dieses Prunkstück des italienischen Machismo, war pinkelscheu.

Er kam aus der Kabine zurück und wusch sich die Hände am Waschbecken, während er seinen grimmigen Blick im Spiegel übte. Ich tat so, als würde ich mir in einem anderen

Teil desselben Spiegels die kurzen Haare richten. Branco zog die Stirn in Falten, als sein Blick meinem Spiegelbild begegnete. Ich schaute seinem Spiegelbild direkt in die Augen, und mein ganzes Gesicht war ein einziges dämliches Grinsen. Fast hätten sich seine Lippen auch zu einem Lächeln verzogen, aber stattdessen begann er im Spiegel methodisch seine Zähne durchzuchecken.

Draußen in der kalten Luft glitzerten Brancos lockige schwarze Haare in der strahlenden Sonne. Der Typ hätte in seiner Jugend ohne weiteres als Fotomodell durchgehen können, aber damals wagten es die Herausgeber noch nicht, so sinnliche Männer auf der Titelseite zu bringen. Ich folgte ihm zum Auto, einem alten Alpha Romeo Coupé, dessen ehemals leuchtender, sportlich grüner Lack jetzt ausgebleicht und matt wirkte.

«Lieutenant, werden Sie die Leute von der Schokoladenfabrik wenigstens vernehmen?»

Branco sah mich müde an. «Kraychik, ich sag's Ihnen jetzt noch einmal: hören Sie auf, sich einzumischen. Ich weiß, daß Sie Freunden helfen wollen, aber Sie sind uns nur im Weg.»

«Ich finde immerhin ständig Fakten heraus.»

Branco schüttelte den Kopf. «Sie wiederholen doch nur, was andere Ihnen erzählen. Und nach dem, was Sie wissen, scheint jeder Sie anzulügen. Warten Sie doch mal bis morgen, um zu sehen, mit was für einer verqueren Theorie Sie dann wieder daherkommen.»

«Morgen könnte es zu spät sein, Lieutenant. Es gibt nämlich hier irgendwo einen Mörder, der Prentiss Kingsley tot sehen möchte. Warum sollte ihn die Tatsache, daß Sie müde sind, davon abhalten?»

«Wenn es stimmt, wird ihn das sicher nicht abhalten.» Branco stieg ins Auto. «Aber ich glaube nicht, daß es stimmt.»

Er warf die Tür zu und startete, während ich vergeblich mit der Fingerspitze an einer Stelle der Motorhaube herumpolierte. «Müßte mal gespritzt werden, der Wagen, Lieutenant.»

Ein blaues Rauchwölkchen stieg aus dem Auspuff.

«Und die Kolbenringe ausgewechselt kriegen», antwortete er und fuhr davon, wobei er den Alpha aufheulen ließ, um das unverwechselbare wilde Dröhnen zu erzeugen.

Ich trat nach der rußigen Schneewächte am Rand des Gehsteigs, dann bog ich in die Berkeleystraße ein und ging zurück zum Laden. Ohne ersichtlichen Grund und trotz des erwartungsgemäßen Wortwechsels mit Branco fühlte ich mich wie von einer Last befreit. Ich ging leichter als jemals seit dem Mord gestern abend und merkte, daß meine Beine wieder wie üblich weit ausgriffen. Immerhin eine Gemeinsamkeit zwischen Branco und mir, daß wir beide lange Beine hatten. Das war doch schon mal was, oder? Das Laufen tat mir gut, und ich dachte, daß ich, wenn ich das öfter machte, vielleicht wirklich noch irgendwann die Extrapfunde um meine Taille verlieren würde. Erst als ich im Geschäft ankam und Nicole begrüßte, bemerkte ich, was ich getan, vielmehr, was ich nicht getan hatte.

«Wo ist denn Tobias?» fragte sie.

Wortlos ging ich zum Telefon. Ich rief schnell die Polizeistation E an und sagte, daß ich meinen Schützling bei ihnen vergessen hätte.

Der diensttuende Wachtmeister gluckste ein bißchen und sagte: «Kein Problem. Der kleine Lümmel hat uns recht gut bei Laune gehalten.» Es war schon komisch, daß dieselben Leute, die Laurett Cole eingelocht hatten, sich jetzt mit ihrem Sohn amüsierten. Der Beamte fuhr fort: «Wollen Sie ihn hier abholen, oder sollen wir ihn mit einer Streife vorbeibringen?»

«Wenn Sie ihn hier absetzen könnten, wäre das wunderbar», sagte ich, aber Nicole unterbrach mich:

«Meinst du nicht, daß der Junge heute schon genug hinter sich hat?» fragte sie.

Verwirrt und hilflos zuckte ich die Schultern.

Nicole runzelte unwillig die Stirn. «Sag' ihnen, daß ich den Jungen abhole. Sieht so aus, als wäre in dieser Situation eine *richtige* Frau vonnöten, um die Sache zu schmeißen.»

Ich erklärte dem Wachtmeister, daß Nicole in Kürze Tobias abholen werde. Dann legte ich auf und drehte mich zu ihr um.

«Liebes, ich bin wirklich völlig gestreßt. Es war einfach ein Fehler.»

«Steht dein Streß in irgendeinem Zusammenhang mit dem Lieutenant?»

Wie sollte ich ihr begreiflich machen, daß diese scheinbar unschuldigen Augenblicke mit Branco auf der Toilette mein sexuelles Selbstvertrauen aus der Bahn geworfen hatten? Aus dem Nähkästchen zu plaudern liegt mir eigentlich nicht so, aber diese paar Minuten allein mit Branco hatten eine neue Saite in mir zum Erklingen gebracht. Voller Schrecken fragte ich mich, war ich am Ende ein verkapptes Piss-Schwein?

«Nikki», sagte ich munter, «ich hab' heute frei, ich bin dir keine Erklärungen schuldig.»

«Sonst doch auch nicht. Aber was deinen freien Tag betrifft: geh doch bitte an deinen Arbeitsplatz und befasse dich mit der Dame, die gerade unangemeldet gekommen ist.»

«Aber, Nikki –»

«Stanley, ich habe dir heute früh einen Gefallen getan, und jetzt tust du mir auch einen. Es ist also bestimmt nicht zu viel verlangt, oder?»

«Aber wir haben doch noch andere, die sich um sie kümmern können.»

«Aber ich möchte, daß *du* dich um sie kümmerst, und ich möchte, daß du sie auf jeden Fall in ihrem Sessel festhältst, bis ich mit dem Jungen zurück bin.»

«Wieso?» fragte ich – aber als ich die Frau sah, wußte ich die Antwort. Wir im Salon Snips nehmen auch mal unangemeldete Kunden an, vorausgesetzt, sie entsprechen unseren inoffiziellen, ungeschriebenen Erwartungen. Explizit nach einem von uns zu fragen, ist zum Beispiel von Vorteil. Was allerdings diese Frau hier betrifft, so war das, was ihr bei Nicole Tür und Tor geöffnet hatte, ihr knöchellanger Chinchillamantel. Nicole war richtig geblendet von dem Wogen des frostgrauen Fells, als die Frau sich jetzt aus einem der mächtigen Clubsessel im Wartebereich erhob. Mit lässigem Schwung legte sie den Mantel ab und reichte ihn Nicole.

«Passen Sie gut drauf auf, ja, meine Liebe?» sagte sie zu

Nicole in herablassendem Ton, obwohl sie ein paar Jahre jünger als Nicole zu sein schien, die jenseits der fünfzig ist.

Nicole lächelte breit. «Ich versichere Ihnen, ich werd' ihn nicht aus den Augen lassen.»

Die Frau fuhr fort: «Mein Freund würde einen Schreikrampf kriegen, wenn der wegkäme, obwohl er *selbstverständlich* versichert ist.» Sie warf den Kopf zurück und lachte, als wäre das besonders witzig. Es entging ihr völlig, daß Nicole und sie in etwa dieselbe Größe hatten, und daß der Mantel anprobiert – vielmehr: *getragen* werden würde, und zwar zur Polizeistation E, um Tobias abzuholen – während ich mich um das strapazierte Haar der Dame kümmerte. Warum das so aussah? Sie war von diesem mörderischen Blond – offenbar von eigener Hand gebleicht – und brauchte dringend eine Farbauffrischung und eine gewaltige Haarkur. Ich gab ihr eine Frisierrobe und zeigte ihr, wo sie sich umziehen konnte, dann kehrte ich zu Nicole zurück.

«Du mußt der nur mal durchs Haar fahren, Liebes, da kannst du dir glatt den Nagellack ruinieren.»

Nicole nickte und streichelte den Pelzmantel, den sie immer noch im Arm hielt. «Sie ist nicht von hier, aber ihr Freund kommt aus Boston.»

«Wie hast du denn das rausgekriegt?»

«Sie hat mir seinen Namen gesagt, und sogar, wo er arbeitet», antwortete Nicole, womit sie wieder einmal bewies, daß sie nahezu alles aus jedem herauskriegen konnte. «Ich wette, daß sie ihn gerne mit mir teilt.»

«Nikki, ich würde es mir zweimal überlegen mit so einem Pelzmantel. Diese Tierschützer können ganz schön rabiat werden.»

«Stanley, das Fleisch und die Knochen werden zu Tierfutter verwertet, es wird also der ganze Körper verwendet, wie bei den Eskimos oder den Indianern.»

«Nein wirklich?» rief ich in spöttischem Unglauben.

«Ich schwör's. Sie hat es mir gerade erzählt. Frag' sie selber. Ihr Freund arbeitet für die Kürschnerei Kouros. Sie wohnt zur Zeit in der Gesellschaftssuite im Ritz.»

Wie konnte ich erwarten, daß Nicole auch für die weniger

glanzvolle Seite der Tiere Sympathien aufbrachte? Für sie
lebte alle Kreatur auf Erden in einer simplen Hackordnung,
deren oberster Rang von den edlen Menschenwesen eingenommen wurde, deren oberste Schicht wiederum aus Mani-
küren bestand. Alles, was weiter unten rangierte, war lediglich dazu da, daß das Darüberliegende sich bedienen konnte.
Ich hatte ihr oft schon klarzumachen versucht, daß Küchen-
schaben und Ratten sich den Rang *über* uns teilten, daß sie
aber so klug waren, uns nicht zu vernichten, sondern von uns
zu leben.

Ein Taxi hupte am Lieferanteneingang, und Nikki
schlüpfte durch die Hintertür. Ich erhaschte noch ein flüch-
tiges Aufblitzen von Grau, als sie verschwand, in den flau-
schigen Pelz gehüllt. So wäre sie wenigstens warm eingepackt, wenn auch politisch nicht superkorrekt, auf ihrer
barmherzigen Mission, Tobias zu retten.

Als die Frau nun in meinem Frisiersessel Platz genommen
hatte, begann ich, ihr diplomatisch, aber unerbittlich einen
Vortrag über den Hausgebrauch von Haarfärbemitteln zu
halten. Sie erwiderte: «Aber ich mach' mir das Haar doch
nicht selber. Mein bisheriger Friseur ... naja, er hatte Probleme mit Drogen.»

Was ihr frittiertes Haar immerhin erklärte. Unglücklicherweise ist der Mißbrauch von Chemikalien nicht auf die
Waschbecken und Frisierstühle in den Haarsalons eingeschränkt. Das Personal ist ebenfalls dafür empfänglich. Ich
hatte Glück, daß meine Abhängigkeit sich in der Hauptsache
auf Essen beschränkte.

Ich begann meine Arbeit an dem Haar der Frau damit, daß
ich nur an den Wurzeln kunstfertig gemischte Farbcreme
auftrug. Die Haarschäfte selbst benötigten viel eher liebevolle Pflege als weiteres Ammoniak oder Peroxyd. Diesen
Bereich würde ich also später gesondert behandeln. Während ich die Farbe auftrug, grübelte ich über die Fakten nach,
die ich bisher zu dem Mord von gestern abend wußte. Wenn
man mit seinen Kunden nicht müßig daherplappert, kann
Haaremachen sehr meditativ sein. Glücklicherweise summte
diese Frau nur vor sich hin, was mir half, im Stillen nachzu-

denken. Mich beschäftigte immer noch stark, daß die vergiftete Trüffel gestern abend auf Prentiss Kingsleys Tablett hätten kommen sollen. Wenn das stimmte und alles wie geplant abgelaufen wäre, wäre Prentiss jetzt bereits tot, und der Fall würde sich ganz anders darstellen. Wartete also jetzt der Mörder auf die nächste Gelegenheit, ihn umzubringen? Oder versuchte Laurett nur, von sich und ihrem vorgeplanten und ausgeführten Mord an Trek Delorean abzulenken? Hatte ich mich ganz naiv von ihr täuschen lassen? Es schien stets auf das Gleiche hinauszulaufen – was die Polizei glaubte, war die eine Seite, und die Einwände der Opfer oder der Täter waren die andere Seite. Ich meinerseits mochte es gar nicht, daß in mir Zweifel wuchsen. Ich konnte mir nicht vorstellen, daß eine Freundin von mir, und auch noch ausgerechnet Laurett, vorsätzlich oder zufällig in diesen Totschlag verwickelt sein sollte. Die Polizei hielt sie für rundweg schuldig. Ich aber konnte das nicht glauben.

Ich war damit fertig, der Frau Haarfarbe aufzutragen, hüllte ihren ganzen Kopf in eine Plastikhaube und ließ die Chemikalien sich nun allein ihren Weg zu einem Wunder bleichen. Während das alles still vor sich hin köchelte, ging ich ins Hinterzimmer und schenkte mir eine Tasse Kaffee ein. Und dieweil ja heute eigentlich mein freier Tag war, gab ich einen Schuß von Nicoles Cognac dazu. Während der Arbeit war zwar Alkohol verboten, aber Nicole war ja nicht da, um mich zurechtzuweisen. Außerdem hatte sie in dieser Hinsicht auch ihre eigenen Regeln. Während ich also an meinem Gebräu nippte, überlegte ich mir, was als nächstes zu tun sei. Prentiss Kingsley sollte das Opfer sein, aber ihn hatte ich ja schon vergeblich zu finden versucht. Vielleicht wußten Liz Carlini oder Dan Doherty etwas, das erklären konnte, warum jemand ihn umbringen wollte. Ich entschloß mich, Dan Doherty als nächstes aufzusuchen, da er in der Stadt wohnte. Ich würde bei ihm vorbeischauen, sobald Nicole mit Tobias zurück war.

Um die Kundin noch etwas länger auf meinem Frisierstuhl festzuhalten, schlug ich eine leichte Tönungswäsche vor, die ihre übel zugerichteten Haarschäfte ein wenig färben würde, ohne sie noch weiter zu schädigen. Auf diese Weise hätte das Haar Gelegenheit, wieder gesund nachzuwachsen. Auch schnitt ich die beschädigten Spitzen um etwa zwei Zentimeter zurück.

Wie durch ein psychologisches Wunder tat ich gerade die letzten Handgriffe am Haar der Frau, als Nicole mit Tobias im Schlepptau wieder durch die Hintertür von Station E zurückkehrte. Die Frau wäre nie auf die Idee gekommen, daß ihr Mantel ohne sie einen Ausflug quer durch die Stadt gemacht hatte. Als ich fertig war, hatte ihr goldblondes Haar einen seidigen Glanz, wie sie ihn noch nie gesehen hatte.

Tobias rannte in den Laden und umschlang meine Beine.

«Onkel Stan, du hast mich vergessen.»

«Tut mir leid, Tobias. War ein Versehen.»

Meine neue Kundin musterte mich im Spiegel. «Ihr Neffe?»

Ich nickte und spürte gleich darauf, wie sich ein Unterarm mit vertraulichem, vielsagendem Druck an meiner Hüfte rieb. Wenn man mit Menschen arbeitet, hat man viel Berührung mit ihnen. Manchmal zufällig, manchmal freundschaftlich, manchmal lasziv.

«*Phantastisch*, was Sie mit meinem Haar gemacht haben», sagte sie.

«Es hat nur bekommen, was es gebraucht hat.»

Sie blickte mir im Spiegel tief in die Augen. Dieser unverblümte Blick beschwor vor meinem geistigen Auge all die halbseidenen Erfahrungen ihres bisherigen Lebens herauf, und jetzt fragte sie auch noch:

«Haben Sie bei anderen Körperregionen auch so viel Talent?»

Ich zwinkerte und lächelte. «Man sagt so.»

Sie stand auf, um die Kleider zu wechseln, und nahm dann ihren Pelz von Nicole wieder entgegen. Nachdem sie am vorderen Tisch meine exorbitante Rechnung bezahlt hatte, kam sie nochmal an meinen Platz zurück und griff in ihr kleines Perlentäschchen, das nur gerade so groß war, daß ungefähr zweitausend Dollar hineingingen ... und ein Lippenstift. Ihre manikürten, juwelenbeladenen Finger zogen einen knisternden Zwanzig-Dollar-Schein heraus. «Sie sind ein Genie», sagte sie. «Ich komme nächste Woche wieder.» Dann verließ sie den Laden mit einem Aufwirbeln des üppigen Fells von den toten Tieren. »Hüte dich vor Leuten, die hohes Trinkgeld geben», sagte Nicole.

«Nur keine Eifersucht, Liebes. Du kannst immer noch den Freund haben.»

«Du vielleicht auch.»

«Ich könnte nie was mit so einem Tierschänder anfangen, noch dazu, wenn er straight ist.»

«Straight hat dich doch sonst noch nie abgehalten.»

Da schon fast Ladenschlußzeit war – montags schließen wir früher – setzte ich mich zu Tobias in den Wartebereich. Ich las ihm aus einem Modemagazin vor, weil ich mir vorstellte, ich könne sein Stilempfinden frühzeitig und in die richtige Richtung lenken.

Nikki fragte: «Gehst du denn noch nicht?»

«Ich hab' mir gedacht, ich bleib' noch einen Augenblick und trink' was mit dir.»

«Dann bist du wohl wieder auf einen Gefallen aus?»

Das stimmte, aber ich wollte es noch nicht zugeben. Kurze Zeit später, nachdem der Laden geschlossen und abgesperrt war, tranken Nicole und ich im Hinterzimmer einen Cocktail. Tobias blieb im Laden und spielte ganz glücklich mit den Aluminium-Lockenwicklern und Plastikstäbchen von meinem Arbeitsplatz irgendwelche intergalaktischen Kriegsszenen auf dem Fußboden. Nikki zündete sich eine Zigarette an, einen von den Glimmstengeln in ihrer feinen Spezialmischung von Perretti's in pastellfarbenem Reispapier. Heute abend hatte sie blassestes Taubenblau gewählt, und sie machte aus dem Anzünden und Rauchen ein Ritual, wie es gemeinhin der japanischen Teezeremonie vorbehalten ist. Inzwischen konzentrierte ich mich darauf, mit ihr zu klären, was heute nacht mit Tobias geschehen solle. Dieses Problem der Kinderverwahrung, das ständig auftauchte, mußte mit besonderem Takt und Diplomatie behandelt werden, vor allem heute abend, wo ich Zeit brauchte, um Dan Doherty zu besuchen und ihn über die Intrigen und Taktiken zwischen den Gladys Gardner Schokoladenwerken, der alten Matrone, und *Le Jardin Chocolatier*, der kleinen frechen Schwester, auszuquetschen. Nicole hatte sich ein für alle Male ausbedungen, daß sie Tobias nicht über Nacht nehmen müsse. Aber das war gestern abend gewesen.

«Ähm, Liebes …?» begann ich vorsichtig.

«Nein, Stanley», antwortete sie scharf. «Du kriegst keine Zigarette. Du hast es schon oft genug probiert und immer versagt. Wenn du Zigaretten vergeuden willst, dann nimm so eine ‹Leicht›-Marke aus dem Automaten, aber verschone meine.» Um diesem Satz dramatischen Nachdruck zu verleihen, nahm sie dazu einen großen Schluck Cognac.

Ich schwenkte meinen Bitter Bourbon in seinem, dem Ambiente angemessenen Glas. «Es war eigentlich was anderes, Liebes», sagte ich und starrte gedankenverloren in meinen Drink.

Nicole spähte vorsichtig zu mir herüber. «Du willst wahrscheinlich, daß ich den Jungen heute nacht nehme.»

Ich nickte und machte ein bedrücktes Gesicht. Nicole fuhr fort. «Weil du ein paar Leute zu dem Mord ausquetschen willst.»

Ich nickte wieder, wenn möglich noch düsterer.

«Und der Lieutenant hilft dir schon wieder nicht.»

Ich schüttelte verzweifelt den Kopf, aber innerlich war ich froh und erleichtert, da sie alles, was mir schwergefallen war, an meiner Stelle gesagt hatte.

Nicole seufzte, streifte sacht die Asche, die sich angesammelt hatte, von ihrer Zigarette, nahm noch einen tiefen, genüßlichen Zug und sagte: «Okay, Stanley. Ich paß' heute nacht auf ihn auf.»

«Oh, danke – »

Sie hob mahnend den Finger. «Still. Das sollte der Junge nicht hören.»

«Ich revanchier' mich, Nikki.»

«Nicht nötig, nachdem es das einzige Mal sein wird. Es wird sich keinesfalls einbürgern. Ihn in Obhut zu nehmen, das war deine Idee und nicht meine. Obwohl ich es auch nicht für richtig halte, daß er unter gerichtliche Vormundschaft gestellt wird, will ich doch kein Kind in meinem Leben, vor allem nicht in meinem Alter.»

«Dann betrachte ihn doch als liebenswerten Enkel.»

Sie funkelte mich an: «Du bewegst dich da auf sehr dünnem Eis, du undankbarer Jugendfetischist.»

«Entschuldige, Nikki. Ich brauch nur furchtbar dringend Zeit. Wie üblich hat Branco den Fall schon so gut wie gelöst und abgeschlossen, und doch glaube und hoffe ich immer noch, daß Laurett nicht wirklich jemanden getötet hat, und versuche es zu beweisen.»

Nicole hob mir ihr Glas entgegen und sagte: «Stanley Kraychik, der Volksheld.»

«Oder größte Volksdepp», antwortete ich.

Wir tranken, und mein Bourbon rann mir warm die Kehle hinunter und hinterließ seinen angenehmen Nachgeschmack zwischen Brennen und Süße.

Nicole sagte: «Das klingt, als hättest du doch Zweifel an Laurett.»

«Ich weiß nicht. Ich möchte ihr glauben, aber ihre Geschichte ist auf ihre Weise genauso glatt und sauber wie die von Branco, und seine Sicht der Dinge kann ich nie akzeptieren.»

Nicole sagte: «Laurett hat aber doch schon einen Anwalt, Stanley. Chaz setzt sich voll dafür ein, daß sie freikommt.»

«Aber hält er sich an das, was wirklich geschehen ist, an die Wahrheit?»

«Der Schuft, als den du ihn immer hinstellst, ist er wirklich nicht.»

«Nikki, daß er ein Schuft ist, hab' ich ihm nie unterstellt. Ein arroganter, chauvinistischer, habgieriger Typ vielleicht, das schon, aber kein Schuft.»

«Chaz war gut für mich, Stanley, außerdem ist er einverstanden, Laurett kostenlos zu verteidigen.»

«Wahrscheinlich nur, bis sie raus ist. Danach wird er vermutlich die Stadt Boston verklagen, daß er ihretwegen Schaden erlitten hat.»

Nicole nickte. «Und den Staat Massachusetts gleich hinterher ... Aber ich persönlich würde es sehr schätzen, wenn du ihm ein bißchen hilfst.»

Ich trank meinen Bourbon aus. «Dank dir, daß du Tobias nimmst, Liebes. Ich ruf' später an, um zu hören, wie es ihm geht.»

«Brauchst du nicht, Schätzchen. Außerdem wird Chaz heute nacht bei mir sein.»

«Na ja, vielleicht sollte ich mal mit ihm reden.»

«Wozu?»

«Soll ich ihm nicht helfen?»

Nicole schwieg. «Ich glaube nicht, daß das jetzt schon notwendig ist. Chaz ist sehr kompetent. Wenn er dich braucht, wird er's dir bestimmt sagen.»

Dasselbe wie bei Branco. Warum war Nikki plötzlich so kühl zu mir? Normalerweise war sie wie eine mütterliche ältere Schwester, die ihrem kleinen Bruder nichts abschlagen konnte. Aus irgendeinem Grund kam aber neuerdings Distanz auf. Ich hatte den Verdacht, daß Charles die Ursache davon war. Obwohl er sich gern als smarten jungen Profi darstellte, der tolerant handelte und progressiv sprach, fühlte ich, daß er insgeheim bis ins Mark bigott war. Und in meinem Lexikon ist bigott so viel wie homophob.

Nicole fuhr fort: «Vergiß nicht, daß morgen *ich* frei habe, und ich habe nicht vor, Tobias den ganzen Tag bei mir zu behalten.»

«Aber ich arbeite ja hier.»

«Ich werd ihn dir mit dem Taxi vorbeischicken.»

«Ist es nicht vielleicht besser, wenn ich früh vorbeikomme, zum Frühstück, und ihn selber mitnehme?»

Sie schwieg wieder. «Naja, ich denke, das läßt sich machen», sagte sie dann offensichtlich widerstrebend.

«So gegen acht?»

Nicole zog eine Grimasse. Ich hatte den Verdacht, daß sie eigentlich nichts anderes als einen ungestörten Morgen mit Charles wollte. Dann wurde sie nachgiebiger.

«Na, wenn der Junge da ist, sind wir wahrscheinlich sowieso alle wach. Und da du ja zum Frühstück kommst, könntest du ein bißchen was aus Sally's Küche mitbringen? Chaz liebt deren Zeug.»

Sally's war eine hervorragende Bäckerei, die Butter,

Zucker, Sahne und Schokolade – die Grundnahrungsmittel des Lebens – in so einfallsreiche Verbindungen brachte, daß zukünftig verstopfte Arterien gegenüber dem samtigen oralen Genuß ihrer Backwaren völlig in Vergessenheit gerieten.

«Ja, Ma'am», sagte ich salutierend. «Als Gegenleistung für eine Nacht Babysitten bringe ich eine Sahnetorte mit Pistazien mit.»

Ich stand auf, wickelte mich wieder ein wie eine Zwiebel und zog meine Eskimostiefelchen an – schon wieder mal. Dabei fühlte ich mich auch wie Nanook der Eskimo, der in den Wintersturm hinauszieht. Ich gab Nicole einen Abschiedskuß, umarmte Tobias fest und verließ den Laden. Schon jetzt freute ich mich darauf, nach dem Besuch bei Dan Doherty bei mir zu Hause abendzuessen und ein bißchen auszuruhen, danach wollte ich vielleicht nochmal ausgehen und mich etwas amüsieren und entspannen. Es war noch keine vierundzwanzig Stunden her und schon hatte ich einen Horror vor Elternschaft. Aber schließlich, da ich ein Zwilling war mit dem Ungestüm der Zwillinge, würde mich niemand festketten, schon gar kein kleiner Junge, oder?

8.

Retour zu Kafka

Draußen auf der Straße hatte es zu schneien begonnen. Aber das waren nicht die Graupelschauer, die es im Februar oft gab und die einem wie mit tausend Nadeln ins Gesicht stachen. Stattdessen bestand dieser Schnee aus den großen, feuchten, schweren Flocken, die man leicht auf der Zunge fangen konnte. Es war freundlicher Schnee, was ich als gutes Omen deutete. Ich erwischte sogar ohne Schwierigkeiten ein Taxi, und so fuhr ich zu Dan Dohertys Wohnung. Ich hatte ihn vorher nicht angerufen, was unhöflich wirken mochte, aber andererseits hat es seine Vorteile, wenn man unangemeldet auftaucht und jemanden unvorbereitet erwischt. Natürlich ist es auch möglich, daß man den Weg umsonst macht, aber dieses Risiko ging ich ein.

Dan lebte in einem schicken Neubaukomplex, der «Nouveau Coté du Sud» genannt wurde, obwohl manche für die Gegend noch den Namen South End Reihenhäuschen im Gedächtnis haben. Ein ganzer Block der ehemals winzigen Häuser war eingeebnet und von einer abgeschlossenen Siedlung urbaner Bungalows ersetzt worden. Eine neue, über drei Meter hohe Ziegelmauer umschloß den gesamten Block, sicherte den zufriedenen neuen Bewohnern ihre Ungestörtheit und schirmte sie gleichzeitig gegen die Schrecknisse der wirklichen Stadt da draußen ab. Am Haupteingang saß ein uniformierter Wachmann in einer geheizten Kabine. Ich sagte ihm, zu wem ich wolle, und er rief in Dans Domizil an, um mich zu melden. Nach einigen kurzen Bemerkungen am Telefon wandte er sich zu mir und sagte: «Sie können reingehen.»

Ich betrat das Areal und lief durch ein Labyrinth von ziegelsteingepflasterten Wegen, die von immergrünen Pflanzen gesäumt wurden. Sie waren schneefrei und trocken, da sie durchs Pflaster beheizt wurden. Diese Leute hier hatten keine Plage mit dem Schnee, jedenfalls nicht auf ihrem geheiligten Grund und Boden. Ich kam zu Dans Wohneinheit und drückte auf die Türklingel. Als sich die Tür öffnete, stand da ein braungebrannter blonder Fremder in Shorts und T-Shirt – was eigentlich für Neuengland nicht die üblichen Wintersachen sind.

«Hallo», sagte ich und ging in Charme-Offensive. «Ich möchte zu Dan Doherty.»

Der Fremde musterte mich von oben bis unten und sagte dann ausdruckslos: «Dan ist nicht hier.»

«Erwarten Sie ihn bald zurück?»

«Nein.»

«Wissen Sie, wo er ist?»

Er sah mich mißtrauisch an.

«Das geht schon in Ordnung», sagte ich. «Ich bin sein Friseur.»

«Worum geht's?»

«Das ist vertraulich.»

Er begann die Tür zuzuschieben, deshalb blockte ich sein Vorhaben mit meinem starken slawischen Fuß ab.

«Hören Sie», sagte ich, «wer auch immer Sie sind, schließlich haben Sie dem Wachmann gesagt, er könne mich reinlassen. Warum also sagen Sie mir nicht, wo Dan ist?»

Er kniff ein Auge zu und sah mich an. «Ich dachte, Sie bringen die Pizza, die ich bestellt habe.»

Wenn man mich schon für einen Pizzalieferanten halten konnte, bedurfte meine Winterausstattung ja dringend der Aufbesserung. Was aber wichtiger war: auf was für einen Trick würde dieser «Freund» Dan Dohertys hereinfallen? Ich überlegte rasch und sagte: «Ich schulde Dan etwas Geld, und das wollte ich ihm zurückzahlen, aber wenn er nirgends zu finden ist …»

Als Geld erwähnt wurde, überlegte er es sich noch einmal.

«Sie können es mir geben. Ich geb's ihm ganz sicher.»

«Ich will Sie nicht beleidigen, aber es ist ein Haufen Geld, und ich kenne Sie ja nicht.»

«Fuck», sagte er. «Dann suchen Sie ihn halt selber. Er ist in Abigail.»

«Abigail-by-the-Sea?»

«Gibt 's noch ein anderes?» antwortete er sarkastisch.

Dann zog er die Türe auf, aber ich merkte, daß er sie gegen meinen Fuß schmettern wollte. Mir ist es jedoch lieber, mit unzerschmetterten Füßen anzutreten, vielen Dank, also zog ich meinen Fuß zurück. Jetzt, wo das Hindernis weg war, knallte er die Tür zu, aber immerhin hatte er mir meinen nächsten Hinweis gegeben. Wenn Dan Doherty in Abigail war, dann vielleicht bei Prentiss Kingsley in dessen Sommerhaus. Abigail war zu klein, als daß etwas anderes in Frage gekommen wäre. Tatsächlich ist es so abgeschottet, daß man fast schon eine Erlaubnis braucht, nur um durchzufahren.

Ich verließ den Schutz der ummauerten Wohnburg und kehrte zurück auf die Straße, wo der Schnee jetzt stärker fiel, unangenehm und deutlich auf die Härte des Winters verweisend. Ich dachte, ich würde später vielleicht doch nicht mehr ausgehen, bei diesem Schnee und diesem Wind, der immer heftiger wurde. Vielleicht konnten ein heißes Kräuterbad und ein noch heißeres Video die kalte, leere Wohnung wettmachen, wo es keine Liebe gab, die mich in einer stürmischen Winternacht warmhalten könnte. Trotz des Wetters beschloß ich aber, nach Hause zu laufen, um schnell noch ein paar von den überflüssigen Kalorien zu verbrennen, die sich mittschiffs angesetzt hatten. So gegen neun war ich zu Hause.

Vor meiner Wohnungstür hatte der Hauswart das übliche wöchentliche Päckchen meiner Mutter aus New Jersey abgestellt. Durch die Verpackung hindurch roch ich das Buttergebäck. Ich wußte, daß sie es während der Woche selber gemacht, dann vorsichtig wie Porzellan verpackt und mit Paketversicherung an mich geschickt hatte. Jedesmal wunderte ich mich, warum sie ihren selbstgebackenen Kuchen versicherte. Was konnte sie für einen Wert angeben, wo er für mich doch unbezahlbar war?

In der Wohnung begrüßte mich Sugar Baby ein wenig vorsichtig. Sie wollte erst sicher sein, daß die Luft rein war und kein Tobias da, ehe sie einen raffinierten kleinen Willkommenstanz für mich vollführte – zwei Achter, dann zwei Kreise, ein Niederfallen, eine langgestreckte Drehung, und schließlich ein Rückenroller, dem ein paar sehr undamenhafte, wurmartige Windungen auf dem Teppich folgten, bei denen Bauch und Pussy schamlos entblößt waren. Sugar Babys Wortschatz umfaßt hauptsächlich kehlige Vokale aus dem gesamten Bereich menschlichen Hörvermögens. Zur Abwechslung fügt sie hie und da ein G oder W oder K hinzu. Ein Freund, der einmal bei mir zu Besuch war, behauptet, daß Sugar Baby eines Abends «Beowulf» zu ihm gesagt habe, aber das kann ich nicht bezeugen. Heute abend bedeutete ihr kleiner Fandango, daß sie hocherfreut war, mich wiederzusehen. Vielleicht fühlte sie, daß ich nach meinen letzten Abenteuern ein wenig Extra-Zuwendung brauchte und nicht so einen hochmütigen und verächtlichen Schnüffler, der besagen soll: «Wer will schon was von dir, du Mensch?»

Während ich mich aus den beengenden Schichten meiner Winterklamotten herausschälte, rollte sich Sugar Baby noch immer auf dem Teppich herum und schnurrte laut. Ich nahm sie auf den Arm, während ich meine Post durchging: Rechnungen und Wurfsendungen heute, und, in einem schlichten braunen Umschlag, die unverlangte Kopie der Bedienungsanweisung für Springs Hygiene-Wasserspeichersysteme. Bei irgend jemand war wohl die Zielgruppenkartei etwas außer Kontrolle geraten.

Ich hörte meinen Anrufbeantworter ab. Nach ein paar der üblichen unwichtigen Durchsagen erkannte ich eine mir liebe Stimme, die sagte: «Stan, hier ist Tony. Erinnerst du dich an mich? Ich bin heute in der Stadt und wollte gern wissen, ob wir uns treffen könnten. Wenn du da bist, dann geh' bitte mal ran ... Hallo? Ich glaube, du bist doch nicht zu Hause. Ich versuch's später nochmal. Hoffentlich sehen wir uns heute abend noch.»

Ob ich mich an ihn erinnerte? Sollte das ein Witz sein? Einst hatte ich mich vor lauter An-ihn-denken und Von-ihm-träumen so verausgabt, daß man mich anschließend zum staatlichen Dürregebiet erklären mußte. Ich traf ihn vor Jahren, als er noch Kirchenorganist und Chorleiter in Maine war. Schon damals war ich überzeugt, daß er einen Ein-Mann-Kreuzzug führte, um das seriöse Image seiner kirchlichen Pflichten neu zu definieren.

Tony war, wie man salopp sagen würde, ein heißer Typ, eine

super Mischung aus einem italienischen Vater und einer polnischen Mutter. Er hatte auch sehr viel musikalische Begabung – Weltklasse-Begabung sogar – und es war nur eine Frage der Zeit, wann die Welt ihn entdecken würde. Zur Zeit lebte er in London und dirigierte Opern in allen großen Häusern Europas. Gelegentlich kehrte er zu Gastspielen in die Staaten zurück. Und heute abend wollte er doch tatsächlich mich kleines Würstchen sehen. Und ich brauchte nichts anderes zu tun, als auf seinen Anruf zu warten und dann mein Herz ganz festzuhalten, wenn ich sagte: «Herein.»

Noch eine belanglose Nachricht, und dann hörte ich Nicoles ernste und alarmierte Stimme.

«Ruf bitte sofort bei mir an!»

Ich kümmerte mich nicht weiter um den Anrufbeantworter, sondern rief sie auf der Stelle an.

«Nikki?»

«Tobias ist weg. Wir können ihn nirgends finden.»

«Seit wann?»

«Seit ungefähr einer halben Stunde. Er war im Wohnzimmer. Chaz und ich bereiteten in der Küche das Abendessen vor. Als wir rauskamen, war er fort.»

«Habt ihr überall gesucht?»

«Natürlich! Der Wach- und Schließdienst sucht immer noch im ganzen Gebäude.»

«Was ist mit der Polizei?»

«Chaz hat sie schon angerufen»

«Bin schon unterwegs, Nikki.»

«Stanley, wart mal. Chaz meint, du solltest zu Hause bleiben, für den Fall, daß Tobias zu dir zu kommen versucht.»

Das ließ mich innehalten. «In Ordnung, ich bleib hier. Aber ruf mich sofort an, wenn sich was ergibt.»

«Du mich auch.»

Dann legte sie auf.

Ich goß mir einen Drink ein – mein zeremonieller Wintertrunk, Bourbon und etwas Bitter – und hatte gerade einen großen Schluck genommen, als ich jemanden laut an meine Wohnungstür klopfen hörte. Konnte das Tony sein, war er schon so ungeduldig? Wie war er ins Haus gekommen? Ich schaute durch den Spion und sah zwei uniformierte Polypen draußen stehen. Ich öffnete.

Der größere Bulle sagte: « Mr. Kraychik? »

« Ja », antwortete ich.

« Wir möchten gerne, daß Sie zur Polizeistation mitkommen und ein paar Fragen beantworten. »

« Können wir uns nicht hier unterhalten? »

« Wir haben Befehl, Sie mitzubringen. »

« Warum denn? » fragte ich beunruhigt.

« Verhör. Kommen Sie bitte. »

« Okay, aber ich muß erst noch kurz telefonieren. » Nikki würde bestimmt wissen wollen, wo ich war.

« Sie können auf der Polizeistation telefonieren, wenn es nötig ist. »

« Aber ich – »

· « Los jetzt. »

Was würden Sie machen, wenn zwei bewaffnete Bullen Ihnen einen Befehl erteilen? Gehorchen würden Sie. Also wieder rein in die feuchten Wintersachen. Sugar Baby gab einen traurigen kleinen, fragenden Ton von sich – Gwow? – als ich schon wieder die Türe schloß und sie allein ließ.

Da war ich also wieder auf Station E. Sie denken vielleicht, daß es mir ganz recht war, Branco wiederzusehen, ihn und seine langen italienischen Liebesschenkel. Aber ich hatte wirklich anderes im Kopf, zum Beispiel Tobias zu finden und mich dann endlich zu entspannen und für die Nacht aufzuwärmen. Branco seinerseits schien auch nicht erfreut, mich zu sehen. Er saß mit verschränkten Armen an seinem Schreibtisch, als mich die zwei Bullen, die mich abgeholt hatten, grob in sein Büro stießen. In Sekundenschnelle nahm ich die klassischen Proportionen und Linien von Brancos ganzem Körper in mich auf. Obwohl ich nicht aus eigener Anschauung wußte, was sich unter dem Kleiderstoff verbarg, fühlte ich doch, daß dieses Muskeln es wert waren, in Marmor verewigt zu werden.

« Es ginge auch einfacher, mich herbeizuzitieren, Lieutenant. »

«Setzen Sie sich, Kraychik.» Seine Augen blitzten mich ärgerlich an. «Wir haben hier ein Problem.»

«Ich hab auch eins. Ich mag nicht so hergeschleppt werden –»

«Was Sie mögen, ist mir egal.» Er stand vom Schreibtisch auf und ging mit schweren, angriffslustigen Schritten, die für ihn gar nicht typisch waren, im Büro auf und ab. Endlich blieb er stehen, und zwar, als er genau hinter mir war. «Wir haben Tobias Cole gefunden.»

«Wo? Ist alles in Ordnung mit ihm?»

«Er lief beim Regierungsgebäude herum ... alleine.»

«Aber ist alles mit ihm in Ordnung?»

«Außer daß er Angst hatte, ja. Aber das hat er nicht zugegeben. Er sagt, es gehe ihm gut.»

«Mein tapferer kleiner Tiger», sagte ich, erleichtert, daß Tobias gefunden und in Sicherheit war, vor allem, weil das Wetter jetzt so scheußlich war. «Was hat er denn dort gemacht?» fragte ich.

Branco antwortete in einem für die Umstände zu strengen Ton. «Er hatte sich verirrt, also bat er jemanden, der gerade auf der Straße vorbeiging, bei uns anzurufen. Dann sagte er im Streifenwagen, daß er seine Mutter sehen wolle. Meine Leute haben ihn stattdessen hierher gebracht.»

«Vielen Dank, daß Sie mich gerufen haben, Lieutenant. Ich werde ihn sofort nach Hause bringen.»

«Genau da liegt das Problem, Kraychik.» Seine Worte knisterten vor Ärger.

«Lieutenant, von was für einem Problem sprechen Sie denn da dauernd?»

Branco kam herum und sah mir direkt ins Gesicht. Er setzte sich auf die Schreibtischkante und verschränkte die Arme vor der Brust. Der Pinienduft, der ihn umgab, milderte seine streitlustige Haltung ein wenig. Seine Hemdsärmel waren für die Arbeit aufgerollt, so daß die gestärkten weißen Baumwollmanschetten seine kräftigen Unterarme umschlossen – olivbraune Haut in einem Schleier von glänzendem dunklem Haar.

Er sagte: «Der Kleine sprach von etwas, das mich beunruhigt.»

« Er sagt 'ne Menge beunruhigende Sachen, für einen Vierjährigen ist er verdammt frühreif. »

« Aber was er da gesagt hat, macht mir wirklich Probleme. » Branco schaute mich fast haßerfüllt an, und ich fragte mich, womit ich das diesmal verdient hatte.

« Lieutenant, sagen Sie's mir jetzt, oder wollen Sie mich noch länger auf die Folter spannen? Was hat das Kerlchen denn gesagt? »

« Drängen Sie mich nicht, Kraychik. » Branco stand auf und beugte sich zu mir vor, so daß sein Gesicht ganz nah vor meinem war. « Er hat gesagt, und ich zitiere wörtlich: ‹ Mein Onkel Stan hat einen hübschen Pimmel ›. » Dieses letzte Wort sprach Branco so heftig aus, daß ein wenig Spucke aus seinem Mund spritzte und auf meinem Jackett landete, was ich als das Geschenk eines zürnenden Gottes auffaßte. Ich spürte, wie mir das Blut ins Gesicht und in die Ohren schoß.

« Lieutenant, ich glaube, das kann ich Ihnen erklären – »

« Ich pfeif' auf Ihre Erklärung. Jedenfalls im Augenblick. Ich sag' Ihnen erst mal, was ich denke. » Er setzte sich und legte eine Hand an die Stirn, offenbar fehlten ihm im Augenblick die Worte. « Sie wissen, Kraychik, daß ich Leuten wie Ihnen Verständnis entgegenzubringen versuche. Ich weiß, daß Sie das Recht haben, eine andere Lebensform zu wählen, obwohl ich nicht begreife, warum Sie das tun. Aber ich weiß auch, daß diese Lebensform manchmal ... Probleme ... mit sich bringen kann, wie sie bei normalen Menschen nicht auftreten. »

Die Haut um meine Brustwarzen herum zog sich zusammen.

« Lieutenant, meine Vorliebe für Männer ist für mich kein Problem. »

« Aber für manchen von uns ist es eins. »

« Damit müssen Sie sich selber auseinandersetzen. »

« Das tu' ich auch. » Ein verächtlicher Blick von Branco schoß zu mir herüber. « Aber wenn Sie anfangen, mit Kindern rumzumachen, liegt das nicht mehr in Ihrer freien Wahl. Es verstößt gegen jede Moral. Es ist schlicht strafbar. »

« Ich hab mit ihm nicht rumgemacht. »

«Woher weiß er dann was über Ihren ‹Pimmel›?»

«Verdammt nochmal, er war letzte Nacht bei mir. Mußte er ja, nachdem Sie so ungeschickt waren, seine Mutter in den Knast zu bringen. Als ich früh aufwachte, dachte ich nicht daran, daß er da war, und ging ohne Bademantel in die Küche. Ist das auch gegen Ihre Moral?»

Branco verzog den Mund, während er bedachte, was ich gesagt hatte.

«Ich lebe allein, Lieutenant. Manchmal vergeß ich einfach, mich anzuziehen. Ist Ihnen das noch nie passiert?»

«Lassen Sie mich aus dem Spiel.»

«Tobias sah mich und machte seine Bemerkung. Glauben Sie's mir, mir war das auch schrecklich peinlich.»

«Für ein Kind in diesem Alter ein merkwürdig überzogenes Interesse an Sex.»

«Nein, Lieutenant. Überhaupt nicht. Es ist sogar völlig natürlich. In diesem Alter ist Sex eben einfach auch ein Teil der Welt, ohne all die religiösen und gefühlsmäßigen Fallen, mit denen die Erwachsenen das Ganze so gerne belasten.»

«Wenn so ein kleiner Junge jemals so etwas von mir sagen würde, würde ich …»

«Was würden Sie, Lieutenant? Ihn prügeln? Ihm Gottesfurcht eintrichtern? Sein Verhältnis zum Geschlechtlichen für alle Zeiten kaputt machen?»

Keine Antwort von dem Supermann.

«Haben Sie manchmal Kinder um sich?» fragte ich.

«Ich bin nicht verheiratet.»

«Das ist dazu nicht unbedingt erforderlich.»

«Wenn man an Gott und an die Familie glaubt, schon.»

«Wieso, es gibt doch Neffen und Nichten. Als Italiener müßten Sie das ja wissen.»

Branco fegte meine Logik mit einer ärgerlichen Handbewegung weg. «Ich kann mir nicht vorstellen, warum der Junge das sagen sollte, wenn Sie nicht versucht hätten, sich ihm zu nähern.»

«Ach was, Lieutenant. Ich bin's, Stan Kraychik. Ich bin doch kein so gottverdammter Kinderschänder. Ich bin vielleicht einsam, aber so nötig hab ich's auch nicht.» Er blickte mich an, während ich ihn weiter zu besänftigen versuchte. «Schaun Sie, Tobias' Mutter hatte einen Freund, der sich dem Jungen oft nackt zeigte.»

«Meinen Sie den Toten?»

«Ähm, ja ... Aber, Lieutenant, das ist nur eine Phase bei Tobias, daß er sich so für männliche Geschlechtsorgane interessiert. Sogar Freud hat behauptet, daß Mädchen Penisneid haben.» Ich zuckte die Schultern und fügte hinzu, «vielleicht haben Jungen Penisneugier». Am liebsten hätte ich ihn gefragt, wie ist denn Ihrer? Aber ich ließ es lieber.

Branco legte sein Gesicht in nachdenkliche Falten. Offensichtlich erreichte meine Version von Küchenpsychologie ganz weit hinten bei ihm einen Zugang zu den Bahnen seines logischen Denkens. Schließlich sagte er: «Ich wünschte, ich könnte Ihnen glauben, daß Sie nichts Perverses tun würden, Kraychik.»

«Das kann ich Ihnen nicht versprechen, Lieutenant, aber ich kann Ihnen versichern, daß ich keinen Sex mit Kindern will. Schafe, Ziegen und Hühner, das vielleicht, und gelegentlich die berühmte mit Wackelpudding gefüllte Plastiktüte, aber keine Kinder. Also, kann ich jetzt Tobias bitte mit nach Hause nehmen?»

Branco brummte, was hieß, daß ich endlich zu ihm durchgedrungen war. «Schaun wir mal, was er dazu sagt», sprach er, dann telefonierte er und veranlaßte, daß jemand Tobias in sein Büro brachte.

Als Tobias hereinkam und mich sah, schrie er: «Onkel Stan!» Dann stürzte er auf mich zu und umarmte mich. «Ich hab's nicht gemacht. Ich bin nicht weggelaufen. Ich wollte nur meine Mama sehen.»

Ich hielt seinen kleinen Körper fest an mich gedrückt und sagte: «Jetzt ist alles wieder gut.»

Natürlich mußte sich Branco nochmal einmischen. «Mein Sohn, möchtest du bei diesem Mann bleiben?»

«Ich habe einen Namen, Lieutenant.»

«Sie halten den Mund.» Dann kniete er sich nieder und sprach direkt zu Tobias. «Möchtest du mit Stan nach Hause gehen?»

Als ich meinen Namen von seinen Lippen hörte, machte mein Herz einen kleinen Sprung.

Tobias nickte energisch.

«Und fühlst du dich auch sicher bei ihm?»

Tobias nickte wieder.

«Du hast also keine Angst?»

Tobias schüttelte den Kopf und sagte: «Onkel Stan beschützt mich doch.»

Selbst wenn ich ihn bezahlt hätte, hätte er nicht besser antworten können. «Können wir jetzt gehen, Lieutenant?»

«Ich denke schon», sagte er müde. «Aber noch eine Frage: Wie kommt es überhaupt, daß Sie den Jungen haben?»

«Seine Mutter hat mich gebeten, mich um ihn zu kümmern.»

Branco nickte zu meiner Antwort, als hätte er nun glücklich doch noch ein Hintertürchen gefunden. «Sie wird uns eine eidesstattliche Erklärung unterschreiben müssen, wenn sie das so beibehalten will. Ansonsten wird der Junge unter gerichtliche Vormundschaft gestellt.»

«Nein», sagte Tobias, «ich bleibe bei Onkel Stan und Nick.»

«Er meint Nicole», fügte ich rasch hinzu. «Ist das jetzt bereinigt, Lieutenant?»

«Offiziell noch nicht. Gute Nacht, Kraychik.»

Ich führte Tobias aus Brancos Büro hinaus, als mir noch etwas einfiel. «Lieutenant, wissen Sie vielleicht, wo ich Dan Doherty finden kann?»

«Weshalb?»

Ich log: «Seine Gesichtspflegemittel sind heute eingetroffen, und ich weiß, daß er schon darauf wartet, aber bei ihm zu Hause erreiche ich ihn nicht.»

«Und?»

«Er würde ja sicher die Stadt nicht verlassen, ohne Sie zu verständigen, und deshalb dachte ich, vielleicht –»

«Ich kann Ihnen nicht weiterhelfen», unterbrach mich Branco.

«Ist er in Abigail?»

«Wenn Sie 's sowieso wissen, wieso fragen Sie mich dann?»

« Seine Adresse dort hab' ich nicht. »

« Ich bin sicher, daß Sie die schon rauskriegen. »

« Ich dachte halt, ich frag' mal. »

« Denken Sie lieber dran, sich zuhause zu bedecken. »

« Überwachen Sie jetzt wohl auch noch mein Schlafzimmer? »

« Raus hier! »

Tobias und ich wurden in einem Streifenwagen zurückgebracht, und trotz der Straßenglätte waren wir um zehn Uhr vor meiner Wohnung. Als ich die Haustür öffnete, fragte mich Tobias, ob wir uns einen Videofilm ansehen könnten. »

« Natürlich », stimmte ich bereitwillig zu, da ich hoffte, damit alle eventuellen weiteren Fluchtgedanken in Schach halten zu können. Außerdem hatte ein Film sowieso zu meinem alternativen Plan für heute abend gehört, für den Zeitpunkt, zu dem ich es mir warm und gemütlich gemacht hätte und allein gewesen wäre.

Nein, nicht allein. Mit Tony. Tony! Und wenn er jetzt angerufen hatte, während ich weg war? Hatte ich meine Chance vertan? Und jetzt war ja Tobias bei mir. Wie sollte ich diese Szene nur über die Bühne bringen?

Der Videoladen war gleich um die Ecke von meiner Wohnung, und da der Schnee ein wenig nachließ, marschierten Tobias und ich gemeinsam hin. Als wir drin waren, wandte ich mich sofort dem Regal mit Kinder- und Zeichentrickfilmen zu, aber Tobias hatte anderes im Sinn.

« Wo gehst du denn hin, Tobias? »

« Ich möchte *Spiele der Liebe* sehen. »

« Tobias, das ist doch nur für Erwachsene. »

« Trek schaut den immer an. Wenn er und Mama ins andere Zimmer gehen, lasse ich ihn in Zeitlupe laufen. »

Was ist denn jetzt wieder los, fragte ich mich. Noch vor ein paar Minuten hatte ich mit Branco darüber gestritten, daß man ein Kind in seinen sexuellen Erfahrungen nicht einschränken dürfe, und hier weigerte ich mich selber, einen Sexfilm auszuleihen, den Tobias sehen wollte. Wenn ich nein sagte, würde das Tobias Einstellung zum Sex negativ beeinflussen? Wenn ich ja sagte, wäre ich dann zu nachgiebig?

Vielleicht hatte Branco in manchem am Ende doch recht. Ich löste das Problem rasch, indem ich Tobias erklärte, daß wir, wenn wir uns gemeinsam einen Film ansehen wollten, doch einen aussuchen sollten, der uns beiden gefiele. Und ehrlich gesagt steht *Spiele der Liebe* tatsächlich nicht auf meiner Top-Ten-Filmliste. Schließlich einigten wir uns auf *Bambi Teil 2*, was keine Fortsetzung des Klassikers war, sondern eine ‹Zeichentrick-Sensation für Erwachsene›, wie auf der Box stand.

Wir gingen heim, und natürlich hatte Tony inzwischen angerufen und eine traurige kleine Nachricht hinterlassen.

«Na ja, Stan,» sagte er betrübt, «sieht so aus, als würdest du wieder mal irgendwo rumhuren. Zu schade, daß ich dich nicht erreicht habe. Vielleicht klappt's, wenn ich das nächste Mal in der Stadt bin.»

Das war's also für heute mit meiner Romanze. Während ich Sugar Baby fütterte und eine Tiefkühlpizza in die Backröhre schob, rief ich Nicole an. «Nikki, ich hab ihn. Er war auf der Polizeiwache und wollte Laurett besuchen.»

«Für einen Vierjährigen kommt der Junge ja ganz schön rum.»

«Er hat auch eigene Ansichten über Film.»

«Hast du mit Dan Doherty gesprochen?»

«Nein.»

«Das ist vielleicht auch ganz gut so. Mach dir's heute nacht gemütlich und ruh' dich ein bißchen aus.»

«Du auch, Liebes», sagte ich mit einem neidischen Unterton.

Klick.

Ja, ich war ein bißchen neidisch auf Nikki und ihren glühenden, gutaussehenden, finanziell erfolgreichen, jungen Liebhaber. Ich fühlte mich alt, unbegehrt, ungepflückt verwelkend. Tobias zog an meinen Hosen.

«Ich habe Hunger», sagte er.

Zurück zur Realität.

Während die Pizza buk, mixte ich schnell einen Salat zusammen. Zumindest ein Teil unseres Abendessens würde also den Diätvorschriften entsprechen. Tobias aber wollte von dem Grünzeug nichts wissen. Seine Vorstellung von Gemüse waren Kartoffelchips. Ich sagte ihm, wenn er welche wolle, müsse er sie sich selber im Laden an der Ecke holen. Als er daraufhin zu seinem Mantel ging, hielt ich ihn auf.

«Du hast heute abend schon genug angerichtet, du Strolch. Ich hole die Chips. Und du bewegst dich hier nicht von der Stelle. Ist das klar?»

«Ja.»

Als ich zurückkam, hatte dieser höllische kleine Terrorist bereits *Bambi Teil 2* eingelegt. Der entpuppte sich als greulich erotischer und eindeutiger Film, in dem erwachsene Zeichentricktiere freiwillig in eindeutigen Posen im Frieden eines Waldes herumhüpften, um zwei unbedeutende meuschliche Voyeure zu unterhalten. Nachdem wir gegessen hatten – und ich einen doppelten Bourbon getrunken hatte – schliefen wir beide auf der Couch ein, während die Tiere weiterspielten.

Ich wurde plötzlich von dem Rauschen geweckt, das das Schneien auf dem Bildschirm begleitete, als der Film aus war. Ich packte Tobias zum Schlafen auf die Couch und ging in mein Bett. Diesmal legte ich mir meinen Morgenmantel quer über die Bettdecke, in der Hoffnung, daß mich das morgen früh daran erinnern würde, ihn anzuziehen. Sugar Baby kam kurz danach zu mir ins Bett. Während sie sich an meinen Schenkel quetschte und ihr Schlaflied zu schnurren begann, fragte ich mich: So ist das also, wenn man ein Kind hat? Mir kam es vor, als sei man nur immerzu mit tausend zuwendenden Aktivitäten beschäftigt, die letztlich nichts bedeuteten.

Dann dachte ich wieder an den mysteriösen Giftmord von gestern abend. Ich dachte an Dan Doherty und Prentiss Kingsley. Waren sie zusammen in Abigail? War Liz Carlini bei ihnen? Und was sollte man von diesen anderen beiden in den Gladys Gardner Werken halten, von Mary Phinney und John Lough? In was für einer seltsamen Verbindung standen die? Morgen würde ein arbeitsreicher Tag werden. Vielleicht würde ich sogar ein bißchen was herauskriegen.

9.

Das ist aber nicht die feine Art

Früh am nächsten Morgen brachte ich Tobias zu Nicoles Wohnung in den Harbor Towers. Oh ja, ich wußte, daß das heute ihr freier Tag war und daß sie vorhatte, ihn mit Charles allein zu verbringen. Ich wußte auch, daß ich eigentlich nichts bei ihr zu suchen hatte, da ich ja Tobias jetzt nicht bei ihr abzuholen brauchte, wie wir es ursprünglich gestern abend geplant hatten. Aber ich hatte für den heutigen Tag meine Pläne, wozu keinesfalls gehörte, die ganze Zeit einen kleinen Jungen mit mir herumzuschleppen. Also mußte ich Nicole dazu bringen, auf Tobias aufzupassen.

Ich hatte vor, ihr zu erzählen, was Branco gestern abend gesagt hatte, und alles noch ein bißchen aufzubauschen, damit die Drohung, daß das Gericht eingreifen könnte, stärker wirkte.

Auf dem Weg zum Hafen fiel mir auf, daß ich guter Laune sein mußte, da ich den herrlichen Anblick dieses Wintertags in der Stadt sehr genoß. Der Sturm von gestern abend war längst vorbei, und die ganze Marlborough Street hinunter hoben sich die kahlen Bäume mit ihrer schwarzen Rinde kräftig von dem blauen Himmel und dem blütenweißen Neuschnee ab. Als wir in die Gegend von Nicoles Wohnung kamen, wirkte sogar der verkommene Hafen, dieser oft geknipste Postkartenblick auf die Docks, in dem klaren Licht der Morgensonne sehr anziehend.

Es war erst kurz nach acht, so würden sie und Charles sicher zu Hause sein, womöglich noch im Bett. Invasionstruppen wissen um den Vorteil, den es bringt, wenn man den Feind im Schlaf überrascht. Der Portier erkannte mich, nickte mir freundlich zu und ließ Tobias und mich eintreten. Allerdings wäre es auch nicht schlimm gewesen, wenn er das nicht getan hätte. Nikki und ich haben die Schlüssel voneinander.

Als ich an der Tür klopfte, antwortete Nikki von innen. « Ja bitte? »

«Ich bin's.»

Sie öffnete und sah Tobias und mich.

«Du meinst wohl, wir sind's», sagte sie mit finsterem Gesicht. Tobias lächelte charmant. «Hallo, Onkel Nick.»

«Tut mir leid, wenn wir dich geweckt haben, Liebes.»

«Was gibt's?» fragte sie kühl.

«Können wir reinkommen?»

Sie beäugte Tobias und mich und argwöhnte wohl schon meine Gründe, also würde mein «Leidender Stanley» sehr überzeugend ausfallen müssen. Zum Glück war wohl Charles bereits unter der Dusche, nach allem, was ich im Hintergrund hörte, mein Timing ließ somit nichts zu wünschen übrig.

«Nikki, ich hab' Schwierigkeiten. Nach dem gestrigen Abenteuer in der Stadt mit unserem kleinen Ausreißer ...» ich blickte vielsagend auf Tobias, um ihr zu verstehen zu geben, daß er mein neuestes Dilemma verursacht habe. «Lieutenant Branco hat mir eine Bewährungsfrist gesetzt. Er sagt, wenn sowas nochmal passiert, tritt das G-E-R-I-C-H-T in Aktion.»

«Und was soll ich dabei tun?»

«Nikki, du weißt, wie hektisch es im Laden zugehen kann, vor allem, wenn du nicht da bist, um den Verkehr zu regeln.»

Nicole überlegte einen Moment und sagte dann: «Ja, Stanley, und heute wird es noch besonders hektisch, Leslie hat mich nämlich gerade angerufen.» Mit besonderer Betonung fügte sie hinzu: «Was der einzige Grund ist, warum ich an meinem freien Tag um diese Zeit schon auf bin.»

«Was hat Leslie gewollt?»

«Sie kommt heute nicht.»

«Wieder mal ein hypochondrischer Anfall?»

«Ihr Auto springt nicht an, bei dem Schnee und so.»

Diese Ausrede hatte ich schon oft gehört. Wann immer Leslie im Winter keine Lust hatte, in die Stadt zu fahren, sprang passenderweise ihr Auto nicht an, obwohl es einer von diesen schwedischen Schlitten war, die angeblich sogar unter Gletschern und in Eisbergen noch fahren. Leslie hatte Mißhelligkeiten und Unannehmlichkeiten gegenüber die At-

titude, « darum sollen sich die Leute in der Stadt kümmern ».
Ich fragte mich oft, warum Nicole sie behielt, wo sie doch so
unzuverlässig war. Vielleicht lag es daran, daß sie mit der
Schere einfach genial umging. Wenn Leslie schneidet, ist da
ein Wirbel von fliegenden Haaren und Kämmen und Clips.
Man sieht fast den Kunden nicht mehr vor lauter Pirouetten
rings um den Stuhl. Aber das Ergebnis ist jedesmal erstaunlich. Schließlich schneidet sie ja auch mir die Haare.

Nicole sagte: « Ich fürchte, heute wirst du Doppelschicht
fahren müssen, wo weder Leslie noch ich da bin, um dir die
Hand zu halten.»

« Da *sind*, Liebes. » Aber Leslies unerwartete Abwesenheit
würde meinen Plan sehr erschweren, mir zwischendurch frei-
zunehmen, um meine eigenen Runden für diesen Tag zu machen, doch das wollte ich Nicole nicht sagen.

« Um so wichtiger wäre es, daß du als Babysitter ein-
springst, nur für den Vormittag. Bitte! »

« Stanley, fang nicht schon wieder an! «

« Nikki, eigentlich wolltest du ihn ja heute nacht nehmen.
Tu einfach so, als würdest du mir diesen Gefallen eben jetzt,
ein bißchen später, tun.»

« Chaz und ich haben Pläne. »

« Habt ihr die nicht schon weitgehend ausgeführt? »

Sie runzelte die Stirn. « Ich versuche, eine gute Gastgeberin
zu sein. »

« Ich würde sagen, für ihn war ja heute schon Tag der offenen Tür. »

« Spar' dir das. »

« Nikki, ich brauche jetzt deine Hilfe. Chaz kann sie zu jeder Zeit haben. »

« Ich werde ihn fragen. »

Das gab mir den Rest. « Du willst Charles fragen, ob du
mir einen Gefallen tun kannst? »

Ohne zu antworten, ließ sie Tobias und mich in der Diele
stehen und stieg hinauf in ihr Schlafzimmer auf der oberen
Ebene der Wohnung. Ich schlenderte mit Tobias in das riesige Wohnzimmer mit seinem abgesenkten Fußboden und
der stratosphärischen Decke. Der ganze Raum war im

Grunde die Nordostecke des Gebäudes, und man hatte einen uneingeschränkten Blick über die Stadt und den offenen Hafen. Ich hörte Nicoles und Charles' gedämpfte Stimmen durch die offene Tür des Badezimmers, das in einer entfernten Ecke des Penthauses lag.

Nicole kam zurück und sagte leichthin, « Chaz glaubt, daß es tatsächlich besser ist, wenn wir Tobias heute vormittag bei uns behalten. »

« Besser als was, Liebes? Befürchtet er, daß ich Tobias in einen Schwulen verwandle? Die Polizei befürchtet das auch. Da sieht man's wieder mal, Bullen und Rechtsanwälte sind aus dem selben Holz geschnitzt. »

« Stanley, soll ich jetzt den Jungen nehmen oder nicht? »

« Ja, ja, natürlich. »

Wir einigten uns darauf, daß sie Tobias nach der Mittagspause in den Laden bringen sollte. Bis dahin würden sie und Charles ihn beschäftigen. Ich ging schnell weg, ohne noch einen Kaffee zu trinken, da ich ja den Laden aufschließen mußte. In Wirklichkeit wollte ich einfach Charles nicht begegnen, so rosig und sauber und schlank nach seiner Dusche. Ich fühle mich oft unbehaglich in Gegenwart des Bettgenossen einer Freundin, vor allem, wenn sie vorher gerade wie die Böcke gerammelt haben, und noch mehr, wenn ich diesen Bettgenossen sowieso nicht besonders mag, und am allermeisten, wenn er auch noch auf potent markiert und das andauernd raushängen läßt. Irgendwie läßt das die Paarungen zwischen Freundinnen und ihren Sexhäschen geschmacklos erscheinen. Wahrscheinlich geriet ich nur wieder in meine alte Beschützerrolle Nicole gegenüber, nämlich, daß sie eigentlich etwas besseres verdient habe als diesen aufgeblasenen jungen Anwalt, mit dem sie's da seit ein paar Monaten trieb. Mein einziger Trost war, daß ihre Winteraffären nie den ersten Tau des Frühlings überdauerten und daß Charles, genau wie die anderen, vielleicht doch keine dauerhafte Einrichtung in unser beider Leben würde.

Auf dem Weg zum Salon Snips fühlte ich wieder die große Erleichterung, Tobias nicht auf dem Hals zu haben. Ich öffnete den Laden und rief als erstes den Telefonservice an. Es war mir eine freudige Überraschung, zu hören, daß alle Kunden, die von auswärts hätten kommen sollen, ihren Termin an diesem Tag abgesagt hatten, und zwar alle wegen des gestrigen Sturms. Selbst das Winterwetter schien mir beizustehen, damit ich später ohne allzuviel Ärger verschwinden konnte. Natürlich würde ich dadurch heute weniger Geld verdienen, aber das konnte ich ein andermal wieder reinholen.

So um zehn Uhr, als das Geschäft sich langsam zu beleben begann, kam ein Kunde, der zu Leslie wollte, der abwesenden schneeabhängigen Friseuse. Ich erklärte, daß sie heute nicht da sei, aber da ich in ihm einen früheren Kunden erkannte, der immer regelmäßig gekommen war, bot ich ihm an, ihn selbst zu bedienen. Er zögerte und fragte dann, wer nach Leslie der beste Coiffeur des Salons sei. Ich sagte ihm, daß ich der führende Stylist des ganzen Salons sei, *vor* Leslie. Als ich ihm vorschlug, daß er sich vielleicht lieber einen neuen Termin bei Leslie geben lassen sollte, beschloß er, sich die Haare von mir machen zu lassen. Das war eine vernünftige Entscheidung, da sie dringend gefärbt werden sollten.

Was dabei gemacht werden mußte, war für einen Meister des Fachs simpel: Perfekt gemischte Farbe auf seinen weit herausgewachsenen braunen, ergrauenden Haaransatz auftragen. Das weiche, bernsteinfarbene Blond würde genau zu dem Ton der bereits gefärbten restlichen Haare passen, der sich recht gut gehalten hatte, wenn man bedachte, wie lange es her war, daß er zuletzt hier gewesen war. Leslies exzellenter Haarschnitt hatte sich auch sehr gut gehalten, bis auf zwei «Löcher» auf beiden Kopfseiten. Leslie konnte so eine Ungeschicklichkeit unmöglich passiert sein, und ich wunderte mich, wodurch sie in die Frisur des Mannes geraten sein konnten. Als ich das Haar abteilte, um die Farbe aufzutragen, bemerkte ich ein paar kleine rosarote Narben in dem kürzeren Haar, eine schräg nach vorne über jedem Ohr, und eine weitere hinter jedem Ohr, genau hinter dem Hinterhauptbein. Jede Narbe war ungefähr drei Zentimeter lang. Als ich erkannte, was das bedeutete, fragte ich ihn so ganz nebenbei, ob er im Urlaub gewesen sei, da er so gut erholt und, wie ich mir nicht verkneifen konnte hinzuzufügen, irgendwie jünger aussehe. Mit chirurgischer Akribie beschrieb er die wundervolle Zeit, die er in einem Kurort in den Tropen am Meer verbracht habe, aber das schön ausgeführte Face-Lifting, das er vor kurzem hatte machen lassen, erwähnte er mit keiner Silbe.

Am späten Vormittag summten bei uns genügend Arbeitsbienen herum, um den Strom der örtlichen Kundschaft in den Laden im Griff zu haben. Ich war zwar auch ausgebucht, aber zufällig nur von lauter Kunden aus meiner B-Liste, nämlich solchen, die ewig jammern, und solchen, die mit dem Trinkgeld knickrig sind. Ich nutzte den Augenblick und übergab meine Kunden an Ramon, der immer drauf aus war, sich vom Haarwaschbecken aus eine eigene Klientel heranzubilden. Der einzige Pferdefuß an der Sache, wenn ich Ramon meine Kunden überließ, war, daß ich hinterher so viele Fehler wieder ausbügeln mußte. Uns küßte ganz offensichtlich nicht dieselbe Muse.

Ich ging los, um den ersten Posten auf meiner Interviewliste dieses Tages abzuhaken, nämlich einen Besuch bei Liz Carlini. Auch hier rief ich vorher nicht an, weil ich hoffte, sie unvorbereitet anzutreffen. Da Liz Kundin war, fand ich ihre geheimgehaltene Adresse in dem privaten Adressbuch, in dem alle meine Kunden stehen. Sie und Prentiss lebten am Chestnut Hill, also nahm ich die Riverside-Bahn, die selbst im Winter eine der zuverlässigeren Linien des Bostoner Verkehrssystems ist, eines veralteten und ganz zu Unrecht so genannten Schnellbahnsystems, das Bostons Innenstadt mit seinen vielen Vororten verbinden soll. Von der Station Chestnut Hill aus war es nur noch eine kurze Taxifahrt bis zu ihrem Haus. Sie wohnten in einem kleinen Herrenhaus – was eigentlich ein Widerspruch in sich ist – das mit Pilastern und Portici überladen war. Aber auf dem Chestnut Hill zeigte man eben seinen Reichtum und nicht seinen Geschmack. Doch heute tröstete die Natur darüber hinweg, mit eisglänzenden Baumstämmen und weichem Neuschnee auf dem Boden. Die Einfahrt und der Gehweg waren blitzblank und knochentrocken. Offensichtlich wurde bei beiden das Pflaster geheizt. Nein, diesen Leuten hier hätte man nicht mit so einem lästigen lauten Schneegebläse kommen dürfen. Hier mußte man nur einen Schalter drücken.

Ich hoffte, es sei jemand zu Hause, da es schon fast elf Uhr war. Ich trat an den Portikus und läutete, woraufhin drinnen ein großer Hund zu bellen begann. Sofort verspannte sich mein Körper. Ein Hund und ich, das ergibt selten ein liebendes Paar. Hunde neigen dazu, mich zu beißen, auch wenn der Besitzer eben noch gesagt hat: «Aber sie beißt *nie*.» Und dann, Sekunden nachdem Fido oder Fidina mein zartes slawisches Fleisch probiert hat, höre ich den Besitzer völlig entgeistert sagen: «Das hat sie noch *nie* gemacht.» Zum Glück bleiben weder auf meiner Haut noch auf meinen Nerven leicht Narben zurück, aber trotzdem fühle ich mich zu Hunden nicht direkt hingezogen.

Liz kam selber an die Tür. Sie war schon tiptop für den Tag gekleidet, ganz flott und fesch, um dem Leben ehrlich ins Gesicht zu sehen, was eventuell gar nicht allzu schwierig ist, wenn man Geld hat. Der große Hund, der neben ihr stand, wedelte heftig mit dem Schwanz, während er an meinen Händen schnüffelte und leckte und knabberte. Ich zog sie instinktiv zurück. Schließlich ernähren mich meine Hände ja. Liz schien sich zu freuen, mich zu sehen.

«Vannos, was für eine Überraschung. Ist irgend etwas?»

«Alles in Ordnung, Liz. Warum auch nicht?»

«Na ja, nachdem es neulich abends so ein Fiasko gegeben hat …» sie schwieg. «Und … also, ich bin einfach überrascht, Sie in eigener Person hier zu sehen. Sie waren noch nie hier, stimmt's?»

«Nein, Liz, und ich muß mich auch entschuldigen, daß ich vorher nicht angerufen habe, aber ich fuhr heute vormittag mit dem Zug – Sie wissen ja, es kommt nicht oft vor, daß wir im Februar so ein schönes Wetter haben – und da dachte ich, ich komm' einfach mal vorbei, um zu sehen, wie es *Ihnen* geht, vor allem nach diesem Fiasko von neulich abends.» Ich benutzte absichtlich ihre Worte, eine List, um Vertrauen zu schinden. «Ich hoffe, ich störe nicht.»

«Überhaupt nicht. Treten Sie doch ein. Ich wollte mir

grade noch einen Espresso machen. Möchten Sie vielleicht auch einen?»

«Aber ja.» Ich liebe Espresso.

Sie führte mich in die Küche, und der große Hund tollte zwischen uns herum. Liz bemerkte, daß ich von dem Biest Abstand hielt. «Ich tu' ihn 'raus, wenn er Sie ängstigt.»

«Danke», sagte ich. «Hunde sind nämlich ganz wild auf mein Blut.»

«Oh, er würde *nie* beißen», sagte sie und ließ ihn hinaus. Aber als das Hundchen sich ohne mich, den es sich doch schon zum zweiten Frühstück erkoren hatte, draußen fand, bellte und winselte es, um wieder hereingelassen zu werden, und kratzte und pfötelte an der Glasschiebetür.

«Pech gehabt, du Köter», sagte ich und beobachtete ihn durch die sichere Tür. «Heute gibt's kein warmes Blut.»

Liz' Küche war vor kurzem neu eingerichtet worden, mit teuren europäischen Küchengeräten und Möbeln, und zu meiner Freude war sie eher *funktionell* eingerichtet als nur auf Protz angelegt. Während Liz den Kaffee zubereitete, schaute ich hinaus in den spektakulären Garten hinter dem Haus, für den ‹Park› wohl der angemessenere Ausdruck gewesen wäre.

Als ich mich wieder der Küche zuwandte, bemerkte ich zufällig, zwischen ein Wandbord mit Kochbüchern und die Unterseite der Hängeschränke eingequetscht, eine Schachtel mit dieser unverkennbaren Verzierung ringsherum. Die violetten Schwertlilien darauf zeigten eindeutig, daß es eine Schachtel von *Le Jardin Chocolatier* war. Nach dem mörderischen Vorfall neulich abends konnte ich verstehen, daß die Schach-tel weggesteckt worden war, aus den Augen, aus dem Sinn.

«Ist Prentiss zu Hause?» fragte ich.

Liz ließ den Kaffeefilter ungeschickterweise auf den Tisch fallen, wodurch das feine dunkle Pulver überall auf die handglasierten Kacheln schneite,

«Er ist gerade nicht da», sagte sie kurz und verzog das Gesicht, als sie den verschütteten Kaffee wegwischte. «Er hatte einen wichtigen Termin. Wollten Sie ihn sprechen?»

«Äh, ja … und Sie auch. Wie gesagt, ich bin nur vorbeigekommen, um Guten Tag zu sagen und zu sehen, wie es Ihnen geht. Dieser Abend vorgestern, das war für uns alle, die dabei waren, ziemlich schlimm. Manchmal hilft es, wenn man sich über seine Gefühle mit anderen ausspricht, die dasselbe erlitten haben.» Ich klang wie der Leiter einer ‹Recovery›-Gruppe.

Sie nickte. «Das stimmt, Vannos. Ich hab' viel darüber nachgedacht.» Dann machte sie ein geheimnisvolles Gesicht: «Und ich glaube, ich weiß, wer's war.»

«Ach wirklich?»

«Ich hab' da einen Verdacht.»

Das war ja klar. Bei all dem Erfolg, den sie im Leben hatte, hielt sich Liz Carlini wahrscheinlich auch noch für eine brillante Detektivin. Sie füllte den Kaffeefilter neu und setzte ihn in die Espressomaschine ein, während sie erklärte:

«Es gibt da so eine Frau, die in den Gladys Gardner Werken die Herstellung leitet. Sie heißt Phinney, Mary Phinney.»

«Ich hab sie gestern gesehen.»

«Ach ja?»

«Ich hab' mit meinem Neffen einen Rundgang durch die Fabrik gemacht.»

«War es amüsant?»

«Eigentlich gab's eher ein bißchen Ärger, und zwar wegen Mary Phinney.»

«Die sollten dort wirklich jemand anderen nehmen, um diese Rundgänge zu führen.»

«Da muß ich Ihnen zustimmen. Aber warum glauben Sie, daß sie etwas mit dem Mord zu tun hat?»

Liz schaltete die Kaffeemaschine an. Ich sah zu, wie der dicke Kaffee in zwei kleine Tassen lief, die sie unter den Doppelhahn gestellt hatte. Ich bemerkte auch, daß sie vergessen hatte, die Tassen vorzuwärmen. Nachdem die Maschine zu surren aufgehört hatte, sprach sie wieder.

«Als Danny und ich Laurett fragten, ob sie den neuen *Le Jardin* Laden leiten wolle, erhob Mary Phinney heftige Einwände. In der gesamten Geschichte der Gladys Gardner Schokoladenwerke hatte noch nie eine Farbige im Laden gestanden, um Kunden zu bedienen. Deshalb war das für uns bei *Le Jardin* ein echtes Novum, als wir uns für Laurett entschieden hatten. »

So kann einem also Geschäftstüchtigkeit auch noch soziale Pluspunkte einbringen.

« Aber was hat das mit dem Mord zu tun? »

« Ich denke, Mary Phinney schmuggelte die vergiftete Trüffel ein, um Laurett verdächtig zu machen, da sie ja die Trüffel an jenem Abend arrangierte. »

« Aber dann wäre der Mord ja völlig ungezielt geschehen », sagte ich.

« Ich glaube nicht, daß Mary jemanden töten wollte – sie wollte nur, daß jemandem schlecht wurde. Wenn das dazu führte, daß Laurett Cole unter Verdacht geriet, angeklagt wurde und diesen Job nicht bekam, wäre Mary Phinney zufrieden gewesen. »

« Liz, haben Sie das der Polizei erzählt? »

Sie schüttelte den Kopf. « Das ist nur so eine Idee. Ich habe keine Beweise. »

« Erzählen Sie's trotzdem. Lassen Sie die Polizei entscheiden, was zu tun ist. » Ich dachte mir, daß ihre weit hergeholte Geschichte Branco vielleicht dazu bringen würde, Mary Phinney zu befragen, auch wenn sonst nichts dabei herauskam. « Aber sprechen Sie nur mit Lieutenant Branco. Er bearbeitet den Fall. »

« Soll ich Ihren Namen erwähnen? »

« Lieber nicht. »

Sie machte sich daran, ein wenig Milch zu erhitzen, aber plötzlich geriet ihr der Dampfdruck außer Kontrolle, und sie spritzte kochende Milch über die ganze Arbeitsplatte. « Verdammt! » sagte sie und knallte den kleinen Krug auf den Tisch, wobei sie noch mehr heiße Milch verspritzte.

Ich als Sauberkeitsfanatiker ging ganz automatisch zum Ausguß und nahm einen Schwamm, um das Verschüttete aufzuwischen. Während ich die Milch aufputzte, fragte ich: « Haben Sie sich verbrannt? »

« Sie müssen hier nicht hinter mir herwischen. Wir sind nicht in Ihrem Salon. »

Ihre plötzliche Grobheit ließ mich innehalten. Als sie sah, was ihre Worte angerichtet hatten, änderte sie rasch den Ton.

«Tut mir leid, Vannos.»

«Ist ja nur vergossene Milch.»

Sie atmete ein paar Sekunden tief durch und fing sich wieder. «Mir geht so viel im Kopf herum. Ich wollte Sie nicht so anfahren.»

«Manchmal verdien' ich's nicht anders.»

«Nein, es war mein Fehler.» Dann blickte sie mich hilfesuchend an. «Würde es Ihnen etwas ausmachen, wenn ich Sie etwas Persönliches frage?»

«Wenn ich helfen kann, Liz, nur zu. Unsere Beziehung beginnt und endet ja nicht am Waschbecken.» Jetzt war der verschlagene Stanley am Werk.

Nachdem ich die Milch aufgewischt hatte, erhitzte Liz, was sich noch in dem kleinen Krug befand. Es blieb trotzdem eine klägliche Sache. Die Blasen waren zu groß, und der Schaum fiel gleich wieder in sich zusammen. Um das Maß voll zu machen, stäubte sie kein Kakaopulver, sondern *Zimt* oben drauf – igitt! – und schob mir eine der Tassen zu. «Ich fürchte, er ist heute nicht so besonders», entschuldigte sie sich.

«Wenn man mit den Gefühlen durcheinander ist, überträgt sich das meist auch auf alles andere.» Ob sie nun durcheinander war oder nicht, eines stand fest: den Kick, wie man guten italienischen Kaffee macht, hatte sie nicht drauf. «Also – sprechen Sie», sagte ich, faltete die Hände vor mir und sah Liz Carlini mit freundlichen Augen teilnahmsvoll an. «Wo liegt das Problem?»

Einen Augenblick lang zupfte sie unnütz an ihren manikürten Fingernägeln herum. Dann merkte sie, daß das ja ein ‹unprofessionelles› Benehmen war, und ballte Daumen und Finger in ihrer Handfläche zusammen, was ich als klassische Geste der Verteidigung erkannte.

«Prentiss und ich haben eine Meinungsverschiedenheit», sagte sie unsicher, wobei sie diesen Euphemismus für das einfache, direkte Wort *Streit* verwendete.

«Was war los?» fragte ich und wunderte mich, daß der so

überaus feine Prentiss Kingsley überhaupt mit jemand in Konflikt geraten könne.

«Ich glaube, es hängt mit dieser Sache von neulich abend zusammen.»

Ich dachte: Oft genügt doch schon ein kleiner Mord dafür, daß die Leute Farbe bekennen.

Liz fuhr fort: «Natürlich sind wir beide sehr erregt durch diesen furchtbaren Unfall auf dem Fest. Aber er beharrt darauf, daß das nicht die Ursache ist.»

«Was meinen Sie denn?»

Sie nippte an ihrem Kaffee und zog dann ein Gesicht, wie um zuzugeben, daß er scheußlich schmeckte. Sie holte tief Luft, sah mir gerade in die Augen und sagte: «Ich *weiß*, was es ist. Ich will es nur nicht wahrhaben. Prentiss möchte, daß ich meinen Anteil an *Le Jardin* an die Gladys Gardner Gesellschaft verkaufe.»

«Aber ich dachte, Le Jardin gehöre bereits zur Firma.»

«Wer hat Ihnen das erzählt?»

«Rafik erwähnte es gestern in der Fabrik.»

Liz ließ ein gekonnt diskretes Kichern hören. «Da hat Rafik Sie irregeführt. Woher sollte er es auch wissen? Er fährt ja nur den Lieferwagen. Nein, Vannos, steuerlich gibt es da nicht die geringste Verbindung. Prentiss stellte einen Teil des Kapitals zur Verfügung, aber den Rest brachte ich selbst auf, *Le Jardin* ist hundertprozentiges Eigentum von Prentiss, Danny und mir.»

«Dan Doherty ist Mitinhaber?»

Liz nickte. «Er hat kein Geld eingebracht, aber Prentiss und ich waren uns einig, daß es nur anständig wäre, ihm Geschäftsanteile zu übertragen.»

«Das ist sehr großzügig.»

«Das dachten wir auch, obwohl Dannys künstlerische Kreativität für *Le Jardin* fast unbezahlbar ist.»

«Wie ist das Geschäft aufgeteilt?»

Liz sah mich neugierig an. «Das ist nicht der Grund, warum es Probleme gibt.»

«Sondern?»

«Danny und ich haben zusammen sehr hart gearbeitet,

um *Le Jardin* ins Leben zu rufen. Danny hat sogar einmal ge-
witzelt, es sei, als würden wir zusammen ein Kind kriegen. »
Sie errötete. « Manchmal war's wirklich fast so. Aber sobald
das Geschäft dann weit genug gediehen war, daß es offiziell
eröffnet werden konnte, wollte Prentiss, daß ich alles aufgab
und verkaufte, als wäre das Ganze nur so etwas wie eine aka-
demische Übung gewesen. Ich soll mich jetzt wieder zurückziehen und das devote Eheweib werden. »

« Und das wollen Sie nicht. »

« Natürlich nicht. Ich hab in dieser Ehe meinen eigenen
Namen behalten, und ich werde auch ganz bestimmt meinen
eigenen Laden am Leben halten. *Le Jardin* hat durchaus die
Fähigkeit, ins internationale Geschäft hineinzuwachsen. Wir
hatten schon Anfragen von europäischen Großhändlern, ob
wir unsere Produkte nicht auch dort verkaufen wollten. »

« Das sind ja tolle Aussichten. »

« Aber bestimmt keine, mit denen Gladys Gardner umgehen kann.»

« Warum können Sie nicht einfach mit Ihrer Firma so weitermachen wie bisher und sie separat halten? »

Liz schüttelte den Kopf. « Prentiss behauptet, daß Danny
bereit ist, seinen Geschäftsanteil an Gladys Gardner zu verkaufen, wodurch ich allein einen zu kleinen Anteil an *Le Jardin* hätte. Im Prinzip würde ich dann überhaupt keinen Einfluß auf den Gang der Firma mehr haben. »

« Ich kapier' nicht, warum *Le Jardin* an Gladys Gardner
angeschlossen werden soll. Was ist denn da der Vorteil? »

« Na, das liegt doch auf der Hand, oder? Wenn die Gesellschaft meines Mannes meine Firma besitzt, gewinnt er
wieder Kontrolle über mich, sein Eigentum. »

« Liz, das können Sie doch nicht ernst meinen. An dem
Abend neulich hörte ich zufällig mit, wie Prentiss sagte, daß
er die größte Hochachtung vor Ihnen und Danny habe, nach
allem, was Sie geleistet haben. »

« Geleistet haben, wohlgemerkt, aber nicht leisten. Er
möchte, daß alles wieder so wird, wie es war. »

« Aber würde Dan sich nicht weigern zu verkaufen – Sie wissen schon, um der künstlerischen Integrität willen und so? »

Liz kicherte ein bißchen, fing sich aber gleich wieder. «Danny hat diese ganze gestalterische Arbeit für Le Jardin einzig und allein gemacht, um groß rauszukommen. Darüber hinaus interessiert ihn das Geschäft nicht. Er würde auf der Stelle verkaufen. Er plant schon sein nächstes Projekt und muß flüssig sein.»

«Dann war's also nix mit Ihrem Kind.»

Sie warf mir einen total entsetzten Blick zu. «Was soll das heißen?»

«Sie haben doch gesagt, das mit dem Geschäft war, als würden Sie und Dan zusammen ein Kind kriegen.»

«Ja, dieses Gefühl ist jetzt auch nicht mehr da. Unsere Freundschaft hat sich auf einmal verändert.»

«Vielleicht, wenn der ganze Ärger von dem Fest vorbei ist –»

«Nein, Vannos. Prentiss wollte schon vor dem Fest, daß, ich Le Jardin verkaufe. Wie gesagt, sobald es Realität geworden war, wollte er, daß ich nichts mehr damit zu tun hätte.»

«Aber Sie haben doch sicher einen Vertrag, nicht wahr? Und Anwälte?»

«Natürlich. Aber ich hätte nie gedacht, daß ich einmal dem klassischen Problem der Ehefrau gegenüberstehen würde, die sich zwischen ihrem eigenen Leben und den Forderungen ihres Ehemannes entscheiden muß. Ich hätte Prentiss nie in dieses Projekt mit hineinnehmen dürfen.»

«Und warum haben Sie's getan?»

«Weil er die finanziellen Mittel und die Erfahrung hatte. Es ist nach außen hin nicht bekannt, aber die Schokoladen von Le Jardin werden tatsächlich in den Gladys Gardner Schokoladewerken hergestellt.»

Ich nickte. «Das hat mir Rafik auch erzählt.»

Liz sah mich wieder argwöhnisch an. «Ich weiß, er ist ein hübscher Kerl, Vannos, aber glauben Sie nicht alles, was er sagt. Wir haben dort nämlich unser eigenes, hochqualifiziertes Personal, und das arbeitet einzig und allein für unsere Produkte. Es war nur eben einfacher, am Anfang die schon vorhandenen Einrichtungen zu benutzen. Warum sollte man das Rad noch einmal erfinden, noch dazu, wo die Maschinen zum Mischen und Gießen heutzutage so teuer sind?»

«Aber ist der Anspruch bei den beiden Firmen nicht ganz unterschiedlich?»

Liz' Lächeln zeigte mir, daß ich da eine naive Frage gestellt hatte.

«Beide Geschäfte existieren, um Profit zu machen. Ganz offensichtlich sind sie auf unterschiedliche Zielgruppen ausgerichtet, aber das Ergebnis ist das gleiche – Geld.»

So unverblümt ausgedrückt beunruhigte mich das. Selbst die himmlischen Schokoladen von *Le Jardin* waren für mich nicht mehr so anziehend wie bisher, und zwar wieder einmal dank meiner unglücklichen Neigung zu moralischer Sauberkeit, die mir schon jede Menge von Erfahrungen verdorben und ruiniert hat, und zwar einfach wrgen der pekuniären Motive hinter den meisten Unternehmungen.

«Wo ist Ihr Mann jetzt?» fragte ich.

«Keine Ahnung», antwortete sie schnell – ein bißchen zu schnell, dachte ich.

«Vielleicht können Sie mir dann bei einer anderen Sache helfen, Liz. Ich hab Dan Doherty zu finden versucht, aber er ist nicht in der Stadt. Wissen Sie zufällig, wo er sich aufhält?»

Ich wußte es ja schon, aber würde sie es mir sagen?

Sie zuckte die Schultern. «Wenn er nicht zu Hause ist, kann ich wahrscheinlich nicht weiterhelfen.»

Ich rührte gedankenverloren in meiner Kaffeetasse auf der gefliesten Arbeitsplatte. «War Danny schon einmal in Ihrem Haus in Abigail?»

«Was?»

«Ich würde nur gern wissen, wie nahe er Ihnen und Ihrem Mann steht.»

Sie antwortete vage. «Wir haben eine freundschaftliche Geschäftspartnerschaft.»

«Sie sagten, es wäre, als hätten Sie ein Kind zusammen.»

«Danny hat das gesagt, nicht ich.»

«Liz, ich hab' es aus zwei Quellen, daß Dan Doherty jetzt, während wir hier sprechen, in Abigail ist. Wohnt er da in Ihrem Sommerhaus?»

«Hat Rafik Ihnen das auch gesagt?» fragte sie und schüttelte kokett eine Welle aus dem Gesicht.

Liz schien sich aufs Leugnen verlegt zu haben und mehr an ihr Geschäft zu denken als an ihren Mann oder an den Mord von vorgestern abend. Es war an der Zeit, sie über Fragen von Leben und Tod aufzuklären.

«Liz, nach allem, was ich inzwischen mitgekriegt habe, ist es sehr wahrscheinlich, daß die vergiftete Schokolade von Sonntag abend für Ihren Mann bestimmt war.»

Liz erbleichte. «Was soll das heißen?»

«Laurett Cole hat mir erzählt, daß sie die Trüffel in letzter Minute ausgetauscht habe, und daß die, die Trek Delorean getötet hat, eigentlich für Prentiss bestimmt gewesen sei.»

«Das glaube ich nicht.» Liz schüttelte ärgerlich den Kopf. «Warum erzählen Sie mir so etwas?»

«Weil ich glaube, daß Ihr Mann in Gefahr schwebt. Und trotz dieses neu aufgetauchten Problems zwischen Ihnen beiden braucht er jetzt Ihre Hilfe.»

Liz zupfte wieder an ihren Fingernägeln herum, aber diesmal unterbrach sie sich nicht gleich wieder dabei. «Wer sollte wohl Prentiss töten wollen? *Wer* denn? Sagen Sie mir das.»

«Das versuche ich ja eben herauszukriegen.»

«Hat die Polizei auch diesen Verdacht?»

«Nein, auf der Polizei wollen sie Laurett Cole verurteilen und damit den Fall abschließen. In der Zwischenzeit ist da aber jemand unterwegs, der Ihren Mann an den Kragen will.»

«Das ist doch absurd. Sie haben mich ganz durcheinander gebracht, Vannos.»

«Tut mir leid –»

«Vielleicht sollten Sie jetzt lieber gehen.»

«Aber sagen Sie doch Ihrem Mann –»

«Verschwinden Sie jetzt bitte!»

Ihre gereizte Stimme aktivierte «Klauen-und-Zähne», den hungrigen Mastiff, der draußen laut bellte und an der Hintertür kratzte, um wieder eingelassen zu werden. Als Liz aufstand, um ihn hereinzulassen, setzte ich mich rasch auf die Vordertür zu in Bewegung, bevor er Gelegenheit hatte, von meinen kraftvollen, doch zarten Schenkeln zu kosten.

Als ich sicher draußen angekommen war, ging – oder besser rutschte – ich den vereisten Hügel wieder hinunter, bis ich an die verkehrsreiche Kreuzung der Route 9 kam, wo ich die U-Bahn zurück in die Stadt nahm. Aber anstatt dann dort auszusteigen, blieb ich sitzen und fuhr weiter bis zur North Station, wo ich einen Nachmittagszug nach Abigail-by-the-Sea erwischte.

10.

Nicht gerade wie im Holiday Inn

Von der North Station aus rief ich den Laden an, um Ramon zu sagen, daß ich möglicherweise erst spät zurückkäme. Ich sagte ihm nicht, wo ich war, noch sagte ich etwas darüber, daß Nicole später Tobias zum Laden bringen würde. Meinen Berechnungen nach war sie sogar schon da, und je weniger Ramon wußte, desto besser. Und wenn sich Nicole über meine Verspätung ärgerte, so konnte sie doch nicht sehr viel machen, da ich bald zwanzig Meilen entfernt sein würde, im schönen Abigail.

Ich schaffte es gerade noch zu dem frühen Nachmittagszug, der eine von diesen verwahrlosten alten Bahnen war, die noch aus den goldenen Tagen der Eisenbahn von Boston und Maine stammen. Die Nostalgie und Romantik der Schiene fand man indessen wahrlich nicht in diesem alten Blechhaufen, der nach Dieselrauch und getrockneter Pisse stank. Nach einer wackeligen und holpernden Fahrt durch das industrielle Ödland der Bostoner Hinterhöfe schlängelte sich der schäbige Zug auf die nördliche Küste zu. Ich verlor jedes Zeitgefühl, während ich die Vororte an den Fenstern vorbeigleiten sah, die so schmutzig und verkratzt waren, daß man kaum noch hindurchschauen konnte. Trotzdem erkannte ich kleine, hüttenartige Häuser, unbelaubte Wälder, zugefrorene Flüsse, in denen sich Schrott häufte, verrostete Autowracks, und schließlich, in stärkstem Gegensatz zu allem, was vorangegangen war, einen wiederbelebenden Blick auf das Meer. Zehn Minuten später marschierte ein hübscher junger Schaffner, der einen Schnurrbart und eine Uniform trug und dadurch fast militärisch streng wirkte – was in dem rußigen, stinkenden Umfeld des Wagons auf jeden Fall eine Regelwidrigkeit darstellte – den Gang entlang und verkündete: «Aaaab-gail! Ab-GAYLE!» Da ich empfänglich für Männer in Uniform bin, hätte ich ihm fast auf der Stelle einen Heiratsantrag gemacht, trotz des Eherings an seiner linken Hand und des Geruchs von billigem Tabakrauch, der ihm folgte.

Ich stieg aus dem Zug und fand einen städtischen Taxi-
stand am Bahnhof. « Ich will zum Haus der Kingsleys », sagte
ich zum Fahrer.

Er beäugte mich mißtrauisch, dann startete er. Wir fuhren
durch ein Gebiet, daß das Ortszentrum zu sein schien – ein
Pizzaladen, eine Tankstelle, eine Eisenwarenhandlung, ein
kleines « Surfer-und-Reiter »-Restaurant und ein Anglerge-
schäft – das ganze Drumherum einer kleinen Küstenge-
meinde, allerdings mit einer bemerkenswerten Ausnahme:
ich sah keine einzige Bar.

« Wo kriegt man denn hier einen Drink? »

« Bißchen früh für sowas, oder? »

« Frag ja nur. »

« Sind wohl fremd hier, was? »

« Ich will 'nen Freund besuchen. »

« Kennen Sie die Kingsleys? »

« Ja klar. »

« Dann können Sie doch dort 'nen Drink kriegen. »

« Ich will ja gar keinen. Ich seh hier bloß nirgends 'ne Bar
oder 'nen Schnapsladen. »

« Gibt's auch nicht. Wenn Sie Schnaps wollen, müssen Sie
nach Gloucester fahren. Abigail ist trocken, und so wollen
wir's auch haben. »

In so einer Stadt würde ich nicht lange überdauern. Ich
konnte mir die Einwohner richtig vorstellen, wie sie ach so
ungestört und friedlich herumsaßen und auf ihren Zehntau-
send-Dollar-Dividendescheck warteten. Blitzblank, zucker-
süß, sauber und ordentlich war das hier alles. Und hinter verschlossenen Türen und heruntergezogenen Jalousien war es
vielleicht so, daß dieselben Leute sich betranken, sich prü-
gelten und sich gegenseitig erbarmungslos mißbrauchten.
Aber so lange die Häuser sauber aussahen und die Wagen
tiptop in ihren geheizten Garagen standen, war alles in Ordnung. Auch die Bewohner selbst, natürlich alles Weiße, sahen frisch und vergnügt aus, wie sie da so über den Gehsteig
spazierten in ihren leuchtend bunten Winterklamotten. Das
war genau die Sorte Leute, die gerne sagt: « Ich würde nie in
der Stadt wohnen wollen. » Sie betrachten das Stadtleben als

erbärmlich und verkommen und in Sünde und Korruption versunken, außer wenn sie *selbst* gerade in die Stadt einfallen, um andere auszusaugen und auszubeuten. Mich überkam direkt das Bedürfnis, hier irgendwo ein Zeichen für meine Zugehörigkeit zur Arbeiterklasse zu hinterlassen und vielleicht an einen Hydranten zu pissen.

Das Taxi fuhr eine schmale kurvenreiche Straße hinauf, und ich sah, wie das Städtchen unter uns zurückblieb. Von so weit oben und so weit weg betrachtet sah es gar nicht so übel aus. Der Ort und der kleine Hafen verschwanden schließlich, als wir auf die gebirgige Landzunge hinausfuhren, und meine Stimmung veränderte sich im Nu, als jetzt das Meer in Sicht kam. Selbst ich kann nicht allzu griesgrämig bleiben, wenn ich an die Küste komme. Es herrschte gerade Flut, und die See war rauh und bot dem Blick eine Unmasse von wildbewegtem blaugrünem Wasser und weißem Schaum, was nach der Klaustrophobie, die man in der Luft des winzigen Ortes bekam, erfreulich befreiend wirkte. Wir fuhren an zwei stattlichen Häusern auf dem Vorgebirge vorbei, die so weit voneinander entfernt lagen, daß sie voneinander fast nicht zu sehen waren. Das Taxi bog in die baumgesäumte Auffahrt des dritten ein. Das war ein riesiges altes, dreistöckiges Haus, mit grauen Holzschindeln verkleidet und einem Ziegeldach bedeckt, und mit Giebelchen, Mansardenfenstern und Schornsteinen wild überladen. An einigen Fenstern im Erdgeschoß leuchteten Ausschnitte des Meeres gleißend hell von der Rückseite des Hauses her durch.

Als er die Auffahrt leer sah, sagte der Taxifahrer:

«Sieht aus, als wäre niemand zu Hause.»

«Ich bin ein bißchen zu früh. Sie erwarten mich jedenfalls.»

Ich bezahlte ihn und fragte nach seiner Geschäftskarte und seiner Telefonnummer.

«Wozu?» fragte er.

«Ich muß später wieder zurück zum Bahnhof, es sei denn, Sie wollen sich das Geschäft mit der Konkurrenz teilen.»

«Gibt's hier keine. Gibt nur mich. Zwei Wagen, ich und meine Frau.»

«Dann kann's ja passieren, daß ich Ihre ganze Familie kennenlerne, während ich hier bin.» Ich gab ihm ein großzügiges Trinkgeld, weil ich mir dachte, daß sein dörflicher Anstand ihn dazu bestimmen würde, später prompt aufzutauchen, da ich ihm praktisch die Rückfahrt vorausbezahlt hatte.

Ich stieg aus dem Taxi aus und ging auf die Vordertüre des weitläufigen Hauses zu. Der Fahrer verschwand nicht so schnell, wie er sollte. Ich spürte, wie er mich beobachtete. Und auf ein saftiges Extrastückchen Skandal hoffte, das er in der Stadt verbreiten konnte. Ich hörte ihn fast, wie er seiner Frau erzählte: ‹Heut' hatte ich vielleicht 'nen Typen zu fahren, einen aus der Stadt, ich kannte ihn nicht. Wollte doch glatt mitten am Nachmittag was saufen gehen. Ich hab ihn zum Haus von den Kingsleys gefahren. Wahrscheinlich war das so ein Strichjunge oder so was ähnliches.› Verflixt nochmal, wenn die Tatsachen allein nicht interessant genug sind, muß man sie eben ändern.

Noch immer fühlte ich die Augen des Taxifahrers auf mir, deshalb drehte ich mich um und winkte ihm zu. Dann steuerte ich von der Vordertüre weg und folgte einem Steinplattenweg, der mich hoffentlich zu einem anderen Eingang auf der Rückseite des Hauses führen würde. Endlich hörte ich das Taxi davonfahren und fühlte mich etwas erleichtert. Ich fand auch tatsächlich einen Seiteneingang, also klopfte ich laut. Aber wie der Taxifahrer vorhergesagt hatte, war niemand zu Hause. Was nun? Ich ging den Weg weiter, bis ich zur Rückseite des Hauses kam. Eine weite ebene Fläche führte zu dem etwa fünfzig Meter weit entfernten Riff. Die nicht geschlossene Schneedecke war typisch für die Küstenregion, da die Meeresluft gerne Schnee in Regen verwandelt. Aber der Schnee, der noch lag, war sauber und weiß und unberührt. Ein grauer, von der Sonne ausgebleichter Staketenzaun lief in einer geraden Linie die ganze Länge des Grundstücks entlang, und zwar ungefähr drei Meter vor dem Abgrund – als dezenter Hinweis für gelegentliche Spaziergänger, daß es zu der donnernden Brandung und den schroffen Klippen über vierzig Meter tief hinunterging.

Da ich trotz allem annahm, daß Prentiss Kinsley und Dan Doherty zur Zeit zusammen hier draußen seien, dachte ich, ich könne einfach hier herumhängen, bis sie auftauchten. Ich hatte bis dahin nichts zu tun und nirgendwohin zu gehen – Snips war ja weit weg – also setzte ich mich und genoß das Tosen der Brandung und das Wehen des Windes. Die strahlende Sonne vermittelte ein Gefühl von Wärme, aber die kalte Brise vom Meer herüber vertrieb diese Illusion rasch wieder.

Ich saß lange Zeit mit geschlossenen Augen da und ließ mich von dem gleichmäßigen Rauschen in einen Zustand von Ur-Bewußtsein einlullen. In diesem Wachtraum fühlte ich, daß jemand sich mir näherte, und ich nahm voller Freude an, mein lebhaftes Unterbewußtes habe wieder einmal meinen Inkubus herbeigeführt. Aber anstatt mich wie sonst in einen erotischen Akt zu überwältigen, entschloß sich mein liebevolles Alter Ego diesmal, mit mir zu sprechen.

«Hast du gemocht die Schokolade?» fragte es mit französischem Akzent.

Ich öffnete die Augen und wandte den Kopf. Die Sonne blendete mich einen Moment, aber ich erkannte trotzdem Rafik, in all seiner Größe, Schönheit und Glorie. Er trug einen grauen Jogging-Anzug ohne Mantel oder Jacke. Der Wind schmiegte den weichen Jersey an seinen Körper und ließ eine schlanke, gutgebaute Gestalt erkennen, die sehr viel von einem Tänzer hatte.

«Hi», sagte ich, vielleicht etwas zu enthusiastisch. «Ich hab mir doch gleich gedacht, daß du die geschickt hast.»

«Du hast nischt gemocht?» Er schlug traurig die Augen nieder.

«Ich hab sie zur Polizei gebracht, um sie auf Gift untersuchen zu lassen.»

«Ah, *non*, ich will dich nischt vergiften.» Dann fragte er mit einladendem Lächeln, «Du willst mich besuchen?»

«Ich wollte Prentiss Kingsley besuchen. Aber es interessiert mich trotzdem, warum du hier bist.»

«Isch bin hier mit Dahnie.»

«Und Mr. Kingsley? Ist der auch da?»

Mit einem Zwinkern schüttelte Rafik den Kopf. Was für ein Charmeur! Wie leicht müßte es einem fallen, ihm jede Bitte zu erfüllen.

Ich fing schon an, «Ich wollte eigentlich, ähm …» Halt deine Zunge in Zaum, Stanislav. Erzähl diesem hinreißenden Typ nicht, daß du hergekommen bist, um Prentiss Kingsley zu warnen, daß jemand ihn ermorden wolle. «Ich wollte eine kleine Überraschung für Liz und Danny vorbereiten, und deshalb dachte ich, Prentiss könnte mir dabei vielleicht helfen. Aber erzähl' Dan nichts davon, okay?»

«Wir also haben Geheimnis?»

«Ja, genau. Ein Geheimnis.»

«So wir vielleischt auch noch haben andere Geheimnis?» fragte er mit durchtriebenem Gesichtsausdruck.

«Was für eins denn?»

«Wollen wir ins Bett gehen?» Er schob seine rechte Hand unter sein Sweatshirt und lüftete es etwas, so daß ich ihn seinen straffen Bauch und die kurzen schwarzen Haare darauf streicheln sah.

Verdammt nochmal! Warum war dieser Typ so scharf auf mich, erst auf der Party, jetzt hier draußen an der Küste?

«Und Danny?» fragte ich.

«Dahnie? Er ist nischt da.»

«Aber seid ihr zwei nicht …»

Rafik schüttelte den Kopf. «Wir sind nischt mehr ein Paar.»

«Ich dachte, du sagtest, du seist mit ihm hier?»

«Isch bin mit ihm, aber nischt zusammen.»

«Aber warum bist du dann hier?»

Rafik grinste selbstzufrieden. «Mr. Kingsley misch eingeladen.»

«Aber du hast doch gerade gesagt, er sei nicht da», sagte ich und versuchte, aus seiner Geschichte klug zu werden.

«Ja, er ist nischt. Isch arbeite für ihn, fahre Auto, du weißt?»

«Ja, ich weiß, aber wird dir allein deswegen gestattet, dich in seinem Sommerhaus aufzuhalten, noch dazu mitten im Winter?»

«Oh ja.» Seine Hand schob das Hemd höher und entblößte eine wohlgeformte Brust. «Also möchtest du hinein?»

«Ich würde gerne ins Warme gehen.»

«Ich habe gute Idee», sagte er und zog plötzlich sein Sweatshirt aus. Über seine muskulöse Brust breitete sich eine sauber gestutzte, fächerförmige Matte von kräftigem Haar, das kurz und rauh zurechtgeschnitten war. In der kalten Luft sträubte es sich jetzt, und auch die übrige Haut wurde im Wind zur Gänsehaut. Seine Brustwarzen grüßten die Frostluft mit einem kecken Salut unter dem dunklen Haar. »Komm«, sagte er und zog auch noch die Trainingshosen herunter. Er rannte mir davon, blieb dann aber kurz stehen, um sich die Trainingshosen ganz auszuziehen, woraufhin er nur noch seinen himmelblauen Tanga trug. Ich hatte recht gehabt. Er sah wie ein Tänzer aus und bewegte sich auch so, als wäre das alles eine vertraute Schrittfolge, die er schon tausendmal geübt und aufgeführt hatte. Aber ich muß gestehen, daß seine behaarten Glieder vor dem ungleichmäßigen Schnee trotzdem sehr anziehend wirkten. Er wandte sich um und winkte mich zu sich. «Wir gehen jetzt in Bett.» Dann rannte er auf das Solarium zu, das hinten an das große Haus angebaut war.

Da ich ja schließlich nichts als ein einsamer Haufen von Fleisch und Knochen war, wäre ich doch ein Idiot gewesen, wenn ich mir eine solche Chance hätte entgehen lassen. Ich stand von der Bank auf und ging auf das Haus zu, wobei ich auf dem Weg Rafiks verstreute Kleider auflas – ich war bereits sein Eheweib. Als ich zum Haus kam, erschien Dan Doherty auf dem Pfad, der von der Vorderseite des Hauses hierher führte.

«Was zum Teufel machen Sie denn hier?» fragte er. Dann sah er Rafik fast nackt im Solarium verschwinden, während ich mit seinen Klamotten dastand. Dan runzelte die Stirn und sagte: «Sieht so aus, als hätten Sie's bei ihm geschafft, Vannos.»

«Ääääähhhh …»

«Keine Sorge», sagte er verärgert, aber resigniert. «Ich

bin daran gewöhnt. Er taugt nichts.» Dan beobachtete, wie Rafik aus dem Solarium energisch winkte. «Ich nehme das zurück. Rafik taugt auf jeden Fall zu der einen Sache.»

«Danny, ich bin nicht hierher gekommen, um mit ihm ins Bett zu gehen. Ich wollte mit Prentiss und mit Ihnen sprechen. Ich hab sogar versucht, Sie gestern abend in Ihrer Wohnung zu erreichen. Denn ich fürchte, ich hab sehr unangenehme Nachrichten für Sie.»

«Vannos, sparen Sie sich das. Sie brauchen keine Entschuldigung, wenn Sie mit Rafik Sex haben wollen. Wirklich, bei uns hier draußen geht einfach alles.»

«Ich will mich ja gar nicht entschuldigen, Danny. Und Sie können mich jetzt Stan nennen. Vannos ist nur für den Laden, aber das hier hat ja mit dem Laden nichts zu tun.»

Sein Gesicht entspannte sich ein wenig. «Sie meinen das ernst, stimmt's», sagte er mit nun weniger ärgerlicher Stimme. «Sie meinen es ernst.»

«Ja, es ist ernst.»

«Dann sollten wir lieber reingehen.»

Wir kamen am Solarium vorbei. Rafik stand drin, stellte sich zur Schau und wirkte in seinem gläsernem Käfig sehr anziehend. Scheiße, da hatte ich gerade meine trägen Säfte beinahe wieder in Gang gesetzt, und nun mußte ich ihren Fluß schon wieder unterbrechen. Ich weiß nicht, warum meine Eltern mich nicht einfach Frust genannt haben.

Im Haus zog Dan seinen daunengefütterten Parka aus und hängte ihn in eine anspruchsvoll gestaltete Garderobe. «Ziehen Sie Ihren Mantel aus, machen Sie's sich bequem», sagte er. Ich warf mein Jackett über einen Stuhl, aber Danny nahm es und hängte es – arangierte es – neben seinen Mantel in den Schrank – er war eben Designer, in jeder Lebenslage. Dann führte er mich in ein großes helles Zimmer mit zahlreichen Fensternischen mit Fensterbänken und chintzbezogenen Kissen, von wo aus man hinausschaute auf die Steilküste und das Meer dahinter. Im Kamin brannte Feuer, obwohl es mitten am Nachmittag war. Durch eins der Vorderfenster sah ich Dannys Auto, das man leicht an seinem Wunschkennzeichen erkennen konnte: DDDESIGN.

Danny warf sich auf eins der Sofas. Ich setzte mich in einen hochlehnigen Sessel, in dem ich luxuriös versank, als die daunengefüllten Kissen die Luft von sich gaben. « Ist Prentiss hier? » fragte ich.

« Nein », sagte er, während er sich provozierend zurücklehnte und sich räkelte. Ich hoffte, daß dieses Spiel nicht mir galt.

« Danny, es ist sehr wichtig, daß Sie beide das erfahren. Versprechen Sie mir, es ihm zu erzählen? »

« Kommt drauf an. » Seine Augen schienen zu flirten, und bald erkannte ich ein Verhaltensmuster, das ich auch bei anderen Paaren schon oft erlebt hatte: liebst du meine Braut, dann lieb auch mich.

Ich sagte, « Kommt drauf an genügt mir nicht, Danny. Ich habe etwas über die vergiftete Schokolade herausgefunden, die vorgestern nacht diesen Mann umgebracht hat ».

« Die Laurett Cole ihrem Freund gegeben hat? »

« Das ist es ja. Es war ein Irrtum. Die Trüffel, die den Typen getötet hat, war eigentlich für Prentiss Kingsley bestimmt. »

Danny setzte sich auf und schaute mich in plötzlichem Schrecken an.

« Woher wissen Sie das? »

« Laurett hat in letzter Minute was ausgetauscht, weil die ursprüngliche Trüffel Schaden genommen hatte. »

« Aber woher wissen Sie, daß sie für Prentiss bestimmt war? »

« Weil es die mit Mandelgeschmack war. Laurett sagte, die sei für ihn gewesen. Und der Mandelgeschmack überdeckte ohne weiteres den Geschmack des Zyanid. »

Dan verfiel in nervöses Lachen, das immer heftiger wurde, bis es an Hysterie grenzte. Er stand auf und goß sich einen Schluck Whiskey aus einer Kristallkaraffe ein. Den trank er mit einer einzigen großen Geste aus, als wäre er hier in einem schlechten Theaterstück. Dann wandte er sich mir zu und sagte ausdruckslos: « Die Mandeltrüffel war nicht für Prentiss. Sie war für mich. Prentiss ist auf Mandeln allergisch. »

« Sind Sie sicher? »

Danny grinste einfältig. «Ich muß es doch wissen. Er würde nie eine Mandeltrüffel essen. Die Geschmackswünsche wurden offensichtlich durcheinandergebracht.»

Rasch ließ ich die Szene auf der Party vor meinem geistigen Auge ablaufen. «Also deshalb hat er an dem Abend die Schokolade ausgespuckt. Er hatte Angst vor einer allergischen Reaktion.»

«Stimmt.» Dannys Stimme bebte jetzt. «Und da ich die Mandeltrüffel bekommen sollte, heißt das, daß an dem Abend jemand mich umbringen wollte.»

«Aber wer? Und warum?»

Ohne zu antworten schenkte sich Danny noch einen Drink ein und bemerkte erst dabei, daß er mir noch nichts angeboten hatte. Er hielt mir die Karaffe entgegen und fragte: «Scotch?»

Ich antwortete: «Bourbon, pur bitte.»

Er goß drei Finger breit feinsten Bourbon in ein Kristallglas und reichte es mir. Dann setzte er sich in den anderen Lehnsessel und sprach: «Prentiss hat einen Halbbruder, John Lough. Der haßt mich.»

«Warum?»

«Er denkt, daß ich Prentiss verderbe, daß ich einen Schwulen aus ihm mache.»

«Und stimmt das?»

Dan wand sich in seinem Sessel. «Prentiss und mich verbindet eine tiefe Freundschaft. Er vertraut mir.»

«Das ist alles?»

Mit einem ärgerlichen Blick sagte Dan: «Zwischen uns gibt es nichts Sexuelles.»

«Wessen Entscheidung war das?»

«Das geht Sie einen Scheißdreck an.»

«Ist es nicht ein bißchen übertrieben, zu glauben, daß John Lough Sie umbringen will, weil Sie Prentiss nahestehen?»

«Und weil ich schwul und darum schlecht bin.»

«Aber warum sollte er das gerade jetzt machen?»

«Die Gelegenheit war vielleicht gerade günstig.»

«Das klingt zu einfach, Danny. Es muß was anderes sein.»

Er stand auf, um sich das Glas noch einmal zu füllen. Jedesmal hatte er sich mehr als drei Zentimeter eingeschenkt, aber der Alkohol schien keine Wirkung auf ihn zu haben. «Also, wo Sie offenbar so klug sind, Vannos – Entschuldigung, wollte sagen Stan – was glauben denn Sie?»

Ich sah ihm in die Augen. «Ich glaube, es geht um Geld.»

Danny schlenderte zurück zum Sofa, legte sich nieder und hob seine bestrumpften Füße auf die Kissen. «Geld, Geld, Geld. Auf das Geld!» sagte er und erhob sein Glas zu einem Toast. «Sie haben natürlich recht. Sie haben immer recht, stimmt's?»

«Keineswegs.»

Danny schloß die Augen und sprach, als zitiere er aus dem Gedächtnis ein bestimmtes Schriftstück. «Prentiss erbte das Geld von seiner Mutter, Helen Kingsley.»

«Und sein Bruder John?»

Danny schüttelte den Kopf. «Halbbruder. Er ist nach Prentiss geboren, als ihr Vater sich wieder verheiratet hatte, also hat er nichts gekriegt. Im übrigen wird das Kingsley'sche Vermögen immer schon über die Frauen vererbt, und zwar bis zur letzten Helen Kingsley. Da aber Prentiss ihr einziges Kind war – sie starb bei seiner Geburt – erbte er alles, das Geld, die Firma, den Besitz, eben alles, was normalerweise an die älteste Tochter ging.»

«Also deshalb hat Prentiss den Namen Kingsley behalten, zum Gedächtnis an seine Mutter?»

Danny schüttelte den Kopf. «Zum Gedächtnis nicht. Aus Schuldgefühl. Alles aus Schuldgefühl. Stellen Sie sich vor, Sie töten Ihre Mutter einfach durch die Tatsache, daß Sie auf die Welt kommen, und kriegen dann auch noch das ganze Geld.»

«Zumindest kann er sich ein angenehmes Leben machen.»

«Prentiss hat eine Menge Probleme, das können Sie mir glauben.»

Ich zuckte die Schultern. Die Neurosen der Wohlhabenden erweckten in mir nur selten großes Mitgefühl.

Schließlich bekam Dan nun doch eine etwas schwere

Zunge. «Er versucht, John gegenüber großzügig zu sein. Er hat sogar extra für ihn diese Position in der Firma eingerichtet, so einen Scheinjob in der Firmenverwaltung. Wenn Sie wüßten, was er dafür einsackt, würde Ihnen das Kotzen kommen.»

«Also müßte John eigentlich zufrieden sein und keine Mordgedanken hegen.»

«Aber er will mehr. Er will's noch fetter. Er will alles. Und jetzt ist auch noch Liz da, und John hat Angst, daß sie was davon abkriegt.»

«Und wie passen jetzt Sie in die ganze Sache mit rein?»

Danny sah mich mit wässrigen, stieren Augen an. «Mensch, was soll denn das, ist das hier verdammt nochmal ein Quiz mit all diesen Fragen?»

«Jemand hat neulich Sie oder Prentiss zu ermorden versucht. Ich versuch nur ein Motiv zu finden.»

«Wunderbar. Also, basteln Sie sich ein Motiv zusammen». Dan stürzte den letzten Whiskey hinunter und torkelte dann hoch, um sich noch einen einzugießen. Er beugte sich taumelig über die Karaffe. «Wenn ich tot bin, bekommt John mehr. Da haben Sie Ihr Motiv. Und er wird besser schlafen, wenn er wieder eins von uns dreckigen Ungeziefern vom Angesicht der Erde vertilgt hat.»

Ich konnte mir nicht vorstellen, daß John Lough die Fähigkeit zu so viel Leidenschaftlichkeit haben sollte. Inzwischen war Rafik leise ins Zimmer getreten. Er sah düster und niedergeschlagen aus, obwohl er einen farbenfrohen neuen Jogginganzug trug.

«Hör auf, in mein'n Klamottn rumßulaufn», rief Danny mit etwas lallender Aussprache.

Rafik sah mich traurig an, als hätte ich einen Treueschwur gebrochen, so, als wollte er sagen, «Da siehst du, wie es mir ohne dich ergeht!»

«Dan», sagte ich, «wo ist Prentiss jetzt?»

Er zuckte die Schultern. «K'neahnung.» Dan wandte sich plötzlich Rafik zu. «Hey! Geh doch raus in-n Schnee zum Spielen, Rafi-Baby. Vielleicht machst du 'n Purzelbaum über das Kliff runter und läßt mich in Ruhe.»

«Isch habe nichts getan dich zu verletzen, Dahnie.»

«Daß du da bist, quält mich schon.»

«Isch gehe jetzt.» Er drehte sich zu mir herum und sprach fast flehentlich: «Du kommst zum Solarium später?»

Ich kratzte mich hinterm Ohr. «Ich finde, du könntest deine Stelldicheins etwas diskreter ausmachen, Rafik.»

«Ah, du bist *romantique*, was? *L'assignation, alors!*»

«Ich schau noch kurz rein und sag' dir auf Wiedersehen, bevor ich gehe.»

Als Rafik uns allein gelassen hatte, fragte ich Dan: «Haben Sie der Polizei an dem Abend etwas davon erzählt?»

Die Unterbrechung durch Rafik schien Dan wieder nüchtern gemacht zu haben, zumindest für ein paar Minuten. «Können Sie sich vorstellen, was die zur aufgeregten Sorge einer Schwuchtel sagen würden?»

«Aber Sie glauben doch, daß John Lough Sie töten will.»

«Wenn ich das der Polizei erzähle, dann unternehmen die doch deshalb nicht das Geringste. Sie würden mich höchstens als hysterische Tunte abschieben.»

Ich blickte Dan an. Vielleicht hatte er ja recht. Er verkörperte tatsächlich ziemlich genau den Typ des amerikanischen schwulen Designers in der Großstadt.

«Dan, versprechen Sie nur, daß Sie Prentiss informieren, worüber wir heute gesprochen haben? Es ist ganz wichtig, daß er weiß, daß der Mord vorgestern abend kein Zufall war, und daß das Opfer eigentlich entweder er oder Sie hätten sein sollen. Sie haben gesagt, er vertraut Ihnen. Sie sind es ihm schuldig, ihm das zu erzählen.»

«Sie brauchen mir keine Anweisungen zu geben.»

Mehr Information war, glaube ich, nicht mehr drin, und mein Willkommensbonus war offensichtlich aufgezehrt, zumindest hier im Haupttrakt des Hauses. Ich fragte, «Kann ich Ihr Telefon benutzen, um mir ein Taxi zu rufen?»

«Sie können vom Solarium aus anrufen, wenn Sie und Rafik fertig sind.»

Ich stand auf und streckte Danny die Hand hin.

«Wozu das jetzt?» fragte er.

«Um Ihnen zu zeigen, daß ich's ehrlich meine.»

« Sparen Sie sich das lieber für einen anderen Idioten auf. »

Ich verließ ihn und begann durch die Gänge des riesigen Hauses zu wandern, wobei ich zuerst mein Jackett mitnahm, als ich daran vorbeikam, und mich dann in Richtung Solarium in Bewegung setzte. Ich fand es, weil mich das starke Licht leitete, das aus dem offenen Durchgang kam, der zu ihm hinüberführte. Obwohl wir kaum erst Februar hatten, war es in dieser Glaskonstruktion warm – fast zu warm. Auf jeden Fall warm genug, um sich nackt in die weißen Korbmöbel zu legen und zu spüren, wie einem die willkommene Sonnenhitze das erstarrte Winterfleisch durchdrang und die durchfrorenen Winterknochen auftauten. Rafik lag in einem der gepolsterten Liegestühle. Er hatte sich diskret ein Handtuch über den Schoß gelegt, aber darunter spitzelte springlebendig ein Hügel aus Fleisch und Blut hervor.

Er hatte die Augen zu, aber er wußte, daß ich es war, der die beheizte Anlage betrat. « Leg disch zu mir », sagte er.

Ich setzte mich auf den Rand des prallen Kissens.

« Rafik? »

« Mhm? » Er öffnete die Augen nur einen Spalt.

« Wer könnte Danny töten wollen? »

Jetzt gingen seine Augen blitzartig ganz auf und funkelten.
« *Isch* möchte ihn töten. »

« Du? »

« Er macht uns so elend. Warum er kann nischt sagen *fini* und lassen mich? Wir lieben uns nischt. »

« Warum bist du dann hergekommen? »

« Isch war hier. Er kam mich zu sehen. »

Ich wußte, daß er log, da die Fakten, so weit ersichtlich, genau umgekehrt waren. Dannys Klamotten und Dannys Auto hatten hier ihren angestammten Platz – gar nicht zu reden von seinem vertraulichen Verhältnis zu Prentiss Kingsley, was immer das bedeuten mochte. Aber, verdammt nochmal, er war so hübsch! In der heißen Sonne roch seine Haut süß und würzig. Und ich war liebeshungrig. Der Duft und die Hitze und sein Anblick ließen mich ohne zu überlegen herausplatzen: « Wie schaffst du es nur, so auszusehen? »

« Ist meine Familie », sagte er und genoß meine Bewunderung. «Und war isch Tänzer», fügte er mit selbstzufriedenem Lächeln hinzu, während sich seine Augen wieder schlossen.

«Aber jetzt?»

«Isch mache noch immer *barre*.»

Keine der Bars, in die ich je gegangen bin, hat je eine solche Wirkung für meinen Körper gehabt.

«Kannst du mir helfen, Rafik?»

Seine Augen gingen wieder auf, diesmal mit so einem Na-komm-schon-Blick. «Natürlich isch dir helfe.»

Ich fragte: «Du arbeitest doch in der Fabrik, stimmt's?»

«Ja …», antwortet er, enttäuscht, was für eine Art von Hilfe ich suchte.

«Ich möchte rausfinden, wer die Schokolade gemacht hat, du weißt schon, die für das Fest letzten Sonntag abend.»

Er überlegte einen Augenblick, dann zog er meinen Kopf zu seinem hinunter, küßte mich auf den Mund und schmuste richtig liebevoll mit mir. «Isch sage dir, Stani.»

«Du weißt es also?»

«Isch weiß alles.»

«Wer war's denn?»

«Bleibst du bei mir?» Seine dunklen Augen hatten es wirklich drauf, einem süße Lügen zu erzählen.

Ich schüttelte den Kopf. «Nicht hier. Nicht, wenn Danny da ist.»

«Dann isch hüte mein Geheimnis», sagte er grinsend.

In einer lahmen Imitation Brancos grunzte ich: «Dann geh' ich eben.»

Ich bestellte ein Taxi und fragte dabei nach dem weiblichen Fahrer. Danach legte ich auf und drehte mich zu Rafiks warmem hingestrecktem Körper um. Ich kniff ihn leicht in die linke Brustwarze und sagte, «*A toute à l'heure, diable!*» Dann stand ich auf und ging hinaus. Wenn Rafik nicht so verdammt attraktiv gewesen wäre und meine ganzen Körpersäfte nicht so sehr in Bewegung gesetzt hätte, hätte ich ihn als schamlosen Aufreißer und üblen Nassauer abgetan. Aber die Wärme seines Körpers und seine zuvorkommenden europäischen Manieren schienen seine sämtlichen üblen Züge völlig außer Kraft zu setzen. Als das Taxi kam, um mich zum Bahnhof zurückzubringen, sagte mein dummes Teil da unten immer noch ja.

Mancher denkt vielleicht, daß ich sexsüchtig bin, daß Sex in meinem Leben das Zentrale ist. Aber in Wirklichkeit gehöre ich nur zu den Unglücklichen, die Sex und Liebe immer durcheinanderbringen. Ich fühle mich furchtbar einsam, und die einfachste Möglichkeit, dagegen etwas zu tun, ist immer noch, nach dem passenden Bettgefährten Ausschau zu halten. Für Außenstehende sieht das wie unersättliche Libido aus, aber in Wirklichkeit ist es nur ein unbefriedigtes Bedürfnis nach Nestbauen und Kuscheln. Wie ich das beweisen will? Legen Sie mir einen Pornovideo ein, und Sie sehen mich zwei Minuten später den Haushalt erledigen. Laden Sie mich hingegen einmal zu einem romantischen Wochenende ein, und ich bin der Ihre für den Rest meines Lebens. Oder sagen wir mal, zumindest für drei Tage.

Deshalb hatten all die Tumulte, die Rafik in meinem Inneren auslöste, mehr damit zu tun, daß in meinem Leben so oft der himmlische Satz fehlte – ‹Liebling, ich bin wieder zu Hause›, als mit seinen kräftigen Muskeln, seinem wohlgeformten Gesicht und seinem großen Schwanz.

Ich kam ungefähr um halb sechs wieder an der North Station an und ging direkt zum Salon Snips. Wahrscheinlich wartete Nicole dort schon mit Tobias, um sich auf mich zu stürzen und mich auszuschimpfen. Und so war es auch. Sie las ihm ruhig im Wartebereich vor, aber sobald ich eintrat, sprang sie auf und zerrte mich ins Hinterzimmer, wo sie die Türe zuschmetterte.

« Wo warst du? » fragte sie.

« Es war sehr wichtig. Ich mußte hin. »

« Der Job ist auch wichtig, Stanley. Als ich dir die Schlüssel gab, habe ich ein bestimmtes Maß an Verantwortungsbewußtsein erwartet, aber das scheinst du völlig verloren zu haben. »

« Nikki –»

« Nenn mich nicht Nikki. Ich hab diese ‹Tapferer kleiner-

Amateurdetektiv-Nummer › satt. Du hast mich heute morgen angelogen, Stanley. So was hasse ich.»

«Aber –»

«Und bei Charles machst du damit auch keine Punkte. Er überlegt sich, ob er Lauretts Fall nicht lieber sausen läßt.»

«Aber das ist ja vom ethischen Standpunkt her unmöglich. Er kann doch nicht sie im Stich lassen, nur weil er mit mir nicht einverstanden ist.»

«Er ist Anwalt. Er weiß schon selber, was er kann.»

«Und ich weiß, daß er ein Hornochse ist.»

«Schluß jetzt! Ich hatte einen anstrengenden Tag.»

«Ich auch, Liebes.»

Sie zog eine Zigarette heraus und zündete sie nervös an. Es kam bei Nicole selten vor, daß sie bei einer Zigarette Halt suchte, denn normalerweise war Rauchen für sie nur reines Vergnügen.

«Und der Junge ist auch ein ganz schönes Kaliber, Stanley. Glaubst du wirklich, daß du der Sache gewachsen bist?»

«Er ist gar nicht so übel, wenn man sich erst mal an ihn gewöhnt hat.»

«Als wenn ausgerechnet du das beurteilen kannst. Na, du wirst jedenfalls genug Gelegenheit haben, es herauszufinden, denn ich nehm' ihn jetzt nicht mehr.»

«Warum nicht?»

«Chaz möchte mit mir allein sein.»

«Tarzan hat gesprochen.»

«Er glaubt, daß du auf den Jungen einen schlechten Einfluß haben könntest.»

«Ein Hirn wie ein Neanderthaler.»

«Als Chaz heute früh aus der Dusche kam, versuchte Tobias, ihm unter das Handtuch zu schauen.»

«Na und?»

«Was glaubst du, hat er da gesucht?»

«Das dürfte doch wohl klar sein, Liebes.»

Nicoles Augen sprühten vor Zorn.

«Nikki, er möchte sich nur versichern, daß er genauso ist wie andere Männer.»

«Aber das war noch nicht alles. Wir sind mit ihm in den

Zoo gegangen. Du weißt doch, daß man normalerweise davon ausgehen kann, daß Kinder den Zoo mögen?»

Ich nickte und ahnte schon, was jetzt kommen würde.

«Und die Tiere dort haben ihm ein Pornoshow vorgeführt?»

«Nein, schlimmer. Er fand ein paar Steine und warf sie auf die Löwen. Es gab einen Höllenlärm. Dieses entsetzliche Gebrüll von den Löwen! Am Ende warfen uns die Zoowärter raus.»

«Armer Charles. Das muß ihn tief gedemütigt haben.»

Nicole blitzte mich an. «Stanley, ich war sogar selber beunruhigt über das Verhalten des Jungen, und ich bin doch bestimmt keine Tiernärrin.»

«Nikki, Tobias ist wütend über das, was mit seiner Mutter passiert. Für ihn ist es besser, den Ärger rauszulassen, als ihn zu unterdrücken.»

«Quatsch. Er ist einfach ein ungezogenes kleines Monster.»

«Er ist doch erst vier Jahre alt. Man kann nicht erwarten, daß er ein Musterbeispiel vorbildlichen Benehmens abgibt.»

«Chaz denkt, er ist so verdorben, daß sich da nichts mehr machen läßt, und er glaubt, du bist teilweise daran schuld.»

«So ein Unsinn.»

«Vielleicht nicht, Stanley.»

Schweigen. Paff-paff. Rauchwolke.

«Auf wessen Seite stehst du eigentlich, Schwesterherz?»

Nicole zögerte ein kurze Sekunde lang. «Hier gibt es keine Seiten. Chaz ist ein sehr guter Liebhaber, Stanley, auch wenn du noch so viele Charakterfehler an ihm zu sehen glaubst.»

«Er versucht einen Keil zwischen uns zu treiben, Nikki. Homophobe Menschen neigen da sowieso dazu, und die gebildeten, smarten, tun es fast unmerklich, so wie Charles.»

«Stanley, ich möchte ihn nicht verlieren. Jetzt noch nicht. Aber gleichzeitig möchte ich auch nicht zwischen euch beiden wählen müssen.»

«Und was glaubst du, wie ich mich dabei fühle? Glaubst du, mir macht es Spaß, wenn ich mich immer mit so einem olympischen Teppichbeißer messen muß?»

Nicole stieß ihre Zigarette achtlos aus, nicht mit der sonst üblichen Sorgfalt. «Du hast wirklich 'ne Art, alles in den Dreck zu ziehen.»

«Das reinigt die Atmosphäre.»

«Es ist unverschämt.»

«Ist doch im Grunde sowieso alles.»

«Du klingst auf einmal wie ein Mann.»

«Ich bin ein Mann.»

«Ja, das vergeß' ich manchmal. Also, ich kann dir nicht länger helfen, für den Jungen zu sorgen. Er gehört jetzt ganz dir, Stanley. Und wenn du damit nicht zurecht kommst, sollte doch das Gericht eingreifen.»

Verflixt, auch wenn Tobias uns mit unserem niedlichen kleinen Leben manchmal *tatsächlich* etwas durcheinandergebracht hatte, war doch ein Pflegeheim darauf sicher nicht die richtige Antwort, nicht, solange Nikki und ich ihm einen vertrauten und liebevollen Platz bieten konnten. Außerdem hatte ich Laurett versprochen, daß ich mich um ihn kümmern würde. Das war allerdings unter der Voraussetzung geschehen, daß es nur für eine Nacht sein würde.

«Nikki, ich geb' das Kind nicht her, bis die Polizei kommt und es mir wegnimmt.»

«Viel Spaß.» Sie schloß gewaltsam ihre Tasche und warf sie sich über die Schulter. «Und was das betrifft, daß du dich heute von deiner Arbeit gedrückt hast – also, ich verlange noch nicht die Schlüssel von dir, aber du darfst dich für einen Monat auf Bewährung fühlen.»

«Aber –»

Nicole hob die Hand, um mich zum Schweigen zu bringen, ganz so, wie es Branco auf dem Fest neulich abends getan hatte. Ich überlegte mir daraufhin, ob die Lüge, die ich ihr heute morgen aufgetischt hatte, nämlich daß Branco mir eine Bewährungsfrist gesetzt habe, wohl der Grund dafür war, daß das jetzt mit ihr zur Tatsache wurde. Weil er's sagt, sagt's auch sie. Steckten die beiden am Ende auch gegen mich unter einer Decke?

Nicole sprach, als würde sie einen Wandel in der Geschäftspolitik verkünden.

«Ramon hat bewiesen, daß er sehr wohl fähig ist, den Laden zu führen. Wenn du diese Verantwortung nicht haben willst, wird er sehr gern für dich einspringen.»

Da hatten wir's wieder. Ramon verdrängte mich. Dieser miese kleine Speichellecker. Ich hatte ihm oder seiner Geschichte nie Glauben geschenkt. Er war angeblich aus Paris, und er hatte sich in den Salon Snips eingeschlichen, indem er ein paar Namen erwähnte, an die sich Nicole aus der Zeit, als sie dort Mannequin war, erinnerte. Aber ich hielt dagegen, daß ein junger Mann, der Leute aus ihrer Generation so gut kannte, möglicherweise nichts anderes als ein cleverer Opportunist war, der seine Jugend und sein Aussehen vermarktete. Nicole blieb dabei, daß er einfach kultiviert war. Ramon behauptete auch, bisexuell zu sein, was bei ihm nichts als ein modisches Statement war und auch seinen Trinkgeldern offensichtlich zum Vorteil gereichte. Aber der Punkt, in dem ich ihm wirklich mißtraute, war sein Interesse an meiner Kundenkartei und meiner ausgefeilten Technik. Er hatte nur wenig eigene Kunden und beneidete mich um meine Position als Snips führender Haardesigner. Außerdem sah Ramon abscheulich gut aus und hatte gute Manieren, was mir wirklich weh tat und meinen Arbeiterklassen-Hintergrund zum Vorschein brachte.

«Nein», sagte ich scharf und versuchte, so gut ich konnte, den männlichen Mann abzugeben.

«Also, dann werd' endlich erwachsen, Stanley, und tu' deine Arbeit.»

Sie verließ abrupt das Hinterzimmer und lief draußen vor dem Laden gleich weiter, sogar ohne sich den Mantel anzuziehen.

Nikki und ich hatten früher schon manchmal Streit gehabt. Während unseres schlimmsten hatte ich sogar gekündigt und in einem anderen Salon angefangen. Diese sechs Wochen waren für uns beide die Hölle gewesen. Ich hatte sogar vorgehabt, zu meinem ursprünglichen Beruf als Psychologe zurückzukehren. Aber glücklicherweise versöhnten Nikki und ich uns wieder, und wir versprachen einander, daß wir nie wieder so böse werden würden. Aber hier wurde ich jetzt abgekanzelt wie ein ungezogener Junge. Was hatte ich eigentlich so Schlimmes gemacht?

Als ich ein paar Minuten später aus dem Hinterzimmer kam, stand Tobias davor. «Onkel Stan, soll ich weggehen?» Er hatte offensichtlich alles mitangehört.

«Nein, Tobias. Ich bin nur einfach nicht daran gewöhnt, einen kleinen Jungen um mich zu haben. Laß' mir ein bißchen Zeit, ja?» Wie konnte ich ihm erklären, daß er mir am meisten helfen würde, wenn er mir zeigen könnte, wo sein An/Aus-Schalter war. Dann könnte ich ihn ins Regal stellen und immer dann herunternehmen, wenn es mir gerade paßte. Elternschaft und ich – das ließ sich offenbar nicht miteinander in Einklang bringen.

Jetzt mußte ich mich wieder an die Arbeit machen. Der einzige Name, den ich noch im Terminkalender hatte, gehörte einem neuen Kunden. Er sah gut aus, war robust und muskulös und so an die Dreißig. Er erzählte mir, er sei Schauspieler und zu Proben für ein neues Stück in der Stadt. Während ich sein Haar schnitt, fragte er mich, ob ich Lust hätte, heute abend mit ihm ins Theater zu gehen, er habe Karten. Rafik mußte in mir wohl die erotischen Lockstoffe aktiviert haben, denn normalerweise krieg' ich nicht derartig leicht eine Einladung von einem so blendend aussehenden Mann. Leider mußte ich ablehnen, da ich an dem Abend selber meine Vaterrolle zu spielen hatte.

Als die Arbeit des Tages vorüber war, gingen Tobias und ich zurück zu meiner Wohnung. Ich fragte ihn: «Na, kann's jetzt losgehen mit dem Abendessen?»

Er nickte heftig.

«Wie wär's mit Suppe und Sandwiches?»

Reaktion negativ.

«Schon wieder Pizza?»

Reaktion genauso heftig negativ.

«Was dann, Tobias?»

«Hamburger.»

So viel zu meiner Diät. Wir gingen zur Filiale von Acme Burgers in der Innenstadt. Oh ja, einen solchen Ort gibt es, und er ist der Hamburger-Himmel. Ich wußte, daß es dort auch De-luxe-Salatteller gab, für die Gesellschaft der modebewußten Schlanken, bei denen Mitglied zu sein mir anscheinend nicht vergönnt war. Und als ich erst mal drin war, überzeugte mich der Geruch von gegrilltem Hackfleisch und Zwiebeln und Pommes frites, daß fünfzehn, oder sagen wir mal zwanzig zusätzliche Pfunde an einem 1,85 m großen, langbeinigen slawischen Chassis eigentlich kein Problem waren. Auch hatte ich mich um wichtigere Dinge zu kümmern. Zum Beispiel versuchten Mord.

11.

Eine verfolgte Unschuld

Am nächsten Morgen traf ich mit Tobias im Schlepptau bei Snips ein. Der Laden war schon geöffnet, und ich nahm an, daß hier bereits Ramon seine neue Schlüsselgewalt und seine Privilegien als Salon-Manager ausübte, wie kurz auch immer er in deren Besitz war. Ich begrüßte Nikki unbekümmert, als würde ich meine gestrige Herabsetzung nicht im geringsten krummnehmen.

« Guten Morgen, Liebes. Ist mir wegen gestern vergeben? »

« Vergeben schon, Stanley, aber du bist noch nicht wiedereingesetzt. Um neun Uhr hast du deinen ersten Kunden, und danach bist du voll ausgebucht. »

« Klingt, als gäbe es heute lauter Arbeit und überhaupt keinen Spaß. »

« Paßt gar nicht zu dir. »

Ich schaute mich im Laden um und sah meinen Konkurrenten nicht.

« Wo ist denn unser Hüftenschwinger? »

« Wer? »

« Ramon. »

« Der arme Kerl, er hat angerufen, daß er krank ist, also wirst du deinen Kunden auch noch die Haarwäsche machen müssen. »

« Sichtbar schwankt der Erbe unter dem Joch. »

« An die Arbeit, Stanley. »

Dann reichte Nicole Tobias eine große Schachtel, die in teures Geschenkpapier verpackt war. Seine kleinen Finger bohrten sich hinein wie die Pfoten eines jungen Hundes in eine Futtertüte. Drinnen lag eingebettet ein großer Plüschteddybär, ein Import aus Deutschland. Obwohl Nikki sich so sehr über den Jungen beklagte, bewies sie durch solche Dinge doch, daß sie ihn trotzdem mochte. « Unsinn », sagte sie, als ich eine Bemerkung über ihre Großzügigkeit machte. « Ich möchte ihn nur aus dem Weg haben. »

Mein erster Kunde war an diesem Tag mein Freund Kris, ein freiberuflicher Regieassistent aus Bostons Theaterwelt. Er sagte, er brauche eine grundlegende Verwandlung – was wir einen New Look nennen – irgend etwas, was seine Lebensgeister aus ihrer Winterflaute herausscheuchte. Ich schlug eine Tönung vor, aber eine ganz besondere, eine kranzförmig um den Kopf verlaufende Hervorhebung, bei der zwei oder mehr verschiedene Farbtöne kunstvoll mit lediglich gebleichtem Haar vermischt werden, so daß man am Ende einen ‹kronenartigen› Schimmer erhält. Die Vielschichtigkeit dieses Vorschlags sagte ihm zu, und ich stürzte mich in die Sache, eine echte Herausforderung. Der erste Schritt dabei war, das Haar in einzelne Sektionen zu unterteilen, die genau seinem natürlichen Wuchs entsprachen.

Da Kris ein Mann des Theaters war, fragte ich ihn, ob er von dem Stück gehört habe, das ich gestern abend verpaßt hatte, das Stück, zu dem mich dieser gutgebaute Schauspieler eingeladen hatte und das ich wegen meiner neuerworbenen Elternschaft hatte absagen müssen. Kris lachte.

«Telefonsex,» antwortete er.

«Ein Stück über Telefonsex?»

«Es hätte eigentlich um mehr gehen sollen, aber unsere werten hiesigen Dramaticos haben es ruiniert, weil sie sich auf die pornographischen Szenen statt auf die Charaktere und ihre Konflikte konzentriert haben. Und die Besetzung – also, ich hätte *liebend* gerne das Vorsprechen geleitet. Vergeßt die Schauspielerei, Leute, zeigt mir einfach nur, was so an euch dran ist. Ergo wurde daraus ein Stück über Telefonsex. Sehr schade.»

Vielleicht hatte ich letzten Endes mit meinem athletischen Typ gar nicht so viel verpaßt.

Als Kris' Haar sorgfältig unterteilt war, zog ich einzelne Strähnen daraus hervor und färbte sie mit einer der beiden Haarfarben ein oder bleichte sie. Dann wickelte ich jede behandelte Strähne extra in ein Stück Folie, das die entsprechende Farbe außen trug. Als ich mit dem Auftragen der Farben fertig war, wirkte Kris Kopf wie eine aztekische Pyramide aus flatternden vielfarbigen Folienstreifen. Als er

sich im Spiegel sah, rief er: «Ich seh ja aus wie so ein Las Ve-
gas-Showgirl.»

Während die Farbe in Kris' Haar ihre Wirkung tat, hatte ich gerade Zeit, dem sehr männlich wirkenden Kopf
eines bekannten Fernseh-Nachrichtensprechers seinen all-
wöchentlichen Schnitt zu verpassen – er kam so regelmäßig,
weil er dadurch perfekt frisiert wirkte, ohne frisch geschoren
auszusehen. Dreißig Minuten später war Kris' Färbung so
weit, daß ich die Abschlußarbeiten vornehmen konnte, und
zwar drehte ich ihn dabei vom Spiegel weg, um den dramatischen Schlußeffekt noch zu erhöhen. Nach meinen letzten
meisterlichen Handgriffen schwenkte ich seinen Stuhl
herum, sodaß er sich im Spiegel sah. Er schien von der Wirkung überwältigt: Die beiden neuen Blondtöne und dazu die
gebleichten Strähnen mischten sich mit seinem von Natur
mausbraunem Haar und ließen es wie von innen erglühen
und erstrahlen, es sah wirklich wie ein Heiligenschein aus. Er
sagte kein Wort, also lobte ich mich selbst.

«Mir gefällt es», sagte ich. «Und das ist die Hauptsache.»

Am späten Vormittag begann Tobias nach der langen Zeit
im Laden unruhig zu werden, deshalb machte ich eine kurze
Pause und ging mit ihm zum Stadtpark, der nur einen halben
Block von uns entfernt liegt. Sobald er im Park war, rannte
Tobias in vollem Lauf auf die schneebedeckten Ufer des
Schwanenteichs zu. Er ließ sich in den Schnee fallen und
rollte wie ein großer Schneeball auf den leeren See zu. Als
sein kleiner Körper schließlich zum Stillstand kam, spielte er
im Schnee toter Mann, das Gesicht nach unten. Ich kniete
mich über ihn und kitzelte ihn behutsam. Ich sah, wie sich
sein Körper zusammenzog und er sich das Lächeln verbiß,
aber ich machte weiter, bis er sich nicht mehr zurückhalten
konnte. Er warf sich auf den Rücken, das Gesicht zu mir gekehrt, lachte lauthals, wühlte im Schnee herum und bewarf
mich damit, bis ich ihn in den Schwitzkasten nahm, um ihn
davon abzuhalten. Aber diese Einschränkung seiner Bewe-
gungsfreiheit brachte ihn nur noch mehr zum Lachen.

«Wollen wir Schnee-Engel machen?» fragte ich über ihn
gebeugt.

«Ist das wie Liebe machen?»

«Tobias, red' nicht immer so.» Ich hatte Angst, daß Vorübergehende uns hören und auf falsche Gedanken kommen könnten. Warum war dieses Kind nur so darauf aus, mich als Päderasten dastehen zu lassen? «Nein», sagte ich. «Es geht so.» Ich rollte mich von ihm herunter, legte mich an einen Fleck mit frischem, sauberem Schnee und machte mit Armen und Beinen die entsprechenden Bewegungen. Dann stand ich auf und zeigt ihm die prächtige Engelform, die ich im Schnee hinterlassen hatte und die wie eine Art umgekehrtes Bas-Relief aussah.

Tobias begutachtete den sauber niedergedrückten Schnee und bemerkte dann: «Warum hat er ein Kleid an?»

«Das ist ein heiliges Gewand.»

«Ich mach jetzt mal einen Engel-Mann», sagte er und begann, seine Hosen aufzuknöpfen. Ich begriff sofort, was er vorhatte, und packte seine kleinen Arme.

«Oh nein, junger Mann. Nicht mit mir.» Schleunigst versuchte ich den Exhibitionismus zu verhindern, zu dem er sich gerade anschickte, aber es war schon zu spät. Die Leute hatten genug gesehen und gehört, um sich sehr zu wundern, was ein rothaariger Mann Anfang Dreißig an den Hosen eines blonden braunhäutigen Vierjährigen herumzufummeln hatte. «Alles in Ordnung», hörte ich mich in die Runde erklären, aber ich merkte, daß Erklärungen nur nach Verteidigung klingen würden. Ich zerrte Tobias aus dem Park und eilte zum Laden zurück. Kaum war er drin, nahm er sich seinen neuen Teddybär und schlief sofort auf einem der großen Polstersessel im Wartebereich ein. Ich fragte mich, wie das kleine Monster es fertigbrachte, im Schlaf so friedlich und harmlos auszusehen, während es in wachem Zustand eine solche Herausforderung für Körper, Geist und Seele war.

Ich ging gerade den Terminkalender durch, um zu sehen, wer mein nächster Kunde sei, als das Telefon klingelte. Unsere Empfangsdame ging hin und sagte dann zu mir: «Für Sie, privat. Die Dame klingt ziemlich aufgeregt.»

Ich nahm den Hörer und erwartete, daß sich irgendeine Kundin beschwerte, weil ihr Haar nicht mehr so aussah wie nach meinen kürzlich vorgenommenen Handhabungen. Aber es war Liz Carlini, und zwar völlig außer sich.

«Vannos, Gott sei Dank, daß Sie da sind. Ich weiß wirklich nicht, an wen ich mich wenden soll.»

«Was ist denn passiert?»

«Etwas ganz Entsetzliches.»

«Ist *Ihnen* was passiert, Liz?»

«Ich bin nicht verwundet, falls Sie das meinen.»

Sie zögerte, dann sprach sie, als müßte sie einer Gruppe von Aktionären beibringen, daß es in diesem Vierteljahr keine Dividende geben werde. «Jemand hat versucht, mich zu erschießen.»

«Haben Sie die Polizei verständigt?»

«Natürlich. Die sind schon unterwegs.»

Ich fragte mich, warum sie dann mich angerufen hatte. Die Antwort folgte sofort.

«Vannos, können Sie jetzt gleich herkommen? Ich bin zu Hause.»

«Ich arbeite heute, Liz. Es geht leider –»

«Ach bitte. Ich brauch' hier jemanden um mich, dem ich vertrauen kann.»

Ich antwortete nicht. Es fiel mir einfach nichts ein.

Sie fuhr mit einer etwas ruhigeren Stimme fort: «Ich hoffe, Sie nehmen mir das von gestern nicht mehr übel. Ich hab' mich völlig idiotisch benommen.»

«So was passiert», antwortete ich und überlegte, warum sie wohl mich dort haben wollte und nicht ihren Ehemann.

«Vannos, kommen Sie doch bitte. Nehmen Sie ein Taxi, ich zahl's natürlich. Bitte beeilen Sie sich.»

Es schien ihr wahnsinnig wichtig, mich zu sehen. Außerdem könnte ich ja vielleicht sogar selber etwas herausfinden, wenn ich hinfuhr.

«Na gut, Liz. Bin schon unterwegs.»

Ich legte auf und ging an Nicoles Tisch. Sie schnitt gerade dicke Nagelhaut von den klauenartigen Nägeln einer würdevollen alten Dame vom Beacon Hill. «Liebes?» fragte ich vorsichtig.

«Nein, Stanley», erwiderte sie, ohne ihre Aufmerksamkeit von ihrer chirurgischen Tätigkeit abzuwenden.

«Liz ist in Schwierigkeiten.»

«Du aber auch, Stanley. Du hast bereits eine außerplanmäßige Pause gemacht, und deine nächste Kundin wartet schon.»

Was konnte ich also anderes tun als weiterzuarbeiten? Zum Glück war das nächste nur Waschen und Legen. Ich würde die Dame innerhalb von fünfzig Minuten wieder aus meinem Stuhl draußen haben, ganz so, als wäre ich wirklich noch Psychiater. Normalerweise hätte ich die Prozedur hinausgezögert und um das Haar der Dame viel Getue gemacht, um eine innigere Verbindung zwischen Kunde und Coiffeur entstehen zu lassen. Aber ich hatte im Moment Dringenderes vor, als meine Kunden zu päppeln.

Als ich fertig war, kündigte ich Nicole gegenüber an: «Ich muß einfach gehen. Es ist ein Notfall.»

«Na schön, Stanley. Geh nur. Ich nehme an, du möchtest auch noch, daß ich auf Tobias aufpasse, während du weg bist?»

«Würdest du das?»

Wortlos schrieb Nicole etwas in ein kleines ledergebundenes Buch.

«Was ist denn das jetzt wieder?» fragte ich.

«Ich führe Buch über sämtliche Gefallen, die ich dir tue.»

«Seit wann?»

«Das ist so ein bißchen eine Kontrolle, die eigentlich Chaz vorgeschlagen hat. Aber jetzt bin ich selber darauf gespannt, mal rauszufinden, wieviel Zeit und Energie ich auf dich verwende. Hier ist übrigens auch eine Spalte für die Gefallen, die du mir tust.»

«Warum willst du's denn so auflisten, Nikki? Unter Freunden ist das doch überflüssig.»

«Mal sehen, Schätzchen. Also, jetzt schieb ab, du edler Ritter, Leslie ist ja heute da, sie kann also deine Kunden übernehmen – was sie übrigens mit bemerkenswertem Erfolg tut.»

Leicht verärgert eilte ich nach draußen und nahm ein Taxi

zur Villa Kingsley-Carlini auf dem Chestnut Hill. Ich sagte zu der Fahrerin «Vollgas», und sie schaffte es bis da draußen in ganzen fünfzehn Minuten, die nur so an mir vorübersausten. Als ich ankam, sah ich, daß zwei Streifenwagen in der Straße standen, ich war also nicht zu spät dran, trotz meines verzögerten Starts. Dann bemerkte ich, daß seltsamerweise Lieutenant Brancos grüner Alpha Romeo auch in der Einfahrt stand. Typisch, in den Villenvororten gab's einen Overkill von Ordnungshütern, in der Innenstadt einen von bösen Buben.

Ich marschierte die trockene Auffahrt hinauf und versuchte dann den Beamten, der die Türe bewachte, zu überreden, mich reinzulassen. Nachdem er sich mit den anderen abgesprochen hatte, ließ er mich durch. Ich ging den Stimmen nach, zu einem Wohnraum, der so eingerichtet war wie die Empfangshalle einer Londoner Stadtresidenz. Liz Carlini saß auf der Kante eines cremeweißen, mohairbezogenen Sofas. Branco hatte sich in einem dazu passenden Sessel niedergelassen, sah ihr ins Gesicht und stellte Fragen. Außerdem waren zwei weitere uniformierte Beamte im Raum. Beide sahen gut aus, vielleicht waren sie deshalb für diese Sache am Chestnut Hill ausgesucht worden. Der eine stand hinter Liz, wie sie da auf ihrem Sofa saß, und führte Protokoll, der andere neben Branco.

Als ich den Raum betrat, sagte Branco: «Was machen Sie denn hier?»

Liz antwortete ihm schnell: «Ich hab ihn gebeten, herzukommen.»

Ich winkte Branco freundlich zu und bemerkte, daß er wirklich müde aussah. Er tat mir direkt leid. Vielleicht arbeitete er doch sehr viel. Branco stellte jetzt wieder seine Fragen an Liz.

«Denken Sie nochmal nach, Miss Carlini. Sind Sie sicher, daß Ihnen niemand einfällt, der Ihnen etwas antun möchte?»

Langes Schweigen.

«Nein ...»

«Wie steht's mit Ihrem Gatten?»

Liz warf mir einen vorwurfsvollen Blick zu, als hätte ich der Polizei erzählt, daß sie und Prentiss momentan getrennt lebten. «Wir hatten ein kleine Meinungsverschiedenheit, aber so etwas würde Prentiss nicht zu so extremen Reaktionen verleiten.» Dann fügte sie mit einem kleinen Lächeln hinzu: «Sonst übrigens auch nichts.»

«Es könnte sein, daß er wütender ist, als Sie sich vorstellen.»

«Nein, das ist einfach nicht sein Stil, Lieutenant.»

«Miss, jemand hat versucht, Ihnen etwas anzutun.» Dann wanderten Brancos Augen weiter nach unten, und ich bemerkte, daß er Liz Carlinis wohlgeformte Beine betrachtete. Sie war eine anziehende Frau – nicht grade wie ein Modell oder wie eine Göttin – aber attraktiv und gesund, und sehr gut in Form. Liz pflegte ihren Körper genauso ernsthaft wie ihre Karriere. Vielleicht sah Branco in ihr das willensstarke italienische Mädchen, das es geschafft hatte, aus der repressiven Familie auszubrechen und als glänzende Geschäftsfrau zu reüssieren. Das war möglicherweise sogar die Art von Frau, hinter der er her war: eine unabhängige Frau, die zu erobern eine Herausforderung wäre. Nicht sowas wie ich, der ich mich ihm auf den kleinsten Wink hin zu Füßen werfen würde. Erkannte Branco denn nicht, daß eine aggressive Partnerin bestimmt auch versuchen würde, den wilden Hengst in ihm an die Kandare zu nehmen, oder vielleicht sogar, einen Wallach aus ihm zu machen?

Liz bemerkte seine Bewunderung für ihre Beine und wechselte bescheiden die Stellung, um sie noch besser zur Geltung zu bringen. Kein Wunder, daß diese Untersuchung so lange dauerte.

«Lieutenant», sagte sie, «vielleicht mach' ich da auch viel zuviel Wirbel. Vielleicht waren es einfach nur ein paar Jugendliche, die auf Drogen waren oder sowas». Ich bemerkte einen leichten Wandel in ihrer Stimme, einen sanfteren Ton, eine einladende Modulation. «Vielleicht hätte ich es mir lieber nochmal überlegen sollen, ehe ich Sie anrief. Ich schäme mich direkt, daß ich so viel Theater mache.»

Aber ihre Körpersprache sagte: Komm, Kätzchen, komm-komm.

«Miss Carlini», sagte Branco unerschrocken, «Ge-

wehrschüsse sind keine Sache, die wir leichtnehmen».
Großer Mann beschützt hilflose Maid. «Haben Sie gesehen,
was für eine Marke das Auto war?»

Liz schüttelte den Kopf. «Es ging alles so schnell. Ich kann
mich nur erinnern, daß es eine große, kastanienbraune Limousine war.»

«Fällt Ihnen jemand ein, der so ein Auto besitzt?»

Liz überlegte kurz. «Nicht so auf die Schnelle», hauchte
sie als Antwort.

Es war jetzt wirklich an der Zeit, in dieses kleine Menuett
ein bißchen Jazz reinzubringen, also fiel ich ein:

«Was für ein Auto fährte denn John Lough?»

Branco sah mich finster an. «Kraychik, haben Sie nicht
noch was zu tun, müssen Sie nicht vielleicht diesem Kind, das
Sie da haben, die Windeln wechseln?»

«Er geht schon aufs Töpfchen, Lieutenant.»

Liz dachte kurz nach, dann antwortete sie beunruhigt:
«Lieutenant, Vannos hat recht. Mein Schwager, John Lough,
fährt eine große, kastanienbraune Limousine.»

Branco sprach in ein kleines Sprechfunkgerät, das er am
Gürtel festgeschnallt trug. Ich wußte, daß das über einen
Transmitter zu seinem Auto und von dort zur Polizeiwache
übertragen wurde. Ich hörte, wie er einen ASB von John
Loughs Wagen anforderte, was, wie ich wußte, im Polizi-
stenrotwelsch Autosteckbrief bedeutete. Inzwischen fragte
ich Liz, was passiert war. Sie erklärte, daß jemand vor einer
Weile an ihrem Haus vorübergefahren sei und zahlreiche
Schüsse auf die Vorderfenster eines selten benutzten Studios
an der Seite des Hauses abgegeben habe. Dort war jetzt gerade ein weiterer Polizist, der die zerbrochenen Fenster und
die Kugeleinschläge in der Wand untersuchte.

«Liz», sagte ich, «wie können Sie nur denken, daß das Jugendliche auf Drogen gewesen seien?»

«Ich weiß überhaupt nicht mehr, was ich denken soll. Ist
John so etwas wirklich zuzutrauen? Er hätte mich ja umbringen können.»

«Oder Ihren Mann. Das könnte ein weiterer Mordver-
such auf ihn sein.»

Als Branco seine Aufmerksamkeit wieder uns zuwandte, sagte ich: «Na also, Lieutenant, für diese Gewehrschüsse hier können Sie jetzt jedenfalls nicht Laurett Cole verantwortlich machen.»

Außer einem verärgerten Stirnrunzeln hatte Branco für diese Bemerkung keine Antwort übrig.

Liz sagte: «Lieutenant, da fällt mir was ein, ich bin aber nicht sicher, ob es wichtig ist. Mein Mann hatte tatsächlich etwas Ärger mit John Lough wegen der Firma.»

«Firma?» fragte Branco.

Liz lächelte höflich – oder war es kokett? – bevor sie sagte: «Meinem Mann gehören die Gladys Gardner Schokoladenwerke.»

«Die ganze Firma?»

Liz nickte.

Branco pfiff lautlos mit gespitzten Lippen.

Ohne zu überlegen platzte ich heraus: «Ein ordentliches Paket, was?»

Branco wirbelte zu mir herum. «Kraychik, ich will Sie hier nicht dabei haben!»

«Lieutenant –»

«Raus jetzt, bevor ich Sie rausschaffen lasse.»

Ich stand auf, schlürfte über den dicken Teppich und verließ den Raum. Im Vorzimmer schlenderte ich ein wenig auf und ab, weil ich hoffte, noch ein bißchen was aufzuschnappen, aber einer der uniformierten Beamten schob mich zur Tür hinaus. Dieser Plan war also mißglückt. Ich wollte noch mit Liz reden, daher beschloß ich, draußen zu warten, bis die Polizisten gingen. Ich wanderte zu Brancos Auto hinüber und lehnte mich an den vorderen Kotflügel. Die Sonne hatte das Metall erwärmt, und die Hitze drang mir angenehm durch meine Khakihosen. Mit der Fingerspitze rieb ich an der matten Farbe auf der Motorhaube. Nach kurzem Polieren kam ein leuchtender Farbton zum Vorschein, der nur unter der oxydierten Oberfläche verborgen lag. Also rieb und rieb und rieb ich da auf der Motorhaube von Lieutenant Vito Brancos Auto herum, bis ich den Umriß eines Valentinstags-Herzen gezeichnet hatte. Ich fuhr die Zeichnung immer wieder nach, bis die Form inmitten der matt gewordenen Farbe herausleuchtete. Ich malte sogar noch einen Pfeil, und dann seine Initialen – V. B. Als ich gerade dabei war, auch noch die fehlenden Initialen in dieses Valentinstags-Herz einzufügen, kam Branco aus dem Haus.

«Sind Sie immer noch da?» fragte er grob.

«Eigentlich bin ich hergekommen, um Liz zu besuchen, nicht um Sie zu ärgern, Lieutenant.»

«Woher kennen Sie sie?»

«Ich bin ihr Coiffeur.»

Er grunzte. »Da scheinen Sie ja gute Arbeit zu leisten.»

Ich nickte und sagte, «Danke». Also hatte er sie *tatsächlich* bewundert. «Tut mir aber leid, wenn ich im Weg gewesen bin.»

«Seit wann entschuldigen denn Sie sich?»

«Wenn ich jemandem versehentlich auf die Füße getreten habe.»

«Lassen Sie nur. Manchmal schadet es nichts, wenn man ein Stimme mehr hört.»

Das war Brancos Art der Vergebung. Er stieg ins Auto und startete. Durch die Windschutzscheibe sah ich ihn mein Kunstwerk auf der Motorhaube des Wagens begutachten. Sein sinnlicher Mund kräuselte sich in den Mundwinkeln zu einem winzigkleinen Lächeln, dann legte er den Gang ein und fuhr rückwärts aus der Einfahrt hinaus. Liz Carlinis Beine hatten seine Stimmung gehoben.

Ich kehrte zum Haus zurück, als gerade der Trupp uniformierter Bullen wegging. Liz sah mich und sagte: «Danke, daß Sie gekommen sind, Vannos. Ich hatte gehofft, daß Sie noch da wären. Ich kann ein bißchen Gesellschaft wirklich brauchen.»

«Nach allem, was gestern war, konnte ich mir da nicht sicher sein.»

«Das von gestern tut mir leid. Wirklich sehr leid.»

«Vielleicht hab' ich Sie ja auch ein wenig zu sehr bedrängt.»

«Ich hatte so viel Stress, mit dem Geschäft und mit meiner Ehe, daß ich anscheinend auf alles losgehe, sogar auf

Leute, denen was an mir liegt und die mir helfen wollen. Ich fürchte, ich habe den Boten für die schlechte Nachricht verantwortlich gemacht. Können Sie mir verzeihen, Vannos?»

«Betrachten Sie es als bereits geschehen.»

«Danke», sagte sie. Und nachdem sie diese kleine soziale Interaktion prompt und erfolgreich erledigt hatte, ging sie und zog ihren Wintermantel an. «Ich fahre jetzt nach Abigail, um Prentiss zu sagen, was hier los war, und um ihn zu warnen. Ich bin mittlerweile auch überzeugt davon, daß er in Gefahr ist. Ich weiß, daß es John war, der die Schüsse abgegeben hat, aber ich wollte es der Polizei nicht sagen.»

«Warum nicht?»

«Unsere Familienprobleme gehen sie nichts an.»

«Aber Sie hätten getötet werden können.»

«Jetzt liegt mir nur daran, Prentiss zu warnen.»

«Warum rufen Sie ihn dann nicht an?»

«Er spricht nicht mit mir. Er legt gleich auf.»

«Versuchen Sie's nochmal. Sie können doch jetzt nicht auf die Etikette achten, wenn es da jemanden gibt, der ihn umbringen will.»

Sie dachte kurz über meine Worte nach. «Vielleicht haben Sie recht», sagte sie und ging, um zu telefonieren. Nachdem sie die Nummer gewählt hatte, hörte ich sie reden, aber sie sprach ohne Unterbrechung, und ich vermutete, daß sie eine Nachricht auf dem Anrufbeantworter hinterließ. Als sie fertig war, kehrte sie zurück und sagte, «Er war nicht da, darum hab ich ihm eine Nachricht hinterlassen. Zumindest ist er jetzt also gewarnt. Ich hoffe nur, daß ich nicht zu spät dran bin». Sie geriet offenbar immer mehr in Vezweiflung, fast so, als würde sie bei einem wichtigen Vertrag ausgebootet. «Vannos, könnten Sie nicht vielleicht mit mir da rausfahren?»

Ich überlegte ihre Frage kurz, dann schüttelte ich den Kopf. «Ich muß im Laden arbeiten, Liz.»

«Aber wenn Sie mitkommen, können Sie mir Schützenhilfe leisten. Und Prentiss wird vielleicht am Ende doch glauben, daß mir an ihm liegt.»

«Liz», sagte ich, in der Hoffnung, mich aus all diesen Verstrickungen elegant herausmanövrieren zu können, «ich denke, das Ganze ist wirklich eine Familienangelegenheit, etwas, was Sie beide zu Ende bringen müssen. Und falls Sie einen objektiven Beobachter brauchen, gibt's da ja Leute, die genau dafür bezahlt werden».

«Ich hab' nicht vor, einen Fremden zu bezahlen, damit er sich wie ein Freund benimmt. Ich hatte gedacht, Ihnen liegt was an mir.»

Toll, Stanley. Das hast du gut gemacht, sehr nett und herzlos und unsensibel. Mir ging plötzlich auf, daß der eigentliche Grund für Liz Carlinis Seelenzustand möglicherweise der soeben beendete Besuch von Lieutenant Branco war. Ich hätte das verstanden. Schon mehr als einmal stand ich selber vor der Hysterie, nachdem ich mit ihm zu tun gehabt hatte. Aber ich verstand es im allgemeinen, so etwas in positivere Bahnen umzulenken, indem ich z. B. ein halbes Pfund Schokoladennußcreme aß.

Ich gab nach, da sie mich offenbar so dringend brauchte. «Okay, Liz», sagte ich. «Ich ruf im Laden an und sag, daß ich mich verspäten werde. Dann können wir zusammen nach Abigail rausfahren.»

Sie nickte anerkennend. «Danke.»

Irgend etwas an der ganzen Sache war ein bißchen zu glatt gegangen. Ich merkte, daß ich eine Rolle spielte, die mir offenbar schon zugedacht war, und das beunruhigte mich. Aber trotzdem spielte ich mit.

Als ich Nicole anrief, nahm sie die Nachricht kühl auf. Ich hörte sie in ihrem Notizbuch der unerwiderten Gefallen eine Eintragung machen. Zum Spaß fragte ich, «Notierst du dir aber auch alle die Gefallen, die ich anderen tue?»

«Natürlich. Die zählen doppelt gegen dich.»

So fuhren Liz Carlini und ich los nach Abigail, um ihren Mann vor drohender Gefahr zu warnen. Was wäre besser geeignet als die rührende Besorgtheit einer liebenden Gattin, um ein eheliches Zerwürfnis zu bereinigen? Allerdings, wenn Dan Doherty oder Rafik an der Türe wären und nicht ihr Mann, wäre sie dann immer noch so besorgt?

12.

Die Katze beißt sich in den Schwanz

Eine Fahrt nach Abigail mit Liz Carlini in ihrer großen, englischen Limousine schlug eine Zugfahrt um Längen, sowohl was die Zeit, als auch, was den Komfort betraf. In dem schnellen Wagen fühlte man sich, als säße man in einem schallisolierten Banktresor. Und den Inhalt eines solchen kostete der Wagen wahrscheinlich auch. Aber er war auf alle Fälle das passende Gefährt für Liz Carlini, um höchst dramatisch davonzubrausen und den etwas entfremdeten Gatten vor drohendem Unheil zu bewahren.

Als wir losfuhren, fragte ich sie: «Wie lange ist Prentiss jetzt schon draußen in Ihrem Sommerhaus?»

Ihre Augen schossen zu mir herüber, kehrten aber gleich wieder zur Straße zurück, und das war auch gut so, denn sie fuhr fast hundertzwanzig.

«Warum sollte ich's Ihnen eigentlich nicht sagen, Vannos. Prentiss und ich leben zur Zeit getrennt.»

Darauf war ich schon selber gekommen. «Dann steckt also mehr dahinter als ein geschäftliches Problem, stimmt das?»

Liz zuckte zusammen, antwortete aber nicht.

Ich drang in sie. «Hat's was mit Danny zu tun?»

Liz' Gesicht verzog sich vor Seelenqual, aber sie gab keinen Laut von sich. Die verschneite Landschaft wischte vorbei, und das einzige Fahrgeräusch war der gedämpfte Fahrtwind draußen und ein höflich zurückhaltendes Summen unter der Motorhaube. Ein paar Minuten und viele Kilometer später gewann Liz nach ihrem geschmackvollen Zusammenbruch wieder Haltung und sagte, »Ich weiß nicht, an wen ich mich wenden soll. Ich hab' niemand, bei dem mir das lohnenswert scheint».

Ich schaute sie so mitfühlend wie nur möglich an, um sie in ihrem Vertrauen zu ermutigen, aber ich konnte diese verdammte innere Stimme nicht zum Schweigen bringen, die sagte, *lohnend*, nicht lohnenswert.

Sie fuhr fort. «Ich finde es gräßlich von mir, daß ich auch nur den geringsten Verdacht hege. Ich weiß, daß sie sehr gut befreundet sind, weil sie eben vergangenes Jahr so viel Zeit miteinander verbracht haben, mit dem Aufbau von Le Jardin und so weiter.»

«Aber Sie fürchten, daß es mehr als nur Freundschaft ist?»

«Nein, jetzt nicht mehr. Ich habe mich geirrt. Ich war verrückt – eine einfältige, eifersüchtige Närrin war ich. Das kam davon, weil andere mich eifersüchtig gemacht haben. Jeder glaubt anscheinend, daß eine sehr enge Freundschaft zwischen zwei Männern verdächtig ist. Aber ich kenne doch Prentiss, und ich kenne Danny. Prentiss liebt mich, trotz unserer momentanen Probleme. Und ich bin überzeugt, daß sein Interessse an Danny rein väterlich ist und sonst nichts.»

Ich unterließ es, Liz darauf hinzuweisen, daß so etwas ja trotzdem ein kleines Techtelmechtel – oder sogar ein großes – nicht ausschloß.

«Und Prentiss will unbedingt Kinder haben», fügte sie hinzu, als wolle sie damit ihren Gatten von jeder über das Platonische hinausgehenden Beziehung entlasten. «Er betrachtet Danny bestimmt wie einen Sohn.» Liz schüttelte den Kopf und seufzte tief, während sie das lederbezogene Lenkrad fester umgriff und den Wagen noch schneller fuhr. «Vielleicht ist das ja auch ein Fehler, jetzt einfach so hier aufzukreuzen. Vielleicht sollten wir umkehren. Prentiss und Danny geht's bestimmt gut. Sie sitzen wahrscheinlich gerade friedlich am Kamin, und da platze ich herein wie so ein besitzergreifendes, neurotisches Weib, das dem Ehemann keinerlei Privatleben gönnt. Oh Gott, bin ich eine Närrin!»

«Liz», antwortete ich beruhigend. «Das ist schon in Ordnung.» Aber ich dachte, Mensch, mach' doch mal halblang, Mädchen. Dieser Käfer hier fährt einfach zu schnell. Ich sprach weiter, «Ich weiß, daß Danny immer noch eine Beziehung zu Rafik hat. Und Sie haben ganz bestimmt recht – er sucht bei Prentiss wahrscheinlich Sicherheit, und genau das kann ihm Prentiss ja auch geben. Soweit ich Danny kenne, fängt er nie was mit Männern an, die nicht schwul sind. Ganz bestimmt gibt es nichts Sexuelles zwischen ihm und Ihrem Mann».

Aber je mehr ich sagte, desto schneller schien der Wagen zu fahren. Seine zwölf Zylinder waren kurz vor einem unhöflichen Aufheulen.

«Aber wirklich, Vannos, kommt's denn darauf überhaupt an, vor allem jetzt, wo irgend jemand Prentiss was antun will? Was bedeutet es denn schon, wenn er tatsächlich was mit einem Typen hat? Und was bedeutet es schon, wenn er ihn zum Erben einsetzen will?»

«Zum Erben?»

Liz nickte. «Er hat Danny in sein Testament aufgenommen. Ich protestierte, aber Prentiss hat nicht auf mich gehört. Wahrscheinlich liegt's daran, daß er immer noch Schuldgefühle hat, weil er das Vermögen seiner Mutter geerbt hat. Da er selber ja keinen leiblichen Erben hat, denkt Prentiss wohl, er müsse sein Geld weggeben.»

«Schließlich ist es *sein* Geld, und er kann damit machen, was er will, Liz.»

«Aber es ist Zeit, daß sich das ändert und daß er mit seinem Leichtsinn aufhört.»

Laß' dir das mal durch den Kopf gehen, Liz, und entspann' dabei den rechten Fuß ein bißchen. Aber sie fuhr nur noch schneller, während sie sagte, «Manchmal hab' ich das Gefühl, daß die Ahnenreihe der Kingsleys nur ein Dreck ist. Ich wollte Prentiss mit *Le Jardin* zeigen, daß sich alles irgendwann ändert, sogar die Tradition der Kingsleys.»

«Was wäre, wenn Sie und Prentiss ein Kind hätten? Würde das nicht die Kingsley-Linie fortsetzen?»

Liz lächelte, als wüßte sie ein reizendes Geheimnis. «Das würde allerdings einiges ändern», sagte sie. Ich fragte mich, um was für ein Geheimnis es sich handeln könnte. War sie vielleicht schwanger? Das würde zum Bild der modernen Frau, die alles hat, ja gut passen. Aber soweit ich sehen konnte, beruhte die Liebe zwischen Liz und ihrem Mann wohl eher auf Bilanzen, Finanzierungsplänen und Umsatzkurven als auf Satinlaken, feuchter Erwartung und Körpereinsatz. Allerdings gibt es auch Leute, die ihre größten Ek-

stasen erleben, wenn sie an Geld denken. Das mußte ich Liz
Carlini überlassen. Sie war eine Frau, die sehr daran arbeitete, ihr Leben in Ordnung zu bringen und ihr Schicksal
selbst in die Hand zu nehmen. Aber schließlich weiß jeder
Narr, daß der kleinste Mord die solidesten Pläne unterminieren kann.

Plötzlich hörten wir ein leises Piepsen unter dem Armaturenbrett. Sie nahm sofort das Gas weg, und wir fielen wieder
hinter die Schallmauer zurück. Ich sah alarmiert in ihre Richtung, aber sie lächelte zu mir herüber. «Ein Anruf», sagte sie,
während sie das Autotelefon von der gepolsterten Leder-
konsole zwischen unseren Sitzen aufnahm. Offenbar fand sie
es glamourös, in ihrer britischen Limousine Telefonge-
spräche entgegenzunehmen. Sie genoß es offensichtlich, aber
Sekunden später schmiß sie den Hörer auf. «Falsch verbunden», sagte sie.

«Ist das schlimm?»

«Ich muß es trotzdem bezahlen.»

«Machen Sie keine Witze.»

«Irgendwann wird's rückgebucht, aber das dauert Monate.»

Wenigstens hatte der Anruf bewirkt, daß wir jetzt langsam
fuhren. Ich fragte Liz, ob die Pläne zur Eröffnung von *Le Jardin* beibehalten werden sollten, da ja dieser Mord während
der Galaveranstaltung womöglich als schlechtes Omen ausgelegt werden könnte.

«Das ist mittelalterlich gedacht. Man muß mißliche Umstände einfach in Vorteile umwandeln. Ich werde diese ganze
Publicity benützen, um das Geschäft anzukurbeln. Man
kann Geschäftspläne nicht von so einem bißchen Ärger mit
der Polizei durcheinanderbringen lassen».

Als wir uns unserem Ziel näherten, verließ Liz den High-
way und fuhr ins Ortszentrum von Abigail. Wie um unsere
Ankunft zu verkünden, erklang ein feines Läuten vom Armaturenbrett, und ein bernsteinfarbenes Licht blinkte dezent
auf: TANKEN.

Liz sagte: «Ich brauch' Benzin.»

Sie bog in die einzige Tankstelle von Abigail ein. Ein alter
Seebär kam ans Autofenster und grüßte sie.

«Hallo, Mrs. Kingsley. Schon wieder da?»
Sie antwortete kurz angebunden: «Volltanken, Ben.»
«Läuft der Wagen jetzt wieder besser?»
«Ganz gut, Ben.»
«Na prima», sagte er und machte sich an die Arbeit.
Liz murmelte für sich, «Immer nennt er mich Kingsley».
Währenddessen freute ich mich von Herzen, als ich sah, daß es tatsächlich noch an einigen Orten den guten alten freundlichen, englischsprechenden Service gab, besonders wenn man reich genug war, an diesen Orten zu wohnen.

Ich fragte Liz nebenbei, was mit dem Wagen gewesen sei, weil ich mich wunderte, wie ein Gefährt, das so teuer war wie mehrere Häuser zusammen, auch nur ein einziges Mal stottern konnte. Sie erklärte seltsam gereizt, daß es nur eine kleine Reparatur gewesen sei, und fügte hinzu, «Das sind immer noch die angesehendsten Sportwagen, die es gibt». Ich nehme an, selbst ein hochgezüchtetes Vollblut braucht manchmal ein bißchen häusliche Liebe und Zuwendung.

Als er den Tank gefüllt hatte, sagte Ben: «Da ist ja heute ganz schön was los in Ihrem Haus, was?»
«Warum?» entgegnete Liz.
«Ooch, ich hab nur gesehen, daß Mr. Lough heute auch schon hier war.»
Liz sah plötzlich beunruhigt aus. «Danke, Ben», sagte sie, startete schnell und fuhr von der Zapfsäule weg. Dann jagte sie den Tiger durch alle Gänge und kurvte die gewundene Straße hinauf wie bei einem Slalomrennen – ein wenig zu sportlich für meinen empfindlichen Magen – zum Sommerhaus der Kingsleys. Endlich erreichten wir den höchsten Punkt der Landzunge, und zum zweiten Mal innerhalb von zwei Tagen konnte ich den Blick auf das Städtchen und den Strand von ganz hoch oben genießen. Das war in der Tat ein fulminanter Platz für ein Haus am Meer. Aber als wir oben ankamen, erwartete uns eine unangenehme Überraschung. Vor dem Haus war die Straße von den Streifenwagen der Polizei gesäumt, mit rotierendem Blaulicht und quäkenden Sprechfunkgeräten.

«Oh nein!» schrie Liz auf. «Prentiss!»

Wir hatten einiges zu tun, bis wir an den beiden Polizisten vorbei waren, die die Türe bewachten. Sie schienen in Liz Carlini nicht Prentiss Kingsleys Ehefrau zu erkennen. Sicherlich trug auch ihr schwuler rothaariger Begleiter nicht viel zu ihrer Glaubwürdigkeit bei. Aber da erschien Prentiss selbst in der Türe und löste das Problem. Liz klammerte sich in einer verzweifelten Umarmung an ihn. «Oh, Prentiss, Gott sei Dank, daß du lebst. Was ist passiert? War es John? Ist er hier auch hergekommen?»

Prentiss hielt seine Frau an sich gedrückt und befahl ihr leise, aber mit Nachdruck: «Elizabeth, sag nichts, bevor nicht unser Anwalt da ist.»

«Aber was ist denn geschehen?»

«Es ist Daniel», sagte er mit eisiger Stimme. «Er ist tot.»

Das warf uns beide um.

Ich wollte schon sagen, daß ich ihn noch gestern nachmittag hier im Haus gesehen hätte, verbiß es mir aber noch rechtzeitig. Das brauchte niemand zu wissen, vor allem nicht die Polizei. Nachdem Prentiss unsere Identität bestätigt hatte, durften wir ins Haus, aber es wurde uns auch gleich gesagt, daß wir uns für Fragen bereithalten müßten. Dann wurden wir drei ins Solarium gebracht. Es klingt vielleicht makaber, aber meine morbide Neugier wollte zu gerne wissen, was geschehen war. Ich fragte ganz beiläufig den Beamten, «Wo ist die Leiche?»

Er antwortete nicht.

Ich hakte nach. «War's ein Unfall?»

«Hören Sie mal, Sie», sagte er knapp. «Sie halten den Mund. Sie kriegen schon noch Gelegenheit zum Reden.»

Man ließ Liz und Prentiss und mich zusammen im Solarium. Obwohl es draußen eiskalt war, wirkte die Wintersonne unter den glänzenden Glasscheiben backofenwarm. Ich erinnerte mich an die kurzen sexy Augenblicke, die ich vor knapp vierundzwanzig Stunden hier mit Rafik erlebt hatte. Während ich dasaß und auf meine Vernehmung wartete, fragte ich mich, wo er wohl jetzt sein mochte.

Liz sprach sotto voce zu Prentiss. «John hat heute vormittag auf mich geschossen.»

«Lächerlich», flüsterte Prentiss.

«Ich dachte schon, er wäre hier hergekommen, um dir auch noch was anzutun.»

Prentiss sah seine Frau streng und kalt an. «Elizabeth», sagte er, «John ist mein Bruder, mein Halbbruder, eine Tatsache, die zu akzeptieren du dich stets geweigert hast. Er würde weder dir noch mir jemals etwas tun».

Liz sah mich erbittert an. «Vannos, erzählen Sie bitte meinem Mann, was bei uns zu Hause heute vormittag passiert ist.»

Dem kam ich höflich nach, indem ich sagte: «Ich war nicht da, als es geschah, aber ich kann mich für die zerbrochenen Fensterscheiben und die Einschüsse in der Wand verbürgen. Das war real. Genau wie die Polizisten, die dort Nachforschungen anstellten.»

Liz insistierte: «Ich bin überzeugt, daß John diese Schüsse abgegeben hat.» Sie sah ihren Mann direkt an. «Wer sonst könnte meinen Tod wünschen, wo er doch zum Erben meines Anteils eingesetzt ist?»

Prentiss antwortete ihr scharf, als würde er ein begriffsstutziges Kind belehren. «Niemand wird irgendetwas erben, solange ich nicht sterbe. Du beschuldigst da jemanden ohne wirkliche Beweise.»

«John verabscheut mich.»

«Das bildest du dir ein. Schon immer. Ich kenne John, solange ich lebe, und er würde keinem von uns beiden je etwas tun.»

«Er ist ein abscheulicher Schmarotzer.»

«Er ist mein Bruder.»

«Halbbruder», gab Liz zurück, wie zum Beweis, daß sie das richtige Wort gelernt habe. Dann wandte sie sich von ihrem Mann ab und war eingeschnappt.

Ein Polizeibeamter trat ein und bat sie, ihm zu folgen. Als sie das Solarium verließ, sagte Prentiss, «Elizabeth, denk' dran, keine Antworten, bevor unser Anwalt da ist.»

«Ich kann selbst denken, Prentiss», sagte sie, schob ihr Kinn vor und ging mit dem Beamten weg.

Der distinguierte Prentiss Kingsley schüttelte vor lauter

Bestürzung den Kopf, dann ließ er die Stirn in seine Handflächen sinken.

Ich fragte leise: «Wer hat Dannys Leiche gefunden?»

Er hob seinen Kopf nicht, während er sprach. «Ich
kam gerade von meinem Morgenlauf zurück. Er lag auf dem
Bett …» Dann begann Prentiss Kingsley, der Erbe eines viele
Millionen schweren Schokolade-Vermögens, leise zu
schluchzen. Er hob den Kopf und blickte mich mit nassen roten Augen an. «Wissen Sie, wie er getötet wurde?» ächzte er.
Sein Kinn zitterte, und seine Wangen waren tränenüberströmt. «Haben Sie's gesehen?»

Er tat mir leid. Er hatte offensichtlich versucht, vor seiner
Frau und dem Polizisten Haltung zu bewahren, aber nun, da
er allein bei mir saß, verlor er die Kontrolle. Das passiert
übrigens den Leuten öfters mit mir.

«Tut mir leid», sagte ich. «Wollen Sie's mir erzählen?»
Meine slawische Neugier hoffte auf eine detaillierte Beschreibung.

Er biß sich auf die Lippen, dann sprach er. «Sie haben
einen Revolver genommen …»

«Ja?»

«Und ihn ihm …», er schwieg und unterdrückte einen
neuen Anfall von Schluchzen, der sich in seinem Körper an-
staute.

«Sprechen Sie weiter», ermutigte ich ihn. «Es ist das beste, wenn man's rausläßt.»

«Sie haben ihm den Revolver reingesteckt …» dann siegte
das Schluchzen, und er konnte nicht weiterreden. Ich rückte
neben ihn und legte ihm den Arm um die Schultern – und bemerkte dabei schnell, daß Prentiss Kingsley, der große Herr
kurz vor dem Ruhestand, der jetzt über den Tod eines jungen Freundes bis in die tiefste Seele erschüttert war, trotzdem
nicht seinen kraftvollen Körper verleugnen konnte. Seltsam,
wie manche Männer so sanft und verfeinert wirken,
während doch unter ihrer Kleidung ein starker, männlicher
Körper steckt. Bei meiner Berührung jedoch zuckte er
zurück. Er keuchte und weinte und schluchzte noch ein paar
Minuten, dann verstummte er.

« Meine Frau hört mich jetzt nicht einmal mehr an. »

Ich saß da und sah ihm ausdruckslos ins Gesicht, schon beinahe so wie der Psychiater, bevor er die typische Frage stellt: « Weshalb empfinden Sie das so? » Am Ende reden die Leute dann immer, bis sie entweder zu einem Entschluß oder zum toten Punkt kommen. Und natürlich sprach auch Prentiss Kingsley von selber weiter, ohne daß man ihn drängen mußte.

« Mein Bruder John – zwischen ihm und meiner Frau herrscht eine furchtbare Spannung. Er war immer so guter Dinge und so freundlich, aber als ich heiratete und als meine Frau dann Daniel anstellte, damit er ihr bei dem neuen Laden half, also da geriet John irgendwie ins Abseits. Nach und nach wurde daraus offene Feindschaft, so arg, daß es für meine Frau jetzt ein leichtes ist, John für alle Schwierigkeiten verantwortlich zu machen, die wir haben. »

Während er sprach, starrte ich ihn völlig sachlich an, mit genau dem Blick, der beim Therapeuten mehr als hundert Kröten pro Stunde kostet. Es schien zu wirken, und er redete weiter.

« Vielleicht hat Elizabeth einfach zu viel gearbeitet und ist deshalb dort, wo sie jetzt steht. Ich hab ihr klarzumachen versucht, daß das gar nicht mehr wichtig ist, daß sie nicht so ackern muß. »

Ich blieb still. Warum sollte ich mir die Chance verderben, daß möglicherweise ein ganzer Schwall von Informationen über mich hereinbrechen würde? Wenn die Leute gerade ein größeres Trauma hinter sich haben, erzählen sie oft dem nächstbesten Fremden die intimsten Dinge. Wieso würden wohl sonst die Herren vom Bestattungsinstitut so gut über die jeweiligen Bankkonten und Kapitalanlagen und Investitionspapiere Bescheid wissen?

Prentiss plapperte weiter, als spräche er mit sich selbst. « Wo bleibt denn eigentlich mein Anwalt? Es muß doch jetzt so viel erledigt werden. »

Ich merkte, daß sein Gedankenfluß zu den verschiedenen Tatsachen allmählich nachließ, und versuchte es daher mit einer direkten Frage. « Und wie steht es mit einem Erben? »

Prentiss' Augen funkelten verärgert. «Ich glaube, das geht Sie wirklich nichts an.»

Ich war zu weit gegangen, hatte die Grenzen des Privatbereichs überschritten. Ich hatte sozusagen unterstellt, daß Prentiss Kingsley und seine lebenssprühende junge Frau es nicht «miteinander trieben».

Wir saßen schweigend nebeneinander, bis Liz ins Solarium zurückkehrte, diesmal mit einem Polizeibeamten aus dem Ort, der sich für die Unannehmlichkeiten entschuldigte, die all diese unerfreuliche Fragerei ihr und dem werten Gemahl sicher bereitete. Über die Unannehmlichkeiten von Dan Doherty, wo immer er jetzt war, machte sich niemand Gedanken.

Derselbe Beamte bat mich, ihm zu folgen, um ein paar Fragen zu beantworten. Ich sagte, ich müsse erst noch auf die Toilette, das war aber nur eine Finte, damit ich mich noch ein bißchen umschauen konnte. Er war einverstanden und führte mich hin. Als wir an dem Schlafzimmer vorbeikamen, in dem Dannys Leiche lag, blieb ich an der offenen Tür stehen und schaute hinein, um schnell alles in mich aufzunehmen, bevor der Beamte merkte, daß ich ein Stück hinter ihm zurückgeblieben war. Was als erstes ins Auge fiel, war das Blut. Überall war alles rot, in Spritzern und Flecken und Pfützen. Man konnte fast nicht glauben, daß in einem einzigen Körper so viel Blut sein sollte. Dan Doherty lag mit dem Gesicht nach unten nackt auf dem Bett. Ich brauchte erst noch ein paar Sekunden, ehe ich begriff, was das Hackfleisch auf dem Bettlaken zu bedeuten hatte: der Revolver war ihm von hinten reingeschoben und abgefeuert worden. Mir hob sich der Magen, und meine Masche, nämlich daß ich die Toilette benutzen wollte, wurde zur dringenden Notwendigkeit. Ich rannte an dem Bullen vorbei und konnte meinen Kopf gerade noch rechtzeitig über das Waschbecken halten.

Die nachfolgende Vernehmung war einfach und routinemäßig, für den Moment jedenfalls. Die hiesigen Polizeibeamten wollten nur wissen, ob ich Danny gekannt habe und warum ich hier sei. Ich erklärte ihnen, daß sowohl Dan Doherty als auch Liz Carlini Kunden von mir seien, und daß

Liz mich eingeladen habe, heute mit ihr herauszufahren. Ich sagte absichtlich nichts über Liz' Verdacht John Lough gegenüber. Das war ja übrigens auch nur ihre Sicht der Dinge. Die Polizisten erschienen mir sehr freundlich und hilfsbereit, was wieder einmal meine Theorie bestätigte, daß in einer wohlhabenden Gegend sogar die Polizei nett ist.

Als ich zum Solarium zurückkehrte, blieb ich noch einmal an der Schlafzimmertür stehen. Dannys Körper war jetzt zugedeckt, wodurch es mir leichter wurde, etwas zu bemerken, was ich vorher nicht gesehen hatte. Auf dem Nachttisch neben dem Bett stand eine herzförmige Pralinenschachtel mit Trüffeln von *Le Jardin*, die mit Dannys Blut vollgespritzt war. Die Schachtel war offen, aber soweit ich sah, fehlte keine Praline. Wieder einmal fragte ich mich, wo Rafik steckte.

Ein paar Minuten später sagten die Polizisten nur, daß ich gehen könne, also ging ich mich von Liz und Prentiss verabschieden, die endlich mit ihrem Anwalt konferierten. Liz schien es jetzt besser zu gehen. Vielleicht hatte die allwissende Anwesenheit ihres Anwalts ihr Selbstvertrauen wiedererweckt. Sie bestand sogar darauf, mir das Taxi zurück nach Boston zu zahlen. Ich protestierte gegen diese Verschwendung, aber schließlich überzeugte sie mich doch mit der Bemerkung, sie habe mich ja am Anfang darum gebeten, sie hierher zu begleiten. Außerdem dachte ich mir, sie könne es sich schon leisten.

Obwohl ich also mit dem Taxi in die Stadt zurückkehrte, war es bereits zu spät, um Tobias noch im Laden abzuholen. Ich rief Nicole zu Hause an und entschuldigte mich, daß ich nicht eher gekommen sei, was ja schon wieder eins meiner gebrochenen Versprechen war. Sie schien es aber alles ganz heiter und gelassen zu nehmen. Ich fragte mich, ob vielleicht Charles da sei, um mein Sündenregister weiterzuführen? Und wo Nicole so nett war, warum spürte ich dann trotzdem den Boden unter meinen Füßen versinken?

«Nikki», sagte ich zögernd, weil ich nicht wußte, wo ich anfangen sollte mit dem, was ich ihr jetzt sagen mußte. «Dieses ganze Hin und Her mit Tobias wird jedenfalls sowieso bald vorbei sein.»

« Ach ja? » sagte sie ziemlich desinteressiert.

« Ja. Laurett Cole wird demnächst aus dem Gefängnis kommen, das verspreche ich dir. »

« Stanley, was redest du denn da? »

« Es ist noch jemand ermordet worden. Dan Doherty ist heute in Abigail umgebracht worden. Und Branco kann Laurett damit auf keinen Fall in Verbindung bringen. »

« Deswegen bist du also so spät! »

« Ja, Nikki. Das war heute wirklich das echte Leben. »

Ich erzählte ihr alles noch einmal, von meinem Besuch in Liz Carlinis Haus am Chestnut Hill bis zu meiner Rückkehr aus Abigail im Taxi. Wenn ich insgeheim die eine oder andere besonders grausige Einzelheit wegließ, fühlte sie instinktiv, daß da etwas fehlte, und sofort hakte sie nach und verlangte: « Erzähl mir alles. » Wenn man mit einem Klatsch-Vielfraß zu tun hat, darf man nie auch nur die geringste Kleinigkeit weglassen, notfalls erfindet man welche dazu.

Am Ende sagte Nicole: « Schätzchen, verzeih mir, daß ich an dir gezweifelt habe. Ich hatte ja keine Ahnung, was alles passiert ist. Möchtest du dir morgen eine Weile freinehmen, was du wirklich verdienst, obwohl du es dir nicht verdient hast? »

« Danke dir, Nikki, aber ich glaube, es geht schon. Ein bißchen belämmert fühle ich mich allerdings. Ich hab's noch nicht so ganz begriffen. »

« Ruf mich an, wenn's notwendig sein sollte. »

« Klar, Liebes. »

Sie legte auf, und ich wußte, wir waren wieder Freunde.

Als ich dann endlich allein war, ausgepumpt wie ich mich fühlte, genehmigte ich mir einen doppelten Bourbon, schrubbte mir unter der heißen Dusche fast die Haut ab und ging dann ins Bett. Ein paar Sekunden später schlief ich schon.

13.

Hausbesuch

Auf der Uhr ist es 2:40, als mich ein Geräusch weckt – das Geräusch einer schweren Lederjacke, die auf den Boden fällt. Sugar Baby setzt sich auf die Hinterbeine und schnurrt laut auf ihrem Daunenkissen neben meinem Kopf. Sie scheint aufgeregt zu sein, aber nicht erschrocken. Mir wird klar, daß die heruntergefallene Jacke nicht mir gehört, daß jemand hier in meinem Schlafzimmer ist. Ich erstarre und versuche den ungeladenen Gast zu erkennen, der undeutlich in der dunkelsten Ecke des Zimmers wahrzunehmen ist. Die Luft ist ruhig, und einen Augenblick hoffe ich, daß ich mir das alles nur einbilde. Aber dann höre ich ihn atemholen und erschrecke zu Tode. Ich bin ja völlig hilflos, wie ich da nackt in meinem Bett liege. Das Telefon steht zwar neben mir, aber wozu sollte das gut sein? Wie kann ich die Polizei rufen, wo doch derjenige, der hier im Zimmer ist, mich in dem schwachen Lichtschein sehen kann, der durch das Straßenfenster hereinfällt?

Seine Stimme durchbricht die Stille.

«Hab' keine Angst.»

Ich erkenne sofort den französischen Akzent. Es ist Rafik.

«Was willst du?» frage ich und lange zu der Lampe auf dem Nachttisch hinüber.

«Kein Licht.»

«Warum nicht?»

«*Non!*»

«Hast du Angst, daß ich dann das Blut auf deiner Kleidung sehe?»

«Ich habe nischt getan.» Er kommt näher zum Bett. «Ich habe Dahnie nischt getötet. Muß ich gar nischt. Er giebt mir alles was ich will.»

«Außer Sex.»

Rafik erwidert fast traurig: «Außer Liebe.»

Ich bemerke, wie er sich auszieht, mit all den vertrauten Geräuschen, die ein Liebhaber eben macht, wenn er sich im

Dunkeln entkleidet: das Pf-Pf von Hemdknöpfen, die aufgemacht werden, das Reiben von Baumwolle, die von den
Schultern und über die Arme hinabgleitet, das Quietschen
schwerer Lederstiefel, die abgestreift werden und – plopp –
auf den Boden fallen, das Klicken einer sich lösenden Gürtelschnalle aus Messing, das leise Wispern eines Reißver-
schlusses, während er geöffnet wird, das leichte Schaben von
Blue Jeans, die über muskulöse Beine herabgestreift werden,
das Schnalzen eines Gummibunds. Hat er absichtlich seine
weißen Socken angelassen, weil er weiß, daß das eine geheime Schwäche von mir ist?

Er kniet sich hin und zieht etwas aus seiner Jackentasche.
Dann nähert er sich dem Bett und stützt ein Knie auf die Bettkante. Er legt den Gegenstand, den er aus seiner Jacke gezogen hat, auf den Nachttisch. In der Dunkelheit erkenne ich
undeutlich die Form eines Revolvers. Die Luft zwischen uns
pulsiert vor Angst meinerseits und Begierde seinerseits – und
vielleicht auch meinerseits.

Er sagt: «Ich will mit dir zusammen sein.»

«Ich kann nicht. Nicht, wenn du so etwas getan hast.»

«Was habe isch getan? Isch will ihn lieben, aber er sagt
nein. Sag nischt nein, Stani.»

Er ist mir gegenüber im Vorteil. Falls er ein Mörder ist,
möchte ich nicht unbedingt auf den falschen Knopf drücken
und mir damit das Hirn rausblasen lassen. Er hebt die Decke
und schlüpft zu mir ins Bett. Sugar Baby verharrt auf ihrem
Platz auf dem Kissen. Wenigstens ein Trost. Mein Haustier
bleibt gleichmütig, auch wenn ich das Opfer eines Sexual-
mordes werde.

«Entspanne dich, *mon cher*», murmelt er. «Ich verletze
dich nischt.»

Er berührt mich an der Schulter. Seine Hand ist warm und
stark, nicht so, wie ich mir die Hand eines Mörders vorstelle.
Ich bin sicher, daß er auch ein exzellenter Liebhaber ist, was
nur leicht beeinträchtigt wird durch seine Neigung, seine
Partner hinterher umzubringen. Dann geht etwas Seltsames
in mir vor, und zwar im selben Moment, als mir klar wird,
daß dieser nackte Mann in meinem Bett mir nach dem Leben

trachten könnte. Das ist schon eine Ironie: ich habe keinen Liebhaber, und jetzt will ein Mörder mich haben. Und anstatt auf irgendwelche Möglichkeiten zur Flucht oder Selbstverteidigung zu sinnen, merke ich, wie ich mich ihm ergebe. Mit vollkommener Klarsicht und Ruhe denke ich: Wenn dieses flatterhafte, sinnlose, stupide, armselige Leben denn unter der Hand eines Sexualmörders zu einem unrühmlichen Ende kommen soll, dann nur zu. Rafik kann alles haben, was er will.

Er stützt sich auf einen Ellbogen und sieht mich an. Dann beugt er sich über mich und küßt mich sanft auf den Mund. Ich spüre seine wohlgeformten Lippen auf den meinen. Nur ein Mund zwar, und doch, was für ein wundersamer Stoff! Aber ich liege steif da und frage mich, was er als nächstes tun wird. Ich spüre, wie sich seine Lippen zu einem Lächeln verziehen.

«Ich überrasche disch, *hein?*»

Ich hole tief Luft und lasse sie dann in einem langen, lauten Seufzer heraus.

«Gut», sagt er, «jetzt habe ich disch».

Ich bete, daß ich das, was nun folgt, überleben werde.

Unter der Daunensteppdecke hebt sich Rafik auf die Knie und hockt sich mit gespreizten Beinen über meinen Körper. Seine warmen Schenkel pressen sich fest um meine Hüften. Die Haare auf seinen Beinen kratzen über meine glatte Haut. Er beugt sich tiefer und leckt an meinen Brustwarzen, dann streift er leicht mit seinem Ein-Tages-Bart darüber, womit er ganze Kilowatts von Lust durch meinen Körper jagt. Er senkt seine Hüften sanft in meinen Schoß, und seine warmen bepelzten Lenden schmiegen sich an und drücken und schieben an mir. Starke Hände, heiße Hände kneten meine Schultern und Oberarme. Er schiebt seinen schweren Sack auf meinem Bauch vor und zurück. Ein kleiner Biß, und dann noch einer, an meinen Brustwarzen. Ein feuchtes Glied drängt sich zwischen meine Schenkel, meine zusammengepreßten Schenkel, die vom Druck seiner eigenen starken Beine von links und rechts zusammengehalten werden. Eine Hand findet die andere, eine Lippe die andere, ein Stöhnen das andere.

Er setzt sich wieder auf und preßt seine Hüften härter in meinen Schoß. Er preßt, quetscht, zieht und melkt mein Fleisch mit seinem Kolben. Auch als er darangeht, sich zu pfählen, umklammert er mich mit seinen kräftigen Gliedern. «Ich hab keinen Schutz», sage ich. Da ist ein Mörder in meinem Bett, und ich sorge mich um sicheren Sex.

«Voilà», antwortet er und nimmt ein kleines Folienpäckchen vom Nachttisch, gleich neben dem Revolver.

Heiße, erwartungsvolle Hände finden ihren Weg über meine Brust und meinen Bauch. Er schlängelt sich in die andere Richtung und beugt sich nieder, um mich dort zu küssen, wo klarer Sirup aus mir hervorquillt. Er wühlt mit der Nase in meinem Busch, dann küßt er den Schaft rings um seine Spitze. Langsam arbeitet er sich hinab bis zur Basis, knabbert die ganze Länge hinauf und hinunter und folgt dem Weg seiner Lippen direkt mit der Latexmembran, die uns schützen wird.

Jetzt setzt er sich auf und beginnt den stürmischen Ritt. Er packt meine Schultern, um besser Halt zu haben, und schiebt sich über mich herab. Bei meinem ersten Eindringen, gerade nur mit der Spitze, zuckt er heftig zusammen. Er hält mich in jähem Schmerz fest an sich gedrückt. Ich blase ihm kühle Luft ins Gesicht. Wir atmen zusammen. Ich flüstere: «Es ist doch nur eine andere Art von Reiz.» Er senkt seinen Körper und preßt sich an mich. Sein kurzgeschnittenes Brusthaar kratzt mir die Haut auf und scheuert mich, während er sich weiter auf mich und über mich windet und dreht und uns immer mehr zu einer Einheit zusammenpreßt. Ich spüre seine Wärme um meinen Schwanz, und von der Haut über die Muskeln über die Knochen bis zur Seele ist alles Widerstreben weg und vorbei, alle Poren und Pforten sind offen. Wir galoppieren, wir rasen, wir jagen zu schnell dahin, wir springen durch einen dunklen Traum, zerplatzen zu Feuer und Steinen, zerstieben zu funkelndem Staub, fallen herab und sterben.

14.

– geht niemand was an

Am nächsten Morgen weckte mich Sugar Babys kühle feuchte Nase, die mich leise gegen das Kinn stupste. Ihre Nase und ihr lautes Schnurren. Rafik war nicht mehr da. Sogar sein Geruch war verschwunden. War er überhaupt da gewesen? Oder hatte ich mir das alles nur eingebildet, wie einen Film im Kopf, einen Film in Sensorama wohlgemerkt? Der einzige Beweis für unser nächtliches Abenteuer war ein trauriger, verschrumpelter Gummi auf dem Teppich und meine noch immer summenden Hinterbacken.

Ich stand auf und machte mir Kaffee. Das Telefon läutete, als ich Sugar Baby gerade Futter und Wasser hinstellte. Manchmal frage ich mich wirklich, ob ich nicht unbeabsichtigt in meiner Katze einen konditionierten Reflex geschaffen habe, und zwar den, daß ein Telefongespräch für sie Futter signalisiert, da ich beides so oft zusammen mache.

Ich nahm ab, und Nikki fragte: «Geht's dir einigermaßen?»

«Klar, Liebes. Warum denn?»

«Deine Stimme klingt heute so komisch, fast rauh.»

«Ich hab, ääh, also ich hab' heute nacht so ein bißchen Urschrei-Therapie gemacht.»

«Allein?»

«Ich hatte jemanden zur Anleitung …»

«Das besprechen wir später», sagte sie. «Kannst du den Laden heute aufmachen? Wir sind hier nämlich alle ein bißchen spät dran.»

«Wer ist wir?»

«Kannst du, Stanley?»

«Heißt das, daß ich wieder Geschäftsführer bin?»

«Ich denke schon.»

Ich schwieg kurz. «Gut, dann sperre ich auf.»

«Danke», sagte sie und legte auf.

Ich hatte keine Gelegenheit, ihr zu sagen, daß ich heute morgen eigentlich als erstes Lieutenant Branco hatte aufsuchen wollen, bevor ich in den Laden ging. Ich wollte herausfinden, was er über den gestrigen Mord an Dan Doherty wußte. Aber das mußte jetzt eben eine Weile warten, bis ich den Salon Snips geöffnet hatte.

Mein Magen knurrte vor Hunger, wie immer am Morgen, vor allem nach einer wilden Nacht. Ich machte mir schnell Frühstück, und zwar fettfreie Vollkornsemmeln aus kontrolliertem biologischen Anbau mit einer extra dicken Schicht Butter darauf und frisch gemahlenen Kaffee ohne Zucker, aber mit einem Schuß Sahne. So war dieses Frühstück wenigstens halbwegs gesund. Dann duschte ich und zog mich an und eilte zum Laden.

Draußen war es beißend kalt bei grauem Himmel. Anscheinend stand noch ein Schneesturm bevor. Kalt, warm, bewölkt, sonnig, feucht, trocken – alles innerhalb eines Tages, typisches Neuengland-Wetter. Wie sich herausstellte, hatte ich an diesem Vormittag ununterbrochen zu tun, das heißt, es gab keine Gelegenheit, mal hinauszuwischen und wie geplant Banco zu besuchen. Nicole und Tobias kamen kurz nach der Mittagspause an. Sie wirkte ein bißchen verdrießlich, obwohl ich selber ganz besonders fröhlich strahlte. Während Tobias auf der Toilette war, fragte ich Nicole, ob Charles die Nacht bei ihr verbracht habe. Ich wollte nämlich gerne wissen, ob ihr Lover bis früh geblieben war, im Gegensatz zu meinem Succubus, der genauso geheimnisvoll verschwand, wie er aufgetaucht war.

«Nein, hat er nicht», entgegnete sie. Dann packte Nicole meinen Arm und zog mich ins Hinterzimmer. Sie sagte der Empfangsdame, sie solle Tobias im Auge behalten, bis wir zurückkämen. Sobald wir allein waren, schenkte sie uns beiden eine Tasse Kaffee ein und setzte sich. Sie zog die schwere goldene Zigarettendose aus ihrer kleinen Lederhandtasche und wählte aus ihrem pastellfarbenen Sortiment, das vollkommen geordnet in der Dose aufgereiht lag, eine blaß türkisfarbene Zigarette aus. Ein einziger Druck auf ihr rotlackiertes Feuerzeug entzündete die Zigarette und versetzte Nicole in eine glücklich gehobene Stimmung. Sie sprach durch die wohlriechende Rauchwolke, die sie soeben geschaffen hatte. «Also, ich will alles hören.» Sie nahm einen zweiten tiefen Zug und fügte hinzu, «Auf die Minute genau, wenn nötig.»

«Worüber, Liebes?»

«Über *deinen* Herrenbesuch, Stanley.» Eine Augenbraue ging hoch. «Ich nehme an, es war Rafik.»

«Stimmt.»

«Und?»

«Er ist sexy, geschickt und unheimlich einfallsreich.»

«Sicherer Sex?»

«Auch das.» Dann hatte ich plötzlich eine Erkenntnis. «Nikki, ich hab's! Dieses Kondom beweist, daß ich recht hatte. Rafik kann nicht der Mörder sein, wenn er so das Leben achtet.»

«Stanley, es hat schon Mörder gegeben, die Neuro-Chirurgen waren. Außerdem hat er dabei ja vielleicht nur an sich gedacht.»

«Nein, Liebes. Das war etwas anderes.»

Nicole grinste. «Natürlich, Schätzchen. Bei *dir* war es selbstverständlich Liebe.»

«Nicht so ganz. Ich bin, wie man so schön sagt, flachgelegt worden, aber nicht geküßt.»

«Er ist also nicht geblieben?»

«Nein. Aber die ganze Zeit hatte ich Angst, daß er Dan Doherty gestern ermordet haben könnte. Deshalb wollte ich mich ihm auch nicht widersetzen.»

«Stanley, das klingt ja wie eine Vergewaltigung.»

«Also, eigentlich nicht ...» Wie konnte ich das nur erklären? «Aber ich wollte eben nichts machen, wodurch ich einen potentiellen Mörder hätte gegen mich aufbringen können.»

«Du hast also mit ihm geschlafen.»

«Was hätte ich denn sonst machen sollen?»

«Stanley, ich bin überzeugt, daß es zumindest eine andere Möglichkeit gab.»

«Er hatte eine Pistole, Liebes.»

«Wie mit der Pistole traktiert siehst du aber nicht gerade aus.»

Voller Glück erinnere ich mich an unsere kurze Paarung. «Nein, eher wie von der Pussy traktiert.»

Ohne weiteren Kommentar machte Nicole ihre Zigarette aus, indem sie mit einer geschickten Drehbewegung die Glut von der restlichen Zigarette trennte und jeglichen Qualm im Aschenbecher damit vermied.

«Entschuldige, Liebes», sagte ich, da ich bemerkte, daß ich sie verletzt hatte.

«Anscheinend kannst du die männliche und die weibliche Anatomie nicht auseinanderhalten.»

«Na ja, männlich und weiblich ist ja in dem Fall auch nicht so exakt getrennt.» Dann fragte ich sie zum zweiten Mal heute morgen nach ihrer Nacht mit Charles.

Sie runzelte ärgerlich die Stirn. «Ich denke, vielleicht hat ihn Tobias abgeschreckt. Mir war überhaupt nicht klar, daß Chaz Kinder so wenig mag.»

«Weniger als du?»

«Mir machen sie nichts aus, Stanley, so lange es nicht meine eigenen sind.»

«Was war denn los?»

«Chaz und ich hatten einen Wortwechsel, weil der Junge so viel um uns rum ist. Tobias hörte uns zu und fing an zu weinen.»

In diesem Augenblick wurde mir klar, daß Tobias in der ganzen Zeit, die wir zusammen verbracht hatten, nicht ein einziges Mal seine Fassade des tapferen kleinen Soldaten fallengelassen hatte. Er weinte nie und sagte mir nie, daß ihm seine Mama fehlte. Ich hoffte nur, daß er nicht bereits damit beschäftigt war, ein Macho-Image aufzubauen, vor allem nicht mir gegenüber.

Nicole sagte: «Dem Kleinen fehlt seine Mutter viel mehr, als er je zugeben würde.»

«Er hat sich mir gegenüber nie etwas anmerken lassen.»

«Das erzählt er dir natürlich nicht, weil du ein Mann bist. Da ist schon eine Frau vonnöten, damit ein Mann wirklich ein ganzer Mann wird, Stanley.»

«Laß doch bitte die Platitüden, Liebes.»

Nicole nippte an ihrem Kaffee und sagte: «Ich

glaube, wir müssen langsam mal an Tobias' Sicherheit denken.»

«Glaubst du, daß er in Gefahr ist?»

«Ich glaube, daß *du* vielleicht in Gefahr bist, und da wäre es am Ende unklug, den Jungen bei dir zu lassen, falls wirklich irgendwas passiert.»

«Ach ja, super. Aber wenn ich drauf gehe, das ist schon okay.»

«Stanley, anfangs war ich ja auch der Meinung, daß der Junge nicht dem Gericht in Obhut gegeben werden sollte. Aber wenn ich bedenke, was dir letzte Nacht passiert ist, bin ich nicht mehr sicher, ob er bei dir bleiben sollte. Könnte ja sein, daß du genug zu tun hast, um auf dich selber aufzupassen.»

«Was ist denn schon groß Gefährliches passiert?»

«Na ja, wenn Rafik jetzt tatsächlich der Mörder ist? Wenn er noch einmal kommt und das nächste Mal vielleicht nicht mehr so liebenswürdig ist?»

«Liebes, er ist es aber nicht. Ich bin ganz sicher.»

«Also gut, wenn dann aber der wirkliche Mörder dir was tun will? Nein, Stanley, ich glaube, für Tobias ist es höchste Zeit, daß er an einen Platz kommt, wo er außer Gefahr ist, bis dann seine Mutter aus dem Gefängnis entlassen wird.»

«Bist du ganz sicher, daß du bei der ganzen Sache nur an Tobias denkst und nicht an Charles?»

Nicole erwiderte nüchtern: «Ja, da bin ich sicher, Stanley.»

«Na, das ist jetzt sowieso alles nicht mehr wichtig, denn Laurett muß ja nun irgendwann entlassen werden. Die Bullen können sie schließlich nicht wegen des Mordes an Danny festhalten.»

«Sie halten sie ja auch wegen des anderen fest.»

«Nikki, Laurett hat den Mann aber nicht umgebracht. Von Anfang an sollte Danny das Opfer sein. Darum muß Lieutenant Branco Laurett auch heute noch freilassen. Tatsächlich hatte ich grade vor, kurz bei ihm vorbeizuschauen, als du mit Tobias gekommen bist.»

«Hast du keine Termine?»

«Die nächste Stunde nicht.»

« Und wenn jemand unangekündigt hereinschneit? »

« Dafür haben wir doch Ramon, oder? »

« Niemand ist unentbehrlich, Stanley. »

« Ramon auch nicht. »

Nicole stand auf, um nach vorn in den Laden zurückzukehren. Sie sammelte die leeren Kaffeetassen ein und sagte: « Vielleicht solltest du Tobias mitnehmen, damit er seine Mutter sieht, während du Lieutenant Branco mit deiner phantastischen neuen Theorie beglückst. »

« Ich dachte, du hast Angst um seine Sicherheit. »

« Ich hab' gemeint, bei dir zuhause, nicht hier oder auf der Polizei. »

« Denkst du, im Gefängnis lassen sie ihn rein? »

« Schätzchen, ein einziger Blick auf den Knaben, und sie erlauben ihm alles. Schau doch nur, was er aus mir gemacht hat. »

« Ich hab' mir doch schon gedacht, ich hätte neuerdings so ein bißchen mütterliche Patina an dir entdeckt. »

Nicole zog eine Grimasse. « Ich hatte eigentlich mehr an ‹Flotte-Tante-Glamour› gedacht. »

Wir kehrten in den Laden zurück, wo Tobias gerade die Empfangsdame mit einer Geschichte unterhielt, wie er dem Geschäftsführer des schicken Cafés neben dem Salon eine Dose importierten Kakao abgeluchst hatte.

Ich rief ihm zu: « Komm, Tobias. Wir besuchen jetzt deine Mama. »

Er jauchzte laut auf, sprang vom Tisch und rannte zur Tür. Mit seiner Mütze, seinem Mantel und seinen Fäustlingen sauste Nicole hinter ihm her. « Das ziehst du sofort an, junger Mann. »

Er gehorchte, und gleich darauf saßen wir beide in einem Taxi Richtung South End zum Frauengefängnis, das ganz in der Nähe der Polizeistation E lag, wo Lieutenant Branco bald meine neueste Sensationsmeldung vernehmen würde.

Ich brachte Tobias in das Frauengefängnis, um ihn bei Laurett zu lassen. Wie Nicole vorhergesagt hatte, übte Tobias' elfenhafter Charme seinen Zauber auf die wachhabende Beamtin dort aus. Sie zeigte Tobias die Fotos ihrer kleinen Tochter aus ihrer Brieftasche und schien gerade einen Ehekontrakt zwischen den beiden ausarbeiten zu wollen, als eine Wärterin erschien, um uns zu Laurett hineinzuführen. Und da, als Mutter und Kind wiedervereint waren, stand ich schlicht im Wege. Ich sagte zu Laurett, daß ich in einer Stunde wiederkommen und Tobias abholen würde, dann verließ ich die beiden und machte mich auf zu Lieutenant Branco.

Bis in sein Büro auf der Polizeistation E vorzudringen war heute nicht ganz so leicht. Ich hätte die Schwierigkeiten ja am liebsten auf mein schlechtes physisches Karma zurückgeführt, aber seit meinem Zusammensein mit Rafik gestern nacht war jeder Nerv, jeder Muskel und jeder Knochen in meinem Körper ganz und gar an seinem rechten Platz. Nein, in Wirklichkeit lag es daran, daß der heutige wachhabende Beamte weder mich noch mein Auftreten leiden konnte. Ich versuchte, meine filigranen Schmetterlingsflügel einzuziehen, um seine Nervosität ein bißchen zu mildern, aber das wirkte auch nicht. Je mehr er mich ignorierte, desto flattriger versuchte ich seine Aufmerksamkeit zu erregen und seine Erlaubnis zu erhalten, in Brancos Sanctum sanctorum vorzudringen. Fast hätte ich ihm eine verkürzte Version des Tanzes der Fliederfee aus *The Sleeping Beauty* vorgeführt. Schließlich rief er aber doch einen zweiten Grobian, der mich in den Bürotrakt führen sollte. Wir kamen zu Brancos Tür, und ohne erst anzuklopfen, öffnete der Bulle sie und schob mich rein.

Show time!

«Was wollen Sie denn schon wieder?» knurrte der schöne Italiener.

Endlich wieder zuhause!

«Dan Doherty ist ermordet worden, sagte ich.

Branco grunzte.

«Sie wußten's also schon?» fragte ich.

«Natürlich, aber das ist nicht unser Fall.»

«Es steht ganz offensichtlich in Beziehung zu dem anderen Mord. Ich dachte, Sie würden jeden überprüfen, der mit dem ersten Mord zu tun hatte.»

«Haben wir schon.»

«Und – was haben Sie rausgefunden?»

«Nichts, was wir nicht schon gewußt oder erraten hätten, außer was Sie betrifft.»

Er dachte also tatsächlich an mich ...

«Lieutenant, Prentiss Kingsley's Bruder John Lough mochte Dan Doherty nicht. Ist er nicht verdächtig?»

«Derjenige, den wir suchen, ist dieser Knabe Rafik. Haben Sie *den* nicht zufällig gesehen?»

Ich errötete. «Er hat nichts damit zu tun.»

«Woher wollen denn Sie das wissen? Oder sind Sie etwa sein Alibi?»

«Er hätte so was nicht tun können.» Ich wollte nicht, daß Rafik der Mörder sei, nicht nach der gestrigen Nacht.

«Was wissen Sie eigentlich über ihn, Kraychik? Oder ist *das* zu persönlich?»

«Bei Ihnen klingt das obszön, Lieutenant.»

«Das haben Sie gesagt, nicht ich.»

Branco blickte mich an. Was dachte er bloß? Ich war hergekommen, um über Dan Dohertys Tod zu sprechen, und plötzlich ging es um meine Sexualität. Haßte er mich, weil ich Männer mochte? Was sollte ihn das kümmern? Wenn man es logisch durchdachte, hätte er erleichtert sein müssen, daß manche Männer so wie ich waren, da das ja den Wettbewerb in der Arena ein wenig reduzierte, diese Suche nach der Mutter oder der Heiligen oder der Hure. Andererseits konnte es aber auch sein, daß er so viel Wettkampf wie nur möglich wollte, weil ihm das gefiel. Und wiederum andererseits war er am Ende auch neugierig auf sich selbst. Leute, die in dieser Hinsicht eine Leiche im Keller haben, verbergen ihre Schuld oft genug unter dem Deckmäntelchen des Schwulenhasses.

Branco sagte: «Ich verstehe einfach nicht, warum Leute wie Sie immer anonymen Sex glorifizieren müssen.»

Wenn er so sprach, mußte Branco kürzlich in der Kirche gewesen sein. «Lieutenant, anonym kann man das ja nicht gerade nennen, wenn man den Menschen kennt.»

Branco lachte höhnisch. «Das macht euch Typen doch

überhaupt erst an, wenn ihr's mit Fremden treibt, oder nicht?»

«Sie sind ja ganz schön naiv, Lieutenant.» Würde er mir glauben, wenn ich ihm die Wahrheit erzählte, nämlich daß für mich das Befriedigendste eine gefühlsmäßige Bindung war? Den Urgrund von alledem bildete, ganz ohne Witz, mein Verlangen nach romantischer Träumerei. Der sexuelle Aspekt an der ganzen Sache war das Einfachste, da eben *alles*, was man tat oder was an einem getan wurde, vollkommen war. Mußte es ja sein, da es alles nur im Kopf ablief. Aber würde ein praktisch veranlagtes, körperbetontes Tier wie Branco so eine Art von Erfahrungen jemals verstehen?

«Wann haben Sie ihn zuletzt gesehen?» fragte er.

Ich sah Branco direkt in die Augen und sagte: «Ich bin erst nach vier Uhr heute früh eingeschlafen. Als ich um sieben aufwachte, war er fort.»

«Sie würden alles tun, stimmt's?»

«Ich hab es nicht geplant. Es ist einfach passiert.»

«Wir werden ihn schon finden.»

«Aber Rafik war es nicht. Sie sollten John Lough verhören.»

«Kraychik, Sie reden zuviel.».

«Wie steht's mit Laurett Cole? Werden Sie sie jetzt freilassen?»

«Warum?»

«Sie kann doch Dan Doherty nicht getötet haben, wenn sie im Gefängnis sitzt.»

«Für diesen Mord halten wir sie ja auch nicht fest.»

«Aber es ist doch ganz offensichtlich, daß die beiden Morde miteinander zu tun haben, und genauso auch die Heckenschüsse gestern auf Liz Carlini! Es gibt jetzt keinen Grund mehr, Laurett festzuhalten. Außerdem würde sie die Stadt sowieso nicht verlassen, und sie könnte mit ihrem Sohn zuhause sein. Sie sind doch so für Familie, oder?»

Branco schwieg, bedachte, was ich gesagt hatte, preßte die Lippen fest zusammen und fragte mich dann: «Wo waren Sie gestern früh?»

«Hier bei Ihnen, nicht wahr?»

«Ich meine, vorher.»

«Da hatte ich Tobias Cole bei mir.»

Keine Antwort.

«Sie können ihn fragen, Lieutenant.»

«Ich muß wissen, wo Sie gestern am frühen Morgen waren, bevor Sie zu mir gekommen sind.»

«Warum?»

«Das dürfte doch wohl klar sein, oder?»

Mein Hirn brauchte länger, als man hätte annehmen können, ehe es begriff, worauf er aus war. Dann machte es klick. «Sie glauben also, daß ich mit Dan Dohertys Tod etwas zu tun haben könnte?»

Branco entgegnete kalt: «Die Tat hatte sexuelle Motive, und da Sie mit Dohertys Liebhaber zu tun haben, kann es meiner Ansicht nach doch genausogut sein, daß Sie auch mit dem Mord zu tun haben.»

«Lieutenant, diese Theorie ist so schwächlich, daß alles Haarspray von ganz Boston ihr keinen Stand geben könnte.»

«Sie haben mir aber immer noch nicht gesagt, wo Sie gewesen sind.»

«Ich habe Ihnen die Wahrheit gesagt. Wenn sie mir nicht glauben wollen, können Sie mir jetzt gleich die Handschellen anlegen.»

«Das möchten Sie wohl gerne?»

«Klar. Und wenn Sie schon dabei sind, machen Sie doch auch noch eine Leibesvisitation.»

«Das würden Sie wahrscheinlich zu sehr genießen.»

Ich stand auf und blickte ihm direkt in seine schönen, strahlenden Augen. «Sie vielleicht auch», sagte ich, ging aus seinem Büro hinaus und knallte die Tür hinter mir zu. Mit der Polizei, und speziell mit Branco, zusammenzuarbeiten, das war wirklich nicht leicht. Ich wünschte mir, ihn zu mögen, aber im Augenblick ging da überhaupt nichts, nicht, solange er den typischen Bullen mit zusammengekniffenem Arsch markierte, der sich stur an irgendwelche blöden Regeln hält und alles ausschließlich mit der Hälfte seines Gehirns sieht, über der «Verbrechen» steht.

Ich kehrte zum Frauengefängnis zurück, um Tobias abzuholen, aber auch Laurett noch kurz zu sprechen und sie über meine sogenannten Fortschritte zu informieren. Man hatte sie Tobias in ein großes, offenes Besuchszimmer bringen lassen. Die Wächterinnen standen zwar in der Nähe, in Hörweite, aber immerhin war dieses helle, luftige Zimmer keine Gefängniszelle. Laurett hielt Tobias in den Armen, sie hatte ihn in den Schlaf gewiegt. Er sah friedvoll aus, und ich hoffte, daß er da in den Armen seiner Mutter einen schönen und sicheren Traum hatte.

Laurett fragte mich leise, fast flüsternd: «Hast du die Schokolade aus meiner Wohnung entfernt?»

Ich nickte, da ich den gesunden Schlaf des Kindes nicht stören wollte.

Sie drang weiter in mich. «Hast du weggeworfen?»

«Noch nicht.»

«Warum nicht?»

«Weil sich jemand daran zu schaffen gemacht hatte.»

Lauretts Gesicht zeigte, daß sie meinen Argwohn ihr gegenüber merkte. «Vamos, ich habe es nicht getan. Ich habe gehaßt meinen Mann, aber ich habe ihn geliebt zu sehr, um ihn zu töten.»

Der Konflikt kommt mir bekannt vor, dachte ich. Neuerdings nannte man es anders – nicht mehr Hörigkeit, sondern ‹Codependency› – aber in Wirklichkeit war es einfach die gute alte, rein chemische Anziehungskraft, die ein bestimmter Mensch auf einen anderen ausübt, die Anziehungskraft, die genetisch nicht veränderbar ist, wie bei mir und Rafik. Oder Branco.

«Diese Pralinen sind Ausschuß», sagte sie und unterbrach damit meine geistigen Eskapaden. «Sie sind einfach nur beschädigt.»

«Warum hast du dann so Angst gehabt, daß die Polizei sie finden könnte?»

«Sie benutzen alles, sobald sie auf die Idee gekommen sind, daß du bist schuldig.»

Das alles wußte ich selber nur zu gut. Der Satz «unschuldig, bis zum Beweis des Gegenteils», bedeutet nicht viel, wenn die Bullen einen in Verdacht haben.

«Laurett, du kannst dich doch an diese besonderen Trüffel erinnern, die mit der Extraverzierung auf diesem Fest?»

«Natürlich ...» antwortete sie vorsichtig.

«Kann es sein, daß du die an dem Abend durcheinandergebracht hast?»

«Niemals. Ich habe dir gesagt, Mr. Kingsley bekommt die mit Mandel, und –»

«Ich weiß, aber vielleicht hat dich der Streit mit Mary Phinney etwas verwirrt.»

«Nein!» rief sie leidenschaftlich aus, worauf sich Tobias in ihren Armen ein wenig bewegte.

«Laurett, ich hab' rausgefunden, daß Prentiss Kingsley auf Mandeln allergisch ist. Er würde Mandelgeschmack niemals nehmen. Die Mandeltrüffel war für Dan Doherty.»

Sie starrte mich schweigend an. Nach ein paar Minuten der Überlegung fragte sie leise: «Willst du damit sagen, daß ich einen Fehler gemacht habe?»

Ich nickte. «Ich fürchte ja, aber das ist jetzt eigentlich gar nicht mehr wichtig. Ich glaube, du kommst hier bald raus.»

«Wie denn?»

«Gestern hat jemand auf Liz Carlini geschossen.»

«Auf Miss Lisa?»

Ich nickte.

«Haben sie sie erwischt?»

«Nein, aber später hat jemand Dan Doherty erwischt.»

«Der junge Danny ist tot?»

Ich nickte.

Diese Nachricht traf sie hart. Ich hatte unachtsamerweise vergessen, daß Laurett ja nichts von dem Mord wissen konnte, weil sie im Gefängnis saß. Und da ich gerade aus Brancos Büro kam, hatte ich im Augenblick das Zartgefühl eines Zehn-Tonnen-Müllcontainers. Wie sich herausstellte, hatte Laurett immer eine Schwäche für Danny gehabt und ihn ein bißchen beschützen wollen. Als sie nun von seinem Tod erfuhr, brach sie völlig zusammen und weinte leise vor sich hin. Einen ganz kurzen Augenblick überlegte ich, wie weit ihre Beschützerinstinkte wohl gegangen waren. Fest stand auf jeden Fall, daß sie die Trüffel im letzten Moment ausgetauscht hatte. Ebenso stand fest, daß sie den einen Geschmack mit dem anderen verwechselt hatte. Und schließlich stand auch noch fest, daß sie versehentlich Trek getötet hatte, weil sie ihm die vergiftete Trüffel dagelassen hatte. War es auch nur im Entferntesten denkbar, daß sie die Zyanid-gefüllte Schokolade an jenem Abend eigentlich jemand anderem hatte geben wollen? Aber das würde auf Liz Carlini oder Prentiss Kingsley verweisen. Hatte Laurett vorgehabt, einen von diesen beiden zu töten? Das war doch Unsinn, oder? Die gestrige Bedrohung für Liz Carlini und der Mord an Dan Doherty waren geschehen, als Laurett noch in Untersuchungshaft saß. Verflixt! Ich gierte so sehr nach Antworten, daß ich schon ganz aus den Augen verlor, wer ein Verdächtiger, wer ein Opfer und wer ein Freund war.

Als Laurett zu weinen aufhörte, fragte ich sie, was sie über John Lough wisse. Da mir Liz Carlini einige böse Gedanken über ihn eingeblasen hatte, wollte ich jetzt noch eine andere Meinung hören.

Laurett erwiderte: «Ich weiß nur, daß er sehr religiös ist.»

Worauf ich dachte, daß es vom Töten der Seele bis zum Töten des Körpers doch nur noch ein Schritt sei.

«Aber, mein Lieber, du jagst dem Rauch hinterher, wenn du John Lowe verfolgst.» Sie lächelte über ihren absichtlichen Versprecher. «Du mußt das Feuer suchen, und das ist Mary Phinney.»

«Ich weiß, daß du die nicht magst, Laurett, aber das genügt nicht.»

Laurett drückte Tobias fester an sich und lächelte noch breiter. «Sie ist es», sagte sie einfach, wie ein Prophet. «Sie ist die, die alles so haben will, wie es war die letzten fünfhundert Jahre. Sie will, daß alles gleich bleibt. Und sie haßt mich, weil ich weiß es besser. Ich habe diesen Job gekriegt.»

«Du brauchst aber Beweise», sagte ich und klang dabei schon wie Branco.

«Beweise? Beweise willst du haben? Erstens, warum glaubst du, sie ist mit John Lowe zusammen? Glaubst du, sie sind Romeo und Julia?» Sie lachte schallend über ihren eigenen Witz.

«Wohl eher Mr. und Mrs. Macbeth, würde ich sagen. »

«Wer?»

«Bei Shakespeare gibt es alle Arten von Paarungen. »

Laurett sah mich verwirrt an. «Es geht um Geld, Vannos. Und wenn du rauskriegen willst, wer da hat die Fäden in der Hand, dann schau' dir Mary Phinney mal an. Du mußt immer nach den Frauen gehen.»

Laurett hatte schon früher über sie geschimpft. Aber manchmal basiert auch das größte Vorurteil auf unanfechtbarer Wahrheit. Vielleicht erspürte Laurett etwas, was mir bisher entging. Oder aber sie versuchte vielleicht, mich auf eine falsche Fährte zu locken. Vielleicht sollte ich selber noch einmal zu Gladys Gardner gehen. Diesmal würde ich mich mit mehr Überblick behaupten, vielleicht sogar die Schokoladenrezepte der alten Dame in die Finger kriegen.

Vielleicht, vielleicht, vielleicht.

Ich verließ Laurett, nachdem ich ihr noch ein paar beruhigende Lügen über ihre kurz bevorstehende Entlassung aufgetischt hatte. Dann weckte sie Tobias, und ich fuhr mit ihm zum Laden zurück.

15
Cherchez la femme

Als wir im Salon ankamen, hatte Nicole schon wieder ein neues Spielzeug gekauft, einen ungewöhnlichen Baukasten ‹Räumliche Kreativität› aus Schweden. Er erinnerte in nichts an die Spielsachen aus meiner Jugend, wo die Baukästen beschränkt waren auf Haufen von kleinen Platikbausteinen oder Mini-Holzklötzchen oder Dübel und Kurbeln mit vielen Löchern, obwohl die harten und rauhen Jungs unter uns es immer wieder schafften, mit gelochten Metallstreifen und Schrauben und Schraubenschlüsseln zu hantieren. Was aber Nicole für Tobias gefunden hatte, war ein ganzer Behälter voller kleiner Plastikteile in unendlich vielen Farben und drei Grundformen: männlich, weiblich, und hermaphroditisch – so was wie eine auf den neuesten Stand gebrachte Version der alten Lego Steine.

Offensichtlich ging es bei dem Spiel darum, die Teile zu verbinden und netzartige dreidimensionale Gebilde in den verschiedensten Formen und Größen zustande zu bringen. Und was hat Tobias an diesem Tag daraus hergestellt? Einen großen dicken Kolben, der ganz genau in einen dazugehörigen Zylinder paßte. Als er sein Meisterwerk vollendet hatte, pumpte er den Schwengel hinein und heraus, so daß dessen Oberfläche aus Ringen sich lärmend am unebenen Innern des Zylinders rieb. Dem kleinen Monster machte es riesigen Spaß, sowohl die Kunden als auch die Arbeitenden im Salon zu ärgern und in Verlegenheit zu bringen. Und ich verstand endlich eine der sogenannten Gefahren der Sexualerziehung: die spielerischen und unschuldigen Phantasien eines kindlichen Gemüts könnten die verkalkten Erfahrungen der zynischen Erwachsenen zu sehr in Verwirrung bringen. Für mich naive Seele war das einfach das Walten der Natur. Wie sollte denn ein vielzelliger Organismus überleben, wenn seine genetische Programmierung nicht auch die Versuch-und-kein-Irrtum-Rechenmethode ‹Kolben im Zylinder› enthielt?

Als ich seine frühreife Geschicklichkeit im Umgang mit

Spielzeug sah, bemerkte ich zu Nicole: « Vielleicht sollte man ihm schon das Lesen beibringen. »

« Zu spät », war ihre rasche Antwort. « Er hat sich bei mir schon durch einige Bände durchgefressen. »

« Waren es Bilderbücher? »

« Einige davon. »

« Kann er tatsächlich lesen? »

« Er fährt mit dem Finger die Zeilen entlang, aber er bewegt die Lippen nicht. »

« Vielleicht tut er nur so. Manche Leute beherrschen sowas. »

« Er bemüht sich, Schätzchen, aber er folgt dem Text fast fehlerlos, wenn er laut liest. »

Ich fragte mich, ob man Tobias' Intelligenz nicht sorgfältiger anleiten und unterstützen sollte. « Vielleicht könnten wir ihn auf irgend so eine Hochbegabtenschule schicken? »

« Stanley, weißt du, was das kosten würde? »

« Könnte er nicht ein Stipendium aus dem Snip'schen Förderprogramm kriegen? »

« Förderung beginnt zu Hause, Stanley, und das ist im Augenblick *chez vous.* »

« Liebes, könntest du nicht wenigstens die Duzform benützen, *toi*? »

« *Toi vous* also », sagte sie. « Du hast eine Kundin. »

Ich ging an die Arbeit bei einem mir vertrauten Kopf lockiger, dunkelbrauner Haare. Die junge Frau, der er gehörte, hatte jahrelang versucht, ihre natürlichen Locken durch Chemikalien zu glätten. Als ihr das nicht gelang, entschloß sie sich, das Haar so kurz zu tragen, daß es sich noch nicht ringeln konnte. Als sie endlich zu mir kam, riet ich ihr zu einer anderen Lösung. Warum wollte sie gegen die Natur kämpfen? Ich schlug vor, daß sie auf alle Chemikalien verzichtete und das Haar herauswachsen ließ. Durch einen meisterlichen Stufenschnitt würde dann das Eigengewicht des Haares die gewünschte Form halten. Ein zusätzlicher Bonus war die Lebendigkeit und Spannkraft, die gesundes Haar ausstrahlt – Haar, das liebevoll gepflegt und nicht chemisch diszipliniert wird.

Während eines ruhigen Augenblicks überprüfte ich die Anmeldungen und sah am Nachmittag eine weitere kurze Unterbrechung in meinem Stundenplan, genau, was ich hatte sehen wollen. Ich wollte mich unbemerkt davonstehlen. In meiner Abwesenheit könnte Ramon alle zufällig eintreffenden Kunden bedienen. Es schadete ihm bestimmt nicht, wenn er lernte, die ganze Laufkundschaft zu bewältigen, vor allem, wenn er mich aus meiner Position verdrängen wollte. Als also Nicole Tobias zu einem späten Mittagessen ausführte, folgte ich ihnen kurz danach. Mein Ziel? Charlestown und das Werkhauptquartier der Gladys Gardner Schokoladenwerke.

Oh weh, kaum war ich ins Freie getreten, wurde meine Unternehmung auch schon unterbrochen. Vor dem Laden in der Newbury Street stand wartend, ein großes rotes Motorrad zwischen den gespreizten Beinen, kein anderer als Rafik. Er war ganz in Leder gekleidet – Stiefel, Hose, Jacke, Stulpenhandschuhe und Mütze – und zwar alles in glänzendem Schwarz, und das in dem silbrigen Nachmittagslicht des bedeckten Winterhimmels. Er winkte mich mit einer lederbehandschuhten Hand zu sich. Natürlich ging ich hin.

Er grinste. «Wann isch sehe disch wieder?»

«Du siehst mich jetzt.»

«Isch meine, zusammen, wie letzte Nacht.»

«Du wolltest so dringend fort –»

«Ist nischt wahr. Du siehst wie isch fühle?» Er legte die große schwarzbehandschuhte Hand innen an seinen Schenkel, wo das Leder von unten her indiskret ausgebeult wurde.

«Nicht hier, Rafik», sagte ich, war aber doch entzückt, daß sein Liebesbarometer schönes Wetter vorhersagte. Dennoch fühlte ich mich am hellen Mittag und direkt vor dem Laden nicht zu einem Liebesgeplänkel bereit.

«Rafik, wie ist das mit Danny passiert?»

Er startete das Motorrad. «Steig’ auf.»

«Sag mir’s.»

Er schüttelte den Kopf. «Steig’ auf.»

Was soll man da schon machen? Ich stieg auf.

«Wohin du bist unterwegs?» fragte er.

« Charlestown, die Schokoladenfabrik. »

« Ich bring' disch », sagte er. « Halte hier fest. » Er legte meine Arme um seine Hüften und drückte sie fest an seinen Bauch. Er drehte den Kopf zu mir um, zwinkerte und fügte hinzu, « *Comme ça* ». Dann lenkte er ohne ein weiteres Wort die große rote Maschine in den Verkehr hinaus und fuhr uns nach Charlestown. Unmittelbar bevor wir in den Storrow Drive einbogen, an einer roten Ampel, schob er meine Arme etwas weiter nach unten, so daß ich ihn jetzt unterhalb der Gürtellinie umarmte. Alles, was ich in mich aufnahm – das Röhren der kraftvollen Maschine unter uns, die atemberaubende Geschwindigkeit, mit der er fuhr, die Festigkeit und Stärke seines Körpers in meinen Armen, der Geruch seiner Lederkleidung, die Erinnerung an ihn im Bett – das alles war ganz einfach Sex.

An der Fabrik ließ er mich außerhalb des Parkplatzes auf der Straße aussteigen. « Warum fährst du nicht rein? » fragte ich.

Er schüttelte den Kopf. « Vielleischt sie rufen Polizei. Vielleischt sie sagen ich habe gemordet Dahnie. »

« Und, hast du? »

« Nein. »

« Aber wie ist es dann passiert? »

« Wenn ich dir sage, du wirst misch hassen. »

« Was ich hasse sind Lügen, Rafik. »

Er starrte mich an. Er sah zu Boden. Er sah mich wieder an. Er schaute weg. Wieder auf mich. Öffnete die Lippen. Lächelte.

« Isch sage dir, Stani. Isch vertraue dir. »

Ach, dieser dunkeläugige Charmeur!

Er zögerte nochmal einen Moment, dann stieg er vom Motorrad. Er stellte sich vor mich, sah mir direkt ins Gesicht und sagte: « Isch mache Liebe mit Dahnie bevor sie morden ihn. »

Hatte ich das Recht, ihn nach dem Grund zu fragen? Hatte das irgend jemand?

« Isch will zeigen isch mag ihn noch immer, sogar wenn er haßt misch. »

Ein wirklicher Kuß des Todes.

« Dann mußt du doch wissen, wer ihn getötet hat, Rafik. »

« Nein. Wir gewesen allein. Mr. Kingsley war laufen. »

« Du hast niemanden gesehen? »

« Nein. Isch gehe nachdem wir machen Liebe. »

« Wie bei mir. »

Er schwieg und überlegte, wieviel er sagen sollte. « Nein », sagte er. « Nischt wie bei dir. » Dann knurrte er fast. « Dahnie sagt isch ihn vergewaltige. »

« Und – hast du? » Ich klang jetzt schon wie Nicole.

« Ich nischt vergewaltigte. *C'est fini!* »

« *C'est* tot, Rafik. »

Er zog mich dicht an sich und drückte seine Hüften hart gegen meine, da mitten auf der Straße in Charlestown, wo das Tageslicht und die Tagesgeräusche um uns einfach ausgelöscht wurden durch unsere Nähe, unsere Wärme, unseren Atem, unsere Münder, und den Geruch und das Gefühl von schwarzem Leder. Das einzige, was von der Außenwelt noch zurückblieb, war der Wind in unseren Ohren.

Als er sich mir entzog und der Zauber brach, sagte er, « Es tut mir leid. »

« Mir auch. »

Als ich ihn losließ, spürte ich unter seiner Jacke genau unter den Schultern einen harten, schweren Gegenstand. Mit einem Schaudern wurde mir klar, daß es eine Pistole war.

« Wozu hast du die bei dir? » fragte ich.

« Zu schützen uns. »

« Wovor? »

« Wenn sie morden Dahnie, vielleischt sie morden mich, oder dich. »

« Bist du sicher, daß du sie nicht kürzlich selber benutzt hast? » fragte ich, als würde er mir darauf die Wahrheit sagen müssen.

« Ah, *non* », sagte er mit diesem Lächeln, das sein Markenzeichen war. « Ich schütze dich, Stani. »

Dann schoß er auf seinem roten Stahlroß davon.

Ich schwankte etwas ziellos über den Parkplatz in Richtung Fabrik, weil mir von dem, was gerade geschehen war, alles vor den Augen verschwamm. Auf dem Weg entdeckte ich John Lough, der gerade in seinen Wagen stieg. Ich riß mich sofort wieder zusammen und rannte auf ihn zu, wobei ich laut rief. Er drehte sich um, blickte in meine Richtung, kniff die Augen zusammen, runzelte die Stirn und stieg dann doch in sein Auto. Vielleicht konnte er sich nicht an mich erinnern, aber das würde mich jetzt nicht davon abhalten, mit ihm zu reden. Ich kam gerade an seinem Auto an, als er eingestiegen war und den Sicherheitsgurt angelegt hatte. Ich klopfte ans Fenster. Er schaute durch das getönte Glas mit erschrockenen Augen zu mir heraus.

«Es ist wichtig», sagte ich.

Einen Moment starrte er mich an. Dann ließ er widerstrebend das Fenster herunter. Erst jetzt entspannte sich sein Gesicht. «Entschuldigen Sie», sagte er. «Ich habe Sie gar nicht mehr erkannt. Hier in dieser Gegend kann man gar nicht vorsichtig genug sein. Man weiß nie, wer da auf einen zukommt.»

«Ich würde mich gerne mit Ihnen unterhalten.»

Er schien es eilig zu haben. «Ich hoffe, nicht nochmal über den Vorfall neulich.»

«Kommt drauf an, welchen Vorfall Sie meinen.»

«Den mit Ihnen und Ihrem Neffen. Ich hab' mich bei Ihnen beiden entschuldigt, und was mich betrifft, ist die Angelegenheit erledigt.»

«Deshalb bin ich nicht hier, Mr. Lough.»

«Was wollen Sie dann? Ich hab nicht viel Zeit.»

«Hatten Sie Zeit für Mord?»

«Was soll das heißen?»

«Dan Doherty wurde gestern im Haus Ihres Bruders in Abigail getötet. Ich dachte, Sie wüßten vielleicht etwas darüber.»

«Selbstverständlich nicht. Außerdem, junger Mann, glaube ich Ihnen auch nicht. Wenn so etwas passiert wäre, hätte Prentiss mich sicher verständigt.»

«Es ist passiert, Mr. Lough, und der Automechaniker in Abigail sagte, er habe Sie gestern im Ort gesehen.»

Er startete und ließ den Motor aufheulen. Dann legte er

den Gang zu schnell ein, woraufhin das große Auto sich heftig gegen die Handbremse aufbäumte. Der Motor wurde abgewürgt.

Ich sagte: «Sie mochten Danny nicht so besonders, nicht wahr?»

«Für so was habe ich jetzt keine Zeit», murmelte er und startete den Wagen wieder.

Als er das Auto nun rückwärts aus seinem Parkplatz herausfuhr, ging ich nebenher, weil ich versuchen wollte, ihm noch ein paar Fakten aus der Nase zu kitzeln.

«Warum haben Sie Danny gehaßt? Waren Sie eifersüchtig auf Prentiss?»

Mit einem Ruck löste er die Handbremse. «Was haben Sie gesagt?»

«Vielleicht waren Sie eifersüchtig auf die Freundschaft Ihres Bruders mit Dan Doherty.»

John Lough zog die Handbremse wieder, dann stieg er aus dem Auto und kam auf mich zu. «Wenn Sie mich weiterhin beleidigen, werden Sie die Konsequenzen tragen müssen.»

«Wollen Sie mich auch noch umbringen?»

«Hören Sie auf, so zu reden. Ich habe niemanden umgebracht.»

«Warum benehmen Sie sich dann, als wären Sie schuldig?»

«Ich benehme mich überhaupt nicht, als wäre ich schuldig. Dieser junge Teufel jedenfalls hat ein Problem geschaffen.»

«Was für ein Problem?»

«Sie wissen genau, was ich meine.»

«Frischen Sie mein Gedächtnis etwas auf?»

«Er versuchte Prentiss zu zerstören. Und zwar methodisch und unbeirrbar. Kein Wunder, daß Prentiss den Verstand verlor.»

«Dan Doherty und Ihr Bruder waren Freunde, das ist alles.»

«Versuchen Sie ihn bloß nicht in Schutz zu nehmen. Ich weiß genau, wozu er Prentiss gebracht hat, was sie da draußen in dem Sommerhaus getan haben. Es ist mir ein Greuel.»

«Haben Sie sie gesehen?»

«Ja, habe ich.»

«Wo?»

«Überall. Wie sie immer zusammengegluckt haben, wie dieser junge Mann sich ... sich vor Prentiss in Szene gesetzt hat. Es war ... also, er *flirtete* richtig mit ihm ... wie eine Frau! Es war widerlich. Er wußte, daß Prentiss ziemlich verwirrt war, und er machte Jagd auf ihn. Kein Wunder, daß Prentiss am Ende dem Druck nachgab. Wenn der junge Mann jetzt tot ist, hat sich wenigstens dieses Problem gelöst. Alles kann wieder seinen normalen Lauf nehmen.»

Was auch immer das heißen mag, dachte ich. «Eine Sache ist allerdings noch nicht gelöst. Dan Doherty ist tot, und der Mörder läuft frei herum. Für mich sieht das so aus, als hätten Sie ein gutes Motiv.»

«Und Sie haben ein großes Maul.» Er machte die Autotür auf, um wieder einzusteigen, aber ich ergriff seinen Arm.

«Mr. Lough, ich habe heute morgen mit der Polizei gesprochen.»

Er drehte sich um und sah mich an. «Und?»

«Dort ist man der Meinung, daß der Mord an Dan Doherty ein psychologisches Motiv habe, daß es sich um ein Verbrechen aus Leidenschaft handle. Also haben Sie es vielleicht deshalb getan, weil Sie Danny selbst begehrt haben?»

«Wenn Sie nicht sofort den Mund halten, werde ich ...» aber er sprach die Drohung nicht aus. Stattdessen straffte er sich und holte zu einem Schlag aus.

Ich sprang so weit zurück, daß ich gerade außer Reichweite war.

«Sie sollten wirklich ein Geständnis ablegen, Mr. Lough. Das wirkt sich nämlich strafmildernd aus. Und ich denke mir, so wie Sie Danny ermordet haben, können Sie vielleicht auf unzurechnungsfähig plädieren. Dann sitzen Sie Ihre Strafe in einer psychiatrischen Anstalt ab und nicht in so einem scheußlichen Gefängnis, denn im Gefängnis würde es Ihnen bestimmt nicht gefallen. Sie wissen doch, was dort so alles passiert, nicht wahr? Sie könnten für jemanden die Braut spielen müssen.»

«Junger Mann, Sie hören in Kürze von meinem Anwalt. So wie Sie daherreden, sind Sie es, der in eine Anstalt gesteckt werden sollte.» Er stieg ins Auto und fuhr davon.

Währenddessen war ich sehr von mir überzeugt und glaubte, ich sei bereits im Endspurt und kurz davor, Dannys Mörder zu schnappen und Laurett zu befreien. Wieso aber hatte ich mich überhaupt nicht bedroht gefühlt? Wenn John Lough Danny ermordet hatte, dann hätte doch logischerweise irgendwas von einer schrecklichen Energie rund um ihn zu spüren sein müssen. Da war aber nichts gewesen. Können Mörder so gut täuschen? Etwas verwirrt ging ich auf die Fabrik zu. Hatte ich gerade Dannys Mörder davonfahren lassen? Oder war er nur eine Nebenfigur und lediglich aufgrund seiner familiären Beziehungen in die Sache verwickelt?

In der Fabrik sagte ich dem Sicherheitsangestellten, ich wolle Mary Phinney sehen. «Mary Phinney?» fragte er ungläubig. Ich nickte. Er schien überrascht, daß ich ausgerechnet sie sprechen wollte. Da ich das zweifelhafte Vergnügen bereits gehabt hatte, teilte ich seine Gefühle. Bei einem Beliebtheitstest unter Großmüttern und Pralinenherstellern würde Mary Phinney bestimmt keinen Preis machen.

Sie erschien prompt im Wachraum, mit ihrem zänkischen Gesicht «Wer will was?» fragte sie den Wachmann, der auf mich zeigte. Mary Phinney drehte sich um und erkannte mich auf der Stelle. Dann kam sie mit ihren schweren, dumpfen Schritten auf mich zu. Ich fragte mich immer noch, wie eine so kleine Person so viel Lärm machen konnte.

«Was wollen Sie?» keifte sie.

Ich übernahm gleich ihren ungehobelten Stil. «Dan Doherty wurde gestern umgebracht.»

«Wer?»

«Sie wissen, wen ich meine. Den Designer von *Le Jardin*.»

«Was geht das mich an?» Sie drehte sich um und wollte wieder gehen, aber ich hatte ja noch nicht mal angefangen. Ich mußte irgendetwas sagen, damit sie anbiß und wieder zurückkkam, und es mußte schnell passieren.

Ich sagte: «Ich hab' gerade mit Ihrem jungen Freund gesprochen.»

Mary Phinney blieb ruckartig stehen.

«Ich meine Mr. Lough», sagte ich in spöttischer Entschuldigung. «Er hat zugegeben, daß er über Dannys Tod ganz genau Bescheid weiß.»

Mary Phinney sah sich um, ob der Wachmann uns zugehört hatte. Dann sagte sie: «Vielleicht sollten wir lieber da drin weiterreden.» Sie führte mich an den vollautomatischen Fließbändern entlang, die fröhlich Hunderte von Häschen und Hühnerchen und Eiern herstellten, aus einem tückischen braunen Schlamm, der mehr nach Industrieschlacke als nach Schokolade aussah.

Sie führte mich in John Loughs Büro, diesen Glaskasten, der nach allen vier Seiten fast die gesamte Fertigungshalle überblicken ließ. Durch die schokoladengesprenkelten Glasscheiben sah ich draußen all die Maschinen, die Unmassen von Osterkreationen mixten und drehten und verpackten, damit die am Ende schmelzen und Flecken machen und so manchem arglosen Käufer den Magen verderben konnten.

Hier im verhältnismäßig ruhigen Büro fragte sie: «Wann haben Sie mit John gesprochen?»

«Jetzt eben, draußen auf dem Parkplatz. Er wirkte ziemlich schuldbewußt, als er mich sah.»

«Wahrscheinlich ist ihm bei Ihrem Anblick schlecht geworden.»

«Warum tun Sie beide so, als wüßten Sie nichts von Dan Dohertys Tod? Stecken Sie unter einer Decke?»

«Sehr witzig. Da wird so ein schwuler Knabe getötet, und Sie versuchen, es mir in die Schuhe zu schieben? Wer hat Sie geschickt?»

«Na wer schon?» Ich zuckte die Schultern. «Die Polizei.»

«Wie bitte?»

Ich spann diese Lüge weiter aus. «Natürlich. Ich bin von der Bostoner Polizei als Detektiv beauftragt. Ich hab für diesen Fall einen Sonderauftrag.»

«Sie?»

«Natürlich. Um Ihre Worte zu gebrauchen, es wird ein Schwuler getötet, und die denken sich, vielleicht kann ein Schwuler mithelfen, den Mörder zu finden. Zu so was eignen wir Schwulen uns recht gut.»

Während dieser meiner Rede für die Schwulen öffnete Mary Phinney verstohlen eine der Schreibtischschubladen. Dann griff sie tief hinein und tastete unauffällig nach etwas, das sie darin zu finden glaubte. Aber ihre Suche war vergebens, und das erboste sie. «Wo ist er denn nur, verdammt nochmal?» sagte sie. Sie kauerte sich nieder und spähte in die fernen dunklen Ecken der großen Schublade. Dann stieß sie ihren kleinen Arm tief hinein, bis über den Ellbogen, fast bis zur Schulter. Immer noch nichts. Als sie sich wieder aufgesetzt hatte, öffnete sie eine andere Schublade und zog ein verschrumpeltes altes Päckchen filterlose Zigaretten heraus. Sie zündete eine an und paffte nervös – und erfüllte die Luft sehr schnell mit einer beißenden gelblichen Wolke.

«Wissen Sie», sagte sie durch die Rauchwolke, «solche Leute wie Sie oder dieser Doherty-Junge sind wirklich kein Verlust für die Menschheit. Ach ja, ich weiß natürlich, daß diese ganzen Liberalen einen Mordswirbel machen und immer das sagen, was ihrer Meinung nach von ihnen erwartet wird, und so tun, als würden sie das alles akzeptieren. Aber im Grunde seines Herzens weiß jeder Mensch, daß er auf der Welt ohne Sie und Ihresgleichen besser dran wäre.»

«Das ist aber nicht sehr christlich gedacht, Miss Phinney.»

«Mrs. Phinney. Ich habe Ihnen doch schon gesagt, daß mein Mann gestorben ist.»

Das begriff ich sofort. Eine Ehe mit Mary Phinney würde kein Sterblicher lange überleben.

Ich sagte: «Aber ist Ihnen denn nicht klar, daß Dan Doherty der ganzen Firma, und damit auch Ihnen, gute Dienste geleistet hat mit allem, was er für *Le Jardin* geschaffen hat?» Verteidigte ich da am Ende wirklich eine tote Tunte wegen ihrer Dekorationstalente?

«Reden Sie mir doch nicht von der Firma. Ich habe mein Lebtag lang hier gearbeitet, ich war schon hier, als Helen

Kingsley sie noch selber führte, und zwar so, wie es sich gehört. Ich weiß, was für die Firma gut ist, und das ist jedenfalls nicht irgendein hergelaufener Künstler, der sich einbildet, einfach alles ändern zu müssen. Wozu denn? Was war denn falsch daran, wie es früher war? Ich habe nie gekriegt, was mir zustand, und jetzt kommt ihr daher und versucht, alles an euch zu reißen. Aber wir brauchen hier nicht noch mehr Nigger und Tunten, also verschwinden Sie!»

Mary Phinney starrte in eidechsenhafter Reglosigkeit über ihre Zweistärkenbrille. Etwas in mir wollte sie anschreien, sie sogar schlagen. Aber dann hätte ich mich ja auf ihr Niveau hinabbegeben, nicht wahr? Ich schüttelte traurig den Kopf.

«Sie haben Unrecht», sagte ich.

«Nein, *Sie* haben Unrecht. Dieser kleine Homo hat sich in die Familie eingeschlichen und sich stillschweigend eingebildet, daß er von dem Geld was abkriegt, falls Mr. Kingsley stirbt. Aber dieses Geld sollte dorthin kommen, wo es von rechtswegen hingehört – zu John Lough, Mr. Kingsleys Bruder.»

«Halbbruder», korrigierte ich.

«Sie hatten denselben Vater. Dadurch sind sie Brüder.»

«Trotzdem hat Prentiss Kingsley das Recht, sein Vermögen so aufzuteilen, wie er es für richtig hält.»

«Nur, wenn er im Vollbesitz seiner geistigen Kräft ist. Wissen Sie nicht, mit welchen Worten jedes Testament anfängt? *Ich erkläre im Vollbesitz meiner geistigen Kräfte.* Man muß bei klarem Verstand sein, wenn man sein Testament macht. Und das bedeutet, daß man seine Firma nicht einem durchtriebenen jungem Gigolo ausliefert.»

«Gigolo ist vielleicht nicht –»

«Was glauben Sie denn, warum wir andauernd mit den Anwälten gesprochen haben? Wir hätten das auf keinen Fall zugelassen. Dieser Junge war schlecht, sage ich Ihnen, schlecht. Das seid ihr alle.»

«Wir sind nicht schlecht.»

«Eben doch, und alles, was euch passiert, geschieht euch recht.» Mary Phinney stand von ihrem Stuhl auf. «Verschwinden Sie jetzt, bevor ich Sie rausschmeißen lasse. Ich möchte Sie hier nie wieder sehen. Sie vergiften die ganze Luft, allein schon durch Ihre Anwesenheit.»

«Sie sollten lieber nicht von Vergiften reden, nach der Stümperei, die Sie am Sonntag mit den Trüffeln angestellt haben.»

«Ich werde ein Hausverbot für Sie erwirken. Sie und Ihr ‹gleiches Recht für alle›. Das hängt mir zum Hals heraus. Sie werden alle in der Hölle schmoren, das können Sie mir glauben. Da bete ich drum.»

Ich merke, wann ich nicht willkommen bin, deshalb verließ ich ihr Büro. Ich kehrte in den Laden zurück, aber die Rückfahrt mit der Orange Line der Bostoner Verkehrsbetriebe machte mich noch depressiver. Mary Phinneys irrationale Worte und ihr Haß klangen wie das Echo der schrecklichen Beschimpfungen und Kränkungen in meiner Jugend. Ich dachte, ich hätte endlich diese dunkle, ungewisse Phase meines Lebens hinter mir gelassen – mit einigen Narben natürlich, aber frei von all den Schuldgefühlen, die mir Kirche und Staat eingeimpft hatten. Und jetzt kam da doch wieder jemand daher, der mich anklagte, ein Verbrechen wider Gott und die Natur zu begehen, und all die alten Feuer wurden von neuem geschürt. Ich sagte mein Mantra vor mich hin, aber es hatte wenig Wirkung. Ich wollte nichts anderes, als alle meine sogenannten Verbrechen und Perversionen Mary Phinney ins Gesicht schleudern. Kein Wunder, daß die Kunst, die eine unterdrückte Kultur hervorbringt, oft so zornig ist.

Und die Fragen, mit denen ich aufgebrochen war, hatten sich auch noch nicht beantworten lassen: Wer hatte Dan Doherty getötet? War der Tod, der Trek Delorean bei dem Empfang ereilt hatte, in Wirklichkeit Dan Doherty bestimmt gewesen, oder gar Prentiss Kingsley? Warum benützte der Mörder jetzt eine Pistole anstelle von Gift? Könnte John Lough einen Menschen auf die Weise töten, wie Danny ermordet worden war? Wer könnte das überhaupt? Hätte er etwas so Schreckliches getan, nur um seinen Anspruch auf das Vermögen der Kingsleys zu untermauern? Für einen solchen Mord schien das kein ausreichendes Motiv. Mary Phinneys religiöse Leidenschaft kam mir da fast wie ein glaubwürdigeres vor, jedenfalls jetzt im Augenblick, wo ich noch nach Rache dürstete.

16.

«Oh mein Papa ist eine wunderbare Mann ...»

Als ich wieder in den Laden kam, waren Nicole und Tobias schon längst vom Mittagessen zurück.

«Wo warst du?» fragte sie ein wenig ärgerlich.

«Hab nur mal Pause gemacht, Liebes.»

«Es war Besuch für dich da, sehr sexy und mediterran.»

«Branco?»

«Nein, der andere – Lance Leder, mit seinem großen roten Motorrad.»

«Du meinst Rafik?»

«M-hm.»

«Er ist nicht mediterran. Er ist Armenier.»

«Ist das nicht das Gleiche?»

«Nein, Liebes, aber du würdest trotzdem Geschmack an ihm finden. Seine Familie hat ein Exportgeschäft in Paris. Und noch dazu lauter Sachen, die du magst – Kaviar, Gänseleber, Pasteten, Trüffel.»

«Dann heirate ihn doch, Stanley. Wenn er so delikat ist.» Nicole lächelte lasziv. «Und wenn man dann noch bedenkt, daß er ein erstklassiger Liebhaber ist, bis zu den Stiefeln hinunter.»

«Stiefel? Das haben wir bisher noch nicht ausprobiert.»

«Kommt schon noch. Ich spür's unter den Fingernägeln.»

«Ist *das* die Stelle, wo bei den Frauen die Intuition sitzt?»

Nicoles einzige Antwort war ein geheimnisvolles Lächeln.

Trotzdem wunderte ich mich, daß Rafik noch einmal in den Laden gekommen war, da er mich doch eben gerade gesehen hatte.

«Hat er eine Nachricht hinterlassen, Liebes?»

«Er hat gefragt, ob du mit jemandem zusammen seist.»

«Und was hast du gesagt?»

Nicole hob ein wenig den Kopf und sagte: «Ich hab' ihm erzählt, daß du und der Lieutenant ein Herz und eine Seele seid.»

Als wäre das sein Stichwort gewesen, erschien Brancos

vertraute hohe, dunkle und gutaussehende Gestalt durch die Vordertür des Ladens. Er begrüßte Nicole herzlich, mich dafür umso kühler.

«Ich habe gerade die Polizeireports von Abigail gefaxt bekommen. Die Kugeln, die Dan Doherty töteten, stimmen mit denen überein, die wir im Haus der Kingsleys am Chestnut Hill aus der Wand herausgeholt haben.»

«Es war also dieselbe Waffe?»

Branco grinste. «Sie sehen zu viel fern. Wir wissen, daß es dieselbe Waffenart ist, aber es ist uns nicht gelungen, herauszufinden, ob es auch dieselbe Pistole war.»

«Trotzdem ist das eine gute Nachricht, da sie beweist, daß Laurett an keiner der beiden Schießereien beteiligt war.»

Widerstrebend stimmte er zu. «Damit haben Sie recht.»

«Wann setzen Sie sie also auf freien Fuß?»

«Noch diese Stunde.»

«Endlich ist Ihnen doch ein Licht aufgegangen.»

Brancos Gesicht bewegte sich nicht. «Nein. Wir haben unsere Nachforschungen über sie beendet, und nach den neuesten Ereignissen ist die ursprüngliche Anklage fallengelassen worden. Sie hat Anweisung, die Stadt nicht zu verlassen.»

«Was hat Sie schließlich überzeugt, sie laufen zu lassen?» Ich hoffte, daß Laurett ihre Befreiung am Ende doch mir zu verdanken hatte und nicht Charles.

«Schauen Sie, Kraychik, darüber muß ich Ihnen überhaupt keine Auskunft geben. Ich dachte nur, Sie würden gern Bescheid wissen, damit Sie's ihrem Jungen sagen können, da Sie sich um ihn kümmern.»

Nicole warf ein: «Warum sagen Sie's ihm nicht gleich selber, Lieutenant? Er spielt im Wartebereich.»

«Hier lang», sagte ich und führte Branco dorthin, wo Tobias spielte – der war aber auf einem der großen bequemen Sessel eingeschlafen. «Also, Lieutenant, jetzt gehört er ganz Ihnen», sagte ich scheu. Ich bezweifelte, daß es zu Brancos Dienstvorschriften gehörte, einem kleinen Jungen die letzten Neuigkeiten über seine inhaftierte Mutter mitzuteilen. Einmal schaute ich rasch zu Nicole hinüber und bemerkte, daß sie ihre Aufmerksamkeit abwechselnd mir und Branco zuwandte, der auf Tobias zuging.

«Mein Sohn», sagte Branco weich, und ich spürte, wie sich mir die Kehle zuschnürte. Dann kniete er sich hin und legte Tobias sanft seine große Hand auf die Schulter. «Tobias, wach auf, mein Junge. Ich hab eine gute Nachricht für dich.» Tobias regte sich und öffnete verschlafen die Augen. Branco sagte: «Es geht um deine Mutter. Sie kommt heute nach Hause zurück.»

Tobias rieb sich die Augen, dann schlang er Branco die Arme um den Hals. Ich erwartete eigentlich, Branco in dieser Situation verlegen und ungelenk zu erleben, aber stattdessen hob er den Jungen hoch und drückte ihn in einer langen Umarmung fest an sich.

Nicole neben mir seufzte tief und murmelte: «Was für ein Schauspiel.»

Ich gab zurück: «Dieser kleine Scheißer ist vielleicht ein Glückspilz.»

«Eifersüchtig?»

«Ja.»

Branco setzte Tobias wieder ab, dann stand er auf und sah Nicole und mich an. «Wenn Sie wollen, nehme ich ihn gleich selber mit. Das ist für seine Mutter vielleicht einfacher.»

«Ja, in Ordnung, Lieutenant», sagte ich, und meine Stimme war vor lauter unausgesprochener Bewegtheit etwas rauh.

Branco nickte und sagte: «Gut.» Dann bemerkte er, daß die Kunden im Salon diesen rührenden Augenblick zwischen ihm und Tobias beobachtet hatten, und fragte: «Kann man hier irgendwo ungestört reden?»

«Natürlich, Lieutenant. Es gibt auch bei uns das unumgängliche Hinterzimmer.»

Als ich ihn davonführte, wandte er sich zu Nicole um. «Ich hätte gerne auch Sie dabei, Miss Albright.»

«Gerne, Lieutenant», sagte sie und trat munter an seine Seite. Ich fragte mich, braucht Branco einen Zeugen? Oder eine Anstandsdame?

Als wir im Innern des Lagerraums waren, fragte er uns:

«Hat einer von Ihnen vielleicht heute schon Rafik Panoussian gesehen?»

Nikki und ich antworteten gleichzeitig: «Wann, heute?»

Branco wandte sich direkt an mich: «Nachdem Sie und er die Nacht zusammen verbracht habt.»

«Na ja, also ...» ich stockte. Laß' ihn ruhig mal um die schreckliche Wahrheit betteln, vor allem, wenn er nicht mal die Grammatik richtig benutzen kann.

«Wo?»

«Hier beim Laden. Von draußen, auf der Straße. Sie hätten uns, wenn Sie dagewesen wären, Lieutenant, gleich in flagranti verhaften können.»

«Wann war denn das?» schrie Nicole.

«Gleich nachdem du mit Tobias zum Essen gegangen bist.»

«Du warst also mit Rafik aus?» fragte sie.

«Nein, Liebes. Er hat mich nur gefahren. Ich bin allein in die Schokoladenfabrik gegangen.» Aber ich sah ihr an, daß sie das bezweifelte. «Lieutenant, ich bin immer noch der Meinung, daß Sie den Falschen verfolgen.»

«Sie sollen mir nur sagen, wo ich Panoussian finde.»

Ich war fast versucht, ihn zu Neimann-Marcus ins ‹Feinkost Epicur› zu schicken, wo Rafiks Familienname auf den erlesensten Importwaren zu lesen stand. Stattdessen sagte ich: «Ich weiß es wirklich nicht, aber das spielt auch gar keine Rolle, Lieutenant. Er war es nämlich nicht. Sie sollten lieber mal diese beiden Leutchen in der Firma Gladys Gardner vernehmen, John Lough und Mary Phinney.»

«Aus welchem Grund?»

«Aus dem Grund, daß sie beide erleichtert waren, als Dan Doherty tot und, wenn ich zitieren darf, ‹aus dem Weg› war. Diese Worte haben sie alle beide gebraucht.» Ich wußte, daß sie es nicht ganz so ausgedrückt hatten, aber schließlich mußte ich Branco überzeugen, daß er sich um sie kümmerte.

Branco sagte: «Ich danke Ihnen für diesen Tip, aber wir haben ja einen Verdächtigen, und zwar den Mann, den Sie dauernd zu decken versuchen. Ich hoffe, ich muß Sie nicht noch abführen lassen, und zwar wegen Unterschlagung von Beweisen oder wegen Beihilfe zu einem Verbrechen.»

«Haben Sie das jetzt irgendwo abgelesen, Lieutenant?»

In Rafik hatte ich endlich jemanden gefunden, der wenigstens ein bißchen zu mir paßte, jemanden, mit dem sich vielleicht ein romantischer Valentinstag verbringen ließ. Und da stellte sich nun heraus, daß er von der Polizei gesucht wurde. Na ja, ich hatte ihn am Anfang schließlich selbst verdächtigt. Aber es sind einfach zwei Paar Stiefel, ob man sich nur vorstellt, daß der gerade erst gefundene Bettgenosse ein dunkles, geheimnisvolles Leben führt, wenn man nicht bei ihm ist, oder ob man tatsächlich erlebt, daß die Bullen ihn am Arsch kriegen wollen, und einen selber gleich mit, als Komplizen. War ich so einsam, daß ich mich mit einem Verbrecher eingelassen hatte? Wie die Franzosen sagen, steckte ich tief im Honig.

«Lieutenant, ich sage Ihnen doch wirklich alles, was ich weiß. Aber wenn Sie wollen, kann ich auch gerne was erfinden, was Sie gern hören möchten.»

Branco murrte: «Hören Sie schon auf.» Er drehte sich um und wollte gehen.

«Moment noch», sagte ich. «Da gibt's noch etwas, etwas, das Sie vielleicht doch noch überzeugt, in einer anderen Richtung zu suchen.»

Brancos Augen funkelten vor Ärger, aber das animierte mich nur noch mehr, mit meiner Miß-Marple-Nummer weiterzumachen. Wenn Branco mich nicht wie einen Ebenbürtigen behandelte – wie einen Mann – dann war ich gerne bereit, eine andere Rolle zu spielen.

Ich fuhr fort: «Ich weiß, sowas ist gegen die Regeln, aber kann man nicht mal einen Blick auf Prentiss Kingsleys Testament werfen?»

Branco schüttelte den Kopf und preßte die Lippen zusammen. «Wir sind nicht das FBI.»

«Seid ihr denn nicht wie Brüderlein und Schwesterlein?»

«Wir können nicht einfach so in die Privatsphäre von jemandem eindringen.»

«Nicht mal mit einem Gerichtsbeschluß?»

«Sie kriegen doch keinen Gerichtsbeschluß, nur weil Sie irgendwas schrecklich gerne wissen wollen. Sie müssen erst mal einen Richter überzeugen. Und dafür brauchen Sie einen guten Grund.»

«Es gibt einen guten Grund. Ich glaube, Prentiss Kingsleys Testament ist der Schlüssel zu dem ganzen Fall, und zwar hat es etwas damit zu tun, daß auch Dan Doherty als Erbe eingesetzt worden ist. Sogar John Lough und Mary Phinney wußten das.»

Branco sagte: «Sie haben zu viele Krimis gelesen.»

«Durchaus nicht», erwiderte ich. «Das erfinde ich alles selbst.»

Branco grunzte, dann verließ er das Zimmer und ging zurück in den Laden.

Nicole machte tztztztz zu mir. «So wirst du sein Herz nie erobern, Stani.»

«Sein Herz kann mir gestohlen bleiben. Wahrscheinlich ist es sowieso hart und schwarz wie Kohle.»

«Das heißt, daß mit der Zeit, wenn genügend Druck ausgeübt wird, ein Diamant daraus werden könnte.»

«Liebes, du wirst mich noch zum Kotzen bringen.»

Aber nachdem ich vorhin die Szene zwischen Branco und Tobias mitangesehen hatte, wollte etwas in mir Nicoles Vorhersage glauben. Mein optimistisches, romantisches, brautkleidverliebtes Ich dachte: wer weiß, wer weiß … … Dann riß ich mich zusammen und war wieder zynisch und nüchtern. «Komm, wir sagen noch Tobias Lebewohl.»

Wir gingen in den Laden zurück und sahen, wie Lieutenant Branco Tobias gerade in seinen Mantel und seine Stiefel half. Doing! machte mein Herz sofort wieder. Branco stand auf, dann hob er Tobias in einer einzigen kraftvollen, geschmeidigen Bewegung hoch und setzte ihn sich auf die Schultern, wobei er sich die Beine des Jungen um seinen starken Hals legte. Pappi! Er drehte sich zu Nicole und mir herum und nickte uns ganz leicht zu. Das war Brancos Version eines liebenswürdigen Abschieds. Währenddessen kicherte Tobias und winkte uns von seinem hohen Aussichtsplatz aus zu. Ruhmreiches Roß und junger Ritter verließen den Laden durch die Vordertüre, während die Kunden ihnen nachwinkten. Ruhige See und erquickliche Reise, dachte ich. Tobias' Stimmchen gellte: «Tschüs, Onkel Stan. Tschüs, Onkel Nick.»

Nikki schielte zu mir herüber. «Onkel Nick?»

«Er ist ganz demokratisch, was das Geschlecht betrifft.»

«Warum dann nicht Tantchen Stan?» fragte sie und mit einen Stups: «An die Arbeit.»

Der Rest des Nachmittags verflog schnell, und ich hatte jede Minute zu tun. Meine Freundin Francesca, die das Chez-Chez leitet, ein Cabaret in der Stadt, kam vorbei und lud mich ein, mir mit etlichen anderen Schnattergänschen heute abend eine Show zum Valentinstag anzusehen. Ich zögerte, aber dann wurde mir klar, daß ich kein Pflegevater mehr war. Ich war wieder frei. Das würde ich feiern. Sogar meine Verkleidungen als Rafiks einsamer Liebhaber oder als Brancos mißverstandener selbsternannter Hilfssheriff würde ich fallenlassen. Ich würde mich ganz als ich selbst vergnügen.

Nachdem wir den Laden geschlossen hatten, setzten sich Nicole und ich ins Hinterzimmer, um schnell noch was zu trinken und eine Zigarette zu rauchen. Das heißt, die Zigarette rauchte sie. Ich hatte schon vergebens versucht, zu rauchen. Mochte das Image, das es einem verlieh, auch noch so großartig sein, mir war es einfach zu mühsam, mich an die ganzen Begleiterscheinungen zu gewöhnen – den Husten, das Schwindelgefühl und den schalen Atem danach.

Nicole zündete sich eine schlanke Zigarette in zartrosé an und inhalierte tief. Tatsächlich beneidete ich sie um diesen ersten Zug und den offensichtlichen Genuß, den er ihr verschaffte. Während sie den Rauch über ihre Lippen strömen ließ, sagte sie: «Jetzt, wo Laurett und ihr Sohn wieder glücklich vereint sind, brauchst du dich ja nicht mehr um den Fall zu kümmern, stimmt's?»

«Das kannst du laut sagen, Liebes. Für mich heißt's jetzt wieder, an die Arbeit und ins Vergnügen. Und zurück zu der einzig verläßlichen Liebe und Anhänglichkeit einer Birmakatze. Zurück zum einfachen Leben.»

«Wie steht's denn mit ein paar Einkäufen?»

«Gibst du mir wohl eine Gehaltserhöhung?»

Das ignorierte Nicole. «Und was ist mit Rafik? Willst du den nicht mehr retten?»

Ich zögerte. «Nichts da.»

«Läßt der Ruf der Liebe dich kalt?»

Ich schüttelte den Kopf. «Das war nur mal so 'ne Sache.»

«Er steckt aber in Schwierigkeiten.»

«Hat er sich selber zuzuschreiben.»

Wieder ein Zug an der Zigarette, ein Schluck Cognac, dann fuhr Nicole fort: «Also willst du auch dem Lieutenant jetzt nicht mehr beweisen, daß du recht hast und er nicht?»

«Nein. Ist mir jetzt egal. Ich hab' Laurett diesmal geholfen. Das reicht.» Ich trank von meinem Bourbon. «Ich hab' ihr doch geholfen, oder etwa nicht?» Ich versuchte mich zu erinnern, was ich denn nun eigentlich gemacht hatte, um sie freizukriegen. Aber ich hatte eine Mattscheibe.

Nicole zuckte die Schultern. «Spielt das denn überhaupt eine Rolle?»

«Heute abend nicht. Heute will ich nur, daß alles wieder ganz normal ist. Keine Bullen, keine Mörder, keine kleinen Kinder mehr. Nur ein bißchen Spaß für mich und für den Augenblick.»

Nicole sah mich wissend an. «Na ja, das wird heute bestimmt ein Spaß, wenn du mit den Jungs ausgehst.»

«Oder den Mädels.»

«Seid ihr im Fummel?»

«Nur die, die auftreten. Sie spielen Szenen aus *The Boyfriend*, und zwar für die Valentinstags-Gala in einer reinen Männerbesetzung. Was mich daran erinnert, daß ich jetzt lieber gehen sollte.»

«Viel Spaß, Schätzchen. Bis morgen früh.»

Wir gaben uns ein Küßchen, und ich verließ den Laden. Es war fast acht Uhr, ehe ich heimkam. Als ich die Treppen hochstieg, roch es durch die Tür meines Nachbarn nach Abendessen. Mir knurrte der Magen, und im Kopf drehte sich mir alles, als ich den Duft von frischem, in Olivenöl sautiertem Knoblauch einsog. Ich war halb verhungert, und heute abend würde ich nur Zeit haben, die Pizzareste zu essen, die von Tobias vorgestern übriggeblieben waren. Soviel wieder mal zu meiner Schlankheitskur. Und ich mußte auch noch die Verheerungen beseitigen, die die Arbeit bei mir angerichtet hatte. Das ist zwar nicht gerade dasselbe wie, sagen wir mal, bei einem Lastwagenfahrer, der die ganze Nacht auf der Straße war, aber wenn man an all die Chemie denkt, die ein Friseur während so eines voll ausgebuchten Tages einschnüffelt, wird einem klar, daß sein Körper hinterher oft ganz schön ausgelaugt ist.

Ich machte die Türe auf und pfiff. «Liebling, ich bin wieder da!» Sugar Baby begrüßte mich mit einem mißtrauischen Blick, als würde sie schon wieder Quälereien von Tobias erwarten. «Keine Angst, Baby», sagte ich. «Jetzt sind wir wieder allein. Die Wohnung gehört ganz dir.»

Ich hob sie hoch, und sie leckte mir mit langen, rauhen Zungenschlägen die Wange. Während ich den Anrufbeantworter abhörte, behielt ich sie auf der Schulter. Francesca hatte angerufen und irgendeinen unklaren Grund angegeben, warum das Theaterfest später anfangen würde als geplant, aber mir paßte das ganz gut. Es ließ mir etwas mehr Zeit, mich zu entspannen und sogar die Pizza heiß zu machen. Ich legte das kalte Pizzaeck in die Backröhre – meine Mikrowelle ist nämlich kaputt – und fand einen Sender mit feuriger Tangomusik. Sugar Baby auf dem Schoß, machte ich meine Post auf: VISA hatte mein Dispolimit um tausend Dollar erhöht (ihr Pech); der Club der schwulen Ehemaligen meines alten Colleges plante eine luxuriöse Winterkreuzfahrt (vielleicht das nächste Mal, Leute); ein Psychiater, mit dem ich früher mal in einer städtischen Klinik gearbeitet hatte, was zu einer kurzen, außerordentlich heißen sexuellen Affäre geführt hatte, zeigte zusammen mit seiner Frau aus dem rauhen Norden des Bundesstaates New York die Geburt seines zweiten Kindes an; und eine gelbe Karte benachrichtigte mich, daß ein Paket aus New Jersey am Paketpostschalter der Back-Bay-Post bereitliege. Vielleicht war das eine Valentinstags-Extra-Überraschung von meiner Mutter, der einzigen mich unbeirrbar und treu liebenden Seele in meinem Leben.

Mein Körper verlangte jetzt eine lange, heiße Dusche. Erst fütterte ich noch Sugar, dann ging ich ins Bad, das neben dem Schlafzimmer liegt, und drehte das Wasser auf, damit es warm wurde. Das kann hier im obersten Stockwerk manchmal fünf Minuten dauern, und weil ich durch die heißen Tangos schon wieder besser gelaunt war, überkam mich ein Drang, irgendwas Verrücktes zu machen, etwas, das mich von allem, was in den letzten paar Tagen passiert war, befreien würde.

Von Takt zu Takt des markerschütternden Tangos stellte ich mir eine andere Frage. Wozu soll schon der Valentinstag überhaupt gut sein? Wozu Romantik? Wozu Rafik? Wozu Branco? Wozu Elternschaft? Wozu Kunden? Wozu Leichen? Wozu überhaupt irgendwas? Und so gönnte ich mir vor dem großen Spiegel an der Tür des Schlafzimmereinbauschranks eine kleine Strip-Show.

Zuerst wurden Schuhe und Socken ausgezogen, verführerisch graziös und genau im Takt – ein Prelude für das, was kommen sollte. Ich knöpfte mir das Hemd auf und drehte meinen Oberkörper hin und her, daß die gestärkte Knopfleiste des Baumwollstoffs über meine Brustwarzen streifte. Das tat ziemlich lange gut, während einer ganzen Refrainlänge. Dann ließ ich Ärmel für Ärmel das Hemd über meine Schultern herabgleiten, bis es mir um die Taille hing. Ich knöpfte mir die Hosen auf und ließ sie mit dem Hemd zusammen nur durch die Schwerkraft meine Beine entlang bis auf den Boden rutschen, während ich zur Musik mit den Hüften wogte. Ich stieg aus dem zusammengeknüllten Haufen und tanzte durchs Schlafzimmer. Sugar Baby sah etwas verwirrt mit großen Augen zu, als wollte sie sagen: «Was geht denn hier vor?» Mein Striptease war wohl so grotesk, daß er sogar ihre Aufmerksamkeit von der Futterschüssel in der Küche hatte ablenken können. Jetzt war es Zeit für den großen Moment der Unterhosen. Erst machte ich ein paar kleine Neckereien, zog jede Seite ein bißchen runter, um eine Hüfte oder Arschbacke zu entblößen, und deckte sie dann wieder zu. Schließlich drehte ich meinen Hintern zum Spiegel und sprang regelrecht aus den Unterhosen heraus. Ich warf sie in die Höhe und machte eine Pirouette, die ich mit dem Gesicht zum Spiegel beendete. Mein stämmiger Körper sah ganz okay aus, er machte den Eindruck, daß er trotz der ‹winterlichen› Extrapfunde noch das Jahr über halten würde. Die glatte rosige Haut zeigte noch ganz leicht die letzte Sonnenbräune. Obwohl ich kein Krafttraing mache, ist meine Muskulatur doch wohlgeformt und straff. Ich tue aber auch den ganzen Tag über immer wieder ein bißchen was dafür, zum Beispiel ziehe ich jedesmal den Bauch ein, wenn ich einem Kunden die Haare wasche. Dadurch bleibt er flach. Die Beine sind gut – tatsächlich sogar das, was bei mir am besten aussieht – obwohl ich sie eben so geerbt habe, also kann ich sie nicht zu meinen Gunsten verbuchen. Es sind einfach die echten slawischen Glieder mit fleischigen, wohlgeformten Waden, die sich über Füßen mit hohem Rist erheben. Die vollen Schenkel sind gerundet und modelliert wie die eines Tänzers und nicht so sehnig wie die eines Läufers.

Im Rhythmus der Musik schlug ich mich auf dem Hintern und johlte, «Olé!» Meine Arschbacken wurden rot, wo ich draufgeschlagen hatte. Und mein Bruno, dieses höchst persönliche Kuscheltier, erwachte zwischen meinen Beinen zu neuem Leben. Ich blickte mir im Spiegel ins Gesicht. Die frisch geschnittenen Haare standen in die Höhe wie eine Bürste, und die grünen Augen glitzerten fröhlich. Mein albernes Grinsen bewies, daß ich reif für den heißen, dampfenden Strahl war. Dann brach das alles unter einer Woge slawischer Melancholie zusammen. Konnte dieser Hang zum Rumalbern der Grund dafür sein, daß ich so allein war? Wirkte ich so exzentrisch, daß andere nicht wagten, sich privat mit mir einzulassen? Hatte denn niemand die gleiche Vorstellung von Spaß wie ich?

Ich kam um halb neun aus der Dusche. Die Pizza war fast verbrannt, aber ich kaute trotzdem darauf herum, während ich mir das Haar trockenrubbelte, etwas, was ich meinen Kunden immer verbiete. Allerdings, wenn man so kurzes Haar hat wie ich, kann das fast alles vertragen. Als ich mit dem Abtrocknen fertig war, zog ich frische Klamotten an und machte mich auf zum Chez-Chez, um einen fröhlichen und ausgelassenen Abend zu erleben.

Aber es funktionierte nicht.

Ich war mit Freunden zusammen, die ich mochte und die mich mochten, und doch konnte ich nicht loslassen. Sogar die Vorführung mit ihrer Starbesetzung schien mir zu gewollt, zu hochgestochen, zu inhaltsschwer, um mich wirklich zu unterhalten, nicht wie mein unbefangener, naiver kleiner Striptease früher des Abends zu Hause. Ich trank ein Glas nach dem anderen, aber das nützte auch nichts. Ich fühlte mich zu meinem Ärger andauernd abgelenkt durch die Vorfälle der vergangenen Tage. Klar, Laurett war wieder frei, aber was geschah jetzt in Abigail? Irgend jemand war hinter irgendetwas her, und es machte ihm nichts aus, dafür Menschen zu töten. Aber wer? Rafik? John Lough? Mary Phinney? Liz Carlini? Prentiss Kingsley? So sehr ich es auch wollte, so einfach konnte ich die letzten Ereignisse nicht von mir abschütteln. Und ja, vielleicht war da doch auch noch der Wunsch, es Branco zu zeigen, ihm zu beweisen, daß auch ein Friseur wert ist, dieselbe Luft zu atmen wie der Rest der Menschheit. Vielleicht tat da auch der Alkohol das Seine.

Ich blieb bis zum Ende der Show, danach ging ich direkt nach Hause. Francesca machte sich Sorgen, daß ich irgendwas ausbrütete, und schlug dagegen noch etwas mehr Alkohol vor, aber ich wußte, daß es einfach seelische Erschöpfung war. Das geht bei mir ganz schnell. Ein paar Minuten, nachdem ich heimgekommen und ins Bett geplumpst war, schlief ich schon.

17.

‹Hast du eine Pistole in der Tasche oder freust
du dich nur, mich zu sehen?›

Am nächsten Morgen, einem Freitag, als ich die Wohnung
verließ, um in den Laden zu gehen, entdeckte ich vor meiner
Türe schon wieder so eine große, herzförmige Pralinenschachtel. Diese samtüberzogenen Ungeheuer schienen
langsam überall aufzutauchen, als ob der diesjährige Wahl-
spruch Sankt Valentins «Friß oder stirb» wäre, nur eben
mit Schokolade. Ich dachte, Rafik habe sich wieder herein-
geschlichen, und rief seinen Namen durchs Treppenhaus.
Keine Antwort. Ich hob die Schachtel auf – Sugar Baby
hatte schon angefangen, sie mit Schnuppern und Kinnreiben
zu inspizieren – und trug sie hinein. Obenauf steckte ein
kleines Kuvert. Ich machte es auf und las das Kärtchen.
«Ich liebe dich», stand da, in kleinen, sauberen Druckbuchstaben. Keine Unterschrift. Ein erfreuliches, wenn auch
nicht sehr originelles Gefühl. Wenn du mich wirklich lieb-
test, du da, dann würdest du nicht versuchen, mich derartig zu mästen. Die Schachtel schien besonders schwer zu
sein, was mich auf ihren Inhalt besonders neugierig machte.
Vielleicht war es ein Block feiner *Couverture*. Das ist nämlich die Schokolade mit der höchsten Qualität, die nur als
Guß benutzt wird ... und zum Naschen für die ganz De-
kadenten. Als ich die Schleife von der Schachtel nahm, versprach ich mir selbst, daß ich mit meiner Abspeck-Kur auf
jeden Fall wieder anfangen würde, und zwar gleich am ersten März, oder zu Frühlingsanfang, oder am ersten April
oder so.

In der Schachtel lag eine Pistole.

Da war's also nix mit meiner Leidenschaft für Kakaobutter. Ich rief Nikki an und erklärte ihr, daß ich ein bißchen
später in den Laden kommen würde, da ich mein neues Beweisstück erst noch zu Branco bringen wollte. Sie klang fast
erleichtert, weil ich nun doch wieder in den Fall verstrickt
war. Zumindest würde uns das einen Anlaß zum Streiten ge-

ben, und das ist vielleicht die Basis unserer ganzen Freundschaft.

Ich brachte die geladene Pralinenschachtel zu Lieutenant Branco. Als ich eintrat und ihn sah, sagte ich ihm atemlos, daß ich etwas Wichtiges für ihn habe. Er warf einen Blick voller Zweifel auf die herzförmige Schachtel, dann sprach er mit kühlem, herablassendem Lächeln.

«Ich habe Ihnen doch schon gesagt, daß ich keine Geschenke annehmen kann. Das würde gegen die Vorschriften verstoßen.»

«Lieutenant, es war weder das letzte Mal ein Geschenk, noch ist es diesmal eins.» Da sich diese Vorstellung so in seinem Hirn verfestigt hatte, hoffte er am Ende etwa auf ein Geschenk von mir? Und wenn ich ihm eins machte, würde er es annehmen oder zurückweisen? Projizierte ich nur auf ihn? Vielleicht war das einfach nur Brancos Mutmaßung, daß *alle* Menschen dazu verdammt seien, ihn anzubeten.

Er preßte die Kiefer fest aufeinander und schwieg.

Ich fuhr fort: «Könnte sein, daß Sie heute eine Ausnahme von Ihren Regeln machen müssen, Lieutenant.»

«Kraychik, Ihre Spielchen ermüden mich langsam.»

Dieser arrogante Bastard! Ich hob den Deckel der Schachtel an, so daß der sorgfältig eingepaßte Inhalt sichtbar wurde. Branco sah die Pistole, behielt aber die Fassung.

«Wo haben Sie das her?»

«Lag heute morgen vor meiner Wohnung, einfach so, in der Schachtel. Ich dachte, Sie würden darüber ganz gerne Bescheid wissen.»

Branco nahm die Schachtel und studierte die darinliegende Pistole ohne ein Wort – und ohne sie zu berühren natürlich.

Ich sagte: «Das ist vielleicht die Pistole, mit der Dan Doherty getötet und auf Liz Carlini geschossen wurde.»

Schweigen. Mit Hilfe eines Stifts hob er die Pistole heraus und schnupperte am Lauf. Ein winziges Nicken. «Seltsamer Zufall, sagte er, «gerade hat jemand angerufen, um zu melden, daß er eine Pistole vermisse».

«Wer?»

Keine Antwort.

« Mary Phinney? » fragte ich. « John Lough? »

Branco grunzte. « War da sonst noch was dabei? »

Widerstrebend zeigte ich ihm auch das Liebesbriefchen. Er begutachtete es sorgfältig, mehrere Minuten lang, dann hob er die Brauen und sagte: « Sieht so aus, als hätten Sie einen Bewunderer. »

« Jaja, meine Anbeter schicken mir entweder Pistolen oder Gift. »

Branco rief im Labor an, damit jemand das Päckchen abholte, und wandte sich dann wieder mir zu. « Jetzt, wo Sie die Waffe rausgerückt haben, können Sie mir doch auch sagen, wo er zu finden ist. »

« Wer? »

« Ihr Liebhaber. »

« Ich habe keinen Liebhaber. »

« Sie wissen schon, wen ich meine. »

« Es läßt sich überhaupt nicht nachweisen, daß Rafik die Pistole da hinterlegt hat. »

« Wer war denn sonst noch vor kurzem bei Ihnen in der Wohnung? »

« Tobias Cole zum Beispiel, aber das war zu der Zeit, als ich noch Päderast war. »

« Ich möchte Tatsachen von Ihnen hören, keine Sarkasmen. »

« Wenn Sie die Zusammenarbeit mit mir wünschen, Lieutenant, dann müssen Sie mich dabei in Kauf nehmen. »

Branco grunzte wieder. Ich vermute, daß in diesen wütenden Grunzern bei ihm sehr oft der Impuls, jemandem eine einzuschenken, begraben lag. In der Kunst der Verbalinjurien war er noch nicht so recht zu Hause.

« Zu Ihrer Information, Kraychik ... » Er legte eine Pause ein, als würde er sich an einem Geheimnis weiden. « Es hat noch ein Opfer gegeben. »

« Wen? »

Branco spähte zu mir herüber. « Erraten Sie's nicht? »

« Oh toll, wir versuchen's mit zwanzig Fragen rauszukriegen. Also schau'n wir mal, männlich oder weiblich? »

«Schlau, wirklich sehr schlau, wenn man bedenkt, wer das Opfer ist.»

«Wenn Sie's nicht schlau haben wollen, Lieutenant, warum sprechen Sie dann nicht auch so geradeheraus, wie Sie es von jedem anderen erwarten?»

«Also gut dann. Prentiss Kingsley wurde heute früh von der Polizei in Gloucester gefunden.»

Das versetzte mir einen Schlag. «Wo?»

«In seinem Auto an einer Raststätte, an so einer Stelle, die bekanntermaßen häufig von ...»

Langes Schweigen.

Ich hakte nach: «... von großen bulligen Lastwagenfahrern aufgesucht wird?»

Branco nickte. «Zu so was geht Ihr Typen doch immer gerne hin.»

«Sie brauchen nicht zu denken, daß wir alle dieselbe Tour haben.»

Branco lehnte sich im Stuhl zurück und verschränkte die Arme hinter dem Kopf. Er grinste sadistisch. «Die Pistole war direkt in seinen Mund gesteckt und abgedrückt worden.» Er wartete auf eine Reaktion von mir, aber ich saß stumm da. «Hat uns der Mörder damit vielleicht etwas sagen wollen?»

«Was denn zum Beispiel?»

«Mir kommt es vor, als wäre in beiden Morden nach einem ähnlichen sexuellen Motiv vorgegangen worden.»

«Sie meinen, weil eine Pistole in eine Körperöffnung eingeführt worden ist?»

«Das klingt doch nach Sex, meiner Ansicht nach», sagte er mit einem Aufblitzen von Grausamkeit in den Augen.

«Machen's die Bullen denn so?»

Er fuhr hoch, setzte sich kerzengerade hin und schob den Unterkiefer vor – durch und durch Mann, kein Quatsch bitte. «Sie wissen schon, was ich meine.»

«Nein, weiß ich nicht. Ich dachte immer, daß an Sex mehr dran ist, als irgendwo was reinzustecken.» Er ließ ein spöttisches kleines Schnauben hören: «Vielleicht», sagte er, wobei er es vermied, mich anzusehen.

«Könnte es sich um Selbstmord gehandelt haben?»

«Komisch, daß Sie fragen. Es war ein Zettel dabei.»

«Und deshalb haben Sie die Karte, die bei der Pistole war, so sorgfältig studiert.»

«Ihnen entgeht nicht viel, stimmt's?»

«Lieutenant, für den Inhalt konnten Sie ja nicht so lange gebraucht haben, also mußte es um die Handschrift gehen.»

«Was glauben denn Sie, Kraychik? Daß es Selbstmord war?»

«Prentiss Kingsley schien über Dannys Tod sehr verzagt zu sein.»

«So sehr, daß er sich umgebracht hätte?»

«Vielleicht hat er Danny wirklich geliebt.»

Branco schüttelte den Kopf. «Ich kann's mir einfach nicht vorstellen.»

«Was? Daß man für jemanden so starke Gefühle hat?»

«Nein. Sondern wie sich das anfühlen muß, wenn man sich das Hirn aus dem Schädel pustet. Sein ganzer Hinterkopf –»

«Warum genießen Sie eigentlich den Gedanken an all das Blut so, Lieutenant?»

Branco setzte sich wieder auf und starrte mich kalt an. «Ich genieße das nicht. Es ist mein Job. Ich habe mich daran gewöhnt. Es gibt im Leben eben nicht nur all die hübschen Mädchenköpfe, mit denen Sie den ganzen Tag herumspielen.»

«Es sind nicht nur Mädchen, Lieutenant, und ganz bestimmt sind sie nicht alle hübsch. Und zu Ihrer Information, das ist halt *meine* Arbeit. Ich hab' einen Platz, wo ich das machen kann, und ich mach' es gut. Zumindest wird im Snips-Salon niemand schikaniert.» Also, fast niemand, dachte ich, weil mir gelegentliche Sadomaso-Trockenhauben-Sitzungen mit bestimmten Kunden einfielen.

«Kraychik, ich weiß, daß Sie Rafik Panoussian decken. Allein schon deswegen könnte ich Sie festnehmen, aber im Augenblick nützen Sie uns mehr, wenn Sie auf freiem Fuß sind, weil Sie uns zweifellos zu ihm führen werden. Schließlich haben Sie uns gerade die mutmaßliche Mordwaffe übergeben.»

«Sie sagten doch, Sie konnten die Waffe nicht eindeutig identifizieren.»

In diesem Augenblick erschien eine Frau aus dem Labor, um Pistole und Päckchen zur Analyse mit hinunterzunehmen.

Als sie ging, sagte Branco mit einem schiefen kleinen Grinsen: «Ich nicht, aber das Labor schon. Und nur zu Ihrer Information, wir haben einen ordentlichen Haftbefehl für Ihren Liebhaber, wenn Sie also wissen, wo er ist, sind Sie verpflichtet, es uns zu sagen.»

«Er ist nicht mein Liebhaber! Wir waren zusammen im Bett, das ist aber auch alles. Sie tun ja, als wären wir schon verheiratet.»

«Ist das nicht sowieso alles ein- und dasselbe?»

«Das klingt aber, als wären Ihnen die Bedeutungen von Sex, Liebe und Ehe ein bißchen durcheinandergekommen, Lieutenant.» Sieh mal an, wer da spricht.

Branco schlug mit der Faust auf den Schreibtisch. «Sie Idiot! Sie finden sich natürlich ungeheuer smart, weil Sie mit einem Killer rummachen, oder nicht?» Er schüttelte verächtlich den Kopf. «Solche Leute wie Sie werden immer gleich übermütig, sobald man sie von der Leine läßt. Vielleicht sollten Sie mal auf den Boden zurückkommen, Kraychik.»

«Ich werd' mir's merken, Lieutenant.»

«Sie spielen mit einem Mörder rum.»

Das Telefon auf seinem Schreibtisch läutete. Branco nahm ab und hörte sehr aufmerksam zu. Dann leuchtete sein ganzes Gesicht in einem einzigen hämischen Grinsen auf. Er legte auf und verkündete seinen Sieg.

«Wir haben ihn, und nicht dank Ihnen. Sie können jetzt gehen.»

«Wo ist er? Kann ich ihn sehen?»

Branco entließ mich mit einer brüsken Handbewegung.

«Gehen Sie. Und zwar sofort.»

«Ich war sowieso gerade im Aufbruch, Lieutenant, um zurück in den Laden zu flattern und im Blondhaar des einen oder anderen hübschen jungmädchenhaften Sexualobjektes herumzuspielen.»

Dazu grunzte der Bulle.

Ich verließ die Polizeistation E und kehrte zum Snips-Salon zurück. Jetzt, wo Rafik geschnappt worden war, fühlte ich plötzlich den Drang in mir, ihm zu helfen. Meine eigene Unklarheit zwischen Sex und Liebe wurde rasch zur Unklarheit zwischen Sex und Verbrechen. Als ich im Laden ankam, hatte sich mein Ärger bereits so weit gesteigert, daß ich hineinstampfte und Nicole damit begrüßte, daß ich schrie: «Dieser gottverdammte Branco und sein saublödes Macho-Hirn!»

Nicole erwiderte ruhig: «Das scheint ansteckend zu sein.»

«Verflucht nochmal, Nikki, er macht mich noch wahnsinnig. Man könnte wirklich meinen, er hat Zement im Kopf. Er hat manchmal so Ideen, und wenn die mal bei ihm festsitzen, kommt da dran nichts mehr vorbei bis zu dem, was von der weichen grauen Masse noch übrig ist. Er denkt einfach nicht.»

Nicole gurrte besänftigend. «Schon gut, schon gut, Schätzchen. Diese supermännlichen Brutalos sind doch alle gleich. Ich sag' dir ja immer, du sollst dir lieber einen sensiblen Typen aussuchen, aber du hörst eben nicht auf mich.»

«Solche wie Charles, meinst du?»

«Also, Stanley, du brauchst jetzt nicht auch noch mich niederzumachen, bloß weil du wütend bist.»

«Tu ich ja nicht. Ich mache Charles nieder. Sein Hirn kann nicht verkalken – es ist nämlich aus rostfreiem Stahl.»

Ohne darauf zu antworten, setzte sich Nicole ihre Lesebrille wieder auf ihre kunstvoll begradigte Nase, die noch aus der Zeit stammte, als es begabte Chirurgen gab, aus der Zeit, als man sich seine neue Nase noch nicht per Computerbild aussuchte. «Du hast eine Kundin», sagte sie kühl.

Ich beugte mich zu ihr und flüsterte: «Prentiss Kingsley ist heute morgen ermordet worden.»

Nicole kreischte auf. Und wie am Tag zuvor zog sie mich zum Hinterzimmer, damit wir ungestört blieben. Kaum waren wir drin, fragte sie mich, was geschehen sei, und ich erzählte von meinem Besuch bei Branco vorhin. Ich glaubte keineswegs, daß Prentiss Kingsleys Tod ein Selbstmord gewesen sei, und Brancos blasierte Haltung gegenüber den Schrecken des Todes hatte mich gestört.

Nikki bemerkte: «Das bringt der Beruf so mit sich, Schätzchen, es ist genau wie bei dir mit dem Stilgefühl deiner Klienten.»

«Der Unterschied ist nur, Liebes, daß ich *tatsächlich* besser weiß, was ihnen steht und was nicht.»

Sie fragte: «Und wirst du jetzt Rafik retten?»

«Was denn sonst? Branco will ihm natürlich die Hölle heiß machen. Ich dagegen möchte einfach nur unsere Import-Export-Geschäfte weiterlaufen lassen.»

«Das klingt ja, als wärst du verliebt.»

Ich sah sie direkt an. «Nein, Liebes. Bin ich nicht.»

«Gut.»

«Wie schön, zu sehen, daß du mir immer noch glaubst.»

«Ich will dir eben glauben, Stanley. Dadurch geht es ganz leicht.»

Das gab mir zu denken. War das etwa dieselbe Logik wie meine Rafik gegenüber? Ich *wollte*, daß er unschuldig sei, dadurch wurde es für mich leicht, auch tatsächlich daran zu glauben, trotz jedes gegenteiligen Verdachts.

Nicole schien meine wirren Gedanken zu lesen. «Weißt du, was ich denke, Stani? Ich denke, du solltest dich jetzt wieder an die Arbeit machen und dich nur darauf konzentrieren. Forciere nichts. Laß die Dinge sich einfach entwickeln.» Dann fügte sie hinzu: «Und das ist auch sicherer für dich.»

«Ich dachte, du wolltest, daß ich mich wieder mit dem Fall befasse.»

«Ich hab' eben die Meinung geändert. Widersetze dich nicht. Laß dich von der Strömung tragen.»

Ich lächelte Nicole an, dann umarmte ich sie. «Weißt du was, Liebes, wenn du so redest, kommt es mir vor, als wolltest du am Ende den Laden verkaufen und nach Kalifornien gehen, um dort eine Klinik für Selbstfindung aufzumachen.»

«Chaz hat das tatsächlich erwähnt.»

«Oh nein!» wimmerte ich. «Laß mich ans Waschbecken, schnell.»

Den Rest den Nachmittags hatte ich zu tun, nur einmal wurde meine Arbeit von einem überraschenden Besuch Liz Carlinis unterbrochen, die gerade von Abigail zurückkam. Sie stürmte atemlos in den Laden und verlangte mich dringend zu sprechen. Glücklicherweise war ich gerade beim Haareschneiden, nicht bei irgendeiner kniffligen Arbeit mit Chemikalien. Ich nahm sie mit in eine etwas stillere Ecke des Ladens, in der Nähe der Umkleidekabinen. Mir fiel auf, daß sie schlecht aussah, mit dunklen Augenringen. Sie überbrachte mir die schreckliche Nachricht vom Tod ihres Ehemanns, und daß sie Angst habe, sie werde die nächste auf der Liste der Todesopfer sein. Aussehen und Stimme zeugten von Verzweiflung und Angst – sie war an der Grenze zur Hysterie.

«Liz, ich glaube, Sie sollten mit Lieutenant Branco sprechen.»

«Vannos, ich war stundenlang in Abigail auf der Polizei. Ich bin völlig am Ende.»

«Trotzdem, hören Sie auf mich. Branco kann Ihnen helfen, kann Ihnen Schutz bieten. Suchen Sie ihn persönlich auf. Erzählen Sie ihm alles. Hören Sie? Alles.»

«Was meinen Sie damit?»

«Ich mein' den ganzen Ärger um Prentiss' Testament, mit Danny und John Lough und Mary Phinney.»

«Aber das geht ihn doch gar nichts an.»

«Jetzt schon, Liz. Sie sind in Gefahr. Ich habe Branco zu sagen versucht, was ich weiß, aber mir glaubt er ja nicht. Vielleicht dringt's durch, wenn er es von Ihnen hört.»

Sie sah mich zweifelnd an. «Sind Sie sicher?»

«Vertrauen Sie mir ruhig», sagte ich feierlich. «Und bestehen Sie auch auf einen Leibwächter. Er kann das alles arrangieren.» Ich gab ihr seine Nummer.

Dann atmete Liz schnell und flach ein und zog die Schultern fest hoch. In dieser Stellung blieb sie ein paar ungeduldige Sekunden lang, dann stieß sie die Luft kurz und heftig aus. Das war wahrscheinlich ihre Version von tiefem, entspanntem Atmen. So ein unnützes Mantra konnte Liz nicht brauchen. Sie wollte ihre Entspannung sofort.

«Ich fühle mich schon etwas besser, jetzt, wo ich nur mit Ihnen gesprochen habe», verkündete sie, aber ich merkte deutlich: alles nur leere Worte. Sie verströmte noch immer ganze Gigavolts von nervöser Energie.

«Sagen Sie Branco nicht, daß ich Sie geschickt habe. Lassen Sie's so aussehen, als sei es Ihre Idee, daß Sie sich an ihn erinnerten, weil er doch neulich draußen war am Chestnut Hill.»

Sie lächelte, als habe sie eine angenehme Erinnerung, vermutlich die, wie Brancos Augen ihre Beine bewundert hatten. «Warum soll ich Sie nicht erwähnen, Vannos? Würde mir das nicht eher helfen?»

Ich schwieg. «Ich glaube nicht.»

Sie zögerte, dann sagte sie: «Na ja, wenn Sie sicher sind.»

«Bin ich. Und wenn Sie wollen, können Sie mich auch anrufen, entweder hier oder zuhause.» Ich gab ihr die Telefonnummer von mir zu Hause. «Vielleicht sollte ich für Sie eine Reservierung in Alaines Studio machen. Sieht so aus, als könnten Sie's vertragen, ein bißchen gehätschelt zu werden.»

«Davon könnte ich 'ne ganze Woche vertragen.»

«Ich werde Sie für das ganze Wochenende anmelden. Auf diese Weise können Sie sich wirklich erholen, und allein sind Sie dann auch nicht.»

«Vannos, was würde ich ohne Sie bloß machen?»

Ich wollte schon sagen: Sich einen anderen Friseur suchen. Stattdessen sprach ich: «Sie wissen ja, wo Alaines Studio ist?»

«Gleich hier an der nächsten Querstraße, oder?»

«Genau. Ruhen Sie sich dort ein bißchen aus, Liz. Aber denken Sie daran: zuerst zu Lieutenant Branco.»

«Danke, Vannos.» Plötzlich stürzte sie auf mich zu und umarmte mich linkisch. «Oh, danke!» sagte sie und flüsterte mir dann ins Ohr. «Ich schulde Ihnen so viel.»

Ihr Abgang aus dem Laden war genauso dramatisch wie ihre Ankunft. Nicole hatte die ganze Unterhaltung belauscht.

«Das ist doch eigentlich nur eine Kundin, Stanley.»

«Manchmal muß unser Service halt weiter gehen als nur bis zum Waschbecken und zum Frisierstuhl, Liebes.»

Nicole entgegnete: «Und da in deinem Frisierstuhl noch jemand sitzt, wirst du vielleicht vollenden wollen, was du dort angefangen hast.»

Ich ging an meinen Platz zurück und frisierte meine Kundin fertig. Sie war für heute die letzte, und ich freute mich auf einen frühen Cocktail mit Nicole im Hinterzimmer.

Wir schlossen, dann gingen wir und setzten uns ins Hinterzimmer. Mit der brennenden Zigarette in einer Hand und dem Cognacschwenker in der anderen fragte Nicole: «Und jetzt?»

«Glaub' mir oder nicht, Liebes, ich weiß es selber nicht. Plötzlich verfüge ich wieder ganz und gar über meine Zeit.»

«Was ist mit Rafik?»

«Wenn ich ein weißes Roß und eine schimmernde Rüstung hätte, würde ich ihn zu retten versuchen. Aber er sitzt im Gefängnis, und ich müßte gegen die gesamte Gerichtsbarkeit in den Kampf ziehen, um ihn zu befreien.» Ich sah sie hoffnungsvoll an. «Ich kann ja nicht annehmen, daß Charles ...»

Nicole schüttelte den Kopf.

«Hab' ich sowieso nicht gedacht», sagte ich mit ersterbender Stimme.

«Nein, Schätzchen. Die Arbeit für Laurett hat seine pro bono quota voll befriedigt.»

«Jetzt kann er seinen pro bono dir zuwenden.»

«Sei nicht so frech.»

«Dazu hat mich dein neues Vokabular inspiriert.»

«Du wirst es nicht glauben, aber Chaz und ich reden sogar manchmal in diesen seltenen ruhigen Augenblicken zwischen den Orgasmen.»

«Das mußt du mir nicht so reinreiben.»

«Stanley, manchmal hab' ich das Gefühl, daß du es genießt, so einsam zu sein, und offen gestanden ist das auf die Dauer ganz schön ermüdend.»

«Da kann ich doch nichts dran ändern.»

«Oh doch. Du erwartest nämlich zu viel. Du mußt lernen, dich mit dem zufriedenzugeben, was du kriegen kannst.»

«Du mußt es ja wissen.»

« Warum haßt du Chaz bloß so? »

« Weil er dich mir wegnimmt. »

Nicole saß unbeweglich da. Die einzige Bewegung im Zimmer kam von dem Rauch, der in Spiralen von ihrer Zigarette aufstieg. « Bist du da nicht etwas unvernünftig? » fragte sie.

« Ödipal trifft es vielleicht eher », entgegnete ich. « Aber seit du ihn kennst, geht's doch andauernd Chaz-dies und Chaz-das. Du bist jede freie Minute mit ihm zusammen. Und jetzt spuckst du schon genau dieselben Töne wie ein Anwalt und prahlst mit eurem Sexualleben herum. Du hast den morbus juvenalis. »

« Den was? »

« Das ist, wenn so eine High School-Debütantin aus feinem Elternhaus plötzlich nur noch mit dem so wahnsinnig attraktiven Quarterback zu sehen und daher für den Rest der Welt verloren ist, einschließlich Familie und Freunde. *Incommunicado in todo.* »

« So komme ich dir vor? » fragte sie wirklich betroffen.

« Ach, laß nur, Nikki. Ich bin halt einfach allein und hab' nur Scheiße im Hirn. »

Ich trank meinen Bourbon aus und schickte mich an, zu gehen.

« Wenigstens ist Liz in Alaines Studio in Sicherheit. Wer auch immer in diesen Blutrausch verfallen ist, in einem New Age-Schönheitssalon hier in der Stadt wird er wohl nicht sein nächstes Opfer suchen. Und inzwischen wird Liz die Welt der Sterblichen vergessen und sich mit Mineralbädern und Schlammpackungen, Ganzkörpermassagen, Vollwertkost, europäischer Kosmetik und High Tech-Spiritualität päppeln lassen. »

« Und was hast du vor? »

« Liebes, auf mich wartet der Alltag. Ich werde wieder mit meiner Schlankheitskur anfangen, ich werde mich in Form bringen, und ich werde mir einen Mann suchen. »

« Vergiß nicht, trotzdem morgen zur Arbeit zu kommen. »

« Nach der Ekstase folgt der Waschsalon », antwortete ich und verließ den Laden.

Nachdem ich jetzt nicht mehr für Tobias verantwortlich war, konnte ich ja vielleicht wirklich wieder mit dem Abspecken anfangen. Keine Pizza und Calzone mehr, keine schokoladeüberzogenen Eierschaumplätzchen mehr, keine Nachos und Burritos mehr, keine faulen Ausreden mehr, warum man zur Zeit Gemüsestäbchen und Vollkornknäckebrot leider meiden mußte. Ich versprach mir, daß ich nach einer letzten Völlerei dieses Wochenende wieder ganz brav werden würde.

Am nächsten Tag fand das Leben wieder zu seinem sogenannten normalen Gang. Ich hatte Termine mit Kunden, ich verschönerte sie, sie dankten mir, und ich verdiente etwas Geld. Es gab keinen Rafik, der mich provozierte und verfolgte, keinen Tobias, der Aufmerksamkeit beanspruchte und Unterhaltung wünschte, keine Laurett, die auf ihre Haftentlassung hoffte, keinen Branco, der nein-nein-nein sagte. Ich verabredete mich an diesem Abend sogar mit Freunden. Der großartige Peter Arden aus San Francisco war auf einer Tournee hier in der Stadt; er hatte seinen eigenen Steinway dabei und gab im Copley Plaza ein Gastspiel. Alle fünf Abende waren ausverkauft, aber ein paar von meinen Kunden sitzen in hohen Positionen, und so war es für mich ein Klacks, einen Tisch in der ersten Reihe zu bekommen. Eine besonders herausragende Sache in seinem Programm war die Dekonstruktion des berühmten «Frühlingsstimmenwalzers» von Johann Strauß. Maestro Arden versuchte sich immer wieder an dem kleinen Thema, mit dem jeder Satz des Walzers beginnt, stolperte dann aber absichtlich über seine eigenen Finger und sprang für ein paar Takte in ein völlig anderes Stück hinüber. Dann probierte er es wieder mit dem Anfangsthema, kam aber gleich wieder durcheinander, und zwar jedesmal noch gekonnter. Dieser musikalische Scherz rang den Zuhörern höchste Bewunderung ab, besonders dann später noch einmal, als das kleine Thema ohne Vorwarnung hie und da mitten in einer Ballade von Gershwin oder einem Stück von Cole Porter auftauchte. Es war ein fröhlicher und glänzender Abend, mit Cocktails und gestärkten Kragen und Manschettenknöpfen und romantischer Musik – genau das, was dazugehört zu so einem geordneten, regelmäßigen, stabilen Leben, wie es die meisten anstreben – einem normalen Leben eben.

Aber schon innerhalb der nächsten vierundzwanzig Stunden wurde ich unruhig und langweilte mich. Daß ich immer wieder an Rafik denken mußte, deprimierte und erregte mich gleichzeitig. Ich sehnte mich nach ihm, aber ich hätte es nicht ertragen, ihn zu besuchen. Außerdem trieb er vermutlich wüsten Sex mit den anderen Häftlingen.

Am Sonntagabend war ich vor lauter Unentschlossenheit und Zweifel schon fast katatonisch. Da rief Liz Carlini an und bat mich um einen Termin am Montag in der Frühe.

Das war eigentlich mein freier Tag, aber sie bestand darauf, da es sich um einen Notfall handle. Sie ging sogar so weit, mir zu versprechen, daß es sich «für mich lohnen» würde. Widerstrebend stimmte ich zu. Ich würde dadurch immerhin rauskommen und etwas Geld verdienen.

18.
Good Bye, Mr.Chocolate Chips

Früh am nächsten Morgen, noch bevor der Laden regulär geöffnet war, erschien Liz Carlini direkt von ihrer kurzen Erholung in Alaines Studio. Sie wurde von einem gewaltigen Brocken aus festen, aber formlosen Muskeln begleitet, den sie als ihren Leibwächter vorstellte. Kein Name, nur Leibwächter. Er hatte undurchsichtige braune Augen und einen winzigen Kopf auf einem dicken Hals sowie sehr große Ohren, so daß er vermutlich auf den Namen Elch hörte.

Liz hingegen sah blendend aus, vor allem für eine frischgebackene Witwe. Ich fragte mich daraufhin, ob ich nicht vielleicht versuchen sollte, genauso fürstliche Summen zu verlangen, wie Alaine sie für die königliche Behandlung in seinem Studio berechnete. Doch trotz des ultraexklusiven Service', den Alaine bot, wollte Liz, daß ich ihr die Haare frisierte. Ich fühlte mich ganz geschmeichelt, daß ich so etwas wie die ‹Hausmannskost› für sie war.

«Für Prentiss' Trauerfeier», sagte sie sanft, als ich sie zur Umkleidekabine führte.

«Wann ist die?» fragte ich.

«Heute nachmittag.»

«So bald schon?»

«Ich habe das alles noch am Freitag Spätnachmittag arrangiert, nachdem ich hier von Ihnen weggegangen war.»

«Aber gibt die Polizei die Leiche denn schon frei?»

«Das ist nicht wichtig. Es gibt sowieso kein Begräbnis, auch später nicht. Prentiss hatte den Wunsch, verbrannt zu werden, und anstatt alles noch bis zu dem Zeitpunkt hinzuziehen, wollte ich es lieber so schnell wie möglich erledigen.»

Ein perverser Gedanke: Lagen Danny und Prentiss in der Leichenhalle nebeneinander?

Ich sagte: «Manchmal ist es besser, wenn man dem Schmerz Zeit läßt, anstatt ihn eilig loswerden zu wollen oder ihn zu unterdrücken.»

Liz seufzte traurig. «Bei mir nicht. Ich kann das nicht ertragen. Das ist alles ein Alptraum, und den möchte ich jetzt schleunigst beenden. Dann werde ich für eine Weile verreisen und versuchen, alles wieder auf die Reihe zu kriegen.»

«Nehmen Sie Ihren Leibwächter mit», warnte ich sie.

«Ist schon alles geregelt», sagte sie.

Da wir allein im Laden waren, wusch ich ihr selber die Haare, was ein seltenes Privileg ist, das normalerweise nur bei besonderen Gelegenheiten oder besonderen Kunden vorkommt. Bei Liz Carlini konnte man den Tod ihres Mannes und ihres Geschäftspartners sicherlich als besondere, wenn auch traurige Gelegenheit gelten lassen.

Sie fragte: «Haben Sie Rafik gesehen?»

«In den letzten Tagen nicht», erwiderte ich, während ich ihr Haar üppig einschäumte. Ich wunderte mich, warum sie mich nach ihm fragte. «Wissen Sie überhaupt schon, daß die Polizei ihn wegen der beiden Morde verhaftet hat?» sagte ich.

«Er kann es nicht gewesen sein, Vannos.»

«Der Meinung bin ich auch», antwortete ich, dabei erinnerte ich mich aber an die potentielle Gewalttätigkeit, die ihn ständig zu umtanzen schien und eigentlich mit Brancos Aura eine gewisse Ähnlichkeit hatte. «Wie gut kennen Sie ihn denn, Liz?»

«Natürlich hat Danny ihn am besten gekannt. Als ich einen Fahrer brauchte, brachte Danny ihn an, und ich hab' ihn eingestellt. Es ist wirklich ein Jammer, daß sie einander nicht vertraut haben. Sie waren ein hübsches Paar. Rafik würde Sie wahrscheinlich auch gerne mögen.»

Ich lächelte zurückhaltend. «Den Anfang haben wir ja schon gemacht.»

Bei dieser meiner Bemerkung hörte ich im Kopf eine altvertraute Stimme aufkreischen, daß mir von innen fast das Trommelfell platzte. «Bißttu noch gescheitt?» plärrte sie. Das war Tante Letta, die mich wie üblich einem strengen Verhör im Stil eines Großinquisitors unterwarf. «Stanislav Krecik, err rufft dich.»

Liz' Stimme brachte mich wieder in die Gegenwart zurück. «Heißt das, Sie werden ihm helfen?»

«Ich wüßte nicht wie. Wahrscheinlich kann ich ihm nichts

anderes anbieten als meine tiefsten Gefühle.» Und das meinte ich ganz wörtlich.

Ich spülte Liz das Haar aus und wickelte es in ein Handtuch, dann begaben wir uns zu meinem Arbeitsplatz, und sie setzte sich in den Frisierstuhl. Ich hatte mich schon entschieden, ihre Frisur so zu gestalten, daß sich darin untröstlicher Schmerz und ein Flair von Understatement vollendet verbinden würden. Während sie dasaß, legte ich ihr die Hände auf die Schultern und massierte sie sanft. So eine vertrauenserweckende Berührung kann die Bindung zwischen Friseur und Kunden stärken. Ihre Nacken und Schultermuskeln waren weich und entspannt, die Zeit bei Alaine hatte also gefruchtet.

Ich unterteilte ihr Haar und begann zu schneiden. Irgendwann einmal erblickte ich ihre Augen im Spiegel, in diesem seltsamen Medium, über das Friseur und Kunde oft am besten kommunizieren. «Sie sind wirklich großartig in Form, Liz», sagte ich, um ihre Moral zu stärken. Aber gerade meine aufbauenden Worte schienen ihre Tapferkeit zu erschüttern, und sie stieß einen lauten Seufzer aus.

«Ich hab' solche Angst!» Ihre furchtgeweiteten Augen begegneten im Spiegel den meinen. «Der ganze Ärger hat angefangen, als ich bemerkte, daß ich schwanger war», sagte sie. Bei ihren Worten stockte ich mitten in der Bewegung; um ein Haar hätte ich ihr ein, wie man im Fachjargon sagt, ‹Loch› geschnitten.

«Darüber sollten Sie aber glücklich sein», sagte ich.

«Hätte ich sein sollen.» Sie starrte mir im Spiegel direkt in die Augen, den Kopf stolz aufgerichtet, als wolle sie unter keinen Umständen zusammenbrechen. «Wir waren natürlich beide ganz begeistert.»

«Und was war dann das Problem?»

«Prentiss' Testament.» Sie schüttelte den Kopf, als versuche sie aus einem bösen Traum zu erwachen. Dann erklärte sie mir die Hintergründe mit einer eisigen Klarheit, die sich weder von Schmerz noch von Angst überdecken ließ. Schließlich und endlich hatte Liz Carlini ja auch einen Abschluß in Betriebswirtschaft.

«Obwohl mein lieber Mann geschäftlich keinen großen Weitblick besaß, hatten in all den Jahren seine Aufsichtsräte ein paar mal sehr geschickt investiert und angekauft. So kontrollierte Prentiss, fast ohne es zu wissen, mit der Gladys Gardner Industrie ein gutes Stück multinationales Kapital.» Allein schon diese Bezeichnung rief einem eher die Schlacke von Schmelzöfen ins Gedächtnis als feine Nahrungsmittel. Liz fuhr fort: «Das Firmenvermögen hat also inzwischen einen ganz anderen Stand erreicht.»

«Na, das ist doch immerhin etwas», sagte ich ohne allzuviel Sympathie. «Aber ich hab' immer noch nicht kapiert, wo das Problem liegt, vor allem jetzt, wo Sie doch einen Erben haben werden.»

Darauf reagierte Liz Carlinis Körper so heftig, daß sich ihr buchstäblich das Haar sträubte. Während ich es durchkämmte, um es wieder zu entspannen, sagte sie: «Ich hatte letzte Woche eine Fehlgeburt.» Zum ersten Mal in diesen entsetzlichen vergangenen Tagen brach sie zusammen und schluchzte laut. Ich meinerseits unterbrach die Arbeit an ihrem Haar und legte ihr wieder die Hände auf die Schultern. Unter Tränen sagte sie: «Es geschah gleich nach Dannys Tod. Ich hatte für *Le Jardin* zuviel gearbeitet, und als er dann starb, das war für mich zuviel. Ich werde das Gefühl nicht los, daß ich daran schuld bin.»

«Niemand ist daran schuld, Liz.»

«Nach allem, was in letzter Zeit an Unglück über mich hereinbricht, kommt es mir vor, als laste ein Fluch auf mir. Früher hätte man mich vielleicht verbrannt oder mir den Kopf abgeschlagen.»

«Nicht, wenn man gesehen hätte, was für ein Kunstwerk ich darauf entstehen lasse.»

Liz kicherte trotz ihrer Tränen ein bißchen, und das half ihr, über das Schluchzen hinwegzukommen. Ohne Kommentar reichte ich ihr ein Taschentuch. Als sie ihre Fassung wiedergewonnen hatte, arbeitete ich weiter an meiner brillanten Neuschöpfung.

«Also muß ich jetzt wieder ganz von vorne anfangen», sagte sie.

«Aber kriegen Sie denn nicht alles, als Prentiss' Ehefrau?»

«Ich bin nicht die Alleinerbin. Das kann nur eine leibliche Tochter der Kingsleys sein.»

Es klang wie ein Markenname.

Liz fuhr fort: «Nach der Satzung einer alten Treuhandstiftung, die noch die erste Helen Kingsley errichtet hatte, wird das Vermögen, falls es bei den Kingsleys keine Erbin gibt, zwischen Erbe und Treuhandstiftung aufgeteilt. Nur ein direkter Nachfahre, und zwar eine Frau, kann das gesamte Vermögen erben. Das ist bisher auch immer gutgegangen.»

«Also war auch Prentiss nicht der Alleinerbe des Vermögens?»

Liz schüttelte unmerklich den Kopf, unmerklich aber nicht für mich, der ich einen Augenblick in gespannter Aufmerksamkeit mit dem Schneiden innehielt. Sie erwiderte: «Da er ein männlicher Erbe war, mußte Prentiss sich das Vermögen mit der Treuhandstiftung teilen, das kam aber auf das Gleiche heraus, da ja die Gesellschaft gerade durch die Stiftung wachsen konnte.»

«Das erklärt auch, warum John Lough von dem Vermögen nichts geerbt hat – weil er kein Kingsley-Blut in den Adern hat.»

«Stimmt. Die einzige Möglichkeit, an das Geld zu kommen, wäre für ihn gewesen, eine Kingsley-Tochter zu heiraten.» Ihre Stimme bebte. «Jetzt wird es keine Kingsley-Tochter mehr geben, *nie mehr*.»

Weil Prentiss tot ist, dachte ich.

Liz schniefte. «Aber trotzdem kann John einen Teil des Vermögens von einem vorherigen Erben zugesprochen bekommen.»

«Was auch durch Prentiss' Testament tatsächlich möglich ist.»

«Genau», sagte Liz.

Kein Wunder, daß dieses Kind so viel bedeutet hatte. Sie – oder er – wäre das große Los gewesen, die hundertprozentige Platzreservierung in dem Zug zu den Kingsley'schen Fleischtöpfen.

«Und was passiert jetzt?» fragte ich.

«Die Hälfte des Vermögens bleibt in der Treuhandstiftung, und die andere Hälfte wird nach Prentiss' letztem Willen verteilt.»

«Und diese Hälfte kriegen Sie.»

«Nein. Die kriegt John und ich gemeinsam.»

Ich unterdrückte meinen Reflex zur Grammatik wegen etwas Wichtigerem: einem möglichen Showdown in Bonbon City.

«Aber ist das nicht durch das Testament alles geregelt?»

«Sollte es eigentlich sein, Vannos. Ein Anteil von ein paar Millionen würde mir auch völlig genügen, aber John will meinen Anteil mit dazu. Er will alles. Er ist nie darüber hinweggekommen, daß er einen reichen Bruder hat.»

«Aber was kann er denn schon tun? Das Testament ist ja rechtsgültig, also kann er doch nichts machen, außer ...» Ich stockte, da ich einfach nicht fähig war, hinzuzufügen, «Sie umzubringen».

Liz antwortete: «Es ist noch nicht zu spät, Vannos. Bei einem Vermögen dieses Umfangs muß das Testament gesetzlich geprüft werden. Und die ziemlich große Verzögerung, die dadurch entsteht, würde John genug Zeit geben, um ... um mich loszuwerden.»

Diese Überprüfung, die doch gerade dazu gut sein sollte, ein Herumpfuschen an dem Testament zu verhindern, schuf in diesem Fall mehr Ärger, als sie verhinderte. Trotzdem war mir etwas bei der ganzen Sache noch nicht ganz klar. Sicher hätte doch irgendein schlauer Rechtsanwalt diese Lücken schon vor Jahren entdeckt. Andererseits waren es vielleicht gerade solche Schlupflöcher, die es so manchem möglich machten, riesige Reichtümer anzuhäufen, und zwar einzig durch Formalitätenkram – und durch Mord.

«Eins ist allerdings sicher», sagte sie. «Sie waren mir während der ganzen Zeit eine echte Hilfe. Wenn erst mal alles vorbei ist, werde ich mich Ihnen auch in finanzieller Hinsicht erkenntlich zeigen.»

«Das ist doch nicht nötig, Liz.»

«Warum denn nicht! Ich werde reich sein, sehr reich sogar.»

«Wie dem auch sei, wenn ich Ihnen sonst noch irgendwie helfen kann ...»

In Sekundenschnelle sagte sie: «Ja, da gibt es tatsächlich noch etwas.»

«Aber natürlich», sagte ich, etwas überrascht von ihrer schnellen Antwort. «Was denn?»

«Könnten Sie mich nicht zu den Trauerfeierlichkeiten heute nachmittag begleiten? Sie waren mir schon so ein Trost. Sie verstehen wenigstens meine Gefühle.»

Das klang, als könnte man bei mir alles gebührenfrei abladen.

Ich überlegte kurz. Wie weit wollte ich mich eigentlich auf diese Sache einlassen? Wie Nicole ganz richtig gesagt hatte, war Liz wirklich nichts anderes als eine Kundin. Andererseits war sie auch eine Witwe, die mich um Hilfe bat. Ich konnte doch ebenso gut wie Branco einer unglückseligen Maid zu Hilfe eilen. Außerdem wäre es ohnehin ganz einfach, da ich ja heute meinen freien Tag hatte. Und dann, wen hätte sie denn sonst fragen sollen? Und sie hatte eine mögliche Entschädigung für meine Hilfe in Aussicht gestellt. Ich beobachtete mich dabei, wie ich die Sache abwog, als handele es sich um eine finanzielle Investition. Tat ich jemandem einen Gefallen, oder war ich am Punktesammeln? Vielleicht unterschied ich mich gar nicht so sehr von einem Manager ... oder einem Bullen.

«Kein Problem», sagte ich nach einem kurzen Schweigen. «Sagen Sie mir nur, wann und wo.» Das tat sie.

Ich war fertig und half ihr aus dem Stuhl. Während sie ihren Wintermantel anzog, hatte ich Gelegenheit, sie von oben bis unten zu mustern: mit ihrer rosig schimmernden Haut, die Alaines Behandlung zuzuschreiben war, den traurigen, feuchten Augen, die sie Prentiss' Tod verdankte, und der strengen, fast geschlechtslosen Frisur, die ich ihr soeben kreiert hatte, sah Elizabeth Anne Carlini-Kingsley wie der Inbegriff der trauernden Yuppy-Witwe aus.

Ihr Leibwächter tauchte wieder auf, um mit ihr wegzugehen, und gleichzeitig kam auch Nicole in den Laden. Sie nickte Liz und dem Elch höflich grüßend zu und verabschiedete sich dann genauso schnell wieder von ihnen, als die beiden den Laden verließen.

«Schätzchen», sagte sie strahlend, «hast du nicht heute frei?»

«Sondertermin, Liebes.»

Nicole sagte: «Ich wäre da vorsichtig, Stanley. Bei der steckt mehr dahinter, als man auf den ersten Blick sieht.»

«Aus dir spricht doch nur dein weibliches Vorurteil. Liz hat mir gesagt, sie plane, mir für all meine Hilfe und meine trostreichen Worte ein anständiges Honorar zukommen zu lassen.»

«Stanley, du fällst den Listen schöner Frauen aber zu leicht zum Opfer.»

«Gehörst du da auch dazu?»

«Danke für das Kompliment.»

Die Trauerfeierlichkeiten für Prentiss Kingsley fanden in South End in der Bischofskirche statt – die eigentlich eine Kathedrale hätte sein können. Die etwa zweihundert Menschen füllten kaum die ersten Reihen des imposanten Kirchenschiffs. Offensichtlich war man von einer größeren Trauergemeinde ausgegangen, da der Gottesdienst in der Hauptkirche mitsamt ihren Glocken und Weichrauchdüften stattfand und nicht in der kleinen Kapelle. Ich hätte auch mehr Besucher erwartet, da Prentiss Kingsley ja der letzte Sproß einer alten Bostoner Familie war. Aber vielleicht aalten sich die oberen Schichten zur Zeit irgendwo in einem wärmeren Klima.

Liz und ich wurden an unsere Plätze in der ersten Reihe geführt. Das asthmatische Pfeifen einer Beerdigungsorgel begleitete uns auf unserem Weg durch den Mittelgang der Kirche. Da ich nur Hinterköpfe sah, konnte ich nicht erkennen, wer sonst noch alles da war, außer, ich hätte mich umgedreht und der Versammlung direkt ins Gesicht gestarrt. Allerdings schloß ich aus der unmodischen Kleidung, daß man bei Gladys Gardner heute nachmittag die Fließbänder stillstehen ließ, damit die Arbeiter ihrem Chef die letzte Ehre erweisen konnten.

Als wir Platz genommen hatten, bemerkte ich John Lough und Mary Phinney, die jenseits des Mittelgangs ebenfalls in der ersten Reihe saßen. Sie schauten zu uns herüber und erkannten uns eindeutig, aber anstelle eines höflichen Begrüßungsnickens erhielten Liz und ich nur einen ausdruckslosen Blick. Wieder einmal wunderte ich mich, daß die beiden dauernd zusammensteckten.

Was den Gottesdienst betrifft, so wurde hier auf das ganze «Steh-auf-und-bezeige»-Brimborium verzichtet, bei dem einzelne Mitglieder aus der Gemeinde stolz ihre persönliche Erinnerung an den Verstorbenen zum besten geben. Solche Gemeinschaftsduselei kam hier nicht in Frage, nicht für einen echten Kingsley. Das einzig würdige Zeugnis konnte nur aus dem Mund des Stellvertreter Gottes kommen, des Bischofs der anglikanischen Hochkirche. Er trug eine peinliche Lobeshymne über Prentiss Kingsleys heroisches Leben vor und endete mit irgendwelchem Geschwätz über die Glorie des Todes. Ziemlich bald wurde meine Aufmerksamkeit durch den Zickzackflug einer kleinen schwarzen Fliege abgelenkt, die um die komplizierten, handgeschnitzten Verzierungen unserer Bank herumsummte. Was kümmerte sie dieser Unsinn hier? Sie wollte nur raus aus diesem Mahagoni-Irrgarten und den treibenden Weihrauchschwaden.

Während des ganzen Gottesdiensts behielt Liz Carlini die Fassung und zeigte ihren Kummer so dezent wie eine schöne und kultivierte First Lady für ihren, bei einem Attentat umgekommenen Gatten. Nach dem Gottesdienst gingen wir alle noch zum Leichenschmaus, der im selben Saal im Copley Plaza abgehalten wurde, in dem vor wenig mehr als einer Woche der Gala-Empfang von *Le Jardin* stattgefunden hatte – und der erste Mord. Während der kurzen Fahrt dorthin in der Limousine erzählte mir Liz, daß sie vorhabe, in dem Haus in Abigail zu bleiben, bis die Vermögensangelegenheiten geregelt seien.

Ich gab zu bedenken: «Wäre es woanders nicht günstiger, wenn man bedenkt, was da draußen in letzter Zeit alles passiert ist?»

«Das Haus gehört jetzt mir, und ich hab ja meinen Leibwächter», antwortete sie mit einem etwas ärgerlichen Blick auf den Elch. «Die Polizei in Abigail hat mir ihre Hilfe zu meinem Schutz angeboten, und ich habe eine einstweilige Verfügung gegen John Lough erwirkt. Er darf ohne meine Zustimmung den Ort nicht betreten. Da die Polizei in Boston nicht das geringste tun würde, um mich zu beschützen, habe ich eben das nächstbeste Angebot angenommen, und das kam aus Abigail.»

Die Polizei in Boston hatte vielleicht doch ernstere Probleme, als sich um eine reiche Witwe zu kümmern, die behauptete, ihr Schwager wolle sie ermorden. Außerdem glaubten sie ja, sie hätten in Rafik den Mörder gefaßt.

Als wir am Copley Plaza ankamen, warteten der Elch, Liz und ich im Innern der Limousine und beobachteten, wer alles hineinging. Als John Lough und Mary Phinney vorbeikamen, faßte Liz bei ihrem Anblick mit angstvollem Druck meinen Arm.

«Sie verabscheute Danny so sehr», sagte Liz. «Ich hab' sie einmal sagen hören, daß alle Schwulen Sünder seien und bestraft oder eingesperrt gehörten.» Darauf schnappte sie plötzlich nach Luft und hielt inne, bis ihr Atem wieder normal ging. «Entschuldigung», sagte sie kurz darauf. «So etwas habe ich noch nie einem Homosexuellen gegenüber erwähnt.»

Ich dachte: Tja, die Wahrheit verschlägt einem oft den Atem.

Auch Laurett Cole und ihren Sohn Tobias entdeckten wir unter der Trauergemeinde. Sobald alle drin waren, gingen auch Liz und ich hinein.

Es gab eine Menge zu essen und viel Schnaps, und die meisten aßen mit großem Appetit. Ihre Arbeit in der Fabrik warf vielleicht nicht so sehr viel ab, was die Befriedigung persönlicher Wünsche oder zusätzlicher Sozialleistungen des Arbeitgebers betraf, so daß sie bei diesem Anlaß endlich mal die Gelegenheit hatten, sich auf Kosten der Gesellschaft vollzufressen und vollzusaufen. Der Chef war tot, na und? Liz für ihre Person wollte lediglich ein Glas Wasser ohne Eis.

Verschiedene Gäste reihten sich auf, um Liz zu kondolieren. Darunter auch Laurett Cole mit Tobias neben sich. Ich hatte Laurett seit ihrer Haftentlassung weder gesehen noch gesprochen und erwartete jetzt eine freundliche Begrüßung. Aber bevor sie bis zu Liz und mir vorgerückt war, sah ich, daß Mary Phinney Laurett erwischt hatte und unablässig scharf auf sie einsprach. Laurett sah verächtlich auf die ältliche Frau hinunter, schwieg aber. Mary Phinney griff Laurett weiter an, bis John Lough schließlich auftauchte, um den Schwall von Beleidigungen zu unterbrechen und sie aus der Reihe wegzuführen. Er entschuldigte sich nicht bei Laurett, die während der ganzen Sache völlig ruhig geblieben war. Als Laurett an der Reihe war, Liz ihr Beileid auszusprechen, verhielt sie sich mir gegenüber überraschend kühl und behandelte mich fast wie einen Fremden, der nur zu Liz' Begleitung angestellt worden war. In gewisser Weise war ich das ja auch. Laurett sprach sehr schlicht mit Liz, ohne Gefühlsausbruch und ohne die übliche absichtliche Namensverwechslung.

«Ms. Carlini, herzliches Beileid. Ihr Mann und der junge Danny waren beide feine Menschen.»

Währenddessen zupfte Tobias an meinen Hosen.

«Onkel Stan, diese Dame hat gesagt, Mama hat vergiftet.» Er zeigte auf Mary Phinney, die jetzt weit weg von der Reihe stand, aber nach wie vor bei John Lough, immer bei John Lough.

«Du meinst, sie war verhaftet.»

Ich schaute ihn mißtrauisch an. Hatte Mary Phinney wirklich vergiftet gesagt, oder hatte er es sich nur eingebildet? Ich fragte mich, ob all dieses schreckliche Gerede darüber, daß Laurett als Mörderin angeklagt war, sich so in sein kleines Kinderhirn eingebrannt hatte. Oder war es etwas Einfacheres und mir Vertrautes, etwas, das Tobias und ich vielleicht gemein hatten? – nämlich die Neigung, sich Dinge einzubilden, die gar nicht geschehen waren.

Tobias wandte sich an Laurett. «Mama? Mama, sie hat doch grade gesagt, daß du ihn umgebracht hast.»

In einer einzigen raschen, geschmeidigen Bewegung kniete Laurett sich nieder und packte Tobias an seinem Ärmchen. Sie schüttelte es tüchtig und sagte: «Sag so etwas ja nie wieder, junger Mann.»

Liz blickte auf die beiden hinunter, dann wieder auf mich. «Vannos, könnten Sie mich bitte nach draußen bringen?» fragte sie.

«Jetzt? Wollen Sie denn schon gehen?»

«Ja.»

Ich nahm Liz' Arm und brachte sie rasch nach draußen zu der wartenden Limousine. Der Elch blieb uns auf den Fersen. Ich ließ zuerst Liz einsteigen, dann hielt ich die Türe für den Elch auf. Gerade wollte ich die Wagentür schließen, als sie mich mit großen feuchten Augen fragte: «Fahren Sie denn nicht mit?»

«Würde es Ihnen was ausmachen, wenn ich noch bliebe? Ich möchte gern noch mit Laurett sprechen.»

«Natürlich, kein Problem», sagte sie, sah dabei aber traurig aus.

«Wenn Sie irgend etwas brauchen, Liz, rufen Sie mich bitte an.»

«Danke für alles, Vannos.»

Ich ließ die schwere Tür zufallen, und mit einem leisen Surren zog die Limousine davon. Das lauteste Geräusch kam von den geschmeidigen Gummireifen, die durch den harten Schnee am Straßenrand knirschten.

Ich rannte wieder nach drinnen, um Laurett und Tobias zu finden. Ich wollte unbedingt wissen, was sie verärgert hatte und warum sie sich mir gegenüber so abweisend verhielt. Aber sie waren beide verschwunden. Ich rannte wieder nach draußen und sah sie gerade noch in ein Taxi steigen.

«Laurett, warte!» rief ich. Aber das Taxi fuhr los, und weg waren sie.

Wieder ging ich nach drinnen, diesmal, um Mary Phinney und John Lough zu suchen. Während ich so zwischen den Gästen umherstreifte, hörte ich zwei Leute reden, offensichtlich ein Ehepaar, das sich vor Jahren in der Gladys Gardner-Fabrik kennengelernt hatte. Sie waren der alten Garde und einander seither treu geblieben. Für sie hatte Prentiss Kingsley als Arbeitgeber den idealen Wohltäter verkörpert, der beharrlich den Weg fortgesetzt hatte, der von den großen Frauen der Kingsleys, allesamt wahre Göttinnen in ihren Augen, vorgezeichnet war. Solcherart waren also die reinen und heiligen Gefühle, die die Arbeiter in einem Schokoladenwerk empfanden, das mittlerweile in seinen Produkten hauptsächlich billige chemische Ersatzstoffe verwendete.

Endlich fand ich Mary Phinney, die neben John Lough stand. Wie Pat und Pattachon schienen die beiden unzertrennlich, als bestünde zwischen ihnen eine seltsame Ehe. Ich näherte mich von der Seite, so daß sie mich nicht sehen konnten. Mary verschlang gerade ein riesiges Stück Schinken. John hielt sich an ein großes Glas mit einer bernsteinfarbenen Flüssigkeit und Eis. Mir fiel auf, daß Mary für diese Gelegenheit ein besonderes Make-up trug. Sie hatte sich wie eine groteske Porzellanpuppe angemalt, mit einem fast weißen Fond, der durch knallrotes Rouge und ebensolchen Lippenstift noch hervorgehoben wurde. Aber Hals und Kinnpartie hatte sie nicht bedacht, so daß nun dieses gespenstische, faltige Gesicht ohne Verbindung zum übrigen Körper in der Luft zu schweben schien.

Ich sprach die beiden laut an. «Es heißt ja, daß ein Mörder immer wieder an den Schauplatz seines Verbrechens zurückkehrt.»

Mary blickte mich aus ihrer gepuderten Maske heraus an. «Was machen denn Sie hier?» fragte sie.

Anstatt ihr zu antworten, fragte ich John Lough: «Wer hat denn Ihre Pistole genommen?»

«Woher wissen Sie das?»

«Ich hab' noch vor Augen, wie Mary sie in Ihrem Schreibtisch suchte, als wir in ihrem Büro waren. Meiner Meinung nach haben Sie sie benutzt, um Dan Doherty und dann Ihren Bruder zu töten. Anschließend haben Sie sie als Geschenk an mich geschickt, aber das war nicht sehr überzeugend, Mr. Lough.»

John Lough stotterte: «Wie können Sie es wagen!»

«Das nennt man freie Meinungsäußerung.»

«Sie können jemanden doch nicht einfach so anklagen.»

«Die Frage ist jetzt nur, haben Sie auch noch vor, Liz umzubringen, damit Sie das Testament Ihres Bruders nicht anfechten müssen?»

«Hat sie Ihnen das erzählt?» John Loughs Augen hellten sich plötzlich auf, und er gluckste, dann brach er in fröhliches Gelächter aus. «Meine Schwägerin ist wirklich eine zwanghafte Lügnerin. Sie würde Ihnen alles erzählen. Und Sie glauben ihr auch noch wie ein Idiot. Hah!»

Mary fügte hinzu: «Sie haben keine Ahnung, worauf Sie sich da einlassen. Kümmern Sie sich doch lieber um Ihren eigenen Kram, verdammt nochmal.»

«Ich weiß nur, daß Sie beide auf jeden Fall dran sind, wenn Liz Carlini auch nur das Geringste zustößt. Mr. Lough, Sie sollten sich wirklich mit Ihrem Anteil des Vermögens begnügen und Ruhe geben.»

«Junger Mann, Sie müssen zum Psychiater.»

«Na hören Sie mal, ich bin bereits diplomierter Therapeut.»

John Lough sagte zu Mary Phinney: «Komm, wir gehen.» Und so ließen sie mich da in der großen Halle unter all den fröhlichen und hungrigen Trauernden stehen. Bevor ich ging, nahm ich selber noch einen Bissen. Warum auch nicht? Liz Carlini hatte keine Kosten gescheut, um den ausgewählten Gästen Grande Cuisine anzubieten, zum Andenken an ihren reichen, toten Ehemann.

Ich verließ das Copley Plaza und ging heim, aber ich war zerstreut und abgelenkt von einem immer wiederkehrenden Bild vor meinem geistigen Auge, dem von John Lough und Mary Phinney, die unentwegt zusammen waren. Die Art und Weise dieses Zusammenseins machte mich stutzig, das «Verheiratete» daran, so als wären sie zwei Teile eines synergetischen Ganzen. Dabei waren sie doch gar nicht verheiratet, zumindest soviel ich wußte. Dann dachte ich an Prentiss Kingsleys Testament. Wie könnte ich darüber was rauskriegen? Wo könnte ich mehr Informationen darüber bekommen? Wenn ein Esel stolpert, fällt er über die Lösung – ich stand plötzlich genau gegenüber der alten Fassade der verehrungswürdigen Öffentlichen Bibliothek von Boston. Und Glück hatte ich auch, denn sie war noch geöffnet.

Ich sprang die Stufen zu dem Eingang in der Dartmoor Street hinauf, an den beiden majestätischen Löwen aus Granit vorbei, und betrat das Gebäude. Ich benutze immer diesen Eingang, weil man da durch die alte Bibliothek kommt, die richtige, in diese düsteren Hallen mit ihrem milchigen, grauen Licht, in denen der Geruch nach uraltem, zerfallendem Papier schwebt. Im Gebäude war ich wieder einmal überwältigt vom Anblick der Mamortreppe, die eine der großartigsten ist, die je von Menschenhand entworfen und geschaffen wurden. Wundervolle Proportionen, anmutige Linien und Schwünge, Holz- und Marmorflächen in unterschiedlichsten Oberflächengestaltung, riesige Wandmalereien sowie das helle Licht, das durch die Fenster fällt und sich ständig je nach Tages- und Jahreszeit in Ton und Einfall höchst dramatisch verändert – das alles sind Facetten eines wahren Juwels, was die architektonischen Details betrifft. Wann immer ich hier bin, und ganz gleich, was ich vorhabe, mache ich einmal die Runde diese Treppe hinauf und hinunter. Das ist ein kurzer, höchst reizvoller Ausflug in Zeit und Raum.

Ich wußte, daß die Bibliothek Zugang zu einer dieser allgemeinen Datenbanken für Zeitungsinformationen hatte, in der alles, was je in einer Zeitschrift oder Zeitung erschienen war, gespeichert ist und über Computer abgerufen werden kann. Vielleicht konnte mir ja ein Computer helfen, wo menschliche Bemühungen versagt hatten. So fragte ich mich zu dem Büro durch, wo man den Suchauftrag einreichen konnte. Ich öffnete die Türe zu einem kleinen Zimmer, wo mich der Geruch von abgestandenem Zigarettenrauch empfing. Am Computertisch hinter einer Bürotheke saß der Bibliothekar, ein bulliger, blonder Holzfällertyp in den frühen Vierzigern. Zahllose halbvolle Kaffeebecher standen auf seinem Schreibtisch herum, und mittendrin ein großer Keramikaschenbecher, in dem sich Asche und Zigarettenstummel türmten. Er blickte mit mißbilligendem Stirnrunzeln vom Bildschirm seines Computers auf. «Ich bin gerade dabei, in die Pause zu gehen», sagte er.

«Es ist wichtig», erwiderte ich.

Er raunzte verärgert: «Füllen Sie das Formular da aus», sagte er und deutete auf einen Stapel von Vordrucken auf der Bürotheke.

Ich nahm ein solches Formular in Augenschein; es sah aus wie ein ‹Computergrundkurs in zwölf Schritten›. Ich sagte: «Können Sie nicht einfach eingeben, daß er was für mich raussuchen soll?»

Er entgegnete: «Sie müssen Ihren Suchauftrag genau formulieren.»

Ich schwieg und studierte das Formblatt noch einmal. Viel zuviele Worte. Ich schaute ihn «hilflos aber willig» an und sagte: «Das können Sie sicher viel besser als ich.» Aber dieser Trick, ihn mir geneigter zu machen, verfing nicht.

«Sie füllen das Formular aus», sagte er, «und nach meiner Pause erledige ich dann Ihren Auftrag». Er schob seinen Stuhl vom Computer zurück und stand auf.

«Warten Sie», sagte ich. «Ich brauch' diese Information ganz schnell. Wenn Sie mir helfen können, werde ich mich revanchieren.»

Er beäugte mich mißtrauisch mit seinen großen blauen Nordländer-Augen. «Wie denn?»

«Ich bin Haardesigner im Salon Snips gleich beim Ritz. Sie kriegen einen Haarschnitt und ein Styling umsonst.»

Er kam zu mir herüber an die Bürotheke. Auf seinem Namensschildchen stand: Thor. «Wenn Sie so schachern», sagte er, «müssen Sie die Daten aber wirklich dringend brauchen».

«Stimmt.» Sollte ich es wagen, ihm zu sagen, daß es um Leben und Tod ging?

Er nahm ein leeres Formular vom Stapel. «Was brauchen Sie?»

«Ich muß herausfinden, was im Testament von Prentiss Kingsley steht.»

Er rollte seine blauen Augen und blickte mich an. «Wir haben hier keine juristische Datenbank, und außerdem fiele das sowieso unter den Datenschutz.»

«Ich hab' gedacht, darüber wird immer in der Zeitung berichtet, wenn jemand gestorben ist.»

«Nur, wenn so ein Testament gerichtlich überprüft worden ist.»

Ich überlegte kurz. «Und wie ist es, wenn man einfach

sonst irgendeinen Artikel über die Familie Kingsley finden
will?»

Er nickte, dann schrieb er das Wort «Kingsley» in zwanghaft sauberen Druckbuchstaben auf das Formular für meinen Suchauftrag, was einen scharfen Kontrast zu dem Sau-
stall bildete, den er auf seinem Computertisch angerichtet
hatte.

«Was sonst noch?» fragte er.

«Einfach nur Kingsley. Genügt das nicht?»

«Sie müssen es mehr einengen, sonst kriegen Sie viel zuviel Information.»

Ich entgegnete: «Wie kann man denn zuviel Information
kriegen? Ich will alles!»

«Dann müssen Sie aber ein paar Tage warten. Ein Auftrag
dieser Größenordnung müßte außer Haus gedruckt und uns
dann zugeschickt werden.»

«So lange kann ich aber nicht warten.»

«Dann müssen Sie eben ein bißchen Stromlinie in Ihr Gesuch bringen. Geben Sie mir noch ein paar Kriterien.»

«Ich dachte immer, *Stromlinie* bedeute weniger, nicht
mehr.»

«Bei Computern nicht.»

Ich überlegte noch eine Weile. Mir wurde allmählich klar,
daß meine innere slawische Datenbank und die realen elek-
tronischen nur sehr wenig gemein hatten. «Können Sie in
dem Gesuch John Lough und Mary Phinney hinzufügen?»

«L-O-U-G-H?» fragte er, indem er den Namen buchsta-
bierte. «Wie *Schaf?*»

Ich nickte. «Gut geraten.»

«Überhaupt nicht geraten. Ich bin Spezialist für Compu-
tersuchaufträge. Wir haben was drauf mit Namen.»

Er fügte die beiden Namen auf dem Formular hinzu, so
daß jetzt da stand:

KINGSLEY UND (LOUGH / JOHN ODER PHINNEY
MARY)

«Daten?»

«Wie bitte?» antwortete ich. Sah man mir so deutlich an,
was mir fehlte?

« Sie müssen sich auf eine bestimmte Zeit festlegen. Sonst kriegen Sie Ausdrucke von der Zeitenwende bis heute. »

« Das wäre ja prima », sagte ich eifrig. « Ich brauch nämlich auch das Zeugs von früher. »

Widerstrebend xte er einige Kästchen des Vordrucks, dann drehte er ihn zu mir herum. « Hier unterschreiben, bitte », sagte er und gab mir den Stift.

« Warum? »

« Ist so die Regel. Ohne Unterschrift such' ich Ihnen nichts raus. »

« Brauchen Sie wohl auch einen Ausweis? »

« Nur wenn Sie Student sind. Sonst genügt die Unterschrift. »

Also unterschrieb ich mit Dan Doherty.

Thor nahm das Formular und setzte sich an seinen Computer. Er tippte das Gesuch ein, überprüfte nochmals sorgfältig die Zeile, die er getippt hatte, und schlug dann sadistisch auf die Taste ‹Eingabe› ».

« Dauert ungefähr eine Minute », sagte er.

« So kurz? »

Er nickte stolz. « In dieser Datenbank sind fünf X-3 Super Banks zusammengeschlossen. Dagegen wirkt eine DBM wie ein Zigarettenautomat. »

« Was kriegt man hier denn sonst noch raus? »

« Sie müssen's nur sagen, wir finden's. Hab' heute vormittag ein Gesuch über Yma Sumac bearbeitet. Das Ergebnis hat den Typen glatt in Ekstase versetzt. » Thor gluckste. « Schon komisch, was manche Leute so anmacht. »

Da füllte sich der Computerbildschirm auch schon mit bernsteinfarbenem Text.

« Na bitte », sagte er. « Hier sind ja ein paar ganz nette dabei, aber das meiste ist ziemlich kurz. Und ziemlich alt alles. Ich weiß nicht, ob Ihnen das viel nützt. »

« Wie alt denn? »

Thor betrachtete den Bildschirm. « Dreißig, vierzig Jahre. »

Scheiße, dachte ich. Damals war ich noch nicht mal ein Ei – oder ein Spermium.

« Wollen Sie's trotzdem? »

«Klar.»

Er drückte auf seiner Schalttafel einen anderen Knopf, und ein kleiner Printer erwachte zu geräuschvollem Leben, summte und zingte Textzeilen auf Papier. Als er stoppte, trennte Thor das Papier ab, faltete es zu einem sauberen Stapel und brachte es an die Theke.

«Das sind jetzt nur Auszüge aus den eigentlichen Artikeln. Die Veröffentlichungen sind ziemlich alt, wenn Sie also den vollständigen Text brauchen, müssen Sie's in den Microfilmarchiven versuchen.»

«Das hier ist für den Anfang sicher ganz gut», antwortete ich.

«Eigentlich kostet es was, wenn man kein Student ist», sagte er, als er mir den kleinen Stapel Computerausdrucke überreichte. «Aber das hier geht auf Kosten des Hauses.» Ein einsames kleines Lächeln erschien auf Thors ernstem Gesicht.

«Danke», sagte ich. Ich nahm eine von meinen Visitenkarten heraus, kritzelte die Worte «Schnitt und Frisieren durch Vannos» auf die Rückseite und reichte sie ihm. «Am besten lassen Sie sich vorher einen Termin geben», sagte ich.

Er nahm die Karte in seine nikotingelben Finger, las sie und sagte: «Ist nicht nötig. Ich tue ja nur meine Arbeit. Außerdem hat's irgendwie Spaß gemacht.»

«Wie Sie wollen», sagte ich. «Aber ich brauch vielleicht irgendwann nochmal Ihre Hilfe.»

Thor steckte meine Visitenkarte zu der Sammlung von Bleistiften und Kulis, die er in seine Hemdtasche gestopft hatte. Ich nahm die Ausdrucke an mich, sagte «Wiedersehen» und verließ das kleine Büro. Kaum war ich draußen, suchte ich mir sofort einen Sitzplatz, um die neuen Hinweise zu verschlingen. Ich faltete die Blätter auseinander und legte den kleinen Stapel vor mich. Mein Herz hämmerte vor Erwartung, deshalb preßte ich beide Hände auf die Papiere, Handflächen nach unten, und sagte mein Mantra. Als sich Herzschlag und Atem wieder normalisiert hatten, sagte ich leise: «Bitte, bitte, bitte, gib mir eine Antwort.» Dann blätterte ich die erste Seite auf.

Wie Thor gesagt hatte, waren die meisten Notizen

an die vierzig Jahre alt. Während ich die Zeilen verschlang, dachte ich, daß es vielleicht irgendwo einen großen Datenbank-Gott gab, da mir die ersten paar Auszüge bereits mehr Antworten gaben, als ich je erwartet hätte.

KINGSLEY TESTAMENT ANGEFOCHTEN – über das Testament von Helen Kingsley, der letzten Magnatin der Gladys Gardner Schokoladenwerke, zerbrechen sich Bostons Anwälte die Köpfe. Frau Kingsleys Gatte, Jack Lough, der strahlende, gutaussehende Sohn einer angesehenen Bostoner Familie, hat das Testament seiner Frau angefochten, mit der Begründung, daß Mary Kingsley-Lough, die Tochter der beiden, die laut Testament das gesamte Vermögen erben soll, überhaupt keine leibliche Kingsleytochter ist, sondern als Kind adoptiert wurde. Eine gründliche Nachforschung ist anberaumt.

Die Einzelheiten überstürzten sich in meinem müden Gehirn. Alle Vermutungen, die ich angestellt hatte, wurden durch einen einzigen kleinen Absatz widerlegt. Helen Kingsley war gar nicht bei der Geburt ihres Sohnes Prentiss gestorben, wie Danny mir in Abigail erzählt hatte. Und nicht nur das, sondern sie hatte auch noch eine Tochter adoptiert. Branco hatte also in einem Punkt doch recht gehabt – ich glaubte die Lügen zu schnell, die man mir erzählte. Ich ging zum nächsten Auszug über.

ADOPTION AUFGEDECKT – Die Nachforschungen des Staatsgerichtshofs haben ergeben, daß die Kingsley-Erben Mary Kingsley-Lough (geborene Phinney) nicht berechtigt ist, das mehrere Millionen Dollar umfassende Kingsley'sche Vermögen von der verstorbenen Helen Kingsley zu erben. Mary Phinney war als Kind von Helen Kingsley und ihrem Ehemann, dem High-Society-Playboy Jack Lough, adoptiert worden. Nach der Satzung der Gladys Gardner-Treuhandstiftung, die vor drei Generationen festgelegt worden ist, kann nur eine leibliche Tochter der Familie Kingsley das gesamte Vermögen erben.

Diese Information bestätigte den ersten Auszug, nur mit einer weiteren, ganz unglaublichen Einzelheit: Mary Phinney war die Adoptivtochter von Helen Kingsley. Mir hämmerte schon wieder das Herz wie wild, als ich weiterlas.

KINGSLEY ERBE VERTEILT – Die Bedingungen zur Verteilung des Vermögens der verstorbenen Helen Kingsley, das sich auf viele Millionen Dollar beläuft, wurden heute von den Beauftragten der Gladys Gardner Treuhandstiftung öffentlich bekanntgegeben. Prentiss Kingsley (16), der leibliche Sohn von Helen Kingsley und Jack Lough, erhält von der Stiftung eine monatliche Zuwendung und erwirbt bei Volljährigkeit den Firmenvorsitz der Gladys Gardner Schokoladenwerke.

Auf der anderen Seite entschied das Gericht, daß dem Witwer Helen Kingsleys, Jack Lough, der das ursprüngliche Testament seiner Frau angefochten hatte, sowie der Adoptivtochter der Kingsleys, Mary, die nach Helen Kingsleys Testament das gesamte Vermögen hätte erben sollen, keinerlei Anteil am Vermögen zuerkannt werden kann, gemäß den Bestimmungen der Gladys Gardner Treuhandstiftung. Jack Lough wird diese Entscheidung anfechten.

Kein Wunder, daß Mary Phinney Dan Doherty verabscheut hatte. Ihr war ihr Erbe abgesprochen worden, und jetzt sollte es an ein Etwas gehen, das weniger als ein Mensch war, zumindest in ihrer getrübten Sicht – an einen Schwulen nämlich. Ich las weiter.

KINGSLEY-WITWER BEKOMMT SOHN – Einen strammen, elf Pfund schweren Jungen, John, bekamen vorige Woche Jack Lough, der bekannte Gentleman der Bostoner High Society und frühere Ehemann der verstorbenen Helen Kingsley, und seine Frau Myra (geborene Gorbitch).

LOUGH ZUM VIZEPRÄSIDENTEN ERNANNT – John Lough wurde vor kurzem zum obersten Vizepräsidenten der Gladys Gardner Schokoladenwerke ernannt. Sein Bruder, Prentiss Kingsley, ist Präsident und Vorstandsvorsitzender.

Für den Augenblick genügte das. Ich war mit neuen Fakten gerüstet und tatbereit. Kaum konnte ich es erwarten, die Schätze, die ich gehoben hatte, mit jemand zu teilen.

Salon Snips lag ganz in der Nähe, und es war kurz vor Ladenschluß, also wäre Nikki noch dort. Ich joggte den ganzen Weg bis zum Laden, die Newbury Street hinunter, und umklammerte dabei die Computerausdrucke wie die berühmten Papyrusrollen aus dem Toten Meer. Keuchend von meinem kurzen Lauf stürzte ich in den Laden. Nicole war überrascht, mich hier zu sehen, noch dazu in einem solchen Zustand.

« Wie war's auf der Beerdigung? » fragte sie.

Ich stürmte an ihr vorbei auf das Hinterzimmer zu und blieb nicht einmal stehen, als ich rief: « Du glaubst nicht, was ich alles rausgefunden habe. Komm gleich hinter, wenn du zugesperrt hast. » Ich schoß ins Hinterzimmer und plumpste schwer in einen Sessel, nicht einmal meine Jacke zog ich aus. Ich war viel zu beschäftigt. Rasch rief ich einen alten Beau auf dem Fernmeldeamt an, um die Adressen von Mary Phinney und John Lough zu bekommen. Mein Freund verschaffte mir die Information, und ich bot ihm im Gegenzug einmal kostenlos frisieren an. Soviel zur Wahrung des Datenschutzes beim Fernmeldeamt.

Als Nicole zu mir nach hinten kam, zeigte ich ihr, was ich in der Bibliothek gefunden hatte. Sie reagierte blasiert.

« Na und? » fragte sie.

« Nikki, ist dir denn nicht klar, was das bedeutet? »

« Nein, Schätzchen. »

« Es bedeutet, daß Mary Phinney und John Lough dieses ganze Ding gemeinsam geplant haben. »

« Stanley », sagte sie, nach einem tiefen Zug an ihrer Zigarette, « du kommst mir vor wie ein Idiot ».

« Das scheint in letzter Zeit mein Spitzname geworden zu

sein.» Ich schenkte uns beiden einen Drink ein. «Immerhin verstehe ich jetzt besser, warum Mary Phinney immer in so übler Stimmung ist. Sie ist zweimal von den beiden Elternpaaren fallengelassen worden und dann nochmal vom Gesetz.»

«Aber du verzeihst ihr nicht, stimmt's? Du klingst schon fast wie einer von diesen Wiedergeborenen.»

«Nein, Liebes. Ich finde sie trotzdem verachtenswert, aber jetzt kenne ich wenigstens die Hintergründe.» Ich schüttete den Bourbon in einem Zug hinunter, wie ein richtiger Mann. «Ich denke, ich ruf' jetzt mal meine Freundin Ruiko an und schau, ob ich mir ihr Auto ausleihen kann.»

«Wieso brauchst du denn ein Auto?»

«Mary Phinney wohnt in Dorchester, und John Lough in Forest Hills. Mit öffentlichen Verkehrsmitteln komm' ich da nicht hin.»

«Was willst du denn machen?»

«Ich will sie mit den Tatsachen konfrontieren und ihnen ein Geständnis abringen.»

Sie spürte die potentielle Gefahr bei meiner Unternehmung und sagte: «Weißt du auch ganz bestimmt, was du da machst?»

«Nein, das weiß ich doch nie.»

Ich rief Ruiko an und erfuhr zu meiner Freude, daß sie an dem Abend ihr Auto nicht brauchte, also konnte ich sofort zur Tat schreiten. Dann fragte ich Nicole: «Könntest du heute abend bei mir zu Hause vorbeigehen und Sugar Baby füttern?» Ich schwieg kurz. «Falls ich nicht heimkomme.»

«Was soll das heißen, nicht heimkomme?»

«Es könnte ja Schwierigkeiten geben.»

«Nämlich?»

Ich zuckte die Schultern. «Keine Ahnung. Verzögerungen. Ärger.»

Nicole wurde streng mit mir. «Stanley, wenn du wirklich glaubst, daß das zwei Mörder sind, warum bist dann ausgerechnet du hinter ihnen her?»

«Was soll ich denn sonst machen? Branco würde mir nicht helfen. Er hat nur eine Vorstellung im Kopf und weigert sich, eine andere Lösung überhaupt in Betracht zu ziehen. Er hat recht, und der Rest der Welt hat unrecht.»

«Klingt wie von dir.»

«Wir sind alle mal ein bißchen starrsinnig, Liebes.»

«Du und der Lieutenant, ihr kämpft um ganz was anderes, nicht um Starrsinn. Wenn du das nicht selber einsiehst, dann bist du einfach ... starrsinnig.»

«Nikki, ich hab' eigentlich jetzt keine Zeit für eine theoretische Debatte.»

Nicole knurrte unterdrückt, in einer ironischen Darstellung von Machismo. «Ein Mann muß tun, was ein Mann eben tun muß.» Dann drückte sie ihre Zigarette aus. «Ich werd' die Katze füttern, Stanley. Und dann bleib ich in deiner Wohnung, bis du mich anrufst oder höchstpersönlich einläufst. Wie lange wird's dauern?»

«Keine Ahnung.»

«Du mußt mir aber eine Zeit sagen, Stanley.»

«Warum?»

«Damit ich, wenn du bis dahin nicht zurück bist, den Lieutenant anrufen kann, daß er dich retten geht.»

«Hoffen wir, daß es dazu nicht kommt. Ich ruf' ihn selber an, wenn ich ihn brauche.»

«Dann könnte es aber zu spät sein.»

«Das soll dann ihm auf dem Gewissen lasten. Jetzt muß ich aber los.»

Ich stand auf, um zu gehen, und Nicole erhob sich auch und umarmte mich lange. «Warum mußt du denn bloß den Helden spielen?» fragte sie.

Ich überlegte eine Weile. «Ich weiß eigentlich auch nicht. Vielleicht nur, damit Rafik freikommt und wir am Valentinstag nochmal ein Rückspiel haben. Wer weiß? Wenn nicht so ein bißchen Gefahr mit im Spiel ist, ist er im Bett vielleicht auch nur ein gewöhnlicher Sterblicher.»

«Und wie steht's mit dem Lieutenant? Versuchst du dem auch etwas zu beweisen?»

«Vielleicht so ein bißchen.»

«Was du im Namen der Liebe alles tust.»

«Ich bin da nicht der einzige.»

Ich küßte sie und verließ den Laden. Auf meinem raschen Gang in die Nordstadt zu Ruikos Wohnung hatte ich Zeit, mich zu fragen, warum ich denn tatsächlich so verdammt starrsinnig war. Man hat mir oft einen Zwangscharakter vorgeworfen, ein neurotisches Bedürfnis, mein Leben in lauter einzelne, saubere und logische kleine Päckchen einzuteilen, fast wie bei einem Computer. Dazu kann ich nur sagen, wer so etwas denkt, hat mich offenbar noch nie bei der Hausarbeit gesehen oder meine Denkprozesse analysiert. Ich glaube, mein Starrsinn gehört einfach zu meiner gesunden, slawischen Zähigkeit, zu der Fähigkeit, angesichts von Gegnerschaft keinen Schritt zurückzuweichen, oder aber sich an jedes vorbeischwimmende Treibgut zu klammern und aus dem Sturm hinaustragen zu lassen.

Wenn Branco meinte, die Sache sei erledigt, ich aber nicht derselben Ansicht war, was blieb mir anderes übrig, als die Dinge auf meine Weise zu verfolgen, Leute absichtlich zu provozieren, den Schlamm der Lügen und Tatsachen und Ereignisse aufzuwühlen, bis die Wahrheit endlich an die Oberfläche stieg wie der Schaum, der abgeschöpft werden muß?

19.

Ein Mutsprung

Meine Freundin Ruiko lebt in den Fenway Studios in einem geräumigen Maisonette-Atelier mit Oberlicht, wo sie impressionistische Aquarelle malt, nach den Skizzen von ihren Sommerreisen um die ganze Welt. Ihre großartigen Arbeiten haben ihr schon Preise und Ausstellungen und Ruhm eingebracht. Unsere Verbindung datiert noch vor der Zeit ihrer großen Berühmtheit, und das Arrangement, das wir in Bezug auf ihr Auto getroffen haben – ich beteilige mich an den Kosten, und so kann ich es benutzen, wann immer es nicht gebraucht wird – besteht noch immer unangetastet fort. Ruiko ist einfach eine echte Freundin geblieben, trotz ihrer mittlerweile erfolgten Erhebung ins Künstler-Walhall.

Ich habe eigene Autoschlüssel, also stieg ich ein, nachdem ich dem alten Kombi den Schnee von der Motorhaube und den Scheiben gekratzt hatte, und wollte meine abendliche Tour beginnen. Ach, wie angenehm war es doch, ein privates Transportmittel zur Verfügung zu haben, aber ohne die Unannehmlichkeiten des Besitzers, dachte ich, naiv, wie man eben ist, wenn man im Winter nie Auto fährt. Drinnen hing am Armaturenbrett so ein selbstklebender gelber Notizzettel, auf den Ruiko in einer ihrer vielen charakteristischen Kalligraphien das Wort ‹ÖL› gepinselt hatte. Das war doch wieder typisch für sie, daß sie eine hochpolitische Mahnung hinsichtlich eines fossilen Brennstoffs so künstlerisch ausgestaltete.

Ich steckte den Zündschlüssel ins Schloß und drehte ihn herum. Da das Schloß eingefroren war, bedurfte es einiger Kraftaufwendung, bis er sich in die Startposition bringen ließ. Der Starter stöhnte gequält und brachte den Motor kaum zu einer Umdrehung. Die schwache Batterie schien meinen Angriff auf ihren Winterschlaf sehr übelzunehmen. Ob da noch genug Saft drauf war, um den Motor anzukriegen? Nachdem ein paar bange Minuten lang höchst dramatische Töne unter der Motorhaube hervorgekommen waren, raffte sich die Maschine doch noch zu stotterndem Leben auf. Mit schwarzen Rauchwolken hinter mir manövrierte ich das Auto aus der Parklücke heraus und auf die Massachusetts Avenue und fuhr nach Süden Richtung Dorchester und Forest Hills, wo Mary Phinney und John Lough wohnten.

Ich probierte es erst bei Mary Phinneys Wohnung, weil die näher lag; aber da war niemand zu Hause, also fuhr ich weiter nach Forest Hills. Inzwischen war das Auto warm und lief ruhiger, und auch ich fühlte mich zuversichtlicher. In Forest Hills fiel mir auf, daß ein Teil dieser Wohngegend sich sein etwas steifes Flair ‹weiße Mittelklasse› bewahrt hatte, mit gepflegten Häusern und schneefreien Gehsteigen. Ein paar der hübschen Landhäuser hatten sogar lange Eiszapfen vom Dach hängen, was sehr gut zu den geschlossenen Fensterläden und den verschneiten Hecken paßte. An der breiten, gutbeleuchteten Straße fand ich John Loughs Haus ganz leicht. Anstelle seines seriösen kastanienbraunen Wagens stand aber ein anderes Auto in der Einfahrt – eine ganz gewöhnliche 0-8-15-Karre. Ich konnte mir denken, wem die gehörte. Im Haus brannte Licht. Ich parkte Ruikos Auto an der Straße und ging zur Vordertür. Ich läutete, wartete, läutete wieder, wartete wieder, schließlich klopfte ich einfach gegen die Türe. Ich merkte, daß sich dahinter etwas rührte, dann hörte ich, wie mit einem deutlichen Klack der Türspion geöffnet und wieder geschlossen wurde.

«Ich weiß, daß Sie da sind», rief ich, dann merkte ich erst, wie verrückt ich im Grunde war. Wenn John Lough und Mary Phinney schon zwei Menschen vorsätzlich und einen dritten aus Versehen getötet hatten, warum hielt ich mich dann für unverwundbar? Was sollte sie daran hindern, mich auf der Stelle zu erschießen und dann zu behaupten, ich habe mir gewaltsam Eintritt zu verschaffen versucht? Genau wie Liz Carlini schien auch ich meinen Überlebensinstinkt verloren zu haben.

Da öffnete sich langsam die Türe. Ich bereitete mich innerlich darauf vor, aus der Schußlinie zu springen, wenn ein Revolver im Türspalt auftauchte, aber stattdessen erschien nur das Gesicht von Mary Phinney, wie üblich mit mißbilligend gerunzelter Stirn. Jetzt kannte ich wenigstens den Grund für diesen verärgerten Ausdruck: es war hauptsächlich Enttäuschung.

« Was wollen denn Sie hier? » kläffte sie. Das schien immer ihr erster Satz zu sein, egal, wo wir uns auch begegneten.

« Ich möchte mit Ihnen und John sprechen. »

« Er ist nicht da, und ich habe Ihnen nichts zu sagen. »

« Mary, ich weiß jetzt, warum Sie und John getan haben, was Sie getan haben, aber Sie sollten jetzt aufgeben. Machen Sie's nicht noch schlimmer. »

« Gehen Sie, bevor ich die Polizei rufe. »

« Nur los. Dann können Sie mit anhören, wie ich denen erzähle, was ich heute alles rausgekriegt habe, über Sie und Helen Kingsley, und Ihren Stiefbruder Prentiss, und daß Ihnen alles durch die Lappen ging, und – »

« Still! » schnappte sie. « Gehen Sie weg. Ich will Sie nicht hier haben. »

« Aber auch wenn die Polizei Sie und John festnimmt, kann man Sie nicht zwingen, gegeneinander auszusagen, da Sie ja verheiratet sind. »

Sie starrte mich an. « Wo haben Sie das gehört? »

« Stimmt doch, oder? »

« Das geht Sie einen Dreck an. »

« Ich glaube, das gehört alles mit zu Ihrem Plan, die Firma an sich zu reißen. Wenn Sie mit Ihrem Geschäftspartner verheiratet sind, bestehen doch bessere Chancen, daß Sie nicht wieder ausgeschmiert werden. »

« Das war nicht der Grund, warum wir geheiratet haben. »

« Sagen Sie mir nicht, daß es wegen Sex oder so etwas Schmutzigem war. »

« Sie halten jetzt Ihr Schandmaul. »

« Vielleicht war es eher eine ödipale Heirat. Sie sind die Mammi, und er ist der böse Junge. »

In Mary Phinneys Gesicht begann es zu arbeiten, während ich sie weiter provozierte.

« Es war jedenfalls schlau eingefädelt, wie Sie beide versucht haben, die Hälfte des Vermögens von Prentiss Kingsley und Liz Carlini und Dan Doherty einzustreichen. Zu dumm, daß Sie die rechtlichen Konsequenzen nicht besser bedacht haben, bevor Sie darangingen, Menschen zu ermorden. Sie hatten bisher nichts von dem Vermögen abgekriegt, und jetzt kriegen Sie wieder nichts, und mit dem Mord an drei Menschen kommen Sie bestimmt nicht so einfach davon, nicht, wenn ich noch was dazu zu sagen habe. »

« Sie wissen doch gar nichts über dieses Vermögen. Das hat alles lange vor Ihrer Geburt angefangen, was sollten Sie also schon wissen? »

« Ich hab' ein paar Nachforschungen angestellt, Mary, und ich weiß Bescheid über Sie und die Familie der Kingsleys, und ich weiß, daß drei Menschen tot sind und der Mörder noch frei herumläuft. Die Frage ist jetzt nur, wer der eigentliche Drahtzieher bei der ganzen Sache ist: Sie oder John? »

« Ich hatte mit den Morden nichts zu tun. »

« Dann war es also John. »

Mary starrte mich an. Ihre undurchsichtigen Pupillen schienen alles, was zu ihrem wirklichen Selbst gehörte, am Hervorbrechen zu hindern. « Vielleicht ist es so », sagte sie. « Vielleicht kümmert er sich jetzt endlich um eine alte Geschichte, die nie bereinigt worden ist. »

« Das heißt also, daß er unterwegs ist, um Liz Carlini zu erledigen? »

« Sie sollten besser verschwinden, bevor er zurückkommt und wirklich einen Grund hat, jemanden zu erschießen – wegen unbefugten Eindringens! »

Ihre Drohung gab mir genau den Hinweis, den ich brauchte. Ich war jetzt sicher, daß John Lough nach Abigail gefahren war, um Liz Carlini zu töten. Ich ließ Mary Phinney, die etwas verwirrt wirkte, in der Türe stehen. Vielleicht konnte sie es gar nicht fassen, daß sie mich tatsächlich in die Flucht geschlagen hatte. Hatte sie auch nicht, ehrlich gesagt. Es gab jetzt nur Wichtigeres zu tun. Ich fuhr schnell los und suchte eine Telefonzelle, was in diesem Stadtteil gar nicht einfach war; vor allem suchte ich eine, die funktionierte. Ach, was hätte ich jetzt für ein Autotelefon gegeben! Als ich endlich ein Münztelefon gefunden hatte, versuchte ich zuerst, Liz Carlini in Abigail zu erreichen, um sie vor John Loughs Auftauchen zu warnen. Dort meldete sich aber nur der Anrufbeantworter mit der Stimme von Prentiss Kingsley. Es war sehr merkwürdig, von der Stimme eines Toten zu hören, daß man eine Nachricht hinterlassen solle. Ich schrie auf das Band, daß John Lough bereits auf dem Weg zu Liz Carlini sei. Mitten im Satz fragte ich mich, war es etwa schon zu spät? Hatte er sein Vorhaben schon ausgeführt? Stand er vielleicht gerade in diesem Moment da, hörte den Anruf mit, hörte mich alles daherplappern, was ich wußte?

Ich legte schnell auf und rief Lieutenant Branco auf der Polizeistation an. Er war nicht da, also wählte ich seine Privatnummer, die er mir nur für den Notfall gegeben hatte, falls ich dringende Nachrichten für ihn hätte. Zum Teufel, das hier war dringend. Branco ging schon beim zweiten Läuten ran. Ich erklärte schnell, was geschehen war, aber wie immer wollte er mir nicht glauben. Er warf mir sogar vor, ich habe einen Dick Tracy-Komplex. Das gab mir den Rest, in Wirklichkeit ist mein Held nämlich Perry Mason. Ich hörte mich ihn per Telefon anschreien: «Verdammt nochmal, Vito, schicken Sie gefälligst jemanden raus!»

Dann knallte ich den Hörer auf und kam mir wie ein richtiger Mann vor, so einer, der auf du und du mit einem Oberbullen steht.

Ich stieg wieder in Ruikos Auto und fuhr zur Autobahn Richtung Norden. Die ganze Strecke bis nach Abigail übertrat ich die Geschwindigkeitsbegrenzung. Das war nur einer von vielen Fehlern, die ich an diesem Abend machte. Der alte Kombi hielt so hohe Geschwindigkeiten auf Dauer nicht aus. Dort auf der Route 128, als ich mich bereits meinem Bestimmungsort näherte, leuchtete das Armaturenbrett ohne Vorwarnung plötzlich wie ein Christbaum auf. Farbige Lämpchen in den verschiedensten Formen blinkten und piepsten mich an und gaben mir zu verstehen, ich solle den Motor abstellen und das sinkende Schiff verlassen. Auf einem der beleuchteten Felder stand: Motortemperatur überprüfen, und trotz der äußerst kritischen Lage, in der ich mich befand, war meine erste Reaktion, mich zu fragen, ob das richtig geschrieben sei. Man sollte doch nicht glauben, worauf sich das Gehirn in so einer Notsituation als erstes konzentriert. Ich fuhr auf den Seitenstreifen und schaltete den Motor aus. Dann wartete ich fünf Minuten, weil ich dachte, daß ich vielleicht wieder fahren könne, wenn das Auto etwas abgekühlt sei. Aber es dauerte fünfzehn kostbare Minuten, bevor ich den Motor starten konnte, ohne gleich wieder die Lightshow auf dem Armaturenbrett hervorzurufen. Als ich das Auto wieder in Gang hatte, fand ich bald heraus, daß die Lichter, wenn ich unter sechzig fuhr, – was auf der Route 128 nicht leicht ist – nur matt erglühten, statt hell zu blinken, und daß die ganzen Summer und Piepser schwiegen. Zu allem übrigen, was mir nach diesem Abend noch bevorstand, würde ich vielleicht auch noch für eine Generalüberholung des Motors aufkommen oder sogar Ruikos Auto ersetzen müssen.

Schließlich erreichte ich Abigail. Ich fuhr im Schneckentempo durch den Ortskern und bemerkte an einem Punkt im Hafengebiet ein Gewirr von Polizeifahrzeugen und eine Menschentraube. Hatte John Lough Liz Carlini bereits ermordet, und zwar hier unten am Wasser, nicht droben im Haus? Ich hielt an und fragte einen der Schaulustigen, was geschehen sei. Wie sich herausstellte, hatte es auf einer der großen Yachten eine Bombendrohung gegeben. Daraufhin fragte ich mich, ob Liz wohl versucht habe, Abigail per Schiff zu verlassen, um John Lough auf diese Weise zu entkommen. Vielleicht hatte er ihren Plan vorhergesehen und verhindert. Auch wenn gar keine Bombe da war, konnte ja die bloße Drohung ihre Fluchtpläne durchkreuzen.

Ich stieg wieder ins Auto und fuhr hinauf zum Haus der Kingsleys. Durch die Steigung begann es auf dem Armaturenbrett wieder zu glimmen, immer heller, je höher ich kam, bis der Motor schließlich, ohne groß ‹Knacks› oder ‹Peng› zu machen, abstarb und einfach völlig aus war. Ich stieg aus und konnte mit ansehen, wie eine farbenfrohe Mischung rauchender öliger Flüssigkeiten unter dem Chassis heraustropfte. Ruikos armes Auto hatte offensichtlich seinen letzten Atemzug getan, aber mir blieb keine Zeit, sein Verscheiden groß zu betrauern. Ich sagte ihm ein leises Dankeschön, dann marschierte ich den Rest des Weges bergauf.

Oben auf dem Kamm trabte ich die gewundene Straße entlang, bis ich endlich das Haus der Kingsleys vor mir sah. Da sackte mir der Magen nach unten. Dort in der Einfahrt stand John Loughs seriöse Limousine neben Liz Carlinis schniekem Tourenwagen. Die Lichter im Haus brannten, und alles schien ruhig und friedlich. Hatte er sie bereits umgebracht? Ich schlich mich auf die Rückseite des Hauses, wo sich Meer, Himmel und Festland so dramatisch vor einem ausbreiteten. Der Himmel war klar und sternenübersät – was man in der Stadt höchst selten zu sehen bekommt – und das bläuliche Mondlicht funkelte auf dem Wasser des Meeres. Wie konnten vor dieser Kulisse kaltblütige Morde geschehen? Aber dasselbe Mondlicht verbreitete über dem feuchten Rasen auch ein unheimliches Glühen. Ich hörte die Brandung gegen die zerklüfteten Felsen unter der hohen Klippe am Ende des Grundstücks dröhnen und tosen.

Ich schaute zum Haus. Aus dem Solarium heraus strahlte eine einladende Wärme, die zu sagen schien ‹Willkommen im Mordland›. Durch die Glaswände sah ich drinnen John Lough und Liz Carlini. Sie saß und wirkte noch äußerst lebendig, aber John stand hinter ihr und hielt ihr eine Pistole in den Nacken. Auf Katzenpfötchen schlüpfte ich leise durch eine der Seitentüren ins Haus. Drinnen schlich ich geräuschlos bis zum Solarium, wo ich ihr Gespräch belauschen konnte. John Lough versuchte Liz zu zwingen, etwas zu unterschreiben.

«Warum sollte ich das unterschreiben?» fragte sie smart. «Na los doch, John, erschieß mich. Aber was kriegst du dann?»

«Ich hab' dir doch gesagt, daß es nicht für mich ist. Es ist für sie. Für Mary hätte eigentlich ein Treuhandfonds da sein sollen, als Helen Kingsley starb.»

«Aber wo ist er denn, John? Vielleicht hat's ihn nie gegeben, und Mary hat sich das alles nur eingebildet. Oder vielleicht ist das Ganze sogar eine Lüge, und Helen Kingsley hatte nie vor, Mary zu versorgen, so wie Mary es behauptet. »

« Dann mußt eben du das jetzt machen. »

« Ich schulde Mary Phinney überhaupt nichts. Davon abgesehen kann ich gar nicht helfen. Es wird eine Testamentsprüfung geben. »

« Ich glaube dir nicht. »

« Das ändert auch nichts an der Sache. Du hast schon Danny und Prentiss ermordet. Willst du mich auch noch erschießen, nur um schließlich herauszufinden, daß ich die Wahrheit sage? »

« Den beiden trauere ich nicht nach. Mary hat schon recht, das waren sowieso nur Perverse. Es ist nicht schade um sie, daß sie tot sind. »

« Das heißt, jetzt gilt es nur noch einen Menschen zu beseitigen. Das denkst du doch, John, nicht wahr? Dann habt ihr beide, du und Mary, die ganze Firma in euren fetten Händen. Willst du das? »

« Es wäre nur verdient. Prentiss ist alles in den Schoß gefallen, während ich schuften und schuften mußte. »

« Er war ein Kingsley. Er hatte jedes Recht auf das Geld seiner Mutter. Er war ihr Fleisch und Blut. »

« Aber ich bin auch blutsverwandt. Ich bin schließlich sein Halbbruder. Du bist nur seine Frau. Ich hab mehr Anrecht als du. »

Liz wollte darauf gerade antworten, als ich hinter Johns Rücken hereinstürzte und meine slawischen Glieder ihr Zauberwerk verrichten ließ. Wenigstens meine Beine sind noch voll jugendlichen Elans. Es bedurfte nur eines schnellen Fußtritts unter seinen Arm, der den Revolver hielt, um den in hohem Bogen durch die Luft fliegen zu lassen. Die Kugel schlug in eine der großen Glasscheiben des Solariumdaches hoch über unseren Köpfen. Das Sicherheitsglas zersplitterte und regnete in tausend kleinen Kristallkörnchen auf uns herab. Im nächsten Augenblick trat ich John Lough von hinten in die Kniekehlen, und er stürzte zu Boden. Ich hockte mich mit gespreizten Beinen auf seinen Rücken und hielt ihn nieder.

Liz rief aus: «Gott sei Dank, daß Sie gekommen sind!»

«Wo zum Teufel steckt denn Ihr Leibwächter?» fragte ich. Liz stellte sich hinter mich. Ich sagte: «Worauf warten Sie denn noch, Liz? Rufen Sie die Polizei.»

«Unten am Hafen gibt es einen Noteinsatz», sagte sie ruhig. «Alle Leute von der Polizei sind im Moment dort unten.»

«Ganz ungünstig. Wir brauchen hier doch Hilfe.»

«Kommt ganz drauf an», sagte sie mit seltsam gleichmütiger Stimme.

Aus seiner Lage am Boden, mit dem Gesicht nach unten, kämpfte John Lough gegen mein Gewicht an. «Lassen Sie mich los», sagte er. «Sie haben das alles völlig falsch verstanden.» Er wandte das Gesicht nach hinten und sah zu mir auf. Dann glitten seine Augen zu etwas, was hinter mir vorging. Ich drehte mich um.

Liz hielt John Loughs Revolver in der Hand und zielte direkt auf uns beide da am Boden.

«Sie aufdringlicher kleiner Wicht», sagte sie zu mir. «Ich hab' den falschen Alarm drunten am Hafen gegeben, um die hiesige Polizei für heute abend beschäftigt zu halten. Ich wollte keinerlei Risiko eingehen. Eine Bombendrohung ist das aufregendste Ereignis, das es in den letzten fünfzig Jahren hier draußen gegeben hat. Ich hab' John zu einem kleinen Gespräch hierher eingeladen, zu einer endgültigen Bereinigung der ganzen Angelegenheit, aber ich hab' natürlich nicht damit gerechnet, daß er bewaffnet hier ankommt.» Sie ließ die Augen zu mir gleiten. «Aber jetzt bin ich dank Ihnen und Ihrem ungeschickten Eingreifen wieder Herr der Lage. Der Rest müßte einfach sein.»

«Sie wird mich umbringen», stieß John unter mir hervor.

«Stimmt», sagte Liz.

Endlich erkannte ich Dummkopf die Wahrheit. «Also Sie, Liz. Sie waren es.»

«Na, wer denn sonst? Wer hätte denn sonst gleich am Anfang so ein verdammtes Pech haben können?»

«Bei dem Gala-Empfang?»

«Dieser Fremde hat die Trüffel gegessen, die ich für Dan

Doherty vorbereitet hatte. Mein Gott, war das ein Durcheinander.»

«Warum wollten Sie Dan vergiften?»

«Um meine Ehe zu retten. Mein Mann hatte ja vollständig den Verstand verloren. Er hat Dan Doherty zum Erben eingesetzt. Können Sie sich das vorstellen? Ein ganzes Firmenvermögen sollte aufgelöst werden, nur wegen des Charmes so eines Jünglings.»

«Das wäre nicht das erste Mal», antwortete ich und dachte daran, daß ich Mary Phinney dasselbe Motiv für den Mord an Dan unterstellt hatte, nur daß sie es nicht getan hatte.

John Lough sagte: «Er sollte meinen Anteil bekommen.»

Ohne auf ihn zu achten, fuhr Liz fort: «Ich hab's mit Logik probiert, ich hab's mit Gefühl probiert, ich hab's sogar mit Lügen probiert – aber nichts konnte Prentiss umstimmen. Er war völlig vernarrt in Danny und durch seine Gefühle für ihn einfach blind. Deshalb war die einfachste Lösung, Danny zu töten.»

«Sie hätten auch auf das Geld verzichten können.»

Liz ignorierte mich. «Und es gab ja zwei ideale Verdächtige – Rafik, diesen charmanten Goldgräber, der sich einbildete, er könne von Dan alles haben, was er wolle, und John hier, den sein strenger Glauben und seine rasende Eifersucht auf Prentiss leicht so weit hätten treiben können, einen jungen Homosexuellen zu ermorden.»

«Ich habe nichts dergleichen getan!» plärrte John Lough. «Ich wollte es tatsächlich, aber ich hab's nicht getan.» Er schien den Tränen nahe, was mich überraschte, da er doch so stark wirkte. Liz befahl mir, von ihm herunterzugehen und ihn aufstehen zu lassen, und das tat ich. Aber John blieb am Boden kauern und zitterte vor Angst. Ich stand auf und sah Liz an.

«Aber dieser erste Versuch, Danny umzubringen, ging schief», sagte ich.

«Ja, und die Trüffel mit den verschiedenen Geschmacksrichtungen wurden außerdem durcheinandergebracht. Prentiss hätte versehentlich vergiftet werden können. Zum Glück glaubte die Polizei das Naheliegendste – daß Laurett Cole ganz stümperhaft ihren Geliebten beseitigen wollte.» Sie lächelte durchtrieben. «Da sieht man's wieder mal, nicht wahr? Es hat schon seine Vorteile, wenn man gebildet, berufstätig und weiß ist.»

«Aber Sie wollten ja noch Danny töten.»

«Ja, und das war auch nur eine Frage der Zeit. Ich wußte, daß er mit Prentiss hier draußen in Abigail war, und ich wußte auch, daß Prentiss jeden Morgen zum Joggen ging. Das war das einzige Laster, das der Gute hatte, mit seiner elenden, langweiligen Tugendhaftigkeit. Er lief jeden Morgen zwischen halb acht und halb neun, auf die Minute genau.»

«Wenn Sie also während dieser Stunde herkämen, könnten Sie ganz sicher sein, daß Prentiss nicht da wäre.»

«Ja. Und wenn Prentiss zufällig doch dagewesen wäre, na, ich hab' doch wohl das Recht, in mein eigenes Haus in Abigail zu kommen, oder? Außerdem hätte ich ihn ja auch nur vor Johns Drohungen warnen wollen.»

«Ich hab' dir nie gedroht», wimmerte John Lough.

«Aber das hätte Prentiss nie erfahren», antwortete Liz genüßlich.

John fing wieder an. «Du hast aber kein Recht dazu. Das Geld gehört uns.»

Mir selber war es im Augenblick mehr um Liz Carlini und den Revolver in ihrer Hand zu tun als um John Loughs Lamento wegen des Geldes. «Wie ist es Ihnen denn gelungen, Danny allein zu erwischen?»

«Das war vertrackt, da ich ja jetzt die Absicht hatte, den Verdacht von Dannys Tod auf Rafik fallen zu lassen. Als ich also im Ort ankam, rief ich vom Autotelefon aus zum Haus hinauf.»

«Deshalb also erinnerte sich Ben, daß Sie vorher schon mal dagewesen waren.»

«Ja. Er scheint alles zu behalten, nur meinen Namen nicht. Der Motor soff an diesem Morgen immer wieder ab, und ich mußte anhalten, um das reparieren zu lassen. Während Ben irgend etwas unter der Motorhaube richtete, benutzte ich das Autotelefon, um Rafik zu sagen, daß jemand von der Einwanderungsbehörde in der Fabrik gewesen sei und ihn suche. Und da er keine Arbeitserlaubnis besaß, wollte er natürlich nicht gefunden werden.

«Also hat ihn Ihr Telefonanruf lang genug vom Haus vertrieben, daß Sie hineingehen und Danny töten konnten.»

«Ja, es war tatsächlich so einfach. Wissen Sie, Vannos, wie jeder gewitzte Geschäftsmann bin ich in der Lage, mich veränderten Umständen anzupassen und eine Gelegenheit beim Schopf zu packen.»

«Aber wie haben Sie es geschafft, Danny auf so intime Weise zu töten?»

«Auch wieder so ein Glücksumstand. Er schlief gerade. Das Zimmer roch nach Sex. Ich stellte mir vor, wie Prentiss ihn bestiegen hatte, und der Gedanke, daß er sich lieber einen jungen Mann nahm als mich – der machte mich rasend.»

«Aber Sie wußten doch gar nicht, ob es Prentiss gewesen war.»

«Ich hatte den Verdacht, und das reichte. Als ich Danny da mit dem Gesicht nach unten auf dem Bett liegen sah, glänzte sein Körper noch vor Schweiß. Es ging ganz leicht. Der Lauf des Revolvers flutschte direkt hinein.»

«Mir graust es.»

«Erlauben Sie sich bloß kein Urteil über mich! Sie haben keine Ahnung, was ich durchgemacht habe. Meine Ehe war nur eine Fassade. Mein Leben hatte überhaupt keinen Sinn. Der neue Laden war meine einzige Hoffnung. Dann erschien Danny auf der Bildfläche, und Prentiss verlor den Verstand.» Liz lächelte höhnisch. «Und ich war auch noch so blöd, zu glauben, daß Prentiss mich, wenn Danny erst mal tot war, wieder in sein Testament einsetzen würde.»

«Und das hat er nicht?»

«Nein. Er wollte tatsächlich diese hirntote Kreatur hier» – sie zeigte mit dem Revolver auf John Lough – «als seinen Erben benennen».

John warf ein: «Rechtmäßig bin ich das auch.»

«Nicht, wenn du tot bist», gab Liz zurück.

Ich fragte: «Warum hat Prentiss Sie aus seinem Testament gestrichen?»

Liz kicherte. «Er entdeckte etwas, das mich des heiligen Geldes der Kingsleys unwürdig machte.»

«Doch nicht einen anderen Mann?»

Sie lachte. «Was sind Sie einfältig, Vannos.»

John Lough blieb am Boden kauern. Er hielt sich die Ohren zu und schüttelte den Kopf. Offensichtlich war das Ganze zu viel für ihn.

Liz sagte: «Armer Kerl. Es ist fast nicht der Mühe wert, ihn umzulegen.»

«Warum tun Sie's dann?»

«Ihr beide wißt zuviel.»

«Es muß aber einmal aufhören, Liz. Sie werden garantiert geschnappt, wenn Sie uns umbringen.»

«Dann ist es ja auch egal, wenn ich's tu'.»

Es war ganz klar, ich mußte sie hinhalten, bis ... was? Hatte Branco die örtliche Polizei noch nicht alarmiert?

«Aber warum haben Sie Prentiss getötet, Liz?»

Sie lächelte bescheiden. «Sie versuchen Zeit zu schinden, stimmt's?» Sie zuckte die Schultern. «Warum soll ich's Ihnen nicht sagen? An diesem Punkt war es die einzige Möglichkeit, überhaupt noch irgendwas von dem Vermögen abzukriegen. Wissen Sie, obwohl mich Prentiss ausdrücklich als seine Frau von der Erbschaft ausgeschlossen hatte, hätte ich doch noch den für Danny bestimmten Anteil kriegen müssen, solange er keinen anderen Erben ernannt hatte.»

«Aber ich dachte, Sie sagten vorhin, daß John Lough der nächste Erbe sein sollte.»

«Das hatte Prentiss noch nicht eintragen lassen, und deshalb mußte ich schnell handeln.»

«Aber dann wären Sie ja die Hauptverdächtige.»

«Eigentlich nicht. Ich kam in dem Testament gar nicht vor. Rein technisch hatte ich überhaupt kein Motiv, meinen Gatten zu töten.»

«Aber würde Dan Dohertys Erbe nicht auf seine Erben übergehen?»

Liz ließ ein hinterhältiges Kichern hören. «Dan Doherty glaubte in seiner typisch jugendlichen Überheblichkeit, er werde ewig leben, oder zumindest länger als Prentiss. Er hinterließ Prentiss sein gesamtes Vermögen, in einer Geste von falscher Dankbarkeit. Beides hob sich also irgendwie gegenseitig auf.»

«Da haben Sie dann also Prentiss ermordet.»

«Ja, aber diesmal waren Zeit und Ort eine echte Herausforderung. Ich beschloß, es auf diesem Rastplatz an der Autobahn beim Dykes Pond zu machen. Ich hatte gehört, daß es dort einen Männerstrich gibt.»

«Wie haben Sie's angestellt, ihn dort tatsächlich zu treffen?»

«Ich beauftragte einen Taxifahrer in Boston, hier anzurufen und eine Nachricht auf dem Anrufbeantworter zu hinterlassen, in der er sagte, er wolle Danny auf dem Rastplatz treffen. Schon verrückt, was die Leute für Geld alles machen. Der Taxifahrer hielt das Ganze wohl für irgend so einen schrägen Witz.»

«Aber Danny war doch schon tot.»

«Ja, und ich wußte, daß das Prentiss' Neugier erregen würde. Auch wenn seine Beziehung zu Danny platonisch war, gab es da doch trotzdem Eifersucht. Das war etwas, was Prentiss sehr gut konnte ... eifersüchtig sein. Also zog ich mich an wie ein Schwuler, der zum Streunen geht – Jeans, T-Shirt, Lederjacke, Stiefel – und ging ihn dort treffen.»

«Wir haben doch nicht alle den gleichen Fummel an, um jemand aufzureißen, Liz. Aber war es nicht trotzdem riskant? Jemand hätte Sie beobachten können.»

«Hohes Risiko, wenn's um einen hohen Einsatz geht. Ich wartete, bis Prentiss' Auto das einzige auf dem Rastplatz war. Dann ging's nur noch darum, daß ich ihn dazu bringen mußte, das Fenster runterzulassen, und ihm dann den Revolver in den Mund steckte.»

«Versuchte er sich nicht zu wehren?»

«Es ist merkwürdig», sagte sie mit einem nachdenklichen Blick. «Überhaupt nicht. Er schien es fast so zu wollen.»

«Hat er Sie erkannt?»

«Ich kann's mir nicht anders vorstellen. Wir sahen uns in die Augen.»

Wer weiß, was einen Menschen dazu bringt, seinem Todeswunsch nachzugeben?

«Und die Schüsse, die auf Ihr Haus abgegeben wurden? Wie haben Sie das geschafft, ohne entdeckt zu werden?»

Liz lächelte. «Das war auch so eine Gelegenheit, die regelrecht danach schrie, genutzt zu werden. Alle drei Nachbarn, die unser Grundstück zumindest teilweise einsehen können, waren verreist. Es war zwar trotzdem noch riskant, aber niemand sah oder hörte etwas. Und es belastete John.»

«Warum denn mich?» jammerte John.

«Weil das für meine Zwecke nützlich war», entgegnete Liz.

«Liz, wo wird Sie all das am Ende hinführen?»

Sie lachte. «Ich werde die Genugtuung haben, zu wissen, daß ich nicht untätig herumsaß, darauf hoffte, daß sich doch noch alles ändern würde, und mein Los beklagte. Ich hab' was daran geändert. Ich bin aktiv geworden. Ich habe Stärke bewiesen.»

«Auch wenn das einschloß, Menschen umzubringen.»

Sie zuckte die Schultern. «Diesmal hat es das wohl bedeutet.»

Ich schüttelte den Kopf. «Sie tun mir wirklich leid.»

«Erzählen Sie das dem Dorfpfarrer. So und jetzt gehen wir. Wir drei machen nämlich jetzt einen kleinen Spaziergang. Ich hoffe, ihr genießt einen letzten Ausflug ans Meer.»

Sie hielt den Revolver weiterhin auf John und mich gerichtet und dirigierte uns aus dem Solarium hinaus und auf die Klippen zu. Ich versuchte, sie weiter am Sprechen zu halten, um mich vielleicht irgendwie aus diesem Schlamassel hinauszuwinden, wenigstens bis die Polizei eintraf. Wo blieben die aber auch so verflucht lange? Da kam mir ein höchst beunruhigenderGedanke: Wenn Branco sie nun gar nicht verständigt hatte?

Draußen am Kliff hoch über dem Privatstrand fragte ich Liz: «Was hatte Prentiss denn herausgefunden, daß er Sie enterbte? Daß Sie abgetrieben hatten?»

«Ganz schön schlau von Ihnen, da draufzukommen. Ja, ich hab's weggemacht. Ich hatte nicht vor, auch nur das Geringste mit meinem Nachkommen zu teilen.»

«Nicht einmal bei einer eventuellen Kingsley-Erbin?»

«Ich hatte es satt, dauernd von der Linie der Kingsleys zu hören. Ich wollte meinen Anteil frei und unabhängig von irgendwas oder irgendwem.»

«Aber Sie haben drei Unschuldige ermordet. Sie haben Dinge in die Hand genommen, die Ihnen nicht zustehen.»

«Ich wundere mich schon, daß Sie mich nicht auch noch des Mordes an dem Fötus beschuldigen, in Ihrer selbstgerechten Pietät.»

«Diese Entscheidung sollte der Frau überlassen bleiben.»

«Hah! Ihr scheißliberalen Hurensöhne hängt mir doch wirklich zum Hals raus. Sie haben gut reden – Sie sind ein Mann. Aber ich mußte den Kampf aufnehmen. Ich mußte Opfer bringen. Ich habe mein Lebensglück drangegeben, um das zu behalten, was mir gehört, und kein staubiger Geist einer Mutter und kein betrügerischer junger Designer würden mir das streitig machen.»

«Also hatten Prentiss und Danny doch ein Verhältnis.»

Liz schüttelte den Kopf. «Nein, nie», sagte sie. «Zwischen ihnen gab's nie was Sexuelles. Es war ganz einfach eine Vater-Sohn-Beziehung. Mußte es auch sein. Prentiss wollte Dan Sicherheit bieten, ganz einfach.»

«So einfach, daß Sie beide ermorden mußten.»

John Lough stieß hervor: «Ihr seid alle nur ein Haufen Perverse. Ihr werdet alle in der Hölle schmoren.»

«Lieber, trauriger John», sagte Liz Carlini. «Wenn es die gibt, finden wir uns dort alle wieder. Wenigstens werden wir so beweisen, daß es sie gibt. Das sollte zumindest eine Frage deines Glaubens beantworten.»

Sie drängte uns weiter bis an den Rand der Klippe. Wir blieben kurz vor dem Abgrund stehen, und sie sagte: «Jetzt möchte ich gerne, daß ihr beide euch umarmt, bevor ihr euch hinunterstürzt.»

«Oh nein!» wimmerte John Lough, als er auf die schroffen Felsen in der Brandung dort unten in über vierzig Meter Tiefe hinunterstierte. «Sie wird mich jetzt wirklich umbringen.»

«Das betrifft uns alle beide, mein Junge», sagte ich.

John flehte sie an. «Vielleicht können wir uns doch noch

einigen. Ich geb' jeden Anspruch auf das Vermögen auf. Ich vergeß' das mit der Stiftung für Mary. Alles. Ich versprech's. Nur laß mich leben, bitte, bitte. »

«Du Schwachkopf. Du hast doch gar nichts aufzugeben. Also jetzt umarmt euch endlich mal. Ich möchte, daß es wie so ein pathetischer Pakt zwischen Liebenden aussieht. Denkt doch an diese Tragödie. Die ganze Welt hat sich von euch abgewandt. Danny und Prentiss sind auch dahin. Ihr habt nichts mehr, wofür es sich noch zu leben lohnt. Also umarmt euch jetzt und springt. Es ist ganz einfach. »

Einfach, einfach, einfach.

«Ein anderes Wort bitte», murmelte ich und stieß John Loughs schweren Körper in sie hinein. Sie schoß, und er stürzte. Das schien sie zu überraschen. Bevor sie richtig auf mich zielen konnte, rannte ich sie nieder. Wir kämpften um den Revolver. Ich mühte mich ab, ihn ihr wegzureißen, während sie auf mich zu zielen versuchte. Sie war stark und listig, aber meine Schönheitssalonhände sind auch stark und clever. Schließlich konnte ich ihr den Revolver aus den Händen winden. Ich stand auf und schleuderte ihn über die Klippe auf die Felsen weit dort unten.

Als ich mich wieder umdrehte, rannte Liz schon. Ich sauste ihr auf meinen elastischen slawischen Beinen hinterher, holte sie ein und packte sie. Ich, der ich in meinem ganzen Leben noch nicht einmal Football gespielt hatte – hier jagte ich nun hinter Frauen her und warf sie zu Boden. Ich hielt Liz nieder. Sie biß und kratzte und stieß mich. Sie war wild und behende und, schlimmer noch, gefährlich. Aber daß ich so ein paar Pfunde zuviel mit mir herumtrage, traf sich jetzt gut. Mit meinem ganzen Gewicht preßte ich sie zu Boden. Dann nahm ich meinen Gürtel ab. Nach einem langwierigen und atemlosen Kampf gelang es mir schließlich, ihr Hände und Füße auf dem Rücken zu binden. Sado-Maso-Fesselungen kamen mir in den Sinn, und ich murmelte eine Entschuldigung dafür, daß ich die Frauenrechte derart mit Füßen trat.

Eines allerdings habe ich noch nie sehr gut beherrscht, nämlich Knoten zu binden, noch dazu mit einem Ledergürtel. Kaum lockerte ich den Druck meines Körpers, als Liz sich auch schon aus dem Gürtel herausgewunden hatte. Sie sprang auf und floh zum Rand der Klippe.

«Wenn Sie näherkommen, springe ich.»

«Nicht, Liz.»

«Ich hab' alles verpfuscht. Ich bin gescheitert.»

«Das ist nicht das Ende.»

«Was bleibt mir jetzt noch übrig?»

«Für Ihre Taten zu büßen.»

«Das ist ja schlimmer als der Tod!»

«Sie wollen sich also davonmachen, anstatt die Folgen auf sich zu nehmen?»

«Halten Sie mir hier keine Predigt!»

«Ich halte keine Predigt. Ich rede Karma.»

«Sie können sich Ihr kosmisches Bewußtsein in den Arsch schieben!»

«Liz –»

Aber meine Stimme wurde vom Wind verweht, ohne noch zu Elizabeth Anne Carlini-Kingsley zu dringen. Sie hatte sich über das Riff in die zerklüfteten Felsen der Brandung hinuntergestürzt. Ich stöhnte auf und schüttelte den Kopf. Dann fing ich an zu weinen.

Gleich darauf hörte ich durch das Brausen des Windes schwache Rufe von John Lough. Er war nur verwundet und hatte sich tot gestellt, um sich zu retten. «Sie sollten mir vielleicht einen Krankenwagen rufen», sagte er.

Ich unterdrückte die naheliegende Antwort.

Und nun kamen auch tatsächlich die Polizisten aus Abigail über den mondbeschienenen Rasen gerannt, die Branco von Boston aus verständigt hatte.

20.
Auskämmen

Am nächsten Morgen arbeitete ich wieder im Laden, als hätten die vergangenen Ereignisse zu einer ausgedehnten Fernsehserie gehört und nicht ins sogenannte wirkliche Leben. Nicole hatte mir angeboten, ich könne mir ein paar Tage freinehmen, aber ich lehnte das ab. Bei mir gehen die Kunden immer vor ... jedenfalls manchmal.

Laurett saß in meinem Frisierstuhl, und ich beendete gerade ihre Frisur für einen Gedächtnisgottesdienst für Dan Doherty, einen, den sie selber organisiert hatte.

«Kommst du später?» fragte sie.

«Ich glaube, ich hab' erst mal genug von der Kirche.»

«Er wird aber nicht wie anderer sein, Vannos.»

Ich schüttelte den Kopf. «Trotzdem vielen Dank.»

Ganz oben auf meinem Frisierwagen, unter all den Flaschen und Instrumenten meines Gewerbes, lag tatsächlich wieder eine, und hoffentlich die letzte, herzförmige Pralinenschachtel, gefüllt mit Trüffeln von *Le Jardin*. Sie war durch Boten gesandt worden, aber ich hatte sie noch nicht geöffnet. Daß sie vergiftet sein könnten, fürchtete ich allerdings nicht, denn all die anderen Trüffel, die vergangene Woche so geheimnisvoll aufgetaucht waren, hatten auch kein Gift enthalten. Ich hatte nur kein Interesse daran. Tatsächlich wurde mir allein schon bei dem Gedanken an Schokolade fast schlecht. Vielleicht war meine lebenslange Abhängigkeit von dem Zeug endlich kuriert, und meine Extrapfunde würden jetzt einfach wegschmelzen.

Tobias jedoch spähte nach der Schachtel, und ich sah, wie seine Fingerchen gierig zappelten, während er in Gedanken schon dabei war, jedes einzelne Stück da drin in Marmelade zu verwandeln.

«Vannos», sagte Laurett, «ich entschuldige mich, weil ich war böse auf dich. Ich dachte, du warst zu freundlich zu Miss Lisa. Ich wußte ja nicht, daß du warst hinter ihr her.»

«Schon gut», erwiderte ich. Ich konnte ja nicht die Wahrheit eingestehen – daß ich mich naiverweise mit Liz Carlini angefreundet hatte und ihr ernstlich helfen wollte, wenn auch mehr um des Profits willen als aus echter Betroffenheit. Ich fragte mich, ob meine Hände wohl jemals ihre Reinheit wiedererlangen würden, nachdem sie an einer Mörderin gearbeitet hatten und an einem ihrer Opfer? Sie fühlten sich genetisch verändert an.

Nicole marschierte munter auf meinen Arbeitsplatz zu und brachte mir den schönen Rafik, der heute früh aus der Haft entlassen worden war.

«Schau mal, wer wieder da ist», sagte Nicole.

«Jetzt laß mal wieder die Luft ab, Liebes.»

Rafik lächelte mich breit an. «Du bist Held, ja?» sagte er mit einem Zwinkern.

«Und du bist Ex-Knacki», sagte ich, wobei ich seinen Akzent imitierte und das Zwinkern zurückgab.

Während ich Laurett den Frisierumhang abnahm, bemerkte Rafik die ungeöffnete Pralinenschachtel auf meinem Arbeitswagen.

«Du öffnest nischt meine Geschenk?»

«Ich möchte gern schlank und attraktiv werden.»

«Mir ist egal dein Figur.» Er sagte «Fighuur». «Mir ist nischt egal daß du so tapfer.» Er legte den Arm um mich und zog mich an sich. Er streichelte den Rettungsring um meine Hüften herum, und ich wünschte nur, daß ich so schlank wäre wie er. Allerdings schien er es zu genießen.

Ich sagte: «Tapfer kann man eigentlich nicht sagen, Rafik. Es war alles mehr oder weniger Zufall.»

Nicole widersprach. «Wie kannst du so etwas sagen, Stanley? Einzig deinem Dranbleiben und Nachbohren und Hinterherjagen ist es zu verdanken, daß der Fall schließlich gelöst werden konnte und diese beiden hier wieder frei sind.»

«Da-hast-du-recht», sagte Laurett, als sie aus dem Stuhl aufstand.

«*Merci*», sagte Rafik. Er drückte mich noch einmal, bevor er von mir abließ.

Zu allen dreien sagte ich: «Aber erst John Loughs Aussage klärte gestern abend alles für die Polizei in Abigail. Mir wollten sie die ganze Geschichte natürlich nicht glauben.»

« Es klang ja auch alles reichlich melodramatisch, Schätz-chen », sagte Nicole. « Vor allem das Finale mit dem Sprung von der Klippe. »

Ich schüttelte traurig den Kopf. « Liz Carlini war krank. Jetzt leidet sie wenigstens nicht mehr. »

Laurett bewunderte meine phantastische Arbeit an ihrem Haar – eine ultramodische Hochfrisur – während Tobias bereits die Pralinenschachtel von meinem Frisierwagen heruntergeholt hatte und aufmachte.

Nicole sagte: « Du hast vielleicht Glück gehabt, daß John Lough bei allem Zeuge war. Einem Mann wie ihm schenkt die Polizei Gehör und Glauben. »

« Ob er sich allerdings je wieder davon erholt, daß er mit mir so in Berührung gekommen ist, das weiß ich nicht. Was das Schlimmste war, er mußte ihnen wirklich alles erzählen, wodurch jeder Verdacht von mir genommen wurde. So hat er am Ende auch noch einen Schwulen gerettet, der arme Mann. »

« Arm ja nicht gerade », sagte eine wohlbekannte Bariton-stimme hinter mir. Sie gehörte Branco. Er war gerade von draußen hereingekommen und hatte den Geruch klarer, kalter Winterluft mit hereingebracht. Nach einer etwas bemühten Begrüßung von uns Exverdächtigen und Exgefangenen sagte er: « Wir haben heute morgen das Testament von Prentiss Kingsley eingesehen. »

« Gab's schließlich doch noch einen ausreichenden Grund, Lieutenant? »

Grunzer. « Nach dem, was darin steht, erbt John Lough Prentiss Kingsleys Anteil des Vermögens. Der Rest bleibt als Treuhandstiftung bei der Firma. »

Ich tz-tz-tz-te. « Alle Intrigen von Liz Carlini umsonst. »

Laurett sagte: « Was sie am meisten fürchtete, wäre so-wieso passiert. »

« Lieutenant », fragte ich, « wie war das jetzt mit diesem Treuhandfonds für Mary Phinney? Stand darüber etwas im Testament? »

« Nein, aber es klärte sich durch John Loughs Geschichte auf. Offensichtlich hatte sich die letzte Mrs. Kingsley, die

die Firma führte, eine Tochter gewünscht. Es dauerte lange, aber als sie dann schließlich ein Kind bekam, war es ein Junge.»

«Und zwar Prentiss Kingsley», warf ich ein.

«Stimmt», sagte Branco mit einem kleinen Stirnrunzeln – einem Stirnrunzeln, das mir nahelegte, jetzt mal den Mund zu halten. «Also entschloß sie sich, eine Tochter zu adoptieren, und das war dann Mary Phinney.»

Da ich die Tatsachen bereits kannte, fühlte ich mich berufen, die Geschichte, die Branco begonnen hatte, zu Ende zu führen. «Als Helen Kingsley also starb, hätte Mary Phinney eigentlich alles erben müssen, gemäß der Tradition mit der Kingsley-Tochter. Aber da sie keine leibliche Kingsley war, bekam sie nichts, nicht mal die Hälfte.» Ich verstummte. «Stimmt's?»

Grunzen. Diesmal immerhin ein zustimmendes.

Ich fuhr fort: «Als also Prentiss starb, hoffte Mary, von Liz Carlini einen Teil des Vermögens zurückzuerhalten, da man ja um die Sache mit der leiblichen Nachkommenschaft der Familie Kingsley jetzt nicht mehr kämpfen mußte.»

«Das dachte sie», sagte Branco. «Aber wie gesagt ging es an John Lough.»

«Und an seine Ehefrau, Mary Phinney», fügte ich hinzu.

«Was!» schrie Nicole.

Branco nickte. «Da hat er recht.»

Laurett nickte. «Ich hab's schon immer gewußt, daß da was ist.»

Rafik nickte. «Amerikaner eben.»

Tobias zerquetschte eine mit Erdbeerparfait gefüllte Praline.

Ich sagte: «Aus John Loughs Perspektive des Barmherzigen Samariters sah es so aus: wenn er schon ein zweitklassiger Kingsley war, dann war Mary eine Art blinder Passagier. Vielleicht hat er sie aus Schuldgefühl geheiratet.»

Nicole fragte: «Aber das hat niemand geahnt?»

Branco erwiderte: «Wer weiß?»

Ich schüttelte verwundert den Kopf. «Prentiss Kingsley hat seine Adoptivschwester nie anerkannt, also hat sein Halbbruder sie geheiratet. Das gibt ungeregelten Familienverhältnissen eine ganz neue Dimension.»

«So ein Durcheinander», sagte Nicole.

Ich fügte hinzu: «Und jetzt, wo John Lough und Mary Phinney am Ruder sind, kann Gladys Gardner zu ihren soliden alten Grundsätzen zurückkehren, der Traum aller Reaktionäre wird endlich wahr. Vielleicht ist die Zeit für ultraschicke Läden wie *Le Jardin* sowieso abgelaufen.»

«So wie die Zeit in Boston für mich und mein Sohn», sagte Laurett. «Wir gehen bald von hier weg und gehen nach Baltimore. Meine Schwester kommt von Jamaica, so wir machen alle dort eine neue Anfang.»

Rafik sagte: «Vielleischt wir gehen auch weg, Stani, *en vacances*, so isch kann sagen danke zu dir. Ja?»

Schluck.

«Ich weiß nicht, ob ich mir freinehmen kann, Rafik.»

Nicole flötete: «Ich bin sicher, daß sich das einrichten läßt.»

Rafiks Augen funkelten begierig, und ich überlegte, was für neue Tricks er wohl im Gefängnis gelernt habe.

Laurett flüsterte mir zu: «Mein Engel, der Mann liebt dich ja.»

Absurderweise schaute ich hilfesuchend zu Branco. Mit so einem seltsamen Kräuseln der Lippen sagte er: «Ich finde, das klingt ganz vernünftig, besonders wenn's wo hingeht, wo es warm ist.»

Ich blickte Rafik an, der noch auf Antwort wartete.

«Klar», sagte ich.

«*Bien.*»

Dann verließen Laurett und Tobias nach vielen Umarmungen und gegenseitigen guten Wünschen den Laden. Sogar Branco gab Tobias einen letzten Abschiedskuß auf die Backe. Wasch' dich da nie wieder, Junge.

Branco machte sich auf, zu gehen, und ich brachte ihn zur Tür.

«Lieutenant, aus einer Sache bin ich noch nicht schlau geworden.»

Branco wandte sich um. «Und die wäre?»

«Wessen Revolver war das denn nun in der Pralinenschachtel?»

«Er ist nicht registriert, aber es war derselbe, mit dem Dan

Doherty und Prentiss Kingsley getötet wurden und aus dem die Schüsse auf Liz Carlinis Haus stammten.»

«Dann war das also die Waffe, die Liz Carlini für alles benutzt hatte.»

Branco nickte. «Und John Lough hat gestern abend zugegeben, daß er seinen eigenen Revolver benutzt hat.»

«Den aus dem Schreibtisch in der Fabrik?»

«Genau. Den haben wir gestern abend unten zwischen den Felsen in Abigail in der Nähe des Hauses gefunden.»

Ich schüttelte den Kopf. «Ich kann es immer noch nicht glauben, daß Liz das alles, so weit wie sie es getrieben hat, nur um des Geldes willen getan hat.»

Mit einem Kennerblick sagte Branco: «Ihr Verhalten hatte wenig mit Geld zu tun. Diese Frau war völlig gestört.»

«Lieutenant, ich glaube, da sind wir doch endlich mal einer Meinung.»

Branco setzte seinen Hut auf und winkte Nicole und Rafik zum Abschied zu. Dann beugte er sich zu mir vor und sagte neun Worte, wobei er bei jeder Silbe den warnend erhobenen Zeigefinger bewegte.

«Und Sie begeben sich nicht nochmal so in Gefahr.»

«Ja, Sir.»

Und fort war er.

Ich kehrte zu meinem Arbeitsplatz zurück, an dem Nicole und Rafik eifrig plapperten. Als ich hinkam, versiegte ihr Gespräch, und sie schauten mich beide unschuldsvoll mit großen Augen an. Sie hatten offenbar über mich gesprochen. Nicole redete rasch weiter, als wolle sie die plötzliche Stille überspielen: «Was ist jetzt mit Ruikos Auto?»

«Da hat mir wieder mal mein Karma geholfen, Liebes. Es hat sich herausgestellt, daß sie den Motor sowieso generalüberholen lassen wollte, sie hat nur in der Stadt keinen guten Mechaniker gefunden. Im Grunde habe ich ihr also einen Gefallen getan, daß ich das Auto nach Abigail hinausgefahren habe, wo jetzt Ben, der letzte vertrauenswürdige Mechaniker von ganz Neuengland, daran arbeitet. Ihre Versicherung übernahm sogar die Abschleppkosten.»

«Wie schön», sagte sie, «also ist einfach alles wieder in

Ordnung. Jetzt können wir hier wieder zum normalen Leben zurückkehren.»

«Zum normalen?» sagte ich und grunzte dann wie Branco.

Nicole kehrte zum Empfangstisch zurück und ließ Rafik und mich an meinem Platz allein. Nachdem wir uns lange angeschaut hatten, nachdem sich unser Herzschlag beschleunigt hatte und der Laden um uns herum zurückgetreten war, weil es nur noch zwei Menschen auf der Welt gab, hörte ich mich sagen: «Wollen wir jetzt mal Pläne machen?»

DER MIT DEM TOD TANZT

Aus dem Amerikanischen
von Nora Matocza und Gerhard Falkner

1. Darf ich bitten?

Ich glaube, mein Geliebter bringt mich um.

Zwar nicht im wörtlichen Sinne mit Messer oder Pistole oder Gift. Es handelt sich vielmehr um eine weitaus raffiniertere, aber unaufhaltsame Zerstörung des Lebens, das ich führte, bevor ich ihn kennenlernte. Nicht daß da viel zu zerstören gewesen wäre. Dieses Leben bestand hauptsächlich aus Arbeiten und Zu-Hause-Sein und Arbeiten und Zu-Hause-Sein, dem ganzen langweiligen Alltag eben, der nur hie und da von einem ruhigen Abend mit guten Freunden unterbrochen wurde oder ganz selten mal von einer wilden, ausgelassenen Nacht mit einer ganzen Gruppe von Typen, die loszogen und sich zusoffen und immer lauter wurden. Doch trotz der geduldigen Zuneigung meiner Freunde, trotz meines Berufs als Haarstylist, der ja pausenlos soziale Kontakte mit sich bringt, trotz der unerschütterlichen Liebe meiner Familie und der unbestimmbaren Liebe meiner Katze fühlte ich mich im Innersten einsam und sehnte mich nach einer anderen Art von Liebe. Jede fleischliche Lust hatte so lange geruht, daß sich meine unteren Regionen geradezu verwaist fühlten. Da tauchte Rafik auf – so heißt er, sein Name wird auf der zweiten Silbe betont und mit langem »i« gesprochen –, der mich ganz schnell von meiner Angst vor körperlicher Einsamkeit heilte. Diese Behandlung jedoch brachte andere Komplikationen mit sich.

Es war spät im März, an einem selten schönen Morgen mit blauem Himmel, dem ersten richtigen Frühlingstag. Die ganze Nacht hatte der Regen die Luft reingewaschen, sie war jetzt überaus lieblich. Das Bostoner Wetter hatte eben jenen kritischen Punkt überwunden, an dem wir Einheimischen beruhigt unsere Schals, Handschuhe und Winterstiefel wegpacken und ganz hinten im Schrank verstauen können, bis zum nächsten Winter, der allerdings in Neuengland nur ganze sechs Monate vom ersten Frühlingstag entfernt ist. Ich war gerade auf dem Weg zur Arbeit, zum

Salon Snips nämlich, der in einem superschicken Viertel liegt, am unteren Ende der Newbury Street, gleich neben dem Stadtpark und dem Ritz Carlton. Ich hatte noch etwas Zeit und wußte auch, daß für mich heute vormittag keine Kunden vorgemerkt waren. So beschloß ich kurzerhand, Rafik bei der Arbeit einen Überraschungsbesuch abzustatten, in den Studios des Boston City Ballet mitten in der Südstadt.

Rafik war in Montreal Tänzer gewesen, bis er sich vor fünf Jahren bei einem unschönen Probenunfall die Hüfte verletzte. Damals kannte ich ihn noch nicht, aber manchmal wünschte ich, ich hätte ihn schon gekannt, denn dann hätte ich ihn gesundpflegen können. Er war zu dem Zeitpunkt Ende zwanzig und stand mit seiner Karriere als Tänzer gerade am Anfang seiner Reifezeit, das heißt, am Anfang seiner besten Jahre. Aber da nahm sein Schicksal eine andere Wende, und zwar einfach nur deshalb, weil in dem Augenblick vor dem Studio ein alter Möbelwagen eine heftige Fehlzündung hatte und Rafik mitten in der Luft bei einem dreifachen Sprung seine kostbare Konzentration verlor und sich von der Schwerkraft überwältigen lassen mußte. Er kam also nach seinem komplizierten Sprung schlecht auf, knallte genau auf den Beckenkamm der rechten Hüfte und brach sich ganz sauber den Oberschenkelhalsknochen. Im täglichen Leben macht ihm diese Verletzung jetzt nicht mehr zu schaffen. Aber für einen klassischen Ballettänzer, dessen Körper ja jederzeit in der Lage sein muß, das Gleichgewicht notfalls nur durch drei oder vier Muskelfasern zu halten, bedeutete diese Art von Verletzung natürlich den Todesstoß. So wandte sich Rafik also der Choreographie und dem Ballettunterricht zu, um doch noch bei seiner Kunst bleiben zu können. Nach außen hin scheint er mit dieser Entscheidung ganz zufrieden zu sein, aber ich habe trotzdem das Gefühl, daß das Ganze in seinem Innern Narben hinterließ und seine gefühlsmäßige Entwicklung in manch einer Hinsicht hemmte, daß ein ganzer Bereich regelrecht taub wurde, als seine Bühnenkarriere genau in dem Moment, wo er unmittelbar vor der künstlerischen Reife stand, zu einem Ende kam. Vielleicht ist das einer der Gründe, warum er nach Boston ging, um woanders ein völlig neues Leben anzufangen. Mein Leben jedenfalls hat sich sehr verändert, seit er da ist.

Hier sinnierte ich also über Liebe und Kunst und Schicksal, hatte keine Nase für den Geruch der feuchten Erde, die nach Mutterschoß duftete, und kein Auge für all das spriessende Grün entlang des Gehsteigs oder für die Zweige in ihrem Gewölk zarter Knospen, blieb unberührt von all den fröhlichen Zeichen des Frühlings, die sich mir auf Schritt und Tritt offenbarten, als könne ich einfach nicht glauben, daß der Winter nun wirklich vorüber sei, und plötzlich stand ich vor den Toren des Boston City Ballet. Am Haupteingang parkte Rafiks Motorrad, dem ich den Spitznamen Big Red gegeben habe, teils wegen seiner Farbe, teils wegen der unvergeßlichen Erinnerungen an die Zeit, in der Rafik um mich warb und oft unangemeldet aufgetaucht war, in seiner Lederkluft und die große rote Maschine zwischen den muskulösen Schenkeln.

Auf seinen ausdrücklichen Wunsch hin besuche ich Rafik nur sehr selten in den Ballettstudios. Ihm scheint viel daran zu liegen, sein Privatleben, und eben auch mich, von der Ballettszene strikt getrennt zu halten. An diesem Frühlingsmorgen jedoch überkam mich stärker als sonst ein romantisches Gefühl, und ich wollte ihn sehen. Vielleicht hatte das warme Wetter nach der Winterruhe meine Lebenssäfte wieder in Zirkulation gebracht. Eines jedenfalls wußte ich: schon der geringste Hauch meines Liebsten würde mich heute morgen ganz schön in Fahrt bringen.

Ich stieß eine der schweren Glastüren mit dem Körper auf und betrat das Gebäude. Es war erst vor kurzem innen und außen vollständig renoviert und zu einem maßgebenden Beispiel sicheren architektonischen Stilempfindens im späten 20. Jahrhundert umgeformt worden. Bis in die kleinste Kleinigkeit war der Neuentwurf farblich abgestimmt, der hier gültigen Formensprache angepaßt und gekonnt eingefügt worden. Bestimmt hatte da jemand einen Computer benutzt, um ein so bruchloses, einheitliches Ergebnis zu erzielen. Was für ein Unterschied zu den Ballettstudios von früher, wo endlos lange Treppen mit unzähligen quietschenden Holzstufen in einen muffigen, alten Saal hinaufgeführt hatten. Dort hielt sich ein Gespür für die Vergangenheit, und die alten geheiligten Rituale lebten noch in den Sälen fort. Ich war mir nicht so ganz im klaren, auf welche Weise die modernisierten Räume des Boston City Ballet die darin arbeitenden Künstler beeinflußten. Wurde ihnen damit vielleicht die Seele aus der Vergangenheit herausgerissen, aus der langen Tradition herausgezerrt, die ihre Kunst schon immer bestimmt hatte, und in das heutige, computergesteuerte Umfeld hineingeschleudert?

Hier drinnen, in der nüchternen Eingangshalle begann eine andere Welt, eine, die vom Wechsel der Jahreszeiten nicht berührt wurde. Hier gab es nur offenen Raum und irdische Körper, die von keinem anderen Gefühl beseelt waren, als von der Suche nach der absoluten Schönheit, wie sie von der Musik katalysiert und von Anmut und Bewegung refraktiert wird – eine Art von märchenhaftem Farbfilm. Die Dame an der Rezeption erkannte mich als Rafiks Freund und teilte mir mit, daß die Profistunde, worunter man die Ballettklasse versteht, die den an den Aufführungen beteiligten Mitgliedern einer Balletttruppe vorbehalten ist, gleich eine kurze Pause machen und dann »in die Mitte« gehen werde.

Ich stieg die breite Treppe hinauf zu Saal A, der auch großer Saal genannt wurde und in dem die Profistunde immer stattfand. Noch bevor ich den Treppenabsatz erreichte, hörte ich durch die offene Saaltür den Klang eines Konzertflügels, der zwar ein wenig verstimmt war, aber doch in seinen musikalischen Sätzen anschwoll und abebbte wie Meereswogen. Und noch über dieses turbulente musikalische Drama hinweg hörte ich die durchdringende Stimme einer alten Frau.

»Strääääääääh-ken!«

Diesem bestialischen Geheul entnahm ich, daß Rafik heute die Profistunde nicht unterrichtete. Ich schaute durch die offene Tür nach drinnen. Die stratosphärische Decke erweckte Assoziationen an eine Kathedrale, oder vielleicht auch an eine Flugzeughalle. Von den Fenstern hoch oben in der Decke schnitten breite Bahnen von goldgelbem Sonnenlicht durch den gewaltigen Raum und hoben wie Bühnenscheinwerfer einzelne Tänzer hervor. Der Geruch von sauberem Schweiß vermischte sich mit dem stechenden Duft von zerriebenem Kollophonium auf dem unbehandelten Holzfußboden. Es war eine der umstrittensten Extravaganzen des Boston City Ballet gewesen, im renovierten großen Saal einen Hartholzboden verlegen zu lassen, anstatt sich für den billigeren, aber moderneren PVC-Belag zu entscheiden, wie er in den meisten anderen Studios und auch auf den Bühnen viel verwendet wurde. Rafik hatte einmal gesagt, daß man auf unbehandeltem Holz am besten tanze. Der Geruch und die Struktur der langen Dielen aus weißlichem Holz schienen eine Brücke zur Vergangenheit zu schlagen. Vielleicht war ja hier doch noch die Geschichte lebendig, sowohl im Fußboden als auch in den Bewegungen.

Momentan befanden sich ungefähr fünfundvierzig Tänzer im Saal, etwa zwei Drittel weiblichen und ein Drittel männlichen Geschlechts. Ihre Aufmachung reichte von klassisch schwarzen Trikots und weißen T-Shirts bei den Männern, rosa Trikots und schwarzen Obertrikots bei den Frauen, bis zu postmodern – schillernden Catsuits für beiderlei Geschlecht in irisierenden Farben, wie sie nirgendwo in der Natur zu finden sind, nicht einmal im tropischen Regenwald. Ein paar Tänzer trugen auch weite Baumwolltrainingsanzüge, die absichtlich zerrissen waren, um die Knie und Hüftgelenke, diese kritischen Punkte, zu entblößen, während wieder andere, und zwar die schamlosesten Exhibitionisten, hauchdünne Shorts aus hautengem Jersey zur Schau trugen, zusammen mit womöglich noch knapper sitzenden Oberteilen, und das alles war schweißdurchtränkt und zeigte die Muskelarbeit von Schultern, Rücken, Brust, Hintern und Schenkeln. Alles atmete eine raffinierte, vorgetäuschte Schlichtheit, die erotischer wirkte, als es tatsächliche Nacktheit vermocht hätte.

Madame Ekaterina Rubinskaya, die alte Ballettmeisterin des Boston City Ballet, erteilte Unterricht oder, besser gesagt, leitete die Show, denn Musik, Farbe und Raum wirkten zusammen und machten alles hier im Ballettsaal überlebensgroß wie in einem Spektakel auf Breitwand, in Technicolor und Quadrophonie. Ich hatte bereits die Bekanntschaft von Madame gemacht, gleich zu Anfang, als Rafik für die Truppe zu arbeiten begann, die alte Dame aber bisher noch nie in Aktion gesehen. Im Augenblick beaufsichtigte sie eine komplizierte Folge von Dehnübungen an der Stange, die letzte Übung, bevor es »in die Mitte« ging.

Madame Rubinskaya, oder Rubi, wie Rafik sie heimlich nannte, hielt eine biegsame, elastische Weidengerte in der Hand, während sie wie ein Feldmarschall zwischen den Tänzern herummarschierte, allzeit bereit, einem nicht durchgestreckten Knie oder einer hochgezogenen Schulter oder sonst einem von den Hunderten von Bändern und Muskeln, die man falsch halten konnte, einen leichten Schlag zu versetzen. Ihrem geschulten Auge entging keine einzige Bewegung hier in dieser riesigen Höhle von einem Saal. Selbst der Korrepetitor beobachtete sie aufmerksam, als könne sie auch ihm einen gut plazierten Schlag über die Knöchel verpassen, falls er sich einmal verspielte oder aus dem Takt kam. Auch mich bemerkte Madame sofort, als ich in der offenen Türe erschien. Sie kam auf mich zu, wobei sie weiterhin den Tänzern in einem Ton, der einem das Blut gerinnen lassen konnte, ihre Anweisungen zuschrie.

»Hoch! Allääs hoch! Ganz geradäää! Jaaa, supääääär!«

Das also war Kunst.

In der offenen Tür blieb sie stehen und sah mir ins Gesicht. Aus solcher Nähe war sie überraschend klein, und fast fühlte ich mich gegen meinen Willen zu ihr hinabgezogen. Ihr gesamter Torso – Büste, Taille und Hüften – war zu einer formlosen Einheit zusammengefaßt, sah aber trotz ihres Alters fest und kräftig aus. Ihr Gesicht glich einer prähistorischen Landschaft und war in einem vergeblichen Versuch, die Verwüstungen der Zeit zu verbergen, dick mit Puder bedeckt. Da sie aber sonst kein Make-up trug, versanken ihre Züge geradezu in der Maske. Einzig die Augen blieben weit offen und wachsam. Wir kamen uns plötzlich mit den Köpfen ganz nah, und ich roch die weiche Wolle ihrer weinroten Strickjacke. Sie flüsterte wie ein Verschwörer, aber obwohl in diesem Augenblick gerade eine wilde Tonfolge vom Flügel her kam, hörte ich sie ganz deutlich.

»Sie kommen wegen Rafik?« Ihr starker Akzent klang wie die schlechte Parodie eines russischen Spions.

Ich errötete und merkte, daß es mir tatsächlich die Sprache verschlagen hatte, etwas, was bei mir selten vorkommt. Ich äugte nervös nach der schlanken Weidengerte, die in ihrer Hand bebte und jede Sekunde zum Schlag bereit zu sein schien. Dann riß ich mich zu militärischer Haltung zusammen und brachte ein höfliches Lächeln zustande.

»Ja, wegen Rafik.«

Ihre Antwort war ein schlaues Grinsen, und sie flüsterte: »Dann ich werde heute ihn nicht morden.« Sie drehte sich abrupt um und kreischte: »Nooooochmallll!« woraufhin die Klaviermusik zu neuer Leidenschaftlichkeit anschwoll. Madame stolzierte wieder zurück zur Tanzfläche, und ich fühlte mich seltsam erleichtert, als hätte ich gerade einen Überraschungsangriff abgeschlagen. Wie hielten die Tänzer diese Art von Behandlung bloß Tag für Tag aus? Wenn Madame Rubinskayas Trainingsstil als typisch angesehen werden konnte, dann wurde hier ja weit mehr mißbraucht als nur Muskeln und Knochen. Vielleicht gehörte es einfach zur Tänzerexistenz, daß auch die Persönlichkeit bedingungslos preisgegeben wurde?

Nachdem nun also Madames bedrohliche kleine Rute wieder fort war, richtete ich mein Augenmerk von neuem auf die Vorgänge im Saal. Ich musterte all die Körper und sah, daß Rafik seine Dehnungsübungen sorgfältig an einer tragbaren Stange in der Mitte des Saals durchführte. Rafik hatte wie ein persischer Prinz feine dunkle Gesichtszüge, deren filigrane Vertrautheit eine der Freuden meines Lebens darstellt. Aber ich entdeckte in seinem Gesicht auch ein paar unvertraute Züge. Die Jahre und die Desillusionierung haben Rafiks Ausdruck bereits ihren Stempel aufgedrückt. Aber sein Körper ist noch immer geschmeidig. Wie eine Katze ist er langbeinig und mit allen vier Gliedern gleich geschickt. Beim Sex weiß ich manchmal nicht, ob er mich mit einer Hand oder einem Fuß oder einem Knie oder einem Ellbogen berührt. Und sein Mannesorgan ist wirklich wie ein fünftes Glied, eines, das eine unvergleichliche kinästhetische Muttersprache spricht. Er kann es sogar tanzen lassen – aber schließlich ist er ja Choreograph.

Um seine verletzte Hüfte nicht zu sehr zu belasten, hatte Rafik die Stange auf eine etwas niedrigere Stufe gestellt. Er ließ das gehobene Bein die Stange entlanggleiten und spreizte die Beine, so weit er konnte. Er behauptet ja, daß er früher einen perfekten Spagat hingekriegt habe – lässige 180 Grad – aber jetzt ist bei etwa 120 Grad Schluß. Aber ob er nun einen perfekten Spagat kann oder nicht, Rafik besitzt jedenfalls noch immer die geschmeidigen, durchgeformten Muskeln eines Startänzers. Und außerdem, was bringt einem schon ein perfekter Spagat im täglichen Leben?

Über die ganze weite Tanzfläche hinweg fing Rafik meinen bewundernden Blick auf und zwinkerte mir zu. Zwischen uns war alles in Ordnung. In meinem Schoß rührte es sich auch, zum Beweis, daß ich noch immer total verliebt war. Seit ich mit Rafik zusammen war, hatte ich eigentlich immer einen halben Ständer. Um mit dieser meiner neugewonnenen Hitzigkeit besser zurande zu kommen, hatte ich sogar ein neues Mantra entwickelt – »Bezwinge die Schwellung. Bezwinge die Schwellung« – aber es funktionierte fast nie. Bevor an diesem Morgen der schamlose Aufstand meiner Lenden jemandem hier im Saal auffallen konnte, lenkte ich meine Aufmerksamkeit von Rafik weg. Auf der anderen Seite der Stange, ihm zugewandt, übte ein junger Tänzer. Ich bemerkte sofort, daß sein Körper große Ähnlichkeit mit meinem hatte, obwohl an seinem natürlich kein Gramm Fett war. Dennoch erkannte ich an seinem Körperbau und an seiner Muskulatur, daß er genauso leicht wie ich zunehmen würde. Wenn er eines Tages zu tanzen aufhörte, würden ihn sofort an die zwölf Pfunde zusätzlich plagen, wie sie ja auch bei mir nicht von den Hüften zu kriegen sind. Im Moment allerdings sahen seine Arschbacken noch gut aus – voll und rund und fest. Seine Beine hätten von meinem Zwillingsbruder sein können, wenn es den gäbe. Im Verhältnis zum Körper waren sie ausgesprochen lang und außerdem muskulös, vor allem die Waden. Und genau wie ich hatte er kleine Füße, so breit wie ein Ziegelstein und mit angriffslustig hohem Rist. Dennoch gab es einen großen Unterschied zwischen meinem tanzenden Doppelgänger und mir. Bei ihm war die gesamte Muskulatur offensichtlich steinhart, während meine nur gerade angenehm fest ist. Ein wenig sehnsüchtig überlegte ich, ob mein Körper wohl wie der dieses jungen Tänzers aussehen würde, wenn ich ihm ein so extremes Training wie das Ballett aufgezwungen hätte. Doch ein plötzlicher Kläffer von Madame Rubinskaya riß mich aus meiner Träumerei, genau in dem Augenblick als die Musik aufhörte.

»Stange wäck!« befahl sie.

Vielleicht war ein durchtrainierter Körper doch nicht die Opfer wert, die es brauchte, um ihn zu erlangen und dann auch zu behalten.

Lange bevor ich Rafik kennengelernt hatte, wußte ich schon von anderen Freunden, die Tänzer waren, daß jede Ballettstunde immer aus zwei getrennten Teilen besteht: »an der Stange« und »in der Mitte«. An der Stange findet der erste Teil der Stunde statt, wo die Tänzer ihre Übungen an einem festen hölzernen Geländer durchführen, das eben Stange genannt wird. Diese Stange ist normalerweise fest an der Wand des Ballettsaals installiert, aber sie kann auch tragbar sein und steht dann frei im Raum. Durch die Übungen an der Stange wärmen die Tänzer ihre Muskeln auf und entwickeln Kraft. Die Mitte oder das *centre*, wenn Sie's unbedingt auf französisch haben wollen, findet dann auf der Tanzfläche selbst statt. Die Übungen in der Mitte ähneln dem richtigen Auftritt, denn dabei sind die Tänzer quer über die ganze Tanzfläche und durch den Raum unterwegs und müssen sich auf ihre eigene Sicherheit und Stärke verlassen können. Auch die Sprünge und Drehungen passieren hier, genauso wie die Stolperer und Stürze, die zum klassischen Ballett einfach mit dazugehören.

Rafik und der junge Tänzer wollten ihre tragbare Stange jetzt beiseite schaffen, aber eine weitere Tänzerin, eine geschmeidige Blondine, übte noch weiter an ihren Dehnungen. Während die Truppe zu einer kurzen Pause auseinanderging, wobei die meisten Tänzer den Saal verließen und mich in der Tür mit einer Art von pöbelhaftem Bewegungsdrang grob beiseite stießen, fuhr diese Tänzerin als einzige in ihren anmutigen Bewegungen fort und bog sich wie ein Schlangenmensch nach hinten, um sich mit graziös gehaltenem Handgelenk in der Kniekehle zu berühren. Rafik und der junge Tänzer sahen ihr voller Konzentration zu. Dann schauten sie sich an und … hatte Rafik ihm da gerade zugezwinkert? Das konnte doch wohl nicht sein. Bestimmt war da nur wieder mal meine eigene Unsicherheit am Werk, die ein Blinzeln falsch auslegte und es mir schwer machte, zu glauben, daß jemand wie Rafik mich lieben könne. Sein Zwinkern war sicher vielmehr ein schmerzliches Gesichtverziehen aufgrund der vorangegangenen Dehnübungen gewesen. Aber dann sagte der junge Mann etwas, und Rafik antwortete mit einem breiten Lächeln und einer Bemerkung, die sowohl den jungen Mann als auch die Tänzerin zum Kichern brachte. Die Ballerina richtete sich aus ihrer zurückgebeugten Position auf und gab eine schlagfertige Antwort, woraufhin Rafik und der junge Tänzer laut lachten. Und zu meiner Schande muß ich gestehen, daß ich mich während dieser kurzen Episode die ganze Zeit ausgeschlossen fühlte und eifersüchtig auf ihre lockere, spielerische Kameradschaft war.

Madame Rubinskaya, die noch immer ihre kleine Weidengerte in der einen Hand hielt, blieb auf dem Weg nach draußen neben mir stehen. Sie blickte auf meine Füße hinab und hob ihren kühlen Blick dann wieder zu meinen Augen.

»Ist Gummi?« sagte sie vorwurfsvoll.

»Wie bitte?« antwortete ich.

»Ihre Schuhe ist Gummi?«

»Äh … ja«, sagte ich und lächelte wieder gezwungen. Ich drehte einen Fuß nach oben, um ihr die schwammige weiche Sohle meiner Sportschuhe zu zeigen. Mit einem scharfen Nicken signalisierte sie ihre Zustimmung.

»Dann Sie können gehen in Saal.«

Nachdem sie mir diese Erlaubnis erteilt hatte, marschierte sie brüsk davon. Ich folgte ihr mit dem Blick durch die große helle Vorhalle. Sie blieb stehen und drehte sich etwas zur Seite, so daß ich sie im halben Profil sah. Jetzt klemmte sie sich die Weidenrute unter den Arm und zog ein Päckchen Zigaretten aus einer Tasche ihrer Wolljacke. Sie zündete sich eine an und inhalierte tief, während sie die Packung wieder einsteckte. Dann stieß sie eine umfangreiche Rauchwolke aus. Ich sah, daß sie die Zigarette zwischen Daumen und Zeigefinger hielt und sehr gekonnt von den Lippen pflückte wie einer der ganz harten Jungs in einem alten Film (ich hatte einmal John Garfield eine Kippe so halten sehen, die Hand schützend um die Zigarettenglut gewölbt). Madame zog das Stöckchen wieder unter dem Arm hervor, öffnete die Türe und verschwand dahinter. Nur eine blauweiße Rauchwolke blieb von ihr zurück.

Inzwischen hatten sich etliche Tänzer auf dem Teppichboden der Vorhalle niedergelassen. Einige lagen auf dem Bauch, die Beine weit auseinandergespreizt, einige auf dem

Rücken, die Beine gegen die Wand gestemmt, und die meisten hatten sich eine Zigarette angezündet, wie um Madames Beispiel zu folgen. Das waren nun also Exemplare der menschlichen Spezies mit einer bis zum Äußersten entwickelten Physis, und ausgerechnet die frönten einer der, wenn man den Gesundheitsministern glauben durfte, gefährlichsten Leidenschaften der Zivilisation. Sogar ich habe oft zu rauchen versucht, weil ich fand, daß das zu meinem Image als Haarstylist passen würde, aber es gelang einfach nicht. Ich brachte es nie bis zu dieser coolen, eleganten Gelassenheit, die man nur erreicht, wenn man eine Zigarette wirklich genießt. Ich mußte immer gleich husten und hatte Tränen in den Augen und bekam keine Luft mehr wie so ein übersensibles Muttersöhnchen.

Gerade als ich den großen Saal betreten wollte, kam Rafik zusammen mit dem jungen Tänzer heraus. Beide lächelten strahlend und glücklich. Als jedoch Rafik mich sah, verwandelte sich sein fröhliches Lächeln in einen Ausdruck der Überraschung und zwar durchaus nicht der freudigen. Der junge Tänzer, der mit ihm herausgetreten war, musterte mich argwöhnisch, ging dann beiseite, ließ sich auf dem Teppichboden nieder und machte noch ein paar Dehnübungen. Rafik kam auf mich zu.

»Du bist nicht bei Arbeit?« sagte er mit seinem französischen Akzent.

»Der Tag ist so schön, daß ich an dich denken mußte.«

Rafik lächelte spöttisch. »Du bist *romantique*.«

»Du doch auch«, sagte ich und hoffte auf eine Umarmung oder eine Berührung.

Er schüttelte den Kopf. »*Non.* Momentan ich bin – wie sagt man? – *pragmatique*.«

»Vielleicht arbeitest du schon wieder zu viel.«

Er zuckte die Schultern. »Arbeit. Leben. Alles dasselbe.«

Sofort und auf der Stelle, in diesem Augenblick des schrecklichen Mißverstehens, wünschte ich, ich könnte Rafik an mich ziehen und ihn dazu bringen, mir zu sagen, das einzig Wichtige für ihn sei, daß ich ihn liebe, daß ich für immer bei ihm bleiben wolle, daß ich ihn aus dieser Fallgrube des Pragmatismus retten wolle, in der er immer tiefer versank. Aber er sprach als erster und raubte mir dadurch den günstigen Augenblick.

»Wir müssen ändern unsere Pläne für heute abend.«

Ich seufzte tief vor Enttäuschung. Rafik hatte schon zweimal ein »Jubiläumsfest« verschoben, mit dem wir unser erstes gemeinsames Jahr feiern wollten. Heute abend hätte der dritte Versuch sein sollen, und mir kam es allmählich so vor, als teile er meinen Enthusiasmus über unser Zusammensein nicht so völlig.

Er fuhr fort: »Ich habe wichtige Treffen mit Max Harkey. Er ist die Direktor –«

»Ich weiß, wer er ist.«

Meine Grobheit überraschte ihn. Mich selbst übrigens auch, aber ich mußte einfach seinem Charme widerstehen. Sonst würde ich nämlich auch die neuerliche Absage einfach nur so hinnehmen. Rafik sprach ruhig weiter.

»Ist Abendessen«, sagte er und fügte hinzu: »Du bist auch eingeladen.«

»Oh«, sagte ich voller Chagrin.

»Ist ganz geschäftlich. Vielleicht du hast keine Interesse.« (Rafik sprach das »vielleischt« aus.) »Die neue Dirigent für diese Saison ist da. Wir sprechen über die Musik für Frühjahrsprogramm.«

»Na schön, das macht mir ja nichts aus, solange ich mit dir zusammen bin.«

»Da wird gesprochen viel über Ballett. Du wirst dich langweilen.«

Da mochte etwas dran sein. Für einen Nichttänzer gibt es kaum etwas Langweiligeres, als mit Tänzern zusammen zu sein, die über das Tanzen sprechen. Sie faseln endlos über Muskeln und Bänder und Körperhaltung wie in einem Anatomie-Seminar. Wenn dagegen Friseure zusammen sind, gibt es zum Glück nichts als saftigen Klatsch, und zwar ausschließlich über Sex und Geld.

»Rafik, ich hör mir sogar das ganze Gerede übers Tanzen an, wenn ich dadurch verhindern kann, daß wir unsere Jahresfeier wieder verschieben müssen.«

»Du glaubst, ich bin nicht traurig davon? Ich möchte feiern, Stani, aber ich muß Arbeit machen.«

Geschickt hatte er meinen Kosenamen zu benutzen gewußt, der von meiner tschechischen Großmutter stammte. Rafik sprach ihn auch immer richtig aus, nämlich auf der zweiten Silbe betont. Bis heute haben mich nur drei Menschen bei diesem Namen genannt und alle immer genau dann, so kommt es mir jedenfalls vor, wenn sie etwas gegen mich durchsetzen wollten.

»Rafik, wäre es dir lieber, wenn ich nicht käme?«

Jetzt war es an Rafik, schwer zu seufzen, aber er seufzte nachsichtig. »Max Harkey hat extra dich eingeladen. Wir essen um acht bei ihm zu Hause. Er erwartet uns um halb acht.«

»Wo sollen wir uns treffen?«

»Bei Harkey.«

»Warum gehen wir denn nicht zusammen hin?«

Rafik preßte die Lippen zusammen und sagte dann: »Ich gehe gleich von Studio aus hin.«

»Dann komme ich eben hierher.«

»Geh du lieber allein hin«, sagte er fest.

Ich begriff nicht, warum er es so kompliziert machen mußte. War es denn zuviel verlangt, daß mein Liebhaber bei einer Einladung mit mir zusammen erschien? Nein wirklich, waren wir nun zusammen oder nicht? Ich zog den kleinen Notizblock hervor, den ich immer bei mir trage, fragte Rafik nach der Adresse und schrieb sie mir auf. Als ich gerade fertig war, erschien Madame Rubinskaya in der Eingangshalle, wo wir vor der Saaltür standen, um mit der Klasse weiterzuarbeiten.

Sie sagte zu Rafik: »Du machst Adagio?«

Rafik verneinte.

»Ist wichtigste Teil«, sagte sie und warf mir einen Blick zu, als halte ich ihn davon ab.

»Ich weiß, Madame«, sagte Rafik. »Aber ich muß vorbereiten Probe.«

Diesen Grund schien Madame zu akzeptieren. »Und ich muß vorbereiten deine Tänzer«, sagte sie, und damit betrat Madame wieder den großen Saal. Sofort begann ein eifriges Zigarettenausdrücken in der Eingangshalle. Dann waren mit einem Mal alle diese ausgestreckten, aufgespreizten, zusammengerollten oder verdrehten Tänzerkörper wieder auf den Beinen und in voller Konzentration im großen Saal. Während der Pause hatte Madame Rubinskaya ihre peitschenähnliche Gerte gegen einen kräftigen Spazierstock aus Ebenholz mit silberner Zwinge eingetauscht. Den Stock benutzte sie, um sich auf der Tanzfläche abzustützen, während sie die erste Schrittfolge des großen Adagios vorführte.

Von seinem Platz hier draußen neben mir beobachtete Rafik sie aufmerksam, während sie die zweiunddreißig Takte mächtiger Musik mit raumgreifenden Figuren und überraschenden Drehungen, seit jeher gültigen Schwebestellungen und geschmeidigen Schwüngen des Oberkörpers und der Arme füllte. Trotz ihres alten Körpers hatte Madame Rubinskaya Rafiks Aufmerksamkeit vollständig gefesselt. Er war so versunken in ihre Bewegungen, wie ich mir gewünscht hätte, daß er in meine Anwesenheit versunken wäre. Als Madame alle Schritte und Positionen vorgetanzt hatte, teilte sich die große Ballettklasse in Gruppen auf und führte das schwierige Adagio durch.

Rafik sagte: »Ich muß gehen. Ich habe Probe.«

»Kann ich zuschauen?«

Er wurde geradezu heftig in seiner Abwehr. »*Non*! Ich habe dir gesagt. Nicht diese Stück.«

Rafik hielt sein neuestes Werk vor mir vollkommen geheim. Seit ihm vor vielen Monaten die Idee dazu gekommen war, hatte er weder den Titel noch das Thema noch die Musik je mit mir besprochen. Ich würde mir also dieses choreographische Ereignis genau wie das übrige Publikum in ein paar Wochen bei der Premiere anschauen müssen.

Bis dahin würde ich geduldig und loyal warten, Rafiks Launen und Verzweiflungsmomente ertragen und ihn ununterbrochen bedingungslos lieben müssen, denn er war ja ein großer Künstler, der seine große Sache durchziehen mußte. Allerdings bin ich nun mal leider ein ganz gewöhnlicher Sterblicher. Ich hätte am liebsten einen Mann aus Fleisch und Blut zum Geliebten und nicht einen schöpferischen Dämon.

Rafik fuhr fort: »Heute ich arbeite mit Toni.«

»Tony?«

»Dirigent, von Italia.«

Tony? Konnte das wahr sein? Konnte meine alte Flamme Tony, der ehemalige Kirchenorganist und Chorleiter, der mittlerweile ein international anerkannter Operndirigent war, konnte er tatsächlich in Boston sein, um für das Ballett zu dirigieren? Aber warum hatte er mich dann nicht angerufen? Und warum funkelten Rafiks Augen bei der Erwähnung seines Namens?

»Ich kenne ihn«, sagte ich.

»Nicht ihn«, antwortete Rafik. »*Sie*«, sagte er mit Emphase, obwohl er doch offensichtlich das falsche Geschlecht gewählt hatte. Dann zeigte er hinter mich. Ich wandte mich um und schaute in die Richtung, die er angegeben hatte, in Erwartung eines anziehenden Mannes, wie mein Tony auf alle Fälle einer war. Aber statt dessen sah ich eine blühende und üppige rothaarige Frau auf uns zukommen. Sie war auf keinen Fall Tänzerin, bei diesem Körperbau und diesem Busen und diesen Hüften, und vor allem diesem Gang. Alles an ihr – das Haar, der Kopf, die Schultern, die Hüften, die Schenkel – alles bewegte sich fließend und wogend. Eine Tänzerin würde niemals so in ihrem eigenen Körper schwelgen. Der Körper einer Ballettänzerin war nämlich ein Mittel zu künstlerischem Ausdruck, während er dieser Frau hier offensichtlich zum Genuß diente – zu viel Genuß und großem Genuß.

Mein Verdacht, Rafik habe mit meinem ehemaligen Traummann zu tun, war also unbegründet, und ich kam mir recht dumm vor, daß ich an ihm gezweifelt hatte. Rafik stellte uns vor. Sie hieß Toni di Natale. Dann erklärte er ihr – ein bißchen zu leichthin, fand ich -, ich sei »ein Freund« und wolle gerade gehen. »Hier ist Ihr Hut, schade, daß Sie schon gehen müssen.«

Toni di Natale hielt mir ihre große Hand hin. »Guten Tag«, sagte sie mit rauchiger Stimme und ohne den geringsten Akzent.

»Hallo«, sagte ich und schüttelte ihr die Hand, die genau so groß und genau so stark wie meine war. »Man hört bei Ihnen ja gar nicht den Akzent des sonnigen Mittelmeers.«

Sie lächelte breit und erwiderte mit ihrer trockenen tiefen Alt-Stimme: »Ich bin in New York geboren, habe aber die meiste Zeit im Ausland verbracht. Wenn schon in einen Akzent«, sagte sie, und als sie weitersprach, änderte sich auch schon die Modulation ihrer Stimme, »dann falle ich gelegentlich ins Hoch-Britische.« Darauf lachte sie herzlich und schüttelte den Kopf und ruckte mit den Schultern und warf ihre Mähne von glänzendem rotem Haar zurück und das alles mit übertriebener Verspieltheit.

Ich antwortete: »Meine Freundin Nicole hat das auch manchmal – die britische Nummer.«

Rafik unterbrach uns und sagte zu ihr: »Wollen wir anfangen mit unsere Arbeit?«

»Klar«, antwortete Toni, aber ihre Hüften sagten viel mehr als diese einsilbige Antwort. Dann fragte sie mich: »Kommen Sie auch mit?«

Rafik fing ihre Frage ab, bevor ich selber antworten konnte. »Nein«, sagte er scharf.

Ich begriff auf einmal, wie einer Frau zumute sein mußte, deren Ehemann sich von einem anderen Mann vage erotisch angezogen fühlt und daraufhin anfängt, sie aus der Gesellschaft der beiden Männer auszugrenzen. Rafik war mein Geliebter, doch diese Frau hier versuchte ihn zu umgarnen und mochte damit sehr wohl Erfolg haben. Und jetzt versuchte *er*, *mich* davon auszuschließen. Die beiden gingen bereits mit einer Vertrautheit miteinander um, von der ich gedacht hatte, daß Rafik sie nur für mich habe. Einen kurzen Augenblick fragte ich mich, ob Rafik nicht am Ende bisexuell sei. Schließlich behauptete doch Ramon, der Knabe, der im Salon Snips für die Haarwäsche zuständig war, bisexuell zu sein. Der kam auch aus Paris, wo auch Rafik geboren war und bis zu seiner Übersiedelung nach Montreal gelebt hatte. Vielleicht war unter Francophonen Bisexualität stärker verbreitet?

Der ungemütliche Augenblick, der Rafiks harschem »Nein« folgte, wurde von der Stimme Madame Rubinskayas unterbrochen, die im großen Saal gellte. »Strähken, strähken, strääääähhken! Stehn! Ende!«

Die Musik hörte auf, und es herrschte Schweigen.

Toni di Natale bemerkte lässig: »Sie ist ein lebendes Fossil.«

Zu meiner Überraschung blickte Rafik sie finster an. »Ihre Familie war sehr geschätzt von Zar«, sagte er in getreulicher Verteidigung der alten Frau.

Toni antwortete fest: »Den Zaren gibt es nicht mehr. Die Welt der Kunst braucht jetzt Menschen wie dich.«

Blanker Flirt, der sich hinter Fakten und Schmeichelei verbarg.

Rafiks Brauen zogen sich in heftigem Unmut zusammen. Vielleicht ärgerte ihn ihre Lobhudelei? Oder spürte er wohl meine Befürchtung, daß sie den horizontalen Tango schon miteinander getanzt haben könnten?

»Hat mich gefreut, Sie kennenzulernen«, sagte Toni zu mir. Dann hängte sie sich bei Rafik ein und wandte sich ab, um mit ihm davonzugehen. In ihrem Schlepptau wirkte er fast hilflos, und dabei ist an Rafik doch weiß Gott nichts Hilfloses.

»Also dann bis heute abend bei dem Essen, ihr beiden!« platzte ich heraus.

Toni di Natale drehte sich noch einmal zu mir herum, in einem großen Schwung, für den sie Rafiks Körper als Angelpunkt benutzte. »Ach, Sie kommen auch hin?« fragte sie. »Wie reizend!« Aber ihre Begeisterung war unecht, wie alles andere an ihr bisher auch.

Rafik sagte, sie solle schon mal vorausgehen und in seinem kleinen Büro gleich am Ende der Vorhalle auf ihn warten; er werde in wenigen Minuten nachkommen. »Laß mich nicht zu lange warten«, sagte sie, »Ich hab noch Jet Lag.« Sie lachte geräuschvoll, und Rafik nickte ihr mit einem breiten Grinsen zu, das ich sehr gut aus der Zeit kannte, als er mich verführt hatte.

Toni di Natale ging also in Rafiks Büro und ließ uns beide vor dem großen Saal stehen. Rafik wartete, bis die Musik für das Adagio wieder einsetzte, dann sagte er zu mir: »Ich weiß, was du denkst.«

»Was denke ich denn?«

»Du denkst an Sex.«

»Stimmt. Vor allem an Sex mit mir, und wie lange es her ist, seit das zum letzten Mal passiert ist. Mir wäre ein bißchen mehr Interesse von deiner Seite gar nicht so unrecht. Wir sind schließlich zusammen, oder?«

Rafik sah mir fest in die Augen.

»Du verletzt mich mit solche Worte«, sagte er.

»Du fehlst mir halt, wenn du dich so in deine Arbeit vergräbst.«

»Es wird gehen vorüber.«

»Aber ich will dich jetzt.«

»Heute nacht, Stani. Ich verspreche. Nach Essen bei Max Harkey.«

Wieder der Kosename. Mir hat der Gedanke nie gefallen, mit jemandem, den ich liebe, eine Verabredung zum Sex zu treffen. Aber ich hatte Sehnsucht nach Rafik, und er schien seine Zuneigung überall zu versprühen, nur nicht zu Hause.

»Willst du immer noch, daß wir uns chez Harkey treffen?« fragte ich.

»Ja.«

Warum bestand er nur darauf, daß wir getrennt hingingen? Damit wir nicht als Paar auftraten? Oder wollte er mich nur wieder einmal dafür bestrafen, daß ich nicht mit ihm zusammenlebte?

»Also bis später«, sagte ich kühl.

Doch plötzlich, dort mitten in der Eingangshalle, umarmten wir uns, als wollten wir damit alle unsere verbalen Mißverständnisse Lügen strafen, und hielten uns eng und fest umschlungen. Ich lauschte auf seinen Atem, fühlte seine Lippen seitlich über meinen Hals streichen, sog seine Feuchte ein, nahm seinen Geruch in mich auf. Rafiks Haut verströmt einen wundersamen Duft – das lebhafte Zitrusaroma von Bergamotte, das kühle Grün von Klee, die scharfe, beißende Würze von Muskat, die Süße von Vanille – eine ganze Duftorgie, die es mir abverlangt, mit Lippen, Zunge und Zähnen an mich zu halten, wenn ich ihm nahe bin. Rafik diese paar Sekunden vor dem großen Saal des Boston City Ballet in den Armen zu halten, das brachte für mich die ganze Welt wieder in Ordnung. Da mag es hundertmal das Axiom geben, daß die elektrisierenden Kräfte zwischen zwei Körpern mit der Zeit nachlassen; wenn Rafik mir nur eine Maniküre geben würde, hätte ich währenddessen wahrscheinlich dreimal einen Orgasmus.

»Geh dich jetzt lieber mal umziehen«, flüsterte ich. »Ich möchte nicht, daß du dir in diesen verschwitzten Klamotten eine Erkältung holst.«

Ich verließ die Studios und machte mich auf den Weg zum Salon Snips, quer durch die Stadt. Das ganze eifersüchtige Getue, das ich uns beiden soeben zugemutet hatte, war mir jetzt doch sehr zuwider. Alles natürlich irrational, das wußte ich. Wenn nämlich Rafik mit irgendwem herumtändeln wollte – einem Tänzer oder einer Tänzerin, oder selbst Toni di Natale, was das betraf – so hatte er dazu doch in den Studios genug Zeit. Also mußte sein Vorschlag, daß wir getrennt zu Max Harkey gehen sollten, rein organisatorische Gründe haben und sonst gar nichts. Am besten, ich konzentrierte mich mit meinen Obsessionen auf Rafiks geheimnisvolle Choreographie – diese neue Arbeit, die er so gar nicht mit mir teilen wollte – und hörte auf, mich um seine Liebe zu grämen.

2. Mein Plätzchen in der Welt

Den Snips Salon in der Newbury Street gibt es seit dem Tage, da Nicole Albright ihn dort eröffnet hat. Von Anfang an ließ Nicole es nicht zur Kundschaft durchdringen, daß sie die Besitzerin des Ladens war. Statt dessen gab sie sich als die Maniküre des Salons aus, was die Kundinnen und Kunden irgendwie dazu bringt, offener mit ihr zu reden. Warum das so ist, weiß ich nicht genau, aber es ist so.

Im vergangenen Winter beförderte mich Nikki ganz offiziell zum Manager des Salons. Es handelt sich dabei allerdings hauptsächlich um eine Formsache, denn den Laden habe ich immer schon mit gemanagt. Doch neuerdings will sie noch weniger mit der Geschäftsführung zu tun haben, darum hat sie die Verwaltung zum größten Teil auf mich übertragen. Für mich war das nur von Vorteil, denn ich verdiene mehr und muß weniger Zeit im Laden verbringen. Wenn ich doch mal draußen arbeite, dann bediene ich nur die Kunden, die ich will – keine anonyme Laufkundschaft mehr, es sei denn, ich fände sie unwiderstehlich.

An diesem Vormittag segelte ich nach meinem Besuch in den Ballettstudios so gegen elf Uhr in den Laden. Meine Nasenflügel weiteten sich bei dem vertrauten scharfen Prickeln, als ich die Dämpfe der unzähligen, manchmal ganz schön giftigen Chemikalien einatmete, die wir zur Verschönerung unserer Kunden verwenden. Ich frage mich oft, ob Tausende von Schönheitssalons sich nicht in einer Art von olympischen Wettkampf mit diversen Schwerindustrien wie Erdöl oder Atomkraft messen, was die von ihnen hervorgerufenen ökologischen Schäden betrifft. Es stimmt zwar, daß die neueren Kosmetika wieder mehr auf Mutter Natur achten, aber vielen riecht man ihre

Destruktivität noch förmlich an. Vielleicht kann man als mildernden Umstand gelten lassen, daß die Friseure und Schönheitsfachleute ihre Nachlässigkeiten der Umwelt gegenüber im Namen der Schönheit begehen, sehr im Gegensatz zu den Energiekartellen. Oder kamen Sie sich schon mal besonders sexy vor, während Sie tankten? Oder hat Sie je ein makelloses Meltdown stimuliert?

Ich sah, daß Nicole eine Kundin manikürte. Sie blickte kurz auf und warf mir schnell einen prüfenden Blick aus ihren hellblauen Augen zu, über ihre randlose Vergrößerungsbrille hinweg wie eine stets wachsame Katze. Sie lächelte sanft und nickte mir zu, ohne dabei auch nur eine Sekunde mit den chirurgischen Schnitten ihrer Nagelhautschere aufzuhören. Nicole, die normalerweise ziemlich ungestüm ist, war neuerdings etwas zahmer, seit ihr jugendlicher Liebhaber Chaz nach Hollywood gegangen war, um dort im Medienrecht seine Millionen zu verdienen. Für mich war sein Abgang ein Segen, da ich ihn immer nur von seiner egomanen und unangenehmen Seite kennengelernt hatte. Außerdem traute ich ihm auch nicht, vielleicht, weil er so jung war, daß er ohne weiteres Nicoles Sohn hätte sein können. Sie ist fast fünfzig, und Chaz war noch nicht einmal dreißig, also auch noch etwas jünger als ich. Außerdem sah er großartig aus und hatte eine gute Figur und war abscheulich selbstsicher. Aber schließlich sind hübsche, gutgebaute Männer fast immer sehr von sich überzeugt, vielleicht, weil sie so selten die Zurückweisung erleben, die uns gewöhnliche Sterbliche so oft ereilt. Aber für Nicoles Libido war Chaz gut gewesen, auch wenn sein sexueller Besitzstand eine Kluft zwischen ihr und mir geschaffen hatte. Zum Glück war da Rafik aufgetaucht und hatte die leere Stelle in meinem Gefühlsleben, die ich während Nicoles Affaire mit Chaz so deutlich spürte, ausgefüllt. Aber sowie ihr juristischer Liebhaber entschwand, war wieder Nikki damit dran, eine Leere im Leben auffüllen zu müssen, und unser biestiges Große-Schwester-und-Kleiner-Bruder-Verhältnis ließ sich ohne weiteres wieder aufnehmen.

Um in mein Büro im hinteren Teil des Ladens zu gelangen, ging ich an Nicoles Manikürtischchen vorüber, auf dem sie immer ein Glas voller Nagelfeil-Papierchen zur Hand hat. Das erinnert mich jedesmal an den Nachmittag, an dem Rafik eins so erfinderisch an meinen zarteren Körperregionen ausprobierte.

»Tut mir leid, daß ich so spät dran bin, Herzchen«, sagte ich fröhlich.

»Wohl wieder mal an die Bettpfosten gefesselt gewesen, was?« antwortete sie, ohne ihren kühlen Blick von der knorrigen alten Hand abzuwenden, die sich in ihrem Griff wand.

»Ich war im Ballettstudio«, sagte ich.

Nicole antwortete darauf nicht, aber ihre ältere Kundin blickte auf und sprach mich mit zittriger Stimme an.

»Sind Sie Tänzer?«

Ich erkannte in ihr eine der Matronen, die ganz regelmäßig zu uns kamen und im Ritz Carlton eine Suite bewohnten. Das Haar von dieser hier war vor kurzem dem Zeitstil angepaßt und von silberblau zu silberblond umgefärbt worden. Das Färben hatte wahrscheinlich Ramon besorgt, unser ehemaliger Shamponeur, der, seit ich mich bereit erklärt hatte, Manager des Salons zu werden, zumindest teilzeitweise zum Stylisten aufgestiegen war. Was die Frage der alten Dame betraf, so hätte man glauben können, sie sei mit Blindheit geschlagen, da jeder Mensch, der sein Augenlicht und zumindest einen Rest Gehirn besaß, erkannt hätte, daß ich nicht wie ein Tänzer aussehe. Ich bin zwar ziemlich groß mit meinen einsachtundsiebzig und meinen langen Beinen, aber um meine Mitte herum trage ich einige Extrakilos spazieren, die einen Tänzer zur radikalen Entfettung, wenn nicht gar zum Selbstmord treiben würden. Zum Glück stört Rafik das Verhältnis von Fett und Muskeln mittschiffs bei mir überhaupt nicht. Vielleicht verschafft es ihm sogar einen perversen Kitzel, da die Eitelkeit bisher solch einen Schwachpunkt, wie ihn gewöhnliche Sterbliche haben, an seinem Körper nicht zuläßt. Oder vielleicht gilt auch hier einfach der Grundsatz, daß Gegensätze sich anziehen. Er ist dunkel und sehnig und stark behaart, und ich bin rosig und vollschlank.

»Nein, Ma'am«, sagte ich zu Nicoles ältlicher Kundin. »Ich nicht. Aber mein Mann.«

Sie schluckte ein wenig, als sei ihr die Idee, daß zwei Männer etwas zusammen haben könnten, bisher noch nie gekommen, nicht einmal hier bei Snips, einer der schwulen Hochburgen in dieser Prachtstadt von Massachusetts. Sie versuchte zwar, wie eine *moderne* gebildete Frau aufzutreten, aber ihr Denken war verkalkt wie nur je.

Nicole sagte: »Dein Büro wartet auf dich, Stanley.«

Sogar der Name, den ich sonst hier im Salon gehabt hatte, Vannos, war wie eine alte Maske von mir abgefallen, seit ich die Position des Managers angenommen hatte. Da ich also auf diese Weise entlassen war, begab ich mich in den kleinen Raum hinten am Laden, der vorher Lagerraum gewesen war und den Nicole in ein Büro umgewandelt hatte, in dem ich meinen Pflichten nachgehen konnte. Auf dem Weg dorthin sah ich Ramon, der glückstrahlend eine seiner neuen Kundinnen vollschwatzte. Er schenkte mir ein warmes Lächeln, als ich vorbeiging. Ramon war bedeutend freundlicher geworden, seit er begonnen hatte, selbst als Haardesigner zu arbeiten, und vor allem, seit er sein Trinkgeld direkt von den Kunden erhielt und nicht mehr von den anderen Friseuren. Doch trotz der neuen Fortschritte Ramons blieb meine eigene Kundenliste unantastbar, wie auch jeder Kunde, der ausdrücklich nach mir verlangte. Ramon würde sich seine Anhängerschaft selber aufbauen müssen wie jeder von uns zu Anfang.

Ich betrat das Büro und überschaute mein Reich. Der winzige Raum ist mit allem Notwendigen ausgestattet: einem luxuriösen mauvefarbenen Ledersessel, einer europäischen Kaffeemaschine, einem kleinen Kühlschrank, einem Telefon und dem üblichen Schreibtisch mit Computer. Weitere Accessoires sind: ein Sisalteppich und ein niedlicher, wenn auch unbenutzbarer kleiner Stuhl aus eloxiertem rosa Stahlrohr, dessen Sitz und Rückenlehne aus vielfarbigen schmalen Satinbändern geflochten sind. Alles das wirkt synergetisch zusammen und verleiht dem Raum eine entspannt urbane, besonders gemütliche, homosexuelle Atmosphäre.

Unter all dem Treibgut auf meinem Schreibtisch gibt es natürlich auch die verschiedenen gerahmten Fotos, die das Büro eines jeden guten Angestellten zieren: ein Farbfoto von meiner Mutter, wie sie beim sommerlichen Grillfest zu Hause in New Jersey hinter einem eisbeschlagenen Cocktailglas sitzt, im Hintergrund mein Vater, der vor lauter Rauchwolken, die von einem fleischbeladenen Grill aufsteigen, fast nicht zu sehen ist; eine sepiagetönte Studioaufnahme von meiner Schwester mit ihrem Gatten und ihren beiden Töchterchen, die wie die Prinzessinnen aussehen, eine Aufnahme, die den selbstzufriedenen bürgerlichen Lebensstil ausstrahlt, den sie so verzweifelt gesucht und offensichtlich auch gefunden haben; und schließlich eine Fotocollage von meiner Burmakatze namens Sugar Baby in den verschiedensten reizenden Posen aus den verschiedensten Phasen ihres idyllischen Zusammenlebens mit mir. Rafiks Bild steht nicht bei den anderen Familienfotos auf dem Computertisch, sondern hat einen Ehrenplatz ganz für sich allein. Auf der Innenseite meiner Bürotür habe ich ein lebensgroßes Poster festgepinnt, das nach einem Foto von ihm aus seinen glorreichen Tänzer-Tagen entstand und auf dem er in voller Größe zu sehen ist. Wann immer mich die Dramen und Intrigen im Salon zu sehr ablenken – und das passiert durchschnittlich einmal pro Tag – ziehe ich mich in mein Privatheiligtum zurück und lasse mich von dieser meiner Ikone in eine andere Welt entführen.

Nachdem ich mein Reich also inspiziert hatte, machte ich mich an mein morgendliches Ritual: Kaffeemaschine mit abgefülltem Quellwasser füllen; exzessiv viel frischgemahlenen Kaffee meiner bevorzugten Mischung einlöffeln; ein Stück von dem selbstgebackenen Kuchen, den mir meine Mutter jede Woche schickt, auf einen Teller legen;

den Computer einschalten; die Post sortieren und öffnen; – und weiter kam ich denn auch in den nächsten zehn Minuten nicht. Ich konnte einfach nicht anfangen. Ich öffnete das Fenster, das zu dem Durchgang auf der Rückseite des Salons hinausgeht und durch das ich immer das Wetter beobachte, was in Boston eine Vollzeitbeschäftigung sein kann. Ich dachte, etwas frische Luft könne mir vielleicht helfen, mich an die Arbeit zu machen, aber die kühle Brise brachte nur den Duft der jungen grünen Triebe von draußen herein, was mich von der langweiligen Schreibtischarbeit, die auf mich wartete, nur noch mehr ablenkte. Ich schenkte mir Kaffee ein und nahm eine große Gabel voll Mohnstrudel. Das Buttergebäck und die klebrigen schwarzen Samenkörnchen schmeckten heute wieder mal besonders gut.

Ich schloß die Bürotür und schaute versonnen auf das Poster von Rafik. Er stand neben einer Stange, einen Ellbogen darauf gestützt und den anderen auf der Hüfte. Seine klassische Tanzkleidung – weißes T-Shirt, schwarze Trikots, weiße Socken und weiße Glacélederballettschuhe – strafte seine suggestive Haltung Lügen. Sein Körpergewicht ruhte auf dem einen Bein, das andere war leicht gebeugt, was seinen Hüften einen einladenden Schwung verlieh. Den Kopf zur Seite gedreht, grinste er direkt in die Kamera. Dieser Blick war eine unverhohlene Einladung zur Sinneslust. Mein Herz schlug ein wenig schneller. Ich fragte mich, konnte das denn wahr sein? Waren Rafik und ich wirklich zusammen? Hatten wir uns tatsächlich kennengelernt und etwas miteinander angefangen? Warum hatte Rafik sich von allen verfügbaren Männern in Boston ausgerechnet mich ausgesucht? Er ist ein komplexer, fast barocker Typ, während ich einfach und direkt bin. Sein paradoxes Wesen umfaßt jugendliche Spontaneität, guruartige Weisheit und Toleranz, zwingende Kreativität, kriegerische Zerstörungslust, lustvolle Lebensfreude und sogar Verzweiflung. Er ist Dämon und Engel, Lehrer und Schüler, Liebender und Feind, Kind und Vater. Manchmal fürchte ich, daß ich gewöhnlicher Mensch die Möglichkeiten von so jemandem wie ihm nur einengen kann. Aber er behauptet, daß ich eine Leichtigkeit und einen Humor einbringe, die ihn erfrischen und beleben. Warum also nagt da dauernd irgend etwas in mir? Vielleicht sind die Gleichungen, die unsere Beziehung im Endeffekt erklären, ganz einfach: Rafik ist wunderbar, und ich bete ihn an; er verströmt seine kreative Eneregie, und ich gebe sie ihm wieder zurück; er lebt in der Tradition der großen Oper, und ich liefere ihm eine Seifenoper-Parodie davon.

Nicole öffnete die Türe und riß mich aus meinem Tagtraum.

»Wach auf, Herzchen.« Nikki trat öfter in mein Heiligtum, ohne anzuklopfen – eine verzeihliche Sünde, da ihr ja das Ganze gehört. Bei ihrer Größe von einsdreiundsechzig trug sie ein klassisches Rock-Blusen-Ensemble. Die langärmlige Seidenbluse war mit großen leuchtenden, schwarz umrandeten Farbfeldern bedruckt – blau, rot und gelb – wie bei einem Gemälde von Mondrian. Der dazu passende anthrazitgraue Kammgarn-Rock ließ ihre Hüften erstaunlich schlank erscheinen. Leider war »schlank« schon seit vielen Jahren nicht mehr das passende Beiwort für Nicole, seit sie nämlich die Pariser Laufstege verlassen und angefangen hatte, alles zu essen und zu trinken, was ihr schmeckt. Heute beschränkt sich ihre Vorstellung von körperlicher Bewegung und Gewichtskontrolle darauf, die paar Straßen bis zum Reformhaus zu laufen und eine Packung Reisgebäck zu kaufen. Dann knabbert sie davon vielleicht zwei oder drei, der Rest wird zu Vogelfutter, während sie sich eine Pizza kommen läßt. Zum Glück bewahrt sie ihr schneller Stoffwechsel davor, plump zu werden.

»Ich schlafe ja gar nicht«, sagte ich. »Ich verdaue.«

»Das machst du zu oft«, sagte sie. Ich bot ihr ein Stück von meinem Mohnstrudel an. Sie schüttelte den Kopf. »Du weißt doch, daß ich den ganzen Monat keine Süßigkeiten esse, aber der Kaffee da riecht ja himmlisch.«

»Näher ran an den Himmel kommt wahrscheinlich auch keiner von uns beiden«, sagte ich, während ich eine Tasse mit dem dampfend heißen Getränk füllte und einen Schuß Sahne dazugab, so wie sie es am liebsten mochte.

»Danke, Schätzchen«, sagte sie, nahm die Tasse und versuchte sich dann auf dem kleinen Stuhl niederzulassen. Sie runzelte die Stirn, zuckte kurz zurück, wand und drehte sich und fuhrwerkte mit den Hüften herum, um es sich auf dieser winzigen Sitzfläche aus schlüpfrigen Satinbändern einigermaßen bequem zu machen.

»Jetzt setz dich doch mal auf deinen Hintern und gib Ruhe, Herzchen.«

»Ein gräßliches Stühlchen«, sagte sie. »Ich muß unbedingt was anderes hier reinstellen.«

»Aber es ist doch das *objet piquant* des ganzen Zimmers.«

»Man kann aber nicht drauf sitzen.«

Wenn Nicole den Stuhl wirklich nicht gemocht hätte, hätte sie ihn bestimmt nicht gekauft. Wahrscheinlich wollte sie jetzt eben nur das behagliche Leder unter sich spüren, das gerade meinen Hintern umfing. Keine Chance. Sie nippte an ihrem Kaffee und fragte mich: »Alles in Ordnung mit Rafik?«

»Na klar«, sagte ich glücklich. »Warum?«

»Weil du heute früh zu ihm gegangen bist.«

»Das wunderschöne Wetter gab mir den Gedanken ein, meinen Geliebten aufzusuchen.«

»Ihr habt also die Nacht nicht zusammen verbracht?«

»Es ist wirklich alles in Ordnung, Herzchen.«

Wir saßen eine kleine Weile still da, nippten an dem aromatischen Kaffee und atmeten die feuchte, würzige Luft ein, die durch das offene Fenster hereindrang. In einem der Sträucher draußen flatterte ein kleiner Vogel aufgeregt hin und her und piepste laut. Ausgerechnet das Friedliche an dieser Szene ging mir irgendwie auf die Nerven.

»Also gut, Herzchen. Du hast's erraten. Mit Rafik und mir läuft's wieder mal nicht so ganz richtig.«

»Bist du schon wieder eifersüchtig?«

Ich nickte. »Ich komme mir dabei so kindisch vor, daß ich mich richtig schäme.«

»Woran lag's diesmal?«

»Immer das Gleiche. Er hat wieder mal seine kreative Phase, und das bedeutet, daß wir nicht zusammen schlafen. Und da kommt eben meine ganze ewige Unsicherheit hoch, und ich bilde mir ein, daß er's mit jedem Knaben im Studio treibt, und dann merke ich, daß meine ganze Vorstellung von Liebe und Partnerschaft auf Sex beruht, und da finde ich mich widerlich.«

Nicole schüttelte den Kopf und schnalzte leise mit der Zunge.

»Stanley, warum zieht ihr eigentlich nicht zusammen? Worauf wartest du denn bloß?«

»Wir haben einfach zu unterschiedliche Vorstellungen vom häuslichen Leben. Seine ist halt die, die man im alten Europa von einer Ehe hat. Er erwartet die heimelige Bequemlichkeit und Sicherheit einer Ehefrau, die alles reibungslos in Gang hält. Und ich bin zwar, das weiß ich selber, nicht gerade die Männlichkeit in Person, aber das Heimchen für jemand anderen bin ich nun auch wieder nicht.«

»Aber da muß es doch einen Mittelweg geben.«

»Wir versuchen, drei oder vier Nächte pro Woche zusammen zu verbringen, doch trotzdem sagt er, daß es fürchterlich unpraktisch ist, getrennte Wohnungen zu haben. Ich dagegen glaube, daß gerade dieses Getrenntsein uns zusammenhält.«

»Wie denn das?«

»Ich möchte einfach nicht alles mitkriegen, was in seinem Leben so hinter den Kulissen abläuft.«

»Hast du Angst vor zuviel Intimität?«

»Fang bloß nicht mit so einem Psychoquatsch an, Herzchen. Ich möchte nur nicht eines schönen Tages heimkommen und ihn mit einem – äh – Gast vorfinden.«

»Aber Schätzchen, das klingt ja fast wie in viktorianischen Zeiten. Was wäre da schon dabei, solange er auf sicheren Sex und auf Diskretion achtet? Rafik liebt dich doch und würde garantiert nichts tun, was dich verletzen könnte. Ich hab das Gefühl, daß du von den Menschen einfach zuviel erwartest.«

»Das ist aber eine Platitüde, Nikki. Außerdem, über die Liebe zu räsonieren, das ist so, als versuche man mit den Schuhen zu fühlen. Aber das ist ohnehin alles bedeutungslos, weil ich schließlich nicht anders denken oder sein kann, als ich eben bin.«

»Was du bist, das ist nichts anderes als fatalistisch und bequem. Man kann doch sein Leben selbst bestimmen.«

»Herzchen, kein Mensch schafft sich seine eigene Realität selber, außer vielleicht, was Haarfarbe, Rocklänge oder Absatzhöhe betrifft. Sobald es an die Substanz geht, darum, was für Gefühle man hat und wie man handelt und auf andere reagiert, dann bestimmt meiner Meinung nach kein Mensch sehr viel selber. Alles genetisch bedingt. Samen trifft auf Ei, alles reiner Zufall, und dazu gehört eben auch, ob man dazu fähig ist, die sexuelle Untreue eines oder einer Geliebten zu ertragen oder darüber hinwegzusehen, oder aber nicht.«

»Stanley, bitte – «

»Das stimmt aber, Nikki. Mein Verstand weiß durchaus, daß Promiskuität, auch die meines Geliebten, im allgemeinen Chaos auf dieser Erde eigentlich überhaupt keine Bedeutung hat. Aber der romantischen Seite in mir geht es um Liebe und all die anderen irrationalen Dinge. Das heißt, in mir ist ein einziges Durcheinander, und zwar eins, das von meiner DNS gesteuert wird und nicht von irgendwelchen gelernten Reaktionen. Egal, was ich dagegen tun möchte oder zu tun versuche, mein Leben wurzelt nun einmal in slawischer Melancholie, und ich werde vielleicht, solange ich lebe, nie wirklich glücklich oder zufrieden sein.«

»Quatsch!« antwortete Nicole. »Du hast einfach zu viel freie Zeit, und deshalb jammerst du rum.«

»Vielleicht brauche ich nur mal wieder eine Leiche, um ein bißchen Ablenkung zu haben.«

Nicoles langbewimperte Augenlider öffneten sich bei dieser flapsigen Bemerkung ganz weit. »Man sollte meinen, daß du davon genug hast«, sagte sie. Dann schob sie mir ihre Tasse entgegen. »Tu mal was Nützliches und gieß da ein bißchen Cognac rein.«

»So früh am Tag?«

»Ich hab erst um ein Uhr wieder eine Kundin.«

»So viel hast du früher aber nie getrunken, als Chaz noch da war. Ich hoffe bloß, du greifst jetzt nicht zum Schnaps, um die verlorene Liebe leichter zu verschmerzen.«

»Seit wann hast du mir darüber Lektionen zu erteilen?«

»Du läßt mir ja mein Selbstmitleid auch nie durchgehen.«

»Schätzchen, bevor du Rafik kennengelernt hast, habe ich ohne jedes Urteil dein Langzeit-Leiden und deine Düsterkeit erduldet. Kann ich da nicht jetzt im Gegenzug ein bißchen Mitgefühl erwarten?«

Da hatte sie recht. Vor meinem jetzigen Schmierentheaterleben des Zweifels hatte ich ein Schmierentheaterleben der Frustration verbracht. Und Nicole hatte alle diese ermüdenden Episoden mitgemacht und auch die ewigen Wiederholungen.

»Touché, Herzchen«, sagte ich und holte den feinen Champagner-Cognac aus einem verschlossenen Hängeschrank. Ich goß ihr ein paar Schluck des bernsteinfarbenen Elixiers in den Kaffee. Falls dann ihre Ein-Uhr-Kundin auch nur diskret auf einen leichten Cognacgeruch anspielte, würde Nikki ihr vielleicht auch einen Schluck anbieten.

Das Telefon auf meinem Schreibtisch läutete. Es war die Empfangsdame, die mir mitteilte, daß jemand vorbeigekommen sei und nach Vannos frage.

»Vannos arbeitet nicht mehr hier«, sagte ich.

»Er kommt aber auf Empfehlung«, antwortete die Empfangsdame.

Wer das auch sein mochte, ich mußte ihn mir wenigstens mal anschauen. Die beste Methode, sich die Kundenkartei exklusiv zu halten, besteht darin, neue Kunden nur auf Empfehlung anzunehmen. Ich ließ Nicole im Büro zurück und ging hinaus in den Laden. Am Schreibtisch der Empfangsdame erwartete mich ein großer, sehr männlich wirkender Mann in den späten Vierzigern mit einem Kopf voll dichter graumelierter Haare und einem ebensolchen Schnurrbart. Er sah ganz besonders maskulin aus. Er trug ganz gewöhnliche Jeans, die jedoch makellos sauber waren und so scharfe Bügelfalten besaßen, daß man sich an ihnen hätte tödlich verletzen können, wenn er sich damit zu schnell bewegte. Die glänzenden schwarzen Kalbslederstiefel und die Gürtelschnalle aus massivem Silber zeigten, daß ihn dieses sorgfältig auf lässig abgestimmte Aussehen lockere 1000 Dollar gekostet haben mußte.

Ich stellte mich vor.

Er antwortete: »Sie sind mir wärmstens empfohlen worden.« Seine Stimme wirkte bei einem so großen Mann mit so breiten Schultern seltsam dünn und atemlos.

»Womit kann ich Ihnen dienen?« fragte ich.

Er trat näher. »Ich möchte mal ausprobieren, wie mir blond steht«, sagte er mit einem leisen Kichern. »Donaldson sagt, daß Sie in puncto Farbe wahre Wunder vollbringen.«

Einen Moment lang schwieg ich. Donaldson – nicht Don, nicht Donny, nicht einmal Donald, sondern Donaldson – war ein langjähriger Kunde von mir, dessen Leben als Aufgeblondeter durch alle Stadien von hell, heller, am hellsten gegangen war. Donaldson war zudem ein extrem femininer Dekorateur, dessen flatterige Maniriertheit sogar eine brünstige, entflammte Eintagsfliege niedergemacht hätte. Ich trat einen Schritt zurück und blickte den gutaussehenden Mann, der da vor mir stand, scharf und sachlich an. Ich habe eine besondere Vorliebe für diesen breitgebauten, maskulinen Typus, wie er durch ein paar glückliche Umstände immer wieder mal aus dem Spiel der Gene entsteht. Dann versuchte ich ihn mir in blond vorzustellen. Aber selbst meinem erfahrenen Auge mißlang das. Diesen

Mann blond zu machen, das mochte ja einer anderen Facette seiner Persönlichkeit entsprechen, würde aber das Bild von ihm ruinieren, das ich im Augenblick vor mir hatte und das mir zufällig gefiel.

»Tut mir leid«, sagte ich. »Das kann ich nicht.«

»Was soll denn das heißen?« fragte er. »Donaldson hat gesagt, daß Sie alles können.«

»Rein technisch gesehen schon, aber ich finde Ihr Haar nun mal schön, so wie es jetzt ist.«

»So grau?« sagte er. Seine Stimme wurde etwas schrill. »Das läßt mich aber zu alt aussehen.«

»Ich würde die Farbe nicht anrühren. Sie ist super.«

Der Mann war offensichtlich nicht überzeugt. »Ich bezahle ja dafür«, warf er ein.

»Davon bin ich überzeugt, aber ich werde Ihr Haar jedenfalls nicht färben. Es wäre mir aber ein Vergnügen, es in Form zu bringen –«

»Nein«, unterbrach er mich. »Ich möchte blond werden. Kann mir jemand anderes da weiterhelfen?«

Ich schwieg und überlegte, wie ich ihn hätte umstimmen können, aber dann wurde mir klar, daß es hoffnungslos war. »Ich werde Ihnen Ramon herschicken«, sagte ich mürrisch.

Anderthalb Stunden später war der Mann blond. Ramon hatte ihm auch noch den Schnurrbart abrasiert, so daß seine pferdeartige Oberlippe jetzt zu sehen war, was seine Gesichtszüge lang, hängend, fast traurig erscheinen ließ. Ich stecke zwar selber drin in dem Geschäft mit der Schönheit und der Künstlichkeit, aber ich komme niemals der Natur in die Quere, nur weil jemand den albernen Drang hat, jünger aussehen zu müssen.

Der Tag ging weiter. Ich beendete meine Büroarbeit und hatte selbst auch noch ein paar Kunden. Aber als Nicole und ich schlossen, war ich schon wieder unruhig geworden, vielleicht aufgrund einer Vorahnung bezüglich des vor mir liegenden Abends. Etwas gedrückter Stimmung ging ich nach Hause, um mich sehr sorgfältig vorzubereiten.

Mein Zuhause ist eine geräumige Zweizimmerwohnung in der Marlborough Street. Ich wohne im obersten Stockwerk, was ein etwas zweifelhaftes Vergnügen ist. Einerseits ist es dort oben ruhig, hell und luftig. Andererseits gibt es im Hause keinen Lift. Da ich gute Beine habe, sind die vier Treppen für mich normalerweise keine Belastung, aber manchmal überlege ich mir doch, ob ich nicht umziehen sollte. Dann aber bedenke ich wieder all das, was ich verlieren würde, wenn ich auszöge: der Mietpreis ist gebunden, und wir Mieter halten fest zusammen. Deswegen ist es gut möglich, daß ich für immer da bleibe. Außerdem wohne ich hier weit oberhalb von allem Straßenlärm, und ich sehe sogar den Fluß. Dazu muß man zwar aus dem Badezimmerfenster schauen, aber immerhin.

Ich machte die Türe auf und wurde von Sugar Baby begrüßt, deren kurzes karamellbraunes Fell dieselbe Farbe wie Rohrzucker hat. Ich nahm sie auf den Arm und sprach zärtlich mit ihr, während ich den Anrufbeantworter abhörte, auf dem aber heute nichts gespeichert war. Dann trug ich ihren kleinen schnurrenden Katzenkörper in die Küche hinüber, wo sich, wenn ich alleine bin, der größte Teil meines häuslichen Lebens abspielt. Dort esse ich, telefoniere, sehe fern und lese sogar. Vielleicht ist das einfach ein Überbleibsel meiner Erziehung, denn ich bin in einer Arbeiterfamilie in New Jersey aufgewachsen. Das Wohnzimmer blieb damals Gästen und besonderen Gelegenheiten vorbehalten. Und bei mir ist das jetzt immer noch so.

Nachdem ich meine Post geöffnet und mir einen eiskalten Martini gemixt hatte, der nach Winterende mein bevorzugtes Trankopfer darstellt, standen mir zwei große Entscheidungen bevor. Erstens die Frage, was für ein Abendessen ich Sugar Baby servieren sollte. Ich beschloß, ihr die Entscheidung selbst zu überlassen, indem ich fünf verschiedene Dosen vor ihr aufbaute und zu jeder die passenden verführerischen Töne von mir gab. Mit Sicherheit war dieses kleine Intermezzo vom Gin inspiriert worden. Die bei weitem enthusiastischste Antwort in Sugar Babys

gutturaler Stimmführung erhielt eine Nierchen-Schin-
kenspeck-Kombination, die mein Lieblingsmädel denn
auch zum Abendessen bekam. Ich hoffte nur, daß das
Menü bei Max Harkey mit mehr Sorgfalt ausgewählt
würde.

Die zweite und schwierigere Entscheidung war, was ich
anziehen sollte. Wie sollte ich mich dieser Meute von Tänzern und zugehörigen Groupies präsentieren, die ja die
körperbewußtesten aller höherentwickelten Primaten waren? Sollte ich versuchen, mich als schlanken Menschen
unter sie zu mischen, was bedeuten würde, daß ich ganz in
Schwarz erscheinen müßte, wie übrigens auch mit Sicherheit die meisten von ihnen? Aber das könnte zu gesucht
wirken. Außerdem war der Versuch, schlank auszusehen,
bei meiner fülligen, gesunden Figur von vornherein weitgehend zum Scheitern verurteilt. Vielleicht sollte ich mich
eher als außenstehenden Bewunderer darstellen, was ich ja
im übrigen auch tatsächlich war. Diese Wahl würde es mir
auch gestatten, alles aus meinem Kleiderschrank zu tragen,
was noch paßte. Ich beschloß, während des Duschens darüber zu meditieren.

Nach sorgfältigem Abschrubben unter feinem dampfen-
dem Strahl mit französischer Farnseife war mein Körper
rosig und frisch. Ich goß mir noch einen Cocktail ein, den
ich beim Trockenwerden genoß. Irgendwann sah ich mich
dabei plötzlich im Schlafzimmerspiegel. Mein Körper ist
nicht übel, wenn auch nicht gerade wie der eines Pornostars
oder Fotomodells. Also, was fand Rafik daran wohl am an-
ziehendsten? Gefiel ihm vielleicht mein kantiges, männliches Kinn oder die vollen Lippen, die von einem hängenden roten Schnurrbart gerahmt werden, der zu meinem
kupferfarbenen Haar paßt? Oder die grünen Augen? Das
breite dämliche Grinsen? Es sind wahrscheinlich meine von
Natur aus guten Beine und Füße, die die Anerkennung seines Tänzerauges finden. Und meine robuste Kehrseite.
Und vielleicht auch meine *équipage*, die viel Profil und
Proportion und Nettigkeit besitzt, wenn sie auch nicht von

riesiger Dimension ist. Allerdings kann es natürlich auch sein, daß Rafik vor allem meine schöne Seele liebt.

Ich zuckte die Schultern über dieses weitere unenträtselte Geheimnis der Liebe und ging daran, mein Outfit zusammenzustellen. Und zwar entschied ich mich für ein Baumwollhemd mit breiten Streifen in türkis, purpur und gold – alles Komplementärfarben zu meinem kurzen roten Haar. Dazu wählte ich anthrazitfarbene Köperhosen mit Bügelfalte. Weiche schwarze Wildlederschuhe umschlossen bequem meine Füße. Dank meiner langen slawischen Glieder und der zwei Martinis sah dieses ganze Paket Stan Kraychik da in meinem Schlafzimmerspiegel gar nicht so übel aus. Als Duft wählte ich ein italienisches Eau de Cologne, dessen Pinienaroma mich an einen Polizisten erinnerte, den ich mal gekannt hatte – und der so hetero gewesen war, wie man überhaupt nur sein kann. Ein Spritzer von diesem Zeug an meinem Hals – das war das Äußerste an Nähe zu ihm, was ich erreichen konnte.

So sorgfältig geduscht und gekleidet machte ich mich also zu Fuß auf den Weg in den Abend dieses herrlichen Frühlingstages, und zwar wieder in Richtung South End, diesmal zu Max Harkeys Wohnung, wo ich meinen geliebten Rafik und seine ungezügelte animalische Anziehungskraft wiederfinden würde.

3. Dinner um acht

Max Harkey wohnte oben auf einem vierstöckigen Backsteinhaus, das das Appleton hieß. Das Gebäude war in der großen Zeit des Bostoner Wohnungsbauprogramms entkernt und verschwenderisch instandgesetzt worden, zu einer Zeit, als man einerseits Slumgebäude wahllos und überstürzt unter Denkmalschutz stellte und sie andererseits gedankenlos ihrer Geschichte beraubte und umformte, neu aufbaute und umwertete. Dieses einstmals historisch bedeutende Gebäude protzte jetzt mit einer architektonischen Verunstaltung – einem gläsernen Penthaus, das ihm aufs Dach gesetzt worden war. Eben dieses überhaupt nicht zum Stil der Zeit passende Supergebilde war Max Harkeys Wohnung – und wahrscheinlich auch genau das richtige Heim für den umstrittenenen Direktor des Boston City Ballet. Die ursprünglichen vier Stockwerke des Gebäudes bewohnten gewöhnlichere Sterbliche, obwohl alle meine Freunde, die mit Innenarchitektur zu tun haben, steif und fest behaupten, daß im Appleton auch jede andere Wohnung der Traum eines Innenarchitekten sei. Das Haus liegt angenehmerweise nur zwei Blocks vom Bostoner Kulturzentrum entfernt in einer schmalen Sackstraße, die Appleton Mews heißt, was auf die zahlreichen ausgebauten Kutscherhäuschen anspielt, die entlang dieser Straße liegen. Auch von Station D, dem Hauptquartier der Bostoner Polizei, ist es nur ein paar Blocks entfernt.

Kurz vor acht kam ich dort an, pünktlich, wie es gerade Mode war. Ich bemerkte, daß Big Red vor dem Gebäude auf dem Gehsteig geparkt war, und fühlte, wie sich meine linke Brustwarze zusammenzog. Schon komisch, was ein Liebessymbol so alles fertigbringt.

Ich betrat die Eingangshalle und drückte auf den Klingelknopf vom fünften Stock. Innerhalb von Sekunden kam eine Stimme mit einem sehr angenehmen leichten Akzent über die Gegensprechanlage. »Wer ist da, bitte?«

»Stan Kraychik.«

Es gab eine lange Pause, bevor er weiterfragte: »Wie war Ihr Name, bitte?«

»Stan Kraychik. Ich gehöre zu Rafik Panossian.«

Nach einer weiteren Pause ertönte der Türöffner, und ich trat ein. Hoffentlich würde ich nicht auch noch einen Paß und ein Visum brauchen, um in dieses Penthaus zu gelangen. Ich entdeckte den Aufzug, einen kleinen Würfel, der mit Ahorn getäfelt war. Drinnen drückte ich auf den Knopf mit der Aufschrift PH, was offensichtlich Penthaus heißen sollte. Trotzdem kam mir diese Bezeichnung für eine Wohnung im fünften Stock, die auf das Dach eines alten Ziegelhauses geklebt war, etwas übertrieben vor. Wäre sie im 45. Stockwerk gewesen, dann vielleicht. Aber ich wohne schließlich auch im 5. Stock, und ich habe meine Wohnung ganz bestimmt noch nie als Penthaus aufgefaßt.

Die Aufzugstüre schloß sich mit einem gehauchten Wuuuusch, und der winzige Raum glitt lautlos empor, ohne das geringste Geräusch einer Mechanik und ohne Vibration. Der Name des Herstellers, der über den Liftknöpfen auf einem Metallschildchen eingraviert stand, erklärte diese seltsame Lautlosigkeit. Der Aufzug war von der HydraLift GmbH aus Liverpool, England, gebaut worden. Er arbeitete offenbar mit Hydraulik anstelle von Motoren und Seilzügen und Kabeln. Jetzt hielt er elegant und schwang nur gerade noch eine Sekunde nach, bevor die unter Druck stehende Flüssigkeit völlig zum Stillstand kam, beinahe wie bei einem Wasserbett. Die Tür öffnete sich auf ein Vestibül, in dem der Duft von getrockneten Gewürzen und von Wollteppichen schwebte. Auf einer schwarzlackierten Konsole stand eine große Vase mit Winterkirscheästen und drei langen Eukalyptuszweigen, und daneben eine bleiverglaste Art-Deco-Lampe, die dem kleinen Raum eine weiche rosa Tönung gab. Ich sah mich in einem großen Spiegel mit einem grünspanfarben, eingelassenen Holzrahmen, und ich kam mir reich vor.

Die Türe zu Max Harkeys Wohnung schwang auf und ließ all den Lärm und das Stimmengewirr einer beginnenden Party herausdringen. Ein kleiner, stämmiger junger Mann mit bräunlicher Haut und kühnen blaugrauen Augen trat in die Türe und begrüßte mich.

»Sie sind Stan?« sagte er.

Ich nickte. Mir war klar, daß er eine Menge bezahlt haben mußte, um sich das Haar aufblonden und dauerwellen zu lassen, und es stand ihm.

Er sagte: »Ich heiße Rico.« Sein kaum merklicher Akzent wirkte sehr anziehend. »Kommen Sie bitte herein?« sagte er, als stellte er eine Frage.

»Wo sind Sie her?« fragte ich.

»Aus Brasilien.«

Ich betrat Max Harkeys Wohnung und war augenblicklich von einer Welt der Kunst umgeben. Den größten Teil der Wand mir gegenüber in der großen Diele bedeckte ein Bild von David Hockney, einer seiner berühmten Swimmingpools. Rico bat mich in den Salon, wo sich auch die anderen Gäste befanden. Auf dem Weg dorthin kam ich an einer kleinen Nische vorbei, in der zwei Arbeiten ausgestellt waren, ein Paar römischer Krieger in Bronze, etwa 75 cm hoch. Die Männer standen wie zum Kampf bereit mit ihren bebuschten Helmen und gezückten Waffen, aber sie hätten auch genausogut zum Geschlechtsverkehr bereit sein können, mit ihrem stark gewölbten Rücken und ihrem entblößten, festen und muskulösen Hintern.

Ich ging weiter zum Salon. Trotz all der wild redenden und trinkenden und plappernden Menschen dort drinnen wurde meine Aufmerksamkeit von einem riesigen Bösendorfer Flügel in Anspruch genommen, der glänzend schwarz und so groß wie ein Wohnwagen war. Er thronte königlich zwischen einigen freistehenden Plastiken, deren bemerkenswerteste eine große Skulptur in Rosenholz war – ein stilisierter Tänzer, vornehm und zurückhaltend gearbeitet und vielleicht von dem jungen Max Harkey selbst inspiriert. Eine vage Erinnerung an einen Kunstgeschichtskurs an der Schule rief mir den Namen Ivan Městrovíc ins Gedächtnis, vielleicht, weil dieser Bildhauer auch Slave war. Dann wanderten meine Augen zu einer riesigen Leinwand von Morris Louis an der am weitesten entfernten Wand. Max Harkeys Wohnung war ja verdammt nochmal das reinste Museum, und die Gäste merkten das offenbar gar nicht.

Ein auffallender Mann, Anfang fünfzig, mit kantigem Gesicht und einer silbernen Löwenmähne kam auf mich zu. Das Grübchen in seinem Kinn sah so filmstarmäßig aus, daß ich mich unwillkürlich fragte, ob es natürlich sei. An Kinn und Hals schmiegte sich die Haut noch jugendlich straff um Muskeln und Knochen. Seine blauen Augen senkten sich mit kaltem, fast drohendem Blick in die meinen.

»Sie müssen doch Stan sein«, sagte er und streckte die Hand aus. »Ich bin Max Harkey.«

Ich schüttelte ihm die Hand und erwiderte: »Vielen Dank für die Einladung.«

»Wurde aber auch Zeit«, sagte er. »Ich kenne Rafik so gut, da muß ich doch endlich auch seine bessere Hälfte kennenlernen.«

Er stellte den großzügigen Gastgeber perfekt dar, auch die aufgesetzte Ehrlichkeit vergaß er nicht hinzuzufügen.

Nun führte er mich an die Bar, wo Rico bereits angefangen hatte, Drinks zu mixen. Der kleine Kerl war ja wirklich fix. Ich bestellte einen Martini, und während Rico ihn zubereitete, kam einer der anderen Gäste auf mich zu. Max Harkey stellte ihn als Marshall Zander vor, seinen langjährigen Freund und einen der größten Sponsoren des Boston City Ballet. Marshall Zander schien etwa gleich alt wie Max Harkey zu sein, hatte aber dünnes braunes Haar, das vermutlich weitgehend verschwunden sein würde, noch ehe es in ein distinguiertes Grau überzugehen vermochte. Sein Körper wirkte schwerfällig und unbeholfen, und jede Art von Bewegung schien ihm ungewohnt. Auf alle Fälle war er niemals Tänzer gewesen. Obwohl er offensichtlich teure Kleidung trug, wirkte sie an ihm unelegant und saß nicht gut. Er sah aus wie ein großer, schlaffer Hund – einer mit einem erlesenen Stammbaum, der aber keinerlei Anmut besitzt.

»Was hat Sie denn hierher verschlagen?« fragte er mich, was einem Gast gegenüber eine etwas merkwürdige Frage war. Vielleicht wußte er nicht, daß ich mit Rafik zusammen war, oder aber es war ihm egal, oder er versuchte nur auf seine ungeschickte Weise, nett zu mir zu sein.

»Ich bin mit Rafik da«, antwortete ich.

»Ah«, sagte er ohne Interesse und wandte seine Aufmerksamkeit Rico zu, der mir in diesem Moment meinen

Martini hinstellte. Er lud mich mit einer Geste ein, das Glas zu nehmen, und das tat ich denn auch. Dann nahm ich einen Schluck. Der Martini war perfekt – supertrocken und mit einem Hauch Zitronenschalearoma.

Max Harkey stellte mich daraufhin Madame Rubinskaya vor, die ich ja schon heute morgen im Ballettstudio gesehen hatte. Madame war in einem geräumigen Sessel aus samtigem azurblauem Mohair untergebracht. Sie hatte die Beine so gestellt, daß man ihre Waden und Knöchel und Füße sah, die trotz ihres Alters wunderbar waren. Sie nahm abwechselnd einen Zug aus einer langen elfenbeinfarbenen Zigarettenspitze und einen Schluck von einem Getränk, das wie süßer Wermut auf Eis aussah. Als Max Harkey mich vorstellte, rang sich die alte Dame ein Lächeln ab.

»Sehr erfreut«, sagte sie, wobei sie ihr »r« in zwei Silben aussprach. Sie bot mir ihre Hand und blickte dabei auf einen Punkt unterhalb meines Gesichts. »Wir kennen uns bereits.«

Ich nahm ihre Hand, ungewiß, ob ich sie küssen, schütteln oder einfach nur halten sollte. Sie war erstaunlich fest und schön, auch stark, ohne den geringsten Anflug von Arthritis. Die Fingernägel waren mit gedämpft rotem Nagellack äußerst sorgfältig lackiert, wobei oberhalb der Nagelhaut blasse Halbmonde hervorschauten. Mit ihrem Gesicht hingegen stand es anders. Madame hatte für diese Gelegenheit eine chaotische Mischung von Make-up aufgelegt, vermutlich ihren Abend-Look, der wohl ein bißchen europäischen Glamour herbeizaubern sollte, sie statt dessen aber aussehen ließ wie eine Porzellanpuppe, die einen Blitzkrieg überstanden hat. Gegenüber der harten Maske von heute vormittag stellt das kaum eine Verbesserung dar, und in einem schwachen Moment des ästhetischen Mitgefühls hätte ich ihr fast ein kostenloses Make-up bei Snips angeboten. Aber ich bemerkte gerade noch rechtzeitig, was für ein Unsinn das gewesen wäre, und sagte nichts. Ich drückte ihr freundlich die Hand und ließ sie dann los. Sie legte sie wieder auf die Armlehne des

Sessels, und ich bemerkte, wie sie die Handfläche sehr dezent an dem weichen, plüschigen Stoff abwischte. Vielleicht war das ein nervöser Reflex. Oder vielleicht hatte sie auch Angst, sich anzustecken.

In diesem Augenblick spürte ich, wie sich ein warmer Arm um meine Taille schlang, und wußte, daß Rafik da war. Ich drehte mich um und schaute ihm direkt in sein schönes Gesicht. Was für ein Glück, ihn zu lieben!

»Hallo!« sagte ich.

»Endlich du bist da«, sagte er. »Ich hatte Sorge.«

Er dachte also an mich!

»Meine Garderobe auszuwählen hat länger gedauert, als ich dachte«, sagte ich. Ich blickte mich rasch im Raum um und sah, daß außer mir und Marshall Zander alle Gäste Schwarz trugen. Natürlich gab es bei den Accessoires die erstaunlichsten Farbblitze, aber die allgemeine Grundfarbe des Abends war, wie ich vorausgesehen hatte – Schwarz in Schwarz.

An Rafiks anderem Arm hing Toni di Natale, die Dirigentin, die ich ebenfalls heute morgen im Ballettstudio gesehen hatte. Selbst Tonis Farbwahl bewies, daß sie wirklich zu dieser Gruppe gehörte. Sie trug eine langärmlige, graue Seidenbluse und einen formellen Abendrock aus schwarzem Wollcrêpe. Ihre Konzession an die Farbe war der Seidenschal in den unterschiedlichsten Blau- und Purpurtönen, den sie lose um den Kragen ihrer Bluse geknotet trug.

»Wie schön, daß ich Sie wiedersehe«, sagte sie mit betonter Freundlichkeit. Ganz offensichtlich benutzte sie heute abend ihr hochgestochenes Britisch. Theatralisch warf Toni di Natale jetzt ihre üppige rote Mähne zurück. Diese Geste war mir bereits zu vertraut, wie etwa ein entnervender Tic. Vielleicht machte sie das sehr oft, wenn sie dirigierte – auf dem Podium … oder im Bett. Ich fragte mich, ob sie mir gegenüber nur aus Berechnung so freundlich war, um ihre Chancen bei Rafik zu erhöhen. Es wäre schließlich nicht das erste Mal, daß man den einen Partner bezaubert, um besser an den anderen heranzukommen.

»Was für ein hübscher Schal«, erwiderte ich mit derselben spöttischen Vertrautheit, wobei der Schal allerdings tatsächlich wunderschön war.

Sie lächelte mir breit zu und zog Rafik dann mit sich zu der Fensterfront auf der anderen Seite des Raumes. Rafik blinzelte mir noch zu. »Bis später«, sagte er, während Toni ihn davonführte.

So von ihnen zurückgelassen antwortete ich sanft: »Ich rechne fest damit.« Ich dachte wieder an sein Versprechen, zur Feier des Jahrestags, der ja schon vorüber war, die Nacht mit mir zu verbringen. Es sah nicht sehr hoffnungsvoll aus.

Max Harkey tauchte wieder auf und flüsterte mir zu: »Großartiger junger Mann.«

»Wem sagen Sie das«, erwiderte ich. Ich war mir nicht sicher, ob mich Toni di Natales Flirt mit meinem Liebhaber vielleicht deshalb so nervte, weil sie die Art von Frau war, die ich möglicherweise auch gewesen wäre, wäre ich eine Frau. Wenn man die geheimen eigenen Fehler bei jemand anderem sieht, kann das leicht zu einer ganz irrationalen Abneigung führen.

Zu den übrigen Gästen gehörten auch zwei Tänzer aus der Ballettklasse, die ich heute morgen gesehen hatte, die beiden, die mit Rafik an derselben Stange gearbeitet hatten – der junge Mann, dessen Körper einer überaus idealisierten Inkarnation von mir glich, und die blonde Tänzerin, die mit ihren Übungen weitergemacht hatte, als alle anderen Tänzer den Saal verließen. Heute abend standen sie beisammen und wirkten unzertrennlich. Was sie tranken, sah aus wie pures Mineralwasser. Ich fragte Max Harkey nach ihnen.

»Der Junge heißt Scott Molloy«, sagte er, »und das Mädchen Alissa Kortland.«

Ich wußte, daß die Begriffe »Junge« und »Mädchen« überall in der Ballettwelt oft und ohne Herabsetzung gebraucht wurden, aber jetzt bei Max Harkey klangen sie trotzdem abwertend. »Ich habe beide schon auf der Bühne gesehen«, sagte ich, »aber ich hätte sie nicht wiedererkannt.«

»So eine Aufführung bringt oft Aspekte der Persönlichkeit zutage, die in der Ballettklasse oder im normalen Leben gar nicht in Erscheinung treten«, entgegnete Max Harkey. »Am Ende des heutigen Abends wissen Sie vielleicht sogar mehr über sie, als Ihnen lieb ist.« Er lachte kurz. »Sie sitzen nämlich beim Essen zwischen den beiden.« Dann fügte er hinzu, als spräche er mit sich selbst: »Erstaunlich, wie sehr Ihnen Scott Molloy vom Körpertypus her ähnelt.«

Ich dachte: Sie meinen wohl, abgesehen vom Schwimmgürtel. Manchmal frage ich mich, ob ich nicht einfach mein Übergewicht loswerden – das heißt, mich auf meinen *eigentlichen* körperlichen Zustand bringen – und eine Klinik »Abnehmen in zwölf Schritten« aufmachen sollte.

Plötzlich hörten wir alle, wie die reichen dunklen Klänge des Konzertflügels den großen Empfangsraum füllten. Der einzige Gast, dem ich formell noch nicht vorgestellt worden war, hatte sich an den gewaltigen »Bösendorfer« gesetzt und mit einem überwältigenden Musikstück begonnen, das wie ein musikalischer Aperitif die Luft förmlich zum Prickeln brachte.

»Jason Sears«, flüsterte Max Harkey. »Brillantes Talent. Erst vor kurzem mit Maestra di Natale aus London gekommen. Er hofft, daß er sich Zugang zur Bostoner Konzertszene verschaffen kann.«

Der Pianist war für mich eine Überraschung. Als ich ihn zu Anfang unter den Gästen erblickt hatte, nahm ich an, er sei Model und nur zur Dekoration eingeladen worden, so phantastisch gut sah er aus und ebenso waren seine Manieren. Daß Jason Sears auch noch Virtuose war, schien fast überflüssig. Seine Finger flogen über die Tasten und setzten sie förmlich in Brand in einer Tour de Force, die eine musikalische Klimax nach der anderen hervorrief. Das Stück war so unverfroren romantisch, daß mir aufgrund seiner Sentimentalität ganz leichtsinnig zumute wurde. Und doch lag in der schamlosen Leidenschaftlichkeit der Musik etwas, das mir zutiefst zusagte, woran ich glauben und dem ich verfallen wollte, das zuzulassen ich aber zu gehemmt war. Ich schaute zu Rafik hinüber und sah, daß auch er sich von der Musik mitreißen ließ und auf jeden Takt sogar körperlich reagierte. Neben ihm hörte Toni di Natale zu, wobei sie die analytische Sachlichkeit eines Jurymitglieds bei einem Klavierwettbewerb an den Tag legte. Währenddessen lehnte Marshall Zander an der Bar, rauchte eine Zigarette und trank seinen Schnaps. Sein ausdrucksloses Gesicht schien für den Rausch der Noten unzugänglich, und ich mußte wohl doch meinen ersten Eindruck von ihm revidieren. Ich stellte fest, daß er eher einem höher entwickelten Primaten als einem Hunde ähnelte. Vielleicht war er sogar mit diesen brutalen Kerlen aus der Familie Kong verwandt.

Etwas entfernt standen Scott Molloy und Alissa Kortland nebeneinander, noch immer mit ihrem Mineralwasser und in eifrigem Geflüster, ohne auf Jason Sears fulminante Darbietung zu achten. Da bemerkte ich, daß Madame Rubinskaya den Raum verlassen hatte, ebenso wie Rico, der Hausangestellte. Dieser junge Mann war ja entschieden schnell. Die alte Dame allerdings auch.

Fünf Minuten und einige tausend Noten später beendete Jason Sears das Stück mit einem gewaltigen Aufbrausen von dröhnenden Akkorden. Er ließ die letzten Töne noch ein paar endlose Sekunden lang in der Luft stehen, bevor er die Saiten zum Verstummen brachte. Es dauerte eine kleine Weile, ehe wir alle wieder richtig zu uns kamen. Dann aber brach ein Applaus los, der fast genausolang dauerte wie das kurze Stück selbst. Als die Begeisterung und die Ovationen sich gelegt hatten, tauchte Rico, der Hausangestellte wieder auf und verkündete, das Essen sei angerichtet.

Jason Sears trat auf Max Harkey zu und entschuldigte sich, daß er nicht zum Essen bleiben könne, da er morgen in aller Frühe einen Flug habe.

»Außerdem«, sagte er, »habe ich ein entsetzliches Jet-Lag.«

Max Harkey erwiderte: »Davon hat man während Ihres Spiels jedenfalls nichts gemerkt.«

»Alles nur eine Frage der Technik«, sagte der Pianist. Er verabschiedete sich von uns allen im allgemeinen und dann von Toni di Natale im besonderen, die immer noch an Rafiks Arm hing. »Bis später dann im Hotel«, sagte er und musterte Rafik mißtrauisch.

Ich fragte mich, worin dieser erstaunliche junge Löwe wohl noch so brilliant sein mochte. Es hätte mich nicht weiter überrascht, von überragenden Leistungen auf dem Gebiet der Differentialgleichung zu hören. Eigentlich konnte es bei diesem Supermann nur noch den einen Superlativ geben, und unwillkürlich glitten meine Augen hinab zu jenem Bereich der Anatomie, wo der oberflächlichste Maßstab, an dem man einen Mann messen kann, sichtbar werden mochte. Doch der Fall seiner Bügelfaltenhosen verbarg alles.

Toni di Natale sagte zu ihm: »Leg dich schon mal hin, Jason.« Dann fügte sie hinzu, als wolle sie damit ihre offensichtliche Unterkühltheit kompensieren: »Der Liszt ging heute abend ja sehr gut.«

»Danke«, sagte er, aber sein Grinsen deutete mehr auf Verärgerung als auf Dankbarkeit. Dann ging er schnell.

Wir übrigen begaben uns ins Speisezimmer. Der Tisch war ein Monolith aus geöltem Mahagoni, der auf sechs massiven viereckigen Füßen ruhte. Dutzende von Kerzen in zwei außerordentlich fein gearbeiteten Leuchtern tauchten den Raum in ein warmes Licht und ließen die Gedecke aus Porzellan, Silber und Kristall sanft erglänzen und zu der anheimelnden Atmosphäre im Raum beitragen. Da mußte jemand bei Tiffany & Co die Lager geplündert haben.

Wir nahmen den Tischkarten nach unsere Plätze ein – es waren handgeschriebene Kärtchen mit einem florentinischen Rahmen aus Marmorgrün und Blattgold. Max Harkey saß an der einen Stirnseite und Madame Rubinskaya an der anderen. An den Längsseiten saßen, von Max Harkeys

Tischende ausgehend, Marshall Zander, dann Toni di Natale, und dann Rafik an Madame Rubinskayas Ende. Auf der anderen Seite Alissa Kortland, dann meine Person und schließlich Scott Molloy, wiederum neben Madame Rubinskaya.

Scott Molloy bat mich leise, mit ihm den Platz zu tauschen, damit er und Alissa Kortland nebeneinander sitzen könnten. Doch ich war davon überzeugt, daß Max Harkey die Sitzordnung genauso sorgfältig choreographiert hatte wie sonst die Verteilung seiner Tänzer auf der Bühne. Deshalb antwortete ich Scott Molloy: »Oh, nicht nötig, vielen Dank.«

Max Harkey bemerkte unser Geflüster und fragte: »Irgendwas nicht in Ordnung?«

Einen peinlichen Augenblick lang fanden weder Scott Molloy noch ich eine Antwort. Dann sagte ich: »Oh nein, keineswegs«, und nahm Platz. Scott Molloy setzte sich ebenfalls, wandte sich aber ganz leicht von mir ab, so daß er mehr zu Madame Rubinskaya gekehrt saß. Max Harkey runzelte wegen dieser kleinen Störung ganz leicht die Stirn, sagte aber nichts mehr dazu. Das Essen begann endlich.

Rico bediente uns, und seine Fähigkeit, wie von Zauberhand zu verschwinden und wieder aufzutauchen, wurde bei den acht Gästen wirklich auf die Probe gestellt. Als ersten Gang gab es eine kalte Suppe, die sahnig rosa und süß und sauer gleichzeitig war. Ich machte eine Bemerkung darüber, teils, um mein Unwohlsein in dieser Gesellschaft etwas zu mildern, teils, um Max Harkeys Küche zu loben.

»Ganz köstlich«, sagte ich.

»Ist nur Borschtsch«, sagte Madame Rubinskaya mit einem leichten Achselzucken, als wolle sie zeigen, wie nichtig meine Bemerkung sei.

»Mousseline de Borschtsch«, verbesserte Max Harkey und zwinkerte Madame Rubinskaya zu.

»Mousseline«, wiederholte Madame Rubinskaya mit einem winzigen Lächeln und Nicken an Max Harkeys Adresse.

»Das ist nämlich ihr Rezept«, sagte Max Harkey, nun an alle gewandt. »Und außerdem ein ganz großes Geheimnis.«

Plötzlich lobten auch alle anderen am Tisch Madames hervorragende Suppe. Ich mußte mit ansehen, wie Rafik und Toni di Natale ihre Löffel hinlegten und Madame applaudierten und sich ganz offen zulächelten. Ihre Bewegungen harmonierten mit derselben natürlichen Leichtigkeit wie die von Geschwistern oder von Liebenden. Links und rechts von mir imitierten Alissa Kortland und Scott Molloy ihre Bewegungen genauestens und fielen mit in den Applaus ein. Indessen nahm Madame Rubinskaya das allgemeine Lob mit strenger Herzlichkeit entgegen. Mein ursprüngliches und aufrichtiges, wenn auch simples Kompliment war völlig überproportional aufgeblasen worden, und ich kam mir wie ein Kürbis vor.

Als wir dann alle wieder dabei waren, die kühle rosa Kreation zu löffeln und zu schlucken, sagte Marshall Zander plötzlich: »Und was treiben Sie, Stan?« Er sprach ein bißchen zu laut und mußte sich offenbar auch bemühen, deutlich zu sprechen, da er schon zu viel getrunken hatte, aber natürlich gelang es ihm damit, jedermanns Aufmerksamkeit wieder auf mich zu lenken. Ich wartete, bis alle vor Spannung den Löffel still hielten, bevor ich mit der Antwort herausrückte.

»Ich verbrenne Haare.«

»Wie bitte?« sagte Marshall Zander.

»Ich bin Haardesigner«, antwortete ich. »In der Newbury Street.«

Rafik warf noch ein: »Er ist sehr gut.«

Toni di Natale stieß Rafik spielerisch mit der Schulter an. »Das kann ich mir denken«, sagte sie. Dann fragte sie mich mit ihrem dick aufgetragenen blasierten britischen Akzent: »Meins ist verdammt schwer hinzukriegen. Würden Sie's einmal versuchen?« Und schon wieder warf sie mit ihrer einstudierten Bewegung ihre wogenden roten Fransen zurück. Ich hatte Toni di Natale bereits gründlich satt.

»Und bei mir auch?« fügte Alissa Kortland hinzu, wobei sie Toni di Natales accent du jour unverfroren imitierte.

»Und bei mir?« fügte auch Marshall Zander mit glasigem, verschwommenen Blick hinzu.

»Und bei mir bitte nicht«, sagte Scott Molloy und runzelte die Stirn.

»Es wäre mir ein Vergnügen, Sie alle bedienen zu dürfen«, sagte ich. Einige kicherten höflich bei diesem double entendre, aber das Thema meiner Karriere war damit allgemein beendet, ebenso wie jede weitere Einbeziehung meiner Person in die Unterhaltung. Das Gespräch wandte sich nun schnell dem Klatsch aus der Welt des Tanzes zu, worüber ich wenig wußte und noch weniger zu wissen begehrte. Der einzige andere Anwesende, der sich nicht am Gespräch beteiligte, war Marshall Zander, der mich über den Tisch hinweg anglotzte und seinen Durst inzwischen mit Max Harkeys exzellentem Wein stillte. Ich wollte ihn auf keinen Fall durch ein freundliches Gespräch ermutigen, deshalb saß ich einfach nur still da und hörte zu und beobachtete alle anderen.

Das Gespräch konzentrierte sich auf das tänzerische Geschehen in New York, im Vergleich zu dem Boston offensichtlich tiefste Provinz war. Es ging um nichts als Tänzer und neue Aufführungen, wer was mit wem tat, sowohl auf der Bühne als auch hinter den Kulissen, wer wirklich gut war und wer eine völlige Flasche. Aber trotz der klugen Bemerkungen klangen die Worte eigentlich alle seltsam leer, als spielten die Gäste einander nur fertige Kassetten vor und prahlten mit ihren verbalen Pirouetten. Während ihres prätentiösen Geplappers beobachtete ich ihre Gesichter, die entschieden mehr verrieten als ihre Worte. Toni di Natale war offensichtlich völlig verknallt in Rafik, der sich ganz dem Gespräch über das Tanzen hingab. Ich sah, daß sie fasziniert war von Rafiks Mund und seinen Bewegungen beim Sprechen. Ich wußte auch ganz genau, was sie dachte – wie diese Lippen schmecken und sich anfühlen würden, und was sie wohl alles konnten. Ich merkte, wie ich selber den

Mund meines Liebhabers beobachtete und anschließend wieder Toni di Natales Betörtheit. Als ich mich schließlich weiter am Tisch umschaute, entdeckte ich, wie Max Harkey und Alissa Kortland unwahrscheinliche Blicke tauschten, die bei beiden Verlangen und Hingabe verrieten. Dann stellte ich zu meinem Entsetzen fest, daß Marshall Zander mich auf die gleiche Art anstierte. Unsere Augen trafen sich und ruhten kurz ineinander, und ich dachte: Nein!

In diesem Augenblick betrat Rico das Speisezimmer und trug eine Platte aus venetianischem Glas auf seinen starken jungen Armen herein. Auf dem großen Glasteller war eine eßbare Kuppel aufgebaut, geformt aus saftigen, im Ofen überbackenen Filets. Umrahmt von Spargelspitzen, karamelisierten Zwiebeln und geschmorten Endivien, ruhte sie auf einem Bett von breiten flachen Nudeln. Ein schmales Stück der Fleischkuppel war herausgeschnitten und flach hingelegt, um die Füllung, eine Pâté mit Pistazien, zu zeigen.

Max Harkey sagte: »Wir müssen Madame dankbar sein, daß sie uns an einem weiteren Schatz teilhaben läßt – *Escalopes de Veau* Rubinski.«

Madame Rubinskaya entgegnete: »Der Koch von Zar machte das für mein Großmutter. War sie liebste Ballerina von Zar.«

»Brava! Brava!« sagte Marshall Zander und applaudierte laut. Alle am Tisch fielen mit ein. Dann stand Marshall auch noch auf, während er weiterklatschte, und hielt uns andere durch Gesten an, das auch zu tun. Aber wir blieben sitzen, denn wir wollten eigentlich jetzt nur essen und nicht in dem Theaterstück fortfahren, zu dem das Diner irgendwann geworden war.

Als der Beifall aufhörte, fügte Madame Rubinskaya gequält hinzu: »Sie sollten statt dessen geben Ovationen für Rico. Er sucht ganze Vormittag, um zu kriegen Kalbfleisch. Dann er macht alles genau wie ich sage. Keine Fragen. Ich denke, er vielleicht wäre auch gute Tänzer.« Sie lachte ein wenig über ihren eigenen Witz. Rico lächelte dankbar an der Anrichte, wo er das Kalbfleisch zerteilte und auf unsere Teller legte.

Das Essen ging in großem Stil weiter, mit noch mehreren Gängen, zu denen unter anderem ein butteriger *gratin* von zerteilten Artischocken gehörte und *duxelles*, ein Sorbet, sowie ein Salat. Dazu gab es französische und kalifornische Weine. Alle waren ausgezeichnete Jahrgänge und spielten eine wichtige Rolle bei diesem kulinarischen Ereignis, eine, die weit über die eines einfachen Getränkes hinausging – zumindest hieß es so.

Doch trotz der feinen Atmosphäre, trotz des außergewöhnlich guten Essens und der großartigen Weine, trotz des phantastischen Ambientes fühlte ich mich keineswegs wohl, vor allem, da ich ständig vor Augen hatte, wie Toni di Natale und Rafik mir gegenüber beisammensaßen. Daß sie einander dauernd Bemerkungen zuflüsterten, war schon schlimm genug, aber die eigentliche Prüfung kam für mich, als ich versuchen mußte, Tonis lüsternes Grinsen zu übersehen, als sie Rafik die bootförmige Sauciere mit der sahnigen Dillsauce reichte, die ganz milchweiß und dickflüssig und suggestiv aussah.

Die einzigen Augenblicke komischer Erleichterung schuf mir Rico, der Hausangestellte, indem er auf eine so direkte und spielerische Weise mit mir flirtete, daß es mich an die kurze Romanze erinnerte, die ich einmal mit einem jungen Balinesen gehabt hatte. Das war eine simplere Art von Liebe gewesen als die, die ich jetzt mit Rafik teilte – der irgendwann einmal doch bemerkte, daß Rico immer noch an meiner Schulter lehnte, obwohl er den Teller längst mustergültig vor mir plaziert hatte.

Rafik sagte: »Ich glaube, Rico mag Stan.«

Auf diese harmlose Neckerei antwortete ich zu schnell und zu laut, bevor noch mein Überich meine Worte überprüfen und zensieren konnte.

»Na und? Was geht's dich an?« sagte ich.

Augenblicklich schwiegen alle still, offenbar begierig, öffentlich einen privaten Streit mitzuerleben.

»Wie bitte?« fragte Rafik, als habe er mich nicht richtig verstanden.

»Du flirtest doch schon den ganzen Abend mit Toni.«

Sofort nahm Toni ihre Hand von dort weg, wo sie liebevoll geruht hatte, nämlich auf Rafiks Unterarm.

»Sei doch nicht kindisch, Stani«, sagte er, und in offensichtlichem Trotz legte er Toni di Natales Hand wieder auf seinen Arm und tätschelte sie da vertraulich. Das machte mir aber nicht halb soviel aus wie die Tatsache, daß er mich so gefühllos vor allen anderen bei meinem Kosenamen genannt hatte. Er wußte, daß mich das provozieren mußte. Rafik versuchte also absichtlich, mich zu verletzen. Nicole hatte nicht recht gehabt. Aber jetzt war weder der Zeitpunkt noch der Ort, um ihn nach den Gründen dafür zu fragen. Also ließ ich es einstweilen dabei bewenden. Statt dessen bat ich Rico noch um etwas Wein, und ich ließ es mir angelegen sein, seinen Arm zu nehmen und zärtlich festzuhalten, als ich ihn danach fragte, und dann gleich noch einmal, als er mir das Glas auffüllte. Das Spiel von Rafik konnten wir zwei auch spielen.

Der kurze, gereizte Wortwechsel zwischen uns hatte am Tisch sehr unterschiedliche Reaktionen ausgelöst. Marshall Zander schien sich darüber ungeheuer zu freuen, als würde mich so ein kleiner Streit für ihn verfügbarer machen. Max Harkey sah gelangweilt aus, als seien homosexuelle Streitigkeiten ein unangenehmer, wenn auch unumgänglicher Bestandteil der Ballettwelt. Scott Molloy war außerordentlich an unserer Kabbelei von Mann zu Mann interessiert, während Alissa Kortland Scott Molloys Interesse mit aufmerksamem, abwägendem Auge verfolgte. Toni di Natale schien sich über den ganzen Vorgang zu amüsieren, und Madame Rubinskaya stand völlig darüber, unnahbar und ohne überhaupt darauf zu achten, als sei eine solche Ungeschicklichkeit wie die unsere in wahrhaft feiner Gesellschaft völlig undenkbar.

Das Essen wurde in einer Atmosphäre der Geistesverwandtschaft fortgesetzt, die mir aber gezwungen und voller Argwohn schien. Als wir endlich fertig waren und wie betäubt um die große Tafel saßen, erschien Rico wieder im genau richtigen Moment und trug geräuschlos die Teller ab.

Max Harkey sagte: »Bevor wir nun im Salon das Dessert einnehmen, habe ich einiges zum Frühjahrsprogramm anzukündigen.« Seine Stimme klang geradezu päpstlich, als er fortfuhr: »Wie ja alle wissen, oder jedenfalls die meisten« – hier blickte er mich höflich an – »komme ich gerade aus London zurück, und ich bin sehr froh, daß ich gute Nachrichten mitbringen konnte.«

Die allgemeine Erleichterung im Raum war geradezu greifbar, als sei ein drohendes Unheil gerade noch abgewendet worden und jeder könne wieder normal atmen. Doch da trat Rico ein. Sein sonst so übermütiges und lebhaftes Gesicht wirkte betroffen. Er beugte sich zu Max Harkey hinab und flüsterte ihm etwas ins Ohr. Daraufhin entschuldigte sich Max Harkey, er müsse in einem anderen Teil des Penthauses ein Telefongespräch entgegennehmen. Als er fort war, wich auch eine seltsame beklemmende Spannung aus dem Raum.

»Puh!« sagte Scott Molloy. »Als er das Frühjahrsprogramm erwähnte, war ich überzeugt, daß gleich die Axt niedersausen würde.«

»Was meinst du denn damit?« fragte Alissa Kortland.

»Ich habe gehört, er wolle unser neues Stück mit Rafik absetzen.«

Alissa Kortland fing an: »Doch nicht *uomo gio* …«

»Bitte!« unterbrach sie Rafik. »Sprich doch hier nicht über mein Arbeit.« Er warf mir einen kurzen verärgerten Blick zu. Dann fragte er Scott Molloy: »Hat Mr. Harkey irgend etwas gesagt, wovon ich nicht weiß?«

Scott sagte: »Ich habe seine Reaktion während unserer Proben gesehen. Ich kann mir nicht vorstellen, daß ihm dein Thema gefällt.« Bei dieser Bemerkung versuchte Marshall Zander ohne Erfolg, ein Lachen zu unterdrücken. Scott Molloy sah ihn finster an und fuhr fort: »Wahrscheinlich ist Mr.Harkey in diesen Dingen doch sehr konservativ.«

Da brach Marshall Zander in ein Gelächter aus, das überhaupt nicht mehr aufhören wollte, bis er keine Luft mehr bekam und zu husten anfing. Darauf verfiel er in eine ganze Reihe von gurgelnden, schnaufenden und schluckenden Geräuschen. Als er sich schließlich wieder erholt hatte, nahm er einen tiefen Zug von dem vorzüglichen Rotwein und sagte zu Scott Molloy: »Also Sie sind mir ja einer, mein Kleiner. Nein sowas.« Dann schüttelte er den Kopf, als könne er die letzten Worte des Tänzers einfach nicht fassen.

Rafik setzte das ursprüngliche Gespräch fort, als sei es gar nicht durch diesen fast medizinischen Notfall unterbrochen worden. »Ich glaube, Mr. Harkey würde mir sagen, wenn hätte er sein Meinung geändert.«

»Sei da bloß nicht so sicher«, entgegnete Alissa Kortland. »Er ist bekannt dafür, daß er ein Programm notfalls auch noch am Premierenabend ändert. Bei ihm und seinen Launen ist einfach alles möglich.« Und wie um ihre Bemerkung zu bestärken, schmollte sie wie ein Kind, das kein Eis bekommt. Madame Rubinskaya sagte scharf: »Genug jetzt, ihr alle! Wenn Sie nicht können sagen ihm in Gesicht, sagen Sie gar nicht.«

Marshall Zander erwiderte mit weinschwerer Zunge: »Die Geschdapo had geschbrochen.«

Madame Rubinskaya blickte ihn verärgert an. Ich erwartete fast, daß Marshall Zander der alten Dame die Zunge herausstrecken würde, aber das tat er denn doch nicht.

Toni di Natale sagte: »Ich finde es schon sehr eigenartig, daß ihr ihn alle wie den Daddy behandelt.« Ihr britischer Akzent ließ sie inzwischen völlig im Stich. »Und sobald er draußen ist, fallt ihr über ihn her wie so eine Horde ungezogener Kinder.«

Außer mir, dachte ich, wobei mir schon sehr schwindelig war. Ich bat Rico um noch ein letztes Glas Wein. Rafik sah mich an und schüttelte ganz leicht den Kopf, ein diskreter Hinweis für mich, daß ich aufhören solle zu trinken. Ich hob ihm mein leeres Glas entgegen, als wolle ich einen Toast ausbringen, einen Toast auf unseren gegenseitigen Starrsinn.

Toni di Natale fuhr fort: »Nach allem, was ich erlebt habe, ist Max vollkommen zugänglich. All unsere bisherige Zusammenarbeit war ehrlich, geradeheraus und erwachsen.«

»Na ja, in diesem Fall«, sagte Alissa Kortland, wobei sie noch immer Toni di Natales affektierte Sprechweise nachahmte, »sind Sie mit ihm ja offenbar über das väterliche Stadium hinaus.«

»Was?« sagte eine völlig entgeisterte Toni.

Alissa erwiderte: »Ich sehe doch, wie er Sie anschaut, und Sie ihn.«

»Meine Liebe, wir haben eine rein geschäftliche Beziehung.«

»Dann geht's also nur darum, wer wen bezahlt, oder?« sagte Alissa.

Toni di Natale antwortete leichthin: »Aber Alissa, ich glaube gar, Sie sind eifersüchtig?«

»Sollte ich denn?«

Toni di Natale kicherte. »Sie dummes Ding! Zwischen Max und mir ist überhaupt nichts.«

Madame Rubinskaya sagte: »Schluß jetzt! Ist Schande, so zu reden.«

»Schande über euch ganze verdammte Brut!« sagte ich und stürzte mein Glas Wein hinunter.

Rafik sagte: »Für dich jetzt nichts mehr.«

Ich warf ihm eine Kußhand zu.

Toni di Natale sagte: »Nur zu Ihrer Information, Alissa, ich bin mit Jason Sears verlobt.«

»Und warum flirten Sie dann so mit meinem Liebhaber?« fragte ich.

Toni di Natale warf ihr rotes Haar zurück und antwortete fröhlich: »Weil Rafik so anbetungswürdig ist, und weil es Spaß macht. Kein Grund zur Sorge, Stani.«

Ich entgegnete entschieden: »Ich heiße Stan.«

Madame Rubinskaya schüttelte vor lauter Verachtung den Kopf.

Als Max Harkey an den Tisch zurückkehrte, war sein Gesicht aschfahl. Er setzte sich und starrte ein paar beängstigende Minuten lang in die Luft, bevor er sprach. Das Telefongespräch hatte ihn offenbar sehr verstört, und jeder am Tisch harrte seiner Worte, als sei er das Delphische Orakel.

»Wie ich vor dieser unglückseligen Unterbrechung schon sagte, hatte ich gute Nachrichten für alle. Als ich in London war, gelang es mir, die *assoluta* meiner Wahl für das Frühjahrsprogramm zu gewinnen.« Max Harkey sah Madame Rubinskaya am anderen Ende der Tafel in die Augen. Er fuhr fort: »Mireille Rubinskaya, Madames Großnichte, sollte bei uns die Titelrolle unserer Neubearbeitung des *Phoenix* tanzen.«

Madame Rubinskayas warmes Lächeln brach schnell zusammen und verwandelte sich in ein verwirrtes Stirnrunzeln. »Was heißt ‹sollte›, Maxi?«

Max Harkey antwortete: »Es tut mir leid, aber ich habe eine schlechte Nachricht. Das eben war ein Anruf aus London. Unsere liebe Mireille hat sich heute nachmittag bei den Proben verletzt.«

»*Bozhe*!« sagte Madame. »Wie ist passiert?«

Max Harkey schüttelte in tiefem Bedauern den Kopf. »Ihr Tänzer…« begann er, mußte sich dann aber erst noch einmal sammeln, bevor er weitersprechen konnte. »Sieht so aus, als habe sie eine Hebung schlecht vorbereitet, und, also, jedenfalls konnte er sie nicht heben. Sie fiel direkt aufs Knie.«

Ich sah, daß Rafik vor Mitgefühl für die Tänzerin und ihre Verletzung zusammenschauderte.

Madame Rubinskaya sagte: »Ich werde gleich sie anrufen.«

»Das geht nicht«, sagte Max Harkey. »Es ist zu spät.«

»Zu spät?« sagte sie in steigender Beunruhigung.

»Ich meine, von der Zeit her«, erwiderte er.

»Warum denn?« hielt sie dagegen. »Sie haben angerufen dich jetzt.«

»In London ist es ja schon fünf Stunden später. Mireille ruht jetzt. Sie haben mit dem Anruf bis nach der Operation gewartet, um alles vollständig berichten zu können. Du kannst Mireille morgen anrufen.«

»Wie konnte nur passieren?« sagte Madame Rubinskaya.

Max Harkey antwortete traurig: »Sowas passiert eben, das weißt du doch selber.«

Madame entgegnete: »Neues Ballett ist nicht gut. Ist zu schnell.«

Rafik fragte Max Harkey: »Wird sie können wieder tanzen?«

Er antwortete sehr ernst: »Es sieht nicht sehr gut aus. Sie wird wohl mindestens vier Monate aussetzen müssen. Aber eines gibt immerhin Anlaß zu Hoffnung. Die Bänder sind alle unverletzt.« Dann fügte er wie im Selbstgespräch hinzu: »Gott sei Dank hat sie auch nicht das ...«, da kam er wieder zu sich, » ... hat sie sonst nichts verletzt.«

»Das war's dann ja wohl mit der Neuinszenierung des *Phoenix*«, sagte Marshall Zander.

Toni di Natale fügte hinzu: »Ich nehme an, ich kann es mir unter diesen Umständen sparen, eine neue Partitur einzustudieren. Vielleicht kann ich mich statt dessen ein bißchen amüsieren.«

»Sie rohes Biest!« sagte Alissa Kortland.

»Ach, hören Sie doch auf, Alissa«, sagte Toni di Natale. »Sie kennen das Mädchen ja nicht einmal.«

»Es ist trotzdem ein Unglück, wenn sich ein Kollege oder eine Kollegin verletzt hat, egal wer«, sagte Alissa.

»Es freut mich, zu sehen, daß du betroffen bist, Alissa«, sagte Max Harkey. »Denn ich möchte mit der Aufführung genauso weitermachen wie geplant. Nur wirst jetzt du die Titelrolle tanzen.«

»Was!« sagte Alissa Kortland voller Erstaunen.

Max Harkey blickte über den langen Tisch hinweg Madame Rubinskaya fest an. Dann nickte er, wobei er die alte Dame nicht aus den Augen ließ, und sagte: »Ja, Alissa, du wirst den *Phoenix* tanzen.«

Madame Rubinskaya stieß entsetzt hervor: »Nein! Es kann nicht sein.«

Alle am Tisch wandten sich ihr zu.

»Oh doch«, sagte Max Harkey.

»Du weißt doch, Maxi. Du weißt sehr gut. Diese Rolle ist nur allein für Mireille. Sie kann nicht sein für andere Tänzerin. Du weißt die Vertrag. Er sagt, nur allein für Mireille. Und du hast versprochen.«

»Mir tut die Nachricht von ihrer Verletzung mehr weh, als sich irgend jemand hier vorstellen kann. Für mich ist es ein persönlicher Schlag.«

»Ach was, Max«, sagte Marshall Zander. »Es ist schließlich verdammt nochmal ihr Knie und nicht deins.«

Max Harkey erwiderte: »Ich fürchte, es geht hier um viel mehr als nur um Mireilles Knie. Trotzdem wird das Programm fortgeführt wie geplant. Der *Phoenix* wird gemacht.«

»Das du kannst nicht tun, Maxi«, sagte Madame Rubinskaya gewichtig.

»Oh doch, ich kann«, entgegnete er.

»Du weißt doch. Du hast versprochen!« sagte sie.

»Ich weiß, daß das Versprechen nicht ohne Bedingungen war. Die Umstände haben sich geändert, folglich gilt die ursprüngliche Vereinbarung nicht mehr.«

»Wie? Wie!« Die alte Frau kreischte fast.

Max Harkey sprach zu ihr mit der ruhigen Selbstsicherheit eines Sohnes, der seine Mutter unter Kontrolle hat. »Bitte, Ekaterina, nicht hier.«

Madame Rubinskaya und Max Harkey schauten sich an. Sie sprachen nicht. Diese aberwitzige Kraftprobe dauerte zwanzig unerträgliche Sekunden lang. Dann schob Madame ihren Stuhl zurück und stand auf.

»Bitte entschuldigen Sie mich«, sagte sie still. »Sie alle. Bin ich sehr müde jetzt.«

Sie stand vom Tisch auf und verließ die Wohnung, ohne auch nur ihren Mantel mitzunehmen.

Mit überlegener Diplomatie, als sei Madame Rubinskaya nur eben zur Toilette gegangen, sagte Max Harkey zu den verbliebenen Gästen: »Wollen wir uns jetzt in den Salon zurückziehen und den Nachtisch zu uns nehmen?«

Als wir uns von unseren Stühlen erhoben und dem Salon zuwandten, wo diese Farce von Förmlichkeit offenbar weitergehen sollte, beugte ich mich zu Alissa Kortland hinüber und flüsterte: »Das ist doch genau wie in *Die roten Schuhe*. Eine Tänzerin geht unter, aber die Show geht weiter.«

»Sie sind einfach gräßlich«, sagte sie und ging Arm in Arm mit Scott Molloy davon.

Die Martinis und die vielen Gläser Wein, die ich den ganzen Abend über zu mir genommen hatte, forderten jetzt ihren Tribut, und zwar sowohl, was mein Benehmen, als auch, was meine Blase betraf. Bevor ich also mit den übrigen Gästen den Salon betrat, durchstreifte ich Max Harkeys teure Wohnung auf der Suche nach einer Toilette. Ich fand eine auf halber Strecke in einem langen Korridor, ziemlich weit entfernt von den anderen Gästen. Doch gerade, als ich mich erleichtern wollte, hörte ich zwei Leute laut streiten. Es waren Max Harkey und Marshall Zander. Ihre Stimmen kamen aus dem Fenster eines nebenan liegenden Zimmers, das auf denselben Luftschacht hinaus ging wie die Toilette. Mit äußerster Konzentration hielt ich meinen Strahl zurück, um das laute Plätschern zu vermeiden. Beschwipst wie ich war, wollte ich die beiden Männer belauschen, und ich konnte gerade noch rechtzeitig das Wasserlassen zurückhalten.

Marshall Zander drohte, das Ballett nicht länger zu unterstützen, falls Max sich entschloß, Rafiks neues Werk abzusetzen, dessen Name *Uomo giocoso* war. (So hieß es also!) Max führte ins Feld, daß er, Max, für die Kunst zuständig sei und Marshall fürs Geld, und daß Marshall sich also gefälligst um seine eigenen Angelegenheiten kümmern solle. Marshall verlangte zu wissen, was Max gegen Rafik habe.

Max antwortete: »Wenn er sich mir bedingungslos unterwirft, kann Rafik alles haben, was er will.«

»Du liebst ihn also«, wimmerte Marshall Zander pathetisch.

»Sei doch nicht albern, Marshall. Rafik muß nur fügsam gemacht werden.«

Einen schrecklichen Augenblick lang fragte ich mich, ob das am Ende stimmte. Sollte ich mir Rafik fügsam machen?

»Diese Aufgabe hast du nun dir selber gestellt«, sagte Marshall Zander. »Und du bist ja auch sicher der Beste darin, Leute niederzumachen.«

»Wirst du das denn nie überwinden, daß ich dich damals abgewiesen habe, Marshall? Daß ich trotz deiner großartigen sexuellen Hingebungsfähigkeit und deines nie so richtig fließenden Treuhand-Fonds ganz bewußt immer die Jugend und Schönheit meiner Mädchen der Intelligenz und Ergebenheit vorgezogen habe, die du mir zu bieten hättest? An sich müßtest du es doch besser als jeder andere wissen, daß ich ein vollkommen normales Sexualverhalten habe. Es muß dich doch wahnsinnig machen, Rafik so heißblütig zu sehen, genau so, wie du es ja liebst, und dann festzustellen, daß er es mit einem Friseur treibt, ausgerechnet. Hah!«

Da hörte ich plötzlich einen lauten Krach – wie von etwas Großem, das an die Wand geschmettert wird und zersplittert. Der Lärm hatte mich erschreckt und ließ mich ein ganz kleines bißchen nachgeben, gerade nur so viel, daß ich den winzigen Muskel lockerließ, der meinen Sturzbach bis jetzt aufgehalten hatte. Und da schoß denn auch alles auf einmal heraus und stürzte wie ein Wasserfall laut rauschend ins Becken. Als ich fertig war, schwiegen die beiden Männer. Warteten sie darauf, daß ich die Spülung zog? War einer verletzt worden? Bewußtlos? Oder gar tot? Einen Augenblick blieb ich noch reglos stehen. Endlich sprach Max Harkey.

»Diese Vase hat mehr als einen Monatslohn gekostet, Marshall.«

»Dann schreib sie doch zu deinen Spesen, Max, zusammen mit deinen Huren und den Kleiderschränken, die du ihnen füllst.«

»Jetzt reicht es aber. Du langweilst mich.«

»Das werden wir schon sehen, wie sehr du dich langweilst, wenn die nächste Aufsichtsratssitzung des Treuhand-Fonds stattfindet.«

»Du kannst mir nicht drohen, Marshall. Die Company hat ihre Stiftung jetzt ganz fest in der Hand, und zwar dank deines Einsatzes. Du hättest das nicht so gut regeln sollen.«

»Das besprechen wir später, Max.«

»Ganz wie du wünschst. Unsere Gäste warten.«

Ich sah, daß in ihrem Zimmer das Licht ausging, also zog ich die Spülung, wusch mir die Hände und kehrte auf die sogenannte Party zurück.

Als ich wieder in den großen Salon kam, hatten sich alle anderen schon gesetzt, und zwar annähernd in einem Halbkreis, wie es die Verteilung der teuren Möbel eben vorgab. Auf dem langen Sofa saß Marshall Zander allein. Das Sofa war von zwei dick gepolsterten Sesseln flankiert; auf dem einen saß Max Harkey und auf dem anderen Rafik, während sich Toni di Natale auf der zugehörigen Ottomane dicht vor seinen Beinen räkelte. Diesem Arrangement gegenüber hatten sich Scott Molloy und Alissa Kortland zusammen auf einer *chaise d'amour* niedergelassen. Die einzigen noch zur Verfügung stehenden Sitzgelegenheiten waren einige wenig vertrauenerweckende Stühle, die allesamt nicht sehr behaglich aussahen, während ich doch das Gefühl hatte, im Augenblick jede Menge Trost und Behaglichkeit zu brauchen. Aber wenn ich nicht Toni di Natale bitten wollte, mir ihren Platz bei meinem Geliebten abzutreten, und auch nicht mit Marshall Zander das Sofa teilen wollte, hatte ich keine andere Wahl, als einen dieser harten Stühle mit der geraden Rückenlehne einzunehmen.

Rico hatte einen kleinen Servierwagen hereingeschoben, der die verschiedensten Nachspeisen trug: eine Silberschale mit Mousse au chocolat; einen nicht gedeckten Apfelkuchen mit warmer Karamelsauce; frische Aprikosen, Trauben, Birnen und Kiwis; und schließlich zwei Käse. Außerdem standen auch heiße Getränke und Nachtisch-Liköre mit auf dem Wagen. Falls das Boston City Ballet jemals seine Tore schließen sollte, konnte Max Harkey – oder vielmehr sein Hausangestellter Rico – ohne weiteres ein Feinkost-Restaurant eröffnen.

Rafik sprach gerade mit Max Harkey.

»Kann es sein, daß Madame wird streichen den *Phoenix* aus die Programm?«

»Sie wird sich ganz bestimmt meiner Meinung anschließen«, antwortete Max Harkey. »Machen Sie sich darüber keine Sorgen.«

»Ich mache nicht«, sagte Rafik. »Ich mache Sorgen um mein Stück in die Programm.«

Max Harkey zog eine Braue hoch. »Wir werden schon sehen«, sagte er.

Rafik fuhr fort: »Ich brauche Alissa in mein Stück, und es ist zu viel für sie, zu tanzen beide Rollen in die selbe Programm.«

Max Harkey biß die Zähne zusammen. »Ich sagte, wir werden sehen.«

Marshall Zander sagte: »Ich glaube, da fällt die Wahl nicht schwer, nämlich, ob man nun etwas Altes auffrischen oder lieber etwas Neues bringen will. Und du weißt ja, wozu ich tendiere, Max.«

»Ja, allerdings«, sagte der andere.

Marshall Zander fuhr fort: »Neues zu bringen, das ist für mich der Hauptgrund, warum ich diese Company unterstütze.«

»Es reicht, Marshall.«

»Du hast vorhin der alten Dame das Wort verboten, Max, und jetzt verbietest du mir das Wort. Wer kommt als nächstes dran? Der Aufsichtsrat der Treuhandstiftung?«

»Du solltest vielleicht nach Hause gehen, Marshall. Du scheinst müde zu sein.«

»Aber ich habe meinen Nachtisch ja noch gar nicht gegessen. Du wirst mir doch nicht deine erlesene Gastfreundschaft vorenthalten, Max? Nach allem, was ich für dich und die Company getan habe?«

»Ist dieses kleinliche Gezänk eigentlich wirklich notwendig?« fragte Toni di Natale. »Können wir das Programm nicht ohne diese ganzen persönlichen Konflikte diskutieren?«

Scott Molloy sagte: »Aber es *ist* doch alles persönlich. Wie soll man das dann vermeiden?«

Alissa Kortland fügte hinzu, als wären alle die Zwischenbemerkungen gar nicht gefallen: »Ich glaube schon, daß ich die beiden Rollen in demselben Programm tanzen könnte. Es wäre genauso, wie wenn man Odette und Odile tanzt.«

Rafik antwortete rasch: »Nein. Dazu sie sind zu anstrengend. Jede Rolle würde verlieren durch das andere.«

Max Harkey fügte hinzu: »Außerdem, meine liebe Alissa, bist du noch nicht einmal annähernd in der Lage, die beiden Schwäne zu geben.«

»Und dazu werde ich auch nie kommen, wenn du mich weiter so einschränkst.«

»Alissa, ich habe dir doch gesagt, daß du den *Phoenix* tanzen wirst, und die Einschränkung dabei liegt sicherlich nicht in der Rolle.«

Alissa Kortland errötete und sagte nichts mehr.

Indessen fragte ich mich, wo eigentlich die simpelsten Anstandsformen abgeblieben waren. Zuerst stritten der künstlerische Direktor und der wichtigste Sponsor der Ballettcompany ganz offen über sehr private Dinge. Und diese ihre Offenherzigkeit steckte offenbar an, denn jetzt gaben auch die Tänzer ihre offenherzige, wenn auch völlig unmaßgebliche Meinung zum Besten. Ich überlegte, ob ich nicht vielleicht auch mit meiner Stimme ein bißchen zu dem allgemeinen Aufruhr beitragen sollte?

»Welches Stück würde denn mehr Zuschauer anziehen?« platzte ich heraus.

Sämtliche Köpfe drehten sich voller Erstaunen zu mir herum.

Marshall Zander sagte: »Also, das ist auch mal ein interessanter Gesichtspunkt! Die Zuschauer.«

Ich wandte mich an Rafik: »Nicht, daß deine Arbeit nicht hervorragend wäre, Liebster. Aber wenn nur eins der beiden Ballette im Programm bleiben kann, solltest du da nicht auch an den Geschmack des Publikums denken?«

Toni di Natale wich ein wenig von Rafik zurück, als fühle sie seinen aufsteigenden Zorn.

Rafik sah mich finster an. »Meine Arbeit ist nicht praktisch und nicht politisch. Sie ist persönlich. Wenn du wüßtest etwas über diese Arbeit, du würdest nicht sagen sowas.«

»Aber ich weiß nichts darüber, stimmt's? Und wer ist daran schuld? Du hast mir gegenüber daraus bisher ein großes Geheimnis gemacht. Was soll ich also denken?«

»Solltest du still sein, wenn du weißt nichts darüber«, sagte Rafik.

Scott Molloy fügte hinzu: »Rafik hat recht. Sie wissen gar nicht, wovon Sie reden.«

»Ja, aber warum ist es denn so ein Geheimnis?«

Rafik gab mir die Antwort. »Manchmal eine Kunstwerk muß ganz in eine persönliche Bereich reif werden, ohne daß sehen andere dabei zu.«

»Ach, jetzt bin ich also schon ›andere‹?« sagte ich. »Bei dir klingt das alles so schrecklich mysthisch, Rafik, und dabei ist es wahrscheinlich nichts anderes als Selbstbeweihräucherung. So hochgestochene Kunst ist sowieso meistens nur die reine Eitelkeit.« Mein Gott, was redete ich da bloß zusammen? Ich wußte doch, wie intensiv Rafik an seiner Choreographie arbeitete. Ich wollte ihm ja auch nur sagen, wie sehr ich ihn liebte, aber statt dessen machte ich grobe kritische Bemerkungen über seine Kunst, ja vielleicht sogar über sein Leben.

Rafik entgegnete: »Eitelkeit ist, womit du hast zu tun in Schönheitssalon!«

»Zumindest richte ich meine kreative Energie auf andere und nicht auf mich selbst.«

»Und warum?« fragte Rafik. »Wofür? Für größere Trinkgeld. Das ist Eitelkeit.«

Oh Gott, ich war ja völlig betrunken. Wie konnte ich bloß so betrunken sein und so abscheulich denken und daherreden und dabei doch noch bemerken, daß ich betrunken war? Ich biß mir auf die Lippen und kämpfte mit Tränen der Enttäuschung. Da war ich hier unter lauter intelligenten, kreativen Menschen, und noch dazu mit meinem Geliebten zusammen, und dabei benahm ich mich wie der letzte Flegel. Ich war ganz offensichtlich völlig außerstande, die passende Maske aufzusetzen. Jetzt gab es nur noch eines, um diesem selbstverschuldeten Übel zu entfliehen: ich mußte noch etwas trinken. Ich stand von meiner Strafbank auf und bat Rico, mir vom stärksten Likör einen Doppelten einzuschenken.

Dann hob ich mein Glas der ganzen Gruppe entgegen. »Auf die Kunst also und die Trinkgelder!«

Ich schüttete den sirupartigen Likör in einem Zug hinunter. Dann entschuldigte ich mich und verließ die Party. Rafik unternahm nichts. Er sagte nichts, er stand nicht auf, er versuchte nicht, mich zurückzuhalten. Ausgerechnet Toni di Natale brachte mich hinaus.

»Ich werde Ihnen ein Taxi rufen«, sagte sie.

»Ich lauf' wohl besser, wenn ich in so'm Zustand bin«, nuschelte ich. »Verbrennt wenigstens 'n bißchen was davon. Bring'n Sie mich nur hier 'raus.«

Beim Hinausgehen bemerkte ich noch einmal, was für gigantische Ausmaße Max Harkeys Flügel hatte, auch wenn ich ihn jetzt ziemlich verschwommen sah. Auf dem Notenständer lag flach eine Partitur in buntem Umschlag, die fast die Größe einer Tageszeitung hatte.

»Wassndas?« fragte ich sie.

»Die Partitur zum *Phoenix*«, sagte sie und fügte dann

melancholisch hinzu: »Mit der Musik hat der ganze Streit angefangen.«

Zu meiner Überraschung umarmte sie mich dann. Vielleicht war das noch ein Relikt aus ihrer italienischen Erziehung. Sie flüsterte in mein betrunkenes Ohr: »Sie sind ein glücklicher Mann, daß Sie Rafik haben.« Ihre Worte und ihr warmer Atem ließen mein Ohr erglühen. »Er ist sehr, sehr sexy.«

Ich spürte, wie sich meine Brustwarzen zusammenzogen, was bei mir ein sicheres Zeichen starker Emotionen ist. »Das scheint ja wirklich jeder zu finden«, sagte ich.

Rico kam mit meinem Mantel. Er lächelte mir sehr freundlich zu, aber ich war zu betrunken und zu sehr in mich versunken, um das noch würdigen zu können.

Draußen auf der Straße sah ich Big Red stehen und brach darüber fast in Tränen aus. Aber ich biß mir innen auf die Lippe und preßte den Nasenrücken mit den Fingern fest zusammen, um die Tränen zurückzuhalten. Ich hatte nicht die geringste Lust, daß man mich tränenüberströmt nach Hause torkeln sah wie irgendsoeine abgeblitzte Tunte. Als ich heimkam, war ich über alles Vorgefallene sehr bestürzt. Irgendwie hatte ich heute abend meinen Traum von Liebe umgebracht. Wie hatte das bloß geschehen können? Was für Dämonen lauerten da in mir, um so etwas zustande zu bringen? Ich stolperte ins Bett, und da, als mir nämlich auch wieder einfiel, daß heute ja endlich das Jubiläum mit meinem Liebsten hätte stattfinden sollen, brach ich nun doch zusammen und schluchzte und heulte ins Kissen. Nicht einmal Sugar Baby legte sich heute nacht zu mir.

4. Singing in the rain

Am nächsten Morgen riß mich das Telefon aus meinem Schönheitsschlaf wie ein Atombombenalarm. Sein gequältes elektronisches Quäken verursachte einen dumpfen, unbestimmten Druck in meinem Hinterkopf. So übel, wie mir war, konnte ich mich nur an die ungeheuren Mengen und Arten von Alkohol und Essen erinnern, die ich vor wenigen Stunden zu mir genommen hatte. Ganz erschlagen hoffte ich, der Anrufer sei Rafik, der sich dringend für seinen Part bei dem schrecklichen Streit von gestern abend entschuldigen wolle. Mehrmals war ich in der Nacht erschrocken und ängstlich und angespannt aufgewacht. Ich war sogar mehrmals so weit gegangen, seine Nummer zu wählen, aber dann siegte jedesmal die Vernunft, und ich legte auf, bevor es bei ihm läutete. Denn schließlich, was würde ich machen, wenn er nicht zu Hause war? Das wäre ja sogar noch schlimmer als die Qual der Gewissensbisse. Also versuchte ich mir die ganze lange einsame Nacht hindurch einzureden, daß wir uns ganz bald wahnsinnig entschuldigen und einander vergeben würden. Und gleich wäre wieder alles beim alten.

Das Telefon läutete noch immer. Ich griff ungeschickt danach und ließ den Hörer fallen, der denn auch zufällig Sugar Baby traf, die irgendwann heute nacht doch noch geruht hatte, sich auf dem leeren Kissen neben dem meinen niederzulassen – auf Rafiks Platz. Aus ihrem Katzenschlaf gerissen, schoß sie vom Kissen hoch, sprang über meinen Kopf, landete auf dem Kelim, der bei mir im Schlafzimmer liegt, und schlingerte davon. Ich nahm den Hörer ans Ohr, aber bevor ich mich überhaupt melden konnte, hörte ich Rafik aufgeregt mit seinem starken französischen Akzent sprechen.

»Stani«, sagte er, »ist große Probleme. Max Harkey ist tot!«

Als erstes glaubte ich, Rafik versuche einen Trick, um mich abzulenken und meine Zuneigung zurückzugewinnen. Falls das aber tatsächlich einer sein sollte, so war er jedenfalls seiner blühenden Einbildungskraft unwürdig. Andererseits mochte es auch an unserer kulturellen Unterschiedlichkeit liegen, daß ich seinen Scherz flau fand, während er vielleicht eine gewisse francophone Subtilität besaß, die ich noch immer nicht zu würdigen verstand. Aber vor allem fragte ich – zur Hölle mit Max Harkey – was ist denn nun mit *uns*? Tut dir das von gestern abend nicht leid? Hast du schon vergessen, wie sehr du mir wehgetan hast?

»Stani?« sagte er unsicher, als fürchte er, das Telefon funktioniere nicht und die Verbindung sei gar nicht zustande gekommen.

»Ich bin dran«, sagte ich kalt und dachte mir: Und bisher hast du jedenfalls noch nichts von dem gesagt, was ich hören möchte.

»Stani, finde ich ihn so. Ist schrecklich!«

»Wo bist du?«

»In seine Wohnung.«

Ich versuchte meinen unscharfen Blick auf den Wecker zu richten. Dort war nur ein einziger Zeiger sichtbar, der nach unten wies. Es mußte also 6:30 sein.

»Was machst du denn um diese Zeit dort?«

Es war still in der Leitung. Als ich ein paar Sekunden auf seine Antwort gewartet hatte, spürte ich, wie sich der Druck in meinem Hinterkopf nach vorn in die Schläfen verlagerte. Dann überlief mich ganz unerwartet eine Welle von Übelkeit, und ich fühlte, wie mir auf der Stirn der kalte Schweiß ausbrach. Wie in einer Vision sah ich jedes einzelne gottverdammte Glas Alkohol vor mir, das ich gestern abend getrunken hatte. Alle zusammen wirbelten sie in einer schwindelerregenden Kurve vor meinem geistigen Auge vorbei, angefangen von den ersten Martinis in meiner Wohnung über die weiteren Cocktails bei Max Harkey bis zu den zahlreichen Gläsern Wein beim Essen und schließlich dem Schwenker Likör hinterher. Das alles kam mir jetzt wieder mit übelkeitserregender Klarheit. Ach, wenn ich nur bewußtlos werden könnte! Ich wollte nichts anderes als den Hörer auflegen und wieder einschlafen. Vielleicht würden sich dann alle Mißlichkeiten von gestern abend – vor allem meine betrunkene Streitsucht – in einen Traum auflösen. Dann könnte ich später wieder in einer strahlenden neuen Welt aufwachen, wo es nichts als blauen Himmel und singende Vögelchen gab. Dieser Gedanke gefiel mir so gut, daß ich darüber fast wieder einnickte.

»Stani?« sagte Rafik.

Ich kehrte in die Gegenwart zurück, zu der unerfreulichen Überlegung, was Rafik um halb sieben Uhr früh in Max Harkeys Wohnung zu tun hatte. Irgendwo erinnerte ich mich, Max Harkey sagen gehört zu haben, daß Rafik fügsam gemacht werden müsse. War diese Kraftprobe etwa heute nacht inszeniert worden, und hatte sie dann im Tod des Mannes gegipfelt? Ich ging Rafik direkt an.

»Hast du die Nacht mit ihm verbracht?« sagte ich.

»Wie du kannst fragen solche Sache?« schrie er. Ein heftiger Schmerz rammte sich in mein geschwollenes Hirn. »Stani, seine Blut ist überall.«

Die neue Anspannung in Rafiks Stimme sagte mir, daß er am Ende vielleicht doch keine Witze machte. Ich setzte mich im Bett auf. Sugar Baby muß meine Bestürzung gemerkt haben, denn sie sprang wieder aufs Bett zurück und kuschelte sich an meinen Schenkel. Ich stützte die Stirn in meine freie Hand.

»Sag mir genau, was passiert ist, Rafik.«

»Ich dir sage, er ist tot.«

Wenn er die Wahrheit sagte, gab es für ihn jetzt nur eines. Ich war selber schon in genau derselben Situation gewesen, mit einer Leiche vor mir. Damals hatte ich geglaubt, ich würde das Richtige tun, wenn ich verantwortungsbewußt handelte und die Polizei rief, aber ich bin eben ein Typ, der nur schwer lernt.

»Rafik, wenn Max Harkey wirklich tot ist –«

»Er ist, Stani. Kannst du glauben mir.«

»Dann mußt du jetzt genau tun, was ich dir sage.«

»Aber Stani –«

»Kein aber, Rafik. Hör mir nur zu und tu's dann. Als erstes wischst du von allem, was du dort angerührt hast, deine Fingerabdrücke ab. *Von allem.* Verstanden? Und dann verschwindest du von dort. Sofort! Ich warte hier auf dich.«

»Das ich kann nicht tun, Stani.«

»Und warum nicht?«

»Die Polizei ist schon hier«, sagte der Meister der schrittweisen Enthüllung. »Sie wissen nicht, daß ich rufe dich an. Sie stellen mir viele Fragen. Kommst du her? Bitte?«

Ich schwieg, weil ich momentan nicht wußte, was ich tun oder sagen sollte. Wenn ich in Max Harkeys Wohnung auftauchte, könnte das auch die Dinge eher schwieriger gestalten, vor allem, wo die Polizei dort war. In der Leitung war es still, während ich überlegte. Als Rafik wieder sprach, vernahm ich einen neuen Ton in seiner Stimme, eine ganz gerissene Modulation, kryptisch und doch sehr musikalisch, eine Art Ohrenfängerei, die sich aus dem jahrtausendealten Erbe der Gene des Mittleren Ostens herausdestilliert hatte und aus den Milliarden von Tricks, die clevere Haremsjungen anwendeten, um sich schmerzhafte Strafen oder gar die Kastration zu ersparen.

»Stani«, sagte er, »das mit gestern abend tut mir leid. Ich habe nicht so gemeint.« Seine Worte strömten wie dunkle Töne aus einer Panflöte, und ihre exotische Färbung machte mich völlig hilflos. »Ich liebe dich. Ich werde aufhören mit meine Arbeit. Ich werde verlassen das Ballett.«

Nach unserer Krise hatte ich mir eine dramatischere Wiederversöhnung erhofft, ein Ereignis, das nicht nur so am Telefon ablief, sondern wo Rafik zerknirscht und reuevoll an meiner Schwelle stand. Auch wenn es drei Uhr früh wäre, würde er um Verzeihung bitten und mir gestatten, ihm zu zeigen, wie sehr und wie gerne ich verzeihen konnte. Doch statt dessen versuchte mich Rafik gerade dazu zu bringen, ihn aus einer üblen Situation mit der Polizei zu retten, noch dazu in der Wohnung des Mannes, mit dem er sehr wohl eine ultimative Konfrontation erlebt haben konnte und der jetzt tot war.

»Okay, Rafik. Schmeiß deinen Job noch nicht hin. Bin schon unterwegs.«

Ich legte auf und stieg aus dem Bett. Schon drehte ich die

Dusche auf, aber dann kam ich zu der Einsicht, daß die momentane Situation meine üblichen morgendlichen Verrichtungen doch wohl ausschloß. Statt dessen wusch ich mir das Gesicht mit kaltem Wasser, zog frische Kleidung an und war binnen weniger Minuten fertig. Als ich die Türe öffnete, bemerkte ich, daß Sugar Baby mir mit großen verwirrten Augen nachschaute. »Jawohl, meine Süße«, sagte ich zu ihr, »ich gehe jetzt, ohne dich gefüttert zu haben.«

Von meiner Wohnung kommt man in fünfzehn bis zwanzig Minuten zu Max Harkeys Penthaus, wenn man rasch geht. Ein Taxi zu finden hätte genausolange gedauert, deshalb entschied ich mich für die slawische Fortbewegungsart. Die Sonne war noch nicht aufgegangen und die Luft im Freien dunstig und grau. Das Pflaster fühlte sich durch die Ledersohlen meiner alten Schuhe hindurch feucht und kalt an. Die letzten Überbleibsel des gestrigen Exzesses rannen mir immer noch durch die Adern und beeinträchtigten meine Wahrnehmung und meinen gleichmäßigen Schritt. Ich zwang meine Beine, sich schneller zu bewegen, weil ich dachte, diese Körperübung werde möglicherweise das Gift des Alkohols wegbrennen, und vielleicht auch den Zweifel, der in mir nagte.

Doch trotz meines verwirrten Kopfes waren mir zwei Tatsachen vollkommen klar: Rafik brauchte mich, und ich wollte ihm helfen. Doch diese letzte Komplikation in dem Melodrama *Leben mit Rafik* durchschrillte jetzt mein Inneres. Bevor ich ihn kennenlernte, hatte ich Sex und Liebe engstens verbunden. Beischlaf war für mich fast ein spiritueller Akt, eine Erfahrung, die zwei Seelen miteinander teilten, erhaben und heilig. Aber Rafik erweiterte meinen Begriff von Erhabenheit. Seine kräftige Gestalt und seine vier geschmeidigen Glieder sangen mit derselben echten und natürlichen Leichtigkeit, mit der ein geborener Musiker das absolute Gehör besitzt, nur hat Rafiks Art des Körpergesangs eher mit der Jagd als mit der Dichtkunst zu tun. Wenn er seinen feinen Körper durch den Raum bewegt, umgeht er alles, was sich ihm in den Weg stellt, und wenn er dann die Witterung seiner Beute aufgenommen hat, brennt es bei ihm lichterloh, wie bei einem weiß-glühenden Magnesiumband.

Auch noch nach einem Jahr ist der Sex mit Rafik so befriedigend und überraschend, daß ich mir überhaupt nicht vorstellen kann, es jemals wieder mit einem anderen zu treiben. Trotzdem bestehe ich allerdings auf sicherem Sex. Das ärgert Rafik, der den Blutuntersuchungen von uns beiden völlig vertraut und der auch schwört, daß er einzig und allein mit mir Sex habe und immer haben werde. Aber allein die Idee der Monogamie ist noch kein Beweis von Liebe, ebensowenig wie unsicherer Sex. Die Kondome sind ein ständiger Streitpunkt zwischen uns.

Der Glamour von Max Harkeys Adresse, der sich ge-stern abend so glänzend gezeigt hatte, war jetzt verdunkelt von mehreren Polizeifahrzeugen und einem Rettungswa-gen, die die schmale Fahrbahn und den Gehsteig auf der ge-samten Länge der Appleton Mews blockiert hatten. Blink-lichter rotierten, und die laufenden Motoren dröhnten, als wären sie zur sofortigen Abfahrt bereit. Da die Appleton Mews eine Sackstraße war, brauchte man sich nicht um den Verkehr zu kümmern, und zu dieser frühen Morgen-stunde waren Autos noch besonders unwahrscheinlich. Trotzdem standen ein paar Polizisten herum, um gegebenenfalls jeden, der in die stille Straße einbiegen wollte, zurückzuweisen. Am anderen Ende der Mews stand das Appleton selbst, das normalerweise so fein und respektabel wirkte, jetzt aber von Polizeiabsperrungen eingeschnürt war. Die grellen Neonbänder ließen das Ge-bäude irgendwie ein bißchen wie eine in Ungnade gefallene Grande Dame erscheinen.

Vor dem Appleton parkte ein Wagen, den ich sofort er-kannte, ein altes Alfa Romeo Coupé Marke »Giulia Sprint Veloce«. Ich wußte, daß dieser Klassiker von einem Sport-wagen dem Detective Lieutenant Vito Branco vom Bosto-ner Polizeidepartement gehörte. Branco mußte vor kurzem eine Gehaltsaufbesserung bekommen haben, denn der dunkelgrüne Lack des Alfa war sachgerecht restauriert worden.

Ebenfalls hier draußen stand Big Red, und zwar an genau derselben Stelle wie gestern abend. Hatte Rafik die Nacht hier verbracht? Das Motorrad verursachte mir im Moment weder steife Brustwarzen noch Tränen. Ich ging auf den Haupteingang des Appleton zu, wo drei weitere Polizisten die Türe unter dem großen Marmorbogen bewachten. Ich erklärte ihnen, daß ich einen Freund drinnen habe und um die Erlaubnis bitte, eintreten zu dürfen. Ich kroch nicht geradezu vor ihnen, aber die Erfahrungen der Vergangenheit haben mich gelehrt, daß Höflichkeit nie schadet, wenn man etwas von der Polizei will. Der eine Polizist überprüfte meinen Ausweis und willigte ein, mich in Max Harkeys Wohnung hinaufzubringen. Wir gingen nach drinnen und betraten den kleinen holzverkleideten Aufzug. Während wir dann nach oben fuhren, schwiegen der Polizist und ich ganz unbeholfen, aber wir musterten einander verstohlen. Er sah aus wie eine wandelnde Ausstellung von Attribute der Autorität: Revolver und Halfter, Handschellen, Walky-Talky, Stiefel mit Lederschlaufe, breiter Ledergürtel mit schwerer Chromschnalle. Obwohl er angespannt geradeaus zu blicken versuchte, glitten seine Augen immer wieder zu mir herüber, schossen aber auch gleich wieder weg, als betrachte er nur die Täfelung aus eingeöltem Ahorn vor sich. Aber ich merkte ganz genau, wie er mich taxierte, und trotz all meiner bemerkenswerten Männlichkeit hätte ich genausogut vorne und hinten eine Werbetafel an mir tragen können, auf der geschrieben stand: »SCHWULER«. Vielleicht entnervte das den armen Kerl so sehr. Allerdings scheint meine Sexualität immer nur die ganz wilden Machos aus dem Gleichgewicht zu bringen.

Die Tür des Aufzugs öffnete sich auf das kleine Vestibül, das direkt mit Max Harkeys Wohnung verbunden war. Das begräbnismäßig graue Licht, das hier herrschte, ließ mich aufblicken, und ich sah ein Oberlicht in der Decke, das ich gestern nicht bemerkt hatte. Die Sicherheitstür zur großen Eingangshalle des Penthauses stand weit offen, und der Polizist ließ mich ein. An dieser Stelle hatte gestern abend eine gesellschaftliche Zusammenkunft stattgefunden, deren Regeln mir nicht so ganz klar wurden, was mich jedoch nicht gehindert hatte, sie zu durchbrechen. Heute morgen jedoch benutzten die Polizisten ihre ganz eigene Art von Regeln, nämlich diejenigen, die aus jeder Situation ein Pandämonium machen.

Als ich das weitläufige Penthaus betrat, sah ich als erstes Max Harkey, der zusammengesunken an seinem großen Flügel saß. Fast konnte man meinen, er spiele auf dem Instrument und vertiefe sich gerade in eine besonders bewegende Passage, den Kopf bis zu den Tasten hinabgebeugt, wie um die Seele des Instruments zu belauschen. Nur daß Max Harkey eben tot war. Der Perserteppich zu seinen Füßen hatte sich mit einem riesigen dunklen Flecken vollgesaugt, und das war Blut, wie ich sehr wohl wußte.

Da erschien die kräftige Gestalt von Detective Lieutenant Vito Branco. Er bemerkte mich nicht, als er sich Max Harkeys Leiche näherte und sich hinhockte, um sie genauestens zu untersuchen. Er hatte mir den Rücken zugekehrt und verstellte mir den Blick auf den Toten, aber für den Bruchteil einer Sekunde erblickte ich eine riesige glänzende Wunde in Max Harkeys Schoß, die noch rot und wie lebendig war. Von dort, wo ich stand, sah es aus, als sei er kastriert worden. Ich mußte mich abwenden, mir heftig auf die Lippen beißen und dann ein paar Mal tief durchatmen, um die Übelkeit zu unterdrücken. Es wäre unpassend gewesen, mich hier vor den Polizisten zu übergeben. Nach wenigen Augenblicken ließ denn auch der kalte Schweiß wieder nach, und ich konnte meine Aufmerksamkeit von neuem dem Toten zuwenden. Lieutenant Branco beschäftigte sich noch immer mit der Leiche, und zwar mit einem solchen Interesse, daß es sich vom rein Klinischen her fast nicht rechtfertigen ließ. Bestürzten ihn die Wunden genausosehr wie mich? Obwohl Branco jünger war als Max Harkey, erkannte er vielleicht auch die Ähnlichkeiten zwischen ihnen beiden. Der Ermordete war von ähnlichem Körperbau wie Branco, über einsachzig groß, mit denselben breiten Schultern und kräftigen Lenden. Er besaß sogar ähnlich ausgeprägte Kiefer- und Backenknochen und ähnlich wohlgeformte Nasenflügel und Lippen. Bei unserem Zusammentreffen gestern abend war mir nicht aufgefallen, daß Max Harkey noch einen so muskulösen Körper besaß. Branco widmete sich jetzt den blutverschmierten Beinen des Opfers, die von dem seidenen Bademantel, der von der Taille abwärts offenstand, nicht im geringsten verhüllt wurden. Diese Glieder waren offensichtlich kraftvoll und doch elegant, fast königlich. Seltsamerweise machte mich das viele Blut daran traurig. Ich versuchte, mir Brancos mächtige Beine vorzustellen, um wieviel massiger seine Muskeln wohl waren, und daß seine Haut vermutlich rauh und behaart war, nicht glatt wie bei Max Harkey. Mit großer Erleichterung sah ich, daß in seinem Schoß noch alles intakt war. Was also hatte Brancos Aufmerksamkeit so sehr gefesselt? Hatte ihn sein Machotum dazu verleitet, Vergleiche anzustellen? Gab es am Ende Grund zu Neid? Der Lieutenant wandte seinen Blick rasch von den leblosen Organen ab, und ich fragte mich, ob ich mir diese ganze kleine Szene nicht vielleicht nur eingebildet hatte, vor allem, da ich ja immer gleich an Sex denke und meine Hirnrinde dazu bringe – sie gleichsam damit elektrisiere – Perversionen auch dort zu sehen, wo gar keine sind.

Ich näherte mich dem Flügel. Wenn man von dem Blut absah, hätten Max Harkeys Beine genausogut aus blassem blaugrauem Marmor gehauen sein können. Da sah ich die Wunden aus der Nähe – ein sauberer tiefer Schnitt an der Innenseite eines jeden Schenkels, direkt in die Schlagadern. Max Harkey war verblutet.

Branco erhob sich rasch und stützte sich auf den Flügel. Er schloß die Augen, als müsse er sich von der Untersuchung erholen. Kam das nur davon, daß er zu schnell

aufgestanden war? Oder hatte Branco einen Schwächean-
fall? Machten ihm bestimmte Morde mehr zu schaffen als
andere? War es außer mir jemandem aufgefallen, daß er
sich so lange für die Beine des Toten interessiert hatte?
Nichts davon wäre jedenfalls ein ausreichender Grund, sich
so für die entblößte Nacktheit eines anziehenden männlichen Körpers zu interessieren, wie tot er auch sein mochte.
Mit finsterem Gesicht hob Branco die Augen, und noch
immer sah er mich nicht. Ich dagegen machte mich wieder
vertraut mit all den dunklen männlichen Zügen, die dieser
Polizeibeamte mit meinem Liebhaber gemein hatte, und
dann auch mit den Millionen von Feinheiten, in denen sich
die beiden gutaussehenden Männer unterschieden. Branco
runzelte die Stirn, und er unterdrückte ein Aufstoßen. Es
schien ein unangenehmer Morgen für ihn zu sein.

Branco sagte scharf zu seinem Sergeant: »Packen Sie ihn
in einen Sack.«

Der Sergeant antwortete: »Der Polizeiarzt hat seinen
Bericht noch nicht gemacht, Sir.«

Branco fauchte: »Dann machen Sie jedenfalls den Sack
bereit, verdammt nochmal!«

Der Sergeant zuckte bei Brancos Befehl unmerklich zusammen, dann zeigte er auf mich und sagte: »Und was ist
mit dem da, Lieutenant?«

Branco wandte sich mir zu und starrte mich eine ganze
Weile ungläubig an, bevor er sagte: »Was machen denn Sie
hier?«

»Mein Freund hat mich angerufen.«

»Sind Sie da mit verwickelt?«

»Nein, aber –«

Branco kläffte seinem Sergeanten eine weitere Frage zu.
»Wo sind die Zeugen?«

Die Zeugen? Wer war denn sonst noch da? Und wo
steckte Rafik?

Die Antwort des Sergeanten bestand darin, daß er mit
dem Kopf scharf in Richtung Küche ruckte. Branco
wandte sich von mir ab und ging mit festen Schritten auf

die Schwingtür zu, die zur Küche des Penthauses führte. An der Schwingtür blieb er noch einmal stehen und drehte sich zu uns um. Er zeigte auf mich und sagte: »Lassen Sie ihn unten warten.« Dann stieß er die Türe auf. Eigentlich hätte ein Strahl Morgensonne aus der Küchentür blitzen sollen, aber statt dessen drang nur die graue Eintönigkeit eines regnerischen Märzmorgens heraus.

Trotz Brancos Befehl, mich von der Örtlichkeit zu entfernen, fragte ich den Sergeanten, ob ich Rafik sehen könne. Der Sergeant blickte durch mich hindurch und sagte: »Sie haben doch gehört, was der Mann gesagt hat.« Es hatte keinen Sinn, sich dem Unvermeidlichen zu widersetzen, deshalb ließ ich mich also aus Max Harkeys Wohnung und hinunter ins Erdgeschoß komplimentieren, um nach Brancos Gutdünken draußen zu warten. Als ich durch den Haupteingang hinausging, bemerkte ich, daß das Schloß aufgebrochen worden war. Die Beamten hier draußen beobachteten mich mißtrauisch; vielleicht hofften sie, ich würde etwas tun, wodurch sie sich in eine große Aktion hineinsteigern könnten, damit sie sich wie wirkliche Bullen benehmen konnten. Ich trat beiseite und stellte mich zu Big Red, als könnten das Motorrad und ich uns gegenseitig trösten. Feine Tröpfchen aus der nebligen Luft waren auf den lackierten Metallteilen des Motorrads und den schweren Chromleisten kondensiert. In dem schwachen Licht des Morgens verbreitete Big Red so etwas wie ein heiliges Leuchten, das mich mit seiner schützenden Aura umhüllte. Wie oft hatte ich mich doch an Rafiks Körper festgehalten, wenn ich hinter ihm auf diesem Motorrad saß, bei unseren phantastischen und romantischen Fahrten ins Blaue. Big Red gehörte für mich zur Familie.

Plötzlich quäkten die Sprechfunkgeräte der Polypen laut und brachten alle drei in Bewegung. Die Schwuchtel und das Motorrad waren auf einmal kleine Fische, jetzt, wo sie vom Boss dort oben einen Befehl bekamen. Ein paar Minuten später kamen zwei Polizeioffiziere aus dem Gebäude, und mit ihnen eine große Überraschung: zwischen sich führten sie Toni di Natale – in Handschellen. Lieutenant Branco folgte. Toni di Natale sah verwirrt und zerzaust aus, als habe man sie ganz unvermutet ertappt. Ich stellte fest, daß sie noch immer dieselbe Kleidung trug wie gestern abend. Sie warf einen Blick zu mir herüber. Unsere Augen trafen sich, und sie senkte den Blick und sah schuldbewußt drein. Ich fragte mich, warum. Hatte sie Max Harkey ermordet? Hatte sie mit Rafik geschlafen? Oder vielleicht beides? Aber sie so zu sehen – diese selbstsichere Frau, die plötzlich so verletzlich und der brutalen Gewalt der beiden Riesenkerle ausgeliefert war – also, das brachte einfach in mir eine Saite zum Klingen, und ich stellte fest, daß sie mir leid tat.

Die Bullen stießen die junge Frau auf den Rücksitz eines Streifenwagens und fuhren davon. Branco kam zu der Stelle herüber, wo ich neben Big Red stand.

»Gehört die Ihnen?« sagte er mit beifälligem Blick.

»Meinem Liebhaber.«

»*Hmpf*«, machte der Polizeioffizier.

Ich sagte: »Ich würde gerne erfahren, wo er ist.«

Branco entgegnete: »Könnten Sie mir vielleicht sagen, was Sie eigentlich hier wollen?«

»Rafik hat mich angerufen.«

Branco spannte die Backenmuskeln an und preßte die Lippen zusammen, wodurch er ihnen ihre ganze sinnliche Fülle nahm. Seine Brauen zogen sich zusammen. »Dann sind Sie sind also ein Zubehör?«

»Ich *kreiiere* Schönheit, Lieutenant. Ich bin kein Accessoir.«

Branco verzog die Mundwinkel zur Andeutung eines Lächelns, während seine blaugrauen Augen jedoch ihre stählerne Härte behielten. »Immer noch derselbe Klugscheißer, was, Kraychik?«

»Wenn man mich dazu provoziert, schon, Lieutenant.«

Da geschah etwas Seltsames. Das Gesicht des Lieutenants wurde ein wenig weicher, und er sah mir direkt in die Augen, als wolle er sich einen Augenblick lang als Mensch zeigen und nicht als Bulle. »Wie kommen Sie denn zur Zeit mit Ihrem Freund klar?« sagte er.

Ich staunte. Was kümmerte Branco denn mein Privatleben? Er war Polyp und hetero, und ich Friseur und schwul. Was konnte es in seinem Reich der moralischen Mehrheit schon bedeuten, wie ich mich durch's Leben schlug? Oder suchte er nur nach Indizien?

»Könnte besser gehen«, sagte ich. Aber sofort bereute ich meine ehrliche Antwort. »Wie läuft's denn bei *Ihnen* so?« fragte ich und machte dabei ganz auf Kumpel.

Branco antwortete nicht, sondern warf statt dessen den Kopf zurück und schob das Kinn vor. »Bis später dann«, sagte er. Dann stieg er in seinen Alfa und fuhr davon.

Kurz nach diesem Gespräch gab es noch eine weitere Überraschung. Aus dem Haupteingang des Appleton trat völlig ohne polizeiliche Bewachung Marshall Zander heraus.

»Ich bildete mir ein, Sie oben gesehen zu haben«, sagte er. »Was führt Sie hierher?«

»Dasselbe könnte ich Sie fragen«, antwortete ich.

Er lächelte selbstzufrieden. »Stimmt«, sagte er. »Der Unterschied ist nur, daß ich es Ihnen sagen werde. Max rief mich in aller Frühe an. Offenbar war bei ihm jemand eingebrochen und bedrohte ihn. Er klang ganz schön schlimm, deshalb rief ich die Polizei an und kam auch selber gleich 'rüber.«

»Hat er die Polizei nicht selber angerufen?«

»Ich weiß nicht«, sagte Marshall Zander. »Max brauchte jedenfalls Hilfe, und zwar schnell. Ich stellte ihm keine Fragen. Ich handelte.«

»Hat Max Ihnen gesagt, wer ihn angegriffen hat?«

»Er war schon … verschieden … als ich hier ankam.«

»Ich meine, als er Sie anrief. Hat er Ihnen nicht einen Hinweis gegeben, wer es war?«

»Nein«, sagte er. »Ich erwähnte ja schon, er klang entsetzlich. Voller Angst. Ich kam gar nicht auf die Idee, ihn irgend etwas zu fragen, sondern versuchte nur so schnell wie möglich hierherzukommen. Jetzt wünschte ich, ich hätte gefragt. Dann hätten wir seinen Mörder vielleicht schon.«

In dem Augenblick bemerkte ich, daß sich Marshall Zanders braune Augen mit Tränen füllten. Er verlor auf einmal die Fassung. Das hatte ich schon öfter erlebt, daß manche Leute im Angesicht des Schreckens und auch noch eine ganze Weile danach eine Fassade von Stärke aufrechterhalten, die sie dann ganz plötzlich verlieren, sobald die Zuschauer verschwunden sind, was in diesem Falle die Polizei war. Sein Kinn zitterte, während er sprach.

»Wissen Sie übrigens, wer noch bei ihm oben war?«

Ich schüttelte den Kopf.

»Natürlich wissen Sie's«, sagte er. »Was hatten die dort oben bloß verloren. Ist es Ihnen nicht auch ein Rätsel, was Ihr Liebhaber und diese Frau dort oben gemacht haben? Sie waren nämlich schon dort, als die Polizei kam, ist Ihnen das klar?«

»Das heißt gar nichts«, sagte ich kühl, aber seine Worte machten mich vor Zweifel fast wahnsinnig.

»Wer hat ihm das bloß angetan?« fragte Marshall Zander. »Max, Max!« winselte er, und dann brach er ganz zusammen und schluchzte grotesk und keuchend.

Wieder einmal begriff ich, warum ich als Therapeut keinen Erfolg gehabt hatte. Ich konnte die Krämpfe und die Häßlichkeit von anderer Leute Qual, egal ob echt oder gespielt, einfach nicht ertragen. Ich wollte immer alles auf der Stelle und um jeden Preis wieder in Ordnung bringen, selbst wenn das bedeutete, daß ich diese Qual selbst auf mich nahm. Und diese Haltung zerstört den Helfenden binnen kurzem. Ein guter Therapeut braucht eine distanzierte, rein klinische Art des Mitgefühls, ich dagegen war dazu verdammt, mich immer gleich für andere aufopfern zu wollen. Um zu überleben, hatte ich nur eine Chance: ich mußte die ganze Sache sausen lassen, die Couch des Analytikers den Experten überlassen und meine Wunderheilungen in Zukunft am Frisierstuhl vornehmen.

Von Marshall Zanders Zusammenbruch unberührt, wünschte ich mir in meinem kalten Herzen nur, daß er zu weinen aufhörte und wegginge. Ich wollte mit ihm oder mit Max Harkeys Tod nichts zu tun haben. Ich wollte nicht einmal hier sein. Ich wollte nur wissen, ob es Rafik gut gehe, und das hatte ich bisher noch nicht herausgefunden. Wo war er bloß?

Nachdem Marshall Zander noch ein paar Minuten theatralisch geschluchzt hatte, beruhigte er sich wieder. Er keuchte mit flachen schnellen Atemzügen wie ein blind herumwuselndes unbesonnenes Tierchen, das wie durch ein Wunder seinem Verfolger entkommen ist. Aber als er sich wieder gefaßt hatte, verdunkelten sich seine Augen und blickten gemein, und die nächsten Worte, die er sprach, waren voller Gift.

»Wenn Ihr Liebhaber damit irgendwas zu tun hat, dann gnade ihm Gott, er wird dafür büßen müssen.«

Aber seine Drohung klang hohl, als habe er seine Gefühle in einem Schauspielkurs gelernt. An ihm war nichts zu fürchten, höchstens zu bemitleiden. Er drehte sich um und ging die Appleton Mews hinunter und davon. Ich sah ihm nach, wie er sich bewegte, wie sein schlaksiger Gang eine wahllose Abfolge von asynchronem Schlingern und Vorwärtsstürzen war, weil die Glieder sich orratisch bewegten, ohne vom Gehirn einen Befehl empfangen zu haben und ohne seinem Schritt eine klare Form zu geben. Marshall Zanders Generosität dem Ballett gegenüber war vielleicht nur seine Art von Kompensation für fehlende körperliche Schönheit und Ausgewogenheit. Er blieb bei einem funkelnagelneuen deutschen Cabriolet stehen und stieg ein. Der schlanke, langgestreckte, niedrige Zweisitzer paßte überhaupt nicht zu dem Mann, dem er gehörte. Auch er war wohl eine Art Kompensation für das, was Zander an körperlichen Eigenschaften fehlte. Ich hätte schwören können, daß er eine schreckliche Kindheit gehabt hatte, daß er von den Gleichaltrigen gnadenlos drangsaliert wurde, und ich überlegte mit ein wenig Mitleid, was für ein

Mensch denn nun eigentlich in diesem formlosen, weichlichen Körper stecke.

Wie um alle Unbill, die diesen Morgen bisher ausgezeichnet hatte, zu vertreiben, erschien endlich Rafik im Eingangsportal des Appleton. Die dunstige Luft schien sich rings um ihn her zu klären, aber das bildete ich mir wohl nur ein. Wenn überhaupt, dann hätte sich die Luft ja eher verdunkeln müssen, als er kam, da die Zweifel in mir nur immer weiter wuchsen, zunächst einmal schon darüber, daß er überhaupt hier war. Ich brachte ein besorgtes kleines Lächeln und ein Winken zustande, und er erwiderte diese Gesten ermattet, während er die Treppe herunterstieg und auf mich zukam, wo ich da neben Big Red stand. Da breitete ich die Arme aus, und er warf sich hinein. So standen wir eine ganze Weile in der regnerischen Luft und umarmten und wiegten einander, als wären wir die vom Schicksal bestimmten Liebenden in einem englischen Film aus den vierziger Jahren.

»Es war schrecklich«, sagte er, und während er sprach, kitzelte er mein kaltes Ohr mit seinen warmen Lippen.

Ich sagte darauf: »Was hattest du denn dort oben zu tun?«

»Max hat angerufen mich, zu Hilfe.«

»Wann?«

»Ich weiß nicht welche Zeit. Er war so schwach, daß ich erkannte ihn fast nicht.«

»Rafik, hat er dir gesagt, wer ihn angegriffen hatte?«

»Nein. Er sagt, er ist verletzt, und hat er die Polizei gerufen, und bitte ich soll kommen gleich.«

Für einen Schwerverletzten hatte Max Harkey aber eine Menge Anrufe getätigt.

»Warum hat er gerade dich angerufen, Rafik?«

Er zog sich sofort von mir zurück. Seine Augen glühten. »Was du denkst?« fragte er. Ich spürte, daß mein Gesicht rot wurde, und mußte die Augen von ihm abwenden. Er schüttelte mich leicht. »Stani, sage mir, was du denkst.«

Ich hielt meine Augen gesenkt und sagte: »Was hatte Toni di Natale hier zu suchen?« Daß meine Stimme so schwach klang, widerte mich an. Rafik antwortete nicht, also schaute ich ihm in die Augen, um eine Antwort zu kriegen. Ich hatte schließlich ein Recht, informiert zu werden, oder? »War sie schon da?« fragte ich. »Oder ist sie mit dir gekommen?« Ich versuchte, direkt und stark zu sein, dabei fühlte ich mich wie ein ängstliches Rehkitz auf der Flucht – und zwar nur wegen der verwirrenden Macht von Rafiks warmem Körper neben dem meinen.

Er schwieg immer noch.

»Es wirkt verdächtig«, sagte ich.

»Für dich alles ist verdächtig, was ich tue.«

»Nein…« sagte ich, aber an seinen Worten war unglücklicherweise was dran.

Rafik drehte sich um und ging von mir weg.

»Nimmst du nicht das Motorrad?« fragte ich.

»Es springt nicht an«, sagte er und ging weiter.

Das erklärte zumindest, warum Big Red die Nacht über auf dem Trottoir vor Max Harkeys Wohnhaus gestanden hatte. Ich holte Rafik ein und ging schweigend neben ihm her. Die kalte feuchte Luft schien den Mißklang noch zu verstärken, den ich wieder einmal zwischen uns gesetzt hatte. Am vorderen Ende der Appleton Mews wandte er sich in Richtung auf seine Wohnung.

»Kannst du mir eine Tasse Kaffee machen?« fragte ich.

Er sah mich an, das ganze Gesicht traurig und zornig zu gleicher Zeit, seine Stirn wirkte beinahe wie geschwollen, als könne sie die widersprüchlichen Geheimnisse, die dahinter tobten, nicht halten.

»Ja«, sagte er mit einem entwaffneten Seufzer und einem kleinen Schulterzucken.

Wortlos gingen wir über die feuchten Gehsteige bis zu seiner Wohnung. Rafik hatte ein paar Blocks vom Ballettstudio entfernt eine Einzimmerwohnung. Das alte Ziegelsteingebäude war völlig verwahrlost, und Rafiks persönliche Domäne innerhalb seiner vier Wände erinnerte an das Lager eines wilden Tieres. Sie war übersät mit den eigenartigen Abfällen des alleinlebenden Künstlers und durchtränkt von seinen wilden exotischen Ausdünstungen. Die Wohnung war so klein, daß man sich im Bad auf der Stelle drehen mußte wie auf dem Laufsteg bei einer Modenschau, um die Türe hinter sich schließen zu können. Er hielt zwar alles so ziemlich sauber, aber es war hoffnungslos überfüllt und unaufgeräumt, und manchmal fragte ich mich, ob Rafik nicht nur deshalb mit mir zusammenziehen wollte, weil ich den Haushalt besser führte – was in diesem Fall nicht viel heißen wollte.

Drinnen warfen wir unsere Jacken ab, und ich setzte mich auf sein Bett. Er begann mit der Zeremonie, in der winzigen Schiffsküche türkischen Kaffee zuzubereiten, wobei er zuerst kaltes Wasser und dann das puderige Kaffeepulver in einen langstieligen Messingtopf abmaß, der *Ibrik* genannt wurde. Ich wußte zwar, daß J. S. Bach eine »Kaffeekantate« geschrieben hatte, aber keine Musik ließe sich mit Rafiks arglosen Improvisationen am Herd vergleichen. Ich war hingerissen von seiner natürlichen Anmut, den geschmeidigen Bewegungen von Arm und Schulter, wenn er den Topf auf die Flamme schob und wieder herunternahm, der Neigung des Kopfes, wenn er das braune Elixir beobachtete, wie es aufschäumte und dann wieder unter den Topfrand absank, und dem Schwung von Hüften und Körper, wenn er das Gewicht von einem Bein auf das andere verlagerte. Während Rafik auf diese Weise eine simple Hausarbeit in eine religiöse Erfahrung umschuf, merkte ich, daß ich ihm nur auf eine einzige Art und Weise zeigen konnte, daß mir wirklich was an ihm lag, und ich ihn mehr denn je wollte. Ich stand von meinem Stuhl auf und ging zu ihm hinüber, wie er da an dem winzigen Herd stand, alle Aufmerksamkeit auf den kleinen Topf gerichtet. Von hinten schlang ich die Arme um seine schlanke Taille und kuschelte mich an seinen starken Rücken und seinen besonders festen Hintern. Sein sauberer männlicher Geruch ließ mich vor Lust und Verlangen und auch einer gewissen Unsicherheit erbeben.

»Was…?« sagte er, während er mit dem Kaffee weitermachte.

»Vielleicht brauchen wir jetzt gar keinen Kaffee.«

Durch den steifen Baumwollstoff seines Hemdes ertastete ich seine Brustwarzen und zog sachte daran. Normalerweise ist ihm das ein deutliches Signal für das, was ich will. Aber Rafik fuhr mit der Zubereitung des Kaffees fort, als sei er ganz allein und ziemlich wunschlos in seinem kleinen Zimmer. Meine Hände wanderten verstohlen weiter abwärts über seinen straffen Bauch und schlichen sich durch die kurzen Abstände zwischen den Hemdenknöpfen an der Knopfleiste nach drinnen. Ich machte zwei davon auf und vergrub meine Hände in dem lockigen Haar auf seiner Brust. Ich ergriff kleine Büschel davon und zog erst sanft, dann ein wenig fester daran, dann nahm ich sein bepelztes Fleisch in die Hände und massierte es in kleinen, kreisenden Bewegungen.

Doch Rafik widmete sich weiterhin der Kunst des türkischen Kaffees.

Meine Linke wanderte über seinen Gürtel hinunter zur Vorderseite seiner Hosen, wo ich entdeckte, daß ein zauberhafter Körperteil bei ihm bereits stärker geworden war und kräftig gegen den Stoff drängte. Meiner war auch schon hart und feucht, aber das ist er sowieso immer, sobald ich Rafik berühre.

»Ich liebe dich«, flüsterte ich ihm ins Ohr.

»Und ich liebe dich«, sagte er. »Darum ich mache Kaffee.«

»Legen wir uns doch hin.«

»Wir müssen reden.«

Wirklich? Hatte ich nicht soeben alles Wesentliche gesagt?

»Rafik, schalt jetzt den Kaffee aus.«

»Nein. Du setz dich. Ich werde bringen Kaffee.«

»Ich möchte jetzt gar keinen Kaffee mehr.«

Er lächelte ganz leicht auf diese wissende Art, die bedeutete, daß er im Moment die Oberhand hatte. Er sagte: »Aber ich.«

Das wirkte. Mein eigenes Liebesbarometer sackte sofort

in sich zusammen, und ich ging weg und setzte mich, wie er mich angewiesen hatte. Ich hatte das unangenehme Gefühl, daß seine Weigerung, jetzt Sex zu haben, diesmal nichts mit der üblichen Erschöpfung des Choreographen zu tun hatte, die ihn in letzter Zeit geplagt hatte. Rafiks stattlicher Pimmel log nie. Er hatte ganz offensichtlich die Aufmerksamkeit genossen, die ich ihm gegeben hatte. Nein, der Grund, warum er an diesem Morgen mit mir keinen Sex haben wollte, war die schiere Verweigerung.

Im nächsten Moment fragte ich, ohne auf meine Worte zu achten, vielleicht verzweifelt, in der Hoffnung, meine schlimmsten Ängste zu beschwichtigen: »Hast du was mit Toni di Natale?«

Er drehte sich am Herd herum und stieß ein kleines erschöpftes Lachen aus. »Du bist sehr alberne Mann«, sagte er.

»Oder hast du was mit dem zu tun, was passiert ist?«

Ganz plötzlich knallte er den *Ibrik* heftig auf die Herdplatte, verschüttete dabei Kaffee und brachte die Gasflamme unter dem kleinen Topf zum Spucken und Flackern.

»Wie du kannst so etwas denken?« schrie er. »Behandelt mich die Polizei mit größere Respekt als mein Geliebter.«

»Es tut mir leid, Rafik.«

»Nein, es tut dir nicht. Du denkst nur an dir selbst. Du kommst hierher und du willst Sex. Du versuchst nicht zu trösten mich. Du siehst nicht, was ich habe für Schwierigkeiten.«

»Oh doch, doch.«

»Alles was du machst, ist mir anklagen.«

»Doch nur, weil ich die Tatsachen nicht kenne. Du hältst Dinge von mir fern, also denke ich, du verheimlichst mir etwas.«

»Ich dir sage alles, was ist wichtig für dich.«

»Aber ich möchte überhaupt alles wissen.«

»Du verlangst zu viel.«

»Rafik, was verheimlichst du mir?«

Er wandte sich von mir ab und lehnte sich an den Herd. So stand er bewegungslos da, bis ich merkte, daß er leise weinte. Ich ging wieder zu ihm, nahm ihn von hinten fest in die Arme, wiegte ihn.

»Es tut mir leid«, sagte ich und küßte ihn auf den Nacken. »Ich bin ein selbstsüchtiges Arschloch.«

Seine Antwort kam nur geflüstert. »Ich glaube, du solltest gehen jetzt.«

»Wirfst du mich 'raus?«

Er drehte sich um, sah mich an und nickte traurig. »Bitte geh.«

»Kein Kaffee?«

Er schüttelte den Kopf. »Ich möchte allein sein.«

Ganz toll, Stanley. Dein Geliebter hat gerade einen mörderischen Horror hinter sich, und anstatt ihn zu trösten, quälst du ihn noch mit einem weiteren Verhör, das auf deinen melodramatischen Ansichten von Treue und unerwiderter Liebe beruht. Vielleicht verdiente ich es wirklich nicht, einen Liebsten zu haben, wenn das alles war, was ich in einer Krise zustande brachte. Damals, als ich noch allein war, war ich ein Muster an Stabilität und Verständnis gewesen. Jetzt, wo ich liebte, war ich gräßlich und schwach und auf das bedingungslose Wohlwollen meines Partners angewiesen, gleichgültig, unter welchen Umständen. Und schlimmer noch, ich bildete mir ein, daß alles, was er vor mir zurückhielt – eine Geschichte, ein Satz, eine Silbe – sich später als noch ein Grund, mich zu verlassen, entpuppen würde. Die ungeheuere Anziehung, die uns ursprünglich verband, faserte auf, und egal, was ich tat, um sie wieder zu flicken – es wurde nur schlimmer.

Ich bot ihm an, heute abend für ihn ein Essen zu kochen, weil ich mir vorstellte, daß wir diese Unannehmlichkeiten objektiver betrachten könnten, wenn wir uns beide etwas beruhigt hatten. Er war einverstanden. Dann ließ ich ihn mit seinem türkischen Kaffee allein und ging unter einem undurchdringlich grauen Himmel zu meiner Wohnung. Während dieses düsteren Heimmarsches fühlte ich auf einmal eine seltsame und unerwartete Hoffnung in mir aufsteigen, als müsse sich nach dem gemütlichen Essen heute abend – ich würde ihm natürlich alle seine Lieblingsspeisen kochen – alles wieder vollständig einrenken. Ich würde meine Liebe zu Rafik kulinarisch ausdrücken, und das würde alle die Probleme lösen, die durch Streitigkeiten und Mord verursacht worden waren, genau so, wie es die Sonne ja auch immer wieder schafft, durch die dunkelsten, undurchdringlichsten Wolken zu brechen.

Und im Lotto würde ich heute auch noch gewinnen.

5. Wen liebt er denn nun eigentlich?

Als ich nach Hause kam, war es fast halb zehn, wodurch ich gerade noch Zeit genug hatte, Sugar Baby zu füttern, rasch mein morgendliches KDR durchzuziehen (das heißt kacken, duschen, rasieren) und dann zum Snips aufzubrechen. Offiziell arbeite ich im Salon von zehn bis sechs, aber ich glaube, vom ersten Tag an habe ich dort noch nicht einmal die reguläre Arbeitszeit eingehalten. Im Ganzen gesehen arbeite ich allerdings mehr Stunden, als ich bezahlt bekomme, was einer der Gründe ist, warum Nicole meine vielen außerplanmäßigen An- und Abwesenheiten toleriert. Sie weiß, daß mein Schuldbewußtsein mich immer dazu zwingen wird, zusätzliche Zeit zu arbeiten, um alles Versäumte mehr als wiedergutzumachen. Ein weiterer Grund, warum sie es mit mir aushält, ist meine beispielhaft gute Arbeit, auch wenn meine Arbeitsweise das nicht ist.

Als ich zum Salon aufbrach, hatte sich die Luft aufgeklärt, und die dichte Wolkendecke war durchscheinend geworden wie Perlmutt. Alles paßte für eine romantische Lösung mit Rafik heute abend. Ich kam beim Snips an und stellte fest, daß Nicole gerade frei war, also lud ich sie zu einer Tasse Kaffee in mein Büro ein, wo ich ihr die beunruhigenden neuesten Ereignisse zu erzählen gedachte. Das erste, was ich bemerkte, war eine Veränderung in meinem Büro, nämlich ein neues Teil – ein bildschöner Lehnstuhl aus rosa Korbgeflecht mit Kissen aus meerschaumgrünem Chintz. Nicole sah, daß ich ihn bewundernd anblickte. Wortlos begann ich Kaffee zu machen.

»Und?« fragte sie.

»Ich wußte gar nicht, daß man bei Talbot auch Möbel kriegt.«

Nicole ließ ihre üppigen Hüften in meinen Lederthron plumpsen und tätschelte die Kissen des feinen neuen Möbelstücks. »Er ist ziemlich bequem, Schätzchen. Überzeug' dich selber.«

»Für einen Zwerg aus Nantucket vielleicht. Was hast du denn mit dem anderen gemacht?«

Nicole lächelte strahlend und zirpte: »Den habe ich Ramon geschenkt. Der Arme hat solche Mühe, sich seine neue Wohnung einzurichten.«

»Er steckt bis über beide Ohren in Schulden«, erwiderte ich. Ramon war vor kurzem in eine riesige Dreizimmerwohnung umgezogen mit Balkon und ungehinderter Sicht auf den Fluß. Sie lag weit über seinen finanziellen Möglichkeiten, jedenfalls über denen, die er auf traditionelle Weise verdiente.

Nicole fragte spöttisch: »Hast du noch nie bis über beide Ohren dringesteckt?«

»Nur in der Liebe, Herzchen. Niemals in Schulden.«

Während der Kaffee durchlief, erzählte ich Nicole alles, was vorgefallen war, von dem Fest gestern abend bis zu der schrecklichen Entdeckung von Max Harkeys Leiche heute morgen.

»Oh nein, nicht schon wieder«, sagte sie, als ich fertig war. »Wage es ja nicht, dich da wieder einzumischen. Du weißt, daß das nur zu Schwierigkeiten führt.«

»Keine Angst, Nikki. Ich hab genug damit zu tun, meine Liebesgeschichte im richtigen Fahrwasser zu halten. Das hat jetzt absoluten Vorrang. Was den Mord betrifft, werde ich natürlich mit der Polizei zusammenarbeiten, aber die Miß Marple spiele ich nie wieder.«

»Gut. Und wann zieht jetzt Rafik bei dir ein?«

»Nikki, ich hab dir doch schon gesagt, daß das für uns keine Lösung ist.«

»Was hast du dann vor? Du kannst doch nicht so weitermachen, Stanley, daß ihr getrennt wohnt und du von ihm erwartest, daß er das akzeptiert. Er ist ein Mann, der ein Zuhause will.«

»Und eine Frau.«

»Da gibt's Schlimmeres.«

»Würdest du das machen?«

Nicole schwieg einen Moment, bevor sie antwortete. »Warum nicht, wenn's im Bett gut läuft oder wenn er droht, mich sonst zu verlassen.«

»Also, im Bett ist zur Zeit null, Herzchen. Und Rafik droht nicht, er handelt.«

»Stanley, verlier' ihn bloß nicht.«

»Ist das meine Entscheidung?«

»Allerdings. *Stand by your man.*«

»Klingt das nicht nach einem Liedertext, Herzchen? Steht mein Mann denn zu mir?«

»Im Augenblick braucht er dich. Das hast du ja zumindest zugegeben. Er hat eine Menge Streß. Kostet dich das denn so viel Überwindung, ihm jetzt eine Quelle des Trostes zu sein, ihm, der dich so liebt?«

»Irgendwie ist das aber auch unfair, daß ich ihn verhätscheln soll, aber nichts dafür zurückkriege.«

»Schätzchen, du klingst ja schon wie diese lächerlichen Leute, die um jeden Aspekt ihres Lebens schachern. Hier handelt es sich um Liebe. Liebe ist einfach. Paß auf, antworte mir mal nur mit ja oder nein. Überleg' nicht erst, antworte mir nur schnell. Möchtest du Rafik in deinem Leben?«

»Ja.«

»Möchtest du ihm jetzt helfen?«

»Ja, natürlich.«

»Gibt es irgend etwas, das das verhindern könnte? Ich meine einen wirklichen Grund, wie einen Ozean oder eine Behinderung oder fehlendes Geld.«

Ich wand mich. »Nein.«

»Dann mußt du tun, was notwendig ist, um ihm zu helfen.«

»Und wenn ich nichts dafür zurückkriege?«

»Was soll man dafür zurückkriegen? Stanley, wenn Liebe für dich bedeutet, daß man etwas zurückkriegt, dann solltest du das alles ganz schnell sein lassen und Finanzplanung studieren.«

Die Kaffeemaschine stieß ihren letzten Strahl heißen Wassers aus, was bedeutete, daß jetzt Kaffeezeit war. Ich rührte um, damit sich der stärkere Kaffee unten mit dem dünneren oben vermischte, und goß uns dann beiden ein Haferl ein. Nicole zog ihre Zigarettendose hervor und machte sie auf, und es kam eine Reihe von pastellfarbenen Stengeln mit goldenem Mundstück zum Vorschein, eine Mischung, die ihr ein benachbarter Tabakhändler zusammenstellte. Nach all meinen vergeblichen Versuchen zu rauchen, wußte sie genug, so daß sie mir keine anbot, aber sie zündete sich eine an und inhalierte den ersten tiefen Zug mit einem strahlenden Blick des reinsten Vergnügens. Ich für mein Teil wählte ein Stück Himbeerkuchen aus dem Kuchenpaket, das mir meine Mutter geschickt hatte. Nicole drohte mir mit dem Finger.

»Kalorien, Schätzchen. Mindestens fünfhundert.«

»Liebst du mich, liebst du auch meine Hüften, Herzchen.«

Das Telephon auf meinem Schreibtisch klingelte. Die Empfangsdame hatte mir jemanden anzukündigen, einen gewissen Lieutenant Branco vom Bostoner Polizeidepartement. Ich sagte ihr, daß ich sofort hinauskommen werde.

»Ich muß gehen, Herzchen. Mister Mittelmeer ist da.«

Nicole sah mich verdutzt an.

»Der Polyp, Herzchen. Lieutenant Branco. Groß, dunkel, gutaussehend, single. Erinnerst du dich?«

Nicoles Antwort kam plötzlich sehr animiert. »Und ob!« sagte sie. Dann rollte sie, die normalerweise ihren guten Tabak nicht vergeudet, das kleine Aschestück heikel von ihrer Zigarette ab und stupfte sie sorgfältig aus. Sie löschte eine Zigarette nie, indem sie sie ausdrückte, womit man ja normalerweise den Schaft verbiegt oder bricht und einen zerknautschten, verkohlten Stummel hinterläßt. Sogar der Abfall in Nicoles Aschenbecher zeigte, daß Rauchen für sie ein künstlerisches Erlebnis war.

Sie stand auf und schritt lebhaft zur Bürotür. »Also gehen wir, Schätzchen«, sagte sie ungeduldig.

Wir kehrten gemeinsam in den Laden zurück. Ich blickte über den ganzen Wirrwar hinweg, über die Waschbecken und Frisierstühle, die Haarschnipsel und Clips, und suchte mit den Augen das Empfangspult am Vordereingang. Und tatsächlich, da stand Lieutenant Branco, dieser italienische Hengst, in all seiner Glorie. Er sah aus, als sei er von all der Aktivität hier im Salon fast verwirrt, als sei seine Schönheit so natürlich und selbstverständlich, daß er gar nicht fassen könne, daß sie für niedriger ausgestattete Menschenwesen an einem bestimmten Ort geschaffen und ihnen aufgetragen werden müsse. Merkte er überhaupt, wie sehr er gesegnet war von den Architekten und Bildhauern des körperlichen Schicksals? Andererseits, wie hätte ihm das entgehen sollen?

Nicole eilte dahin, und ich hatte Mühe, an ihrer Seite zu bleiben, ohne in Trab zu fallen.

»Du hast ja heute wieder mal einen Gang drauf wie seinerzeit auf dem Laufsteg, was, Herzchen?«

»Ich mag eben die Polizei nicht warten lassen.«

»Äh, Nikki, ich glaube, er möchte mich verhören und nicht dich.«

»Ich will ihm ja auch nur Guten Tag sagen.«

»Wozu dann dieser Spurt?«

Nicole kam ein paar Sekunden vor mir bei Lieutenant Branco an, was ihr gerade genügte, um ihn als erste zu begrüßen.

»Sie waren ja ewig nicht mehr hier, Lieutenant«, sagte sie und streckte die Hand aus.

»Hatte furchtbar viel zu tun … Miß Albright, stimmt's?« Branco ergriff Nicoles Hand und schüttelte sie leicht.

»Stimmt, Lieutenant. Aber sagen Sie doch bitte Nicole zu mir.«

»Ich bin geschäftlich hier«, antwortete der Polizist.

»In Bezug auf Stanley, ja. Aber ich habe doch sicher nichts damit zu tun?«

»Nicht das Geringste, Ma'am.«

»Dann also, Lieutenant, sagen Sie bitte Nicole zu mir.«

Brancos Augen leuchteten auf. »Ein andermal sicher. Aber jetzt möchte ich mit Stan sprechen.«

Daß er meinen Namen aussprach, versetzte meinem Herzen einen kleinen Stoß, wie früher auch. Wenn Branco meinen Vornamen gebrauchte, war ich für ihn vielleicht doch mehr als nur so ein Zeuge oder Verdächtiger, der seinem Fall dienen konnte. Manchmal versuchte ich mir vorzustellen, wie es wohl wäre, mit ihm in einer engeren Beziehung zu stehen, die über das Verhältnis Polizist und hetero hier – Friseur und schwul dort hinausging, was ja seine allgemein sichtbaren Grenzen hatte. Aber für heute genügte es mir schon, ihn wieder Stan zu mir sagen zu hören.

Nicole fuhr fort: »Er gehört ganz Ihnen, Lieutenant. Aber gehen Sie bitte nicht, ohne sich von mir zu verabschieden.« Ihr Tonfall und das unterdrückte mädchenhafte Kichern, das folgte, zeigten, daß Nicole nichts Gutes im Sinn hatte.

Als sie an mir vorbeiging, murmelte ich sotto voce: »Man sieht dir genau an, worauf du aus bist, Herzchen.«

Sie ging davon, selbstsichere Anmut in jedem Schritt, trotz der zehn Zentimeter hohen Absätze ihrer Stöckelschuhe. Auch bemerkte ich einen gewissen Extra-Pepp im Schwung ihrer festen, üppigen Hüften. Dann sah ich, daß Branco ihrem Abgang mit größtem Interesse folgte, als finde er diese erneuerte Bekanntschaft mit Nicole auf ganz ungeschäftsmäßige Art und Weise anregend.

»Wir können uns in meinem Büro unterhalten, Lieutenant«, sagte ich und brach damit den Bann.

»Gut.«

Ich führte ihn wieder in mein Büro und bot ihm einen Kaffee an. Der frisch zubereitete Trank hatte den kleinen Raum mit einem angenehmen Aroma erfüllt, aber Branco lehnte mein Angebot ab. Seinem müden Gesichtsausdruck nach hätte er zwar, wie mir schien, eine Tasse Kaffee dringend gewollt und auch gebraucht, aber wenn er auch nur die geringste Gastfreundschaft von mir angenommen hätte, hätte das wohl den Ernst seines Besuches untergraben können, der ja schließlich ein polizeiliches Verhör war.

Branco schlug vor, daß wir uns setzten, ließ aber über die Verteilung der Sitzplätze keine Zweifel aufkommen. Er lagerte sich auf meinen Schreibtisch, das eine lange Bein auf den Boden gestemmt, das andere frei über der Tischkante baumelnd. Die Schärfe seiner Bügelfalten verhüllte nur unzureichend die Prallheit seiner Schenkel unter dem Stoff. Und seine schwarzen Schuhe, hochglanzpoliert und von seinen Füßen erwärmt, verströmten einen einladenden Ledergeruch. Daß Branco sich dort plaziert hatte, verwehrte mir jeden Gebrauch meines bequemen Schreibtischsessels, also fand ich mich damit ab, mich in den fragilen, neuen Korbstuhl zu setzen. Er knarzte und bog sich durch, um meine gut proportionierte Kehrseite in sich aufzunehmen, und auch als ich schon saß, sackte er noch weiter durch und wackelte unsicher. Ich hoffte nur, er werde nicht etwa zusammenbrechen. Also thronte Branco über mir, wobei meine Augenhöhe etwa auf seiner Gürtellinie lag. Der Sessel mochte ja etwas eng sein, aber die Aussicht hätte gar nicht besser sein können.

»Ich nehme an, Sie haben mit Ihrem Freund gesprochen«, sagte er.

»Mit welchem, Lieutenant?«

»Ihrem Liebhaber. Dem, der heute früh die Leiche gefunden hat.«

»Sie meinen Rafik? Mit dem rede ich oft.«

»Dann wissen Sie ja, daß er in diese Sache verwickelt ist.«

»Davon hat er mir nichts gesagt.«

Branco grunzte und sagte dann rundweg: »Also, jedenfalls ist er das.«

»Und was wollen Sie jetzt von mir?«

»Ich möchte, daß Sie mir sagen, was Sie darüber wissen.«

»Lieutenant, ich weiß gar nichts.«

»Dann reden Sie einfach. Erzählen Sie mir eine Geschichte. Vielleicht werden Sie überrascht sein, was dabei herauskommt.«

»Irgendeine Geschichte?«

»Fangen Sie mit heute früh an. Wieso sind Sie in Max Harkeys Wohnung aufgetaucht?«

»Rafik hat mich angerufen.«

»Und wann?«

»Um halb sieben.«

»Sie waren also nicht zusammen?«

Ich bewegte mich etwas, und der Stuhl knarzte. »Nein«, sagte ich.

»Haben Sie seinen Anruf erwartet?«

»Nein.«

»Ruft er Sie öfters um diese Zeit an?«

»Nein, nie.«

»Sehen Sie?« sagte Branco triumphierend. »Jetzt haben Sie mir schon einiges gesagt, was ich nicht wußte.«

Ich fragte mich, was ich so Bedeutendes gesagt haben mochte.

Er fuhr fort. »Wußten Sie, daß Rafik mit Toni di Natale zusammen war, als er anrief?«

»Er sagte mir nur, Max Harkey sei tot und die Polizei sei da.«

»Sie wußten also nicht, daß er mit dieser Frau zusammen war, der Dirigentin?«

»Nein.«

Branco schwieg, als wolle er das Aroma des Kaffees einatmen. Dann fragte er: »Warum waren Sie diese Nacht nicht zusammen?«

»Lieutenant, ich wüßte nicht, was Sie das angeht?«

»Geben Sie mir nur einfach Antwort. Es ist ja eine simple, direkte Frage. Warum haben Sie die letzte Nacht nicht mit Rafik Panossian verbracht?«

Ich verstand zwar nicht, warum das wichtig sein sollte, aber andererseits hatte ich auch nichts zu verbergen. Eigentlich wollte ich Branco sogar alles über mein Leben erzählen, einschließlich meiner Liebesprobleme.

»Okay, Lieutenant. Ich glaube zwar, daß Sie das alles sowieso schon wissen, aber bitte: Ich war gestern abend mit Rafik zu einem Abendessen eingeladen. Es fand in der Wohnung von Max Harkey statt. Rafik flirtete die ganze Zeit mit Toni di Natale. Es wurde immer ernster, und ich wurde eifersüchtig. Sehr eifersüchtig. Ich trank zu viel und konnte nicht mehr damit aufhören. Ich habe mich wirklich zum Narren gemacht, möglicherweise hat das auch die anderen Gäste verärgert oder amüsiert. Dann stolperte ich nach Hause und verbrachte den Rest der Nacht allein.«

Branco grunzte wieder.

Ich sagte: »Wenn Sie wollen, kann ich auch noch dazusagen, daß ich mich in den Schlaf geweint habe. Das ist mir schon sehr lange nicht mehr passiert. Vielleicht ist das ja für den Fall auch von Bedeutung.«

»Ich werde es mir notieren«, sagte der Polizeibeamte. Dann schnupperte er wieder in die Luft und sagte: »Vielleicht nehme ich nun doch eine Tasse Kaffee, wenn es nicht zu viel Mühe macht.«

»Keineswegs«, sagte ich. Doch als ich mich aus meinem Stuhl erheben wollte, merkte ich, daß er mich fest in seinem Korbgeflecht-Griff hatte. Ich mußte gegen die Seitenlehnen drücken, um sie aufzuspreizen. Das dünne Korbgeflecht ächzte leicht und knackte dann, als es sich gegen den Druck meiner Hände zur Wehr setzte. Endlich war ich frei. Kaum war ich aus dem gemeinen Stuhl draußen, gab ich ihm einen kräftigen Tritt, damit er mal sah, wer hier der Boss war. Ich entdeckte ein Lächeln auf Brancos Gesicht. Schwuler Clown gibt straightem Polizisten eine Vorstellung. Fand er mich lächerlich, oder amüsierte er sich wirklich?

Ich goß ihm ein Haferl Kaffee ein. Gerade als ich ihn fragen wollte, ob er Milch und Zucker wolle, sagte er: »Ich nehme ihn schwarz, danke.« Ich reichte ihm die Tasse, und dabei geschah es: seine Finger streiften die meinen. Es war gar nichts, überhaupt keine Absicht, reiner Zufall. Aber mich überraschte vor allem, wie warm seine Finger waren, sogar bei dieser so überaus kurzen, leichten Berührung. Und was mich auch überraschte, war, daß mein Herz einen mir wohlbekannten kleinen Sprung tat und ich jenes lebhafte Prickeln verspürte, von dem ich geglaubt hatte, daß es mir nur bei Rafik passiere.

»Macht's Ihnen was aus, wenn ich die Jacke ablege?« sagte der Polizeibeamte.

»Hier drin wird's manchmal etwas warm«, antwortete ich und öffnete eines der Fenster. Währenddessen zog Branco seinen Sportmantel aus und legte ihn über den großen Ledersessel. Das kleine Büro füllte sich rasch mit seinem Duft, einer berauschenden Mischung von wildem Balsam und sauberer gestärkter Baumwolle. Das paßte gut zu dem Kaffeegeruch.

Ich setzte mich jetzt auch auf den Schreibtisch, Branco gegenüber – ich hatte genug von dem lächerlichen Korbstuhl – und nahm die gleiche Pose ein wie er. Er trank von seinem Kaffee und nickte anerkennend. Ich kam mir wie ein braver Junge vor. Dann war er aber gleich wieder ganz Polizist.

»Wußten Sie denn, daß Ihr Liebhaber die Nacht mit Toni di Natale verbracht hat?«

Ich schwieg, während sich in meinem Magen ein Knoten bildete.

Branco sagte: »Ich sehe es Ihnen an, daß Sie das nicht wußten. Tut mir leid, daß Sie es so erfahren haben.«

»Das spielt für mich überhaupt keine Rolle«, sagte ich mit vernünftigen Worten und einem Herzen, das log.

»Sie haben vorhin zugegeben, daß Sie extrem eifersüchtig waren.«

»Das war etwas anderes.«

»Inwiefern?«

»Da ging es um Liebe. Aber ich kann mir nicht vorstellen, was das alles mit Max Harkeys Tod zu tun haben sollte.«

»Vielleicht gar nichts. Aber es kann auch sein, daß Sie mich mit Ihrer Eifersucht angelogen haben, obwohl Sie momentan sehr überzeugend wirken.«

»Entschuldigen Sie, daß ich Gefühle habe.«

»Wissen Sie, ich glaube, Sie brauchen gar nicht eifersüchtig zu sein. Ich glaube, es ist gut möglich, daß Toni di Natale dieses Verbrechen vorher geplant hatte und Ihren Liebhaber jetzt nur als Alibi benützt.«

»Aber das ist doch absurd, Lieutenant.«

»Ich versuche nur festzustellen, wie weit Sie in den Mord verwickelt sind.«

»Ich habe nichts damit zu tun.«

»Aber wenn Ihr Liebhaber ein Helfershelfer dabei ist, sagt mir der gesunde Menschenverstand, daß Sie auch mit drinhängen.«

»Warum buchten Sie uns dann nicht beide ein?«

Branco nippte an seinem Kaffee. »Schmeckt super«, sagte er. Dann schaute er mir direkt in die Augen, als er weitersprach: »Der Grund, warum ich weder Sie noch Ihren Liebhaber einbuchte, Kraychik, ist der, daß ich nicht den leisesten Beweis gegen einen von Ihnen in Händen habe.«

Jetzt war ich also wieder Kraychik, ganz geschäftlich von Mann zu Mann.

»Und was war Toni di Natales Motiv?«

»Das wissen wir noch nicht. Was wir allerdings wissen, ist, daß Max Harkey gerade mit ihr gebrochen hatte.«

Sie hatten also *tatsächlich* was miteinander gehabt. Ich erinnerte mich an den kurzen, aber häßlichen Wortwechsel zwischen Toni di Natale und Alissa Kortland abends an Max Harkeys Tisch, und an all die Anspielungen auf Sex.

Branco fuhr fort: »Aber was mir seltsam vorkommt ist,

daß sie die ganze Nacht mit Ihrem Freund verbracht haben will.«

»Vielen Dank, daß Sie mir die Schlagzeilen noch einmal reinreiben, Lieutenant.« Machte es ihm Spaß, mich zu quälen?

Branco sprach weiter. »Schauen Sie, an dem Alibi muß ja was faul sein. Warum sollte wohl eine attraktive Frau die Nacht mit einem Homosexuellen verbringen? Das klingt doch – also ich weiß nicht recht – irgendwie unglaubwürdig. Und Sie sagen mir jetzt, Sie seien nicht eifersüchtig. Das finde ich komisch. Sie sagten, gestern abend auf der Party seien Sie eifersüchtig gewesen. Sie behaupten sogar, daß Sie eine regelrechte Szene gemacht haben, eine bühnenreife Vorstellung. Daß Sie sogar Zeugen haben, die das bestätigen würden. Aber das ist doch Unsinn, daß man am Abend eifersüchtig ist und am nächsten Tag dann plötzlich nicht mehr. Können Sie mir folgen?«

Wenn man von meiner Eifersucht mal absah, hatte Branco keinen Grund anzunehmen, daß Frauen Rafik nicht attraktiv fanden, egal, ob er nun schwul war oder nicht. Zu meinem Dilemma gehörte ja gerade, daß es sehr wahrscheinlich war, daß Rafik und Toni di Natale *tatsächlich* die Nacht zusammen verbracht hatten, und ganz bestimmt auch noch mit größtem Genuß. Und jetzt versuchte Branco mir klarzumachen, daß das Ganze als Alibi geplant war, um sie – und mich – von jedem Verdacht in Bezug auf den Mord an Max Harkey zu befreien. Das war doch verrückt. Was versuchte Branco eigentlich zu beweisen? Worauf war er aus? Dann begriff ich plötzlich mit schmerzhafter Klarheit, was in meinem kleinen Büro vor sich gegangen war. Lieutenant Branco hatte mich die ganze Zeit manipuliert, hatte mit mir gespielt, genauso, wie es Rafik oft tat. Ich spürte, daß ich rot wurde. Alle beide hatten dieselbe Macht über mich, die Macht, mich vergessen zu lassen, wer ich war, und etwas Nützliches für sie zu sein, wie ein Bauer im Schachspiel, oder etwas Amüsantes, wie ein Spielzeug, aber jedenfalls gehorsam und verfügbar. Ich haßte mich dafür, daß ich so schwach war. Ich erkannte, was da gespielt wurde, und es brachte mich in Rage. Mir fiel die seltsame Befriedigung auf Brancos Gesicht wieder ein, als er heute morgen Toni di Natale verhaftet hatte. Es war höchste Zeit, ihm mal zu sagen, wie ich das alles sah, und da würde er jedenfalls nichts Nettes zu hören bekommen.

»Lieutenant, meiner Ansicht nach liegen Sie eventuell mit Ihrer ganzen Geschichte falsch. Ich sag' Ihnen jetzt mal meine Version der Sache, über die Sie ein bißchen nachdenken können. Sie haben Toni di Natale eingebuchtet, weil Sie das heiß fanden. Und jetzt kriegen Sie kalte Füße, weil sie mit einem schwulen Mann geschlafen haben könnte. Und dann sähen Sie alt aus.«

Brancos Gesicht wurde starr. Während langer stiller Augenblicke bewegte sich nichts in dem kleinen Raum. Wir atmeten beide nicht. Wir blinzelten nicht. Der ferne Verkehrslärm, der durch das offene Fenster drang, kam einem jetzt dröhnend laut vor. Dann stieß die Kaffeemaschine einen letzten geräuschvollen Dampfstrahl aus, als wolle sie damit eine Zäsur machen. Darauf sprach Branco.

»Es ist natürlich immer sehr unangenehm, wenn man erfährt, daß man dem Menschen, den man liebt, nicht alles bedeutet.«

Nach seiner Bemerkung bedauerte ich, was ich gesagt hatte. Ich wollte ihm heimzahlen, daß er mich verletzt hatte, wollte mich gegen seinen Angriff wehren. Aber er hatte meine pubertäre Phrasendrescherei durchschaut. Er hatte die wahre Botschaft hinter meinen Worten verstanden, nämlich die, daß die Nachricht von Rafiks Untreue mich tödlich verletzt hatte.

Branco trank seinen Kaffee aus und stand auf. »Wir sprechen uns noch«, sagte er. Er zog seinen Sportmantel an und machte die Türe auf. Dann drehte er sich noch einmal um und sagte: »Der Kaffee war ausgezeichnet.« Darauf ging er aus meinem Büro und verließ den Laden.

6. *Du weißt doch gar nicht, was Liebe ist*

Ursprünglich hatte ich vorgehabt, Rafik zum Abendessen eins seiner Lieblingsgerichte zu kochen: in Butter und Olivenöl geschmorte Hühnerbrüstchen mit frischem Rosmarin und gehackten Tomaten, überbacken mit einer dünnen Scheibe Montrachet-Käse. Ja, ich setzte darauf, daß das Essen uns wiederversöhnen würde. Aber dieses Mahl hatte ich geplant, bevor ich von Rafiks *nuit d'amour* mit Toni di Natale erfuhr. Jetzt war es mir ein Leichtes, auf tiefgekühlte Appetithappen und eine Calzone mit drei Käsesorten aus einer nahen Pizzeria umzudisponieren. Das war ja auch kein schlechtes Essen, aber es verblaßte doch im Vergleich zu meiner ursprünglichen Menüidee, die von Liebe inspiriert gewesen war. Und es wäre auch ein großer Unterschied zwischen diesen Fertiggerichten und dem kulinarischen Festessen bei Max Harkey, das erst 24 Stunden vorher stattgefunden hatte. Eine Zeitlang überlegte ich mir sogar, ob ich nicht alles lauwarm auftragen sollte, vor allem, als ich im Geiste die Ratschläge meiner Tante Letta hörte:

Niemals einem Mann ein warmes Essen kochen, wenn er etwas mit einer anderen Frau hatte. Niemals!

Wer hätte gedacht, daß ein Homosexueller jemals mit dieser Art von Ehelogik zu kämpfen hätte? Aber ich wurde doch milder gestimmt, während ich in der Küche werkelte, die tiefgefrorenen Appetithappen auf ein Kuchenblech legte und meinen Schlachtplan entwickelte. Und zwar geschah das, als ich zufällig einmal auf die Türe meines Kühlschranks schaute. Da sind Fotos und Postkarten und Magneten dran – manche erotisch, manche komisch, eben lauter Kleinigkeiten, die mir gefallen. Diese Sammlung ist mit der Zeit für mich einfach unsichtbar geworden, wie das bei den Sachen an Kühlschranktüren ja allgemein so ist, besonders bei denen, wo draufsteht: »Hast du jetzt wirklich Hunger?« oder, noch direkter: »NEIN!«

Was zu mir durchdrang, war ein Schnappschuß von Rafik und mir während unserer ersten gemeinsamen Hochzeitsreise. Wir hatten das Wochenende in Maine verbracht, und auf dem Foto waren wir am Strand zu sehen. Ein Passant hatte es für uns aufgenommen. So sehr Rafik und ich uns körperlich unterschieden, das Foto hätte als Beweis dafür hergenommen werden können, daß wir zusammengehörten. Da standen wir und umarmten uns wie zwei junge Kameraden im weißen Schaum der Brandung. Wir sahen so begeistert aus, daß ich fast wieder die Wellen hörte und die kalten Meerwassertropfen spürte, die von Rafik auf mich fielen, und die Sonne und das Salz auf seinem Unterarm schmeckte, den er mir um den Hals gelegt hatte. Eigentlich war es das reine Cliché, dieser Schnappschuß von zwei total verliebten Männern am Strand. Jeder Mann, der jemals einen Geliebten hatte, besitzt wahrscheinlich ein ganz ähnliches Foto. Fast ärgerte ich mich, daß es eine so starke Wirkung auf mich hatte. Aber genausogut wußte ich, daß ich genau *das* wieder so wollte. Ich wollte wieder so freudevolle Zeiten erleben wie damals, als das Zusammensein noch so einfach war, weil wir voneinander restlos verzaubert waren.

Während ich Salat machte, fragte ich mich, wie mein Leben wohl werden würde, wenn sich die Dinge diesmal nicht wieder einrenkten, und wir uns trennten. Mit sinkendem Mut erinnerte ich mich an mein Leben vor Rafik, wie ich versucht hatte, stark zu sein, um die Einsamkeit zu ertragen. Natürlich hatte ich verschiedene, rein praktische Methoden versucht, die Leere zu füllen – ich hatte Anzeigen aufgegeben und beantwortet, Verabredungen mit Unbekannten getroffen, die »verheiratete« Freunde von mir arrangierten, war zu Country-Western-Tanzabenden gegangen, Bridgeclubs beigetreten und hatte Bingo Partys besucht – aber das Ergebnis war gewöhnlich völlige Unvereinbarkeit oder gar schroffe Zurückweisung. Der Gedanke, mir mein soziales Umfeld selber zu schaffen, wirkte zunächst wie eine ganz vernünftige Lösung, war aber in Wirklichkeit so romantisch wie ein Job bei der Müllabfuhr. Um also meine ständig wachsende Frustration zu bewältigen, hatte ich mir eine ganz besondere Strategie aufgebaut, eine, die sich ausschließlich an den schönen Seiten des Lebens orientierte: Immer nur frohe Gedanken, Kopf hoch, nur zu, hilf dir selbst, dann hilft dir Gott, cha-cha-cha. Die Frage war nur, wohin führte mich eigentlich all meine temperamentvolle, unabhängige, positive, vorwärts gerichtete Aktivität?

Da erschien Rafik mit seiner Aura von Gefahr und hatte mich sofort erobert. Jede Sekunde mit ihm schickte einen Splitter meines vorigen Lebens in den hintersten Winkel meines Gedächtnisses oder gleich in die Vergessenheit. Und alles, was ich so verlor, schuf Raum für Neues – neue Gefühle, neue Eindrücke, neue Hochstimmung oder auch Zweifel. Aber daß diese erfrischenden neuen Erfahrungen so auf dem Vormarsch waren, hatte seltsamerweise auch die Nebenwirkung, daß meine alte Unabhängigkeit schwand, das Selbstvertrauen, das meine Stärke geworden war. Gelegentlich ertappte ich mich sogar bei dem Wunsch, Rafik möge, selbstsicher wie er war, für uns den Kurs unseres gemeinsamen Lebens bestimmen, genauso wie er auf geradezu magische Art die Qualen meiner körperlichen Bedürfnisse ausgelöscht hatte. Ich wußte, daß es für diese unterwürfige Haltung zahlreiche Fachbegriffe gab – Übertragung, Abhängigkeit, Fehlverhalten, Sadomasochismus, Liebe – aber tief im Herzen wußte ich auch, daß es die Tatsache, daß man sich einem anderen Menschen unterwarf, schon länger gab als sowohl die klassische als auch die New Age Psychologie mit ihren zugehörigen Etiketten. Schau'n Sie sich doch nur mal die Opern an, wenn Sie mir nicht glauben. So waren also Rafik und ich, aus welchem Grund auch immer, sei es bewußte Wahl, sei es unentrinnbares Schicksal, auf das engste verbunden, und es gab kein Zurück.

Die Türglocke riß mich aus meinen schlimmen Träumereien. Ich bemerkte erst jetzt, was ich getan hatte. Ich war so weit fertig gewesen, bis auf die Zwiebeln. Eigentlich hatte ich vorgehabt, papierdünne Ringe zu schneiden und

auf den Salat zu geben, aber statt dessen hatte ich alles zu
einem Brei von winzigen, nicht einmal reiskorngroßen
Schnipseln zusammengeschnitten. Kein Wunder, daß mir
die Tränen herunterliefen.

Vorsicht, warnte ich mich, sonst schafft er es mit seinem
Charme, dich davon zu überzeugen, daß er einzig dir zuliebe mit Toni di Natale geschlafen hat, und daß er jetzt von
dir erwartet, daß du ihm auch einen Gefallen tust. Sei stark,
Stanley. Aber meine Versuche, mich künstlich gefeit zu
machen, schwanden dahin, als ich die Tür öffnete und ihn
da stehen sah. Als sei sein leibhaftiger Anblick noch nicht
genug – müde von der Arbeit, in etwas schlaffer Haltung,
mit erschöpftem Lächeln, die Augen aber strahlend wie
immer – als sei das alles nicht mehr als genug, um mich zu
erweichen, hatte dieser Schurke mir auch noch Blumen
mitgebracht, und noch dazu meine Lieblingsblumen – einen ganzen Arm Feuerlilien. Was sollte ich machen? Wie
hätte ich ihm böse sein können, wenn er so bei mir ankam?

Er trat ein, und wir umarmten uns. Ich spürte, daß er von
mir Zärtlichkeit brauchte, genau das, was ich ihm heute
morgen zu geben versäumt hatte. Ich hatte ja an mir selbst
schon diese Tortur eines Polizeiverhörs erlebt, und wenn
ich da einen Geliebten gehabt hätte, hätte ich auch gewollt,
daß er mich tröstet und mir hilft, das Ganze zu vergessen.
Und Rafik hatte ich das nicht gegeben. Also nahm ich mir
vor, sämtliche Fehler, die der eine oder der andere von uns
letzthin gemacht hatte, zu vergeben und zu vergessen.
Doch da merkte ich, daß ich schon dachte wie ein Sonntag-
schullehrer.

Ich sagte ihm ins Ohr: »Du riechst aber gut.«

Rafik sagte: »Ich hab' in Studio noch geduscht.« Er
schnupperte in die Luft. »Da bäckt doch etwas.«

Also wollte er im Endeffekt doch eine Frau! Aber na ja,
was hätte ich auch sonst mit meinem Leben groß anfangen
sollen?

»Ich bin im Laden zu spät losgekommen, um ein richtiges Essen zu kochen«, sagte ich, »aber ein bißchen was

habe ich schon im Ofen.« Ich achtete darauf, mich nicht zu entschuldigen, nicht gleich nachzugeben, und doch spürte ich einen Stich von Schuldbewußtsein, daß ich ihm nicht eigenhändig eine richtige Mahlzeit zubereitet hatte.

Sugar Baby begrüßte ihn enthusiastisch wie immer, indem sie ihm beide Vorderpfoten um ein Bein legte und ihre Wangen dagegenstieß. Rafik ließ mich los und kniete sich hin, um auf einer Höhe mit ihr zu sein. Er hielt die Hand mit nach unten weisender Handfläche vor ihr aus, ungefähr fünfzehn Zentimeter über dem Boden, und sie sprang prompt darüber. Er hob die Hand ein paar Zentimeter höher, und sie sprang wieder. Das ging so weiter, bis seine Hand so hoch war, daß sich Sugar Baby auf keinen Sprung mehr einlassen wollte, woraufhin sie sich einfach hinwarf und auf dem Teppich wälzte, während er ihren seidigen Bauch kraulte. Dieses Kunststück hatte Rafik ihr beigebracht, kurz nachdem wir uns kennengelernt hatten, und bis jetzt machte Sugar Baby es nur bei ihm.

Wir tranken im Wohnzimmer Cocktails, was ja doch so aussah, als sei heute etwas Besonderes, obwohl ich noch nicht so recht wußte, worauf es hinauslief. Ich servierte die warme Vorspeise, nämlich kleine Teigtaschen mit verschiedenen Füllungen – Pilzragout, gehacktem Spinat und Kräuterkäse. In Armenien heißen sie *beoreg* – was etwa wie »börr-egg« ausgesprochen wird, mit stark gerollten »r«s. Rafik biß glücklich in eines hinein, und goldgelbe gebutterte Krümel von diesem Nomadengebäck fielen ihm von den Lippen auf den Teller.

»Schmeckt gut«, sagte er. »Aber deine sind besser.«

»Das hast du mir ja schließlich beigebracht«, antwortete ich mit einem bescheidenen Schulterzucken.

Nach und nach setzte sich die häusliche Harmonie wieder in ihr Recht. Deshalb kam ich auf etwas zu sprechen, was ich Rafik bisher vorenthalten hatte, denn schließlich war ich ja jetzt wieder die ergebene Ehefrau, die sich ständig um die Karriere ihres Mannes kümmert.

»Gestern abend bei Max Harkey habe ich zufällig einen

Streit mit angehört, von dem du meiner Ansicht nach wissen solltest.«

»Zwischen welche Leute?« sagte er und nahm sich das nächste *beoreg*.

»Max Harkey und Marshall Zander.«

»Mmmmmmh ...«

»Es ging um deine Arbeit.«

»Ach ja? Dann erzähle mir.«

»Max schien unerbittlich daran festzuhalten, sie aus dem Programm zu streichen.«

»Was heißt das, ›unerbittlich‹?«

»Entschlossen. Nicht davon abzubringen.«

»Unerbittlich«, sagte er mit französischem Akzent. Dann zuckte er die Schultern und seufzte. »Was hat jetzt für Bedeutung? Es wird nicht sein.«

»Das stimmt nicht, mein Heißgeliebter. Marshall Zander schien genauso unerbittlich entschlossen, deine neue Arbeit im Programm zu behalten.«

»Hah!« sagte Rafik. »Warum dann er hat gesagt die Polizei solche Sachen über mich? Er sagt, ich habe gemordet Max Harkey, weil meine neue Arbeit wird nicht gezeigt. Also die Polizei fragt mich, ob das ist wahr.«

»Du wußtest also davon?«

»Von Polizei, ja. Aber warum Marshall lügt bei ihnen über mich? Warum er haßt mich?«

Vielleicht ist das kein Haß, dachte ich, sondern das genaue Gegenteil.

»Zum Glück hat die Polizei ihm nicht geglaubt, Rafik. Sie haben Toni eingelocht und nicht dich.« Aber ich erinnerte mich auch daran, daß Branco heute nachmittag im Laden das Wort »Helfershelfer« gebraucht hatte.

Rafik sagte: »Die Polizei weiß, daß Max sie hat verlassen wegen eine andere. Deshalb sie denken, sie hat ihn dafür getötet.« Er schüttelte bestürzt den Kopf.

»Marshall Zander hat mir erzählt, daß du und Toni, als die Polizei kam, zusammen im Schlafzimmer wart.«

Rafik sah mich traurig an. »Wir nicht haben gewußt, was

tun wegen Max. Wir kommen dort, wir finden ihn so. Wir
haben gehabt Angst.«

Ich stand auf, um nach der Calzone in der Backröhre zu
sehen. Als ich aus dem Wohnzimmer ging, sagte ich: »Ich
hoffe jedenfalls, daß du in der Sache nicht mit drinhängst.«

Rafik kam mir in die Küche nach. »Wegen irgend etwas
du glaubst mir nicht, Stani.«

Ich kniete mich vor die offene Backröhre. »Aber nein«,
sagte ich.

»Was ist geschehen?«

»Ich sag' dir doch, gar nichts. Ich wollte auch überhaupt
nicht davon anfangen.«

»Hat jemand gesagt etwas?«

Ich schloß die Röhre wieder und stand auf, um ihm ins
Gesicht zu sehen. »Die Polizei.«

»Was haben sie gesagt?«

»Es ging um dich und Toni.«

»Was?« sagte er mit einem betörenden, knabenhaften
Lächeln und mit zu mir geöffneten, flehentlich erhobenen
Händen. Vielleicht hätte ich, wenn er Demut und Unschuld nicht derartig dick aufgetragen hätte, die Sache auf
sich beruhen lassen. So jedoch ließ Rafiks plötzliche Schauspielerei eine rote Fahne in mir hochgehen, und ich merkte
sofort, daß er mir etwas verheimlichte.

»Also gut dann, Liebster. Sag mir, was gestern abend
nach der Party weiter passiert ist.«

»Ich bin gegangen nach Hause, natürlich.«

»Bist du, natürlich. Warst du allein?«

Rafik schwieg. »Warum du fragst das?«

»Gib mir einfach nur eine Antwort, du Licht meiner
Seele. Hast du letzte Nacht allein geschlafen?«

»Ja, habe ich«, sagte er matt.

Ich nahm die Teller aus dem Schrank und achtete darauf,
daß ich dabei die Türe zuschlug. Dann knallte ich die Teller geräuschvoll auf die Tischplatte. Aber das beste war,
wie ich das Besteck herausholte. Wissen Sie überhaupt,
wieviel Lärm man machen kann, wenn man Messer und

Gabeln aus einem Besteckkasten holt? Falls ich jetzt der Auseinandersetzung, die ich hatte vermeiden wollen, ins Auge schauen mußte, dann sollte, so schien es, die ganze Küche vibrieren, so gewaltig war mein Ärger.

»Rafik, ich habe von der Polizei gehört, daß du und Toni die Nacht zusammen verbracht habt, daß du ihr Alibi bist.«

»So?« sagte er kühl. »Hast du noch nie die Nacht mit einer Frau verbracht?«

So ein schlauer Fuchs! »Nicht, wenn ich schon einen Liebhaber hatte. Und du hast doch gerade gesagt, daß du allein geschlafen hast.«

»Ich habe. Es ist nicht, was du denkst. Wir haben nicht geschlafen miteinander.«

»Rafik, ich kenn' doch dein Zimmer. Da gibt es ein Bett und einen Stuhl und einen Tisch.«

»Stani, glaube mir. Ich spreche nur mit ihr. Sie hat gebrochene Herz von Max. Du weißt, ich kann nicht ignorieren gebrochene Herz. Was wenn ich ignoriere dich? Wo wären wir jetzt?«

Vorsicht! Wachsam bleiben! Gib nicht acht auf das, was dieser anziehende Mann in deiner Küche sagt, um dich zu verwirren. Aber dann dachte ich an Clark Gable und Colette Colbert, und an das aufgehängte Bettuch, das in dem winzigen Hotelzimmer die Keuschheit aufrechterhalten hatte, und ich fragte mich, ob Rafik nicht am Ende doch die Wahrheit sprach.

Rafik fuhr fort: »Ich sehe von deine Augen, daß du möchtest mir glauben.«

»Sagen wir lieber, ich möchte dir lieber nicht glauben.«

Ich schaltete die Backröhre aus, und wir gingen wieder ins Wohnzimmer, um unsere Cocktails auszutrinken. Sugar Baby sprang Rafik auf den Schoß und stupste seine Hand an, um ein wenig Zuwendung zu bekommen. Die treue Ergebenheit meines eigenen Haustiers war umgeschwenkt. Ich beobachtete, wie sie ihn schamlos um Liebe anbettelte. Sie war von Rafik hingerissen. Vielleicht war das für mich ein extra Anschauungsunterricht.

Rafik sagte: »Vielleicht du solltest gehen mit andere Männer, damit du bist in Frieden mit mir.«

Mein Herz fing plötzlich an zu rasen, und in meinem Magen entstand ein Knoten.

»Ich will keine anderen Männer.«

»Vielleicht du lügst dich selber an.«

»Bei mir geht zwar einiges ziemlich durcheinander, Rafik, aber in dieser Hinsicht bin ich mir sicher. Ich will keine anderen Männer.« Aber kaum hatte ich das gesagt, erinnerte ich mich an das Herzklopfen, das ich heute vormittag gehabt hatte, als ich mit Lieutenant Branco in meinem kleinen Büro saß, und wie seine Berührung und sein Duft in mir eine ganz unerwartet starke Reaktion hervorriefen.

»Stani, ich werde reden ernst mit dir jetzt.«

Ich spürte, daß ich zu zittern anfing. »Nein, Rafik. Das ist nicht nötig.«

Aber er hob die Hand, um mich zum Schweigen zu bringen. »Es ist Zeit für Reden. Ich denke viel nach davon. Ich weiß, daß meine Arbeit macht oft ein Problem bei uns. So ich denke, du solltest vielleicht mich verlassen.«

»Nein!«

»Ich möchte nicht, aber du bist so unglücklich.«

»Ich bin nicht unglücklich. Ich bin halt nun einmal so.«

Es schockierte mich, Rafik über unsere Beziehung, über unsere Liebe reden zu hören, als sei das etwas, was man nach Belieben ein- und ausschalten könne. Was sollte ich jetzt also tun? Wollte er mich nicht mehr in seinem Leben? Solche Hindernisse im Reich der Liebe waren für mich offenbar zu kompliziert, zu gewollt. Aber schließlich bin ich auch nur Friseur. Rafik dagegen stand unter Mordverdacht, als wir uns kennenlernten.

»Rafik, das ist absurd. Ich möchte dich nicht verlieren.«

»Dann wir sollten zusammenziehen«, sagte er und grinste zufrieden.

»Ich hab dir doch schon öfter gesagt, ich kann nicht mit dir zusammenziehen, bevor nicht alle Gründe dagegen ausgeräumt sind.«

»Wir sollten sein zusammen.«

»Ich kenne dich noch nicht so gut.«

»Wie du kannst sagen so? Es ist mehr als ein Jahr.«

»Na gut. Sagen wir mal, wir ziehen zusammen, und dann kriegst du plötzlich ein unwiderstehliches Verlangen, mit jemandem zusammenzusein, während ich zu Hause auf dich warte. Oder noch schlimmer, was wäre, wenn du ihn in unser Bett mitgenommen hättest, und dann würden die Kissen nach ihm riechen. Deswegen kann ich nicht mit dir zusammenziehen.«

Nach dieser meiner Tirade war ein paar Minuten lang nur noch Sugar Babys lautes rhythmisches Schnurren auf Rafiks Schoß im Wohnzimmer zu hören. Sie reagierte immer auf starke Energieströme.

Rafik sagte leise: »Ich will mit niemand andere Sex haben.«

»Wie lange wird das dauern? Es muß ja irgendwann zu Ende gehen. Du wirst meiner müde werden und fremdgehen.«

»Was heißt das, ›fremdgehen‹?«

»Mit anderen Männern Sex haben.«

Er stieß heftig an die Kante des Kaffeetischs und ließ alles darauf wackeln. Der Lärm schreckte Sugar Baby auf, und sie sprang von seinem Schoß und schlingerte aus dem Wohnzimmer.

»Ich dir sage, Stani, ich werde niemals tun das!«

»Bei Danny hast du's doch auch getan.«

»Das war anders.«

»Es war dasselbe, was du jetzt auch willst – zwei Männer, die zusammenleben und behaupten, einander zu lieben.«

»Danny hat nicht geliebt mich. Ich war für ihn Dekoration, allen anderen zu zeigen.«

Faßte ich Rafik auch so auf? War meine Vergötterung nur eine Art von Dekoration? Ich wußte, daß das nicht stimmte.

»Rafik, ich möchte ja, daß wir zusammenziehen. Für mich ist das ein schöner Traum, den ich täglich träume. Ich könnte nur den Schmerz nicht ertragen, wenn es nicht klappen würde.« Ich spürte, daß sich meine Augen mit Tränen füllten, aber auf keinen Fall würde ich tatsächlich laut zu weinen anfangen, nicht, wenn Rafik da war.

»Es wird klappen, Stani. Ich werde immer dasein für dich.«

»Der letzte Mann, der mir das gesagt hat, verschwand zwei Tage nach unserem ersten Streit.«

»Dann er war ein schwaches Mann.«

»Er gab mir an allem die Schuld.«

»Ich werde niemals dir geben die Schuld an irgend etwas.«

»Er belog mich, lauter schöne Lügen, die ich glaubte.«

»Ich werde niemals lügen zu dir.«

»Das hat er auch gesagt.«

»Stani, du mußt mir glauben.«

»Das möchte ich ja, Rafik.«

»Wie kann ich dir beweisen?«

Ich zuckte mutlos die Schultern. »Ich weiß nicht. Was ich aber weiß, ist, daß ich dich in meinem Leben haben will, solange auch nur eine Zelle meines Körpers noch Bewußtsein hat. Aber ich muß glauben können, daß du das auch willst. Es ist einfach, zu sagen ›ich liebe dich, ich liebe dich, ich liebe dich‹, und es ist genauso einfach, den Namen von jemandem zu vergessen.«

»Ich werde machen, daß du glaubst mir.«

Die Küchenuhr schrillte. Ich sah Rafik an. Seine Augen blickten mir warm entgegen, und sein Gesicht lächelte ruhig. Warum kamen bei ihm die Gefühle immer so sicher, so ruhig, so männlich, während sie sich bei mir drohend auftürmten wie ein Vulkan und zu groß für mich schienen. Doch trotz all meines leidenschaftlichen Gelärmes kam ich mir minderwertiger vor.

»Jetzt essen wir erst mal«, sagte ich.

In meinem kleinen Eßzimmer aßen wir Calzone und Salat. Wir sprachen lange nicht, als fürchteten wir uns beide, noch etwas über den Mord an Max Harkey oder über Toni di Natale zu sagen. Aber schließlich, was sonst zerrüttete denn momentan unser Leben? Ja sicher nicht der Winterschlußverkauf bei Bloomindale's.

Rafik sprach als erster. »Toni hätte nicht gekonnt zu tun, was die Polizei sagt.«

»Warum nicht?«

»Sie ist eine große Künstlerin. Sie könnte nicht töten jemand.«

»Wenn ich mich recht erinnere, lebte Floria Tosca nur für die Kunst und für die Liebe, und trotzdem hat sie's ganz gut hingekriegt, den Scarpia niederzumetzeln.«

»Das ist nur Oper«, sagte er.

War es meine Aufgabe, Rafik zu sagen, daß das auch sein Leben war?

»Was kann man da jetzt machen?« sagte ich. »Toni hat einen sehr guten Anwalt.«

Rafik legte seine Hand auf meine und sah mich mit seinen süßen karamellbraunen Augen fest an. »Vielleicht du kannst für sie helfen?«

»Was?«

»Du weißt noch, wie du früher geholfen hast für mich?«

»Ich möchte mich nicht wieder einmischen.«

»Was würde sein, wenn du hättest nicht geholfen damals für mich? Ich wäre vielleicht in Gefängnis.«

»Rafik, ich kann für sie doch gar nichts tun.«

»Wenn du liebst mich, Stani, dann du hilfst für sie.«

Hübsches Ultimatum. Da fielen mir Nicoles Worte von heute morgen wieder ein: Steh zu deinem Mann. Na denn, was soll man da machen, wenn einem die zwei engsten Freunde, die man hat, sagen, wie man das in die Tat umsetzen soll? In meinem Kopf erhob sich ein Wirbelsturm, und meine große Frage war, warum Rafik so viel an dieser Frau lag. Brauchte ich vielleicht diese Art von Stimulation, um mich lebendig zu fühlen, um stark zu sein, um mein besseres Ich wieder die Oberhand gewinnen zu lassen? Ich dachte ja eigentlich, daß die treibenden Kräfte in meinem Leben Romantik und Sicherheit waren, aber offensichtlich spornte mich Blutdurst viel mehr an. Vielleicht war mehr Macho in mir, als ich dachte.

Sobald ich der Sache einmal ins Auge geblickt hatte, kam die Antwort schnell und leicht: ich würde helfen. Aber nicht, um Rafik einen Gefallen zu tun. So selbstlos war ich nun auch wieder nicht. Ich hatte ein anderes Motiv. Ich würde es um meines eigenen Seelenfriedens willen tun, denn wenn Toni frei von Schuld dastand und Rafik wählen konnte, würde ich ja endlich herausfinden, ob seine Liebe zu mir echt oder vergänglich war, und was er wirklich wollte – Mann oder Frau.

»Okay«, sagte ich. »Ich werd' sehen, was ich tun kann.«

»Oh, Stani, *merci, merci*!«

»Küss' mir jetzt nicht die Hände, sondern sag mir bitte mal eines.«

»Alles. Was du willst hören.«

»Willst du mich verlieren?«

Sogar bei dem Kerzenlicht sah ich, wie er blaß wurde.

»Es wird nicht geschehen! Ich werde beschützen dich.«

»Rafik, ich weiß deine Ritterlichkeit sehr zu schätzen, aber ich spreche jetzt gar nicht von einer körperlichen Gefahr.« Doch als ich das sagte, erkannte ich mit einem kleinen Schauder, daß diese ganze lächerliche Mission tatsächlich in jedem Augenblick für mich tödlich ausgehen konnte. Schließlich lief der Mörder noch frei herum.

»Ich meinte«, sagte ich und schluckte trocken, »wenn Toni freikommt, wird deine Beziehung zu ihr sich vielleicht dazu entwickeln, daß sie mich ausschließt.«

Rafik sah verwirrt aus. »Ich verstehe nicht.«

»Kann sein, daß du mich verläßt, Rafik.«

Das nächste Wort sprach er aus wie einen heiligen Eid.

»Niemals.«

Mir begann das Herz heftig zu klopfen, es klang mir in den Ohren, in Hals und Kopf spürte ich Druck, und zudem sah ich Punkte in dem warmen Licht.

»Bis zu Tod«, fügte er hinzu.

Vielleicht hatte Rafik nur meinen Glauben an ihn festigen wollen, aber irgendwie war es ihm statt dessen gelungen, mir ganz unerwartet einen tödlichen Schrecken einzujagen, wie er da vor mir saß, die scharfen Kanten seines Gesichts von dem flackernden Licht beleuchtet, und so feierlich sprach.

»Möchtest du Nachtisch?« fragte ich. Essen, Essen, Essen. In einem schlimmen Moment mußte immer Essen als Retter kommen. Fast wie bei den Engländern mit ihrem ewigen Tee.

Rafik schüttelte den Kopf. »Gehen wir in Bett.«

Als wir ins Schlafzimmer kamen, hatte sich Sugar Baby schon zwischen den Kissen am Kopfende des Betts niedergelassen. Rafik stieß mich auf die weichgepolsterte Decke.

»Jetzt ich werde dir zeigen, wie sehr ich liebe dich«, sagte er.

»Ziehen wir uns aus.«

»Nein«, sagte er. »Du wirst liegen still, und ich werde dich lieben.«

»Aber-?«

»Schschsch …«

Und so fing er also an.

Er knöpfte mir das Hemd auf und schob sein Gesicht hinein, leckte mir über die Haut, suchte sich einen Weg in eine Achselhöhle, zog mit den Lippen an den Haaren dort. (Deshalb *muß* man einfach eine Alternative zu den giftigen Deodorants finden.) Währenddessen waren seine cleveren Hände schon damit beschäftigt, andere Knöpfe und Schnallen aufzumachen. Ich hatte das Hemd immer noch an, während er sich wieder auf meine Brust zurück wühlte, zwischendurch an einer Brustwarze knabberte und dann weiter nach unten glitt, wo die lustvollen Regionen liegen.

Mit seiner stahlharten Nase stieß Rafik in meine Unterhosen vor und stöberte dort eine Weile herum. Als er wieder hervorkam, fühlte ich, wie er Unterhose und Hose mit den Zähnen packte. Dann schüttelte er den Kopf wie ein Tier und zog und zerrte mit dem Kiefer, bis er mir beides vom Leib gezogen hatte, ohne auch nur einmal die Hände zu Hilfe zu nehmen. Oh, wie angenehm war die kühle Luft auf der Haut!

Der zweite Teil begann bei meinen Füßen, wo er mit Zunge und Lippen alle zehn Zehen liebkoste und dann kundig mit spitzer Zunge Linien über alle Oberflächen meiner Füße zog, vor allem über die Sohlen. (Zum Glück hatte ich vorher geduscht.) Dann stieg Rafik höher herauf und blieb zu einem ausgiebigen Knabbern an meinen Waden hängen, gleichzeitig drehte er seinen Körper so, daß seine Erektion weiter an meinen Füßen herumspielen konnte und sich sogar zwischen meine Zehen schob und einen kleinen Extrafick stieß. Wie kann ein Penis nur so geschickt sein?

Endlich fanden Rafiks Lippen ihren Weg zu meinen Schenkeln, wo er eine Weile blieb. Lippen und Zunge und Zähne unterhielten sich frei mit dem zarten Fleisch auf der Innenseite meiner Schenkel, während sein harter Schwanz noch immer mit meinen Zehen spielte. Er leckte und kaute und drückte nur wenige Millimeter von der eigentlichen Goldader entfernt, blies seinen heißen Atem darüber, spielte außen herum, kam aber kein einziges Mal wirklich mit der Außenstation meiner Sexualität in Kontakt. Diese Qual ließ meine Rute in wilder Vorwegnahme pulsieren und tröpfeln, begierig auf seine Lippen und seine Zunge, begierig auf das, wozu es anscheinend überhaupt nicht mehr kommen wollte.

Ich fragte mich: Treibt es ein Helfershelfer auf diese Art und Weise? Dann fragte ich mich: Warum fällt es mir so leicht, ihn für schuldig zu halten und nicht für unschuldig? Aber schließlich überließ ich mich nur noch der puren Einfachheit dessen, was er tat, was er ausdrückte, wie er da arglos einen tiefen verlorenen Teil von mir mit einem kühnen und präsenten Teil von sich ansprach – einer Hand, einer Lippe, einer Schulter, einem Schenkel, egal was. Es wurde ihm zurückgegeben mit elektrischen Entladungen, mit kleinen Funken, die größer wurden und so hell wie kleine Blitze und meine Muskeln schnell zittern und dann beben und schließlich wild und unkontrolliert schütteln ließen. Und als Rafik meinen Körper erst mal in diesen Zustand kleiner Elektroschocks gebracht hatte, spielte er damit, improvisierte, suchte sich einen Weg durch die Wellen und Strudel der Lust und zwang meine Lungen zu ganzen Kaskaden von Seufzern und zitterndem Stöhnen vor lauter Staunen und Lust. Ich hörte mich sagen: »Du liebst mich doch. Du liebst mich doch.« Und unmittelbar bevor ich von der Erde entschwebte, bemerkte ich noch, daß dieser Satz geklaut war.

So ungefähr neun Tage später, als das Drama seinen Lauf genommen und ich das Bewußtsein wiedererlangt hatte, rieb Rafik mir den Bauch sanft mit einem Handtuch ab. Rein physisch hatte ich mich völlig verausgabt, und doch empfand ich etwas Seltsames, ein unbestimmtes Gefühl der Fülle, als sei ich jetzt vollständiger als vor dem Sex. Vielleicht war das das Nachglühen. Doch dann bemerkte ich, daß ich trotz Rafiks olympiadereifen Handhabungen gar nicht gekommen war. Und obwohl er meinen Bauch mit seinem Erguß überströmt hatte, hatte ich meinen für gewöhnlich reichlichen Orgasmus verinnerlicht und einbehalten. Also, so wunderbar unser Sex auch gewesen sein mochte, so kommt man als Mann ja normalerweise nicht, und einen Moment beunruhigte mich das auch. Raubte mir Rafik jetzt auch noch die genitale Lust? Und was kam dann? Vielleicht keine Erektion mehr? Oder hatte er mich endlich weit über die mageren Gefühle, die so ein baumelndes Anhängsel bereiten kann, hinausgeführt in die höheren Ekstasen der Seele?

»Ich habe ja gar nichts für dich getan«, sagte ich.

»Du hast mich tun lassen das für dich«, antwortete Rafik, als sei es für ihn Lust genug, meinen Körper zu verzaubern. »Und du machst schon Liebe mit mir, wie du hast gesagt, du wirst helfen Toni.«

In der Wärme seiner Gegenwart und dem tiefen Schnurren Sugar Babys, die zu unseren Köpfen lag, fragte ich mich, war das nun Liebe?

Später in der Nacht wachte ich ruhig auf. Im Mondlicht sah ich, wie Rafik und Sugar Baby zusammen atmeten, immer zwei Atemzüge von ihr auf einen von ihm. Es war mir unbegreiflich, wie Rafik es schaffte, die gelegentlichen Schrecknisse des Lebens in schöpferische Kräfte umzuschaffen. Wie konnte ein Mensch nach so einem Tag, wie er ihn gehabt hatte, nur solche Dinge im Bett vollbringen? Bei unserem Liebesspiel war er inspiriert und nicht erschöpft gewesen. Es lag etwas beunruhigend Göttliches in der Art und Weise, wie er den Schutt der Welt, mit dem er täglich zu tun hatte, verwandeln konnte. Vielleicht war es letztendlich das, was den Künstler vom normalen Sterblichen trennte: der gewöhnliche Mensch widersteht den alltäglichen Umständen oder ignoriert sie oder flieht vor ihnen, während der Künstler sie packt, egal, wie sie gerade sein mögen, und etwas daraus zu machen sucht.

Ich beschloß, mir meinen künstlerischen Liebhaber zum Vorbild zu nehmen. Auch ich würde die Umstände, nämlich die von Max Harkeys Tod, als eine Gelegenheit nehmen, mich selber mit Haut und Haaren einzubringen, bis ich den Mörder gefunden hatte. Das wäre dann speziell meine künstlerische Schöpfung. Und mit dieser Entscheidung fand ich für den Augenblick inneren Frieden.

7. Für den, den ich liebe

Am nächsten Morgen sollte Rafik im Ballettstudio die Profiklasse unterrichten, deshalb standen wir beide früh auf. Während er duschte und die Wohnung mit dem dampfenden Duft von wildem Farn erfüllte, machte ich für uns das Frühstück, und zwar zu den Klängen eines alten Fanny-Brice-Songs, der genau das Bild häuslichen Glücks beschrieb, das wir im Augenblick abgaben. Der ganze Unterschied war nur, daß ich für Rafik kein »warmes Essen« zubereitete, sondern französischen Toast. Während ich mich in der kleinen Küche bewegte, mitsang und die Hüften und Schultern im raschen Takt der Musik schwang, beobachtete mich Sugar Baby müde von einem der hohen Stühle aus.

Ich hatte gerade alles auf der Tischplatte, als Rafik eintrat, noch ganz gerötet und feucht und sauber rasiert, mit einem weißen Baumwollhemd, das ihm über die Khakihosen hing, und dicken weißen Socken an den Füßen. (Rafik setzte sich nie mit nacktem Oberkörper zu Tisch.) Mit seiner adlerschnabelscharfen Nase sog er prüfend die Luft in der Küche ein, die ich schon mit den angenehmen Morgendüften von Kaffee und knusprigem Toastbrot hatte erfüllen können.

»Köstlich«, sagte er nach einem tiefen Atemzug.

Aber für meine Nase war der Duft noch viel anziehender, den Rafik in die Küche gebracht hatte mit seiner saubergeschrubbten Haut und dem feuchten Haar, das nach wilden Waldpflanzen roch. Ich streckte ihm die Arme entgegen, und wir umhalsten uns wie zwei Jungfrauen, die gerade die erste Nacht miteinander verbracht haben.

Sugar Baby sah uns so umschlungen dastehen. Sie drehte ihr Katzengesicht erst so, dann so und sagte dann: »Gwau?« Obwohl mein Mädchen einen etwas beschränkten Wortschatz besitzt, kann sie sich doch immer verständlich machen, so wie jetzt: Wann fütterst du mich?

Beim Frühstück sagte ich zu Rafik, ich müsse mit verschiedenen Leuten vom Boston City Ballet reden, vor allem mit denen, die vorgestern abend bei Max Harkeys Essen dabeigewesen seien, falls ich irgendwelche Fortschritte bei meiner Aufgabe machen wollte, Toni di Natale aus dem Gefängnis zu holen. Rafik willigte ein, mir zu helfen, so gut er konnte. Aber dann fügte er doch hinzu: »Du wirst sein diskret, natürlich.«

Das versprach ich ihm … zu versuchen allerdings nur. Wir beendeten das Frühstück, und Rafik ging los zum BCB. Und ich, wie immer die verantwortungsvolle Ehefrau, wusch das Geschirr, dann machte ich mich fertig, um

dem Tag entgegenzutreten – nachdem ich meine Lieblingskatze gefüttert hatte.

Als ich im Snips ankam, nahm ich Nicole mit ins Büro
und brachte sie auf den neuesten Stand der Ereignisse. Wie
immer reagierte sie kühl.

»Ich bin dagegen.«

Ich zuckte die Schultern. »Aber ich muß es tun, Herzchen.«

»Wie kommst du nur auf die Idee, daß du, wenn du dich
in einen Mordfall einmischst, deine romantischen Probleme lösen kannst – noch dazu, nachdem du sie dir selber
geschaffen hast, wie ich hinzufügen möchte?«

»Es ist das Einzige, womit ich mich Rafiks Liebe versichern kann.«

Sie schüttelte verächtlich den Kopf.

Ich fuhr fort: »Gestern nacht haben wir zusammen geschlafen, Nikki.«

»Und?«

»Es war seltsam, fast beängstigend.«

Nicole sagte: »Vielleicht solltest du das mal so einem
Briefonkel bei der Zeitung schreiben. Macht ja sonst auch
jeder.«

»Nein, Nikki. Diesmal war es ganz anders. Ich habe
mehr gefühlt als je zuvor.«

»Scheiße! Was denn?«

»Kann ich nicht erklären. Eine Art Verlagerung.«

»Stanley, wovon redest du denn da? Verlagerung, wohin?«

»Überallhin. Nirgends.«

Sie schüttelte bedauernd den Kopf. »Mein Lieber, du
solltest einfach froh sein, daß dein Liebhaber dich immer
noch so in Fahrt bringen kann, anstatt zu analysieren, was
da geschehen ist.«

»Herzchen, ich sag’ dir doch, das war diesmal ganz was
anderes. Ich bin nicht mal gekommen, jedenfalls nicht so
wie sonst. Es war, als würde alles nur in mir passieren und
nicht wirklich körperlich.«

»Soll das heißen, daß du jetzt verstehst, wie eine Frau empfindet?«

»Nein, da ja die Frauen inzwischen das Ejakulieren gelernt haben. Was ich mich frage, ist nur, ob Rafik und ich jetzt endlich unsere Körper transzendiert haben, um eine höhere Art von Sex zu erleben, eine, die nur noch in der Seele stattfindet. Haben wir am Ende die Grenzen der körperlichen Liebe überwunden?«

Nicole nahm ein paar Schluck von ihrem sahnegekrönten Kaffee.

»Schätzchen, nimm's mir nicht übel, aber ich weiß wirklich nicht, wovon du sprichst. Wenn du nicht weißt, was du Rafik gegenüber für Gefühle hast, solltest du vielleicht lieber mal in dir selber nachforschen, anstatt diesen Test zwischen ihm und dieser Frau zu veranstalten. Du setzt ja deine ganze Zukunft darauf, ob er dieses kleine Quiz, das du dir da ganz eigenmächtig ausgedacht hast, besteht oder nicht.«

»Das stimmt nicht, Nikki. Ich muß einfach wissen, ob Rafik mich für die Liebe will – so wie ich bin – und zwar bedingungslos. Oder ob ich für ihn nur ein Spielzeug bin. Ich weiß, perfekt bin ich nicht. Meistens bin ich nicht einmal intelligent. Aber ich hab das Gefühl, daß sich mir hier eine winzige Gelegenheit bietet, doch mal ein Stückchen Wahrheit über mein Leben zu erfahren.«

»Mir scheint es ein Kartenhaus zu sein.«

»Vielleicht«, sagte ich mit einem traurigen kleinen Seufzer. »Aber nur zu deiner Information, ich verspreche, daß ich es immerhin für Rafik baue.«

Ohne auf meinen blöden Witz zu achten, sagte Nicole: »Und nur zu deiner Information, ich denke, daß du ins Verderben rennst.«

»Sei's drum.«

»Und wie steht's mit deiner Arbeit hier im Salon?«

»Die Büroarbeit mach' ich eh schon großenteils nach meiner Arbeitszeit.«

»Dann hast du ja tatsächlich schon alles berechnet.«

»Wohl kaum«, sagte ich.

Nicole trank ihren Kaffee aus, stand auf und ging zur Tür. Sie drehte sich noch einmal zu mir um und sagte: »Wahrscheinlich soll ich dir jetzt als deine Freundin bei deiner Gralssuche auch noch Hilfe anbieten.«

»Danke, Herzchen.«

Sie schüttelte zweifelnd den Kopf. »Also dann, viel Glück«, sagte sie und schloß die Türe.

Ich erledigte die dringendsten Arbeiten, die auf meinem Schreibtisch lagen, und verließ ein paar Stunden später den Salon. Als ich zu den Studios des Boston City Ballet kam, sah ich, daß die Polizei hier gerade mit ihrer Arbeit fertig war und das Gebäude verließ. Ich trat durch den Haupteingang, wo mich Lieutenant Branco sah und zu sich hinüberwinkte.

»Sie sehen heute aber fidel aus«, sagte er. »Dann muß also bei Ihnen zu Hause wieder alles in Ordnung sein.« Darauf hob er eine Augenbraue, wie um seine einfache Bemerkung mit einem Fragezeichen zu versehen.

»Ja, alles bestens, Lieutenant«, erwiderte ich mit einer kleinen Schärfe in der Stimme, um Brancos allwissender Attitüde und seinem polypenmäßigen Scharfblick in Hinsicht auf mein Privatleben zu kontern.

Er sprach: »Ich würde mich gerne mal ein bißchen mit Ihnen auf dem Revier unterhalten, wenn Sie Gelegenheit haben.«

Eine so zwanglose Einladung von einem Mann der Polizei zu einem Verhör ist ja nicht gerade das Übliche, deshalb fragte ich mich sofort, was er wohl mit mir vorhabe.

»Im Moment hätte ich gerade ein bißchen Zeit«, sagte ich.

Branco entgegnete: »Aber ich nicht. Eilt nicht so sehr, aber kommen Sie trotzdem bald mal.«

Ich lief die breite Treppe zur großen Eingangshalle hinauf, wobei ich mit meinen starken slawischen Beinen immer zwei Stufen auf einmal nahm. Droben sah ich Tänzer und Arbeiter in kleinen Gruppen in der weiten Halle mit der Lichtkuppel herumstehen. Trotz des allgemeinen Gewirrs von Stimmen hörte ich eine mit ihrem unverkennbar schrillen Staccato alle anderen übertönen. Und dann sah ich auch Madame Rubinskaya nervös mit einem jungen Mann reden, der schweißdurchtränkte Übungskleidung trug, auf dem Boden saß, Kaffee trank und ein hartes Ei aß – also offenbar ein Tänzer.

»*Bozhe*!« murmelte die alte Frau, zu ihm gewandt. »Sie fragen zu viel Fragen. Zu viel. Zu viel.«

Madame Rubinskayas ewiges Genörgel mußte den jungen Mann schon ganz schön ermüdet haben, denn er sah mir mit hoffnungsvollen Augen entgegen, als könne ich ihn vielleicht davor retten, die alte Dame weiter bei Laune halten zu müssen. Auch Madame hatte meine Ankunft gespürt, sei es, weil der junge Mann zu mir schaute, sei es, weil sie die physische Energie meines Herannahens fühlte, jedenfalls drehte sie sich um und blickte mich mit ihren wässrigen blaßblauen Augen an.

»Endlich Sie kommen«, sagte sie mit großer Erleichterung. »Rafik sagt, Sie wollen helfen uns, *Gott sei Dank*.«

»Hoffentlich kann ich das auch«, sagte ich.

»Sie müssen«, sagte sie, wobei sie ihre Stimme zu einem hühnerhaften Gackern erhob. »Polizei hat viele Fragen aber kein einzige Antwort. Ich will wissen, wer hat das angetan Maxi. Wer kann sein eine solche Monster?« Madame warf den Kopf zurück und hob bei geschlossenen Augen und geöffnetem Mund das Handgelenk zur Stirn in einem pantomimischen Klischee aus dem Melodrama des 19. Jahrhunderts. Sie jammerte in einem leise abfallenden Glissando, das in einem kleinen Keuchen endete. Ich weiß nicht, was sie mit diesen Gesten bewirken wollte, aber in mir riefen sie keinerlei Sympathie und nicht einmal ein unterdrücktes Lächeln hervor. Statt dessen weckten sie einen unbestimmten Verdacht, und ich fragte mich, was sie wohl verbergen mochte. Ich erinnerte mich an den Abend der Party, als sie und Max Harkey ganz offen eine Meinungsverschiedenheit über den Programmwechsel gehabt hatten, den er in Bezug auf ihre junge Nichte vorgeschlagen hatte. Madame hatte nach diesem Vorfall abrupt das Fest verlassen. Sie hatte behauptet, müde zu sein, aber sie war ganz offensichtlich eher wütend als erschöpft. Konnte diese kleine Meinungsverschiedenheit vor so vielen Zeugen die alte Dame dazu gebracht haben, Max Harkey umzubringen? Sehr unwahrscheinlich. Dazu war das doch nicht wichtig genug. Da durchbrach wieder ihre Stimme meine abschweifenden Gedanken.

»So«, sagte sie. Ich sah, daß sie ihre Fassung wiedergewonnen hatte, vielleicht, weil ihre antiquierte Schauspielerei so wenig Anklang bei mir gefunden hatte. »Rafik probt gerade.« Sie zeigte auf einen breiten, mit Teppichboden belegten Korridor vor der großen Eingangshalle. »Sie werden ihn finden dort.« Ich wollte ihr gerade erklären, daß ich gar nicht zu Rafik wollte, aber sie hatte sich schon abgewandt und ging in die entgegengesetzte Richtung davon. Ich stand dumm da und überlegte mir, wie ich sie wieder zurückholen könnte, aber mir fiel nichts ein. An Miss Marple war offenbar eine Lobotomie vorgenommen worden.

Obwohl ich also ursprünglich nicht vorgehabt hatte, Rafik aufzusuchen, ging ich jetzt in die Richtung, die Madame Rubinskaya mir angezeigt hatte. Vielleicht würde mich der Anblick meines Geliebten zu erfolgreicheren Nachforschungsmethoden inspirieren, damit ich doch noch Perry Mason, meinem eigentlichen Helden, nacheifern konnte. Nebenbei würde ich, wenn ich mich denn so weit erniedrigen wollte, vielleicht sogar einen Blick auf die neue Choreographie werfen können, mit der Rafik so heimlich tat. Und tatsächlich, einer der Vorhänge, die normalerweise die hohen Fenster vor dem Probenraum verdeckten, war nicht ganz geschlossen. Ein ungefähr zwanzig Zentimeter breiter Spalt stand offen und erlaubte mir, unbemerkt hineinzuschauen.

Rafik zeigte gerade Scott Molloy und Alissa Kortland ein paar komplizierte Bewegungen. Die beiden Tänzer trugen Catsuits und Trikots, Rafik dagegen noch immer sein

Hemd und die Khakihosen. Ich beobachtete, wie er die Luft mit seinen starken Armen und Beinen und seinem Rumpf formte, sie mit derselben Liebe und Überzeugung modellierte wie ein meisterhafter Bildhauer. Jede Bewegung und jede Geste, die er machte, schien über die Grenzen seines Körpers hinauszuschießen und bis in die Unendlichkeit zu reichen. Er bewegte sich so, wie es ihm seine Traumwelt eingab; wenn er auf die Grenzen traf, die die reale Welt ihm setzte, fror er seine Bewegung jedesmal ein und erklärte den beiden Tänzern seine Absicht. Sie nickten zustimmend und ahmten Rafiks Bewegungen im Kleinen nach. Danach kehrte Rafik in seine ätherische Welt zurück und machte sich wieder daran, den Raum um sich herum neu zu definieren. In der Kunst schöpferisch tätig zu sein, das war offenbar ein ständiges Pendeln zwischen göttlicher Kraft und der irdischen Antwort darauf.

Das Irdische allerdings hatte seine Tücken – zum Beispiel in Scott Molloys Körper. Da er erst Anfang zwanzig war, befand sich sein gesamtes Bindegewebssystem – Muskeln, Sehnen, Bänder – am Punkt der allerhöchsten Elastizität, die ein Erwachsener nur haben konnte. Gleichgültig, wie hoch er sprang oder wie oft er sich in einer Pirouette drehte, wenn er seine Bewegung beendet hatte und auf den Boden zurückkam, gab es bei ihm kein Nachvibrieren und keinen Laut außer dem seiner Gymnastikschuhe aus Ziegenleder, die sich mit seinen biegsamen Füßen wieder dem Boden anschmiegten. Neben dem jüngeren Mann fiel Rafiks körperliche Reife besonders auf. Seine Muskeln hatten sich auf die Proportionen eines Mannes eingespielt, während bei Scott Molloy noch kein völliges Gleichgewicht herrschte zwischen den extrem ausgebildeten Schenkeln, Waden und Hinterbacken und dem schlanken, knabenhaften Rumpf. Das verlieh ihm eine seltsame Verletzlichkeit, so als sei er noch nicht ganz erwachsen, solle jetzt aber Erwachsenes mit seinem Körper tun. Und wenn Rafik Scott Molloy sagte, was er zu tun habe, gehorchte er, ohne mit der Wimper zu zucken.

Alissa Kortlands Gesicht war schön, aber ausdruckslos, wie aus Marmor gehauen. Das wirkte gleichzeitig anziehend und beunruhigend. Ihr Körper war weder mädchenhaft noch fraulich; aufgrund irgendwelcher genetischer Abirrungen sah sie aus wie ein exotischer geschlechtsloser Humanoid, der dazu ausgebildet worden war, Ballett aufzuführen. Solange sie ruhig dastand und Rafik zusah, wirkte sie unbeholfen und fast grotesk. Aber sobald Alissa Kortland ihren Körper in Bewegung oder in Pose setzte, wurde aus ihr eine lebende Skulptur, atemberaubend und faszinierend, mit Linien, wie sie kein gewöhnlicher Sterblicher je erträumen konnte. Sie war eine Tänzerinnen-Maschine, deren virtuoser Maschinist Rafik war.

Rafik hier mit diesen beiden seltenen Exemplaren des *Homo sapiens* Kunst schaffen zu sehen, das brachte mich dazu, über meine eigene Arbeit im Salon nachzudenken. Obwohl die natürlich eine andere Art von Schönheit verfolgte, wirkte sie doch sehr banal, verglichen mit Rafiks Versuchen, die reinste Ausdrucksform zu schaffen. Diesen gewaltigen Unterschied in unserer Arbeit habe ich zu akzeptieren versucht, was ich aber nicht verstehen kann, ist, warum jeder schöpferische Akt einen so hohen Preis von dem Menschen verlangt, der ihn ausführt. Meine Arbeit ist auch kreativ, aber bei mir bedeutet ein größeres Projekt, daß ich ein paar Stunden lang konzentriert arbeite, und dann ist es vorbei. Ich bin zufrieden, der Kunde ist zufrieden, der Nächste bitte. Für Rafik dagegen kann es Monate dauern, eine Choreographie zu schaffen – oft viele lange, teilweise deprimierende Monate – und doch ist das fertige Werk dann eine Abfolge von Stellungen und Bewegungen, die, so großartig ausdrucksstark oder entzückend leichtherzig sie auch sein mögen, auf der Bühne vielleicht gerade zehn oder zwölf Minuten dauern. Und die gefühlsmäßige Distanz, die während dieser dunklen Monate des schöpferischen Tuns auftritt, beeinträchtigt mich oft schwer, vor allem, da Rafik als Kunstschaffender ein solcher Gegensatz zu dem anderen Rafik ist – dem großzügigen, schelmischen

Liebhaber, dem Mann, der einmal am Vierten Juli als echter Patriot die Nationalhymne summte, während er meine Hoden im Mund rollte.

Mit dieser glücklichen Erinnerung kehrte ich dem Übungsraum den Rücken und ging in die große Eingangshalle zurück. Da ich dazu einen anderen Gang benutzte, machte ich auf dem Weg eine unerwartete Entdeckung: Zu den neuen Studios gehörte jetzt auch ein perfekt ausgestatteter Fitness-Raum mit Sprossenleitern, Ski-Simulatoren und Standfahrrädern; Hanteln, Gewichten und Nautilus-Maschinen sowie der zugehörigen Spiegelwand. Ich überlegte mir, ob die Visionen, die Künstler wie Rafik in sich trugen, am Ende etwa von einer Fitnessclub-Mentalität besiegt würden? Würden sich die Ideale des Balletts in punkto Form und Bewegung zu etwas entwickeln, das nur noch die athletische Leistung eines Bodybuilders, eines hochgetrimmten Exhibitionisten war, die dann als Kunst verkauft wurde? Daß der Fitness-Raum leer war, bot ein wenig Hoffnung, daß die Kunst doch noch jenseits der Sportclubs existierte.

Auf dem Weg nach draußen durchquerte ich gerade die Haupteingangshalle, bereits etwas mutlos, da ich so gar nicht vorangekommen war, als ich plötzlich jemanden rufen hörte: »Hallo!«

Es war Marshall Zander.

»Na, wie geht's Ihnen denn heute?« sagte er.

»Wie's einem halt nach dem gestrigen Tag so geht.«

Er nickte, als verstehe er mich vollkommen. »Kaum zu glauben, daß das alles wirklich passiert ist.« Er sah entspannt und erholt aus, und ich machte eine Bemerkung darüber. Er lächelte strahlend und entgegnete: »Alles unecht. Ich nehme Medikamente. Anders kann ich mit dieser Katastrophe überhaupt nicht fertig werden. Wenn die Zeit dafür gekommen ist, werde ich mich mit meinem Schmerz auseinandersetzen.«

»Manchmal ist es am besten, sich den Gefühlen dann zu überlassen, wenn sie da sind.«

»Das würde ich wahrscheinlich nicht überleben«, sagte er mit heiterem Lachen.

Ich weiß ja nicht, was ihm sein Doktor da verschrieben hatte, aber es wirkte jedenfalls. Im Gegensatz zu der weinerlichen Hysterie und den anklagenden Ausbrüchen von gestern früh schien Marshall Zander heute so pflegeleicht wie ein Urlauber, der gerade von einer paradiesischen Insel zurückkommt. Entweder es lag an den Medikamenten, oder aber der Mann hatte gar keine Gefühle, denen er sich stellen oder ergeben oder widersetzen hätte müssen.

Er fragte mich: »Sind Sie hier, um Rafik zu besuchen?«

»Nein«, sagte ich. »Ich bin da, um etwas mehr über Max' Tod herauszufinden.«

Sekundenlang kniff er die Augen zusammen, dann blinzelte er mehrmals, wie um ein Stäubchen Besorgnis zu vertreiben, das nicht einmal seine Drogen abblocken konnten.

»Dann arbeiten Sie also für die Polizei?« sagte er mit einem kleinen vagen Lachen.

»Nicht für, aber auch nicht gegen«, sagte ich. »Ergänzend.«

»Aha«, sagte er und nickte anerkennend. »Na dann viel Glück. Leider kann ich mich nicht länger mit Ihnen unterhalten – muß zu einer Direktorenkonferenz – so etwas wie eine Sondersitzung. Vielleicht sieht man sich wieder mal.«

»Ganz bestimmt«, sagte ich.

Marshall Zander wollte mich gerade verlassen, fügte dann aber noch hinzu: »Übrigens, das mit gestern …«

»Ja?«

»Ich fürchte, ich habe mich Ihnen gegenüber schlecht benommen und Sachen gesagt, die ich gar nicht so gemeint habe.«

»In solchen Extremsituationen passiert das eben manchmal.«

»Trotzdem, ich wollte Rafik nicht hineinziehen. Er ist Ihnen sehr ergeben.«

»Ich hoffe es.«

»Ich glaube eigentlich auch gar nicht, daß er etwas mit Antonia hat. Sie wissen doch, wen ich meine?«

Ich nickte.

Er sagte: »Das war vermutlich nichts als Panik und Konfusion.«

Ich nickte wieder.

»Ich will damit sagen, ich habe die beiden nicht wirklich miteinander beobachtet, obwohl sie schuldbewußt aussahen, als ich kam. Andererseits aber habe ich mir das alles vielleicht auch nur eingebildet.«

»Max Harkeys Leiche allerdings nicht«, sagte ich, in der Hoffnung, Marshall Zanders tablettengesättigte geistige Leere zu durchbrechen. Ich wollte ihn herausfordern, sich dem Tod seines Freundes zu stellen, anstatt davor wegzulaufen. Gibt es nicht im Leben Momente, wo man den Schmerz annehmen muß und ihn nicht einfach ignorieren darf? Dennoch erfindet man phantastische Mittel für die Psyche, um sich vor solchen Schrecknissen zu schützen, wie dem, daß man einen Menschen, den man zu lieben vorgibt, entblößt und verblutet auffindet.

Marshall Zander schauderte. Dann sah ich auf seinem Gesicht einen Schmerz, den nicht einmal seine Holzhammer-Narkotika unterdrücken konnten. Wahrscheinlich hatte ich es geschafft, ihn seine Gefühle spüren zu lassen, ob das nun gut für einen von uns war oder nicht.

In diesem Moment trat Scott Molloy in die Eingangshalle. Er trug hauteng Jeans und ein riesiges Baumwollhemd, das vorn offen stand und das Oberteil seines Catsuits zeigte, der von den Anstrengungen während der Probe mit Rafik noch feucht war. Der enganliegende Baumwolldrillich, der seine Beine und Hinterbacken umschloß, und das lose Baumwollhemd um seinen Körper half, seine knabenhafte Statur in die richtige Proportion zu bringen. Jetzt sah er wie ein junger Mann aus, und zwar wie ein sehr begehrenswerter junger Mann. Als Marshall Zander Scott sah, fing er sich rasch wieder.

»Da kommt jemand, bei dem wäre ich an Ihrer Stelle

vorsichtig«, sagte er mit einem mißtrauischen Blick auf
Scott.

»Er ist doch ein recht ordentlicher Tänzer«, sagte ich,
denn ich hoffte, mein vorgetäuschter Mangel an Interesse
würde ihn dazu ermutigen, sich über diese seine Bemerkung noch etwas auszulassen. Und es klappte auch.

»Scott würde niemals zugeben, daß er in Max verliebt
war«, sagte er. »Dabei war es für Max und mich so offensichtlich, daß wir uns oft darüber amüsiert haben – beide
aus ganz verschiedenen Gründen natürlich.«

»Wie meinen Sie das?« sagte ich auf gut Glück.

Marshall Zander lächelte ein melancholisches, kleines
Lächeln. »Max war heterosexuell. Ich bin's nicht. Und
Scott steckt ganz tief in prekären moralistischen Zweifeln.
Es ist schlimm, wenn das jemandem passiert. Das ganze
Umfeld wird auch mit in die Schwierigkeiten hineingezo-
gen.«

Ich fühlte, daß ich vor Verlegenheit errötete. Die Worte
Marshall Zanders erinnerten mich an meine eigenen
schrecklichen Unsicherheiten, und seine einfache klare
Einsicht erweckte in mir den Gedanken, daß vielleicht
doch mehr an ihm dran war als nur seine unkoordinierte
Trottelhaftigkeit.

»Ich muß ja zu dieser Konferenz«, sagte er plötzlich.
Und weg war er.

Und wieder stand ich da wie angewurzelt und sah zu,
wie Marshall Zander in die eine Richtung davonging und
Scott Molloy in die andere. Ich ergriff die Gelegenheit und
folgte dem engbekleideten Hintern des jungen Tänzers
hinaus in die Sonne des frühen Nachmittags.

8. Ein Tänzchen für Pappi

Ich holte Scott Molloy ein und ging neben ihm her.

»Kann ich Sie zu einem Kaffee einladen?« fragte ich.

»Ich trinke keinen Kaffee«, sagte er mit finsterem Ausdruck, der auf seinem milchweißen jungen Gesicht ganz seltsam aussah.

Ich merkte, daß er seinen Schritt beschleunigte.

»Dann eben Tee«, bot ich an. »Milch, Punsch, Whiskey, egal was.«

Er blieb abrupt stehen und sah mich an.

»Was wollen Sie denn von mir?« sagte er.

Ich vertiefte mich in den Anblick seines festen, muskulösen Körpers, dessen Wirkung durch die engen Jeans und das lose Hemd noch gesteigert wurde. Schon wieder mußte ich einfach feststellen, wie sehr wir uns vom Körpertypus her ähnelten, obwohl wir sicher kein einziges Maß gleich hatten. Bemerkte Rafik diese grundsätzliche Ähnlichkeit eigentlich auch?

»Sie haben Max Harkey gekannt«, sagte ich nach ein paar Sekunden.

»Das haben viele Leute.«

»Aber ich versuche jetzt zu helfen.«

Er schnaubte höhnisch. »Wegen dem Grund red' ich noch lange nicht mit Ihnen. Kümmern Sie sich doch um Ihren eigenen Kram.«

Ich fühlte mich nicht einmal veranlaßt, seine Grammatik zu korrigieren; längst hatte ich meinen missionarischen Eifer aufgegeben, die Masse mit ihrem Kauderwelsch den richtigen Gebrauch der Fälle zu lehren. Was mich verblüffte, war, daß der junge Tänzer unbedingt den zornigen jungen Mann geben wollte. Ich nahm an, daß seine Feindseligkeit, wie das ja meistens so ist, aus Angst erwuchs. Aber wovor? Vor mir? Vor den Schwulen allgemein? Oder war es etwas Tieferes? Angst davor, entlarvt zu werden? Wenn ich ihn dazu bringen wollte, daß er mit mir sprach, mußte ich mehr Einfühlungsvermögen zeigen.

»Ich hab' Sie bei den Proben gesehen«, sagte ich. »Ich finde, Sie tanzen wirklich ganz ausgezeichnet.«

Er zog die Lider in Abwehr zusammen. »Ich pfeif' auf Ihre Meinung über mein Tanzen.«

»Ich mein's aber ernst«, fuhr ich fort. »Wenn auch *Sie mich* nicht mögen, mir gefällt, wie Sie tanzen.«

Das schien ihn ein wenig zu entwaffnen.

»Und Rafik auch«, fügte ich hinzu, obwohl er darüber nie gesprochen hatte.

»Wirklich?« entgegnete Scott Molloy.

»Ist das nicht offensichtlich? Er setzt Sie in seinem neuen Stück ein.«

Ich sah, daß meine Worte Haarrisse in seinem Widerstand gegen mich hervorriefen. Das gehässige Liderzusammenziehen ließ bereits nach, ein sicheres Zeichen dafür, daß er jetzt eher aufnehmen wollte, daß er mich trotz seiner Antipathie über sich sprechen hören wollte.

Er sagte: »Von Rafik höre ich nie, was er denkt.«

»So ist er nun einmal«, erwiderte ich. »Aber er hält sehr viel von Ihnen. Und ich muß es schließlich wissen.« Diese dicken Lügen tropften mir wie Speichel von den Lippen, und ich verspürte den Drang, mir den Mund abzuwischen.

Als würde er damit ein Geständnis machen, gab Scott Molloy leise zu: »Für Rafik zu arbeiten ist ganz schön schwierig.«

Dem antwortete ich mit einem warmen, verständnisvollen Blick. »Für ihn gibt's eben nichts als Perfektion.«

Scott ließ sich zu einem kleinen Lächeln hinreißen. »Für Sie muß es ja auch ganz schön schwierig sein.« Wie um sich deutlicher auszudrücken, fügte er dann linkisch hinzu: »Ich meine, wo Sie doch mit ihm und all diesen …« Seine Stimme versiegte.

»Er ist eine ständige Herausforderung«, sagte ich. Diesmal log ich nicht.

Scott sagte: »Gilt Ihre Einladung noch?« Es gelang ihm trotz seiner vorgetäuschten kühlen Gleichgültigkeit nicht, seinen Eifer zu verbergen, von mir weitere Lobeshymnen zu hören, die ich etwa noch bereithielt – oder eben erfand.

»Natürlich«, sagte ich, wobei ich versuchte, mein kleines Triumphgefühl darüber zu verbergen, daß ich ihn für den Augenblick 'rumgekriegt hatte.

Wir gingen zu einem Straßencafé gleich in der Nähe der Studios und setzten uns an einen Tisch unter einen großen farbigen Sonnenschirm. Eigentlich sollte man ja denken, daß mit Einbruch des warmen Wetters wir Bostoner nichts Dringenderes zu tun hätten, als uns in die Sonne zu setzen, aber Scott und ich, die wir beide helle Haut hatten, wollten in den schützenden Schatten. Ich bestellte einen doppelten Espresso, und Scott nahm eine aufgeschäumte Milch mit Mandelsirup.

»Wann haben Sie zu tanzen angefangen?« fragte ich, um sein Vertrauen noch weiter zu gewinnen. Wie die meisten darstellenden Künstler sprechen auch Tänzer sehr gerne über ihr Lieblingsthema – sich selbst.

Scott Molloy versuchte noch einmal ein Lächeln der Selbstverleugnung und scheiterte wieder, aber allein für sein Bemühen hätte er eine Eins mit Stern verdient. Dann blickte er fort, wie in weite Ferne, und begann die Geschichte »Wie ich Tänzer wurde«.

»Ich war zwölf«, sagte er. »Aber es lief alles ganz schön beschissen bei mir. Mein Vater war abgehauen. Meine Mutter hatte zwei Jobs gleichzeitig. Ich stand schon ganz auf eigenen Füßen, aber mir war's oft langweilig, und mit den anderen Jungs mochte ich eigentlich auch nie was machen.« Er blickte mich über den Tisch hinweg mit ehrlichen Augen an. »Ich hatte aber eine Freundin«, fügte er an. »Sie ging immer zum Ballettunterricht, und einmal fragte sie mich, ob ich nicht mitkommen wolle. Das habe ich dann gemacht, und von da an war alles ganz anders.«

»Was heißt das?«

»Ich weiß, es klingt komisch, aber als ich die Ballett-schule betrat, wußte ich vom ersten Augenblick an, daß ich da mein Leben verbringen wollte. Die Lehrerin meiner Freundin muß das auch bemerkt haben, denn sie bot mir auf der Stelle an, daß ich kostenlos Unterricht bekommen könne, ›auf Kosten des Hauses‹, wie sie sagte. Am nächsten Tag war ich wieder dort.«

»Und der Rest ist Geschichte«, fügte ich hinzu.

Unsere Getränke kamen, und Scott erzählte weiter.

»Die Ballettschule wurde ein zweites Heim für mich, ein Ort, an dem ich die verschiedensten Rollen spielen konnte und schöne Sachen machen, ohne dafür gleich als Memme zu gelten.« Er tat noch einmal so, als lächle er unschuldig. »Und mit den Mädels lief auch einiges.«

»Ganz abgesehen davon, wie Ihr Körper von diesem Training profitierte.«

Sein Lächeln wuchs an zu einem offenen Grinsen. »Ja, der hat sich ganz gut entwickelt, nicht wahr?« sagte er, wobei seine Unbescheidenheit endlich durchbrach. »Das Komische ist ja«, fuhr er fort, »daß die meisten Mädels, wie ich feststellte, ganz schön hart waren und nicht weich, wie ich es mir immer bei Tänzerinnen vorgestellt hatte. Aber darauf bin ich dann bloß noch mehr eingestiegen.«

Und großartige Rollenvorbilder für unterdrücktes eigenes Schwulsein.

Ich hatte von Freunden schon ganz ähnliche Geschichten über die Anfänge von Tänzern gehört. Von allen künstlerischen Disziplinen scheint der Tanz die meisten sozialen Außenseiter anzuziehen. Vielleicht macht das Gruppengefühl einer Ballettklasse diese sensiblen einsamen Seelen so besonders an. Tanzen lernt man normalerweise mit anderen zusammen, was eine besondere Art von Gemeinschaft hervorbringt, eine Ersatzfamilie, die sogar auch dann weiter funktioniert, wenn Tragödien eintreten. Vater ist gestern gestorben; Probe heute um zwölf.

»So sind Sie also jetzt glücklich«, sagte ich, ohne genau zu wissen, was ich damit meinte.

Scott antwortete: »Ich glaube schon. Allerdings hätte ich nichts dagegen, wenn ich mehr Auftritte haben könnte und größere Rollen. Max hat mich immer ziemlich eingeschränkt.« Er verstummte, dann sagte er: »Wahrscheinlich sollte ich so etwas jetzt gar nicht mehr über ihn sagen.«

»Durch den Tod wird der Mensch nicht besser oder schlechter, als er im Leben war«, verlautbarte Erzbischof Stanley.

»Wenigstens habe ich jetzt diese große Rolle in Rafiks Ballett, und das ist auch sicher.« Er verstummte wieder, und diesmal errötete er über das ganze Gesicht. »Na ja, jedenfalls«, sagte er, »ist das was anderes, als Krawatten zu verkaufen.« Er gluckste. »Hab' ich allerdings nie gemacht. Ich habe bis jetzt noch nie etwas anderes gemacht, als zu tanzen. Und ich weiß auch nicht, was ich machen würde, wenn ich jemals damit aufhören müßte.«

So interessant Scott Molloys Biographie vom menschlichen Standpunkt her auch sein mochte, klang sie doch irgendwie wie eine einstudierte Rolle, eine traurige Geschichte, die er sich vor langer Zeit zurechtgelegt hatte, um sie bei passender Gelegenheit zum besten zu geben. Und außerdem war sie auch wie ein Schild, hinter dem er sich verstecken konnte. Aber ich hatte das Gefühl, daß er diesen Schild wie einen Köder benutzte, um mich abzulenken, während er klammheimlich den Spieß umdrehte, so daß er mich beobachten konnte. Trotz all seiner treuherzigen Bemühungen, mir in die Augen zu schauen, merkte ich, daß sein Blick immer wieder über mich hinschoß, als wolle er eine geologische Übersicht über das Terrain meines Körpers geben. Da hatte ich versucht, über ihn etwas herauszufinden, und statt dessen kam ich mir beobachtet vor. Gedankenverloren drehte ich meine Tasse auf der Tischplatte, wozu ich die Daumen und Mittelfinger benutzte. Scott Molloy bestätigte meinen Verdacht, indem er diese Bewegung analysierte und dann ganz genau nachmachte, als probe er gerade, eine Darstellung von mir zu geben.

Ich fragte ihn unvermittelt: »Wer, glauben Sie, hat Max Harkey umgebracht?«

Der junge Tänzer fuhr auf. »Also darum geht es? Nicht um mich und meine Tanzerei, sondern um Max?«

Ich nickte. »Das habe ich Ihnen aber von Anfang an gesagt.«

Er schaute sauer. »Immer und immer nur Max Harkey«, sagte er.

»Vielleicht hatten Sie für ihn ganz andere Gefühle, als Sie jetzt zugeben.«

Scott lachte schallend bei meiner Bemerkung.

»Wenn Sie eine Tunte brauchen, dann müssen Sie sich an Marshall Zander halten. Das ist nämlich derjenige, der schon sein Leben lang Max durch die ganze Welt nachjagt. Mich gab es noch gar nicht, als die sich kennengelernt haben.«

»Was Sie allerdings aus der Jagd nicht ausschließt.«

Er stieß plötzlich heftig gegen seinen Milchbecher und verschüttete dadurch einiges auf die Tischplatte. Er wischte mit seinem Taschentuch darüber und sagte: »Ich weiß doch schließlich, was ich für Max oder auch jeden anderen Mann empfinde. Keine Ahnung, wer Sie auf die Idee gebracht hat, daß ich schwul sei, aber Sie sollten nicht alles glauben, was die Leute Ihnen so erzählen.«

»Gilt das auch für das, was Sie mir erzählen?«

»Also hören Sie mal, ich weiß nicht, wer Max umgebracht hat, aber wenn Sie auf Motive aus sind, sollten Sie vielleicht mal mit Alissa reden.«

»Ist sie nicht Ihre Partnerin?«

Er zog eine Grimasse. »Klar ist sie meine Partnerin, aber nur auf der Bühne. Das Übrige hat sie für Max reserviert.«

Ich blickte ihn fragend an, um ihn zum Weitersprechen zu animieren.

Er lächelte zynisch. »Sie war seine Geliebte. Sagen Sie bloß, Sie wußten das nicht. Sie angelte ihn sich, kaum daß sie hier war, diese Nymphe aus Südkalifornien mit den goldenen Haaren.«

»Sie hören sich an wie ein abgewiesener Freier.«

Scott Molloy stieß den Unterkiefer vor. »Ich weiß schon, daß Sie das nicht glauben können, aber es gibt einfach auch Männer, die lieber Frauen mögen.«

Ich ignorierte seinen Spott und drang weiter in ihn.

»Glauben Sie, daß Alissa etwas mit dem Mord zu tun hatte?«

Zunächst schien Scott meine Frage von sich zu weisen, als wolle er anständig sein und Alissa Kortland nicht in etwas hineinziehen. Aber dann siegte sein Drang, sich selbst zu entlasten. Er beugte sich auf dem Stuhl vor und legte die Unterarme auf die Kante des Kaffeetischs. Dann flüsterte er wie ein Verschwörer.

»Alissa ist eine allesverschlingende Hexe. Sie saugt sich all ihre Kraft aus den Menschen, die um sie sind.«

Dieses Urteil paßte nicht so ganz zu dem Mädchen, mit dem Scott Molloy an dem Abend von Max Harkeys Einladung gekichert und geflirtet hatte.

Er fuhr fort: »Wenn wir zusammen arbeiten, zieht sie alle Energie aus mir. Sie macht es einem schwer zu tanzen. Manchmal denke ich, straight zu sein, das bedeutet, daß man sich von jemandem wie Alissa angezogen fühlt und dann benutzt und fallengelassen wird.«

Es war doch seltsam, daß er über sein Sexualleben mit so kühler Logik sprach.

Er fuhr fort: »Manchmal überlege ich, ob nicht Männer, die straight sind, trotzdem mit anderen Männern Sex haben sollten, nur um sich ihre Männlichkeit zu bewahren.« Dieses Wort sprach er langsam und genießerisch aus. »Ich will damit sagen«, sprach er, »daß ich mich immer, wenn ich mit einer Frau Sex habe, ein kleines bißchen mit ihr identifiziere. Ich möchte gerne wissen, welche Erfahrung sie mit mir macht, wie es ist, einen Mann in sich drin zu haben. Und so lange das so ist, wird immer ein Teil von mir ganz genau wie die Frau sein, mit der ich gerade zusammen bin. Aber mit einem Mann wäre es immer alles hundertprozentig männlich.«

Die Worte des jungen Tänzers erinnerten mich an meine eigene obsessive Betroffenheit über Rafiks Bisexualität. Auf der anderen Seite aber sprach Scott Molloys perverse Theorie eine Seite in mir an, die sich schon immer mehr dafür interessiert hatte, warum die Menschen bestimmte Dinge tun, als dafür, was sie tatsächlich tun.

»Das klingt, als wären Sie sich selber nicht so ganz sicher«, äußerte ich.

»Oh doch, bin ich«, sagte er schnell. »Für mich gibt es auf jeden Fall nur Frauen. Ich denke höchstens mal drüber nach, wie es mit einem Mann wohl wäre.«

Mein Platz im Reich der Sexualität war offensichtlich der einer Beziehung von Mann zu Mann, und ich stellte fest, daß ich erleichtert war, weil ich mich trotz aller sexuellen Frustration, die ich vor Rafik auch erlebt haben mochte, niemals hinter einer Fassade der Heterosexualität versteckt und dabei aber über die Alternativen nachgedacht hatte. Aber die jüngste Zurückweisung hatte Scott Molloy gegen die Frau eingenommen, die zu begehren er vorgab. Ihm hatte es nicht genügt, ihre Beziehung auf ihrer beider einander ergänzende Tanzstile und Körperformen zu gründen. Er hatte sich beweisen müssen, indem er sie auch sexuell besaß, und das war ihm nicht gelungen. Ich war mir nicht sicher, wieviel von seinem Zorn tatsächlich daher kam, daß er Alissa Kortland an Max Harkey verloren hatte, und wieviel vielmehr von seiner Blindheit den eigenen unterdrückten Bedürfnissen gegenüber, ob die nun absichtlich oder unbewußt war.

»Und die Scheiße ist«, fuhr er fort, »daß Alissa Max nur wegen ihrer Karriere verführt hat. Ich weiß, daß sie ihn nicht ausstehen konnte.«

Begriffe aus meinem alten Leitfaden für Psychologen schossen mir durch den Kopf: Repression, Projektion, Übertragung.

Ich schaute auf die Uhr. »Vielen Dank«, sagte ich. »Sie haben mir wirklich sehr geholfen.«

»Mehr wollen Sie nicht wissen?« fragte er, so niedergeschlagen, als habe ihm eben sein Psychiater gesagt, daß die Zeit um sei.

»Ich würde schrecklich gerne, aber ich muß wieder zur Arbeit.«

Das war an diesem Vormittag das zweite Mal, daß ich ihm die Wahrheit gesagt hatte. Aufgebaut von Koffein, Zucker und aussichtsreichen Hinweisen, stand ich vom Tisch auf und kehrte zu Snips zurück.

Auf dem Weg bemerkte ich, daß ich nur ganz wenige Blocks von Sation D entfernt war, dem Polizei-Hauptquartier. Mir fiel ein, daß Lieutenant Branco mit mir hatte sprechen wollen, und obwohl er gebeten hatte, ich solle erst anrufen, beschloß ich, unangemeldet vorbeizuschauen.

Brancos polizeiliches Zuhause war früher ein kleineres Revier mitten in der Südstadt gewesen. Aber aus dem kleinen und wunderschönen Granitbau war nach der Restaurierung eine echte Sehenswürdigkeit der Stadt geworden. Man hatte das Gebäude so liebevoll und stilgerecht renoviert, daß es anschließend sofort unter Denkmalschutz gestellt wurde und nunmehr der Polizeiverwaltung vorbehalten blieb. Auf diese Weise konnte es sich seinen neuen Glanz auch bewahren.

Jetzt gab es keine dreckigen, verlausten Gauner mehr in den heiligen Hallen der Station D.

Im Hauptquartier hatte ich Glück, jedenfalls schien es mir so. Denn Branco war nicht nur da, sondern auch frei. Ich stieß die schwere Eichentür auf, auf deren Milchglasscheibe sein Name stand. Sein Büro war klein, aber peinlich sauber. Zur Begrüßung stellte er mir eine Frage.

»Zu Hause alles in Ordnung?«

»So weit schon«, antwortete ich.

»Gut. Setzen Sie sich. Kaffee?«

Obwohl der vorhin genossene *espresso doppio* bereits ganze Gigavolts von Energie durch mein Nervensystem schickte und eine angespannte Hirntätigkeit verursachte, wie sie die Auge-Hand-Koordination sogar bei einem großem Künstler hätte stören können – die Art von Hyperenergie, die auf die Bitte eines Kunden nach »Ein bißchen in Form bringen« eine radikale Veränderung an ihm vornimmt, wie man sie, jedenfalls außerhalb von Gefängnissen, kaum je beobachten kann – trotz dieses Rausches also konnte ich Brancos atypische Gastfreundlichkeit wohl kaum zurückweisen.

»Gerne«, sagte ich. Dann fragte ich noch, um den Angriff einer weiteren Dosis Koffein auf meinen Magen etwas zu dämpfen: »Könnte ich etwas Sahne haben?«

»Sie werden ihn schwarz trinken müssen«, sagte der Polizeibeamte, während er einen Pappbecher mit braunem Schlamm füllte und mir reichte. Bei diesem Mann gab es keine fein gerösteten und sorgfältig zusammengestellten Arabica. Das Zeug hier war vom Supermarkt und hatte mindestens eine Stunde lang auf der Heizplatte vor sich hingeköchelt.

»Ich habe mir etwas überlegt«, sagte Branco. »Ich weiß ja, daß wir nicht oft der gleichen Meinung sind.«

Ich schwenkte den Pappbecher, wie um das dampfende Gebräu darin abkühlen zu lassen. Ich hatte nicht die geringste Lust, es zu probieren.

»Aber diesmal werde ich Sie nicht hindern«, sagte er.

»Haben Sie das denn schon jemals, Lieutenant?«

Er schob ein wenig den Kopf vor. »Früher habe ich Ihnen öfter befohlen, sich aus diesen Dingen 'rauszuhalten – nicht, daß Sie je auf mich gehört hätten.«

Ich bewegte Kopf und Schultern ein wenig, als würde ich gerade eine coole lateinamerikanische Musik genießen, die nur für mich hörbar war.

»Aber diesmal gebe ich Ihnen Grünes Licht. Sie können sich nach Herzenslust einmischen.«

»Habe ich dazu jemals Ihre Erlaubnis gebraucht?«

»Eigentlich nicht. Ich wollte Ihnen nur sagen, wo ich stehe.«

»War es das, worüber Sie mit mir sprechen wollten?«

Branco nickte.

Ich traute ihm nicht einen Moment.

»Warum?« sagte ich.

»Ist das nicht offensichtlich?«

Der lateinamerikanische Rhythmus in meinem Kopf

ging in etwas Schlagzeugmäßigeres über, eher wie die Opfertrommeln in *Le Sacre du Printemps*.

Branco fuhr fort: »Bisher haben Sie immer einen mir entgegengesetzten Standpunkt eingenommen. Und trotz allem, was dabei zwischen uns geschehen ist, hat das die endgültige Lösung des Falles nie beeinträchtigt.«

»Lieutenant, wollen Sie mich etwa um Mithilfe bitten?«

»Keineswegs. Aber ich möchte Sie auch nicht einschränken.«

Nachdenklich hob ich den Pappbecher an den Mund und ließ die schmuddelige Flüssigkeit meine Lippen berühren. Sie war bitter und glühendheiß, aber seltsamerweise nicht eklig. Ich sah, daß Branco meine Reaktion beobachtete.

»Nicht so gut wie Ihrer«, sagte er.

»Stimmt«, antwortete ich mit einem Grinsen. »Und wo wir heute schon so kameradschaftlich zusammen sind, kann ich Sie etwas fragen?«

Branco schwankte einen Augenblick, als habe er Angst, was für ein Geheimnis ich wohl wissen wollen würde, aber er erlangte schnell wieder sein cooles Machotum.

»Was?« sagte er und sah meiner bevorstehenden Frage männlich entgegen.

»Könnte ich Ihre Akte über Toni di Natale einsehen?«

Sein Gesicht zeigte deutlich Erleichterung.

»Offiziell nicht. Aber ich kann Ihnen sagen, was drin steht.«

»Dann schießen Sie mal los.«

Branco verzog seinen großen sinnlichen Mund zu einem Lächeln.

»Sie provozieren mich zu gerne, was, Kraychik?«

»Bilden Sie sich darauf bloß nichts ein, Lieutenant. Bei meiner Katze mach' ich das genauso.«

Der männliche Italiener runzelte die Stirn; offensichtlich gefiel es ihm gar nicht, mit anderen Haustieren verglichen zu werden.

»Also?« sagte ich. »Was haben Sie über Toni di Natale alles herausgefunden?«

»Würden Sie mir vielleicht sagen, warum Sie daran so interessiert sind?«

»Ich versuche, bei mir zu Hause eine Rechnung zu begleichen.«

Branco verzog einen Mundwinkel zu einem schiefen Lächeln. Dann lehnte er sich in seinem Sessel zurück, verschränkte die Hände hinter dem Kopf und streckte sich genüßlich, wie ein großer zufriedener Tiger, der gleich eine Runde Gazellenhaschen spielen gehen wird.

»Wir haben den Verdacht, daß Miss di Natale das Verbrechen begangen hat, um sich vor Verleumdung zu schützen.«

»Verleumdung durch wen?«

Branco lächelte. »Wir gehen davon aus, daß Max Harkey in sie verliebt war, aber sie war mit jemand anderem zusammen, vielleicht sogar mit Ihrem Freund.«

»Sie denken also, daß sie Max Harkey umgebracht hat, weil er in sie verliebt war, während sie hinter Rafik her war?«

Branco hob eine seiner großen Hände. »Wollen Sie's jetzt hören oder nicht?«

»Entschuldigung«, sagte ich. »Entschuldigung.« Ich hielt mich zurück. Aber mir fiel ein, wie offen Toni di Natale an dem Abend der Einladung mit Rafik geflirtet hatte. Doch Max Harkey hatte nicht ausgesehen, als berühre ihn das. War das von ihm nur gut gespielt gewesen, oder hatte es ihn wirklich nicht gekümmert?

Branco fuhr fort: »Ein Mann wie Max Harkey konnte eine solche Demütigung nicht ertragen. Er würde sich rächen müssen. Also beschloß er, ihren Vertrag mit dem Ballett wieder zu lösen – einen sehr lukrativen Vertrag, nebenbei bemerkt – und sie darüber hinaus in der gesamten Welt der Kunst zu diskreditieren, so daß sie vielleicht nie wieder würde arbeiten können.«

Mir kam es vor, als hätte Branco mich abschließend fragen müssen: Was stimmt an dieser Theorie nicht?

»Lieutenant, erstens mal: es war unmöglich, Max Harkey

zu demütigen. Er war ein Mensch, der andere benützte und dann wegwarf. Das war bei ihm alles sehr einfach.«

»Manchmal sind solche großen, wichtigen Leute aber sehr verletzlich unter ihrer Oberfläche.«

»Manchmal schon. Aber nach allem, was ich über Max Harkey weiß, war an ihm nichts Verletzliches, und zuallerletzt sein Ego. Und außerdem, so wenig ich über Toni di Natale weiß, so ist sie doch zu klug, um jemanden wegen Geld zu ermorden.«

»Was hätte sie sonst tun können?« fragte Branco.

»Sie hätte sich etwas anderes einfallen lassen, hätte vielleicht Max Harkey in eine Art freundschaftliche Verbindung hineingeschmeichelt. Aber sie hätte ihn nicht getötet.«

»Woher wollen Sie das wissen?«

Fast hätte ich geantwortet: »Weil Rafik es sagt«, aber mir kam der Verdacht, daß das Branco nicht überzeugen würde. Statt dessen sprach ich: »Wahrscheinlich, weil sie Künstlerin ist. So etwas macht ein Künstler einfach nicht.« Wenn Rafik das mir gegenüber so ausgedrückt hätte, hätte ich es als Unsinn abgetan. Und hier salbaderte ich es doch tatsächlich Branco vor, der stumm wie ein Stein dasaß.

»Wenn es geht«, sagte ich, »würde ich sie gerne sehen.«

»Kein Problem«, sagte er.

»Würden Sie das also arrangieren?«

»Nicht nötig. Wir haben sie vor einer halben Stunde entlassen.«

»Sie haben was?!«

Brancos Mund öffnete sich zu einem vollen Grinsen. »Sie ist wieder draußen«, sagte er. »Frei wie der Wind.«

»Aber Sie haben sie doch wegen Mordes festgehalten. Wer hat die Kaution gestellt?«

»Von wegen Kaution«, entgegnete er. »Wir haben sie nur zum Verhör festgehalten. Wir besitzen keine ausreichenden Gründe für eine Anklage, bisher jedenfalls noch nicht.«

»Sie haben mich ja ganz schön drangekriegt!«

»Ich habe Ihnen die Tatsachen erzählt, wie ich sie weiß. Sie haben daraus gefolgert, was Sie wollten.«

»Wissen Sie, wo sie ist?«

»Das müßten Sie doch eigentlich besser wissen.«

Ich setzte meinen Becher Kaffee auf Brancos Schreibtischplatte hart ab. Er war noch immer voll, jetzt allerdings lauwarm, und auf seiner Oberfläche bildete sich eine ölige, regenbogenfarbige Schicht. Ich stand auf.

»Ich glaube, daraufhin ist jetzt zwischen uns alles wieder, wie es immer war.«

»Das kann sich schnell ändern«, sagte er enigmatisch.

Als ich sein Büro verließ, blieb immer noch eine Frage offen: Warum war Branco so freundlich gewesen und hatte mich doch so getäuscht?

Ich rief Nicole im Laden an und erklärte ihr, daß ich gleich hinkommen würde. Als ich ihr erzählte, daß ich gerade Branco gesehen habe, sagte sie strahlend: »Und, wie geht's ihm denn heute?«

»Sehr komisch«, entgegnete ich, bevor mir auffiel, daß auch ihre Frage ausgesprochen komisch war.

»Sehr gut«, sagte sie.

Dann legte sie wie üblich auf, ohne sich zu verabschieden. Hoffentlich finde ich eines Tages eine Erklärung für diese seltsame Angewohnheit. Aber für den Augenblick blieb nur die eine Frage offen: Warum hatte sie nicht geschimpft, daß ich nicht zur Arbeit erschienen war?

Ich kehrte zu Snips auf demselben Weg zurück, den ich gekommen war, und kam daher wieder an dem Straßencafé in der Nähe der Ballettstudios vorbei. Zu meiner Überraschung saß Scott Molloy noch immer an dem Tisch, an dem wir uns unterhalten hatten. Aber jetzt war Alissa Kortland bei ihm. Sie wirkten beide wie in die Falle geraten und schienen sich miteinander keineswegs wohlzufühlen. Scott erblickte mich zufällig, während ich auf sie zuging. In Sekundenschnelle stand er auf und floh vom Tisch. Nicht gerade ein feiner Abgang. Als ich hinkam, fragte ich Alissa Kortland, ob ich mich zu ihr setzen dürfe.

»Bitte sehr«, sagte sie, verborgen wie sie war hinter ihrer riesigen undurchsichtigen Sonnenbrille und ihrem breitkrempigen Leinenhut. Ihr blondes Haar hatte sie größtenteils unter dem Hut aufgesteckt, aber soviel ich sah, war dieser seltene, gleichmäßige Platinton tatsächlich ihre natürliche Haarfarbe.

»Scott hat mir gerade erzählt, worauf Sie aus sind«, sagte sie. »Also kann ich Ihnen genausogut die ganze Fragerei ersparen und Ihnen einfach meine Version von der ganzen Sache erzählen.«

»Danke«, sagte ich. Aber mir war klar, daß man einer so leicht gewährten Mitarbeit wie der ihren nicht trauen konnte. Ein Kellner erschien an unserem Tisch. Alissa bestellte »noch einen«, und der Kellner bestätigte pflichtschuldig ihren Kaffee Borgia. Nach meiner bisher eingenommenen Dosis Koffein wäre ein Glas Limonade eine kluge Wahl gewesen, aber das hätte so aussehen können, als sei ich ein etwas verweichlichter Typ, der nicht einmal die legalen Drogen vertrug. Deshalb bestellte ich ein echt männliches Getränk – einen doppelten Espresso.

Nun zündete sich Alissa Kortland eine Zigarette an und begann ihre Geschichte, wie es die besten Erzähler tun: in medias res.

»Ich war Max Harkeys Geliebte, aber es dauerte nicht lange.«

»Wodurch ging es zu Ende?«

»Wodurch wohl? Durch eine andere.«

»Toni di Natale?«

»Sieht wohl so aus«, sagte sie.

»Hat Sie das sehr verletzt?«

»Ich habe es nicht aus Liebe gemacht.«

»Waren Sie dann also verärgert?«

Sie erlaubte sich ein winziges Lächeln, aber ihre Augen blieben von den dunklen Gläsern ihrer Sonnenbrille versiegelt.

»Ich hoffte«, sagte sie, »auf eine materielle Anerkennung für geleistete Dienste, wenn schon sonst nichts.«

»Und wie hat er Sie als Tänzerin behandelt?«

»Na wie wohl? Ich war für ihn nur ein Vehikel für seine schöpferischen Spleens. Aber wir sind nie was anderes. Die Zuschauer sehen in einer Tänzerin eine Märchenfigur, eine Prinzessin aus einer verzauberten Welt. Aber in Wirklichkeit sind wir nur neurotische, ausgelaugte Athleten – eigentlich eher Schlangenmenschen –, die springen und herumwirbeln und auf den Zehenspitzen Zirkustricks aufführen.«

»Ist es mit Rafik auch so?«

Erneut ein Lächeln, diesmal ein spielerisches, aber keine Antwort. Unser Kaffee kam. Ihr Kaffee Borgia war extravagant mit seinem Duft nach Orangen und bitterer Schokolade und seinem *crème-fraiche*-Häubchen. Mein Espresso war pur, unverdünnt und aromatisch. Ein Getränk für Männer, wie gesagt.

Ich sagte: »Bei Ihnen klingt das, als wäre Tanzen eine schreckliche Tortur.«

Sie nahm einen Schluck Kaffee. Dann tupfte sie sich einen hauchdünnen Sahnerand mit einem zarten Taschentüchlein von den Lippen, sittsam wie ein feines Fräulein. Diese Geste hatte sie ganz bestimmt gründlich einstudiert.

»Die Illusion von Glamour ist die ganze Qual wert«, sagte sie.

»Wie stehen Sie zu Scott Molloy?«

»Er verdient die Goldmedaille als der größte uneingestandene Schwule der ganzen Ballettwelt.«

Sie wartete auf meine Reaktion, mit der ich allerdings sehr zurückhielt. Mich cool aufführen konnte ich auch.

Sie sprach weiter: »Nachdem Scott jahrelang versucht hatte, Max' Aufmerksamkeit zu erregen, kam ich hier an, und Max machte mich sofort zu seiner Geliebten. Da war natürlich bei Scott die Hölle los. Er beschuldigte Max, daß er ihn unfair behandle – und noch dazu vor den anderen Tänzern, mitten in der Stunde.«

»Wie haben die darauf reagiert?«

Alissa zuckte die Schultern. »Beim Ballett geht's nicht demokratisch zu. Alle waren klug genug, den Mund zu halten. Aber Scott hörte einfach nicht mehr auf, er drohte Max sogar, er solle die Tänzer ab sofort gerecht behandeln. Es war schockierend, vor allem für Max, nehme ich an. Der hatte nie vermutet, daß Scott für irgend jemanden etwas empfinden könne, am allerwenigsten für ihn, und da drohte Scott ihm plötzlich die schlimmsten Dinge an, wenn Max ihn nicht auch liebte.«

»So offen kam das 'raus? Hat Scott von Max Harkey wirklich verlangt, daß der ihn lieben solle?«

»Natürlich nicht.« Sie nippte an ihrem Kaffee und sagte dann: »Sie sind ja fast genauso doof wie er.«

»Sie mögen Scott nicht so wahnsinnig gern, oder?«

»Er ist albern. Er hat keine Ziele im Leben. Er wollte Max eigentlich zum Vater. Das finde ich gelinde gesprochen abstoßend. Meiner Ansicht nach ist es besser, wenn man niemanden braucht, auch keine Vaterfiguren. Für den Anfang sind die ja ganz nützlich, aber dann sollte man besser lernen, ohne sie auszukommen.«

»Wenn Sie Scott so wenig leiden mögen, warum sind Sie dann noch mit ihm befreundet?«

Sie drehte ihren Kopf, als wolle sie, daß ich ihr Profil bewunderte, anstatt dumme Fragen zu stellen. In der Tat *war* sie wunderschön.

»Durch Scott kann ich meine Schwächen besser im Griff behalten; er ist wie ein Barometer für Charakterschwächen.« Sie wandte mir wieder das Gesicht zu. »Sie wundern sich wohl, daß ich zugeben kann, daß ich Fehler habe? Wissen Sie, ich mache mir über nichts Illusionen, auch nicht über meine Mängel. Scott ist für mich ein Spiegel, der mir zeigt, wann mein Denken oder Handeln nicht so ganz auf der Höhe ist.«

Alissa Kortland stellte die ehrlichen Gefühle so perfekt dar, daß es fast überzeugend wirkte. Kein Wunder, daß die Kritiker von ihr begeistert waren. Aber ich führte ihre kühle Logik noch einen Schritt weiter und stellte fest, daß sie ein unbedingtes Interesse daran hatte, Scott Molloy in der Gewalt zu behalten und seine vorgebliche Heterosexualität zu unterstützen. Durch ihn konnte sie ihre eigene Kraft künstlich aufbauen. Scott hatte mir gegenüber zugegeben, daß Alissa als Partnerin beim Tanzen alle Energie aus ihm heraussauge wie ein Succubus.

»Berührt Sie denn gar nichts?« fragte ich, wobei es mir nicht gelang, jeden Rest Moralismus aus meiner Stimme zu verbannen.

Wie auf's Stichwort nahm sie die Sonnenbrille ab.

»Ich hab durch meine Familie genug von dieser ganzen behütenden und begütigenden Gefühlsduselei abgekriegt. Alles, was sie tun, was sie hochhalten – Umwelt, Gesundheit, Menschenliebe, die ganzen New-Age-Klischees – alles Scheiße. Es gibt kein Vorher und kein Nachher. Nur ein Jetzt. Und ich möchte ein großes Stück vom Kuchen abkriegen. Darum bin ich aus dieser Tyrannei in Kalifornien ausgebrochen.«

Die ganze Welt haben wollen und in Boston, Massachusetts enden.

Trotz völlig anderer Umstände ähnelte Alissa Kortlands »Ausbruch aus der Tyrannei« sehr dem Werdegang Scott Molloys.

Ich trank meinen Espresso aus und stand auf.

»Ich muß zur Arbeit«, sagte ich. »Vielleicht können wir ein andermal weitersprechen.«

So wie vorhin Scott Molloy schien jetzt auch Alissa Kortland darüber zu staunen, daß ich unser offenherziges Gespräch über Kunst und Leben und Liebe und vor allem über *sie* so einfach abbrechen konnte, noch dazu wegen etwas so Profanem wie meinem Job.

9. Die mißratene Zarin

Als ich wieder im Salon Snips angeflattert kam – mit Fehlzündungen an allen Nervenenden wegen der Überdosis Koffein – war es schon nach drei Uhr. Zum Glück stand für mich nur noch ein Kunde auf der Liste, aber erst später, kurz vor Ladenschluß. Bis dahin wären meine Augäpfel und Finger bestimmt wieder in einem normaleren Zustand von Hyperaktivität. Und in der Zwischenzeit könnte ich ein bißchen von der anderen Arbeit nachholen, die ich wegen meiner nachmittäglichen Streiche vernachlässigt hatte.

Ich bereitete mich schon darauf vor, Nicole das alles zu erklären und mein Herumstreunen zu entschuldigen, aber seltsamerweise schien sie meine Abwesenheit während fast des ganzen Tages kalt zu lassen.

Als sie zu mir ins Büro kam, erzählte ich alles, was passiert war. Ich beendete die lange Erklärung mit einer Portion dramatischer Ironie.

»Also jetzt stell dir mal vor, Herzchen, das Einzige, was ich nach all dem Herumgerenne herausfinde, ist, daß Toni di Natale schon frei ist.«

»Ach tatsächlich?« sagte Nicole ziemlich desinteressiert.

»Branco hatte sie am Nachmittag entlassen.«

Nicole berichtigte mich. »Du meinst wohl Lieutenant Branco.«

»Eben denselben«, erwiderte ich. »So, und wo Toni jetzt frei ist, kann ich mich ja wohl wieder um Heim und Herd kümmern anstatt um Max Harkeys Mord.«

»Ja, vermutlich«, sagte sie geistesabwesend. Dann stand sie auf und nahm Mantel und Tasche. »Ich mache heute etwas früher Schluß, Stanley. Ich möchte noch ein paar Kleinigkeiten erledigen, bevor ich heimgehe.«

»Hast heute abend wohl eine wichtige Verabredung?«

Nicole lächelte geheimnisvoll. »Stimmt, mein Lieber.«

»Erzähl doch.«

»Kümmere du dich hier ums Geschäft, Schätzchen. Bis morgen.«

Nicole war schon fast zur Tür draußen, als sie sich nochmal umdrehte und sagte: »Und könntest du morgen früh aufsperren? Ich komm' vielleicht ein bißchen später.«

»Klar, Herzchen.« Dann fügte ich mit einem Grinsen hinzu: »Amüsier' dich gut.«

»Oh ja, bestimmt.«

Später erschien mein Kunde Garrett Wade. Garrett hatte es als Kabarettist unter dem Namen Miss Püppi zu beachtlicher, wenn auch begrenzter Berühmtheit gebracht. Seit neuestem jedoch hatte er die Glitzerkleider und Pumps gegen Nadelstreifen und Schuhe, »Richelieu«, getauscht, und seine Bühne war jetzt der Gerichtssaal, wo er sich schnell einen Namen zu schaffen begann als fähiger, wenn auch schockierender Verteidiger. Garrett führte das Gespräch wie so ein Talkshow-Flittchen, wie die Parodie auf eine Frau, die nicht bis drei zählen kann, ohne sich gleich die Bluse aufzuknöpfen. Ich hatte ihn einmal gefragt, wie die Richter auf sein berechnendes Theater reagierten, in dem er oft geradezu tuntig wurde, um sich das kritischste Publikum überhaupt, nämlich die Geschworenen, geneigt zu machen.

Garrett hatte mit einem Aufkreischen geantwortet: »Sie ermahnen mich, doch mein Kreuzverhör zu führen und nicht die Zuhörer zu verführen!«

Blieb nur die Frage, ob er das ernst meinte?

Ich setzte ihn in meinen Frisierstuhl und begann mit der allmonatlichen Farbauffrischung. Immer auf neue Mandanten aus, hatte Garrett bereits von dem Mord an Max Harkey erfahren und schnell eine Verbindung zu Rafik gesehen.

»Hängt da dieser heiße Liebhaber von dir mit drin?«

»Nicht in krimineller Hinsicht«, antwortete ich.

»Wenn er einen Anwalt braucht: ich stehe zur Verfügung.«

»Hoffen wir, daß es *dazu* nicht kommen wird.«

Garretts lebhaftes Gesicht erstarrte im Spiegel einen Augenblick, weil er nicht sicher war, ob ich damit seine Fähigkeiten im Prozeß oder das Schicksal meines Liebhabers meinte. Es folgte ein ungemütliches Schweigen, ganz wie der beunruhigende Hiatus, wenn der Wind die Richtung wechselt. Dann nahm Garrett die Unterhaltung schnell und Hals über Kopf auf einem ganz anderen Gebiet wieder auf.

»Und, wie lebt es sich nun so in der Ehe?«

»Ehe wohl kaum«, sagte ich.

»Warum nicht?«

»Wir sind noch nicht soweit«, log ich.

Garett tat meine Bemerkung mit einer abfälligen Bewegung des Handgelenks ab. »Oh Mädchen, wenn's bei mir so steht, dann laß ich den Typen einfach sausen und treff' mich wieder mit anderen. Es gibt einfach zu viele Männer, als daß man sein Leben damit verschwenden sollte, nur einen davon zu verstehen.«

Ich entgegnete: »Neue Typen aufzureißen klappt bei mir nicht so gut.« Außerdem, dachte ich, was wußte schon dieser Garrett Wade, diese Tunte, die sich so hervorragend mit Wochenend-Romanzen auskannte, über wirkliche Beziehungen? Wenn Miss Püppis Lover sich nur einmal in der Nase bohrte oder ein falsches Accessoire trug, war er auch schon vergessen. Und da ich ein bißchen was über Garretts Familie mütterlicherseits wußte – zahllose Heiraten, Scheidungen, Alimente und Eskapaden – stand für mich eines fest: Er war ganz die Tochter seiner Mutter. Aber was für seltsame Angewohnheiten er auch immer haben mochte, Garrett verbreitete doch stets eine überschäumende Stimmung um sich und jede Menge wilde Späße, und allein deshalb war mir seine Gesellschaft angenehm. Außerdem schaffte er es, da ja alles relativ ist, daß ich mir außerordentlich männlich vorkam.

Und das brauchte ich jetzt auch dringend, denn in diesem Moment stürmte Rafik in den Laden, bestürzt und offensichtlich in höchster Eile.

»Stani!« schrie er atemlos. »Madame ist überfallen worden!«

Im ganzen Salon hielten die paar späten Stylisten ihre Scheren still und lauschten zusammen mit ihren Kunden in morbider Neugier. Wenn jemand mitten auf die Bühne rennt, hört man ihm einfach zu.

»Es ist passiert vor eine Stunde«, fuhr Rafik aufgeregt fort.

»Ist sie verletzt worden?« sagte ich.

»*Non*. Ist Polizei jetzt dort.«

»Wo ist es denn passiert?« sagte ich.

»In Eingang von ihre Haus.«

Jetzt mischte sich Garrett Wade mit ein. »Haben Sie den Angreifer verjagt?«

»Was?« antwortete Rafik.

»Haben Sie das Opfer gerettet, Sie großer starker Mann?«

Rafik runzelte die Stirn. »Wer ist denn das?« fragte er mich ungeduldig, als wolle er eigentlich gar keine Antwort.

Ich versuchte die beiden vorzustellen, doch Rafik packte mich am Arm und zog mich von meinem Frisierstuhl weg und nach hinten in mein Büro. Drinnen sprach er schlicht und knapp wie ein Offizier in einer Krisensituation.

»Du mußt helfen. Madame fürchtet für ihre Leben.«

»Rafik, das ist Sache der Polizei, nicht von mir.«

»Sie glauben nicht ihr. Ich sehe von ihre Gesichter und ihre Fragen. Sie denken, Madame nur hat ausgedacht Überfall.«

»Das hätte ja wirklich zu keinem günstigeren Zeitpunkt geschehen können.«

»Was meinst du?«

Ich schürzte die Lippen und sagte ihm dann: »Toni ist heute nachmittag auf freien Fuß gesetzt worden.«

»Oh! Das ist gute Nachricht, nein?«

»Eigentlich nicht.«

Rafiks dunkle Augen, die gerade noch flehend gewesen waren, begannen zu glühen. »Warum nicht?« sagte er.

»Sie könnte Madame angegriffen haben«, sagte ich.

»Unmöglich.« Die Glut in ihm flammte bereits auf.

»Erzähl mir ganz genau, was passiert ist.«

»Madame sperrte Eingangstür zu. Jemand hat genommen ihre Tasche und hat sie gestoßen auf Boden.«

»Hat sie gesehen, wer es war?«

»Sie war zu viel – wie sagt man? – gesetzt?«

»Entsetzt.«

»Entsetzt, ja.«

»Sie hat also nichts gesehen?«

»Nein.«

»Rafik, ich glaube nach wie vor, daß das etwas für die Polizei ist. Ich war ja damit einverstanden, daß ich helfen sollte, Toni aus dem Gefängnis zu befreien, aber jetzt habe ich anderes im Kopf.«

»Was denn?«

»Dich und mich. Damit will ich jetzt meine Zeit verbringen.«

»Aber Madame gehört für mich zu Familie.«

»Für mich nicht«, sagte ich.

Er blickte mich mit glühenden Augen an.

»Du wirst also nicht helfen ihr?«

»Nicht, wenn Gefahr dabei ist.«

»Du hast Angst, das heißt?«

»Ich versuche vernünftig zu sein.«

»Du bist die einzige Mensch, die kann helfen mir.«

»Die Polizei kommt damit schon klar.«

»Bitte, Stani. Kannst du reden mit ihr? Nur reden? Es wird helfen ihr. Es wird helfen mir.«

Ich seufzte tief. Lieber, Liebster, Geliebtester. »Rafik, was könnte ich denn wohl sagen oder tun, was nicht von der behördlichen Autorität auch getan werden könnte?«

»Kannst du bringen Frieden. Madame Rubi hat dich gern. Sie traut dich.«

Schon wieder Schmeichelei. Die wirkte bei anderen, und sie wirkte bei mir.

»Also gut, mein liebes Herz. Ich spreche mit ihr, egal, wozu das führt.«

Mit einem Mal packte mich Rafik und zog mich in eine heftige Umarmung. Während unsere Köpfe aneinandergepreßt waren, sagte er: »Ich habe gewußt, daß du wirst helfen.«

»Nach der Arbeit geh' ich hin. Sag mir nur, wo sie wohnt.«

»Sie wohnt in selbe Haus mit Max Harkey.«

»Im Appleton?« sagte ich und zog meinen Kopf ein wenig zurück, um ihn anschauen zu können.

»Oh ja. Madame wohnt darunter. Sie ist seine Nachbar.«

»Warum habe ich das nicht gewußt?«

Rafik zuckte die Schultern. »Sie wohnt da schon immer.«

Das war doch seltsam.

Ich wühlte mein Gesicht in den Hals meines Liebhabers. »Wo ich dir jetzt diesen Gefallen tue, bleibst du dann heute nacht bei mir?«

»Oh …« Er schwankte. »Ich bin so müde.«

War es wirklich die Müdigkeit? Oder eher die Tatsache, daß Toni di Natale wieder verfügbar war?

»Ich verstehe«, sagte ich. »Kein Wunder, daß du vor Müdigkeit umfällst. Ich habe gesehen, wie schwer du während der Proben arbeitest.«

Sofort zog Rafik sich von mir zurück. »Wann?« wollte er wissen.

»Heute, am frühen Nachmittag.«

»Du hast mich beobachtet?«

»Ja. Es war wunderbar.«

»Wie du kannst wagen, mich zu beobachten?«

»Wagen? Ich habe dir zugeschaut, weil ich dich liebe.«

»Ich sage dir schon früher, du sollst nicht sehen meine Probe.«

»Das hatte ich ja auch gar nicht vor. Es passierte eben einfach. Du warst so schön, wie du den Tänzern erklärt hast, was sie tun sollen. Ich habe mich gleich wieder in dich verliebt.«

An diesem Punkt wurde Rafik wieder ein bißchen weicher. Noch einmal bat ich ihn, die Nacht mit mir zu verbringen. Noch einmal gab er vor, zu müde zu sein.

»Sei doch bei mir müde«, sagte ich und verachtete mich selber für den flehentlichen Klang meiner Stimme.

»*Non*. Ich gehe nach Hause.«

»Soll ich dich anrufen, nachdem ich bei Madame war?«

Er nickte. »Wenn du willst. Vielleicht ich werde schlafen.«

Mit wem? fragte ich mich.

»Rafik, ich bin auch müde. Aber trotzdem erwartest du … bittest du mich … dir einen Gefallen zu tun. Ich soll jetzt Madame Rubinskayas verstörtes Gemüt besänftigen. Und ich habe zugestimmt … wegen dir. Gut, und was ist jetzt mit mir?«

»Stani, deine Geist ist stark. Du mußt helfen die andere. Ich bin zu schwach jetzt. Meine Arbeit nimmt alle Kraft.«

Noch ein letztes Mal bot ich mich ihm an. »Warum bleibst du heute nacht nicht bei mir, so daß ich *dir* helfen könnte?«

»Du hilfst mir, wenn du sprichst mit Madame.«

Rafik umarmte mich noch einmal und küßte mich auf Hals, Wange und Mund. Dann verließ er den Laden.

Als ich wieder an meinen Frisierstuhl trat, bemerkte Garrett Wade: »Worum ging's denn?«

»Es ging«, antwortete ich, während ich das bohrende Gefühl in meinem Herzen zu verbergen versuchte, »es ging um Liebe.«

»Kein Wunder, daß du an ihm hängst.«

»Ach nein?«

Ich trug den Rest des magischen Breis auf, der Garrett Wades Haarwurzeln zu einem Superblond umformen sollte. Während ich die Farbe aufpinselte, überlegte ich laut: »Wie komm' ich eigentlich dazu, schon wieder den Wohltäter zu spielen?«

»Möchtest du meine Meinung hören?« sagte Garrett.

»Klar«, sagte ich und sah ihm im Spiegel in die Augen.

»Wenn du's nicht tust, was passiert dann?«

»Nichts.«

»Da hast du deine Antwort, Mädchen.«

»Hast du mir nicht vorhin gesagt, ich solle ihn fallenlassen und mich wieder mit anderen treffen?«

»Ihn doch nicht. Jeden anderen. Aber nicht *ihn*.«

Garrett Wade war Rafiks Charme offensichtlich völlig erlegen.

Ich beendete die Arbeit an seinem Haar und ließ ihn summend davonziehen. Die frische Färbung und der neue

Haarschnitt würden die Geschworenen morgen bestimmt beeindrucken.

Danach hatte ich vor, etwas Büroarbeit zu erledigen und dann nach Hause zu gehen, aber Garretts Worte nagten noch in mir. Wenn ich nicht tat, worum Rafik mich gebeten hatte – nämlich Madame Rubinskaya besuchen –, dann stand fest, daß in bezug auf den Mord an Max Harkey nichts mehr geschehen würde, jedenfalls nichts mehr von meiner Seite. Aber wenn ich es nun tat, wenn ich die alte Dame besuchte und mich ein bißchen einmischte, was wäre dann?

Als ich vor dem Appleton ankam, fiel mir ein seltsamer Zwiespalt der Tatsachen und Ereignisse auf. Wenn Max Harkey die Geistesgegenwart besessen hatte, Rafik, Marshall Zander, die Polizei und weiß Gott wen sonst noch anzurufen, nachdem er überfallen worden war, warum hatte er dann niemand gesagt, wer ihn angegriffen hatte? Wollte er jemanden schützen? Seltsam war auch, daß man keinerlei Anzeichen dafür sah, daß er versucht hätte, die Blutung zum Stillstand zu bringen. War sein Entsetzen zu groß gewesen? Oder hatte Max Harkey begriffen, daß die Wunden tödlich waren und daß ihn nichts mehr retten konnte? Oder vielleicht – warum war ich da eigentlich nicht schon längst draufgekommen? – vielleicht hatte Max Harkey gar niemand angerufen. Vielleicht war er während des ganzen schrecklichen Ereignisses bewußtlos gewesen. Denn falls es nicht ein äußerst ungewöhnlich inszenierter Selbstmord war, wie sonst könnte ein Mensch diese wohlüberlegten und effektvollen Wunden so hinnehmen?

Ich läutete an Madames Wohnung und sagte ihr, wer ich sei. Sie betätigte den Türöffner, und ich sah, daß das Schloß an der Eingangstür bereits wieder repariert war. Droben drückte ich auf den Klingelknopf neben ihrer Wohnungstür, und sofort begann ein Hund drinnen laut zu bellen.

»Veruschka! Veruschka!« quäkte die alte Dame hinter der Tür.

Bei meiner angeborenen Angst vor Hunden hatte ich gleich das Gefühl, daß Veruschka und ich nicht die allerbesten Freunde werden würden.

Madame Rubinskaya öffnete die Türe, und der Hund sauste an ihr vorbei heraus. Da Madame ja Russin war, hätte ich einen Barsoi oder Afghanen erwartet. Veruschka jedoch war nur eine ganz gewöhnliche Promenadenmischung. Sie wedelte aufgeregt mit dem Schwanz und beschnüffelte meine Hosenbeine aufwärts und abwärts, dann raste sie auf dem Treppenabsatz herum und japste und jaulte und schnupperte überall. Madame Rubinskaya stand in der offenen Türe und bewunderte die Possen ihres Haustiers.

»Ich habe gerettet sie«, sagte sie. »Ist sie gutes Mädchen, meine kleine Zarin.« Madame bückte sich ein wenig und klatschte in die Hände. »Hinein jetzt, Ruschka. Hinein!«

Die Hündin bellte – zwei kurze, laute Kläffer – gehorchte dann sofort ihrer Herrin und stürmte in die Wohnung zurück. Ich folgte Madame in ein großes Wohnzimmer von heruntergekommener königlicher Eleganz.

»Rafik schickt Sie?« fragte sie.

»Ja«, antwortete ich.

»Gut. Sie warten hier. Ich bringe *chai*.«

»*Chai*?« fragte ich.

Die alte Frau grinste. »Tee«, sagte sie emphatisch, dann drehte sie sich um und ließ mich in dem Zimmer allein.

Dieses Wohnzimmer wäre der Traum jedes Historikers gewesen und der Alptraum jedes Designers, ein Mischmasch von Möbeln und anderen Gegenständen, die keinen erkennbaren Stil und keine Gemeinsamkeit besaßen, außer daß alles alt war. Die Möbel sahen aus, als stammten sie aus Europa, und zwar aus der Nachkriegszeit, als Modernität nur auf Kosten des guten Geschmacks zu haben war. Eine Ansammlung der seltsamsten Tischlampen schaffte es kaum, die Düsterkeit der dunklen Tapeten und der schweren Vorhänge ein wenig zu erhellen. Eine antike, byzantinische Ikone, mit Augen, die von der Schwere der Welt ganz traurig aussahen, blickte hoch droben aus einem Winkel herab. Auf der einen Seite des Zimmers stand ein Flügel, der von einem muffig riechenden Jacquardstoff mit langen Fransen an den Seiten umhüllt war. Ein paar Partituren lagen auf dem Notenständer. Ich blätterte eine durch und sah, daß sie eine Widmung des Komponisten an Madame Rubinskaya trug. Auf dem Flügel standen viele gerahmte Fotografien. Eine davon nahm meinen Blick gefangen. Es handelte sich um die sepiafarbene Aufnahme eines jungen Tänzers, oder besser gesagt eines jungen Gottes, von hinten im Halbprofil. Er war nackt. Ich nahm das Bild in die Hand und studierte die feinmodellierten Muskeln auf der Hinterseite des Mannes. Das war ein Stück, das mich faszinierte. Da merkte ich, daß Veruschka an meinem Schuh schnüffelte. Sie ging dabei ganz sanft vor, als wolle sie sich für ihre ungehobelte Begrüßung von vorhin entschuldigen. Ohne Stammbaum genau wie ich, fühlte sie sich bestimmt unter all den Artefakten in Madame Rubinskayas Wohnung nicht so ganz wohl.

Madame trat ein mit einem Tablett voller Speisen und einer großen kupfernen Teemaschine, dem Samowar. Ich fühlte, daß ich errötete, da sie mich in einem lasziven Augenblick erwischt hatte, mit dem Foto eines nackten jungen Mannes in der Hand.

»Ist Maxi«, sagte sie und setzte das Tablett ab. Ich stellte das Bild wieder auf den Flügel und trat zu ihr, um ihr behilflich zu sein.

Sie servierte den *chai* in hohen Gläsern. Er war stark – stechend und süß und blumig. Zum *chai* bot sie Sandwiches mit kaltem Kalbfleisch auf herzhaftem dunklem Roggenbrot an, dazu eingelegte polnische Pilze und einen Kartoffelsalat mit Ei. Eine Weile aßen wir schweigend. Ich wollte sie gerade nach dem Überfall fragen, als sie ihren Teller absetzte und mir zuvorkam.

»Erzähle ich Ihnen Geschichte von Maxi«, begann sie. »Sie sehen von diese Bild wie schön war sein Körper. Wenn Maxi war Tänzer in Monte Carlo, ich war *régisseuse*. Das ist Direktorin von Proben, Sie verstehen?«

Ich nickte und warf einen Blick auf ihre feingebauten Knöchel und ihren hohen Rist, den das Oberleder ihrer Schuhe tatsächlich zu beengen schien.

Madame Rubinskaya fuhr in ihrer Erzählung fort. »Einmal nach Probe ich schließe die Studio zu und höre ich Geräusche aus Ankleidezimmer der Mädchen. Ich frage mich: Was ist das? Ist jemand da drin? So ich gehe wie Katze zu Ankleidezimmer. Leise, leise, mache ich weiche Schritte. Bewege ich langsam Vorhang zu schauen hinein. Und was ist da drin?«

Sie verstummte theatralisch, und ich war klug genug, nichts zu sagen. Dann lächelte sie über das ganze Gesicht. Selbst ihre Augen strahlten durch die düstere Atmosphäre ihres Wohnzimmers.

Sie flüsterte: »Maxi macht Liebe mit eine junge Tänzerin.« Darauf stellte Madame ihr Glas Tee auf den Tisch und rief aus: »*Bohze*!«

Ihre Geschichte war die Umkehrung der klassischen Urszene. Und als würde sie meine Gedanken lesen, sagte Madame jetzt: »Da ich wußte, daß ich werde lieben Maxi für immer. Danach er ist wie Sohn für mich.« Sie seufzte und schüttelte den Kopf, dann atmete sie langsam aus und endete in einem traurigen kleinen Klagelaut.

Zur Unterbrechung bot sie mir ein Tablett mit kleinen flachen Kuchen an, die nach gebackenen Äpfeln dufteten. Ich nahm einen und biß hinein. Er zerging mir auf der Zunge und schuf eine Wolke von würzigem Fruchtfleisch und butterigem Karamelgeschmack.

»Sie mögen?« fragte Madame Rubinskaya.

»Ganz köstlich«, erwiderte ich ehrlich.

Sie lächelte zufrieden, über ihre eigene kulinarische Geschicklichkeit erfreut. »Ist ganz einfach«, sagte sie. »Nur Butter und Frischkäse, und ein bißchen Mehl, um zusammenzuhalten.«

Die köstliche Mélange kitzelte mir so spielerisch die Geschmacksnerven, daß ich in den siebenten Himmel des Wohlgeschmacks entschwebte. Dann aber erinnerte ich mich nur zu genau an meine Mission, von der mich Madame Rubinskaya so gekonnt durch Speis und Trank und Geschichte abgelenkt hatte. Ich schalt mich innerlich selber, daß ich mich so leicht von meiner Fährte abbringen ließ, und wahrscheinlich machte ich deswegen meine nächste Bemerkung, die ein Paradebeispiel von *non sequitur* darstellte.

»Ist Ihnen etwas Wertvolles abhanden gekommen?«

Madame Rubinskaya sah mich an, als habe ich soeben eine Zeile aus der Liturgie einer Hohen Messe gesprochen.

»Der Überfall«, fuhr ich fort. »Hat der Räuber etwas mitgenommen?«

Die erstaunliche Verwandlung, die jetzt mit Madame Rubinskaya vorging, hätte bei einer weniger guten Schauspielerin mehrere Proben mit genauen Regieanweisungen sowie ein völlig neues Make-Up verlangt – allerdings hatte ich ihr immerhin eine großartige Motivation geliefert, schien mir. Sie vollzog den Wandel von der Köstlichkeiten auftischenden Babuschka zum gebeutelten älteren Mitbürger – mit eingesackten Schultern, hängenden Backen, zusammengezogenen Lippen, müden Augen – schneller, als man »Kamera läuft« hätte sagen können.

»Ach!« rief sie aus. »Kam er von nirgendwo.«

»Es war also ein Mann?«

»Natürlich es war ein Mann.«

»Haben Sie ihn gesehen?«

Ein schlauer Blick aus ihren klugen Augen.

»Nein«, sagte sie. »Ging alles zu schnell.«

»Aber woher wissen Sie dann – «

»Ich weiß, daß es war ein Mann!« Ich machte aus mir den betroffenen Therapeuten, die persona, die ich auch benutzt hatte, als ich noch an der psychiatrischen Klinik gearbeitet habe. »Es muß schrecklich für Sie gewesen sein«, sagte ich und zwang Wärme in meine Augen.

Nachdem wir alle beide die ganze Zeit schauspielerten und etwas verbargen, befanden wir uns jetzt in einer Sackgasse. Sie heuchelte Hysterie, und ich heuchelte genauso offensichtlich Sympathie. Dabei war jetzt die eigentliche Frage, falls wirklich ein Überfall stattgefunden hatte, wer es getan hatte und warum. Und falls nicht, warum die alte Dame den Vorfall erfunden hatte. Es war Zeit für mich, ein bißchen Charme zu entfalten.

»Verzeihen Sie«, sagte ich. »Ich hätte mehr Verständnis zeigen sollen.«

Ihr Gesicht blieb auf mich gerichtet.

Ich sagte: »Erzählen Sie mir ein wenig von Ihrer Karriere als Tänzerin.«

Das endlich brach ihren Widerstand.

»Ach, so viel zu erzählen. Was Sie wollen hören?«

Ich zuckte die Schultern. »Was mochten Sie denn am liebsten?«

Sie holte tief Atem und blickte in den Raum hinein, als wolle sie sich selbst in Trance versetzen. Manche Leute von der Bühne vergessen anscheinend manchmal, daß sie nicht auf der Bühne sind. »Am liebsten ich mochte zuschauen meine Großmutter. Sie war wunderschöne Tänzerin. *Assoluta*. Sie war Favoritin von Zar.«

Diesen Satz hatte sie schon einmal benutzt, und ich hatte den Verdacht, daß diese Erinnerung an den verflossenen Ruhm der Familie Madame dazu diente, sich ihres eigenen Wertes zu versichern.

Sie sprach weiter. »Ich war nie Primaballerina wie meine Großmutter. Wer ist Ballerina der Familie jetzt, ist Mireille. Sie wird sein *assoluta* eines Tages. Wunderschöne Tänzerin. Wie meine Großmutter.«

»Mireille ist Ihre Nichte, stimmt's?«

Madame Rubinskaya berichtigte mich. »Sie ist Enkel-Nichte.«

Großnichte, dachte ich.

Ich fragte: »Haben Sie auch die berühmten Rollen getanzt? Odette-Odile? Aurora? Julia?«

Die alte Frau blickte finster drein. »War ich Charaktertänzerin. Hatte ich große Passion, große Feuer, große Technik, aber war ich niemals hübsches junges Mädchen auf der Bühne. Also ich mache meine Tanz, und die Publikum liebt mich. Habe ich gemacht *tours en l'air* wie Mann. Große Sprünge auch. Sehr stark.«

»Es muß wunderbar gewesen sein«, sagte ich beeindruckt.

Sie sonnte sich einen kurzen Augenblick in vergangenem Ruhm. Dann wurden ihre Augen boshaft, und sie beugte sich zu mir vor. »Soll ich sagen Ihnen Geheimnis? Große Geheimnis?«

»Unbedingt.«

Sie grinste übers ganze Gesicht. »Das ist – wie sagt man bei Ihnen? – meine tiefe dunkle Geheimnis.« Sie wollte aus der Situation das Äußerste an Spannung herausholen, gleichzeitig wollte sie aber auch unbedingt ihr Geheimnis loswerden. Mit leiser Stimme sagte sie: »Ich liebe Bühne niemals. Ich liebe niemals Aufführung.«

Ich schaute sie mit meinem erwartungsvollsten Blick an.

Sie fuhr fort: »Ich mag nur Probe und Ballettklasse. Da ist die Ballett ernst. Auf Bühne manchmal ist wie Zirkus. Aber in Studio ist immer ...« sie hielt inne, um nachzudenken, um die nächsten Worte sorgfältig zu wählen, obwohl ich überzeugt war, daß sie dieses Geheimnis schon oft enthüllt hatte. »In Studio«, sagte sie und ließ noch einmal eine endlose Pause folgen. »Das Studio ist wie Kirche.«

Na bitte, dachte ich, Brava! Endlich ist es raus.

Sie fügte rasch hinzu: »So ich bin glücklich zu sein *maîtresse de ballet*, zu dienen meine Kunst und meine geliebte Maxi.«

Bei seinem Namen wurden ihr die Augen wieder feucht. Jetzt war es Zeit für mich herabzustoßen.

»Kann ich Sie etwas über ihn fragen?« sagte ich. »Über Max?«

Ihr linkes Augenlid zuckte.

»Wenn hilft«, sagte sie, mit einem leichten Mißvergnügen, daß ich bei ihrem feierlichen Bekenntnis keine Reaktion gezeigt hatte.

Ich wußte, daß meine Frage nach Beschuldigung riechen

mußte. Und schließlich war ich ja eigentlich hier, um sie zu trösten, und nicht, um sie zu provozieren. So tastete ich mich etwas unsicher vorwärts.

»In der Nacht, als Max ... In der Nacht, als das alles geschah. Hat er Sie da zu Hilfe gerufen?«

»Was Sie da sagen?« antwortete sie scharf. »Maxi um Hilfe rufen? Höre ich hier nichts. Sie sehen, ist fast Schallschutz.« Ihr Gesicht war noch immer hart und defensiv.

»Madame, hat er Sie *angerufen*?«

»Oh«, sagte sie, als habe sie jetzt endlich meine Frage verstanden, obwohl ich überzeugt war, daß sie ganz genau wußte, wonach ich fragte. Wenn ich etwas mehr Charme entwickelt hätte, würde sie mir vielleicht sogar etwas sagen.

Nach einer längeren Pause, während der Veruschka zweimal nieste und sich dann wieder zu Madames Füßen niederließ, sagte die alte Frau einfach: »Ich weiß es nicht.«

»Haben Sie das Telefon läuten hören?«

Sie hob die Hände, als wolle sie sich ergeben. »Ich kann nicht beantworten Ihre Frage, weil ich war nicht hier.« Ihre Stimme hatte jetzt eine sehr weibliche Sanftheit angenommen, die, während sie fortfuhr, immer deutlicher und fast schon aufdringlich wurde. »Habe ich die Nacht in Ballettstudio verbracht.«

»Aber Sie waren doch bei dem Abendessen. Warum hätten Sie dann zum Studio gehen sollen?«

»Als ich komme heim, ich gehe spazieren mit Veruschka.«

»War das nicht gefährlich, so spät nachts?«

»Ich habe nicht Angst. In Rußland, *da* man muß Angst haben. Hier es gibt nichts, um Angst zu haben. Sogar jetzt ich habe nicht Angst.«

Ich konnte ihr nicht so ganz zustimmen, aber schließlich war ich nicht hier, um Landespolitik zu diskutieren.

Sie fügte hinzu: »Man darf niemals Angst haben.«

Ich nickte in vorgeblicher Dankbarkeit für ihren Rat.

Sie fuhr in ihrem Ablenkungsmanöver fort: »So Veruschka und ich gehen spazieren, und wir kommen zu Ballettstudio in diese Nacht, und ich beschließe, dort zu bleiben.«

»Aber warum sind Sie nicht einfach hier zu Hause geblieben?«

Sie schenkte mir ein herablassendes Lächeln, als könne nur ein großer und verehrungswürdiger Künstler verstehen, warum sie es getan habe.

»Maxi hat mich verwundet sehr stark an diese Abend. Er hat gebrochen mein Herz. Er gibt diese Rolle aus dem *Phoenix* für junges Mädchen Alissa. Sollte sein für meine liebe Mireille. Ist für sie gemacht. So bin ich verwundet und bin ich böse und will ich weit fort sein von ihm. So bleibe ich nicht zu Hause.«

Ein derart schwaches Alibi brauchte ja wirklich das gesamte Haarspray von Boston, um aufrechterhalten zu werden. Und doch konnte ich mich fast in ihre Logik hineinversetzen, konnte verstehen, daß man plötzlich weit weg von jemandem sein wollte, der einem wehgetan hatte. Aber mein Verständnis rührte von erlebten Mißlichkeiten zwischen Liebenden her. Was hatte eigentlich wirklich für eine Beziehung zwischen Max Harkey und Madame Rubinskaya bestanden? Eines stand jedenfalls fest: Für jemand, der vorgab, die Bühne so sehr zu hassen, hatte Madame wirklich eine gute Vorstellung gegeben.

Ich bedankte mich für ihre Gastfreundschaft und brach auf. Veruschka bewegte sich und stand dann zur Verabschiedung auch noch auf. Als ich Madame Rubinskaya an der Tür Gute Nacht sagte, schnüffelte Veruschka sachte an meiner Hand. Ich zuckte instinktiv zurück, und die Hündin duckte sich bei meiner plötzlichen Bewegung. Madame Rubinskaya lachte.

»Wird sie nicht Sie verletzen. Ist sie gutes Mädchen.«

Veruschka sah mit großen, bedauernden Augen zu mir auf.

Vielleicht beißen manche Hunde wirklich nicht.

Am häuslichen Herd hielt das Leben für mich an diesem Abend noch eine besondere Herausforderung bereit. Sobald ich zu Hause war, nahm ich mir das zweite Wesen vor, das ich von Herzen liebte: Sugar Baby. Ich sollte ihr auf Anraten des Tierarztes in regelmäßigen Abständen die Zähne putzen. Natürlich klingt das ganz einfach, aber haben Sie schon einmal versucht, einer Katze die Zähne zu putzen? Trotz all ihres rätselhaften Charmes besteht eine Katze zum größten Teil aus Krallen und Zähnen. Solch einem Wesen die Zähne putzen zu wollen, ist der reinste Wahnsinn. Aber ich hatte eine Methode, mit der ich mein Mädchen zur Zusammenarbeit mit mir bringen und mir viel Geld und ihr eine Prophylaxe unter Vollnarkose ersparen konnte. Sobald ich sie umgarnt hatte, legte ich mit meinem Folterinstrument los: mit einer Katzenzahnbürste, die in Krabbenfleischsaft getaucht war. Es funktionierte. Sugar Baby erlaubte mir, daß ich ihr die Zähne putzte. Sie versuchte sogar mitzuhelfen, wie Katzen es ja gewöhnlich dann tun, wenn man es am wenigsten brauchen kann. Sie leckte sich die Lippen, sobald ihr ein Tropfen Saft auf die Zunge kam, und stupste mich dann mit der Pfote an, um noch mehr zu kriegen. Das machte das Putzen ein bißchen schwieriger, aber ich vollendete die gesamte Prozedur wunderbarerweise ohne den kleinsten Kratzer. Und ich fragte mich, ob es nicht vielleicht einen riesigen unentdeckten Markt gab für weitere Katzenpflegemittel mit Krabbengeschmack.

Ich belohnte Sugar Baby für ihre Tapferkeit mit einem anschließenden genüßlichen Kämmstündchen. Verdammt nochmal, wo Rafik heute nicht da war, mußte ich mich eben an eine andere pelzige Person halten. Während der von Schnurren erfüllten Sitzung mit meiner Süßen gönnte ich mir einen großzügigen Martini – ich glaube, in dieser Größe nennt man das einen Mogul-Martini. Und in meiner Einsamkeit erinnerte ich mich an einen Rat, den mir ein Kunde, der Geschäftsmann war, einmal gegeben hatte: Wenn du Zweifel hast, dann organisiere. Und Zweifel hatte ich tatsächlich, das war das Mindeste. Also machte ich mich, um meine Zweifel zu beschwichtigen, ans Organisieren, indem ich im Geist eine Liste von allen Leuten aufstellte, mit denen ich in letzter Zeit gesprochen hatte, ferner, wer davon verdächtig war und welches Motiv er oder sie gehabt haben konnte, Max Harkey zu ermorden.

Da war erst einmal Marshall Zander, der wohlhabende Tölpel, der das Boston City Ballet unterstützte. Da ich für ihn kein Motiv sah, erfand ich eins, nämlich eines, das für mich immer das naheliegendste ist: sexuelle Eifersucht. Ich stellte mir vor, daß Max Harkey Marshalls Liebe immer zurückgewiesen hatte, weil er eben nicht homosexuell war. Als sich Max Harkey in Toni di Natale verliebte, brachte ihn Marshall Zander vielleicht in einem unbeherrschten Augenblick um. Dafür hatte ich keinerlei Beweise, aber mir gefiel es, daß darin so viel Melodramatik lag.

Scott Molloy, der abweisende junge Tänzer mit den hübschen Beinen und Pobacken, hätte Max Harkey ebenfalls aus Eifersucht töten können. Nicht nur war seine Freundin Max' Geliebte gewesen, sondern es gab ja auch das Gerücht, daß Scott für Max mehr empfand als nur die berufsmäßige Schmeichelei. Unerwiderte Liebe ist immer ein prima Motiv für Mord.

Was Alissa Kortland betrifft, so hatte sie sich vielleicht rächen wollen für die Einschränkungen, die Max ihrer Karriere auferlegte, obwohl sie seinen sexuellen Wünschen zu Willen gewesen war.

Für das nächste talentierte Sexualobjekt, nämlich Toni di Natale, entdeckte ich weder Motiv noch Gelegenheit. Vielleicht stand sie mir durch ihr Techtelmechtel mit Rafik zu nahe vor Augen, als daß ich sie objektiv hätte sehen können.

Und wo war überhaupt ihr Verlobter, Jason Sears? Wo war er hin? Machte er wirklich eine Tournee?

Mein letztes Gespräch hatte ja mit Madame Rubinskaya stattgefunden, und sie hatte sich ganz gewiß unberechenbar und verdächtig benommen. Aber wie konnte jemand, der so gut buk, eine Verbrecherin sein?

Und last but not least, gefährlich aber nur für mein Herz, war da mein sprunghafter Liebhaber Rafik.

Jeder auf der Liste hatte Gelegenheit gehabt, Max Harkey zu ermorden, und keiner hatte ein sehr gutes Alibi für die Nacht. Aber jemand fehlte. Dann tauchte in meinem Gehirn, wie in einem Haufen von zufälligem Computermüll, plötzlich die Partitur auf Max Harkeys Flügel auf, die Partitur mit dem handgemalten Einband. Vielleicht hatte die Tatsache, daß ich ähnliche alte Partituren auf Madame Rubinskayas Flügel hatte liegen sehen, diese Information aus meiner schwerfälligen Datenbank hervorgeholt. Aber ich erinnerte mich nicht, diese Partitur am Morgen nach dem Mord in Max Harkeys Wohnung gesehen zu haben. Allerdings hatte ich am Abend zuvor ganz schön getankt, so daß sich in meinem Hirn Erinnerung und Einbildung sehr wohl vermischt haben mochten. Aber ich wußte, wer darauf eine Antwort geben konnte, und das war auch der Name, der auf der Liste fehlte, die ich im Geist aufgestellt hatte.

Morgen würde ich mich mit Rico treffen, Max Harkeys verteufelt reizendem Hausangestellten.

10. Ich hätt' getanzt heut nacht, die ganze Nacht heut nacht ...

Am nächsten Morgen war ich im Snips und versuchte, die am Vortag vernachlässigte Büroarbeit aufzuholen. Es verschaffte mir ein wenig Erleichterung, meine linke Gehirnhälfte zu benützen. Die Plackerei mit dem Papierkram brachte irgendwie wieder etwas Ordnung in mein Leben, ganz im Gegensatz zu meinen ungeschickten Nachforschungen in punkto Mord.

Nicole segelte so gegen zehn in den Salon. Ich hörte sie fröhlich immer wieder »Guten Morgen!« sagen, während sie sich durch den Laden nach hinten auf mein Büro zu bewegte. Sie erschien ganz alert in der offenen Türe, den Busen hoch, den Nacken straff.

»Guten Morgen!« rief sie, als wäre auf der Welt alles in schönster Ordnung. Sie trat ein, schenkte sich einen Kaffee ein und ließ sich gemütlich in dem neuen Stuhl nieder.

»Bei dir wirkt wohl die Sex-Therapie, was, Herzchen?« sagte ich und konzentrierte mich gleich wieder auf meine Schreibarbeit.

»Leg das doch mal alles kurz beiseite, Schätzchen. Unterhalten wir uns ein bißchen.«

»Soll das heißen, daß ich mit dem Arbeiten aufhören soll?«

»Nur kurz. Hast du den Himmel gesehen?«

»Den Himmel?«

»Er ist heute morgen so wunderbar. Diese weißen Wolken vor dem Azurblau. Fast wie am Mittelmeer.«

»Du strömst ja direkt über, Herzchen.«

»Ach Stanley. Boston kann so wunderschön sein!«

Das war nun aber doch zuviel. Ich schlug den Ordner zu und drehte meinen Stuhl herum, um ihr ins Gesicht sehen zu können.

»Wer und wie?« fragte ich.

Nicole nippte sittsam an ihrem Kaffee und schlug ihre langen Wimpern zu mir auf. »Du weißt doch, daß ich sowas nie erzähle«, sagte sie.

»Kenne ich ihn?«

»Das will ich meinen«, antwortete sie mit einem gezwungenen Kichern.

»Ich brauche einen Tip.«

»Nein, brauchst du nicht«, sagte sie zurückhaltend.

»Dann muß es doch glatt Branco sein«, witzelte ich.

Aber anstatt das abzuwehren, errötete Nicole.

Erstaunt fragte ich: »Hast du tatsächlich Branco ins Bett gekriegt?«

Sie sagte nichts und wandte ihren Blick dem offenen Fenster zu.

»Spuck's aus«, verlangte ich.

Nicole gab keine Antwort.

»Heißt das, da ist nichts auszuspucken?« fuhr ich fort.

Schweigen und ein kühler Blick waren ihre Antwort.

»Oder vielleicht *wurde* nichts ausgespuckt, was, Herz-chen? Manchmal fehlt es so jüngeren Männern ja einfach an Erfahrung.«

»Der Lieutenant ist wohl kaum ein jüngerer Mann«, ant-wortete Nicole schlicht.

»Immerhin ist er jünger als du, Herzchen, aber schließ-lich – «

»Stanley, manche Erlebnisse sind einfach zu gehoben für so eine vulgäre Konversation.«

»Aber wer wird denn da gleich so stinkvornehm tun?«

»Du brauchst gar nicht erst die Krallen zu zeigen, du junger Mann. Halt’ du dich an deine Arbeit. Ich halt’ mich an den Lieutenant.«

»Und wie.«

Aber ich war sicher, daß Nikki mich hatte provozieren wollen. Sie und der Lieutenant konnten es doch nicht mit-einander getrieben haben, oder? Das gab es doch wohl nicht? Beischlaf? Ich wußte, daß sie ein recht reges Sexualle-ben hatte, aber Branco? War so etwas denn menschenmög-lich? Bei seinem charismatischen Machotum mochte es zwar die naheliegendste Reaktion seiner Mitmenschen auf ihn sein, daß bei ihnen sofort Lust aufflammte. Aber einen ganz profanen Sexualakt mit diesem olympischen Gott von den Gestaden des Mittelmeers durchzuführen, das kam mir unwahrscheinlich vor, zu gewöhnlich – zu vulgär, wie Nikki gesagt hatte. Lieutenant Branco war ein Mensch, der sich zurückzuhalten schien, der abzuwarten schien, daß er sein Pendant traf, die einzigartige Partnerin, die ihm von den Sternen zugedacht war, die zu ihm passende Göttin, die je-doch in der gewöhnlichen Welt niemals erscheinen würde, und ganz gewiß nicht in der Verkörperung von Nicole Al-bright. Nein, viel eher hatte sich ihr gemeinsamer Abend in sexueller Hinsicht als Fehlschlag erwiesen, und Nikki ver-barg jetzt ihre Enttäuschung hinter geheimnisvollem Getue.

Plötzlich steckte Ramon, der ja für die Haarwäsche zuständig war, den Kopf durch die halboffene Türe. »Unangemeldete Kundschaft für Stanley«, sagte er und fügte mit blasiertem Grinsen hinzu: »Ein Mann.« Dann verschwand er.

Auf der momentanen Stufe meiner Karriere bedeutete eine unangemeldete Kundschaft praktisch immer eine Empfehlung von einem meiner exklusiven Kunden, deshalb war der Neue, mochte er auch ein Fremder sein, auf jeden Fall darauf vorbereitet, hofiert zu werden und gut zu bezahlen.

»Die Pflicht ruft«, sagte ich.

»Du meinst wohl, das Geld«, entgegnete Nicole. »Wir sprechen später weiter.«

Ich nahm noch einen Schluck Kaffee und ging hinaus in den Laden. Im Empfangsbereich stand Marshall Zander, und einen Haarschnitt brauchte der sicher nicht.

»Ich hoffe, es ist nicht zu dreist, ohne Termin hier hereinzuschneien«, sagte er. »Es war ein so schöner Tag, daß ich spazierengegangen bin, und da dachte ich, ich schau mal vorbei.«

»Ich habe ein wenig Zeit«, sagte ich kühl.

»So ein Glück! Ich hätte gern Waschen, eine Haarkur und Schneiden«, sagte er. Dann lachte er herzlich und fügte hinzu: »Die ganze Abreibung.« Bei seinem Versuch, sich witzig zu geben, kam ich mir eher wie ein Mann vom Kundendienst der Wasserwerke vor als wie ein führender Haarstylist. Aber wenn nötig, kann ich auch den pflichtbewußten Proletarier spielen.

Ich gab Marshall Zander einen Frisierumhang, um seine Kleider zu schützen. Als er sich umgezogen hatte und aus der Umkleidekabine kam, bemerkte ich einen schwachen, aber unangenehmen Geruch an ihm, wie nach verfaulenden Früchten. Vielleicht stammte der ja von den vielen stimmungshebenden Medikamenten, die er einnahm.

Ich führte ihn zu den Waschbecken. Ramon, dem dieser Bereich gehörte, grinste breit, als wolle er sagen: Na, sogar beim Herrn Großmeister ist die Laufkundschaft manchmal noch ganz schön häßlich. Der gute Ramon erkannte natürlich nicht, daß es für mich *die* Gelegenheit war, mit meinen Nachforschungen ein bißchen voranzukommen. Ich wußte nur zu genau, daß Marshall Zander durchaus nicht wegen eines Haarschnitts ins Snips gekommen war. Für mich lag die Herausforderung jetzt ganz einfach darin herauszufinden, was er eigentlich wollte, ohne ihm dabei von meiner Seite des Frisierstuhls die geringsten Informationen zukommen zu lassen.

Ich trug etwas Feuchtigkeitsshampoo auf sein rauhes, braunes Haar auf und schuf eine cremige, schäumende Mousse. Während ich ihm die Kopfhaut massierte, schloß er die Augen und stöhnte leise vor Lust. Diese Reaktion auf das Tun meiner fähigen Hände ist zwar durchaus nicht unüblich, aber mit Marshall Zander hatte ich eigentlich nicht so intim werden wollen. Ich unterbrach ihm die wohligen Momente durch einen nicht so ganz zufälligen Strahl eiskalten Wassers aus der Handbrause. Er zuckte zusammen, lächelte dann aber, und ich merkte, daß er die plötzliche Überraschung genoß, auch wenn sie unangenehm war.

Ich sagte: »Sie scheinen sich ja in dieser ganzen scheußlichen Geschichte sehr tapfer zu halten.«

»Ja, dank meiner Tabletten«, sagte er. »Ich schlafe jetzt auch besser. Wie geht's Ihnen? Haben Sie schon was Neues entdeckt?«

»In welcher Hinsicht?«

»Sie haben doch im Ballettstudio mit den ganzen Leuten geredet.«

»Reden kostet nichts.«

»Wen halten Sie für verdächtig?«

Ich gab keine Antwort, obwohl mich seine Grammatik beeindruckte.

Er sprach in leichtem Ton weiter: »Verdächtigen Sie mich?«

»Ich habe eigentlich kein Recht, irgend jemanden zu verdächtigen.«

»Aber gehen Sie mir doch mit Ihren Rechten. Wie steht es mit Ihrer Logik? Gegen wen erhebt denn nun Ihre Ratio den anklagenden Zeigefinger?«

Das war ein großer Satz von dem Mann mit dem großen Bankkonto.

Ich wollte ihm gerade antworten, als ich hinter mir einen vertrauten Energiestrom fühlte. Ich drehte mich um und sah Rafik mit einem riesigen Blumenstrauß in den Armen dastehen. Mit wie gemischten Gefühlen beschleunigte sich da mein Herzschlag!

Rafik sah nicht, wer da den Kopf im Waschbecken hatte, und Marshall Zander sah Rafik hinter mir nicht. Meine Intuition sagte mir, daß es dabei auch bleiben sollte. Ich blies Rafik einen Kuß zu und wies dann mit dem Kopf auf mein Büro im Hintergrund, wo er und ich uns ungestört unterhalten konnten. Zunächst jedoch verteilte ich eine ganze Menge Haarkur in Marshall Zanders Haar.

»Nicht vom Fleck rühren«, befahl ich ihm.

»Ich bleibe, wo ich bin«, sagte er gehorsam.

Zum Glück hatte Nikki bereits mein Büro verlassen, so daß Rafik und ich allein sein konnten. Als wir drinnen waren, stieß er die Türe mit dem Fuß zu, und dann, ganz plötzlich, klammerten wir uns aneinander. Die Blumen fielen zu Boden. Wir schwankten, wir stießen an meinen Sessel und fielen zusammen hinein, noch immer in leidenschaftlicher Umarmung umschlungen. Mein Junge.

Er sprach als erster. »Verzeih mir.«

»Was?« erwiderte ich, als sei da nichts zu vergeben.

Rafik sprach stockend. »Letzte Abend. War ich der *jerque*.«

»Nein, mein Geliebter. Ich in meiner rasenden Eifersucht war und bin *le jerque* und werde es auch immer sein.«

Hier bitte unterschreiben.

»Also du bist nicht böse?« sagte er.

»Vielleicht im Zweifel, aber nicht böse.«

Es folgten weitere anhaltende Umarmungen und Küsse – zwei über die Maßen Verliebte.

Als wir endlich Luft schöpfen mußten, sagte Rafik: »Toni möchte mit dir reden.«

Das war ja nicht gerade das Liebesgeständnis, das ich von ihm hören wollte.

Ich erblickte die Blumen am Boden. Jetzt waren sie für mich mehr als ein großzügiges Geschenk von meinem Liebhaber. Sie dienten zur Ablenkung von Rafiks neuerlicher Untreue. Und mit dieser Beobachtung waren wir, das merkte ich, wieder voll drin in unserem schizophrenen Tango.

Verzeih mir.

Vertraue mir.

Hilf mir.

Hier hast du Blumen.

Ich liebe dich.

Geh.

Da capo.

»Was will sie?« fragte ich.

»Sie glaubt zu wissen, wer hat Max Harkey gemordet.«

»Das sollte sie der Polizei erzählen.«

»Nein, Stani. Sie glauben nicht für ihr.«

Ich blickte Rafik in die Augen. Solchen Augen konnte man nur sehr schwer etwas abschlagen, wenn überhaupt. Ich wußte bereits, daß ich tun würde, was er wollte. Ich würde Toni di Natale zu treffen versuchen und mit ihr reden, einzig und allein, weil sie meinen Liebhaber darum gebeten hatte. Aber diesmal hatte ich die Absicht, im Gegenzug auch etwas herauszubekommen, etwas, was den Handel mit Rafik ein wenig wieder ausglich. Ich wußte bereits, was das war, und in meinem nonchalantesten Ton fragte ich danach.

»Weißt du, wo ich Rico finden kann?«

Rafiks Augen flackerten in plötzlichem Ärger.

»Warum?«

»Weil er der einzige von allen ist, die bei dem Abendessen dabei waren, mit dem ich noch nicht gesprochen habe.«

»Sonst du willst nichts von ihm?«

»Ich will von ihm, was du von Toni di Natale willst.«

Er verengte die Augenlider, aber das Feuer brach auch da noch heraus.

»Du weißt nicht, wer ich bin mit ihr.«

»Ich versuche nur, dir begreiflich zu machen, was ich empfinde.«

Er wandte den Kopf ab, als seien meine Empfindungen das Ekelerregendste auf der Welt. Das sind sie manchmal wahrscheinlich auch.

»Wenn du willst Rico«, sagte er zornig, »du mußt fragen Marshall Zander. Rico wohnt bei ihm jetzt.«

Max Harkeys früherer Hausangestellter war offenbar noch schneller als sonst geworden.

»Ich möchte ihn nur befragen, Rafik. Und im Gegenzug spreche ich auch mit Toni di Natale. So ist es nur fair. Wo ist sie jetzt eigentlich?«

Rafiks Augen loderten. »Sie wohnt bei mir.«

Wieder herrschte Schweigen. Ich fühlte mich jetzt wie die Blumen am Boden, nämlich wie etwas Unschuldiges, das benutzt worden war, um eine Lüge zu begehen. Ich hätte gedacht, daß Rafik und ich anders wären, stärker, wahrhaftiger, weit über dieser kitschigen Szene stehend. Umso dümmer kam ich mir jetzt vor. Oh, natürlich hatte ich es mir von Anfang an selbst eingebrockt, als ich meine provinzielle Liebe gegen die Raffinesse Toni di Natales gesetzt hatte. Aber jetzt hatte Rafik gewählt. Und mich überraschte die seltsame Ruhe, die ich bei dem Gedanken empfand, daß er sie mir vorzog. Ich hätte großzügig sein und ihm dafür danken sollen, daß er mich in eine so aufregend neue Situation brachte, nämlich, wegen einer Frau verlassen zu werden. Aber ich konnte nichts sagen.

Er drehte sich leise um und ließ mich allein.

Vielleicht konnten wir trotzdem Freunde bleiben.

Und vielleicht würde ich eines Tages heiraten und Kinder kriegen.

Ein paar Minuten später hatte ich meine Fassung wiedergewonnen, so bildete ich mir wenigstens ein, und kehrte in den Laden zurück. Marshall Zander saß immer noch am Waschbecken, wo ich ihn mit seiner Kurpackung im Haar zurückgelassen hatte. Nachdem das Zeugs jetzt die ganze Zeit auf seine Haarschäfte eingewirkt hatte, würde er heute den Salon Snips wohl außerordentlich flaumig verlassen. Gratisservice.

Als ich ihm die Haare wusch, fragte er: »Alles in Ordnung?«

Er klang so ernst, daß ich fast in Tränen ausgebrochen wäre, obwohl seine Sorge um mich mehr wie die geistlose Ergebenheit eines großen dummen Hundes wirkte.

»Zumindest bringt die Zeit alles wieder in Ordnung«, sagte ich kläglich.

Ich wickelte ihm ein Handtuch um den Kopf und führte ihn zu meinem Frisierstuhl.

Als er sich setzte, erinnerte er mich: »Ganz wenig.«

»Nur die Spitzen«, sagte ich und machte mich an die Arbeit. Es handelte sich dabei hauptsächlich nur um Kämmen. Er brauchte überhaupt keinen Schnitt, und ich fragte mich wieder, warum er zu mir gekommen sei. Also, was mich betraf, so durfte er sein Geheimnis ruhig bewahren. Allerdings wollte ich an Rico rankommen, der jetzt bei ihm wohnte.

»Sie wohnen in der Stadt, stimmt's?« fragte ich.

Er hob eine Augenbraue. »Ich habe hier eine Wohnung, ja.«

»In der Nähe?«

Er runzelte ein wenig die Stirn.

Ich fügte hinzu: »Ich dachte, Sie würden vielleicht auch gerne in unsere Kundenkartei aufgenommen werden.«

»Nicht nötig. Ich weiß ja, wo Sie zu finden sind.«

Ich zuckte die Schultern. »Manchmal haben wir für unsere besten Kunden spezielle Angebote, und das teilen wir ihnen per Post mit.«

Er biß überhaupt nicht an. Wie sollte ich nur durch die defensive Apathie dieses Typen durchdringen und an seine Adresse rankommen? Als ich seinen vorgeblichen Haarschnitt gerade beendete, kam mir die abstoßende Antwort in einem Blitz wollüstigen Glanzes: Sex. Verdammt nochmal, wenn Sex schon bei der Liebe nichts nutzte, warum sollte er dann nicht wenigstens als Köder zu gebrauchen sein?

Ich liebkoste Marshall Zanders Kopfhaut besonders zärtlich und lehnte mich an ihn, wobei ich meinen Kopf dem seinen näherte und ihm ins Ohr flüsterte.

»Wenn Sie in der Nähe wohnen, na ja, dann ... also dann könnte ich ja vielleicht mal vorbeischauen.«

Natürlich würde ich das niemals, obwohl ich rein technisch jetzt mein eigener Herr war, nicht mehr so wie noch vor zehn Minuten.

Marshall Zander wandte mir den Kopf zu.

»Meinen Sie das im Ernst?« sagte er.

»Warum nicht?« antwortete ich.

Seine Augen wurden ganz schwammig vor Verlangen. »Ich habe eine Suite im Copley Palace. Sie brauchen nur dem Portier meinen Namen zu nennen.«

Er zwinkerte, und mir drehte sich der Magen um. Jetzt hatte ich zwar die Information, die ich wollte, aber ich war entsetzt, wie leicht das ging, als ich erst einmal den Weg gefunden hatte. Und was noch schlimmer war, ich hatte das Gefühl, daß das genau die Methode war, mit der sehr viele Leute das, was sie wollten, voneinander bekamen.

Als ich meine Arbeit an seinem Haar beendet hatte, nahm ich ihm den Frisierumhang ab. Marshall Zander erhob sich und streckte mir die Hand entgegen. Ich nahm sie, zuckte aber vor ihrer rauhen Trockenheit zurück. Trotzdem hielt er mich fest und sprach, als zitiere er ein sorgfältig vorbereitetes Statement.

»Es fiel mir schwer, heute hierherzukommen, aber jetzt kann ich Ihnen ja die Wahrheit sagen. Ich machte mir Gedanken über das, was ich Ihnen neulich am frühen Morgen gesagt hatte, über Sie und Ihren Liebhaber. Das tut mir jetzt schrecklich leid. Ich bin noch immer sehr zerstreut, aber dank der Beruhigungspillen komme ich doch wieder zurecht. Aber darüber hinaus geht es eben darum ... also darum, daß ich Sie mag. Und ich war in Sorge, daß ich Sie da neulich verletzt hatte. Aber soeben haben Sie mir bewiesen, daß zwischen uns alles in Ordnung ist. Sie haben mir den Seelenfrieden zurückgegeben. Ich hoffe, Sie kommen bald mal vorbei.«

Oh. Mein Gott. Nein. Eine Verabredung mit ihm war das letzte, was ich wollte, aber ich mußte weiterspielen. »Danke«, sagte ich, so ausdruckslos ich nur konnte. Dann fragte ich aufs Geratewohl, nur um herauszufinden, wann er *nicht* da sein würde: »Sind Sie heute nachmittag zu Hause?«

»Ich fürchte nein. Ich hab' den ganzen Nachmittag Verabredungen.«

»Na, dann ein andermal«, sagte ich, zutiefst erleichtert und heftig bemüht, das zu verbergen.

»Bald«, sagte er mit hungrigem und lüsternem Blick.

Ich entwand ihm meine Hand. Er kehrte sich um und ging auf das Empfangspult zu, wobei sein Schritt deutlich ein gewisses Hüpfen zeigte, ein lächerliches Wiegen, das ihn wie ein absurdes aufziehbares Spielzeug aussehen ließ. Mir war klar, daß mein Flirt das verursacht hatte, und das deprimierte mich zutiefst. Ich floh in die Einsamkeit meines kleinen Hinterzimmers. Ein paar Minuten später kam Nicole mir nach.

»Da ist aber jemand ganz verrückt nach dir«, sagte sie.

»Er ist aber nicht mein Typ, Herzchen.«

»Um gar nicht erst zu erwähnen, daß du ja schon verlobt bist.«

Zur Antwort grunzte ich nur, so wie es Branco vielleicht getan hätte.

Nicole legte einen knisternden 50-Dollar-Schein auf meinen Schreibtisch.

»Von Mr. Zander«, sagte sie mit einer erhobenen Augenbraue.

»Verstehst du jetzt, was ich meine? Reich und ungehobelt.«

»Ist mit Rafik alles in Ordnung?«

»Warum?«

»Du läßt die Schultern hängen.«

Ich richtete mich gerade auf. »Alles ist wie immer, mit der einzigen Ausnahme, daß wir, glaube ich, eben Schluß gemacht haben.«

»Stanley, was hast du denn da wieder angestellt!«

»Daran war wohl kaum ich allein schuld.«

»Oh«, schrie sie erbittert, »ich geb's auf. Warum kannst du bloß nicht ...«

»Weil ich nicht kann!« brüllte ich in einem plötzlichen Ausbruch von Frust. »Ich kann einfach nicht, Nikki. Ich möchte stark und verständnisvoll sein. Ich möchte alles ruhig hinnehmen. Ich möchte ein Felsen der Standhaftigkeit sein. Aber das kann ich einfach nicht. Ich kann es nicht hinnehmen, daß er mit ... mit *dieser* Frau zusammen sein will – oder mit irgendeiner anderen Frau. Es macht mich selber zur Frau.«

Nicole wartete, bis ich mich ein wenig beruhigt hatte, dann sagte sie kraftlos: »Wie schade. Dabei liebt er dich so sehr.«

»Das ist alles bloß Einbildung.«

»Nein, Schätzchen. Deine Verweigerung ist Einbildung, und zwar eine, die du dir selber geschaffen hast.«

»Nikki, wie könnte ein Mann wie Rafik ausgerechnet mich lieben? Schau mich doch nur an. Das einzige sekundäre Geschlechtsmerkmal, das ich besitze, ist mein Schnurrbart. Ansonsten bin ich rosig und glatt wie ein Mädchen.«

»Aber du hast doch ein ganz schön kantiges Kinn. Und lange kräftige Beine.«

»Hat meine Tante Letta auch.«

»Schätzchen, es ist doch eine Tatsache, daß Rafik, wenn er eine Frau will, zu einer Frau geht. Und wenn er einen Mann will, kommt er zu dir.«

»Du hast uns eben noch nie zusammen im Bett gesehen, Herzchen.«

Nicole zog eine Grimasse. »Ich meine deine Art Männlichkeit. Du verwechselst schon wieder Sex und Liebe.«

»Glaubst du, das weiß ich nicht? Ich stecke *viel zu sehr* drin. Glaub mir, Nikki, wenn ich meinen Körper von meinem Herzen und meiner Seele trennen könnte, dann würde ich das tun.«

»Du analysierst deine Gefühle, anstatt sie zu genießen. Und außerdem versuchst du sie zu beherrschen, genauso, wie du Rafik zu beherrschen versuchst.«

»Das ist nun mal meine Art.«

»Quatsch. Das ist lediglich eine schlechte Angewohnheit.«

»Was reden wir hier überhaupt für einen Unsinn«, murmelte ich. »Ich hab' schließlich noch was zu tun.« Ich stand auf und ging zur Tür. »Bis später.«

»Wo gehst du denn jetzt wieder hin?« fragte sie mit einer kleinen Spitze.

»Ich geh meine eigene Realität schaffen«, sagte ich matt.

»Du solltest lieber dein Schicksal ins Auge fassen«, erwiderte sie.

Ich verschwand durch die Hintertür, durch die man in einen Durchgang kam, der zur Berkeley Street führte. Einen Block weiter, an der Boylson Street, wollte ich mich schon Richtung Copley Square wenden, um zu dem neuerrichteten Copley Palace zu laufen, wo ich Rico, den Hausangestellten, treffen wollte. Aber statt dessen ging ich weiter die Berkeley Street hinunter, die genau zur Polizeistation D führte, wo ich ein paar zweifelhafte Punkte mit Lieutenant Branco zu klären beabsichtigte.

Auf dem Weg dorthin hatte ich das seltsame Gefühl, daß ich mich lediglich mit Hilfe von Reflexen durch Raum und Zeit bewegte, ohne einen einzigen bewußten Gedanken. Ich erinnerte mich lediglich an eine Tatsache: Rafik war gegangen. Und an eine Folge davon: Ich spürte nichts – weder Liebe, noch Verlust, noch Haß – sondern nur pure kalte Objektivität. Ich war wie ein vorwärtsgerichteter Roboter ohne das geringste Gefühl.

Ich machte kurz in einem Café halt und kaufte zwei Cappuccinos zum Mitnehmen. Ich konnte Brancos Kaffee nicht noch einmal ertragen, heute nicht. Vielleicht gab es doch Hoffnung, daß meine Gefühle wieder gesunden würden, wenn ich mir über guten Kaffee so viele Gedanken machen konnte. Und daß ich einen für Branco mitnahm, bewies, daß ich immer noch an andere dachte und für sie sorgte. Und ich wußte auch noch, welches Jahr wir hatten und wie der Präsident hieß. Optimismus stieg in mir auf.

Zum Glück war Branco da. Als ich ihm den Cappucino reichte, nahm er ihn dankbar an, wie ein zufriedener, ganz gewöhnlicher Sterblicher, wie ein Typ, der die letzte Nacht sehr schön verbracht hatte.

»Mein Kaffee schmeckt Ihnen wohl nicht so gut, was?« sagte er heiter.

»Ich bin einfach nur ein verzweifelter, einsamer Mann, der auf Freundschaft aus ist.«

»Und wie geht's Miss Albright heute?«

Durch meinen Kopf rasten aufs neue Bilder von Branco und Nicole, die ihre Becken vereinigt hatten. Es war genauso grotesk, als würde man sich seine eigenen Eltern bei der Kopulation vorstellen. Es stimmte einfach nicht, auch wenn der Augenschein das Gegenteil anzeigen mochte.

»Einfach rosig«, sagte ich.

Ich suchte bei Branco nach einem Hinweis bezüglich seiner Nacht mit Nicole, aber der Polyp gab nichts preis. Er öffnete den Deckel seines Kaffeebechers und nickte anerkennend zum Inhalt. Aber ich fragte mich immer noch: Was war zwischen ihnen vorgefallen? Und warum gerade jetzt? Branco und Nicole kannten sich doch schon vorher. Was für ein neuer Katalysator war aufgetaucht, der sie jetzt vereinigt hatte? Am Ende der Auftritt der üppigen Toni di Natale? Vielleicht hatte diese Raubtier-Frau nicht nur das Herz meines Geliebten gewonnen, sondern auch in diesem Polizisten die Säfte so zum Kochen gebracht, daß er einfach eine ganz profane Erleichterung brauchte, der Ärmste.

Und Nicole bot einen sicheren und bequemen Hafen. Sie war eine bekannte Größe und nicht eine Verdächtige, wodurch die unerfreuliche Möglichkeit eines Interessenkonflikts ausgeschlossen wurde. Jemand wie Branco wählte sich seine Sexualpartner sicher auf diese Weise aus, vernünftig und feinfühlig, wie ein Anwalt.

»Lieutenant, und wenn ich jetzt weniger auf Freundschaft als vielmehr auf Informationen aus wäre?«

»Welche denn zum Beispiel?«

»Haben Ihre Leute eine große Partitur mit einem handbemalten Einband in Max Harkeys Wohnung gefunden?«

Branco überlegte eine Weile.

Ich fügte hinzu: »Ich kann mich erinnern, daß sie am Abend zuvor auf dem Flügel lag.«

Der Polizeibeamte zog seine Lippen zu den Zähnen zurück und schüttelte den Kopf.

»Ich erinnere mich an nichts dergleichen in unserem Bericht. Sind Sie sicher, daß sie da war?«

»Ich muß gestehen, daß ich an diesem Abend hackezu war, aber das Bild steht mir ganz deutlich vor Augen. Ich weiß bestimmt, daß die Partitur da war, und am nächsten Morgen war sie weg.«

Als sei er ganz in Gedanken versunken, oder auch, als langweile ich ihn, blickte Branco in seinen Kaffee. Vielleicht genoß er ihn auch einfach nur ganz hingegeben. Liebe sensibilisiert die Sinne. Wenn er und Nicole das gestern nacht gut gemacht hatten, war die Tasse Kaffee heute für ihn eine völlig neue Erfahrung.

Ich erzählte ihm jetzt, daß ich mit Madame Rubinskaya gesprochen hatte und ihre weitergeholte Geschichte gerne überprüfen wollte.

»Kann ich ihre Aussage einsehen?« sagte ich.

Branco hielt sich den Kaffee unter die Nase, als sei er von seinem Aroma berauscht. Wieder schüttelte er sachte den Kopf. »Aber da steht es alles so drin«, sagte er. »Ganz ähnlich, wie sie es Ihnen erzählt hat. Wir fanden es erst auch komisch, aber sie hat wirklich die Nacht im Ballettstudio verbracht. Die Sicherheitskräfte dort bestätigen es. Sie kam lange vor Max Harkeys Tod dort an.«

»Hübsches Alibi«, sagte ich. »Soweit jedenfalls. Aber diese Berichte könnten frisiert sein. Madame Rubinskaya wohnt im selben Haus wie Max Harkey. Sie hätte ihn ermorden und dann ins Studio gehen können, das nur ein paar Minuten entfernt ist.«

»Das klingt, als würden Sie sie verdächtigen«, sagte Branco.

»Sie wohl nicht?«

Er nahm einen großen Schluck Kaffee und lächelte. »Die alte Dame kam etwa um halb zwölf im Studio an und blieb dort. Wir gehen davon aus, daß Max Harkey nach fünf Uhr früh ermordet wurde.«

»Woher wissen Sie das?«

»Körpertemperatur«, antwortete Branco. »Als wir hinkamen, war er noch warm. Und bei der Art seiner Wunden und seiner hervorragenden Konstitution hätte Max Harkey keine fünf Minuten überdauert.«

»Und die Anrufe?«

Branco hob eine Augenbraue. »Welche Anrufe?«

»Ich, äh, ich habe gehört, daß Max Harkey an dem Morgen um Hilfe telefoniert hat.«

»Auch Ihren Freund Rafik hat er angerufen«, sagte der Polizeibeamte.

»Na ja, also, die Frage ist doch, hat Max Harkey, wo er doch so viele Leute angerufen hat, auch die Polizei gerufen? Ist es nicht seltsam, daß da ein Mann verblutet und – «

Branco unterbrach mich: »Tatsächlich bekamen wir heute morgen um fünf Uhr fünfzehn einen Notruf von Max Harkey, und kurz darauf einen zweiten von Marshall Zander.«

»Wie kurz danach?«

»Vier Minuten«, antwortete der Polizist.

»Max Harkey hat also fünfzehn Minuten nach fünf noch gelebt.«

»Wenn Sie Arithmetik zugrunde legen, ja.«

»Haben Sie die Anrufe zurückverfolgt?«

Brancos volle Lippen verzogen sich zu einem kleinen Lächeln.

»Der erste kam aus Max Harkeys Wohnung und der zweite von einem von Marshall Zanders privaten Anschlüssen.« Dann kicherte Branco fast. »Komisch ist allerdings, daß Rafik uns nicht angerufen hat, um das Verbrechen zu melden, obwohl er behauptet, daß Harkey auch ihn zu Hilfe gerufen hat.«

»Ich glaube, das läßt sich leicht erklären, Lieutenant. Rafik hat mir erzählt, daß Max Harkey ihm gesagt habe, die Polizei sei schon verständigt.«

»Stimmt«, sagte Branco. »Das hat er zu uns auch gesagt. *Ihre* beiden Geschichten passen also sehr gut zusammen.« Seine Stimme triefte vor lauter Anspielung.

»Also wirklich«, sagte ich und ließ mich dazu hinreißen, ihn zu verteidigen, »ich bin überzeugt, daß Rafik einfach nur so schnell wie möglich zu Max wollte.«

»Oder von ihm weg«, sagte Branco.

»Was soll das heißen, Lieutenant?«

Branco setzte sich in seinem Stuhl zurück und weidete sich offenbar an einer geheimen Information.

»Also?« sagte ich. »Haben Sie etwas gegen Rafik in der Hand?«

»Eigentlich nicht«, sagte der Bulle, wobei er die Worte provokant in die Länge zog. »Es gibt ein paar Hinweise, aber wir haben ihre Bedeutung für den Fall noch nicht richtig ermessen können.«

»Und zwar welche?«

Brancos Gesicht war starr wie ein Bronzebildnis.

»Max Harkey hat kurz vor seinem Tod einen Orgasmus gehabt«, sagte er. »Aber wir fanden nirgends um seinen Körper herum auch nur eine Spur von Samenflüssigkeit.«

»Vielleicht war er ein Sauberkeitsfanatiker und wischte alles ab.«

Zu diesem meinen Versuch von Leichtherzigkeit runzelte Branco nur die Stirn.

»Das heißt also, Lieutenant, daß wir anscheinend die delikate Aufgabe haben, Max Harkeys Sexualpartner in dieser Nacht festzustellen.«

Branco wand sich. »Schon möglich.«

Ich fuhr fort: »Aber das muß dann trotzdem nicht der Mörder sein. Jeder könnte es sein.«

»Außer der alten Frau«, sagte Branco.

»Warum nicht? Nur weil das ein Sicherheitsmann sagt?«

Branco schnappte: »Weil ich es mir nicht vorstellen kann, deshalb!«

»Dann beweist also Ihr fehlendes sexuelles Vorstellungsvermögen, daß sie unschuldig ist?«

»Jetzt passen Sie mal gut auf«, sagte Branco, »ich führe diesen Fall, und solange ich nicht von etwas anderem überzeugt bin, wird gemacht, was ich sage.«

»Prima, Lieutenant. Ich geh jetzt mal los und frag' die Verdächtigen, ob sie in der Nacht Sex mit Max Harkey hatten.«

»Ich befehle Ihnen, das bleibenzulassen«, sagte er.

»Ich werde sehr diskret vorgehen. Wir Friseure wissen schon, wie man die Leute dazu bringt, über Sex zu sprechen. Tatsächlich habe ich vor, noch heute nachmittag jemanden über seine Sexualtechniken auszuhorchen. Dorthin bin ich nämlich gerade unterwegs.«

Branco sagte: »Dann sollten Sie jetzt wirklich gehen.«

Ich stand auf. »Ich dachte, Sie hätten gesagt, wir arbeiten diesmal zusammen.«

»Ach wirklich?« sagte er.

Ich ging zur Tür.

»Danke für den Kaffee«, sagte er.

Ich brummelte: »Jederzeit gerne.«

Als ich die Tür öffnete, sagte er: »Grüßen Sie mir Miss Albright.«

»Mach ich, Lieutenant.«

Ich verließ Polizeistation D und ging zum Copley Palace. Vielleicht hielt Rico, der Hausangestellte, nicht nur die Schlüssel zur Wohnung seines neuen Herrn in der Hand.

11. So danso Samba

In der Eingangshalle des Copley Palace kündigten zahlreiche Plakate einen Abend mit der berühmten Bühnen- und Filmschauspielerin Sharleen McChannel an. Sharleen hatte eine zweite Karriere als Parapsychologin und Seherin begonnen, und offensichtlich unternahm sie gerade eine landesweite Tour als Promotion für ihr neuestes Buch über ihr geheimes Wissen *Im Wipfel des Baumes*. Daß sie so leichten Erfolg auf dem Buchmarkt hatte, brachte mich wieder einmal auf die Idee, ob ich nicht selber ein Buch schreiben sollte, etwas über die Mystik und Romantik des Lebens im Frisiersalon, einen irren Bestseller mit dem Titel *Heute haar, morgen dort*.

Aber diese vorüberflutenden Träume von Glück und Ruhm konnten mich von meiner momentanen Aufgabe nicht ablenken. Ich ging zum Portier und fragte nach der Nummer von Marshall Zanders Suite. Das war doch eigentlich eine einfache Frage, aber man verwies mich an den Hausmanager, ganz wie es Marshall Zander von Anfang an vorgeschlagen hatte. Mir wurde klar, daß er sich aus irgendeinem Grund gegen die Öffentlichkeit abschirmen ließ, und da ich ja in seine Suite wollte, um Rico zu sehen, würde ich Monsieur le Concierge entgegentreten müssen, was bedeutete, daß ich meine Anonymität aufgeben mußte. Hausmanager sind für gewöhnlich clevere, wachsame, neugierige Menschen. Ich konnte ihn natürlich nicht einfach bitten, oben in der Suite anzurufen, denn falls Marshall Zander doch zu Hause war, würde ich einen Grund erfinden müssen, warum ich *nicht* hinauf wollte, was natürlich Verdacht erregen könnte: Ach, er ist da? Na ja, dann lassen Sie's nur. Aber falls Marshall Zander *nicht* da war, was ich ja hoffte, *dann* würde ich hinauf wollen, um mit Rico zu sprechen. Ich überlegte mir einen einfachen Trick, um den Concierge zu einem cooperativen Verhalten zu bewegen, ging zu seinem Pult und begann mit meiner Nummer.

»Ich habe einen etwas delikaten Auftrag in Hinblick auf einen gewissen Mr. Zander, der hier wohnt.« Bei meinem förmlichen Ton lief ein unverschämtes Zucken über den sorgfältig ausrasierten, bleistiftdünnen Schnurrbart des Mannes.

»Erwartet Sie Mr. Zander?«

»Nicht heute«, sagte ich. »Aber ich muß mit seinem Bediensteten Rico sprechen.«

Der Pförtner zog die Augenbrauen hoch. Wie sein Schnurrbart waren sie mit Leidenschaft ausgezupft und in Form gebracht. Für Drachen an der Pforte gibt es ja viele Verkleidungen.

»In welcher Sache?« fragte er argwöhnisch.

»Ich bin Lieferant. Jetzt bin ich hier, um die Pläne für einen kleinen Empfang noch einmal durchzusprechen, der eine Überraschung für Mr. Zander werden soll. Deshalb würde ich gerne Rico sprechen, aber nur, wenn Mr. Zander nicht zu Hause ist. Ich möchte ihm die Überraschung nicht verderben.«

Der Pförtner schnaubte ungläubig, als sei meine Geschichte eine der häufigsten Stereotypen aus dem *Handbuch für lästige Vertreter*.

»Aha. Wenn also Mr. Zander zu Hause ist, möchten Sie *nicht* hinauf. Ist das richtig?«

»Ja genau«, sagte ich, aber meine Bravour brach schnell in sich zusammen.

»Und wenn Rico allein da ist, dann *möchten* Sie hinauf.«

»Ja«, sagte ich schuldbewußt.

»Sie heißen?« sagte er.

»Sagen Sie nur, es sei der Lieferant.«

»Wird Rico denn dann wissen, wer Sie sind?« fragte er zweideutig.

»Wenn er allein ist, können Sie ihm sagen, es sei Stan.«

»Einfach nur Stan?«

Ich nickte. »Sie können mich beschreiben. Ich bin sicher, daß er sich an mich erinnert.«

»Oh ja«, sagte der Pförtner. »Da bin ich auch sicher.«

Ich nickte.

Mit der Forschheit eines preußischen Offiziers tippte der Pförtner die magische Zahlenfolge ein, die die Verbindung zu Marshall Zanders geheimgehaltener Domaine herstellte. Ich fragte mich indessen, was die ganze Heimlichtuerei sollte. Vielleicht war ja Marshall Zander eine Tunte, die das Drama liebte und überall im Alltag Intrigen und einen tragischen Unterton brauchte.

Nach einem kurzen und erstaunlich leisen Gespräch, von dem ich kein einziges Wort verstand, nahm der Concierge wieder seine servilen Umgangsformen an. Er sprach die Nachricht wie ein Urteil aus.

»Sie können hinaufgehen. *Rico* erwartet Sie.«

Ich kam mir vor wie der älteste Strichjunge der Welt.

Dann konnte ich beobachten, wodurch Marshall Zanders Wohnung sonst noch gesichert war. Für den gesonderten Aufzug, der zu seiner Wohnung führte, brauchte man einen Schlüssel. Sobald der Concierge den Schlüssel eingesteckt hatte, leuchtete im Innern des Aufzugs die Schalttafel auf und bot eine ausgesprochen einfache Wahl: auf oder ab. Ich begann zu argwöhnen, daß das Heim am anderen Ende des Aufzugsschachts nicht nur eine Suite von Räumen sein werde.

Nach einer schnellen Fahrt hinauf in die Ionosphäre öffnete sich die Aufzugstür auf ein großes rechteckiges Foyer, das etwa die Größe eines guten Hotelzimmers hatte. Auf der einen Seite konnte man von einem großen Fenster aus über Boston schauen. Ich sah tatsächlich einen Teil des Hafens. Von so hoch oben berührte einen die natürliche Schönheit des Wassers besonders, vor allem, da man die Verschmutzung und den Müll nicht sah. Auf der anderen Seite des Foyers lagen mehrere massive Doppeltüren, die jetzt, als ich meinen Blick von dem kurzen Genuß der Aussicht wieder abwandte, die kleine, aber klassisch proportionierte Gestalt von Rico einrahmten, dem brasilianischen Hausangestellten des verstorbenen Max Harkey.

»Hallo«, sagte er mit einem strahlenden Lächeln. Er hatte einen großen Mund, fast zu groß für sein Gesicht, aber seine Lippen waren von ihrem Schöpfer so zauberhaft geformt, daß ihre leichte Wulstigkeit verzeihlich, eher sogar anziehend war. »Ich hätte nicht gedacht, daß ich Sie jemals wiedersehe«, fügte er schüchtern hinzu.

»Kraychik, der Bluthund, findet immer seinen Mann.«

Zu meiner Überraschung zerstörte meine dumme Bemerkung den Flirt, den er schon um mich zu spinnen begonnen hatte.

»Was wollen Sie denn?« fragte er mit fester Stimme, als spreche er mit dem Lieferjungen des Fleischers, so von Günstling zu Günstling.

»Über Max Harkey reden.«

Rico starrte mich an, als versuche er meine wahren Absichten zu ergründen. Auch schien er etwas abwesend, vielleicht aufgrund einer vagen Traurigkeit über den Tod seines Chefs. Aber ich wollte Informationen von ihm. Doch wie hatte ich das nur so unverblümt sagen können? Schließlich war es durchaus möglich, daß er offener mit mir sprach, wenn er glauben konnte, dafür dann anschließend eine lustvolle Belohnung zu bekommen. War das *moi*, der da Sex gegen Information verschacherte?

»Kommen Sie doch herein«, sagte er.

Ich trat durch die Doppeltür und erinnerte mich sofort an Marshall Zanders Worte: »Ich habe eine Suite.« Er hatte es so nebenbei gesagt, als gehörten wir beide zu derselben Schicht von anständigen Kerlen, die sich eben in all ihren Lieblingsstädten eine kleine Suite halten. Aber Marshall Zanders bescheidenes Lob seiner Stadtresidenz war doppelzüngig gewesen. »Ich habe eine Suite«, hatte er gesagt, aber in Wirklichkeit lebte er in einem modernen Palast. Und obwohl das Penthaus des verstorbenen Max Harkey großartig war, wurde es, wenn man es mit dem Grundriß dieses Gebildes hier verglich, zu einem bloßen Prototyp, zu einem Modell im Maßstab 1:4 für diesen gigantischen Überfluß an Raum und Licht, in dem ein einzelner Mann oben auf einem 45-stöckigen Hotel wohnte. Die Überfülle von allem verursachte mir einen leichten Schwindel. Der gesamten Räumlichkeit sah man die wuchtige Hand eines Innenarchitekten an, aber über den Bewohner erfuhr man nichts, außer, daß er Unsummen von Geld zur Verfügung hatte. Nirgends zeigte sich Gefühl, kein Farbton und keine Linie waren falsch, nichts verriet irgendeine Leidenschaft. Marshall Zanders Luftschloß war ein Zeugnis steriler Korrektheit. Selbst der stattliche Konzertflügel war aus optischen Gründen vor einer Front von Glasfenstern aufgestellt, die das Panorama der Bostoner Skyline als Hintergrund zeigten. Das Instrument selber hätte um des klanglichen Vorteils willen sicher lieber weit weg von allen Wänden gestanden, insbesondere von gläsernen.

Ich flüsterte vor mich hin: »Wie kann jemand nur so wohnen?«

Rico hörte es und antwortete leichthin: »Es gehört ihm.«

»Das gehört ihm?«

»Das Hotel.«

Das war zu viel für mich und meine Wertvorstellungen, die aus der Arbeiterklasse von New Jersey stammen. Für mich ist ein wirklich extravaganter Besitz so etwas wie ein altes Haus am Strand oder eine verstaubte Villa am See, jedoch nicht so ein beschissenes Hotel-Hochhaus. Aber klar, irgend jemandem mußten ja die großen Hotels der Welt gehören. Nur jedenfalls bestimmt nie solchen Leuten wie mir, außer beim Monopolyspielen.

»Wahnsinns-Aussicht«, sagte ich, um meine Ehrfurcht davor zu verbergen, daß ein Mensch, ganz egal welcher, auf so viel Wohnfläche so hoch über dem Erdboden leben konnte.

Rico zeigte mir den Balkon, der nach Westen hinausging. Er war aufgerissen, als sei da eine Baustelle, und Rohre und zerbrochene Marmorplatten lagen überall herum. Ich fragte Rico nach dem Grund.

»Mr. Zander hat Höhenangst«, erklärte er. »Er könnte nie allein da hinausgehen, deshalb läßt er überall Geländer anbringen. Da hat er dann immer etwas zum Festhalten, wenn er schwindelig wird.«

Wieder einmal so ein Fall, daß ein Mensch Schätze und Vergnügungen hortet, der sie nicht einmal genießen kann.

Rico fuhr fort: »Er läßt auch helles Licht installieren, aber jetzt ist es nachts da noch dunkel. Manchmal gehe ich hinaus, nur um von ihm weg zu sein. Er folgt mir nie.«

Ich erinnerte mich an den klassischen Fall, daß eine extreme Höhe den Menschen tatsächlich dazu verleiten kann, sich hinunterzustürzen.

Als könne er meine Gedanken lesen, sagte Rico: »Deshalb steht auch der Flügel vor den Schiebetüren. Ich glaube, Mr. Zander hat Angst, daß er eines Nachts da hinausrennen und hinunterspringen könnte.«

Ich bemerkte, daß die Schiebetüren zum Westbalkon genau hinter der Längsseite des Flügels waren. Um durch diese Türen auf den Balkon zu gelangen, hätte man sehr ungewöhnlich vorgehen müssen, nämlich im wörtlichen Sinne unter dem Flügel hindurch.

»Bist du hier glücklich?« fragte ich.

»Ich bin froh, diesen Job zu haben, obwohl mir Marshall Zander nicht so viel zahlt wie Max Harkey. Die Aussicht ist es wert.«

»Kam Max Harkey oft hierher?«

»Ich weiß nicht. Ich bin mit ihm nie irgendwo hingegangen.«

»Kam Marshall manchmal zu Max zu Besuch?«

Er nickte. »Alle paar Tage«, sagte er. Dann fügte er hinzu: »Ich habe es vorher nicht bemerkt, aber jetzt schon, wo ich für ihn arbeite. Er riecht schlecht.«

»Was soll das heißen?«

»Am schlimmsten ist es, wenn er das Jackett auszieht. Ich glaube, er wird nervös. In Brasilien haben wir ein Sprichwort: ›wie zwei Ziegen an einem heißen Tag‹. So ist es bei ihm auch.«

Das erklärte zumindest teilweise den unangenehmen Geruch um Marshall Zander heute vormittag im Snips.

Welch ein Glück, daß mir der volle Angriff auf mein Geruchsorgan erspart geblieben war. Ich reinigte die Erinnerung meiner Nase mit beglückten Gedanken an Rafik und Lieutenant Branco, beides stark behaarte Männer, die dennoch beide immer anziehend dufteten, als seien ihre Körper einfach unfähig zu jeder groben Ausdünstung.

Wieder zeigte Rico seine psychologischen Fähigkeiten, indem er sagte: »Mr. Harkey roch auch immer gut.«

Er führte mich in den Hauptwohnbereich. Während ich ihm folgte, fragte ich: »Aus welcher Gegend von Brasilien kommst du eigentlich?«

»Was glaubst du?« sagte er mit einem koketten Lächeln. »Aus Rio. Ich bin aus Rio de Janeiro.«

Das erklärte, warum der Samba seinen Hüften einfach im Blut lag, dieses hypnotische, elementare Schwingen des Meeres und der Palmen. Ricos Körper erweckte in mir wieder einmal angenehme Erinnerungen an meine kurze Affaire mit einem jungen Balinesen. Es war eine eher leichtfertige Art von Liebe gewesen, die auf gegenseitiger Anmache beruhte und darauf, daß wir körperlich gut harmonierten. Doch es war so einfach gewesen. Keiner hatte an den anderen Fragen oder Erwartungen gehabt. Ich hatte nie auch nur einen Augenblick analysiert, den ich mit diesem jungen Mann verbrachte. Ich hatte einfach alle genossen. Und dann kam die komplexe und oft beunruhigende Beziehung zu Rafik. Es war sinnlos, sich gegen die Tatsachen zu sperren: ich wußte, daß ich ihn für immer in meinem Leben haben wollte. Die heutige Trennung war nur kurzzeitig. Unsere Beziehung war für mich zu stark, als daß ich mir hätte vorstellen können, ohne ihn zu leben. Aber einfach war es wirklich nie mit ihm. Sogar in körperlicher Hinsicht schien mir unsere Liebe zur Zeit zu kompliziert, zu beladen mit Bedeutungen und Folgen. Und da hatte ich hier Rico vor mir, den Boy von Ipanema, der mir noch einmal eine Chance bot, einfach ganz normal Lust zu genießen.

Wir saßen einander an den beiden Enden eines langen

taubengrauen Ledersofas gegenüber. Er legte seine Beine auf die dicken quietschenden Kissen. Ich fühlte das Bedürfnis, es ihm nachzutun, erinnerte mich dann aber, daß ich geschäftlich hier war.

»Rico, weißt du, was aus den Noten geworden ist, die an dem Abend, als dieses Essen stattfand, auf Max Harkeys Flügel lagen?«

»Welche?« fragte er vorsichtig. »Da gab es so viele.«

»Die große Partitur mit dem handbemalten Einband. Ich kann mich erinnern, daß ich sie am Abend gesehen hatte, aber am nächsten Morgen war sie nicht mehr da.«

Wieder starrte mich der junge Mann an, als wolle er jenseits meiner Worte eine wahrhaftigere Botschaft auf meinem Gesicht finden. »Sind sie ein Beweisstück?«

»Das möchte ich ja gerade herausfinden.«

Seine Augen wanderten nervös umher und mieden mich und den Raum und die großartige Aussicht hinter mir. »Sie waren noch da als ich … ging … als die Party vorbei war.«

»Hast du nicht bei Max Harkey gewohnt?«

»Doch.«

»Warum hast du die Wohnung dann verlassen?«

Schweigen. Da bemerkte ich meinen Schnitzer.

»Entschuldigung«, sagte ich. »Das geht mich wirklich nichts an.«

Seine Augen senkten sich mit einem plötzlichen machtvollen Zauber in die meinen.

»Oh doch!« sagte er. »Das geht dich an.«

»Das verstehe ich nicht.«

»Nein?« sagte er.

Ich schüttelte den Kopf.

»Ihr Amerikaner habt kein Herz«, sagte er verächtlich. »Siehst du es denn wirklich nicht?«

»Es tut mir leid, Rico. Ich versteh nicht –«

»Ich wollte dich! An diesem Abend wollte ich dich, und du bist nach Hause gegangen und hast mich allein gelassen.«

»Aber ich war doch mit Rafik zusammen.«

»Ich weiß, aber ich wollte dich ja auch nicht heiraten. Es sollte nur für eine Nacht sein. Ich war einsam. Und du bist nett.« Er hielt inne. Wir versuchten beide, ruhiger zu atmen, während sich nach seinem Energieausbruch die Wogen langsam wieder glätteten. Dann sagte Rico: »Außerdem war dein Liebhaber grob zu dir. Wenn du bei mir geblieben wärst, hätte er dich wieder mehr geschätzt. Manche Männer sind so.«

Solche Labyrinthe muß man bei seinen Nachforschungen durchstreifen, um nur mal ein, zwei Tatsachen zu ermitteln.

»Also deswegen bist du gegangen?« sagte ich.

»Ich habe dir doch gesagt«, erwiderte er fast flehentlich, »ich war einsam. Und du hast mich alleingelassen.« Er stockte, dann fuhr er fort: »So hab' ich mir für diese Nacht eben jemand anderen gesucht.«

»Und bevor du gingst, hast du die Partitur noch auf dem Flügel liegen sehen?«

»Ja«, sagte er kühl. »Sie war da.«

Und da Branco mir gesagt hatte, die Polizei habe die Partitur nicht gefunden, war sie offensichtlich irgendwann in dieser Nacht verschwunden. Was konnte naheliegender sein, als daß Max Harkeys Mörder sie mitgenommen hatte?

Ich forschte weiter. »Hast du der Polizei etwas davon gesagt?«

Rico antwortete: »Sie haben mich nicht danach gefragt.«

Stanley mit dem steinernen Herzen fuhr fort: »Und wie steht's mit deinem Alibi?«

Der Junge funkelte mich an. »Da ist kein Alibi, und ich habe nichts Böses getan. Mr. Harkey war für mich wie ein Vater, nicht wie ein Liebhaber. Er hinterließ mir sogar Geld und die ganze Küchenausstattung.«

»Ist sein Testament denn schon eröffnet worden?«

»Das hat Mr. Zander gesagt. Er erzählte mir, daß Mr. Harkey mir 50 000 Dollar und all die Küchengerätschaften hinterlassen habe.«

Mit krankhafter Neugier fragte ich mich, was wohl mit dem übrigen Vermögen geschehen werde – dem Penthaus und all der Kunst und den Skulpturen und dem herrlichen Flügel mittendrin.

Rico fuhr fort: »Ich werde etwas von dem Geld an meine Familie in Brasilien senden, und den Rest hebe ich mir für meinen *marido* auf.« Er zwinkerte mir zu.

»Du solltest eigentlich auch ein Testament machen«, sagte ich.

»Warum?« fragte er, Kühnheit in den Augen und das jugendliche Vorurteil, daß das Leben ewig dauern werde.

Ich sagte ihm die harte Wahrheit. »Falls dir etwas passiert, dann kommen das Zeug und das Geld dorthin, wo du es haben willst.«

Er bedachte meinen ernüchternden Rat. »Ich werde mich gleich heute nachmittag darum kümmern«, sagte er. »Und jetzt sprechen wir nicht mehr darüber. Hättest du nicht gerne ein Mittagessen?«

Kaum hatte er das gesagt, als mein Magen auch schon knurrte und grollte. Rico lachte über die rauhen Töne.

»Ich glaube schon«, sagte ich.

»Dann bestellen wir beim Zimmerservice.«

»Kannst du das denn?«

»Na klar. Das Hotel gehört doch Mr. Zander. Sie werden ihm ja wohl kaum eine Rechnung schicken.« Rico lachte. »Er ist auch so reich, daß er vermutlich nicht einmal weiß, wieviel Geld er hat.«

Darin lag eine gewisse Ironie.

Und da das Essen also mit fremdem Groschen bezahlt wurde, bestellten wir sehr üppig: eine Flasche Gin für mich; eine Flasche Rum für Rico, dazu einen Liter Cola und etwas Zitrone; zum Essen je eines von den Tagesgerichten des Küchenchefs und je eines aller verfügbaren Desserts. Das Essen kam auf zwei Servierwagen.

Nach einigen Drinks und viel zuviel von dem feinen Essen – bei dem auch ein paar Sauerteig-Baguettes mit knuspriger Rinde waren, die täglich frisch aus San Francisco eingeflogen wurden und von denen mich eines an einen Ministranten erinnerte, der mich vor langer Zeit in die hohe Kunst des Selbstmißbrauchs eingeführt hatte – sah ich mich vor die Situation gestellt, die ich Rafik in letzter Zeit zum Vorwurf gemacht hatte: lockerer, heiterer Sex ohne jeden Zwang. Ich fragte mich, ob ein sexuelles Abenteuer mit diesem anziehenden jungen Brasilianer meine Gefühle für Rafik beeinträchtigen würde. Eine Stimme in mir sagte: Tu's! Es ist doch keine Sünde. Macht überhaupt nichts aus. Befreie dich aus den Fesseln der Liebe. Doch ein anderer Teil protestierte: Wenn du das tust, wird ein Aspekt deiner gefühlsmäßigen Bindung an Rafik für immer verändert sein. Die Antwort kam mir als fürchterliches Wortspiel, und zwar genau in dem Moment, als ich Rico die weißen Baumwollunterhosen über die Knöchel zog und mir seine honigbraunen Beine über die Schultern legte: Meine gefühlsmäßige Bindung an meinen Geliebten war so kraftvoll, magnetisch und verschlingend wie ein Schwarzes Loch im Kosmos. Ich kicherte laut, und Rico fragte mich, was so lustig sei.

»Ich habe gerade an meinen Liebhaber gedacht«, sagte ich ohne Hintergedanken.

Meine aufrichtige Bemerkung hatte seltsamerweise zur Folge, daß sie Ricos Feuer nur noch mehr anfachte, so wie die Anziehungskraft eines verheirateten Mannes durch seine Treue zu Frau und Kindern gesteigert werden kann. Rico zog mich an sich und umklammerte mich mit den Schenkeln. Das viele Gedrehe und Gerolle und Gekämpfe auf dem kühlen glatten Ledersofa brachte uns schließlich beide zum Erguß, der mehr durch äußerliche Reibung zustande kam und nicht durch ungeschütztes Eindringen und so auch noch der Sicherheit diente.

Erschöpft und in meine Arme geschmiegt, erzählte mir Rico später, daß er an dem Morgen nach dem Mord an Max Harkey speziell einen Gegenstand im ganzen Penthaus nicht finden konnte, nachdem die Polizei dagewesen war.

»Sein Tagebuch fehlte«, sagte er sanft. »Das war das Einzige, was ich wollte. Ich wollte wissen, was Mr. Harkey wirklich empfand. Ich wollte seine Geheimnisse wissen.«

»Hast du es jemals gelesen?«

Rico sah mich mit flehentlich ehrlichen Augen an.

»Nein«, sagte er.

Bei diesem intimen Bekenntnis, noch dazu nach einem *coitus externalis*, kam ich mir vor wie Mata Hari. Ich nahm mir vor, Lieutenant Branco nach dem Tagebuch zu fragen.

»Rico, hast du noch den Schlüssel zu Max Harkeys Wohnung?«

»Ich habe ihn Mr. Zander gegeben«, sagte er.

Wie Cary Grant, als er Ingrid Bergman um einen gefährlichen Gefallen bittet, sagte ich: »Glaubst du, du könntest mir diesen Schlüssel besorgen?«

»Ich versuche es, aber wozu brauchst du ihn?«

Ich sagte: »Man weiß nie, was der Mörder vergessen haben könnte.«

Ruhig lagen wir umschlungen da, als mich plötzlich panisch ein Gedanke durchzuckte: wenn Marshall Zander jetzt heimkam und uns mit verkreuzten Beinen auf seinem Ledersofa liegend fand? Trotz des Großstadtpanoramas, das uns als Hintergrund diente, war das Bild, das mir da vor meinem geistigen Auge erschien, alles andere als schön. Mich packte das Entsetzen. Ich sprang vom Sofa und zog mich schnell an. Rico schaute mir mit großen Augen zu.

»Ich muß gehen«, sagte ich.

»Kommst du wieder?«

»Ich weiß nicht.« Ich gab ihm einen letzten herzhaften Schmatz.

»Danke«, sagte er.

»Ich danke *dir*«, antwortete ich.

»Dein Liebhaber hat großes Glück.«

»Nein«, sagte ich. »Ich bin tatsächlich ein unter der Erde lebendes Monster, nur hast du mich zum Luftschnappen nach oben kommen lassen.«

»Vielleicht kann ich dein *tesao* sein.«

»Was ist das?«

»Dein kleiner Hengst«, sagte er mit einem verteufelten kleinen Lächeln.

»Ich weiß nicht so richtig ...«

»Keine Heirat. Nur so. Ganz einfach. Nur zum Spaß.«
Ich überlegte mir den Vorschlag. »Vielleicht«, sagte ich.

Ich spürte, wie er mir mit den Augen folgte, als ich vom Sofa aufstand und durch den langen offenen Raum auf die Doppeltüren zuging. Ich drehte mich zu einem letzten Gruß um. Ricos kleiner goldfarbener Körper lag noch immer gemütlich auf dem Sofa. Er winkte mir zu, und ich ging.

12. Wessen Geliebte ist sie denn nun?

Auf dem Rückweg zum Snips spürte ich neuen Optimismus und ein Gefühl der Freiheit in mir, und so sehr ich es auch zu leugnen versuchte, wußte ich doch, daß das von meiner Mittagsnummer mit Rico kam. Ich bin nämlich für einen Schwulen total untypisch. Vor Rico hatte ich nie etwas nebenher, wenn ich mit jemandem zusammen war. Aber seltsamerweise fühlte ich mich nicht schuldig, daß ich es jetzt getan hatte, vielleicht, weil diese nette Episode überhaupt nichts mit Rafik und seiner Untreue zu tun hatte. Ich hatte es getan, weil sich die Gelegenheit bot und weil ich Rico attraktiv und liebenswert und willig fand. Und bei meiner perversen Psychologie hatte der Verkehr mit ihm mich nur noch fester an Rafik gebunden. Mir war klar, daß ich *ihn* für alle Zeiten lieben würde. Oder sprach da nur die Schuld aus mir? Nein, nein und nochmals nein. Der Sex mit Rico war nur einfach eine neue Möglichkeit gewesen, einen Frühlingsnachmittag mit einem jungen Brasilianer zu verbringen. Es war meine längst überfällige Initiation in die »wahre« Männlichkeit gewesen, in die Fähigkeit, Sex einfach um seiner selbst willen zu genießen, ohne Gefühle und ohne gleich das Herz mit hineinzubringen. Klar.

Ich kam im Snips an, und Nicole machte die Bemerkung: »Du bist ja ganz rosig und aufgeplustert. Was war denn?«

»Wahrscheinlich bin ich ein bißchen zu schnell gelaufen, Herzchen.«

Sie blickte mich argwöhnisch an und sagte: »Dann kühl dich erst mal ab, bevor du wieder weiterarbeitest.«

»Kundschaft für mich?«

»Schon wieder jemand Unangemeldetes.«

»Zwei an einem Tag, und dabei bin ich doch halb in Rente. Ich glaube, das ist jetzt der kurze Gipfel meiner Berühmtheit.« Ich warf einen Blick in den Wartebereich, in dem alle Stühle leer waren. »Wo ist sie denn?«

»Sie trinkt in der Bar des Ritz einen Cocktail. Ich soll sie anrufen, sobald du da bist.«

»Na, das ist ja vielleicht ein Service. Ist sie von königlichem Geblüt?«

»Sie scheint es sich jedenfalls einzubilden.«

Während Nicole anrief, ging ich in mein Büro und setzte frischen Kaffee auf. Binnen kurzem kam auch Nicole zu mir hinter.

»Na, hattest du bisher einen sehr, sehr anstrengenden Tag?« sagte sie.

»Branco läßt dich grüßen.«

»Du meinst Lieutenant Branco. Ich hab mir schon gedacht, daß du ihn getroffen hast, so aufgeplustert, wie du ausgesehen hast.«

»Das, mein Herzchen, kam von etwas ganz anderem.«

»Läßt der Lieutenant mir etwas ausrichten?«

»Ja. Daß er von dir ein Kind will.«

Nicole entgegnete: »Ich glaube, die medizinische Wissenschaft ist auf diese Herausforderung noch nicht eingestellt.«

Fünf Minuten später trat meine unangemeldete Kundschaft ein. Es war Toni di Natale, die von ihrer erst kurz zurückliegenden Verhaftung etwas mitgenommen aussah. Oder kam das eher von den noch kürzer zurückliegenden Übungen in Rafiks Bett? Ach was, jetzt, wo ich ein fühlloses Sexualobjekt war, spielte das doch alles keine Rolle mehr.

»Ich bin so froh, daß Sie Zeit für mich haben«, sagte sie. »Ich kann ... also ich krieg einfach meine Haare nicht sauber. Wahrscheinlich kommt das von der Sache mit der Polizei.«

Oder von der blutigen Schuld der Lady Macbeth. Den wenigsten Leuten ist klar, daß gefühlsmäßiger Streß auf ihr Haar verheerend wirken kann. Aber was die Polizei betraf, wußte sie denn nicht, daß ein bestimmter Polyp so scharf auf sie war, daß er mit meiner besten Freundin was angefangen hatte, nur um den Drang loszuwerden? War es ihr am Ende ganz egal?

»Dieser Lieutenant Branco ist schon ein Kaliber, was?« sagte ich und machte bei ihr einen Lackmus-Test.

»Der ist ein Faschist«, antwortete sie knapp.

Färbt sich bei Säure rot.

»Nicht für alle«, sagte ich und warf einen Blick zu Nicole hinüber.

Kein Feuer der Hölle lodert so heiß wie Nikkis Augen in dem Moment.

»Das Problem ist nur«, sagte Toni, »kriegen Sie meine Haare hin?«

Also, in meinem Sprachgebrauch ist Haarpflege nicht das, was ich als »Problem« bezeichnen würde. Probleme – jedenfalls die, die man nicht geboren oder im Briefkasten als Abbonnement vorgefunden hat – bedeuten größere, schwierigere Lebensfragen, komplexere, diskutierbare Themen, wie etwa die Weltbevölkerung oder die landesweite Arbeitspolitik oder die Trennung von Kirche und Staat. Aber ständig höre ich Leute sagen: »Ich hab' Probleme mit rohem Fleisch«, oder »ich versuch' gerade, meine Gewichtsprobleme in den Griff zu kriegen« oder »ich hab' Probleme, monogam zu bleiben.« Aber wenn es Toni di Natale nichts ausmachte, die Sprache zu mißbrauchen – das konnte ich auch.

»Ich werde mein Bestes tun«, sagte ich, während ich ihr

Haar mit meinen kundigen Fingern prüfte und analysierte.
»Aber bei den ästhetischen Künsten liegt die Wahrheit ja
jenseits des Profanen. Ich besitze meine Grenzen. Ich be-
rufe mich auf eine höhere Macht. Ich gestatte allen kreativen Kräften des Universums, mich zu durchströmen. Ich
erlaube dem Haar, zu fluten. Ich ehre es in seiner Voll-
kommenheit.«

Das Schlimme war, daß Toni di Natale meinen Sermon
offenbar völlig überzeugend fand, oder aber sie ertrug geduldig mein Instant New Age. Und trotz all meiner Anru-
fungen kam keine göttliche Frisierhilfe über mich, sondern
statt dessen eine volle Dosis der guten alten fleischlichen
Eifersucht. Denn als ich Toni di Natales rotbraune Wellen
einschäumte, wurde mir klar, daß mein geliebter Rafik vor
kurzem eben dieses Haar und diesen Kopf in den Händen
gehalten hatte. Während ich den cremigen Schaum einmas-
sierte, überlegte ich: Wie hatte er sie wohl gehalten? Zärtlich? Oder wild? Hatte er seine langen, schmalen Finger
weich durch dieses Haar gleiten lassen und Schläfen und
Stirn sanft gestreichelt? Hatte er diese Augen geküßt?
Hatte er ihr Mund an Mund zugeflüstert, wie glatt und
weich sich ihr Körper an seinem anfühle? Oder hatte er
große Strähnen dieser kraftvollen Mähne in die Fäuste genommen und daran gerissen, als wären es Zügel für ein un-
gezähmtes Tier, das er nur durch seine ekstatischen Schreie
bändigen konnte? Einen kurzen, wahnwitzigen Augenblick lang war ich in Versuchung, ihr das Haar zu verpfu-
schen und etwas völlig Geschmackloses damit anzustellen,
es zum Beispiel zu kringeln. Aber sofort schritt meine
Künstlerseele dagegen ein, denn Toni di Natale hatte
Haare, wie ich sie bei Frauen am liebsten mag: lang, natürlich gewellt und goldbraun mit rötlichen Lichtern. Ich trug
eine Haarkur auf ihr nasses Haar auf. Es handelte sich dabei um eine eigens von mir erfundene Mischung, ein Elixir,
das sämtliche verborgenen Lichter dazu bringen würde, in
all ihrem wahnsinnigen roten Glanz zu strahlen.

Ich spülte Tonis Haar und wickelte es in ein Handtuch.

Dann führte ich sie zu meinem Frisierstuhl, wo ich ihr Haar liebevoll mit dem Föhn trocknen würde, um sie dabei mit meiner Form eines Kreuzverhörs nach Art von Perry Mason zu bezaubern.

Ich fing an: »Na, genießen Sie es, mit Rafik zusammenzusein?«

Ihre Augen schossen im Spiegel zu den meinen. Dann hob sich ihr voller Mund zu einem großzügigen Lächeln.

»Sie wissen hoffentlich, daß das alles rein platonisch ist«, sagte sie.

»Aber natürlich.«

»Doch, ehrlich«, sie legte etwas mehr Überzeugungskraft in ihre Stimme. »Ich spiel' einfach nur gerne mit Männern.«

»›Spielen‹ kann viele Bedeutungen haben«, sagte ich.

»Ich habe mit ihm keinen Sex oder so was ähnliches.«

Was ist wohl »so was ähnliches«? dachte ich.

»Hatten Sie Sex mit Max Harkey?« fragte ich.

Sie schnappte nach Luft. »Sie sind aber wirklich unverschämt.«

Ich zuckte die Schultern und übte mit meiner cleveren Linken etwas mehr Druck auf ihre Kopfhaut aus. Dann zog ich mir ihr Haar durch die Finger und hob es an und wedelte damit neben ihrem Kopf in dem warmen Luftstrom, der aus dem Trockner kam. Mein Abbild im Spiegel erinnerte an einen Verschwörer, der die Geheimnisse aus dem tiefen dunklen Herzen der Kundin herausholte.

Toni di Natale schloß die Augen und sprach, als lege sie ein Geständnis ab. »Zuerst spielte ich nur mit Max. Er war in Europa auf der Suche nach einem Dirigenten, und es hieß, daß er einen geradezu obszön hochdotierten Vertrag für die Ballett-Frühjahrssaison hier in Boston anzubieten habe. Diesen Vertrag wollte ich kriegen, und ich war bereit, auch mit Sex dafür zu bezahlen.« Da zuckten ihre Schultern leicht, während sie schmunzelte.

»Das Dumme war nur«, fuhr sie fort, »der Schuß ging nach hinten los, und ich verliebte mich in ihn.«

»Wußte er das?«

»Ich bin überzeugt, daß ich nur eine Nummer für ihn war.«

»Und wie ist das mit Jason Sears?« fragte ich. »Waren Sie da schon mit ihm verlobt?«

Sie antwortete: »Jason ist nur ein sehr guter Freund, aber ich fürchte, ich benutze ihn immer wieder als meinen Schutzschild. Wir waren nie verlobt. Ich wollte Max eifersüchtig machen, aber das hat nicht funktioniert.«

Ich erinnerte mich ja an den Abend, und Max Harkey war nicht einmal im Zimmer gewesen, als Toni über ihre Verlobung sprach. Vielleicht hatte sie es ihm schon vorher gesagt. Oder vielleicht waren es auch jetzt wieder alles nur Lügen.

»Wie stand Jason Sears zu dieser Falschmeldung?« fragte ich.

Toni kicherte. »Er war schon in mich verliebt. Ist das nicht wieder typisch? Er wollte mich, genau wie ich Max wollte. Manchmal kommt es mir so vor, als sei Liebe reiner Zufall. Man fängt so einfach an, als Freunde oder Kollegen, und als nächstes merkt man plötzlich, daß man auf etwas von dem anderen hofft – einen Gefallen oder besondere Beachtung oder sogar Sex. Aber der andere merkt nichts oder aber will einem das nicht geben, was man gern hätte. Und dann fängt man an, Forderungen zu stellen, erst höflich, aber wenn das dann nicht funktioniert, ist man verletzt, und dann wird man wütend, und alles eskaliert immer mehr, bis man sich zu einem hassenswerten Monster entwickelt hat.«

»War es bei Ihnen so?« sagte ich aufs Geratewohl.

Ihre Augen blitzten mich hell an. »So weit aus den Händen gleiten lasse ich es nie wieder. Es ist einfach naiv, zu glauben, daß ich durch Begehren und Druck bekomme, was ich will.«

»Das ist die eine Theorie«, sagte ich. »Wo ist Jason eigentlich jetzt?«

»Immer noch auf Tournee. Die Karriere geht bei ihm immer vor. Sogar als Freund ist Jason nie da, wenn ich ihn am meisten brauche.«

Natürlich, mein Püppchen. Wir sitzen hier alle auf dem Erdball herum und warten, daß es der Principessa einfällt, mal nach uns zu verlangen. Ich machte mir im Geist eine Notiz, daß ich Lieutenant Branco nach dem Verbleiben von Jason Sears fragen müsse. Danach und nach Max Harkeys Tagebuch.

»Deswegen flirte ich auch mit Rafik«, fügte sie hinzu und riß mich damit wieder aus meinen Gedanken. »Aber der Mann gehört Ihnen, und zwar Ihnen ganz allein.«

»Außer mir scheint das jedem klar zu sein.«

»Ich gebe zu, daß ich ihn als weiteren Test für Max' Gefühle mir gegenüber verwendet habe, aber das hatte sonst nichts zu bedeuten. Ich hoffe, Sie hassen mich deswegen jetzt nicht. Es ist ganz harmlos. Niemand kommt dabei zu Schaden.«

Nur zu Tode.

Sie fuhr fort: »Aber wie Sie an dem Abend ja selber gesehen haben, hatte Max an mir als Frau absolut kein Interesse.«

»Sondern nur in beruflicher Hinsicht.«

»Oh ja, da allerdings«, sagte sie. »Aber trotzdem ist es demütigend, wenn der Mann, den man liebt, so brutal offenherzig auf die Sehnsucht reagiert, die man ihm entgegenbringt. Ich höre ihn immer noch in seiner arroganten, gebildeten Art und Weise sagen: ›Aber meine Liebe, wir sind doch *Freunde*‹, als schließe das jede sexuelle Anziehung aus. Und wenn ich mich dann erinnere, daß ich nur bei dem Gedanken an ihn immer schon naß wurde!«

Dieses Geständnis brachte Toni di Natale in die Endausscheidung für den Snips'schen Pokal für unverlangte Offenheit. Doch ungeachtet Max Harkeys kollegialer Zuneigung und Bewunderung fragte ich mich doch, ob seine Zurückweisung für sie ein ausreichendes Motiv sein konnte, ihn zu töten. Und abgesehen von all den anderen Trümpfen, die sie im Ärmel hielt: wen beutete Toni di Natale momentan aus? Mich vielleicht? War sie nur hier ins Snips gekommen, um eine starke Phalanx gegen ihr schuldhaftes Verbrechen aufzubauen, damit ich sie genau wie Rafik als den himmlischen und unschuldigen Engel der Musik ansah? Benützte sie auch Rafik zur Zeit dafür?

»Toni«, sagte ich, »erinnern Sie sich, daß ich, als ich an dem bewußten Abend ging, eine Partitur auf dem Flügel liegen sah? Ich fragte Sie noch danach.«

»Die Partitur von *Der Phoenix*«, sagte sie. »Natürlich kann ich mich erinnern. Das war ein sehr wertvolles Stück, mit einem handkolorierten Umschlag.«

»Ich weiß. Aber am nächsten Morgen war die Partitur weg. Sie lag nicht mehr auf dem Notenständer wie am Abend zuvor.«

»Und?«

»Und wann kam sie weg?«

Auf ihrem Gesicht erschien ein verärgertes Stirnrunzeln. »Das weiß doch ich nicht.«

Ich zuckte nachlässig die Schultern. »Hätte ja sein können.«

»Nein«, sagte sie entschieden. »Vielleicht sollten Sie die Polizei danach fragen.«

»Hab' ich schon.«

Als ich ihr den Frisierumhang von den Schultern nahm, stellte ich ihr eine letzte Frage.

»Wußten Sie, daß Max ein Tagebuch führte?«

»Nein«, sagte sie mit ausdruckslosem Gesicht, und dann fügte sie in plötzlicher Erheiterung hinzu: »Aber nachdem Sie's mir jetzt gesagt haben, würde ich es gerne in die Hände kriegen.« Sie ließ die Finger durch ihr Haar gleiten und lächelte mich zufrieden an. »Sie sind wirklich sehr gut«, sagte sie.

Ich gab ihr den »Familienrabatt« fürs Waschen und Föhnen, das heißt, es kostete nichts. Vielleicht würde ich mir die Kosten eines Tages durch einen persönlichen Service meines ehemaligen Liebhabers rückerstatten lassen.

Sobald Toni den Salon verlassen hatte, holte mich Nicole hinter in mein Büro, und ich nahm an, daß es sich um ein gemütliches Plauderstündchen handeln würde. Statt dessen hörte ich: »Weißt du eigentlich, was du da wieder angerichtet hast?«

»Hmh?«

»So über den Lieutenant zu sprechen! Sein Privatleben geht niemanden was an, vor allem nicht die da – eine Tatverdächtige. Und die wagt es auch noch, ihm Ausdrücke anzuhängen!«

»Was für Ausdrücke?«

»Du hast es doch selber gehört.«

»Nikki, wir haben über alles Mögliche gesprochen, aber *nicht* über Branco.«

»*Lieutenant* Branco!«

»Herzchen, bist du am Ende eifersüchtig? Ich kann einfach nicht glauben –«

»Sei nicht so vulgär!«

»Sprach sie vom hohen Roß herab.«

»Stanley, wenn du willst, kannst du dir ja dein häusliches Leben ruinieren, aber bitte laß Lieutenant Branco aus dem Spiel.«

»Also jetzt kommen schon Branco und das häusliche Leben im selben Satz vor.«

»Das heißt nicht Branco! Zeige dem Mann gefälligst ein bißchen mehr Respekt.«

»Ich brauch 'ne Pille.«

»Du brauchst eine Tracht Prügel.«

Sie verließ mein Büro und knallte die Türe zu.

Jetzt gab es also keinen Zweifel mehr: Nicole und Branco hatten es miteinander getrieben. Die einstmals so kühle und weltgewandte Miss Albright war dabei, ein albernes kleines Fräulein zu werden, die Liebessklavin eines Bullen. War denn das zu fassen? War am Ende die eigentliche treibende Kraft des Universums die männliche Ejakulation? Und war, obwohl es auf den Satellitenfotos immer anders aussah, die Erdachse in Wahrheit eine Erektion von kosmischer Größe?

Nach der Arbeit verließ ich den Salon durch die Hintertüre und eilte heim. Als ich dann erst mal in meiner Wohnung in Sicherheit war, fütterte ich Miss Sugar und goß mir einen doppelten Bourbon ein. So begann ich in die selbstverschuldete Verzweiflung hineinzuschlittern.

Später am Abend rief mich Rafik an, um mir dafür zu danken, daß ich Tonis Haar gemacht hatte. Er lobte sogar meine Arbeit, worauf ich antwortete: »Nu' ne Wäsche.«

»Trinkst du?« fragte er.

»'N bißchen.«

»Was ist denn los, Stani?«

»Nix.«

»Es tut mir leid, daß wir uns heute gestritten haben.«

Da meine nuschelnde Aussprache mich verlegen machte, wagte ich nicht zu antworten. Ich wollte einen leichten Ton aufrechterhalten, als sei heute vormittag gar nichts vorgefallen. Ich verbrachte einfach einen gemütlichen Abend zu Hause, nur ich und Jack Daniel's. In meinem betrunkenen Zustand würde ich, wenn ich auch nur das Geringste zu erklären versuchte, alle Beherrschung verlieren und nur schluchzen und in einen Strom von Tränen ausbrechen. Und das würde den beherrschten Mann, der einmal mein Geliebter gewesen war, nur verärgern.

»Soll ich zu dir kommen?« fragte er demütig.

Aber sogar in meinem benebelten Zustand war mir klar, daß er sich auch schuldig fühlen mußte, vor allem, wo jetzt Toni di Natale bei ihm in seinem 1-Zimmer-Appartement wohnte. Was würde es bringen, wenn er jetzt zu mir kam? Was für eine Lösung könnten zwei schuldbewußte Menschen schon finden, noch dazu, wo einer davon kurz vor einem rührseligen Tränenausbruch stand? Ich versuchte mit letzter Kraft, die Reste meines Verstandes zu mobilisieren, und sprach dann meine Ablehnung aus.

»Ich muß die Katze baden«, sagte ich mit perfekter Aussprache. Ich klang wie eine Dame der Gesellschaft, die den begehrtesten Junggesellen der Stadt abweist.

Rafik antwortete auf die einzige Art und Weise, die ihm blieb, nachdem er eine so unverfrorene Lüge gehört hatte.

»Jemand ist bei dir?«

Wie konnte ich ihm erklären, daß ich schon so untreu gewesen war, wie ich ihn immer zu sein verdächtigte?

»Stani?« sagte er.

Ich konnte nicht sprechen, weil mir das Schluchzen die Kehle abdrückte.

»Warum du trinkst?« sagte er.

War der Kummer in seiner Stimme echt?

Lunga pausa.

»Rafik«, schaffte ich schließlich zu sagen. »Wir sind alle gleich.« Und dann legte ich auf, bevor er mich schluchzen hörte.

13. Tanz im Dunkeln

Ich lag mit dem Gesicht nach unten auf dem Bett und durchnäßte die Kissen, als ich das vertraute Geräusch eines Motorrads hörte, das in den hinteren Durchgang einfuhr. Rafik! Er mußte Big Red repariert haben. Beschämt über meinen Zustand rannte ich in die Küche, füllte beide Hände mit zerstoßenem Eis und drückte sie an mein Gesicht und meine von den Tränen geröteten Augen. So wollte ich nicht gesehen werden.

Er schloß die Türe auf, und ich hörte ihn gleich ins Schlafzimmer gehen. Er rief von da drinnen.

»Stani? Wo bist du?«

»In der Küche.«

Rafik trat ein, in voller glänzender Ledermontur. Eine düstere graue Wolke hing ihm über der Stirn, passend zu seiner dunklen Aufmachung. Über der Schulter hing ihm ein schwerer geflochtener Lederriemen. Ich wußte, was dieser Riemen bedeutete, und ich war nicht dafür in Stimmung, als ob man überhaupt jemals in der Stimmung für eine rituelle Bestrafung wäre.

»Nicht heute«, sagte ich.

Rafik erwiderte: »Du kannst bei mir machen.«

»Ich will aber nicht«, sagte ich.

»Aber ich! Ich verdiene. Kannst du machen, was du willst.«

Er wollte also bestraft werden. Wie bei jedem bösen Buben, der nie erwischt wird, trieb ihn das Schuldgefühl schließlich dazu, sich auszuliefern. Aber wer war ich, daß ich zum Schlag ausholen durfte, wo ich doch, wie Nicole beobachtet hatte, selber eine Tracht Prügel verdiente?

Rafik hielt mir den Strang Lederriemen entgegen.

»Bitte«, sagte er. Seine Augen baten ebenfalls. »Für mich.«

Wenn ich seinen Vorschlag annahm, würden wir, das wußte ich, eine harte Sitzung haben, nichts von der spielerischen Art, in der ich mit Rico den Nachmittag verbracht hatte.

Ich nahm das Leder und sagte: »Dann aber auch für mich.«

Das war die goldene Regel des Sex: Ich tu dir, was du mir tun solltest.

Eine halbe Stunde später lag er bäuchlings auf dem Bett, weit aufgespreizt, alle Viere an die Bettpfosten gebunden. Der Raum war erfüllt vom Duft seiner Haut und dem Geruch der Lederriemen, mit denen er gefesselt war. Ich sah die Haremsknaben aus vergangenen Zeiten vor meinem geistigen Auge. Hatten sie auch um solche Bestrafungsrituale gebettelt? Im flackernden Kerzenlicht sah ich eine Sekunde der köstlichen Angst in Rafiks Augen, als ich ein Rasiermesser aufklappte und die Schneide an den Lederhosen schärfte, die ich ihm von den Beinen geschält hatte. Ich beugte mich dicht über ihn und ließ die flache Seite der Klinge leicht über seinen muskulösen kräftigen Hintern gleiten. Vor Angst und Lust überlief ihn eine Gänsehaut. Ich knabberte an seinem Po, und er spannte die Muskeln hart an. Mit meiner freien Hand knetete ich seine Arschbacken, modellierte sein Fleisch wie ein Bildhauer, dann begann ich mit meiner Arbeit. Ich würde meinen Liebhaber zeichnen. Ich würde das rauhe kurze Haar auf seiner Hinterseite rasieren und die Haut stellenweise freilegen, so daß auf jeder Pobacke eine große Initiale erschien und Rafiks fleischiges Hinterteil es Toni di Natale und dem Rest der Welt zeigte, daß Stan Kraychik darauf Anspruch erhob, auf dieses sein Eigentum. Das »S« war besonders schwierig, aber ich handhabte die Rasierklinge mit der Präzision eines Augenchirurgen. Als ich beide Buchstaben fertig hatte, ging ich daran und fügte noch Serifen an, wofür ich die Spitze der Rasierklinge benützte. Einen Augenblick war ich in Versuchung, ins Fleisch zu schneiden und meinem Geliebten eine Narbe beizubringen, vielleicht sogar sein Blut zu trinken. Aber dieser Machtrausch verflog schnell wieder. Rafik zuckte zusammen, als ich Alkohol auf die frisch rasierten Stellen klopfte. Ich wunderte mich selbst, daß ich mit Rico so verspielt hatte sein können, und mit Rafik jetzt so ernst war. Wenn Sex etwas rein Biologisches war, warum drückte sich dann derselbe Akt, auf den es hinauslief – Stauung und Entladung – so unterschiedlich aus, je nach Partner und Umständen? Hatte Rafik nur für sein schlechtes Benehmen bestraft werden wollen? Oder hatte diese Unterwerfung etwas anderes zu bedeuten? Was versuchte er mir zu zeigen? Und was ich ihm? Warum konnten wir nicht einfach zärtlich zueinander sein? Warum mußte bei uns Sex immer etwas bedeuten?

Nachdem ich den Alkohol reichlich auf seinen Po aufgeklatscht hatte, flocht ich ein Ende von einem Lederriemen auf und schlug Rafik damit leicht über den Hintern. Als ich meine Schläge stärker werden ließ, rötete sich seine Haut in dem milden Licht, und einen kurzen Augenblick lang glaubte ich nicht Rafik, sondern Max Harkey auf meinem Bett liegen zu sehen. Mir wurde klar, wie sehr ich mich unterbewußt zu dem Manne hingezogen gefühlt hatte – allerdings mehr zu seiner Stärke als zu seinem Körper. Das Gefühl für diese Stärke machte mich scharf. Ich schob meinen Arm unter Rafiks Hüften und packte sein Glied von hinten.

Dann preßte ich mich in den tiefen Spalt seines Hintern. Ich sah mich als muskulösen jungen Tänzer. Ich war Scott Molloy. Erlebte er Sex auf diese Weise? Als Rafik in meine Hand hinein kam, bespritzte ich seinen kräftigen Rücken mit glitzernden Tropfen. Im letzten Augenblick des Höhepunkts, als mir die Augenlider innen wie ein phantastisches Kaleidoskop funkelten, wurde ich von einer Unmenge ungebetener Bilder heimgesucht. Wenn Rafik Max Harkey war, konnte ich in diesem Augenblick nicht einer der vielen Menschen sein, die ihn begehrt hatten? Toni di Natale? Alissa Kortland? Scott Molloy? Oder sogar der willensschwache Marshall Zander? Diese groteske Vision war mir · zunächst äußerst zuwider, dann fesselte sie mich.

»Wer war es bloß?« sagte ich laut, während die letzten klebrigen Tropfen in den Flaum auf seinem muskulösen Arsch fielen.

»Hnh?« sagte Rafik unter mir. »Was du hast gesagt?«

Ich sank auf ihm zusammen. »Nichts.«

Ein paar Stunden später wachte ich leicht fröstelnd auf. Rafik schlief tief und fest unter mir, er genoß den Schlaf der Gerechten, nehme ich an. Als ich die Decke über uns zog, bewegte er sich.

»Geh nicht«, sagte er.

»Ich bin doch da.«

»Liebst du mich?«

»Wenn es ein besseres Wort dafür gäbe, Rafik, würde ich immer noch ja sagen.«

Er drehte sich auf den Rücken und sah mich an. Selbst in der Dunkelheit loderte in seinen Augen das Feuer.

»Kein Eifersucht mehr?« fragte er.

»Jetzt willst du aber, daß ich dir den Mond runterhole.«

»Was ich kann dir sagen dann? Was du willst wissen für eine Geheimnis von mir? Ich werde gestehen alles.«

»Also gut, mein Geliebter. Hast du je das Tagebuch von Max Harkey gesehen?«

»Warum du kümmerst dich dafür? Glaubst du, ich hatte ein Verhältnis mit ihm?«

»Nein. Ich dachte nur …«

»Jeder denkt, daß ich bin eine Sex-Maschine«, protestierte Rafik, die Sex-Maschine. »Glauben sie, ich habe kein Herz? Ich kann nicht dafür, wie ich sehe aus. Jeder glaubt, ich habe Sex mit jemand anderes, sogar du. Also dann, binde mich an deine Bett und laß mich sterben hier. Dann vielleicht du glaubst, daß ich liebe nur dich.«

Das war sicherlich zumindest eine Antwort für mein von Zweifeln geplagtes Herz. Aber was war mit der Leiche? Würde ich es wagen, Rafik zu sagen, was ich in dem Moment dachte? Daß nichts, was er mit jemand anderem vor heute nacht getan hatte oder morgen tun wollte, für mich noch irgendeine Bedeutung hatte, solange er es auch manchmal mit mir tun wollte. Es war der endgültige Kompromiß eines verzweifelten, einsamen Herzens.

Er zog mich wieder auf sich hinab, dann griff er hinter mich, um die Decken wieder über uns zu breiten.

Und dann flüsterte er mir ins Ohr: »Schlafen wir jetzt, ja?«

14. Corps de Ballet

Ich lag mit meiner ganzen Vorderseite gemütlich an Rafiks Rücken gekuschelt, als wir am nächsten Morgen in aller Frühe mit der Sonne erwachten – und mit Sugar Babys rauher Zunge, mit der sie uns abwechselnd die Wangen leckte, einmal mir, einmal ihm. Rafik stand als erster auf, und während er duschte, schlurfte ich in die Küche und zelebrierte das tägliche Ritual mit Bourbon Santos Bohnenkaffee, den ich gestern nachmittag gekauft hatte. Der Frühstückstisch war gerade fertig gedeckt, als Rafik in der Küche erschien, frisch geduscht, komplett angezogen und mit seiner Ballettasche über der Schulter. Er war bereit, sich in die Welt da draußen zu stürzen.

»Keinen Kaffee mehr?« fragte ich.

»Ich habe ein wichtige Verabredung im Studio.«

Es folgte eine kurze und heftige Umarmung, und fort war er und ließ mich zum Frühstück mit Sugar Baby allein. Ich schenkte mir eine Tasse von dem gehaltvollen brasilianischen Getränk ein, dann ging ich ins Schlafzimmer, um nach den Spielen der gestrigen Nacht aufzuräumen. Rafiks Lederklamotten lagen auf dem Fußboden, wahllos rund ums Bett verstreut, wo sie während der Lektionen der letzten Nacht eben gerade hingefallen waren. Ein Stück hob ich auf, ein Halbgeschirr, und hielt es in der freien Hand. Es bestand aus einem etwa drei Zentimeter breiten schwarzen Ledergurt, dessen Enden von einem schweren verchromten Ring zusammengehalten wurden, der selber wieder mit dem Hauptgurt durch einen zweiten, dünneren Riemen verbunden war. Wenn man ihn trug, umschloß der Gurt die Hüften entlang des Beckenkamms, der Ring war eine Pforte für das, was offensichtlich hindurchpaßte, und der Verbindungsriemen lief tief durch die größte Furche des Körpers. Die unterschiedliche Spannung zwischen den einzelnen Teilen schuf in den Lenden höchste Ekstase. Das war mein Lieblingsstück in Rafiks Sammlung, einerseits, weil es so einfach und funktionell war, andererseits, weil es die Hüften schmeichelhafterweise sehr sexy aussehen ließ, sogar bei mir. Ich schnupperte an dem Leder und wunderte mich wieder über dessen seltsame Anziehungskraft. Dabei bemerkte ich, daß Sugar Baby mich beobachtete.

Ich fragte sie: »Irgendwelche Bedenken, Püppchen?«

Erhaben wie immer antwortete Sugar Baby nur: »Woar.«

»Stimmt«, sagte ich und ging duschen.

Als ich im Snips ankam, bemerkte ich überraschenderweise, daß Nicole noch nicht da war. Ramon sagte mir, sie habe vor einer Weile angerufen und gesagt, sie werde etwas später kommen. Sofort nutzte ich die Chance, um mich nochmals in Sachen Max Harkey auf die Beine zu machen, und wo hätte ich das besser angehen können als im Boston City Ballet?

Ich kam kurz vor Ende der Profistunde dort an, als gerade das große Allegro getanzt wurde, das die schwierigsten Luftsprünge enthielt. Heute unterrichtete wieder Madame Rubinskaya und befehligte die Tänzer mit einer Stimme, die sich hoch über den wilden Sturm der Klaviermusik erhob. Durch die offene Tür des Studios kam die warme, feuchte Luft, wie man sie in einer Ballettklasse nach langem intensiven Training findet. Am hinteren Ende des Studios brachten Reihen von Tänzerinnen ihren müden Körper in Position, machten sich verbissen bereit und mobilisierten dann übernatürliche Kräfte, um sich in die Luft zu erheben und plötzlich zu springen und zu kreiseln wie die Furien der Luft persönlich. Eine Reihe nach der anderen vollführten und wiederholten die Mädchen die schwierige Schrittfolge, das *enchaînement*, wobei die Musik vom Flügel lauter und voller wurde und die Luft mit intensivem Klang erfüllte, wie um diese armen Kreaturen über das Gehör mit neuen Kräften zu durchtränken und zu füllen. Und das ging immer wieder weiter, bis schließlich ein letzter donnernder Akkord das unverlangte Ende der Übung bekanntgab.

Alles war still.

Dann sagte Madame Rubinskaya, und zwar in einem langgeübten Bühnengeflüster, ein einziges Wort, zwei Silben:

»Männer.«

Die ersten vier Tänzer nahmen schweigend am hinteren Ende des Studios ihre Ausgangspositionen ein. Zu ihnen gehörte auch Scott Molloy in all seiner jugendlichen, muskulösen Glorie.

»Eeeeeeee!« kreischte Madame Rubinskaya, und das Klavier antwortete mit neuerwachter Kraft, mit dunklen Akkorden und treibenden Rhythmen, die sogar noch die Sturzbäche von Klängen übertrafen, die es für die Frauen hervorgebracht hatte, als müßten die Grenzen der Musik jetzt noch weiter ausgedehnt werden, um die ungestüme

Potenz der männlichen Stärke wiederzugeben. Und entsprechend warfen die Männer sich empor und schwebten in der Luft, um ihre Bewegungen wie in Zeitlupe durchzuführen, wobei sie die Schwerkraft ganz unverschämt ignorierten. Ihre gemeißelten, feinmodellierten Muskeln überwanden solche banale Grenzen wie die Anziehungskraft der Erde. Und wenn ihr Flug vorüber war, kamen sie ungebrochen aus den Höhen zurück, immer noch mit arrogantem Schwung, und anstatt mit einem fußgängermäßigen Trampeln landeten sie mit dem federleichten Flüstern eines ledernen Gymnastikschuhs, der sanft auf einem Holzboden aufsetzt. Das Ballett schien sich, wie ja andere Weltwunder auch, durch die Überwindung der Natur zu definieren. Doch während ich diesen Männern bei ihren Meisterleistungen zusah, konnte ich nicht umhin, mich zu fragen, was wohl die Quelle ihres Machismo sei, der ungeheuren Energie, die sie da in die Luft trieb, vor allem, da ich einige auch schon im Tüllröckchen und *en pointe* gesehen hatte.

Genau in dem Moment, als meine Aufmerksamkeit bei dieser nicht enden wollenden optischen und akustischen Stimulation zu erlahmen begann, beendeten die Männer ihr mörderisches Tun. Dann stellte sich schnell die ganze Company in dem riesigen Studio für die *révérence* auf, die nach alter Gewohnheit dazu dient, dem Lehrer, dem Musiker und der Kunst selbst formell Achtung und Dankbarkeit zu erweisen. Da sie am Ende der Stunde kommt, wenn im Körper Adrenalin und Selbstvertrauen emporsteigen, könnte es sein, daß sie von einem cleveren russischen Ballettlehrer erfunden wurde, um seine Tänzerinnen und Tänzer kirre zu halten. Sie werden nämlich dadurch gezwungen, ihren Machtrausch in die stillsten, einfachsten Bewegungen umzuformen. Allerdings haben sich die Zeiten auch geändert, und viele Tänzer benutzen die *révérence* dazu, extravagante Verneigungen für eventuelle Extravorhänge auszuprobieren, die sie auf der Bühne vielleicht nie wirklich brauchen werden.

Als die letzten Töne verklungen waren und die Tänzer in schönen Posen verharrten, sprach Madame Rubinskaya demütig, als wende sie sich an ihre eigene Muse.

»Tanke Ihnen«, sagte sie.

Diese beiden Worte riefen unter den Tänzern einen Beifallssturm hervor. Das bescheidene Lächeln auf Madame Rubinskayas Gesicht bewies, daß sie Beifall noch immer gern hörte.

Die Klasse zerstreute sich, und ganz zuletzt kam Scott Molloy aus dem Studio.

»Was wollen Sie?« fragte er schroff.

»Nur ein paar Minuten mit Ihnen sprechen.«

»Worüber diesmal?«

»Ich möchte Sie zu Max Harkey einiges fragen.«

»Ich dachte, das hätten wir schon erledigt.«

Ich versuchte ein unterwürfiges Lächeln. »Nur die erste Runde.«

Er sagte: »Ich habe heute keine Zeit.« Er sah sich nervös in der Vorhalle um, als erwarte er, hier jemanden zu sehen, den er auf keinen Fall sehen wolle. Wieder war ich vom Teint des jungen Tänzers überrascht – nicht die geringsten Falten oder großen Poren – und von seinen schlanken Hüften. Wie konnte bei ihm nur alles so klar gezeichnet sein? Er wandte sich zum Gehen.

Ich sagte: »Was haben Sie als letztes zu Max Harkey gesagt?«

Scott Molloy drehte sich noch einmal um, überlegte einen Augenblick und sagte dann mit sardonischem Grinsen: »Gute Nacht.«

»War das nach der Party, oder haben Sie ihn diese Nacht noch einmal gesehen?«

Seine Augen verengten sich, aber er antwortete nicht.

Ich drang in ihn. »Ich höre andauernd, daß Sie in Max verliebt waren.«

»Von wem?«

»Von vielen. Marshall Zander, Alissa Kortland, sogar Rafik.«

»Ausgerechnet Alissa«, sagte er mit einem ärgerlichen kleinen Schnauben. »Das gefällt ihr natürlich, wenn sie so etwas sagen kann.«

»Stimmt es denn?« fragte ich.

Unsere Augen trafen sich immerhin so lange, daß ich merkte, hinter dieser Fassade von Scott Molloy, der den zornigen jungen Mann spielte, verbarg sich ein zutiefst verwundeter und einsamer kleiner Junge. Während ich ihm noch immer in die Augen sah, wiederholte ich meine Frage mit so viel Mitgefühl, wie ich nur aufbringen konnte.

»Waren Sie in Max verliebt?«

In seinem Gesicht ging eine Veränderung vor. Vielleicht, weil ich ihn so direkt und mit so viel Wärme und Betroffenheit gefragt hatte, oder vielleicht, weil der Fragesteller homosexuell war, oder weil Scott Molloys Abwehrkräfte nach den Anstrengungen der Ballettklasse erschöpft waren, oder weil für diesen jungen Mann plötzlich der Augenblick der Wahrheit gekommen war und ich zufällig dabei als Katalysator fungieren konnte. Aus welchem Grunde auch immer, jedenfalls spürte ich, daß er endlich sein Herz ausschütten, die Fesseln der Vergangenheit abschütteln und sein wahres Selbst offenbaren wollte.

Er sagte leise: »Können wir woanders reden?«

Dann führte er mich einen Korridor entlang und zu einer Türe hinaus, die in ein Treppenhaus führte. Wir stiegen zwei Treppen hinauf bis zu einer Türe, die nach draußen führte, auf das Dach des Gebäudes. Die Sonne strahlte, und der Himmel war blau. Mit all den alten Dächern der Südstadt vor Augen hätten wir glatt in Europa sein können. Fast hätte ich mit einer Art Gartencafé hier oben gerechnet, aber außer dem riesigen gekiesten Asphaltdach mit zahlreichen Oberlichtern dazwischen war nichts zu sehen. Scott war von der Ballettarbeit recht verschwitzt, deshalb setzten wir uns auf den warmen Kies in die Sonne und lehnten uns an einem der Oberlichter an.

Er fing an: »Ich weiß eigentlich gar nicht, warum ich Ihnen das überhaupt erzähle«, dann schwieg er wieder.

Ich ermutigte ihn: »Manchmal hilft es einfach, wenn man jemandem davon erzählt, vor allem, wenn der Jemand Sie nicht sehr gut kennt. So wie ich.«

»Kann schon sein«, sagte er unsicher. »Aber ich weiß nicht, wie ich anfangen soll.«

»Sprechen Sie einfach alles aus, was aus Ihnen heraus will. Sie wissen ja, was.«

Er schaute mich mit kindlichen Augen an.

»Ich habe mir gewünscht, daß Max Harkey mein Vater wäre.«

Ich nickte, als ob ich verstünde und seine Bemerkung akzeptierte, obwohl ich nicht wußte, ob er tatsächlich Vater und Sohn meinte oder vielmehr der Papa und sein Junge.

»Aber ich wollte doch auch mehr«, fügte er hinzu und schaute dabei weg.

»Sprechen Sie weiter«, sagte ich. »Einfach weiter. Es ist schon in Ordnung.«

»Ich wollte, daß er mich auch liebte. Ich wollte sein Lieblingstänzer sein. Ich wollte, daß er mich allen anderen Männern vorzog.« Jetzt blickte er mich wieder an. »Ist das nicht eklig? Es klingt so schwächlich, wenn ich mich sowas sagen höre.«

»Überhaupt nicht«, sagte ich. »Das will doch jeder, daß jemand ihn bedingungslos liebt und annimmt. Es ist ein Grundbedürfnis des Menschen. Deswegen müssen Sie sich nicht schämen.« Schließlich beuteten doch auch die meisten großen Religionen dieses Bedürfnis aus.

Scott fuhr fort: »Aber es bestimmte alles, was ich tat, was ich sprach und zu wollen vorgab. Ich tat alles nur, um Max zu gefallen.«

»Das gehört einfach zur Liebe dazu. Ist schon in Ordnung«, sagte der unberufene Experte in diesen Fragen.

»Aber er nahm mich gar nicht wahr. Er wollte nur Frauen. Also fing ich auch an, mit Frauen was zu haben. Aber auch das tat ich nur, um Max zu gefallen, um ihn dazu zu bringen, daß er mich akzeptierte.«

»Hat es gewirkt?«

Er schüttelte den Kopf. »Aber ich wußte wirklich nicht mehr, was ich sonst noch machen könnte. Also versuchte ich, ihn aufzugeben, aber das war auch nicht echt. Ganz egal, was ich mir auch vornahm, im Innersten liebte ich ihn eben immer noch. Aber dann tat Max schließlich etwas, was mich echt fertiggemacht hat. Danach war alles anders.«

Wieder langes Schweigen.

»Und zwar?« sagte ich.

»Er entschied sich für einen anderen Tänzer, einen, der offensichtlich schwul war, für eine Rolle, die eigentlich ich hätte kriegen müssen. Sie war mir wie auf den Leib geschrieben, und er gab sie dieser Schwuchtel. Und dabei habe ich die ganze Zeit gedacht, Max finde Schwule gräßlich. Ich hab' so getan, als sei ich hetero, nur ihm zu Gefallen, und dann hat das überhaupt keine Rolle gespielt.«

»Und inwiefern hat das dann alles geändert?«

Scott zögerte. »Eines Tages habe ich ihn zu Hause besucht, um ihm endlich einmal zu sagen, was ich für ihn empfand. Ich erzählte ihm alles, wie sehr ich ihn liebte, und dann fragte ich ihn, ob er auch etwas für mich empfinde.«

»Und?«

»Er lachte mich aus.«

Um uns wurde es ganz still. Eine leichte Brise spielte mit Scott Molloys feinem blonden Haar. Einzelne Strähnen flatterten wie goldene Fäden im hellen Sonnenschein. Max Harkey mußte wirklich absolut hetero gewesen sein, denn wie hätte er sonst die dargebotene Liebe und Schönheit dieses Tänzers zurückweisen können, der die natürliche Anmut und Kraft eines jungen Palomino-Hengstes besaß?

»Und was geschah dann, Scott?«

»Ich machte ihm eine Riesenszene. Ich schrie ihn an und beschuldigte ihn, daß er mich dazu gebracht habe, so zu tun, als sei ich hetero, während es für ihn doch gar keinen Unterschied mache. Aber es war alles umsonst.«

»Im Gegenteil, es kann sich sogar gegen Sie ausgewirkt haben«, sagte ich.

»Wie meinen Sie das?«

»Manchmal kann man jemanden leichter akzeptieren, wenn der ehrlich über sich ist, als wenn er verbirgt, wie er in Wirklichkeit ist.«

»Da haben Sie, glaube ich, nicht recht. Fast niemand will die Wahrheit hören.«

»Na ja, das kommt sicher auch vor«, sagte ich und zuckte die Schultern.

Er fuhr fort: »Das jedenfalls war die Sache mit Max. Nachdem ich ihm alles erzählt und gestanden hatte, ging's sofort los mit dem Klatsch in der Company, daß ich in ihn verliebt sei. Erst hinter meinem Rücken, aber dann ganz offen vor mir.«

Ich erinnerte mich, daß Alissa Kortland dieselbe Geschichte etwas anders erzählt hatte, nämlich daß Scott Max vor der gesamten Ballettcompany angegriffen habe und nicht im Privaten, wie er jetzt zu mir sagte.

Ich sprach: »Schlimm, daß Max so damit umging. Ich meine, daß er es der Company erzählte.«

»Wahrscheinlich habe ich nur bekommen, was ich verdient hatte«, sagte er gequält.

»Das stimmt nicht, Scott. Sie hatten einen Traum von Liebe, aber der konnte nie Wirklichkeit werden, jedenfalls nicht mit Max. Der einzige Fehler, den Sie gemacht haben, war, daß Sie Ihre eigene Veranlagung verleugnet und jemand anderer zu sein versucht haben, um ihn zu gewinnen. Aber das Wichtigste ist, daß Sie nicht vor Scham davongelaufen sind. Sie sind bei der Company geblieben.«

»Ich hatte ja gar keine andere Wahl.«

»Sie hatten eine Wahl, und Sie haben sich tapfer verhalten.«

Er lachte höhnisch. »Ich bin nicht tapfer. Nein wirklich, falls das so bleibt«, sagte er, »dann möchte ich nicht schwul sein. Mit Frauen gibt's wenigstens keine Bestrafungen und keine Scham. Man muß nichts verbergen. Man kann alles ganz öffentlich tun.«

»Und privat eine Lüge leben«, sagte ich. »Sind Sie deshalb jetzt immer mit Alissa zusammen?«

Sein junges Gesicht verhärtete sich plötzlich, und dann gab er zu: »Wenn ich schon den großen Max Harkey nicht haben konnte, konnte ich wenigstens seine Geliebte kriegen.«

Ich mußte an mich und Rafik denken, und daß ich auch einverstanden gewesen war, die Brosamen vom Tisch seiner Liebe zu nehmen, als ich seiner Freundin das Haar wusch.

Scott fügte hinzu: »Max hatte sie sowieso schon abgeschoben.«

»Und da haben Sie sie sich geschnappt, um sie zu retten.«

»Bei Ihnen klingt das so scheußlich.«

»Nein. Nur verzweifelt. Wie bei mir ja auch, wenn ich ehrlich bin.«

»Aber Sie haben doch Rafik.«

»Das ist so eine Legende in sich«, erwiderte ich.

»Ich weiß«, sagte er.

»Wieso denn das?«

Plötzlich waren wieder seine Kinderaugen da.

»Wissen Sie denn nicht, wie sehr Rafik Sie liebt?« fragte er.

»Scott, in letzter Zeit haben so viele Leute zu mir gesagt ›Rafik liebt Stan‹, daß es für mich schon langsam wie ein Küchenspruch klingt. Ich fürchte, ich sehe die Sache etwas anders.«

»Dann werden Sie demnächst eine große Überraschung erleben«, sagte er und legte besondere Betonung in seine Stimme, um diesem Klischee das Gewicht eines unumstößlichen Grundsatzes zu geben.

Ich schaute auf die Uhr. Es war fast Mittag.

»Ich muß zur Arbeit.« Ich gab ihm eine meiner Visitenkarten. »Wenn Sie darüber noch ein wenig sprechen wollen, rufen Sie mich an. Für manche Menschen ist das coming out der schwierigste Punkt in der ganzen Geschichte, auf die sie sich da einlassen. Geben Sie sich nicht mit der einfachsten Lösung zufrieden, Scott, falls das nicht zugleich die Lösung ist, die Sie wirklich wollen.«

Er spitzte die Lippen und zog sie dann wieder zu einem Lächeln zurück.

»Wissen Sie, am Anfang mochte ich Sie nicht«, sagte er. »Aber ich glaube, Sie sind gar nicht so übel, vielleicht sogar ganz nett.«

»Wohl eher hartnäckig als nett«, entgegnete ich. Immerhin hatte ich ihn dazu gebracht, mir Vertrauen zu schenken, während ich von mir wenig preisgegeben hatte. Meine Übung als Psychiater von früher tat mir doch noch immer gute Dienste.

Wir erhoben uns und kehrten in das Gebäude zurück. Als wir die Treppen hinuntergestiegen waren und wieder die Vorhalle vor dem großen Studio betraten, bemerkte ich, daß hier eine kleine Gruppe von Polizisten wartete. Auch sah ich, daß sich Alissa Kortland mit ihnen unterhielt. Sie drehte sich zu uns um, brauchte eine Sekunde, um uns zu erkennen, und blickte dann erschrocken drein.

»Da ist er ja!« schrie sie den Polizisten zu und zeigte auf uns.

Scott Molloy und ich blieben wie angewurzelt stehen. Die Polizisten rannten auf uns zu und packten uns beide, drehten uns die Arme auf den Rücken und drückten uns gegen die Wand. Bei all meiner Panik hoffte ich trotzdem noch, daß Scott dieses Erlebnis mit der Polizei nicht als eine weitere Bestrafung, wie sie eben Schwulen zustößt, betrachtete.

»Wer von Ihnen ist Scott Molloy?« fragte ein Offizier.

Scott bestätigte seine Identität und wurde dafür belohnt, indem man ihm den Arm noch mehr auf die Schulter drehte. Der Polizist, der mich festhielt, ließ mich sofort los. Keinerlei Entschuldigung. Ich sah zu, wie die Bullen Scott davonführten, während Alissa ihnen folgte. Sieg stand ihr ins Gesicht geschrieben. Das einzige, was ich Scott noch sagen hörte, war: »Ich hab' sie mit keinem Finger angerührt.«

In diesem Augenblick wurde mir endgültig klar, daß ich,

obwohl ich bei all den Ereignissen rund um Max Harkeys Tod keine Ahnung hatte, wer wem was – und warum – getan hatte, schon viel zu tief in der Sache mit all ihren beteiligten Personen drinsteckte, um sie jetzt aufzugeben. Was man halb tut, hat man gar nicht getan. Es gab keine andere Wahl, als die Sache bis zum Ende durchzustehen.

Als ich gerade das Ballettstudio durch den Haupteingang verlassen wollte, wurde ich von Marshall Zander aufgehalten. Er sah müde aus, und seine Stimme klang matt und ernüchtert. Seine Beruhigungspillen ließen offenbar in der Wirkung nach.

»Die Polizei handelt doch völlig unlogisch. Statt daß sie versuchen, Max Harkeys Mörder zu finden, verhaften sie da einen jungen Tänzer, weil er angeblich eine junge Frau mißhandelt und verletzt hat.«

»War das denn tatsächlich der Fall?«

»Alissa behauptet es jedenfalls«, sagte er. »Offenbar hatten sie und Scott heute morgen einen heftigen Streit, und Scott bedrohte sie.«

»Ich halte ihn eigentlich für unfähig, auf diese Weise gewalttätig zu werden.«

»Das weiß man nie so genau«, sagte Marshall Zander. »Übrigens«, fügte er hinzu, »hatten Sie mit Rico ein angenehmes Mittagessen?« Er unterstrich seine Frage durch ein plumpes Zwinkern. Rico hatte mir versichert, daß Marshall nichts von unserem extravaganten, aufs Zimmer gebrachten Essen erfahren würde, und jetzt hatte er es offensichtlich doch herausgefunden.

»Es war bezaubernd«, sagte ich. »Vielen Dank für Ihre großzügige Gastfreundschaft.«

»Kostet mich ja keinen Pfennig. Mir gehört das Hotel mit allem, was drin ist, außer natürlich Rico.« Er hob die Stimme, als er hinzufügte: »Ihnen stand er selbstverständlich zur Verfügung.«

Ich überblickte rasch die Vorhalle, um feststellen zu können, ob ihn jemand gehört habe, und vor allem, ob Rafik in der Nähe sei. Aber die Luft war rein.

Dann fuhr er mit leiserer Stimme fort: »Auf Ihren Freund Rafik warten gute Nachrichten, was Max' Testament betrifft.«

»Sie kennen also bereits das Testament?«

»Ich bin Max' Testamentsvollstrecker«, erwiderte er.

»Dann müssen Sie doch auch wissen, was aus dem Tagebuch geworden ist.«

»Wenn eins da wäre, müßte es bei seinen übrigen Sachen sein.«

»War es aber nicht«, sagte ich.

»Vielleicht hat es die Polizei mitgenommen.«

»Sie hat keins gefunden.«

»Dann gab es vielleicht gar kein Tagebuch.«

»Nach Ricos Aussage schon.«

»Rico erfindet so manches«, sagte er schnell. Dann gluckste er und sagte: »Ich denke, das müßten Sie am besten wissen.«

Ich ignorierte seinen Spott. »Kann ich Sie noch etwas fragen?«

»Unbedingt«, sagte er liebenswürdig. »Ich helfe Ihnen, wo immer ich nur kann.«

»Verbringt man, wenn man eine große Kunstorganisation unterstützt, eigentlich immer so viel Zeit an deren Schauplatz?«

»Das klingt, als hätten Sie einen Verdacht gegen mich. Mir tut es leid, daß Sie so empfinden, denn wie gesagt mag ich Sie wirklich. Aber was Ihre Frage betrifft, kann ich Ihnen eine direkte, ehrliche Antwort geben. Manchen Sponsoren ist es lieber, wenn sie nur einfach einen dicken Scheck ausschreiben können, damit ist die Sache für sie erledigt. Sie kommen erst wieder zu den Galaempfängen und Premieren. Mir hingegen ist es lieber, aktiv mit dabeizusein und zu sehen, wo mein Geld hinkommt. Außerdem liebe ich das Ballett. Ich liebe alles, was damit zu tun hat – die Proben, die Klassen, die Tänzer, die Choreographen. Es ist meine einzige Leidenschaft.«

»Das kann ich verstehen. Und entschuldigen Sie bitte,

wenn ich argwöhnisch geklungen habe. Ich glaube, im Augenblick verdächtige ich schon jeden.«

»Das liegt daran, daß Sie in dieser Sache jetzt der inoffizielle Kommissar sind. Aber wahrscheinlich wünschte sich jeder, der Max kannte, früher oder später einmal, daß er für immer dahin sei. Ich jedenfalls auch, soviel steht fest.«

»Ach wirklich?« fragte ich und konnte mein Erstaunen nicht verbergen.

»Mein lieber Junge«, sagte er mit einem lauten Glucksen, »ich mag den Wunsch verspürt haben, aber von solch einem Impuls würde ich mich doch nie leiten lassen.«

»Dann bleibt nur die Frage«, sagte ich, »wer würde es?«

Marshall Zander zwang sich zu einem Lächeln. »Ich bin überzeugt, daß Sie die Antwort finden und diese ganze entsetzliche Angelegenheit zur Ruhe bringen werden. Und denken Sie immer daran, daß ich jederzeit zur Verfügung stehe, für *jede* Hilfe, die Sie eventuell brauchen.«

»Danke«, sagte ich und versuchte einen Schauder zu unterdrücken.

Wir gingen auseinander, er zu einem wichtigen Treffen und ich zurück in den Salon Snips. Aber auf dem Weg aus dem Ballettstudio wurde ich noch einmal aufgehalten, diesmal von Madame Rubinskaya.

»Ich denke, ich habe gesehen, Sie beobachten Klasse«, sagte sie.

»Es war sehr eindrucksvoll«, sagte ich. »Besonders die Männer.«

Die alte Dame tat meine Bemerkung mit einem bescheidenen Schulterzucken ab.

»Die Tänzer können besser. Aber sind sie jung, und ist Frühling. Denken an andere Dinge.«

»Wissen Sie, was zwischen Scott Molloy und Alissa Kortland vorgefallen ist?«

»Ist Schande, nicht? So schöne junge Menschen und kämpfen immer. Machen sie zu viel Tragödie. Wissen sie nicht, wie sollen sie das Leben genießen.«

»Die Polizei kann einem bei einer häuslichen Kabbelei ja auch nicht viel helfen.«

»Aber hat er sie geschlagen.«

»Ist das wahr?« fragte ich.

Die alte Frau zuckte wieder die Schultern. »Alissa sagt, aber wer weiß? Sie liebt, zu leben in große Drama.«

»Madame Rubinskaya«, tastete ich mich vorsichtig vor, »wissen Sie, ob Max Harkey ein Tagebuch geführt hat?«

»Maxi ein Tagebuch? Vielleicht.«

»Haben Sie es je gesehen?«

Nach einer längeren Pause sagte Madame Rubinskaya kühl: »Kann ich mich nicht erinnern.«

»Aber erinnern Sie sich dann an die Partitur des *Phoenix*?«

»Warum Sie mich fragen das?«

»Weil sie weg ist.«

»Und?«

»Ich dachte, Sie wüßten vielleicht, wo sie ist.«

»Sie denken jetzt, ich habe genommen?«

»Keineswegs.«

»*Bozhe*! Ich dachte Sie sind nette junge Mann, aber sehe ich, daß Sie sind unverschämt.«

»Ich wollte nicht unverschämt sein, aber die einzige Möglichkeit, etwas herauszufinden, ist, danach zu fragen, und manchmal macht das eben einen falschen Eindruck. Darf ich Sie noch etwas fragen?«

Aber Madame Rubinskaya war der Sache jetzt überdrüssig, prustete ungeduldig und sagte: »Nein. Sie sind nicht sehr nette Junge.«

Und als sie ihren Spruch gefällt hatte, ging sie davon.

Ich dachte mir: nur weil du's sagst, ist es noch lange nicht wahr. Deshalb erfand ich rasch ein Mantra, um Madame Rubinskayas harsches Verdikt wieder zu lösen: Ich bin ein netter Junge. Ich bin ein netter Junge. Ich bin ein netter Junge.

Aber ohne die roten Schuhe geschah nichts.

Noch einmal wandte ich mich dem Ausgang zu. Ich

wollte jetzt wirklich raus hier, aber kaum hatte ich zwei Schritte gemacht, sah ich Rafik und Toni di Natale in der großen Vorhalle erscheinen. Sie plauderten und lachten miteinander. Toni sah mich als erste und zog Rafik hinter sich her.

»Hier sind Sie ja!« sagte sie. »Ich bin so begeistert, was Sie aus meinem Haar gemacht haben. In der Sonne leuchtet es total.«

Rafik grinste breit. »Du machst sie sehr schön.«

Er hielt sie um die Taille eng umschlungen, während sie an seiner Schulter hing.

»Danke«, sagte ich. »Wo kommt ihr beiden denn her?«

Toni antwortete: »Wir hatten gerade das längste, luxuriöseste Frühstück der Welt, und zwar im Copley Palace. Haben Sie das schon mal probiert?«

»Noch nicht«, sagte ich in starker Abwehr gegen ihre Überschwenglichkeit.

»Es ist einfach phantastisch. Sie müssen unbedingt mal hin.«

Rafik fügte hinzu: »Wir haben gesprochen über Musik, und verging die Zeit sehr schnell. Es war sehr produktiv.«

Beide strahlten positive, kreative Energie aus. Sie waren voneinander und vom Rest der Welt, wo doch alles so fein und schön war, aufs höchste begeistert. Und wieder einmal verblüffte mich das breite Spektrum von Rafiks Energie, und daß ich am anderen Ende dieses Spektrums stand, als das genaue Gegenteil von dem, was ich hier mit Toni di Natale sah.

»Was führt Sie her?« fragte sie mich.

»Der Mord an Max Harkey«, sagte ich derb.

»Sie machen sich damit so viel Arbeit«, sagte sie. »Ich bin überzeugt, daß Sie den Fall lösen werden. Sie werden der große Held sein.«

»Jawoll«, sagte ich. »Behalten Sie das bitte im Gedächtnis.«

Rafik grinste immer noch, während er Toni fester an sich zog und mir die andere Hand auf den Arm legte.

»Wir haben Probe jetzt«, sagte er. »Bis später.«

»Ich bin dann im Laden«, sagte ich.

»Nochmal danke für mein Haar«, sagte Toni. »Schade, daß Sie Ihre Arbeit nicht signieren können.«

Rafik und ich tauschten einen wissenden Blick.

»Manchmal schon«, sagte ich.

Sie gingen, und ich schaffte es endlich, das Studio des Boston City Ballet zu verlassen. Diesmal hielt mich niemand mehr auf. Aber wer wäre denn auch noch übrig gewesen? Ich hatte an diesem Vormittag so ziemlich alle gesehen, die damit zu tun hatten.

Ich ging in Richtung Snips. Als ich über den Copley Square kam, spürte ich in meinem Körper ein seltsames Drängen, eine Art Wogen, das in meinem Bauch begann, zu meinem Kopf hinaufstieg und dann zu meinen Füßen hinunterlief, bevor es sich wieder in meinem Gedärm festsetzte. Vielleicht hatte ich einfach nur Hunger, und es war ein unterbewußter Hinweis auf das Frühstück, das Rafik und Toni di Natale genossen hatten. Aber nein, nicht nach Frühstück oder Mittagessen sehnte ich mich. Ich blieb stehen und blickte an dem mächtigen Hotelbau empor, der von der klassischen Architektur ringsum so neu und sauber und kühn abstach. Ich starrte das moderne Gebäude an und ließ meine Augen daran emporwandern bis ganz oben zu dem Penthaus, wo vielleicht Rico gerade im Augenblick eine Tasse Kaffee trank. Und da fegte wieder diese seltsame sinnliche Woge durch meinen Körper, und ich erkannte, was es war. Ich wollte etwas, das ich vorher nicht erkannt hatte, und das war tatsächlich ein Wunsch, den Rafik ausgelöst hatte, vor allem durch die Art und Weise, wie er mit Toni di Natale umging. Ich wollte ein bißchen leichten Sex. Und ich wußte genau, wo ich den kriegen konnte.

15. Tanz und Partnertausch

Der Pförtner im Copley Palace kannte mich noch von gestern, aber das half mir überhaupt nichts. Weder seine Förmlichkeit noch mein Versuch, mich anständig zu benehmen, kamen gegen den Schwall von wollüstiger Energie in mir auf, und als ich Rico zu sehen verlangte, schüttelte er gravitätisch den Kopf.

»Der junge Herr Rico ist hier im Hause nicht mehr angestellt.«

Komisch, dachte ich, wo doch Marshall Zander erst vor ein paar Minuten so herzlich und gastfreundlich gewesen war, was das teure Mittagessen betraf, das Rico und ich zusammen eingenommen hatten, dabei aber Ricos Fortgang mit keiner Silbe erwähnt hatte.

Der Pförtner fuhr fort: »Mr. Zander ist auch nicht da, obwohl Sie ja gestern, soviel ich mich erinnere, gerade ihn *nicht* zu sehen wünschten.«

»Ja«, sagte ich zögernd, »das ist richtig.« Mit meinen auf Rico erpichten Keimdrüsen hatte ich ganz sorglos angenommen, daß Marshall Zander noch im Ballettstudio sei, und nicht bedacht, daß er in den verflossenen paar Minuten ja selber heimgekommen sein könnte. Das wäre ja drollig gewesen: ich wäre oben aufgetaucht, schon ganz feucht und scharf auf den Hausangestellten, und wäre an der Türe von dem fettärschigen Schloßherrn selbst empfangen worden.

»Soll ich etwas ausrichten?« unterbrach mich der Pförtner in meinen Gedanken.

»Wissen Sie, was vorgefallen ist?«

Hochmütig hob er die Nase und sprach in abgehackten Silben.

»Es hat einen unerfreulichen Vorfall gegeben, den zu enthüllen ich nicht die Freiheit habe. Jedoch werden im Augenblick die Schlösser in Mr. Zanders Suite ausgetauscht, was erhebliche Kosten verursacht.«

»Na und, wo es doch für den Kaiser ist?«

»Wie beliebt?«

»Süßer, dieses Gesäusel bringt's doch nicht. Kommen Sie wieder auf den Boden.«

Als ich das Hotel verließ, beunruhigte mich der Gedanke, daß Rico bei Marshall Zander etwas hätte stehlen sollen. Natürlich war er gescheit und charmant und sexy, aber ich hatte das Gefühl, daß er mehr Klasse zeigen würde, wenn er sich bereichern wollte. Die eigentliche Frage war außerdem, war Rico von selber gegangen oder gefeuert worden?

Ich lief eine Querstraße weit die St.James Street in Richtung Berkeley Street hinunter. Ich wollte noch eine Unterbrechung machen, bevor mich die Pflicht ins Snips rief. Nach dieser seltsamen Nachricht, nämlich, daß Rico verschwunden sei, wollte ich noch den Oberbullen Branco befragen. Zum Glück war der Lieutenant da. Als ich sein Büro betrat, war er in einen Stapel Papiere auf seinem Schreibtisch versunken. Er pfiff leise vor sich hin, während er die Unterlagen studierte – eine peppige kleine Melodie, wahrscheinlich italienisch. Für Branco war es nicht typisch, Musik zu machen. Nach den höflichen Formalitäten der Begrüßung erzählte ich ihm, daß mich Ricos plötzliches Verschwinden beunruhige.

Branco bemerkte: »Was für ein erstaunliches Zusammentreffen, Stan. Entweder haben Sie wirklich eine Nase für solche Sachen, oder aber Sie sind doch tiefer in die ganze Sache verwickelt, als Sie zugeben.«

»Was ist passiert?« fragte ich.

»Wir haben heute vormittag einen Bericht vom Verkehrsamt bekommen. Ihr junger Freund war mit seinem Motorroller unterwegs. Er überfuhr eine rote Ampel. Schlimmer Unfall.«

»Wie schlimm?« fragte ich mit zitternder Stimme.

»Ich fürchte, er ist tot.«

Der Schlag traf mich seltsamerweise zuerst zwischen den Schulterblättern. Dann schnitt und riß er sich rücksichtslos wie eine Messerklinge seinen Weg durch meinen Brustkorb bis zu meinem Magen. Als ich wieder klar sehen konnte, merkte ich, daß ich ganz kalt und verschwitzt war.

»Mein *tesao*«, sagte ich leise.

»Tut mir sehr leid«, sagte Branco.

Ich hatte gegen die Tränen zu kämpfen und gegen ein einschnürendes Gefühl, das meinen ganzen Körper erfaßte. Alles in mir wollte zu weinen anfangen. Aber nicht hier, redete ich mir selber zu. Nicht vor einem Polypen.

»Kann ich Ihnen irgendwie helfen?« fragte er.

Die plötzliche, unerwartete Wärme in seiner Stimme schuf sich eine winzige Lücke in meinem Widerstand, und gegen meinen Willen fühlte ich ein paar stille Tränen über meine Backen rinnen. Diese Woge intensiven Gefühls erschreckte und ärgerte mich gleichzeitig. Als ich den Eindruck hatte, ich könne wieder sprechen, ohne zu schluchzen, fragte ich Branco, was passiert sei.

»Der Fahrer des Autos behauptet, daß der Roller wie aus dem Nichts herausgeschossen sei. Ihn hat das auch völlig fertiggemacht – er gab zu, daß alles seine Schuld sei, fügte sich uns ohne Widerstand, erbot sich sogar, sofort ins Gefängnis zu gehen.«

Branco unterdrückte ein kleines, völlig unangebrachtes Lachen. Wahrscheinlich hätte es ihm gefallen, wenn alle Welt so unterwürfig gewesen wäre.

Er fuhr fort: »Normalerweise lassen wir so etwas dann den Instanzenweg gehen, aber da der junge Mann direkt mit dem Fall Max Harkey zu tun hatte, habe ich das Ganze als Mordfall ausgewiesen. Das Labor untersucht momentan den Roller, ob daran manipuliert worden ist. Vielleicht ist an den Bremsen etwas verändert worden, damit sie nicht funktionierten.«

Brancos Verdacht rief mir einen alten Film mit einem ähnlichen Plot in Erinnerung. Jetzt war nur die Frage, wer in dem momentanen Drama dann Lana Turner sein mochte?

»Wo ist ... Rico ... jetzt?« fragte ich. Ich begann meine Frage mit fester Stimme, aber mein Mut versackte zu einem flüsternden Krächzen.

»In der Leichenhalle. Ich könnte es arrangieren, würde aber trotzdem nicht vorschlagen, daß Sie ihn sich anschauen. Er ist ziemlich übel zugerichtet.«

»Nein«, sagte ich schwächlich. »Sie werden das am besten wissen.«

»Übrigens habe ich gerade Scott Molloy freigelassen. Alissa Kortlands Vorwürfe genügten nicht, um ihn dazubehalten.« Branco fügte zornig hinzu: »Diese verdammten Kids.«

»Glauben Sie, daß er Rico getötet haben könnte?«

»Beide sind füreinander ein sehr sauberes und vollständiges Alibi, auch wenn sie sich momentan nicht gut verstehen.«

»Und wie ist es mit Marshall Zander?« fragte ich.

»Mr. Geldsack?« sagte der Polizeibeamte.

»Rico wohnte bei ihm. Er hätte die beste Möglichkeit gehabt, an dem Roller herumzufummeln.«

»Mir kommt er ja handwerklich nicht sehr begabt vor«, sagte Branco und fügte einen kleinen Grunzer hinzu. »Und was wäre sein Motiv?«

»Was ist das Motiv bei jedem anderen? Rico muß etwas gewußt haben.«

»Falls es überhaupt ein Mord war.«

»Natürlich war es einer, Lieutenant! Wir wissen jetzt also, daß es jemand gewesen sein muß, der etwas von Motorrollern versteht.«

»Oder von Motorrädern«, sagte der Beamte. Dann fügte er selbstgefällig hinzu: »Wo Sie sich so sicher sind.«

Ich merkte, wie meine Wangen vor Ärger zu brennen begannen.

»Ich war die ganze Nacht mit Rafik zusammen«, sagte ich. »Er kann es nicht gewesen sein.«

»Und heute früh?«

Ich stutzte. Rafik hatte *tatsächlich* die Wohnung zeitig verlassen, weil er eine wichtige Verabredung hatte, die sich dann als heimliches Frühstück mit Toni di Natale im Copley Palace herausstellte. Hatte er ein paar Augenblicke dazu benutzt, eine Veränderung mit tödlichen Folgen an Ricos Roller vorzunehmen?

»Lieutenant, Rafik hat an dem Roller nichts manipuliert.«

»Wußte er, wie Sie zu Rico standen?«

»Selbst wenn –«

»Schon gut, Stan.« Branco gebot mir mit seiner großen erhobenen Hand Einhalt. »Ich werde ihn nicht einlochen. Ihre Alibis sind einstweilen hieb- und stichfest.« Branco blickte mich direkt an, und da sah ich, daß ihm ein Lächeln über seinen kraftvollen Mund kroch. »Außerdem«, sagte er, und jetzt erweiterte sich das Lächeln zu einem herrlichen breiten Grinsen, »sitze ich wahrscheinlich eines Tages im selben Boot und habe auch nur einen Menschen, mit dem ich zusammen war, als einziges Alibi.«

Bezog Branco das alles plötzlich auch auf sich selbst?

»Dann müßten Sie doch erst einmal ein Tatverdächtiger sein, Lieutenant.«

Er zuckte leicht die Schultern. »Verdächtigen Sie mich?« fragte er.

»Ich?«

»Ja, Sie. Stan Kraychik. Verdächtigen Sie mich?«

»Wessen?«

»Ganz egal wessen.«

»Wovon sprechen Sie da überhaupt, Lieutenant? Wessen sollte ich Sie verdächtigen?«

»Das frage ich Sie«, sagte er.

Also wirklich, dem konnte ich nicht folgen.

Branco grinste siegessicher und sagte: »Sie haben Angst, mir gegenüber ehrlich zu sein, stimmt's?«

Ich fragte mich, was ihn da plötzlich zu so einer Intimität trieb.

»Lieutenant, ich glaube, Sie berühren da die Grenzen der Dichotomie zwischen Polizist und Zivilist.«

Branco entgegnete: »Und ich glaube, Sie benutzen da große Worte.«

Was wollte er denn bloß von mir hören?

»Ich muß zur Arbeit, Lieutenant. Darf ich Sie als mein Alibi benutzen?«

»Na klar. Grüßen Sie Nicole von mir.«

Jetzt war es also schon »Nicole« und nicht mehr »Miss Albright«.

Er fuhr fort: »Das mit gestern abend tut mir wirklich leid. Ich hoffe, es geht ihr heute wieder gut.«

»Was ist denn passiert?«

Branco zögerte ein wenig, als er es zu erklären versuchte. »Nichts allzu Ernstes. Einfach nur ein dummer Fehler, den ich hätte vermeiden können.«

Also machten auch die supergroßen Polizeihelden manchmal einen Fehler.

Ich sagte: »Soll ich also vermelden, daß Lieutenant Branco traurig ist? Oder lieber Vito?«

»Sie wird beides richtig verstehen«, antwortete er.

»Beides«, wiederholte ich.

Im Salon war Nicole gerade an ihrem Manikürtischchen mit einer Kundin beschäftigt. Als ich an ihr vorbeikam, wunderte ich mich, daß Nicole leise eine Melodie vor sich hin summte, während sie arbeitete. Sie unterbrach diese Musik gerade so lange, daß sie mich mit einem übertriebenen Lächeln grüßen konnte.

»Wie nett von dir, daß du heute mal vorbeischaust, Stanley.«

Und dann nahm sie ihr Summen wieder auf, ohne auch nur einen Zug mit ihrer Nagelfeile auszulassen.

Nun ist eines der Dinge, die ich nach all den gemeinsamen Jahren sicher über Nicole weiß, das, daß sie nie singt. Niemals. Das ist eine Handlung, die in ihrem Leben nicht vorkommt. Und doch saß sie jetzt hier und summte eine muntere kleine Melodie, ein Stück zum Tanzen, das mir bekannt vorkam. Was Italienisches, wenn ich mich nicht irrte. Hatte sie das auf Brancos Kassettenrecorder gehört? Und was hatten sie dabei gemacht? Die Fruchtbarkeit und Fülle des Frühlings gefeiert?

»Küsse von Vito«, sagte ich.

»Wie nett, Schätzchen«, antwortete Nicole und fuhr in ihrer Arbeit fort.

»Ich bin im Büro«, sagte ich, als gehöre mir der Laden.

Aber von ihrem Tisch her kam nichts als ferienmäßige Fröhlichkeit.

Eine halbe Stunde später trat Nicole in mein Büro, wobei sie ihre leere Rosenthal-Kaffeetasse vor sich hin hielt wie ein Bettler aus der Oberschicht. Ich füllte sie ihr mit dem dampfenden frischen Getränk. Als ich ihr den üblichen Schuß Sahne hinzutun wollte, bremste Nicole mich.

»Für mich schwarz.«

»Willst du abnehmen?« fragte ich.

»Nein. Ich will heute einfach nur keine Sahne. Ist das verboten?«

»Nein, Herzchen.« Ich reichte ihr die heiße Tasse. »Lehnst du Brancos Sahne auch ab?«

Nicole starrte mich an.

»Für den Kaffee, Herzchen. Hab ich da irgendwas getroffen?«

»Du bist manchmal so vulgär.«

»Nikki, es ist doch offenkundig, daß du und Branco etwas zusammen habt. Ich begreife nicht, warum du das zu verheimlichen versuchst.«

»Wir haben nicht ›etwas‹ zusammen, Stanley.«

»Was denn dann?«

»Wir entwickeln eine sehr herzliche Beziehung. Du kennst den Mann ja kaum, und doch verdächtigst du ihn, und jetzt auch mich, derselben niedrigen Absichten, die dir selber so wichtig zu sein scheinen.«

»Uiuiui, Herzchen. Ich verdächtige doch gar nicht.«

»Dann sollte ich vielleicht sagen ›lächerlich machen‹, denn eigentlich ist es das, was du ständig tust. Du machst andere lächerlich. Nur zu deiner Information, Stanley, ja, Vito und ich waren wieder zusammen. Und ich finde das wunderbar. Er ist ein vollkommener Gentleman. Er besitzt eine Verfeinerung in seinem Wesen, die du nie begreifen wirst, weil du dich immer auf die Seite in deinem Leben konzentrierst, wo die Geschlechtsorgane liegen.«

»Das tun auch Männer, die nicht schwul sind.«

»Das kannst du ihm jetzt nicht anlasten.«

»Herzchen, ein Penis ist ein Penis.«

»Wie abgeschmackt du bist!«

»Entschuldige bitte. Der von Branco ist natürlich heilig.«

»Du bist abscheulich.«

»Und du benimmst dich überheblich, wo es doch nur eine Frage von –«

In diesem Augenblick bemerkte ich an der Hinterseite von Nicoles Unterarm eine häßliche Narbe.

»Herzchen, was ist denn das?«

Sie zog befangen den Ärmel ihrer Bluse nach unten, um die Narbe zu verbergen.

»Nikki«, sagte ich, »hat er das gemacht?«

Nicole war sprachlos.

Ich war sprachlos.

War Branco brutal zu ihr gewesen? War es ein Mißgeschick? Oder war das die geheime Kehrseite des »vollendeten Gentleman«? Wie konnte er es wagen, sie zu verletzen? Die Spiele, die ich mit Rafik trieb, waren etwas anderes, sie geschahen im Namen der Liebe. Aber so etwas mochte Nicole nicht. Oder vielleicht doch? Vielleicht mußte da erst jemand wie Vito Branco kommen, um diese Seite ihres Verlangens zu erwecken. Na schön.

Wie um meine Vorstellungen wieder zu bremsen, sagte Nicole: »Vito hat eine sehr kleine Küche, und bei dem einen Hängeschrank schließt die Tür nicht richtig, und ich langte nach oben –«

»Du bist mir keine Erklärung schuldig, Nikki.«

»Das weiß ich selber!«

»Solange das deine Wahl ist und nicht nur seine.«

»Du begreifst überhaupt nichts, Stanley. Du siehst nur, was du willst.«

Genau in diesem Augenblick erschien Rafik in der offenen Tür zu meinem Büro. Er war völlig außer Atem, so als sei er durch die ganze Stadt bis hierher gerannt.

»Habe ich gute Nachricht!« rief er aus.

»Können wir brauchen«, sagten Nicole und ich unisono.

Rafik sprach so aufgeregt wie ein Kind, das gerade einen großen Preis gewonnen hat. »Max hat hinterlassen seine wundervolle Flügel für mich.«

»Das ist ja großartig«, sagte Nicole.

»Aber wirklich«, fügte ich hinzu, da ich ja wußte, wie sehr Rafik gerade die musikalische Seite von Max Harkeys Schaffenskraft geschätzt hatte. Es war das perfekte Vermächtnis von einem Künstler zum anderen.

»Aber«, fuhr Rafik fort, »ich habe keine Platz, um aufzustellen. Es ist sehr groß.«

»Ich weiß«, sagte ich.

»Oh«, sagte Nicole.

»Also«, sagte Rafik. »Jetzt wir müssen haben Wohnung zusammen, Stani. Es wird sein so wundervoll. Ich träume immer von große Flügel in unsere Haus. Und jetzt haben wir die von Max Harkey.«

Nicole sagte: »Ich glaube, er liebt dich.«

Nicole stand auf. »Ich laß euch beide allein«, sagte sie und nahm ihren Kaffee mit hinaus. Ich machte die Tür zu.

Rafik umarmte mich. »Du wirst sein glücklich, wenn du hörst, daß Toni wird bald wieder sein zusammen mit Jason Sears. Er kommt heute abend. Keine Eifersucht mehr für dich.« Er gab mir einen kleinen Nasenstüber.

»Sehr gut«, sagte ich. »Jetzt sind ja alle wieder glücklich.«

Rafik fragte: »Was hast du denn, Stani? Klingst du so leer, als ob du hast etwas verloren.«

»Tut mir sehr leid«, sagte ich. »Aber Rico ist heute morgen umgekommen.«

»*Mais non*!« sagte er. »Wie ist passiert?«

Ich erzählte ihm alles, außer dem Sex im Sandkasten.

Als ich fertig war, sagte Rafik kläglich: »Also die Ärger ist nicht vorbei.«

»Überhaupt nicht.«

»Was wirst du tun?« fragte er.

»Du hast mich in die ganze Sache hineingebracht. Wahrscheinlich muß ich nur einfach weiter herumschnüffeln und -stochern, bis ich die Antwort habe.«

»Wirst du mir versprechen eine Sache?«

»Ich werde vorsichtig sein, Rafik.«

»Darum bete ich schon«, sagte er. »Aber wenn ist alles gelöst, dann suchen wir, du und ich, eine neue Wohnung zusammen, ja?«

Ich zögerte, biß mir auf die Lippe, gab dann nach.

»Okay«, sagte ich. »Und wenn's nur wegen Max Harkeys Flügel ist.«

Rafik gab mir einen großen geräuschvollen Schmatz und verschwand durch die Hintertür. Ich kehrte in den Laden zurück.

Nicole sah mich und sagte: »Warum schaust du denn so finster? Ihr habt euch doch nicht schon wieder gestritten?«

»Eines habe ich dir noch nicht gesagt, Herzchen. Rico ist heute früh umgekommen.«

»Rico?«

»Max Harkeys Hausangestellter.«

»Von dem hast du mir aber noch nie was erzählt.«

»Ich glaube, er war in mich verknallt, oder ich in ihn.«

»Bist du deshalb so reizbar? Ich hatte ja keine Ahnung, daß du einen Freund verloren hast, sonst wäre ich nicht so brüsk gewesen.«

»Vielleicht hatte ich es verdient, wie immer.«

»Das klingt ja, als ginge es dir heute gar nicht gut. Normalerweise würde ich dich jetzt nach Hause schicken, aber auf dich wartet eine Kundin.«

Ich schaute in den Wartebereich, wo ich eine unbekannte Frau königlich in einem der geräumigen Ledersessel thronen sah. Was sie anhatte, sah aus wie ein Kostüm, wie die üppige theatralische Tracht einer europäischen Adeligen. Um sie wehte die Aura vergangener Zeiten.

Ich sah die Frau genauer an. »Aber Herzchen, ist das nicht – ?«

»Doch«, erwiderte Nicole. »Aber heute ist sie eine *duchessa*.«

Es war Sharleen McChannel, die Berühmtheit, deren Plakate überall in der Eingangshalle des Copley Palace gehangen hatten.

Ich begrüßte sie und gratulierte ihr zu dem großartigen Erfolg ihres neuen Buches, aber Sharleen bestritt heftig, irgend etwas mit der Person zu tun zu haben, die das geschrieben hatte. Sie behauptete, zum italienischen Hochadel zu gehören, und nannte sich selbst La Duchessa, mit dem zugehörigen gebrochenen Englisch und starkem Akzent. Sie sagte mir, sie wolle nur einfach Waschen und Legen, und der Salon Snips und speziell ich seien ihr vom Empfangschef im Ritz empfohlen worden.

Während ich mit ihrem Haar beschäftigt war, sprach sie über ihre Villa am Comer See, und über dies in Europa und das in Europa und über ihre Vorfahren, die im Dogenpalast gewohnt hatten. Während ich ihr die Haare trocknete, gab La Duchessa plötzlich einen seltsamen körperlosen Laut von sich.

»Ist Ihnen nicht gut?« fragte ich.

»Moment«, antwortete sie. »Moment. Still. Bitte still, alle. Ich erhalte eine Botschaft.«

»Trockner aus«, rief ich. Im Salon wurde es still, bis auf die Jazzmusik im Hintergrund und ein gelegentliches Scherenklappern. La Duchessa hatte die Augen geschlossen und gab gequälte leise Töne von sich, als kämpfe sie mit ihren inneren Dämonen. Einige Angestellte näherten sich, um das Schauspiel zu beobachten, das noch ungefähr drei Minuten dauerte.

Dann kam sie wieder aus ihrer Trance hervor und sagte: »Ich bin zurückgekehrt.«

»Sie können weiterarbeiten«, rief ich aus, und sofort war der Salon wieder von den vielfältigen Geräuschen der Verschönerung erfüllt.

La Duchessa oder Sharleen McChannel – im Augenblick wußte ich nicht so genau, welche von beiden – sagte zu mir: »Sehr bald werden Sie eine große Reise machen.«

Frech fragte ich: »Und werde ich auch einem gutaussehenden Fremden begegnen?«

Sie lächelte. »Ich denke, Sie haben den dunklen Ritter Ihrer Seele schon gefunden.«

»Woher wissen Sie das?«

»Das haben natürlich *sie* mir gesagt.«

Natürlich. War das auf gut Glück geraten, oder besaß diese Frau tatsächlich übersinnliche Kräfte?

Ich frisierte sie fertig, und sie war von dem Ergebnis begeistert. Ich fand ihre Reaktion etwas übertrieben, selbst für jemanden, der sein Leben damit verbrachte, exaltierte Erfahrungen zu suchen.

Als sie allerdings bezahlen sollte, hatte Sharleen McChannel, alias La Duchessa, leichte Schwierigkeiten mit einer banaleren Seite des Lebens. Nicole bat mich nach vorn zum Empfangspult, wo ich sah, daß Sharleen nervös in ihrer Geldbörse herumkramte – einer punzierten Ledertasche aus Venedig, die bestimmt so viel gekostet hatte, wie ich in einem Monat an Trinkgeldern einnahm. Endlich verkündete mir Sharleen, erschöpft und bar jedes italienischen Akzents: »Ich hab' anscheinend kein Geld bei mir. Ich weiß gar nicht, wo ich heute mit meinen Gedanken bin.«

Ich wollte ihr gerade sagen, wo, aber da spürte ich, wie sich der scharfe Absatz von Nicoles Kalbslederpumps in meinen Rist bohrte. Was sollte ich machen? Ich konnte doch einem solchen Star nicht eine Szene machen. Zu ihrer Ehrenrettung bot mir Sharleen La Duchessa ihre antiken goldenen Ohrringe an, die, wie sie behauptete, echte Erbstücke von ihren Vorfahren, den Medici, seien. Na klar, Püppchen. Und ich bin Marie von Rumänien. Obwohl, im Moment hätte sie möglicherweise behauptet, sie und Marie seien Busenfreundinnen und tauschten immer Scherze über ihre Hofdamen aus. Dennoch wies ich das Angebot von La Duchessas Modeschmuck ab und begnügte mich damit, daß ich jedenfalls eine tolle Geschichte würde erzählen können.

Als der Laden geschlossen und abgesperrt war, setzten Nicole und ich uns zu unserem Cocktail und ihrer Zigarette in mein Büro.

»Schätzchen«, sagte sie, kaum daß wir uns gesetzt hatten, »du siehst so traurig aus. Hat dir Rico so viel bedeutet?«

»Ich weiß nicht so genau. Vielleicht brechen auch nur all die Ereignisse der letzten Tage jetzt wieder über mich herein. Oder vielleicht liegt es auch daran, daß Rafik jetzt mit mir zusammenziehen will.«

»Dann solltest du es diesmal vielleicht auch tun. Wahrscheinlich hast du es einfach satt, immer neue Gründe zu suchen, warum du mit ihm nicht zufrieden sein kannst. Es könnte dir auch helfen, über Rico hinwegzukommen.«

»Du klingst schon wie die Leute, die ein totes Haustier sofort durch ein neues ersetzen, bevor sie noch dazu kommen, echten Kummer zu empfinden.«

»War er das für dich? Ein Haustier?«

»Ich weiß nicht so genau. Er war jedenfalls verspielt. Und nach Rafiks Ernst fand ich das anziehend. Aber ich glaube, jetzt kann ich Rafik erst wieder richtig schätzen.«

»Vielleicht, weil er am Leben ist, Schätzchen.«

»Trotzdem, Nikki. Mit jemandem zusammenzuziehen – denk doch nur, was das alles ändert. Würdest du mit Branco zusammenziehen?«

Sie lachte. »Warum um Himmels willen sollte ich das?«

»Weil du mit ihm eine Beziehung hast. Aus demselben Grund, warum du es bei Rafik und mir befürwortest.«

»Du Dummchen, das ist doch etwas ganz anderes. Außerdem seid ihr, du und Rafik, schon so lange zusammen.«

»Was macht das für einen Unterschied, Nikki? Wozu wohnt man denn überhaupt zusammen – um Porzellan zu sammeln und Möbel einzukaufen?«

»Das hast du doch alles schon, mein Lieber.«

»Damit schließe ich den Beweisvorgang ab.«

»Warum genießt du es nicht einfach, zusammen zu sein?«

»Ich will mehr, Nikki. Ich will die unauflösliche seelische Verbindung.«

»Oh Stanley. Die hast du doch auch schon.«

»Wahrscheinlich«, sagte ich ungewiß.

Wie um das Ende unserer fruchtlosen Debatte anzuzeigen, löschte Nicole ihre kaum halbgerauchte Zigarette.

»Willst du das Rauchen einschränken?« fragte ich.

»Ja«, sagte sie. »dasselbe wie mit der Sahne im Kaffee.«

»Ich fühle, daß aus dir ein völlig neuer Mensch emportaucht.«

»Ich habe keine Angst vor Veränderungen«, sagte sie, stand auf und zog sich ihren leichten Frühjahrsmantel an. Sie küßte mich und ging. Irgendwie schien Nicole ein ganz klein bißchen über dem Boden zu schweben.

Ich saß allein im Laden. Alles war wunderbar ruhig. In meinem Hirn herrschte Leere. Ich war so müde, daß ich nicht denken konnte, nicht einmal daran denken konnte, denken zu wollen. Deshalb blätterte ich gedankenlos in einem Reisemagazin herum, das heute im Salon angekommen war. Da fand ich mich plötzlich vor einem ganzseitigen Foto von Big Ben in London, und dieses Foto brachte ein paar schlummernde Nervenenden wieder in Bewegung. Es gab doch noch einen Menschen, der mit Max Harkey zu tun gehabt hatte und mit dem ich noch nicht gesprochen hatte. Vielleicht besaß er den Schlüssel zu den unbeantworteten Fragen. Es wäre ganz einfach. Ich würde nach London fliegen, um die Ballerina Mireille Rubinskaya zu treffen und zu befragen, die Großnichte von Madame Rubinskaya.

Ich rief meine Reiseberaterin an, Hanni, die einzige ehemalige Deutsche, die ihre Kunden nie mit der größten deutschen Fluggesellschaft fliegen läßt. Zum Glück arbeitet sie immer ziemlich lang in den Abend hinein, um für ihre Kunden von der Westküste erreichbar zu sein. Nach-

dem ich eine Ewigkeit mit ihrer automatischen Warte-
schleife verbunden war, hörte ich endlich Hannis echte
Stimme in der Leitung. Sie klang immer, als sollte sie eigentlich *Carmen* singen.

»Du bist der nächste auf meiner Liste.«

Ich erwiderte: »Das wäre ein guter Titel für einen
Krimi.«

Hanni lachte und sagte: »Wieso hat man so lange nichts
von dir gehört, du Canaille?«

»Hanni, ich muß nach London.«

»Da höre ich zwei Monate lang nichts von dir, und jetzt
gehst du in Urlaub?«

»Das hat nichts mit Urlaub zu tun«, sagte ich. »Es ist
dringend.«

Ich schilderte ihr kurz die Situation, und sie ging die Sache wie ein Vier-Sterne-General auf dem Schlachtfeld an.

»Erste Frage: hast du einen gültigen Paß?«

»Das ist etwas, was ich immer verlängern lasse, aber nie
benutze.«

»Man weiß nie, wann man mal außer Landes gehen
muß«, sagte sie und füllte dann das örtliche Telefonnetz
mit ihrem vibrierenden Lachen. Klick-klick-klick ging es
auf ihrem Keyboard. »Ich kann dich bei der British Airways buchen, die in ungefähr zweieinhalb Stunden in Logan startet. Schaffst du das?«

»Ich muß einfach, Hanni.«

»Also gebucht?«

»Ja.«

»Zahlst du mit Kreditkarte?«

»Heißt das, daß es mich etwas kostet?«

»Stanislav, das ist ein ganz normales Hin- und Rück-
flugticket nach London. Ich kann dir eine Ermäßigung geben, eine supergute Ermäßigung, aber keinen Freiflug. Du
weißt doch, daß ich fürchterliche Ausgaben habe. Die
Miete ist gerade erhöht worden, ich muß meinem Ex-
Mann Alimente zahlen, die Schulrechnungen der Kinder
sind fällig, beide Hunde waren heute beim Tierarzt, die

eine von meinen Kinderfrauen will eine Gehaltserhöhung, ich habe einen neuen Freund, und –«

»Schon gut, schon gut, Hanni. Wieviel?«

Sie nannte mir einen so fürchterlichen Preis, daß ich nicht umhin konnte zu fragen: »Und was ist das? Erster Klasse?«

Sie platzte laut mit dem Lachen heraus: »Das ist der Notsitz hinten im Bus!«

»Und meine Ermäßigung?«

»Die ist da schon dabei. Hör mal, Stanislav, bei dir trifft sich da alles ganz ungünstig. Du fliegst unter der Woche, last minute, mit offenem Rückflugtermin. Da mußt du schon das Doppelte einkalkulieren.«

»Eher brauche ich ein doppeltes Einkommen.«

»Also soll ich dich jetzt buchen?«

»Doch, Hanni. Tu's. Aber meine Kreditkarte schafft das nicht. Ich muß dich von zu Hause anrufen, wenn ich meine finanziellen Arrangements getroffen habe.«

»Ich halte dir das Ticket frei, bis ich von dir höre.«

Ich rannte mit meinen starken slawischen Beinen nach Hause. Kaum war ich dort, rief ich Nicole an, erreichte aber nur ihren telefonischen Antwortdienst.

»Miss Albright ist derzeit nicht zu erreichen«, hieß es.

Ich konnte mir denken, wo sie war, und ich hatte auch Brancos private Telefonnummer. Zum Teufel, das war jetzt doch wirklich ein dringender Fall, also durfte ich sie auch benutzen. Aber sein Privattelefon war zur Polizeistation zurückgeleitet worden. Ich brachte es nicht über mich, dort für ihn eine private Nachricht zu hinterlassen.

Auch Rafik war nicht zu Hause, aber er hätte ohnehin weder Geld noch Kreditkarte zur Verfügung gehabt.

Wo waren meine Freunde jetzt, wo ich sie brauchte? Wer zahlte mir den Flug nach London? Ich brauchte einen Wohltäter, verdammt nochmal.

Da kam mir die Antwort mit erschreckender Klarheit.

Marshall Zander hatte mir seine Hilfe angeboten. Wäre ich fähig, ihn zu bitten? Wie würde ich mit ihm um das

Geld schachern? Für eine moralische Selbstbefragung blieb jetzt keine Zeit. Ich rief ihn an und erklärte ihm die Lage, und daß ich Mireille Rubinskaya besuchen wolle. Er erklärte sich sofort bereit, selbst, nachdem ich ihm gesagt hatte, was das Ticket kosten würde. Allerdings sagte er: »Ich würde Ihnen ja lieber einen schönen Urlaub bezahlen als so eine Reise.«

»Ich geb's Ihnen zurück, sobald ich kann«, sagte ich.

»Machen Sie sich darüber keine Gedanken. Ihre Freundschaft ist mir wichtiger. Sagen Sie mir, wen ich anrufen soll.«

Ich gab ihm Hannis Nummer.

Marshall Zander sagte: »Ich würde ja mitkommen, wenn ich das Gefühl hätte, ich könnte von Nutzen sein.«

»Daß Sie das Ticket bezahlen, ist nützlich genug.«

»Soll ich Sie zum Flughafen bringen?«

»Danke nein.«

»Bitte, erlauben Sie mir, daß ich Sie hinfahre. Ich habe das zu gerne, jemanden zum Flughafen zu fahren.«

»Ach wirklich?«

»Ich bin auch ein Mensch, trotz all meines Geldes. Wenn ich helfen kann, habe ich das Gefühl, daß ich nützlich bin.«

Fast hätte ich darauf gesagt: »Dann bestellen Sie mir doch eine Limousine.« Statt dessen sagte ich: »Es macht mir aber wirklich keine Schwierigkeiten, ein Taxi zu nehmen.«

»Aber ich bestehe darauf. Schließlich bezahle ich Ihnen den Flug. Sagen Sie mir, wo Sie wohnen.«

Ich versuchte noch ein paar Ausreden, aber schließlich kapitulierte ich vor seiner Hartnäckigkeit und sagte ihm meine Adresse. Immerhin schaffte ich es, ihm meine Wohnungsnummer vorzuenthalten, indem ich ihm erklärte, daß die Türklingel nicht funktioniere.

»Dann rufe ich Sie von meinem Autotelefon aus an, sobald ich da bin.«

Wir legten auf, und ich begann wie verrückt zu packen.

Was tat ich da eigentlich, und auf wessen Kosten? Jedesmal, wenn mein Weg den von Marshall Zander kreuzte, hatte ich das Gefühl, es gehe um einen Handel, eine Transaktion, den Verkauf von irgend etwas. War das dieselbe verzweifelte Unschuld, die die Kurtisanen zu ihrem Leben zwang?

Sugar Baby schaute meinem rasenden Packen mit erstaunten großen Augen zu. Das Telefon läutete. War das Nicole oder Rafik? Ich wartete, daß der Anrufbeantworter sich einschaltete, während ich den Anruf aufzeichnete. Ich hörte Hannis Stimme und nahm ab.

»Wo hast du *den* denn aufgetrieben?« fragte sie.

»Er hat 'ne Menge Geld. Ihm gehört das Copley Palace, unter anderem.«

»Das weiß ich, aber er ist doch gar nicht dein Typ. Sogar übers Telefon konnte ich ihn sabbern hören. Du magst ihn doch wohl nicht, oder?«

»Hanni, bei mir ging's um's Ganze, und er war halt zu Hause.«

»Laß dich bloß nicht mit dem auf was ein, nicht wegen so eines blöden Flugtickets. Außer du bekommst vorher Gold oder ein Grundstück.«

»Ich werde dran denken, wenn er um mich anhält.«

»Dein Ticket liegt am Schalter der British Airways für dich bereit. Und du fliegst erster Klasse.«

»Was?«

»Ich habe ihn davon überzeugt, daß du das wert bist. Ich muß verrückt sein. Hah! Immerhin hast du es da bequemer. In der ersten Klasse ist viel Platz.«

»Hab ich auch gehört. Ich bin dir was schuldig, Hanni.«

»Keineswegs«, sagte sie mit ihrem kräftigen Lachen. »Weißt du, was ich bei dieser Art Ticket für eine Provision kriege? Ich bin *dir* was schuldig, Stanislav, und deshalb habe ich für dich zwei Übernachtungen im La Folie bestellt und auch gleich bezahlt. Du bist jetzt also ein Agent unseres Reisebüros.«

Ich kam mir eher vor wie ein Geheimagent.

»Danke, Hanni.«

Ich war mit dem Packen fertig, und gerade, als ich die

Schlösser meiner Reisetasche zuschnappen ließ, hatte ich eine beunruhigende Erkenntnis: Die kosmischen Vorhersagen von Sharleen McChannel begannen sich im wirklichen Leben zu manifestieren. Ich machte eine weite Reise.

Schnell wechselte ich noch für Sugar Baby das Wasser und schüttete eine ganze Dose Katzenfutter aus. Das Katzenklo würde warten müssen.

Marshall Zander kam in seinem niedrigen deutschen Sportcoupé angefahren. Ich schob meine Tasche in den kleinen Zwischenraum hinter den Vordersitzen und stieg ein. Er legte seine Hand auf meine.

»Hallo«, sagte er.

Seine Hand war trocken und rauh und kühl, wie bei einem Reptil.

»Hallo«, antwortete ich und zog meine Hand weg. Und los ging's.

Auf dem Storrow Drive fragte ich ihn, warum er Rico gefeuert habe.

»Wann ist Ihnen das zu Ohren gekommen?« fragte er.

»Ich bin heute im Hotel vorbeigegangen, um ihn zu treffen. Der Pförtner erzählte mir, daß Rico entlassen worden sei.«

»Also, das stimmt so nicht ganz. Ich habe ihn nicht entlassen. Er hat mich verlassen. Ich glaube, Rico hoffte, daß ich für ihn so wie Max ein Vaterersatz sein würde, aber das klappte ganz offensichtlich nicht. Deshalb verschwand er. Er sagte, er wolle zum Haymarket, um frisches Gemüse zu kaufen, aber von dieser Besorgung kehrte er nicht mehr zurück.«

»Aber in Wirklichkeit ist etwas ganz anderes vorgefallen«, sagte ich.

Marshall Zander wand sich in dem üppigen Ledersitz.

Ich fuhr fort: »Ich habe mit der Polizei gesprochen. Rico wurde bei einem Verkehrsunfall getötet.«

Er trat ganz plötzlich auf die Bremse, was für einen Autofahrer auf dem Storrow Drive eine dumme, wenn auch typische Reaktion ist.

»Das weiß ich!« sagte er mit einem lauten Seufzer. »Aber denken Sie denn, daß ich meinem Personal sage, daß ein Angestellter umgekommen ist?«

»Es war aber die Wahrheit.«

»Das verstehen Sie nicht«, sagte er. »So ein Hotelservice ist wie ein Theater. Es muß eine Traumwelt bleiben, wo alles zur Zufriedenheit der Gäste inszeniert wird.«

Für mich klang das mehr nach Schmierentheater. Ich fragte ihn: »Warum sollten sich Ihre Gäste über einen Verkehrsunfall in Boston aufregen?«

»Man weiß nie, wie die Leute reagieren. Aber ich dachte eben, es sei vernünftiger, der Belegschaft zu sagen, ich habe Rico entlassen. Das sollte zumindest die offizielle Darstellung sein. Das Personal weiß immer, was wirklich vorgegangen ist, aber es weiß eben auch genug, um das hinzunehmen, was ich den Leuten sage.«

Außer vielleicht Rico.

Marshall Zander legte mir seine Hand auf den Schenkel und befühlte meine Beinmuskeln. Seine Berührung war mir widerwärtig. Aber ich sagte mir im Geiste den berühmten Satz vor: Schließ' die Augen und denk' an England.

Als wir am Flughafen ankamen, hatte er seine Hand wieder von meinem Bein genommen.

»Macht Ihnen das Fliegen etwas aus?« fragte er.

»Nein«, sagte ich. »Ich bin ein Zwilling. Ein Luftzeichen, wissen Sie.«

»Ich habe eine grauenhafte Höhenangst.«

»Wohnen Sie deshalb in einem Penthaus?«

»Ich gehe niemals nach draußen. Vielleicht können Sie mir helfen, diese Angst zu überwinden.« Wieder legte er seine Hand auf meine. Diesmal konnte ich meinen Reflex nicht beherrschen und zog meine Hand angewidert zurück. Ich bin überzeugt, daß er es bemerkte.

Wir kamen am Terminal an, und er fuhr an den Randstein.

Er reichte mir seine Visitenkarte. »Rufen Sie mich auf

meine Kosten aus London an«, sagte er. »Sagen Sie mir, wann Sie wiederkommen, und ich hole Sie ab.«

»Vielen Dank, aber – «

»Ich bestehe darauf«, sagte er mit seinem sumpfäugigen Blick.

»Also gut«, sagte ich, in dem dringenden Wunsch, ihn zu beschwichtigen, aber ohne auch nur im geringsten die Absicht zu haben, ihn wirklich anzurufen. Ich stieg aus dem Wagen, nahm meine Tasche vom Rücksitz und schlug die Türe zu. Der laute Knall markierte meine Freiheit. Der Sitzraum in seinem Auto, so luxuriös es auch sein mochte, war mir zu eng. Er winkte mir noch einmal zu, insgesamt einfach zu freundlich, und fuhr vom Randstein weg. Ich war erleichtert, wieder allein zu sein, wobei ich nur ganz kleine Gewissensbisse hatte, daß nur Marshall Zanders Geld das alles ermöglicht hatte.

Im Flughafengebäude rief ich, sobald ich eingecheckt hatte, Nicole noch einmal an. Noch immer war ihr Telefonservice dran, und so hinterließ ich ihr eine Nachricht, daß ich en route nach London sei und in ein paar Tagen zurückkommen werde. Dann rief ich auch Rafik noch einmal an und hinterließ auf seinem Anrufbeantworter ebenfalls eine Nachricht.

»Bin zum Tee nach London geflogen. Bitte füttere die Katze.«

Vierundzwanzig Stunden vorher hatten wir mit Fesselung und Disziplinierung zu tun gehabt, und jetzt ging es um Tee und Katzen.

Das Flugzeug flog bereits hoch über dem Atlantik, und ich hatte gerade den ersten Bissen Steak Wellington zu mir genommen, als mir plötzlich klar wurde, daß ich keine Ahnung hatte, wo ich Mireille Rubinskaya in London finden sollte. Wie schade, daß Sharleen McChannel mir keine präzisere Reiseroute mitgeliefert hatte.

16. Tanz, Ballerina, tanz!

Sind Sie schon einmal in 14 000 Metern Höhe durch den Duft von frischem Kaffee geweckt worden? Mit warmen Butterhörnchen, frischen zerteilten Früchten und zartem Frühstückskäse? Und noch dazu mit einem tadellosen Service? Falls man von einem Flug erster Klasse nach Europa irgendwelche Schlüsse auf das Leben jenseits des Ozeans ziehen durfte, mußte ich mir überlegen, ob ich nicht einen großen Umzug vornehmen sollte. Doch kurz nach der Landung – um acht Uhr früh nach Ortszeit – sah ich mich wieder den Realitäten der Touristenklasse gegenüber. Obwohl ich wie ein König geflogen war, entdeckte ich nämlich schnell, daß mich ein Mietwagen vom Flughafen Heathrow nach London hinein so viel wie die Trinkgelder einer ganzen Woche kosten würde – und zwar einer guten Woche – was sogar für mich zu extravagant war. Und da ich mich in dieser Frage nicht auf Marshall Zanders Kohle stützen konnte, stieg ich denn hinab in Londons legendäre U-Bahn.

Aber mit der Untergrundbahn in die Stadt zu fahren, das war sowohl angenehm als auch lehrreich, wie eine kostenlose Besichtigungstour durch die Außenbezirke der Stadt. Denn einen Großteil der Strecke fuhr die Bahn über der Erde und rollte an Hinterhöfen und Gassen und all den Zeichen ganz gewöhnlichen Lebens vorbei – an blassen, schwerfälligen Frauen, die sich über den Gartenzaun hinweg unterhielten, während ihre Wäsche an der Wäscheleine hing und im Winde schwang, als luftiger Kontrapunkt zu ihrem Morgentratsch; Mechaniker in Overalls, deren gekrümmte Körper von den offenen Motorhauben der zu behandelnden Lastwagen und Autos halb verschluckt wurden; und Jugendliche, die einander auf ihren Fahrrädern jagten oder aber Hand in Hand gingen. Es war fast, als käme man durch die Kulissen einer Filmstadt.

Ich stieg in South Kensington aus der Bahn und ging das kurze Stück bis zu meinem Hotel zu Fuß. Dieses Viertel hier war etwas anderes als das, was ich auf meiner U-Bahn-Fahrt in die Stadt gesehen hatte. Hier gab es Reihen von Stadthäusern im Edwardianischen Stil, alle gleich und sauber und weiß, eingefaßt von glänzenden schwarzen Schmiedeeisengeländern und zu unterscheiden nur durch ihre unterschiedlich geschmückten Vordertüren oder ein gelegentliches Beet von schlichten Astern oder glanzvollen Azaleen. Es war genau das, was man Sonntag abend im Familienprogramm sieht.

Ich fand mein Hotel samt seinem französischen Namen. Obwohl die griechischen Eigentümer alle altenglischen Züge beseitigt hatten – gegen eines hatten sie doch nichts unternehmen können: gegen die Aussicht. Mein Zimmer ging hinaus auf das Victoria-und-Albert-Museum, das direkt gegenüber lag. Viel britischer ging es nun wirklich nicht.

Es war jetzt zehn Uhr, das heißt, ich konnte mich daranmachen, Mireille Rubinskaya zu suchen. Und ich dachte mir, die einfachste Methode, eine Primaballerina zu finden, war wohl, die Ballettcompanies anzurufen. Soviel ich wußte, besaß London nur eine bedeutendere klassische Ballettformation, nämlich das Royal Ballet. Es erforderte indessen weit mehr als nur einen Anruf, bis ich meine Beute aufgespürt hatte, denn meine sämtlichen Gesprächspartner am Telefon gaben mir freundlichst wieder eine andere Nummer, unter der ich es versuchen solle. Das ging so weiter, bis endlich, fünf Anrufe später, eine Frau zu mir sagte, ja, sie könne Miss Rubinskaya eine Nachricht übermitteln, und nein, sie könne mir die Adresse oder die Telefonnummer von ihr nicht geben. Ich sagte ihr, ich müsse Mireille sehr dringend sprechen, und ich sei im Namen von Max Harkey nach London gekommen.

»Ich werde es ihr ausrichten«, sagte die Frau. »Und ich rufe Sie wieder an, sobald ich von ihr eine Antwort habe.«

Zur Telefonnummer wollte sie auch den Namen meines Hotels wissen, und ich sagte ihn ihr.

»Vergessen Sie nicht, Max Harkey zu erwähnen«, sagte ich.

»Ich habe es mir notiert, Mr. Kraychik. Auf Wiedersehen.«

Ich wartete ungeduldig auf ihren Rückruf, der eine halbe Stunde später eintraf. Sie erklärte mir, daß sich Mireille Rubinskaya mit mir um Punkt drei Uhr im Hotel Connaught treffen wolle. Ein Rendezvous dort bedeutete jedenfalls, daß die Tänzerin wirklich schon eine *assoluta* war.

Ich duschte lange heiß und zog frische Sachen an, dann brach ich zu meiner Verabredung mit Mireille auf. Eigentlich war es dafür noch zu früh, aber ich beschloß, einen Teil der Strecke zu Fuß zurückzulegen und in London doch auch ein bißchen shopping zu gehen. An der Rezeption meines Hotels kaufte ich einen Stadtplan, dann ging ich die Brompton Road ein paar Querstraßen hinunter bis zu einem Café, das auch wieder einen französischen Namen trug. Ich bestellte einen *café pressé* und eine Sahneschnitte und plante dann meinen Weg zum Hotel Connaught.

Als erstes machte ich bei Harrods halt, wo ich die berühmte Lebensmittelabteilung durchstreifte. Die Haupthalle war ein riesiger gekachelter Raum, der stark an ein enormes römisches Bad erinnerte. Die glasierten Wände glänzten weiß wie Eis mit ihren in lebhaften Farben handbemalten Einfassungen. Darunter sah man sowohl exotische als auch einheimische Nahrungsmittel in funkelnden Glasvitrinen ausgestellt, die so erlesen arrangiert waren wie die Stücke bei Cartier. Die Obst- und Gemüseabteilung bot Früchte aus der ganzen Welt, alle deutlich mit Namen und Herkunftsland bezeichnet, darunter auch MacIntosh-Äpfel aus Maine, USA – zum Beweis, daß unsere Produkte hier noch als Kolonialwaren galten.

Von Harrods aus nahm ich die Untergrundbahn zum Picadilly Circus. Ich mußte zahlreiche Rolltreppen hinunter, immer tiefer und tiefer und tiefer. Zwei Kilometer unter der Erde, so kam es mir jedenfalls vor, wartete ich auf den Zug, der nach wenigen Minuten einfuhr – im Boston der Neuen Welt ein eher ungewöhnliches Vorkommnis. Sobald die Türen geschlossen waren, beschleunigte der Zug

bis zu einer wüsten Geschwindigkeit, die an Selbstzer-
störung grenzte. Die stabilen Waggons jedoch verkrafteten
diesen Mißbrauch sehr gut, hatten ihn ja offensichtlich
auch schon viele Jahre lang durchgestanden und würden
das auch noch viele weitere Jahre tun – fast wie ich, dachte
ich.

Das Chaos und die Aufregung auf dem Picadilly Circus
– der im Grunde ein riesiger Kreisverkehr ist und nicht per
se eine Bühne – ließen mich laut ausrufen: »Ich bin in London!«

Auf meinem Weg vom Picadilly in Richtung Hotel
Connaught machte ich noch bei Fortnum & Mason halt.
Wenn Harrods luxuriös war, dann war Fortnum & Mason
königlich. Fast hätte ich erwartet, daß mich der Sicherheitsmann nach meinem Stammbaum fragte. Aber es wa-
ren zahllose Kunden aus aller Herren Länder da, und nicht
alle sahen aus, als hätten sie königliches Blut in den Adern.
Ich beschloß, für Rafik verschiedene Schokoladen mit
Veilchen- und Rosengeschmack zu kaufen, um die Romantik unserer Liebe zu erneuern, jedenfalls für mich. Der
Verkäufer tippte den Preis ein – eine riesige Summe, doch
dann wurde mir zu allem Überfluß klar, daß das Pfund
Sterling bedeutete und in Dollar sogar noch mehr kostete.
Na, das war ja eine teure Romanze! In diesem Augenblick
schwebte eine indische Prinzessin in einem wogenden seidenen Sari vorüber, ohne auf all den Luxus rund um sie her
zu achten. Als ich ihre Augen sah, war ich starr vor Staunen, denn ich kannte sie nur zu gut. Es waren die Augen
von Sharleen McChannel. Wie war das möglich? fragte ich
mich. Wie konnte sie auch hier in London sein? Hatte sie
denselben Flug genommen? Und warum stellte sie nicht
mehr La Duchessa dar? Ich wollte mich ihr gerade nähern,
aber da war sie bereits verschwunden. Vielleicht hatte ich
auch nur Halluzinationen vom Jet-Lag.

In der Burlington Arkade kaufte ich für Nicole eine
Zigarettenspitze. Wenn sie schon weniger rauchen wollte,
konnte sie das immerhin als große Dame tun. Und schließ-

lich fand ich noch bei Maitland's Chemists eine kleine grüne Flasche Kölnischwasser, die mir die lange zurückliegende erste Begegnung mit Branco wieder ins Gedächtnis rief. Ich kaufte sie, ohne daß ich wußte, ob ich sie selber behalten oder vielleicht sogar ihm schenken würde, da er ja jetzt schon fast zur Familie gehörte.

Um genau drei Uhr betrat ich durch einen blumengeschmückten Eingang das Hotel Connaught, ein rotes Backsteingebäude am Carlos Place, gleich neben dem Grosvenor Square. Obwohl es warm und einladend wirkte, hatte das Hotel doch auch etwas von der sacrosankten Luft eines Museums, eines Überbleibsels der verfeinerten Lebensart des ausgehenden 19. Jahrhunderts. Die holzgetäfelte Lobby ähnelte eher dem privaten Studierzimmer eines Gentleman als einem öffentlichen Durchgang für Gäste. Und daß mir schon solche Begriffe in den Sinn kamen, machte deutlich, wie stark und eindringlich diese Energien aus der viktorianischen Zeit noch immer wirkten.

Ich blieb stehen, um ein Bouquet von winzigen weißen Lilien und frischen Fuchsien zu bewundern, als sich mir ein schlanker junger Mann in dunkler Weste und gestreiften Hosen näherte.

»Kann ich Ihnen vielleicht behilflich sein?« fragte er, und ich interpretierte das als: »Wer sind Sie, und was wollen Sie hier?«

Ich nannte ihm meinen Namen, und er sagte: »Ach ja, Mr. Kraychik«, mit perfekter tschechischer Aussprache der Vokale und Konsonanten. »Mademoiselle Rubinskaya läßt sich entschuldigen. Sie wird sich etwas verspäten und schlägt vor, daß Sie in der Lounge auf sie warten.« Dort führte er mich hin.

In der Lounge geleitete mich der Bar-Kellner zu einem reservierten Tisch in einer Fensternische genau gegenüber der Bar auf der anderen Seite des Raumes. Ich ließ mich in einem schweren Armsessel mit tonnenförmiger Lehne und schwarzem Lederbezug nieder und bestellte mir einen

Martini. Die Lounge strahlte denselben verflossenen Glanz aus wie die Hotellobby: die Wände mit schokoladenbrauner Eiche getäfelt; ein Messingleuchter mit bleiverglasten Schirmchen; ein paar präparierte Jagdtrophäen; zahlreiche Gemälde von Jagdhunden; ein riesiges Porträt Charles II. ein weiteres von einer unbekannten Dame, deren wehender lachsrosa Rock genau zur Farbe einiger Kissen auf dem Sofa mit der muschelförmigen Lehne paßte, auf dem sie saß. Der durchgehende Teppich hatte ein mattrotes Rautenmuster und sah eindeutig abgetreten aus.

Die Bar selbst besaß keine Theke, so daß sie eine offene Bühne abgab für die Kunst des Barmanns. Vor dem Hintergrund eines wandgroßen Spiegels und mehrerer Regale mit viktorianischen Glaskaraffen und -vasen stellte der Barmann in seinem weißen tunikaartigen Mantel die Zutaten zu meinem Cocktail zusammen. Er behandelte die Gerätschaften der Bar und die Alkoholika mit derselben Ehrerbietung, wie sie ein Schauspieler in Shakespeare-Stücken für die gesprochenen Silben empfinden mag. Den Drink bereitete er auf einem kleinen Podest in der Mitte der Bar zu. Alles ging ganz leise vor sich, mit nur einem Hauch von Geräusch. Selbst das Klacken der Eiswürfel, die an den langen gläsernen Rührstab stießen, klang gedämpft. Inzwischen erschien der Bar-Kellner wieder in der Lounge, durch eine Schwingtür, die auf der Seite lag, und brachte auf seinem Tablett eine Porzellanschale voller – großer Gott! Kartoffelchips? Dann wischte er mit einer einzigen großen, fließenden, anmutigen Wendung, die einem Danseur noble zur Ehre gereicht hätte, meinen Cocktail von der Bar, stellte ihn auf sein Tablett, glitt zu meinem Tisch und servierte mir sowohl den Drink als auch die Knabberei in einer einzigen außerordentlich flüssigen Bewegung und ohne dabei auch nur das geringste Geräusch zu verursachen. Ich konnte mich gerade noch zurückhalten, ihm Beifall zu klatschen.

Er sagte: »Ein paar frische Crisps für Sie.«

Und ich konnte den Satz nicht unterdrücken: »Sie bewegen sich wunderbar.«

Seine Antwort war ein bescheidenes Nicken. »Wie nett von Ihnen, Sir.«

Und mit dem Snack hatte ich richtig geraten. Es waren Kartoffelchips – oder richtig gesagt Crisps – aber ich hätte nicht gedacht, daß sie genau in diesem Augenblick extra für mich und meinen Cocktail gemacht würden. Das einzige Problem, dem ich mich hier und jetzt in der heiteren Gelassenheit der Lounge des Connaught gegenübergestellt sah, war, auf welche Weise ich nun die warmen, knusprigen, frischgerösteten Kartoffel-Waffeln genießen sollte? Handelte es sich hier um eine Art Test? Konnte man daran endgültig den Aristokraten vom gewöhnlichen Erdenwurm unterscheiden? Am Meistern des geräuschlosen Kauens?

Ich suchte mir einen kleinen Crisp ganz oben auf dem Häufchen aus, einen, der auf einmal in meinen großen Mund passen und angemessen geräuschlos verzehrt werden mochte. Doch während dieser Zehntelsekunde der Bewegung zwischen Schläfe und Kiefer, als der besprochene Kartoffel-Crisp drauf und dran war, zwischen meinen slawischen Kiefern zermalmt zu werden, *genau* in diesem Moment stockten alle geflüsterten Unterhaltungen in der gesamten Lounge, gerade rechtzeitig vor dem großen *knurps*.

Es folgte betretenes Schweigen. Aber dann, während dieser wie benommenen Augenblicke, wie sie ja nach jeder Epiphanie vorkommen, als die anderen Gäste zu begreifen begannen, welchem Ereignis sie da persönlich im Sanctum Sanctorum der Lounge des Connaught beigewohnt hatten – daß nämlich jemand tatsächlich einen Crisp *gegessen* hatte – begann man so ganz allmählich an den verschiedenen Tischen selbst die verbotenen Waffeln zu probieren, bis schließlich die gesamte Lounge, diese Bastion des viktorianischen guten Benehmens, von einer wohltemperierten Fuge des Knabberns und Knusperns widerhallte. Der Barmann fing meinen Blick auf und zwinkerte mir zu.

Da erschien Mireille Rubinskaya, die auf Krücken hereinhinkte und wie ein verwundeter Schwan aussah, ätherisch und blaß. Sie war außerordentlich klein und zerbrechlich, hatte aber riesengroße, traurige Augen, dunkle überzeugende Augen, Augen, die sich für die großen tragischen Rollen eigneten, genau wie bei ihrer Großtante zu Hause in Boston, der verehrungswürdigen Madame Rubinskaya selbst. Trotz der Krücken bewegte sich Mireille wie eine anmutige Erscheinung, ein verlorenes Wesen aus der rein geistigen Welt des romantischen Balletts, das für diese paar Stunden in eine sterbliche Hülle geschlüpft war. Ihr langes schwarzes Haar hob ihre Blässe nur noch mehr hervor. Sie verkörperte die Künstlerin der Alten Welt, zu sensibel und zu verletzlich, um Härten ertragen zu können, ganz anders als ihre Kolleginnen in Boston, die so völlig von dieser Welt waren: hochtrainiert, leistungsstark und hart.

Ich erhob mich, um sie zu begrüßen. Sie hielt sich auf einer Krücke im Gleichgewicht und reichte mir eine reizende, blasse Hand.

»Sie bringen mir also Nachrichten von Max?« fragte sie eifrig und ließ alle Förmlichkeit außer acht.

»Nachrichten?« erwiderte ich. »Wissen Sie etwa nicht?«

»Daß er tot ist? Oh doch!«

Sie entzog mir abrupt ihre Hand, ließ sich dann in ihrem Sessel nieder und legte die Krücken neben sich.

»Entschuldigen Sie bitte, daß ich Ihnen Umstände gemacht habe«, sagte ich und schaute auf die Krücken. Ich hatte ihren Unfall, von dem Max Harkey uns an dem Abend der Einladung erzählt hatte, vollständig vergessen. »Wir hätten uns auch oben auf Ihrem Zimmer unterhalten können.«

Sie lächelte höflich. »Im Connaught wohnt man nicht«, sagte sie und verbesserte damit meinen Fauxpas mit der Anmut eines Schmiedehammers. Woher sollte ich auch wissen, was man im Connaught tat und was nicht? »Aber in meiner Wohnung konnte ich Sie ja nicht gut treffen«, fuhr sie fort, »nachdem ich keine Ahnung habe, wer Sie überhaupt sind, außer daß Sie behaupten, hier als Max' Beauftragter aus den Staaten herübergekommen zu sein.«

»Das stimmt auch bis zu einem gewissen Grad.«

»Und bis zu welchem genau?« fragte sie kühl reserviert.

»Offiziell habe ich nichts mit Max zu tun«, sagte ich, »aber ich mußte Sie dazu bringen, sich mit mir zu treffen.«

»Dann aber bravo, Mr.Kraychik. Ihre List hat funktioniert. Aber was ist denn so dringend, daß Sie lügen müssen, um mich zu treffen?«

»Ich versuche, Max Harkeys Mörder zu finden.«

Mireilles starke, dramatische Gesichtszüge schienen sich aufzulösen, als ihr jetzt das Kinn nach unten sank. »Wollen Sie damit sagen, daß er ermordet wurde?«

»Ja«, antwortete ich.

In diesem Augenblick erschien der Barkellner mit einem Tablett, auf dem ein vollständiges Teeservice stand, das aus Stücken von exquisitem Porzellan bestand, die Tee, Milch und Zucker enthielten, sowie eine Etagère aus Sterlingsilber, auf der Blätterteigpastetchen, Sandwich-Spießchen, winzige Hörnchen, Petit Fours und frische Beeren arrangiert waren. Auf der untersten Schale standen zahlreiche kleine Schüsselchen mit verschiedenen Marmeladen sowie zwei etwas größere, die mit Devon Cream gefüllt waren, die wunderbar fest und streichfähig aussah. Aber dieses Kaleidoskop von Genüssen, das da vor uns stand, konnte in keiner Weise Mireilles Schock mildern, als ihr die Tatsache bekannt wurde, daß Max Harkey nicht eines natürlichen Todes gestorben, sondern ermordet worden war.

»Ich bin überzeugt, daß Sie mich anlügen. Ich weiß nicht, was Sie wollen, Mr. Kraychik, aber die Grausamkeit, mit der Sie behaupten, daß Max –«

»Es tut mir sehr leid, daß Sie es auf diese Weise erfahren mußten«, sagte ich.

»Warum hat mir dann meine Großtante nichts davon gesagt?«

Mireille hatte die Stimme erhoben. Ich blieb still. Sie fuhr ziemlich laut fort: »Tante Rubi hat mir gesagt, Max habe ei-

nen Herzinfarkt erlitten und sei sofort tot gewesen. Und
nun kommen Sie mit einer völlig absurden Geschichte von
einem Mord daher.«

»Es tut mir wirklich furchtbar leid. Ich dachte, Sie wüßten es. Bestimmt haben die Zeitungen –«

»Nein, Mr. Kraychik. Ich wußte es nicht. Mir ging es
nicht gut, und ich habe auch keine Zeitungen gelesen.«

Befangen und unbeholfen nahm ich einen Schluck von
meinem Martini.

Aber auf einmal legte Mireille, als betrachte sie unseren
schlechten Anfang als ungeschehen, vollendete britische
Umgangsformen an den Tag und widmete sich ihrem Tee.
»Wie reizend, daß man hier immer daran denkt, mir eine
Extraportion Sahne zu bringen«, sagte sie mit schwacher
Stimme. »Ich soll nämlich zunehmen.« Sie strich ein
Klümpchen Devon Cream und ein Löffelchen Rosen-
blattmarmelade auf ein winziges Hörnchen und schob sich
das Ganze in den Mund. Dann schloß sie die Augen und
ließ den Bissen im Mund weich werden und zerbröseln.
Eine leichte Röte stieg in ihre blassen Wangen. Sie putzte
den himmlischen Leckerbissen weg, indem sie vornehm
schluckte, dann öffnete sie die Augen wieder.

»Besser?« fragte ich.

»Danke ja«, antwortete sie.

»Können Sie mir etwas über Ihre Beziehung zu Max
Harkey erzählen?«

»Da gibt es nicht viel zu erzählen«, sagte sie in dem vergeblichen Versuch, meine Frage abzuschütteln. Aber ihre
großen Augen straften sie Lügen. Sie mied meinen Blick
und schaute auf ihre Teetasse, während sie sich einschenkte.
Nicht zu mir schien sie zu sprechen, sondern zu der
Teetasse. »Ich befürchtete schon, daß etwas Schreckliches
geschehen sei. Meine liebe Tante will mich offenbar wieder
vor etwas schützen. Allerdings hätte ich nie gedacht ...« Da
legte Mireille die Hand an die Kehle und keuchte leise. Ihr
Gesicht war jetzt wieder aschfahl, und sie ließ sich im Sessel
zurücksinken.

»Geht es Ihnen nicht gut?« fragte ich.

Sie hob die andere Hand, wie um mich abzuwehren, schloß die Augen und saß außerordentlich still, fast ohne zu atmen. Ich erhaschte einen Blick des Barkellners, der bereits zu unserem Tisch gelaufen kam.

»Kann ich Ihnen helfen?« sagte er zu ihr.

Sie öffnete die Augen, sah ihn an und sagte: »Es geht schon wieder, danke. Das kommt immer nach dem ersten Bissen Essen, geht aber schnell wieder vorbei.«

Auf diese Worte hin ging der Kellner wieder.

Mireille sah mich mit ihren großen, traurigen Augen an.

»Wissen Sie«, flüsterte sie, »ich bin schwanger.«

»Oh!« war alles, was ich herausbrachte, während sich in meinem Kopf blitzschnell die naheliegendste Schlußfolgerung einstellte. Ich griff überstürzt zu meinem Cocktail, aber das Glas kam leer bei meinen Lippen an.

»Davon ist mir immer ziemlich schlecht«, sagte sie. »Deswegen und wegen meiner Verletzung konnte ich auf keinen Fall reisen. Sonst wäre ich sofort nach Max' Tod nach Boston gekommen.«

»Für eine Schwangere sehen Sie so außerordentlich dünn aus«, sagte ich dümmlich.

»Ich weiß. Darüber habe ich mir auch Sorgen gemacht, aber die Ärzte sagen, daß jetzt alles in Ordnung sei. Wahrscheinlich werde ich bald etwas zunehmen. Vielleicht bekomme ich sogar Brüste.«

Ihre Direktheit entnervte mich ein wenig. Da trafen sich unsere Augen, und mein Instinkt sagte mir, daß meine erste Vermutung richtig gewesen war, aber trotzdem mußte ich es aussprechen, um es von ihr bestätigen zu lassen. Mein Flüstern kam mir so laut vor, daß es die gesamte Lounge hören mußte.

»Ist das Kind von Max?«

Mireille nickte wild, und einen Augenblick glänzten ihre traurigen Augen in purer Freude. Ihre Liebe zu Max Harkey und meine Suche nach dem Mörder waren das Band zwischen uns.

Ich sagte: »Wußten Sie, daß Max ein Tagebuch führte?«

»Natürlich«, erwiderte sie und bewies damit, daß das geheimnisvolle, verschwundene Tagebuch tatsächlich existiert hatte.

»Haben Sie es jemals gelesen?«

»Meiner Ansicht nach war es dazu nicht da«, sagte sie schnell.

Ich ließ nicht locker. »Aber haben Sie es gelesen?« Meiner Ansicht nach hatte Mireille Rubinskaya ihren größten Trumpf bereits ausgespielt, als sie mir sagte, daß sie von Max ein Kind erwarte. Warum tat sie dann jetzt so moralisch wegen dieses Tagebuchs? Ich sagte: »Es könnte die Antwort für den Mord an Max bereithalten.«

»Wie denn das?«

»Vielleicht hat er über seine Beziehung zu anderen geschrieben.«

»Davon bin ich überzeugt«, sagte sie.

»Und mit schonungsloser Offenheit«, fügte ich hinzu.

Mireille zögerte. Es ist natürlich nicht ganz einfach zuzugeben, daß man in den intimsten Dingen eines anderen herumgestöbert hatte, selbst wenn es der Geliebte war.

Ich sagte: »Möchten Sie, daß der Mörder davonkommt?«

»Natürlich nicht!« sagte sie rasch.

In dem Augenblick erschien der Barkellner mit einem weiteren Cocktail für mich. Er überblickte schnell den Tisch, und mit hervorragendem psychologischen Einfühlungsvermögen verschwand er wieder, ohne etwas zu fragen.

Mireille seufzte. »Ich habe es noch niemandem gesagt«, sprach sie. »Aber: ja, ich habe sein Tagebuch gelesen. Ich glaube, das wollte er auch, denn er ließ es immer an Stellen liegen, wo ich unbedingt darauf stoßen mußte. Ich las es jeden Tag, bis er nach Boston zurückkehrte. Ich sagte mir, das sei für mich die einzige Möglichkeit, mich seiner Liebe zu vergewissern.«

»Hatte er sich Ihnen da schon erklärt?«

»Ja«, sagte sie. »Aber er wußte noch nichts von dem Kind. Ich litt unter Schwindelanfällen und stürzte bei der Probe. Die Company interessierte sich natürlich nur für mein Knie und betrachtete den Unfall als Tragödie. Aber für mich war das kein hoher Preis dafür, daß ich Max' Kind trage.«

»Sie liebten ihn also?«

»Seit ich lebe. Aber es war so schwierig. Er gehörte ja fast zur Familie, und doch liebte ich ihn schon immer mehr, als ich sollte. Meine ganze Jugend über war eine Liebesbeziehung zwischen uns mein Traum, aber ich habe nie geglaubt, daß er Wirklichkeit werden könnte.«

»Warum nicht?«

»Liegt das nicht auf der Hand? Ich bin um so viel jünger.«

»Das spielt oft gar keine Rolle«, sagte ich.

Mireille Rubinskaya sah mich an, als wäre ich der dümmste Junge auf einem Schulausflug der Oberschule.

»Verstehen Sie denn nicht?« fragte sie. »Meine Großtante liebte ihn doch auch.«

Großer Gott, dachte ich.

Mireille fuhr fort: »Tante Rubi zog mich auf, nachdem ich meine Eltern verloren hatte. Ich war erst zwölf, tanzte aber schon ganz ernsthaft und bereitete mich auf meine Karriere vor. Es war also der allerbeste Zeitpunkt für ein junges Mädchen, die erste große Liebe ihres Lebens zu erleben. Da ich bei meiner Tante wohnte, sah ich Max Harkey oft, vielleicht zu oft. Und so sehr ich Max auch meiden mochte, mir schien es wie vom Schicksal bestimmt, daß ich mich in ihn verlieben mußte. Und meiner Tante konnte ich davon natürlich kein Sterbenswörtchen erzählen, weil ich mich vor ihrem Zorn fürchtete. Ich war zwar noch sehr jung, aber ich spürte genau, welche Gefühle sie für Max empfand, und es waren die gleichen wie meine.«

»Wußte er damals schon, was Sie für ihn empfanden?«

»Ich war vorsichtig genug zu wissen, daß ich ihm das

nicht sagen durfte, aber ich bin überzeugt, daß mich meine Augen und mein Körper verrieten. Wenn er zu Besuch kam, mußte ich immer einen Vorwand finden, damit ich ihm entfliehen konnte. Ich bin auch sicher, daß es Tante Rubi ebenfalls wußte. Zwischen uns gab es gräßliche Szenen, obwohl nie etwas explizit zur Sprache kam. Für mich war es offensichtlich, daß wir beide denselben Mann wollten, und eine von uns war zu alt und die andere zu jung. So widmete ich mich vollkommen dem Ballett. Nur noch für die Kunst dazusein, das wurde mein ganzer Lebensinhalt. Es war die einfachste Lösung.«

Puh! dachte ich.

Mireille fuhr fort: »Und als Max das letzte Mal in London war, kulminierten all die Jahre der Entsagung zwischen uns in einer einzigen Nacht. Was diesem Zeitpunkt vorangegangen war, bedeutete nichts mehr, denn wir wußten, wir würden den Rest unseres Lebens zusammen verbringen oder sterben.«

Junge, Junge, dachte ich und war dankbar für meinen Martini.

Mireille sagte: »Das klingt jetzt so melodramatisch, aber es gab bei keinem von uns auch nur einen Moment des Zweifels.«

»Nur daß Sie Max Harkeys Tagebuch lesen mußten, um sicher zu sein.«

Mireilles Gesicht überzog eine leichte Röte.

Ich sagte: »Wieviel davon weiß Ihre Großtante?«

»Max versprach mir, ihr alles zu erzählen, wenn er nach Boston zurückkehrte, aber ich weiß nicht, ob er noch dazu gekommen ist. Als Tante Rubi mich nach Max' Tod anrief, sprachen wir nur über ihn und über meine Verletzung. Sonst nichts.«

»Soviel Sie also wissen ...« sagte ich.

Mireille beendete meinen Satz: »Weiß meine liebe Tante Rubi nichts von dem Kind.«

»Falls nicht sie inzwischen das Tagebuch hat«, sagte ich.

»Was meinen Sie damit?« fragte Mireille alarmiert.

»Es ist verschwunden. Die Polizei fand es nicht in Max'
Hinterlassenschaft.«

»Woher wissen Sie dann davon?«

»Max' Hausangestellter erwähnte es mir gegenüber, und
kurz danach wurde er ermordet.«

»Nein!« sagte sie.

»Doch«, sagte ich traurig. »Vielleicht erzählen Sie mir
jetzt, was darin stand?«

Mireille widerstrebte noch immer. Ich versprach ihr, ich
würde alles vertraulich behandeln, was sie mir erzählte,
außer natürlich, es trüge mit Sicherheit dazu bei, Max'
Mörder zu finden. Das schien ihre starre Geheimhaltetak-
tik etwas aufzuweichen.

Sie begann: »Max hatte einen großartigen Stil. Er schrieb
über alles.«

»Ich möchte nur etwas über die Menschen in seinem Leben hören. Hat er Alissa Kortland erwähnt?«

»Meine andere Rivalin«, antwortete Mireille mit einem
kleinen Lachen. »Ja, zwischen Max und ihr bestand eine
Beziehung. Aber wissen Sie, die beiden hatten ja keine gemeinsame Vergangenheit, nicht so wie Max und ich. Max
liebte sie nicht. Er kannte sie kaum. Sein Leben ging auch
sehr gut ohne sie weiter, trotz etwaiger Momente der Leidenschaft, die sie zusammen erlebt hatten.«

»Hat er das geschrieben?« fragte ich.

»Ich umschreibe es jetzt natürlich. Die Einzelheiten waren noch viel düsterer. Offensichtlich ist sie nymphoman
und lebt das auch voll aus.«

»Hat Ihnen das etwas ausgemacht?«

»Warum denn? Meine Beziehung zu Max … Sie wissen
nicht so ganz, wie eine Frau empfindet, stimmt's?«

»Manchmal schon«, sagte ich wehmütig.

Mireille erklärte es in einfachen Worten. »Alissa war für
Max wie eine Dekoration. Ein Spielzeug.«

»Und Sie?« fragte ich.

»Ich war seine Zukunft«, sagte sie zuversichtlich.

Ganz schön starrsinnig, aber ich wollte unbedingt wissen, was sonst noch in dem Tagebuch gestanden hatte. Da kam es mir, daß ich sie ja direkt fragen konnte. »Haben vielleicht Sie jetzt das Tagebuch?«

Sie blickte mich mit ihren großen, traurigen braunen Augen an – was hatten diese Augen gesehen, das sie mir nicht verraten wollte? – und sagte: »Max nahm es wieder mit nach Boston.«

»Sind Sie sicher?«

Sie sprach etwas schärfer. »Wenn ich das Tagebuch hätte und den Eindruck gewänne, daß es Ihnen von Nutzen sein könnte, würde ich es Ihnen zeigen. Wie die Dinge jetzt liegen, wissen Sie wahrscheinlich mehr über mich als sonst irgend jemand, außer Max. Vielleicht weil ich Sie überhaupt nicht kenne, Sie aber trotzdem Mitgefühl zu besitzen scheinen.«

Wer von uns beiden spielte jetzt eigentlich dem anderen etwas vor? War ich der objektive Zuschauer, der sich aufrichtig zu diesem schönen, wenn auch verletzten jungen Wesen hingezogen fühlte? Oder war sie eine schwerfaßbare Fee, die mir zuliebe sagenhafte Lügen auftischte?

»Hat Max etwas über Toni di Natale geschrieben?« fragte ich.

»Die Dirigentin?«

Ich nickte.

Mireille sagte: »Max wußte, daß sie ihn begehrte, aber er ermutigte sie nie. Offenbar ist sie ein echtes Talent, und Max wollte ihre musikalische Zusammenarbeit nicht wegen einer schnellen Nummer aufs Spiel setzen. Dafür schätzte er ihre Arbeit zu hoch.«

»Wie edel«, sagte ich.

»Es stimmt aber.«

»Und was empfand er für Ihre Tante? Hat er über Madame Rubinskaya auch etwas geschrieben?«

Mireille sagte: »Mehr als über alle anderen.«

»Sie eingeschlossen?«

Ich merkte, daß sie sich daraufhin wieder in sich zurückzog.

»Darüber möchte ich lieber nicht sprechen.«

»Aber noch vor ein paar Minuten haben Sie mir sogar angeboten, daß Sie mir das Tagebuch zeigen würden, wenn Sie es hätten.«

»Ich habe es aber nicht«, sagte sie. »Und wenn ich es hätte, würde ich vielleicht jetzt meine Meinung ändern.«

»Belastet es Ihre Tante?«

»Haben Sie jetzt nicht genug Fragen gestellt?« sagte sie. Dann schloß sie die Augen und klagte: »Ich bin müde.« Die Begabung, blitzschnell die Stimmung zu wechseln, schien in dieser Familie sehr verbreitet zu sein. Mireille winkte dem Barkellner und bat ihn, ihr ein Taxi zu rufen.

Während wir darauf warteten, fragte ich, ob in Max Harkeys Tagebuch auch etwas über Scott Molloy gestanden habe. Widerstrebend erzählte sie mir, daß Max gedacht habe, er müsse Scott beschützen.

»Also kein Sex?« fragte ich offen.

»Das hatte Max alles schon als Knabe abgeschlossen.«

Da muß er wirklich ein Musterbeispiel von psychosexueller Intaktheit gewesen sein, dachte ich, außer höchstens, daß er die Großnichte seiner Gönnerin geschwängert hatte, ein Mädchen, daß dem Alter nach seine Tochter hätte sein können.

Ich bat Mireille um eine letzte Frage.

»Ich muß gehen«, wandte sie ein.

»Denken Sie doch an den Mörder von Max«, sagte ich.

Sie entgegnete: »Allmählich wünschte ich, ich hätte nie zugegeben, daß ich dieses Tagebuch gelesen habe. Es ist nämlich *tatsächlich* privat, verstehen Sie?«

»Bitte, Sie sind die Einzige, die mir eine Antwort geben kann, jetzt, wo das Tagebuch verschwunden ist.«

Schließlich beruhigte sie sich, und ich fragte nach Marshall Zander.

»Soviel ich weiß«, sagte sie, »waren er und Max früher die besten Freunde. Offenbar hatte Marshall damals gehofft, daß Max für ihn noch mehr werden würde. Vielleicht hat er deshalb so viel Geld in Max' Ballettcompany gesteckt.«

»Ist das alles?«

Mireille fügte fast bedauernd hinzu: »Davon stand zwar nichts im Tagebuch, aber ich weiß, daß das Max ganz schön belastet hat, der Gedanke, daß Marshall immer noch auf seine Liebe hoffte.«

Ihr Taxi kam. Sie zog sich auf die Krücken empor.

»Ich bedaure, daß ich Sie nicht mitnehmen kann«, sagte sie höflich, konnte dabei aber nicht verbergen, wie begierig sie darauf war, mir zu entkommen. Wenigstens dieses Gefühl bei ihr war zweifellos aufrichtig.

»Ich weiß gar nicht, wie ich Ihnen danken soll«, sagte ich.

Sie lächelte vage. »Finden Sie den Mörder von Max. Das genügt.«

Der Portier brachte sie zu ihrem Taxi, und fort war sie. Zu spät fiel mir ein, daß ich vergessen hatte, sie zu fragen, ob Max jemals Rafik erwähnt habe. Das wäre doch ein echter Leckerbissen gewesen, wenn ich ihm bei meiner Rückkehr die geheimen Wahrheiten hätte mitteilen können, die über ihn in Max Harkeys Tagebuch standen.

Ich bat den Barkellner um die Rechnung.

Mit wohlwollendem Lächeln sagte er: »Das habe ich schon erledigt.«

»Wirklich? Das ist aber sehr freundlich von Ihnen.«

»Das Connaught ist stolz auf seinen Service.«

Ich bot ihm ein großzügiges Trinkgeld, aber er lehnte es höflich ab, indem er behauptete, daß das hier nicht üblich sei. Ich bedankte mich nochmals bei ihm und kehrte in mein Hotel zurück mit einem ganz warmen Gefühl, weil ich so gastfreundlich behandelt worden war.

Im Hotel legte ich meinen Rückflug für den nächsten Morgen fest, dann rief ich Rafik an, um ihm zu sagen, wann ich in Boston ankommen würde. Er war nicht zu Hause, also hinterließ ich ihm denn eine einsame Botschaft auf seinem Anrufbeantworter. Dann rief ich Nicole im Laden an, um auch sie davon zu benachrichtigen, aber Ramon sagte mir, daß sie heute schon früher gegangen sei.

Frustriert und allein, wie ich war, und von den mir Nächststehenden verlassen, begab ich mich zum Abendessen und dann ins Theater. Ich entschied mich für eine beliebte, schon seit vielen Spielzeiten laufende Kriminalkomödie, die mir das Hotelpersonal sehr empfohlen hatte. Das Ärgerliche war nur, das Stück wurde schon so lange gespielt, daß die Schauspieler und Schauspielerinnen wie Roboter agierten und gar nicht wie die schwerfaßbaren und flüchtigen Erscheinungen in dem Drama meines eigenen Lebens.

Als ich am nächsten Morgen mein Hotel verlassen wollte, sah ich mich einer astronomischen Rechnung gegenüber, obwohl ja meine Reiseagentin Hanni das Zimmer im Voraus bezahlt hatte. Eine riesige Summe war vom Hotel Connaught dazugebucht worden – nämlich die Rechnung aus der Bar an dem Nachmittag, den ich mit Mireille Rubinskaya dort verbracht hatte. Als ich den Angestellten fragte, wie dies denn auf meine Zimmerrechnung gekommen sei, erklärte er mir, daß die Sekretärin des Royal Ballet dem Connaught meinen Namen und mein Hotel genannt habe, und daß es eine spezielle geschäftliche Liebenswürdigkeit sei, die noch immer von einigen der angesehensten Hotels in London aufrechterhalten werde, die Rechnung, die ihre Gäste in anderen vornehmen Etablissements wie zum Beispiel dem Connaught machten, zu übernehmen – wobei sie sich diesen Service natürlich zusätzlich bezahlen ließen. Wahrscheinlich sollte ich für diesen Gefallen jetzt auch noch dankbar sein. Aber nachdem ich am Tag zuvor schon so einen sorglosen Einkaufsbummel für meine Freunde in Boston unternommen hatte, konnte ich jetzt nur beten, daß meine Kreditkarte diese unerwartete Hotelrechnung noch mitmachen würde. Zum Glück wachten die Götter des Kredits über mich, denn mein Dispolimit war wie durch ein Wunder über Nacht gestiegen. Offenbar hatten die Einkäufe, die ich in den verschiedenen Londoner Läden getätigt hatte, auf meinem Konto eine für den Computer sofort erkennbare Flagge gehißt und mich als einen internationalen großen Konsumenten ausgewiesen. Also ging das Limit nach oben.

Am Flughafen kam ich dann ohne Schwierigkeiten durch die Paßkontrolle. Der Flug ging pünktlich, und sechs Ersteklasse-Stunden später rollte ich sicher über Bostons Landebahn. Niemand erwartete mich am Flughafen, und als ich mit dem Taxi nach Hause gefahren war, begrüßte mich keine Katze an der Türe. Zwei Anrufe, einer bei Rafik und einer bei Nicole, brachten auch nichts, und auf meinem Anrufbeantworter war nichts. An der Kühlschranktüre hing – da ich ihn dort auf jeden Fall entdecken würde – ein hastig geschriebener Zettel von Rafik, auf dem er mir mitteilte, daß er Sugar Baby mit in seine Wohnung genommen habe. Entführst du mich, dann entführe auch meine Katze.

Ich schenkte mir einen kleinen Bourbon ein und trank mir selbst auf meine Heimkehr zu.

»Willkommen zu Hause«, sagte ich zu den leeren Zimmern. »Wir haben dich alle ganz schrecklich vermißt.«

Unter meiner Post war ein Umschlag in einer Handschrift, die ich nicht kannte. Ich machte ihn auf, und heraus fiel ein Schlüssel. Drinnen stand noch eine Nachricht: Nachschlüssel kann man keinen davon machen, also schicke ich den richtigen. Gib ihn mir zurück, bevor Marshall Zander herausfindet, daß ich ihn genommen habe. Beijos, Rico.

Mir diesen Schlüssel zu besorgen, war Ricos letzter Gefallen für mich gewesen, und ich konnte ihm nicht einmal dafür danken. Ich steckte den Schlüssel in die Hosentasche und legte mich aufs Sofa, um mir den nächsten Schritt zu überlegen. Zum mindesten würde ich heute nachmittag meine Katze von meinem Geliebten freikaufen.

Aber statt dessen lag ich da und weinte über meinen *tesao*, der tot und dahin war.

17. Zieh dir die Musik rein und tanze

Ich war eingenickt, und das Läuten des Telefons weckte mich um vier Uhr. Es war Marshall Zander.

»Willkommen zu Hause«, sagte er.

»Woher wissen Sie, daß ich wieder da bin?«

»Ich habe die Fluggesellschaft angerufen und bin alle Passagierlisten durchgegangen.«

Das klang nach einer Übung in knallharter Detektivarbeit.

»Sie haben mich ja gar nicht angerufen«, sagte er. »Ich wollte Sie doch abholen.«

»Ich fürchte, ich habe Ihre Karte verlegt.«

»Was machen Sie denn gerade?« fragte er.

Ich spürte, wie Widerwille in mir hochstieg. Ich hatte auf einen Anruf von Rafik oder Nicole gehofft, aber nicht von diesem Typen.

»Ich ruhe ein wenig«, sagte ich. »Es war ein langer Flug.«

»Was haben Sie an?«

»Wie bitte?«

»Raten Sie mal!« sagte er mit einem nervösen Lachen. »Wie wär's denn mit einer netten kleinen Rundfahrt zur Entspannung?«

Ich wand mich. »Ein andermal vielleicht.«

»Ist aber gar kein Problem«, sagte er. »Ich bin nämlich schon unten.«

Diese verdammten Autotelefone.

Er fügte hinzu: »Der Beifahrersitz sieht ohne Sie so einsam aus.«

War »Beifahrersitz« ein Euphemismus für seinen Schoß?

»Ich habe Ihnen den Flug nach London bezahlt«, sagte er. »Wollen Sie mir dafür nicht einmal erlauben, Sie auf eine kleine Tour mitzunehmen? Bitte?« Er war kurz davor zu winseln.

Bis zu welchem Grad mußte ich ihm Dankbarkeit bezeigen? Ich sagte, ich würde gleich runterkommen. Vielleicht konnte ich wenigstens herausschinden, daß er mich zu Rafiks Wohnung fuhr, um Sugar Baby abzuholen. Und der kurze Ausflug zur Wohnung meines Geliebten erinnerte Marshall Zander hoffentlich auch daran, daß ich, ehelich gesprochen, nicht zur Verfügung stand.

Als ich hinunterkam, sah ich Marshall Zander in seinem Sportwagen warten. Für seine Spätnachmittagsfahrt hatte er das Hard Top abmontiert, und er sah hinter dem Steuer fast anziehend aus. Vielleicht waren meine Augen von dem roten Lack geblendet, der in der untergehenden Sonne glühte, oder meine Nase von dem berauschenden Ledergeruch der schweren Sitze abgelenkt. Doch nein, irgend etwas hatte sich an ihm selbst verändert. Irgendwie wirkte sein Gesicht strahlender; vielleicht lag es an den Augen. Tatsächlich. Das war's. In Marshall Zanders Augen leuchtete ein völlig neues Verlangen. Und wie er da so in seinem Wagen saß, ganz in Geld und Macht gehüllt, wirkte er fast schön, zumindest von den Schultern aufwärts. Tatsächlich wußte ich aber, daß die restlichen 90 Prozent seines Körpers ein Graus waren.

Ich stieg ins Auto und legte gerade den Sicherheitsgurt an, als ich fühlte, wie er mit seiner rauhen, trockenen Hand nach meiner griff.

»Was tun Sie denn da?« sagte ich und versuchte ihm meine Hand zu entziehen.

»Ich will Sie doch nur begrüßen.«

Seine Augen glänzten vor Lüsternheit. Ich sah ihn kühl an, bis er meine Hand losließ. Er legte den Gang ein und fuhr los.

»Wo würden Sie denn gerne hinfahren?« fragte er eifrig.

In keinen abgelegenen Hain, das stand mal fest. Ich verscheuchte rasch alle romantischen Einfälle seinerseits, indem ich ihm mitteilte, ich sei mit Rafik in dessen Wohnung verabredet.

»Natürlich«, sagte er. Doch dann sprach er heiter, als wolle er sein eigenes Selbstvertrauen angesichts dieser Zurückweisung wieder aufmöbeln: »Na, wie war's in London?«

»Das Wenige, was ich gesehen habe, war wundervoll.«

»Ich kenne die Stadt gut. Ich würde sie Ihnen gerne einmal zeigen.«

Ich überging sein Angebot und antwortete ihm mit einem kalten Guß von Realität.

»Mireille Rubinskaya hat mir erzählt, daß Sie in Max Harkey verliebt waren.«

Die Ampel wurde Rot, und er ließ den Wagen weich ausrollen. Er sah mit traurigem Blick zu mir herüber.

»Ist das so schlimm?« sagte er fast anklagend. »Ist es falsch, jemanden zu lieben und darauf zu hoffen, daß diese Liebe erwidert wird? Ich kann nichts dafür, daß ich nicht so aussehe wie Max' schöne Tänzer. Aber ich habe genauso starke Gefühle wie ein schöner Mensch, vielleicht sogar noch stärkere.«

Die Ampel schaltete auf Grün, und wir fuhren weiter.

»Bei Max«, fuhr er fort, »war das Schlimme, daß er nie jemanden wiederlieben mußte. Er war immer begehrenswert. Jeder, der ihn nur sah, verliebte sich in ihn und warf sich ihm an den Hals.«

»Sie auch?«

»Niemals.«

»War nicht das ganze Geld, das Sie ihm gaben, nur ein Ersatz für die Liebe, die er nicht annehmen wollte?«

»Bei Ihnen klingt das schmutzig«, sagte er.

»Das sagen viele Leute über die Wahrheit.«

»Ich kenne die Wahrheit. Ich schäme mich nicht zuzugeben, daß ich Max geliebt habe. Aber nicht wegen seines Körpers.«

Ich dirigierte ihn zu Rafiks Wohnung, wo er in der zweiten Reihe stehenblieb. Ich bedankte mich und wollte gerade aussteigen, als er mich am Arm festhielt. Das Auto lief leise im Leerlauf, aber seine flehentlichen Augen waren auf 180.

»Ich mag Sie sehr«, sagte er.

»Aber ich bin doch mit Rafik zusammen.«

»Das hat Sie bei Rico auch nicht gehindert«, sagte er scharf.

Es verschlug mir die Sprache. Ich fühlte den Schlüssel zu Max Harkeys Wohnung in meiner Hosentasche – den Schlüssel, den zu besorgen Rico seine Sicherheit riskiert hatte. Die Spitze stach mir in die Hüfte.

»Verstehen Sie mich nicht falsch«, sagte Marshall Zander. »Gelegentlich ein wenig Sex macht mir überhaupt nichts aus. Ich habe im Gegenteil gerade darüber nachgedacht und dabei eine Idee gehabt, die für Sie vielleicht interessant ist. Ich möchte Ihnen ein Angebot machen – und zwar Ihnen beiden, Rafik und Ihnen.«

Keinen Dreier, Junge. Dann noch eher mit Toni di Natale als mit dir.

Marshall sagte: »Ich hoffe, Sie verstehen das jetzt richtig. Es ist die einzige Möglichkeit, Ihnen zu zeigen, wie sehr ich Sie mag.«

Ich starrte ihn an.

Er fuhr fort: »Seit dem Tod von Max und dem Tod von Rico bin ich schrecklich einsam. Ich brauche Gesellschaft, Männergesellschaft. Und jetzt habe ich Sie kennengelernt, und ich mag Sie furchtbar gern. Sie sind kein Mensch, der andere ausnutzt. Ich vertraue Ihnen. Wenn Sie sich also einverstanden erklären würden, mein Freund zu sein – nur reine Freundschaft – könnte ich bestimmt das Direktorengremium dahingehend beeinflussen, daß Rafik der neue künstlerische Direktor des Boston City Ballet wird.«

Das war doch grotesk.

»Ich kann ein sehr guter Freund sein.«

Und manche können einen sehr guten Apfelstrudel.

Er fuhr fort: »Ich werde immer für Sie da sein. Ich bin nicht der Typ, der jemanden im Stich läßt. Genau wie Sie.«

Die einzigen Geräusche, die ich die nächsten paar Sekunden hörte, waren das Ticken der Uhr auf dem Armaturenbrett und das Flüstern des kraftvollen Motors.

Endlich sprach ich. »Verzeihen Sie mir«, sagte ich mit zitternder Stimme, »aber Sie scheinen wahnsinnig dringend Sex zu brauchen.« Und dieses Syndrom verstand niemand auf dem Erdball besser als ich.

Marshall Zander wandte den Blick ab und schaute nach unten – ironischerweise in seinen Schoß.

»Ich hätte nichts dagegen, wenn es mit Ihnen darauf hinausliefe«, sagte er.

Ich entzog ihm meinen Arm und murmelte: »In all den Jahren am Frisierstuhl ist mir ein Antrag in dieser Form noch niemals gemacht worden.«

»Aber ich mag Sie eben.«

»Wenn man etwas nur oft genug sagt, glaubt man schließlich selber daran.«

»Aber es stimmt. Es geht mir nicht nur um Sex«, sagte er ernst. »Ich halte sehr viel von Ihnen. Besprechen Sie es doch mal mit Rafik! Das ist schließlich eine Chance, die nicht jeder jeden Tag geboten bekommt. Sie wollen sicher beide seine Karriere voranbringen. Und für ihn wäre das ein riesiger Schritt nach vorn.«

Aber auf wessen Kosten?

»In Ordnung, ich werde mit ihm darüber sprechen«, sagte ich. Dann stieg ich aus dem Auto und schloß die Tür. »Danke für's Herbringen.«

Marshall Zander saß in seinem Wagen und blickte mir nach, wie ich auf die Vordertür von Rafiks Wohnhaus zueilte. Glücklicherweise hatten wir voneinander die Schlüssel, deshalb konnte ich, selbst wenn Rafik nicht da wäre, nach drinnen gelangen, Marshall Zander hinter mir lassen und zu meiner geliebten Katze gehen. Ich läutete, und hallelujah! Seine Stimme kam durch die Sprechanlage.

»*J'écoute.*«

»Mach auf«, sagte ich dringlich. Dann fügte ich hinzu, da ich weit außer Hörweite von Marshall Zander war: »Ein großer Troll ist hinter mir her.«

Rafik ließ mich ein. Ich drehte mich um und winkte Marshall Zander zum Abschied zu, der den gewaltigen deutschen Motor aufheulen ließ und mit laut quietschenden Reifen davonschoß. Hatte ich etwas zu sagen vergessen?

Ich nahm immer zwei Stufen auf einmal, als ich die Treppen hinauflief. Rafik hatte die Wohnungstür nur angelehnt. Als ich eintrat, sah ich, daß er auf dem Teppich neben seinem Bett mit Sugar Baby spielte. Ich legte mich auch auf den Boden, rollte mich auf die Seite und miaute und schnurrte, um Beachtung zu finden. Sugar Baby streckte sich, um mich mit den Vorderpfoten zu berühren. Ich streckte mich, um Rafik ebenso zu berühren.

»Jetzt hab ich doch glatt vergessen, dir mein Geschenk mitzubringen«, sagte ich.

»Schokolade?«

»Woher weißt du das denn?«

Rafik lächelte. »Du gibst mir immer, was du willst selber.«

So wie jetzt, dachte ich.

Zehn Minuten später lachten wir laut da auf dem Teppich nach einer schnellen, klebrigen Begrüßungsrunde.

»Willkommen zu Hause«, sagte Rafik. »Nicole hat mich angerufen oft. Habe ich ihr gesagt, daß ich vermisse deine Anrufe auch. Es tut mir leid.«

»Schon wieder Proben?«

»Bald du wirst verstehen, warum ich arbeite so hart.«

»Niemals«, sagte ich.

Ich erzählte Rafik von meinem Treffen mit Mireille Rubinskaya und was sie mir über Max Harkeys Tagebuch erzählt hatte.

»Stand da auch etwas von mir?« fragte er.

»Ich vergaß danach zu fragen.«

Rafik schnaubte spielerisch. »Zwei Sachen, die du hast vergessen. Bald du wirst vergessen, wer ich bin.«

»Wie könnte ich dich vergessen?« sagte ich. »Du bist doch mein ganzes Leben. Natürlich kann ich niemals so wie Max Harkey an dich denken – mit seinem großen, langen, glänzenden Bösendorfer.«

»Es ist ein schöne Flügel.«

»Was hätte er also in seinem Tagebuch sagen können, was noch deutlicher gemacht hätte, welche Gefühle er für dich hatte?«

Rafik antwortete: »Könnte er schreiben, daß ich bin der Beste, der nach ihm leitet die Ballettcompany.«

Obwohl Rafik wußte, daß diese Entscheidung bei dem Direktorengremium lag, hatte er mir da das passende Stichwort geliefert, um ihm von Marshall Zanders abwegigem Vorschlag zu erzählen. Ich berichtete von seinem Angebot mit der kühlen Nüchternheit eines Gehirnchirurgen, der einem Patienten die schlechten Chancen bezüglich einer Genesung erklärt, immer in der Hoffnung, daß Rafiks Instinkte sich siegreich erheben würden und er laut erklären würde: »*C'est fou!*«

Aber statt dessen überlegte sich Rafik Marshall Zanders Vorschlag ernstlich, als erwäge er tatsächlich, ob man das Angebot annehmen solle. War denn das die Möglichkeit? Ich spürte, wie rund um meine Brustwarzen die Haut prickelte. Was würde geschehen, wenn Rafik zustimmte? Konnte ich mich opfern und Marshall Zanders Kumpan werden, um meinem Geliebten die künstlerische Chance seines Lebens zu schenken? Oder wäre Rafiks »Ja« ganz einfach das Ende von »uns«? Noch ein bißchen zwangloser Sex auf dem Teppich, ein herzliches gemeinsames Lachen, und dann für immer getrennt, weil er auf einen absurden Vorschlag eine absurde Antwort gegeben hatte.

Rafik verkündete sein Urteil über die Sache.

»Ich werde ihm antworten selbst. Wenn ich bin die Direktor des Boston City Ballet, ich werde es sein wegen mir selbst, weil ich achte die Kunst, und ich achte die Tänzer.«

Mein Mann!

Er lud mich ein, über Nacht bei ihm zu bleiben. Hätten Sie da gezögert?

Am nächsten Morgen brachen wir zusammen auf, mitsamt Sugar Baby, die im Katzentragekorb saß. Ich begleitete Rafik zum Ballettstudio, wo ich ein Projekt starten wollte, von dem ich letzte Nacht geträumt hatte – geträumt im ganz wörtlichen Sinne – während ich sicher in seinen Armen schlief. Ich führte eine gemeinsame Befragung mit allen Leuten durch, die Max Harkey gekannt hatten, so eine Gruppenszene, wie sie in Krimis, die in englischen Landhäusern spielen, gang und gäbe ist. Wie ein Schauspieldirektor ließ ich alle Schauspieler einander entgegenarbeiten, so daß die Wahrheit schließlich wie von selbst aus all dem Chaos und den Konflikten aufstieg. Die einzige Schwierigkeit war, daß ich im wirklichen Leben leider kein Landhaus besaß, in dem ich meinen Traum hätte in die Tat umsetzen können. Und dann fiel mir ein, daß ich, dank Rico, den Schlüssel zu einem fabelhaften Pied-à-terre hatte: zu Max Harkeys eigener Wohnung. Und alle Darsteller meines Traumes waren in den Studios des Boston City Ballet zu finden.

In der Eingangshalle des Ballettstudios verabschiedete sich Rafik von mir und ging die Klasse unterrichten.

»Nach der Stunde ich werde Marshall sagen meine Entscheidung. Sag' ihm noch nichts.«

»Ganz wie du willst, Liebster. Er gehört ganz dir. Soll ich heute abend zur Probe kommen?«

»Nein«, sagte er kurz. »Bitte sei geduldig, Stani. Bald du wirst wissen, warum.«

Das war mir auch recht, daß Rafik mich heute abend nicht bei der Probe dabeihaben wollte, um sein geheimnisvolles Werk zu sehen. Denn ich meinerseits hatte ihm auch nichts von meinem Traum erzählt, und wie ich ihn heute abend in Realität umsetzen wollte. Rafik ging ins Lehrerzimmer, und ich machte mich an das, was ich im Schilde führte. Ich beabsichtigte mir meine potentiellen Partygäste mit dem Köder der Exklusivität zu angeln, auf dieselbe Weise, wie Marktforscher die Leute dazu bringen, die Meinungsumfragen mitzumachen: Sie und nur Sie können uns retten! Demographische Überlegenheit sollte sie alle dazu zwingen, zu meiner Soirée zu kommen, denn sie alle hatten zu einem bestimmten Zeitpunkt um Max Harkeys Liebe gekämpft.

Alissa Kortland und Scott Molloy streckten ihre langen Glieder auf dem Teppichboden. Ich kniete neben ihnen nieder und sprach sie leise an.

»Wie schön, daß man Sie beide wieder zusammen sieht.«

Scott starrte mich an und sagte: »Was wollen denn Sie schon wieder? Als ich das letzte Mal mit Ihnen sprach, brachte mir das anschließend nur Ärger ein.«

»Ich finde, wir hatten ein gutes Gespräch.«

»Ich ärgere mich, daß ich Ihnen überhaupt etwas erzählt habe. Es war viel zu persönlich.«

Das war mir schon oft genug begegnet, daß das Vertrauen, das intime Geständnisse ermutigt, plötzlich in Groll umschlägt.

»Ich gebe heute abend eine kleine Party und möchte gerne, daß Sie beide kommen.«

Die beiden sahen mich ausdruckslos an.

»Warum denn das, um Himmels willen?« fragte Alissa.

»Ich spiele die Dame des Hauses für Rafik«, erwiderte ich.

Scott sah mich finster an und fragte: »Wessen Idee war denn das?«

»Meine«, antwortete ich. »Ich komme gerade aus London zurück, wo ich Mireille Rubinskaya getroffen habe.«

Das löste bei keinem der beiden eine sichtbare Reaktion aus.

Ich flüsterte verführerisch: »Sie hat mir Max Harkeys Tagebuch gegeben.«

Beide Köpfe fuhren herum und sahen mich an.

Ich fuhr fort: »Ich glaube, Sie werden es beide sehr interessant finden.«

»Wo findet die Party statt?« fragte Alissa.

»In Max Harkeys Wohnung.«

Als ich ihre erschreckten Gesichter sah, versuchte ich, sie schnell zu beschwichtigen, bevor sie laut herausplatzten.

»Das ist schon in Ordnung«, sagte ich.

»Wann?« fragten sie unisono.

»Um sechs.«

»Gibt's was zu essen?« fragte Scott. »Wir haben heute abend eine große Probe. Wir müssen irgendwann etwas essen.«

»Es gibt was zu essen«, sagte ich widerstrebend. »Bis dann also. Und erzählen Sie's niemandem.«

»Warum denn nicht?« fragte Alissa.

»Ich dürfte das Tagebuch eigentlich gar nicht haben.«

Als ich mich erhob, um zu gehen, sagte Alissa: »Ist das Ihre Katze?«

»Ja«, sagte ich und drehte den Katzentragekorb stolz herum, um ihnen Sugar Baby zu zeigen.

»Das ist aber eine Schöne.«

»Natürlich«, sagte ich. »Sie ist eine Prinzessin.«

Scott Molloy grinste und sagte: »Die Tochter einer Queen.«

Alissa gab ihm einen Klaps auf die Schulter.

Rafik kam vorbei und ging ins Studio, was für alle die hingeräkelten Tänzer das Zeichen war, schnell hinter ihm dreinzugehen. Sie nahmen ihre Plätze an der Stange ein, Rafik ließ sie die erste Position einnehmen, und der Unterricht begann. Ich betrachtete seine männliche Gestalt, während ich darauf wartete, daß ein weiterer potentieller Partygast erschien. Laut Rafik war sie heute morgen im Studio, um letzte Anordnungen für die große Probe heute abend zu treffen. Nur Geduld, dachte ich. Wie beim besten Haarstyling brauchte man Zeit und Geduld, um einer Spur zu folgen. Das würde sich schon bezahlt machen. Und das tat es dann auch.

Toni di Natale betrat die Eingangshalle mit der bei ihr üblichen Aura energischer Vitalität. Sie sah mich warten und kam auf mich zu.

»Ist er nicht eine Schönheit?« fragte sie auf Rafik bezogen.

»Da muß ich zustimmen«, entgegnete ich.

Dann bemerkte sie Sugar Baby und sagte: »Was für eine hübsche Katze!« Sie kniete nieder und fuhr mit den Fingern leicht an der Käfigtür entlang. »Na, wer ist denn das schönste Mädchen im ganzen Land?« sagte sie und gab ihrer Stimme den typischen kindischen Klang, den so viele Leute Katzen gegenüber verwenden. Sugar Baby versah Tonis Fingerspitzen mit einem blasierten Zungenlecken.

Ich sagte: »Ich hätte gerne, daß Sie zu einem kleinen Empfang kommen, den ich für heute abend plane.«

»Ganz ungünstige Zeit, fürchte ich. Wir haben heute abend eine große Probe.«

»Dann sollten Sie aber vorher eine Kleinigkeit essen, und bei mir gibt's was.«

»Wann soll es denn sein?« fragte sie.

»Um sechs.«

»Also gut, ich denke, da wird noch genug Zeit bis zur Probe bleiben. Heute abend ist nämlich die erste Durchlaufprobe mit vollem Orchester, und das wird immer sehr aufregend. Was ist denn der Anlaß für Ihre Einladung?«

»Sie wissen vielleicht, daß ich gerade aus London zurückgekehrt bin.«

»Nein, das wußte ich nicht.«

»Hat Rafik Ihnen also nichts davon erzählt?«

»Ich spreche ihn zur Zeit nur noch während der Proben«, sagte sie und kraulte das weiche Fell unter Sugar Babys Kinn. »Es gibt einfach so viel zu tun, und in ein paar Tagen ist ja schon die Premiere. Was haben Sie denn in London gemacht?«

»Mich mit Mireille Rubinskaya getroffen.«

»Oh«, sagte Toni geistesabwesend.

Purr-purr-purr, machte Sugar Baby.

»Sie hat mir Max Harkeys Tagebuch gegeben«, sagte ich.

»Ach ja?« Toni versuchte mit aller Gewalt, unbeeindruckt zu wirken, aber genau wie Sugar Baby reagierte sie gegen ihren Willen doch. »Wie indiskret von ihr«, fügte sie hinzu.

»Eigentlich nicht«, sagte ich. »Sie wollte mir helfen, Max' Mörder zu finden.«

»Und – haben Sie ihn gefunden?« fragte sie schlau.

»Ich bin jetzt kurz davor.«

»Wo findet der Empfang statt?«

»In der Wohnung von Max.«

Toni erbleichte. »Woher haben Sie – ?«

»Das ist ein Geheimnis. Die Polizei darf nichts davon wissen.«

»Warum tun Sie's dann?«

»Ich hatte eine Eingebung.«

»Sie spinnen wirklich«, sagte sie mit lautem Lachen. »Kein Wunder, daß Rafik Sie liebt. Also gut, ich bin ganz die Ihre für diese Krimi-Party.« Sie stand auf und sah mich an. »Bis um sechs dann.«

»Vergessen Sie nicht, es ist ein Geheimnis.«

»Ein Geheimnis«, wiederholte sie, als müsse sie einen Idioten bei Laune halten.

Nur wenige Augenblicke, nachdem sie mich in der Eingangshalle hatte stehen lassen, kam Jason Sears durch den großen Gang herein und mit ihm Marshall Zander. Als Marshall mich sah, drehte er sich wieder um und verschwand im Gang. Das war ein Glück, denn ich wollte ihn natürlich nicht wissen lassen, daß ich seinen Schlüssel zu Max Harkeys Wohnung hatte. Das würde nur beweisen, daß ich mit Rico gemeinsame Sache gemacht hatte, um ihn mir zu verschaffen.

Ich fing Jason Sears auf dem Weg nach draußen ab.

»Haben Sie heute abend Zeit?« fragte ich.

»Was?« sagte er, irritiert von meiner Frage. »Wer sind denn Sie?«

»Wir haben uns bei Max Harkey gesehen, an dem Abend, als er ermordet wurde. Ich war mit Rafik da.«

Jason studierte ungeduldig mein Gesicht, als sei ich eine Fangfrage bei einer Chemieprüfung.

»Der Friseur«, sagte er schließlich.

»Stimmt.«

»Und was wollen Sie?«

Ich flüsterte: »Können Sie um sechs Uhr in Max Harkeys Wohnung kommen?«

»Was soll denn diese Geheimniskrämerei? Max Harkey ist tot.«

»Pssst!«

»Mir ist schon zu Ohren gekommen, daß Sie gerne ein

Mantel-und-Degen-Stück spielen. Aber dazu habe ich
keine Zeit. Ich habe gerade veranlaßt, daß ich den Flügel im
Aufführungssaal benutzen kann. Dorthin bin ich soeben
unterwegs. Das ist meine einzige Gelegenheit, das Instrument vor der Probe heute abend zu spielen. Um es also
ganz unumwunden auszusprechen: ich kann bei Ihrer
Miss-Marple-Sitzung heute abend nicht mitmachen.«

Ich gab zurück: »Ihren Namen sollte man nicht ungestraft benutzen.«

Jason Sears stürmte aus der Eingangshalle. Ich stellte mir
vor, daß sein Klavierspiel auch ganz schön losfetzen würde.

Sugar Baby drückte die Nase an die Gittertür des Trage-
korbs. Ich kraulte sie ihr leicht mit dem Finger. »Den brauchen wir sowieso nicht«, sagte ich zu ihr, dann durch-
forschte ich schnell die Eingangshalle, um zu sehen, ob jemand mitgekriegt hatte, daß ich in aller Öffentlichkeit wie
so eine verrückte Alte mit meiner Katze sprach.

Auf meiner Gästeliste stand jetzt nur noch ein Name.
Ich ging zum Lehrerzimmer und klopfte an. Gleich darauf
schwang die Türe auf und enthüllte die kleine stämmige
Gestalt von Madame Rubinskaya. Hinter ihr hing eine
dichte Rauchwolke im Raum.

»Rafik ist in die Klasse«, sagte sie kurz angebunden.

»Ich weiß. Ich wollte Sie sprechen.«

Sie bemerkte Sugar Baby in dem Tragekorb. »Sie haben
ein Katze?«

»Ja.«

»Meine Veruschka hat Angst vor Katzen. Die geben ihr
immer eine auf die Nase.«

»Madame«, sagte ich, »können Sie heute abend in Max
Harkeys Wohnung kommen?«

»Wie können Sie fragen mich solche Sache?«

»Ich habe sein Tagebuch ausfindig gemacht, und das
möchte ich den Leuten zeigen, die ihn kannten. Aber es ist
streng vertraulich. Erzählen Sie's also niemandem.«

Ihre Augen blickten mißtrauisch. »Ich glaube, daß Sie
machen schlechte Scherz.«

»Es ist mir ganz ernst damit. Ich habe es nicht einmal der Polizei gesagt.«

»Warum lassen Sie nicht Maxi ruhen in Frieden. Sie haben keine Respekt vor die Toten.«

»Ich bin drauf und dran, seinen Mörder zu finden.«

Sie blickte mir in die Augen, während der Rauch ihrer Zigarette zwischen uns emporstieg. Verächtlich schüttelte sie den Kopf.

»Wieder ich sehe, daß Sie sind nur lächerliche Knabe.«

»Bitte kommen Sie heute abend«, sagte ich. »Um sechs.«

Ohne noch ein Wort zu sagen, aber den Blick fest in meine Augen gesenkt, schloß sie mir langsam die Tür vor der Nase.

Ich verließ die Studios und ging mit Sugar Baby im Tragekorb auf meine Wohnung zu. Auf dem Weg machte ich im Snips halt und begrüßte Nicole. Sie war wirklich entzückt und erleichtert, mich zu sehen, aber nur Sekunden später schimpfte sie mich bereits aus, daß ich einfach aus einer Laune heraus nach London abgehauen sei, nannte mich unvernünftig und so weiter.

»Was wirst du erst sagen, wenn du hörst, was ich heute abend vorhabe, Herzchen.«

Ich erzählte ihr von dem Abend, den ich in Max Harkeys Wohnung plante.

»Weiß Lieutenant Branco davon?«

»Keineswegs, Herzchen.«

»Und wie willst du dort reinkommen?«

»Ich habe einen Schlüssel. Hat Branco übrigens in der Sache irgendwelche Fortschritte gemacht?«

»Er hatte jedenfalls bestimmt keine Zeit, einfach nach London abzuhauen.«

»Hatte zu Hause zu viel am Hals, was?«

»Das geht dich gar nichts an«, sagte sie in scharfem Ton.

»Erzähle ihm nur nichts von heute abend. Da ist gar keine Gefahr dabei, und es gibt nichts Heldenhaftes. Ich hab nur so ein kleines psychologisches Gesellschaftsspiel vor, um alle Tatsachen 'rauszukriegen und zu ordnen.

Wenn Branco kooperativer gewesen und mir die Polizei-
akten gezeigt hätte, wäre ich vielleicht gar nicht auf so dra-
stische Methoden angewiesen gewesen.«

Nicole sagte: »Du findest doch immer einen Grund für
das, was du tun willst, Stanley, also mach jetzt bloß nicht
den Lieutenant für deinen absurden Plan verantwortlich.«

»Versprich mir, daß du es ihm nicht erzählst.«

Sie lächelte. »Ich könnte kein ernstes Gesicht dazu machen.«

»Bis morgen dann, Herzchen.« Ich küßte sie und ging
zur Tür.

»Vergiß die Katze nicht«, sagte sie.

Huch.

Ich nahm Sugar Baby mit nach Hause und spielte eine
ganze Weile mit ihr »Katz und Maus«. Dann packte ich
meine Tasche von London aus. Dann duschte ich wieder
und zog mir frische Sachen an. Um halb fünf machte ich
mich auf den Weg zu Max Harkeys Wohnung. In der einen
Hand trug ich ein kleines eingepacktes Päckchen aus London, in der anderen eine Packung Käsecracker für meine
Partygäste. Doch als ich an einem noblen Feinkostladen
vorbeikam, überlegte ich mir, ob ich meinen Gästen nicht
doch etwas Gehaltvolleres vorsetzen sollte. Schließlich
hatte ich ihnen ja versprochen, daß sie gefüttert würden.
Und obwohl der Erfolg meines Abenteuers durchaus nicht
von meiner Gastfreundlichkeit abhing, *waren* Scott Molloy und Alissa Kortland eben Tänzer, und Tänzer brauchten Treibstoff. Außerdem, wenn schon die Liebe durch den
Magen ging, warum dann nicht auch die Wahrheits-
findung?

So trug ich also zwei große Tüten voll teurer und delika-
ter Appetithappen bei mir – ich hatte absichtlich eine
Menge nahrhafter, fetter Leckerbissen ausgesucht, die
meine körperbewußten Gäste hoffentlich meiden und mir
lassen würden – als ich auf Station D für die nächste Runde
»Katz und Maus« haltmachte, diesmal mit Lieutenant
Branco.

»Da riecht aber was sehr gut«, begrüßte er mich.

»Sie haben wohl Hunger?«

»Und Durst«, sagte er. »Aber ich gehe nachher essen. Möchte mir den Appetit nicht verderben. Ich habe gehört, daß Sie in London waren.«

»Stimmt«, sagte ich. »Und ich habe Ihnen etwas mitgebracht.«

Ich reichte ihm das kleine eingewickelte Päckchen aus London.

»Für mich?« sagte er.

»Für keinen anderen.«

»Max Harkeys Tagebuch?« sagte er sehr hoffnungsvoll.

»Noch zweimal dürfen Sie raten, Lieutenant.«

Branco öffnete mein Geschenk und untersuchte die kleine Flasche darin. Es war das Balsam Colgre, das ich bei Maitland's entdeckt hatte. Er gab einen kleinen anerkennenden Pfiff von sich.

»Das kriegt man fast nirgends«, sagte er.

»Ein Mitglied des Jet Sets schon«, antwortete ich.

»Danke«, sagte er.

Ich zuckte die Schultern, aber ich spürte, wie mir das Blut in den Nacken stieg.

Branco sagte: »Wenn ich das Gespräch auf etwas Ernsteres bringen darf, ich habe den Laborbefund über den Motorroller Ihres Freundes bekommen. Es hat sich herausgestellt, daß die Bremskabel angeschnitten worden waren. Sie mußten genau im ungünstigsten Moment versagen, nämlich unter starkem Druck.«

»Zum Beispiel vor einer roten Ampel, wenn man den Beacon Hill herunterkam.«

Branco nickte feierlich.

Ich fragte: »Sind Sie der Lösung des Falls schon einen Schritt näher?«

»Es gibt ein Beweisstück, das noch immer nicht aufgetaucht ist.«

»Max Harkeys Tagebuch«, sagte ich.

Branco nickte.

Ich sagte: »Kein Wunder, daß Sie hofften, das sei mein Geschenk.«

Branco sagte: »Als ich hörte, daß Sie in London sind, dachte ich, vielleicht haben Sie Glück und finden es dort.«

»Ich war nahe dran.«

Branco verzog das Gesicht zu einem Grinsen. »Vielleicht existiert es inzwischen gar nicht mehr.«

»Ich finde es schon noch«, sagte ich.

»Und wie wollen Sie das anstellen?«

»Mit diesen Snacks hier.«

»Verheimlichen Sie mir etwas?« fragte der Polizeibeamte.

Sollte ich es wagen, ihm zu sagen, daß der Showdown, den ich beabsichtigte, möglicherweise mehr wie eine Tupperware-Party aussehen würde als wie eine sorgfältig inszenierte Vernehmung? »Halten Sie sich einfach mal in Bereitschaft, Lieutenant«, sagte ich. »Ich habe vor, Ihnen Max Harkeys Mörder innerhalb der nächsten vierundzwanzig Stunden zu liefern.«

Branco schmunzelte und winkte mich hinaus. »Gehen Sie mal zu Ihrer Party.«

18. Der Nächste bitte zum letzten Tango

Es war gerade halb sechs, als ich mir die Wohnung Max Harkeys im Appleton aufsperrte. Zum Glück waren die Schlösser noch nicht ausgewechselt worden. Die Dunkelheit in der Wohnung, die unbewegte Luft und die völlige Stille wirkten leicht verunsichernd, ein bißchen wie bei einem Museum außerhalb der Besuchszeiten.

In der Küche suchte ich mir ein paar Platten heraus und arrangierte das Essen. Und dabei kam mir noch die letzte Eingebung, wie ich die kurze Zeit, die ich mit diesen Leuten zur Verfügung hatte, am besten nutzen konnte. Ich durchsuchte die weitläufige Wohnung nach etwas ganz

Speziellem, etwas, wovon ich sicher wußte, daß Max Harkey es besessen hatte, weil mir Rafiks choreographische Arbeitsweise vertraut war. Ich fand es denn auch in einem Raum, der Max Harkeys Studio gewesen sein mußte. Es war eine Staffelei, wie sie Maler benutzen, mit einem großen Skizzenblock darauf. Genau dasselbe benutzte Rafik oft, um einen Kostümentwurf oder eine vorläufige Bühnenaufteilung grob hinzuskizzieren. Und da Max Harkey sein Berater gewesen war, nahm ich an, daß Rafik diese Technik von ihm übernommen hatte. Ich stellte die Staffelei in den Wohnraum und wartete auf meine Gäste.

Alissa, Toni und Scott kamen kurz nach sechs zusammen an. Sie waren offensichtlich *tous les trois* vom Studio hierher gelaufen, und sie brachten lärmende Festlaune mit herein. Ich warnte sie, leise zu sein, da wir rein technisch alle Hausfriedensbruch begingen. Heiter wie sie waren, ließ sie meine Warnung kalt, und statt dessen stürzte sich die Dreiergruppe sofort auf das Essen.

»Schließlich haben Sie uns eingeladen«, sagte Toni di Natale, während sie eine Scheibe Roulade kaute, »dann machen Sie uns doch jetzt bitte keine Vorschriften. Wir wollen uns vor der Probe heute abend ein bißchen amüsieren.«

Ja, diese Theaterleute. Vielleicht verstanden sie es einfach nur besser, die unangenehmen Dinge des Lebens von sich abzuschütteln.

»Ich erwarte noch einen Gast«, sagte ich. »Aber mir scheint, daß sie nicht kommt.«

»Fangen wir an«, sagte Scott, der sich den Teller mit Essen vollgehäuft hatte.

Alissa fügte hinzu: »Wir haben ja nur eine Stunde.« Sie hatte sich weniger auf den Teller gehäuft, den sie in der Hand hielt, aber dann sah ich, daß sie ihr Essen auf zwei Teller verteilt hatte. Das war's dann wohl gewesen mit dem Gedanken, daß für mich etwas übrigbleiben könnte.

»Ja«, sagte Toni, »nur eine Stunde. Die Probe fängt um sieben an. Es war ganz reizend von Ihnen, daß Sie für uns diesen kleinen Empfang geben.«

»Aber –« fing ich an.

»Und so geschickt, ihn hier zu machen«, fuhr sie fort. »Hier kann uns niemand belästigen, weil niemand weiß, daß wir hier sind. Vielleicht können wir endlich mal auf Max trinken bei dieser Impromptu-Party, die Max bestimmt gar nicht gefallen hätte, geschweige denn, daß er sie sich überhaupt hätte vorstellen können. Auf dich, Max!« sagte sie. Sie hob eine Flasche italienisches Mineralwasser in die Luft.

»Lesen Sie uns doch sein Tagebuch vor, während wir essen«, sagte Alissa.

»Spucken Sie's uns alles aus«, sagte Scott, der sein Essen und sein schwaches double entendre sichtlich genoß.

Ich war inzwischen über die Energie, die sie ausstrahlten, völlig verblüfft. Da hatte ich vorgehabt, den Dingen auf den Grund zu gehen, die Ereignisse der Nacht, in der Max Harkey umgebracht wurde, genau zu untersuchen, die fehlenden Indizien zu finden und seinen Mörder zu entlarven. Statt dessen hatte ich eine ausgelassene Party ins Leben gerufen. Ich erhob mich, um eine förmliche Bekanntgabe zu machen.

»Ich muß mich bei Ihnen entschuldigen. Ich habe das Tagebuch gar nicht.«

Aber meine Bemerkung verursachte bei ihnen nur Lachsalven. Diese Leute machten aus meiner Ermittlung eine Farce. Vielleicht waren sie von dem Probendruck und der nahe bevorstehenden Premieren-Aufführung einfach fertig. Ihre Abwehrkräfte waren bis zu einem Punkt strapaziert worden, wo sie sich nicht mehr unter Kontrolle hatten. Die Frage war nur, wie weit diese Unkontrolliertheit wohl ging.

»Schauen Sie doch nicht so finster«, sagte Toni. »Max war auch immer viel zu ernst, und man sieht ja, wohin ihn das gebracht hat. Er kann nicht einmal die Eröffnung der neuen Saison miterleben.«

Ich sagte: »Max Harkeys ernste Natur ist wohl kaum schuld an seinem Tod.«

»Ein Messer war's, das wissen wir doch alle«, sagte Alissa.

»Aber wer hatte dieses Messer in der Hand?« sagte ich. »Jemand von Ihnen?«

Im Raum wurde es sofort still.

»Bitte«, sagte Scott. »Wenn Sie das Tagebuch nicht haben, dann lassen Sie uns doch einfach essen und wieder ins Studio zurückkehren.«

»Na klar«, sagte ich, »und den Mörder von Max frei herumlaufen.«

Alissa sagte: »Er ist doch tot. Es ist vorbei. Die Sache ist gelaufen. Wozu nützt es, den Mörder zu finden? Das bringt uns Max nicht zurück.«

Ich ging an die Staffelei. Es wurde Zeit für das Spiel.

»Ich weiß zufällig, daß Sie sich alle drei zu einem gewissen Zeitpunkt um Max' Zuneigung bemühten. Und jetzt ist es auch klar, daß Sie alle drei gegen Mireille Rubinskaya verloren haben. Ergo nehme ich an, daß Sie alle es Max übelgenommen haben, daß er sich so schnell aus der Arena der Sexualbeziehungen zurückzog und so leicht binden ließ. Nach einer einzigen sexuellen Erfahrung mit Mireille war Max für Sie alle für immer verloren.«

»Das klingt wie auf einem Schmierentheater«, sagte Alissa.

»Die eine, der der Schuh paßt«, murmelte Scott. Alissa starrte ihn an.

Ich fuhr fort: »Ich nehme an, daß keiner hier im Raum Max Harkey getötet hat.«

Toni sagte: »Dafür wenigstens danke.«

»Ich nehme weiterhin an, daß Sie – ich muß mich wohl selber mit einschließen – daß *wir* alle bei manchem, was wir bis jetzt gesagt haben, gelogen haben, um unser Ego oder unseren Ruf zu schützen.«

»So wie jetzt?« sagte Scott.

»Halt den Mund«, sagte Alissa.

»Fahren Sie fort, Herr Professor«, sagte Toni.

Das tat ich. »Und trotz dieser Lügen schaffen es ein paar

Körnchen Wahrheit doch immer, ans Licht zu kommen. Und manchmal fügen sie sich an andere Körnchen der Wahrheit an, und es entsteht ein größeres Stück Wahrheit. Und da beginnt es dann gefährlich zu werden. Die Entscheidung naht, wenn sich genug angesammelt hat, um den Mörder zu überführen.«

Scott bemerkte: »Was wollen Sie denn damit sagen? Soll das hier vielleicht so eine Art Selbsterfahrungsgruppe werden?«

»Nein«, sagte ich, »ich dachte eigentlich an etwas Leichteres, so etwas wie ein Gesellschaftsspiel. Wir nennen es ›Meine letzten Augenblicke mit Max‹.«

Toni lachte herzlich. Wenigstens eine, die meine Art von Leichtherzigkeit verstand.

Ich fuhr fort: »Die einzige Spielregel ist, daß man die Wahrheit nicht sagen muß, wenn man sie kennt.«

»Wozu soll das gut sein?« fragte Alissa.

»Das werden Sie gleich sehen«, sagte ich.

An der Staffelei zeichnete ich ein großes Gitter. In die oberste Querspalte schrieb ich Uhrzeiten in halbstündigem Abstand ein und in die linke Spalte die Namen der drei Anwesenden senkrecht untereinander.

»In diesem Gitter trage ich jetzt alles ein, was jeder zu jeder Stunde in der Nacht nach der Party gemacht hat. Jedes Kästchen auf dem Gitter wird dann ein Teilstück von dem enthalten, was nach der Darstellung eines jeden in dieser Nacht geschah.«

Scott fragte: »Und wo steht Ihr Name?«

»Ich kannte Max doch kaum.«

»Rafik aber schon«, sagte Toni.

»Genau«, fügte Scott hinzu. »Vielleicht haben Sie Max umgebracht, weil Sie auf seine berufliche Beziehung zu Rafik eifersüchtig waren.«

»Das ist doch lächerlich«, konterte ich.

»Es ist nur fair«, sagte Alissa.

»Aber ich hab' doch das Essen besorgt«, protestierte ich schwächlich.

Scott schnalzte mit den Fingern und wies auf die Staffelei.

»Die Namen«, sagte er wie ein richtiger Mann. »Ihren und Rafiks.«

Also schrieb ich auch meinen Namen in das Gitter und darunter den von Rafik. Während ich das tat, fühlte ich, wie mich eine große Ruhe überkam. Hatte ich gerade einen wichtigen Meilenstein in meiner gefühlsmäßigen Entwicklung überschritten? Würde ich gleich vor ihnen allen gestehen, meine Fassung der stürmischen Saga von Stan und Rafik mit ihnen teilen? Scheiß auf die Genesung. Nichts da!

»Wie steht es mit Madame?« sagte Alissa.

Ich fügte Madame Rubinskayas Namen auf dem Gitter hinzu.

»Und Marshall Zander?« sagte Scott.

Sehr gut, dachte ich. Damit haben wir endlich die beiden Hauptverdächtigen.

»Sonst noch jemand?« sagte ich in meiner besten Darstellung eines Quizmasters. Niemand antwortete. Ich sagte: »Was ist mit Jason Sears?«

Toni wandte schnell ein: »Er kannte Max kaum, und außerdem blieb er nicht zum Essen.«

»Tragen Sie ihn trotzdem mit ein«, sagte Scott. »Diesmal kommt keiner davon.«

Als ich Jasons Namen unten in das Gitter kritzelte, dachte ich, sie sind ganz begierig darauf, jede nur mögliche Person mit dabei zu haben, um allen Verdacht von sich selbst abzulenken.

Ich drehte mich um und sah sie an, und Scott sagte: »Und jetzt, wo wir für unser Polizeispiel fertig sind, fangen Sie am besten mit sich selber an.«

»Klar«, sagte ich, da ich glaubte, ich könne ihr Vertrauen am ehesten gewinnen, wenn ich mich einverstanden zeigte. Ich begann in das Gitter meine Variante der Nacht einzutragen, in der Max Harkey ermordet wurde. Ich versah jede Eintragung mit einem durchlaufenden Kommentar, um das Drama dieser ansonsten so trübseligen Nacht, die ich allein verbracht hatte, ein wenig aufzuhellen.

10:30 – Stolpere aus Max' Wohnung. Sehe Big Red auf dem Gehsteig geparkt.

11:00 – Komme zu Hause an und weine mich in den Schlaf.

12:00 – Wache auf. Schluchze melodramatisch.

1:00 – Dito die ganze Nacht lang.

6:30 – Anruf von Rafik.

7:00 – Komme wieder in Max' Wohnung an.

»Wie Sie sehen«, sagte ich, »habe ich die Nacht recht ereignislos verbracht, bis ich den Anruf von Rafik bekam.«

»Bedauernswert, würde ich sagen«, murmelte Scott.

Unbeeindruckt fuhr ich fort: »Da also meine Nacht so langweilig verlief, würde ich gerne ein wenig darüber spekulieren, was die anderen so alles getan haben.«

Ich begann einige der leeren Kästchen auf dem Gitter zu füllen, nämlich:

11:30 – Max allein zu Hause.

12:00 – Madame geht mit Hund spazieren.

3:00 – Scott auf der Esplanade unterwegs.

»Halt!« sagte Scott. »Was machen Sie denn da? Das sind doch gar nicht Ihre Kästchen.«

»Aber es ist mein Spiel.«

Scott sagte: »Was ich gemacht habe, sage ich Ihnen schon selber.«

»Na dann los«, sagte ich.

Also fing er mit seiner Geschichte an.

»Ich bin aus Max' Wohnung ungefähr um elf Uhr zusammen mit Alissa weggegangen. Ich brachte sie nach Hause. Dann habe ich …« Er blickte Alissa an. In ihren Augen lag eine leise Warnung, die Scott aber lieber nicht beachtete. Er fuhr fort: »Habe ich sie gefragt, ob ich mit hinaufkommen könne.«

»Prima Alibi«, sagte ich.

»Nur daß sie mich fragte, ob ich wohl spinne.«

Durch die zusammengebissenen Zähne flüsterte Alissa: »Du Schweinehund.«

»Und dann?« fragte ich.

»Und dann«, sagte er, »und dann …«

»Also?« sagte Toni.

»Sag's ihnen«, sprach Alissa. »Jetzt, wo du uns beiden das Alibi ruiniert hast. Jetzt kannst du's genausogut endlich sagen.«

Scott sagte: »Ich bin zu Max' Wohnung zurückgegangen.«

Das war fast vorherzusehen, dachte ich.

»Wann war das?« fragte ich.

»Ich weiß nicht. Ich bin erst noch lange herumgelaufen. Nachdem Alissa mich so gedemütigt hatte, mußte ich mir erst wieder Mut machen, bevor ich das konnte. Zu Max gehen, meine ich. Für mich war das ein wichtiger Schritt, so etwas wie meine letzte Chance, mir doch noch seine Liebe zu erringen. Ich hatte es mit Frauen oft und oft versucht, aber es klappte nicht. Max war es, den ich in Wirklichkeit wollte.«

»Also sind Sie nochmals in seine Wohnung zurückgekehrt?«

»Ja.«

»Und haben ihm Ihre Gefühle gesagt?«

»Nein.«

»Nein?«

»Nein.«

»Was geschah denn sonst?«

»Ich läutete bei ihm, aber er meldete sich nicht. Dann sah ich, daß die Eingangstür aufgebrochen war, und so fuhr ich zu ihm hinauf. Die Türe stand offen.« Scotts Kinn begann haltlos zu zittern. »Max saß am Flügel. Er war über und über voll Blut. Ich wußte, daß er …«

Er hielt inne, und ich drängte ihn fortzufahren.

»Wann war das?« fragte ich.

»Ich weiß es nicht.«

»Ging die Sonne schon auf?«

»Ich weiß es nicht!« schrie er.

Dann brach er in heftiges Schluchzen aus. Ich machte eine Bewegung, um ihn zu trösten, aber er stieß mich weg.

Ebenso widerstand er auch Tonis Versuch, ihn zu halten und zu beruhigen. Währenddessen saß Alissa da und sah mit kühlem zufriedenen Blick zu. Sie schien Scotts Schmerz und Niedergeschlagenheit zu genießen, als habe sie ein unabdingbares Interesse, daß er so bleibe, ihr ausgeliefert.

Toni zog mir eine Grimasse. »Das haben Sie ja gut gemacht«, sagte sie.

Ich seufzte. »Meine Partys gehen immer so aus.«

Da begann Alissa plötzlich in schneidendem Ton zu sprechen. »Also, ich bin auch noch einmal hingegangen, und ich kann Ihnen versichern, daß Max noch keineswegs tot war, als ich dort war.«

»Wann?« sagte ich schnell und sprang an die Staffelei.

»Um …« Alissa zögerte. »Ich weiß es nicht, gottverdammt! Glauben Sie denn, daß jeder andauernd auf die Uhr schaut?«

»Sprechen Sie einfach weiter«, ermutigte Toni sie, nachdem sie mit mir einen Blick gewechselt hatte.

Die junge Tänzerin sagte: »Ich wollte, daß Max sich seine Entscheidung noch einmal überlegte, den *Phoenix* zu streichen.«

»Zu streichen?« sagte ich. »Aber er hatte Ihnen doch an dem Abend gerade die Rolle gegeben.«

Toni fügte rasch hinzu: »Nachdem Sie gegangen waren, sagte Max zu uns, daß er seine Meinung geändert habe und den *Phoenix* für die gesamte Saison streichen werde.«

»Wirklich?« fragte ich. Die beiden Frauen nickten.

»Also«, fuhr Alissa fort, »hatte ich an einem einzigen Abend den größten Coup meiner Karriere als Tänzerin gewonnen und wieder verloren. Als Max mir gegen Madames Wunsch die Rolle gab, war das für mich ein großer Sieg. Dadurch wurde ich wichtiger als sie, und so muß es in der Welt des Tanzes auch sein. Aber dann änderte Max seine Meinung und sagte nein. Deshalb ging ich später nochmal hin und versuchte, mit ihm zu diskutieren. Da sagte er mir, er habe seinen Entschluß, mich gegen Madames Wunsch einzusetzen, noch einmal überdacht, und deshalb wolle er den *Phoenix* ganz und gar streichen. Als ich zu ihm sagte, das könne ich nicht so hinnehmen, lachte er und sagte, daß mir dazu gar keine Meinung zustehe. Um genau zu sein, teilte er mir da auch mit, daß es zwischen uns aus sei. Das war der eigentliche Grund für unseren Streit. Er sagte, wir hätten unsere heiße Affaire gehabt und hätten beide gekriegt, was wir wollten, und jetzt sei es zu Ende. Aber so einfach sollte er mir nicht davonkommen. Ich schlug heftig auf ihn ein. Er packte mich und versuchte mich zu überwältigen. Ich merkte, daß er unseren Kampf in eine sexuelle Rangelei überführen wollte. Das machte er immer so, und ich hatte es satt. Als er daher begann, seine Hüften an meinen zu reiben, zog ich mich gerade so weit zurück, daß ich ihm mein Knie in die Eier stoßen konnte. Dann schlug ich hart zu – ein *battement* mit aller Kraft gegen sein Kinn – und davon taumelte er zurück und in so eine Bronzestatue hinein. Er schlug mit dem Kopf dagegen und war ganz benommen. Als ich ihm zu helfen versuchte, schrie er mich an und nannte mich eine – na egal. Dann wurde er ohnmächtig. Da er ganz regelmäßig atmete, nahm ich an, daß er schon wieder in Ordnung kommen würde. Ich lief schnell weg. Das war das letzte Mal, daß ich ihn lebend sah. Ich dachte nicht, daß ich ihn da getötet hätte. Als ich später hörte, daß er ermordet worden sei, glaubte ich, ich sei die Mörderin. Ich hatte nicht vor, ihn umzubringen, obwohl er mich so böse gemacht hatte, daß ich es nicht bereue, ihn verletzt zu haben.«

Wie der Dorftrottel persönlich stand ich da mit meinem Marker in der Hand an der Staffelei. Toni war das Kinn heruntergesunken. Und Scott weinte leise.

Alissas Geschichte war doch absurd. »Haben Sie das alles der Polizei erzählt?« fragte ich sie.

»Natürlich nicht. Ich hatte nicht vor zuzugeben, daß ich die Letzte war, die Max lebend gesehen hatte.«

»Wenn an Ihrer Geschichte auch nur ein Körnchen Wahrheit ist, dann waren Sie nicht die Letzte«, sagte ich.

»Jemand anderer zog ihn zum Flügel hinüber und erstach ihn da. Das Blut wurde nur rund um den Flügel festgestellt.«

Scott hatte sich vom Weinen so weit erholt, daß er sagen konnte: »Ich war es nicht. Max war schon tot, als ich hinkam.«

»Aber zwischen Alissas Besuch und Ihrem hat jemand die Wohnung betreten, ihn bewußtlos zum Flügel gezogen und ihm die Schlagadern in den Schenkeln aufgeschnitten.«

Toni bemerkte, daß ich sie ansah, und sagte: »Schauen Sie mich bloß nicht so an. Ich war die ganze Nacht mit Rafik zusammen. Wir machten einen langen Spaziergang, nachdem wir Max' Wohnung verlassen hatten, und sprachen über die Arbeit und die Liebe. Als wir zu meinem Hotel kamen, ließ mich Jason nicht ins Zimmer.«

»Schon gut, Toni«, sagte ich. »Sie brauchen mir nichts zu erklären.«

»Ich will aber. Ich möchte, daß Sie ein für allemal die Geschichte richtig hören. Jasons Eifersucht an dem Abend bestürzte Rafik, obwohl ich ihm klarzumachen versuchte, daß das häufig vorkam. Da hatten Rafik und ich also noch etwas Gemeinsames: unsere eifersüchtigen Geliebten.«

»Aber – «

»Ich hätte mir ohne weiteres in dem Hotel ein anderes Zimmer genommen, aber es war ausgebucht. Rafik bot mir seine Wohnung an, weil er sagte, er werde bei Ihnen übernachten. Aber ich wollte nicht, daß er Sie aufstörte. Soweit ich sah, brauchten Sie beide ein wenig Abstand voneinander, um sich wieder zu beruhigen. Also blieb ich bei ihm in seiner Wohnung. Und er bestand darauf, daß ich das Bett nahm, während er sich auf den Boden legte. Zu Ihrer Information also: Rafik gehört noch immer ganz Ihnen.« Sie beendete ihre Rede mit einem aufrichtigen Grinsen.

»Ich weiß«, sagte ich. »Ich weiß.« Im Augenblick stand ich weit über jeder Eifersucht. »Aber was ich nicht weiß, das ist, wer von den beiden noch übrigen Verdächtigen Max Harkey den Gnadenstoß versetzt hat.«

»Wäre es nicht klüger, das der Polizei zu überlassen?«
sagte Toni. Dann blickte sie auf die Uhr. »Es ist fast Zeit für
unsere Probe.«

Alle drei standen auf, um zu gehen, und ich folgte ihnen
bis an die Tür. Scott und Alissa sahen finster drein und gingen ohne ein Wort davon. Toni sagte zu mir: »Das wird ja
heute abend eine schöne Probe werden, dank Ihnen.«

Sie gingen, und ich schloß Max Harkeys Wohnung wieder ab. Bevor ich ein Stockwerk tiefer ging, um Madame
Rubinskaya gegenüberzutreten, erwog ich, Lieutenant
Branco anzurufen. Aber dann dachte ich, ich sei auch
nicht in Gefahr, wenn ich die alte Frau allein aufsuchte.
Wenn sie es geschafft hatte, Max Harkey zu töten, dann
doch nur, weil er zu dem Zeitpunkt bewußtlos gewesen
war, während ich doch allen Anzeichen nach ganz wach
war.

Als ich auf den Klingelknopf drückte, begann Madames
Hündin Veruschka hinter der Tür zu jaulen und daran zu
kratzen. Kurz danach hörte ich die alte Dame leise auf die
Hündin einreden, um sie zu beruhigen. Dann sprach sie
mit scharfer Stimme durch die Tür.

»Wer ist da?«

»Stan Kraychik.«

»Wer?«

»Rafiks Freund.«

Durch die große Tür hörte ich die metallischen Geräusche der zahlreichen Schlösser und Riegel, die auf der anderen Seite geöffnet wurden. Dann ging die Türe ein paar
Zentimeter weit auf, und Veruschkas schwarze Schnauze
erschien und schnüffelte nervös in die Luft. Weiter oben
traf mich ein rascher Blick von Madame Rubinskaya, bevor
sie die letzte Kette löste und mir die Türe öffnete.
Ein schwerer, unangenehm süßlicher Geruch drang aus
ihrem Vorzimmer, und ich führte ihn unfairerweise auf
Veruschka zurück.

»*Gott sei Tank* daß Sie kommen«, sagte Madame. »Habe
ich Ihnen jetzt so viel zu erzählen.«

Schon ein Geständnis? Ich trat in das Vorzimmer. Madame schloß die große Türe und legte methodisch alle Schlösser und Riegel wieder vor.

Ich sagte: »Warum sind Sie denn nicht in Max Harkeys Wohnung hinaufgekommen?«

»Konnte ich nicht gehen dorthin zurück.«

»Warum nicht? Wegen dem, was Sie ihm getan haben?«

»Sie wissen nicht, was passiert hier heute abend.«

»Ich möchte aber wissen, was in der Nacht geschah, als Max Harkey getötet wurde.«

Madame Rubinskaya stieß einen tiefen Seufzer aus. »Sind Sie wie Polizei«, sagte sie. »Erst ich hole uns etwas zu essen.« Und sie schlurfte in ihre Küche. »Haben Sie Hunger?« fragte sie.

Veruschka muß diese Frage auf sich bezogen haben, denn sie wedelte eifrig mit dem Schwanz und trottete hinter Madame her.

»Nein«, antwortete ich und folgte beiden.

»Sind Sie sicher?«

Ich blieb in der Küchentür stehen.

»Madame Rubinskaya, wie kann ich an Essen denken, wenn ich den Verdacht habe, daß Sie Max Harkey und Rico ermordet haben?«

»Was! Was sagen Sie da? Daß ich bin eine Mörderin? Ich?«

»Sie können sich Ihre Schauspielkünste ersparen. Ich durchschaue Sie.«

»Und was sehen Sie?« sagte sie. »Sehen Sie alte Frau. Sehen Sie bittere Frau. Sehen Sie müde Frau. Aber sehen Sie Mörderin? Warum ich soll morden diese Junge?«

»Weil er wußte, daß Sie, nachdem Sie Max ermordet hatten, das Tagebuch und die Partitur an sich genommen haben.«

Bei meinen Anschuldigungen mußte sich Madame Rubinskaya an der Kante der Arbeitsplatte festhalten, um aufrecht stehen zu können. »Bozhe!« sagte sie. »Sind Sie wie Tänzerin, die versucht und versucht, bis sie es richtig kann.

Ist Ihnen egal, was passiert sonst noch. Nur Ihre Idee. Nur Ihre Welt. Sonst nichts.«

Sie richtete sich gerade auf und füllte dann zwei hohe Gläser mit heißem Tee. Sie stellte sie zusammen mit etwas Gebäck auf ein Tablett und ging an mir vorbei in Richtung Wohnzimmer.

»Kommen Sie«, sagte sie. »Jetzt Sie bekommen gute Belohnung. Jetzt Sie werden sein glücklich, denn Sie werden kennen die Wahrheit.« Sie stellte das Tablett auf den Kaffeetisch, dann setzte sie sich in ihren großen Sessel mit den Kissen darin. Veruschka ließ sich zu ihren Füßen nieder, und ich pflanzte mich ihr gegenüber aufs Sofa.

Jetzt war alles vorbereitet für ihren großen Auftritt, und sie begann.

Sie sagte: »Sie wissen, was das ist, ein Ikone?«

Ich nickte und deutete auf das byzantinische Christusbild, das hoch oben unter der Decke in einer Ecke hing.

»Ja«, sagte Madame. »Das ist ein Ikone. Aber war auch meine Großmutter Ikone in ganz Rußland. Sie war Symbol von romantische Ballett. Sie war wie ein Heilige. Sie war *Rubinskaya*.«

Madame tat mehrere Löffel Zucker in ihren Tee und rührte um.

»Nehmen Sie Tee«, sagte sie.

Ich nahm das andere Glas, wollte mich aber in acht nehmen, daß ich nicht eingewickelt wurde, und zwar nicht von einer Mörderin, sondern von einer einsamen alten Frau, die sozusagen nur aus zweiter Hand, nämlich durch ihre Ahnen lebte, ganz ähnlich wie bei uns zu Hause unsere Aristokraten aus den Südstaaten vor dem Bürgerkrieg, die Leute, die bei Neiman Marcus als Geschenkeinpacker arbeiten, es aber schaffen, jedem von den glorreichen Zeiten zu erzählen, wo ihre Altvorderen noch riesige Plantagen mit Zucker und Baumwolle besaßen.

Madame Rubinskaya fuhr in ihrer Litanei fort. »Für meine Großmutter wurde geschaffen die Rolle von *Phoenix*, als sie war junge Ballerina, und hat sie das getanzt ihre ganze Karriere lang. In Rußland *Der Phoenix* ist berühmter als der *Sterbende Schwan* von die Pawlova. Haben Sie gewußt?«

»Nein«, sagte ich.

»Ist wahr. Und war sie auch klug mit Geschäft. Sie machte – wie sagt man? – Kopie von Recht?«

»Copyright?«

Madame Rubinskaya nickte und lächelte. »Copyright. Meine Großmutter machte Copyright für diese Ballett, so niemand konnte das tanzen ohne ihre Erlaubnis.«

Ein Präzedenzfall für eine Tänzerin im russischen Reich, dachte ich.

»Und sie überläßt an meine Mutter, und meine Mutter überläßt an mich diese Copyright, so jetzt kann nur ich Erlaubnis geben, zu tanzen den *Phoenix*. Verstehen Sie?«

»Ja«, sagte ich. »Ihre Mutter war also auch Tänzerin?«

»Nein. Hatte sie keine Musik im Blut und keine gute Füße, keine Wölbung. Meine Bruder und ich hatten gute Körper für Tänzer, und ich wurde Tänzerin. Aber die Tochter von meine Bruder, also die Mutter von Mireille, sie war genau wie unsere Mutter. Keine Musik im Blut. Aber hat sie behalten den Namen Rubinskaya«.

Ich hatte schon öfter von Tänzern gehört, daß die natürliche Anlage zum Tanzen oft eine Generation überspringe. Madame Rubinskayas Familiengeschichte schien diese Sage zu bestätigen.

»Sie selber haben keine Kinder?« fragte ich.

»Habe ich nicht geheiratet.«

»Aber Sie werden doch Madame genannt.«

»Ist Titel aus Respekt für alte Frau.« Sie wiederholte das Wort, als wolle sie seine Ironie auskosten. »Respekt«, sagte sie mit einem Kichern. »Deswegen ich habe weggenommen die Musik von Maxis Flügel. Das ist meine. Habe ich das Recht, sie zu nehmen. *Der Phoenix* ist heilig. Ist nicht aufgeführt geworden seit zwei Generationen. Wenn es also kommt wieder auf Bühne, muß russische Tänzerin haben. Aber Maxi hat gesagt, daß diese amerikanische Mädchen kann tanzen den *Phoenix*. Das war nicht recht. Hat er keine Respekt für diese Rolle. War für Mireille, nur für Mireille. Keine andere Mädchen.«

»Haben Sie ihn deshalb getötet?«

»Hätte er Mireilles Karriere zerstört. Er macht mit ihr Liebe, und dann er verläßt sie.«

»Aber nein«, sagte ich. »Max wollte – «

»Weiß ich schon, was ist geschehen in London«, sagte sie. »Habe ich starke Verbindung mit meine Großnichte. Ist sie noch nie gestürzt, niemals. Aber Maxi kommt zurück aus London, und weiß ich sofort, was ist dort geschehen. Er hat gebrochen ihre Herz. Weiß ich, wie er ist mit Mädchen, aber habe ich nie geglaubt, daß er so auch zu Mireille würde sein.«

»Aber Mireille hat gar kein gebrochenes Herz«, sagte ich.

»Sagt sie, sie liebt Maxi, aber im Herz weiß sie, daß er ruiniert ihre Karriere und ihre Leben. Stürzt sie auf ihr Knie, und wird sie nie mehr tanzen.«

»Aber das heilt doch wieder, Madame.«

»Wenn die Knie ist verletzt, man tanzt nie wieder genau so wie vorher.«

»Madame, Sie verstehen das nicht. Mireille ist – «

»Nein! Sie verstehen nicht. Jetzt Sie hören mir zu! Niemand hört zu alte Menschen. Sind wir nicht verrückt. Wir sind nur müde. Wir sehen zu viele Leid. War ich auch einmal junges Mädchen. Hatte ich Träume, so wie Sie, vielleicht noch mehr. Hatte ich Stipendium in St. Petersburg an die Königliche Ballettschule. Hatte ich dort alles – Wärme, Essen, Sicherheit. Lerne ich neue Ideale, Ideale von Kunst. Ballett hat mir gerettet das Leben. Ballett war mein Leben. Kam es vor meine Freunde oder meine Familie oder sogar Gott.«

Sie hielt inne, um an ihrem Tee zu nippen, und ich versuchte ihre Geschichte etwas zu kürzen. Schließlich hatte ich einen Mörder zu überführen.

Ich sagte: »Und in der Revolution haben Sie alles verloren.«

»Bin ich mit meine Bruder nach Europa geflüchtet. Meine Großmutter gab mir die Musik für den *Phoenix*, Partitur für Klavier und ganzes Orchester. Habe ich noch. Dann wurde ich Charaktertänzerin. Sie wissen, was ist?«

»Ja«, sagte ich, denn ich erinnerte mich, daß sie mir das schon erzählt hatte, als ich das letzte Mal hier war. »Das ist eine sehr aufregende Sache.«

Madame zuckte bescheiden mit den Schultern. »Ist hauptsächlich Tricks.«

»Das ist nicht wahr. Zum Charaktertänzer gehört sehr viel Leidenschaft. Wer das gut macht, kann einem das Blut in Wallung bringen.«

»Aber ist nicht romantisch, wie *Der Phoenix*.«

»Haben Sie den je getanzt?«

Sie dachte über die Frage nach, als müsse sie eine verlorengegangene Antwort wiederfinden. Dann sagte sie traurig: »War ich nicht gut genug.«

»Aber Mireille schon?«

»Mireille war vollkommen. Ihre Debüt wird sein das erste Mal, daß Name Rubinskaya ist auf Bühne in Amerika. *Der Phoenix* wird sie berühmt machen in ganze Welt.«

Kein Wunder, daß sie über Max Harkeys Entscheidung so wütend gewesen war. Er hatte die Rolle Alissa Kortland fast aus einer Laune heraus gegeben, während für Madame Rubinskaya das Debüt ihrer Großnichte dazu dienen sollte, eine lange schlafende Reihe großer Künstlerinnen wieder aufleben zu lassen.

»Wann haben Sie Max Harkey kennengelernt?« fragte ich.

»War ich schon Lehrerin in Frankreich. War ich fünfundvierzig und habe nicht mehr getanzt.« Dann fügte sie ein wenig stolz hinzu: »Charakterrollen sind sehr anstrengend.«

»Ich weiß«, sagte ich verständnisvoll.

»Maxi war junge Tänzer von Amerika. Hat er versucht, in Europa Karriere zu machen. Kam er in Amerika nicht gut an damals, so wie er aussah und wie seine Temperament war. Er war zu …« Etwas war ihr in die falsche Kehle geraten, und sie hustete rauh, bis es sich wieder gab. »Zu viele Zigaretten«, sagte sie. »Werden meine Lungen sein geräucherte Schinken.«

»Sie sprachen gerade von Max?«

Madame Rubinskaya hob die Brauen. »Maxi war zu sexuell. Seine Gesicht war nur wunderschöne Kanten, Augen so strahlend, und seine Körper – sogar als er gestorben, seine Körper war wie von eine Gott. Und war es ein Seltenheit, so wie heute noch in Ballett, daß er mochte Mädchen. Wirklich mochte. Nicht nur so tat, so wie war in Rußland, wo manche Männer haben müssen verbergen ihre wahre Gefühle.« Sie fügte rasch hinzu: »Hoffe ich, ich verletze Sie nicht.«

»Wohl kaum«, sagte ich. »Ich erkenne ohne weiteres an, daß es auch gutaussehende heterosexuelle Männer gibt.«

»Das war Maxi!« sagte sie. »Wenn er war Partner von eine Mädchen, er hält sie und stützt sie und liebkost sie, als ob er will sie bereitmachen für ihn. Als ob er gleich wird Liebe machen.«

Madame stellte ihr Glas Tee auf dem Tisch ab und seufzte leise.

»Wie lange hat er bei Ihnen gelernt?« sagte ich.

»Er war schon gute Tänzer. Er wollte werden Choreograph. Habe ich ihn ermutigt, aber seine Talent war zu groß für mich. Fand er viele Freunde bei reiche Männer, und manchmal auch ihre Frauen.« Sie lächelte verspielt. »So oft er ist fast erwischt geworden. Aber war er auch ganz ernst. Hat er aufgestellt eine kleine Company, und diese hatte große Erfolg.«

»Wann hat er Marshall Zander kennengelernt?«

Madame runzelte die Stirn. »Irgendwann damals«, sagte sie. »Damals wir sind gekommen nach Amerika und machen das Boston City Ballet.«

»Das war vor ungefähr zwanzig Jahren.«

»Ja«, sagte Madame. »Vielleicht mehr.« Aber aus ihrer Erzählung war die Luft raus, seit ich Marshall Zander erwähnt hatte. »Lebe ich sehr gerne in Boston, besonders im Winter. Es erinnert mich daran, als ich war Studentin in St. Petersburg, alle die Kleider und die Schnee und die Kälte und Frost auf Fensterglas.«

»Im Sommer nicht?«

»Ach! Zu heiß.«

»Sie sind also von Anfang an bei der Company gewesen.«

»Maxi und ich, wir haben angefangen! Wir haben gemacht alles. Macht er Choreographie, und macht er auch gute Geschäftsmann. Aber unterrichte ich die Tänzer. Gebe ich Maxi sein Material. Wie Maler hat Farbe und Bildhauer hat Ton, Maxi hat Tänzer. Und ich forme sie für ihn.«

»Aber inzwischen hat das Boston City Ballet international den Ruf, das klassische Ballett von Grund auf geändert zu haben.«

»Maxi und ich haben niemals gehabt solche Ideen. Haben wir nie versucht, zu machen progressive Ballett. Aber hat die ganze Welt auf Maxi geschaut, was sie sollen tun als nächstes. Das hat ihn geändert. Jetzt er hat eine Ruf, eine, der kommt als Überraschung von außen. Wenn Maxi hätte behalten seine eigene Ideen, er wäre gut gewesen.«

Und vielleicht auch noch am Leben, dachte ich.

»Aber anstatt dessen, er folgt, was die Welt über ihn sagt. Er glaubt jedem, und vergißt sein Kunst. Und da er wird eine Monster.«

»Ein Monster? Was wollen Sie damit sagen?« fragte ich. Ich wollte von diesen unterdrückten Gefühlen mehr hören. »Sprechen Sie bitte weiter, Madame. Inwiefern war Max Harkey ein Monster?«

Sie sagte: »Plötzlich Maxi sieht, daß ich bin alte Frau. Will er mich wegwerfen. Hat nicht mehr Humor. Rennt er davon von mir. So ich lasse ihn in Ruhe. Belästige ich ihn nicht. Mache ich meine Arbeit. Gebe ich gute Unterricht. Aber jetzt Maxi denkt, er ist Gott.«

»Madame Rubinskaya, was geschah in der Nacht?«

»Sie waren da. Sie haben gesehen. War wunderbare Party, große Erfolg, bis Maxi macht Ankündigung über den *Phoenix*, obwohl Mireille kann nicht tanzen. Das war Beweis, daß er sich wendet gegen mich. Habe ich nie gedacht, daß er würde das tun, diese Rolle für junges amerikanisches Mädchen geben. Er betrügt mich, und in meinem Herzen ist Wunsch, ihm zu zeigen, wie böse ich bin. Aber gehe ich heim.«

»Und dann sind Sie nochmals ausgegangen, ins Ballettstudio.«

»Ja …« sagte sie unentschlossen.

»Was?«

»In diese Nacht ist passiert noch etwas, das ich habe niemand erzählt.«

»Aber jetzt wollen Sie es mir erzählen.«

»Ja«, sagte Madame Rubinskaya. »Ich werde erzählen, als Beweis, daß ich habe niemand gemordet. Vielleicht ich habe gehabt Lust zu morden, und vielleicht ich habe gemacht viele Fehler, aber habe ich nicht gemordet Maxi.«

»Sondern, was geschah?«

Sie bot mir den Teller Gebäck an. »Sie wollen nicht Kuchen?« fragte sie. Versuchte sie mich abzulenken? Oder brauchte sie selber einfach nur eine kurze Pause?

»Nein«, entgegnete ich. »Bitte sprechen Sie weiter.«

»So«, sagte sie. »Wie ich komme heim, später ich höre Geräusche aus Maxis Wohnung droben. Ein Teil von seine große Zimmer ist über uns hier.«

Ich drang in sie. »Was für Geräusche?«

»Höre ich laute, wütende Stimmen. Dann wird still. Dann wieder Schreien.«

»Männer- oder Frauenstimmen?«

»Wie bitte?«

»Haben Männer oder Frauen geschrien?«

Madame verengte die Augenlider, während sie sich die Geräusche jenes Abends wieder ins Gedächtnis zu rufen versuchte.

»Höre ich Maxi, und dann höre ich eine Mädchen. Dann

höre ich Krach auf Boden. Sehr laute Geräusch, wie wenn vielleicht die Statue fällt um. Sogar Veruschka war da nervös. Ist gerannt und hat gebellt. Dann wieder alles war still da oben. Still, still. Also …«

»Also sind Sie nach oben gegangen, um nachzusehen.«

»Ja«, sagte sie.

»Und Max lag auf dem Boden bei der großen Statue.«

»Woher wissen Sie das?« sagte die alte Dame. Jedoch bestätigte ihre Frage zumindest einen Teil von Alissa Kortlands Darstellung der Ereignisse in jener Nacht.

»Alissa hat mir erzählt, daß sie mit Max handgreiflich wurde.«

»Also *sie* hat ihn gemordet!«

»Nein, Madame. Die beiden kämpften zusammen, weil Max sich später an dem Abend noch anders entschlossen hatte. Er begriff, daß er einen Fehler begehen würde, wenn er Alissa für den *Phoenix* einsetzen würde, und so strich er das Stück ganz aus dem Spielplan.«

Diese Nachricht schien die alte Frau wie ein Schlag zu treffen.

»Maxi hat sich anders entschlossen?« sagte sie.

»Ja. Sie sehen, daß Max Ihnen gegenüber sein Versprechen letztlich doch gehalten hat. *Der Phoenix* sollte ohne Mireille nicht aufgeführt werden. Und als Alissa ging, lebte Max noch. Er war nur bewußtlos. Jemand anderes hat ihn zum Flügel gezogen und dort ermordet.«

Ich fragte mich wieder, ob die alte Frau es getan haben konnte. Für sie wäre das ja fast so etwas wie ein Kindsmord gewesen. Allerdings mochte sie all die unausgesprochenen Leidenschaften, die es zwischen ihnen gab, dazu gebracht haben, ihn zu töten. Aber war sie denn so ein Mensch? Besaß sie die Fähigkeit, jemanden bei vollem Bewußtsein zu töten? Oder hatte sie es in einem Augenblick der äußersten, wörtlich genommen, *Unbekümmertheit* getan, wenn man sich um nichts kümmert als um die naheliegendste Tat? Auch wenn diese Tat vorher nicht beabsichtigt gewesen war, hatte Madame unter schwerem gefühlsmäßigem

Streß gestanden, der in dieser Nacht kulminierte. Vielleicht hatte die Leidenschaft sie soweit getrieben.

Schließlich sagte sie: »Weiß ich. Weiß ich, daß Maxi war noch lebendig. Wie ich weiß das? Habe ich seine Atem gehört.« Es klang, als habe sie sich nun doch endlich dazu entschlossen, die Wahrheit zu sagen. »Also will ich rufen die Polizei, und dann sehe ich auf seine Flügel die Partitur von *Der Phoenix*. Und denke ich, was Maxi will tun, und denke ich, was diese Rolle bedeutet für mich und für Mireille, und denke ich, daß ich werde ihm nicht helfen. Ich werde ihn lassen liegen. Bekommt er, was er verdient. Habe ich nicht gewußt, daß er hat sich anders entschlossen. Wie kann ich das wissen? So ich nehme die Musik und komme hierher zurück. Dann rauche ich Zigaretten und denke, was ich soll tun jetzt.«

»Und da haben Sie sich entschlossen, ins Ballettstudio zu gehen.«

»Ja. Wollte ich weit weg sein von ihm.«

»Und da kam sein Mörder.«

»Ach, was für eine Fehler habe ich gemacht!« Ihre Augen füllten sich mit Tränen, die ich zum ersten Mal für echt hielt. Sie fuhr fort: »Vielleicht ich habe nicht gemordet Maxi mit Messer, aber sehe ich jetzt, daß ich habe ihn gelassen da für Mörder. Also habe ich auch ihn gemordet. Ich sollte helfen ihn in diese Nacht, aber habe ich anstatt dessen verflucht sein Seele.«

Sie erhob sich, und ich fragte, wo sie hingehe.

»Werde ich jetzt anzünden ein Kerze für ihn.«

Sie ging zu einer Kredenz und zog eine der oberen Schubladen auf, aus der sie eine kleine Votivkerze hervorholte. Sie brachte sie mit zurück und stellte sie zwischen uns auf den Kaffeetisch, dann zündete sie sie an.

»Vielleicht es ist zu spät«, sagte sie. »Aber bete ich, daß Maxi versteht, warum ich habe ihm nicht geholfen. Habe ich gedacht, er begeht Verrat an mir. Werde ich beten für sein Seele.«

»Ein Teil von ihm ist noch am Leben«, sagte ich. »Sie haben mir vorhin keine Zeit gelassen, es auszusprechen, aber ich habe noch eine Nachricht von Mireille in London. Sie ist schwanger. Und Max wollte sie heiraten.«

Da stieß Madame Rubinskaya einen langen, schrecklichen Schrei aus und begann herzzerreißend zu weinen. Und dabei hatte ich doch gedacht, ich könne ihr eine gute Nachricht mitteilen. Sie weinte immer weiter, und mir wurde es ungemütlich dazusitzen. Wie schon gesagt, bin ich anscheinend nicht dazu geeignet, echten Schmerz und Kummer bei anderen Leuten zu ertragen.

Endlich hörte Madame zu weinen auf. Dann hob sie den Kopf und blies die Kerze aus. Sie bebte leicht.

Ich sagte: »Da Sie das mit Max und Mireille nicht wußten, nehme ich an, daß Sie auch Max' Tagebuch nicht haben. Ich dachte nämlich, Sie hätten es.«

»Marshall hat auch gesagt, daß ich habe das Tagebuch.«

»Wann?«

»Habe ich Ihnen doch erzählt, daß er war heute abend schon hier.«

»Aber nein, das haben Sie mir nicht gesagt, Madame.«

»Kommt er, um mir zu erzählen von seine Liebe zu Maxi, wie wenn er macht Geständnis seiner Mutter. Da er sagt mir, daß er liebt Maxi so sehr, aber Maxi liebt immer nur Mädchen, so er wird böse auf ihn. Marshall sagt mir das! Ist er wie Mädchen mit gebrochene Herz. Und dann sagt er, will er gehen zu Polizei und alles erzählen.«

»Er will ein Geständnis ablegen?«

Madame zuckte schwach die Schultern. »Habe ich nicht mehr Kraft zu denken. Bin ich zu müde.«

»Madame, wahrscheinlich stehen Sie unter Schock. Ich werde Ihnen Hilfe herbeirufen.«

»Nein«, sagte sie. »Geht schon wieder.«

»Aber ich habe Angst, daß Sie womöglich ...«

Sie sah mich spöttisch an. »Sie denken, daß ich mir selbst tue etwas? Bin ich kein Feigling. Habe ich vielleicht gemacht große Fehler – viele Fehler. Aber werde ich sie annehmen. Ich laufe nie weg.«

Das war mir eine Erleichterung. Was dieser Fall nämlich auf keinen Fall noch brauchen konnte, das war ein dramatischer Selbstmord, ein peinlich exakt durchgeführter Akt der Selbstvergeltung, der letzte Auftritt von Madame Ekaterina Rubinskaya.

»Ich verlasse Sie jetzt. Sperren Sie hinter mir die Türe gut zu und lassen Sie niemanden ein. Versprochen?«

Sie nickte still und folgte mir dann zur Türe. Als ich sie verlassen hatte, hörte ich all die mechanischen Geräusche von Sicherheitsvorrichtungen, als Madame ihre Wohnungstür wieder verriegelte. Während ich auf den Aufzug wartete, sah ich auf die Uhr. Es war erst kurz nach acht. Rafik probte jetzt bestimmt. Branco aß vielleicht mit Nicole zu abend. Ich beschloß, trotzdem zur Station D zu gehen. Ich würde alles, was ich eben herausgefunden hatte, einem von Brancos Assistenten erzählen. Dann würde ich heimgehen und einen ruhigen Abend mit Sugar Baby verbringen.

Gerade als der Lift kam, hörte ich eine Stimme hinter mir.

»Ich habe Ihre Soirée in Max' Wohnung verpaßt.«

19. Totentanz

»Sie haben wohl ganz vergessen, mich einzuladen?«

Mehr als der unterdrückte Ärger in der Stimme verriet der kränkliche Geruch nach verfaulendem Obst, daß Marshall Zander hinter mir stand.

»Anscheinend schon«, antwortete ich. »Es tut mir leid.«

»Nein, tut es Ihnen nicht«, sagte er. »Das ist schon das zweite Mal, daß Sie mich vergessen haben. Vielleicht möchten Sie mich ganz vergessen.«

Wie konnte nur derselbe Ausdruck – fast wörtlich derselbe – in mir so unterschiedliche Reaktionen hervorrufen? Bei Rafik hatte er in mir das Verlangen nach Vereinigung verstärkt. Bei Marshall Zander verursachte er mir Übelkeit.

Er sagte: »Danken Sie mir auf diese Weise dafür, daß ich Ihnen den Flug nach London bezahlt habe? Sie sind fast genauso undankbar wie Max.«

»Ich hielt es nicht für notwendig«, fing ich schwächlich an.

Marshall stieß mich in den Lift.

»Jetzt machen wir eine Spazierfahrt«, sagte er.

Der Aufzug ging lautlos nach unten, aber die Panik in mir stieg nach oben. Hier hatte ich also endlich den Mörder von Max. Mir schlug das Herz so schnell, daß mir der Blutdruck in den Augen pochte. Der Mund wurde mir trocken, und weiße Lichtflecken tanzten mir vor den Augen. Ruhig atmen, sagte ich mir. Ganz auf den Atem konzentrieren. Einatmen und jetzt wieder ausatmen. Gar nicht auf den Geruch seines Körpers achten. Eins nach dem anderen.

»Ihr Geliebter hat heute mit mir gesprochen«, sagte er. »Er hat mein Angebot abgelehnt. Ich muß sagen, daß er dabei nicht viel Ritterlichkeit an den Tag legte, außer, was Sie betraf. Ich glaube, er würde glatt für Sie sterben. Das muß angenehm sein, wenn einen jemand so sehr liebt.«

»Wo ist Rafik?« sagte ich. »Was haben Sie ihm getan?«

Ich machte eine Bewegung auf ihn zu, aber er zog plötzlich ein Stilett hervor. Ich bemerkte, daß sich seine Hand nervös um den Griff des Dolches krampfte. Die schmale Klinge blitzte auf. Dieses Instrument war hervorragend dazu geeignet, Schlagadern aufzuschlitzen.

»Na, wo ist Ihr Mut jetzt abgeblieben?« sagte er.

Der Lift hielt an, und die Türe glitt auf. Mit dem Messer zeigte er den Weg nach draußen.

»Nach Ihnen«, sagte er mit spöttischer Höflichkeit.

Wir verließen das Appleton und gingen zu seinem Wagen. Diesmal würde uns auf der Fahrt kein Wind durchs Haar blasen. Das Dach war wieder fest geschlossen.

»Einsteigen«, sagte er.

Ich stieg ein. Aber ich sah mich schon aus dem Auto

springen und vor ihm fliehen. Ich konnte ihm bestimmt davonlaufen. Ich würde sofort bis zur Station D rennen und dabei immer Durchgänge und Fußwege benutzen, so daß er mir nicht im Auto folgen konnte. Und den ganzen Weg lang würde ich Zeter und Mordio schreien. Er würde es nie schaffen, mich zu erwischen, und ich wäre in Sicherheit.

Aber Marshall Zander zog, bevor er die Vordertür schloß, eine schwere Kette hinter dem Sitz hervor und befestigte sie mit einem großen Schloß um meinen Bauch herum. Wie ein Keuschheitsgürtel, dachte ich.

Er setzte sich hinters Lenkrad und fuhr los.

Er sagte: »Auch wenn Rafik mein ursprünliches Angebot nicht angenommen hat, werden Sie doch sicher beide wollen, daß sein Stück die Premiere erlebt, nehme ich an?«

Ich gab keine Antwort.

»Ich weiß ganz genau, daß Sie das wollen«, sagte er. »Und es wäre doch zu schade, wenn die Aufführung abgesetzt werden müßte, vor allem nach der vielen Zeit und Arbeit, die Rafik darauf verwendet hat. Hat er Ihnen eigentlich schon erzählt, wovon das Stück handelt? Ich weiß, daß es ein großes Geheimnis bleiben sollte, aber ich kann mir nicht vorstellen, daß zwei so Verliebte wie Sie voreinander ein Geheimnis hüten können.«

Ich schwieg.

»Es ist wirklich ganz rührend«, sagte er. »Rafiks neues Ballett ist nämlich von Ihnen inspiriert. Es handelt von dem großartigsten Männerpaar in Boston. Es hat auch noch einen ganz hübschen Titel – *Uomo giocoso*. ›Verspielter Mann‹. Ist das nicht süß? Na, heute abend werden wir ja sehen, wie weit Ihre verspielte Liebe zueinander im wirklichen Leben reicht.«

Die restliche kurze Fahrt über sagte er nichts mehr, hielt aber die ganze Zeit den schmalen Dolch sichtbar. Ich fragte mich, wie sich das wohl anfühlen mußte, von der rasierklingenscharfen Schneide dieses Messers zerfetzt zu werden.

Marshall fuhr in die Tiefgarage des Copley Palace und

parkte auf dem für ihn reservierten Platz. Er stieg aus, kam um das Auto herum, öffnete meine Türe und schloß die Kette auf, mit der ich an den Sitz gefesselt war. Sein privater Aufzug befand sich gleich neben dem Parkplatz, doch er hielt es für notwendig, für diese paar Schritte die schmale glänzende Klinge auf mich zu richten. Als wir dann aber in der holzgetäfelten Kabine waren, schien er sich sicherer zu fühlen, denn während der langen Fahrt nach oben milderte er die Stimme und den Habitus.

»Ich will von Ihnen heute abend ja nur ein bißchen Gesellschaft. Können Sie das nicht zum Wohle Ihres Geliebten über sich bringen?«

In diesem Augenblick wurde mir erst wieder klar, daß anderswo in Boston, während ich hier in Todesgefahr schwebte, Rafik mit Toni di Natale und einer ganzen Company von Tänzern Kunst machte. Und wieder woanders saß Nicole mit Lieutenant Branco zu Tisch. Wer wußte, wo ich war? Die ungemütliche Antwort war: niemand.

Als wir in Marshall Zanders Suite waren, schloß er sofort die Türen zweimal ab. Die Lampen gaben nur ganz spärliches Licht, und er dimmte sie noch weiter ab. Was wie eine romantische Geste hätte wirken können, steigerte nur meine Angst, vor allem, da er das Messer in der Hand behielt.

»Möchten Sie was trinken?« fragte er.

Ich gab keine Antwort.

Er sagte: »Heute abend möchte ich feiern.« Er zog mich grob zur Bar und ging hinter den Tresen, um sich einen Drink zu mixen, wobei er das offene Messer immer bei sich behielt. Die Glaswand hinter ihm hatte einen Durchgang auf den Balkon hinaus, auf dem noch immer gebaut wurde. Hinter dem Geländer funkelten die vielen Lichter von Bostons Innenstadt einladend unter dem klaren Nachthimmel. Ich fragte mich, wieviele Menschen innerhalb dieses glitzernden Areals derselben Gefahr ausgesetzt sein mochten wie ich jetzt.

Marshall füllte ein Glas zur Hälfte mit Scotch und

stürzte ihn mit wenigen geräuschvollen Schlucken hinunter. Er füllte das Glas wieder, dann nahm er ein weiteres Glas, gab Eis hinein und schüttete Gin darüber.

»Sehen Sie?« sagte er und schob das Glas Gin zu mir herüber. »Ich weiß noch genau, was Sie gerne trinken. Macht Ihnen das Rafik auch?«

Ich sprach endlich doch. »Rafik mixt mir einen einwandfreien Martini.«

»Wollen Sie, daß ich das auch für Sie tue?«

»Ich will von Ihnen überhaupt nichts.«

»Aber dieser Abend heute ist so wichtig. Ich möchte, daß Sie sich bei mir wohlfühlen und glücklich sind. Heute abend wird sich alles so entwickeln, wie es soll.«

Er ließ die beiden Schnapsflaschen auf der Bartheke stehen, kam zu mir herüber und wies mir einen Barhocker an.

»Keine Angst«, sagte er.

Ich setzte mich argwöhnisch, und er zog sich einen zweiten Hocker ganz dicht neben mich.

»Ich will Ihnen ja gar nichts tun. Ich möchte nur Gesellschaft haben.« Er setzte sich und drückte eins seiner schweren Beine gegen meines. Zum Glück hatte er keine Hand frei – in der einen hielt er das Stilett und in der anderen seinen Drink.

»Ich habe Max über zwanzig Jahre lang gekannt«, sagte er. »Und die ganze Zeit über hatte ich nie vor, ihm etwas zu tun, eigentlich nicht. Wissen Sie, ich glaubte, wenn ich lange genug auf Max wartete, würde er schließlich zu mir kommen, wo er ja hingehörte. Ich wartete also auf ihn, und ich hätte ihn auch verdient.«

Er hob sein Glas und stieß schwer mit mir an.

»Ich möchte auf Sie und Rafik trinken, auf eine Liebe, die wirklich richtig läuft. Trinken Sie darauf vielleicht nicht mit?«

Angesichts der Möglichkeit, daß ich meinen Geliebten nie mehr wiedersah, dachte ich an Rafik und nahm einen großen Schluck Gin. Das verbesserte die Situation offenbar ein wenig.

Marshall fragte: »Wollen Sie nicht hören, wie Max und ich uns kennengelernt haben?«

Ich nickte, obwohl das im Augenblick so ungefähr das Letzte war, was ich hören wollte. Aber ich stand einem großen nervösen Untier gegenüber, einer gefährlichen Kreatur, die so lange eingesperrt und frustriert worden war, daß schon der geringste Anlaß sie in einen Mordrausch versetzen konnte. Vielleicht vermochte ich, ihn etwas zu beruhigen, wenn ich mich entgegenkommend zeigte. Ich hätte auch nicht gewußt, was ich sonst tun sollte. Niemand wußte, wo ich war. Das einzige, womit ich im Augenblick operieren konnte, war die Zeit. Vielleicht konnte ich das Unvermeidliche so lange hinauszögern, bis irgendein Deus ex machina meinen Namen aus dem kosmischen Lotteriekorb zog und mich rettete.

Marshall begann seine Erzählung. »Eines Sommers machte ich in Biarritz Ferien. Meine Mutter wollte mich los sein. Haben Ihre Eltern Geld?«

Ich unterdrückte ein Lachen.

Marshall fuhr fort: »Also, meine waren die totalen Scheißer, aber stinkreich. Ich meine wirklich *stinkreich*. Sie können sich gar nicht vorstellen, wieviel Geld wir hatten. Ich weiß bis heute noch nicht, wieviel ich eigentlich besitze. Ich hab eine ganze Belegschaft nur von Buchhaltern und Anwälten, die damit auf dem laufenden bleiben sollen, und nicht mal die blicken durch. Aber wissen Sie was? Das Geld entschädigt einen doch für ganz schön viel.«

Er trank von seinem Scotch und fuhr fort.

»Meine Eltern haßten mich. Sie haßten jeden. Das einzige, was sie liebten, war ihr Geld. Und der Witz war: sie taten immer so, als wäre dieses Geld eine Art Belohnung für ihren überlegenen Geschmack und ihre Intelligenz, und in Wirklichkeit kam alles ursprünglich von dem Lebensmittelladen meines Großvaters in der Bronx. Das Imperium der Zanders kam in Zandlinskis Feinkost zur Welt. Das ist doch ein Witz, oder? Durch irgendeinen Glücksumstand gelang es meinem Großvater dann, das Geschäft immer mehr und mehr zu erweitern, bis er schließlich quer durch die ganzen Staaten eine Supermarktkette besaß.«

Marshall Zander hob das Glas. »Auf meinen Opa!« sagte er und schluckte den Inhalt geräuschvoll hinunter. Er schenkte sich noch einen Drink ein und fuhr fort: »Als der alte Gauner dann starb, hatte er schon etliche Hotels aufgekauft. Und jetzt sind wir hier gelandet.« Er breitete die Arme aus, um das Panorama von Boston bei Nacht zu umfassen. »Gehört alles mir.« Er beugte sich zu mir vor, in der einen Hand noch immer das Stilett. »Sagen Sie nur ein Wort, und es gehört auch Ihnen.«

Ich sagte: »Sie wollten erzählen, wie Sie Max kennengelernt haben.«

»Max«, sagte er. »Max! Wo ist Max?« schrie er. Dann sagte er leise: »Als ich das Medizinstudium hingeschmissen hatte, schämte sich meine Mutter so, daß sie mich nach Biarritz schickte. Und dort habe ich Max getroffen. Ich mochte ihn vom ersten Augenblick an, und er mochte mich auch. Ich glaube nicht, daß das nur an meinem Geld lag, aber verborgen gehalten habe ich es natürlich auch nicht. Das ist dort auch nicht üblich. Man schmeißt mit Geld um sich. Max und ich haben uns also angefreundet und eine Weile zusammen das eine oder andere unternommen, sind ausgegangen und so. Mein Gott, er hat am Strand einfach unglaublich ausgesehen. Und eines Tages mußte ich ihm endlich sagen, was ich wirklich für ihn empfand.«

Marshall schüttete wieder Scotch hinunter, als brauche er eine gehörige Portion Mut, um sich noch einmal mit Max Harkey auseinanderzusetzen.

»Und was geschah da?« fragte ich.

»Oh, es war gräßlich. Max sah mich so komisch an. Wissen Sie, wie? Da trifft man sich ein paarmal mit jemandem, und dann faßt man ihn einmal an, und er schaut einen so an.«

Marshall stieß den Kopf vor und starrte mich an wie ein Tier, das gerade eine Veränderung in seiner Umgebung wahrgenommen hat.

»Sie haben mich auch schon so angeschaut«, sagte er.

»Wollten wir nicht über Max sprechen?« sagte ich nervös.

»Na klar«, sagte er. »Erst Max, dann Sie.« Er lachte, als habe er einen Witz gemacht, und fuhr sich mit seiner fetten Zunge über die Lippen. »Die ganze Zeit hat Max mit mir geflirtet, und dann hieß es auf einmal ›Oh nein! Das nicht!‹ Na, ich habe es akzeptiert. Ich suchte mir dort halt einen anderen Typen. Das war ganz leicht. Man gibt so einem einfach Geld, und schon liebt er einen für alle Zeiten.«

Marshall stierte in sein Scotchglas. Obwohl es noch nicht leer war, goß er sich nach. Anschließend griff er mit der freien Hand nicht mehr nach dem Dolch, der aber immer noch dicht neben ihm auf der Bartheke lag.

»Scheiße!« sagte er plötzlich.

»Was ist?«

»Wissen Sie, was er mir einmal angetan hat? Bei einem Abendessen fing Max auf einmal an, mir einen Vortrag über mein Sexualleben zu halten, wie gefährlich es sei und so weiter. Ich hatte gerade einen Strichjungen dabei und war eigentlich etwas verletzt, ganz zu schweigen davon, was der Junge gedacht haben mag. Aber dann begann Max auf einmal, mit dem Knaben zu flirten. Können Sie sich das vorstellen? Ich hatte mir einen Begleiter bezahlt, und jetzt war auf einmal Max hinter ihm her – Max, der doch als so straight galt. Da drehte ich doch glatt durch und warf Max mein Glas ins Gesicht und ging vom Tisch.« Marshall schüttelte den Kopf und kicherte, als habe ihn seine eigene Anekdote amüsiert. Dann fuhr er fort: »Zwei Stunden später kam ich wieder in dieses Restaurant, um ganz allein ein friedliches Abendessen einzunehmen, und verdammt nochmal, da saß Max tatsächlich noch mit dem selben Stricher. Sie lachten und amüsierten sich königlich zusammen. Also trat ich zu Max hin und verlangte eine Erklärung. Max grinste von einem Ohr zum anderen und sagte mir, daß der junge Mann Tänzer sei und daß sie gerade über moderne Choreographie sprächen. Und stellen Sie sich vor, in dem

Moment wußte ich felsenfest, daß ich ihn wirklich liebte. Deshalb gab ich Max am nächsten Tag einen Blankoscheck und sagte zu ihm, er solle eine eigene Ballettcompany gründen.«

»Hatten Sie jemals Sex mit ihm?«

»Nein, nie. Max mochte nur Frauen, schlicht und ergreifend. Wir blieben Freunde, aber für mich war es schwierig, weil ich immer hoffte, daß Max seine Haltung ändern würde. Wahrscheinlich hat mich das so stark an ihn gefesselt, die Aussicht auf seinen Körper. Und um ihn in meiner Nähe zu behalten, mußte ich nichts anderes tun, als einen Scheck ausschreiben. Das war das einzige, was ich wirklich gut konnte. Und genau das bekam er von mir, das Versprechen, von mir immer Geld zu kriegen. Wir brauchten einander aus unterschiedlichen Gründen, und das hielt uns zusammen.«

Inzwischen war ich, trotz Marshall Zanders prekärem Geisteszustand und meiner ungewissen Zukunft, doch gespannt zu erfahren, was sich zwischen ihnen geändert hatte, und deshalb fragte ich, was geschehen sei.

Er sagte: »Ihnen gefällt diese Geschichte, was? Ihnen gefällt's, über Max und mich zu hören?«

War meine hemmungslose Neugier in punkto anderer Leute Angelegenheiten endlich auf dieser ihrer letzten Fahrt gestrandet?

Marshall grinste vor Befriedigung und sprach weiter.

»Nachdem ich mehr als zwanzig Jahre lang auf Max gewartet hatte, nachdem ich es mit all seinen Weibern – verheirateten und Singles, alten und jungen – aufgenommen hatte, nach all der Zeit, da ging Max auf einmal mit so einer Tänzerin in London, und von da an war er nicht mehr derselbe. Er sagte zu mir, in ihm habe etwas ›klick‹ gemacht, und ich lachte ihn aus. Aber ich merkte tatsächlich, daß in ihm etwas anders geworden war. Er tat so, als brauche er mich nicht mehr. Als er aus London zurückkam, sagte er zu mir, daß er sie heiraten werde. Er hatte sogar schon sein Testament geändert, um ihr den größten Teil seines Vermögens zu hinterlassen. Dabei müssen Sie bedenken, daß er das alles ja überhaupt nur durch meine Hilfe besaß. All die Frauen, die er die Jahre über gehabt hatte, mögen schmerzlich für mich gewesen sein, aber zumindest waren sie temporär. Aber eine Heirat und Familie, das war nichts Temporäres. Er sagte, er brauche mich nicht mehr.«

»Ich bin trotzdem überzeugt, daß er Sie auf seine Weise immer noch brauchte.«

»Nein. Er war mit mir fertig. Nicht einmal mehr die Brosamen von seinem Tisch bekam ich jetzt. Deswegen mußte ich auch unbedingt sein Tagebuch haben. Ich mußte wissen, was er wirklich empfand. Liebte er dieses Mädchen am Ende wirklich?«

»Ja«, sagte ich, wobei ich zu spät bemerkte, daß ich ihn damit absichtlich provozierte.

»Woher wollen Sie das wissen?«

»Sie hat es mir gesagt.«

»Was weiß die denn? Sie würde natürlich alles sagen. Ich brauche das Tagebuch. Darin liegt die ganze Antwort, in dem, was Max selber geschrieben hat.«

»Aber Sie haben es doch schon«, sagte ich.

»Nein, ich hab's nicht.«

Ich sagte: »Sie haben es mitgenommen, als Sie ihn ermordet hatten.«

Marshalls Gesicht erstarrte. Er hob das Stilett hoch und stierte es an. Dann stand er von seinem Barhocker auf und stellte sich vor mich hin. Und nun schrie er plötzlich mit letzter Kraft: »Ich habe ihn gar nicht ermordet!«

Er ging mitten in den Raum, aber mit vom Alkohol unsicheren Schritten. Einen Augenblick schwankte er, dann fand er sein Gleichgewicht wieder.

»Max!« brüllte er. »Max, es tut mir leid. Komm zurück. Ich versprech' dir, ich mach nichts Schlimmes mehr. Bitte. Komm zurück!«

In diesem Augenblick, wo er völlig von Sinnen war, bemerkte ich einen Schimmer Hoffnung für meine eigene Rettung. Während er benommen dastand und offenbar darauf wartete, daß Max ihm antworte, hob ich heimlich von dem in meiner Nähe stehenden Telefon den Hörer ab. Ich hoffte, der Pförtner unten werde bemerken, daß das Telefon abgenommen war. Und wenn er etwas taugte, würde er eine Weile horchen, uns belauschen, wie das die meisten Bediensteten tun. Und vielleicht würde er auch etwas Beunruhigendes hören und heraufkommen, und ich wäre gerettet.

Marshall sah meine kleine Bewegung aus den Augenwinkeln. Ich versuchte sie zu verbergen, indem ich aufstand.

»Was tun Sie denn?« fragte er.

»Ich muß mir nur ein wenig die Beine vertreten.« Ich ging vorsichtig von der Bar weg auf das Sofa in der Raummitte zu und sagte: »Können wir uns nicht eine Weile setzen?«

»Sie wollen es sich wohl gemütlicher machen?«

»Stimmt«, sagte ich.

Er kam herüber und setzte sich neben mich auf das Ledersofa, genau dorthin, wo ich mein Quicky mit Rico genossen hatte. Marshall spielte jetzt mit dem Messer herum, so daß die blanke Klinge in dem dämmerigen Licht aufblitzte. Ich bemerkte, daß mich sein Ungeschick mit dieser Waffe am meisten ängstigte. Max Harkey hatte ein leichtes Ziel abgegeben, weil er bewußtlos war. Aber wenn ich mir vorstellte, wie Marshall losstolpern und mit seinem schweren Körper unbeholfen auf meinen prallen würde wie ein Gorilla, wie er, um das Gleichgewicht zu halten, mit der scharfgeschliffenen Klinge besinnungslos in der Luft herumfuchteln würde! Abstand halten, war das Losungswort für mein Überleben. Das und meine schnellen Reflexe.

Ich sagte: »Können Sie mir sagen, was in jener Nacht geschehen ist?«

Er sprach zur Schneide seines Messers, als er mir jetzt seine Darstellung von den Ereignissen gab, die in der Nacht geschahen, als Max Harkey ermordet wurde.

»Ich bin tatsächlich noch einmal in seine Wohnung

zurückgekehrt. Ich hatte Max etwas Wichtiges zu sagen, womit ich nicht warten konnte. Wenn *Der Phoenix* produziert wurde, konnte das rein legal erhebliche Probleme verursachen, weil die Company ja die Aufführungsrechte für dieses Stück noch gar nicht besaß. Wir hatten ohnehin schon Schwierigkeiten herauszufinden, wer das Copyright hatte, wenn es überhaupt jemand hatte.«

Ich sagte: »Aber Max hatte doch schon beschlossen, den *Phoenix* aus dem Programm zu nehmen.«

»Davon hat er mir nichts gesagt«, erwiderte Marshall Zander.

»Er hat es auf der Party jedem erzählt. Sie wußten demnach auch davon. Warum also sind Sie wirklich zurückgekehrt?«

»Das spielt jetzt überhaupt keine Rolle«, sagte er rasch. »Es spielt keine Rolle, warum ich zurückgegangen bin. Wichtig ist, daß ich zurückgegangen bin. Ich mußte mit Max noch ein einziges Mal allein sprechen. Ich mußte ihm die Heirat mit dieser dummen Nutte ausreden. Als ich hinkam, stand die Tür offen, also trat ich ein. Rico war nirgends zu sehen, und Max lag vor dem Brancusi. Er trug den seidenen Bademantel, den ich ihm in Hongkong gekauft hatte. Der Mantel stand offen, und es war alles zu sehen. Und …« Marshall zögerte. »Ich glaube, das hat mich scharfgemacht. Max' Beine waren genauso glatt und muskulös wie zu der Zeit, als er noch tanzte. Das war erstaunlich – sein Körper wurde einfach nicht älter. Ich ging zu ihm hin. Er atmete noch, und es war kein Blut zu sehen. Ich rüttelte ihn und sprach zu ihm. Er sagte nur: »Hau ab, du Fotze!« Als er dann erkannte, daß ich es war, lachte er. Dann wurde er wieder ohnmächtig. Und da habe ich ihn dann zum Flügel gezogen und auf den Sitz gehockt.«

»Warum das?«

»Weil er nichts von all seinen Besitztümern so sehr liebte wie diesen Flügel. Deshalb wollte ich ihn dort nehmen. Sein Bademantel öffnete sich wieder. Mein Gott, was für ein Anblick! Und endlich gehörte das alles mir.«

»Hören Sie auf«, sagte ich. »Bitte.«

»Aber ich habe nicht aufgehört«, erwiderte Marshall. »Ich habe weitergemacht. Nach zwanzig Jahren Wartezeit bekam ich von Max Harkeys heiligem Körper endlich, was ich haben wollte.«

»Und hinterher haben Sie ihn getötet, wie es Spinnen tun.«

»Ich sage Ihnen doch, ich habe Max nicht getötet. Dazu liebte ich ihn viel zu sehr. Töten wäre viel zu gewöhnlich gewesen. In Wirklichkeit habe ich ihn geopfert. Das war endlich der Höhepunkt unserer Liebe – ein wunderschönes Opfer.«

»Und Sie haben auch ganz genau gewußt, wo Sie ihm die Schnitte versetzen mußten.«

»Ja, in seine wunderbaren Schenkel. Zuerst schoß das Blut hervor, fast so, als würde er noch einmal kommen. Ich benutzte seinen Bademantel, um das Sprudeln einzudämmen und das Blut an seinen Beinen hinunterlaufen zu lassen. Nach ein paar Minuten lief es langsamer, und schließlich hörte es ganz auf.«

Einfach so, dachte ich. Keine Schmerzen, kein Entsetzen. Einfach nur das Leben aus einem Körper herausströmen lassen.

Marshall sagte: »Aber jetzt möchte ich ihn wiederhaben. Ich kann ohne ihn nicht leben. Wer sonst könnte mir wohl so ausgesuchte Qual und Frustration bereiten? Nur meine Eltern, und die sind beide tot. Sogar die blutsaugerischen Stricher, die ich mir miete, können nicht so herzlos und grausam zu mir sein wie Max. Sie machen's nur für Geld und sind außerdem miserable Schauspieler. Aber mit Max und mir, da war es etwas anderes. Genauso wie bei Ihnen und Rafik. Wir waren füreinander bestimmt. Es begann lange, bevor ich ihm seine Ballettcompany schenkte. Alles, was ich für Max tat, tat ich aus Liebe zu ihm. Unsere Beziehung beruhte nicht auf Geld. Sie beruhte auf Leidenschaft und Aufopferung.«

Verflixt, dachte ich. Genau darauf beruhte meiner Ansicht nach auch meine Beziehung zu Rafik. Und in diesem Augenblick versprach ich mir, daß ich, falls ich diesen Alptraum hier überlebte, jeden Augenblick mit Rafik so nehmen würde, wie er war, ohne Fragen, ohne Analysen, ohne Bedingungen. Wenn Leidenschaft und Aufopferung zu dem hier führten, dann wollte ich sie nicht mehr. Und falls ich den heutigen Abend überlebte, würde ich auch die Küchenmesser wegsperren.

Plötzlich ertönte der Summer an der Tür. Das war mein deus ex machina, der Pförtner. Ich war gerettet!

Marshall war jetzt aber auf der Hut und mißtrauisch wie ein wildes Tier. »Was ist denn das?« sagte er. »Die wissen doch unten, daß ich nie belästigt werden darf.«

Er stand auf, um zur Tür zu gehen, und auf dem Weg dorthin drehte er alle Lampen im Raum aus. Dann warnte er mich: »Tun Sie nichts Unüberlegtes. Ich habe nichts zu verlieren.«

An der Tür stand der Pförtner. Ich hörte, wie er Marshall Zander in seiner kriecherischen Art fragte, ob es irgendwelche Schwierigkeiten gebe, da das Telefon nicht aufgelegt worden sei.

Mein Gefängniswärter versicherte dem Pförtner, daß alles in Ordnung sei.

»Ich habe gerade eine Einzeltherapiestunde«, sagte er. »Für mich ist es so schwer, seitdem ich meinen Freund verloren habe.« Er hielt das Stilett hinter seinem Rücken. »Also lassen Sie uns bitte allein.«

»Sehr wohl, Sir«, sagte der Pförtner.

Unterwürfiges Arschloch, dachte ich. Er hatte uns doch über das Telefon zugehört. Hatte er wirklich nichts von dem mitgekriegt, was wir gesprochen hatten? Ich war drauf und dran zu schreien: »Er hat verdammt nochmal ein Messer hinter dem Rücken!«

Aber schon war der Pförtner ohne eine weitere Frage entschwunden.

Marshall Zander sperrte die Türen wieder ab und kehrte zu mir zurück. Das einzige Licht, das jetzt noch brannte, war das unter der Bar. Dort blieb er stehen und schenkte sich noch einen Drink ein. Er legte den Telefonhörer ruhig auf, und dann, in einer einzigen wilden Drehung seines großen Körpers, packte er das Telefon und riß die Verbindungsschnur aus der Wand. Ein kleiner Tisch fiel dabei um, und die Lampe, die darauf gestanden hatte, krachte zu Boden. Da bemerkte Marshall Zander, daß ich meinen Cocktail auf dem Bartresen hatte stehenlassen.

»Sie trinken ja gar nichts?« sagte er. »Wollen Sie denn nicht mit mir meinen ganz besonderen Abend feiern?«

»Was ist denn daran so Besonderes?«

Marshall Zander grinste mich an, aber mit demselben schwachsinnigen Grinsen hatte auch King Kong Fay Wray angesehen.

»Heute ist der Abend, an dem ich kriege, was ich will. Ich habe diese ewige Zurückweisung so satt«, sagte er. »Jeder sagt dauernd nein zu mir. Auch Rico hat mich zurückgewiesen.«

»Haben Sie ihm deswegen die Bremsen an seinem Motorroller angeschnitten?«

»Er hat sich eingemischt, genau wie Sie. Er wußte schon zu viel über mich, und er hätte sich bestimmt bald zusammengereimt, was passiert war. Da ich also ohnehin für zwei Morde bezahlen muß, habe ich nichts zu verlieren, wenn ich mir heute hole, was ich von Ihnen will, egal, mit welchen Mitteln.«

Mir schoß ein Bild durch den Kopf, wo ich mich bewußtlos wie Max Harkey sah, während Marshall Zander in meinem Schoß herumwühlte. Ich würde aber auch wirklich bewußtlos sein müssen, um seinen Mund an irgendeiner Stelle meines Körpers zu ertragen.

»Aber Sie mögen mich doch nicht einmal«, protestierte ich.

»Das spielt jetzt überhaupt keine Rolle mehr«, sagte Marshall Zander. »Ich möchte nur sicher sein, daß ich kriege, was ich will. Und das Einzige, was ich im Augenblick will, ist, Sie zu umarmen. Nur umarmen. Nur ganz kurz.«

Die Lichter der Großstadt dort draußen warfen ihren schwachen Schein auf uns. Marshall wirbelte das Stilett in der Hand herum, und die Klinge glitzerte wie das Skalpell eines Chirurgen.

Ich sagte: »Und wenn Sie mich kurz umarmt haben, was kommt dann als nächstes? Werden Sie mich dann auch kurz küssen wollen? Und mir dann Ihre Zunge kurz in den Mund stecken wollen? Und mir die Kleider runterreißen und mich mit dem Messer zerschlitzen und ganz kurz durchficken wollen?«

»Nein«, sagte er. »Das werde ich nicht wollen.«

»Was wollen Sie dann?«

»Ich will Max. Ich will meinen Max wiederhaben.«

»Zu spät, mein Bester. Sie haben ihn umgebracht.«

Er stürzte sich ganz plötzlich auf mich und drückte sein großes, weiches Gesicht an meins. Er versuchte mir die Zunge in den Mund zu schieben. Sie fühlte sich an wie eine warme Schnecke, die in mich hineinkroch. Sein Körpergeruch verursachte mir Übelkeit. Ich stieß ihn weg. Er atmete bereits schwer.

Er sagte: »Das war für den Flug nach London. Jetzt will ich für das Ballett Ihres Liebhabers bezahlt werden.«

Wieder warf er sich mit seinem schweren Körper auf mich, und diesmal drückte er mich tief in die Polster des Ledersofas. Er hielt mir beide Hände hinter meinem Rücken fest, und ich spürte, wie mir die Klinge des Stiletts über das Handgelenk strich. Nicht an den Händen, dachte ich. Nicht an den Händen.

»Warum sind Sie nicht ein bißchen entgegenkommend?« sagte er. »Tun Sie doch einfach mal so, als würden Sie mich mögen. Ist das zuviel verlangt?«

»In Ihrem Fall«, sagte ich, »ja!«

Unterworfen zu werden war überhaupt nicht witzig, wenn es in Wirklichkeit geschah. Ich sah mich zu einem miesen Kampf gezwungen – aber unser Treffen war ja auch vorher schon nicht gerade vom Ehrenkodex eines Gentleman geprägt gewesen. Jetzt würden mir meine Yogaübungen endlich mal von Nutzen sein. Ich aktivierte alle Beweglichkeit und Sprungkraft meiner starken Beine, spannte die Muskeln an, ließ dann die Energie los und stieß ihm mein Knie direkt in die Leisten. Er kreischte auf und krümmte sich zusammen. Sein Körper sank schwer auf meinen. Ich versuchte, mich unter ihm freizukämpfen. In dem Sekundenbruchteil, in dem ich loskam, spürte ich etwas über meine linke Hinterbacke streichen. Ich stieß mich vom Sofa weg, war aber weit von meiner üblichen Elastizität entfernt. Irgend etwas stimmte da nicht.

»Gleich hab' ich Sie«, sagte er.

»Dazu müssen Sie mich erst mal kriegen.«

Da spürte ich etwas Warmes, Feuchtes an meinem Hintern. Ich langte hin, und meine Hand wurde klebrig. Ich roch an meinen Fingern. Der metallische Geruch bewies, daß ich blutete. Genau in dem Moment, als ich ihm entschlüpft war, hatte mir Marshall Zander die Hinterbacke aufgeschlitzt. Jetzt spürte ich rasch den Schmerz aufsteigen, fast als würde er dadurch verursacht, daß ich mir der Wunde bewußt wurde.

Marshall Zander lag zusammengekrümmt auf dem Sofa und stöhnte leise. Ich ließ mich auf den Boden gleiten und kroch von ihm weg. Die Lichter der Großstadt dort draußen glühten sanft durch die gewaltige Fensterfront. Und da kam mir ein Gedanke, wohin ich mich vielleicht vor ihm retten könnte. Im Dunkeln kroch ich auf allen Vieren auf den riesigen Flügel zu, der direkt vor den Schiebetüren stand, die auf den Balkon hinausführten.

Ich kam bis unter den Flügel und zog an einer der Türen, aber sie bewegte sich nicht. Im Dunkeln flatterten meine Finger hektisch über den Türrahmen, um das Schloß zu finden. Vielleicht handelte es sich dabei ja um irgend so einen High-Tech-Mechanismus, der von einem Büro tief drunten im Hotel ausgelöst werden mußte. Aber nein, ich fand das Schloß – es war eine ganz einfache Drehmechanik. Und genau in dem Moment gingen alle Lichter im Raum grell und blendend an.

»Ich seh' Sie«, sagte Marshall Zander.

Unter dem Flügel hervor sah ich seine großen Füße auf mich zutorkeln. Ich drehte das Türschloß auf, so schnell ich konnte, wobei ich meinen Hosenboden vor lauter Blut immer nasser und wärmer werden fühlte. Ich merkte, daß ich schnell Blut verlor. Als ich gerade das Schloß geöffnet hatte, packte mich Marshall an den Füßen.

Instinktiv trat ich nach ihm, und er zog sich zurück, so daß ihn meine wie wild um sich tretenden Füße nicht erwischten. Ich zog an der Schiebetür, bis sie weit genug offen war, daß ich mich hindurchquetschen konnte. Die Luft draußen blies mir ins Gesicht. Gleich wäre ich gerettet!

Doch im selben Moment merkte ich, daß der Flügel über mir sich bewegte. Marshall schob das schwere Instrument, bis er es beiseitegerollt und mich jeden Schutzes beraubt hatte. Verzweifelt drückte ich mich durch die halboffene Tür, aber nicht schnell genug. Marshall war schon wieder über mir. Er holte wild aus, und der Dolch zischte vor meinem Gesicht durch die Luft. Ich packte sein Handgelenk, um das Messer von mir fernzuhalten, aber einen einzigen Augenblick verlor ich ihn aus dem Griff und spürte auch schon, wie mir die Klinge in die Schulter fuhr. Dann erwischte ich sein Handgelenk wieder. Ich spürte keinen Schmerz, noch nicht. Die Klinge war so scharf, daß sie ihr Werk gnädig verrichtet hatte, ohne das Fleisch zu zerreißen. Ich bemerkte, daß ich mit unbegreiflicher Kälte dachte: »Jetzt bringt er mich um.«

Aber ich würde mich nicht geschlagen geben, ohne noch einmal mein slawisches Erbe zu bemühen, meine außerordentlich kräftigen Beine. In meiner gebückten Haltung sammelte ich alle Kräfte, die noch in meinem Körper verblieben waren, in meinen Schenkeln und Knien. Ich kauerte meinen ganzen Körper womöglich noch enger zusammen, zog jede Zelle zusammen, die noch Bewegungsfähigkeit besaß, und ließ dann alles in einem einzigen übermenschlichen Stoß gegen den Boden heraus. Ich schoß empor wie ein Killerwal, der weit über die Wasseroberfläche hinausspringt. Marshall Zander wurde bis zum Flügel zurückgeworfen, wodurch ich immerhin soviel Zeit gewann, daß ich auf den Balkon hinausstolpern konnte.

Die kühle Nachtluft tat meinem Körper gut. Außer den funkelnden Lichtern der Stadt weit da unten war es hier draußen dunkel, aber gerade diese Dunkelheit bedeutete für mich Sicherheit. Ich betete, daß die Restaurierungsarbeiten auf dem Balkon noch nicht so weit fortgeschritten seien, daß man die Lampen bereits wieder angeschlossen habe. Vorsichtig humpelte ich auf einen großen Baum in einem Pflanzenkübel zu, der sich inmitten der aufgestapelten Marmorplatten und Messinggeländer, die auf dem ganzen Balkon herumlagen, gegen den Nachthimmel abhob. Ich hatte zumindest eine schwache Hoffnung, hier draußen zu überleben, denn ich erinnerte mich an Marshall Zanders Höhenangst. Es war möglich, daß er mir nicht hier heraus folgen würde, vor allem bei Dunkelheit. Nur stand ich vor der Schwierigkeit, wie ich mir Hilfe herbeirufen sollte? Durch Winkzeichen? Ich konnte also hier draußen auf dem Balkon bleiben und verbluten, oder aber wieder hineingehen und mir die Kehle durchschneiden lassen. Was für eine Wahl! Unglücklicherweise hatte ich aber nicht einmal diese Wahl, denn Marshall Zander erschien jetzt in der Türe, die auf den Balkon führte.

»Ich weiß, daß Sie hier sind«, sagte er. »Ich rieche Ihr Blut.«

Wie jedes gute Raubtier wußte er, daß er mich verwundet hatte, und erkannte seinen eindeutigen Vorteil trotz seiner Phobie.

»Ich brauche nur Ihrer Spur zu folgen.«

Mein Blut strömte stark, doch seine Stimme klang ein wenig unsicher. Lähmte ihn seine Angst nun doch allmählich? Oder hoffte ich da nur auf ein Wunder?

»Es tut mir leid«, sagte er. »Das wollte ich nicht, daß es so ausgeht. Ich wollte doch nur Ihren Körper spüren. Ich bin kein Mörder. Es ist nur alles schiefgegangen. So sollte es gar nicht ausgehen.«

Er bewegte sich langsam dorthin vorwärts, wo ich mich hinter dem großen Betontrog verbarg. Er kroch tief am Boden des Balkons dahin, als könne ihn das davor schützen, 45 Stockwerk tief auf die Erde hinunter zu fallen. Er kroch wie ein Krebs, wobei er sich mit einer Hand immer irgendwo festklammerte, um sein bebendes Vorwärtskommen zu stabilisieren.

In größerer Entfernung zu ihm, ganz nahe am Geländer auf der rechten Seite des Balkons, sah ich einen weiteren Baum in einem Kübel. Er würde ganz schön viel Mut aufbringen müssen, und ich betete, daß er den nicht besaß, um mir so nahe an den Rand des Gebäudes zu folgen. Ich setzte mich auf den Baum zu in Bewegung, aber mein Po machte mir einen Strich durch die Rechnung. Der kräftige Absprung, den ich meinen Beinen zugemutet hatte, um Marshall Zander von mir abzuschütteln, hatte neues Blut in meine Muskeln da unten geschickt, und nun war eben dieses Blut herausgetropft und auf die glänzenden Marmorfliesen gespritzt, die überall auf dem Balkon herumlagen. Mein Versuch, mich schnell und leise in Sicherheit zu bringen, wurde zu einem fürchterlich komischen Hinken und Ziehen, das anzeigte, daß ich leichte Beute war.

Marshall sah, daß ich mich der Kante des Balkons näherte. »Kommen Sie zurück da«, sagte er. »Das ist gefährlich.«

»Für wen?« sagte ich.

Er änderte die Richtung und kam auf mich zu. Ich schleppte mich auf den großen Pflanzkübel dicht am Rand zu, aber bis dorthin würde ich es nicht mehr schaffen. Ich sah, daß er aufstand und auf mich zu kam, noch immer mit dem Messer herumfuchtelnd. Ich zog mich in die Höhe und stakste auf das Balkongeländer zu. Dabei spürte ich, daß das Blut jetzt geradezu aus mir herausströmte. Er stürzte sich auf mich, und ich verlor fast das Bewußtsein und fiel um. Und dann hörte ich die Geräusche – und zwar drei, eins nach dem anderen und alle innerhalb einer halben Sekunde. Zuerst einen Laut des Gleitens und Rutschens, wie von einer Ledersohle, die auf einer nassen Marmorfliese keinen Halt mehr findet. Dann das hohe musikalische Klingen von englischem geschmiedeten Stahl, der auf polierten Marmor prallt. Und dann das schwere Flattern eines riesigen verzweifelten Gegenstandes, der sich nicht zum Fliegen eignet.

Mit meinem einen benutzbaren Arm hievte ich mich hoch und schaute über das Geländer. Marshall Zander flog durch die Luft, und ich war Fay Wray, die zusieht, wie ihr wilder Verfolger vom Empire State Building hinunterstürzt. Der täppische Gorilla schrumpfte auf die Größe eines pathetischen Äffchens, was als Ende gut paßte für einen Mann, der Höhenangst hatte, aber trotzdem im höchstgelegenen und größten Penthaus von Boston zu wohnen wagte.

War es ein Unfall gewesen? Oder war er absichtlich gesprungen?

War das alles Wirklichkeit?

Ich brauchte lange, um mich wieder nach drinnen zu schleppen. Ich besaß immerhin noch so viel Klarheit, um mich darüber zu ängstigen, daß ich soviel Blut verlor. Das wäre ja die letzte Ironie, jetzt doch noch zu sterben. Ich wählte den Notruf, und man sagte mir, der Unfall sei schon gemeldet worden und die Polizei unterwegs.

»Ich brauche einen Rettungswagen«, sagte ich, aber da war schon aufgelegt.

Ich ging auf den Lift zu, stolperte aber und stürzte, bevor ich ihn erreichte. Es kam mir vor, als wären Stunden vergangen. Warum kam bloß niemand, um mich zu retten? Dann fiel mir ein, daß ich unten an der Pforte um Hilfe hätte bitten sollen. Was würde der arrogante Pförtner wohl jetzt sagen?

Endlich schleppte ich mich doch noch in den Aufzug und fuhr hinunter in die Haupteingangshalle. Ich vertropfte überall Blut, während ich auf dem Weg nach draußen zwischen lauter kreischenden Hotelgästen hindurchstakste. Ich mußte hinaus auf den Gehsteig, um zu sehen, was geschehen war.

Die Polizei war schon da mit ihrem üblichen Chaos von Lichtern und Lärm. Ein Polizist in Zivil hob sich von all den anderen uniformierten ab. Es war Lieutenant Branco, der sich über Marshall Zanders zerschmetterten Körper auf dem Gehsteig gebeugt hatte. Er drehte sich um und sah mich dastehen wie einen in der Schlacht verwundeten Soldaten.

»Das hätte ich mir ja denken können«, sagte er. »Sie hatten mir ja gesagt, daß Sie ihn kriegen würden.«

»Ich habe ihn nicht getötet, Lieutenant.«

»Wer dann?«

Ich brauchte meine ganze verbliebene Kraft dazu, den Satz mit unbewegtem Gesicht zu sagen.

»Die Schöne, Lieutenant. Die Schöne hat das Biest getötet.«

Und dann fiel ich in Ohnmacht.

20. Schlußakkord

Drei Tage später war ich wieder bei der Arbeit und der Held des Salon Snips. Hinterteil und Schulter genäht und den Arm in der Schlinge, unterhielt ich unsere Kunden mit meinen Heldentaten und verschwieg auch nicht, daß ich eine Blutspende von niemand anderem als Lieutenant Branco selbst erhalten hatte. Er war mit mir im Krankenwagen zur Notaufnahme gefahren, und als sich herausstellte, daß ich Blut brauchte, bot er sich dazu an. Wer hätte aber auch gedacht, daß der kernige Polyp und ich genau dieselbe Blutgruppe hatten, sogar mit dem seltenen Rhesus-Negativ-Faktor? In all meinen Phantasien über Lieutenant Branco hätte ich mir diese Art von Blutsverwandtschaft nie träumen lassen.

In den folgenden Tagen benachrichtigte mich ein Anwalt, daß Rico ein Testament verfaßt und mich zum Erben seiner gesamten Küchenausrüstung und der Gerätschaften, die er von Max Harkey geerbt hatte, bestimmt habe. Ich glaube, er hatte vor seinem Tod gar keine Gelegenheit mehr, sie zu benutzen. In meinem Leben jedenfalls rief das eine große Veränderung hervor. Ich erklärte mich einverstanden, mit Rafik eine gemeinsame Wohnung zu suchen, und sei es nur, um Max Harkeys Bösendorfer Glanzstück und Ricos Vermächtnis an Haushaltsgegenständen unterzubringen.

Im Snips plauderte ich gerade mit einer von Ramons Kundinnen, als Nicole mir einen großen Luftpostbrief aushändigte.

»Das ist gerade für dich gekommen, Schätzchen«, sagte sie. »Ich dachte, ich helf' dir schon mal beim Aufmachen.«

»Na klar, Herzchen«, sagte ich. »Zwischen uns gibt es keine Geheimnisse mehr.«

»Sagt wer?« antwortete sie.

Aus dem Umschlag fiel ein American Express Barscheck über 500 Dollar und zwei Hin- und Rückflug-Tickets erster Klasse nach Italien.

Im Umschlag steckte ein Brief von La Duchessa, alias Sharleen McChannel. Darin stand: Ich danke Ihnen, daß Sie mir getraut und überdies an meinem Haar wahre Wunder vollbracht haben. Sie sind ein echter Gentleman, wie es wenige gibt. Der geringfügige Scheck ist für Ihre großartige Arbeit, und die Tickets sind für Ihren Urlaub. Sie müssen mich unbedingt in Florenz besuchen. Meine Villa gehört ganz Ihnen.

Nicole hob eine Augenbraue. »Eine Villa, ach nee«, sagte sie.

Ich sagte: »Vielleicht stimmen ihre Behauptungen ja doch.«

Nach Ladenschluß gingen Nicole und ich nach hinten in mein Büro. Wir hatten uns beide Kleidung zum Wechseln mitgebracht, weil heute ein großer Abend bevorstand, die erste Premiere der Frühjahrssaison des Balletts. Wir legten beide unsere glanzvollsten Klamotten an – Nicole verhüllte meine Armschlinge mit einem Halstuch von Hermès – und setzten uns dann auf einen Cocktail hin, während wir auf unseren Fahrer warteten.

Nicole sagte: »Bist du sicher, daß du nicht doch schon eher ins Theater willst?«

»Nein, Herzchen. Rafik hat mir mit Nachdruck gesagt, daß er mich heute abend nicht hinter der Bühne will. Er besteht darauf, daß ich sein neues Stück beim ersten Mal vom Zuschauerraum aus sehe. Und ich tue alles, was er will.«

»Ich bin gespannt, wie lange das gehen wird.«

»Solange wie bei Vito und dir«, sagte ich.

»Das ist doch ganz was anderes.«

»Es ist genau dasselbe«, gab ich zurück.

Ein kräftiges Klopfen an der rückwärtigen Tür zeigte uns die Ankunft unseres Fahrers an, der kein anderer als Lieutenant Branco selbst war. Es gibt nichts Besseres als eine Polizeieskorte zu einem Gala-Abend im Ballett – solange es sich nicht um die Grüne Minna handelt.

Branco betrat den Laden in einer regelrechten Woge von Energie; er sah gut aus in seinem Zweireiher aus nachtblauer Wolle mit feinem grauen Nadelstreifen. Er und Nicole begrüßten sich höflich.

Ich sagte: »Schon gut, ihr zwei. Nur los. Ich fall' schon nicht in Ohnmacht.«

Nicole konterte: »Ich weiß gar nicht, was du meinst, Stanley?«

»Ihr könnt euch ruhig vor mir küssen. Das ist schon in Ordnung.«

»Aber warum sollten wir denn?« fragte sie.

Branco sah mich an und sagte dann zu Nicole: »Nimmt er immer noch diese Schmerztabletten?«

Nicole antwortete ihm: »Er läßt sich einfach nicht davon abbringen, daß wir Romeo und Julia sind.«

Branco grinste und zeigte dabei seine großen weißen Zähne.

»Reines Wunschdenken«, sagte er.

»Von wem?« fragte ich.

Nicole antwortete: »Du kannst der Wahrheit einfach nicht ins Auge sehen.«

Branco wechselte ganz plötzlich das Thema und sagte zu mir: »Raten Sie mal, was als Schnellsendung der British Air auf meinem Schreibtisch gelandet ist?«

»Max Harkeys Tagebuch«, sagte ich.

Branco grunzte. »Woher wissen Sie denn das?«

»Es konnte ja eigentlich nur noch verlorengegangen sein, oder, Lieutenant?«

»Also, da haben Sie tatsächlich recht«, sagte Branco. »Wie sich herausstellt, hat Max Harkey das Tagebuch im Flugzeug vergessen, als er nach Boston zurückkehrte. Da die British Air ihn nicht erreichen konnte, haben sie es schließlich an uns geschickt.«

»Kann ich es sehen?« fragte ich.

»Bis dieser Fall offiziell abgeschlossen ist, muß ich darauf mit Nein antworten, Stan.«

Nicole sprach: »Ich verstehe noch immer nicht, warum Max Harkey bei all den Telefongesprächen nie gesagt hat, wer der Mörder ist.«

»Er hat ja kein einziges Telefongespräch geführt, Nikki. Er ging von der Bewußtlosigkeit in den Tod hinüber, ohne zu erfahren, wer ihn ermordet hat.«

Branco nickte zustimmend.

Nicole sagte: »Aber wer hat denn dann angerufen?«

»Na wer wohl, Herzchen? Marshall Zander wußte, daß die Polizei jedes Telefongespräch zurückverfolgen kann, das sie erhält, deshalb machte er den ersten Notruf von Max Harkeys Penthaus aus und tat so, als sei er Max, und zwar gleich, nachdem er ihn umgebracht hatte. Dann rief er von seinem Autotelefon aus wieder an, diesmal als er selber, kurz nachdem er Max' Wohnung verlassen hatte, und tat so, als habe er da Max' dringenden Hilferuf erhalten.«

Branco sagte: »Ich hätte mir Zanders Alibi genauer anschauen sollen. Genau zu dem Zeitpunkt, als Max getötet wurde, in der Stadt herumzufahren, das wirkte eigentlich schon verdächtig, aber wir hatten nichts Ernstliches gegen ihn vorliegen. So wie es für uns aussah, hatte Max Harkey uns selber angerufen.«

»Also sind auch Telefonfallen nicht narrensicher«, sagte ich.

Branco grunzte.

»Und was war mit der Eingangstüre des Appleton?«

Branco erwiderte:»Wahrscheinlich hat Zander damit zu suggerieren versucht, daß der Mörder ein Gewaltverbrecher sei.«

Wir gingen alle drei durch die Hintertür und stiegen in die große dunkle Limousine, die Branco da geparkt hatte. Auf der Fahrt ins Theater streckte ich mich auf dem Rücksitz aus, was den Druck in meinem schmerzenden Körper etwas linderte.

Das Boston Performance Center glitzerte in all dem Glanz und der Aufregung einer Ballett-Premiere. Wir hatten Ehrengastplätze in der Orchesterloge, und glücklicherweise saß ich am Rande, so daß ich mein Bein ausstrecken und meine verwundete Hinterbacke entlasten konnte. Als ich das Programm las, begriff ich erst, was für eine Bedeutung dieser Abend für Rafik hatte. Es war sein erstes Auftragswerk für das Boston City Ballet, ein abendfüllendes Stück, das er eigens für dieses Ballett geschaffen hatte. Obwohl Rafik viele seiner anderen Werke mit dieser Company wiederaufgeführt hatte, handelte es sich heute abend um eine Weltpremiere, und noch dazu vor einem äußerst kritischen Publikum.

In seinen Programmanmerkungen beschrieb Rafik das Stück *Uomo giocoso* als einen Lobgesang auf das Abenteuer der Liebe, das er und ich miteinander teilten. Er schrieb, er wolle all die Herausforderungen und Belohnungen darstellen, die das Leben mit mir beinhalte, und ich wand mich in meinem Sitz, da ich eine rührselige Zurschaustellung meines Lebens auf der Bühne befürchtete.

Nicole, die neben mir saß, fragte: »Hast du wieder Schmerzen, Schätzchen?«

»Herzklopfen«, erwiderte ich.

Uomo giocoso wurde nach George Gershwins Concerto in F-Dur getanzt. Das Stück war mir gewidmet. Da stand tatsächlich mein Name, Stan Kraychik, hier im Programm. Die erste Aufführung geschah in memoriam Max Harkey. *Der Phoenix* würde in dieser Saison nicht aufgeführt werden und vielleicht sogar nie mehr. Vielleicht war seine Ära vorbei. Die Zeiten ändern sich schließlich, und mit nichts kann man diese Veränderung so vorantreiben wie mit neuer Kunst. Ergo, *Uomo giocoso*.

Es gab drei Solisten. Scott Molloy stellte auf der Bühne mich dar, und ich verstand jetzt endlich, warum er im wirklichen Leben immer so aufmerksam meine Bewegungen und Gesten studiert hatte. Rafik stellte sich selbst dar, in einer Rolle, die mehr Dramatik als ballettechnisches Können verlangte, und ich verliebte mich gleich wieder in ihn, ganz wie am Anfang. Alissa Kortland spielte die dritte Rolle, eine metaphorische Rolle, nämlich die der Eifersucht und des Geheimnisses in unserer Liebe. Rafik gestand sogar seinen eigenen Anteil an unseren Konflikten und Lösungen. Der bewegendste Teil war das traurige Trompetensolo im zweiten Akt. Es war ein wunderschöner *pas de trois* für alle drei – oder uns drei – Rafik, Stan, und die äußeren Kräfte, die auf uns einwirkten.

In *Uomo giocoso* hatte Rafik alle seine schwierigen Erfahrungen mit mir verarbeitet und sie zu einem Kunstwerk umgeformt, das sich auf den Kern dessen, warum wir zusammen waren, konzentrierte. Durch den Tanz versuchte er zu zeigen, daß die Schwierigkeiten zwischen uns nur äußerlich seien gegenüber den Kräften, die uns zusammenhielten.

Das corps de ballet hatte in allen drei Akten schwierige Ensemble-Arbeit zu leisten, da einige der Corpsmitglieder die drei Solisten zeitlich leicht versetzt nachahmen mußten. Ihr Tanz sollte wohl die Kräfte und weitreichenden Wirkungen symbolisieren, die all unsere Handlungen auf andere haben, die Wellen, die von der unbedeutendsten Handlung eines Menschen ausgehen können.

Jason Sears spielte den Flügel mit Bravour, Toni di Natale leitete das Orchester großspurig, und die Liebe siegte über alles. Rafiks Schöpferkraft hatte endlich doch meinen Zynismus bezwungen.

Der Beifall dauerte 15 Minuten. *Uomo giocoso* wurde, wie Rafik später sagte, *un succès fou* – ein wilder, unvernünftiger, geradezu lächerlicher Erfolg. Natürlich spielte es auch eine entscheidende Rolle, daß die Premiere sehr stark von Schwulen besucht war. Aber selbst Branco war aufgestanden und klatschte mit den anderen.

Nach der Aufführung eilten Nicole und Branco und ich hinter die Bühne, um Rafik zu gratulieren. Er war von Leuten umlagert, aber Branco bahnte mir einen Weg und schirmte meinen Arm in der Schlinge ab, während ich mich zu Rafik durchkämpfte. Ich bemerkte, daß Madame Rubinskaya neben ihm stand. Sie sah vor Freude ganz benommen aus.

Als ich bei Rafik war, hob er seine langen Arme, um das viele Volk zum Schweigen zu bringen. Dann legte er mir einen Arm um die Schultern und verkündete allen: »Da ist meine Inspiration.«

Und da vor allen Leuten, vor Tänzern und Zuschauern, Musikern und Bühnenpersonal, Polizei und zivilen Leuten, Schwulen und nicht Homosexuellen, umarmten Rafik und ich uns und küßten uns schamlos auf den Mund, einen langen, liebenden Kuß. Applaus von allen folgte. Ja, sogar von Lieutenant Branco.

Nicole fragte Rafik: »Und was kommt nach dieser wundervollen Premiere?«

Rafik antwortete: »Stani und ich gehen *en vacances.*«

»Woher weißt du das?« sagte ich.

Aber bevor er mir antworten konnte, machte Madame Rubinskaya ein finsteres Gesicht zu seiner Bemerkung. »Was sagst du da? Kannst du nicht gehen in Urlaub. Hast du morgen früh Unterricht.«

Ich sagte: »Aber das wäre doch erst im Sommer.«

»Oh«, erwiderte Madame. Dann milderte ein Lächeln

ihren Gesichtsausdruck, als wolle sie damit ihr erstes überstürztes Urteil vergessen machen. »Bis dahin ihr werdet haben nötig Urlaub vielleicht beide.«

Aber wie hatte Rafik von dem Flug erfahren? Ich hatte ihn doch erst später am Abend mit den Tickets überraschen wollen. Hatte La Duchessa ihm bereits eine spiritistische Botschaft zukommen lassen?

»Woher hast du das gewußt?« fragte ich ihn noch einmal.

Rafik zwinkerte mir zu und flüsterte mir ins Ohr:

»Ich weiß doch immer, wie ich kann eine verwundete Held wieder aufrichten.«

1. Auflage 1996
© dieser Ausgabe Rotbuch Verlag
© Zum Sterben schön, Rotbuch Verlag 1993
Aus dem Amerikanischen von Rolf Erdorf
© Tödliche Trüffel, Rotbuch Verlag 1994
Aus dem Amerikanischen von Nora Matocza
und Gerhard Falkner
© Zum Sterben schön, Rotbuch Verlag 1995
Aus dem Amerikanischen von Nora Matocza
und Gerhard Falkner
Herausgegeben von Gabriele Dietze
Umschlagmotive von Michaela Booth
Printed in Spain 1996
Alle Rechte vorbehalten
ISBN 3-88022-402-1

Inhalt